Alfred Döblin:
Wallenstein
Roman

Herausgegeben von Walter Muschg

Deutscher
Taschenbuch
Verlag

Von Alfred Döblin
sind im Deutschen Taschenbuch Verlag erschienen:
Berlin Alexanderplatz (295)
November 1918 (1389)
Hamlet (1484)
Die Ermordung einer Butterblume (1552)
Berge, Meere und Giganten (1591)
Die drei Sprünge des Wang-lun (1641)
Ein Kerl muß eine Meinung haben (1694)
Der Überfall auf Chao-lao-sü (10005)
Babylonische Wandrung (10035)

Ungekürzte Ausgabe
August 1983
Deutscher Taschenbuch Verlag GmbH & Co. KG,
München

ISBN 3-530-16645-6
Umschlaggestaltung: Celestino Piatti unter Verwendung eines
Aquarells von Karl Lorenz Gindl (Österreichische Nationalbiblio-
thek, Wien)
Gesamtherstellung: C. H. Beck'sche Buchdruckerei,
Nördlingen
Printed in Germany · ISBN 3-423-10144-X

INHALT

ERSTES BUCH
MAXIMILIAN VON BAYERN

NACHDEM die Böhmen besiegt waren, war niemand darüber so froh wie der Kaiser. Noch niemals hatte er mit rascheren Zähnen hinter den Fasanen gesessen, waren seine fältchenumrahmten Äuglein so lüstern zwischen Kredenz und Teller, Teller Kredenz gewandert. Wäre es möglich gewesen neben dem schweren kopfhängerischen Büffel zu seiner Linken, dem grauen Fürsten von Caraffa, Hieronymus, und dem stolz schluckenden und gurgelnden Botschafter Seiner Heiligkeit im heißen Rom – rot schimmernd die seidene knopfgeschlossene Soutane, purpurn unter dem Tisch die Beine mit Strümpfen und Schuhen, bei den schneeweißen zappelnden der deutschen Majestät –, so hätte Ferdinand jeden den Vorhang durchlaufenden Kammerknaben, jeden Aufträger Vorschneider, erhaben mit schwarzem Stab abschreitenden Oberstkämmerer mit üppigem ‚Halloh' empfangen, ihm zugezwinkert: «Heran! Näher! Nicht gezögert, Herrchen, haha. Hier sitzt er.» Kaute, knabberte, biß, riß, mahlte, malmte. Der Oberküchenmeister bewegte sich an den gelbseidenen Tapeten entlang, beäugte freudig listig durch das seitliche Gestänge des Baldachins die muskulösen Lippen Ferdinands, die wie Piraten die anfahrenden Orlogs entleerten, die Backentaschen, die sich rechts und links wulsteten, sich ihre Beute zuwarfen, sich schlauchartig entleerten, von der quetschenden Zunge sekundiert.
Weich rauschte die Harfe, die deutsche Querpfeife näselte. Sprung an, Sprung ab: es hieß hurtig sein, die Becher heranschleppen; wer ißt liebt keine Pausen; was schluckt, muß spülen. Ferdinands Lippen wollten naß sein, sein Schlund naß, sie verdienten's reichlich, droschen ihr Korn.
Im Reich – wovon ließ sich sprechen –, im Reich ging's gut daher. Die Böhmen geschlagen, Ludmilla und Wenzel, die heiligen, hatten die Hand von ihren tollen Verehrern gezogen: da saßen sie auf dem Sand, haha, samt Huß, allen Brüderschaften, ihrer Waldhexe Libussa, dem Pfalzgrafen Friedrich. Der Pfalzgraf – wovon ließ sich sprechen –, der Pfalzgraf schleppte seine Königskleider im Sack, am Strick hinter sich her, im Frühjahrsdreck hinter sich her, schreiend durch die Gassen, ungeübter Bänkelsänger auf Märkten, auf Dörfern: «Keiner da, der mir was zu fressen gibt? Zehn Kinder und kein Ende, keiner da, der uns den Bauch stopft? Habe die englische Königstochter zur Frau, in Böhmen war ich König; das ‚war' freut mich armen Hansen wenig.» Wer wird sprechen in solchen Zeiten.
Man läßt ihn trollen, das freche süße Zweibein, man wird ihn tüchtig

lausen, daß ihm das Fell blank wird. Aber Malvasier. Aber Alicante. Aber Böhmerwein von Podskal. Aber grüner Bisamberger, Traminer aus Tirol; aber Bacharach und Braubach, die feuchten, spitzschuhigen, klingelnden vom Rhein. Auf dem gepreßten Schweinskopf Äpfel: aber Mersheimer darüber und Andlauer; Elsaß, das herrliche Elsaß. Wem hat es der Ingwer angetan, der Ingwer an der Rehkeule, daß er ihn verachten will. Die Hühner sind erschlagen; auf Silberschüsseln gebahrt; von feinen weißen Kerzen beleuchtet. Die Blicke von zwanzig Gewaltherren und Fürsten voll Lobs auf sie gerichtet; in Mandelmilch schaukeln sie Rümpfe, Beinchen und Hälse, Rosinen zum Haschen um sie gebreitet, ihre kandierten Schnäbelchen füllend. Spitzt die Münder, salbt die Lippen mit Speichel, im Strome fließendem, aus allen Bronnen geeimertem.
Heran Pfälzer Most. Die feuerspeiende Büchse, treffliches Symbol für ein Weingefäß: da läßt sich leicht der Malefizer finden, der hier ersterben will. Und soll es der Erwählte Römische Kaiser sein, es muß geschossen sein, in der Minute, im Nu, aus der großen Büchse, die der Obermundschenk sich auf die Schulter lädt; der Kaiser richtet zielt und schießt, jach in den Schlund des tobenden Narren, des hingewälzten lachenden Kobolds in der braunen Schellenkapuze, während der Herr sich die weißen Spitzenärmel schüttelt, in den Stuhl sinkt, nach der Serviette ruft und vor Inbrunst vergeht: «Noch einmal!»
Trompeter schmetterten zu sechs vom Chor herunter, aus dem goldenen Käfig des Balkons, der Heerpauker schlug bum. Zwischen der Musik saß der Kaiser hinter dem Wildschweinsbraten in Pfeffer, einen weißen Hut mit der Reiherfeder auf dem leicht glatzigen Kopf, seine Ohren durch das Raspeln seiner Zähne nicht gehindert, dem Schmettern zu folgen. Sansini, Zinkenmusikus, übte sein hohes Werk; verborgene Diskantisten und Kastraten pfiffen rollten wirbelten; sie umspielten die wenig sich drehende Ruhe des Basses, den eine weiche Stimme ansprach, beschwor.
Zur Linken des melancholischen Spaniers ein schmales wangenloses Ziegengesicht, über dem stumpfen Lederkoller die krebsrote Atlasschärpe, aus grünen dünnen Ärmeln langspinnig zielend gegen das Millefioriglas, Karl von Liechtenstein, Oberstburggraf, Statthalter in Prag, sprach von Heidelberg und dem geflohenen Winterkönig, daß noch frostiges schwankendes Wetter sei und man jetzt nur schwierige Landstraßen finde, besonders wenn man es eilig habe. Ein Abt biß seinem Kapaun das Bein ab, addierte, während es zerkrachte, das

zurückgebliebene kurpfälzische Silbergeschirr, das ihm in Böhmen von frommen Wallonen überreicht war. Und auch der alte Harrach, knuspernd an Krammetsvögeln, huldvoll über seinem Stuhle schwebend, graziös, kahlköpfig, hielt sich an die Prozesse und Konfiskationen in dem geschlagenen Land, da wären der Peter von Schwamberg, Ulrich Wichynski, Albrecht von Smirsitzky, davongelaufen, werden das Wiederkehren vergessen.
Hitzig schmetterten die Trompeten. Einen Augenblick sahen alle Herren auf, die in den spanischen Krausen, die in den gestickten niederländischen Spitzenkragen auf bunten und verbrämten Jacken, die in den ungarisch grün verschnürten Wämsern, in den duftigen französischen Westen und Purpurüberwürfen, Kardinäle, Äbte, Generale und Fürsten, und ihnen schauerte, als wenn es eine Kriegsfanfare wäre. Rasch war Musik und Geist eingelenkt. Wollüstig fühlten alle erwärmten Nerven das Gespensterheer des geschlagenen blondlockigen prächtigen Friedrich durch den Saal ziehen, reiten durch das Klingen, Tosen der Stimmen, Becher, Teller von dem herabhängenden Teppich des Chors herunter auf die beiden flammenden Kronleuchter zu, brausend gegen den wallenden Vorhang, den die Marschälle und Trabanten durchschritten: prächtig zerhiebene Pfälzerleichen, Rumpf ohne Kopf, Augen ohne Blicke, Karren, Karren voll Leichen, eselgezogen, von Pulverdunst und Gestank eingehüllt, in Kisten wie Baumäste gestaucht, kippend, wippend, hott, hott durch die Luft.
Oh, wie schmeckten die gebackenen Muscheln, die Törtchen und Konfitüren Seiner Kaiserlichen Majestät. Schand und Schmach, daß einer Graf, Fürst, Erzherzog, Römischer Kaiser werden kann und der Magen wächst nicht mit; die Gurgel kann nicht mehr schlucken, als sie faßt; der schlaue Abt von Kremsmünster wie der Kaiser, der Fürst von Eggenberg, der Liechtensteiner wie der Kaiser, der Oberstsilberkämmerer, der Oratoriendiener, der Truchseß, Vorschneider, Tapetenverwahrer, Küchentürsteher wie der Kaiser, Marchese Hyacintho di Malespina, Ugolino di Maneggio, Thomas Bucella, Christoph Teuffel, der Organist Placza wie des Heiligen Römischen Reiches alles übersteigende gesalbte Kaiserliche Majestät, in einem Takt raspelnd an einer Waffel.
Oh, wie schmeckte dem Kaiser unter seinem weißen Reiherhut der Tokaier aus dem Venezianer Glas. Wie schlug er sich den Schenkel, warf sich tiefer in das Gestühl, vergrub sein im Gelächter entlarvtes Gesicht im Schoß.

DURCH DIE verhängten Bogenfenster summte Abendgeläut, als Ferdinand mit glühenden Wangen vor seinem zurückgeschobenen Stuhl stand auf leicht schwankenden Knien; die herabgesunkenen prallen nassen Hände trocknete ihm rechts und links ein Kämmerer ab. Und mit verschwimmenden Blicken, tief und langsam schnaufend, stand er vor der Tafel, den Gästen Trabanten Kammerherrn. Die Stühle rückten, die Servietten fielen auf den Boden, die Edelknaben sprangen mit den silbernen Gießkannen und Waschbecken zurück hinter die Stühle. Die Gäste hatten sich auf die Füße gestellt, bogen die Nacken gerade, klemmten die Lippen ein.
Der Fürst von Caraffa wich zuerst auf einen Blick des Oberhofmarschalls gegen die Wand, die Musik brach ab. Vor der kleinen Bronzesäule des drachentötenden Herkules stemmte der Spanier, das böse hitzedurchwühlte Wisent, sich auf, hob die Schultern. Und als wäre die Reihe der Herren am Tisch ein Wurm, dessen Kopf sich zur Wand bog, so rollten sie nacheinander weg vom Tische an die blitzende Brokattapete, und der Wurm schwankte, schlug vorwärts rückwärts.
Untersetzt, dickleibig, auf den kurzen Säulen der steif gewordenen Beine trug sich vom obersten Platz unter dem Baldachin her Kaiser Ferdinand der Andere. Von dem Ufer der dampfenden damastgebetteten Gerüche, von den gelben roten weißen Quellen riß er sich los. Seine blanken Wangen strotzten vor Wohlgefallen, Fuß setzte sich vor Fuß; er zog den weißen Hut vor jedem Herrn, ohne den Kopf nach links zu ihnen zu drehen. Graubärtig folgte auf spitzen Füßen der Kammerherr vom Dienst; vor der blauen Samtjacke, der hohlen Brust ließ er vom Hals herab den goldenen Schlüssel schaukeln, trug Mantel und Gebetbuch hinter der Majestät. Der Leibarzt darauf mit niedergeschlagenen Augen, im schwarzen Tuchrock, Thomas Mingovius, Verwalter kaiserlicher Gebrechen; seine Nase schnüffelte; die Lippchen trieb er zum steifen Rüssel vor. Zwei Kammertürhüter unhörbar.
Und wie an einem Efeuspalier Blatthaufen nach Blatthaufen sich unter dem Windstoß duckt, verneigten sich die Herren. Caraffa hatte längst seinen Kopf wieder vor der Brust hängen, als die weinrote Exzellenz Eggenberg den Leib einzog, seufzend sich wieder einrenkte. Verneigt hatte sich vor dem Träger der Krone des deutschen Reiches, dem Herrn zu Ungarn Böhmen Dalmatien Krain Slawonien unbeschränktem Erzherzog zu Österreich, Herzog zu Burgund Steiermark Kärnten Württemberg, vor dem Szepterschwinger in Ober-

und Niederschlesien, Grafen zu Habsburg, Grafen zu Tirol, Grafen zu Görz, verneigt neben dem vielgeliebten Hans Ulrich von Eggenberg, dem freundlichen spitzbärtigen Kavalier, dem alten Schlemmer, das unruhige Pergamentmännlein in violetter Robe, trüben Auges, Herr Anton Wolfrath, Mönch Abt Bischof Fürst Nichts. Verneigt edlen Gesichts, zypressenschön, mit Perlenringen in den Ohren, die Strenge der Blicke aufgelockert vom Weindunst, der Sohn des italienischen Spezereihändlers Verda, residierend auf dem Neuen Markt, Johann Baptist von Werdenberg, Graf und Hofkanzler. Der schwarze dichthaarige Böhme Questenberg, Graf Gerhard, nicht lange noch Registrator, gewaltig unter seinem Schnurrbart blasend, der sich sträubte und aufstellte, glotzäugig, Bärenbeißer mit Wulstlippen. Verneigt Zdenko von Lobkowitz. Verneigt im Schmuck des Goldenen Vlies der sehr bleiche Geheimrat Meggau.
Ganz unten am Vorhang stand der Oberst der Leibgarde in hohen Reiterstiefeln, schimmerndes Wehrgehenk über dem hellgelben zobelverbrämten Wams, Neidhard von Marsberg, kolossal von seinen Schultern schauend, schäumend in süßer Betäubung, an seinem spanischen Kragen reißend: «Bärenhäuter! Schelme! Malefizverbrecher!» Wußte nicht wer, konnte in Wut und Verehrung nur noch die Arme über die klirrende Brustwölbung verschränken, auf die Knie sinken hinter dem schon verschwundenen Kaiser.

NACH DEM Empfang des Primas von Ungarn erbat sich der Kaiser Urlaub von seinen Ministern. Er brauchte mit einer erzwungenen Freundlichkeit diesen Ausdruck. Es war den Herren bekannt, daß dem Fürsten Wien seit Monaten nicht behagte, daß er sich mit dem Gedanken trug, gänzlich nach Prag zu verziehen, in den prächtigen düstern Gemächern des Matthias und Rudolf zu hausen; es ließ sich schwer fassen, was dahinter steckte. Man schob es auf die unaufhörlich wirkende Trauer um seine tote Frau; sie lag schon seit fünf Jahren in Grätz, in der Kapelle der heiligen Martyrin Katharina; man dachte an Ferdinands Zorn über den Adel Wiens, der ihn bei dem Protestantensturm auf das Schloß vor einigen Jahren im Stich gelassen hatte. Aber diese Gestalt des Habsburgers, seine Mimik, wie er, noch triefend von den Soßen Weinen der Festmähler, sich vom Sitz erhob, gegen Schrems hinausritt, nach dem Wallfahrtsort Hoheneich, fast unbe-

gleitet, nach flüchtigen Abschiedsworten, war dem Hof und den Räten auffällig.
In Hoheneich stand ein niedriges Kirchlein; innen zwischen zwei Pfeilern in seine Mauer eingelassen, gleich an der Pforte, eine Eichentür, mitten zerklüftet, von Eisenklammern zusammengehalten, altersbraun unscheinbar. Ein frecher Landadliger hatte einmal diese alte Kirchentür verrammelt, als eine Prozession von Schrems heraufkam; im Gebüsch saß er mit seinen Spießgesellen, um sich an dem Spektakel zu ergötzen. Die Chorknaben schwangen die Rauchfässer, die Monstranzen klangen, vorn der Fahnenträger senkte das Seidentuch auf der Treppe: die Tür sprang auseinander, die Kinder sangen weiter! Der Edelmann wollte im Schreck sich aus dem Ginster erheben, den beiden andern stiegen Reuetränen in die Augen. Sie rissen die grünen Sträucher vor sich auseinander, ihre Waffen blieben im Gras, sie trabten langsam gegen den Zug hin, bis man Steine gegen sie schleuderte, als sie sich anschließen wollten. Der Edelmann lief beiseite, stieß einen Schrei aus, aber zu seinem Entsetzen fuhr ein greuliches Gebrüll aus seiner Kehle. Als er sich umdrehte nach seinen Freunden, liefen da zwei starke Bulldoggen; er selbst wedelte mit dem Schwanz, war ein rippendürrer brauner Fleischerhund, der sich die Brust begeiferte. An einem Galgen unweit des Orts hat man später die drei Hunde erschlagen und eingescharrt.
Der Grasboden federte unter den Tritten der Pferde, sie fielen in ruhige Gangart. Die Erde wurde weich, spitze Halme stellten sich mit rauhen Scheiden auf, scharrten an den Pferdehälsen. Die Hufe planschten in Pfützen, das schwarze Wasser spritzte an den Bug der Tiere, über die Beine der Herren. Der weiße Windhund Ferdinands, ebenmäßiges hohes Gebäude mit langen Behängen, lief spielend. Als sie die Schlagbrücke hinter sich hatten, die wüste Uferfläche des untern Werd durchritten, kreischte Jonas, auf einem Maulesel kläglich nachtrabend, jenseits zwischen den Halmen fast verschwindend, streckte am Häuschen des Brückenwärters Arme und Beine nach ihnen aus: «Weh, weh!» Zwei Herren trabten zu ihm. Seine braune Bergmannsgugel mit dem Hahnenkamm schüttelte sich heftig, die hohen Eselsohren klatschten herum. «Ich nehme Abschied von Wien. Nehmt Abschied mit mir.» Und zottelte über die schallende Brücke, schwenkte drüben vor den wartenden Reitern sein Mäntelchen, listig lächelnd, spitz lachend, schlug die Klapper. Die Donau lag vor ihnen, ein feuchtwarmer Wind blies herüber. «Stäubt ab, edle Herren. Nehmt nichts

mit von Wien. Versagt es der ehrbaren Stadt nicht, ihr Hab und Gut wieder zu erstatten, die Häscher könnten sonst hinter uns kommen.» Sie folgten belustigt, schaukelten Umhang und Überwurf gegen den rollenden Fluß. Ferdinand sah das braune verwachsene Geschöpf scharf an, gab ihm nach einer Weile seinen Achselmantel. Unter Verbeugungen gegen das breite Gewässer, gegen den Stephansdom und die starken Basteien schüttelte der Wicht das bestickte Tuch, klopfte es zärtlich mit seiner Klapper, übergab es dem nachdenklichen Herrn. Es sei nunmehr sauber, kehlte er gedämpft und versöhnlich, frei vom Staub des Hohen Marktes, der Freiung, Bendlergasse, des Grabens und – des Hohen Rates. Ein Peitschenschlag des Stallmeisters brachte ihn auf sein Grautier.
Neben der Buchenallee, die sie ritten, erhoben sich Hügel mit dichtem Unterholz. Vorsichtig gingen die Herren das Gestrüpp an, dann schleuderten die Pferde unter den Asthieben die Köpfe, ihre Zungen warfen unruhig das Trensengebiß, sie drängten kauend zurück vor dem Finstern, strauchelten, bogen auf den Weg. Auf den hochbeinigen Tieren tanzten die glänzenden Herren von Windstößen gefangen und freigegeben zwischen Schwarzdornhecken Ochsenzäunen über die Wiesen. Sie kehrten nicht ein in die Meierei vor Schrems. Ferdinand schien es vor Ungeduld nicht auszuhalten, im Steigbügel schluckte er ein Glas saure Milch. Über Sturzäcker, durch lichtes Stangengehölz. Schwarzbeinig gegen die Luft auf einem Hügel der Hundegalgen mit drei Standbalken.
Bei seinem Anblick war der Kaiser wie ausgewechselt. Sie gingen neben ihren abwärts schnüffelnden raffenden Tieren um das leere Gestell. Übermütig bellte der antrottende Tafelrat auf dem Esel. Graf Paar, ernst, blondbärtig, blauer Samthut, blaue Kniebänder, führte die Pferde, die mit zuckenden Lippen gebückt zu weiden begannen. Man beschloß, sich ins Gras zu legen, zu schmausen. Paar und der Narr liefen nach Hoheneich hinauf. Auf einem kleinen Leiterwagen schleppten sie nach einer halben Stunde den erschrockenen Diakon im Chorhemd auf die stille Wiese nebst zwei verschüchterten Scholaren, hoben herab ein Tönnchen Wein, Gläser Teller, ganze Schinken, rohe Eier, Lattich. Den Wagenplan rissen die Herren herunter, der Kaiser aber wollte nicht darauf sitzen, er knipste Grasspitzen ab, schnellte seinen Begleitern Blumenköpfe ins Gesicht, zerblies vorsichtig Pusteblumen und war, ehe der Karren mit Butter Salz Brot angetrieben war, sitzend am Galgen eingeschlafen. Sein gelbfahles, faltiges Gesicht im

Schlaf so freundlich, daß es schien, als unterhielte er sich im Traum mit Kindern. Der Windhund beschnüffelte ihn, schob seinen Hut mit der langen Schnauze vom Schoß herunter, streckte sich mächtig aus, die Vorderpfoten auf den Jagdgamaschen Ferdinands.
Eine straffe ältliche Gestalt in Schwarzbraun mit Silberschnüren lehnte an einem Birnbaum, den starken aschfarbenen Kinnbart zupfend, ließ den Hut auf die Erde fallen, flüsterte: «Wir sind auf der Flucht, ihr Herren.»
Jonas näselte: «Auf der Flucht, ihr Herren.»
Mansfeld setzte sich neben die andern, weiter flüsternd: «Vielleicht geht's nur nach Wolkersdorf. Vielleicht auch nach Steiermark.»
«Oder geradeswegs zum Bassa von Ofen, oder zum Großherrn in der Türkei», grinste Jonas.
Mansfeld langte herüber, packte ihn, ohne das Gesicht zu verziehen, am Hals, kippte ihn in der Luft um, preßte ihn auf den Bauch, zischelnd: «Nicht quaken, Frosch. Nicht quaken, Frosch.»
Der plärrte, kroch losgelassen aus der Runde. Graf Paar zog die Beine an, umschlang die Knie: «Der Herr Oberstallmeister beliebten etwas zu meinen.»
Seufzte Mansfeld, dessen Augen unruhig gingen: «Es wird etwas geschehen müssen.»
Kalt Paar: «Vermeine, wir sind keine Hunde, die die Sau zu verbellen haben.»
Der Kinnbärtige streichelte seine rosa Hutfeder sehr langsam. Da lag lang auf dem Rücken ein junger Baron, warf sich nicht einmal herum in seinem kostbaren Scharlachkleid; mit seinen schrägstehenden Augen, die aus einem bronzefarbenen glatten Gesicht blickten, verfolgte er weiße schimmernde Wolkenberge: man möge tun, wie man denke; jedoch denke er nicht wie der Graf Paar.
«Also wir verbellen das Wild?»
Der Baron ruckte kleiderscharrend hoch, saß dicht neben Paar, fixierte ihn, zog die Beine in den Scharlachhosen ein, umschlang die Knie: der Herr sei Liebling des Kaisers und liebe den Kaiser, möchte keiner ihm verwehren nach Belieben zu tun.
Leise erklärte der Oberstallmeister, er müsse des Erzherzogs Leopold Hoheit benachrichtigen, wenn sie etwas Sonderliches befürchten würden; er könne sich dem nicht entziehen, auch die Exzellenz Eggenberg, den Abt Anton und den Beichtvater müsse er rechtzeitig aufklären; es müsse um des Heilands willen etwas geschehen.

Eine Herde weißer Gänse schnarrte und schrie getrieben an ihnen vorbei. Paar stand nach einer Pause auf; meinte finster, es brenne nicht, die Herren seien ängstlich. Im übrigen seien in jedem Dorf Pferde da, um Nachrichten zu überbringen, auch Burschen, die reiten könnten. Er sei kein Herr vom Rat, sei nur der Person der Kaiserlichen Majestät Dienst schuldig. Als sich der bronzene Kopf des prächtigen Barons, des Peter Mollert, gegen ihn hob, lachte Paar heftig, überfuhr dann plötzlich maßlos den Staunenden; der Kaiser brauche Hilfe, das sähe man. Ob man sich als Schmarotzer am Kaiser bewähren wollte, was diese Reden von Benachrichtigungen des Hofes besagen sollten, er werde den Kaiser wecken, ihn aufklären, ihn ihnen entreißen. Der Baron wich mit seinen glitzernden Augen dem Grafen aus, bat, mit Mansfeld Blicke tauschend, sich nicht stören zu lassen, jedoch auch nicht den Schlaf des Herrn durch überlautes Schelten zu stören. Er sog an einem Halm. Mansfeld pfiff durch die Zähne.
«Was bin ich mehr als ein Hundsfott», grollte Paar, «wenn ich nicht zum Bassa von Ofen mit ihm rennen wollte, wofern es ihm in den Sinn kommt. Wäre sonst nichts als ein Fleck Speichel an seinem Rock.»
Mollert streckte sich golden und scharlachrot im Grün aus. Klar und kalt beobachtete der rüstige Mansfeld den Kaiser, scharf verfolgt von dem glühenden Grafen, der sich seitlich von ihm die zornzitternde Unterlippe biß.
Freundlich lächelte am Galgen lehnend der Herr mit dem gelben kindlichen Gesicht im Schlaf; die Peitsche war ihm aus der Hand gesunken. Mit leichtem Satz sprang der Hund über seinen Körper auf die andere Seite.

IM SCHWARZEN Jesuiterkleid, den viereckigen Flachhut in der Linken, führte der Pater den zögernden Fürsten in die Kirche. Die Tür fiel hinter ihnen zu. Auf dem kleinen Altar vorn brannten zwei hohe weiße Kerzen, unsicher leuchtend, ein Kruzifix aus Metall zwischen ihnen. Durch den finstern Gang wurde der Fürst geführt. Seinen kleinen grünen Hut legte er vor sich auf den Teppich der Stufe, der Pater kniete neben ihm. Ohne den Kopf zu beugen kniete der grauhaarige Fürst. Als wenn er aus der Wand etwas auf sich zukommen sähe, hielt er den Hals steif. Er wartete wie auf einen feindlichen Angriff, vor einer fürchterlichen unsichtbaren Front. Sein Mund war gepreßt, in seinen geballten Händen sammelte sich der Schweiß. Er kniete, aber er saß auf einem gepanzerten Roß im Harnisch, eine schwere Lanze unter dem Arm, rührte sich nicht.

Als der Pater das Zeichen zum Aufbruch gab, konnte sich der erstarrte Mann nicht erheben; er fiel auf die Hände, vergaß dann seinen Hut auf der Stufe. Wie ein Blinder war er in die Kirche gegangen, schweißüberflutet, verstört bewegte er sich draußen an der blauen lerchendurchjubelten Luft. Der Geistliche gab ihn höflich lächelnd den Herren ab. Tief verneigte sich der Kaiser vor dem Geistlichen. In einer schweren Aufregung saß er am Spieltisch des Schlößchens, schwieg wie die andern.

MAN BRACH früh auf zur Wildschweinjagd. Es ging nach Begelhof. In die neblige Luft ritt man hinein, das Laub stiebte Nässe, der Kuckuck rief fern im Holz, wonnig vergruben die Pferde im fuderhohen Blattwerk ihre glatten Füße. Je mehr die Sonne stieg, um so heftiger wurde der Vogelgesang, schallend riefen sich die Finken und Stare an, mit schwerem Flügelschlag segelten aus dem niedrigen Tannenwald dicke schwarze Krähen in das aufgebrochene Feld, lärmten heiser, siedelten sich an um Wurmlöcher. Die krummen Rücken der Reiter wurden grader, die Stumpfheit verblaßte in den Augen, die Körper, noch eben schwer sackend, fühlten sich in das elastische Wiegen und Schreiten der Pferde ein. Es ging nach Begelhof hinein. Von dort vieltöniges Kläffen. Am Holzhäuschen des Rüdenmeisters, vor den langen Zwingerhütten, Rendezvous. Morgentrunk im Freien. Fünf Hörner riefen in die Sättel.

Da wimmelten um die starken Rüdenknechte die Koppeln der französischen Hunde, Schweißhunde, Saufinder, die schwarze und braunschwarz gezeichnete Meute. Hinter den Kätnerhütten auf den Äckern bewegten sich ängstliche Bäuerlein, versteckten sich. Braunkappige Landleute trabten in Gruppen feldeinwärts, führten schwere Gäule, Karren zum Zugrobot, suchten die schmalen Saumpfade, hintereinander gereiht, aus den Hütten bedroht von halblauten Rufen und raschen Fäusten. In der Nähe pfiff es, lärmte plötzlich: die Wildkästen waren geöffnet worden, draußen rannte der vom Licht geblendete Keiler, die Hunde jaulend und springend, sich überkugelnd, rissen besessen an den Leinen. Die Riemen sausten über sie. Der Anjagdruf. Da rasten die Hunde, vor den Wind geworfen, leise knurrend mit tiefen Ruten in die Ackerfurchen. Das Feld setzte sich in Bewegung.

Und wie sie ritten auf der Fährte des todesbangen verzweifelten Schwarzkittels, über die stark duftende aufgerissene Fläche der Äcker, da fingen die Herzen der Herren zu beben an; das Herz Ferdinands bebte in der alten Lust, die Hitze stieg aus dem weißen Pferdefell in seine Arme, wogte aus den Schultern zurück in die Hände, um die Hüfte. Unter dem Silbergurt für das starke Schweißschwert schwelte die Luft so wild, daß sie das feine panzermaschige Hemd durchdringen, sich dem flatternden weißgrünen Überrock mitteilen mußte. Geschnürt war das Griffholz des Schwertes, lang und fest die Klinge mit den tiefen Rinnen, kurz vorne das zweischneidige blanke blutheischende Messer. Wind war nicht mehr Wind, Wald nicht Wald, Morast nicht Morast. Die Pferde flogen, kaum den Boden tastend, um ihre Hälse wehte Dampf. Zäune Häuschen Büsche sprangen mit einem Satz gegen sie, hinter sie zurück. Die Pupillen der Kavaliere unter den windschwellenden Federhüten, unter den roten Stirnen verengerten sich in der blitzenden Helligkeit, die Lider drückten sich zusammen in wachsender Inbrunst. In Reihen wurden die Herren über Hürden und Schwarzdornhecken gehoben. Die Tiere rissen, die Hinterhufe abstoßend, die gekrümmten Vorderbeine an die aufgerichtete Brust; im Schweben warfen sie Erdballen nach rückwärts, die Hinterhufe schlossen sich aneinander, während schon die Vorderbeine wie Fühler nebeneinander vorgestreckt gegen den neuen Boden tasteten, der sie empfing, sie weiter schwang. Gespitzte Ohren nach vorn. Sehnsüchtiger lockend der helle Chor der Hunde. Der Boden wurde knietief, der Eber warf sich zwischen durchbrauste Gehöfte, durchschwamm Tümpel. Koppeln hinterdrein, Pferde hinterdrein, Jäger obenauf. Flechtwerk, Furten, Dickicht. Vier knappe Sekunden stand der schwermütige böse schwarzplumpe Keiler mit den kurzen morastigen Beinen, die Schnauze an dem halslosen Kopf gesunken, dann brach er in das kühle Unterholz. Kopfüber die Hunde in das Dickicht, im Schwarm eingesogen, verschwunden. Herren und Pferde abprallend am Gebüsch warfen sich im Anschwung links herum, nach rechts vor.

Mit rotgeäderten Augen, keuchend Ferdinand und einige Herren, versunken, verloren auf den stoßenden Rücken, wutertrunken, berauscht. Man schoß in den Wald, das Pferd wand sich unter den Sporen, das Geläute der Hunde klang näher ferner durch die Schwärze aus dem Brombeergewirr. Sie kämpften gegen das Dickicht, arbeiteten schweißgeblendet berstend vor Grimm und Lust gegen Äste Gestrüpp Tier. Rings war der wüste Keiler umfaßt, die Meute jauchzte im brechenden Unterholz. Da zappelten die Hunde unter dem Schimmel Ferdinands, der die Peitsche besinnungslos hob, die Krücke auf die Nase des stöhnenden Tieres schmetterte. Auf den Hinterbeinen stand es auf, drehte sich, zwei Schritt zurück, warf drehend umstürzend seinen Herrn zwischen die flüchtenden Hunde, sich selbst gegen einen schaukelnden Fichtenstamm, an den es mit den Füßen hieb, grimmig hilflos auf dem Rücken strampelnd wie ein Käfer. Heiß quietschte winselte die Rüde, der von den fallenden Füßen des Reiters eine Flanke aufgerissen war.

Paar, aus seiner Besessenheit geweckt durch das Keifen des Tieres, rückwärts blickend, sprang ab, taumelte nach hinten, stürmte: «Mansfeld, Mollert», die weiter preschten. Wie er die starren Asthaufen übersprang, stellte sich der Schimmel mit wütendem Werfen und Ruck auf die Knie, stand zitternd flankenschlagend aufgeregt neben dem Kaiser, der mit blaurotem Nacken auf dem Nadellager bäuchlings hingestreckt war.

Als Paar ihn umdrehte, richtete er sogleich den Oberkörper auf, sah blicklos, die Arme hinter sich auf den Boden stemmend, zwischen den Pferdebeinen hindurch. Wie eine Puppe wurde er von Paar gegen einen Stamm geschoben. Seine Sporen rissen Bahnen in den Boden, dabei flaute sein Gesicht ab, er faltete die Hände, senkte wie betrübt den nadelbeklebten Kopf, bewegte die Lippen. Jenseits des Dickichts klingelte hörbar die Jagd, das Wild war ins Feld entwischt. Mit Ächzen schob sich der Kaiser in die Knie. Dann stand da das Pferd, seine Schabracke, Graf Paar hielt seine Schultern, drängte die Jagdflasche an seine Lippen.

Trübe wurden die Augen des Kaisers, er ließ sich hochheben, blickte jammervoll den Kammerherrn an, der an seinem Gurt nestelte, um das Schwert abzuschneiden. Lange standen sie so, die Lippen zitterten dem Fürsten, konvulsivisch zuckten seine Schultern: «Was ist geschehen. Was war das?» Er stammelte, schluckte Wein aus der Flasche, die ihm Paar in die Linke gepreßt hatte, sprudelte gedankenlos den Rest auf den Boden.

«Was denn, Majestät?»

«Paar, ich war bald hin. Es hat mich bald erwischt. Ich muß beten. Ich muß beten.» Er murmelte, rieb sich die verschmierten Hände, wimmerte verwirrt. «Es hat eines Zeichens bedurft. Ich habe es nicht erwartet.» Er stöhnte, saß auf einem Baumstrunk, wischte sich Blut von dem abgeschürften Scheitel, flüsterte mit steifen Blicken auf den Grafen, die Hände ballend: «Wir sollen uns nicht fürchten. Wir haben die Gewalt in Händen. Was hat der Graf Paar zu sagen?»
«Nichts, Eure Majestät.»
Er schmetterte sich die Faust gegen die Brust, streckte in steigender Erregung das sprühende zuckende Gesicht gegen den blassen Mann auf. «Nichts, Eure Majestät», hauchte er. Stumm donnerte Ferdinand noch einmal gegen seine Brust, den Mund offen, schäumte, erhob sich taumlig, schüttelte den zurückweichenden Mann an den Schultern. «Sieh an. Willst du mich ausforschen. Wer hat dich geschickt?»
«Majestät fielen vom Pferd, ich ritt dicht vorauf im Feld.»
Hin stürzte Ferdinand mit Klagen auf die Knie: «Gestorben beinah, ohne Beichte wär' ich gestorben. Das Leben verlassen, befleckt, unbefreit.»
Paar biß sich auf die Lippen, in Scham und Ehrfurcht zog er den Kaiser hoch, faßte ihn unter den Arm, führte ihn, während er mit der Linken das Horn anhob, blies. Dem Herrn floß von der Stirn ein Blutstreifen über den Nasenrücken gegen den Mund. Als wäre nichts geschehen, folgte der Herr, schräg auf dem Hinterkopf den Hut mit der zerbrochenen Feder, blieb nach einer Weile stehen, horchte ins Gehölz, lächelte seinen Begleiter an, gefesselt von Betäubung, die ihm sanft über das Gehirn und den Hals strich: «Blas noch einmal. Schön bläst du.» Er ging pirschend voran, mit dem Schweinsschwert fuchtelnd, die Augen mondhaft weich, die Züge gleichgültig entspannt. Der gequälte Paar lief um ihn, die beiden Pferde lockte, zog er, plauderte, öffnete traurig Büsche vor dem Herrn.
Ein plötzlicher Gedanke zuckte durch ihn: Wenn der Kaiser fliehen wollte – er wußte nicht, warum er es wollte, aber wenn –, dann jetzt. Die Jagd konnte nicht rasch zu Ende sein. Jetzt. Es war alles von ihm vorbereitet, die Wagen und Knechte standen bereit am Fährmannshaus von heut ab. Der Kaiser wollte fliehen, er konnte ihn aus einer dunklen Not erretten, er war in seiner Gewalt, es konnte keiner dazwischenfahren. Jetzt.
Um Paar drehte sich der Wald. Nur einen Moment wehrte er sich gegen den Gedanken. Im Augenblick aus dem Dickicht, auf den

Pferden. Paar biß die Zähne zusammen, schwang die Peitsche: «Hoh!»
Sturzäcker. Der Kaiser hing dumpf an seinem Tier, sah auf die Mähne, ab und zu auf den Horizont, bisweilen warf er antreibend die Zügel. Das Tier lief ebenmäßig neben Paars. Kein Klingeln der Meute mehr, kein Rufen Lachen der Herren. Meilenweite Grasfläche, links blauumdunstete Hügelreihen; wenn der Wind die Luft hochwarf, regten sich dahinter schwarzgrüne Baumkronen. Paar lechzte über den Kopf seines Tieres hinweg, sein ernstes Gesicht zitterte in vielen Bündelchen, seine geschlitzten weißgrünen Ärmel schwollen zu Glocken auf, die linke Hand mit den Zügeln nackt erdig; zerrissen die hohe Spitzenmanschette des rechten Handschuhs. Die Pferde ruckten sprangen; in der ungeheuren Heide zappelten sie wie Schwimmer im Meer, arbeiteten, auf ab, die kleinen hüpfenden Tiere.
In die anwiegende Luft stöhnte Paar, dunkel verzweifelt: «Mein Heiland, tu' ich recht.» Er rief zur Seite: «Wir sind schon weit.» Es klang nicht, es konnte niemand gehört haben. Er rief: «Wir sind schon so weit.» Weg war es, zwanzig, fünfzig Schritt hinter ihnen. Hatte es jemand gehört. Der Schall am Munde weggeschnappt. Das Trappeln der Pferde ließ sich nicht hören, das Riemenzeug knarrte nicht; im raschen Takt Gießen Strömen des Blutes in den Ohren, Verdunkeln des Blicks.
Der Kaiser hing auf seinem Schimmel. Geheimnisvoll erregt klang es herüber: «Wir sind schon weit, so weit.»
«Graf Paar.» Der Schall am Munde weggeschnappt. «Paar, Hans, Hans.» Anwiegte der Wind, schwappte um Brust, Gesicht, schloß sich im Rücken zusammen. «Langsamer, Hans. Reit langsamer. Hörst du mich?»
Der Kaiser. Er saß aufrechter, den Hut knautschte er vor sich am Sattel, die Linie geronnenen Bluts über der Nase. Paar riß die Zügel an. «Wo sind wir, Hans?»
«Eine halbe Stunde noch.» Die Pferde liefen rascher. «Wohin führst du mich? Wo läuft der Keiler?» «Wir sind schon weit. Majestät werden sehen.» Paars Stimme jauchzte fast; seine Mienen wechselten zwischen Angst und Zärtlichkeit. «Da ist Rauch. Sie verbrennen Kraut auf dem Feld. Es ist verabredet. Da die Fahne.» Schroff fiel die Ebene, jäh klangen Rufe hinauf. Am Ufer eines weißblinkenden Flußlaufes weideten Viehherden, neben einem Fährmannshaus liefen Menschen, standen Wagen. Hellblau schwelten Rauchwolken in die Steppe her-

über. Dem Grafen strahlten die Augen, er brüllte frenetisch herunter, winkte. Eine Wolkenwand stand schwarz jenseits des Wassers, dicke Tropfen fielen, die Gräser sprühten blitzten in der matten Sonne.
«Gerettet. Es sind die Wagen. Unsere Wagen. Die Leute sind treu. Hier! Hooo-ah hooo-ah!» Der Kaiser spannte sich zusammen, sein Pferd schluckte, rückwärts gerissen das Maul aufsperrend, Luft, tanzte auf den Hinterbeinen. Paar, ihn überschießend, kehrte um, atemlos, entzückten Gesichts, atemlos atemlos: «Es sind die Wagen. Mögen mich Majestät enthaupten. Rettung. Wir sind gerettet.»
Heiser rief der Kaiser, die Augen bis zur Weiße aufreißend, mit der rechten Hand auf die anrennenden Knechte mit Piken und Partisanen weisend: «Wer sind die? Was wollen die?» Paar Arme hebend: «Bleibt stehen. Bei den Wagen bleiben. Nicht hierher! Es sind ja unsere Leute.» Der Kaiser donnerte: «Hund, Bestie, hab' ich dir befohlen, mich hierher zu bringen? Schalk du, ich metzle dich nieder auf der Stelle. Wo hast du mich verschleppt? Was soll ich, was willst du mit mir?» Paar abgesprungen glutrot schweißübergossen hängte sich an den Hals des fremden Rappen: Der Kaiser solle kommen, der Kaiser solle sich nicht fürchten, es sei geschehen, er sei gerettet, es könne ihm nun nichts widerfahren; die Freiheit, wohin er befehle, die Leute sind zuverlässig, Gewänder liegen bereit.
Und in Ferdinand, während er vor Wut berstend das Pferd herumwarf, den Mann beiseite schleuderte, die Sporen einsetzte, schwebte schon, die Flammen zu heulendem Entsetzen anblasend, der Gedanke: So steht es um mich, so weit bin ich; entlarvt.
Die unendliche Steppe. Der dünne schräge Fadenregen zog hinter ihnen her, überrieselte sie, legte einen grauen Schleier vor sie. Paars Pferd drängte sich an seins, Paar drängte sich verlangend, Hände hinlangend an ihn, rief etwas dem Mann zu, der den Kopf auf die Brust vor dem Wasser senkte. Die Sätze verschluckt, die Stimme schrie, beschwor den andern, suchte ihn vom Pferd zu bewegen. Um des Heilands willen nicht zurück, er möchte vertrauen, oh vertrauen. Von drüben die Worte: «Wo ist die Jagd? Führt mich zurück. Ihr seid verloren sonst.» Immer weiter in die rieselnde Dämmerung. Die lautlosen Pferde. Hinter dem Kaiser, zu seiner Seite, jagte Paar. In dem Kaiser stieg die Angst, saß an seinem Rücken, auf seinen Schultern: «Der Satan ist da.» Gehölz zur Rechten, schwellendes federndes Moos. Flitzend zwischen Stangen, gespensterhaft vorbei Hütten Zäune. Schonungen rauchten vorüber. Der Graf erblichen wurde

von einer Betäubung, einer Stirn umschließenden Abwesenheit befallen; eine Erstarrung durchdrang seine Brust von Minute zu Minute stärker; ein hopsendes Fleischgestell warf das Pferd auf ab, auf ab.

Hörner, viele Hörner, grelles Blasen. Menschenrufe. Schwarze Haufen auf dem Feld, bellende Hunde. In ein Gewimmel von Knechten stürmten sie ein. Lange später hetzten die Herren an, die aus den Wäldern von der Suche zurückkehrten.

Blaß stierte der Kaiser regentriefend neben seinem Pferd. Die Herren legten ihm Mäntel und Tücher um. Er sei gestürzt im Dickicht, er hätte sich mit dem Grafen Paar verirrt. Knechte jagten nach einem Feldscher. Paar schritt erschöpft hinterher, gab keine Antwort.

IM SCHLÖSSCHEN sagte Ferdinand zu ihm, er sei ein Verräter. Als Paar nur stumm niederfiel, befahl Ferdinand ihm, sich still zu verhalten, sich ohne weiteres aus seiner Umgebung zu entfernen. Als Paar sich der Tür näherte, schäumte der Kaiser, dem Tränen in den Augen standen, vor Zorn: «Hans, ich muß dich vor Gericht stellen, ich muß dir den Kopf abschlagen lassen, ich muß dich ins Eisen werfen lassen. Du bist ein Schelm, du bist ein –. Verrucht bist du, ein Schuft bist du, ich kann dich nicht so gehen lassen.»

Kopf gesenkt stand der völlig leere Paar, der noch die nassen verschmutzten Jagdkleider trug.

«Ich weiß nicht, ob ich dir verzeihen kann. Ich kann nicht. Ich kann nicht.»

Wie Paar kniete, bückte sich der Kaiser, den schwarzen Seidenrock mit der Linken zusammenraffend, schlug ihm zweimal mit der Faust auf den Kopf, stieß ihm gegen die rechte Schulter, spie aus. Der Graf wankte rückwärts, lag halb am Boden.

Heiser Ferdinand: «Du bleibst noch hier.» Er ging vor den abendlich beschienenen Fenstern hin und her. Nach einer Weile sagte er: «Geh jetzt. Du bist still. Am Hofe bleibst du, bis ich dich fortschicke.»

Als der Fürst in größter erschreckender Unruhe zur Frühmesse erschien, mit graugrünem geschrumpften Gesicht aus Hoheneich von der Beichte zurückkehrte, wagte niemand sich ihm zu nähern. Dann fiel bei der Mahlzeit das Wort ‚Dighby', es wurde in den Gartenzelten von Tisch zu Tisch geworfen. Der Kaiser fragte, am ganzen Leib

fliegend. Man wußte nur, daß er, der englische Gesandte, einen drolligen hochmütigen Einzug in Wien gehalten habe, daß, wie vom Abt Anton verlautete, der englische König Vermittlung anbiete zwischen der Römischen Majestät und dem Pfälzer samt seinem noch kämpfenden Anhang. Der Oberstallmeister wartete lange, bis der Kaiser etwas herausbrachte.
«Uns ist ein guter Tag beschieden, Graf Mansfeld. Laßt Euch die schlimme Jagd gestern nicht gereuen. Wir bleiben nicht hier. Nach Wien! Laßt uns Herrn Dighby begrüßen.»

Wie den hoffnungslos Verirrten ein ferner Lichtschein von einem Haus, aus einem Stall, von dem Wachtfeuer einer Söldnerhorde, von einem Waldbrand, so zog Ferdinand Dighby an, der englische Gesandte, vom König Jakob zum Grafen von Bristol ernannt, von Brüssel aus dem Quartier der spanischen Infantin hergereist. Ferdinand hieß Reisewagen beschaffen, um bequem zu fahren.
«Nach Wien geht es, meine lieben Herren, mein lieber Mollert, Graf Mansfeld. Es gibt Frieden im Reich, ihr werdet sehen. Was halten wir uns auf, wenn solche Freude für alle Welt bereitet wird. Nach Wien!»
Unter den Herren war auf der Rückfahrt nur ein Gerede: wie man die unerwartet rasche Heimkehr feiern wolle. Erst fieberte der Kaiser; in ihm schwang es stürmisch auf und ab, durchschwoll ihn mit gewaltsamer Bewegung vom Hals bis in den Leib, ließ ihn lachen, sich freuen, sich vorwenden zurückwenden, Hände schütteln, nicht zur Ruhe kommen. Der blitzende Mollert lag halb im unverdeckten Wagen, stolz schweigend wie immer. Der Oberstjagdmeister strahlte, daß der mißlungene Tag vergessen war, Paar saß im letzten der sechs Wagen unter fröhlichen halbfremden Kavalieren, mit scheuen Blikken, oft seine Hände betrachtend, die den Zügel geworfen hatten zu der Entführung des Kaisers, an allen vorbeisehend, ab und zu ohne es zu merken dumpf stöhnend, so daß man schon am Tage vorher ihn umging, jetzt von ihm abrückte. Die silbernen Partisanen der Trabanten zuckten über den Wegen wie schnellende Vögel. Ein wildes Bangen durchwallte von Zeit zu Zeit den Kaiser. Französisch, spanisch, deutsch, italienisch plauderte es sich auf den Wagen, Duelle am Ochsengrieß, Karussell und Ringelstechen. Hinter den Worten reg-

ten sich die zierlich gezähmten Appetite, die kennerischen Geschmäkker, grenzenlose Bankettier- und Pokuliersucht. Die Arme fechtsüchtig, das Zwerchfell lachsüchtig, ihre Zungen verwaiste Teller, Münder ungefüllte Backofenlöcher. Es hieß Speichel schlucken, staubige Luft essen, mit blitzend verdrehten Augen von zarten Braten träumen. Und dann sollten die Abende kommen mit Kerzen, Fackeln, Trabanten schwerfüßig vor den Türen, die Tische frei, Karten und Würfel über das blanke Holz, heißwangige Spieler, zähe Bankhalter, französische Liköre, Wein in Fudern, Trumpfen: «Meineidige Höllenhunde!» «Pestilenzialische Teufel!» «Herr Bruder, jetzt frißt mich der Satan oder ich habe gewonnen.»
Nach Wien! Kein Verzug! Gesegnet sei Dighby, Graf von Bristol!
Die Wagen schütterten auf den Chausseen, die Pferde sprengten mit Hussa hoh; von Dorf zu Dorf wartete Vorspann. Der Staub erhob sich, auf seiner Woge glitten sie vorwärts. Zwei Fanfaren vorn, zwei Fanfaren zur Seite, zwei Fanfaren hinten. Sie sahen und hörten nichts. Und als die Herren in Wien einfuhren, dachte weder der seidige Mollert, noch Nostitz, noch Mansfeld, noch Ferdinand der Andere an Dighby, den Träger einer englischen Botschaft. Der Hohe Markt, die Balkons des Grabens, Gassen nach Gassen, der Petersplatz. Schweres Dröhnen vom Stephansturm, das Türkengeläut; die Wagen hielten, die Herren knieten auf der Straße, der Kaiser im Wagen. Vor dem sonnenüberfluteten Burgplatz, zwischen den Hatschierreihen vorquellend Bettlergelichter, Beghinen, Minoriten, Barfüßler. Mit übermütiger Wucht warf Mollert aufstehend seinen Geldsack einem Savojardenbuben an die Brust, daß der umtaumelte, andere sich balgten.
Da wußte bald Dighby, daß die Römische Majestät wieder residiere in der Burg. Auch die hohen Staatsmänner wußten es, die Karussells fanden statt, Vorbereitungen zu einer Maskerade, Bauernwirtschaft im Prater. Aber mehr wußten sie nicht, morgen nicht, übermorgen nicht. Bis in die Nacht leuchteten die Bogenfenster der Burg aus den großen und kleinen Ritterstuben mit den fröhlichen Herren. Dazwischen ging der Kaiser herum, sann und sann, ohne Rat, wen er sprechen sollte, wen er schicken sollte zu Gurland, seinem Schatzmeister, nach Gold und vielen vielen Geschenken, um Dighby sich willig zu machen.

EINES MORGENS wandte sich König Jakob mit wegwerfender Miene von dem eleganten Dialektiker und Lüstling ab, seinem Kanzler Buckingham, dessen feine rosa Seidenstrümpfe ihn reizten: Er würde sich in den Garten an die Frühlingsluft tragen lassen; mag denn das Volk recht haben, mag einer nach dem Kontinent fahren, sich die Finger verbrennen an dem Brei, den dieser Narr Friedrich sich eingebrockt hat. Einen Sprung fast einen halben Meter hoch auf dem Teppich des Audienzzimmers machte der sehr junge Lord, als der schlaffe König, kaum den Kopf bewegend, fortgefahren war. Dann zählte er seine Schritte, ein zwei drei vier, er war an der Türe, eine gerade Zahl, die Sache würde gut verlaufen. Und während Jakob zankend die Mistbeete abdecken ließ und sich heimlich darüber grämte, daß seine Tochter Elisabeth in ihrer Liebesraserei sich diesem geleckten deutschen Kurfürsten, diesem Windbeutel, an den Hals geworfen hatte, seine schöne stolze Tochter, erteilte Buckingham hochmütig drei trotzigen Parlamentsherren Auskünfte orakelhafter Art in seiner Villa, beiläufig hinwerfend, daß man sich nunmehr des geschlagenen Böhmenkönigs annehmen werde, spöttisch genießend, wie den betrübten Lohgerbern ihre Agitationsstoffe fortschwammen, benachrichtigte den Lord Dighby. Von London fuhren nach Portsmouth darauf mit dem Lordkanzler, unter dem Schutz derselben fünfzig eisengeharnischten Arkebusiere – gelbe und rote Ärmel, wüst unter dem hochgeschlagenen Visier blickend, auf trampelnden gemästeten Gäulen – zwei deutsche Herren, die sich nicht abschütteln ließen, Rusdorf und Pavel, kurpfälzische Räte. Sprachen öfter heftig auf französisch den Lordkanzler an, der sie nach Belieben anhörte oder englische Worte hinwarf, die sie nicht verstanden.
Dighby verbat sich in Portsmouth den Anhang dieser beiden Herren, worauf Buckingham die Achseln zuckte: es ließe sich nichts machen gegen sie, ohne das Parlament zu erregen. Naserümpfend ließ sich der junge Graf von Bristol die beiden Pfälzer vorstellen; er und Buckingham zwinkerten sich lächelnd zu, als bei der Abfahrt unter Verbeugungen nach vielen Seiten die deutschen Räte das Schiff bestiegen.
Vom Ostersonntag bis Dienstag reiste der Brite um Wien herum, Mauern und Basteien studierend, über Wälle kariolend, wieder in die waldversenkten Nachbardörfer eintauchend, nach Hernals hinein, über den Laurenzergrund, Altlerchenfeld, Nikolsdorf, den Rustschacher, Schutt, die Taborstraße, wo die Juden hausten, Mariahilf. Während alle Kirchen vom Jubelgesang der Menschen erschollen

über die Auferstehung des allerliebsten Herrn Jesu, die Türme vom Glockenschwung bebten, schlug sich Dighby vom dicken Rotenturmtor zum Turm Im Elend, Schotten- und Jörgenturm und Sankt Marx. Und als er das Siechenhaus im Regen des Ostermontags passiert hatte, schickte er zwei Knechte zur Heinersbastei, verlangte für morgen beim Torschreiber Einlaß zum Kärntnertor. Junge Burschen ritten langbebändert über die Felder, trieben die Pferde in den Bach. In der Nacht weckte ihn Feuerschein in seiner Herberge; da schwang man draußen brennende Besen, zog grünes Volk singend, Asche streuend ins Freie.

Der geschwollene Lord ließ die zwanzig Mann pikenbewehrter Stadtgarde, die ihn am Kärntertor erwarteten, bis Mittag stehen. In einer Sänfte kam er, warf seine Kalbsaugen nach den zierlichen Mädchen, den auf Stelzen spazierenden Fräulein, ließ halten, um einer Gruppe Minoriten kopfschüttelnd unter die Kapuzen zu schauen. Am Hohen Markt war Gedränge; ein Umzug wurde erwartet. Mit Flöten und Pauken hoch zu Roß ließ sich die Bäckerinnung erblicken, weißstrumpfig, Meister und Gesellen, perlgrau die Beinkleider, blaue Jacken, silberne Schnallen an den Schuhen. Vom Salzgrieß waren sie aufgebrochen. Über einen bekränzten blutjungen Gesellen auf schneeweißem Pferde wurden unter Jubelrufen aus Fenstern, Balkons Blumen geschüttet; angestemmt an die Brust trug er den riesigen Türkenbecher, drei erschlagene Janitscharen, ziseliert in Silber, dazu drei Bäcker und das Heidenschußhaus mit der entdeckten klaffenden Mine, der Ort ihres Triumphes. In einer verschlossenen Sänfte hinter dem Lord fuhr man die beiden giftigen Pfälzer. Rusdorf hatte sich in Nürnberg englische Lakaientracht verschafft; nur unter der Bedingung, sie tragen zu dürfen, war er mit Pavel nach Wien gedrungen. Sie ängstigten sich hinter ihren Vorhängen, kein Wort ließen sie im Gedränge verlauten.

Als nach zwei Tagen der Abt Anton von Kremsmünster, Kammerpräsident, sie in seinem stillen Refektorium empfing, ein ehrerbietiger schlaffwangiger Herr, der überaus verschüchtert schien, wehmütig demütig um sich blickte, von Zeit zu Zeit entsetzt vor einer Motte zusammenfuhr und sich entschuldigend, fast weinend, sein Käppchen verlierend hinter ihr her durch das Zimmer rannte, vergeblich nach allen Seiten klatschend, schmerzvoll seinen Gästen die leeren roten Handteller zeigend, als er sie empfing, bat er, mit dem Abgesandten des Königs von England und den Beratern des pfälzischen Kurfürsten

getrennt verhandeln zu dürfen. Die Verbeugung wurde steif beantwortet; die deutschen Herren blieben den Bescheid schuldig, warfen sich ratlose Blicke zu. Dighby, ungeschlacht, wilder blonder Kinnbart, Fäuste in den Weichen, die beiden fixierend wie ein unbekanntes absonderliches Tierpaar, machte eine demonstrierende Handbewegung: die Herren seien noch nicht so weit, sie würden wohl morgen antworten.
In ihrem Quartier, von Dighby aufgesucht und befragt, weigerten sie sich überhaupt zu antworten, würden sich erst beraten. Sie kämen selbständig für den Böhmerkönig und pfälzischen Kurfürsten, würden sich aber gewiß nicht trennen lassen in der Diskussion von England. Er fragte den Reitstock wirbelnd, ob sie der Verhandlung ein Bein stellen wollten, ob er also warten solle, bis sie etwa Kuriere zu ihrem Herrn schickten. Die Herren spien einsilbig Wörtchen aus den Mundwinkeln wie ‚Pflicht', ‚unabänderlich', ‚Beschluß'.
«Wollt mich tribulieren, ihr Herren von Heidelberg. Seid aber hier auf heißem Boden, wisset.»
Knauten: «Unabänderlich. Muß sein.»
«Können die Herren ihre Anliegen selbst betreiben. Scheinen zu glauben, ich wäre ihretwegen zur Stelle. Bin Gesandter des englischen Königs und Parlaments, das beleidigt ist. Das ist alles.»
«Gut. Gut. Verstehen. Der Herr verstatte.»
«Verstatte. Ich habe Zeit.»
«Unsere Dienste dem Herrn. Gott zum Gruß.»
«Nun, nun, die deutschen Herren. Machen wir Parlament oder Boxkampf?»
Schob seine blauseidenen Ärmel hoch, Stock zwischen den starken Zähnen, wies seine dicken Muskeldrähte. Minutenlang stand er da, wiegte die Arme. Sie gingen geduckt auf und ab, Hände auf dem Rücken. Er zog den zerknitterten Stoff wieder herunter, stampfte mit grobem Lachen hinaus.
Der Kaiser war nicht da. Als er da war, empfing er nicht. Die Wut der beiden Pfälzer Räte, daß Dighby in Wien flanierte, sich um nichts kümmerte, vielleicht für sich verhandelte.
Spätabends trat er in die Gaststube ihres Quartiers, wo sie unter den Kerzen saßen, Honigbier tranken. Auf der Schwelle schrie Dighby, dessen Masse im Dunkeln sich unsicher bewegte: «Rusdorf!»
«Der Herr?»
«Rusdorf, kusch dich!»

Der entsetzt.
«Hui hui. Was ich sag'. Kusch dich.»
«Er ist verrückt», flüsterten die Räte.
«Auf den Tisch, hopp.»
«Was.»
«Hopp auf den Tisch.» Mit schütternden Schritten Dighby näher. Pavel hauchte: «Er ist verrückt. Tu's.» Rusdorf im langen braunen Rock vor Dighby ausweichend, sprang plötzlich auf den Tisch neben das Bier, hob den Arm: «Ich protestiere im Namen meines königlichen und kurfürstlichen Herrn.»
«Bist ganz still. Der andre.»
Der sagte gar nichts, achtete verkniffenen Gesichts auf Dighbys Mund.
«Der andre.» Als Dighby zum dritten Male brüllend ansetzte: «Der –», stieg Pavel zusammenfahrend auf Tisch, Stuhl, setzte sich auf die Kante der Tischplatte gegenüber Rusdorf. Zufrieden nickte der Große: «Ist schön. Ist schön. Runter vom Tisch.» Nahm sich eine Kerze, ging hinaus, vor sich leuchtend. Allein die beiden. Sie tasteten sich auf Pavels Zimmer, schlossen die Tür, sahen sich an, machten eine Bewegung, als wollten sie sich in die Arme fallen, griffen sich nach den Händen.
Pavel stöhnte: «Was bleibt uns übrig, als uns umzubringen.»
Rusdorf gebrochen: «Herr Bruder.»
Pavel konnte sich nicht beruhigen: «Er kommt öfter. Verlaßt Euch darauf. Es war das erstemal. Er hat es heute erst versucht.»
«Pavel, was sollen wir tun.»
«Es kommt noch schlimmer. Und – wir müssen unserem Herrn dienen.»
«Unser armer armer König.»
Als Dighby am nächsten Mittag kam, saß Rusdorf, der aus Furcht nicht das Quartier verließ, allein da. Ohne ein Wort zu sagen, hob Dighby den Stock. Dann pfiff er. Flehentlich sagte Rusdorf: «Der Herr treibt es zu weit. Weiß der Herr nicht, wem wir dienen?»
Der pfiff.
«Einem hochgeborenen Herrn, dem Schwiegersohn des Königs von England.»
Es bedurfte nur eines Schritts von Dighby, um Rusdorf auf den Tisch zu bringen neben eine Breischale.
Der Lord, Hut Stock Degen auf die Diele schmetternd, rückte sich

den Stuhl zurecht, langte nach dem Krug, fragte schluckend den Rat: «Wie war das mit seinem Herrn. Es gefiel mir.» Rusdorf beschwor ihn leise, mit einem gewissen vertraulichen Ton in der Stimme, er möchte doch Vernunft annehmen, ihre gemeinsamen Interessen bedenken, die Verwandtschaft ihres Herrn und alles; sie müßten sich persönlich verstehen lernen, da ihre Sachen Hand in Hand gingen. Dighby fragte, wessen das fast ausgetrunkene Weinglas sei; und zum maßlosen Entsetzen Rusdorfs rief der Lord nach dem Hausdiener, der sogleich eintrat, an der Tür stutzend stehenblieb. Wein wollte der Lord; für den Herrn oben auf dem Tisch ein neues Glas.
Rusdorf hatte nicht vermocht, vom Tisch herunterzusteigen; ein kleiner Blick Dighbys von unten hielt ihn fest. Jetzt saß er, die Augen mit den Händen verhüllend, da, stumm, während der Lord schmatzte, schluckte, ihm kräftig zum Abschied die Schulter schlug.
Rusdorf erwähnte gegen Pavel diesen Besuch nicht. Er sah es kommen, wie Dighby mit dem Stock spielte, daß er Hiebe von ihm kriegte. Mit schmerzlichem Verständnis suchte er die Unerzogenheit und Wildheit Dighbys auf sich zu lenken, damit mit Pavel die Geschäfte vonstatten gingen; verteidigte öfter den Lord vor Pavel, Jugend hat keine Tugend.
«Wir waren nicht besser, als wir jung waren. Ich selbst, Pavel, in Altdorf, o jeh!» Leckte sich zärtlich die Lippen.
Pavel saß allein an der Mittagstafel. Dighby herein: «Wo ist der andre?»
«Ich weiß nicht. Ich weiß, aber ich antworte nicht.»
Dighby öffnete stumm die Tür zur Nebenkammer: «Ruß! Ruß! Rusdorf!»
Über die Stiege: «Rusdorf. Her. Ran.» Im grüntuchenen Schlafrock, mit dem roten Schlafkäppchen, tappte etwas aus einer zweiten Seitenkammer.
«Aber schneller, wenn ich bitten darf.»
Rusdorf stand unsicher vor ihm, flüsternd: «Mein Gott, Lord, Graf, redet nicht mit mir in dem Ton.»
Der zischte zwischen den Zähnen: «Ich schlag mich mit dem herum. Wo steckt Ihr denn, verdammter Schnappsack?»
«O Gott, mein Allmächtiger. Vor Pavel, Lord.»
«Still. Geh mir voraus.»
Zeigte mit dem Stock auf Pavel, der still dasaß, mit seinem Degengriff spielte.

«Was ist?» fragte unglücklich Rusdorf.
«Er soll auf den Tisch. Vorwärts.»
Er nahm, die Augenbrauen hochziehend, den Stock zwischen die Zähne, kreuzte den Arm.
Rusdorf bettelnd, das Käppchen abziehend: «O Lord.»
Der bewegte sich nicht.
Rusdorf streichelte ihm die Hand, machte ein kläglich inniges Gesicht, bat ihn sehr leise, in die Nachbarkammer zu kommen; er dachte sich da vor dem Lord zu entwürdigen, wie der es wollte.
Dighbys Runzeln blieben steif.
Zaghaft näherte sich Rusdorf dem andern am Tisch, flehte vor Pavel: «Unser armer Herr.»
Der bewegte keine Miene, schien Rusdorf nicht zu kennen.
«Unser armer Herr», bettelte Rusdorf. «Geht», flüsterte er.
Pavels Degen wippte am Boden. Rusdorf sah sich nach Dighby um, der stand still, scharf blickend wie Pavel.
«Kommt, geht auf den Tisch. Ich setz' mich mit Euch, wir haben es gestern gekonnt. Es ist ja gleich vorbei.»
Er faßte ihn um die Schulter. Ihn schauderte vor der Berührung des blauen Tuches. Der hatte mit der Schulter gezuckt, den Oberkörper vorwärts, rückwärts geworfen. Abgeschüttelt, seitlich stolpernd fiel Rusdorf auf die Hände.
«So!» stand er demütig vor dem Grafen. Der, den Stock im Gebiß, zeigte mit den Blicken auf Pavel.
Weinend, leise und zornig vor dem Tisch: «Ihr dürft es nicht so lange hinziehn. Ich vermag es dann selbst nicht. Es geht über meine Kraft. Wenn ich dies alles erdulde von, von dem Übeltäter.»
Kaum hörbar: «Geht.»
«Ihr müßt. Ihr müßt. Was hab' ich Euch denn getan?»
«Rusdorf, geht.»
«Kommt mir nicht mit ‚geht'. Was mir recht ist, ist Euch billig. Ihr dürft nicht Euer Spiel mit mir treiben.»
«Rusdorf, laßt meine Hand.»
Der schäumte: «Nennt mich nicht beim Namen.»
Er faßte ihn vor der Stuhllehne um die Taille. Pavel, ohne sich zu bewegen, steif wie ein Baumstamm, wurde wenig angehoben. Dann stieß er dem stöhnenden Mann den Degenkorb gegen die Schläfen.
Der ließ aufschreiend los.

Dighby spuckte im ruhigen Anschreiten den Stock auf den Boden, klopfte Pavel auf die Schultern: «War gut so, Herr.»
Drei Tage blieb Rusdorf darauf unsichtbar. Kam lärmend heraus, in alle Ecken sich umblickend. Was inzwischen geschehen sei. Stünde noch alles auf demselben Fleck wie früher. So mache man Geschichte.
«Der Herr Bruder hat keinen Grund, sich zu ereifern.»
Und der Graf von Bristol immer frisch hinter den Hunden und dicken Weibern her; Wirtschaft, saubere Wirtschaft. Frech kreischte er, als Rusdorf um Mittag erschien. Der ließ es sich schmecken, ohne ihn zu beachten, konversierte mit Pavel. Nur beim Abschied konnte sich der Graf nicht enthalten, auf der Schwelle den erregten Rat mit einem kleinen Peitschenhieb abzuwehren.
«Lustig getäuscht!» duckte sich der, «noch einen, recht, noch einen.»
Als er noch zur Vesperzeit fluchte rumorte, verließ ihn auch Pavel.
Nach schrecklichster Überwindung, fast berauscht vor Angst, betrat dicht hinter ihm Rusdorf die Gasse. Seine hitzigen Blicke, sein Lippenbeben, halblautes Selbstgespräch, die englische Tracht fielen auf; die Jungen, die nachliefen, schrie er an; die Männer Handwerker Studenten suchte er über Straßen Wege auszuforschen, verließ sie lächelnd mitten in der Antwort. Verzweifelnd schritt er an der Spitze eines kleinen Volkshaufens, wußte sich nicht Rat, als sich betrunken zu geben, unter wildem Gejohl nach Stunden wieder vor dem Quartier zu erscheinen, heraufgeholt von Dighby, der ihm finster die Kleider abnahm.
Nunmehr ging er frisch im eigenen Kleid öfter aus, begegnete ihm nichts. Setzte sich weiter in Bewegung. Und eines Tages erfuhr der Lord den unverhofften Besuch eines Geheimschreibers des kaiserlichen Hohen Rats, von dem er zu seinem Erstaunen hörte, daß seine Bemühungen im erfreulichen Einklang mit den Absichten Seiner Majestät wären und daß der Anberaumung einer Audienz nichts mehr im Wege stände.
An den Haaren zog der Lord den lachenden Rusdorf heraus aus der Kammer: «Hinter meinem Rücken agiert! Ohne mich zu fragen, ohne mich zu informieren. Ihr! Ihr! Wer ist die Pfalz. Ich würg' den Herrn.» Entzückt kläffte Rusdorf dagegen. Wildes Lamentieren Dighbys, der davonrannte.
Pavel, der zugegen war, schleppte seine schwermütige Gestalt durch den Raum, voll Ekels über den Briten und seinen Gefährten. Der

Triumph des andern klang kaum an seine Ohren. Als ihn abends Dighby aufstöberte, roh schreiend, ob der Herr auch etwas gegen ihn im Sinne habe, sagte Pavel matt, er würde den Herren beiden nicht lange mehr zur Last fallen, der Herr möchte nichts von ihm befürchten.

Rusdorf, der sich an Pavel drängte, las abends entsetzt die auf dem Tisch ausgebreiteten Papiere, Abschiedsbriefe; ruhig ließ ihn der gewähren. Als aber Rusdorf nach seiner Hand greifen wollte, fuhr der andre wie gestochen zurück, leise scharf ausstoßend: «Scheusal. Viehisches. Schmieriges. Nicht mich angerührt.»

Rusdorf weinte: «Wir können nichts machen ohne Dighby. Verzeiht mir.»

«Rühr' der Herr mich nicht an.»

«Ich weiß mir keinen Rat.»

«Es mag sein, wie dem Herrn gefällt. Nur möchte ich ihn bitten, mir bald aus dem Gesicht zu gehen.»

«Was will der Herr Bruder tun. Wo will er hin?»

Der schwieg.

«Bruder, Herzensbruder, ich muß dir etwas sagen. Du darfst nicht weg. Bruder, du magst deine Briefe abschicken oder nicht. Ich will es nicht hindern. Nein, du wirst nicht weggehen. Ich, ich lass' dich nicht.»

«Wie aber gedenkt Herr Rusdorf das zu hindern?»

«Das mag der Herr nicht fragen.»

«Ich werde noch heute Dighby und den Herrn verlassen.»

«Ihr werdet das Haustor nicht zumachen. Ihr könnt nicht. Ihr zwingt mich. Ihr mögt denken, ob ich Ehre habe oder nicht. Mich tragt Ihr nicht so zum Gespött hinaus mit Euch, Herr. Ich muß bei Dighby bleiben.»

«Ihr werdet sehen.»

«Ich fleh' Euch an, es nicht zu versuchen.»

Rusdorf kniete, wimmerte vor dem andern, der sehr traurig von ihm abrückte.

Zwei Stunden später wurde Pavel, verkleidet über die halbdunkle Stiege hinabschleichend, am untersten Absatz aus der Finsternis von zwei Degenstößen getroffen, durchbohrt am Oberarm und beiden Schenkeln, daß er mit Wehgeheul hinsank. Rusdorf mit dem blutignassen Stahl entwischte in eine Seitengasse.

NIKOLAUS Gurland, aus dem Sumpf der böhmischen Verwaltung vor dem Krieg nach Wien gekrochen, war ein Misanthrop. Die wüsten Herren von der Landtafel hatten die kleinbürgerliche Rechenmaschine vergeblich zu kujonieren versucht. Seine trostlosen Berichte Memorials Denkschriften an den verstorbenen Kaiser Matthias hatten schon böses Blut bei diesen Herren gemacht; seine langweiligen Zahlen über den Rückgang des Bergwerkertrags in Joachimsthal Kuttenberg Ratiboric waren nicht zu widerlegen. Da er immer einen verwitterten blauen Tuchanzug trug und sich nicht um Politik scherte, regelmäßig zur Messe ging, beichtete, konnte man ihm nur zusetzen durch Verweise wegen Vernachlässigung amtlicher Würde in Tracht Gebaren, ihm demütigende Belehrungen erteilen über Umgang mit Behörden. Tief getroffen kaufte er sich einen kostbaren Federhut, zog sich blaue Strümpfe an, schwang einen zierlichen Degen, aber die breiten böhmischen Schuhe schleppte er an den Füßen, den Mantel trug er wie ein Paket unter dem linken Arm. Der Chef, ungerührt, ging ihn eines Tages mit einer frechen Bestechung an; da sah Gurland, daß er mitmachen oder gehen müsse. In Wien wurde er wegen seiner Griesgrämigkeit, des unpersönlichen Mißtrauens, der ruhelosen Strenge und Reinlichkeit von Behörde zu Behörde geschoben. Den Don Marradas, einen großartigen liederlichen Herrn am Hofe, seinen Hausnachbarn, bewahrte er durch private Rechnungsführung vor schwerer Überwucherung; Don Marradas ritt neben der Kutsche des Kaisers und war Kapitän der Hatschiere. So daß dem böhmischen Sekretär Nikolaus Gurland das Letzte geschah, er sturzartig, seiner Verwirrung ungeachtet, in das Amt des Schatzmeisters gelangte. Seine bürgerlichen Sonderheiten waren nun geheiligt; an den Wänden Straßenmauern schlich er wie sonst, hohe Bediente Würdenträger wichen vor ihm aus.

Schiefschultrig feingesichtig, einen mausgrauen Mantel um den niedrigen Leib, stand eines Mittags Kaspar Frey, der Römischen Majestät alter Geheimsekretär aus erzherzoglichen Zeiten, vor Gurlands erhöhtem Schreibpult. Die Tür hatte er fest hinter sich angezogen. Er nahm die Zeit des unruhigen gelbgesichtigen Mannes oben mit höfischen nichtssagenden Redensarten und Pausen in Anspruch. In einem hintern Flügel der Burg lag die Schreibstube; Gurland, schwarze mißtrauische Blicke werfend, schnalzte im Chorgestühl heftig an einem Entenkiel. Kaspar Frey suchte ihn freundlich zu stimmen, reizte ihn, nahm auf der rotbezogenen Besucherbank Platz.

Schließlich gab er zögernd Auskunft, auch daß er im Namen des Kaisers käme. Der unzugängliche Mann oben, dem man vieles geboten hatte, schwieg lange. Was Frey vortrug, überstieg alles Frühere; er sollte zum Mitwisser Mittäter eines unglaublichen Unterschleifes gemacht werden; der Kaiser nicht, eine verwegene Person steckte dahinter, denn Frey war sicher nur Zwischenträger. Als sich die Tür hinter dem Abgesandten schloß, nachdem er eine halbe Zusage empfangen hatte, die ihn sicher machen sollte – in zwei Stunden hoffte Gurland, ihn nach einem kurzen Überschlag ganz zufrieden zu stellen –, kramte der erschrockene Mann drin fiebrig mit seinen gelben Fingern nach seiner Seidenmütze. Er setzte sie sich auf seinen glatten starken Schädel, zischelnd rief er nach seinen Schuhen, auf dicken Pantoffeln schlendernd. Zum Kaiser; es war sonst sein eigenes Verderben.

Ferdinand, aus der Kapelle zurückkehrend, empfing ihn traurig. Er streichelte ihm die Hand: «Er kam in meinem Auftrag.» Und als der entsetzt noch einmal fragte, sagte Ferdinand leise: «Ja, wirst du vermögen zu schweigen. Und wenn du es nicht kannst, sag es nur ruhig. Du wirst mich nicht kränken. Du wirst in allen Ehren bleiben.» Gurland fassungslos, Tränen in den Augen, fühlte seine Nasenhöhlen sich weiten; ein kühles Prickeln schlich um die Oberlippe. Er sagte nur ‚ja', fiel ihm zu Füßen. In seiner Schreibstube erwog er, ob er abdanken solle; seine Unruhe steigerte sich zur Verzweiflung. Frey kam. Er lief gegen ihn, konnte nichts sagen; alles, was er begehre, wolle er erfüllen; warum er keine Zeile, keinen Ring vom Kaiser mitgebracht hätte.

Als gegen Abend die Rollknechte in dem Amalienhof der Burg die leinenverpackten Geräte, kleinen Kisten auf ihren Wagen gehoben hatten, sich in Bewegung setzten unter Begleitung starker, als Knechte verkleideter Hatschiere, hatte Gurland sich im Danksagen Verzeihungbitten gegen Frey gesättigt.

Der geschwollene Lord schmetterte die Türe seiner Kammer zu; Rusdorf mußte ihm tragen helfen; vor dem Bett des melancholischen Pavel stolzierte händereibend der Lord, zwei Kerzen brannten auf dem Tisch; Faulbett Fensterbank Gesims Parkett bestellt mit kaiserlichen Gaben; auf dem kleinen Stollenschränkchen, dem buntgemusterten, mit gewundenen hohen Beinen, eine breite schwere gelbblinkende Schale, eine goldene Waschschüssel.

«So viel sind wir wert, den Herren! Herr von Meggau, Herr von

Trautmannsdorf machen saure Gesichter, werfen mit großen dicken Worten. Der Kaiser schickt Geschenke!»
Pavel: «Der Kaiser mag nicht eins sein mit seinem Hofe.»
«Der Kaiser ruft mich zu einer Audienz.»
Rusdorf sondierte, ob er zur Audienz wolle.
«Freilich, ich werde ihn anhören. Dann um ein Geschenk bitten für Herrn Rusdorf. He.»
«Bitte der Herr um nichts. Wenn ich rate, gehe der Herr lieber nicht hin.»
«Das wäre.»
«Der Herr glaube mir. Ferdinand hielt Euch für einen käuflichen Schindhund. Den verruchten bestialischen Sinn wird der Herr bald erkennen. Ist kein Friede zwischen Habsburg und unsern evangelischen Häusern.»
«Neidet mir der Herr meine Lorbeeren. Will der Herr, begleit' er mich, sei er mein Diener.»
«Die Zeiten sind vorbei.»
Dighby zynisch lachend: «Ich werde achten, wann der Herr seinen Degen trägt. Man muß sich ja vor ihm fürchten.»

DER HABSBURGER ritt. Dighby zu Fuß wegen seines Hüftwehs. Kühler Buchenwald bei Wolkersdorf, warmer böiger Maiennachmittag. Aufgescheuchte Haselhühner Marder, aus Sumpfwiesen der Lichtungen grelles Gequak der Frösche. Der Kaiser leicht gekleidet, weißes Wams geblümt mit Anemonen, bauschige Ärmel, Schlitze mit goldenen Borten; am einfachen Ledergurt quer über die Brust das Wehrgehenk; die Beine in den roten, weiten Kniehosen; hinter ihm wehte der schwarze Mantel gelbgefüttert. Er plauderte gleichgültige Dinge, schwenkte oft seinen Tummler, so daß er leicht heruntergebeugt mit einem Anflug von Verlegenheit und Besorgnis das Gesicht seines gleichmütigen Begleiters studieren konnte. Um seine Familie fragte er den Lord, der einherschritt mit dem Krückstock, tief über dem Magen den Orden am blauen Atlasband; mit dem platten schmalkrämpigen Hut sich Luft fächelnd an seine roten vollen Backen; oft mußte sich der Lord bücken, wenn er mit der großen Goldrosette seiner Halbschuh im Strauchwerk hängen blieb; noch dicker quoll beim Aufrichten in der spanischen Krause sein Hals. Der Kaiser sprach von Italien, setzte Feinheiten beim Saustich auseinander, erkundigte sich nach schottischen Hunden, schwoll über von Jagdgeschichten. Mitten über einen Waldpfad schnürten zwei Füchse dicht hintereinander dahin; der stärkere, der Rüde, voran mit einer Fasanenhenne, die Fähe mit einem zappelnden Junghasen. Dighby zuckte vorsichtig nach, der Kaiser lachte herunter über seine Gespanntheit; stellte ihm frei, morgen den Bau zu graben, die Welpen auszuheben. Noch einmal dankte Dighby für die Gastgeschenke. Oh, der englische Herr möge nur sehen, daß es nicht an ihm läge, wenn sich Schwierigkeiten erhöben. Er habe mit Freuden von den Ausgleichsbemühungen des Gesandten gehört, Meggau und Eggenberg hätten ihm berichtet, auch in die Denkschriften der Pfälzer Legaten hätte er geblickt. Ob sich die Majestät von der Triftigkeit der britischen Argumente überzeugt hätte. «Weiß, weiß. Meint es gut. Ist Euer Verwandter, der Pfälzer Kurfürst. Der Herr weiß, daß beim Ausgleich mein hoher bayrischer Schwager mitzusprechen hat; fasse der Herr es gut und glimpflich an; an meinem guten Willen soll es nicht fehlen. Was hat ihm sein Souverän Sonderliches ans Herz gelegt?»

«Dem flüchtigen Kurfürsten zu seinem erbeigentümlichen Land auf jede Weise zu verhelfen, zu protestieren, daß der Krieg in deutsche Länder getragen werde, da Friedrich den Krieg nicht geführt hat gegen des deutschen Kaisers Majestät, sondern gegen einen habsburgischen Kronprätendenten, er selbst erwählter böhmischer König; zu protestieren gegen die Reichsacht –.»

«Weiß, weiß, die Gründe sind mir bekannt. Sonst nichts Sonderliches?»

«Die Protestierenden werden es im Heiligen Reiche nicht leicht hinnehmen, wenn einem ihrer Glieder ein gewaltsames Leid geschieht. Wie dem sei, will der englische Souverän und sein Parlament nicht ruhig zusehen, wie ihren Glaubensverwandten Gewalt angetan wird.»

«Spreche der Herr nur weiter.»

«Der böhmische Zwischenfall ist erledigt, ist von Ihrer deutschen Majestät siegreich aus der Welt geschafft. Dies scheint uns ein Ende der Angelegenheit. Über Schadloshaltung, persönliche Sicherung sind die englischen Berater bereit, mit Friedrich in Verhandlung einzutreten; wir verhoffen uns einer guten Wirkung auf ihn.»

«Bringe der edle Graf das in München an, Schwierigkeiten und Annäherungen. Haltet nicht zurück. Mein Schwager wird Euren Gründen gerecht werden. Von mir seid gewiß: ich grolle dem Hitzkopf,

dem Pfälzer Friedrich, nicht; ich weiß, auch der englische Souverän hat seine Pein mit ihm gehabt und sein böhmisches Abenteuer nicht gebilligt. Ich wünschte, der britische Hof hätte vorher Einfluß auf ihn gehabt.»
«Der britische Souverän wird erfreut sein, von der Friedensliebe und der Wohlgesinntheit Eurer Majestät durch mich zu erfahren.»
«Ihr müßt nach München. Der bayrische Herzog ist meine rechte Hand im Krieg gewesen; es ist nur billig, daß er es beim Friedenschaffen ist. Sagt ihm auch, daß ich Euch nach meinen Kräften begabt und empfangen habe. Sagt – nein. Vielleicht ist es besser, Ihr sagt es nicht. Nein, sagt ihm nichts davon.» Er lächelte fremdartig, wehmütig den aufmerksamen Lord an: «Mein Herr Schwager in München ist ein absonderlicher Mann. Ich weiß nicht, wie er es aufnehmen wird; er ist oft melancholisch. Tut nach Belieben. Es gibt nichts zu verbergen.»
Über Mittag an der ländlichen kaiserlichen Tafel im Wolkersdorfer Schlößchen verweilend, wurde Dighby bei Tisch vom alten Harrach, seinem vergnügten, gewandt englisch parlierenden Nachbarn, eröffnet, daß der Kaiser dem Herrn für die Münchner Tour noch Gesellschaft mitschicken wolle, die ihm zur Seite stände bei Audienzen, ihn auf dem laufenden erhalten möge über Wiener Ansichten, Kenner des bayrischen Herzogs. Den Nachmittag zuvor war dies festgesetzt zwischen dem Herrscher und einigen Mitgliedern der Hofkammer; erregt, fast bettelnd sagte Ferdinand: «Wir müssen alles anwenden. Wir dürfen uns nicht scheuen, jedes Mittel dranzusetzen, um zum Frieden zu gelangen.»
Und keiner der sehr klugen edlen Berater wußte, warum sich der Kaiser so um den Frieden härmte.
Nur Trautmannsdorf, der verwachsene kleine Mann, der verschwiegene, ahnte etwas, als angefangen wurde von dem Bayern, und der Kaiser davon nicht abkam, nicht abkam. Er dachte an die auffallende Begrüßung, die Ferdinand zu München erfahren hatte bei der jubelnden Rückkehr aus der Krönungsstadt Frankfurt, Ferdinand, eben zum Kaiser gewählt, gesalbt. Die eisige Maske des dunkelbärtigen Wittelsbachers, der neben seinem liebenswürdigen gebückten Vater, dem schneeweißen Verschwender und Bankrotteur, vor den Mauern der Stadt an den kaiserlichen Zehnspänner trat, stumm dem lachenden übersprudelnden Österreicher gegenübersaß in dem spiegelnden Kristallwagen. Über den Köpfen der drei Regenten brannte

abends ein Feuerwerk am Isartor, an der Langen Brücke, ab, Kanonen wurden auf allen Wällen gelöst, die Donnerschläge rollten majestätisch in die dunkle schwere Sommerluft hinein. Erst am Tage darauf in der schönen und reichen Kapelle der Fürsten, angesichts des silbergetriebenen Altars, vor den wunderbaren Reliquien des Heiligen Ambrosius, des Heiligen Stephan, der Walpurga, Damiana, Agatha, Crispina, gedachte der glückstrunkene Herrscher Böhmens und daß seine Erblande in Aufruhr und Abfall waren. Höllisch verzog sich auf dem Rückgang in die Ritterstube einen Augenblick das marmorfeine Gesicht Maximilians. Stiller wurde zwischen den Seidentapeten, den gewirkten stolzen Bildern aus Bayerns Geschichte der Kaiser; in drückendem Pomp umgingen ihn die Ritter mit blauen und roten Röcken. Eines Tages war ihm abgezwungen im fast schweigenden Hin und Her die Führung im kommenden Krieg: für die Gestellung der Heereshilfe mit den Streitkräften der Liga das unumschränkte Direktorium der katholischen Verteidigung bei Maximilian, absolute Gewalt im Kommando bei Maximilian; nicht Verhandlung noch Frieden ohne ihn. Und als der Kaiser unterschrieben hatte, war es an einem Montag gewesen, dem zweiten im Monat, an dem der Herzog Gerichtstag hielt, zwei Tage vor der Abreise, daß der Kaiser mit Maximilian eine lange Stunde in des Herzogs Sommerstube eingeschlossen verweilte. Die Stube lag zur ebenen Erde, gewölbt war sie, Figuren hatte Peter Candro an die Wände gemalt, blau und weiß war der Boden gepflastert; auf dem Sims im Umkreis prächtige Köpfe in Bronze, Marmor. Eine lange Stunde war nur zu hören Stampfen mit dem Fuß, klirrendes Hinfallen eines Degens, die flüsternde drohende beschwörende Stimme des Habsburgers; die langen Pausen vor den knappen befehlerischen Sätzen des Wittelsbachers, die aus der Stummheit kamen wie Bulldoggen aus ihrer Wachhütte. Zwei stille Wartetage. Jähe Abreise. Der Kaiser erst gebrochen, dann finster.
«Ich schicke dem Grafen von Bristol so viele gewandte Herren mit, auf daß ihm nichts mißglücke. München ist eine Festung – der edle Herr wird davon wenig vernommen haben – die im Heiligen Römischen Reiche, vielleicht auf der ganzen Erdfläche nicht ihresgleichen hat. Ja, lächle der edle Herr nicht; noch sieben Tage, und er wird mir glauben.»
«So geht der Bote des Königs Jakob einem ehrenreichen Strauß entgegen. Die Basteien des vielbenannten von Groote sollen mich locken.»

«Keine Ehre werdet Ihr ernten, Lord Dighby; ich will Euch lächeln lassen; Ihr ahnt nicht, wie vermessen Ihr seid. Eure Artillerie wird Euch in ein zwei Wochen nicht mehr bedünken als ein Kinderstecken. Eure Artillerie wird Euch aus den Händen gerungen sein, ehe Ihr erkundet habt, wo der Feind steht.»
«Redet Kaiserliche Majestät von Ihrem durchlauchtigen Schwager in Bayern?»
«Bildlich, Lord, und in Eurem Sinne. Er ist mein Freund, und ich kenne ihn. Segne Euch Gott, Lord, auf Eurem Weg. Seid gewiß, was ich Wünsche und Gebete an Euch wenden kann, wandert mit. Seid furchtsam, ich beschwör' Euch, zittert vor ihm, als wäret Ihr Tag und Nacht von Gespenstern und Teufeln heimgesucht. Zittert; erinnert Euch daran, daß ich es Euch gesagt habe. Nehmt alles, was Ihr sehen und erfahren werdet, nicht für einen Ausdruck des Gemüts, sondern für etwas anderes, was Ihr spät entdecken werdet. Ich beschwör' Euch, gedenkt meiner Worte. Fürchtet den Herzog, er ist stark; er hätte es verdient, statt meiner auf dem kaiserlichen Stuhl zu sitzen.»
«Ich bin glücklich, jetzt auf meinem rechten Platz zu stehen. Ich zittere, aber nur vor Ungeduld. Herzlichkeit ist mir unbekannt, Freude kann ich schwer in meine Sprache übersetzen. Meine Artillerie steht zu Diensten. Der Feind soll sich hüten.»
Ferdinand lachte kindlich, blickte ihn verschleiert an, strich ihm die Hand, klopfte ihm die Wange; er flüsterte: «Euer Hüftweh scheint schon behoben. Schlagt ihn nur nieder; in die Knie, Lord, in die Knie; so ist's recht: aber Euch wird der Kopf abgeschlagen. Geht. Was kann ich noch für Euch tun? Wollet gut von uns denken.»

ALS DIGHBY zurückkehrte in sein Quartier, noch nicht erholt von seiner Verblüffung, trat er zum Schlaftrunk, noch im weißen Überrock, den hohen, platten Filzhut auf dem Schädel, mit zerdrückter spanischer Krause, schütternd, lachend, armeausstreckend in Pavels Kammer: «Der Kaiser hat mir ein Bündnis angetragen. Wißt Ihr auch, gegen wen?»
Rusdorf schlich vom dunklen Eckschemel her, schaute ihm in das volle blutstrotzende Gesicht, auf das das Kerzenlicht fiel. Dighby klatschte in die Hände: «Bei Gott, ihr Herren. Gegen wen in Bayern? Unsere Sache steht ausnehmend gut.» Und während er mit den

flatternden roten Hosenbändern, weißbestrumpft, um den Tisch ging, aus dem Glas schluckte, das ihm Rusdorf bot, schüttete er sein stolzes Lachen aus: «Ich verlange Räumung der besetzten Gebiete, Schadenersatz, Sühnegelder oder Land. So sprechen die Herren doch.»
Rusdorf: «Zunächst: was hat der Kaiser geboten?»
«Die Herren werden nachgeben müssen. Gewiß. Wir müssen zu einem Ende kommen; das ist notwendig. Gebt nach. England braucht Ruhe.»
«Das hat der Kaiser gesagt? Der Herr schien mit einem andern Ton herzukommen.»
«Scher' euch das nicht, was für ein Lied ich pfeife. Die Herren haben nachzugeben. Wir müssen uns gegen Spanien regen. Der Augenblick ist da. Sonst geht's um Hals und Kragen.»
«Das hat der Kaiser gesagt?»
«Wir müssen die Hände endlich frei haben von euch. Ihr kennt unsre Lage nicht. Wir haben genug an dem deutschen Narrengezänk. Um den Kniefall vor dem Kaiser kommt euer Kurfürst nicht herum.»
Pavel saß aufrecht im Bett; seine Beine, verwickelt, wie sie waren, ließ er herunterfallen, die Augen des kranken Mannes glühten: «Herr, was untersteht Ihr Euch?»
Dighby nahm den letzten Schluck, rückte leicht an seinem Hut: «Zum Gruß. Die Herren werden nicht gefragt werden.»
Prächtig schlurrte er über die Schwelle.
Rusdorf, seinen Schemel an das Bett ziehend, mit vibrierender Stimme: «Ihr seht, Pavel, worauf es hinausgehen soll. Es war vorauszusehen. Man will über unsre Köpfe, über den Kopf unsres gnädigsten Herrn weg, den Frieden schließen. Wir werden die Festlichkeit zu bezahlen haben. Es ist nichts als ein Spiel, was man mit uns treibt in England. Die Herren treten sich nicht die Schuhe ab für uns. Man hat uns den rohesten mitgegeben, damit wir's gut merken. Gewiß, verlaßt Euch darauf. Es ist eine Farce, was sie mit uns treiben, nichts als Theater, Sand in die Augen für ihr Volk, das uns wohl will. Oh, wenn wir das Parlament aufklären könnten, wie sie mit uns Schindluder treiben.»
Pavel mit glühenden Augen aufrecht: «Beruhige sich der Herr. Wir werden antworten, ohne daß man uns fragt.»
Sanft und zage suchte Rusdorf nach seiner Hand auf der Decke: «Wird der Herr abreisen können?»

«Ich denke.»
«Wir sind jetzt nötiger als sonst. Es wäre mir doppelt bitter, jetzt den Herrn allein zu lassen.»
«Rusdorf, wir werden noch einmal miteinander fechten müssen.»
Der hielt sich die Ohren zu, mit verbissener Miene: «Erinnert Euch nicht. Wir wollen unserm Herrn dienen. Wir wollen nicht an uns denken. Wie früher, Pavel, wie früher.»
Pavel starrte vor sich mit unbewegtem Gesicht: «Ich will nach Hause, Rusdorf.»
«Ihr sollt.»
«Ihr sollt; fahrt auch nach Hause.»
«Habt Geduld. Steht mir nur jetzt noch bei, Pavel. Wir können nicht nachgeben. Diesen Frieden muß ich zerstören. Ich gebe ihm nicht nach, und sollte mich der Satan selber packen.»
Nach zwei Tagen packten die Herren ihre Sachen; hoffnungsgeschwellt brach Lord Dighby nach München, der Stadt des frommen Maximilian, auf; die beiden Pfälzer hinterher.

Als es ruchbar unter den deutschen Fürsten wurde, daß über den Pfälzer Friedrich die Acht verhängt war, erschrak der alte Pfalzgraf Philipp Ludwig von Pfalz-Neuburg in seinem sonnigen weltabgelegenen Winkel.
Zwischen seinen Schachteln mit Diamanten kramend, über geschnitzten Kirschkernen grübelnd, die Becher aus Rhinozeroshorn abtastend und versteckend, hörte er zitternd von dem großen Krieg, denn er war aus dem gleichen Hause wie der glanzvolle geächtete Mann, dem der Engländerkönig seine Tochter gegeben hatte. An seinen Ebenholzkrücken schlich er in seine Kanzlei über weite brütende Gänge, murmelnd und händeringend seinen Kanzler, den Sartorius aus Dillingen, zu befragen. Nichts lag ihm so am Herzen, als daß alles im tiefsten Geheimnis bliebe, daß der Kanzler schwiege, daß man mehrere besondere Chiffernschlüssel anlege für diese Sache, daß auch die Söhne nicht eingeweiht würden. Besonders jener Sohn nicht, der mit einer herzoglich-bayrischen Prinzessin sich vermählt hatte, denn dieser war stolz und ehrsüchtig, ein Habenichts ohne den Vater, immer mit den Augen auf dem Glanz des Münchner Hofes, das versunkene versponnene Neuburg verachtend.

«Der Krieg ist ein Totengräber», murmelte der Alte auf der verschlissenen Samtbank wichtig und hitzig zu dem Kanzler, «er sargt Leutchen ein, die eben noch mit graden Beinen tanzten, und uns alte Tröpfe holt er aus dem Kasten, lüftet uns; werden uns die Menschen, das Volk und die Stände, anstarren, daß wir noch leben. Der Philipp Ludwig von Neuburg! Ei, regiert denn der Wolfgang Wilhelm nicht, der wackere, der die Bayrische heimgeführt hat? Nein, der alte Philipp Ludwig hütet noch sein artiges Gärtlein, erfreut sich der Mispeln, Amaranthus und Tausendschön wie einer. Sieh an, sieh an. Hat das große Sterben abgeschlagen, das Kriebeln und das böhmische Schafgift. Er lebt, Kanzler, ohne Zähne, am Stecken hängt er, die Finger krumm, die Knie krumm, der Darm will nicht. Der Kopf schläft uns den halben Tag und die ganze Nacht, kaum daß wir uns besinnen zu essen und Gott zu loben. Wir wären schon längst tot, wenn nicht unser Kamerad wäre, der uns ein Gläschen Wein brächte von Zeit zu Zeit und die Beine einriebe.»
«Was wird Durchlaucht tun?»
«Warten, Kanzler, wie bisher. Wir haben Zeit, wir sind ja nicht jung. Geduld, Geduld, rennt Ihr zwanzig Meilen und keucht Euch das Herz aus dem Mund, wir kommen noch nach. Die Welt kommt schon zu uns.»
«Ich werde auf Befehl Eurer Durchlaucht zunächst zwei Pläne entwerfen über unsere Ansprüche an den Nachlaß des Ächters.»
Der im Wolfspelz drehte ihm schräg mit Wackeln den Kopf zu, den dünnen Mund offen, blinzelte mißtrauisch: «Es ist nicht nötig zu planen. Was sind das für Pläne. Aus Plänen und Planen wird nichts. Hört auf mich. Man darf nichts überstürzen. Laßt das. Seht mir zu, daß das Geheimnis gewahrt bleibt. Schreibt nichts auf, um Jesu willen, schreibt nichts auf.»
«Und wenn Durchlaucht von plötzlichen Ereignissen überrascht werden, von Einmischungen Fremder?»
Der zitterte, winkte mit den Armen ab, unterbrach, sich am Ohrläppchen zupfend: «Nicht so, Kanzler. Ihr dürft nicht so sprechen. Es wird nichts herkommen, den alten Neuburger überraschen. So weit sind wir nicht. In dieser Weise fangen wir nicht an. Geht mir aus dem Wege mit Euren Sachen. Grübelt nicht weiter nach. Mein Gott, ich hätte nicht darüber reden sollen. Soll denn mein ganzes Haus umgestürzt werden. Wir müssen warten. Ich werde Euch sagen, wann Ihr nachdenken sollt, wann Ihr mithelfen sollt.»

Abgehend streichelte er ihm den Handrücken, süßlich lächelnd, meckernd, jammerte leise.
Der Kanzler wackelte lang und knickrig die beiden Stufen zu dem Schreibschrank hinauf, seufzend trat er ein, spielte mit der Papierschere am Tisch. Es war Mißtrauen, was der Fürst äußerte; innerlich fieberte der Alte. Es sollte niemand daran teilnehmen. Ungeheuer war der Geiz des ehemals lustigen Mannes gestiegen, was er nicht in Diamanten und Kuriositäten anlegte, versteckte er in Eisenkästen und Kisten, die er auch in Gärten vergrub. Er klagte über jeden Gulden, den er für Ausbesserungen des Schlosses, neue Livreen ausgeben mußte. Ganz unfürstlich hatte er vor einigen Jahren seine Gemahlin begraben lassen, nachdem er sich nicht gescheut hatte zu erklären, solche Bestattung sei ihr Wunsch gewesen, der Wunsch der Fürstin, die unter seiner Habsucht und Nörgelei allmählich erstarrt war in dem stillen Neuburg und noch einmal wenig aufgelebt war nach der Vermählung des ältesten Sohnes, der sich vom Hof fernhielt. Sie wußte, daß der Pfalzgraf sie wie eine Bettlerin verscharren würde. Jetzt konnte man ihn bestehlen, wenn man wollte; er vergaß, was er eben angriff; die wenigen Diener, die ihm anhingen, bewahrten seine Habe, indem sie ihn einschlossen, wo sie ihn trafen.
In den nächsten Wochen fand man den Fürsten, der Sommer und Winter in einen Wolfspelz sich einmummte, von kleinen Zettelchen umgeben, die er gierig aufraffte, sobald er erwachte, und sammelte, bei sich versteckte, in Taschen, Pantoffeln, den Hosen, hinter irgendeinem Ofen, an dem er unbemerkt vorbeiging.
Einmal kamen die Bauern vor die Schloßrampe, mit ihren struppigen Haaren, biederen und grimmigen Mienen, plumpen Schuhen, die Hahnenfeder steil auf den kleinen Hüten, trugen Klagen vor gegen zwei Amtmänner, einen Rentmeister, machten große Pausen, hoben immer wieder die Hände. Es würde zuviel schlechtes Geld ins Land geschleppt; sie wollten Salz nicht um doppeltes Geld kaufen, sondern da, wo es am billigsten sei; die Juden sollten vertrieben werden; der Rentmeister erhebe Wegzoll überall, aber sie wollten nur da zahlen, wo gute Wege seien; man möchte den Amtleuten das unberechtigte Holzschlagen in den Gemeindewaldungen verbieten.
Der Alte mit dem Kanzler auf der Rampe keifte mit den Gärtnern, daß sie die Bauern vor das Schloß gelassen hätten, wo überall frischer weißer Sand gestreut sei. Die Bauern sollten sich nicht beifallen lassen, denselben Weg zurückzugehen durch den Park und alles zu verdrek-

ken und betrampeln; sie würden geführt werden um das Schloß herum, dann hätte einer hinter dem andern den Küchenweg zu spazieren. «Was wollt ihr eigentlich hier?» schrie er schnüffelnd, an seinem Ohrläppchen arbeitend, «wißt ihr nicht, wo ihr hingehört? Warum geht ihr nicht an eure Arbeit? Ihr sollt machen und marschieren, wo ihr hergekommen seid. Wißt ihr Tröpfe, was ihr seid? Bärenhäuter, Fuchsschwänzer! Mir die Wege vertrampeln! Fort mit euch! Kriegt Hunde an den Hals.»

Und während sie langsam, störrisch, mit verzerrtem Gesicht, niedergeschlagenen Augen an ihm vorbeizogen, wie man sie führte, und sich verneigten, schmähte der kleine Alte mit rotem Kopf auf sie und spuckte: sie sollten nicht ihr Geld verspielen, in den Badehäusern sitzen und schwätzen. Dardanisches Spiel, Cinque, Sesse, die Filzlaus! Die verdammten Spötter und Schnurrer, die sie auf die Dörfer riefen, Seiltänzer Eisenfresser, fahrende Fräulein, und die Abgaben verweigern der Obrigkeit! Zu saufen wie Soldaten und reiche Herren!

Als sie davongemurrt waren, spie er auf den Gängen und Stiegen noch aus, lachte schlimm; die Weiber steckten dahinter mit ihrem sündhaften Begehren nach Putz und Quinquireleien; tut man bald gut, das Hexenvolk von den Äckern zu verjagen. Der Kanzler, beim Durchschreiten einer Hofgalerie, meinte leise, die Amtleute müßten höher bezahlt werden. Böse meinte der Fürst: «Recht so, recht so. Die Herren sollen wissen, wer regiert! Nichts da von Nachgeben. Lassen wir uns die Welt über den Kopf wachsen, Sartorius?»

Brummelnd meinte er etwas von dem böhmischen Schafgift, das ihm nichts angetan habe.

Am Geländer stand er auf seinen Krücken fast eine halbe Stunde, vor sich zischelnd, den Kanzler nicht beachtend, lebhaft gestikulierend. Zog seinen Mantel fest, sah an dem Kanzler auf. In der Kanzlei, mit flüsternder Stimme, gab er dem verblüfften Mann Befehl, alles stehen und liegen zu lassen; in einer Woche wolle er mit ihm eine Reise antreten.

Philipp Ludwig verabschiedete sich nicht von seinen Söhnen; es hieß, er mache einen Jagdbesuch bei seinem Nachbarn, dem Markgraf von Burgau. Unter dem Kopfschütteln des Haushofmeisters und allen Hofgesindes bestieg er mit fünf Mann Gefolge die Reisewagen, nachdem er noch schniefend dem Vertreter des Kanzlers Acht empfohlen hatte «auf die arglistigen Bauern». Soviel Geld und Pretiosen er im Gepäckwagen transportieren konnte, nahm er mit; heimlich schlossen sich eine halbe Tagereise hinter der Stadt zwei Rotten Berittene an, die er gedungen hatte als Geleit. So zog er stattlich durch die Grafschaft Scheyern–Pfaffenhofen. Dort brach die Achse des Gepäckwagens vor dem Krug. Geschrei, Lamentieren des Fürsten, der tiermäßig vermummt sich nicht bewegen konnte unter seinen Pelzkappen, gestrickten italienischen Hemden, wattierten Wämsern, Strümpfen aus Lammfell. Seine Furcht, die Sache könnte ruchbar werden, man könnte Verdacht schöpfen in Neuburg, die Söhne könnten etwas merken, die Berittenen könnten den Gepäckwagen plündern. Verängstigt schnaufte er aus seinem Fellhaus heraus mit dem steifen stummen Kanzler, ob man die beiden Rotten nicht fortschicken solle; man hätte den Bock zum Gärtner gesetzt; aber dann sei man den wartenden Soldaten und Fechtbrüdern ausgeliefert. Er gab dem Kanzler ein Galgenmännchen in die Hand, er selbst umklammerte mit jeder Faust zwei: «Greift sie fest, daß nichts geschieht.» Die Berittenen mußten sich, als die Achse gestützt war, vierzig Schritt hinter dem Wagenzug halten. Über Dachau Nymphenburg näherte man sich nach zwei Tagen München. Der Pfalzgraf, übergeschäftig, hocherregt, wagte sich aus seinem tierischen Kerker heraus, schweißbegossen, bisweilen völlig wirr im Wagen nach vielem Schwatzen Disputieren und Aushorchen legte er als seinen neusten Trumpf hin, daß man in München nicht so kurzerhand vorgehen könne, wie wenn es sich um die Privatsache von Hinz und Kunz handle, daß man nicht so einfach geradeaus gehe, seine Kammerdiener und Läufer schicke, sich von einem Hofmeister ein Losament anweisen lasse, einen Besuch abstatte, Gegenbesuch erfolge, Geschenke Gegengeschenke Besprechungen Banketts Zechereien des Gefolges, Ausritte Karussells. Dabei bringe man eine Sache von solchem Gewicht leicht ins Lächerliche, bringe sie zum Versanden zwischen lauter Gerede und Höflichkeit.

Kurz und gut, er sähe gänzlich ab von einer persönlichen Rücksprache mit dem Herzog Maximilian, gänzlich und überhaupt.

Was dann nun sei, geschehen solle, sann besorgt der Kanzler; so müsse man wohl umkehren. Also, fuhr der Pfalzgraf fort, er sähe gänzlich davon ab. Er für seine Person. Es sei seine Ansicht, durchaus seine Privatsache. Er hindere niemanden, eine abweichende Ansicht, Meinung zu haben; im Gegenteil, es sei jeder sogleich verpflichtet, sie vorzutragen, zu vertreten. In ihm war kurz vor dem Ziel, vor dem fernen Blinken der Liebfrauenkirche die entsetzlich beschämende Furcht aufgetaucht, der ganzen Situation nicht gewachsen zu sein; die Persönlichkeit des Bayernherzogs drohte; ihm graute davor, sie könne sich an ihm, dem Neuenburger ehrwürdigen Pfalzgrafen, vergreifen, irgendwie ihm respektlos begegnen. Er fühlte sich, noch nicht eingetreten in die Stadttore, überwunden von Widerwillen, einem Durcheinander peinlicher Bilder; sah sich schon auf einem Sessel in der feierlichen bayrischen Residenz, schwerhörig, wie er war, unfähig den Spitzen und Feinheiten von Maximilians Worten zu begegnen; ein ängstigendes Schauspiel.

Er ließ sich Kissen in den Rücken schieben, die Vorhänge schließen, einen langsamen Schritt anschlagen. Diese Trockenheit in Bayern, klagte er. Er werde jedenfalls, wenn es denn sein solle, den Maximilian im Hintergrund beobachten fassen erwischen. Dabei blinzelte er seinen gespannt nachdenkenden Kanzler, die trübe ehrliche Gestalt, an, ob der ihm nicht irgendwie zuvorkäme. Der rang die Hände, hatte einen heißen Ton in der Kehle: «Was machen wir, Durchlaucht? Mein Heiland, die ganze Fahrt, die lange Fahrt; und Durchlaucht werden erschöpft sein.»

«Ja, erschöpft. Er hat es gefaßt, Kanzler. Ich bin erschöpft. Mehr als das, völlig unbrauchbar. Mir fehlt nur das Bett. Ich bin ein alter Mann.»

Er bat auch um das Kissen des Kanzlers: «Ihr seid ein verständiger Mann. Ich hätte keinen bessern mitnehmen können. Wir werden ein wenig schlummern.»

Während der Kanzler entsetzt Minute nach Minute zählte, sie sich den nördlichen Stadttoren näherten, schlummerte der Fürst oberflächlich, murmelte befriedigt, man dürfe in keinem Fall Dinge überstürzen; jeder sehe, daß er müde sei; er möchte das Weitere übernehmen. Als er zwischen den leicht gehobenen Lidern den Blick des Kanzlers erkannte, wiederholte er sanft: «Übernehmt nur das Weitere. Ich werde Euch Vollmacht erteilen.» «Aber Durchlaucht.» «Kanzler, Ihr braucht mich gar nicht viel fragen. Ich habe Vertrauen zu Euch; ich hatte es schon immer, konnte es nur selten offen äußern. In den Jahrzehnten, die Ihr um mich seid, habt Ihr die Grundsätze meiner Regierung genugsam kennengelernt. Ihr habt Euch längst – ich weiß ja, seid nicht zu bescheiden – alle Selbständigkeit in den Regierungsmaßnahmen erworben.»

Der wand sich, verneigte sich, errötete, hob die Finger an die Schläfe.

Der Fürst ließ den Wagen halten, schlief eine halbe Stunde. Er lächelte im Weiterfahren erquickt den andern an: «Ich habe, wenn ich Euch gelehrten und wohlerzogenen Mann betrachte, die wirkliche und ehrliche Meinung, daß Ihr die Neuburger Regierung ganz in meinem Sinn führen könntet. Als Nachfolger könnte ich mir niemand lieber wünschen als Euch. Wie schlapp bin ich. Doch ein müdes, morsches Haus.»

Als der Kanzler gebeten hatte in seinem Schreck, neben dem Wagen spazieren zu dürfen – er gedachte Zeit zur Überlegung zu gewinnen, indem er das Tempo des Wagens verlangsamte –, blickte ihn der Alte, drin lang hingestreckt, den rechten Arm anhebend, listig an; ob er auch das Galgenmännchen ordentlich drücke; dies sei die Hauptsache, dann passiere nichts; Maximilian trage wohl keins, da sei man ihm über. Im übrigen wisse er etwas; das Einfachste sei, der Kanzler vertrete ihn beim Herzog. «Tretet ihm ruhig entgegen. Lasset Euch von seinen Praktiken nicht imponieren. Ihr fühlt ihm auf den Zahn; wie leicht ist das. Übermorgen kehren wir heim oder einen Tag später, wenn das Wetter gut bleibt.»

«Und Ihr, Durchlaucht?»

«Und ich? Wir sind hier Fremder, ein Gast des Neuburger Pfalzgrafen. Macht Euch darum keine Sorgen. Ich werde Euch Direktiven geben, wenn ich mich restauriert habe.»

Wieder rang der die Hände, es ginge nicht, der Fürst als sein Begleiter, es ginge wider den Respekt, um Himmels willen, welche Verirrung, welche Verwirrung, welche Herausforderung göttlichen Grolls.

«Mein Lieber», gähnte gutmütig der Fürst, die Augen geschlossen, «wage er es nur. Wir befehlen es ihm, und so ist er jeder Verantwortung vor göttlicher und menschlicher Behörde ledig.»

«Aber um Jesu willen, der Respekt, der Respekt vor Eurer pfalzgräflichen Gnaden. Was soll der Herr Herzog in Bayern und ihr erlauchter Hof von mir denken, daß ich glaube, im Namen des Neuburger Fürsten selbständig verhandeln zu können.»

Befriedigt nahm das der Pfalzgraf an; es werde nicht peinlich sein, jedenfalls nicht sehr; er werde alles in die Wege bringen, freilich etwas peinlich bleibe es. «Gegen Euer Durchlaucht Haus, gegen die Anverwandten, die hohen Vorfahren.» «Freilich, es ist peinlich, bitter peinlich. Es ist ein Unrecht gegen das Haus. Aber es muß sein. Wir verantworten es. Wir befehlen Euch, uns während unsrer Schwäche nach Vermögen zu vertreten.»

Ruhelos trabte draußen der Kanzler; in einem plötzlichen Entschluß

küßte er die auf dem Wagenschlag ruhende runzlige Hand des Alten, demütig, tief demütig innerlich um Verzeihung bittend für alles Zukünftige.
Die Reiter abgedankt, am Abend am Schwabingtor von der Torwache eingelassen, vom Schreiber vermerkt als Neuburger Kanzler Sartorius nebst unterschiedlichem respektierlichem Anhang, bezogen sie Quartier in der berühmten Herberge ‚Der Strauß'. Tapsig schritt der Fürst neben seinem verlegenen Kanzler her in unsäglichem Behagen. Er lachte kräftig, wie er sah, daß man dem Heiligen Benno hierzulande in der Frauenkirche täglich mehrere Zentner Kerzen verbrannte. Am Weinmarkt stand das mächtige Landschaftshaus. Der Geheime Rat Jocher nahm im Alten Hof, in einem Gemach der Hofkriegskammer, den Vortrag des Neuburgers entgegen; recht wenig Haltung zeigte der Kanzler vor dem starken großen würdevollen Mann, der ihn mit überlegener Höflichkeit zur Stiege begleitete.
«Wir bleiben bis zum Bescheid», erklärte Philipp Ludwig. Eine Mietssänfte führte ihn den halben Tag durch die Stadt; der Fürst kam nicht aus dem Lachen heraus. Wie sie alles zeigten, nichts versteckten: Bilder Schmuckwerk Tapisserien, Bauten über Bauten, vierstöckige Häuser, Prunkfassaden, Kirchen voller Reichtümer. «Haltet den Beutel zu», kicherte er abends dem Sartorius in der Schlafkammer zu, «was gibt es für Narren. Unser Neffe Maximilian hat viel Geld, schönes schönes Geld. Seht an: er verdient es nicht. Er wirft es weg.»
Aus der mürrischen einsilbigen Äußerung des Herzogs machte Jocher die umständliche Belehrung an Sartorius, der sie ehrerbietig entgegennahm, daß die Kur nach Ächtung des Pfälzers natürlich an den Kaiser zurückfalle, der sie weitergebe; gäbe er sie dem erklärten Ächter nicht wieder, so einem Bruder, einem bestimmten nächsten näheren Anverwandten, und so fort. Sei alles Sache des Kaisers und der Hofkammer; diese gelehrte Institution verdiene jegliches Vertrauen; möge jeder gewiß sein, daß sein Recht dort und bei Erwählter Römischer Majestät ruhe wie in Gottes Schoß.
Jocher schickte vor dem Abschied, da er bei einem Gegenbesuch einen alten einfältigen Gesellen als des Sartorius Reisebegleiter im ‚Strauß' antraf, einen gewandten bessern Mann, der München kannte. Dieser setzte sich, grob wie er war, nachmittags ohne weiteres in der Kammer des Fürsten fest, warf die kostbaren Kisten die Treppe herunter auf den Vorflur, lachte den vor Zorn Stammelnden, der abends angetragen wurde, samt dem völlig rat- und hilflosen Kanzler, schallend

vor dem Gesinde aus, ja verhöhnte ihn, als er ihm zitternd befahl, die Kammer zu räumen. Hin und her lief auf dem Flur der Pfalzgraf nachts in seiner Wut, wurde nach lebhaftem Wortwechsel von dem Kavalier vor die Tür gesetzt, in der Nachtmütze, Kerze in der Hand, Schlafrock um den Körper. Die Nacht über saß er betäubt auf dem Treppenabsatz, beim ersten Hahnenschrei wurde das Tor von Frauen geöffnet, die in die rückwärts gelegenen Stallungen mit Kannen und Eimern schlurrten und vor ihm aufschrien und noch Zeter schrien, als er schon in der ehemaligen Kammer seines Kanzlers sich Knie und Schenkel rieb, heftige leise Selbstgespräche führend gegen den Kavalier. Entschieden verbat sich aber der Fürst am folgenden Tage von Sartorius jede Beeinflussung des Kavaliers; er wahre seine Rechte selbst, wünsche nicht bevormundet zu werden; damit ordnete er die sofortige Abreise an.
Zwei Stunden weit hinter München geleitete sie der Münchner mit fröhlichem Geplauder und Späßen. Es bereitete dem Herrn ein rechtes Gaudium, den alten fremden Gesellen zu malträtieren. Zu einer förmlichen Pufferei Knufferei hinter dem Rücken des Kanzlers kam es, der verzweifelt vieles davon beobachtete, durch die Winke Philipp Ludwigs bedeutet wurde zu schweigen. Seitwärts bog dann der Wagenzug des Fürsten in ein lichtes Gehölz; stundenlang schlief er weich auf Bettpolstern unter dem Wagenplan, nachdem er sich gierig satt gegessen getrunken hatte. Nach dem Erwachen fragte er nach den Geschenken, die Sartorius in München empfangen hätte. Im Gras wurde vor ihm ein Kistchen geöffnet; es schälte sich aus eine silberne Aderlaßschale, eine hohe Majolikavase, ein Löwe als Lichthalter aus vergoldeter Bronze. Er drehte die Stücke nach allen Seiten, beklopfte sie, daß das Heu abfiel. Nachdem er das Einpacken beaufsichtigt hatte, in sein Pelzwerk eingeschlagen, auf seinen Wagenplatz gehoben war, die Berittenen antrabten, gab er Befehl nach Regensburg. Seine Augen blitzten: «Meint Ihr, mich hätte das erschreckt mit dem Hundsfott? Die Antwort meines Neffen Maximilian hat mich genugsam in jeder Minute belustigt. Was tut der Herzog anders als ausweichen. Totschweigen ist die Taktik dieser Welt, wenn es sich um rechtmäßige Ansprüche handelt.» Er kicherte fröhlich: «Geh nach Hause, hat mein Neffe gesagt; wenn man alt ist, tut man nichts Gescheiteres als sterben. Neuburg ist so schön, hat so schöne Gärten, Lauben, Äcker, soviel Vieh, und an Kühen fehlt's nicht für Butter und Sahne und Milch. Die Wälder stecken bis Burgau und Dillingen voll

Hirsche und Fasane; Forellen schwimmen in den Bächen, und die Hechte und Karpfen. Geh nach Hause, sieh dir deine Brillanten an.» Er rieb sich die Nase, brummelte aus seinem Sack: «Schlau geantwortet, Herr Max in Bayern. Hat der Herr Sartorius etwas Auffälliges gesehen in seiner Stadt München?»
«Genugsam, Durchlaucht. Reichtümer in vieler Form.»
«Und was hat er davon gedacht?»
Der Kanzler schwieg, er freute sich, daß sein Herr prahlte.
«Empörung habe ich gedacht. Ich lobe den Krieg. Der Krieg scheint mir doch mehr Gerechtigkeit zu haben als das Wiener Gericht: seht mich. Wäre nicht dem unruhigen Pfälzer die schwere Prager Schlacht begegnet, so – ja, so wäre ich schließlich doch gestorben, es wäre mein fleischliches Los gewesen. Und hätte bis zu meinem Tode mich glücklich vermeint, weil ich meine Hand bis an den Knöchel in eine Schachtel mit Edelsteinen stecken kann. Statt dessen –» Giftig blickte er hervor, er spie über den Wagenschlag.
Der Kanzler verneigte sich: «Es war ein Glück, daß Durchlaucht nicht offen in München erschienen sind.»
«Es hätte Skandal Schlägerei gegeben in offenem Gespräch beim Herzog.»
Er wog die Geschenkkiste in der Hand, fragte mißtrauisch, ob Sartorius nicht vielleicht noch eine zweite empfangen hätte, vergessen.
Philipp Ludwig fuhr nach Wien völlig unangemeldet, die Namen der Geheimen Räte und Kämmerer, ihre persönlichen Verhältnisse waren ihm unbekannt; gedachte wie Blitz und Donner dort einzuschlagen; es bedurfte keiner Vorbereitung zur Entladung.
Auf das Schiff, das ihn die Donau hinuntertrug, stellte er offen auf Deck sein Wappenschild. Sehr wenig adlig zog er, vor Wien aussteigend, gegen die Stadt; ingrimmig knurrte er gegen Sartorius: «Ich komme von Rechts wegen. Lasse sich der Herr das nicht grämen.»
Die erste Erkundung, die er einzog, war am Stubentor, wo ein großes Bad war. Dort hinein schickte er einen Kammerdiener zu dem Badmeister, vertraulich auszufragen, wo sich an einer der Hauptstraßen oder Märkte eine nennenswerte Herberge fände. Der Badmeister, auf den Klang des Namens Pfalzgraf von Pfalz-Neuburg, ließ sich nicht verdrießen, den Topf Wasser, mit dem er die heißen Steine besprengte, auf die Fliesen zu stellen, halbnackt, den linken Arm voller Badewedel, herauszutreten vor seine Tür, dem eingepelzten mürrischen

Herrn tiefe Verbeugungen zu machen; das schäbige Gefolge stieß ihn sogleich ab; er mußte sich lange auf ein vornehmes Losament besinnen. Sein muskulöser Gehilfe, halbnackt wie er, kam hinzu. Der schwang sich auf einen dicken scheckigen Gaul, den er für einige empfangene Heller an der Mähne aus dem Stall zog; ungezäumt ritt er der Sänfte mit den beiden Fremden – die Kammerdiener zogen durch den Kot und Morast – voraus, sein Badelaken um die Schulter, «hü, hüah, hüäho!» schreiend, die Glocke schellend, an jeder Straßenkreuzung, in die Fenster hinein zum Bad Schröpfen Aderlassen einladend, öfter anhaltend, lärmvolle Gespräche mit Passanten führend. Die entschuldigenden, bedauernden Bemerkungen des Kanzlers winkte der Fürst, als sähe höre er nichts, ab. «Kommen unser Recht zu holen. Lassen wir das.»

In dem Gewölbe seiner Hauskapelle am Tage St. Urban watend knöcheltief in Rosen vieler Farben, empfing der Abt von Kremsmünster, von Schultern, Ärmeln des schwarzen Seidentalars die roten duftenden Blätter schüttelnd, lächelnd den Pfalzgrafen von Pfalz-Neuburg, einen harthörigen hinkenden Mann, der sonderlich unsauber in Tuch und Fell gekleidet war, sich knapp verneigte, die Mütze lüftete, sich mit offenbarer Erleichterung aus dem blumenbehangenen durchflochtenen überfüllten Raum in einen sehr hohen kreisrunden Vorraum von seinem schäbig livrierten Kammerdiener führen ließ. Von oben fiel helles Sonnenlicht durch bunte Scheiben auf die Fliesen; gütig schob der Abt dem Fremden einen Fußteppich zu; zwei Sessel auf den lichtbespielten Fliesen, Wände, die sich über ihre Köpfe einander entgegenhoben, mehrfaches Echo bei jedem lauten Wort.

Der Pfalzgraf knaute, er habe bei eben erfolgtem Besuch in München sich nicht der Unterstützung seines Anverwandten und erlauchten Neffen, des Herzogs Maximilian Liebden, zu erfreuen gehabt, zu seinem Bedauern. Dieser habe Gleichgültigkeit gegen ein wichtiges Familieninteresse prätendiert. Sei ja die Acht namens des Reiches über den Pfälzer Kurfürst verhängt, werde von Reiches wegen über Kur und vielleicht auch Kurlande weiter verfügt werden; melde er für die ehemals mitbelehnte Linie Pfalz-Neuburg Ansprüche an, nach Goldener Bulle, Hausgesetzen, Reichsgesetzen seine Erbschaft und bekenne sich dafür. Der Abt fragte nach schriftlichen Vorgängen, indem er den Blick senkte. Und dann weiter, ob er in München also gewesen sei, und wenn erlaubt, mit welchem näheren Zweck. Um dem Bayernherzog die Hand zu schütteln für seine Tapferkeit gegen die böhmischen Rebellen, für erwiesene Treue gegen des Römischen Kaisers Majestät. Und ferner? Nichts weiter, er hätte sich verpflichtet gefühlt, Dank abzustatten als alter Reichsfürst, auch zu bewirken, daß die Sachen in rascheren Fluß gerieten, wenn Maximilian sich ebenso tapfer wie in der Verteidigung des Reiches in der Verfechtung der Konsequenzen zeige. Nun? Nun, Maximilian sei Ritter, Kämpfer vom alten Schlag. Diplomatisches liege ihm nicht; es sei nichts weiter von ihm zu erwarten. Antonius flatterte ein rosa Blatt aus dem weiten Ärmel seines Talars; er rieb es sich lächelnd über die Lippen, zerdrückte es zwischen den Fingern der Linken; versprach sich der Schriftstücke sorgfältig anzunehmen. Wie es der erlauchten Neuburger Familie ginge, von der er immer so Erfreuliches vernehme durch den Propst von Ellwangen. Der Fürst, sich an seine Stöcke klammernd, hörte scharf und mißtrauisch, gab halbe Antwort, ließ sich von dem Kammerdiener, in Furcht, man könne versuchen, ihn zu beeinflussen, rasch in seine Sänfte führen. Der Abt betrachtete lange den Sessel des Fürsten, schüttelte neue Rosenblätter aus seinem Talar, rief einen braunkuttigen dienenden Scholar; man möchte zu Herrn Jesaias Leuker, dem bayrischen Gesandten, schicken; er wollte mit ihm sprechen, von dem kuriosen Besuch erzählen, was sich davon denken ließe.

MITTAGS IM Saal des Noviziatengebäudes der Gesellschaft Jesu zu Sankt Anna, vor einer Aufführung des ‚Heldenmütigen Ritters Michael‘, der kleine stille Abt im Gewimmel der lichtblauen Talare aus der Lilienburse, der schwarzen Röcke von Sankt Anna, blitzende Hoftrachten, zwischen Rosenkränzen, knisternden Schärpen Wehrgehenken, erwartungsvollem Lächeln. Leuker wußte nichts von dem Neuburger Besuch in München, war dann nicht wenig erschreckt – sie gingen kopfgebeugt zur alten Kirche herüber, der Kaiser betrat den Theatersaal –, als ihm blitzschnell einfiel, daß seit fünf Tagen Marcheville, der französische Geschäftsträger, ein beweglicher verschlagener Gesell, ebenso elegant wie zweideutig, im Besitz ungeheurer Summen und mit völlig undurchsichtigen Zielen, in Wien logiere, ohne erkenntlichen Zweck, wohl aber private Besuche mache, auch in der Herrengasse, wo der kuriose Neuburger logierte. Und ebenso erschreckt war der Abt selber. Unter den alten Buchen vor der

Kirche fragte er, ob denn des Herzogs in Bayern Durchlaucht irgend etwas habe verlauten lassen, mittelbar oder unmittelbar, was vielleicht zu Ohren jenes armseligen Pfalzgräfleins gelangt sei, in ihm die unsinnige Vermutung erweckt habe, es sei etwas verfügt betreffend Kurlande und Kurwürde des Ächters. Der andre fühlte, daß ein leiser unruhiger Ton in der Stimme des Würdenträgers klang; er lachte herzlich, herzlicher, als er gewollt hatte. Oder ob vielleicht das Französlein selbst etwas Kompetentes wüßte; es stecke etwas dahinter, daß Marcheville auftauche, sich hinter das Pfalzgräflein stecke. Sie standen sich unsicher am Kirchenportal gegenüber. Leuker meinte gelassen, er werde bei seinem Fürsten anregen, daß auf den blöden Neuburger, den Anverwandten des Hauses, eingewirkt werde. Dieser Mann irre zweifellos halb gedankenlos im Reich umher, lasse sich benutzen, könne dem Ansehen des Hauses nur gefährlich werden. Antonius seufzte, schüttelte ihm die Hand; er sei freilich ein kurioser Mann, der Pfalzgraf von Pfalz-Neuburg, «aber Ihr wißt selbst, Marcheville ist in dem Falle noch kurioser. Marcheville hat gar keinen Sinn für deutsche Sonderbarkeiten; er will etwas. Er weiß irgend etwas besser als Ihr und ich.» «Er wird sich einen Spaß mit dem Alten machen vor seinem Gefolge», lächelte der Bayer. Und diese leichtfertige Bemerkung aus dem Munde des gewiegten Leuker beunruhigte den Abt aufs höchste, sein Begleiter mußte so gut wissen wie er, daß Marcheville keine Späße machte; dann wußte auch Leuker mehr als er. Und da stand er und lächelte aufdringlich.
Hastig ging nach einigen höflichen Worten Antonius in den Saal zurück; Gesang scholl ihm entgegen. Ferdinand auf erhöhtem Purpursitz blickte ihn freundlich an. Der gelehrte Leuker, der stämmige gesundheitstrahlende kaum ergraute Mann fand erst nach einer halben Stunde sich über den Gartenweg zurück. Verwirrt nicht über das Gebaren und die Bemühungen des armseligen halbtoten Neuburgers, aber über Marcheville, über seine dunklen Wege hinter dem Rücken des halbtoten Narren; Marcheville, sein Freund, beinah sein Freund! Und Bayern hatte den Kaiser doch im Sack! Samt der Kur! Begünstigt von diesem Frankreich!
Von seinem Besuch in München ab war Philipp Ludwig dem Franzosen nicht aus den Augen gekommen. Der würdevolle Jocher ließ zu ihm ein Wort fallen bei einer intimen Information über des Neuburgers possierliche Gesandtschaft im ‚Strauß'. Als der Pfalzgraf das Stubentor passierte, begleiteten ihn schon zwei Geschöpfe Marche-

villes; in der Herrengasse nahe dem Gitterbrunnen und dem Haus der Landstände wohnte der Neuburger; ihm gegenüber logierte seit einigen Tagen völlig privat, seinen Schmetterlingssammlungen hingegeben, der französische Geschäftsträger. Ein nachbarlicher Besuch, rasch gemacht, wurde am nächsten Tage erwidert. Ehe Neuburg daran dachte, eine Audienz zu erbitten oder Fühlung mit dem Kabinett zu nehmen, trat Marcheville ohne Maske als französischer Gesandter in seine Gaststube, überbrachte besondere Empfehlungen des Sehr Christlichen Königs aus der Hand des Staatssekretärs Puisieux. Neuburg mußte die Konferenz rasch abbrechen, der Schreck war zu groß, gegen die Welschen hegte er ungemeinen Haß; daß der Geschäftsträger selbst kam mit einem offensichtlichen Auftrag seines jungen mutigen Souveräns, daß Frankreich die Pfalzgrafschaft Pfalz-Neuburg diplomatisch anging, warf seine Fassung über den Haufen. Im Erker, im dicht verhängten, vor einem Fäßchen Rosinen suchte er sich neben Sartorius, dem seriösen, der immer aus dem Schlaf gestört schien, zu erholen. Als sie beide ohne Haltung auf den Schemeln saßen, die Rosinenstengel in Wein hängen ließen, die nassen Beeren rissen schluckten, flüsterte entgeistert der Kanzler: «Wie soll man sich gegen ihn benehmen? Es ist keine Schreibstube da, keine Dienerschaft, keine Geschenke; es fehlt an allem.»
«Ich kann nicht meinen ganzen Säckel hergeben für –», schrie der Pfalzgraf, Körner spuckend, die Stengel zertretend; «es wächst mir über den Kopf.» Sartorius stimmte bei; es sei entsetzlich.
«Wollen wir weg?»
«Wollen wir nicht fliehen?» in einem Atem fast mit seinem Kanzler der Fürst, «wir können nicht wissen, was sich aus diesen Dingen entwickelt. Das Beispiel des Heidelberger Friedrich ist nah genug, nah genug. Die Prager Schlacht hat gewirkt. Bei mir braucht es keine Prager Schlacht. Ich strecke meine Hände nicht nach fremdem Gut aus; ich insurgiere nicht.» Er knirschte mit den Zähnen: «Wenn sie mich stürzen wollen, als Geächteten, bei mir geht es leichter. Mir dreht man als altem Hahn den Hals um.»
Er dürfe nicht mehr empfangen werden, bestimmte der Kanzler.
«Es geht schwer, es geht schwer», ächzte der Fürst, «wir wohnen zu dicht beisammen, er beobachtet mich. Sind die Läden geschlossen? Laßt die Roßknechte nicht heraus, meine Sänfte soll immer im Haus bleiben, die Pferde –» Gebrochen lehnte er sich zurück: «Ich weiß, wir können uns nicht wehren.»

Und wie er mit geschlossenen Augen auf dem Schemel hing, stieg in dem Kanzler, der die Becher beiseite schob, die Furcht auf, er möchte wieder ermüden wie auf der Reise nach München und ihm alles überlassen.
Der Fürst winselte: «Es müssen Leute geholt werden, gelehrte, man muß sie zusammentrommeln, einen Staatsrat, man muß sich ordnungsmäßig konstituieren, beraten. Ich kann sonst nicht.» Er hatte trockene Lippen, blickte erschöpft: «Wir müssen ihm das sagen. Ich habe meine Minister nicht da, nicht vollzählig da, ich kann nicht ohne sie beschließen; es widerstrebt mir, es ist nicht Tradition in Neuburg.»
«Und Ihr», giftig fuhr er dem Kanzler vor das sich hochstreckende Gesicht, «seid nicht mein Minister. Ihr seid mein Geheimschreiber. Nichts weiter.» Der verneigte sich: «Ich werde es ihm sagen.»
Philipp Ludwig raufte sich auf dem Gange die weißen Schläfenhaare: «Wien! Wien! Die Prager Schlacht!»
«Durchlaucht», klopfte nach einer Weile Sartorius an seiner Schlafkammer an, «in Neuburg sind die Kirschen und Johannisbeeren reif; die Stachelbeeren auch. Mit den Erdbeeren wird's bald vorbei sein. Es ist noch Zeit. Der Pommernherzog schickt bald seinen Künstler mit den Auslagen.»
Den nächsten Besuch des weichen edlen Seigneurs trübte das starke Mißtrauen, das der Fürst an den Tag legte; kaum sprach er; sein Geheimschreiber neben ihm machte bei der Audienz Notizen auf der Schreibtafel. Marcheville wies dem mürrisch ungeduldig zu Boden starrenden Herrn dieselben Gründe vor, die von ihm selbst in den vier Neuburger Denkschriften niedergelegt waren, die Ansprüche Neuburgs auf die Kurwürde und pfälzisches Land, gestützt auf die Verwandtschaft mit dem letzten Kurinhaber, auf die Mitbelehnung, die Goldene Bulle, Hausgesetze, gültigen Reichsgesetze. Der Sehr Christliche König wolle nicht versäumen, erklärte der Geschäftsträger, die geöffneten Hände mit tiefer Verneigung nach hinten schwenkend, sich rechtzeitig der Gunst des neuen Kurfürsten zu versichern.
Neuburg, obwohl äußerlich in Haltung, ruhig mit dem eingeladenen Fremden bei einer kleinen Vormahlzeit, war bis zum Erliegen erschüttert. So sicher hatte er selbst seine Sache nicht gehalten. So also lagen die Dinge. O verruchte Welt. Der Herzog in Bayern weiß, wie es steht; er schweigt. Der Kaiser weiß, wie es steht, schweigt; der Abt

Antonius von Kremsmünster. Er, der alte Neuburger, der treu zum Reich gehalten hatte in jedem Augenblick, der kein Unrecht getan hatte sein langes Leben, sollte bei evangelischem Glauben vom jesuitisch beratenen Kaiser noch, bevor er in die Grube fuhr, grob übertölpelt werden. Würde der Marcheville sich zu ihm begeben, ihm geradezu auflauern, wenn dieser schlaue Franzose sich nicht rechtzeitig in seine Gunst setzen wollte? Eine Stimme gegen Habsburg wollte er gewinnen, verhindern, daß der Sohn Ferdinands deutscher König würde: darauf kam es dem an. Von Wien, ja von der Burg her schwieg man; von da hatte sich noch kein Fuß in die Herrengasse bewegt. Dabei jagten die Kuriere durch die Straßen, Musik schallte aus der Burg; Kämmerer Ausläufer in jeder Gasse, aber keiner zu ihm.
Marcheville wurde hochmütig durch einen Kammerdiener bedeutet, Besuche bei des Pfalzgrafen von Pfalz-Neuburg Philipp Ludwig Durchlaucht einige Tage zuvor seiner Kanzlei anzumelden. Und als der Gesandte erschien, ließ Philipp Ludwig sich verleugnen; ein würdiger Empfang wurde ihm bereitet in einer großen Kammer der Herberge, wo er sich auf eine gepolsterte Bank setzen mußte vor vier gemieteten Herren, zwei albernen Magistern und zwei schäbigen Theologiebeflissenen; den federkratzenden Herren erklärte er freundlich, bald wiederzukommen. Er durchschaute die Sache, erklärte dem Kanzler, er werde zur Aushaltung der Kanzlei selbst beitragen, bot auch, entsetzt über die Formlosigkeit des Auftretens seines Prätendenten, diesem ohne weiteres einige tausend Taler an, die der Pfalzgraf als Ehrengabe annahm, ohne darauf aber im mindesten Haushaltung, Kleidung besser auszustatten. Weitere tausend Taler, dem Kanzler zugesteckt, führten zum Ziel; mehrere vierspännige Wagen standen zur Verfügung, eine kleine Dienerschaft warf sich in Neuburgische Livree. Und wie ein wütendes, noch lichtscheues Tier erschien der Pfalzgraf, in galoniertem Samt und Zobelpelz, auf allen Ämtern, sprach bei den Mitgliedern des Geheimen Rates, der Hofkammer persönlich vor, hinterließ Denkschriften, die unter französischer Obhut ausgearbeitet waren, Denkschriften an alle Kurfürsten katholischer und protestantischer wie calvinischer Religion, insbesondere an den von Mainz, als des Reiches Kanzler, und abgegeben bei dem Türhüter des Reichhofrats für dieses oberste Reichsjustiztribunal, die Person des Kaisers selbst vorstellend. Die Mitglieder ihrer Adels- und Doktorbank beging Sartorius.
Die es lasen, der Abt von Kremsmünster, dann Doktor Wolfrath als

Präsident der Hofkammer, die Herren vom Geheimen Rat Eggenberg Trautmannsdorf Breuner, waren verblüfft über den Protest, der doch wohl eine offene Tür einrannte, besonders über seinen pointierten Schluß: es dürfe keinesfalls der Kurhut ohne Achtung der Neuburgischen Ansprüche, ohne ihre Prüfung vergabt werden; gegen jegliche etwa schon geschehene Entscheidung lege er feierlich Rechtsverwahrung ein; nur ein Deputationstag unter Zuziehung aller Kurfürsten könne hier das Recht finden.
Die Denkschrift war teils absurd lächerlich, teils verwirrend; für den Abt Anton, der sie scharf verbarg vor dem zudringlichen Spion des bayrischen Herzogs, dem Jesaias Leuker, war sie qualvoll.
Da geschah es, daß eine zunächst unbekannte interessierte Partei einen Schritt tat, um sich des lästigen, noch nicht sehr auffälligen Mannes zu entledigen. Sie gedachte ihn verunglücken zu lassen. Von dem Führer seiner Roßbahre irregeführt – ungewiß, ob mit Absicht oder zufällig –, geriet der Fürst, nur von einem welschen Agenten begleitet, in das Gewirr jener ärmlichen Gassen, die sich im Süden der Stadt nahe den Toren hinziehen und die Unterschlupforte den Bettlern und ihren Familien bieten. Unter diese, vor einem Wunderhof, trat der Bahrenführer, nach dem Weg fragend. Zwei Kamesiere – abgedankte sündhafte Scholaren – hielten das vordere Roß fest, wollten sprechen, da machte einer von ihnen, anscheinend vom Roß geängstigt, einen Satz, stieß aus den Umstehenden einen Mann um, der sogleich einen Krampfanfall erlitt, die Backen aufblies, schäumte, so gut es ein geübter Gauner kann, der über ein Stück Seife im Mund verfügt. Eine Frau, die blaß beiseite gestanden hatte, hielt den Krampfenden bei den Händen, schrie um ihren Mann, wandte sich an die andern, verlangte eine Entschädigung. Sie schickte die Bahre samt dem Franzosen weg, den alten Fürsten führten sie auf den Hof, sprachen ihm freundlich zu. Am nächsten Tage durchsuchten Soldaten der Stadtgarde die Gasse ohne Erfolg; ein Bettler, der sich als Sterzenmeister ausgab, führte sie. Dem französischen Geschäftsträger, dem feinen Marcheville, aber stieg das Blut vor Freude zu Kopf, als sein Agent ihm verängstigt den bedauerlichen Verlauf der Spazierfahrt schilderte. Er fuhr stolz bei Kremsmünster vor, bei dem Oberhofstallmeister, beim spanischen Gesandten, sprach voll Schmerz von seinem Hausnachbarn, dem Neuburger Pfalzgrafen, seinem wahrhaft väterlichen Freund, und wie dies möglich sei, was für ein entsetzlicher Vorfall das sei; er bitte dringend darum, daß von allen maßgebenden Stellen Nachforschun-

gen angestellt würden; bei Ognate, dem Spanier, wagte er, freilich lachend, die Bemerkung hinzuwerfen, man müsse geradezu auf den Gedanken kommen, es hätte jemand Interesse daran, den alten freundlichen Herrn beiseite zu schaffen; ob nicht auch bei jenen durchgesickert sei aus den Kanzleien, der Herr betriebe hier Ansprüche auf die Pfälzer Kur, über die sonderbare Gerüchte verbreitet seien. Dem Abt Antonius wie dem Fürsten Eggenberg war die Angelegenheit um so peinlicher, als auch der Spanier sich nicht der entsetzlichen Vermutung entschlagen konnte, hier sei kurzer Prozeß gemacht, und es beklagte, daß das Ganze ziemlich ungeschickt angestellt sei von den bayrischen Herren. Denn er nahm als sicher an, daß Herr Doktor Leuker dahinter steckte. Abt Anton und Eggenberg aber fürchteten etwas viel Schlimmeres und waren glücklich, als alles den Herrn Leuker mit dem Vorfall in Verbindung brachte und nicht, wie sie, die völlig undurchdringliche Kaiserliche Majestät. Durch das wilde Herumposaunen des Franzosen sahen sie sich verhindert, den Vorfall zu vertuschen, wie sie gewillt waren; sie mußten vor aller Öffentlichkeit energische Maßnahmen zur Aufdeckung der Sache ergreifen.

Mit größter Besorgnis setzten die hohen Herren die Sache mit allen Einzelheiten selbst ins Werk. Eine gründliche Visitierung der Sitze der Gatterklopfer und Fechtbrüder in ihren Hauptzechen, im Königsklosterhaus, in der Kotluke, erfolgte. Die beiden Sterzenmeister des Bezirks, in dem der Vorfall sich ereignete, wurden auf das städtische Rumorhaus geschleppt, ausgepeitscht und ihnen die gelinde Frage gestellt, wo sich der Pfalzgraf befinde; dies geschah sehr im geheimen; Kremsmünster war in Person zugegen, um sogleich alles vertuschen zu können, falls eine Allerhöchste Person dahinter stecke. Sie hatten im Narrenkotter hinter dem Hohen Markt bei völliger Nahrungsentziehung vierundzwanzig Stunden Zeit, weiter über die Frage nachzudenken. Die Befragung ergab nichts. Aber wie die wilden Wölfe fielen dann die beiden Freigelassenen in ihre Quartiere auf der hochgelegenen Laimgrube und an der Windmühle ein, sie plünderten mit einem handfesten Troß die Mirakelkeller, bunten Haushaltungen; aus den verfallenen Häusern, den Winkeln der Sackgassen sprangen vor ihnen die abenteuerlichen Schatzgräber im Vagantenkostüm, die braunbemalten Christianer, vergaßen ihre Kutten Stricke und Muschelhüte, die Pilgerstäbe warf man hinter ihnen drein, die plumpen ungefügen Schwangeren liefen wie Wiesel, verloren im Sprung ihre Bauchwülste. Eine verängstigte Besprechung der Zechen am Abend, nachdem ihnen unvermutete Ansengung des ganzen Bezirks angedroht war, hatte den Erfolg, daß man die Spuren der zwei Scholaren und des Weibes des Krampfkranken ermittelte; sie verrieten, der Fürst schwimme mit dem Anfallstäuscher und einem alten Weib die Donau herunter, fände sich aber alle zwei Tage, auch drei Tage in der Nähe des Quartiers; die beiden andern warteten auf eine Geldsumme, von wem wüßten sie nicht, auch nicht für welche Zwecke, ob als Lösegeld oder sonst wofür. Das Boot wurde am folgenden Tage schon von den unruhigen Leuten erwischt, wie es am unteren Wehr an einer wüsten Stelle nahe dem Judenquartier anlegen wollte; zwei Insassen, an Land gestiegen, machten Reißaus; auf einer Bootsbank, mit einem Ruder bewaffnet, saß der alte barhäuptige Pfalzgraf, mit halbnacktem Oberkörper, mit hohen Soldatenstiefeln, in polnischen Samthosen, drohte jeden niederzuschlagen, der sich ihm näherte, sprang dann zwischen dem Schilf am Hinterteil des Bootes ins Wasser, wurde gefaßt, ans Ufer gelegt. Die beiden Sterzenmeister redeten ihm freundlich und ehrerbietig zu, er glaubte aber, jetzt erschlagen zu werden, hielt stammelnd die gefalteten Hände vor den Mund, die Augen krampfhaft geschlossen. Nach einer Stunde erst ritten eine Anzahl Herren an, dabei der Kanzler; er sah mit tiefer Bewegung den Zustand seines gnädigen Fürsten, seine Verstörung, das schwappende abgemagerte Bäuchlein, die weißhaarige fette Brust, über dem schlaffhäutigen faltenreichen Hals das kleine dünne Köpflein. Vergraust lag Philipp Ludwig in seinem Bett; während man ihm zusprach, es sei auf ein hohes Lösegeld abgesehen gewesen, blieb er dabei, sie hätten ihn umbringen wollen; das alte furchtbare Weib hätte fast stündlich gesagt, er würde geschlachtet werden, er solle seine Seele darauf vorbereiten, sie warteten nur auf den Lohn für die Tat. Der Kanzler saß von Angst geschüttelt neben dem Bett, bebend, wie ihn die hochfürstlichen Söhne empfangen würden, wenn er ohne des Pfalzgrafen Durchlaucht zurückkehren würde. Nicht eine Woche war um, da fuhr der Neuburger wieder ab; den Kanzler ließ er auf Drängen Marchevilles zur Vertretung seiner Rechte zurück.

Und während der Fürst im sonnigen Neuburg herummarschierte, kein Ende fand des Kommandierens Schreiens Verwirrens in Gesprächen mit seinen Söhnen Bedienten, durchgreifende Organisationen des Steuer- und Heerwesens verfügte, widerrief, wurde der knickbeinige Kanzler in Wien herumgejagt von Marcheville, spöttisch, neckisch wieder fallengelassen, wie es die Situation gerade mit sich brachte. Nach Neuburg lief eines Tages ein Kurier mit dem Bescheid der Hofkammer, daß sie Kenntnis genommen habe von seiner Denkschrift, ihn seinerzeit über den Lauf der Angelegenheit orientieren werde, eine Erklärung, die der wieder abgemattete Philipp Ludwig aufatmend empfing und den Befehl an Sartorius abgehen ließ, sofort zurückzukehren; er schrieb ihm eigenhändig ein Brieflein: «Nun mag es weitergehen. Kommt nach Hause. Ich habe meine Hand im Spiel und ziehe sie nicht wieder heraus.»

Und in der Tat: noch lange nach seiner Abreise wirkte sein kurzer Besuch in Wien. Seine sonderbaren drohenden, offenbar tief informierten Denkschriften konnten nicht anders erklärt werden als unter bestimmten fatalen Voraussetzungen. Kremsmünsters Kopf war geschwollen, er ließ sich für keinen der fremden Geschäftsträger und Gesandten sprechen, Eggenberg hatte die Taktik, alles abzulehnen und sich gänzlich ahnungslos zu zeigen; es liefen Anfragen über Anfragen ein aus den Kanzleien mehrerer Kurfürsten betreffend die Neuburger Denkschrift. Noch war nach auswärts nicht verlautet der Überfall auf diesen geheimnisvollen Kronprätendenten, der Spanier war schamlos genug zu insinuieren: wenn nicht Bayern ein Interesse an dem Verschwinden des Pfalzgrafen hätte, so vielleicht die kaiserliche Hofkammer; man wolle die Geheimabmachungen des Wiener Hofes mit dem Herzog Maximilian nicht zu früh preisgeben, man hätte sich resolut entschlossen, aber es sei anders verlaufen.
In dieses aufgeregte, sich selbst steigernde Ungewiß platzte ein Büchlein hinein, das, von Norden verbreitet, frommen überaus angesehenen Damen zur Kenntnis gelangte. Fast zu gleicher Zeit, wie in Dresden am protestantischen Hofe des Kurfürsten Johann Georg dieses Büchlein gelesen wurde unter Kopfschütteln Geschrei, übergab es in Wien bei der Garderobe der würdigen frommen Stifterin Gräfin Polyxena von Muschingen ihre Kammerzofe. Dieses schöne unbedeutende Kind hatte es von einem eben gewonnenen Liebhaber, einem reichen jungen Herrn nebst einem ansehnlichen Douceur erhalten; der junge Herr, der ihr so angenehm zu Gemüte sprach, war kein Kavalier, aber Vorreiter bei Seiner Exzellenz, dem Marquis Marcheville, der sich in der Stadt verlustierte. Der Vorreiter sagte dem

lieblichen Hernalser Geschöpf, dies sei ein frommes Buch; sie würde vielleicht ihrer Herrin eine große Freude bereiten, wenn sie es ihr übergebe; sie möchte sich auch etwas daraus vorlesen lassen, es würden ihr manche Gnaden dadurch zuteil werden. Zu ihrem Entzücken sah auch das Mädchen, daß wirklich die Gräfin – die erst gelacht hatte, als sie ihr schämig das Buch übergab, mit der Bemerkung, es hätte auf ihrer Schwelle gelegen, ob es wohl ein Gebetbuch sei oder einen Ablaß ankündige –, daß die Gräfin freudig erst allein, dann mit ihrem Hauskaplan des Büchlein durchlas. Sie blieb aber dabei, es hätte vor ihrer Kammertür gelegen, als man ihr noch einmal zusetzte, und wurde dann beschützend gegen die ernsten Worte des Kaplans sanft von der Gräfin gestreichelt. Frau Polyxena von Muschingen lag zu dieser Zeit nichts so sehr am Herzen, als von Rom ein Breve zu erlangen zur Gründung eines Klosters für den Orden der unbeschuhten Karmeliterinnen. Sie stand in einer langwierigen Korrespondenz mit einigen italienischen Oberinnen solcher Klöster, deren Frömmigkeit einen überwältigenden Eindruck auf sie gemacht hatte bei einer Reise nach der heiligen Stadt. Die Dame wußte jetzt nichts Wichtigeres, als den beiden andern Damen ihres Komitees das unglaubliche glückliche Geschehen zu berichten, das aus dem Büchlein sich ergab, welches ihr auf so merkwürdige Weise zugestellt war. Auch die hohen ihr wohlwollenden Würdenträger des Hofes wollte sie aufsuchen, lebendig und erregt, wie sie war, ihnen danken und Glück wünschen für diesen großen Erfolg und sich mit ihnen aus voller Seele freuen über diesen Gewinn für die heilige Kirche. Denn nichts andres ließen diese einfachen, vielleicht indiskret veröffentlichten Briefe erkennen: man hatte am Kaiserhof einen großen katholischen Entschluß gefaßt, folgerichtig wie das Vorgehen gegen die gottlosen und aufrührerischen Böhmen: man wollte das katholische Deutschland um eine große Zahl abgefallener verführter Seelen bereichern, mit der Fürsorge des Landesvaters unlöslich und energisch die Sorge um das Seelenheil verbinden. Die calvinischen Landesteile des Majestätsverbrechers Friedrich von der Pfalz sollten in katholische Hände kommen, in die allersichersten kurfürstlichen Hände, die des bayrischen Maximilian. Wer, der selbst Ferdinands edle religiöse Gesinnung kannte, hätte dieses von ihm erwartet, das ihn in die Reihe der gottseligsten Herrscher stellte.

In der schwülen Wärme des Nachmittags fuhr die von Muschingen mit ihrer Kutsche bei der Reichsgräfin Auguste von Abensberg-

Treue vor, die Kutsche der Dame schloß sich ihr an; alsdann bei der Gräfin Kollonitsch. Die drei alten Damen stiegen am Kienmarkt aus, dort lagen Bretter vor einem Haus; von ihren Kammerfrauen geführt, rauschten sie seidig tiefverschleiert in den Flur, der sehr breit, niedrig, aber ganz leer war. Und so auch die Treppen Stiegen Höfe Dielen Säle; es war das verlassene Haus des Hans von der Seligstadt, welcher als Magister der sieben freien Künste hier gehaust hatte; sieben Bücher waren auf das Hausschild gemalt. Hier sollte den Karmeliterinnen ein Heim bereitet werden. In der Stube, wo den Damen Sessel bereitgestellt waren, konnten sie ihr überschwellendes Herz nicht bezähmen; der Raum wurde zum Zeugen der hohen Freude der Damen, welche sich gegenseitig zum Weinen rührten. Man hatte noch das Glück, den galanten alten Grafen Harrach, dessen erkrankte Gemahlin an dem Werke für die Nonnen teilnahm, zu erwarten. Und wie er kam, wurde er von Freudenausbrüchen überschüttet und konnte in seiner frischen vergnügten Art dankend lange nicht zu der Ursache dieser Freude vordringen. Dann wurde er verlegen, einsilbig, bat um das Büchlein, mußte rasch zu seiner Gemahlin, deren Zustand ihn nicht befriedigte. Er suchte abends noch den Fürsten Eggenberg auf, der grade ausgefahren war, um ihn zu besuchen; es stellte sich bei der Begegnung auf dem Hohen Graben heraus, daß die Gräfin Muschingen schon bei ihm gewesen war, um auch ihm Glück zu wünschen. Als noch bei der gemeinsamen Fahrt zum Abt von Kremsmünster sich ergab, daß die Dame auch hier gewesen war, dankend und jubelnd, schrieb ihr Harrach einen Zettel, sie möchte Verschwiegenheit über die besprochene wichtige Sache bewahren, er bäte sie darum aus einem bestimmten Grund, steckte aber den Zettel auf das Lächeln der Herren resigniert zu sich.

Der Inhalt des Büchleins war nicht mißverständlich. Es enthielt unter dem Namen ‚Spanische Kanzlei' eine kleine Anzahl von Briefen aus der Hand des Kaisers, des Bayernherzogs, eines Kapuziners, der als Unterhändler agierte, als Anhang eine summarische Aufstellung der aus dem Briefwechsel hervorgehenden Beschlüsse und Tatsachen. Die Briefe waren nach Datierung Stilfeinheiten Intimitäten zweifellos echt. Die pfälzische Kur war mündlich dem Bayern zugesagt, über einen Teil der kurpfälzischen Länder war anscheinend in bindender Weise verfügt zugunsten des Herzogs. Weder Kammer noch Kurfürstenkolleg waren gefragt. Man mußte sich morgen in der Frühe zu einer Besprechung zusammenfinden.

Es KAM nicht zu dieser Besprechung. Als sie zu Hause eintrafen, fanden sie kaiserliche Hatschiere vor, welche Einladungen zu einer morgen stattfindenden Beratung in der Burg überbrachten. Ferdinand wußte nichts von dem kursierenden Büchlein; eine Unruhe und plötzlicher Entschluß waren die Veranlassung zur Anberaumung der Sitzung. Jetzt mußte Dighby in München schon alles von Maximilian erfahren haben; wenn nicht heute, so morgen übermorgen würden die protestantischen Emissäre Lärm schlagen in Wien.
Der Nachmittag mit Ungeduld verbracht, stundenlanges Beten und Bezwingen der Bitterkeit. Rasches Herabsteigen zu dem tiefgelegenen Sitzungssaal am Morgen. Ein Tisch mit zwei Schreibern in der Mitte, acht Herren standen von niedrigen Wandbänken auf; Eggenberg, wurde vom Schreiber verlesen, war erkrankt, daher nicht anwesend. Dann, während sich der Kaiser hutbedeckt auf den einsamen Stuhl an der Querwand unter das Kruzifix setzte, las Kaspar Frey, sein alter Geheimsekretär, schiefschultrig feingesichtig, zwei Briefe Maximilians vor, worin sich der Herzog nachhaltig und uneingeschränkt bereit erklärte, mit seinen und der Liga Streitkräften dem Kaiser in Böhmen zu Hilfe zu kommen. Ferdinand nahm das Wort, stark auf das Foliantenpack auf dem Tisch blickend, mit gewöhnlicher Stimme erklärend, daß er als Direktive für die Verhandlungen und Beschlüsse von Hofkammer und Geheimem Rat mitzuteilen hätte, daß er und sein Haus wünschen müßten, das Verhalten und Verdienst Maximilians in jenen gefährlichen Zeitläufen genugsam zu würdigen. Er habe sich daher entschlossen, die Gerechtigkeit nicht aufzuhalten. Nach bereits zurückliegender persönlicher Rücksprache mit ihrer Liebden dem bayrischen Herzog, glaube er den Weg gefunden zu haben zur allgemeinen Satisfaktion. Dem reichskundigen erklärten Ächter Friedrich von der Pfalz sei die Kurwürde und das Erbtruchsessenamt abzusprechen, die Würden nach Verdienst seinem Schwager, ihrer Liebden dem Herzog in Bayern, zu übertragen. Zum Ausgleich der entstandenen Kriegskosten, des Aufwandes und erfolgten Verlustes und zur Auslösung des verpfändeten Landes ob der Ems sei es angemessen, ihrer Liebden die Oberpfalz hypothekarisch zu überantworten und einzuräumen. Er dürfe verhoffen, so nach kaiserlichem Vermögen seinen Verbündeten saturiert zu haben, wegen der beständigen erzeigten Treue Liebe Affektion und hohen Dienste, die er mit Daransetzung der eigenen Person Land Leute Gut und Blut erwiesen habe. Die Herren hatten sich noch nicht gesetzt, da verließ Ferdi-

nand, der sonst nie einer Beratung fernblieb, den Saal, ohne einen eines Wortes gewürdigt zu haben.
Die Herren saßen verdutzt. Dann war es ein Entschluß des menschenkundigen alten Abtes Anton, der in Anbetracht der besonderen Umstände Aufhebung der Sitzung empfahl. In Questenberg war die Raserei so groß, daß er am Schreibertisch stehend einen Stuhl verkrampft in der Hand hielt; der Stuhl saß an seinem Handteller fest wie eine Schlange, die sich darein verbissen hatte; mit einem wütenden Ruck schleuderte er den Stuhl auf die Erde: «Und wissen die Herren, was dies ist? Das ist Krieg mit England, Dänemark, vielleicht mit Frankreich. Das ist Zerfall mit den Kurfürsten von Sachsen und Brandenburg.» Leise vor Grimm zitternd der alte Harrach neben ihm über die leere Tischplatte gebeugt: «Es ist so. Ich habe es gesagt. Der Maximilian geht um. Wir können es nicht wehren.»

Im Ring seiner Mauern Wälle und Basteien lag Wien; Häuser, Türme, Kirchen gemauert an Häuser, Märkte, Gäßchen, überschwellend gegen die Donau, jenseits den Werd mit Steinen bedrückend, mit tastenden Fingern nach der Venedigerau, dem Rustschacher, den beiden weiten Galizinwiesen. Handwerkerfüllte Straßen, Plätze voller Fleischer Kaufbuden Reiter und Sänften Tamtamschläger Theriakausrufer. Brüllende Büttel hinter geschorenen Missetätern, die den schweren Schandstein am Hals schleppten; Badeknechte ins Hörnlein stoßend, türkische Becken schlagend. Aus Klöstern stießen Schwärme von Nonnen, schwarz und weiß, geschuht ungeschuht, traten lispelnd kreuzwindend in die Kirchen, die weihrauchgeschwängerten Gänge, unter die Bilder der wilden Schmerzen, der Inbrunst und Verzückung. Seiltänzer und fahrende gelustige Fräulein kreuzten ihren Weg, lockten in die Holzschuppen auf dem Neuen Markt. Soldaten aus den Kriegen des Kaisers, die gegen Bethlen Gabor gefochten hatten, die Böhmen am Weißen Berg zerrieben hatten: wüste Prunkfedern in den Nacken zwischen den Schultern wallend oder nach vorn in die Stirn bis auf den Mund, grellbunte Schärpen, hohe Stiefelschäfte, weit überfallend mit farbigem Tuch ausgelegt. Kosaken mit breitem schmutzigem Gesicht in langen blauen Röcken, hohen Lammützen; ihre kleinen Augen blinkten vor Lust, sie gurrten mit ihren Weibern, die sich Schürzen und Röcke mit Perlen bestickt hatten. Feine Pagen tänzelten in engen Strumpfhosen, mit koketten Bändern besteckt; Bürgerfräulein, die die Haare gescheitelt trugen, oder gewellt in den Nacken herab über die Ohren, die an ihren Häubchen nestelten, Korallenhalsbänder begriffen, grüne Mieder, leichte lose Blusen, oder kurzröckig mit hohen ungarischen Stiefeln. Kavaliere à la mode, Spiel- Fecht- und Saufkumpane, Filzhüte mit aufgeschlagenen Krämpen, wallonische Reiterkragen breit auf den Schultern, wild die Stiegen herunter, auf die Pferde; große Hunde hinter ihnen her, dienernde Wirte an den Gasttüren. Zwischen Brettern ein toter Mensch, von der Leichenbrüderschaft getragen, hinaus nach dem Friedhof auf der Wieden. Blinde am Hohen Graben, die Augen ausgestochen wegen Münzverbrechen, Meineidige ohne Hände, Zungenlose, Nasenlose, Ohrenlose in Grüppchen vor den Kirchen, Näpfe und Blechbüchsen schwenkend. Studenten mit Degen und Bandelier an der Lampelburse, der Rosenburse, ernst spazierend, auch krawallbedürftig nach Handwerksgesellen ausschauend. Aufgeblasene Gestalten, reitend, die edelsteingeschmückte Hand auf dem Rücken, in englische Tücher gekleidet, von reitender Dienerschaft gefolgt. Über ein versonntes Gäßchen huschend in violetter Soutane ein Bischof, das Käppchen auf der Tonsur; der Gürtel wehte nach aus einem Flur. Stadtgardisten zogen ihre Spieße hinter sich her durch Staub und Kot, stellten sich um Brunnen, würfelten, suchten sich stille Plätze. Umeinander trieben in Häusern Spelunken Kellern lärmende stille kranke Menschen, Haushälter Schaffner Kellermeister Küchenjungen Rauchfangkehrer Goldmacher Gewandschneider Spengler Kalendermacher Brauknechte Messerschmiede Wanderburschen Kaufherren Ratsschreiber Kerzengießer Hökerinnen Witwen, die nach einem Mann schnappten, Dragoner, die nicht dienen wollten, Lumpen, die das Leben in der Sackgasse schön fanden, Bauern, denen der Viehhändler um die Ohren schlug, Pergamentmacher Riemer Häutekäufer Messingschläger Kuppler mit Halseisen, eilige dünne Juden, Advokaten Kommissionäre quarrende Kinder im Sand, wandernde Buchhändler aus Sachsen, Böhmen mit bemalten Brieflein in Umhängekästen.

Um sie herum standen die spitzgiebligen Häuser mit Ziegeldächern, mit Schieferdächern, bemalten Fassaden, in Fachwerk, Balkons vorstreckend, die in Stein, Paläste mit Bildsäulen an der Auffahrt, ornamentierten Fenstern, Häuschen mit mächtigen Schildern und lustigen Namen, Schulen, Sankt Tibold Sankt Niklas Sankt Johann Sankt

Sebastian Sankt Maria Magdalena Sankt Falern Sankt Michael Sankt Sebastian das Studentenspital Zu unserer Lieben Frau. Thronend in aller Mitte der Stephansdom, seine Turmspitze durchbrochen, tausendfach durchlässige Maschen aus Eisen, fast verwehend in die Luft wie eine blasse Flamme am Tag; am Knauf, warnend vor den fernen blutdürstigen Türken, der Halbmond mit dem Stern.

Breit fußte neben dem Augustinerkloster an der Mauer das riesige Massiv der Burg, viereckig, ellbogenartig die Ecktürme ausstemmend, drei hohe Stock ragend. Darin hauste der Gewaltigste des Heiligen Römischen Reiches inmitten seines ungeheuren Trosses, beschützt von der Trabantengarde und den kaiserlichen Hatschieren, hundert Mann samt Furieren und Trompetern unter Don Balthasar, ihrem Kapitän. Benedicite und Gratias an der Tafel sagten sieben Kapläne. Für seine Küche sorgten Mundköche Meisterköche Unterköche Bratenköche Suppenköche Küchenträger Holzmacher Adjunkten. Im Keller dienten Hofkeller Kellerschreiber Kellerdiener Fuhrleute Mundjungen, seine Vorratskammern füllten Einkäufer Marktträger Hoffleischer. Obertafeldecker für seinen Tisch, Kammertafeldecker Tischaufwärter Edelknaben Offiziertafeldecker. Hohe adlige Mundschenken hatte er in Zahl, Matthias di Verdina, Michael de Alverngia, Erasmus von Hirschberg, Johann von Grünthal, Chorasinsky. Den goldenen Schlüssel des Kammerherrn trugen dreiunddreißig Edle, dabei Graf Wenzel von Würben, Graf Julius von Salm, Baron Peter Ernst von Mollert, Johann Graf Paar, Wolf von Auersberg. In den Fluren, großen und kleinen Höfen, auf den Stiegen drängten sich die Stallmeister Bereiter Hoftrompeter Fechtmeister Büchsenspanner Sattelknechte Sänftenmeister Waffenpolierer Stallbediente im spanischen Stall, im Klepperstall, Leibkutscher Vorreiter Stalljungen. In den Stallungen standen neunzig Tummelrosse, achtzig Reitklepper, sechzig Kutschpferde, zweiundzwanzig Maulesel. Um die Seele des Kaisers mühten sich neben dem Beichtvater der Pater Johann Weingärtner, der Hofkaplan Paul Knorr von Rosenrot. Eine starke Hofkapelle erfreute ihn mit Musik, Johann Valentini war ihr Kapellmeister; es sangen für ihn berühmte Sänger; Peter da Naghera sang Alt, Diskant Luca Salvatori, Graf Ossesko. Seinen Leib hatte er großen Ärzten anheimgegeben, Managetta war Doktor der vier Fakultäten, dazu Mingovius, Mahlgießer, Johann Junker.

Während er noch schlief, traten am grauen Morgen mächtige Herren seiner Regierung aus ihren Schlafkammern, nahe der Burg, am

Petersplatz, bei Sankt Michael, am Bischofshof. Langsame Reitrosse, knirschende Karossen, Roßbahren trugen sie aus der wenig klappernden Stadt zusammen gegen die Burg vor ein zurücktretendes Haus, hochgieblig mit Fachwerk, vielfenstrig, mit geschwungener Gesimsverzierung. Um das Haus lief eine Vorhalle, von bunten eckigen Holzsäulen getragen. Weit schwang darunter der Torbogen mit fürstlichem Wappenschild, öffnete das Dunkel zur Stiege: das Haus Eggenbergs. Dann standen lange die Sänften und Karossen vorhangwehend auf dem regenweichen Platz, die Pferde nickten mit ihren Puscheln, schüttelten die Klingeln an ihren geflochtenen Mähnen, wetzten die Hufe, während der Regen über sie floß.
In der trüben Ritterstube lag Eggenberg auf dem Faulbett, das schräg gegen die Mitte des Raumes gedreht war; er lag im dicken Schlafrock darauf, rotwangig, lebendig, mit schalkhaften Augen, hatte eine blaue Seidenmütze bis über die Ohren gezogen und begrüßte jeden Herrn mit beiden Händen. Sie schoben sich um den schlankfüßigen Eckofen, unter den Holzsims und seine Geweihe und Pokale, an die Fensterbank, beklopften erregt im Gespräch die bunten Butzenscheiben.
Dröhnend fuhr nach einigen ruhigen Äußerungen Eggenbergs der untersetzte bärbeißerische Questenberg heraus: «Stehen wir hier nach dem unerhörtesten Sieg der Geschichte? Das heißt den Siegespreis aus der Hand geben. Das heißt: nicht Habsburg hat gesiegt, sondern Wittelsbach. Und nicht Wittelsbach, sondern England, Dänemark, die Protestanten, denen wir billigen Kriegsgrund geben und die wir gegen uns vereinen.» Wilde Beschuldigungen warf er gegen Trautmannsdorf, der still, klein, verwachsen, als wenn er nicht dazu gehörte, auf der Fensterbank saß, daß dieser Graf und Beauftragte des Hohen Rats und der Kammer dabei war, als jene unseligen Beeinflussungen des Kaisers durch den Bayern stattfanden, ohne daß er sich bemüßigt gefühlt hätte, den Hohen Rat wenigstens nachträglich zu informieren. Begütigend meinte Eggenberg, dies sei wohl nicht möglich gewesen, wegen der sehr geheimen Natur der Besprechungen; hätte doch Questenberg selbst, sein lieber Gast, bei vielen Gesprächen mit Herrn Doktor Jesaias Leuker nicht vermocht, etwas Sonderliches aus ihm herauszuziehen. Der verwachsene kleine Mann sah nicht auf; er danke Herrn von Questenberg für den Hinweis, er hätte manches vermutet, wie der ehrwürdige Abt Anton auch; doch beteure er, auf der Krönungsreise oft mit der Römischen Majestät gesprochen und

sie nach Vermögen beeinflußt und beraten zu haben; insbesondere sei der Erbschaft des Pfälzers gedacht worden und daß in München nicht Endgültiges vorgenommen werden sollte. Ferdinand sei nach der Krönung im Rausch gewesen, sein Glück, seine Gehobenheit hätte die ganze Reise bis München gedauert, mit Entzücken hätte er das deutsche Land gesehen, hätte mit vielen ehrenwerten Deputationen Abgeordneten Ständen verkehrt; einen wahrhaften Kaiser, Mehrer des Reichs hätten sie alle in ihm erblickt. Aus Dankbarkeit hätte es ihn zuletzt zu seinem hohen Schwager Maximilian gedrängt. Und dann – Trautmannsdorf sah die nachdenklichen Herren mit seinen großen samtbraunen Augen an. Sie schwiegen. Der graziöse zarte Harrach schüttelte sich entsetzt: «Wittelsbach steht wieder auf.»
Als wenn er mit sich spräche, schloß Trautmannsdorf die ruhigen Augen: «So bliebe nur zu bedenken, ob man jene auch mir bis jetzt verborgenen Maßnahmen des Kaisers als einen Regierungsakt aufzufassen gewillt ist.» Hans Ulrich Eggenberg schob sich die Mütze hoch, er traute seinen Ohren nicht. «Wir können dem Hohen Rat», fuhr der Verwachsene im schwarzen Seidenwams fort, «nicht anders helfen, als indem wir auf eine gute Weise jene Maßnahmen annullieren. Es läßt sich anscheinend nicht leugnen, daß die Maßnahme unliebsam, ja gefährlich ist. Alsdann wollen wir weiter debattieren.» Er hatte zu seinem Freund Kremsmünster am Ofen herübergeblickt, der lächelte ihm traurig zu: «Und werden den Teufel mit Beelzebub austreiben. Ihr seid ein Rechtslehrer, wie ihn Bologna nicht hat. Aber Logik hat hier nur stumpfe Zähne; sie beißt doch das kaiserliche Wort nicht tot.»
«So wird es nötig sein, mit des Herzogs in Bayern Durchlaucht in Verhandlungen zu treten.» Er dachte laut weiter. Lächelnd respondierte Abt Anton: «Mag Euer Liebden dies im Ernst vorschlagen? Wird Ihm gewiß niemand verwehren, diese Verhandlungen zu führen.» «So wird es nötig sein –» Trautmannsdorf biß sich auf die Lippen. Anton ermunterte: «Sprecht nur.»
«Es gibt auch Mittel, die man verwendet, wenn man eine Fährlichkeit für sehr groß erachtet und ihre Abwendung wirklich und von Herzen wünscht. Mittel selbst gefährlicher Art. Es gibt, wie den liebwerten Herren und Exzellenzen bekannt ist, nicht nur hier Männer, denen die Durchführung des kaiserlichen Entschlusses verderblich erscheint und erscheinen wird. Die Kurfürsten werden insgesamt als nicht gefragte Partei sich gekränkt erweisen, sonderlich die Durch-

lauchten von Sachsen und Brandenburg, welche samt ihrem Anhang in nicht vorzusehender Weise protestieren werden. Ich vermeine, wir werden jedenfalls nicht hindern, auch nicht hindern können, wenn sie sich gekränkt erweisen. Oder wenn sie Widerstand leisten, im geheimen oder auf dem Deputationstag.»
«Sehr kühn», Herr von Strahlendorf mit salbungsvoller Stimme, pfeilerartig lang hinter Eggenbergs Bett über den Saal schauend, «drücke sich der Herr deutlicher aus; er empfiehlt: wir stecken uns hinter das hohe Kollegium.»
«Ich empfehle nicht», fuhr der vor den Butzenscheiben fort, «auch rate ich nicht. Wir überlegen. Die Frage lautet: ist die kaiserliche Maßnahme gefährlich, also: sollen Mittel dagegen ergriffen werden? Wer ist der Kaiser? Ein Habsburger. Leidet die Macht Habsburgs Einbuße durch jene Maßnahme?»
Questenberg dröhnte: «Die Kur an Bayern abgeben heißt unmittelbar an den Säulen des Erzhauses rütteln.»
Harrach blickte rechts und links: «Zum wenigsten droht Gefahr. Vielleicht können wir sie noch bannen.»
Hoheitsvoll schüttelte Strahlendorf, der Vizekanzler, den gepuderten Kopf: «Man wird mich auf keinem Wege sehen, wo es gegen den frommen Kaiser geht. Die Maßnahme des Kaisers mag dem gewöhnlichen Geschäftsgang widersprechen, sie ist aber entsprungen einem echt katholischen Gemüt; der Jubel unserer christlichen Stände wird keine Grenze finden, wenn sie kund wird. Daß Bayern die Oberpfalz erhält, wird unausbleiblich sein; daß es den Kurhut an sich nimmt, werden spätere Zeiten zu den großen Beweisen unsrer Frömmigkeit rechnen; denn nun ist für alle Zukunft gesichert der katholische deutsche Kaiser. Halten die Herren dies fest; sie werden an dem Beschluß nichts mehr zu tadeln finden.»
«Und Kursachsen», schrie Questenburg, «und Brandenburg? Und England und Dänemark?»
Eggenberg unterbrach nachsichtig: «Es wird freilich schwer halten, die Kurfürsten nicht zu verstimmen. Und noch schwerer, Krieg zu führen.»
Der Abt lächelte, er verwaltete die Finanzen: «Schwer. Die Säckel sind nicht grade voll.»
Wieder regte sich Trautmannsdorf, der angestrengt den hageren hölzernen Reichsvizekanzler studiert hatte: «Es ist ausnehmend richtig, was mein Herr von Strahlendorf gefunden hat, daß die neue Wen-

dung der Dinge einen Sieg der Frömmigkeit darstellt. In Zukunft, solange wenigstens das Heilige Römische Reich blüht, wird kein protestantischer Kaiser möglich sein. Dies ist ja auch unser aller Herzenswunsch. Aber gewiß ist auch das Gegenstück: der Grimm der protestantischen Kurträger, welche ja nunmehr noch dem Namen nach mitküren, jedoch nur essen dürfen, wie's ihnen die Katholischen vorsetzen. Das wird ihnen nicht gefallen, sie werden versuchen, Einfluß zu gewinnen; sobald sie sich zusammentun, ist vereitelt, was gerade gewollt war: es wird zwei Reiche geben, ein kaiserliches, freilich katholisches, und ein protestantisches. Das Reich ist zerfallen. Besser ist, sie nicht in die verzweifelte Minorität drängen; katholisch sein – aber mit ihnen.»
Strahlendorf warf ihm einen strengen Blick zu: «Der Krieg ist gewonnen. Der wahre Glaube hat gesiegt. Es ist folgerichtig, dem Katholizismus das verfallene Land und den verfallenen Kurhut zu überantworten. Das Gegenteil ist Schwäche.»
Laut seufzte der Abt: «Ach, die Stärke. Möge der Herr mein Amt übernehmen. Tadle er uns nicht zu sehr.»
«So konkludiere ich», Fürst Eggenberg sah jedem einzelnen der Herren unter die Augen, «es ist das Recht des Kaisers, jene Maßnahme zu treffen oder getroffen zu haben. Es ist das Recht der Kurträger, sie nicht zu billigen. Voraussichtlich wird Streit mit den Kurträgern, sicher mit einigen Anhängern des Pfälzers entstehen. Wir müssen uns auf Unruhe und Krieg vorbereiten. Möglich ist eine schwierige Rivalität Wittelsbachs, besonders nach der Aufnahme ins Kolleg.»
Alle schwiegen bedrückt; ungebeugt nur Strahlendorf.
Der Abt hob den Finger: «Dies sind Fakta. Laßt uns Rat finden, Rat, wie einem möglichen Unheil begegnen.»
Viel ruhiger war der schwarze Questenberg geworden; er brütete, mit dem Rücken gegen die Wand, vor sich; wollte sprechen, hielt wieder an. Harrach streichelte ihm friedlich die Schulter: «Wenn der Blitz in ein Haus eingeschlagen ist, soll man nicht nur nachsinnen, wo man sich am besten hätte verstecken können, welche Gebete man hätte sprechen sollen, welche Heiligen anrufen.» Mit tiefer Stimme Questenberg: «Ich weiß. Wir werden dem Kaiser nicht in den Rükken fallen. Das Geschehene ist schmerzlich, vielen unter uns ist es schmerzlich. Wir dienen alle unserm Kaiser. Mag unser liebwerter Fürst Eggenberg der Römischen Majestät mündlich, mit jeglicher Sanftheit, unsre Ergebenheit und unsre Bedenken, wie er sie ver-

nommen hat, anzeigen.» Trautmannsdorf flüsterte gespannten Gesichts eindringlich durch den Raum: «Vor allem: wir wissen nicht, was den hohen Herrn veranlaßt hat, wider seinen Willen der Durchlaucht in Bayern nachzugeben. Wir wissen es nicht. Es heißt auf der Hut sein vor der Durchlaucht. Es heißt, sich ergeben und entschlossen vor den Kaiser stellen. Jeglicher Wiederkehr vorbauen.»
Nachdem der erschöpfte Eggenberg mehrfach Schweigen über die Beratung anempfohlen hatte, damit es nicht erscheine, als ob Zwiespalt zwischen der Majestät und ihrem untertänigen Rat bestände, faßte man den Beschluß, die Übergabe der erledigten Kur an den Bayern nicht zu behindern, zugleich die Majestät um eine gemeinsame Audienz anzugehen.

Zu MOLLERT und Mansfeld lächelte der Kaiser auf dem Wege von der Kirche: «Es ist mir leichter, liebe Herren, es geht mir besser. Wie nennt man wohl den, der krank ist und versäumt, zum Arzt zu schicken?»
«Er ist sicher nicht – der Dümmste.»
«Laß nur, Mollert», winkte Ferdinand. «Vielleicht ist er nicht dumm, vielleicht ist er nicht klug. Wer eine Sünde begangen hat, soll beichten gehen.»
Nachmittags hörte er, sein Rat Eggenberg sei erkrankt, und als er ihn in seiner Wohnung aufsuchen wollte, hieß es, er sei aufs Land gegangen. Der Kaiser schickte ihm seinen Arzt Mingovius zu; Kaspar Frey fuhr mit, um zu fragen, ob von Dighby Depeschen da wären; Eggenberg möge sich im übrigen nicht zu früh nach Wien bemühen, sich recht pflegen. Die Antwort kam, es seien Depeschen von Dighby da; er schrieb, er hoffe die Festung bald niedergelegt zu haben; von andrer Seite sei mitgeteilt worden, Dighby hätte mit den Türken und Tataren gedroht, falls Maximilian nicht nachgebe.
«Der tolle Kerl», freute sich Ferdinand und staunte. Draußen blühte der Frühling, herrlich über alles Denken. Nach langem Hin und Her brachte der feine zierliche Doktor Frey heraus, er hätte verlauten hören, die Herren Geheimen Räte hätten sich betroffen gefühlt durch die Mitteilungen des Kaisers; eine – nun – eine sonderbare Stimmung herrsche unter ihnen.
«Du machst Späße, Frey?» Ferdinand überlief es kalt: «Sie verlassen mich? Sie helfen mir nicht?»

«Sie klagen; sie fühlen sich gekränkt, daß man sie nicht gefragt hat. Sie halten den getroffenen Entschluß für gewagt, für gefährlich.»
«Und wie denken sie auf Abhilfe?»
«Es ist nicht ersichtlich.»
«Das sind meine Räte. Was brauche ich Kammer und Rat. Daß sie mir wie Doggen in den Nacken fallen. Es ist nicht ausdenkbar. Du wiederholst mir. Und Eggenberg ist nicht krank.»
«Der Fürst ist gestern in sein Quartier zurückgekehrt.»
Bleich, entschieden, leise Ferdinand: «Nein, das habe ich nicht um sie verdient.» Er stand plötzlich dicht bei Frey: «Um Jesu willen, was sagst du mir.» Damit taumelte Ferdinand in seine Arme. «Schick nach Eggenberg», flüsterte er.
«Er kommt nicht.»
«Eggenberg soll kommen.»
«Er kommt, wenn Majestät befehlen. Aber er wird nicht gut sprechen.»
«Trautmannsdorf?»
«Ebenso.»
«Der Abt Anton?»
«Ebenso.»
«Ich soll sie anbetteln. Sie wissen ja nicht; es liegt nicht an mir. Ich will zu ihnen.»
«Bleiben Majestät.»
«Sie müssen es in die Hand nehmen.»
«Sie wollen etwas gegen Majestät.»
«Gegen mich. Gegen mich. Es ist zum Lachen, zum Schreien. Wer bin denn ich? Es kommt ja nicht auf mich an.»
«Sie wissen, daß es auf einen Krieg geht.»
Starr: «Sie wissen? Auch das?»
«Sie halten den Krieg für unvermeidlich.»
«Nein, nein. Sie lassen mich in Maximilians Gewalt. Sie helfen mir nicht. Ihnen liegt nichts daran, mich und das Haus zu retten. Es gibt nichts Unvermeidliches. Sie haben sich noch nicht von ihren Stühlen bewegt. Dighby ist hingefahren. Er tut etwas. Was tun sie? Sie nennen sich krank und sind es nicht. Sie verschwören sich gegen mich.»
Der alte Frey schüttelte den Kopf: «Die Herren tun nicht gut an Eurer Majestät.»
«Oh, du bist ja der einzige. Bist du der einzige, sag ihnen, steck ihnen zu, sieh zu, wie du's kannst; was soll ich denn machen, mir ist der Mund

geschlossen, ich kann nicht zu ihnen, du hast ja recht. Aber: es sei nichts geschehen damit, mit der Rebellion. Nichts. Sie sollten sich Dighby ansehen, er ist ein Fremder, ein Brite, und tut mehr für mich als sie.»
Ernst nahm Frey das hin.

DAS AUDIENZGESUCH der fünf Herren lag vor. In den Kaiser aber war der Zorn gedrungen, nicht über die Herren, sondern über die Knechtung, die diese Sache über seine Seele ausübte. Seine Augen Porzellanschälchen mit blaßblauen Rundungen bemalt, hell, fast weißlich. Wenn die kleinen Pupillen sich verengerten, gaben die Augen noch mehr Licht ab. In dunklen Gängen, auf Treppen nachts schwebten sie wie zwei Kelche nebeneinander.
Seine glashellen Augen belehrten den alten Frey rasch: der Kaiser heischte die Herren zu sprechen.
«Was begehrt Ihr von mir?» schrie er sie ohne Form an.
– Sie wollten als berufene Ratgeber der Krone ihre Stimme erheben.
– Wenn der Kaiser ihren Rat wünsche, werde er ihn einfordern; er vermöge zu denken; man möge nicht glauben, er brauche das Gängelband.
– Das Vertrauen des Kaisers zu seinem Geheimkolleg hätte sich zu ihrem tiefen Gram getrübt.
– Der Kaiser bete zu Gott und den Heiligen; er sei nicht mehr unbeschützt; er würdige die Herren nach Verdienst.
– Das Geheimkolleg fühle schmerzlich, aber doch mit einer gewissen Befriedigung, daß die Majestät ihrer nicht mehr bedürfe.
– Er werde sie gehen heißen, wenn es ihm beliebe. Sie möchten sich des nicht gewünschten aufsässigen Tones entschlagen. Ob man nicht wisse, wer Kaiser sei, er, Ferdinand der Andere von Habsburg, oder Hans Ulrich von Eggenberg oder der kleine Trautmannsdorf.
Zu Boden neigte sich Trautmannsdorf; sie hätten den Spott nicht verdient; der bayrische Herzog reibe sich an Habsburg; sie wollten ihm das wehren; sie hätten den Spott nicht verdient.
Lippenbeißend stand Ferdinand da: «Ich werde mit Euch reden, Graf Trautmannsdorf, wenn wir zu zweit allein sind. Jetzt muß Euer Kopf sehr heiß sein.»
Dem glühten die Augen im Kopf; unwillkürlich machte er einen Schritt vorwärts.

«Blickt zur Tür», brüllte der Kaiser, «blickt zur Decke, wagt nicht, mich so anzugaffen. Ich rufe die Wache und lasse Euch in Eisen werfen. – Ich will Euch nicht hören, Euch allesamt nicht. Ihr seid meine Feinde; wie wagt Ihr es, über Max zu reden? Geht hinaus! Thornradel! Zum zweitenmal! Habt Ihr nicht etwas in der Tasche, ein Schriftstück, das ich unterschreiben soll? Seht Ihr nicht die Kette an meinem Hals, mit der Ihr mich erwürgen wollt. Ich will Euch nicht sehen.»
Tiefblaß, zähnebeißend, gab Trautmannsdorf den andern einen Wink mit den Augen.
Vom Schreibtisch zurückkehrend fragte Ferdinand, wer von den Herren zu dieser Audienz geraten habe. Als Fürst Eggenberg sich nannte, bedachte sich der Kaiser lang: «Ich will den Herrn anhören. Der Herr erwäge aber, mit wem er spricht, und erwäge jedes Wörtlein.»
Der sprach. Als er geredet, hatte er keinen Satz gesprochen, der nicht klug und vorsichtig schattiert gewesen wäre und dem Kaiser nicht jeden Weg zum Nachgeben geöffnet hätte.
Ferdinand trank seinen Wein; eine Zeitlang drehte er den Herren den Rücken halb, scheinbar ins Glas blickend. Er war tief beschämt. Er war von namenlosem Grimm auf Maximilian erfüllt.
Die Herren boten ihm ihre Hilfe gegen den Bayern an; sie durchschauten ihn; er war nicht mehr ihr Kaiser; er mußte ihre Hilfe annehmen.
Er sagte, wer von den Herren noch etwas hinzusetzen wolle, möge sprechen. Er ging auf und ab, um eine grüne Marmorsäule. Als er sie mit der schlaffen Hand berührte, sah er in der blanken Fläche sein langes, hochgezogenes Spiegelbild. Er erschrak, das Bild taumelte seitlich herunter, er ging weiter.
Eggenberg erklärte, Rat und Kammer würden unverzüglich das Nötige zur Übertragung der Kur an Bayern bereitstellen. In Verwirrung, zermahlen und zerfasert, konnte Ferdinand nur lächeln. Er reichte jedem die Hand. Sie wußten angesichts seines zerstreuten Gebarens nicht, ob sie entlassen waren.
Bis er aufblickte und ihnen zunickte, die Arme über die Brust verschränkend.

WAS FERDINAND tags drauf nach langem Sinnieren und Seufzen begann, war ein überstürztes Briefschreiben und Kuriersenden nach der Stadt, deren Name vor seinen Augen brannte. Hatte er einen Brief beendet und verschlossen, so war er für Stunden ruhig, in denen er sich labte, um die Auseinandersetzung wieder zu beginnen. Es mußte leise alles vor sich gehen, weder Obersthofmeister noch Beichtvater noch Geheime Räte durften etwas erfahren, geräuschlos rasch ohne Pausen sollte alles hinter ihrem Rücken vollendet werden. Er trug eine kleine Schreibtafel am Gürtel, die er nicht einmal seinem Leibkammerdiener abtrat; und während der Tafel ereignete es sich bisweilen, daß er in tiefer Umwölkung Notizen aufmalte. Seine Stimmung war heiterer als vorher, aber leicht erregt und gespannt. Wie viele Briefe er an Dighby schrieb, allmählich, von Tag und Nacht zu Tag, wußte er nicht. Es war ein Schwall, während er glaubte, eben begonnen zu haben. Zuerst war es Dighby, der Graf von Bristol, ein vor kurzem neu eingetroffener britischer Sondergesandter, mit einem rauhen Wesen, blutrotem Gesicht, häßlichen aufdringlichen Blicken, einer Ischias, dem er schrieb. Bald setzte er sich mit einem andern auseinander, der für ihn in München im geheimen wirkte, sein eigner vertrauter Sondergesandter, sein intimer, unausgesprochen ihm anheimgegebener Freund, sein Glückswunder. Von Tag zu Tag war diesem mehr zu sagen. Er mußte die Briten aufklären und doch nicht aufklären, ein Brief sagte zu viel, einer zu wenig. In München mußte Dighby gehört haben, was geschehen war; aber es war nicht so geschehen, er hatte mit ihm kein Doppelspiel getrieben, indem er ihn zur Vermittlung ermutigte, und doch war alles schon gebunden und nicht mehr auflösbar und neu zu knüpfen. Er mußte ihm zu verstehen geben, zwischen den Zeilen, daß es ganz anders war, daß er sich nicht gebunden hatte, sondern daß er einmal gefesselt worden war, in einem verwirrten betäubten Augenblick, in dem er nicht rechnen konnte oder wie es sonst gewesen war. Daß er damals sonderbar eingeschüchtert worden war von Bayern, nachgab, seine junge Kaiserwürde schon verloren glaubte, sich aus Scham nicht hatte offenbaren können. Das mußte schmeichelnd in halber Abbitte zwischen den Zeilen geseufzt werden. Und gebeten werden um Befreiung – jedoch nicht zu deutlich, denn man war Römische Majestät und jener Brite, und ein Ungläubiger. Mit Politik mußte alles versteckt und maskiert werden; welches lebhafte Interesse mußte nicht England haben, den Bayern zum Nachgeben zu zwingen, um des pfälzischen Kurfürsten, des englischen Schwiegersohnes und seiner Kinder willen; ja Ferdinand ging so weit, durchscheinen zu lassen, daß er appellieren möchte

an das Interesse Englands, eine starke protestantische Partei auf dem Festlande zu haben; schmerzlich und grausam weh tat ihm diese Bemerkung. Er hielt diesen Brief, vor dem er sich selbst entsetzte, lange zurück, trug ihn bei sich, mußte ihn von sich reißen, um ihn seinem alten Frey in die Hand zu drücken. Jeder Brief erklärte neu, kühner. Und er erwartete keine Antwort, dachte nie daran, was Dighby meinen würde, glaubte jahrelang mit ihm umgegangen zu sein.
Eggenberg, dessen Haus durch einen Geheimgang mit der Burg verbunden war, staunte, als der Kaiser öfter unversehens mit geröteten Wangen freudig und müde bei ihm erschien, gedankenlos plauderte, sich an sein Bett setzte, eine große Zärtlichkeit gegen ihn und andre an den Tag legte, daß er Gnadengeschenke verteilte, ohne sich um Gurlands Bedenken zu kümmern; er beschenkte Gurland selbst noch.
Die Briefe aber liefen alle durch die Hände des feinen gewissenhaften und automatischen Gelehrten Kaspar Frey. Dieser hatte keine Neigung, sich zu lebhaft in die Geschäfte seines Herrn zu mischen; sein Respekt war zugleich Bequemlichkeit; ein Schutz vor übermäßiger Inanspruchnahme. Ihm fehlte die Herzlichkeit; sein scharfes Urteil war im Laufe der Jahrzehnte eingerostet im humanistischen Spintisieren über Virgil und Sueton. Für Ferdinand war das Geheimnis des Briefes vollendet mit dem Binden des Fadens, gelegentlich siegelte er. Das übrige vertraute er Frey an. So kamen ein zwei ungesiegelte Briefe den üblichen Weg in die Hände des Obersthofmeisters, der bei der Auffälligkeit der Situation, der Häufigkeit von Briefen an diesen englischen Empfänger Verdacht schöpfte, heimlich einen las, ihren Inhalt auf der Stelle dem verblüfften Eggenberg mitteilte, bevor er das kaiserliche Siegel beifügte. Eggenberg wagte angesichts des unglaublichen Vorfalls nur noch den höchst verschwiegenen Abt Anton ins Geheimnis zu ziehen; Behutsamkeit schien ihm das Wichtigste für den Augenblick. Sie kamen in der stillen Behausung des Abtes umeinandergehend überein, nunmehr planmäßig jeden Brief zu öffnen, aufzufangen und entsprechend seinem Inhalt zu handeln. Der Obersthofmeister hatte schon unabhängig von ihnen die Öffnung der letzten Briefe vorgenommen; jetzt erfolgte dies im verschlossenen Dienstzimmer des Meggau in der Burg vor den beiden Geheimen Räten. Es schien einmal, als hätte Ferdinand Verdacht geschöpft, sein Kurier lief unprotokolliert durch; da ließ ihn Meggau auf der Straße hinter Wien niederwerfen von gedungenen Zigeunern; dieser Brief ent-

hielt den erschreckenden Hinweis auf das evangelische Interesse des Königs Jakob. Es schlug dem Faß den Boden aus. Man konnte nicht ohne Trautmannsdorf weiter. Erstaunlicherweise zeigte der sich gar nicht verwundert, schien etwas Ähnliches vermutet zu haben. Nach seinem Rat wurden alle Briefe durchgelassen, aber dauernd die Kuriere auf den Straßen niedergeworfen und beraubt; dem Kaiser sollte Mitteilung werden von der Unsicherheit der Wege durch malkontente Ungarn und entlassene Söldner.
Furchtbar, unerwartet schwer traf dieser Bericht den versunkenen, ja zärtlich ausgeglichenen, verspielten Kaiser. Jäh brüllte er, man vernachlässige die Sicherheit seiner Korrespondenz. Steif und kalt standen vor ihn gerufen Eggenberg und Trautmannsdorf, entschlossen, nichts zu antworten. Es fehlte nicht viel, daß der Kaiser sich zu direkten Drohungen gegen sie herbeiließ. «Man hat Interesse an meinen Briefen», schrie verzweifelt Ferdinand. Er konnte nicht fassen, daß die Worte, die er mit Liebe gemalt hatte, vor nichtswürdige berechnende Gesichter gezogen waren, auf der Straße lagen. Rasend war er; geschändet, tief beleidigt kam er sich vor. Und im Hintergrund verstand er, was man mit ihm vornahm. Was diese hier mit ihm vornahmen. Der jähe Umschwung ließ ihn verwirrt fünfmal dasselbe fragen. Rasch gingen die Räte. Eggenberg war draußen im Vorsaal leichenblaß, zitterte; er war so erschüttert, daß er nur immer sagte: «Es muß ein Ende nehmen damit, Trautmannsdorf.» Abt Anton gab ihm bekümmert recht. Der verwachsene Graf hielt sich still für sich; etwas Geduld; die Situation würde sich bald klären.

In diesen Tagen war es, wo der Kapuzinermönch Valeriano Magno, eine Kreatur Maximilians, seit Wochen unterwegs, am Hofe ankam, um im Auftrag seines Fürsten die Ausstellung eines Diploms, betreffend die Übertragung der Kur an Max, zu erbitten. Schweigend verwies ihn Ferdinand an den Abt Anton zurück, der noch erzählte, jener Mönch komme, wie verlaute, aus Paris, wo Bayern sonderbare Fühlung mit dem Staatssekretär Puisieux genommen hätte. «Warum nicht?» lachte stoßweise der Kaiser. «Ja, warum nicht», bekreuzigte sich Anton.
«Singt mir was vor», schrie der Kaiser den Johann Valentini an; und der Chor mußte stundenlang in der Antikamera singen. Die Sänger

waren erschöpft, der Tenor Pichelmayer versagte, der Kaiser wanderte ruhelos an einer Wand vor einem Gobelin, welcher die Befruchtung Ios darstellte, hin und her; schwieg die Kapelle, so schrie er bald gegen die Bänke: «Ihr sollt singen.» Er ließ sich Tirolerwein kommen; dann mußten die Streicher und Flötisten spielen; er wurde nicht müde zu wandern. Keiner der vertrauten Kammerherren vermochte an ihn heran; Frey erlebte nichts als unverständliche Jähzornausbrüche.
Wie eines Mittags Ferdinand, gedunsener Kopf, sehr starre Augen, durch ein Fenster auf einen kleinen Burghof blickte, saß da einsam neben einem leeren Wagen in der braunen Bergmannsgugel sein Narr Jonas auf dem Steinboden und arbeitete etwas. Rasch schlug Ferdinand das Fenster zu, stieg, dem Diener abwinkend, auf einer Wendeltreppe hinab. Der Hof grasbewachsen, heiß, leer. Es lag da vor einem Schuppen ein Sandhaufen. Ohne daß der Zwerg ihn beachtete, setzte sich der Kaiser, ohne Hut, in grauer loser Joppe, auf ein geschlossenes Faß am Eingang des Schuppens. Es tat ihm wohl, hier zu sitzen; wie gedrängt war er heruntergegangen; es tat ihm sehr wohl. An einen Balken legte er den Kopf, dachte an nichts, während er gerade vor sich blickte. Dann fiel ihm ein, es möchte möglich sein, hier zu schlafen; schob sich tiefer unter den kleinen Schuppen, atmete tief und, wie er die Augen schloß, schlief er schon, fest und streng, wie er begehrte. Nach einer Weile rührte der Narr mehrmals den Schuh des Kaisers. Der Kaiser zuckte, öffnete die Augen.
Der alte Schalk gurgelte heimlich, neugierig zudringend: «Hast mir zugeguckt, Ferdel?»
Der rührte sich nicht.
«Gelt, hast mir zugeguckt. Sag's. Was meinst du?» Als der nicht antwortete, machte sich der Wicht an sein Geschäft.
Nach einer Weile schwebte der Schatten Ferdinands von rückwärts über das Zeichenbrett des Narren; der Kleine hob listig den Finger: «Gelt, du hast mir zugeguckt. Ich arbeite, ich arbeite.»
«Was ist?» Der Narr hatte auf einem Kistenbrett im Sand große leere Folianten liegen; aus einem Krügchen goß er Tinte vorsichtig über sie, tuschte die Tinte sorgfältig in breiten Pinselstrichen aus in die Ecken, an die Ränder.
«Ich dichte.»
«Was ist mit der Tinte?»
«Ich schreibe ein großes Werk über die Sterne, den Himmel, die Hexen und die Teufel. Bald ist's geschehen.»

Wie sonderbar, daß der Kaiser nicht lächelte, starr und streng auf die Bogen sah, das Gesicht nicht verzog; er schlief wohl noch.
«Wenn die Sonne schön warm und hell scheinen wird diese Woche, ist es fertig. Es kommt nur auf die Sonne an, Ferdel, im Dunkel geht es nicht voran.»
«Was ist.»
«Wenn du mich nicht verraten willst, grüner Löwe, will ich's sagen. Und wenn du mir etwas geben willst.»
«Was ist.»
Er bewegte sich vorwärts. Der Narr greinte: «Jeden Bissen schnappen sie mir vor der Nase weg. Wenn du gestern gesehen hättest, von den Forellen. Kaum hab' ich etwas gesehen davon.»
«Komm mit.»
Weinend schleppte der Zwerg sich hinter ihn, deckte mit einem Sack alles sorgfältig zu: «Nicht schlafen kann ich vor Kummer. Aber doch bin ich ihnen allen über.»
Er sah den Mann neben sich strahlend an: «Ich zeig's dir. Komm zurück. Ich schreibe ein großes Werk über die Geister. Die Weisheit muß verbreitet werden unter die Menschen. Aber es dauert alles so lange, hab' ich gesehen, ein Buch jahrelang, jahrelang. Viele Weise sterben, grüner Löwe, ehe sie ihr Buch fertig haben. Und darum –»
Er sah zu, wie sich Ferdinand wieder in den Sand setzte, fragte gespannt: «Aber du verrätst mich nicht.»
«Nichts, nichts.»
«Es gibt viele, die mir alles absprechen und mich am liebsten umkommen lassen würden.» Bang hob er den kleinen Tintenkrug unter dem Brett hervor, wies ihn: «Sieh selber, was ich für einer bin. Mein Buch ist, wenn unser Herr Petrus am Himmel will, bald fertig. Ich lass' es dich zuerst sehen dann.» Und der Kleine goß über einen frischen Bogen Papier einen Strom Tinte, fing an zu wischen, entzückt plappernd: «Sieh an, wie es geht. Sieh, wie es läuft. Ich mache es auf einmal. Da, eine ganze Seite auf einmal, aus dem Fäßlein kommt der Brunnen. Im Nu. Gewischt in die Ecke, eins, zwei. Ich bin nicht so dumm, mir Federchen schnitzeln, in die Tinte stoßen, Tröpflein herausfischen. Ja, glaub's schon, kann lange fischen, bis das Fäßlein leer ist. Und wenn das Fäßlein nicht eintrocknet, fischen sie drei Jahre daran. Seht bei mir. Das ist der ganze Witz. Flink, hurtig, im Nu. Sieh her, Ferdel, hier unten.»
Auf dem Sand standen sechs kleine Krüge. «Seit gestern», flüsterte

geheimnisvoll der Schalk, deckte sie rasch zu. «Ich hol' die Krüglein aus deiner Kanzlei, sie schimpfen, daß sie weg sind; morgen setz' ich ihnen mein erstes Büchlein hin, die Krüglein daneben: werden sie Augen reißen. Ist von Gespenstern, Hexen und allen sieben Gestirnen, hab' mir weidlich alle ausgedacht und hurtig drauflosgeschrieben. Oh, was sie alles drin lesen werden; auch von dir, Ferdel, und meinen Feinden! Finden sich alle drin.»

«Nun muß ich sorgen, lieber Jonas, daß du Doktor werdest ohne Studium und Examen.»

Glücklich, die Händchen schlagend: «Oh, wann gibst du mir meinen Schmaus? Oh, du wirst sehen, es wird noch besser. Wenn du mich bloß nicht verrätst.»

«Nur zu trinken, Jonas. Feiern wir dich auf der Stelle; zeig mir, wo es in den Keller geht.»

«Komm, ich weis' dir's.»

Mütterlich deckte er seinen Platz ab. Dicht am Schuppen in die Mauer war eine niedrige kistenverstellte Tür eingelassen, an sie schob er sich heran; eine Stiege senkte sich herab; schwerer kühler Geruch schwoll herauf.

«Wo bist du, Jonas?»

«Sst. Still. Ich bin unten. Vielleicht hört uns jemand. Komm. Hier.»

«Bist du allein?»

«Nein.»

«Wer ist bei dir?»

«Der Wein, der Jonas und du. Wir alle drei.»

Der Kaiser tastete sich herunter. «Setz dich gleich hier an die Stiege, Jonas, in den Winkel. Und laß die Tür auf, damit wir sehen können.»

«Ferdel, kannst du am Hahn trinken?»

«Hol mir einen Becher, wo du willst; leise; stehen überall Leute.»

Lange Stille in dem Dunkel. Große Umrisse von schwarzen Fässern, Tonnen, Bottichen, Leitern lösten sich; der Keller wuchs in die Tiefe.

«Jonas!»

«Hier das artige Becherlein. Ich bediene dich.»

«Wir wollen dich feiern, Jonas, morgen schenk' ich dir deinen Zuckerzweig.» Sie tranken, tranken. Jonas lachte manchmal herausplatzend schallend, bald fing auch der Kaiser an. Jonas schrie: «Herr Rektor, Euer Liebden haben keine rote Robe an. Es ehrt mich nicht genugsam.»

«Jonas», sagte nach einer Weile Ferdinand, «bring mir meinen Hund.»
Schon schlich der Zwerg davon. «Hier, Ferdel, hier ist das Hündelein.»
Es war eine Katze. Der Kaiser hatte sie auf den Armen, rang mit ihr. «Ich kann sie nicht halten.» Jonas, mit einem Griff am Nacken, preßte sie ihm an die Brust; sie hielt still.
Die blauen großen Augen des Kaisers, die grellen Schlitze des Tiers. «Gebt mir Euer Messer, Herr Doktorande. Das Kätzlein muß mir sein Fell für einen roten Mantel verkaufen.» Er vertiefte sich in den ängstlichen lauernden Blick, suchte sie plötzlich am Hals zu packen. Die Katze schlug um sich, der Zwerg zustürzend aber hatte ihr im Nu mit seiner scharfen Klinge den Hals durchgeschnitten. Während sie noch hell pfiff, spritzte, zappelte, auf die Steine kollerte, schlitzte er ihr kreischend knirschend das Fell von der Kehle bis zum Schwanz, riß es rechts links von dem heißen nassen Rumpf ab, von den zitternden Beinchen.
Ferdinand schluckte heftiger den Wein. Das dunstige blutende Fellchen legte er sich auf den Rücken, rieb sich die Finger.
Die Glocke schlug oben im Hof. «Jonas, lauf hinauf, ehe wir anfangen, dich zu feiern. Rasch. Spute dich. Sag meinem Leibdiener, du hättest einen Auftrag von mir zu bestellen. Sag's dem Kammerherrn in meiner Vorkammer. Wenn man mich suchen sollte – ich hielte Sitzung ab. Sie sollen's dem Abt Anton bestellen. Hier hast du meinen Ring, und bring ihn gleich wieder.»
Der Narr schaukelte den Kopf: «Ich soll nicht erzählen, wo du sitzest?»
«Nicht erzählen, Jonas.»
«Was wird mein armer Buckel dazu sagen?» quarrte er.
«Scher dich!»
Atemlos kam er bald angestürzt: «Sie waren hinter mir her. Ich hab' sie irregeführt.»
«Mein Ring.»
Der Narr hatte ihn an.
«Schelm, gib den Ring.»
Ferdinand spie, während er den Schalk schüttelte: «Zu saufen, Kerl. Was du hast. Ich hab' Durst, Kerl.»
Der entwischte, blieb weg, laut schmatzte er in der Nähe. Ferdinand taumelte zu ihm in den Winkel, wo eine Laterne brannte; da stopfte

der Kobold Rettich, trocknes Brot. Ferdinand brüllte lachend: «Verfluchtes Vieh», riß den Korb her; der Schalk hielt sich schreiend am Henkel, sie stopften rissen schluckten und spien zerrten. Das Katzenfell, das rutschte, legte sich Ferdinand immer wieder auf die linke Schulter. Allein ließ er hingestreckt seinen Becher vollaufen, schlürfte, während ihm der Kopf wackelte und er den Korb vor die Brust zog. Plötzlich machte der Narr einen Ruck, kroch mit seiner Beute zehn Schritt davon, kreischte giftig: «Nichts kriegst du mehr! Verrecken kannst du, Dieb abscheulicher.» Er saß im Dunkeln versteckt. «Gibst mir Rettich, du Hund?» «Verrecken kannst du.» Ferdinand kroch auf allen vieren mit baumelndem Kopf, rief heiser, drohte bettelte. Der Schalk verzog sich weiter. Listig bat der Kaiser: «Ein Stückchen, Herr Doktor, bloß ein Stückchen.» «Nichts, gar nichts. Nicht die Krume kriegst du Strolch.» «Ich will was haben», brüllte der Kaiser, «ich kann nicht verrecken hier.» «Du Dieb, ich werde dir zeigen.» «Was habe ich dir getan, Jonas?» «Nichts. Verrecken! Verrecken!» «Ein Stückchen.» Ferdinand saß unter einem laufenden Faß, flennte: «Nichts gibt er mir. Seht den Kerl an, den Jonas. Den ganzen Korb hat er voll. Das wird kein Doktor.» «Verrecken.» Da hob Ferdinand, sich auf den Bauch werfend, an der Katzenleiche ausgleitend, mit den Beinen strampelnd, sinnlos aus vollem Halse brüllend, die Arme auf, schmetterte sie auf den Boden, salbte sich aufbäumend sein Gesicht mit dem Schmutz: «So behandelst du mich, so behandelst du mich. Ich verklag' dich.» Wütend rutschte der Zwerg heran, schlug von hinten mit dem Korb gegen seine Beine. «Verklagen, du mich? Du Dieb.» «Er bringt mich um. Hilfe. Grausame Not. Was habe ich dir getan?»
«Verleumder, mich willst du verklagen.»
«Laß meinen Fuß.»
Oben stiegen Leute scheltend heran, warfen Licht in den Raum.
Der Zwerg geiferte frohlockend: «Jetzt sieh zu, wie du auswischst! Haha. Vor denen da! Du Dickwanst.» Johlte gegen das Gewölbe bei Ferdinand: «Hier bin ich! Walkt den Dieb!»
Kroch weg, schleuderte seinen leeren Korb zurück, meckerte vergnügt, mit dem linken Schuh des Herrn klappernd; dicht zu ihm schlüpfend, drehte er einen Hahn auf; der Weinstrom prasselte auf die Steine. Da heulte beim Anblick des leeren Korbs der Kaiser vor den beiden Küferknechten, die ihn drohend anhoben, dann den beschmierten sabbernden zitternd zurechtsetzten.

«Alles hat er gefressen. Er ist schlecht. Es ist kein Gelehrter. Er ist ein Siebenfraß, ein unbarmherziger. Mich läßt er verrecken. Fangt ihn doch. Den unbarmherzigen Schelm, Gottseibeiuns.»

GRAF JOHANN Paar war seit Hoheneich nicht am Hof erschienen. Ferdinand sagte knirschend zu Frey, der sich vor ihm entsetzte: «Ich will gnädig mit ihm verfahren, mit dem Hans. Will ihm nicht Hatschiere schicken, sondern dich und den Jonas. Ihr beiden sollt ihn holen.» Dann schwankte er lange, ob er nicht seinen Leibkammerdiener schicken sollte. Gebunden wurde dann eines Nachts Paar von Hatschieren auf einem Wagen in die Burg gefahren, ohne Hut, ohne Degen, wie sie ihn in seiner Stadtherberge ergriffen hatten. «Wahrhaftig», höhnte der Kaiser, der ihn in der Schlafkammer sitzend empfing, «der Graf Paar.»
Dünnlippig stand er da, die gefesselten Hände auf dem Rücken. «Ich war ehrsüchtig», erklärte der langsam, «der Mollert hatte mich gereizt. Ich hab' mich von der Eifersucht auf Mollert bewegen lassen.»
Der Kaiser lachte giftig. Der blieb dabei: er bereue. Ferdinand fragte: «Das war es, das war alles?»
Paar dachte an die Stöße, die er erduldet hatte; langsam wiederholte er, er sei eifersüchtig auf Mollert gewesen. Der Kammerdiener mußte ihm die Fesseln abnehmen; es stünde ihm frei, in seine Heimat zu fahren. Er sah nicht, wie der Leibdiener sich beiseite wandte, die bettelnden, zerreißenden Blicke des fast unbeherrschten Ferdinand, sah nicht, daß Ferdinand schrecklich erblassend im Begriff war, wackelnd auf seinem Sitz sich an seine Brust zu werfen.
Er fiel vor Ferdinand auf die Knie; starren rachsüchtigen Herzens sagte er: er bereue.
Der Kaiser bat ihn entsetzt um Entschuldigung, hieß ihn gehen.

BEI DER zweiten Besprechung, die Dighby auf den weiten geweihprunkenden Korridoren der Alten Residenz zu München mit dem Geheimrat Richel führte – einem Herrn so groß wie er, so breitschultrig wie er, mit glattrasiertem verärgertem bäurischem Gesicht, mißtrauischen Blicken, von unbestimmtem Alter –, meinte der

Herr am Geländer der Wendeltreppe zu ihm, wenn es dem englischen Edlen beliebe, nach Thalkirchen oder sonst in die Umgebung zu spazieren: es sei sehr schön hier, die Witterung gut, er möchte es nicht versäumen; des Herzogs Bescheid träfe ihn rechtzeitig. Dighby amüsierte sich vor den Pfälzern, daß dieser furchtbare Unruhstifter, diese männliche Kriegsfurie, der Maximilian, nicht aus dem Beten herauskäme; wenn man nach ihm frage, immer heiße es: er ist zur Messe, er hält Andacht, heute Beichte, morgen Beichte, der Herzog belagere förmlich den lieben Gott. Er witzelte in seiner selbstvergnüglichen Art: ob der Max vielleicht darum so viel bete, damit kein anderer an Gott herankäme.
Schwere Luft wehte in München. Das mönchisch strenge Wesen des Hofes drückte auf die Stadt. Fensterln und Gunkeln war verboten, die üppigen gemeinsamen Badestuben aufgehoben; still trollten des Herzogs Maximilian einzige Freunde, die Brüder vieler Orden, Nonnen durch die Straßen der Stadt; Weibsen, die zu kurze Röcke trugen, Männer, die in Spinnstuben lachten, wußten, was ihnen drohte; in Eisen auf Wochen, wen die Lust anwandelte zu schuhplatteln. Lord Dighby zog in krebsrotem Gewand zu Roß über den Großen Markt mit einem Schwanz von zehn gemieteten Knechten, purpurn wie er; er mußte es tobend dulden, daß beim Aveläuten sich keulenbewehrte Büttel auf sie stürzten, sie auf die Erde warfen und nicht eher sich erheben ließen, als das Geläut zu Ende war. Vor den Obersten Hofmeister, den majestätischen hochgeborenen Grafen Johann zu Hohenzollern stürmend, fand er keineswegs Ohr; es schien sogar, als ob dieser Graf Mißfallen darüber empfand, daß die Büttel nicht auch ihn selbst niedergeworfen hätten.
Nun langten die erstaunlichen Briefe des Kaisers Ferdinand bei Dighby an, von vielbemerkten kaiserlichen Kurieren getragen, Briefe, über die sich nicht schweigen ließ. Dighby geriet in immer größeres Entzücken; er begann für sein Verhältnis zum Kaiser Ausdrücke zu finden wie: der könne ihm nicht entwischen. Er unterließ Antworten nur, weil er nicht wußte, welche familiäre Anrede er dem Kaiser geben sollte. Ohne weiteres langte er eben angekommene Briefe, oft unentsiegelt, lässig dem Rusdorf oder dem weniger gewiegten Pavel; es war Langeweile, was ihn dazu veranlaßte. Prahlende Äußerungen stieß er in der Öffentlichkeit aus; er drohte, er gebe dem Herzog noch zwei Wochen Zeit zur Besinnung; dann kümmere er sich um nichts; wagte es, während die Räte sich in der

Masse versteckten, an einer Prozession bedeckten Hauptes herausfordernd vorbeizureiten. Die Räte waren verständnislos für die Briefe des Kaisers. Schon traf Rusdorf beklommen Anstalt, sich dem sehr gnädigen Dighby wieder zu unterwerfen. Da blieben die Briefe aus. Dighby größenwahnsinnig merkte tagelang nichts; argwöhnisch, schließlich spöttisch forschte Rusdorf. Nach einer Woche wunderte sich der Lord. Vielleicht, daß er hätte antworten sollen; aber es machte ihm zuviel Mühe; irgend etwas nagte dazu an ihm, lähmte seine Hand; seine Gedanken sprach höhnisch der spitzgesichtige Rusdorf aus: der Kaiser hätte ihn zum besten gehabt. Einen Boten fertigte Hals über Kopf der Brite ab nach Wien, den Kaiser fragend; er kam zurück mit dem Briefe und einem Vermerk der Hofkanzlei zu Händen des Abtes Anton: das Schreiben trüge irrtümlich die Adresse des Kaisers. Die Wut dröhnte durch den Lord, er war betrogen, planmäßig England, planmäßig verhöhnt. Die Augen der Räte leuchteten.

Die Torwache hatte dem Herzog gemeldet, daß Kuriere in den erzherzoglichen Farben fast täglich zu dem englischen Gesandten liefen; der Kammerdiener Verduckh erkundete, berichtete Näheres. Da traf Maximilian Anstalten zu antworten.

Die Sorte Bauernmädchen bei Thalkirchen behagte Dighby vortrefflich; er griff zu; Liebesszenen arteten in Schlägereien aus: das gefiel ihm. Die beiden bayrischen Ehrenkavaliere waren sehr besorgt, daß es zu Zwischenfällen käme, wollten gern schweigen, auch die Pfarrer besänftigten, denn der Engländer verspielte wilde Summen an sie und ihr Gehalt war mager.

Schon vier Wochen trieben sie zu dritt ihr Unwesen rings um Thalkirchen; da stand eines Nachts der Graf von Bristol hinter seiner Herberge in einem Kohlfelde, hatte eine Zaunlatte in der Hand, verteidigte sich gegen einen anspringenden messerbewehrten untersetzten Bauernburschen, der weite Hosen und sonst nichts trug. Dighbys seidener Schlafrock war bis über eine Schulter aufgerissen. Und während des Kampfes, der von beiden Seiten stumm mit großer Entschlossenheit geführt wurde, erleuchtete sich der Himmel mit einem auffallenden, immer stärker und breiter flammenden Rot. Beide sahen unruhig beim Schlagen und Zustoßen auf, kamen überein, den Kampf auszusetzen, in der nächsten Nacht sich wieder zu treffen.

Der Lord weckte, da sich zudem ein ferner ungewöhnlicher Lärm erhob, seine Herren, die erschreckt den Schein sahen; es klang, als ob in einem riesigen Feuer ganz München zusammenprasselte; dann wie eine Schlacht mit Menschengeschrei Wagengefahre Schießen. Sie liefen auf einen Hügel. Der Feuerschein stand über München. Erregt standen sie; ob es nicht bald Morgen würde; der Weg durch den Wald war im Finstern ungangbar. Mit dem ersten Grauen zogen sie die Pferde aus dem Stall; schwarz traten die Bäume aus der Dämmerung hervor, die Dorfstraße wurde kenntlich. Lord Dighby saß zuerst oben; in seiner Ungeduld stürzte er sogleich, fluchte, blieb im Steigbügel hängen. Der heranstolpernde Bursche, mit dem er gefochten hatte, half ihm freundlich auf; sie winkten sich zu. Roß hinter Roß trabten sie vorsichtig durch die Waldung. Das Rasseln Klirren Dröhnen wurde vernehmbarer. Die Hauptchaussee auf München war erreicht; da standen zehn Mann mit Musketen quer über dem Weg: Durchritt auf München untersagt; wollten sie in die Stadt, müßten sie im Bogen herum durch den Wald. Keine Auskunft; ständen seit dem Abend hier. Als sie zu dritt auf die von Süden einfallende Chaussee stießen, war der Weg verstopft und es war die bayrische Armee selbst, mit Fußvolk Artillerie und Reiterei, mit Troß Bagage Munition und allem Volk, das durch München rückte. Es ging nach Norden. Dighby wurde mitgerissen; war eingekeilt zwischen Wagen. Sie stiegen ab; sie hielten im Getümmel ihre Pferde fest am Zaum, da man sie ihnen mit List und Gewalt nehmen wollte; man ließ das Pech der Fackeln auf ihre Hände tropfen. Sie kamen zwischen zwei Trupps Wallonen. Offen trugen die Herren ihre blanken Degen in der Hand. Dem Lord gelang es, vor dem Austritt aus der Stadt sich herauszuhauen; die beiden anderen kamen nach Stunden zum Vorschein ohne Degen und Hut, nachdem ihnen ein geschmeichelter Kornett zu ihren Pferden verholfen hatte. Stundenlang mußte Dighby in seiner Herberge sitzen in heftigem Zorn, denn die Straßen waren überfüllt. Er trieb am Abend seinen Kammerdiener zu Richel: wann er ihm eine Aufwartung machen könnte. Statt Antwort kam am folgenden Vormittag ein unbekannter Herr in Jesuitentracht zu ihm mit einem kurzen Empfehlungs- und Beglaubigungsschreiben des Geheimrats: dies sei der gestrenge, besonders vertraute, vielliebe Herr von der Gesellschaft Jesu, der Pater und gelehrte Doktor Jakob Keller, Rektor des Münchener Kollegs, in alles wohl eingeweiht und dem britischen Gesandten zu schuldiger Observanz bereit. Er erklärte mit lieblichen Worten, des Herren williger Freund um so mehr zu sein, als er eben zurzeit den Besuch des englischen Jesuiten-

provinzials Partius empfangen habe, der überaus angenehme Zeitungen aus diesem wohlregierten Lande gebracht habe. Der Anblick des Paters, der ihm gleich diesen fatalen Knüppel zwischen die Beine warf, vermehrte seinen Zorn; er begehrte zu wissen, was der Herr Rektor bei ihm abzulegen hätte. Und als sich der friedlich zu Rede und Antwort erbot, toste er los, was dies sei, dieser Heereszug mitten im Frieden, während der Friedensverhandlungen; welche deutschen Methoden sich hier kundtäten nach den freundlichen, huldreichen Worten des Kaisers. Was den Herrn Rektor, der sich zu setzen verschmähte bei Seiner Gnaden dem Lord und Grafen, ehrlich betrübte, sofern nämlich ihm nichts bis zu diesem allerdings wichtigen Augenblick von einem Frieden bewußt sei zwischen der bayrischen Durchlaucht und dem proskribierten Ächter, vielmehr übe der Herzog im Namen des Heiligen Reiches, wie verabredet, die Exekution gegen jenen aus, der in der Oberpfalz erschreckend hause; man würde bald das bedauerlich heimgesuchte Land von seinen Brandschatzern befreit und in den allgemeinen deutschen Frieden einbezogen haben.
Auch Dighby blieb an seinem Stuhl stehen, fragte heiser, warum man aber, warum aber der wohledle Herr Bartholomäus Richel, Seiner Durchlaucht in Bayern Vizekanzler und Geheimer Rat, ihm dies verschwiegen habe bei seinem zweimaligen Besuche, wiewohl des längeren und breiteren Kriegs- und Friedensfragen durchgegangen seien. Warum habe man oder Herr Richel angehört, daß er beruhigende Depeschen nach England und dem Haag schickte.
Oh, man werde doch nicht wagen, einem erfahrenen Gesandten von dem Rufe des Lord Dighby Vorschriften zu machen über seine Depeschen. Wie überaus erfreut Herr Richel, dieser würdige und fromme Mann, von dem Besuche und der ausgesprochenen Friedensliebe des hohen Gastes gewesen sei, wie sehr er bedauert hätte, nicht auch die beiden pfälzischen Räte zu empfangen, die sich auf Abgabe ihrer Instruktionen und Denkschriften beschränkt, könne er bezeugen. Bei längerdauerndem mündlichen Verkehr der beiden Parteien, daran zweifle er, der Jakob Keller, nicht, wäre ihr Verhältnis zum wohledlen Bartholomäus Richel noch herzlicher geworden, und er hoffe auch jetzt noch, daß man keinen Vorwurf auf diesen untadligen Herrn werfe.
Dies sei also ein Krieg zur Besetzung der Oberpfalz? Es könne doch nicht bestritten werden.
Keineswegs. Keineswegs könne es auch behauptet werden. Es sei die

Reichsexekution gegen den Ächter Mansfeld, der auf oberpfälzischem Boden stände.
Dighby warf den Stuhl ab; diesen Boden verteidige sein Herr, sein Landesfürst, ferner der Kurfürst Friedrich; gegen ihn kämpfe der Bayernherzog, man solle es zugeben und nur schnöde die Verhandlungen brechen.
Beliebe der Herr solche Untat nicht von einem frommen Mann wie Richel und gar Herzoglicher Durchlaucht zu glauben. Die Verhandlungen sollen um des Erlösers willen nicht abgebrochen werden, der ganze tief religiöse Standpunkt der bayrischen Regierung widerstrebe einem kriegerischen Wesen, immer sollten die Verhandlungen weitergehen, immer weiter. Ja, er, der Keller, sei hier, um die Punktation zu fördern.
Verhandeln? England jetzt verhandeln? Er warne den Herrn.
Der Pater schaute in seinen Hut. So läge es gewiß nicht an Bayern, wenn das Friedenswerk nicht gefördert werde; das betrübe ihn bitterlich. Gerade in diesem Augenblick würde man ergiebig verhandeln können und zweifellos am besten nach der Vollendung der Exekution. So müsse er ,Vale' sagen.
An der Tür meinte er lächelnd, bevor er sich bedeckte: so wisse er freilich auch nicht, ob er bei dem Herrn Lord die Geneigtheit des Herzogs vorbringen sollte, ihn in Audienz zu empfangen; eben sei der Herzog zurückgekehrt; sein erstes sei die Frage nach dem Unterhändler gewesen.

«Wo HABT Ihr gesteckt, Ihr Herren; hinter dem Gitter, im Affenkäfig? Habt Ihr geschaut, gewinkt, wie sie Trompeten geblasen haben? War ein Spaß, nicht wahr?»
Rusdorf hatte sich bei anhebendem Getöse nachts aufgemacht, hatte sich von der zechenden Stadtwache zwei Begleiter erzwungen, war mit ihnen, während Pavel die Papiere im Losament bewachte, das jeden Augenblick unter Vorwänden geplündert werden konnte, zur alten Residenz, zum Richel, Jocher oder wen er träfe, gedrungen, um inständig Auskunft zu erbitten. Hatte sich vor die verschlossenen Tore drohend gestellt, war wegen seiner Neigung, französische Brocken zu gebrauchen, für einen Spion von einem vorüberziehenden Schwerereitertrupp gehalten worden. Die Stadtwache verließ

ihn auf finsterer fackeldurchwehter Straße; man beschimpfte und kujonierte ihn. Troßbuben Sergeant Profoß, wen er fragte, jauchzten aber dasselbe: «Es geht auf die Oberpfalz.» Keine neue Frage änderte die Gewißheit: man überfiel mit Übermacht sein Land, sein Heimatland. Dann bebte Pavels Schlafkammer unter dem verzweifelten Wutgeschrei des bettgeworfenen kleinen Rats und dem bitteren Gestöhn des kniend betenden anderen. An ihre Fenster schlug der freche Lärm der vorüberwandernden Regimenter, das Fauchen des verwüstenden siegesdurstigen räuberischen Heereswurms, Fackellicht auf Fackellicht bläkte gegen ihre Decke; die Nacht rückte vor. Volkes ohne Ende! Ihr armes Land sollte ersäuft werden.
Als Dighby mit zerrauften Kleidern wild am Morgen in ihre Zimmer fuhr, schwankten sie übernächtig zorngebläht vor ihn; er mußte sich erschreckt den Hut abreißen, in eine Ecke drängen, sie schienen halb wahnsinnig ihn meucheln zu wollen. Schrien ‚Verrat' über ihn: «Der Herr hat uns an den Bayern verkauft, er hat es uns angedroht, er hat es getan; ein Pfaffenhund ist er.» Er zog sich knirschend zwischen ihren Degen an die Tür, sie wollten ihm nicht glauben, daß er selbst übertölpelt sei; erst standen zwei Hunde vor ihm, jetzt wiesen schnarchende Bestien ihre Zähne. Nicht Dighby war es, sondern Pavel, sich am Stock schleppend, der befahl mit einer knirschenden Ruhe, sogleich aufzubrechen aus Bayern, das treulose verlockende höllische Land zu verlassen und sich zu Mansfeld zu schlagen. Die Wagen wurden ihnen vom herzoglichen Hofe nebst Salvaguardia an alle Truppenteile gestellt, das Bedauern ausgesprochen, die Herren so eilig zu sehen.
Hinter Amberg stießen sie nach Tagen auf die schwärmenden Vorhuten Mansfelds. Sie ließen den Grafen von Bristol nicht los, bis er die kostbaren Geschenke des Kaisers Ferdinand mit Einschluß der goldenen Waschschüssel verkauft, den Ertrag gezwungenermaßen dem Bastard geschenkt hatte. Nach einer furchtbaren Szene zwischen den dreien in der Gegend von Cham hinter dem abgebrochenen Hauptquartier des Feldherrn verließ Dighby die deutschen Herren, verließ über Brüssel bläkend rachedurstig den Kontinent.
Die beiden wandten sich nach Norden, nach dem Haag, an den Pfälzer Erzratgeber, den Doktor Ludwig Camerarius. Rusdorf wollte nicht säumen, nicht rasten; das bayrische Heer, die Wiener Tage brannten in seinem Herzen; er trug die Flamme weiter; Camerarius hieß ihn den Dänenkönig und den Schweden aufstacheln.

Pavel trennte sich bei der Abreise aus dem Haag von ihm; er lehnte weitere Gesandtendienste ab; sehr freundlich und gütig sagte der schwermütige kranke Mann zu dem springenden anderen: «Es ist gut, was der Herr vorhat, mein Segen ist bei ihm. Doch wird er sehen, wir haben die Fortuna nicht auf unserer Seite. Wird bald alles wieder anfangen wie in London und Wien; werden betteln; man wird uns nichts ersparen. Ich bin dem nicht gewachsen.» Mit vieler Liebe umarmten sie sich vor dem Postwagen; auch Rusdorf zerbiß sich schluchzend den Mund.
Als Doktor Jesaias Leuker, prächtig in Zobel getan, einen goldenen Gnadenpfennig an der Halskette, blutroten Gesichts die kaiserliche Antikamera betrat, stand gebückt ein schwarzer ungeheurer Mann neben dem Stuhl des Kaisers, der Beichtvater Lamormain, ein Luxemburger. Bemalte Leinewand und bunte Tafeln waren auf dem Teppich vor ihnen hingeschichtet. Ferdinand hielt den Kopf gesenkt, als Leuker vom siegreichen Vormarsch auf die Oberpfalz berichtete. Als er sein mattes aufgedunsenes Gesicht ihm wieder zugewandt hatte, sagte er halb fragend zu Lamormain und dem Bayern zugleich: «So möge unser frommer Schwager auf dem Zuge von uns jeder Hilfe und Vorschubs gewärtig sein.»
Und während er den Blick suchend richtete auf das Bildchen in seiner Rechten – die blaumantlige Maria mit dem geneigten Haupt, einen goldenen Stern auf der rechten Schulter, in einem Schutthaufen am Tiber von Dominikus a Jesu Maria gefunden –, war plötzlich ein Licht in ihm erloschen; er sah sich an der Wand auf einer schwarzen Bank in einer finsteren Kammer sitzen, sich langsam aufrichten, die Hände an die Schläfen legen, zusammenlegen zum Gebet; und er sprach nach, ohne es zu verstehen, was dem Gebundenen auf der Bank von den Lippen ging: «Es ist geschehen. Im Namen des Vaters, des Sohnes, des heiligen Geistes.»

Aus seinem Bau, um den herum er mit Schonung fraß, stöberte das bayrische Heer den Bastard von Mansfeld. Von da strömte ihm, wegweisend, pestilenzialischer Geruch entgegen. Eine Seuche war in dem Lager der Beidhaus ausgebrochen, hatte sich mit Werbern Furieren Streifkorps beutemachenden Tummlern blitzartig durch die Wälder und Berge verbreitet, zuckte unter Bauern und Knechte, gepanzerte Kürisser Musketenträger. Aus den Tümpeln stieg die Brut der Mücken und Stechfliegen. Unter der schilfdurchstochenen Oberfläche der Wasser, dicht am Spiegel, hingen die Millionen Larven wie herrenlose Naturtrümmer, gleichmäßig Luft saugend durch ihre kleinen Atemröhren. Dick schwoll ihr Kopf an, hob sich über den Spiegel, die Schale zitterte, knisterte, spannte sich, riß über der Schläfe, seitlich; langsam drängte sich das lange junge Gebilde durch, engangelegt Fühler Glieder Flügel, rastete, sich spreizend, auf einem Blatt der Wasserlinse, hing flügelspannend großbeinig an einer Schilfscheide. Surrte in der Dämmerung aus. Die Luft mit Zirpen und feinem hohen Singen durchadernd. Spürsame surrende Mücke mit schwankendem Ringelleib, vor sich zwischen hauchartigen Fühlern gerade ausgestemmt den langen Stechrüssel, der wie ein Spieß steif auf dem Köpfchen wuchs, vor dem Prellbock des klobigen Brustwürfels. Das trug sich tausendfach, zehntausendfach, millionenfach durch die Abendluft mit gläsernen Flügelchen. Setzte sich an den Mund, an die Stirn, auf die Hand, die ein Brot brach, an den Hals, zwischen den geschnittenen Bart des Kornetts und Rittmeisters und die venezianischen Kragen. Riß sich einer, vom Pferde springend, schweißbegossen das Wams auf, kühle Luft gegen nasse Brust gehen zu lassen, so krallte sich das kleine Flügelwesen ungesehen an die warme Haut, sog sein Tröpfchen Blut, speichelte im Biß ein Tröpfchen Gift ein. Dann konnten die Soldaten auf ihre Jagd gehen, die Leute an Torsäulen und Brunnen aufhenken, das Vieh forttreiben, gewaltig prassen –, inzwischen liefen die Fieber durch ihre Körper, Abend um Abend, verwandelten ihr Blut in einen tropischen Sumpf. Kornetts mochten brüllen, den sauren Wein dieses Jahr in Kannen schlucken, gefahrdrohend auf ihren Gäulen vor hundert Mann durch die stillen schornsteindampfenden Dörfer segeln, Leder vor der Brust, dichtmachende Papiere um den Hals, breitbackig und heiß auf den übersättigten Tieren: es vibrierte in den Knien, der Koller mußte herunter, die Waden waren schwach, vor den Augen flimmerten Regenbogen; das Frieren und Zähneklappern fing an, die Nacht lag man im Heu, im Bett, drohte heiser, als wäre nichts, und tags darauf war man schwächer, von Ritt zu Ritt gespenstischer. Und das fiel über die Obersten, die Pikeniere wie über die Huren und ihre Weibel. Die Seuche tötete nicht viele. Wen sie befiel, den machte sie schwach und noch rasender, als er schon war. Wer starb, verweste, wo er fiel. Gelb, schwach lachend ging man umeinander in der Hitze.

Bis noch das Gerücht sich verbreitete, erst im Lager bei Beidhaus, dann in Weiden, im Markte Kohlberg, es hätten sich Leute gefunden, die ein neuartiges Wesen von Krankheit zeigten. Pestbarbiere erzählten verstört von Bauern, die eine neue Krankheit in ihren Betten hätten. Die Läuse fielen das Heer an. In den geraubten Wämsern Leintüchern Betten Pelzen Schabracken wuchsen sie an den Söldnern hoch, die im Schmutz der Wälder und Straßen verkamen, machten feuchte und trockene Krätzen; bei sehr vielen geschah es unversehens, daß das tierische Gift sich in ihre Adern senkte. Sie begannen irre und fiebrig zu reden, manche zu rasen, Ausschläge bis zu Erbsengröße erhoben sich auf der zerbissenen Haut, Blutflecken sprossen in grausenerregender Weise hervor; schlafsüchtig, taub gingen sie, wo sie sich hingeflüchtet hatten, gemieden, eingesperrt, dazu verhungert zugrunde. Ohnmächtig sprachen die gelehrten Schüler des Paracelsus von den merkurialisch-schwefligen Zeichen der Seuche, von den merkurialisch-salzigen, dem Heißhunger, den Harnbeschwerden, der Wasseransammlung in den Beinen, Blutspeien, Brustgeschwulst, Melancholie.
Eine Verwarnung Maximilians ging an sämtliche Stände der Oberpfalz, ging dem drängenden Heere voraus. Stark, gut gewaffnet, wohlstaffiert rückten die Söldner vor; man sah ihnen das Geld an, das der zusammenraffende Herzog an sie gesetzt hatte. Da wich der geschwächte Mansfeld zurück, hinter Amberg, streckte die Pfote aus gegen Maximilian mit einem offenen Grinsen, das der verstand. Es kostete sechshundertfünfzigtausend Dukaten, daß der Bastard sich auf die Beine machte; mit dem gleichen Grinsen erbat er sich und wurde ihm gewährt eine vierzehntägige Wartezeit zur Wahrung seiner Ehre, bis ein Bescheid des verlassenen Pfalzgrafen Friedrich zur Billigung des Akkords einträfe. Dann huschte er, das hungrige Volk hinter ihm, aus dem üppigen Land heraus, das er nicht hatte abgrasen dürfen. Zwanzigtausend Mann hatte er noch, fünfhundert Bagagewagen und einen starken Troß. An der Grenze des Landes war es, wo er Dighby traf, den englischen Gesandten, der, gefolgt von den beiden Räten, ihm vierzigtausend Gulden gab, bittend, daß er die Pfälzer Partei nicht verlasse. Der Bastard, der verkrüppelte Wicht mit der gespaltenen Oberlippe, der Hasenscharte, nahm an, dankte, huschte weiter. Über die Grenze weggetrabt stieß er seinen gellenden Kriegsruf aus, brünstiges Gebrüll der Söldner hinter ihm, die Reiter atmeten Luft. Maximilian hatte ihn auf die Unterpfalz loslassen wollen, wo die

verhaßten Spanier saßen, denen der Bayer das Land nicht gönnte. Mansfeld pfiff; der Rhein lockte.
Durch Ansbach Hall, über Mannheim auf Speyer; sündhaft reich das Bistum. Da hamsterte schon der englische Freibeuter Horatius Veer. Rasch hatte der einen Hieb vor die Schnauze. Die Gäule in die Ställe; Muskete auf der Schulter, Pike in der Hand, knurrend die Mägen zogen sie auf Menschenjagd. Schossen durch die Fenster, in die Scheunen, unter die Betten. In die Kirchen stiegen sie ein, vor den aufgesprengten Portalen machten sie die Pulverprobe, übten Anfänglinge im Treffen auf Heiligenbilder, die stillhielten, und schreiende Kinder. Priester samt Gemeinde schossen sie ab von den Fenstersimsen; nachher gingen sie in die Ecken, hoben den Rest auf Piken. Sie bestrichen ihre Schuhe mit dem heiligen Öl und Chrysam, zu Rotten trieben sie die Weiber und Mädchen zusammen auf Marktplätze, in Scheunen, in Waldlichtungen, verderbten sie am hellen Tag mit Unzucht. Wenn sie sich schnaubend von ihren Späßen erholt hatten, wischten sie sich die Mäuler, nahmen ein Bad mit den Weibern, die sie unter das blasenquellende Wasser hielten, bis sie sich ruhig gezappelt hatten. Da wollten sich einige üben im Menschenfleischessen, mußten es aber zum Gelächter der anderen aufgeben, meinten, katholisches Fleisch schmecke sauer. Wollte ein Bauer frei sein, mußte er den Kot eines anderen fressen, den der eben gelassen hatte; ging es nicht rasch, erstickten sie ihn kopfüber in dem warmen Gesudel. In der Wollust der Grausamkeit gingen sie wie Wahnsinnige herum; nicht viel fehlte, daß sie mit den Steinen am Wege zu kämpfen anfingen, die Vorlauben niedermetzelten, die Luft anspien, daß sie die Pferde zwischen ihren Schenkeln mit Stichen zu Tode quälten. Junge Weibsbilder, an denen sie ihren Mutwillen verübt hatten, lagen tagelang tot, unbekleidet, halb verbrannt auf offenen Wegen; die Bauern in den Nachbarhäusern wurden gehindert, sie zu beerdigen; wer sich daran machte, dem wurde der madenwimmelnde Leichnam in die Stube gelegt. Sie konnten sich nicht lange in den Stiftslanden aufhalten; trafen ausschwärmend bald nur leere brennende Dörfer, flammende Kornscheuern. Einige hetzte die Wildheit, daß sie toll gegen die heimflutenden Bauern rannten, süchtig, selber gemartert zu werden.
Der überschäumende Mansfeld, seine blutrünstigen Horden schwangen über den Rhein zurück nach Osten gegen den Neckar. Ein rasender anderer Rebell erwartete sie da, der alte Markgraf von Baden-Durlach. Dem hatte es die Lebenslust weggefressen, daß er nicht Erbe

sein sollte der oberen Markgrafschaft, weil er Protestant war. Mit zwanzigtausend Mann, vierzig Feldstücken, fünfunddreißig kleinen Geschützen, siebzig Wagenmörsern, achtzehnhundert Wagen stand er am Tage nach Christi Himmelfahrt auf den Höhen zwischen dem Neckar und Ballingerbach; überschüttet alle Täler und Berge unter dem blendenden Maienhimmel vom jungen Grün, von weißer Apfelblüte. Vor Glück wollte er zerbrechen in seiner schwarzen Eisenrüstung auf dem gepanzerten Pferd, als drüben jenseits des Waldes die Ligisten aufzogen, die Bayern voran; inmitten der Hakenspieße Streitäxte Reiterhämmer, des klingenden Kompagniefeldspiels schrie der Graubart, sein schweres schottisches Schwert mit beiden Fäusten über sich hebend: «Sie müssen unser sein! Was wollen sie gegen uns!» Einige Stunden darauf war das Grün jung wie vorher, die Apfelblüte schimmerte wonnig, das badische Heer zerschmettert wie loser Kalk am Boden, der alte Markgraf, von Qualen geschüttelt, von wenigen Offizieren gefolgt, auf dem rasselnden Pferd durch sanfte Wälder über träumende Wiesen zwitschernde Gärten nach Stuttgart, daß sich der Württemberger seines Sohnes annähme und die Flüche auf die Bayern höre.

Die siegesheißen Ligisten, Bayern an der Spitze, schoben sich in die Kurpfalz; das Land wehrte sich nicht, sein Herr irrte mit der englischen Königstochter im Elsaß herum. Die Kartaunen und Mauernbrecher der Überwinder, zu Hunderten versammelt, noch glühend wie ihre Führer, heulten Tag und Nacht auf den Bergen vor Heidelberg; als der Sitz des flüchtigen Kurfürsten brannte, ging ein Freudenschauer durch das Heer; über die blanke, dunkle Platte des geschlängelten Flusses warfen sie sich. Geplündert Heidelberg, geplündert Mannheim.

Zu dem Heere stießen Völker aus Böhmen Mähren Spanien. Und wie sie sich gegen den Main wälzten, sprang sie der dritte Ächter an, Christian, der tolle Bischof von Halberstadt. Der unbändige Mann konnte kaum lesen, kaum schreiben, an seinem Hut trug er den Handschuh der schönen, flüchtigen Pfalzgräfin. ‚Alles für Gott und für sie' stand auf der roten Standarte, die seine Leibgarde trug; darauf gemalt war ein doppelköpfiger Adler, dem rechts und links ein Löwe päpstliche Tiara und Reichskrone mit erhobenen Pranken abzureißen suchte. Er kam stracks von Paderborn, wo er in der Kirche die Silberstatue des heiligen Liborius umarmt hatte, dem Heiligen dankend, daß er auf ihn gewartet hatte; er münzte ihn aus zu Trutztalern auf die

Pfaffen. Der barbarische Recke und Mansfeld, der Kobold, zogen zusammen. Am Main prallten sie an die anrollende Heereswoge, bei Hoechst wurden sie von der Woge verschlungen.
Friedrich schickte Boten an den Bastard und den tollen Bischof, sie möchten, sofern sie noch lebten, zu ihm kommen in das Lager von Zabern. Die lebten beide noch. Mit niedergeschlagenen Augen, wie nach einem mißglückten Selbstmord, fluchend haßgeschwollen schleppten sie sich auf den Muster- und Werbeplatz in der sanften hügeligen Landschaft. In das Wirbeln der Trommeln, zwischen die lockenden Wappenschilder, die geldtragenden Schreibertische, in das Bänderschwingen und trotzige Rumoren der jungen Arkebusiere tauchten sie wie lakenschleppende Gespenster ein. Man schob sie vor ein offenes prächtiges Zelt, aus dem Musik scholl. Hinter ihnen Würfel, auf Trommeln geworfen, Rauch Bratenduft Gebrüll des Viehs. Die Musik zu Ende, hob Mansfeld den kleinen Seitenvorhang, an dem feine Glöckchen hingen. Hinter einem Tisch mit Weinkannen und Bechern, den abgelösten Degen und Gurt vor sich am Boden zwischen den Füßen saß barhäuptig, das edelgeschnittene Gesicht ihm zugewandt, der blonde Pfalzgraf, perlmutterweiß die Haut, halb schlafend, die ausgestreckten langen Beine in losen Stulpen, mit Spitzen verziert, die offene Jacke aus blauem gepreßtem Samt, silberne brandenburgische Aufschläge an den Ärmeln; weiß quoll das Spitzenhemd an der Brust und an den Ärmeln hervor. Er schien die beiden bestäubten Herren für Traumbilder zu halten, zwinkerte öffnete schloß die Augen. Dann riß er sie plötzlich auf, das schulterwallende Haar schaukelte über die Backen; stellte sich, die Hand auf den Tisch stemmend, auf die Beine, erkannte sie, streckte beide Arme nach ihnen, während ihm die Knie zitterten.
Dann nahm er aus ihren Gesichtern sein Verhängnis hin.
Er hielt ihre Finger fest; erst als sie nicht vom Boden aufsahen, ging er ein paar Schritt rückwärts, hob seinen Degen auf, setzte sich, ihn über den Knien, an den Tisch; liebevoll und leise sagte er: «Nun ist wohl Zeit, meine lieben getreuen Herren, daß ich mich für einige Weile aus dem Spiel zurückziehe. Mein Land hin, mein Kurhut hin, meine Kinder Bettler, meine Untertanen Papisten.»
Mansfeld zischte den langen Braunschweiger an: «Gibst du's auf, Christian? Gehst du zu Max?»
«Spotte er meiner nicht.»
Mansfeld nach einigem Zögern klirrte dicht an den Stuhl des Pfalz-

grafen, rauh sagte er: «Kann mich nicht entschließen, dem gottverdammten Habsburg Dienste zu tun, Herr Pfalzgraf, verzeiht mir. Muß mich entschließen, Euch den Dienst aufzukündigen.»
Der Pfalzgraf lächelte todernst: «Nur eine Weile. Habt Geduld mit mir. Der Dachstuhl brennt bei mir, gedenk' es bald zu schaffen.»
«Bis sich der Herr erholt hat, sei er meiner, des Mansfeld, sicher.»
«Habt Geduld, Mansfeld.»
Christian kniete tobend, die Fäuste sich vor der Nase schüttelnd: «Gehört Euch jegliches Knöchelein meines Leibes, Herr Pfalzgraf. Ist noch nicht aller Tage Abend. Bin selber krank, bis ich nicht in Papistenblut gebadet hab'.»
Sie schütteten sich am Tisch Wein in den Hals. «Herr Pfalzgraf, Mut!»
«Geht jeder von uns seiner Wege, ihr Herren», stöhnte Friedrich, die feine diamantengeschmückte Hand vor den Augen.
Aber während der hitzige Bastard auf die Platte donnerte, schluckte der geschlagene Pfalzgraf hinter seinen verschränkten Händen Tränen mit Wein gemischt. «All verloren, all verloren», schrie er in seiner Trunkenheit.
Ließ seinen Musterplatz dem Mansfeld. Nach Sedan brach er scheu auf, wo der Herzog von Bouillon wohnte, sein Oheim und Erzieher, der strenge Calvinist. Hielt mit der üppigen Elisabeth kleinen dürftigen Hof, jagte, schlug Ball.

Zu Lamormain, seinem Beichtvater, sagte der Kaiser: «Ich werde gedrängt, abzudanken.»
Erschreckt schloß der Pater den roten Teppichvorhang, der den offenen, nach dem Garten führenden Erker gegen die Schlafkammer abgrenzte, in der sich zwei Kammerdiener bewegten. Still sprach der Kaiser, mit den Knien an die Knie des Jesuiten stoßend, der dicht an ihn gerückt war: «Sie müssen aber noch Geduld haben, die mich drängen. Ich habe Pflichten gegen mein Haus. Mein Sohn hat Anspruch auf meine Unterstützung. Ich muß ihn in den Sattel setzen.»
Lamormain, in die Handteller blickend, schüttelte den geschorenen eckigen Kopf: «Majestät führen eine Regierung, die Gott und die Heiligen sichtbar segnen. Bis in die letzten Tage hinein. Wir müssen

gehorsam gegen Gott sein; er hat seinen Willen ausgesprochen, es darf nicht beim Dank verbleiben. Sein Segen bindet.»

«Ich muß den Ferdinand erst in den Sattel setzen, dann mögen die Herren recht haben. Ich vermag dann nicht länger hier zu sitzen; Pater, glaubt es mir. Sagt ihnen, sie möchten sich solange gedulden.»

Zwischen seine Hände hatte der Pater die rechte heiße Hand des zusammengesunkenen blicklosen Mannes vor sich schlüpfen lassen; bedeckt und umschlossen von den starken Fleischmassen, zwischen den Knochengittern lag sie da; der Luxemburger flüsterte: «Römische Majestät sind von einer argen Schwermut befallen. Ich werde niemandem etwas berichten. Aber mit meinem Beichtkinde um die Gnade unseres Heilands und seiner Mutter beten. Wie gebt Ihr Euch Euren Gedanken hin.»

«Bis Ferdinand gesichert ist, mögen sie sich gedulden. Ich verspreche auch stillezuhalten bis dahin. Man möge mich nicht zum Äußersten treiben. Ich habe es nicht verdient um sie. Ich will Euch sagen, Pater, was es ist. Ich habe den Stolz dieser Männer hier an meinem Hofe und anderswo bis zum Höchsten getrieben, so daß ich nichts mehr bin. Man macht sich Menschen nicht zu Gehilfen und nicht ergeben, wenn man sie beschenkt, wie ich es getan habe; man reizt sie gegen sich auf. Manche von ihnen, ich weiß es, haben öfter lose wackelige Köpfe gehabt, so waren ihre Taten, nicht nur ihre Gesinnungen; ich habe manches gesehen; vieles wurde mir hintertragen. Ich habe geschwiegen, ich habe sie gebraucht. So habe ich sie geehrt, wie mich niemals etwas geehrt hat. Ich habe mir jeden echten Dank, jeden Lobspruch und Blicklein erringen müssen, ich habe danach kriechen müssen. Aber das ist Menschenart. Man hat mir abgewunden, was ich nie hergeben konnte, ja laßt meine Hand, Pater, man hat es getan. Ich brauch' meine Hand, um es vor Euch zu beschwören. Man hat mich hier sitzen lassen in diesem Erkerchen, wo ich keinem schaden kann, und gibt mir zu essen und zu trinken; man nimmt mir gar nichts weg, um keinen Argwohn zu erregen bei den Leuten draußen, den Ständen, den Edlen, den Bürgern und was weiter weg ist. Man hat mich aus Bequemlichkeit bei Reich und Regierung gelassen und möcht' es so weiter treiben. Man wird erbost sein, wenn ich gehe. Ich jammere nicht, mein Mißgeschick ist es; mir wurde nicht mehr verliehen. Aber diese Mauer, die jetzt über meine Schultern fällt, die ich – meine Schande spreche ich aus – selbst habe aufrichten helfen mit meinen Händen, das tut zuviel an mir. Sagt, Ehrwürden, den Herren, den

Siegern über Mansfeld und über mich, sie möchten etwas an sich halten.»
«Ich sage nichts, ich sage es nicht, Majestät.»
«Ehrwürden, Pater, an wen soll ich mich wenden. Ich kann sie nicht selber bitten. Ihr seid mir vom Heiligen Vater gegeben zu meinem Beistand. Ihr seid meine Hilfe. Tut mir ein Liebes an.»

DURCH DEN Wind und die graue Nässe schwankte die schwere massige Gestalt des Mannes unter dem viereckigen Hut. Der Regen peitschte die Pflastersteine vor der orgeldurchtosten Augustinerkapelle glatt, in den Gäßchen tat sich ein Morast auf, Rinnsale fluteten aus den Ställen und Schweinekoben. Der alte Jesuitenpater hob und senkte sich im Nebel, hinkend mit dem rechten Bein, er tauchte ungebeugt aus den überschüttenden Wassermassen auf, drang wie ein Keil durch das erbitterte Geprassel vorwärts. Es war schon Abend, die Plätze und Straßen leer; aus den Tanzhäusern scholl die erste Lautenmusik, sie zitterte durch die dicke Luft aus unbestimmter Richtung, suchte wie das Zünglein eines blinden Kätzchens herum. Das Efeugeranke wurde von den überstehenden Balkons abgerissen, hing aufflatternd, gesunken wie ein verwilderter Bart über die Straßen, in den sich vorbeisausende Sänften verfingen, vor dem Pferde sich aufstellten.
Das steilgieblige Haus des Grafen Strahlendorf. Die Vorhalle abgeplattet, wie niedergedrückt von dem Wetter. Fackeln, in Eisenringe gestoßen, brannten im Flur. Vor der Wendeltreppe hielten zwei Pikeniere der Stadtgarde den ungestüm eindringenden triefenden Schwarzhut zurück; er mußte finster warten, bis hinter zwei Kerzenträgern der dürre hohe Strahlendorf hustend und augenzwinkernd die Stufen herunterkam und, von dem herrischen Priester angerufen, die Soldaten scheltend zur Seite treten hieß. In einer winzigen Treppenkammer riß sich der Pater Mantel und Hut ab, klatschte sie an den Boden; in dem dicken Schafspelz des Grafen und einer polnischen Kappe stieg er hinter einem hochschäftigen Pikenier den letzten Treppenabsatz hoch. Sie tauchten auf in einem violetten ganz leeren Vorsaal, der von der Fackel des Soldaten mit ungeheuren Schatten und trübem Licht belebt wurde. Grauweich war der Teppich, der den ganzen länglichen Saal auslegte – der Söldner stand hinter dem

Pater auf der Schwelle –, und vor den Füßen des kaiserlichen Beichtvaters legte sich furchtbar der Schatten schwarz hin an den Boden, kletterte an der getünchten rankenbemalten Gegenwand hoch, wackelte umbrechend von der Decke herunter mit geschwollenem Kopf. Die Decke kam niedrig herab mit ihren schweren Balken; die Fensterwand war völlig mit gerafften Leinentüchern verhängt. Ab und zu, wenn das Licht stillstand, blinkten goldene Ovale von der Wand, mit sanften Szenen ausgemalt, Rehe, die aus einem Mondgehölz äugten, weidende Pferde. Kein Laut in dem windgerüttelten Haus; bisweilen eine schwache entfernte Stimme, Gemurre, das sich steigerte, als ob im andern Stockwerk Stühle geschoben würden, viele durcheinander sprächen.

Plötzlich trat hinter zwei Kerzenträgern Strahlendorf aus einer im Dunkel liegenden Tür. Der Soldat dröhnte die Treppe herunter. Verlegen und langsam, unter Verbeugungen äußerte der Graf, es seien einige Herren zu einer Besprechung bei ihm; es hielte schwer, sie zu verabschieden; ob die Angelegenheit des ehrwürdigen Gastes sich vielleicht in Kürze erledigen lasse. Lamormain fragte ruhig und den Herrn fixierend nach den Namen der Herren; er fügte hinzu, ehe der Herr, der sich den Bart strich, zu einer Antwort gelangt war, es ließe sich vielleicht ermöglichen, daß beide Besprechungen zusammengelegt würden, dies wäre wenigstens ihm das Genehmste, und er dürfe wohl annehmen, daß im Hause des frommen Strahlendorf nichts verhandelt würde, was nicht ein Kind der Gesellschaft Jesu anhören könnte. Er lächelte verbindlich. Strahlendorf schwieg, verbeugte sich, schwieg. Dann sagte er entschlossen, nach der Hand seines Gastes greifend, es sei in der Tat das Bequemste; es sei in der Tat ein glückliches Zusammentreffen; der Pater möchte bei der Unterhaltung nur nicht vergessen, was er etwa ihm Besonderes zu offenbaren hätte.

Das Zimmer, aus dem das Geräusch klang, lag nur zwei Säle entfernt in demselben Stock. In dem engen gewölbeartigen Eckraum, unter den weißen Lichtern von vier Paaren hoher Wandkerzen fuhren die Herren auseinander, die sich mit weitauslangenden Gesten gegenübergestanden hatten, und wichen gegen die Wand. An sich herunterzeigend bat der Jesuit um Verzeihung; er sei auch in dem sonderbaren Kleid der Freund der Herren, Lamormain. Auf einem Tisch am Winkel standen Krüge und Weinbecher; Wein war über den roten steinernen Boden ausgegossen; die Gesichter der Herren erhitzt;

zwei Offiziere in Elenkoller hielten sich ihre Degen vor die Brust. Questenberg klobig pausbäckig, rittlings auf einem Schemel, trank ruhig weiter nach dem Eintritt des riesigen Mannes im Schafspelz, hielt über die Lehne vor sich gestreckt seinen Becher. Strahlendorf lächelte, die Herren möchten sich in ihrer Unterhaltung nicht stören lassen, sie wüßten, wer der Pater Lamormain wäre. Vergeblich ersuchte der Pater, indem er sich still in den Winkel setzte, fern von den andern, sie möchten seine Gegenwart nicht beachten. Er fühlte selbst die kriegerische Stimmung, in die er geraten war.
Man schwieg hartnäckig. Der hagere Vizekanzler füllte einen gläsernen Jungfernschuh mit rotem Traminer. Schon stand einer der beiden Obersten auf, rüttelte an seinem Schemel, stieß einen halblauten Fluch aus. Da rekelte sich der feiste Questenberg, lüftete seinen spanischen Kragen, füllte sich die Backen mit Wein und fragte schluckend, mit einem stieren Blick auf den ruhig beobachtenden Pater, wer den ehrwürdigen Gelehrten geschickt hätte. Der Oberst einfallend machte sporenrasselnd Front gegen den Gast: «Der Herr kommt gerade recht und wird uns wenig verdrießen, von ihm belauscht zu werden. Was wir anbringen, mag gut in seine Ohren gehen.»
«Was könnte wohl den Herrn Julian zu der Annahme verleiten, daß mich jemand geschickt hätte? Und wer sollte das wohl sein?»
Questenberg polterte: «Geht weg, Oberst. Ehrwürden, es trifft uns überraschend. Trink' er, Oberst, und lass' er's gut sein.»
Der spitzbärtige Offizier, als wenn er in lustiger Kompagnie wäre, intonierte lachend herausfordernd das Spottlied auf den Pfälzer Friedrich: «Das Heidelberger Faß gar groß, vor Zeit voll Wein, jetzt bodenlos.»
Lamormain nickte herüber: «Vortreffliches Lied, vortrefflich gesungen.»
Der Soldat, dunkelrot im Gesicht, mit schwarzen Blicken, die Stirn runzelnd: «Denkt der ehrwürdige Herr mich zu foppen?»
«Bewahre Gott.»
«Er will mich foppen und wird es bereuen.»
Questenberg stampfte mit den Füßen, brünstig sich schüttelnd: «Weiter, weiter die Herren!»
Behaglich seufzte der Priester: «Sag auch: weiter, weiter. Aber hilft doch nicht; muß mir alleine weiter singen: ‚Er sitzt darauf, sehr schwach und krank, vom böhmischen Bürgertrank; sein Magen nicht mehr dauen kann.'»

In den hallenden Lärm schrie der kleinere schmalgesichtige Offizier, der atemlos gewartet hatte: «Nun soll uns der Pater Lamormain verraten, ob er auch wagen würde, an einem andern Orte so zu singen und zu stolzieren.»
«An welchem denn? Im Konvent? Im Profeßhaus? Auf der Kanzel? Im Beichtstuhl? Liebwerter Herr Oberst, nein.»
«Geglaubt. An einem andern Ort. Von dem er herkommt. Vor einem andern Gesicht.»
Lamormain türmte sich ernst hoch: «Vor welchem mag der Herr wohl meinen?»
«Ganz recht! Denkt weiter! Eben vor dem.»
«Vor –»
«Eben vor dem. Nun!»
«Ihr meint vor dem Gesicht unseres Allergnädigsten Herrn.»
«Nun, Herr Pater, wann habt Ihr ihm zuletzt das Lied von dem Winterkönig gesungen, wie sein Magen nicht mehr dauen kann und Länder von sich gibt? Wir allesamt kennen das Gesicht des Kaisers, das er damals geschnitten hat.»
Sie schwiegen im Augenblick. Dies war ein Signal. Finster blickte der massive Priester auf die Fliesen: «Ihr redet eine schlimme Sprache, Oberst.»
«Sprecht einmal», grunzte und knurrte in die Stille, die Arme wie zwei Balken über dem Schemel wiegend, der verbissene unbeirrbare Questenberg, «wohin hat es geführt, daß wir über die aufständischen Böhmen gesiegt haben? Und wohin hat es geführt, daß Mansfeld geschlagen ist, der Durlacher dazu? Jetzt hat der Pfalzgraf den Schwanz eingekniffen und ist davon, unter die Fittiche seiner Verwandten, er wagt nicht, den Schnabel zum Nest herauszustrecken. Und in Wien, in der Hofburg – gibt's Trauer! Das reimt Euch zusammen! Wir wagen nicht zu sprechen von Sieg.» Den Schnauzbärtigen sah lange still der Pater an: «Ihr wußtet früher etwas anderes. Es war mir eine leise, gewiß freudige Überraschung, Euch bei unserem werten Freund Strahlendorf zu finden. Im Geheimen Rat soll einer geklagt haben über den Krieg; er schätzte den habsburgischen Gewinn aus dem Feldzug sehr gering ein. Viel höher, Euer Liebden, soll er den Gewinn eines gewissen verwandten erlauchten Hauses bemessen haben.»
«Darum sitz' ich hier. Wir haben erkannt, daß sich Bayern zuviel vom Siege einsackt. Das ist auch Habsburgs Krieg. Man drängt uns an die

Wand. Ihr wißt, Pater, was das kaiserliche Haus bezahlen muß. Darum greif ich lustig nach dem Sieg als meinem Sieg. Wie viele Gefangene hat der alte Tilly gemacht, wieviel Kartaunen, Singerinnen, Feldstücke und Totenorgeln haben sie eingeheimst in dem einen Sommer! Standarten, Fahnen! Und wir wagen nicht, den Mund aufzumachen – als wenn es unsere Kanonen sind, die uns abgenommen wären, als ob wir mit eignen Leibern geblutet hätten. Lamormain, sing' er vom Heidelberger Faß vor der Römischen Majestät! Und erzähl' uns, welche Aufnahme er gefunden hat.»

Der hagere Vizekanzler war neben dem Priester stehengeblieben; er zog ihn neben sich auf einen Schemel. «Lamormain. Wohin soll dies führen? Die Dinge laufen noch gut im Geleise. Wir sind in Sorge. Seht, das ist alles. Ferdinand hat etwas im Sinn, dessen wir nicht gewiß sind. Wie hat die himmlische Mutter die katholische und kaiserliche Sache gesegnet. Wir sind besorgt.»

«Graf Strahlendorf vermeint doch nicht, mein Beichtkind möchte unserm Glauben Abbruch tun?»

«Tut es der Kaiser nicht mit Plan, tut er's ohne. Aber Ihr seht hier diese rechtschaffnen und kundigen Männer in Unruhe. Und möchtet Ihr sagen: ohne Grund?»

Der Pater sann beiseite gegen seinen rechten Arm im struppigen Schafspelz: «Der Kaiser hat dem letzten Unternehmen nicht den geringsten Widerstand entgegengesetzt. Ihr vermöchtet ihm nicht die leiseste Erschwerung der Angelegenheiten nachzuweisen.» Der jüngere Oberst krähte: «Wir wollen nicht das Reich gut regiert sehen wider den Willen des erwählten Kaisers. Der Bayer hat den Krieg gegen die Böhmen glücklich geführt, jetzt hat er den Hauptanteil an der Zerschmetterung der Freibeuter. Da seht!»

«Wohl, ihr Herren», trommelte Questenberg mit den Hacken, «es bleibt bestehen, daß der Kaiser grollt, sich nicht in die Dinge fügt, und daß er den Engländer Dighby beschenkt hat, der den Frieden zwischen Habsburg und dem Pfälzer vermitteln sollte. Das gefährdet das Reich.»

Lamormain: «Soll dies hier ein Gericht sein über des Römischen Kaisers Majestät?»

Strahlendorf, der Vizekanzler, schlug die Hände zusammen. Was seien das für bittere Worte. Die beiden Obersten lachten, zuckten mit den Achseln, drehten den Rücken. Questenberg hielt fest: sie hätten hier Lamormain wie ein Zeichen des Himmels, er solle seinen Ein-

fluß auf den Kaiser geltend machen. Um? Um auf ihn zu wirken. Und in welchem Sinne? Nicht ihn zu knebeln, sondern ihn zu führen, wie es die Dinge fordern.
Lamormain war ein Bauer, in dem Ardennendorf Dochan bei dem zerstörten La Moire Mannie aufgewachsen, sein rechter Fuß hinkte, weil er sich mit der Sense beim Mähen in den Knochen geschlagen hatte; als kleiner jesuitischer Lehrer wäre er verkommen, wenn nicht sein Oheim Koch beim Kaiser Rudolf gewesen wäre, ihm einen freien Stiftsplatz in Prag verschafft hätte. Bestimmt legte er hin: «Ich bin der Herren getreuer Diener. Es darf nichts gegen den Kaiser geschehen, nichts gegen ihn geplant werden, nichts an meine Ohren gelangen. Statt ihn zu fesseln, ist meine Aufgabe, ihn in Schutz zu nehmen und ihn als sein Gewissensrat in unverzügliche Kenntnis von jedwedem Anschlag zu setzen.»
Die Herren, nach einem klanglosen Auflachen des kleinen Obersten, baten um Dispens für Minuten, während deren sie das Gemach verließen.
Dann: Was sich Lamormain verspräche, wenn der jüngere Bruder des Kaisers, der Erzherzog Leopold, an der Regierung teilnähme.
Die Herren seien von einer ungeheuren Offenheit.
Es heißt den Dingen ins Auge sehen. Es ist notwendig, die andern Mitglieder des Hauses Habsburg von der drohenden Gefahr zu orientieren. Man muß sich sichern vor den Ausbrüchen einer unberechenbaren persönlichen Politik, die jetzt nur schweigt.
Es heißt klar sehen. Mansfeld und Durlach sind das A, England heißt das B, Dänemark das C, und das ganze furchtbare steinerne Abc solle zerbeißen ein schlechtgezimmertes Deutschland, Kurfürsten, die sich entzweien, Rechtgläubige Protestierende Calvinisten. «Wir wollen noch einmal sagen, der Katholizismus steht auf dem Spiel, wenn wir nicht eingreifen und vorbeugen. An dem Schicksal des Reichs nimmt ja der geistliche Herr kein Interesse.»
Plötzlich lachte der stehende Priester in kleinen herausfordernden Stößen: «Woher aber, edle und gestrenge Herren, seid Ihr meiner so gewiß, daß Ihr also deutlich vor mir sprecht?»
Questenberg in seinen hohen Reiterstiefeln machte eine Verbeugung vor ihm, während er die Arme öffnete, die Hände öffnete und eine stumme lächelnde Demutserklärung ablegte. Der hagere Oberst klopfte sich heiß gegen die lederbeengte Brust; mit verzerrtem gehässigem Ausdruck bog er den vibrierenden Kopf zurück: «Ist uns der

geistliche Herr recht gekommen. Hätten uns, wie wir hier saßen, auch unserem kaiserlichen allergnädigsten Herrn nicht versagt. Brauchen nicht den Esel beim Schwanz aufzuzäumen, packen, mit jeglichem Verlaub, den Stier bei den Hörnern.»

Milde zog der Priester seinen Pelz zusammen: «Zu gütig, daß mich mein Herr für ein so verwegenes Tier hält. Aber wenn nun der Stier stößt.»

Questenberg, unter den drohenden Ausrufen und spöttischem Achselzucken: «Nur zu! Wird uns ein Vergnügen sein. Werdet zwei Stunden zu spät kommen.»

«Mich schwitzt», sagte Lamormain, blickte zur Tür, «in so dichter edler Bundesgenossenschaft bin ich lange nicht gewesen. Es ist nicht mehr so windig, edler Graf Strahlendorf. Ich denke, Euch den Pelz zurückzugeben und nach einem neuen Mantel zu schicken, mit Eurer Gunst.»

Er beobachtete lippenbeißend die erhitzten Gesichter: «Seht, Ihr edlen Herren, jetzt seid Ihr aufmerksam. Jetzt fragt Ihr, auf welche Seite stellt sich der lange Lamormain und wird er uns verraten? Ich werde Euch nicht verraten.»

Damit drängte er gegen die Tür. Der kleine Oberst rührte ihn am Arm: «Ist das alles, Herr?»

Verächtlich Lamormain über die Schulter: «Ist das nicht genug? Ist Euch der Kopf auf der Schulter nicht genug?»

Als Lamormain am nächsten Mittag aus der Burg vom Besuch eines schwerkranken kaiserlichen Leibarztes, des witzigen Menschenkenners und Menschenfeindes Gabriel Ferrara, kam, trugen ihm in der Teschnergasse und dann am Hafnersteig verängstigte Novizen seines Ordens, unversehens aus Häusern sich nähernd, zu, daß der Platz vor dem Kolleghaus, der Universität, von einem ganzen Fähnlein grober Berittener besetzt sei, die sich ganz ruhig verhielten. Sie hätten den Eindruck, als ob auch hier und da in den Straßen verstreut sich Bewaffnete befänden; trügen große Sorge seinetwegen, um so mehr, als vor einer halben Stunde, bald nachdem er zu dem frommen Gabriel Ferrara gegangen sei, eine Anzahl Karossen und Sänften vor dem Profeßhaus hinter der Universität erschienen wären; die edlen Insassen hätten nach ihm, dem ehrwürdigen Pater und Beichtvater der Römischen Majestät, gefragt, hätten im Empfangssaal und den Vorkammern Platz genommen. Sie hätten zuerst die Abwesenheit des Paters nicht glauben wollen, hätten die Gänge und einige Gemächer durchsucht, freilich auch um Entschuldigung gebeten, weil es sich um dringliche Angelegenheiten handle. Die Zöglinge waren außerordentlich erregt, in Furcht auch um sich. Beklommen folgten sie dem ruhigen Mann auf den hufklappernden waffenstarrenden Platz, wo die Reiter auf Anruf ihres degenschwingenden Kornetts eine Gasse machten, die sich hinter dem Jesuiten schloß.

Lamormain stand lange vor der löwengeschmückten Freitreppe des Profeßhauses, bei den Sänften und Karossen der Herren, deren bunte Trabanten und Kutscher sich vor ihm entblößten, verneigten. Er hielt beide Arme fest über die schwarzverhängte Brust verschlungen, öffnete sie nicht, kopfgesenkt, als er die Stufen sehr langsam emporstieg, grimmige Blicke nach der Seite gegen die jungen Schüler schickend, die ihm folgen wollten, verscheucht sich um die steinernen, maulöffnenden Löwen hin und her bewegten. Der untere breite, blankgescheuerte Gang war leer; an jedem Pfeiler der unabsehbaren Fensterwand hing ein hohes Gemälde vom Wirken und Tod eines Märtyrers. Als der Priester sich gebunden vor der stummen, schmerzlodernden Reihe entlangschob, wurde er von einem knielähmenden Schwindel in eine Nische gedrückt, gerade vor einen Altar und Glasschrein, der Knöchelchen der heiligen Rosina enthielt. Mit den Zähnen rieb der Ohnmächtige an der gerieften Silberfassung des Schränkchens; wie er schluckte, das knirschende Metall biß, fand er sich, halbseitlich über dem Schrein liegend, die Arme schräg herabbaumelnd, in Gefahr, mit dem Gesicht die obere Glasplatte durchzudrücken. Hinten im Gang stand etwas Großes in einem Türrahmen, eine wilde dreifarbige Soldatenfeder schaukelte dem nach vorn über die Augen. Den Glasschrein umarmte der Priester mit vieler Zärtlichkeit, küßte die Platte, sprach ein lautloses Gebet. Als er den Rest des Weges zu der besetzten Tür ging, bewegte er sich in der trauten wonnigen Gesellschaft der Seligen, die von den Wänden her ihn überdrangen.

Das war die Bibliothek; der Offizier zog den Hut, trat zurück. In dem weißgetünchten langen Säulenraum des Saals verloren sich die zehn Herren, zu denen ihn, nahe einem kleinen Springbrunnen mit Blattpflanzen, über die Strohmatte der Offizier führte. Unter der geschnörkelten Stuckdecke, zwischen den Städtebildern, den Köpfen Amou-

retten, den vollen Bücherschränken, den Tischen mit Globen Büsten Kruzifixen saßen gelassen die Politiker und Soldaten; mit tiefer Verachtung, fremd, saß unter dem Springbrunnen der Jesuit mit den kurzen weißen Haaren, der knolligen Nase zwischen ihnen, betrachtete sie wie eine Ziegenherde. Als Lamormain statt einer Klage ruhig eingeladen hatte: «Mögen die Herren beginnen», dienerte der alte galante Harrach, nach rechts und links lächelnd; sie hätten gestern mit Vergnügen seine Geneigtheit vernommen, sich ihren Gedankengängen anzuschließen, müßten aus nicht näher zu erörternden Gründen sogleich in nähere Besprechung mit ihm eintreten. Er könnte aus dem Formlosen ihrer Gegenwart erkennen, wie dringlich ihnen die Zustimmung des ehrwürdigen Paters und Beichtvaters der Römischen Majestät sei. Es seien in aller Kürze schwerwiegende Beschlüsse zu fassen, bei denen die Herren unbedingt gewiß seiner Haltung sein müßten.
Da konnte Lamormain nicht umhin, lächelnd den Arm zu erheben; eben entstand draußen ein heftiges Rufen und Pferdetrappeln; offenbar drangen Berittene in den Hof des Hauses; es lief auf dem Gang, in den oberen Zimmern; Aufschreie, flüsterndes Stimmengewirr vor der Saaltür. «Wie glaubt ihr, soll meine Haltung sein unter diesen Umständen?»
«Wir haben geglaubt, Euch den Entschluß erleichtern zu müssen. Es muß Euch, in dem Falle Ihr nicht beistimmt, eine Genugtuung selbst sein, nur eben diesen Umständen die Verantwortung aufzuladen.»
«Ihr seid doch ein Mensch», sprach ihm bieder Questenberg zu; sie nickten alle. Wieder lief der Schwindel unter dem fassungslosen Zorn über Lamormain; wie er sich bezwang, kam es fast kläglich aus seinem weißen Mund: «Was soll geschehen?» Sie verlangten von ihm einen vorbehaltlosen Eid über seine Verschwiegenheit, dann eine ebensolche Versicherung, daß er ihnen nichts in den Weg legen würde, wenn er es vermöchte, daß er den Kaiser beeinflussen würde zu einer veränderten Haltung gegen die notwendigen Ereignisse, zu einer Mitregierung des Erzherzogs Leopold.
«Wenn dies alles nun nicht meine Meinung, meine Überzeugung, mein Wunsch ist –, was, glauben meine Herren, wird der Weltenrichter Jesus beim letzten Gericht, wenn die Posaune ruft, urteilen über diese Tat: rechts meine Pflicht und links in der Waage die Umstände? Diese Pferde, Musketen, Spieße gegen mich?» «Ich glaube», dröhnte Questenberg, «gegen so viele Soldaten zu erliegen, macht dem

tapfersten Krieger keine Unehre. Was vermeinen die Herren? Wir werden nicht Weltenrichter spielen, aber es ist so.»

Harrach lächelte verbindlich, aufdringlich vertraut in einer Weise gegen ihn, die den Priester tief reizte: «So denke ich, daß darüber der Lehrer der Gesellschaft Jesu sich am besten äußern wird, auch gegen unsern Heiland. Wir sind unwürdige schlechte Menschen, werden ihm nicht in sein Handwerk pfuschen. Wir können schließlich nichts, als unsere Bosheit erkennen mit Schmerz, mit Reue, und können nicht aus unsrer Rolle fallen.» Der hagere Oberst, mit dem starren Blick auf den Priester, schloß: «Und letztlich sind wir Christen und getrösten uns, daß Jesus sein heiliges Blut um unserer Sünden willen, die er auf sich nahm, vergossen hat.»

Lamormain horchte auf das ängstliche Geflüster vor dem Saal; seine innere Ruhe wuchs; er fand sich heiter. Und mitten während einiger Sätze, die er sprach, durchzuckte es ihn: diese Herren glaubten, es ginge hier für ihn auf Tod und Leben, und stellten ihm nichts entgegen als Soldaten, Pferde. Hundert gewappnete Reiter suchen mit ihren Lanzen den schwebenden Geist der Heiligen Kirche zu durchbohren! Wehen ihn mit jeder Bewegung höher!

Er saß ganz still, war traurig wegen der geängstigten Freunde draußen. Mit welchen faden Gesellen saß er in seiner Bibliothek zusammen. Es mußte leicht sein, mit ihnen zu herrschen. Er neckte sie, ohne daß sie es merkten: er hätte keine Kompetenz, müsse erst seinen Vorgesetzten, den General des Ordens in Rom, befragen. Sie wurden wütend, häuften leicht widerlegbare Gegeneinwände. Dann berieten sie, im Ernst. Schließlich hatten sie bei sich eine Papierrolle, die sie ihm zum Lesen, Unterschreiben hinschoben; von innerlichem Gelächter war er erschüttert: «Auch das noch.» Sie waren Kinder zum Erbarmen.

Als er allein stand, prustete er hinter den abrasselnden Wagen: «Wir werden zusammen regieren.» Getümmel von Pferden; der Lärm verhallte.

Auf dem Gange küßten ihm die Scholaren, die entsetzten älteren Brüder die Hände; das Haus von Wehrufen und Protesten erfüllt. Lamormain hinkte durch das Gewimmel. Vor den frommen Bildern an der Fensterwand erinnerte er sich seines leidenschaftlichen Entschlusses beim Kommen, nicht nachzugeben, der Heiligen gedenk zu sein. Er machte sich scherzend den Vorwurf, zum Märtyrer kein Zeug zu haben.

Er hatte das Dokument nur flüchtig gelesen. Darin stand, sie wären genötigt, den Kaiser gefangenzunehmen, um eine Störung der Politik durch ihn zu verhindern. Man sehe vorläufig davon ab, wenn der Beichtvater es übernehme, den Kaiser zum Nachgeben zu zwingen. Es wird garantiert: die geheiligte Person des Kaisers bleibt unangetastet. Der Kaiser solle sich – wie sie es nannten – der politischen Notwendigkeit fügen.

AM DRITTEN Tage trat Eggenberg in die kaiserliche Antikamera, lud den Kaiser zu einer Sitzung von Hofrat und Geheimem Rat. Ferdinand sagte zu, erschien nicht. Tags darauf berichtete Eggenberg neben Gleichgültigem, es seien im Rat lebhafte Stimmen laut geworden, man müsse dem allgemeinen Verlangen Rechnung tragen, das bei den frommen Reichsständen bestünde, und der Freude über den siegreichen Fortschritt des rechten Glaubens, die zerschmetternden Niederlagen der Reichsfeinde öffentlichen geziemenden Ausdruck geben. Auf die Frage Ferdinands, wer diesen Wunsch im Rat vorgetragen hätte, antwortete Eggenberg, es ließe sich bei der freudigen Erregtheit, die nur durch die Abwesenheit des allergnädigsten Herrn getrübt war, nicht sicher sagen, wer zuerst gesprochen hätte; das dringende Verlangen sei allgemein gewesen, mit dem Kaiser in einer Feier sich zu vereinigen. Ferdinand ging herum, riß an seiner goldenen Halskette, lachte heiser; er wollte wissen, wer damit angefangen hätte. Und dieser klägliche gequälte Blick aus den schwarz umrahmten Augen jammerte den grauen Hofmann, erschreckte ihn so, daß seine Stimme zerriß. Er hielt dafür, man müsse rasch aller Welt, auch der feindlichen, zeigen, welcher Siege man sich bewußt sei; der Pfälzer und sein freibeuterischer Anhang sei in alle Winde geblasen; möge man den fremdländischen Beschützern der Friedensbrecher zeigen, daß man halte, was man habe, daß man den Mut zu Erfolgen habe, daß man auch wagen werde, weiter zu siegen, wenn einer darauf dringen sollte.
Mit einem gezwungenen Lächeln fragte Ferdinand vorbeispazierend: «Sind Eure Kassen gefüllt?»
«Zur Siegesfeier?»
«Nein, zu neuen Kriegen.»
Zur Zeit stünde alles gut, man könne nicht zu weit denken, es sei

jedenfalls gut, so zu scheinen, als herrsche Überfluß; auch darum sei die Feier nötig, um als Drohung zu wirken; es müßten von mehreren dem Kaiser nahestehenden Seiten, jedoch nicht von kaiserlichen Beamten, heftige Reden an der Tafel und öffentlich geführt werden; auf die Fremden sei mit vielem Pomp zu wirken.
«Ich habe nur zu erscheinen und mich zu freuen?»
«Nicht doch, Majestät. Daß die Römische Majestät sich ihrer Siege freut, weiß alle Welt. Sie mag nun offen zeigen, wie sie sich freut. Wenn ich ein biblisches Bild nehmen darf, ohne in das Gebiet meines Gönners und Freundes, des ehrwürdigen Paters Lamormain, zu fuschen, so möchte ich an den judäischen König David erinnern, der singend und lauteschlagend, ja tanzend hinter der Bundeslade einherzog, nachdem er die Feinde geschlagen hatte.»
«Wie hieß noch die, die aus dem Fenster sah, als er vorüberzog?»
Die Antikamera des Kaisers war von einem dunklen Licht erfüllt, das aus den beiden bunt verblendeten Fenstern über den Tisch Ferdinands nur wenig in den tiefen Raum vordrang und die riesigen Figuren erhellte, die in den Wandnischen saßen, Maria mit ihrem Kinde, den glühenden Heiland, der das Kreuz in den Händen vor sich trug; zwischen den Pfeilerpaaren der Längsseite üppige Gemälde neben Gemälden auf der Wandfläche, deckenhoch, von goldflügeligen Engelsköpfen umgeben; zwei mächtige ebenholzschwarze Engelleiber lagen über dem Türrahmen, blickten blind nach oben. Eggenberg war nicht die beiden Stufen zu dem Sitz Ferdinands hinaufgestiegen; beklommen stand er auf dem Fußteppich, sah den Fürsten zu sich heruntertreten: «Was soll es mit dem Weib?»
«Ich möchte wissen, wer mir zusehen wird bei dem Feste.»
«Die Heiligen im Himmel werden zusehen, die für uns gestritten haben.»
Beide Hände Ferdinands lagen zitternd auf Eggenbergs Schultern: «Oh, ihr! Wie seid ihr rasch avanciert zu Heiligen; ich bin euch wohl noch Anbetung schuldig. Und Ihr, Eggenberg, wenn ich Euch doch noch kenne, von Grätz, wißt Ihr, wo Ihr noch nicht so viel wart, ist Euch nicht bange bei Eurer Rolle? Sagt von der Leber; es wird das einzige sein, was mich an Euch erfreut. Hat man Euch dies aufgehalst, und steht Ihr nun hier –, nicht wahr, es ist jämmerlich, und Ihr merkt es?»
«Allergnädigster Herr», sagte der alte Mann, seine Unterlippe bebte; er schwieg.

«Sprecht weiter, Eggenberg.»
«Allergnädigster Herr» – Eggenberg raffte sich zusammen.
«Weiter, mein alter Freund, Brautführer meiner Schwester nach Spanien.»
Leise der Geheimrat, den Kopf hebend: «Es war eine schöne Zeit, als ich nach Spanien zum König Philipp ging. Majestät ist jetzt viel allein; wie gern wollte ich meine alten Glieder ölen und wieder solchen Gang tun im Dienste Eurer Majestät. Ja, Majestät.»
«Warum ist die Majestät so viel allein, Hans Ulrich?»
«Majestät ziehen sich zurück von uns. Wir werden ein Fest feiern. Es soll ein Siegesfest sein. Wenn es doch auch zugleich eine Friedensfeier sein dürfte zwischen dem allergnädigsten Herrn und uns allen, die verlassen sind.»
Ferdinand stand hinter seinem Schreibsessel, den er mit beiden Armen von hinten umfaßt hielt; matt hauchte er, ausdruckslosen fremden Gesichts: «Hört auf, Herr. Redet nicht so weiter zu mir. Macht mich nicht schwach.»
Er hob den Sessel auf, stieß ihn kurz auf den Boden, knirschte mit den Zähnen: «Über Euer Fest, Herr, werdet Ihr morgen beschieden werden.»

Auf dem Gang zur Kapelle blickte sich fünf Tage vergeblich Ferdinand nach seinem Beichtvater um. Da standen in zwei Reihen die Hellebardenträger, breitbeinig, in den erzherzoglichen Panierfarben Rot und Weiß, Blau und Gelb; die Hellebarden geätzt, mit langen stählernen Spießklingen, die emporwuchsen aus dem starken Schaft, der halbmondförmige Beile und Haken trug; in die Spießklingen eingetragen der kaiserliche Wahlspruch: Legitime certantibus. Türhüter Pagen eröffneten den feierlichen Kirchgang, Kammerherren mit hohen Namen folgten blickesenkend; hinter seinem Obersthofmeister, dem weißen Grafen von Meggau, ging mit lahmen Füßen in einem scharlachroten Kleid Ferdinand, Diamanten an dem Hute, Diamanten am langen schmalen Degen. Schwingende Bronzeglocken der Schloßkapelle. Sie gingen schweigend von Kammer zu Kammer, durch das lichte, sich immer mehr verengernde Spalier. Aus allen Gängen und Seitengemächern quollen goldtressige duftende Herren; blonde und greise; italienische Gesichter und deutsche

breite Schultern, Soldatenmienen, Schreiberblässe, schwarze Jesuiten, fremde Herren in polnischen Mützen, siebenbürgische Gesandte. Die Zimmer hoben sich mit hohen Decken; weißer üppiger Stuck war darüber geworfen, in vielen Gemächern lagen die Balken oben grad nebeneinander dunkel von Beize, in neuen gossen sich Bilder über die Flächen, vielfarbig, jäh nach Troja entführend, in die Liebesabenteuer Jupiters; dann tauchten Gewölbe, Kreuzgänge auf, und das Scharren der seidenen Jacken, das Schleifen der Sohlen, das Klingeln der goldenen und silbernen Behänge wurde in Hall und Widerhall von den schweren Mauern begrüßt, murrend angesprochen.
Über breite Marmortreppen senkten sie sich herunter in eine kurze Tannenallee; weiß und golden am Ende die Kapelle. Gewaltige Glockenschläge. Missa solemnis. Die erzbeschlagenen Türen.

TRIUMPHIEREND schlurrte der Kaiser neben der ihn überschattenden Gestalt Lamormains durch den blühenden Garten seines Schlosses Schönbrunn. Den rotbefrackten Narren Jonas hatte er fortgejagt in die Brunnenstube. Pfauen spazierten auf den kiesbestreuten Wegen. Durch die warme, dicke Luft schwammen Häherschreie; es sangen unsichtbare Vögel auf den Ästen; mit langen Melodien sprachen sie sich an, die Melodien endeten fast immer mit einem rauhen, tonlosen: Ze kirrh, zekrütt rrr – öh, bisweilen brachen sie in der Mitte ab, standen still, wartend; dann kam nach einer immer bestimmten Pause die leicht modulierte Antwort; schließlich gab es ein Schwirren in den Blättern, die Vögel flogen fort; an einer andern Stelle fing es an in der hin und her wandernden Süße, die Töne beugend und verschlingend, als wäre ein Drahtarbeiter Netzflechter am Werk, der den Eisenfaden rasch hin und her zieht, im Nu Körbchen neben Körbchen hinsetzt. Die Koppeln der französischen Hunde schlugen von Zeit zu Zeit in der Nähe an. Die Bäume standen in vollem Grün hinter dem mauerumzogenen Schloß; dick gebläht und breit hockte das Laubwerk auf den mächtigen verwurzelten Stämmen, wiegte sich oben wie eine geplusterte Henne nach allen Seiten. Unten stand und ging der kurzatmige Habsburger, wich der grellen Sonne aus, gestikulierte mit dem goldknopfigen Rohrstöckchen.
«Sie haben mir die Verantwortung abgenommen. Sie haben, was jetzt kommt, Kriege mit der ganzen Welt, Niederlagen, Verlust des

Vermögens, Vertreibung von Krone und Land, selbst und allein zu verantworten.»
«Allergnädigster Herr, was hätte man tun sollen?»
«Sie hätten mich beseitigen müssen. Was anders wäre ihre Pflicht gewesen. Sie hätten mich beseitigen müssen. Sie haben es nicht getan. Die Schuld haben sie auf sich geladen.» Er sprach mit Haß und Inbrunst: «Mögen die Dänen, die Franzosen, Engländer, Schweden das Reich, die Erbkönigreiche von Grund aus verwüsten. Herzhaft, herzhaft. Das Reich auflösen und hinlegen. Mag es auf sie fallen, die geduldet haben, daß Maximilian den Pfälzer von der Scholle vertrieb, daß er jetzt die Kur an sich nimmt. Sie lassen es zu, sie billigen es, sie fallen ihm nicht in die Zügel. Mag das Unglück ihr Begleiter sein! Mögen die Länder zerfallen, die Grenzen überschwemmt und zerfressen werden, die Städte leer, gebrandschatzt, die Klöster verbrannt, Bauern in Aufruhr – nichts als die Haut über den Knochen, Seuchen im Blut. Das soll ihr Lohn sein, daß sie Maximilian haben gewähren lassen und mich nicht beseitigt haben.»
Lamormain besah sein schäumendes Beichtkind mit Kälte: «Hört Ihr die Vöglein? Sprechen sie miteinander? Und wenn das armselige Getier seine Zunge und Kehle gebraucht, warum habt Ihr es, allergnädigster Herr, nicht getan? Ihr hättet hingehen sollen zu ihm.»
Ferdinand hörte nicht zu: «Sie, haha, sie alle, die Säulen meines Hauses, meine Brüder, meine Kinder, meine Generäle, meine Räte, sie haben nicht gesehen, wohin es ging, haben mich wüsten lassen wie einen Alb in der Nacht. Und als sie es gesehen hatten – haben sie mich nicht beseitigt! Nicht! Nicht! Den Kurhut lassen sie ihn sich aufsetzen! Paßt auf, Lamormain, paßt auf. Habt Ihr Spaß daran!»
«Ihr hättet hingehen sollen zu ihm.»
«Zu ihm. Zu wem?»
«Zu Maximilian in Bayern.»
«Was hätte ich bei Max sollen?»
«Ihr hättet zu ihm hingehen sollen bis in seine Residenz. Und nicht warten. Und wenn sein Barbier morgens bei ihm stünde, hättet Ihr zu ihm eindringen müssen.»
«Und was hätte ich drin zu tun gehabt?»
«Ich frag' Euch.»
«Ich?»
«Ihr wißt es. Nicht den Blick herunter, allergnädigster Herr. Bin ich Euer Beichtiger? Seht in meine Augen.»

«Ich hätt' es nicht gekonnt. Ihn niederwerfen! Ich hätt' es nicht getan.»
«Und dennoch wie Ihr sagtet: ‚Das Unglück soll ihr Begleiter sein, die Klöster verbrannt, über den Knochen nichts als die Haut'?»
«Pater, ich bin ein Mensch. Was wollt Ihr von mir?»
«Gebt mir Antwort: Warum gingt Ihr nicht zu ihm? Später, nachdem Euch die Niederlage vor ihm gereut hat?»
«Ihr wollt mir meine Ruhe nehmen.»
«Ich will Euch die Bürde abnehmen, allergnädigster Herr, da Ihr mein Beichtkind seid. Sprecht. Ist Euch nicht wohl?»
Ferdinand, ganz in weißer Seide, hatte seinen Hut abgerissen, in raschem Tempo ging er dem hinkenden Pater voraus, der schwer schnaufte und sich den Halskragen hinter ihm öffnete. Rechts seitlich traten die Bäume auseinander, im Hintergrund eines schattigen Platzes wurde ein niedriges kreuztragendes Bauwerk sichtbar, von Galerien umgeben, das Tor hoch und bildergeschmückt: eine Kapelle der heiligen Magdalene. Ferdinand, bläulich-weißen Gesichts, stob in die Mitte des Platzes, aber der Pater folgte; er stützte sich auf seinen Krückstock, hielt den fliehenden Mann im Auge, folgte.
«Kommt Ihr mit, Pater?» schrie der Weißseidene nach rückwärts. Vor ihm sprang das Tor auf. Da war Kühle und ein weiter stiller Raum. Von traulichen warmen Farben die Luft durchblüht, die runden Fenster prangten mit holden Bildern; seitlich und hinter dem Altar spielten Lichtstrahlen um die Bildsäulen, die Sockel mit heiligen knienden betenden erbarmenden Frauen, tönten sie blau violett purpurrot. Magdalene, die Büßerin, über den grünen Rasen geschmolzen, in ihrer Mitte, die goldene Aureole über dem Haar. Das Tor knarrte hinter ihnen; Ferdinand stand gehetzt, heftig schnaufend, mit dem Rücken gegen die Tür an einem der Pfeiler, die zu viert an jeder Seite durch den Raum liefen.
Der Stock des Priesters stieß auf den gestampften Mörtelboden: «Ich war nicht so rasch auf den Füßen wie Ihr, allergnädigster Herr.»
«Mir ist gewiß wohl.»
«Ich konnte die letzten Tage nicht zu Euch kommen, ich wollte, daß die Besinnung in Euch erwache. Ich bin Priester, Majestät, mit einem großen Amt gegen Euch vertraut. Ich lass' Euch nicht aus, was Ihr auch unternehmt. Ihr wißt, daß Himmel und Erde versperrt sind und daß es keine Rettung und Flucht gibt, es sei denn in die Hölle.»
«Dies alles versteh' ich nicht, lieber Pater Lamormain, mein lieber Freund.»

«Ja, das bin ich. Es ist gut, daß Ihr es fühlt. Ich muß mehr Mut haben, als Ihr gegen Euern Schwager Max in Bayern. Ich muß, wie Ihr Euch auch spannt, mich einzig vor Gott verdient machen um Euch.»
«Mein Heiland, wer seid Ihr? Was wollt Ihr?»
«Ich bin der gottesfürchtigen Gesellschaft Jesu Pater; Euer Führer an den Thron Gottes.»
«Ihr seid nicht der Satan. Mich schauert's.»
«Weicht mir nicht aus. Wißt Ihr, was Ihr seid? Allergnädigster Herr: Ihr seid feige, sündhaft hochmütig, grausam.»
Der Priester flüsterte eindringlich, seine bäurischen Züge waren unverändert ruhig, er hielt den Blick gegen den Boden; seine Faust ruhte schwer auf dem Stock. Der andere wölbte an der Säule müde und ergeben den Rücken, er ließ die Arme abwärts fallen: «Ihr seid nicht der Satan. So will ich hingehen zu Maximilian; ich bin der Kaiser, er hat mir nichts abzuzwingen mit Gewalt und Drohung, ich will es ihm sagen, ich will gerecht sein gegen den Pfälzer, wie es einem Kaiser gebührt; jetzt soll es geschehen.»
«Ihr werdet nicht hingehen.»
Der Kaiser drehte den schweißtropfenden Kopf gegen den Priester; von den Schläfen lief der Schweiß über die Ohren, rann auf die Schultern, wo die Seide dunkel wurde; die blanke Nase schien gedunsen, die Augen waren schwer beweglich, stumpf, als wenn sie nicht rollen könnten auf ihrer Rundung, der weiche Schlemmermund stand offen; hilflos, ohne Ton kam es hervor: «Was soll ich tun?»
«Kommt. Ein paar Schritt, kommt.»
Lamormain hinkte zurück gegen die Tür. In einer Nische stand ein hölzerner Aufbau, mit schwerem schwarzen Tuch behängt, ein Beichtstuhl. Der Priester öffnete; als der andere vor der Tür zögerte, zog er ihn an der Hand herein; der Vorhang bedeckte sie. Lamormain hauchte: «Allergnädigster Herr, beichtet.»
Als aber der Kaiser hinkniete in der völlig verfinsterten Enge, flüsterte Lamormain über ihm: «Bleibt knien. Bleibt. Macht Euch fertig. Nun will ich Euch töten. Steht nicht auf. Es muß sein. Ihr habt es selbst gesagt und empfunden: man muß Euch beseitigen.»
Der Kaiser suchte sich stöhnend und klagend zu erheben. Lamormain rührte ihn nicht an, auf seine Worte sank der andre immer wieder hin: «Euer ältester Sohn wird wissen, warum Ihr gestorben seid. Ihr seid reif. Ihr seid ohnmächtig, von Haß geschwollen. Ihr wißt es

selbst. Ihr wißt keinen Ausweg, und ich weiß keinen. Wollet mit mir beten, damit Ihr nicht verloren seid.»
Der andre stammelte durcheinander entsetzt: «Ja. Ich muß beten. Ich bin bereit. Wer seid Ihr? Lamormain, wer seid Ihr? Hilfe.»
«Es ist Hilfe. Fangt an zu beten.»
«Hilfe. Wie soll ich beten?»
«So öffnet Eure Brust. Macht Euren Hals frei.»
Er tastete nach dem Kragen des Kaisers.
«Laßt; befleckt Euch nicht an mir. Ich tu' es selbst.»
Er winselte: «Es ist das beste; ich weiß es, ich muß Euch dankbar sein. Mein Heiland.»
Er hatte sich die Jacke aufgerissen. Die Brust halb offen umklammerte er die Knie des Paters: «Wer seid Ihr?»
Lamormain streifte ihn von sich ab, er richtete sich gleichgültig auf: «Laßt sein, allergnädigster Herr. Steht auf. Ja, gewiß, steht auf.»
Verzweifelt drückte der Kaiser seine Hand an den Mund: «Was ist, Lamormain? Was habt Ihr mit mir vor?»
«Sollte es sein, daß Ihr noch den Wunsch habt, zu leben?»
«Weh mir.»

Durch die nördlichen Tore Wiens rollten die Wagen mit den Gefangenen, in kleinen Trupps liefen sie gebunden hinter Reitern. Dann Lafetten Kartaunen Feldstücke von vielen hundert Gäulen geschleppt. Abordnungen trafen ein von den Regimentern, die sich bei Hoechst Wimpfen Lorbeeren erworben hatten.
Die Logis der großen Stadt waren gestopft mit Offizieren Söldnern Beamten Gesindel Troßbuben Dirnen. Vier Tage dauerte die Siegesfeier, deren dröhnende Reden Europa erschreckten. Neben dem regierenden Habsburger saß auf der Schrannenstiege unter dem roten Baldachin sein hitziger Bruder, Leopold, der aus Innsbruck hergereist war und Wien nicht mehr verließ, Leopold, der von einer abenteuerlichen kriegerischen Korona umgeben war und mit seinen gewagten politischen Kombinationen alle Höfe und Gesandten mißtrauisch machte. Dem prangenden Vorbeizug der Gefangenen Kanonen Wagen Fahnen und Standarten wohnten auf dem Hohen Markte in ihrer Karosse auch die beiden dänischen Geschäftsträger bei, die Herren Heinrich Rantzau auf Schmoll und Julius Adolf von Witers-

heim, die einen drohenden Ton angeschlagen hatten; sie empfingen auf den Ämtern freundliche Worte. Was sie auf dem Hohen Markt sahen, war ein andres Register; sie hatten es eilig, abzureisen.

Es war inzwischen bekanntgeworden, daß sich wichtige Ereignisse am Kaiserhof vorbereiteten, bei denen sie nicht stören wollten. Bestimmter verlautete, der Römische Kaiser wolle freien. Bediente der Häuser Eggenberg und Trautmannsdorf berichteten von auffälligen Reisevorbereitungen ihrer Herren, von Kurieren, die zwischen Wien und einer oberitalienischen Stadt liefen.

In der halbfertigen Kaisergruft des Kapuzinerklosters, für deren Kapelle die Gemahlin des toten Kaisers Matthias ihr Silbergeschirr und ihre Gemälde hingegeben hatte, in dem langen düsteren Gewölbe hinter dem Neuen Markt diktierte noch während der Siegesfeierlichkeiten Ferdinand sein Testament. Der feine Abt von Kremsmünster war für die Mittagsstunde in die Gruftkapelle bestellt mit seinem Geheimschreiber. Unmittelbar vom Quintanrennen in klirrender schwarzer Turniertracht, die Sturmhaube in der Hand, stieg Ferdinand mit seinem Gespenst, dem Grafen Paar, den er an sich gelockt hatte, über Balken und Steine zu dem Abt her. Die Baugrube war nicht geschlossen; von oben seitlich fiel ein scharfes Bündel Licht herunter; über das Tischchen gebeugt, ohne sich zu setzen, diktierte Ferdinand: «Wenn es der göttlichen Majestät gefällig sein wird, uns aus diesem irdischen Jammertal durch den zeitlichen Tod abzufordern, so befehlen wir unsere edle Seele im alten katholischen Glauben, in starker Hoffnung auf unsern einigen Seligmacher Jesu und sein heilig unschuldiges Leiden und Sterben. Und wir rufen in ganz inbrünstigen Bitten ihn an, er wolle durch das unaussprechliche Werk seiner gnadenreichen Erlösung uns unsre Sünden, unsre Übertretungen gnädiglich verzeihen; auch durch Fürbitte seiner allerheiligsten, glorwürdigsten Mutter, der allerreinsten Jungfrau Maria, des heiligen Evangelisten Johannes, der heiligen Augustin, Antonius' von Padua, der heiligen Maria Magdalena, Cäcilie, Katharina und des seligen Ignaz, des Stifters der Jesugesellschaft. Er wolle unsre arme Seele mit seinen göttlichen Gnaden in die himmlische Freude aufnehmen.» Er traf die Bestimmung, daß seine Eingeweide am Sterbeort bestattet würden, sein Leichnam in der von ihm erbauten Kapelle der heiligen Jungfrau und Martyrin Katharina zu Grätz, das Herz zu den Klarissinnen.

Nicht lange darauf, noch vor Beginn des Winters, erlebte die Hauptstadt die größten Festlichkeiten seit Menschengedenken in ihren Mauern: die Vermählung des kaiserlichen Witwers mit der jungen wunderschönen Prinzessin Eleonore von Mantua. Entschlossen hatten Räte und Lamormain darauf gedrungen; der Kaiser, erst außer sich, dann in der Furcht, ganz verdrängt zu werden, widerstrebte nicht. Mit vieler Sanftheit und Ehrerbietung, schmerzvoll und demütig bat der alte Eggenberg, seines Fürsten Freiwerber zu sein. Auf einer Pilgerfahrt nach Loreto, angesichts der wunderbergenden morschen Hütte, die Engel von Bethlehem nach Oberitalien getragen hatten, aus dem Türkenlande in die beglückte Christenlandschaft, begegnete Eggenberg zuerst der eleganten und zarten Eleonore, brachte ihrem Vater und ihr die Wünsche des Imperators des Heiligen Römischen Reiches vor. Der Herzog von Mantua sprach seiner Tochter kaum zu; da sie wußte, daß er es wollte, verneigte sie sich tief, legte ergeben ihre Hände in die offene Hand des feinen alten Höflings, der so liebevoll von seinem mächtigen, in der nordischen Barbarei hausenden Herrn redete; ihm verlobte sie sich in Vertretung an; der Bischof von Mantua, der sie getauft hatte, sprach den Segen beim Ringwechsel. An diesem Tage hatte in Wien der Kaiser die Erhebung seines Freiwerbers zum Herzog von Krumau verfügt. In der Hofkirche zu Innsbruck begegneten sie sich, von Priestern einander zugeführt; sie sahen sich vor dem Altar zum erstenmal. Die Prinzessin blickte weg, erschüttert von dem gramzerrissenen, halb hilfeflehenden, halb stumpfen Gesicht, das über den ungeheuren Prunkmänteln, über den millionenwerten Halsketten Agraffen Spitzen Bordüren und Ringen sich bewegte; das verquollene ältliche graubärtige Wesen, versteckt in der Schale, mißtrauisch und leidend. Sie wußte nicht, wie sie erschrak und zu der goldenen klingelnden Monstranz blickte – den Baum des Lebens darstellend, der sich hoch mit Blattwerk wand, in dessen Laub wunderbar verborgen Maria saß und singenden Engeln zuhörte –, daß auch der andere sie fürchtete und sich in leisem Haß zusammenzog. Reich war sie gekleidet, ein hochrotes Kostüm trug sie, die Perlenkrone auf dem braunen spröden Haar hatte nicht mehr Farbe als ihr kleines sicher geschnittenes Gesicht mit den dunklen dicken Augenbrauen und dem unentwickelten Mund, der plötzlich trocken wurde. Ihr Oberkleid und Unterkleid trug goldene Ornamente; in den linken Unterärmel war das Wappen von Österreich eingewebt, die Schleife an ihrer Hüfte zeigte den Namenszug Ferdinands. Auf aller Pracht saß ihr eigener, alter, weißer Spitzenkragen

und sprach schmachtend dem kalten Hals und dem übermütigen Kinn zu. Ein langer Zug alter Männer, Bürger, Edle und Geistliche, trat am Nachmittag vor die Angetrauten in den vom Erzherzog Leopold verschwenderisch geschmückten Rittersaal des Schlosses; sie brachten achtzigtausend Gulden als Geschenk der Landschaft. Salzburg und das heimatliche Grätz wurde berührt. Als man sich Wien näherte, war das Gefolge so groß, daß die Bürgerschaft der Stadt einen Teil ihrer Quartiere räumen und Baracken beziehen mußte. Vier Kompagnien schwerer Reiter zogen dem Kaiserpaar entgegen. Noch war das Stubentor zu bewältigen, wo Herr Daniel Moser, der Bürgermeister der Stadt, wartete auf einem Schimmel mit den Schlüsseln Wiens, hinter ihm der Stadtrichter Paul Wiedemann, sein Beisitzer; mit silbernen Stäben auf ihren Pferden die Stadträte, die Scharen der Stadtschreiber Stadtkämmerer Unterkämmerer Spittelmeister Brückenmeister Mautner Kirchenmeister Steuermeister Viertelmeister, verstaubt und hochglühend von dem heißen Sturm. Unter dem Baldachin, den sechs Stadträte trugen, bei wogendem Glockenjubel schob man sich, von Scharen windlichttragender Knaben geführt, an das Sankt Stephanstor, wo Botschafter und Universität sprachen; Tedeum im Dom, Segensspruch Verospis, des Nuntius.
Und in den Gängen, durch die Säle und Höfe der stolzen Burg bewegte sich bald neben einem verschwiegenen verschlafenen Kaiser eine verwirrte fremdblickende Kaiserin.
Auf das prächtigste wirtschaftete Erzherzog Leopold; mit Theater Maskeraden Banketten Karussells vergnügte er den Hof; Kaiser und Kaiserin waren dankbar. Eggenberg und Lamormain beglückwünschten ihn zu seinen Erfolgen; frisch, wie er war, ließ er sich von ihnen in Reiten, Schmausen, Jagen, in die schwebenden Angelegenheiten einweihen.
Der Kaiser wurde nach einigen Wochen von einer unvermuteten Neugier nach seiner Gemahlin, der jungen fremdartigen Fürstin, die fromm und reserviert unter ihren Damen ging, ergriffen. Als die Obersthofmeisterin der Kaiserin, Gräfin Portia, Leopold davon berichtete, drängte er den Kaiser zu einem Aufenthalt in Schönbrunn. In Schönbrunn schlug die Neugier des Kaisers in heftiges besinnungsloses Entzücken um, das Eleonore mit Verwunderung und Unruhe entgegennahm. Unter Lamormains Mitwirkung wurde ihr ein Beichtvater bestimmt.

Von dem schwerkranken Papst Gregor dem Fünfzehnten empfing Verospi, der Nuntius, ein nachdenklicher wissenschaftlicher Mann, ein Breve, worin der römische Kaiser ermahnt wurde, mit der Übertragung der siebenten Kurwürde an den Herzog in Bayern nunmehr nicht länger zu zögern. Er hatte nicht viel Glück bei den Räten, machte sie nervös mit seinen Erörterungen, seinem langweiligen wortlosen Herumstehen; Verospi vergaß bei Gesprächspausen gern, wo er war, erinnerte sich theologischer Probleme; aus seinem Nachsinnen aufgestört, fing er von vorn an.
Hyacinth von Casale, ein Kapuziner, erschien nach ihm; er setzte nur durch, daß der Abt Anton ihm Empfehlungen nach Madrid mitgab; der Kaiser könnte nicht, sagte Anton, ohne Zustimmung Spaniens handeln. So wanderte der Kapuziner nach Madrid, während Ognate, der elastische leidenschaftliche Gesandte Philipps in Wien, erregt auf allen Ämtern gegen die päpstlichen und bayrischen Absichten kämpfte, schreiend: dahinter stecke die Absicht, das Haus Habsburg zu schwächen, wenn man den listigen, kriegerischen Führer der Liga in das Kurfürstenkolleg einführe. Hätte man vergessen, wie sich Maximilian früher gesträubt habe, einem Habsburger Einfluß auf die Liga zu geben, ja nur gleichberechtigt ihn ins Direktorium aufzunehmen, aus keinem andern Grunde, als weil die Liga das Kampfinstrument Maximilians gegen den Kaiser sei? Hätte man das vergessen? Der Wittelsbacher sei schlau, verschlagen, kühn und ehrgeizig; da er nicht hätte Kaiser sein können, suche er der Kaisermacht Abtrag zu tun, risse die deutschen Fürsten an sich unter dem Vorwand des gemeinsamen Schutzes gegen äußere Feinde, wüßte nur einen Feind, in Wien. Eins, zwei, drei, so ist es klar. Und jetzt werde er versuchen, die Kurfürsten an sich zu ziehen! Ognate war ein hitziger ehrlicher Anhänger seines Königs, verstand nichts als Spanien; die Räte lächelten und ehrten ihn.
Denn der Abt Anton wie Trautmannsdorf hatten mit ihrem Zögern nur vor, den bayrischen Herzog zu erproben; sie wollten sehen, wie weit er gehen würde, ihm in jedem Fall nachgeben. Sie wollten ihn die Größe des Geschenks fühlen lassen.
Als eines Tages hintereinander der trottelige Verospi und der biedere massive bayrische Rat Leuker beim Abt Anton vorgesprochen hatten – der kleine Trautmannsdorf saß stumm, als ginge es ihn nichts an, auf breitem teppichgetragenen Sessel neben ihm in der dunklen Bibliothek, blies sich über den Handrücken –, seufzte Anton tief auf. Traut-

mannsdorf nahm von nichts Notiz. Der Abt hob sein Käppchen ab, wischte sich die Tonsur, bat: «Herr Trautmannsdorf.»
Der sah auf.
«Denkt Euch, es ist noch ein Schreiben von der spanischen Majestät eingelaufen.»
«Ja, Ehrwürden.»
«Mein Freund, der Kapuziner Hyacinth von Casale, dieser gelehrte, sehr gelehrte würdige Mann, hat mir auf fünf Folioseiten seinen Standpunkt in dieser Sache entwickelt.»
«Ich verstehe, Ehrwürden.»
«Ich glaub' nicht, Herr Trautmannsdorf. Dann hat erneut ein gewisser Pfalzgraf von Neuburg – Ihr erinnert Euch der Skandalaffäre – seinen Kammerdiener mit Gründen, schriftlich niedergelegten, mündlich zu diskutierenden Gründen in mein Haus geschickt. Wie es dann noch mit Herrn Ognate, diesem trefflichen Mann des spanischen Königs, in dieser Sache enden wird, läßt sich nicht absehen; ich habe Vorkehrungen getroffen, daß er mich nicht allein spricht und daß mich rechtzeitig zwei oder drei Musketiere schützen können gegen ihn.»
«Ich verstehe, Ehrwürden. Ist nicht bequem, die pfälzische Angelegenheit zu bearbeiten.»
Abt Anton seufzte: «Wißt, Herr, ich gebe nach. Gewiß. Ich gebe nach. Einmal muß es geschehen. Wozu das Sträuben!»
Da lachte Trautmannsdorf heftig: «Tut es, Ehrwürden. Es fiel mir schon vorhin ein. Der Kammerdiener des Pfalzgrafen von Neuburg soll nicht unverrichteter Dinge heimkehren; sagt zu.»
«Von ihm ist nicht die Rede. Er hat Gründe, ich kann sie Euch im Moment nicht entwickeln; es sind jedenfalls so viele, daß sie ein besonderes Fach in meinem Schranke füllen.»
«Nun?» lachte spitzbübisch der kleine Herr, als er sah, daß der Abt behaglicher wurde.
«Wahrhaft, ein volles großes Fach; Ihr könnt es besehen, bevor Ihr geht; ich zeig' es jedem unserer Freunde, die mich besuchen und in diesen Angelegenheiten befaßt sind. Staunen alle; sind alle erschlagen von der Fülle dieser Argumente.»
«So gebt ihm recht und Ihr habt Ruhe. Laßt das Gericht beschließen.»
«Was seid Ihr für ein loser Vogel, mein Trautmannsdorf.»
«So habt Ihr die Sache vom Hals.»
«Wo bleiben wir, wenn wir jedem wie ein Salomo recht geben wollten. Sie disputierten mir den Stuhl unter den Beinen weg, auf dem

ich sitze; von Gründen würde mir die Kappe weggeblasen werden. Recht, Recht ist nur eine Begleiterscheinung.»
Trautmannsdorf rieb sich vergnügt die Hände: «Wenn es so ist, so würde ich in der Lage von Ehrwürden gar nicht, aber gar nicht nach Gründen fragen und mein Gehirn strapazieren lassen, meine Schränke vollstopfen lassen. Tut, was Euch beliebt, bleibt auf Eurem Stuhl, nehmt für die Kur den Bayern, den Pfalzgrafen –, nehmt meinetwegen mich.»
«Nicht doch», quietschte Anton, «ich würde Euch gewiß gern nehmen, Ihr verdientet den Kurhut, Trautmannsdorf, Euch würde ich ihn am liebsten geben. Aber seht, es muß alles ein gewisses Ansehen haben, daher kann ich von Gründen nicht ablassen, so gern ich es wollte. Das Wichtigste bleibt immerhin: das Recht muß erkämpft werden. Wird es das nicht –»
«So ist es kein Recht.»
Der Abt lachte heftig, fing wieder an, aus einem Blumenkorb, der auf einer riesigen Truhe stand, Rose nach Rose zu entblättern, an den Blättern zu saugen, sie zu zerkauen und auszuspucken: «Nein, keineswegs, durchaus nicht. Wir wollen niemandem Gewalt antun. Es bleibt Recht. Nur: es geht uns nichts an. Sagt selbst, Trautmannsdorf, wen geht denn jedes Recht in der Welt an? Und wenn ich denke, wie viel Unrecht in der Welt geschieht. Die Unsumme Böses: ja, es ist so viel Böses von Haus aus in der Welt, daß der Heiland erscheinen mußte, um alles auf sich zu nehmen. Es ist die größte Tat, wir wissen es, die in der Welt geschehen ist. Was soll da ein kaiserliches Hofgericht, und selbst wenn es auf der Doktoren- und Adligenbank Männer hat wie Euch? Von mir zu schweigen.»
Der Abt saß auf seiner Truhe, hielt den Korb auf dem Schoß und schaukelte sich wie ein kleines Mädchen. Trautmannsdorf beobachtete ihn von unten, blies sich über den Handrücken: «Im Grunde ist es das Richtigste, man schickt die Leute, die Recht suchen, die glauben, daß ihnen ihr Recht nicht geschieht, beten.»
«Freilich.»
«Dazu ist der Heiland erschienen.»
Sie lachten eine Weile zusammen, während der Abt kauend mit dem Finger zu seinem Gast herüberdrohte, der aber nicht aufsah.
«Und was bleibt für das Hofgericht, Ehrwürden?»
«Zählt es Euch selbst ab.»
«Demnach nur die, die nicht –»

«Freilich, freilich, die Bayern.»
«Ich meine die Gottlosen, Ehrwürden.»
«Aber, Trautmannsdorf», er war heruntergerutscht und umschlang die Schultern des Kleinen von rückwärts, «was führt Ihr für lästerliche Redensarten. Eure Gedanken sind jetzt nicht klar, Ihr entbehrt gänzlich der Logik. Man wird doch nicht Gegensätze machen, wo man gruppieren kann. Maximilian ist fromm –, aber schwerhörig. Ihr habt die Schwerhörigkeit nicht in Eure Rechnung eingestellt. Steht ein Stier da und hat zwei Hörner, senkt den Kopf und will mich spießen, so hilft mir keine Umrede, keine Ermahnung, Verwarnung, Belehrung; der Stier hört nicht; ich bin nicht heilig genug, wie Franziskus von Assisi, um mich mit dem Tier zu verständigen. Ich werde also dem Stier recht geben; ich werde ihm aus dem Wege gehen. Und dem Bayernherzog werden wir die Tür zum Kurfürstenkolleg öffnen.»
«Tut es, tut es, bald.»
«Wir müssen, Trautmannsdorf, wir müssen. Ich kann mich mit dem gehörnten Stier nicht unterhalten. Er hört nicht.»

IN FEIERLICHSTER Weise, in Gegenwart der gesamten Doktoren- und Edlenbank des Hofgerichts, des Reichshofrats, der Hofkammer eröffnete, beauftragt von der kaiserlichen Majestät, im langgestreckten Sitzungssaal der Abt Anton von Kremsmünster dem vorgeladenen Vertreter des bayrischen Herzogs, dem stillstehenden Koloß Jesaias Leuker, er, der graziöse gütige Mann, der, während er las, nach rechts und links die an der Wand sitzenden Herren mit sonderbar abwesenden Blicken grüßte, mit der linken Hand an den violetten Gürtelfransen spielend, daß sich die Hofkammer allein und an sich nicht kompetent erachte, auch die kaiserliche Person allein und an sich nicht vermöge, den geringsten Bescheid, ja auch nur Auskunft in Sachen der dem Pfälzer aberkannten Kur zu erteilen. Vielmehr bleibe alles dies in der Schwebe nach den beschworenen Grundsätzen des Heiligen Römischen Reiches, und nur die harmonische Zusammenwirkung von kaiserlicher Person mit dem gebietenden ehrsamen Kurkollegium sei befugt und erachte sich bevollmächtigt, ernannt und berufen, die Frage des pfälzischen Vermächtnisses, schwerwiegender Gewalt, von sich aus zu beantworten und gültig zu lösen.

Es sei daher zu beschreiten als einzig vorgesehener und allseitig innezuhaltender Weg und Straße die Einberufung einer Deputation auf einen festzusetzenden Tag, zu welchem Ladung erfolgen werde durch des Reiches Erzkanzler, des Kurfürsten Erzbischofs Durchlaucht von Köln, Ferdinand, an beschließende hohe Instanzen und an alle sonst, die es angeht.
Nach welcher festlichen Bekundung und formellem Akt sich der das Präsidium führende Abt nebst Sekretär und Protokollant entfernte, die übrigen Herren sich in stürmischem Erstaunen untereinandermischten. Vornehmlich der völlig vor den Kopf gestoßene Bayer vermochte sich nicht zu beruhigen. Denn diese seriöse Entladung des hohen Hofkammergerichts erfolgte auf ein Angehen, das gar nicht bestand. Gar nicht war ja offiziell Herr Abt Anton, dieser liebenswürdige Pfiffikus, um Entscheidung oder nur Auskunft in Sachen Kurpfalz gebeten worden; nach allen Seiten hin beteuerte Leuker, bald seinen Gnadenpfennig malträtierend, bald seinen Degen, der gegen sein krankes Bein schlug, wegschleudernd, daß er gänzlich ahnungslos sei, daß vielleicht eine unmaßgebliche, vielleicht mißgünstige Person über seinen Kopf weg vorgegangen sei und diese Peinlichkeit heraufbeschworen habe. «Peinlichkeit, Peinlichkeit», rief er jedem zu, der in seinen Gesprächskreis trat; man möge nicht schlecht und in falscher Richtung argumentieren, «ja, was ist das, was ist das?» und zeigte sich so konsterniert, wie er wirklich war. Er wußte auch nicht, wohin mit sich in diesem Augenblick; einen Moment raste er im Raum herum, redete den an, beschwor jenen, es werde doch nichts Eigenmächtiges von Bayern in dieser Sache geplant, es liege alles in der Waage der Gerechtigkeit, des ehrsamen Kurkollegiums und so weiter; im nächsten Moment drängte er nach der Tür, um Hals über Kopf Kuriere nach München zu schicken von dieser nicht auszudenkenden Bloßstellung, oder über den kleinen Abt herzufallen, ihn büßen zu lassen für diesen Affront; denn was bedeutete das nur! Triumphierend standen zwei Doktoren mit einmal ihm gegenüber, im Talar, mit großen Brillen, Herren, deren bezahlte Freundschaft mit dem Kanzler des Pfalzgrafen Philipp von Pfalz-Neuburg bekannt und berüchtigt war; sie erklärten ihm, es sei gar kein Grund vorhanden für ihn, sich beschuldigt zu fühlen, sich reinigen zu müssen; sie seien mehrfach sehr entschieden für das legitime Recht, beruhend auf Verwandtschaft, gegen Macht, beruhend auf Siegen, in Sache der Kurvergebung eingetreten. Was sei nur geschehen? Maxi-

milian habe mitsiegen helfen über den Pfälzer und seinen Anhang, dadurch schaffe er sich keinen Beweistitel für seine Ansprüche auf die Kur –, da nämlich näher geboren der alte Pfalzneuburger sei. Würde man nur nach Siegen und ähnlichem äußeren Geschehen urteilen und entscheiden, barbarischen Bräuchen, so würde die ganze Staatenordnung Europas und besonders des Heiligen Reiches ins Wanken kommen. Sie sprachen ganz, als sei die Sache schon für sie entschieden.
Leuker in heller Wut lächelte, bat um Entschuldigung, man möchte nichts mißverstehen, drehte sich ein paarmal wie ein Verbrecher im Kreise, saß in seinem Wagen.
Drin brauste die Unterhaltung. Einige faßten die Entscheidung angesichts des bekannten Ansturms Bayerns auf den Kaiser als eine entschlossene Absage auf; Harrach, grüngelb von einem noch nicht abgeklungenen Gallensteinanfall, an zwei Stöcken vorsichtig sich schiebend, ließ vor Vergnügen seine Augen blitzen. Questenberg zog den weisen, gelinden Fürsten Eggenberg «Hans Ulrich, du geliebter» an sich, pfeifend: «Der neue Kurs» und «Habsburg zur Attacke!» Man sang das Loblied Leopolds. Eggenberg ließ sich rechts und links Glück wünschen. Seinen dicken Freund Questenberg zog er aber kopfschüttelnd auf eine ganz leere Polsterbank; zeigte auf die erregt diskutierenden Gruppen, sah auf seine Füße; er blieb dabei, der Vorfall sei ihm unverständlich; es sei ein Hieb, der für den Abt Anton doch zu stark sei.
Völlig starr saß Anton eine halbe Stunde später vor seinem Gast, dem dröhnenden drohenden verzweifelten Doktor Jesaias Leuker, der ihn nicht zu Worte kommen ließ, fast tätlich auf ihn eindrang. Kremsmünster wurde etwas erleichtert durch das Eintreten Trautmannsdorfs, der ironisch höflich den Bayern nach dessen zerstreuter Verneigung bat, sich nicht stören zu lassen, sich selbst auf dem gewohnten Hocker niederließ und sich über den Handrücken blies. Als der bayrische, französisch gespickte Schwall zu ebben anfing, begann Anton mit Interjektionen vorzugehen, um das Versiegen zu beschleunigen. Und so mit «Nein», «Nicht doch», «Mein gestrenger viellieber Herr», «So bitte ich» gelang es ihm, sukzessive Raum für ganze Sätze zu gewinnen, schließlich sich vor dem matten, hilflos keuchenden Bayern zu bewegen, selbst freilich schon mehr erregt, als er vorhatte. Also er staune, gestand er, er könne sich keines anderen Ausdrucks bedienen, er sei völlig seines Begriffsvermögens beraubt. Er trage eine Rede,

eine Entscheidung vor, die so aus dem Wesen der Sache stamme, wie überhaupt ein Urteil aus dem Körper eines Gerichts. Und nachdem dies geschehen, spontan ungereizt unhofiert und ungescholten, schmähe man ihn. Ja, sei er Präsident der kaiserlichen Hofkammer oder sei er es nicht? Sei er Richter oder nicht?
«Lächerlich», brüllte Leuker wieder, «lästerlich und absurd. Was hat den Herrn veranlaßt, mich zu schockieren, wo ihm nichts von mir widerfahren ist?»
«Weiß Gott, nichts, Herr Geheimrat. Ich bezeug's Euch gern. Ich bin jedoch nicht in bayrischer Dependance – noch einmal gesagt –, um eines Zeichens zum Redebeginn von Euch zu bedürfen. Sprecht Ihr, Herr Trautmannsdorf, hab' ich mir Unziemliches erlaubt, die Grenzen meiner Kompetenz überschritten? Ihr mögt es hören, Herr Leuker.»
Trautmannsdorf brauchte lange, bis er seine vollen Backen ausgeblasen hatte, dann lächelte er diskret: «Ich weiß nicht.»
«Seht!» trotzte Leuker.
«Nämlich ich weiß nicht, ob Ehrwürden entsprechend mit der kaiserlichen Majestät oder mit seinem hohen Bruder beraten haben.»
«Erzherzog Leopolds Hoheit hat auf kaiserliches Mandat das geschehene Verfahren gebilligt und befohlen.»
Trautmannsdorf wandte sich armhebend an Leuker: «So ist ja alles Klagen und Anklagen überflüssig. Ihr erschießt einen Sperling und meint den Falken.»
«Es ist nicht denkbar», jammerte Leuker, dem es vor dem Bericht an Maximilian graute, «nichts ist geschehen, was solchen Schritt gegen Bayern rechtfertigen könnte. Wir haben kaiserliche Majestät und Euch nicht herausgefordert. Ich muß protestieren gegen den Erzherzog.»
«Er wohnt nicht hier», lächelte Trautmannsdorf.
Nun schwiegen sie, die beiden Kaiserlichen ruhig abwartend, der Bayer ratlos.
Der Abt fing wieder an, versöhnlich: «Übrigens, ohne mich in bayrische Politik mischen zu wollen, deren Methoden gewiß besonders studiert werden müssen: ich sehe nicht, welchen Anlaß Ihr habt, mit mir unzufrieden zu sein. Es geht Eurer Sache ja so gut. Euer Wagen fährt so rasch, wie Ihr nur wünschen könnt.»
Das bestätigte der kleine Rat mit kurzem Nicken.
Leuker setzte sich, sah die Herren an; er war vor Angst völlig perplex, hätte am liebsten die Herren um irgendeinen Rat gefragt.

«In zwei drei Monaten hat Euer Herzog den pfälzischen Kurhut; die Wittelsbacher in München haben die in Heidelberg geschlagen. Es kommt nur darauf an, die Kurfürsten zur Zustimmung zu bringen. Ich habe weiter nichts gesagt –, vor allen Ohren, hört es –: die Sache ist, was den Kaiser anlangt, entschieden, nämlich für München. Ich hab' es laut gesagt, damit im Reich niemand daran zweifelt, daß wir uns hier gebunden erachten. Und ich hab' es weiter darum gegen jedermann offenbart, damit es nicht heißt, wir handeln im Dunkeln. Die andern lesen heraus, daß wir gerecht sein wollen; Ihr müßt erkennen, daß auch für Euch diese Meinung von Wert ist. Öffentlicher Deputationstag, öffentliche vorherige Erklärung. Es kommt uns auf Gerechtigkeit an.»
Beruhigt und doch beunruhigt hakte Leuker ein, der sich tief atmend im Stuhl zurücklehnte, was das heißen solle, Gerechtigkeit, was er damit gesagt haben wolle; er rieb sein krankes Bein, das ihm plötzlich wieder einfiel: «Nicht doch, Gerechtigkeit, laßt das Wort. Der Schein der Gerechtigkeit, wollen wir so sagen. Wir kommen ohne den Schein nicht aus. Ihr auch nicht.»
Die beiden schwiegen undurchdringlich.
Mit entschlossenem würdevollen Brustton entgegnete der Bayer: «Uns liegt durchaus an der Gerechtigkeit. Wir scheuen sie nicht. Wir wollen nur nicht gar zu spitzfindiges Eingehen auf juristische Kompliziertheiten; man kommt damit nicht weiter. Die Realitäten müssen durchdringen, Anerkennung finden.»
«So und nicht anders verstehe ich Gerechtigkeit», bestätigte der Abt.
Bevor Leuker ging, befriedigt und doch mißtrauisch, ein Duplikat der heutigen Kammermitteilung in der Hand, unklar zweifelnd, sagte er noch einmal halb fragend, es stände also alles gut.
«Für wen?» meinte Trautmannsdorf.
«Ich meine», verbesserte sich der an der Tür, «es lag ein Mißverständnis vor.»
«Von wem?» schüttelte ernst Trautmannsdorf den Kopf.
Anton schüttelte dem Bayer die Hand: «Ihr werdet, besonders lieber Herr, vornehmlich wenn Ihr die Sache nachher in Ruhe überlegt, zugeben, daß Euch nichts Übles widerfahren ist von mir.»
Dann saßen Anton und Trautmannsdorf sich allein gegenüber, und Trautmannsdorf blickte den Abt an.
Der hatte auf der Truhe plötzlich einen ernsten Ausdruck, als wenn er

eine Maske ablegte, einen verdrossenen harten Blick; winkte ab, bevor der Kleine die Stimme erhob.
«Ihr gesteht, Trautmannsdorf, nachdem Ihr zu meiner Freude dies mit angehört habt, daß ich nicht zu weit gegangen bin. Ließ ich es gehen, wie Leuker und sein Herr es wollten, so wären wir Knechte und Schürzenträger der Bayern. Sie glauben, wir seien dazu verpflichtet. Das ist zu viel, überschreitet das Maß. Was wir geben, muß geachtet werden. Forderungen an die Römische Majestät dulde ich nicht.»
Still der Kleine: «Ihr sprecht aus meiner Meinung.»
«Schließlich kann ich, und ich weiß, kann der Kaiser und der Erzherzog nicht die Verantwortung für das Folgende übernehmen. Mag sie der Bayer selbst tragen. Wir nehmen sie ihm nicht ab. Niemals. Wir haben keinen Grund dafür, gegen ihn milde zu sein. Denkt an, Herr, ich will es Euch nicht verhehlen, ich habe ihn nach Rücksprache mit Eggenberg anfragen lassen sub rosa, wodurch und wie sich die Römische Majestät von ihm freikaufen könnte von ihren Pfälzer Verbindlichkeiten. Ich habe den Erzherzog nichts davon wissen lassen. Ich wollte einen runden Betrag. Den hat er genannt.»
«So sprecht doch, Ehrwürden.»
«Das Herz kann es mir zerreißen. Ich bin ein Christ, Katholik, und dazu bin ich geweihter Priester. Mir steht kein Haß oder Abscheu gegen Menschen zu. Schon gewiß nicht gegen einen andern, der Christ, Katholik ist und – ein Verwandter unseres Herrn. Aber die Wut zerreißt mir die Eingeweide, wenn ich es bedenke. Noch nie ist dieser getreue gerade Kaiser so geschmäht und infernalisch gehöhnt, als durch diese Antwort. Dreizehn Millionen Gulden. Hört, denkt», der Abt fast schreiend, dann erschreckt hinter sich blickend, mit heftiger Flüsterstimme und Gesten auf den Grafen eindringend, der im Nachdenken die Augen schloß, «dreizehn Millionen Gulden. Man muß es sich vorstellen, man muß sich ihn vorstellen, den Bayern. – Laßt mich einmal sehen; die Fensterläden geschlossen, einer auf dem Flur?»
Als er bebend auf und ab schritt auf dem Längsläufer, öffnete Trautmannsdorf die Augen: «Ihr seht es jetzt: der Wittelsbacher verachtet uns. Uns alle, samt unserm allergnädigsten Herrn. Dreizehn Millionen: da hat er gelacht und seinen Vater gefragt: ‚Wollen sehen, was das Bettelpack antworten wird.' Römischer Kaiser und Herzog in Bayern. Oh, wir hätten ihm wohl doch beistehen müssen, damals,

dem Kaiser, als die Exekution gegen die Oberpfalz begann. Wir hätten es müssen, Ehrwürden. Der Bayer suchte Macht gegen uns. Es wäre nicht so weit gekommen mit dem Kaiser. Jetzt wagt er dies; er weiß, warum der Kaiser beiseite steht und warum der Erzherzog Leopold am Hofe lebt.»
«Liebwerter Freund, wir hätten es müssen? Es hätte auf ihn keinen Eindruck gemacht, er kennt uns beinah besser als wir uns. Es war schon alles gut; wir haben nichts verfehlt. Er weiß, wie wir ihn brauchen.»
«So laßt es nun sein, ihm den Kurhut zu erschweren. So nützt es doch nichts.»
Der Abt hielt, noch im Schreiten, die Hände vor das Gesicht und weinte fast: «Nehmt mir nicht allen Trost. Ich weiß ja, ich will nicht denken. Darum muß ich ihm nicht Vorschub leisten. Ich entlarve seine Schliche. Ich will ihm diese Stunde nie vergessen, mit dem Brieflein um dreizehn Millionen. Seht, mir habe ich's in der Brust geschworen, in Treue um unsern allergnädigsten Herrn, dem ich nichts von der Botschaft verriet: die dreizehn Millionen soll er uns bezahlen; er soll denken: nie kann ich genugsam Geld aufbieten, um mir Habsburg wieder Freund zu machen, und ich kann's nie. Dies will ich ihm nicht ersparen.»
«Ihr habt die Siegesfeier für gut gehalten.»
«Es soll die letzte gewesen sein, Trautmannsdorf.»
«Dies war's, was Ihr mir so dringlich vorgestern mitteilen wolltet; ich war verreist. Und was habt Ihr erreicht mit Eurem Beschluß von vorhin?»
«Einen Wutanfall Maximilians, ich weiß. Weiter nichts. Nur soll er uns nicht für Narren halten, für solche Narren, wie ich es beispielsweise bis jetzt war.»
«Wißt Ihr, Ehrwürden», begann nach einer Pause der unbewegliche Graf, «einen Schritt könnten wir gleich weiter gehen.»
«Und?»
«Wir könnten versuchen, den Erzherzog Leopold –»
«In diesem Augenblick dachte ich daran. Wir müssen es an Lamormain bringen. Ich weiß freilich noch nicht, wie er von meinem ersten Schritt denkt.»
«Ist er bayrisch gesinnt?»
«Nicht so und nicht kaiserlich. Er ist von der Gesellschaft Jesu und gehorcht dem Papst.»
«Vielleicht also bayrisch. Er wird, wofern Ihr ihm das Brieflein zeigt,

seine Stellung ändern. Er ist tatendurstig, das Brieflein wird ihm als Angriff auf seine Macht vorkommen.»
«Der Bayer soll seine Freude haben an dem Kurfürsten», drohte der Abt, schwang sich auf die Truhe.
«Mich müßt Ihr beurlauben, und ich kann jetzt nicht Euer Gast sein, Ehrwürden. Ich war nicht in meinem Quartier von der Reise. Und ich möchte dann mit einigen Herren, später mit Euch, beraten, wann wir zu unserem allergnädigsten Herrn hinausfahren, um Audienz zu erbitten. Ich denke wie Ihr: wir sind es ihm schuldig – wenn er auch nicht viel Freude daran haben wird.»
«Lebt wohl, liebwerter Freund.»
Trautmannsdorf flüsterte schalkhaft: «Ich möchte auch gleich zum Herrn Leuker; ihn trösten, beruhigen.»
«Tut es», lächelte gezwungen der immer wieder zitternde Abt auf der Schwelle, in den Flur nach rechts und links blickend, als wenn er Gespenster erwarte.

IN SACHSEN, in Dresden, wie in dem brandenburgischen Berlin hielt man sich die Seiten vor Lachen über den neuen Wiener Vorschlag, die Pfälzer Angelegenheit gänzlich durch ein Dekret des gesamten Kurfürstenkollegs aus der Welt zu schaffen. Johann Georg, dem Kurfürsten, behagte die neue Kunde ebenso kostbar wie seinem Ratspräsidenten, dem Kaspar von Schönberg; er ließ für einige Tage seine Hauptsorge außer acht, die Aufsicht und Reglementierung der Braugesellschaften, das Herumschnüffeln nach verborgenen Braumassen. Wie andere Hoheiten Gesandte in fremden Ländern, so hatte er geschmackskundige Vertrauensleute in größeren Flecken seines Landes, vereinzelte auch in den berühmten Hansestädten, die für ihn hereinspionierten und ihm berichteten, auch die feinsten Tönnchen, das sorgfältigste Gebräu versiegelt und plombiert unter Geheimchiffern durch Kuriere zurollen ließen. War das Gebräu in der Tat erlesen, das aufgedeckte Geheimnis absonderlich, so konnte es dem gewandten gelehrten Entdecker so bald an nichts fehlen; er hatte sich legitimiert für den Zutritt zum kursächsischen Hof; der Merseburger Bierkönig, wie Johann Georg sich gern nennen ließ, mit Stolz – wenngleich die Leipziger Studenten ihn damit zu verspotten glaubten –, empfing ihn feierlich dankbar und ehrend, wie es sich gebührte gegen jemand, der dem kursächsischen Leib wohlgetan hatte. Würdig gemächlich und etwas schwach im Kopfe war Johann Georg; er hatte den Blick für das Wesentliche im Leben nicht verloren, eine liebevolle Kenntnis der menschlichen Schwächen war ihm eigen. Für die Details des Daseins, auch des Amtsverkehrs, hatte er sich den Kaspar von Schönberg engagiert, den er noch, damit er nicht gar zu üppig werde, mit dem Schwergewicht einiger seiner edlen Vertrauensleute behängte; mit Gott, im Vertrauen auf die ererbte pfaffenfeindliche Religion konnte er so stattlich den Regierungswagen kutschieren. Kopfschüttelnd hatte er den Lauf des Pfälzers Friedrich mit angesehen; der Mann hatte den rechten Glauben, auch die rechte Frau, ein schönes fettes englisches Weib, nach dem sich ein armer Deutscher die Finger lecken konnte. Aber wohin konnte es führen, sagte Johann Georg in versunkenen Momenten, wenn einer dies Weib in einem Schiff den Rhein und Neckar hinauf nach Heidelberg geleite, in einem Schiff, das Silberkammern Schlafkammern Ritterstuben Badekammern habe. Und die Kammern ließe man sich noch gefallen, und sie seien würdig eines solchen geborenen Kurfürsten, auch Königs, und eines so leckeren Frauchens; aber woher das Geld, wofern es nicht er, sondern der König von England, Jakob der Griesgram, der Dickkopf hat? Ja, was dann; so sei alles Glück und Hoffnung sogleich auf Sand gebaut. Ein deutscher Fürst – ja, es sei so, und so mußte es kommen, und so hätte es kommen müssen mit allen Folgen für ihn, für den Kaiser Ferdinand, für das Heilige Römische Reich, für den evangelischen Glauben; das Weitere sei auch alles so zu erwarten. Das war die Direktive für den «kursächsischen Aktuar und das Spitzmäuschen», wie er den Schönberg huldvoll benannte, und auch bei dem neuen Entschluß, die Pfälzer Angelegenheit durch kurfürstliches Kollegialdekret zu beenden.

Es war Spätherbst; in einem Saale seiner Kunstkammer saß Johann Georg auf einem Rollstuhl, mit blauer Nase, frierend in seinem wattierten Wams, seinem Rock aus Wolfspelz, über beide Ohren die Pelzkappe, darunter einen dicken Hut; mit Sämischlederhandschuhen, über die er ungeheure Wolfshandschuhe gestülpt hatte; die Beine in Lammfell geschlagen. Über das Wams floß ihm ein breiter gewellter grauer Bart, grün die Mundstoppeln. Den herumspintisierenden Kaspar von Schönberg, dieses arrogante dienernde Gerüst, verabschiedete er kurzerhand. Dann betrachtete er wohlwollend seinen asthmatischen Kammerdiener, den Lebzelter, der vor einem

Pult mit dem aufgeschlagenen prächtig illuminierten eichstättischen Tulpenbuch stand und im Stehen sich Notizen machte. Denn Lebzelter notierte alles, was er sah, was um ihn geschah, seit zwei Jahrzehnten, aus Ordnung, aus Reinlichkeit, damit man nicht wie ein Tier ohne Gedächtnis herumlaufe. «Was hältst du von dem Handel, Lebzelter?» Eifrig sprang der herbei, hob abwehrend beide Hände, riß ehrerbietig die Augen auf, bis unter die lockige graue Perücke:
«Kurfürstliche Gnaden: nicht anrühren! Geheimer Rat Kaspar denkt im Nu, im Hui; Lebzelter – Eure Gnaden wissen.»
«Woran liegt's, Lebzelter? Was werden wir machen?»
«Nicht anrühren, Eure kurfürstliche Gnaden. Nicht heute, nicht morgen. Das Natürliche braucht seine Zeit. Ich werde notieren.»
«Übermorgen, Lebzelter. Und laß mir den Kaspar nicht vor.»
Nach zwei Tagen staffierte der Diener seinen Herrn sorgsam aus, und als er ihn recht vor die Schränke gehoben hatte, den Bierhumpen zur Seite gestellt, daneben ein Körbchen Salzbretzel, machte er rasch seinen Eintrag, stäubte sich ab, verbeugte sich zum Vortrag. Aber Johann Georg bemerkte schon nach dem ersten tiefen Schluck, es müßte erst festgestellt werden, ob sie auch übereinstimmten in der Hauptsache.
Die Hauptsache sei – Lebzelter erhielt das Wort –, den beiden protestierenden Kurfürsten samt allen Ständen, die sie im Kolleg vertreten, solle das Fell über die Ohren gezogen werden, von kaiserlichen Händen. Gerührt reichte ihm Johann Georg die Hand: «Lebzelter, feuchte dich an.» Alsdann kehre man, meinte geschmeichelt der Kammerdiener, mit kurfürstlich sächsischem Konsens zum Ausgangspunkt zurück: man lache. Denn die Albernheit der deputierten kaiserlichen Räte in dieser Affäre sei zu groß; sähe doch jeder Sachse, Brandenburger, jedes Kind: das Kurfürstenkolleg solle gutheißen, bezahlen, was der Kaiser esse. Es sei den Herrchen, hochzuehrenden, strengen, wohledlen allzusamt, allgemach zu schwer geworden in Wien, die Verantwortung und die Kosten selbst zu übernehmen; so mag es der Kurfürst mit dem guten, breiten Buckel.
«Ich will dir aber sagen», bemerkte, den Wolfshandschuh abstreifend, nachdrücklich der Herr, «alles lieb und honorig, was Römische Majestät unternimmt und mit kaiserlicher Potenz sich unterfängt. Nur lach du mir nicht zuviel. Es tut nicht gut und hält nicht gut, es verstößt gegen den Respekt. Was soll ich denn, der doch einmal dein

Kurfürst, dein gnädiger Herr ist, sagen, wenn Ihr lacht, wo das Reich erschüttert wird?»
Lebzelter hob gravitätisch, überlegen wieder beide Hände: «Wird nicht! Und geschieht nicht! Darum mit jedem Verlaub, kurfürstliche Gnaden, eben lacht man: weil man sich drüben täuscht. Was ist das für ein Gelächter? Ein Spottgelächter, ein vergnügtes, sehr ernstes, ablehnendes Gelächter.»
«So lass' ich mir's gefallen. Wir lehnen ab.»
«Wir lehnen ab, kurfürstliche Gnaden. Geschieht das gleiche wie mit dem Pfalzgrafen Friedrich und seinem Schiff.»
«Warum, mein Sohn?»
«In diesem Fall hatte der Engländer das Geld, und darum konnte der Pfälzer nicht lange Schiff fahren. Jetzt will der Bayer und die Majestät fahren, und –»
«Gut. Ich habe aber auch kein Geld. Gut, Lebzelter. Von den Menschen soll jeder Freude und Lasten allein tragen, denn so hat ihn unser Herre Gott geschaffen. Der Kaiser ist ein würdiger, seriöser Mann und gar erst der bayrische Maximilian. Bin ihnen beiden redlich zugetan und treu wohlgesinnt. Sie verstoßen aber gegen Gottes Gesetz; sie müssen mit ihren eigenen Beinen laufen.» «Ich werde, wenn Eure Gnaden befehlen, dem Kaspar Schönberg dies als Eure strenge unabweichbare Gesinnung offenbaren.»
«Dem Kaspar befehle ich –. Ich befehl' ihm nichts. Er soll sein Spitzmäulchen da nicht hineinstecken. Er hat mir auch zuviel gelacht über die Affäre, er sieht Respekt und Ernst nicht.»
«Was befehlen kurfürstliche Gnaden?» Unwirsch arbeitete der Fürst an seinem Wolfspelz. «Wir wollen uns nicht mit Politik übernehmen, Lebzelter. Ihr schnakt zu keck in die Welt. Mir wird heiß. Sauf' er und lauf', was meine kranke Mutter macht.»
Was der Brandenburger, der Landgraf Ludwig von Hessen-Darmstadt dachten, gelangte bald an den kaiserlichen Hof: man erkenne die kaiserliche Gerechtigkeit an, man werde ordentliches Gericht über den Pfalzgrafen Friedrich verlangen, die Gründe seiner Ächtung zur Diskussion stellen. Das war die Parade.
Die Unterschriften zu der Einladung zum Regensburger Fürstentag wurden vom Kaiser vollzogen; er selbst ließ sich von den Räten, auch von seinem vielgeliebten Eggenberg, nicht sprechen. Auf die wiederholte Audienzbitte gingen ihnen durch den kaiserlichen Obersthofmeister gnädige Dankesworte der Majestät zu, die sie an ihren Bru-

der Leopold wies. Wie der Kaiser Rudolf mit seinen Astrologen Malern Alchimisten sich von der Welt absonderte, so sein Nachkomme mit seiner jungen frommen Gemahlin. Lebte mit ihr in Laxenburg-Wolkersdorf im tiefsten Frieden; Diplomaten und Räte saßen oft an seiner Tafel, sahen, wie wohl und kräftig ihr Herr war, wie er schmauste. Hexenfolterungen Maskeraden Ballspiele Wallfahrten Jagden Messebesuch füllten die Zeit ganz mit Wohlgefühl aus. Die Ausstattung aller Jagdschlösser mußte erneut werden. Um die Kaiserin sammelte sich ein immer größerer Hofstaat. Der Kaiser machte ihr ohne aufzuhören Geschenke von riesigem Wert in Geld und Schmuck, die zu beschaffen er, ohne zu fragen, seinem Schatzmeister auferlegte. Nach den Unterschriften für die Regensburger Tagung ließ er die Räte seiner besonderen Huld versichern; die Kaiserin würde ihn nach Regensburg begleiten. Und dann kein Wort über die dringend zu fassenden Entschlüsse, nur Gerüchte von ungeheuren pompösen Vorkehrungen, Prachtgewändern der Kaiserin, der Bedienung, Beschaffung von Pferden, Ausbau der kaiserlichen Donauflottille, Herrichtung kaiserlicher Gemächer in Regensburg, Zitierung von Malern Bildhauern aus München Florenz, den Niederlanden zur Ausstattung der Departements.
Erzherzog Leopold, der Projektenmacher, ging in dem Rausch seiner Allmacht umher; plante zu heiraten, um sich in Wien zu konsolidieren; war in leidige Geldgeschichten vertieft, von denen er sich jetzt rapid erholte; dirigierte rechts, dirigierte links; die Ehrfurcht der berühmten Staatsmänner, der Eggenberg Meggau Kremsmünster blendete ihn. Als man ihm den Reichshofratsbeschluß betreffs Kollegialtag vorlegte, krähte er Beifall; Ordnung müsse sein, bravo, dazu schlau gehandelt, hinterlistig, echt diplomatisch, dächte gewiß niemand daran, daß der Kollegialtag gegen den Bayern sein könnte.
Lange vor dem festgesetzten Termin brach man von Wien auf. In den schönen braunen Herbst fuhr man hinein. In dem ersten Schiffe Ferdinand und die Mantuanerin, einsam. Sie dachte nur, wie sie dem Gemahl, der ihr von Gott zugeführt war, dienstbar sein könne; war ängstlich, ihr Beichtvater führte sie behutsam; sie hatte eine feine verschwiegene verschlagene Art; öfter hatte einer Lust, ihr Politisches zu suggerieren; er erkannte leicht an ihrer Art zuzuhören, den verlegenen Blick zur Erde, den Mund sehr streng, daß sie nichts damit anzufangen wußte und sich nicht stören lassen wollte auf ihren Wegen. Ferdinand schien es ausnehmenden Spaß zu machen, solchen

Unterhaltungen beizuwohnen; es war manchmal, als ob er den und jenen aus seiner Umgebung ermunterte zu einer politischen Attacke auf seine Gemahlin. Er träumte währenddessen und mischte sich nicht ein.

Bevor die Flottille in Regensburg landete, machten der Fürst Eggenberg und Graf Trautmannsdorf einen letzten Versuch, den Kaiser zu sprechen. Und zu ihrem großen Erstaunen nahm er sie auf seiner Kammer an. Schalt sie freundlich, in weißem Anzug herumgehend, sich setzend, daß sie durch Geschäfte seine Lustreise verderben wollten; ob sie es vor seiner Gemahlin verantworten könnten. Die Herren durften sich zu ihm in dem ebenholzbekleideten, sehr weiten, sehr niedrigen Gemach setzen, in das die Sonne blitzte, Ruderschläge hineinklangen. Eggenberg, nachdem er seine Freude über das Wohlbefinden des Herrschers ausgesprochen hatte, wies auf die Unklarheit der kommenden Situation und daß noch ein endgiltiger Entscheid fehle über die Taktik, die Wien auf der Tagung befolgen wolle. Ruhig, ohne die Beine zu wechseln, meinte Ferdinand, vornübergebeugt an seiner Sessellehne vorbeiblickend, es sei doch alles klar und gegeben. Oder seien neue Ereignisse eingetreten, die ihm nicht zu Ohren gekommen wären. Eggenberg, mit dem stummen Trautmannsdorf Blicke wechselnd, vermochte nicht von dem Affront zu reden, den Maximilian dem Hause erwiesen hatte; er lispelte undeutlich, man müsse wissen, wie weit man Wittelsbach, respektive dem Herzog in Bayern folgen wolle. Der Kaiser wandte sich rasch an Trautmannsdorf: «Was meint mein Herr?» Trautmannsdorf, verblüfft über die scharfen Blicke Ferdinands, versicherte, seine Worte zählend, es sei so. Nun, rekelte sich der Kaiser, ihm sei da nicht ersichtlich, wo Schwierigkeiten entstehen sollten; Maximilian erhält die Kur. Die beiden Herren schwiegen. «Ja, mein», hob Ferdinand, plötzlich sich geradesetzend, die Hände, «wo liegen denn für die Herren Schwierigkeiten? Und seit wann machen sich die Herren Bedenken? Was ist diese Fahrt? Wir belehnen unsern Schwager Maximilian.» Es sei beschlossen, bemerkte Trautmannsdorf vorsichtig, seitens des Rates, und so verkündet, daß die Entscheidung der Pfälzer Frage in die Hände der Kurfürsten gelegt werde; so stehe man auf dem Boden der Grundgesetze des Reiches. Wieder hob der Kaiser die Hände: «Ja, dazu eben fahren wir. Das Kolleg muß hinzugezogen werden. Wir werden die Kurfürsten zu unserer Meinung bewegen; sie werden sich unsern Gründen nicht verschließen. Die Belehrung erfolgt nach den Reichs-

gesetzen.» Man dachte, artikulierte Trautmannsdorf weiter, seitens der kaiserlichen Gewalt ganz von einer Teilnahme oder Beeinflussung abzusehen; man dachte, ganz, auch ganz den Kurfürsten die Schwere der Entscheidung aufzubürden.
«Ohne die Kaiserliche Majestät?» Die Herren bejahten.
Da stand Ferdinand auf, ging einige Male in dem rollenden, leicht schwankenden Gemach hin und her. Rauhe Stimme: «Wo ist Erzherzog Leopold? Ach, in Wien.» Nach einigem Herumwandern stand der Kaiser vor ihnen: «Bleibt sitzen. Ist etwas eingetreten inzwischen?»
Trautmannsdorf verneinte mit fingiertem Erstaunen; im Gegenteil hätte Herzog Max sich bereit erklärt, um dem kaiserlich erzherzoglichen Hause Weiterungen zu ersparen, auf alle Rechte und Ansprüche um dreizehn Millionen zu verzichten; er sei keineswegs auf die Kur versessen.
Rot blühte es über das volle bärtige Gesicht des Kaisers; als schämte er sich, drehte er sich ab. Er senkte, wie wenn er einen Schlag erwartete, den Kopf, den Rücken gegen sie.
«Was habt Ihr geantwortet?»
«Nichts Sonderliches», meinte sehr gelassen der verwachsene Graf, «als eben dieses, das Recht nicht zu verzögern. Der Geheime Rat ist übereinstimmend der Auffassung gewesen, daß dem Kurfürstenkolleg eine entscheidende Äußerung in der Sache zustehe.»
«So also habt Ihr geantwortet.»
«Die Kaiserliche Majestät werde dem gefällten Urteil nichts in den Weg legen.»
«Und er?»
«Des Herzogs Maximilian Durchlaucht hat geschwiegen.»
Ferdinand setzte sich, nachdem er sich zusammengerafft hatte, schlug eine flache Hand auf die Lehne, blickte sie fest an: «Gesteht, ich bin es nicht gewesen, der das geraten hat. Ich war es nicht, der diese Wendung herbeigeführt hat.»
Eggenberg bejahte warm, hielt den Atem an.
«Es bleibt dabei, Herren. Wir wollen Ruhe haben. Wir wollen nichts mehr aufrühren. Ja, widersprecht nicht. Das ist beschlossen. Dies und nichts anderes.»
Er verharrte auch dabei auf Trautmannsdorfs Vorhalt.
«Die Herren mögen mich erschlagen, aber nicht versuchen, mich einen Finger breit in meiner Meinung zu verrücken. Mein Schwager

selbst bringt mich davon nicht ab; ich bin kein Händler. Ich habe mein kaiserliches Wort hingegeben; die Kur könnte ihm nur entgehen, wenn ich vom Thron weggenommen würde. Dies muß ihm geantwortet werden.»

Sie schwiegen auf seine leidenschaftliche Art.

Als die Herren sich auf sein Kopfnicken erhoben, drückte er dem Fürsten Eggenberg heftig die Hand: «Ich müßte Euch hassen, Eggenberg, daß Ihr mir eben dies angetan habt. Trautmannsdorf, Ihr habt mir einen Schmerz bereitet. Ich sag' es Euch beiden. Dann danke ich Euch, daß Ihr bei mir waret.»

Er hielt inne, blickte sie abwechselnd mit glühenden Augen an: «Wie wäre alles gewesen, wäret Ihr immer mit mir gegangen. Ahnt Ihr das. Ahnt Ihr das. Was ist inzwischen geschehen. Jetzt seid Ihr da.»

«Mein Schwager erhält die Kur», wiederholte er fest den beiden auf der Schwelle. Die Ruder schlugen, Kastanien prasselten am Ufer von den Bäumen, barsten.

WAS ERWARTET wurde, trat ein. Nach der Ankunft des Kaisers sammelten sich nach und nach Kurfürsten und Fürsten in Regensburg; als aber der Kaiser zum Anfang des neuen Jahres den Konvent im Rathaussaal eröffnete, um die Proposition dem Reichserzkanzler, dem Kurfürsten Erzbischof Johann Schweikard von Mainz, dem würdigsten ernstesten ältesten der Herren, zu übergeben, fehlten Kursachsen und Kurbrandenburg. Gesandte von ihnen waren da. Ihre Tätigkeit: zuhören berichten keine Instruktion haben protestieren hinhalten. Die Anwesenden ließen sich nicht düpieren, Ratsgang auf Ratsgang fand statt ohne die evangelischen Herren. Tollköpfe Jesuiten und Kapuziner wollten rasch ohne sie zum Entscheid kommen. Pommern, das erwartet wurde, kam nicht, Braunschweig entschuldigte sich; nur viel umworben sah man den ehrgeizigen, sich anschmeichelnden Landgraf Ludwig von Hessen-Darmstadt in den Fürstenquartieren herumreiten als einzigen Protestanten.

Während die kaiserlichen Räte nervös wurden im Warten und Hoffen auf Kursachsen und Brandenburg, während sich der ehrlich über den Zwiespalt betrübte Mainzer abmühte in Vermittlungsversuchen, saß in seinem gediegenen Quartier an der Grube der junge überstolze

Wolfgang Wilhelm von Pfalz-Neuburg. Sein Vater, erkrankt, war ganz faselig geworden; notgedrungen wurde der Sohn ins Vertrauen gezogen; er ging wild wie ein Stier auf die Sache los, staunend und grollend, in welchen Geheimnissen er blind lebte, zornig entschlossen, es mit aller Welt zu verderben, um die sonnenklaren Ansprüche Neuburgs durchzusetzen. Sein Vater überflutete ihn von Neuburg mit Ratschlägen und Vermahnungen; es konnte geschehen, der Sohn fürchtete, daß der Alte selbst anfuhr. Jenes stolze Gebaren der neuburgischen Doktoren gegen Leuker in Wien war nur ein Abglanz der Haltung Wolfgang Wilhelms; hochfahrend gebieterisch trat er in Regensburg gegen kaiserliche Räte Kurfürsten und Fürsten auf; man sah ihn mit den prächtigsten Gäulen und Kutschen in dem schneebeladenen Tummelgarten bei den Barfüßern; seinen Aufwand trug er in drohender Weise zur Schau. Die Gemahlin, eine Schwester des bayrischen Max, hatte er wider ihren Willen nach Regensburg geschleppt, sie fürchtete ihren Bruder; Wolfgang Wilhelm setzte ihr mit schmähenden Äußerungen zu, daß sie geboren sei zum Aschenputtel, zur Winkelsteherin; hätte nicht an ihren Bruder zu denken, sondern an ihn und an ihren Bruder mit Bitternis, denn er wolle ihm das Recht streitig machen, ihm, ihr, ihren unmündigen Kindern. Da saß die unschöne kränkliche Frau, in italienische Kostbarkeiten gehüllt, in dem heißen Empfangssaal an der Grube. Vor die Angesichter aller Kurfürsten wurde sie geschleppt, bald sollte sie zur Audienz erscheinen bei den kaiserlichen Majestäten, bald sollte Maximilian aus München in Regensburg landen.

Der kaum dreißigjährige Pfalzgraf, braunlockig, in französische Schillerseide gekleidet, hatte schmutziggraue Farben an den Backen bekommen, seitdem ihn der Kurfürstenteufel ritt; sein Blick, ehemals flüchtig, jetzt steif und abwesend; die Haltung ohne Zusammenhang, bald versunken, bald kalt abweisend und herrscherisch. Der Alte hatte noch von der Universität Löwen ein ausführliches Gutachten anfertigen lassen zur Begründung seiner Rechtsansprüche; das Gutachten verbreitete der Sohn in Abschriften; vergnügt lasen der spanische wie französische Botschafter, Mainzer Kölner Trierer Räte, sächsische Abgeordnete, die Vertreter Maximilians von Bayern, wie gut fundiert die Neuburger Ansprüche waren. Die Goldene Bulle war zitiert, Titula sieben, Paragraph fünf, worin stand, daß beim Erlöschen einer Kurlinie über die Neubelehnung der Kaiser unter Hinzuziehung der Kurfürsten zu entscheiden habe. Die nahe

Verwandtschaft, ehemalige Mitbelehnung war angerufen und daß keiner aus der Linie Neuburg die geringste Schuld an dem böhmischen Kriege habe.
Erschreckend wirkte es auf alle, die dem Schauspiel beiwohnten, daß plötzlich ein regelrechter Buckelhans auf der Bildfläche erschien, im Quartier des Mainzer Kanzlers anrückte, sich offenbarend als Friedrich von Zweibrücken-Birkenfeld und, da er stumm war, durch seine dämonisch erregte Frau und einen imperatorischen Kammerdiener bekundend: er und kein anderer sei nächstberechtigt bei einer Neubelehnung. Man hatte Mühe, mit diesem Prätendenten fertig zu werden, vor allem, da er ersichtlich von Geist schwach, vielleicht völlig blöde war und auch die Möglichkeit bestand, daß er gar nichts wußte von den Dingen, die man mit ihm machte. Aber der gute vielgequälte Schweikard sah schließlich keine Rettung vor den drei Birkenfeldern: die verwandtschaftlich begründeten Ansprüche mußten protokolliert werden, ihren Weg laufen. Es gab eine Szene von großer Peinlichkeit, als Schweikard es dann nicht verhindern konnte, daß bei einem Schauessen im Kartäuser Kloster vor der Stadt der pompöse stocksteife Neuburger mit der Birkenfelder pfalzgräflichen Trias zusammentraf. Aus dem Konventsaal, in dem Truchsesse und Pagen speisten, kamen die drei geirrt in das feierliche Refektorium, in dem feine Geigenmusik erscholl, Kaiser und Fürsten hinter einer langen Tafel saßen, darauf ein zinkerner Berg Parnaß Wasser und Wein verspritzte, ein Pegasus aus Zucker die Flügel schwang. Neben Wolfgang Wilhelm setzte man den tauben blöden Buckelhans ab; rechts und links blieben Sessel frei. Man lächelte drüben, flüsterte sich ins Ohr; dies waren die beiden Prätendenten. Aber manche wandten sich betreten und ergriffen ihrem Mahl zu; Schweikard, weißhaarig, Gesicht einer fetten, alten Frau, mit mächtigem Kehlbart, zittrigen Lippen, sah schmerzlich vorwurfsvoll zum Obersthofmeister herüber. Verschwunden war die nächsten Tage der Neuburger; man erzählte von Duellen, die zwei seiner Kavaliere mit Franzosen hatten, die in einem Atem Neuburg und Birkenfeld besprachen. Der Leidensweg Wolfgang Wilhelms wäre so lang wie der Fürstentag geworden, hätte Graf Ognate, der spanische Gesandte, nicht die beiden Prätendenten zusammengeführt, einen Vertrag zwischen ihnen veranlaßt und den stark geduckten Wolfgang Wilhelm als seinen Kandidaten ausgerufen. Die drei Birkenfelder waren bereit, sich mit Geld abfinden zu lassen, blieben aber böswillig in Regensburg, lauerten; sie

saßen dem Neuburger auf den Fersen, zähneknirschend mußte er sich umwenden, lieb Kind mit ihnen spielen; die vulgäre Dienstmagd, Birkenfelds Weib, wagte sich hausfraulich neben die bedrückte Schwester Maximilians.

Die verhandlungen klärten die Situation vollständig; dem Schwanken und Widerstreben der Kurfürsten stand die unerschütterliche kaiserliche Forderung der Belehnung Bayerns gegenüber. Wie ein Wurm wand sich das Kolleg unter der täglich stärker drückenden kaiserlichen Faust. Tobsüchtig raste Ognate; sein wildestes Argument: man möchte doch den Franzosen, Monsieur de Baugy, ansehen, wie er sich freue über Bayerns Aussichten – ob dahinter Gutes stecken könne. Und Baugy erklärte in der Tat höflich und spitz, dem frommen König von Frankreich widerfahre bei Ausführung des heiligen Werkes der Belehnung eine persönliche Freude; dies könne dem Heiligen Reich doch nur angenehm sein, vielleicht nicht dem Spanier. Die sächsischen Vertreter stießen täglich und unter zunehmendem Tumult Drohungen aus, die Übertragung der Kur sei kein Mittel zum Frieden im Reich; der Kaiser hätte nicht ohne ordentlichen Prozeß Acht zu verhängen. Die Brandenburger standen ihnen bei. Das ganze Kolleg zuletzt, von Kurmainz geführt, erhob sich, schloß sich den Sachsen an: es würden sich bösartige Kriege an diese Tat anreihen, der Kaiser könne nicht dies verantworten. Der Erzbischofkanzler beschwor persönlich den Kaiser; schwere Stunden durchlebten die Räte, die aufs innigste hofften, Ferdinand werde Gebrauch von der Stimmung des Kollegs machen. Aber Ferdinand blieb unbeweglich; bei vollkommener Liebenswürdigkeit antwortete er, die Sache sei zwischen ihm und Maximilian längst geregelt, die Kur vergeben. Es bedurfte der hingebungsvollen Diplomatie der Räte, die voll Bitterkeit erkannten, daß dem Kaiser keine Wahl geblieben war, und der Konzilianz des Mainzers, um die andern katholischen Stimmen zu besänftigen. Sie erkannten alle den ungeheuren Fortschritt der katholischen Sache. Die katholischen Herren gingen nur widerwillig an die Entscheidung heran und stimmten zu; sie sahen in dem Vorgang einen bedrohlichen kaiserlichen Übergriff, der sich auch einmal gegen sie richten könne. Dazu war das böse sehr törichte Wort aus der Kanzlei der Wiener gekommen: Daß die Aberkennung und Neuübertragung der Kur der kaiserlichen Wahlkapitulation widerspreche, sei sonnenklar; aber keine menschlichen Gesetze seien so ewig und beständig, daß sie alle Fälle der Notwendigkeit ausschlössen. Als Maximilian selbst, blaß erregt in Regensburg eintreffend, sich bei Ferdinand nach den Aussichten erkundigte, bekam er den kalten fast befremdeten Bescheid, die Sache sei doch abgemacht.

Ohne daß außer den anwesenden Kurfürsten irgendwer formell benachrichtigt wäre, erfolgte dann eines Tages, vor einem Auditorium von nur Jesuiten Mönchen Beamten, die Belehnung des Bayern in der Ritterstube des Rathauses zu Regensburg. Kniend empfing der Bayer den Kurhut aus der Hand des Kaisers. Zwei Stunden darauf versah er zum erstenmal das Amt als Truchseß an der Tafel des Kaisers, trug die erste Schüssel auf, wurde zum Mahl geladen. Ein Eilbote lief zugleich nach Rom, um in Maximilians Auftrag dem Papst die freudige Kunde zu bringen; die Kanonen donnerten auf der Engelsburg; zum Tedeum zog der Papst Gregor in die Peterskirche.

Die Regensburger hatten dem kaiserlichen Paar ein besonderes Prachtschiff gebaut. Das Kolleg löste sich auf.

Der Franzose hatte gekämpft, um den Bayern in seinem Spiel zu haben, wenn es gegen Spanien ging oder gegen den Kaiser.

Der Spanier hatte gekämpft, um sich England freundlich zu erhalten, den Verwandten des geächteten Mannes.

Den Bayern hatte Rache, Größensucht und Stolz getrieben. Der Kampf war zu Ende.

Es pries am Schluß der großen Prozession vom Wolfgangsdom zum heiligen Emeran der Kapuzinerpater Hyacinth das geschehene Werk, predigend, man dürfe nicht Furcht vor den drohenden Allianzen und Personen haben; wenn nur der katholische Glaube gefestigt und gefördert werde.

Kochenden Herzens ging aus dieser Predigt hinaus der graublasse Pfalzgraf Wolfgang Wilhelm von Neuburg; er reiste sogleich dem spanischen Gesandten nach, allein; seine erschöpfte Frau hatte als erste dem Bruder Glück gewünscht, begleitete ihn nach München. Die Birkenfelder Trias war längst mit spanischem Gelde abgeschwommen.

Herr Meggau, Fürst Eggenberg, Abt Anton, Herr Trautmannsdorf, die Recken von Regensburg, begleiteten den Herrn heim, eine ehrerbietige stark verbitterte ratlose fast verzweifelte Runde, am heftigsten sich selbst grollend. Der Kaiser war fröhlich mit seiner Gemahlin, empfing freudig noch auf dem Schiff zwischen Passau und Linz seinen Bruder Leopold, den er beim Abschied in Wien dem Hohen Rat mit dem Bemerken empfahl, man möchte sich auch in Zukunft bis auf weiteres an den Erzherzog halten. Er selbst nehme Aufenthalt in Laxenburg und Wolkersdorf.

In München, in der Residenz, saß der Melancholiker Maximilian, äugte nach allen Seiten. Saß über seiner Beute. Er konnte sie nicht wie ein wildes Tier in eine Ecke schleppen, sie allein schlingen. Aber während er sich mit rasselnder Brust an ihrem Besitz sättigte, funkelten seine Augen. Er knurrte fauchte sprühte. Das Blut troff in zwei Rinnsalen aus seinen Mundwinkeln, bildete Lachen auf dem Boden, indessen seine Hinterbeine schon zum Sprung eingezogen waren, die Vorderpranken locker; der Atem rauschend.
Er warnte den Kaiser, er möge auf der Hut sein. Er schrie nach Wien. Eggenberg Questenberg Trautmannsdorf flüsterten höhnisch: er mag sich verteidigen. Bayern liegt wie ein Wall vor Österreich; wenn Feinde kommen, gehen sie auf die Pfalz; mag Bayern sich strecken.
Max drohte: ich habe dem Kaiser die Krone auf dem Kopf erhalten. Der Kaiser, kaum daß er's hörte. Er lächelte mit seinen Räten: Max hat meine Hand gefühlt.
Maximilians Gebete waren ein Zischen nach Beruhigung. Aber seine Haltung wurde starrer als sonst. Er wartete gespannt, daß sich die Wut der Feinde auf ihn werfen würde. Er dachte schon daran, wie er sich aus dem Spiel stehlen könnte. Heimlich ging bei ihm ein und aus Charnacé, der französische Geschäftsträger. Maximilian hätschelte ihn, stieß ihn von sich, hätschelte ihn.

ZWEITES BUCH

BÖHMEN

AM ALTSTÄDTER Brückentor von Prag ragten auf den Zinnen, aus den schwarzen viereckigen Fensterluken quer nach vorn in die blasende Luft elf Stangen und Spieße. Mit eisernen Klammern waren sie am Gemäuer befestigt. Auf den Stangen und Spießen saßen mit kurzen Hälsen verdorrte Menschenköpfe, denen die Rümpfe abgeschlagen waren; sie lagen unten verscharrt in der Erde. Als sie noch lebten, hießen sie Wenzel Budovak, Kaplir, Prokop Dovorecky, Friedrich von Bila, Otto von Loos, Bohuslav von Michalovik, Valentin Kochan, Tobias Steffek, Kober, Jessenius, Heimschild. Sie waren vorzeitig, wenngleich alte Männer in hohen Stellungen, durch Gewalt umgekommen, weil sie Böhmen gegen den Habsburger ein Wahlkönigreich nannten und sich den blonden Pfälzer aus Heidelberg verschrieben. An drei Stangen waren Armstümpfe mit Händen angenagelt zum Zeichen des geschworenen Meineids. Unter einem weißbärtigen Kopf, dessen Mund angelweit klaffte, baumelte am Holz ein brauner geschrumpfter Fleischlappen, eine Zunge: dies war vor einigen Jahren der Rektor der Prager Universität, Jessenius. Viele wilde Reden hatte der blauäugige Mann in den Wochen des Entschlusses, der Erhebung gesprochen; an seinen Lippen hatten die jungen Adligen gehangen, die sich nach der Unglücksschlacht verzweifelt im königlichen Tiergarten zusammenscharten und nach schäumender Gegenwehr niedergemetzelt wurden. Sein Mund erduldete das Wehen des Windes, mit seinem Schlund, seiner Kehle trompetete der Wind, Zeisige und Spatzen hockten zwischen den Kiefern.

Die Körper zerschlagen, die Güter zerrissen, verschleudert, die Erde unter das Schwert gestellt. Während sie über Vltava, der breiten nebligen Moldau, trockneten, flohen ihre ehemaligen Freunde als Rebellen ins Ausland, die Berka Luksan Pisetzky Fruewein Wichynik. Ihre Güter belastet mit den Günstlingen des Siegers. Und vor das vergrauste Böhmen trat der bestellte Ankläger, wies auf die Häuser, in die sich die Beamten des Konfiskationshofes begaben. Fünf eine halbe Million Taler heimste der kaiserliche Statthalter aus Nachlässen ein. Aus dem Volke stieg das Wort: Gnade? Was für eine? Eine böhmische? Kopf ab. Eine mährische? Ewiger Kerker. Eine österreichische? Raub aller Güter.

Braunaus Regiment, harnischschüttelnd, Pike und Handbeil lösend, rasselte in Böhmen ein. Braunaus Zahlmeister hieß Wolfsstirn, er traf seine Anordnungen für die Einquartierung. Er arbeitete in Trautenau Leitmeritz Caslau. Mit kleinen Trupps rückte er vor ein Haus, seine

Söldner verlangten zu essen, zu trinken, Furage für Pferde Unterkunft Geschenke. Gesättigt und voll fing Wolfsstirn seinen Spaß an. Den Streithammer, den er am rechten Arm trug beim Schmaus, ließ er am Faustriemen in die Hand gleiten, griff nach dem gedrehten Eisenstiel, schrie, den Falkenschnabel in das Tischholz knallend: «Nun wir geschmaust pokuliert gerülpst gespuckt gesudelt haben, ist es Zeit, die Rechnung zu bezahlen. Also bezahlt, Herr Wirt.» Und seine Dragoner schmetterten wiehernd aufstehend ihre Handbeile vor sich in die Tischplatten, zwischen ihre Beine in die Schemel und Bänke, über sich in die Balken der Decke: «Zeigt her Kreide und Schreibtafel, Herr, damit ich weiß, wie hoch ich mich zu bedanken habe, möcht nicht als Lump und Fuchsschwänzer verschrien sein.» Er meinte den Beichtzettel. Holte der Wirt das Papier, so schaute der Zahlmeister drohend seinen Mann an, tat falsch höflich, keifte böse nach den Pferden. Wo er einen hussitisch Gesinnten, ein böhmisch Brüderlein, Utraquisten, Calvinisten traf, fiel er ihm um den Hals, das Valetetrinken nahm kein Ende: «Herzbruder, wir lassen dich nicht, schänd uns Gottes Element. Wir halten zu dir, sollst nicht verderben.» Fünf zehn seiner Leute quartierten sich ein, waren nicht zu vertreiben. Der tolle krummbeinige Zahlmeister sprach im Durchritt alle Tage vor: «Haltet gut Wacht, daß ihm nichts passiert. Er verdient es. Tot schind' ich Euch, so ihm etwas widerfährt.» Ausschüttete er sein Lachen, wenn sich einer beschwerte, demütig um Erleichterung bat: «Sieh mir einer den Aberweisen an! Ja, weiß der Hundsfott nicht, was ihm bevorsteht, wenn wir ihn lassen? Was ihm droht? Daß der Satan ihn ankrallt, ihn mit Leib und Leben, Haut und Haaren verschluckt. Weißt du, wer der Teufel ist?»
«Das ist der Böse selber.» «Recht, da stimmen wir Christen mit euch überein.» «Brauch keine Wache deshalb. Schütz mich schon selbst.» «Hast du es vor, bereitest ihm vielleicht das Bett? Setzst lieber ihm deine Schinken und Hühner vor als meinen frommen Soldaten? Willst gar eine Mantelfahrt mit ihm machen? Ich steh' für dich ein vor Gott und der königlichen Statthalterei, muß mit meiner Seligkeit für dich bürgen. Eher lass' ich dir Daumschrauben anlegen, ehe ich ein einziges meiner frommen Kinder wegschicke.» «Wir verhungern bald, Herr!» Wolfsstirn, der gedrungene kleine o-beinige, blaurot die Eisenkappe aus der Hand werfend, schwer in seinem Panzer atmend, zu seinen Leuten: «Habt Ihr zu essen?» Sie schwiegen, schmunzelten. Er drohend, gefährlich: «Daß Ihr nehmt, was Ihr findet, daß Ihr Euch

sättigt und Kraft gewinnt, daß Ihr nicht die letzte Ziege und Kuh schont. Weh Euch, wenn ich Euch schlapp finde.» Er hatte gerüstete Heerwagen mit zahlreichen Fuhrknechten Reiterjungen. Mit einer feinen Waage fuhr er, zwei Trommler und Trompeter voraus, durch die Stadt. Wo Einquartierung lag, wog er die Söldner mit dem sonderbaren verbogenen Instrument; wenn einer abgenommen hatte oder ihm dünn erschien, kassierte er die Taler von dem Hausherrn ein, ließ ihm fünfzig Hiebe versetzen von seinem Büttel, dem Söldner selbst halb soviel. Den Beichtzettel, der ihm eines Tages vorgezeigt wurde, salutierte er: «Lieber, juchhei, bist nun ein gottgefälliger rechter Christ. Mein Werk ist am Ziel und Ende bei dir. Wo du dein Heidentum hinter dir hast, wirst du mich verstehen und mir danken. Nur satt fressen konnten sich meine armen Kinder bei dir, nicht besser wie die Säue im Stall waren sie eingesperrt bei dir. Pfui über die Schwelle der Unzucht. Und nun präsentierst du den Beichtzettel.» Er betete mit dem Herrn und seiner Familie, auch mit den Söldnern gemeinsam, fiel hin im Harnisch, war befriedigt.
In den Rentämtern Küstereien Stuben der Amtleute Vögte Kellerschultheiße Räte Bürgermeister lagen Kornetts Spielleute Korporale mit wallenden Hüten, spähten zum Fenster hinaus. Regimentsschultheiß Gerichtsweibel thronten im Rathaussaal; wo einer kam sich zu beklagen, nahm der boshafte Schreiber ein Protokoll auf unter spitzfindigem Gefrage; dann hieß es danken, zahlen für die Klage, verlautete weiter nichts. Die Gassen der Neugläubigen versperrten sie mit ihren Troßwagen, quer lagen die schwerrädrigen Gestelle auf den Pflastersteinen oder im Sumpf, konnte keiner herüber von rechts nach links; wer die Gasse entlang wollte, stand vor hölzernen Barrikaden. Ganze Häuserreihen waren von den steinbeladenen Ungetümen gesperrt. Männer und Frauen saßen in den dunklen Höhlen der Keller und Erdgeschosse, oben goß und blies es hinein, das Stroh war von den Schindeldächern mit Haken für die Pferde gezogen. Nur bei Nacht trauten sie sich zum Fenster hinaus, zwischen die Räder, heimlich unter die Wagenbalken, um sich zu verköstigen. Die neugläubigen Kirchen waren vernagelt; und damit jedem die Lust an ihnen verginge, schleppten die Fuhrleute morgens mit dem Gemüllwagen den Unrat aus den Senkgruben bei den Häusern fort, stülpten ihn vor die Kirchtüren. Die Bauern, die Holz vom Amt bekommen wollten, brauchten keine Feldsteine zum Straßenpflastern mehr hereinzuschleppen; sie hatten genug an denen, die sie vor den Ketzer-

häusern ausreißen durften. Wo ein Kehrichthaufen in der Gosse dampfte, wachte in der Nähe ein bestellter Spitzel, ein Dragoner hinter einem Torbogen, daß er nicht beseitigt wurde ohne besondere Erlaubnis. Dann zogen die Soldatenweiber mit Kind Kegel Raub und Plunder über die geräumigen Dielen, grell juchzend über die Parketts der Innungsstuben; in den Kammern der gelehrten Männer krähten die auf dem Feld, in Ställen geborenen Bastarde, ritten auf den bemalten Folianten. Man durfte sie nicht verjagen; die viehischen Gottesleugner durften sich freuen, daß sich ehrbare Leute bei ihnen bequemten. Dröhnend kletterten die Dragoner durch die verschmutzten Zimmer, über die Stiegen zu den kellergepferchten Besitzern, Teppiche unter dem Arm für ihre Wolfshunde, spektakelten nach Heu Stroh für ihre Pferde. Was nicht zu beschaffen war, mußten die Besitzer kaufen auf den Nachbardörfern; manche kamen nicht wieder von der Wanderschaft. Andere, wenn der Weinkeller geleert, die gedrechselten Holzstühle zerbrochen, die schönen ererbten Schränke zerkratzt, Salzfässer Leuchter und Lichtscheren zerstoßen waren, faßten sich ein Herz. Inmitten des wüsten, auf Faulbett Bankpolster Bank und Boden geworfenen grölenden Gesindels pflanzten sie das heimlich gekaufte Marienbildchen auf, auf einen Tisch, einen Wandbort, ein Schränkchen, fielen, den Jammer bezwingend, davor hin. Von seinem Spuk war bald darauf das Haus befreit, die toten Hunde und Hähne auf die Straße gekehrt, der Boden wieder glatt. Nur die Marienbildchen Rosenkranzbehänge waren in alle Räume eingezogen. Wie Knechte schlichen die Besitzer mit fremden Mienen um sie herum, Haus und Hof hatten sie wieder, waren dennoch daraus vertrieben.

Büttel Profosse Pikeniere und Geistliche wanderten von Gasse zu Gasse, Dorf zu Dorf. Sie gingen in die Schlafkammern, zogen die Decken von den Betten, denn viele Ketzer legten sich in diesen Wochen zu Bett, um den Fragen zu entgehen, die jedem entgegendröhnten, der den Kommissionen die Türe öffnete: «Wer ist im Haus? Und Ihr, seid Ihr katholisch geboren, geworden, versprecht Ihr es zu werden oder nicht?»

Über die Betten der Greise, Kranken im Caslauer Spittel beugte sich lederknarrend der Büttel. «Ich bin krank», wimmerte einer. «Ob Ihr lutherisch, calvinisch, utraquistisch, katholisch seid?» «Ich bin krank. Mir fehlt der Atem, die Beine sind mir vollgelaufen mit dem Wasser, ich ersticke. Geht weg.» Der Jesuit neben dem Büttel, grauhaarig kalt, geistlicher Koadjutor, den viereckigen Hut zwischen den Händen, die Achsel zuckend: «Die Antwort ist schamloser, als Euch guttäte. Es ist ihm gleich, ob katholisch oder ketzerisch. Er pocht auf seine sogenannte Krankheit. Dieser Mensch ist schlimm.» «Geht weg», schrie der graublasse Schädel, der da lag. «Bald», sagten die Soldaten, warfen sich die Piken in den linken Arm, zogen dem Menschen Hosen und Wams über, stießen ihn über den Hof vor das Tor. Da keuchte, röchelte er an der Schweineschwemme.

Einer saß aufrecht auf seinem Lager; der Spittelmeister, dickbäuchig schlüsselklappernd, benannte sein Leiden – merkurialische Zeichen wie krampfhaftes Lachen, Zungenbrand, Pusteln in den Augen –, er lallte sonderbar bei der Annäherung der bewaffneten Gruppe: «Habe von Euch gehört, Ihr Herren. Hab' Euch erwartet. Was wollt Ihr mich fragen, Pater.» «Nach deinem Bekenntnis, armer Freund, und was du von Gott, der Jungfrau und den Heiligen denkst.» «Von Gott, der Jungfrau und den Heiligen. Das ist viel auf einmal für mich. Aber Ihr habt recht, mir liegt nichts so am Herzen als das Bekenntnis. Gott ist Gott. Die Jungfrau hat unsern wahrhaften Erlöser geboren. Und ein Heiliger bin ich.» Er lachte heftig, erschreckend rauh und dann wieder ganz tonlos, versuchte zu kreischen, vor seine Augenhöhlen traten wässerige, rötlich gefärbte Tropfen. Die Männer bekreuzigten sich. «Was sprichst du armer Mensch?» «Und woran zweifelst du ärmerer Mensch?» schrie der zornig wieder, zitterte mit dem Kopf, «bin ich nicht ein Heiliger? Hast du nicht vor, mich zu martern meines Glaubens wegen?» «Du bist also kein Katholik?» Er schrillte, streckte fuchtelnd die Arme aus, man wich um ihn: «Ein Heiliger! Ihr seid Bären und Füchse. Betet mich an!» Sie hoben ihn auf an den zerrenden Händen und Füßen: «Faßt mich nicht an, ich verfluche Euch, bei allen Höllenteufeln.» «Seht, ob er nicht Zaubermittel unter der Achsel eingenäht hat. Ihr müßt ihn rasieren. Wann warst du zur Teufelssynagoge?» «Folterer. Betet an.» «Man wird eine Probe mit ihm vornehmen müssen.»

Schlurrend stampfend murmelnd in die Stube der Kindsbetterinnen. Ein fieberheißes junges Weib rief jubelnd an der Wand zu ihnen herüber: «Zu mir! Fragt mich zuerst! Ich weiß schon, was ihr wollt!» Ein winziges, kupferrotes Säuglingsköpfchen sah unter ihrem rechten Arm hervor. «So antworte.» Gläubig weite feuchte Augen blickten den kopfsenkenden Jesuiten an, innig sagte sie, nach seiner hängenden Hand mit ihren schwitzenden greifend: «Ich war nicht katholisch,

aber ich will es werden, gleich, bald, kommt recht bald zu mir. Und dann, dann werde ich gesund, nicht wahr, Ihr könnt das machen. Und dann kann ich mein Kindchen behalten, nicht wahr?» «Wir schicken noch heute zu dir.» «Ich werde gesund werden?» «Bete, bereue deine Sünden.» «Und bleibe ich leben? Seht doch mein Kindchen.» «Bereue deine Sünden. Der Gnadenschatz der Kirche ist groß.» Sie, eine Sekunde still, warf sich schreiend zurück, hob den schlafenden Säugling vor ihr verzerrtes Gesicht, so daß die kleinen Händchen über ihrem schluchzenden Mund hingen, das Bett zitterte unter den Erschütterungen. Als die Kommission an die Türe ging, rief sie aus ihrem Kissen: «Herr, Ihr vergeßt mich nicht. Ihr schickt zu mir.»
In Trautenau bauten die Soldaten hinter dem Tanzhaus einen rohen Stall, dahinein sperrten sie eine große Menge starker Doggen und Vorstehhunde, die sie in Bayern aufkauften. In der Stadt verbreitete sich blitzschnell das Gerücht, als das gräßliche Gekläff von Tag zu Tag wuchs, die Dragoner hätten vor, bevor die Kommission käme, Angehörige von Rebellen in den Stall zu jagen. Mit Freuden hörten die Soldaten das, auch die anströmenden Scholastiker und Dominikaner widersprachen nicht. Eines Vormittags, als die Kommission umgegangen war, trieb man eine Anzahl utraquistischer Bürger auf den sogenannten Entenmarkt unweit der katholischen Emeranskirche. Die Kirchentüren standen weit offen. Als das Orgelspiel begann, der erste Knabengesang hörbar wurde, hieß man einen Trupp von sechs Bürgern, die Hüte abgerissen, auf der Straße nach der Kirche laufen. Sie waren noch nicht zehn Schritt vorwärts gekommen, als aus einer Seitengasse, die in den Markt mündete, plötzlich ein greller Pfiff tönte, kurz darauf Hundegebell Menschenrufe. Im Nu sprangen hinter den fortrasenden sechs Männern, toll sie anfallend, die schäumenden gehetzten Doggen her; die Männer schleuderten sie von Schulter und Nacken ab; die gestürzten Tiere holten sie ein, saßen an ihnen, schlangen sich vorn herum, hingen sich an die Beine, warfen die Männer um. Die schlagend schreiend rafften sich hoch, krochen, wurden umgeworfen, rannten weiter, zerfetzte Kleider, blutende Arme, zerkratzte Lippen. Torkelten an die nahe Kirchentreppe, der Schwall der Hunde über sie, dann war eine Treppenstufe erreicht. Stöcke und Riemen der Soldatenreihe fuhren unter die sich verknäulenden Tiere. Dahinter zogen sich die Männer fußgetreten faustgeworfen vierbeinig die Stufen hinauf. Am Weihbecken im weißen Chorhemd standen Priester, sie zu empfangen. Vor die hände-

faltenden Weißröckigen krochen keuchten die unkenntlichen Entgeisterten; sie spien Blut Schleim, ihre Lungen rasselten, die Augen weiß und rollend. Sie wollten sich blind und bewußtlos an den Priestern vorbei in die dunklen Winkel drücken. Die Geistlichen sprachen sie an, führten sie, vor denen die Menge zischelnd schaudernd zurückwich, vor an eine Bank. Sie ließen alles mit sich tun. In die leisen Worte, die stille Andacht sägten gleichmäßig und ohne Scheu die rasselnden Atemzüge. Schnauben, plötzliches Winseln: «Schlagt mich tot, schlagt mich tot!», immer wieder unterdrückt von Händen, die sich vor die Münder legten. Wie die Menge sich von den Knien erhob, klatschte einer von den Zerfleischten lang auf den Steinboden, die Arme vorstoßend, den Kopf anhebend, tierisch grölend: «Schlagt mich tot!» Und während die umringenden Scholaren sein Geschrei vergeblich zu ersticken versuchten, tobte draußen die zweite Jagd gegen die Kirchentreppe an, das Gekläff Getrappel Geheule, das Winseln Stöhnen Brüllen hallte gegen die Gewölbe, das triumphierend heiße Bellen der Hunde, ihr gellendes Quietschen scholl gräßlich herein. Unter den Betern sanken ohnmächtige. Auf der Anjagdstraße mußten die Doggen mit Händen und Stöcken von Gefallenen abgerissen werden.
In den Stuben der Neugläubigen unermeßliches Gejammere. Der Tag war bald vorbei, nach der Nacht mußte der neue Morgen kommen mit der Kommission. Dann klopfte es mit knappen Schlägen an, das Gebell hatte die Nacht nicht nachgelassen. Wenn man sich mit zagen zweifelnden Blicken ansah, das Weib an den Mann hing, die Kinder in die Winkel krochen, war alles entschieden; zwischen Dragonern konnte man zur Messe gehen, taub, bewußtlos auf dem Boden knien, während andere draußen zerfleischt wurden und halb tot auf die Fliesen hinklatschten. Die frommen zufriedenen Menschen drin bebten unter den Mienen dieser Knienden, hielten sich ihre Blicke vom Gesicht ab. Noch nie waren die bunten blumenbehangenen Heiligenbilder des Altars von solchen brennenden Augen angesehen worden; mitleidig beteten sie für die Unglücklichen Verblendeten, riefen die nie versagende Fürbitte Marias, der paradiesischen Wundertäterin, an.
In Kuttenberg sprang mit den böhmischen Brüdern Don Martin da Huerta samt seinen Kürassieren um; in Leitmeritz Don Balthasar, der reiche edle Herr, begleitet von den hochgelehrten und geschickten Kapuzinermönchen Valerian, zubenannt der Lange, und Franziskus;

mit Königgrätz wurden die Kroaten fertig. Und als dann noch Haufen Verzweifelter sich zusammenrotteten, da doch alles verloren war, und rechts und links unter bestialischer Wildheit Feuer in Häuser und Scheunen warfen, auch in die eigenen, ihre abtrünnigen Brüder anfielen, konnten die um sie besorgten Jesuitenväter, schmerzvoll den Kopf schüttelnd, sich nur zurückziehen; hier war nicht mehr ihr Gebiet. Den Soldaten wurde freies Feld gegeben. Das Land hatte kein Korn auf den Äckern, da es kaum bestellt wurde; dafür setzten die Soldaten auf die Felder die blaugrünen Gesichter der Erwürgten, die purpurnen Stümpfe der Niedergemetzelten, deren Beine in die Luft ragten, Verweste. Den Haß stampften sie ein, wo sie ihn trafen, machten die Erde fett, aus der er gequollen war. An den Galgen dampften in der Hitze die Leiber der Gehängten. Der stinkende Wind warnte vor Rebellion zwischen Elbe und Moldau.

Aus ihren geplünderten Dörfern flohen die Begnadigten, denen Nasen Ohren abgeschnitten waren, die Zunge fehlte, die Eidfinger fehlten. Die Gedanken liefen ihnen kreisförmig um den Kopf, sie irrten nicht lange in den Wäldern zwischen den Kadavern ihrer verzweifelten, in die Seligkeit eingegangenen Brüder.

Starr saß über dem Land wie ein fremdländischer Götze, dem man Menschenopfer bringt, um ihn ruhig zu halten, ein alter Mann, Gundakar von Liechtenstein, der Gouverneur und Oberstburggraf, Herr von Troppau und Jägerndorf. Er war schon durch die Kabinette des irrsinnigen Kaisers Rudolf gegangen, hatte den Kaiser Matthias sich abkämpfen sehen. Schwerkrank war er, seine Nächte gestört durch Herzbräune. Er saß vor der Theinkirche unter dem Baldachin an dem Tage, an welchem das rotbehangene Schafott auf dem Altstädter Ring für die Rebellen aufgeschlagen war. Im Karree sperrten zwei Schwadronen Kavallerie, ein Fähnlein Fußvolk den Platz; aus einem Fenster stiegen nach und nach die grauhaarigen herrischen leidenschaftlichen Männer neben dem Priester vor den Henker. Sie hatten nicht viele Schritte gemacht, dann wurden ihre spritzenden Leiber wie Kälberrümpfe angefaßt gehoben geschwungen, in die leeren Holzkisten gekracht. Dem Stadtbüttel fielen ihre Kleider zu.

Nahe beim Veitsdom vor der tiefeingeschnittenen Schlucht des Hirschgrabens stand auf dem Hradschin die Burg. Der Laurenzerberg schob seine dichtbelaubten Gänge zur breitfließenden Moldau herunter. In den spanischen Saal der Burg ließ sich der Gouverneur vor den päpstlichen Nuntius, den Kardinal Caraffa, tragen, der auf ihn wartete. Der Neapolitaner verlangte im Namen seines Herrn, des Statthalters Christi auf Erden, des Mannes in Rom, die Menschen des Landes Böhmen für seine Kirche. Und zwar ohne Verzug in Anbetracht der bedrohten Seelen. Liechtenstein ließ ihn erst zerren, dann dachte er an sein Ende, küßte, auf ihn zuwankend, seine Hände. Sie kamen überein.

In einem ungeheuren Krampf zog sich das Land zusammen, schleuderte mit einer einzigen hebenden schüttelnden Bewegung die ganze Masse der Unbotmäßigen von sich. Nachdem ihnen Todesstrafe und Güterverlust angedroht war, wofern sie Unziemliches von Gott, der Jungfrau, den Heiligen sowie dem glorreichen Hause Habsburg sprächen, sammelten sie sich. Handwerk und Handel waren ihnen verboten, wenn sie nicht ihren Glauben abschworen. Da traten im ausgehenden Sommer die Ältesten Prediger Ratspersonen der Familien zusammen, denen die Wahl gestellt war, den Boden zu verlassen oder in den habsburgischen Himmel zu fahren.

Auf den obstbaumbestandenen truppenwimmelnden Straßen nach Norden und Westen knarrten die Wagen; die böhmischen Brüder zogen aus, nach Sachsen. Sitzend auf schweren Gäulen, unter breitkrämpigen hohen Filzhüten, Degen an der Seite, verstockte versteinte Männer und Bürger; auf diesen langbärtigen Gesichtern stand: politisches Recht und der König. Neben ihnen die ruhigen freien Bekenner, die sich wiegten in ihrer Hoffnung; ihr Huß in Konstanz verbrannt auf dem Konzil; wer wollte an sie heran? Was wäre aus der Welt und der menschlichen Seele geworden, ohne das Heil, das Huß in Böhmen erneut hat? Jesuiten und ihr Kaiser Ferdinand haben Kelch und Schwert, das Georg Podiebrad vor Jahrhunderten auf der Theiner Kirche aufstellte, herabgerissen; tote Glaubenshelden gruben sie aus, verbrannten sie, schütteten ihre Asche in den Wind: die körperliche Stärke kann sich in alle Ewigkeit nur an der Materie vergreifen, nur an der Materie. Lange braune und blaue Röcke trugen sie alle, große schwarze Schlapphüte; die Westen mit roten Aufschlägen. Viele Jüngere schritten festlich in kurzen Jacken mit gereihten Messingknöpfen und gelben Hosen, an genagelten Stöcken. Hinter den Martyriumsfrohen die Verschüchterten, angstvoll Bestürzten, die das Leben retten wollten. An den Dorfausgängen, vor den Stadttoren schoben sich die Armen; zu ihnen war keine Kommission gestiegen; wie ihre Wohltäter fortgingen, zogen sie mit; mit Schnappsäcken, einrädrigen Karren, Maultiergespannen stießen sie zu den breiten

Zügen der Rollwagen Reisekutschen. Jetzt waren sie hier, im beginnenden Elend, die Stärksten; Bitterkeit, augenverschleiernde, regte sich bei ihrem Anblick in den Wohlhabenden, denen es heiß aufquoll; Scham bei den Armen. Die Bauern wußten schon, als sie einander stumm in den gefüllten Wagen ansahen, wegblickten von den Mitwandernden, was ihnen bevorstand: im Elend ein fremdes Gefühl zu lernen, den sinnlosen Haß aufeinander! Den Gram würde man sich vorwerfen, um zu vergessen; man würde sich bestrafen für die Erinnerung an die verlassenen Häuser und Felder. Die Strohdächer, roten Ziegeldächer, die Scheunen Ställe Salbeigärtchen Lavendel Reseda Minze. Die schönen Giebel mit Säulchen, gezähnten Luken, krajky, dunkle Schindelvordächer mit Denktafeln, Terrassen vor den Häusern; hinter Bildern Meerzwiebeln.

Tränenvergießend umdrängten an manchen Flecken fast um Verzeihung bittend Altgläubige, Priester im Ornat, ihren Zug. Blicklos zogen sie im Straßenstaub, den sie nicht gehen brauchten, ganz umhüllt von ihren Gedanken; das Buch, die Bibel in der Hand. Das Buch, das entsetzliche Buch, das grausige Buch! Wie oft hatten die altgläubigen Priester sie im Geist mit Trauer und Erbarmen, die Ärmsten, wandern sehen mit dem Buch; welches unsägliche Unglück hatte das Buch angerichtet. Es zogen aus viele Tausende, aus allen Ständen, dazu Weiber und Kinder. Das wandernde Volk nahm seine Fruchtbarkeit mit. Die Frauen volle, junge, vergrämte, Mütterchen, braungesichtige, stolze, verdorrte; Frauen auf Karren, neben Eseln, in Kutschen. Lange Röcke, Kopftücher, bunte Schürzen, Mieder; die gestickte Holubinka auf dem Haar, Frauen aus Pilsen mit weißen Flügelhauben. Die aus dem Chodenlande mit roten Leibchen. Sie reisten im ausgehenden Sommer; auf den großen Straßen trafen sie sich; die Apfelbäume schüttelten runde rote Früchte über sie. In vorwärtsliegenden Dörfern achteten die Amtsleute auf die Kirchtürme, denn es kam vor, daß ein böser Geselle die Glocken bei ihrem Annahen läutete, um das Volk durch den Anblick des traurigen Zuges aufzureizen. Kompagnien wurden vom Regiment Holstein gestellt, die drängten die Auswanderer auf Seitenstraßen, trieben sie um größere Orte herum; auf schwierigen Knüppelwegen, über Brachfelder hin. So mußten sie sich aus ihrer Heimat winden.

An Wegkreuzungen, unter Mariensäulen tauchten Männer auf, zerlumpt, wie Bettler aussehend, mit gefährlichen Knüppeln; sie waren geschickt vom alten Grafen Thurn, dem geflohenen Rebellenführer,

der in Sachsen, Brandenburg und Holland agitierte. Verhöhnten die Wandernden, um sie aufzustacheln: «Wo zieht ihr hin? Wie seht ihr aus! Hat euch der Kaiser euer Land abgekauft? Hat euch viel gezahlt, daß ihr es eilig habt damit, daß man euch nichts raubt. Wieviel ist es, wieviel ist es?»
«Zigeuner, Zigeuner», lachten sie schallend hinter ihnen her. Und dann ballte es sich vielen vor Schmerz und Verzweiflung in der Brust; die Schultern wurden ihnen schwach, die Knie lose. Das war die Straße! Nach Wegstunden schlängelten sich wieder, auf Maultieren kauzend, die Lumpen heran, boten: «Gelobt sei Jesus Christ.» Die hörten stumm über den papistischen Gruß weg. «Seid ihr Heiden?» «Hat man euch die Zunge schon ausgeschnitten?» «Ah, die Frommen, es sind die Frommen. Von Trautenau, von Königgrätz, von Braunau. Die Aberfrommen; denen die Herren Jesuiter nicht fromm genug waren. Da ist ja Simeon von der Nadlergilde. Hast du die Lade aufgeschlossen, Simeon, die Pokale eingesackt?» «Simeon, seid nicht stolz, ich bin Wanderbursch, Herr Meister, biet Euch ehrbaren Gruß und Mundsprach.» «Die würdige Jungfrau Faustina, schau an, schau an, im Wagen, bei ihrem Herrn Vater; will selbst auf die Freite gehen in Sachsen, vergesse sie mich nicht.» «Ein Schuhknecht gefällig, eine Totennadel gefällig, Junker Schön, daß Ihr fest und gefroren seid, wenn Euch einer anfällt, maßen beim Chausseenwalzen?» «Allesamt ehrsame strenge Herren, Mühmchen, Bäschen, Gott zum Gruß. Die ganze Chaussee entlang die liebliche Kompagnie. Willkommen zwischen unsern Pfählen. Das Dach habt ihr vorsorglich mitgebracht.»
Peitschen schlugen von den Wagen nach ihnen; Steine sausten gegen sie.
Sie wichen aus: «Landstraße, Landstraße! Brüderlein! Schwesterlein! Bräutlein! Wollt ihr mit, Hände beschauen, Göldrian verkaufen und Enzian?»
«Mühmchen Walpurga, Mühmchen Walpurga, du zartes, zierliches, komm herunter von deiner Frau Mutter. Bist kein Säugling mehr, lüpf dich zu mir. Hab' einen großen Wulst von einem Italiener gestohlen, bündel ihn dir um den Leib, unter den Rock; verdienst mit mir Heller und böhmische Groschen. Was schenkst mir für meine Lehr'?»
Wie sie neckend und geifernd herumsprangen, die Kappen hoben, die Beine wetzten, fuhren ihnen Flüche nach aus den Mündern der

ruhig schreitenden Männer, der Sackträger mit den schweißtriefenden Backen, der Greise hinter den Hundekarren. «Der Gottseibeiuns über dich Schelm!» «Meister, das ist herrlich gesagt. Euch kann es nicht fehlen. Ihr tragt Euer Glück im Mundwerk herum.»
«Verflucht säuischer Schalk.» Da rekelte sich einer eitel im Feld, affektiert die schmutzigen unbewickelten Füße spitzend: «So bin ich verflucht, und Ihr nehmt meinen Dank an. Schaut mich: ich bin durch Euren Spruch nicht besser geworden, Meister. Es hat noch nichts genutzt; bin noch nicht schöner, nicht dicker, nicht artiger geworden. Wißt Ihr nichts anderes?»
«Stinkiger Lotterbub, tückischer Hund, gottvergessener Dieb.»
Kopfschüttelnd folgten sie in Entfernung, behaglich schwärmend, den finster Explodierenden: «Noch immer nichts, noch immer nichts.»
Die Steine sprühten, sie meckerten von weitem: «Wir werden euch füttern müssen, wenn ihr's nicht besser lernt. Was wollt ihr mit Hunden? Haben sie euch gebissen in Caslau, in Königgrätz?»
Bei Leitmeritz weitete sich das Elbetal, dichtblättrige schwerträchtige Obstbäume; grünende, braune, bläulich schillernde Reben auf den Hängen, Dörfer, Dörfer. Dahinter die langausgezogenen Bergreihen, umdünstete Kegel. Steiler wurde der Weg. Rechts und links der Radobil und Lobosch; Fichtenwälder. Die Nelken wuchsen wild; Maria hat sie auf dem Weg nach Golgatha geweint. Wo war nun Mütterchen Prag. Kleine Brunnen flossen vorbei; das näselnde Männlein, das daneben sitzt im grünen Rock, ohne Daumen an der linken Hand, es näht seine Stiefeln, hat rötliches Haar; es führt einen Topf für die Seelen der Ertrunkenen. Höher und höher, liebe Berge, liebe Fichten, liebe Quellen. Wie türmte sich das Gebirge auf, um sie nicht herauszulassen. Keiner sprang um sie, hier pfiffen nur Vögel. Kühler Nadelwald, Dörfer, die noch friedlich lagen vor den Kommissionen, Herrensitze, güne Matten, Gehöfte. Und wie man noch eben die Füße über den satten Boden hatte schleifen lassen, als sauge man ihn ein, Schluchten und Wälle seufzend heruntergeblickt hatte, dehnte sich eine verwandelte platte Ebene vor ihnen aus, in die die Wagen, die Tiere, Männer Kinder Frauen Wagen hineinfuhren, wie in ein Nichts sinkend, in dem sie selbst verschwanden, vom Himmel zur Erde und nach beiden Seiten gereckt. Die Stimmen verklangen, die Farben verliefen; Flächen, Flächen, menschenfremd, unnahbar für Lebendiges.
Blaugrüne Büsche der Sumpfkiefern umgingen sie ahnungsvollen

Herzens, nach Heidepflanzen faßten sie, die die Finger stachen; der Moorboden wippte, sie tänzelten, schwankten. Blickten rückwärts, fingen an zu erschrecken, sahen die schwarzen Wälder nicht mehr. Unheimlich die Luft. Aus dem Boden vor ihnen krochen arme Leute hie und da; Hämmer Piken und Eimer schleppten sie; grauer Staub, Erze; sonderbare Höhlen, mächtige Haldengänge, ungeheure Pingen. Tiefer sank der Boden ab, die Wagen rollten leichter, von Welle auf Welle sank der Boden, Moorheiden, finster verschwiegene Wälder. Langsam sanken sie alle, den Atem verhaltend, in ein fremdes Gebiet hin, hinüber.

Man rollte über die weiten kahlen Hochflächen, trauriger, aufgelöster. Voran tummelnd auf Pferdchen häßliche kroatische Reiter, trabten hinterdrein. Die wilden schiefen Pelzkappen auf dem Haar, das in schwarzen Locken hoch wirbelte; mit den Füßen kneteten sie den Leib ihrer braunen Tiere; auf und ab arbeiteten in den grellweißen Leinhosen, hohen Stiefeln ihre Beine. Sie jagten mit Peitschen und Piken den Zug ab, kreisten ihn ein wie Schäferhunde. Hatten die Necker ihr Spiel zu treiben aufgehört, kreischten die fremdländischen Befehlrufe der unverständlichen Soldaten. Fluch; man duckte sich. Und doch verlor sich die Angst vor ihnen, je mehr man sich der Grenze näherte und abwärtsstieg. Man sah mit Angst und Unruhe, wie dies geschah: wie sie sich von der Spitze zurückzogen. Bald werden sie verschwunden sein, nach Böhmen hinein, zurück in die liebe Heimat, sie werden die grünen Matten wiedersehen, und wir stehen draußen. Unwillkürlich verlangsamte sich das Tempo des Vorrückens; die Kroaten hetzten; da und dort brach man heimlich Wagenachsen entzwei, versperrte ganze Straßen. Der Weg ging schon in Straßen abwärts und man hätte rasen können, statt dessen türmte sich der ganze Troß unbeweglich auf. Mit heimlicher Süßigkeit blickte einer den andern an, wehmütig streichelte man sich, sammelte Steine vom Weg, küßte die dürftigen Zwergkiefern; den Rabenschreien lauschte man, als wäre es Wundergesang. Welche drangen bittend in die Reiter, daß sie sie hier verweilen ließen, dachten nicht, von wo sich ernähren. Manche blieben liegen. Wütender jagten die Kroaten, legten selbst Hand an; diese Gegend war ihnen zuwider. Und die wandernden Böhmen, als wenn ihnen ein Unglück bevorstünde, schoben sich übereinander, wurden gesprengt voneinander, kamen elend vorwärts, bremsend, bremsend vorwärts.

Bis am Morgen ein schreckliches fernes sinnenbetäubendes Glocken-

läuten hinter einem Bergzug, der noch schmal vor ihnen lag, mit einigen Windstößen herschwang, unter dem die Berittenen gelle Freudenschreie ausstießen und sich schmetternd anlachten.
Sachsen! Die ersten weißen armseligen sächsischen Dächer!
Die Begleitrotten zogen sich auf allen Seiten von der Karawane zurück; dann brausten sie unter Geheul, in den Sätteln hängend, von hinten, seitlich gegen die Wagenkolonnen. Spieße Beile Riemen in den Händen. Hieben, lustig krächzend, die Augen rollend, rechts und links, schlugen sich Wege, zerwühlten den Zug, warfen Wagen hügelabwärts. Pferde gingen hoch. Sachsen!
Weiberheulen von seitwärts, rückwärts nach vorwärts, rollte sich verzehnfachend nach rückwärts. Man trieb schrie wirbelte um sich selbst, ließ liegen, was sich nicht bewegen wollte. Die schrecklichen Glocken läuteten den ganzen Tag. Die Kroaten tobten bergaufwärts. Hinüber hinunter. Und als man die Grenze überschritten hatte, die sächsische Landstraße vor den Füßen lag, endloses Lärmen. Flehen, Händeschlagen an der Spitze des Zuges.
Sie wurden wie von Meereswellen nach vorne gespült, schwammen drängten schoben sich rückwärts.
Die benachbarten sächsischen Dörfer und Städte hatten Ratsmannen mit Brotkarren, Prädikanten an die Grenze geschickt, die Glaubensbrüder, die Märtyrer zu empfangen, sie zu bewillkommnen und zu trösten. Diese fanden mit Fackeln herumwandernd die Nacht und den ganzen nächsten Tag das wandernde Volk unbeweglich auf der Landstraße liegen, auf den Äckern; kein Erwachsener nahm die Speise an, die man ihm bot. An der Erde lagen sie, wie hergeworfene Schiffbrüchige; alle waren von den Karren und Wagen gestiegen. Von Zeit zu Zeit erhob sich gräßliches Geschrei; einer schrie, hundert schrien, alle schrien. Dann fielen sie wieder hin, blickten, sich zerkratzend, nach drüben herüber, wo die Kroaten die Grenze sperrten. Die zappelnden Pelzmützen, die weißen Hosen: da! Aus fünftausend Herzen wurde Gottes Name Tag und Nacht angerufen gewälzt gekaut gebissen geschlungen. In Tränen und Staub mischten sie sich mit der Landstraße, besudelt zertrümmert standen sie auf, rieben sich leer widerspenstig aneinander. Wer nach drüben über den Kirchturm sah, dem gerann das Blut vor dem Unfaßbaren.
Man mußte weiter. Das Vieh blökte, die Kinder schrien, es wollte regnen, die Sachsen trieben sanft. Mit Haß unterdrückte man rechts und links das Aufweinen.

Man geleitete sie ins Plauensche, in den erzgebirgischen Kreis; sie wehrten sich, weiter zu wandern; an die Zschopau, die Zwickauer Mulde, um Neustädtel, Merdau, Sayda, unfern Chemnitz. In der Stadt Wolkenstein stand die Hälfte aller Häuser leer. Zu finster, tief geschlagen, stumpf waren die Flüchtlinge, um sich darüber zu verwundern; sie hörten lange nicht das scheue Flüstern der Einwohner: man hatte sie untergebracht in verlassenen ausgestorbenen Pesthäusern. Noch ging die Pest mit Beulen und Geschwüren im Erzgebirge um; sie regten sich kaum bei der Nachricht. Als man sich an sie wandte, Mädchen dem Rat zu schicken zur Übung des Pestbannes, blieben sie stumm; die mitleidigen Bürger zogen auch ihre Häuser in den Bann ein. Mitternachts sammelten sich erwählte Knechte, reine Jungfrauen, dazu Witfrau am Ende Wolkensteins; die Weiber traten beiseite, entkleideten sich; die Jungfrauen spannten sich an einen Pflug, rissen eine Furche im Finstern um den Ort; die Witfrau führte, ein Knecht ging nach, der andere hütete die Kleider. Aber die erwünschte Pest näherte sich den Einwanderern nicht. Es brauchte Wochen, ehe sie ihre verregneten Wagen abluden, noch nach einem halben Jahr sah man Karren vor Häusern und Hütten stehen, als wenn gestern einer angelangt wäre. Dies geschah aus Trägheit, aus Widerwillen und Groll; man ließ es so in einer Art liebevoller Schonung, die man sich angedeihen ließ, und in Angst, sich zu berühren. Man tat sein notwendiges Gewerk mit Fluch und Drohung. Die Bibeln lagen in keiner Kammer mehr auf dem Tisch, der Truhe, auf Ehrenschränkchen; wie unabsichtlich war das Buch verschoben überlagert worden von Decken, war wie in Gedanken heimlich beiseite geschafft, in Kisten ganz tief vergraben. Keiner durfte von ihm sprechen, kaum, daß man die alten Tages- und Tischgebete sprach. Man hatte ein Geheimnis, verbarg etwas wie ein Verbrechen. Wer von der Heimat sprach, den alten Putz anlegte, die bestickten Hauben, roten Westen mit Messingknöpfen, konnte gewärtig sein, von einem rasselnden Schwall Zornes überschüttet zu werden; auf wen diese glühenden bangen Augen gerichtet waren, der war beschämt. In Trotz und leiser Wut lebte man hin zwischen Ackerbau Hausjammer im fremden Voigtlande. Die Sachsen fanden kein Ende sich zu wundern über die Gottlosigkeit der vielgerühmten Böhmen, die in die Kirche nicht gingen, werkten werkten. Oft warf einer der Böhmen seine Axt beiseite, sah seine Balken an, spie darauf, stöhnte mutlos. Es war nichts Bleibendes: wer mochte Orte schmücken, an denen man nichts

zu suchen hatte! Wolkenstein, Wolkenstein! Prag! Darum weinten sie und konnten sich nicht entschließen, Mörtel für neue Häuser zu rühren, den Boden, der ihnen gestellt war, zu brechen. Halbes Werk leisteten sie, und wenn die sächsischen Amtmänner und Rentmeister vorbeiritten, leise schalten, hatten sie daran ihre Freude wie an nichts. Mit Grimm erzählten sie abends in den Stuben einander: der Sachse auf dem Pferd hätte sie gescholten, hätten Lust, ihn totzuschlagen, wenn er wieder vorbeikäme. Und von Zeit zu Zeit erfolgten in ihren Häusern Explosionen; das entschlossene nicht zu hemmende Hinstöhnen der alten Männer, das Aufweinen und Heulen der Weiber und vergrämten Kinder, die nicht beachtet wurden. Das klagte rüttelte winselte durch die Straßen; von Haus zu Haus, von Erker zu Erker pflanzte es sich fort; und wer draußen im Dunkeln seine Wohnung suchte, konnte im voraus wissen, was ihn erwartete. Man küßte sich, rief sich mit Namen an, zeigte sich die Kinder, sprach, jubelte von Böhmen, Caslau, Teschen, Königgrätz, erinnerte einander an die Reise über das Gebirge, lachte tränenfließend über die Kroaten, rief sich ins Gedächtnis zurück gramlos die grausamen Bekehrungsszenen mit Liebe Verzückung Verklärung, sprach von Braunaus Dragonern, dem tollen Wolfsstirn –, die Kinder lauschten. Es war für halbe Stunden, wo die Türen geschlossen, die Läden angelegt waren, die Unschlittkerze brannte, als säße man eingehüllt in Böhmen draußen; man brauchte nur die Tür aufzumachen und hörte wieder das vermißte böse katholische Abendgeläut!
Wie verraten hielt man sich später in Raserei, zerschmetterte die Stühle, streckte steif die Arme aus, wollte dies nicht dulden, immer immer dulden. Die Kinder schrien, versteckten sich. Nach diesen dumpfen Orgien war die Verdrossenheit gesunken, aus der Apathie schlugen von neuem die dunklen Flammen des Jähzorns, der wilden Gehässigkeit und Schadenfreude. Brutalität war an der Tagesordnung bei den vertriebenen Böhmen; gefürchtet waren sie auf dem Lande und in einzelnen Städten, wo nicht scharfe Polizei herrschte. Sie hatten miteinander keine Verbindung, liebten sich gar nicht, und nur dies verhütete großes Unglück. Ein Dorn im Auge war vielen die sächsische Kirche, und gegen das freche Imwegsitzen beim sonntäglichen Kirchgang konnten die sächsischen Bürgermeister nicht genug eifern. Es konnte nicht ausbleiben, daß bei gelegentlichen Handgreiflichkeiten zwischen Sachsen und Zuwanderern offene Feindseligkeit zutage trat, die sächsischen Ansässigen sich Klage füh-

rend an ihre Gerichte wandten über die Behandlung, die sie innerhalb ihrer eignen angeborenen Wohnstätten von undankbaren Fremden erfuhren. Das waren von Bürgermeistern Amtleuten vertretene Klagen ganzer Gemeinden, die Gerichte und befragte Behörden in allergrößte Verlegenheit setzten. Dahin war es gekommen, daß sie wie bösartige Bettler den Stadt- und Landgemeinden auf dem Hals saßen, nichts taten, was sie erhielten, bespöttelten. Katholische Singspiele, papistische Martyrien führten sie zu fünf, zu zehn an den Märkten auf, scheinbar sich zum Spaß, aber doch nur um den Ansässigen Ärgernis zu geben; höhnisch gaben sie Widerrede auf die Verwarnung; könnten tun, was sie wollten, und selbst wenn sie Lust hätten, eine Prozession nach Art der Papisten zu begehen, würden sie sich dies von keinem nehmen lassen. Und von da gab es nur einen Schritt, sich zusammenzutun und das Werk in den Weg zu leiten.

Gegen das gefährliche rachsüchtige Gebaren traten, von den Dresdener Behörden angegangen, böhmische Edle, auch der alte Graf Thurn, Flüchtige wie sie selbst, auf. Smil von Hodojevsky, in Dresden am Verschwörerzentrum gesessen, stürmte wie ein Sperber auf die Zuwanderer los, als der von Rhönberg, ein sehr klarer vorsichtiger Mann, ihm die sächsischen Besorgnisse entwickelt hatte. Dem Smil folgten der kühne Sohn des Berka, der sich aus der Gefangenschaft nach der Prager Schlacht befreit hatte, und Adam Luksans älterer melancholischer Sohn Daniel. Diese drei mit ihrem Anhang gedachten ihre Landsleute zu zähmen und sich Einfluß bei ihnen zu erwerben.

Sie ritten, redeten, donnerten, lobten, entwickelten Pläne. Sie überfuhren die Einwanderer mit ihren Worten, Blicken und Gesten wie eine pelzige Raupe eine Steinplatte: kaum daß sie sie berührt und mehr auf ihr hinterläßt als etwas graue Feuchtigkeit, deren sich die Platte schämt. Der Smil, im feinen französischen Gewand mit Degen, wie der prächtige Pfälzer sich zu tragen pflegte, redete lockend vom Sterne, dem Prager Tiergarten, wo die böhmische Jugend sich verblutet hatte für die gerechte Sache, Wahlkönigreich, freie Religionsübung. Die Worte schlugen den Böhmen um die Ohren und trafen sie nicht. Der Berka wandte sich direkt an die Ältesten, die Angesehenen, die Patrizier; er ging zu Fuß, sprang unter sie, feurig wie er war; prahlend beschrieb er ihnen die Schönheiten ihres Landes, dessen sollten sie eingedenk sein; von ihrem Land sei die Welle der Befreiung über die Welt gegangen; sollten nicht verzagen, die Welle käme

zu ihnen zurück. Daniel Luksan, reich wie er war, ritt auf einem Maultier in kläglichem blauen Tuch, die Federkappe auf dem Kopf. Stellte sich mit trübem Gesicht unter die Leute des Abends, hörte ihnen zu, fing an. Sprach von den Köpfen auf dem Altstädter Brückenturm, beschrieb das Leben und den Tod der Männer, traurig, mit innerem Anteil, dabei stumpf und sichtlich verzweifelt. Erzählte, was er gehört hatte gestern und vorgestern aus der Heimat, ließ nichts aus; das Weinen bekümmerte ihn nicht, das sich um ihn erhob. Sprach nicht, um aufzuhetzen; ließ sich nur gehen vor ihnen; sein schweres Temperament hatte ein Fressen gefunden am Unglück seines Vaterlandes. Betrübt sah er, wie die Weiber wegschlichen, wie man ihm auswich. Bald erlebte er es, daß man ihm zuschrie beim Reden: «Genug!» Die Weiber, die noch herumstanden, schluchzten, die Männer hoben mit wütenden Mienen gegen ihn die Arme, gingen gegen ihn vor: ob er plane, mit ihnen ein Spiel zu treiben, ob sie nicht elend genug seien. Man brauchte dem Daniel Luksan nicht lange zu drohen; er hörte, man wollte ihn nicht, ging.
Und hinter den drei her das hitzige Gerede: das waren die Herren, für die wir gebrannt wurden; es ist ihnen noch nicht genug, wir sollen noch einmal ins Feuer! Herren, die Böhmen ins Unglück gestürzt hätten; sie hätten sich den fremden Pfälzer verschrieben, um besser ihr wüstes Selbstregiment zu führen; wollten einen König, um ihre krummen Sachen gerade zu machen.
Wie es unter ihnen gärte, wurden sie vom alten Grafen Thurn überfallen und so ergriffen und geschüttelt, daß sie wie ungezogene geschlagene und heulende Kinder an den Wänden standen und nicht wußten, was ihnen geschehen war. Denn dem alten Thurn bedeuteten sie nichts; ihm war nichts gewisser, als daß Böhmen in sehr naher Zeit sich glanzvoll wieder erheben werde über Habsburg; er schlang den Faden, dies war seine Arbeit und sein Beruf. Als er hörte, was im erzgebirgischen Kreise, im Voigtlande sich ereignete, erfaßte ihn eine Wut über die Aufsässigen Undankbaren Gedankenlosen, die nicht zwei drei Jahre warten konnten; Tausende im Lande hatten sich verblutet, und diese im Asyl rebellierten. Er kannte viele von ihnen persönlich; auf seinen Reisen als Direktoriumsmitglied war er die Dörfer abgefahren, um die Kreisaufgebote zu überwachen. Jetzt saß er in seinem kleinen niedrigen Wagen, die Pferde lenkte er selbst, der grauhaarige kleine schmale Mann mit den mongolisch vorspringenden Backenknochen, den trüben schwarzen Augen und der

hellen schrillen Stimme. Die silberne Peitsche hielt er in der Faust; so schrie er die Leute zusammen, und jedesmal wieder, wenn sich die Leute zögernd zueinanderstellten, befiel ihn die Wut über sie, er schmähte sie in dem wohlbekannten heimischen Idiom, überhäufte sie mit jedem gemeinen Schimpfwort. Wer schlaff und unehrerbietig in seiner Nähe stand, den schlug er vom Bock aus mit seiner Peitsche und war imstande ihm nachzuspringen. Ohne ein Wort ihrer Widerrede abzuwarten, fuhr er weiter, drohend und noch nach rückwärts schimpfend. In einigen Dörfern, von deren Gottlosigkeit er gehört hatte, hüpfte er vom Wagen, warf einem Beliebigen in der Nähe, alten oder jungen, die Zügel zu, eilte in ein offenes Haus, verlangte, den Tisch mit der Peitsche klopfend, die Bibel zu sehen. Und wo man zögerte, sich drehte, maulte, riß er selbst Laden Schränke Truhen auf, holte das Buch heraus, schlug es, wer ihm in die Nähe kam, an den Kopf, und das Buch in die Mitte des Tisches legend schwur er mit greller, weit gehörter Stimme, die Bibel bleibe hier draußen liegen; er werde, so gewiß er der Graf Thurn sei, den eigenhändig niederschlagen, der es wagen sollte, das Buch zu verstecken.
Eines Sonntags traf er, nur mit einem halbtauben Kammerdiener reisend, einen Trupp Böhmen auf der Dorfstraße lungern und würfeln; sein Pferd bäumte sich, hitzig hatte er die Leine gezogen. Kochend, eine Bestie von Angesicht, stand er vor den tief erschrockenen Burschen, die er mit wuterstickter Stimme anfauchte, denen er mit der Faust unter der Nase fuchtelte. Jagte sie in die Kirche; er bedaure, keine Hunde wie Wolfsstirn zu haben, um sie zu hetzen. In dem Kirchlein war kein Pfarrer; er sperrte sie ein; nach zehn Stunden holte er sie; sie hatten kein Wörtchen darüber verloren.
Die böhmischen Zustände in Sachsen gewannen ein besseres Ansehen. Größere Rüstigkeit machte sich unter den Flüchtlingen bemerkbar. Sie begannen sich wieder anzuschauen, zu grüßen, nach dem Ergehen zu fragen. Sie schämten sich ihrer früheren Schlaffheit, hatten unbegrenzte Liebe zum Grafen Thurn. Auf ihn setzten sie Hoffnungen. Man arbeitete, um zu zeigen, wer man sei. Die Heimat mußte befreit werden. Jach sprossen die frommen Triebe wieder auf. Glaubenseifer und Glaubensstolz, finster gefärbt, erhob sich, grollte drohend in den Straßen, in den Kirchen; man war das Volk des Johann Huß. Die Bibel war verwandelt; jetzt keine Läuterung, keine Seelenreinigung mehr. In den Kisten, Truhen war das Buch wie unter einer eisernen Presse steinhart geworden, feierte seine Auferstehung als

Rüstzeug Waffe Schwert. Soldaten wurden sie. Der sächsische Kurfürst, der Brandenburger Georg Wilhelm hörten es gern.
Über ihre Heimat, über das Erzgebirge, spannten sie sich wie eine furchtbare Wolkenbank, die sich von Jahr zu Jahr schwärzer färbte.

IN BÖHMEN hieß es Gelder beschaffen, die Truppen aus dem böhmischen Feldzug abzudanken, das Besatzungsheer zu erhalten, die ungarischen Grenzstädte gegen die Türken zu armieren verproviantieren, verdienten Generalen hohen Beamten Gnadengeschenke zu machen. Der Ertrag aus den konfiszierten Rebellengütern reichte nicht, der aus der Schuldenkommission war zu gering.
Eine Prager Mark galt neunzehn Gulden. Im Braus hatte der schöne Pfalzgraf gelebt, auf Bällen Jagden Schlittenfahrten hatte sich seine üppige Gemahlin getummelt und mit dem Volke gemein gemacht. Nach dem verjubelten Winter steigerten die pfälzischen und böhmischen Räte den Wert der Mark. Der Sieger gab ihm nicht nach; als der Kaiser kam, preßte er den Böhmen das Gebiß zwischen die Zähne, daß eine Mark siebenundzwanzig Gulden betrug. Der Gouverneur Liechtenstein ließ das gute Geld aus dem Lande schleppen.
Der Sohn eines serbischen Fleischhauers, Paul Michna, war Sekretär in der böhmischen Hofkanzlei geworden. Dieser warf sich mit einer Rotte Helfershelfer nach der Prager Schlacht auf das Pferd. Sie ritten in das Land hinaus; allmählich vergrößerte sich der Zug, Wagen schlossen sich an. Sie drangen auf die Güter und Herrschaften der Rebellen, brachen die Tore der Schlösser und Sommerhäuser mit amtlichem Gebaren, Siegeln, Drohungen auf, beschlagnahmten, was sich an beweglicher Habe fand. Während panikartig das Grauen von der verlorenen Schlacht, dem drohenden Hochgericht die Dörfer belief, die Städte lähmte, alles sich zusammenzog, tauchte Michna mit seiner Bande erschreckend, unverständlich, bald hier, bald da auf. Die zurückgelassenen Frauen, die betäubte Dienerschaft lieferte ihnen aus, was sie verlangten. Leiterwagen mit Stroh fuhren, von Ochsen gezogen, in einiger Entfernung hinter den Berittenen; toll hinein stülpten, stauchten sie, was sie erhaschten, übereinander, ohne Schutz Prunkkästen Rollenschränkchen silberne Spiegel Perlenketten Ölbilder flämischer, florentiner Meister, Pelzwerk Geschirr Kristall Seidengewänder. Sie fuhren so rasch, weil das Gerücht sich bald

verbreitete. So daß man, wie den Fuchs an seiner grauen Losung, ihren Weg erkennen konnte an abgerollten Kruzifixen, Splittern der Deckelpokale, Nautilusbecher, den zerdrückten und weggeworfenen am Wegrand liegenden Kredenzstücken Silberplatten Konfektschalen. Wer hinter ihnen suchte, konnte reich werden; aber niemand bedachte Silber und Tafelgerät; alles verrammelte sich.
Rasch war in Spelunken und Gewölben der Juden verschwunden, was eben unerhört strohgelagert über die Chausseen gewackelt war. Die Topase Brillanten Rubine in Ringen und Halsschnüren legte ein alter Jude liebkosend sich über die braune faltige Haut, ließ sie sanft in seine eingemauerte Eisenkiste sinken über wattierte Wämser. Während die böhmische Gräfin schluchzend mit ihren Dienerinnen die aufgebrochenen Holzwände der Schränke anstarrte, krochen die grünen Roben, von kundigen Fingern gezogen, über die fetten Formen eines orientalischen Leibes; die gerafften gürtelgehaltenen Gewänder rauschten wie bei den Bällen der Königin Elisabeth hintennach, über den Synagogenweg. Wieder lachten Weiber in diesen Gewändern herzlich und voller Inbrunst, vor andern gewaltigen Männern. Die Greise vorn auf den Bänken in den Tempeln sahen sich um, sangen im Talare von der Zerstörung Jerusalems, von Jehovas Rache, weinten über die Vergänglichkeit.
Draußen fuhr man auf Karren Rebellen, frisch eingefangen, trotzige Ketzer zur Folter, Arkebusiere stolzierten vor den Häusern, Menschenfleisch wurde billig, verdarb auf Wiesen. Indessen waren die gestohlenen Juwelen gut aufgehoben. Deutsche Flamen Italiener beleckten sie, rieben sie an der Haut; wo sie erschienen, verkleinerten sich die Augen der Menschen, Lippen spitzten sich; wie Schlüssel waren die Juwelen zur Rachsucht Feindseligkeit Eifersucht der Menschen. Im geheimen, ganz geheimen hetzten sie, übten ihre Macht, heißes Blut zum Verspritzen bringen, selber nur funkelnde tote entschlafene Steine, die blind in ihrer polierten Härte ruhten.
Als Michna, ein fettleibiger Mann, dessen Kopf auf einem zu kurzen muskulösen Halse saß, eine kleine Zeit hatte verstreichen lassen, wagte er es, einen Brief an das Bankhaus des Hans de Witte in Prag zu richten, dann selbst angemeldet vor de Wittes Haus anzureiten. Es war ein resoluter furchterregender Mann, der das Kontor des reichen Holländers betrat, welcher die Geschäfte der höchsten Gesellschaft besorgte. Michna wies sich gut aus bei de Witte. Der kannte die Wege, auf denen sein plattnasiger Besucher mit den starken Kiefern, Wulst-

lippen, geäderten trüben Augen reich geworden war; er hatte Vertrauen zu diesem energischen Kanzlisten. Sie gingen einen Pakt ein. De Witte schlug vor, das Geld so anzulegen, daß man die böhmische Münze pachte. Dies sei ein Vorschlag, der ihm von zwei Herren seiner Klientel gemacht wäre, dem angesehenen Judenrichter Bassewi, der dem Römischen Kaiser schon eine gewisse Summe vorgestreckt hatte, dann einem Soldaten, der freilich hierzulande einen anrüchigen Namen hätte, dem derzeitigen Obersten von Prag, dem Eusebius Albrecht von Wallenstein. Der Kaiser brauche Geld, um die Operationstruppen abzudanken und sonst; es sei ein vielversprechendes Geschäft.

An einem andern Tage erklärte de Witte dem widerstrebenden Serben, der sich durchaus nicht bereit fand, in das lockend geöffnete Gastzimmer des Bankiers einzutreten, mit ihm einen Becher zu leeren, es würde nötig werden, noch weitere Teilhaber bei der geplanten Aktion hinzuzuziehen. Denn nach seinen vertraulichen Informationen übersteige die Pachtsumme durchaus den Betrag, den die bisher interessierten Herren, nämlich sein Gast, dann der Judenrichter, der spekulierende Oberst, er selbst herschießen könnten, ohne sich zu ruinieren. Das Geschäft sei zwischen ihm und den genannten beiden fast abgemacht; sie seien von Michnas Interesse informiert, und er sei eingeladen, sich zu beteiligen. Der hatte aber übel Lust zuzuschlagen, denn zwar war gegen den reichen und redlichen Judenprimas Bassewi nichts einzuwenden, aber der andre Geladene flößte ihm Widerwillen ein. Er erklärte de Witte nach langem Herumrücken auf seinem Schemel, während er eine Hornschale der Silberwaage tanzen ließ über seinem Handteller, daß ihm die Partnerschaft des Obersten einfach unbehaglich sei und daß dies das ganze Unternehmen gefährde. Wallenstein hätte schon damals, als die Teuerung in Prag begann, unmenschlich viel Wein in Mähren aufgekauft, um ihn mit unerhörtem Aufschlag an Wucherer weiterzugeben; ebenso sei es bekannt, wie er es mit Kornlieferungen getrieben habe; dann das ominöse, monatelang verschlossene Tuchlager Wallensteins in Olmütz, während nirgends Tuche zu kaufen waren. Alle diese Sachen gefielen ihm nicht; der böhmische Edle werde ihnen das Fell über die Ohren ziehen. Überhaupt, wenn es verlaute, der verrufene Oberst beteilige sich an dem Unternehmen: was die Beamten vom kaiserlichen Schatzamt, die Wind davon hätten, dazu sagen würden.

Der hochstirnige alte de Witte, hinter seinem Tisch mit den Folianten

in einen Armsessel gestreckt, mit langem geteiltem Weißbart, müden langsamen Augen, groß und breitschultrig wie sein serbischer Gast, hörte alles Geflüsterte mit Freude. Er empfand herzlich das Lob seines alten Freundes; er konnte nun bei Wallenstein einen höheren Teilhaberbetrag herauspressen, indem er auf die Schwierigkeit seiner Beteiligung hinwies. Er fragte teilnahmsvoll, ob jener schon von Wallenstein benachteiligt worden sei. Auch die Angst seines Besuchers erfreute den stillen Holländer, sie vergrößerte seine Neigung, mit ihm ein Geschäft zu machen. Michna unterbreitete ihm, man möge bedenken, wie Wallenstein sich gegen seine eigenen Verwandten verhalten hätte, gegen die Smirsitzky; ein Vormund, beim Leben Jesu, der sich schnöde einen Besitztitel auf die Habe seines kranken Mündels erschleicht! Was drohe ihnen dann?
Da meinte de Witte lachend, man solle sich nicht in Familienangelegenheiten mischen; man kenne nicht die persönlichen Beziehungen und so weiter. Michna wollte mehr eifern. De Witte schnitt ihm stärker lachend das Wort ab; sie sollten sich nicht zum Richter aufwerfen. Beschämt lenkte der Fleischhauerssohn ein. Der Handel kam zustande, indem Bassewi für den Oberst gutsagte; Michna wollte auf keinen Fall ohne Sicherung einen Vertrag mit Wallenstein schließen. Um sechs Millionen jährlicher Pachtsumme fiel ihnen die Prager kaiserliche Münze zu.
Sie konnten prägen, soviel sie wollten. Die Technik war den Juden und sonstigen Kippern und Wippern abgelernt: Beschneiden des Geldes, Untermischen unedlen Metalls bis zum Verschwinden des edlen. Die vier Männer, von Michna geführt, warfen sich auf den Handel mit der niedertretenden Wucht einer Stierherde. Die Münzräume wurden von zwei ganzen kriegsstarken Fähnlein gesichert. Fünf Nachbarhäuser, ein halber Straßenblock wurde zugekauft, bei der Kürze der Zeit und der Gefahr drohender Zwischenfälle war keine Minute zu verlieren. Während Bassewi und de Witte nur ihr Geld hineinwarfen, raste die Angelegenheit vorwärts durch das Betreiben dieser beiden: Michna und Wallenstein.
Der Serbe, seiner Sinne kaum mächtig, dauernd geneigt, auf Menschen loszustürzen, in gräßlicher Furcht, sein Geld zu verlieren, betrogen zu werden. Er umschlich die Gebäude; seine Frau, ein scheues schönes Weib, mußte die Straßen durchwandern, wenn er schlief.
Der böhmische Edle befehlerisch, in schneidender Ruhe und Unbeirrtheit. Zu dem Serben, den er einmal erschöpft, schmierig vor der

Hauptpforte der Münze traf, beugte sich der hagere, prächtig sechsspännig daherfahrende Böhme heraus: «Der Herr sieht nicht aus, als ginge es ihm gut. Denke er zu leben. Sonst will ich ihn beerben.» Das stachelte den Serben, daß er sich mit Qual schonte.
Barren und Münzen häuften sich in den stallartig langen niedrigen Stuben; in Steinkammern standen die Münzknechte vor den Muffelöfen, heizten glühten. Wöchentlich vermehrte sich die Zahl der eisernen Schmelztiegel, über denen die Männer hinter vergitterten Fenstern standen, mit Graphitstangen, langen dicken Stäben, die Schmelzmasse rührten. Hier hatte keiner Zugang aus dem ganzen Gebäude als die Knechte und Meister; hier wurde ihnen in geschlossenen Zink- und Kupferkästen gereicht, was sie in den Tiegeln zu schmelzen und zu verrühren hatten. Stechende Dämpfe durchzogen die Häuser; in Scharen, wie Regimenter, standen die hölzernen Beizfässer nebeneinander, darin schwamm die kochende Säure; die Münzen, geglüht, geschnitten, waren unkenntlich geworden, hatten Masken für die Augen der Menge. Die Knechte arbeiteten in den Räumen; wie in einer Folterkammer rührten sie die Arme; man sah nicht den, dem die Folter bereitet wurde.
Das Silber begann spärlicher zu fließen. Ein rasender Zusammenstoß erfolgte zwischen dem böhmischen Oberst und Michna in de Wittes Schreibstube. Erst: «Entweder bemüht sich der Herr Michna nicht oder er hält Silber zurück.» Dann: «Der Herr treibt es, wie er will. Er sehe zu, Silber zu beschaffen von den Juden. Er hat ihnen die Wänste vollgestopft mit gestohlenem Gut.» Als Michna breitbeinig, mit den Wangen und Lippen zitternd, vor den hageren ihn überragenden spitzbärtigen Oberst trat, hob der die Faust: er werde sich mit ihm nicht duellieren, er werde ihm mit einem Faustschlag das Maul stopfen. Dann verließ der von Wallenstein den zitternden Mann. Tags darauf wurde dem hilflosen Serben durch de Witte bedeutet, daß der Oberst die Schuld an der Verzögerung der Arbeit auf ihn allein schiebe; der von Wallenstein sei überzeugt, daß Michna noch viel mehr Gewinn aus dem Raub gezogen habe, als er zugebe; er solle zusehen, wie er Silber heranschaffe. Da wurde dem Michna klar, daß Wallenstein vorhatte, ihn auszuplündern. Er stellte eine Frage an de Witte; die Antwort bestätigte seine Befürchtungen: der Oberst wollte von seinen Verbindungen Gebrauch machen, ihn wegen Raubes festnehmen und einkerkern, sein Geld beschlagnahmen. Der Serbe sank heulend zu Hause zusammen, welk von der Anstrengung

der vergangenen Wochen. Er zerrte sich nach einigen Tagen zu dem Oberst, der ihn in eine Vorkammer eintreten ließ, in der sechs Arkebusiere ihn fesselten und, ohne daß er widerstrebte, in den Stock führten.

Dies hatte sogar de Witte nicht erwartet. Der Oberst erklärte, er hätte nur gewartet, um den Serben unschädlich zu machen. De Witte: «Wir können ja auch so von ihm alles erlangen.» Das hielt Wallenstein für zweifelhaft, fragte lachend, ob de Witte gar den Michna bemitleide, der keinen Strick zum Hängen wert sei. Gegen den Serben wurde ordnungsmäßig vorgegangen, seine Frau warf man aus dem Haus. In diesem Augenblick setzten sowohl der Holländer wie der Judenprimas ihre ganze Energie ein, um einen weiteren Fortgang der Sache zu verhindern, von der sie nicht wußten, ob der Oberst sie bloß seines Vorteils wegen oder aus Rachsucht betrieb; sie waren beide nach ruhiger Überlegung der Meinung, daß der Böhme nur seinen Vorteil im Auge hatte. Denn er hatte sonst, trotz seiner gräßlichen Leidenschaftlichkeit, nie einen ernsthaften Handel gestört. Bassewi bot im Namen der Prager Judenschaft, die sich von einer allgemeinen Haussuchung bedroht sah, dem Oberst einen ungeheuren Rohsilberbetrag für die Zwecke der Münze an, wenn die Sache niedergeschlagen würde. Von Wallenstein fand das, seinem alten Helfer Bassewi die Hand streichelnd, erstaunlich von der Judenschaft, denn wie denke sich die Judenschaft schadlos zu halten? Er schien nicht geneigt, den Serben loszulassen. Als ihm erklärt war, daß von Michnas Teil ein Betrag abgezogen würde, wurde die Haftentlassung Michnas von dem herzlich amüsierten Oberst in Aussicht gestellt. Sie erfolgte nach einigen Wochen. Michnas Teilhaberschaft am Münzkonsortium verblieb. Der klägliche Serbe schlich sich, von de Witte geführt, in das Haus des Obersten, um zu danken. Der war verwundert, daß der Serbe schon entlassen war, freute sich mit ihm über den guten Ausgang der Angelegenheit. «Was hab' ich?» jammerte der Serbe, als er neben de Witte zwischen den fürstlich gekleideten Trabanten des verschwenderischen Obersten auf die Gassen ging, die von hungernden Menschen belagert waren, «ich muß wie ein Bauer arbeiten, um den Juden ihr Geld wiederzugeben.» «Wißt Ihr, Herr, mit einem Mann wie dem Obersten soll man es nie verderben. Ihr werdet sehen, es wird Euch gut gehen, wenn Ihr zu ihm haltet. Es gibt noch große Möglichkeit in Böhmen. Wenn die Leute auch etwas hungern.»

Das Silber wurde knapper. Der Preis stieg. Michna, geängstigt über den Ausgang der Sache, schlug selbst vor, neue Mitglieder zu suchen. Sie wurden allmählich vierzehn; ihre Namen waren nur wenigen aus dem Kaisertum bekannt. Der alte Fürst Liechtenstein trat ein – der Oberst arrangierte es –, um im Interesse des Kaisers seine Hand im Spiel zu haben; dann ergriff ihn die Leidenschaft; er konnte nicht mehr heraus.
Der schmerbäuchige hartstirnige Münzmeister, der uralte Wresowicz, der auch Kammerpräsident war, wurde hineingezogen; die Umtriebe konnten ihm nicht verborgen bleiben. Er, der sein Amt verrotten ließ, drängte sich gierig vor, die Gesellschaft war gesichert, er segelte bald auf dem Schifflein Fortunas.
Der Schwindel ergriff das Konsortium; man rollte einem Abgrund zu.
Gemietete und freiwillige Aufkäufer von Silber flitzten durch das Land, drangen in die Bauernhäuser; mancher von ihnen ließ sein Leben für zehn Dukaten. Eine Anzahl Glücksritter, das Attentat auf das Volk ahnend, organisierte auf eigene Faust Banden, die sich Soldatentracht anlegten; unter dieser Maske zogen sie auf Raub aus. Kaiserliche Trompeter verkündigten auf den Plätzen, alles Silber müsse abgeliefert werden an die Münze; darauf verschwand es unter dem schwülen Gerücht der Dinge, die umgingen, jäh aus dem Verkehr. Schon wurden für einen Reichstaler vier neue Gulden geboten. Das Mißtrauen im Volk wuchs rasend; verstört fragte einer den andern aus. Man fragte überall, wo die Kammer sei, wo Wresowicz sei; Vertreter der Zünfte der Kaufmannschaft liefen auf die Ämter, bestürmten ihnen die bekannten Landesoffiziere. Bekamen Lachen und mitleidiges Achselzucken zur Antwort, es verliere ja keiner bei dem Sturz des Geldes, bleibe alles so. Für immer? Für immer! Und einige glaubten es, die meisten ließ die Furcht nicht los, sie sahen ihr Hab und Gut ohne Öffnung der Tür aus den Stuben gestohlen. Die schrecklichen Gerüchte nahmen kein Ende, daß hinter den Silberaufkäufern eine Wuchergesellschaft stecke, der sich der Kaiser in seiner Geldnot mit Haut und Haar verschrieben hätte; daß die Jesuitenpater dahintersäßen, Rache an den böhmischen Brüdern zu üben.
Daß man in einem Sack saß, der täglich fester zugeschnürt wurde, erfuhren alle an jedem Morgen: der Hunger stellte sich ein. Die Stadtarmen lungerten aufsässig auf den verbotenen Märkten herum, ihre Sterzenmeister erklärten, keine Gewalt über sie zu haben; es

stürben zu viele, die Männer und Frauen seien ihrer Sinne nicht mehr mächtig. Die Rudel dieser verlumpten und vertierten Menschen bildeten an den Toren und Hauptstraßen eine Gefahr; Bauern wagten sich mit ihren Fahrzeugen nicht hinein; was sie brachten, war im Nu verschlungen von dem sich grausam balgenden Gesindel. Sie wollten auch für das lange Geld nichts hergeben. Söldner, die man gegen die Bettler aufbieten wollte, verbündeten sich mit ihnen, plünderten, was sich blicken ließ. In die Häuser rief man hinein, was der Gulden koste. War man noch erschreckt von den sechsundvierzig Gulden der Mark, so kletterte der Wert auf fünfundfünfzig, auf dreiundsechzig, auf siebenundsiebzig. Eine Mark galt siebenundsiebzig Gulden.

Die Münze, in der Prager Altstadt gelegen, weitläufiges plattes unansehnliches Gebäude aus Holz mit Eisentüren. Posten des Regiments Wallenstein in den Höfen patroullierend zu zwei, Pulverflasche Lunte Gabel an der Seite, schwere Musketen auf den Schultern, durch die Nachbargassen. Fuhren Bauernwagen mit Holzscheiten an, öffnete sich das niedrige breite Haupttor, blitzten am Eingang zur Rechten und Linken bronzene, starke Vierpfünder auf gezogenen Lafetten; darüber lungerten Schneller und Zeugdiener, brannten unter sich Kohlen im Becken. Mit Paß versehen schlurrte an dem Lumpenpack vorbei der ungeheure Michna Tag um Tag über den Hof; sein Pferd hielt ein Musketier. Der Serbe, ohne den Hut zu ziehen, wanderte über Treppen und Galerien, von Kammer in Saal in Diele, durch die glühenden vergasten Schmelzräume, lustigen klingenden Stempelstuben, an den Prägestöcken vorbei, in die streng bewachte Vorratskammer, das Wiegezimmer. Leckte sich die Lippen, strich die schwarzen Barthaare zurück, die ihm in den Mund kamen. In schwerer Spannung sprach er keinen der zahllosen polternden Knechte an, Meister und Untermeister wich aus, grimmig seine schwarzbraunen Augen unter dem scharfkantigen Vorbau der Stirn.

Der größte Spekulant des Landes, der tolle Vabanquespieler Wallenstein, lang hohlbrüstig, mit schwarzem Knebelbart, eine kostbare Diamantkette am Hut, stand halbe Stunden lang vor Prägestöcken; wie man auf ihn aufmerksam wurde, wurde er unruhig, schloß die Augen, verschwand.

Das Landvolk, das neue Geld ablehnend, verkaufte nach außen. Da schloß man die Grenzen. Sie trieben nichts auf die Märkte. Ein kaiserliches Patent wurde auf Plätzen ausgerufen: der Geldwert würde später nicht herabgesetzt werden; man brauche keine Furcht zu haben.

Sie höhnten: «Der Kaiser, der Kaiser, er ist mit im Betrug; die Aristokraten kochen ihm ihren Brei, dem Kaiser, dem blinden Hund.»
In der Münze hämmerte es. Heimlich fuhr der steife Liechtenstein nachts vor; Wallenstein begleitete ihn; legten eine halbe Kompagnie Musketiere in die Kellerräume und unter das Dach; den Rest der Kompagnie verteilten sie auf die Nachbargassen, deren Häuser sie mieteten.
Das Jahr um, die Vertragszeit abgelaufen, beschloß das Konsortium den Vertrag zu kündigen; man konnte nicht hoffen, noch Silber hereinzubringen. Wie auf de Wittes Einladung die drei Herren, die sich kannten, sich in seinem verschwiegenen Bankgewölbe nacheinander einfanden zu einer Rücksprache – um eine einfache Laterne, die reichen Männer auf Schemeln und Truhen, sehr leise – waren sie, bereit, sich aus jeder Öffentlichkeit für einige Zeit zurückzuziehen, von großer Dankbarkeit gegeneinander erfüllt. «Es soll einer versuchen, nach uns in Böhmen zu münzen», prahlte de Witte. Sie gingen nicht auseinander, ohne daß Wallenstein sie festhielt und fragte, ob sie vorhätten, so sich davon zu begeben, ohne sich des kaiserlichen Dankes zu versichern. «Bitten wir», er sah den Herren fest unter die Augen, «den Kaiser um eine Ergötzlichkeit. Es hat uns allen Arbeit und Sorge gemacht, wir haben der Majestät über Schwierigkeiten geholfen; soll keiner sagen, der Kaiser lasse sich ungelohnt dienen.» Der kleine Judenprimas im schwarzen Tuchmantel, der mit Wallenstein im Vertrauen schien, fügte vorsichtig hinzu, es hätte sich in der letzten Woche noch zufällig einiges Metall gefunden. Man könnte vielleicht dieses Metall noch ausmünzen ohne neue Pacht. Michna, der plattnasige Riese, zagte. Kalt schloß der Oberst: «Es wäre erstaunlich, wenn die Römische Majestät unsere Lage nicht begriffe.»
In der Tat erlangten sie Verlängerung des Münzvertrages um sechs Wochen als Dank des Kaisers. Dann versuchte der Kaiser, allein gelassen, weiter zu münzen. Die Münze stand still aus Mangel an Material. Die Herren hatten sich aus dem Spiel zurückgezogen.
Als ganze Züge von Söldnern, die abgelohnt wurden, sich weigerten, das lange Geld anzunehmen und auf der Prager Brücke und in der Altstadt meuterten, weiteten sich die Herzen des Volkes. Die vor Hunger sterben wollten, nahmen ihre Wut zusammen. Man jubelte, wo die Randalierenden sich auf den Straßen sehen ließen, sie, die Gefürchteten Gehaßten. Man freute sich, daß sie die Backstuben und Schlachthäuser erbrachen. Der lange erwartete Sturm auf die Münze

erfolgte von Bettlern in ganzen Regimentern, Gesellen Söldnern Meistern Kaufleuten, als hätten sie ein Signal bekommen. Die Kanoniere an den Geschützen, rechtzeitig benachrichtigt von den Münzmeistern, liefen davon; kein Schuß fiel. Und als man in die Vorratskammern und an die Prägestöcke kam: kein Stück Silber in Kästen und Körben. Sie zerschlugen brüllend die Schränke mit den Formen. Die Nachfolgenden, wütend, warfen sich auf die Ersten, sie hätten gestohlen, sollten hergeben, teilen. Sie faßten sich an die Hälse. Die Masse warf sich in die Nachbarstraßen, wogte rachsüchtig vor das Landschaftshaus, vor den Palast des Gouverneurs. Da war im weiten Umkreis Kavallerie aufgestellt, untermischt mit Musketenträgern. Einige Ladungen streckten soviel hin wie der Hunger an mehreren Tagen. Zwei Stunden lang schossen die Soldaten über die leeren Straßen.

Der Reichshofrat zögerte nicht, den Beschluß zu fassen, dem der Gouverneur von Böhmen zustimmte, den Wallenstein längst angeraten hatte: den Staatsbankrott zu erklären. Durch Dekret wurde, auf Plätzen und Straßen verkündet, der Gulden auf den sechsten Teil seines Wertes herabgesetzt, nur drei Monate durfte die lange Münze laufen, dann war sie verfallen.

Und nun sahen die Böhmen ihre Armut, wußten, daß sie besiegt waren. Das Elend klafterte auf sie nieder, die gesättigten Herren ließen sie los. Saßen mit leeren Händen; neue riesige Kirchen standen zum Beten offen.

Der Haß wurde in die Massen gehetzt; Schuldner und Gläubiger verstanden sich nicht, der Geldwert verwirrt, auf den Schlichtungsämtern standen sie nebeneinander, spien sich an.

Dies war noch ein Nebengewinn für die Anstifter. Die Götzenbildsäule, Liechtenstein, empfing Michna, murmelte ihm zu: «Das Volk wird sich jetzt leicht regieren lassen. Es ist zwar arm, aber dafür ist es kraftlos. Wir können noch mehr Truppen entlassen.»

DER GRÖSSERE Teil des Infanterieregiments Rudolf Kolloredo, einige Kompagnien des Dragonerregiments Neuhaus wurden abgedankt.

Aus den Summen, die an Wallenstein geflossen waren, ersteigerte er neue Güter; streckte die Hand nach dem freiwerdenden Besitz im Nordosten aus; Friedland und Reichenberg Welisch Schuwigara

Gitschin kamen an ihn aus dem Nachlaß des Redern. Das Geld, das an ihn floß, hielt er nicht zurück. Als sein Besitz so groß geworden war, als er dem Kaiser neunzigtausend Gulden für die Abdankung des Regiments Holstein vorgestreckt hatte, dazu noch unaufgefordert die Kavallerie bezahlte, war der Wiener Hof ihm eine Standeserhöhung schuldig. Man zeichnete ihn vor den übrigen böhmischen Edlen, die an der Unterwerfung Böhmens gearbeitet hatten, mit dem Fürstentitel aus. Der Serbe wurde belohnt durch Aufnehmen in die böhmische Kammer.
Liechtensteins Ansicht, daß das Volk anfange, weich zu werden, schloß sich der kaiserliche Hofrat an, indem er befahl, nunmehr neue besondere Steuern auszuschreiben. Die Räte in Wien waren übler Stimmung über die Unordnung in Böhmen; die Schwierigkeiten waren nicht zu beheben. Auf Gurland, dem Schatzmeister, und dem Abt Anton lag das Entsetzen; die Schuldenlast verminderte sich nicht; dazu hing neuer Krieg in der Luft. Abt Anton wandte sich durch den Gouverneur an die reichen Herren des Landes; die schwiegen, taten, als ob sie ratlos wären. Sie wußten auch, daß neuer Druck gefährlich war, da sie nicht allein in Böhmen hausten; ringsum wohnten Bauern, in deren Schränken sich auffällig viel Morgensterne Schlaghämmer Sensen sammelten. Man fing Boten ab von Bethlen Gabor, dem protestantischen Fürsten von Siebenbürgen, geschickt an die böhmischen Brüder; sie sollten nicht verzagen, nicht verzagen.
Eine Getreidekontribution wurde ausgeschrieben. Michna, der Kammerrat, hob noch einmal die Sense zum Schnitt. Er hatte keine Furcht. Er fragte in Wien an, was man von ihm verlange, wenn er den Wert der ganzen Getreidekontribution erwerbe. Michna, nach Abtragung seiner Schuld an die Judenschaft wieder im Besitz ungeheurer Summen, ein blinder Eber, so stürzte er vorwärts, um die Distanz zu den übrigen auszugleichen. Bassewi Liechtenstein berechneten schon den Ertrag seines Nachlasses, denn er würde von den Bauern erschlagen oder von der Hofkammer entlarvt werden. Aber er war verzaubert, sein Herz verkrampft. In sein kleines ärmliches Haus in der Neustadt war eine geringe Wohlhabenheit gestiegen; er hielt sich einen Reiterjungen für sein Pferd, eine alte Kutsche für seinen schweren Leib. Seinen Eltern schickte er unbedeutende Summen, duldete nicht, daß sie ihn besuchten. Mit Vergnügen ging er in die Paläste seiner Geschäftsfreunde; das schien ihm alles kindisch und verächtlich. Eine schmerzartige Wut befiel ihn nur in dem Schlosse Wallensteins; von

hier nahm er einen Stachel mit; dieser Oberst baute aus einem Überfluß heraus, so frech, so aufreizend, daß er vor seiner schönen heimwehkranken Frau schmähte: dieser Oberst sei eine Schande für das Land, es sei schon recht, wenn ihn die Bauern beseitigten; es sei ein Hohn auf alles, was unter Menschen billig sei. Der Anblick des Schlosses Wallensteins, der Grimm über die erlittene Gewalt war es, der Michna kopfüber auf die Getreidekontribution stürzte. Sie fiel ihm zu um den Preis der Brotlieferung an sämtliche in Böhmen stehenden Truppen. Michna rannte vorwärts. In dem Staub hinter seinen rasenden Füßen ließ er seine Konsorten zurück. Er hatte sich nicht über die Größe der Kontribution und über seinen Gewinn auszuweisen; hatte nur das Brot zu einem niedrigen bestimmten Satz zu liefern. Michna gab sich nicht willenlos in die Hände der Bauern; er besaß Erfahrungen aus dem Silberhandel. So wie er im Beginn seiner Laufbahn über die Schlösser gezogen war, stellte er sich an die Spitze von Söldnertrupps; kalt und hart beaufsichtigte er Äcker und Saaten, ließ Widerwillige Säumige in Eisen legen, von ihren Gütern reißen, bewirtschaftete selbst. Er stieß sie morgens im Dämmer aus den Betten, schloß ihre Vorratskammern auf, prüfte die Güte des Saatkorns. Nie kam ein Tröpfchen Glück in ihn; gepeinigt vergrämt und gehetzt warf er sich, wo er sich fand, in einer Hütte neben Soldaten an den Boden; neidisch dachte er seiner stillen Frau in der Stadt. Ihn trieb nur die Lust, Menschen zu unterwerfen, in großem Besitz zu sein, die betrügerischen Bauern büßen zu lassen.
In diesem Jahre wurden zwei Millionen Gulden aus Böhmen erpreßt. Unruhig bewegte sich das Volk. Fester spannte sich die Hand um die Kehle Böhmens. Damals machten einige Leute den Versuch, sich der Krone entgegenzustellen. Es kamen eine kleine Zahl Landesoffiziere Oberbeamte Landrechtbeisitzer, vom jammernden Volk überlaufen, im Landschaftshaus zu Prag zusammen; im Sitzungssaal warf sich einer von ihnen in die Brust, schwor, sie seien Vertreter der böhmischen Stände; man schriebe Steuern aus, verkündige, ohne sie zu fragen; rechtlich ungültig sei solch Vorgehen. Andere ließen sich hinreißen; die Herren saßen in ihren Ämtern, sie hielten etwas von sich und ihren Ämtern, waren beleidigt. Manche erklärten scheu, man müsse sich des Volks erbarmen, das Land werde gänzlich ausgesogen. Nach zwei Zusammenkünften war man einer Meinung: wenn neue Steuern ausgeschrieben und verkündet würden, seien zuerst sie zu befragen; sie seien nicht gewillt, sich ihr Recht aus Händen winden

zu lassen. Sie verfaßten ein Schreiben heimlich vor Liechtenstein und den militärischen Behörden, dahingehend, die neuerliche Publikation einer Weinsteuer und Ochsensteuer sei eine unerhörte Steuerung, sie verstoße gegen ständische Privilegien, sie legen Protest dagegen ein. Die Herren faßten die Sache von der formalen Seite; planten einen Kompetenzstreit auszufechten. Sie unterschrieben im Namen der böhmischen Stände.

Der Abend, an dem der Fürst Liechtenstein die Deputation der fremdblickenden Herren empfing, war der fröhlichste, der ihm in Böhmen beschieden war. Er sagte am Tage darauf zu dem Stadtobersten von Prag: «Die Herren sind nicht so im Unrecht. Man muß sich in ihre Gedanken hineinversetzen. Ich kann nicht umhin, das zu bemerken.» Wie die Szene verlaufen wäre. «Ich habe ihnen sogleich gesagt, die Sache schiene mir so dringlich und so ernst, daß ich nicht werde umhin können, sie ohne weiteres der Hofkammer weiterzureichen. Und sie stimmten mir zu.» «Sie stimmten zu?» «Sie baten dringend darum und unter energischen Hinweisen. Ich mußte den Sprecher beruhigen, daß dies auch wirklich geschehen sollte.»

Während der Gouverneur und der Oberst auf Schemeln nebeneinander an dem roten Kachelofen saßen, trat der schöne braunlockige Slawata ein, ein noch jugendlicher Mann mit kühner spitzer Nase, böhmischer Kammerrat und weitläufiger Verwandter des von Wallenstein, setzte sich unter dem Fenster auf eine Truhe. Er fragte, seine Handschuhe über das Knie spannend, mit sanfter Stimme, wie die Durchlaucht die Deputation der böhmischen Landesoffiziere gestern empfangen habe: «Wie beliebten Durchlaucht die Herren zu bescheiden?» «Nicht, zunächst gar nicht. Dann las ich laut den Schluß des Schriftstücks durch, das übrigens gut verfaßt war – ich glaube Euren Stil erkannt zu haben, Herr Slawata.» Der bog sitzend den Kopf zurück, verneigte sich mit vieldeutigem Lächeln: «Man wandte sich an mich; ich redigierte ungern.» Liechtenstein winkte ihm vom Schemel herüber: «Ich danke Euch für die Klarheit der Gesichtspunkte, die Schärfe des Ausdrucks. Besonders die Unterschrift ist von einer Exaktheit, die nichts zu wünschen übrigläßt.»

«Euer Durchlaucht haben mir empfohlen, in meiner Umgebung für Klarheit zu sorgen.»

«Und am Schluß des Schriftstücks, den ich laut vorlas, stand die Jahreszahl.»

«Nun?» drängte Wallenstein händeklatschend.

«Die Jahreszahl war eine glänzende Pointe von Euch, Herr Slawata. Sie zuckten nicht mit der Wimper. Ich trieb es so weit, Herr Oberst, am Ende dreimal die Jahreszahl zu lesen. Sie standen nur ernst, im Wohlgefühl ihrer Sache da.»

«Ich kann mir gut vorstellen die Herren», kehlte der vergnügte Oberst, «sie hatten uns alle in der Tasche, saßen schon hier und beehrten unsern allergnädigsten Herrn mit Berichten über unsere schmähliche Wirtschaft.»

Der Gouverneur: «Ihr seid ihnen nicht wohlgesinnt, Herr Oberst.»

«Ihr hättet mich doch einladen sollen zu dem Empfang.»

Sinnend betrachtete ihn das wächserne Ziegengesicht: «Vielleicht habt Ihr recht. Ihr hättet schweigen müssen, und sie wären noch glorioser abgezogen.»

Wallenstein stampfte vor Spaß mit den Füßen: «Ich hätte sie gern gesehen. Sprachen sie nicht von Braunaus Regiment?»

«Nein», lachte der lange frierende Greis, dem oft die Augen zufielen, «erst das nächste Mal werden sie's tun.»

«Sie tun's», kreischte Wallenstein.

Slawata legte stolz den Hinterkopf an den Fensterrahmen, freute sich des Spektakels.

Als von Wien die Antwort eingetroffen war und die Herren wieder vor Liechtenstein traten, stand Wallenstein neben ihm am Ofen gebückt auf dünnen gelben Beinen, stumpfe Lederweste auf roter Schärpe, die Jacke schwarz und golden hervordringend, spanische Wülste um die Schenkel, blickte sie aus kleinen klaren Augen fest an. Der Fürst Liechtenstein überragte ihn noch; er sah wie maskiert aus unter seinem breitkrämpigen Hut mit hellroter nackenwallender Feder; ein schmaler weißer Kragen hing um den knöchernen Hals; die Brust war staffiert mit einem dicken Lederkoller, unter dem das grüne Unterkleid hervorkroch; ein breites goldenes Wehrgehenk belastete ihn. Wallenstein hatte dem Gouverneur gesagt, er wolle den Brüdern und Vettern sich nicht entziehen, ihren Haß gern auf sich lenken.

Gemeinsam wurde ihnen das kaiserliche Intimat verkündet. Wer es gewagt hätte und noch wagen könne, im Namen der Stände an den Kaiser zu schreiben.

Wer sei Beamter und getraue sich einen solchen unehrerbietigen trotzigen Ton gegen die Römische Erwählte Majestät anzuschlagen. Wer sei sich seines Amtes so wenig bewußt, um dem Kaiser und seinem Rat unbefragt zu widersprechen. Und wenn sie Böhmen seien, so mögen sie hingehen auf den Weißen Berg und fragen, was dort geschehen sei, und weiter hinunter in den Tiergarten und nachsehen, wer dort liege. Wofern es doch sicher und erwiesen wäre, daß, so wenig sie wüßten, wer sie seien, sie wüßten, wann sie lebten. So wolle es ihnen denn Kaiserliche Majestät nicht vorenthalten, daß die Prager Schlacht geschlagen sei und sei entschieden zum Vorteil Habsburgs. Das Land aber ist unter das Schwert gefallen, erobert durch das Schwert, das nur Leichen und Gehorsam kennt. Dies mögen sie sich vergegenwärtigen in allem, was sie sagten schrieben täten und beschlössen. Möchten dessen auch bald gedenken und nicht noch mehr verspielen.

Fürst Albrecht von Wallenstein, der Stadtoberst, stieß leise mit dem Degen auf und räusperte sich. Man blickte auf ihn; er sah ohne Bewegung seinen Vettern in die verwirrten Gesichter.

Das Dokument mit dem Zeichen Ferdinands gab mit langem Arm stumm Liechtenstein dem Sprecher der Herren zur Einsicht. Er machte eine weite Abschiedsbewegung mit Öffnung der Hände. Die Herren, lippenkneifend, die Augen verschleiernd, verbeugten sich tief. Unter denen, die sich am tiefsten verneigten, war auch der schönlockige Slawata.

In der Synagoge saß Bassewi mit fünf alten Männern der Gemeinde zusammen. Er hatte ihnen lange zugehört; er riet, so viele Gelder aufzubringen für den Kaiser, wie sie ohne Schaden vermöchten; mit Böhmen sei es zu Ende; sie müßten, müßten. Die andern wackelten sorgenvoll die käppchenbedeckten Köpfe; einer sagte gegen seine Füße: «Prag hat reiche Leute und schöne Giebel. Aber eines Tages wird es uns gehen wie der Verwandtschaft in Frankfurt, wenn wir zu stolz sind. Man wird uns auf dem Friedhof zusammenjagen, unsere jungen Leute werden sich an den Türen für uns und unsere Weiber totschlagen lassen, ein Trompeter wird blasen und uns über die Brücke zur Stadt hinausführen.»

Ablehnend hob ein anderer die Schultern: «Und wie lange sind die draußen geblieben? Wie lange hat der grausame Lebkuchler, der Fettmilch, Giftmilch sollt er heißen, triumphiert gegen den Kaiser Matthias? Waren's zwei Jahre, waren's drei Jahre. Dann ist wieder der Trompeter dagewesen, hat vor der Stadt geblasen, durch alle drei Tore sind die Verwandten wieder in die lieben Häuser gezogen.»

Bassewi lächelte fein: «Die Calvinischen, Reformierten und wie sie

sich nennen, sind heraus aus dem schönen Land; ist Platz im Land geworden. Man kann sich gut ausdehnen; ich denke, wir werden nicht immer in der Stadt in einem schmutzigen Winkel in der Finsternis sitzen wollen. Sie haben um ihres Jesu willen die Christen herausgejagt mit großen Hunden und mit den Dragonern des bösen Wolfsstirn; warum sollen sie nicht um desselben Jesu willen uns hereinlassen?»
Einer der Männer machte ein mitleidig spöttisches Gesicht: «Möglich wär's.» «Möglich ist's», lehrte Bassewi, «sicher ist's, sie tun's.»
Der von Fettmilch erzählt hatte, summte, mit dem Kopf unzufrieden wackelnd: «Und lassen sie uns herein, so lassen sie uns herein. So geh' ich doch nicht herein. Laß sie in ihrem Land sitzen und sich wohl fühlen. Es ist uns nicht beschieden, uns hier anzusiedeln. Werd' ich mich versündigen an Gottes Wort und mein Glück im Lande Böhmen suchen. Was steht geschrieben vom Lande Böhmen? Wo steht etwas geschrieben vom Lande Böhmen? Nirgends. Werd' ich ein alter Narr sein, aus meinem Haus gehen, mich in Böhmen ansetzen.»
Sein Nachbar: «Und wie lange denkst du und deine Kinder hier in der Finsternis zu sitzen?»
«Solange wie Gott will. Was werd' ich fragen? Ist doch alles klar für uns Juden. Wird es heißen, wir sollen wieder das Bündel schnüren, nach Jerusalem wandern, gelobt, gelobt sei unser Herr –, so werd ich's tun. Wird es nicht so heißen, werd' ich sitzenbleiben und werd' wissen, ich muß doch warten.»
«Und deine Kinder, Moses?»
«Was ist mit meinen Kindern? Sie sollen tun wie ich. Sie werden Geduld haben. Der Herr vergißt uns nicht. Sie werden nicht dicke Christen werden und sich mit Gesindel vermischen.»
Bassewi blickte lange vor sich hin: «Der Herr segne deine Geduld, Moses. Ich meine, wir werden nicht vergessen, an den Herrn zu denken, wenn wir im Licht sitzen mit unseren lieben Kindern und Enkeln und mit unseren Weibern und allen Verwandten. Wir werden fröhlich sein und doch an Gott denken.»
«Wer wird fröhlich sein, zwanzig Jahr, dreißig Jahr, und an Jerusalem denken. Bassewi, du bist ein kluger Mann, unser klügster und tüchtigster, bist auch unser Richter und Vorstand. Aber glaube mir: gehen sie hinaus in die Stadt oder aufs Land unter die Christen, so sitzen sie im Licht, aber sie werden kriechen vor dem Christ, um ebenso im Licht zu sitzen wie er, und sie werden sich schämen, be-

schnitten zu sein. Möchten lieber mit Wasser begossen sein und Judäa, ach, das werden sie verkaufen für ein kleines Dorf in Böhmen.»

Sie seufzten zusammen. «Was meint Ihr», sang Bassewi, «wenn wir wollen, können wir vom Kaiser einen Brief bekommen, daß wir Handel und Handwerk treiben auf dem Land, auf den Dörfern, an den Märkten.»

Laut weinte plötzlich der am äußersten auf der Bank sitzende alte Mann auf: «Wenn ich das noch sehen kann für meine Kinder! Bassewi, was sollen unsere Kinder Euch Liebes tun.»

Als die Judenschaft Prags eine riesige Summe Geldes dem Kaiser vorgestreckt hatte und ihr durch besonderen Gnadenerlaß gestattet wurde, sich in Böhmen anzusiedeln auf Märkten Städten Dörfern Flecken, wo sie wollte, um Handel und Gewerbe zu treiben, erzitterte der böhmische Volkskörper, eine weißglutende Stange bohrte sich in sein Fleisch. Dies war der größte Schimpf. Nun sollten sie die Bösewichter und Verbrecher unter sich dulden, deren Nährmutter das böse Schwein war, die mit dem Wucherspieß liefen, die das Kreuz schändeten, denen die Falschheit auf der Stirn stand. Ausgesogen das Land; nun sollten sie sich nicht einmal ruhig in ihrer Bettelarmut hintrollen dürfen. Der Giftmord sollte über den reinen Boden des Märtyrers Johann Huß spreizbeinig spazieren, der Brunnentod. Die Sieger hatten dies getan. Wessen sollten sich unschuldige Säuglinge und Kinder versehen von dem übergegorenen Haß dieser Spinnen, dieser uranfänglichen Malefizer. Oh, wie sie sich wanden.

Die welle der Kaiserlichen und Ligisten wühlte sich in ihr Bett. Ersäuft unter ihrem Bauch das Wahlkönigreich Böhmen, die Pfalz; der Bund der Fürsten zerdrückt, sein Haupt, der glanzvolle Friedrich, über die französische Grenze geschleudert. Steinern die katholische Macht vom Main bis zur Adria. Truppen hatte der Kaiser in Böhmen, Mähren, Elsaß; Heere hielten am Rhein, Neckar, in der Oberpfalz.

Vierzehn Regimenter zu Fuß, sechs zu Pferd standen für die Liga, gefürchtete Regimenter: Herbersdorf, Graf zu Fürstenberg, das gräfliche Zollersche, Aldringensche, Pechmannsche, Schönberg, Lindlo, de Maestro, Erwide, Einnaten, Desfours, Kratz, Pappenheim; Infanterie Anholt, Herrliberg, Schmit, Mortagne, Truchseß, Heimbhausen.

Wie sich der übermächtige Sieger bedrohlich reckte, erstickend über sein Opfer fiel, ging der englische König Jakob mit sich zu Rat. Mit Dighby, dem verbrühten bösen Lord, fuhr der Prinz von Wales, Karl, heimlich nach Spanien. Prinz Karl sollte um Doña Maria, die Infantin, werben; so wollte der spintisierende Graukopf vom spanischen Habsburg auf das österreichische Habsburg drücken, daß es den Pfalzgrafen wiederherstellte. Alles sollte ausgeglichen werden durch eine Heirat. Und dann spann er das schläfrige Märchen, gab es den beiden über das Meer mit: der älteste Sohn des Pfälzers solle am Kaiserhof erzogen werden, die Tochter des Kaisers solle ihn heiraten, dann solle er den Kurhut erhalten, spätestens nach dem Tode Maximilians, und wieder im schönen Heidelberg am Neckar residieren. Dem König war katholisch wie lutherisch, jeder sollte etwas abgeben, es war alles so leicht.

Das Volk in England raste, als es von dem bald mißglückten Ehevorschlag des Königs Jakob hörte; mit Steinen wurden Dighby und der Prinz empfangen, als sie in Southampton landeten. Tief verblüfft sagte der König: «Ich habe meine helle Freude an dem Volk. Wie hat es das gemacht! Steine auf meinen Gesandten, auf meinen Sohn! Es hätte nicht viel gefehlt, so hätten sie mir den Kopf abgeschlagen. Es steckt doch viel in den Briten.»

Er knurrte vergrimmt: «Sie nehmen ein schlimmes Ende; dumm sind sie, sie sind dumm. Mit dem Protestantismus allein kommt man nicht durch die Welt.» Er war schwer enttäuscht; hinter allen Widerwärtigkeiten steckte der ekle elegante Springer Buckingham; Prinz Karl sollte ihn scharf beobachten und bei Gelegenheit beseitigen lassen.

Stolz rollten die Reden im Parlament: «Der Katholizismus hat gewettet, in zwei Jahren alles wiederzugewinnen, was er in hundert verloren hat. Rettet Böhmen! Rettet das Land des Huß!» «Man schickt eine Britin, die Tochter des Königs, nach Deutschland und läßt es zu, daß sie ihres calvinischen Glaubens wegen von Hof und Herd gejagt wird.» «Die Götzendiener kommen in Rudeln; sie wollen von Spanien übers Meer. Man will sie noch locken. Schlagt die Ratten tot.» «Der König verrät uns. Er kann seine Tochter schänden lassen, er darf einer Britin nicht den Rechtsschutz verweigern.» «Das neue Indien! Die spanischen Bekehrungen! Inquisition! Rettet Böhmen!» «Die deutschen Protestanten sind feige. Wir müssen ihnen zu Hilfe kommen.» «Der König verrät uns. Die Stuarts sind Papisten. Buckingham verrät uns.»

Es war in den letzten Wochen König Jakobs, wo der Prinz Karl stundenlang an seinem Bett saß, aufmerksam zuhörend; die einzige Stimme, die ihm riet, die bald auch nicht mehr sprechen würde. König Jakob sagte: «Mit Brechen geht's nicht gegen Habsburg, mit Biegen geht's. Laß dir sagen: wir können vorerst nichts weiter als klug sein.»
Der Tod drückte gewaltsam seinen Kopf in das Kissen. Zuerst schickte König Karl Freiwerber nach Frankreich, dem wildesten Feind des habsburgischen Spaniens, um Henriette Marie zu holen. Auf Schloß Hamptoncourt hielten sie Hochzeit. Bald waren die Schiffe gerüstet, die Spaniens Seemacht brechen sollten. Lachend legte Buckingham der junge König, hochgezogene starke Augenbrauen, schultertiefes lockiges braunes Haar, kurzer Spitzbart, grauer Hut mit weißer Feder, die Hand auf den Mund, als er sprechen wollte: «Wir denken nach, dann sprechen wir, dann sprecht Ihr.» Buckingham, der schön parfümierte Mann, mit Schleifen behangen, die Brust mit Liebesbriefen gepolstert, der blasierte Volksverächter, erblich tief, dann begriff er, äußerte: «Die Protestanten müssen zusammenhalten. Böhmen muß gerettet werden.» Karls Blick flammte; er möge sich nicht gehen lassen; Spanien sei zu bekämpfen, wüßte er das nicht? Müßte man nicht auch gegen Spanien kämpfen, wenn es protestantisch wäre?» «Wir müssen es, und wenn es unser Leben kostet.» Vorsichtig fühlte Buckingham vor: «Das Volk will Krieg wegen Böhmen. Das Parlament nennt uns Papisten, weil wir Deutschland im Stich lassen.» Die Antwort kam, wie er gewünscht hatte; dem Volk stopft man das Maul, das Parlament findet Platz im Kerker.
Die Schiffe stachen in See gegen Spanien. Dar Parlament bewilligte die Mittel.
Als aber die Notschreie aus Böhmen, aus der Oberpfalz kamen, wurden unter dem Drängen des Volkes Subsidien für den Festlandskrieg bestimmt. An den rastlosen unbändigen Teufel, den Bastard von Mansfeld, gingen sie; er zappelte in Holland, warb Truppen. Er sollte Böhmen retten.
Im Westen lagerte Frankreich. Sein König Louis der ‚Allerchristlichste', sein Land altgläubig. Sie kauten an ihren Neugläubigen, die Hugenotten hießen, rebellisch und stark in La Rochelle Nîmes Sedan saßen. Ein Mann kam auf, Richelieu, Kardinal. Er wurde in den Conseil berufen; den, der ihn hineinberufen hatte, schickte er in die Bastille. Den Vernichtungskampf gegen die rebellischen Hugenotten

leitete er ein; inzwischen gab er dem neugläubigen England Gelder, um Spanien zu schwächen. Er gab dem Krüppel Mansfeld Geld gegen den Kaiser. Die Schreie der Böhmen, der Vertriebenen, der ängstlichen protestantischen Stände vernahm er mit Vergnügen. Es gab nichts, woraus er nicht Gewinn ziehen konnte; fast hätte Richelieu dem Kaiser Geld angeboten, um den Stachel noch tiefer zum Bohren zu bringen. Er hatte wandernde Gesandte, die die Finger in die Wunden Deutschlands und sie zum Eitern bringen mußten.
Und wie sich der übermächtige katholische Sieger bedrohlich reckte, erstickend über seine Opfer herfiel, fuhr der Schrecken in die neugläubigen Länder zwischen Weser und Elbe vor ihrem nahenden Schicksal. Magdeburg und Halberstadt waren leckere Braten, zwei Erzstifte, dreizehn Bistümer und Abteien; der niedersächsische Kreis war auf seiner Hut. Und als sie sich einen Kreisobersten wählen mußten, fiel ihr Auge auf den, dessen Heeresmacht manche ihrer Städte genugsam verspürt hatten. Der starke Däne sagte nicht nein; die deutschen Händel behagten ihm. In seinem Reichsrat saßen Christian Frießen zu Borreburg als Kanzler, der verwegene Magnus Uhlfeld zu Sielsva als Reichsadmiral, Jakob Uhlfeld zu Uhlfeldsholm, Breida, Rankamen, Stephan Brahn zu Kundstrap; sie gewährten ihm vier Tonnen Gold zu Rüstungen; schrieben nach England und Holland, an Mansfeld.
Ihre Werbungen begannen entschlossen auf deutschem Boden. Der lange Halberstädter, Anbeter der pfälzischen Elisabeth, rieb seine eingeschlafenen Beine, trabte hinter seinem Freund Mansfeld her.

MAXIMILIAN warnte den Kaiser. Er riß und zottelte mit den Zähnen an seiner Beute. Die Oberpfalz knirschte unter seinen Reformatoren, den Glaubenskommissionen. Seine Kundschafter schwärmten bis nach Ostfriesland. Wien blieb beim Lachen; das Lachen des Kaisers hatte etwas Böses. Nur einige Räte zitterten bei dem Gedanken an Krieg. Wie zahllose Ämter lagen in den Bezirken ob der Enns, unter der Enns, in der Grafschaft Tirol, im vorderösterreichischen Breisgau, im Herzogtum Kärnten, Krain, in Schlesien, Böhmen, Mähren: Salzamt in Wien, Dreißig in Preßburg, Maut in Linz, Schlüsselamt in Krems, Rentamt in Steyer, Vizedomamt in Linz, Landgrafenamt in Wien. Von allen waren Vorschüsse erhoben, von den niederösterreichischen Ständen Darlehen, von den böhmischen Magnaten, von den Juden, Niederlassungsgelder von den Kaufleuten. Hohe Subsidien vom Papst.

Aber ein Sieb! Regimenter, Regimenter, Regimenter! Sie waren nicht zu entbehren, und wenn sie zu entbehren waren, waren sie nicht zu entlassen aus Mangel an Sold. Erzherzogliche Deputate, prachtheischendes verschwenderisches kaiserliches Hoflager. Abt Anton und Gurland in maßloser Erbitterung über Böhmen, konfiszierte Güter auf fünf Millionen veranschlagt, nur eine Million darauf aufgenommen, ganze vierhunderttausend Gulden vom Gouverneur Liechtenstein abgeliefert.

Unter dem Druck der Kriegsgerüchte, nach Wochen stummen Herumrechnens, hilflosen Keuchens vor Folianten, wütenden Beiseitewerfens von Mahnbriefen der Obersten, verzweifelten Vertröstens von Gläubigern rechts und links in der festdurchjubelten Burg steckte Gurland seine zittrigen Beinchen in die starken Reiterstiefel eines deutschen Kavaliers; die Sporen schienen nicht aus Silber, sondern Blei; breit und schwerfällig stieg er, pumpte seine Beine durch die dunklen Bogengänge. Grämlich lugte er, von Stockwerk zu Stockwerk schwankend, auf den Boden. Umgestürzte Gamaschen hob er mit jedem Schritt hoch. Auf seinem rauchenden Kopf saß ein niedriger Hut mit ungeheurer hinten herabsinkender Krempe und Federsträußen. Ein sehr breites verbrämtes Wehrgehenk hatte er angetan, sein weißer Halskragen war schmal wie ein Band und stand nach rückwärts in die Höhe unter die Hutkrempe. Und wie er in die Stube des Obersthofmeisters hineinpolterte, hatte der nur einen Moment Zeit, sich über die abenteuerliche Gestalt des Eindringlings zu wundern, dann stürzten schon die giftigen hitzigen Worte ihn an, trieben ihn aus seinem Sessel. «Herr Graf von Meggau», schrie der stirnrunzelnde Kavalier ihn an, «wofür habt Ihr das Goldene Vlies? Wofür seid Ihr zehn Sachen auf einmal, Statthalter von Niederösterreich, Kämmerer, Geheimer Rat und sonst was? Soll ich das mit ansehen, was hier geschieht, und den Mund halten wie eine Nonne? Es behagt mir nicht, ich sag's Euch mit einem Wort; Schelmereien stehen mir nicht.» «Was habt Ihr, Herr Gurland?» «Leere Säckel, leere Säckel, Herr Geheimrat. Und ist alles kein Geheimnis mehr, Herr Geheimrat, und werde es nicht bei mir behalten. Die Ställe voll, die Herren Jesuiter Stiftungen über Stiftungen, die niederländischen Maler malen ein freches Bild nach dem andern, die Jagden, die Stechereien, Ban-

kette: ich sehe die Schelmereien nicht an. Nicht länger. Dafür die böhmische Münze ruiniert, daß ein paar Stunden noch lustiger und herzhafter einhergehen in Wien. Ihr wißt es. Es sind Schelmereien.»
Der todblasse kleine Meggau hielt sich rückwärts am Sessel fest: «Wer will von Schelmereien reden?» «Der Kaiser weiß es nicht. Der Kaiser weiß es nicht. Ihr spielt mit mir nicht so. Sonst muß ich, wie ich hier bin, zum Leibdiener laufen, um eine Audienz bitten und reinen Wein einschenken.» Er schrie zornstammelnd, strampelnd, daß seine Federsträuße schlugen: «Wo soll das hinaus? Sprecht. Seht mich nicht so an. Ich...» Der beladene Mann hielt sich an einem Stollenschränkchen fest; er war schwindlig in seiner Wut. Meggau schob ihm einen Sessel hin. Mit einem Sporen stieß der tobende Kavalier gegen die Füße des Sessels: «Ich brauche Eure Sessel nicht. Die Mißwirtschaft, die verruchte!» «Scheltet nicht mit mir. Scheltet mit dem Kaiser.» «Ihr seid allesamt nicht wert, daß ihr seinen Namen in den Mund nehmt. Er könnte zehnmal mehr verbrauchen, als er tut, wenn sein Geld nicht in fremde Taschen flösse. Die tausend Diebe Hehler und Abenteurer, das ist eine christliche Welt. Die Pest soll sie alle befallen.» «Herr Gurland, warum kommt Ihr zu mir? «Ihr werdet mit mir gehen, jetzt, nach Prag, das Land beschauen. Wir müssen Geld auftreiben.» Versteinert stand der Geheimrat: «Ja, das müssen wir.» «Ja, das müssen wir», höhnte Gurland in praller Wut; «ratet lieber wo, wo, wo. Zieht Euch an. Erbittet Urlaub.» Der Rat bat: «Ich komm schon.»
Sie fuhren durch die herbstlichen Chausseen, nur sechs Mann Wiener Stadtgarde beritten waren ihre Bedeckung. Sie sahen massenhaft Felder, die brachlagen, weil die Ackerer verjagt waren; Gurlands Augen schossen rechts und links. Bevor sie in Prag einfuhren, flüsterte Meggau: «Laßt Euch nichts merken, die Böhmen brauchen nichts merken.» Schallend lachte der andere: «Der Herr weiß nicht, daß ich selbst Böhme bin.»
Man zog sich vor ihnen wie Schnecken in Gehäuse zurück. Meggau wurde erbarmungslos von dem andern vor die verwüstete Münze geschleppt; als ein Rittmeister sie auf den Friedhof zu den Niedergeschossenen und sonst Füsilierten führen wollte, lehnte der pelzvermummte Rat müde, Gurland bissig ab.
«Gibt es Zauberer hier?» fragte Meggau eines Abends den Gouverneur, bei dem sie zu Gast waren. «Vielleicht», lächelte der vieldeutig. «Ich möchte», träumte Meggau vor sich, «einen Zauberer oder eine Wünschelrute finden, um Geld zu heben in Böhmen.»

Sie waren fassungslos über die Schamlosigkeit dessen, was sich ihren Augen bot. Gurland selber wollte Hals über Kopf abreisen, Meggau, pedantisch, melancholisch, an langsames Minieren gewöhnt, hielt zurück. Sie pürschten hinter Michna, den Friedländer, Liechtenstein, Wresowicz. Meggau drohte: «Das Geld werden wir langsam wieder aus ihnen herausziehen.» «Warum langsam? Rasch ist es gesunder für die Herren; und zwar seht, so.» Dabei machte Gurland schmerzdurchtobt die Bewegung des Aufhängens.

Als die beiden Wiener Herren lärmschlagend in Prag auftraten, wurde auch Liechtenstein kalt und drohend; als sie verlauten ließen, sie würden eine Untersuchung über die Prager Affären beantragen, behandelte man sie als Luft.

Schweres Ringen am Kaiserhof. Es war klar, daß das Geschick Habsburgs bald wieder in den Händen des Bayern lag, wieder und wieder des Bayern, dem man den Kurfürstenhut hatte geben müssen und der eines Tages mehr begehren würde. Man schrie, wehrte sich, drang in den Kaiser.

Die unbeugsame Ruhe Ferdinands, der wie ein unverbrennbares Tier seinen schleimigen bunten Leib durch die schwelenden Kohlen zog. Seine grausige Sanftmut; sie wußten, er wollte Rache nehmen an Maximilian, den er den Feinden als ersten opfern wollte, selbst um den Preis, daß Habsburg verloren ging.

Nachdem er sich einige Zeit umgeblickt hatte, trat ein erschreckendes Wesen, der Fürst von Friedland, aus seinem Bau. Er hatte sich aus Abneigung über die Ohnmacht und Haltlosigkeit seiner böhmischen Sippengenossen, dieser phrasenreichen Haufen, gegen sie gestellt. Gewalttätigkeiten machten ihn früh berüchtigt. Dann wurde er katholisch, nahm ein krankes reiches Weib zur Frau, die ihm wegstarb und freie Hand gegen seine Umgebung ließ. Die mährischen Stände waren so töricht, ihm im Kampf gegen den Kaiser seine Regimenter zu belassen; er verriet sie, suchte seine Truppen zum Kaiser überzuführen: wollte sich des mährischen Landtags in Olmütz bemächtigen, desselben, der ihm die Regimenter gegeben hatte. Nur mit dem Rest eines Fähnleins, acht Munitionswagen, Regimentsfahnen und sechsundneunzigtausend Mark in der Kasse schlug er sich, selber verraten, nach Wien durch, saß eitel am Tisch des Kaisers; der ließ ihn angewidert heimlich abschieben, warf das Geld den Ständen nach. Abscheu und Gelächter, wo sich der von Wallenstein sehen ließ.

Vor der Prager Schlacht war die Hoffnung der jungen Böhmen ein königlich stolzer reichbegnadeter Mann gewesen, ein Hans Georg von Wartenberg, der nicht dreißig Jahr alt war. Als Kriegskommissar bereiste er beim Anrücken der Katholischen zwei Landkreise, nachdem er sich aus dem schwelgerischen Treiben der englischen Elisabeth auf dem Prager Schlosse gelöst hatte. Wie die Schlacht verloren war, plötzlich, ehe er noch seine Ausgehobenen dem Heer zugeführt hatte, umringten ihn im Standquartier die befreundeten Männer und Frauen aus der Nachbarschaft zusammenströmend; aller Gedanke war nur an ihren Abgott. Sie flehten ihn an, zugleich wie Mütter und wie Kinder, zu fliehen. Wenn alles verloren ginge, er solle bleiben; gefangen war, woran sie sich halten konnten; er möchte leben, fliehen. Leidend fügte er sich, empfand als Kränkung, daß man gerade ihn fortschickte, konnte nicht verstehen, wie gerade diese Frauenstimmen so in ihn drangen, war halb verzweifelt, daß sie letzten Endes auch Verräterinnen an der großen Sache seien. Es war gewohnt nachzugeben. Ritt nach Sachsen. Kaum einen Monat hielt es ihn, da verschwand er aus Dresden; heimlich gelangte er über die Grenze, als er schon von den Landleuten entdeckt war. Aus den Nachbarstädten überholten ihn Sendboten, erzählten vergraust von den Prager Vorgängen; er fluchte, schlug um sich, als sie baten, er möchte umkehren. Aber Liechtenstein in Prag war kühler als die Söldner und die Gerichte; ein Fähnlein Musketiere nahm den todesgemuten brüllenden Wartenberg mit seinem Anhang schon zwischen Saaz und Radonitz fest, führte ihn samt den zwanzig toll sich gebärdenden jungen Edelleuten, die ihn verteidigen wollten, ruhig und ohne Aufsehen aus dem Land heraus. Und dann sahen die Böhmen zu ihrem Vernichtungsschmerz, daß man ihm, der bisher verschont war, den Prozeß machte als flüchtigem Rebell, obgleich er unter die erlassene Amnestie fiel. Er war Besitzer von Rohrzak, Neuschloß, Böhmisch-Leipa; hinter allem steckte Wallenstein; Wallenstein brauchte die Güter zur Abrundung eines eben erstandenen Areals. Mit Ingrimm verfolgte das Land die Angelegenheit. Die Güter wurden ihm abgesprochen. Der geschlagene verbannte Mann lebte, monatelang von Stadt zu Stadt irrend, von den Zuwendungen seiner Sippe. Die pfalzgräfliche Prinzessin Sabine hing sich an ihn; als sie heirateten, schwur sie weinend, ihm zu seinem Recht zu verhelfen. Die Fürsprache des sächsischen Kurfürsten, reich begründete Eingaben an die Römische Majestät fruchteten nichts. Die Hofkammer ließ es bewenden bei dem Urteil Liechtensteins; das anfängliche Gnadengehalt, das man der lieblichen Sabine gewährt hatte, wurde ihr entzogen wegen der unerschwinglichen Kriegsauslagen. Zum Schluß bedeutete man ihm, die Güter seien nicht sein Eigentum; er verwalte sie nur als Sequester von seinem Oheim. Sie wühlten sich arm beschämt hilflos in eine kleine Reichsstadt ein.

Als wenn ihn der Schwung der Ereignisse verjüngte, heiratete der Friedländer nach den Münzunruhen eine Tochter des Grafen Harrach, des kaiserlichen Lieblings, der neben ihm Güter gesammelt hatte und dem die Herrschaft Bruck an der Leitha, die Grafschaft Ungarisch-Altenburg zugefallen war, begann ein glänzendes Treiben zu Prag, er, Oberst und Gubernator im Königreich Böhmen. Unfaßbar wie ein Aal war er geworden. Der Umfang seiner Geschäfte, an denen sich die halbe Prager Judenschaft, große auswärtige Bankhäuser beteiligten, übertraf alles Bekannte. Man sah ihn hager, im roten Purpurmantel, darunter der einfache braune Lederkoller, täglich durch die Straßen der Altstadt reiten, von seinen Offizieren gefolgt. Mit ihnen pokulierte er, seine Gicht nicht achtend, in ihren Häusern, bramarbasierte, spekulierte. Die frechen Beutezüge, die Kriegsdrohungen des Mansfeld, der im Haag saß, waren das tägliche Gesprächsthema. Die Kriegsoffiziere drängten fort, wollten nicht versauern. Täglich schrien sie: «Der Mansfeld, der Mansfeld!» Sie hingen an ihrem Oberst, der sie mit reichem Geld überschüttete: «Sind wir nicht üppig genug? Müssen wir zurückstehen? Der Mansfeld rüstet wieder!» Lärmten täglich mehr, wollten ins Reich hinaus; bestürmten den Friedländer, der mit seinen listigen lautlosen Augen saß und nichts vernehmen ließ.

Ganz unvermutet erschien in München in der Residenz eine sonderbare kostbar gekleidete Deputation, von livrierter Dienerschaft gefolgt, geschickt, wie sie sagte, von einem mährischen Edelmann, der sich anheischig machte, dem Kurfürsten in den kommenden Kriegsnöten beizustehen mit einer großen Zahl Regimenter, wenn ihm, bei Treuschwur gegen den Kurfürsten, gewisse Selbständigkeit über seine Regimenter belassen würde. «Warum», kam als Antwort zurück, «stellt sich der anonyme Herr nicht auf seine eigenen Beine? Will er ein Königreich gründen, kann er's besser ohne uns.» Das machte kein böses Blut in Prag. «Ein kluger weltkundiger Herr, der Bayer», schwadronierte der Fürst, «hat er doch recht!»

Fing es auf andere Weise an; brachte die ihm unterstellten und von ihm ausgehaltenen Regimenter auf Kriegsstärke und höher, dann

holte er seine Kriegsoffiziere zusammen, lieh ihnen Geld, hieß sie sich um Patente bewerben, die Regimenter hielt er wieder aus. Bald waren mit ihm versippt und verbrüdert die meisten Obersten in Böhmen und Mähren. Währenddessen war noch nicht verlautet, was er vorhatte; und unvermindert, ja heftiger trat das Drängen der Offiziere hervor, auf den Feind, der sich zusammenballte, loszuschlagen, fortzuhuschen aus dem verruchten kahlgefressenen Böhmerland. Raufbolde, italienische spanische Kavaliere, dreiste Spieler, Waghälse Trinker Duellanten um ihn, der stundenlang den Würfelbecher nicht aus der Hand gab, Rapiere vor Wut zerbrach, wenn er verlor, aus dem eisigen Berechnen, Belauern nicht herauskam. So groß war sein Anhang zwischen Elbe und Moldau, daß er jedem, der ihm widerstrebte, hätte den Garaus machen können, und weithin ruchbar, nicht verschwiegen wie das Münzkonsortium, war, wer in seinem Gefolge stand. Demonstrierend lud er seine Herren zu sich ein, und es fehlte keiner von den Machthabern des Landes. Die kaiserlichen Verwalter kamen hinzu mit der Pflicht, an diesem Tisch zu repräsentieren, um nicht ganz zu verschwinden.
Er fing an, in aufsehenerregender Weise mit seinem Geld umzugehen. In seiner Stadt Gitschin setzte er ein Gymnasium hin, dazu in Kürze ein Alumnat, ein Armenhaus, Hospitäler, ein Kolleg für vierzig Jesuitenväter. Ließ verbreiten, daß er vorhabe, aus Gitschin eine bischöfliche Residenz mit Kathedralkirche zu machen. Vom Wiener Hof hatte er erlangt, daß sein Fürstentum Friedland einen besonderen Appellationsgerichtshof erhielt; nahm in dem Land eine Reform von Verwaltung und Rechtspflege vor. Prunkend baute ihm Meister Andreas Spezza ein Haus am Fuß der Prager Königsburg auf dem Hradschin, wozu er sieben Häuser des Klosters Sankt Thomas und zwanzig Lagerhäuser niederriß. Man erzählte, daß er sich als Sonnengott oder römischen Imperator malen ließ.
Wie Wallenstein unbeschäftigt im Lande seine Hände rührte, träge wartend, umspielt von seinen Offizieren, belauert von den reichen Männern und Machthabern des Landes, näherte sich ihm die schwermütige weiche Figur Wilhelms von Slawata, seines Vetters. Dieser Mann, von Verachtung über sein Land geschüttelt, hatte Wallenstein zum Henker Böhmens erkoren und wollte ihn bewegen, in zwei drei Jahren niederzustrecken, was gegen den Kaiser noch Widerspenstiges in Böhmen lebte. Dieser Mann aus edlem altböhmischen Geschlecht war zum kaiserlichen Beamten geworden, ohne einen Finger danach

bewegt zu haben. Von der Universität und der Kavaliertour durch Oberitalien zurückkehrend, wurde er Landschaftsoffizier, Vertrauensmann der Martinitz und anderer, die den Abfallbewegungen des Landes die Spitze boten. Slawata hielt zu ihnen, weil er den Tumult verabscheute. Neben ihnen ging er mit langen Schritten, schweigsam, ein schwermütiges dunkelgetontes Gesicht, starke braune Brauen, unter denen weite blaue Augen lagen, deren kalter Ausdruck gut stimmte zu dem breiten Mund mit den eingekniffenen Ecken. Immer standen senkrecht über der Nasenwurzel zwei tiefe Falten; die Stirn zog sich zu ihnen zusammen, sie verfinsterten das Gesicht und ließen nicht den Blick zu auf die schöne Schwingung der Kieferlinie und das Grübchen am Kinn. Er trug auf dem schultersinkenden dunkelblonden Haar ein schwarzes niedriges Samtbarett. Den fleischigen Hals trug er bloß; er bog leicht den Kopf wie lauschend nach vorn und nach links, während er das linke Auge halb zufallen ließ, das sich in der Spalte zitternd hin und her bewegte. Seine rechte beringte Hand, viel weißer als das Gesicht, hielt sich an dem Besatz des violetten schweren Mantels fest, dessen breiter kostbarer Hermelin seine weichen, teilnahmslos abfallenden Schultern überzog. Er war mit Wallenstein eins gewesen in den Angriffen auf das rebellische böhmische Volk; aber der Fürst schenkte dem Volk nicht die geringste Aufmerksamkeit, auch der Verachtung nicht. Slawata, sein Vetter im dritten Grad, verlangte haßvolles Einschreiten, Knebelung. Er liebte keine Frau und kein Kind, haßte nur Böhmen, weil ihn Rebellion anwiderte und die Rebellion ihn, als er sich gegen sie stellte, mit ihren schmutzigen Händen angefaßt hatte. Der Anblick der elf vermoderten Köpfe auf dem Brückenturm gab ihm nur geringe Genugtuung. Mit Freuden hatte er das Münzkonsortium am Werk gesehen, tief beglückte ihn der Zusammenbruch des Königreichs. Es mußte noch mehr geschehen, noch mehr. Um zu erfahren, was der Fürst trieb, besoldete er friedländische Kammerdiener; die belanglosen Sachen, die sie ihm überbrachten, regten ihn tief auf.
Er suchte den Fürsten in der Meierei Bubna bei Prag auf, konnte sein Herz nicht zurückhalten. Der Edle fiel den andern, der schläfrig schien, an wie ein Ringer einen geölten Menschen, an dem er zu Boden stürzt. Ein kurzes Gespräch bebte zwischen ihnen. Wallenstein, mit ihm zwischen den Ulmen spazierend, mit dem Stock in dem hohen Herbstlaub wühlend, dankte apathisch; er maße sich nicht an, die kaiserliche Politik zu forcieren. Aber sie hätten gemeinsam dafür ge-

kämpft, und es hieße nur den Kampf vollenden. «Oh», blickte ihn spöttisch mitleidig der Fürst an, «was haben Euch die ärmsten Böhmen getan?» Er lachte kräftig. «Schneidet Euch ein Stück Speck aus dem Schwein, dann laßt es laufen!» Mit Schmerz gab der Graf nach einiger Überwindung zurück, der Fürst wüßte, daß Böhmen ihre Heimat sei und daß man sie reinigen müsse von dem Gesindel, das sie besudele. «Ich bin nicht besorgt, vielleicht wendet sich der Herr an den Kaiser selber. Wir treiben nur unser kleines Geschäft, so tagaus, tagein.» Kräftig klopfte ihm Wallenstein auf den Arm, lud ihn ein, seine Gitschiner Ländereien zu besichtigen. «Der Herr Vetter trägt ja viel nach», scherzte er unterwegs, «in dieser Weise wird er nichts vor sich bringen.»

Die furchtbare organisierte Macht des Mannes in Regimentern Städten Ländereien. Slawata mußte sie sehen, das Schwert eines hirnlosen Riesen. Bitter und falsch verabschiedete er sich in Gitschin vom Fürsten, der aus dem Befehlen Lärmen Hetzen nicht herauskam: er wolle zurück nach Prag, er sähe, daß er nichts vor sich gebracht habe. «Sei er mein Freund!» schrie der Friedländer hinter ihm her, der in schwelender Empörung noch in Gitschin den brillantenbesetzten Türkensäbel Wallensteins über eine Brücke ins Wasser warf, sich aus dem Wagen beugend, die Hände am Wams abreibend.

Slawata war es, der bei einem gelegentlichen Fest versuchend dem Fürsten, als wenn es nichts wäre, als wenn es ihm gelegentlich so einfiele, den Gedanken hinwarf: der Kaiser brauche Hilfe außerhalb Böhmens; wer reich genug sei, fände einen guten Augenblick; wie es wäre: Parteigänger des Kaisers zu werden? Wie der Halberstädter, der Bastard Mansfeld? Es könnte ein ruhmreiches glänzendes Unternehmen werden. Es war ein ungeheurer Gedanke, der ein paar Minuten ungesprochen zwischen ihnen schwebte; sie standen sich zwischen vielen Gästen vor Friedlands Fasanerie gegenüber. Das heisere Lachen des Fürsten darauf war unecht. Wie sich Slawata einen Augenblick umsah, merkte auch der Fürst, daß sich der Vetter vor ihm fürchtete, daß der Vetter fürchtete, von ihm niedergestoßen zu werden, und daß er tatsächlich diese Absicht eben gehabt hatte. Niederstoßen, weil dieser Slawata etwas gegen ihn plante. Eben erst sah er es. Das flimmerte weiß und rot durch ihn, und dann hatte sich der schöne Slawata, kopfsenkend mit bösem Blick, sehr rasch unter die übrigen gedrängt. Es roch hinter ihm nach Parfüm.

Der Augenblick war verpaßt. Erstaunt überlegte Wallenstein, wie man diesen Mann rechtzeitig beseitigte, der sinnlos etwas gegen ihn vorhatte. Der andere, seine Furcht bezwingend, war durch den Garten, das Haus gelaufen; es war erwiesen: der Fürst wollte zum Kaiser; das Tier wollte weiter raffen scharren schlucken gewinnen; es war ein Tier. In heftiger Traurigkeit sank er auf das Polster seiner Sänfte. Er hatte dem Fürsten sein Geheimnis entrissen; wie ein Hund mit dem Knochen lief er davon. In unfaßbarer Weise reizte es ihn, wühlte ihn mit Schlamm auf. Im selben Augenblick wie Friedland wußte er von seinem Haß.

ZURÜCKGEWORFEN nach Wien konnten Gurland, der sich schwer erholte, der bedrückte einsilbige Meggau nur auf Liechtenstein und Michna, die nicht hoch gewertet wurden, und auf den Friedländer hinweisen.
Bei seinem Namen hob selbst Eggenberg, der zu dem böhmischen Unwesen geschwiegen hatte, abwehrend die Hände: «Sie haben ihn den Unmenschen zu Altorf auf der Universität geheißen. Welcher Praktiken sich der Oberst bedient, wissen die Herren.»
Eggenberg ließ sich zu der Frage hinreißen, ob die böhmische Fäulnis über alle Erblande verbreitet werden solle. Man werde einmal aufdecken müssen, wie die Herren vorgegangen seien und was sie an dem Kaiser gesündigt hätten, wenn sie auch titelgesegnet seien. Und Meggau stimmte traurig bei, es sei schmählich, ja scheußlich, diese Herren anzugehen.
Ungeduldig drängte der Abt, der beim Kopfschütteln blieb: «Gebt Rat, gebt Rat.»
Verbissen stand der sanfte Fürst Eggenberg auf; so wolle er lieber bei der Stadt Venedig betteln als bei dem von Wallenstein. «Wer wandert nach Venedig?» lächelte der Abt mit unbeirrtem Ernst.
«Judäa wird Germanien heißen und nicht anders», wanderte der Fürst im Saal.
Abt Anton zuckte die Achseln.
Meggau sagte mitfühlend: «Er ist Euer Verwandter, Fürst Eggenberg, vielleicht haltet Ihr ihn im Zaume.»
«Er ist ein Bösewicht, in Böhmen hartgesotten, ich sage es den Herren und sie werden einmal daran gedenken; und wir legen uns alle in seine harten Hände. Er ist Katholik, aber nur er weiß, zu welchem Ende er

zu dem wahren Glauben übergetreten ist. Er hat den Satan in sich, Ehrwürden; ich meine es beinahe nicht figürlich. Darum ist er wütend vor Tapferkeit, darum wirft er sein Geld hinaus, weil es doch wieder zu ihm zurückläuft. Darum ist er ohne Erbarmen, eine Furcht für alle, die ihn kennen.»

«Ihr seid sein Verwandter.»

«Ach Ehrwürden, zu seiner Großmutter ist auch der Gottseibeiuns zahm und liebenswürdig. Ich bin nicht stolz auf ihn.»

«Ich hör' es, Fürst Eggenberg. Wie will aber Eure fürstliche Gnaden das erzherzogliche Haus erhalten, die Armee stützen und vergrößern. Wir verhoffen doch, Eures Satans Herr werden zu können.»

Der Fürst lachte bittet: «Ihr!»

Als Wallenstein sondiert wurde, geschah das, was in der Tat nur Eggenberg vermutet hatte: er gab eine geradezu abenteuerliche Summe an, die er in Kürze dem Kaiser vorstrecken würde. Es zeigte sich, daß ihm das Geld nichts bedeutete und daß er dem Kaiser mit aller Habe ergeben war. Der Oberst ließ sich nicht beirren durch das zaghafte Verhalten seiner ehemaligen Konsorten. Es erwies sich bei dieser Gelegenheit für die Herren seines Verkehrs zum erstenmal schneidend, daß er offenbar für ihre Existenz kein Gefühl hatte und ihre Ermahnungen gar nicht in Betracht zog. Ihnen grauste davor, daß er sich so exponierte; sie fürchteten alle wieder für sich selbst.

Michna warf sich hündisch an ihn heran. Ihm imponierte die unverständliche Art, mit der Wallenstein den von Wartenberg behandelt hatte, diese Härte, die sich hätte vermeiden lassen; Wartenberg war Volksgenosse des Fürsten, hatte nichts rechtlich verschuldet, man hätte mit ihm über die Grundstücke verhandeln können. Der Oberst war reich genug, statt dessen zog er nur die Folgerungen aus der Situation. Michna, der neugierig den Gang dieses Prozesses verfolgte, fand den Oberst verblüfft über die Frage, warum er den von Wartenberg nicht schone oder glimpflich behandele. Ja, warum? Warum sollte er das? Sei er denn ein Kind oder ein Dummkopf? Was möchte wohl einer von ihm denken: er sei im Vorteil und ließe ihn aus den Händen? Sein Volksgenosse, gewissermaßen sein Verwandter? Michna sollte sich nicht lächerlich machen, sie seien von Adam und Eva her allesamt verwandt. Und Michna fiel in das schallende Lachen des Soldaten ein, freute sich über dessen festes Auge und das folgende Gespött über das Prinzeßchen Sabine.

Verängstigt lief Michna zu seinem Todfeind, dem Judenprimas

Bassewi; aber sonderbarerweise wußte auch der nichts von den Einzelheiten. Bassewi war offenbar ebenso beunruhigt über Wallensteins Vorhaben wie sein Gast; sie suchten sich gegenseitig auszuhorchen, trauten sich zum erstenmal. Michna schüttete dem Juden sein Herz aus: ob der Oberst etwas gegen ihn plane. In dem alten Juden, der an Wallenstein hing, regte sich eine Spur Mißtrauen, das er auch gegen seinen besten Klienten nicht los wurde, weil er ein Christ war. Wie plante Wallenstein jene ungeheuerliche Summe flüssig zu machen, von der er zu den Wiener Vertretern gesprochen hatte. Wen hatte er im Hintergrund. Neue Rebellenopfer gab es nicht mehr. Vielleicht die Judenschaft, deren Geldverhältnisse er gut kannte, vielleicht plötzlich Front gegen seine ehemaligen Konsorten, Liechtenstein oder diesen Michna. Man konnte nicht wissen, wessen man sich von ihm zu versehen hatte. Michna spionierte; er stellte fest, daß Wallensteins Agenten draußen im Reich herumreisten, zu erkunden suchten, wie groß die feindlichen Heere seien, wo die Musterplätze, wieviel Sold man bot. Es konnte alles nur bramarbasierendes Geschwätz des Obersten gewesen sein, den es im übrigen nach Kriegsehren gelüstete.
Zum zweitenmal fuhr Graf Meggau, der Obersthofmeister, nach Prag, das Terrain zu sondieren. Wallenstein tat, als erinnerte er sich seines Vorschlags gar nicht, schien ihn zurückziehen zu wollen, kam unversehens damit heraus: welche Sicherheit ihm vom Kaiser geboten würde. Meggau war überrascht; das war sonst nicht die Art des Fürsten. Im übrigen zeigte es sich, daß Wallenstein kein Interesse etwa an der Verpfändung eines Landstücks hatte; er erklärte, die Regierung und planmäßige Bewirtschaftung seines Areals genüge ihm völlig. So war die Situation völlig unklar.
Meggau, im dunklen Gefühl, hier noch nicht zu Ende zu sein, reiste nicht ab. Der Fürst erklärte, prüfend den wächsernen eleganten Grafen betrachtend, eines Morgens, er werde für den Kaiser fünf sechs Regimenter anwerben, sie installieren und ein Jahr aushalten. Bassewi, Michna fuhren zu dem Fürsten, boten sich ihm an; der Kaiser sei wieder in Not. Friedland schien übellaunig; dann erklärte er höflich undurchdringlich, er werde dem Kaiser als Soldat dienen; wenn es sein sollte, würde er drei Regimenter aufstellen und unterhalten. Bassewi schüttelte den Kopf; wie man sich in Menschen täuschen könne; Michna kam aus der Flauheit nicht heraus.
Es waren kaum zwei Tage vorbei, daß Meggau strahlend bei de Witte eintrat, der mit Michna und Bassewi über eine Transaktion zugunsten

des Kaisers verhandelte, und ihnen stehend, die Arme verschränkend die abenteuerliche Mitteilung machte: Wallenstein habe ihm formell, erst schriftlich, darauf mündlich den Vorschlag gemacht, er werde dem Kaiser eine ganze Armee aufstellen. Eine ganze Armee.
Der plumpe Michna faßte sich zuerst; wenn Wallenstein dies gesagt hätte, ob es nicht Abend gewesen sei bei einem Gelage, oder ob er nicht vorher seinen Wutanfall gehabt hatte. Dann sei alles denkbar.
Meggau, rosig angeglühte Backen, bat um Wein, wiederholte, daß Wallenstein sich in Ruhe mit ihm auseinandergesetzt hatte, so wie sie jetzt; daß er zahlreiche Pläne und Berechnungen vor sich gehabt hatte, daß er ihn durch seinen Kanzler Elz habe zu sich einladen lassen; Näheres wolle der Fürst erst später von sich geben.
Die drei Herren in der Gaststube sahen sich an, suchten in ihren Augen: «Woher hat er das Geld?» In diesem Augenblick hatten sie alle drei Furcht und waren bereit, sich gegen Wallenstein zusammenzuschließen.
Bassewi sagte vorsichtig: «Eine Armee ist keine Kleinigkeit; mit einer Armee kann man viel Unglück anrichten. Wer Soldaten hat, hat die Macht.» De Witte, mit den Fingern spielend, beruhigte sich: «Wallenstein ist treu gegen seine Geschäftsfreunde. Er ist der zuverlässigste, klügste Herr, der mit mir gearbeitet hat.»
«Ist er», lachte herausfordernd Michna; «aber er war auch einmal gegen Smirsitzky, sein Mündel, untreu.»
«Das alte Lied», schüttelte de Witte den Kopf.
Michna bekam grelle Blicke, schrie: «Herr Graf Meggau, Ihr vertraut dem Obersten Wallenstein so blind. Hat er Euch verraten, woher er das Geld nehmen will, um den Kaiser zu bezahlen, um ein Heer auf den Fuß zu stellen? Rechnet Euch aus: was kostet eine Kompagnie, Antrittgeld, Laufgeld, Equipierung, Proviant, ein Regiment, Berittene, fünftausend Mann mit Bagage, Artillerie, Brückenzeug, zehntausend Mann, zwanzigtausend. Dann Werber, Werberlöhne, Beamte, Zahlmeister, woher nimmt er das Geld?»
«Ich hab' ihn nicht gefragt», schluckte der Graf augenschließend an seinem Sektbecher, «dies alles ist eben seine Sache. Die Römische Majestät wird auch nicht danach fragen. Uns liegt daran, daß er sein Wort hält.»
Bassewi: «Hat er sein Wort gegeben?»
«Es schien mir so. Er sagte, es würde an ihm nicht liegen, wenn aus dem Plan nichts würde.»

Bassewi hob den Finger zu den beiden andern: «Er hat's versprochen.»
Wütend kippte der Serbe seinen Schemel: «Das ist es. Er verspricht, und niemand fragt, wie er's halten wird. Er kann es nicht halten, ich sag' es, er kann es nicht halten. Es ist über die Möglichkeit.»
«Herr Michna», flüsterte bedenklich Bassewi, «er hat es versprochen. Der Friedländer redet nicht in den Wind. Wenn er es gesagt hat, hat er es gesagt.»
Michna brüllte: «Und er verspricht es und wir müssen es halten. Die Majestät fragt nicht, woher er es hat. Warum spricht er nicht mit uns? Ich war täglich bei ihm. Keine Silbe hat er erwähnt. Ist das geschäftliche Treue, Bassewi? Ich will wissen, von wo er bezahlen wird.»
«Weiß man von solchen Herren, wenn sie im Vorteil sind», hielt ergeben Bassewi hin, «was sie mit einem vorhaben. Kann man doch nichts weiter tun, als sich gut mit ihnen stellen.»
«Nicht aus meiner Tasche», schäumte der Serbe. «Ihr hört es, Graf Meggau: bleibt es dabei, was der Friedländer versprochen hat, stellt er eine Armee auf, so ist am gleichen Tage mein ganzer Besitz, fahrend und liegend, Eigentum des Kaisers, der Hofkammer, mit der ich verhandeln werde, was ich für Ergötzlichkeit erwarte. Hört Ihr.»
«Gewiß», lächelte Meggau, «wir wußten immer, daß Ihr dem Hause Habsburg zugetan seid.»
Michna flammte: «Er soll nicht sagen, er habe für den Kaiser gearbeitet und wir für uns. Ihr habt es gehört, Graf Meggau. Es bleibt, wie ich gesagt habe, und diese Herren sind Zeugen, daß ich nichts besitze von dem Augenblick an.»
«Ich hab' es gehört und wir sprechen später davon.»
«Es ist geschehen, ich nehme nichts zurück.»
Erschöpft plumpste der Serbe auf einen Schemel, sah wirr und drohend die Herren an, mit Genugtuung schlug er sich auf die Brust, stöhnte: «So.»
De Witte klopfte ihm auf die Schulter: «Habt keine Furcht; er nimmt Euch nichts, der Friedländer.»
Der Serbe atmete ruhiger: «Nun kann er kommen.»
Den Juden berührte de Witte am Kinn: «Was werdet Ihr tun, Bassewi?»
«Wallenstein ist ein kluger Mann, habt Ihr selbst gesagt. Er wird nicht den Krug zerschlagen, aus dem er oft getrunken hat. Er wird wissen, man hat noch öfter Durst.»

De Witte sann nach: «Ich möchte Euch bitten, Graf Meggau, bevor Ihr etwas Bindendes eingeht mit dem Friedländer, wollet Euch mit uns verständigen. Vielleicht können wir Euch nicht weniger leisten; bitter wird es uns angehen; aber wir möchten nicht zurückstehen, wenn das kaiserliche Haus bedroht ist.»

DIE BEIDEN Unterhändler, Meggau und Harrach, erschienen in Wallensteins Palast; in seinem prächtigen Palmengarten spazierend, hatten sie mit dem Mann eine kurze Unterredung.
Wallenstein fragte, ob der Fürst, dem zur Aufstellung des Heeres Gelder mangelten, der Kaiser und Römische Majestät sei.
So wolle er den Grafen Harrach, seinen Oheim, fragen weiterhin, ob der drohende Krieg im Namen des Kaisers geführt werden solle, vom Kaiser als Kaiser oder wie sonst.
«So möchte ich», schwang Wallenstein sein spanisches Rohr, «wissen, woher der Kaiser die Mittel für diesen Krieg nimmt. Nach der Aufstellung der Armee. In welcher Weise gedenkt er die Eintreibung des Kriegsbedarfs zu regeln?»
Meggau erklärte unruhig, der Herr irre sich; er kenne vielleicht die Stände des deutschen Reiches nicht. Sie werden keine Steuern zahlen zur Erhaltung des Heeres.
«Graf Meggau mißversteht mich. Ich sprach nicht von den Ständen. Die Armee wird vorerst von mir aufgestellt und alsdann von den Reichslanden ernährt, da sie eine kaiserliche Armee ist.»
«Die Länder, wir schweigen von der Rechtslage, werden nicht zahlen.»
Wallenstein trat erstaunt zur Seite: «Ja, woher weiß das der Herr?»
«Weiß der Herr es anders?»
«Ich bin Soldat. Ein Dorf, ein Markt, ein Bauernhof zahlt sofort, wenn ein Fähnlein erscheint; eine Stadt, ein Kreis, ein ganzes Land zahlt, wenn das Heer ausreichend groß ist. Fragt die Obersten Kolloredo, Braunau. Fragt Böhmen. Fragt die Oberpfalz, die Rheinpfalz.»
«Wäre Euer Liebden ein anderer, würde ich glauben, Ihr habt nicht gut einige Tatsachen im Kopf. Böhmen war ein besiegtes Land, die Pfalz ist erobert. Der Kaiser führt nicht Krieg mit dem deutschen Reich.»
«Was meint der Herr damit?»

«Daß Euer Liebden nicht glauben müssen, das deutsche Reich sei Böhmen und der Kaiser hätte Befugnis, mit Reichslanden, friedlichen, ebenso umzuspringen wie mit diesem.»
Die Wut in Wallenstein. Sein gelbes Gesicht vibrierte. Er warf den Degen auf eine Kredenz, die mit Bechern und Kannen im Grünen stand: «Wollen die Herren etwas von mir, oder ich von ihnen? Wagt der Graf Meggau mich zu kujonieren?»
Graf Harrach beruhigte den schwer erschreckten andern, der ratlos stehenblieb.
«Trinkt, Herren.» Wallenstein drängte ihnen Weinbecher auf. Mit starren Blicken auf Meggau hielt Wallenstein das silberne Gefäß, schluckte langsam, preßte die Flüssigkeit, als ginge sie nicht durch den versperrten Schlund.
«Wollt Ihr nicht auch trinken, Graf Meggau?»
«Ich danke Euch, ich bin nicht durstig.»
Harrach flüsterte dem andern zu: «Nehmt Euch in acht.»
Sie saßen auf einer Bank. Statt zu sprechen, erhob sich Wallenstein, packte seinen Degen, bat um kurzen Urlaub, ging ab, den Degen frei in der Hand schwingend. Harrach atmete tief: «Dies ist das Beste. Es hätte kein gutes Ende genommen. Er will sich beruhigen.»

TAGELANG hörten sie von Wallenstein nichts. Wallenstein hatte seinen tollen Zustand, den sie ‚den Schiefer' nannten; die Gicht war ihm in den Kopf gestiegen, seine Augen geschwollen, tiefrot, das Gesicht tief blaß. Er saß, lag brütend herum; auf Pantoffeln mußte man gehen. Brüllte, sobald sich ihm einer näherte in Sporen oder mit Hunden; in furchtbarer Gereiztheit schleuderte er Becher, Gläser, fiel Unbedachte mit Peitsche und Degen an. Zwanzig Jäger lagen bei solchem Zustand im Keller seines Palastes, in den anliegenden Straßen; erschlugen auf seinen Befehl jeden Hund, der in der Nähe bellte, würgten krähende Hähne; ringsum die Straßen voll Stroh. Sein Arzt war bei ihm zu Aderlaß Dampfbädern.
Zum Erstaunen des freundlichen gebrechlichen Harrach war Wallenstein, als er sich wieder blicken ließ, noch zornig: «Machen die Herren mir nicht den Vorwurf, daß ich dem Kaiser schlecht dienen wolle. Ich habe es bewiesen gegen Venedig; fragt meine Feinde, die verräterischen Böhmen.»

Er redete mit kränklichem Gesicht, weiten Augen über den blanken Tisch in dem tönenden Hauptsaal seines Palastes; die Bilder von Cäsar, Alexander dem Großen, Hannibal waren überlebensgroß an den Wänden auf Holzplatten aufgestellt; an einer Querwand sah man in sanften Farben die Geschichte Josephs in Ägypten. Der greise Harrach, seine zitternde Hand berührend, sprach seine Freude aus, ihn gesund zu sehen; sie wollten noch einmal hören, welche Gedanken er, der alte Praktiker, über die Armee zu entwickeln habe. Nach einigem Schweigen, in dem er sich offenbar bezwang, stieß Wallenstein, der den langen zuckenden Arm auf dem Tisch liegen ließ, heiser hervor: «Das Wichtigste ist zweierlei: der Kaiser braucht ein Heer, die Stände wollen es ihm nicht aufstellen. Dann: das Reich ist bedroht, dem Kaiser liegt der Schutz ob. Der Kaiser hat die Aufgabe und das Recht, die Reichsverteidigung in die Wege zu leiten; er stellt das Heer auf.»
Graf Meggau bat innezuhalten; er blickte lange und intensiv den Obersten an: «Dies also ist die Rechtslage.» Dann: «Sie ist Eure Überzeugung, Herr Oberst?»
«Ja.»
«Der Kaiser stellt für das Reich das Heer auf.»
«Danach», brachte Wallenstein widerstandslos, und als ob er jeden Widerstand breche, aus sich heraus, «führt der Kaiser niemals gegen das Reich Krieg, wenn er in Deutschland das Heer hinstellt, wo er will, und verpflegen heißt.»
Nun zog der Fürst seinen Arm zurück und schien nicht mehr zuhören zu wollen.
«Das ist ein Weiteres. Habt Geduld mit mir, Herr Oberst. Zunächst seh' ich, was ich schon wußte, daß Ihr gut kaiserlich gesinnt seid. Ihr erbietet Euch, sofern die Römische Majestät zustimmt, in ihrem Namen Truppen aufzustellen. Hiergegen könnte von niemandem Widerspruch erhoben werden; jeder Fürst stellt Truppen auf. Daß das Reich diese Truppen zu erhalten hat, ist problematisch: dies werden die Stände bestreiten. Ihr meint, sie täten Unrecht daran.»
«Sie täten besser daran, es nicht zu bestreiten und sich vom Kaiser über ihre Pflichten gegen ihn belehren zu lassen. Graf Meggau, wir haben vor allem die Macht, den kaiserlichen Standpunkt zu vertreten. Sie aber nicht ihren.»
Harrach lächelte ihn an: «Wir wollen es nicht gleich auf einen Krieg mit den Ständen ankommen lassen.»
Wallenstein lachte mit: «Eben. Dies wird ihnen schwer werden. Wir

machen es ihnen leicht: wir sind gleich erdrückend da. Widerstand ist aussichtslos, Paktieren, Jasagen die einzige Möglichkeit.»
Graf Meggau hatte sein Gesicht in stärkster Spannung zusammengerissen:
«Also Ihr setzt ein Heer hin, ein großes, erdrückendes; das Reich unterhält es. Der Kaiser ist außer dem Spiel.»
Wallenstein einfach: «Hat der Herr Furcht, daß wir den Kaiser beseitigen? Das Heer ist des Kaisers; darum nur wird es vom Reich unterhalten werden.»
«Und der Feldherr?»
«Wird vom Kaiser nach Willkür ernannt.»
«Und Ihr?»
«Ich setze dem Kaiser das Heer hin und werde ihm wie bisher dienen.»
«Wie gedenkt sich Euer Liebden schadlos zu halten?»
«Ich strecke dem Kaiser nicht zum erstenmal einen Betrag vor. Der Kaiser wird rasch in der Lage sein, wenn er ein großes Heer in Deutschland hat, mir meine Auslagen zu ersetzen.»
Die Spannung blieb unverändert in Meggaus blutlosem scharfen Gesicht: «Sprecht deutlich zu mir, damit ich klar in Wien melden kann. Was fordert Ihr, welche Erkenntlichkeit vom Kaiser als Gegenleistung?»
Behaglich, wie die Katze im Spiel mit der Maus, knurrte, sich über die Tischplatte bückend, von Wallenstein und lachte: «Ich werde keine Gnade fordern. Sofern die Räte auf mich hören, ist mir um mein Geld nicht bange. Ich will in das Heer eintreten. Es soll mir vergönnt sein, wie früher für den Kaiser zu kämpfen.»
Meggau räusperte sich unbefriedigt, ohne den Fürsten anzublicken.
Was Wallenstein plante, kam klar heraus in dem, was er seinem väterlichen Verwandten, dem Harrach, offenbarte. Gemildert berichtete der dem Grafen Meggau davon, der die Augen aufriß. Nach diesem Bericht gebrauchte von Wallenstein Wendungen wie: Adlige, Bürger und Bauern vergessen, daß sie ihr Eigentum nur verwalten; daß sie nur vorübergehende Lehensträger des Reiches seien. Man kann ihnen ihr Leben wegnehmen, wenn Reichsbedürfnis vorliegt. Einen Grund, dagegen zu rebellieren, haben sie nicht; besonders nicht die Adligen, Fürsten und Herren, die ihren Besitz seit Jahrhunderten festhalten; diese sind längst reif, ihre Habe wieder abzugeben. Von Wallenstein erklärte, im allgemeinen und besonders in schwierigen und Kriegs-

zeiten könne man das Nutznießen beenden; das Reich, der Kaiser werde dann gedrängt, das Lehen zurückzuziehen. Das gilt von Pferden, Stroh, Heu, jedwedem Material zur Verpflegung, dazu Unterkunft, Holz zum Heizen, auch Gold und Silber.
Graf Meggau war halb glücklich, halb entsetzt; er hielt sich die Ohren mit den Händen zu, schrie lachend: «Nein, nein.» Er verlangte, nach seiner Art wieder nachdenken zu dürfen, erklärte dann, das sei Böhmen, reinstes, echtestes Böhmen, was er gehört hätte. «Die tolle Gesellschaft, das Konsortium, Ihr verzeiht mir, weil es Euer Verwandter ist. Aber der Boden ist unverkennbar. Nicht Hab, nicht Gut, nämlich wenn es den andern gilt. Oh, ich weiß schon, wie man diese Methode bezeichnen wird. Ihr Name ist so alt wie das Strafrecht.»
Der alte Graf Harrach, verliebt in Wallenstein und völlig in seinem Bann, widersprach nicht; auch ihm gingen die Argumente des Obersten schwer ein. Kleinlaut meinte er, er hielte sich für sehr alt und wolle sich nicht dreinmischen; ohne Zweifel sprächen alle Worte Friedlands von seiner Dienstwilligkeit für den Kaiser.
«Und was sagte Euer Verwandter weiter?»
Harrach meinte bekümmert, wenn man dies für Raubritter- und Strauchdieblogik ansähe, so lohne ja gar nicht, darüber zu reden.
«Er meinte also, dem Kaiser stehe im Grunde absolutes Konfiskationsrecht zu?»
«Jedenfalls in schwierigen und Kriegsfällen. Er sagte übrigens auch nach einiger Überlegung, und dabei hat er nicht mit der Wimper gezuckt, daß der Kaiser nicht nur Anspruch auf die Sachen, sondern auch auf die Menschen hätte.»
«Mein Gott und Heiland», rang Meggau die Hände.
«Nicht, als ob der Kaiser seine Untertanen wie Leibeigene besitzen und nach Belieben verwenden wolle, sondern: wie der Kaiser von Reichs wegen Geld, Sachen, Proviant als Steuern anfordere, so die Menschen, die er brauche.» Dem alten Harrach war selbst nicht wohl, als er dies erzählte: «Ich habe ihn gewarnt, solche Reden fallen zu lassen; man möchte die Römische Majestät sonst gefährlicher Dinge gegen die deutsche und christliche Freiheit beschuldigen. Aber ich wußte ja, worauf es ihm letztlich ankam, auf die Söldner. Er ist ernstlich der Meinung, Graf Meggau, ganz ernstlich, daß im Grunde der Kaiser nicht nötig habe, ein Heer anzuwerben und zu bezahlen. Der Kaiser sei unverdient in einer so schwierigen Lage wie jetzt. Er könne im ganzen Reiche eine Wehr ausheben, wenn er es für nötig hielte,

und die Leute müßten alles liegen- und stehenlassen und tun, was er befehle.»
«Wißt Ihr», Meggau verschränkte erregt die Arme, «redet lieber nicht mehr davon. Diese Phantastereien sind mehr als töricht; sie kompromittieren ihren Urheber. Von Wallenstein täte besser, an sich zu halten, wenn er wünscht, daß der Kaiser mit ihm in Verbindung tritt. Was soll man von unserem allergnädigsten Herrn denken, wenn er so gegen die Freiheit eines Menschen verfährt; sich erkühnen, eine derartige Vergewaltigung friedlicher Wesen unserem frommen Herrscher zuzumuten. Der böhmische Herr sagte: aller Besitz ginge seinen Weg, heute hierhin, morgen dahin, man müsse nur ohne Zag zugreifen. Das ist Standpunkt des Kriegers. Ich bin kein Krieger. Wir sind keine Krieger.»
Meggau war ernstlich verstimmt, plötzlich fiel ihm die Geste des Fürsten Eggenberg ein, als von Wallenstein gesprochen wurde; jetzt verstand er sie.
Als sie sich am nächsten Mittag an die Tafel in ihrem Quartier setzten, sagte Meggau, die Waschkanne reichend, vorwurfsvoll leise zu dem betrübten Harrach, was ihm vor einer Stunde Michna eingeflüstert hatte: «Wißt, lieber Freund, ich habe es ganz heraus, woher der von Wallenstein so toll kaiserlich gesinnt ist. Er streckt uns das Geld für das Heer vor, das Heer aber soll ihm aus dem Reiche sein Geld wiederbringen mit Zins und Zinseszins. Darum ist das Reich mit einmal vogelfrei. Laßt. Ich habe es erfaßt.»
Sie konnten Wallenstein nicht entgehen. Der einzige Trumpf, der in ihren Händen war, die Magnaten und Wucherer Böhmens, ging ihnen in dem Augenblick verloren, wo die Böhmen erkannten, daß Wallenstein in der Tat sein ganzes Vermögen aufs Spiel setzen wollte. Keiner wagte sich da noch neben ihn. Im Augenblick schwenkten die Verängstigten, die schon begonnen hatten, ihre bewegliche Habe zu verstecken, zu ihm über; im Augenblick flossen alle Quellen für ihn. Es stand etwas bevor. Sie wurden aus Wien herüber herunter zu ihm gezwungen. Nach Wien wurde eine Äußerung Wallensteins berichtet: die Herren möchten sich beeilen; der Däne warte nicht auf sie.

IM ERDGESCHOSS des Antiquariums in der Münchener Neuen Feste stand der gewaltige Doktor Jesaias Leuker, blauroten Gesichts, den

federnbesetzten Topfhut an die linke Hüfte pressend, im blauen bauschigen Wams, dessen Knöpfe unter dem Hals krachten, breitbeinig auf spitzen hochhackigen Stiefeln vor dem leeren Armsessel, hinter dem Maximilian an der Fensterwand lehnte. Vierunddreißig Fenster öffneten sich nach dem weiten Hof; die alten Brustbilder darüber in Öl waren unkenntlich nachgedunkelt. Maximilian sagte mit einem fatalen Lächeln: «Sie mögen sich in Wien in Hoffnungen wiegen. Sie tun es. Noch. Sie lassen alles gehen. Treffen keine Maßnahmen. Sie denken, gebt es nur zu, der kommende Krieg ist nur gegen mich gerichtet.»
«Sie denken ähnlich.»
«Sie wiegen sich in falschen Hoffnungen. Wißt Ihr Näheres?»
Leuker wechselte die Beine; die gelben Stiefelschäfte um die Waden öffneten sich zu einem Kelch mit drei bunten Innenblättern, sanken tiefer: «Man hält zurück; Erzherzog Leopold ist der einzige, der sich gehen läßt; er sagte offen, man hätte genug gefochten und gekriegt; Habsburg sei friedfertig, der Kaiser wünsche das Reich zu beruhigen.»
«Sie gönnen mir diesen Krieg, sagt nur gerad heraus. Welche Partei am Hofe hält zu mir?»
Dann fragte er: «Kennt Ihr den spanischen Botschafter gut? Was ist seine Gesinnung? Ist er befreundet mit einem Minister, ist er fromm?»
Er trat neben dem Sessel hart an Leuker heran, leise bemerkend: «Ich möchte wissen, ob Spanien jede Herrschaft über Ferdinand den Andern verloren hat. Ob es die Dinge gehen lassen will, wie sie gehen. Sagt dem Ognate, daß ich ihn warne; Spanien kann die Subsidien an den Kaiser sparen. Mir sind die Hände gebunden.»
Leuker hob den rechten Arm mit der kleinen Spitzenmanschette vor die gewölbte Brust: «Ognate ist ein unberechenbarer Mensch; er will Eurer Kurfürstlichen Gnaden nicht wohl seit seiner mißglückten Intrige in Regensburg.»
«Sagt, ich hätte gesagt, die Sache jeder katholischen Partei steht auf dem Spiel, wenn man den Kaiser nicht aufrüttelt. Sagt, ich hätte gesprochen von: aufrütteln. Oder gedacht, oder scheine gedacht zu haben, daß er seine Pflicht versäume als hispanischer Geschäftsträger. Die Pflicht gegen seinen wohlmeinenden Herrscher. Es täte mir leid, so denken zu müssen von einem gottergebenen Christen.»
«Er schmäht am Hofe, beim Kirchgang, beim Quintanrennen nur auf den Franzosen.»

«Das Heilige Reich schläft; die Protestierenden nehmen einen starken Anlauf, der Pfälzer und sein Anhang wächst.»
«Ich fürchte» – Leuker bog kraftvoll den geschorenen Kopf in den Nacken, zog unten an dem pludrigen Besatz seines Wamses. Maximilian stand am Fenster, den Rücken gegen ihn: «Der Herr hat nichts zu fürchten. Der Herr hat dem Ognate mitzuteilen, wie ich ihn instruiert habe.»
Der Marquis Ognate, der Spanier, mußte den Bayern mehrmals fragen, was Maximilian ihm aufgetragen hatte. Er erzählte dann einigen vertrauten Herren, auch dem französischen Geschäftsträger, dem neuen Kurträger sei die Angst ins Gehirn gestiegen, dicht unter den Kurhut; nunmehr sei eingetreten, was er seit Regensburg prophezeit hätte: der Bayer müßte um spanische Hilfe bitten. Empört stellte er den Doktor Leuker zur Rede: wie er etwas gegen die Römische Majestät zu unternehmen anräte, gegen den nahen Verwandten des spanischen Königs, seines eigenen Herrn. Später war er äußerst geschmeichelt; er freue sich, das Vertrauen des klugen Kurfürsten Maximilian zu genießen; sie vertreten die gemeinsame christliche Sache; er würde nicht säumen, mit dringenden Hinweisen seinen allergnädigsten König und die Infantin in Brüssel zu benachrichtigen; sie würden den Ernst der Lage verstehen, sich mit dem Bayern zusammenfinden, er könne seines Eifers gewiß sein. Und stolz ließ der Marquis bald fallen, die niedersächsischen und dänischen Herren möchten nur ihr Haupt erheben; auch Spanien würde wissen, wessen Partei es unentwegt halte; Bemerkungen, die Unruhe am Hofe erregten. Fürst Eggenberg vermochte keine befriedigende Aufklärung von dem Spanier zu erlangen. Da erbat Ognate eines Tages eine Audienz beim Kaiser; schwermütig vermittelte Eggenberg den Verkehr, und es trat ein, was man schon erraten hatte: Ognate überbrachte dem Kaiser Grüße vom spanischen König, Hinweise auf die drohende Weltlage, die einen Zusammenschluß aller katholischen Fürsten erfordere, schließlich eine Einladung zur Beschickung einer Konferenz, die zu Brüssel stattfinden sollte, zur Bereitstellung eines Defensionswerkes gegen die neugläubigen Mächte. Maximilian, der neue Kurfürst, würde daran teilnehmen, mit Spanien und der Infantin.
Einen Stich in der Brust empfand der tiefgebräunte, sommerlich gekleidete Kaiser; atemlos wartete er, bis sich der Spanier entfernte, lächelte dann gespannt den zu Boden blickenden Eggenberg an: «Seht Eggenberg! Seht! Versteht Ihr das? So hat er dies Glück auch!

Spanien mischt sich in den Krieg ein. Spanien, mein Vetter Philipp, will mit Max und was noch mehr ist, vielleicht bald gegen mich.»
«Habsburg ist nicht gegen Habsburg, Majestät.»
«Warum nicht? Wenn etwas dahinter steckt, das die Feindschaft belohnt? Wir sind arm und wehrlos, Eggenberg, fragt den treuen Abt Anton, Gurland, seht das Gesicht meines lieben Grafen Meggau an, die Säckel leer. Und Spanien hat anderthalb Millionen Skudis aus Indien; es wird sich mit Bayern an uns schadlos halten, das weiß der Bayer.»
Eggenberg stand welk dem Kaiser gegenüber auf dem großen leeren Teppich im Empfangssaal: «Es ist kein schöner Schachzug Bayerns. Bayern droht Zwietracht zwischen das erzherzogliche Haus und König Philipp zu säen, wenn wir ihm nicht zu Hilfe kommen. Es ist kein schöner Zug.»
«Was habe ich ihm getan, Eggenberg? Nichts. Warum muß er so wild sein gegen mich, mir zusetzen, vielleicht meinem Vetter Philipp heimtückisch Stücke deutschen Landes verheißen? Er hat Spanien aufgeregt; ein schrecklicher Dämon lebt in ihm.»
Ohne sich zu rühren, sagte matt Eggenberg: «Bayern will uns in den Krieg für sich zwingen. Wir könnten es darauf ankommen lassen; Spanien kann von uns nicht lassen.»
«Wie erschreckt Ihr seid, alter Freund! Das ist noch nicht die stärkste seiner Künste.» Ferdinand lachte gutmütig. «Er hat uns in der Zwickmühle; er gewinnt, wie wir's auch anstellen. Er zwingt Euch, den Mund aufzureißen, während Ihr bei Tische sitzt, und Euch einen Zahn herauszuziehen. Ich fürchte ihn nicht, ich kenne ihn ja. Er ist so ungebärdig von Haus aus; Ihr sitzt vergnüglich auf Eurer Bank und er kommt, bittet nicht etwa um eine Krume Brot, sondern um Eure Schuh, Euer Wams Hut Kette Degen, alles auf einmal. Es ist seine Art. Ihr dankt ihm dafür, daß er den Kopf nicht mitnahm.»
«Die Konferenz bei der Infantin werden Eure Majestät beschicken müssen, ich sehe es schon. Soweit hat Bayern auf diesen Schlag gewonnen.»
Wieder lachte Ferdinand gutmütig und schüttelte sich: «Und das Weitere wird ihm ebenso zufallen. Das gemeinsame Defensionswerk wird ihm gelingen; wir werden neben ihm fechten und uns dazu Stücke aus unserem Fleisch schneiden. Und damit sind wir noch nicht am Ende.»
«Verhüt' es Gott, verhüt' es Gott.»

Langsam stand der Kaiser auf: «Helft mir parieren, Eggenberg; beten kann ich selber. Rat, Eggenberg, Entschluß, Kraft, Kraft. Ah Dighby: wie ich zu ihm sagte: in die Knie, in die Knie, so ist's recht.»
Er legte beide Arme auf Eggenbergs zarte Schultern, sanft sprechend: «Denkt, Eggenberg, Ihr sollt die Kraft sein, die mir helfen soll.» «Vergebt mir», sagte er nach einer Weile auf den traurigen Blick, «ich grolle Euch gewißlich nicht.»

SIE SCHICKTEN aus Wien fort eine finstere zorndrohende Gesandtschaft nach Brüssel; aber sie stießen auf die grauhaarige spanische Infantin, die nicht einmal der Höllenhund unsicher gemacht hätte. Sie war stark in ihrem Glauben und unerbittlich in ihren Ansprüchen, dabei biegsam wie der Wind und gefügig, sich in die feinsten Spalten einzuschleichen. Der Bayer und der Österreicher begegneten sich auf den Gängen ihres Palastes; dem Österreicher war der Zorn auf der Stirn eingetragen, der Bayer wich ihm aus.
Die Infantin trug einen mächtigen weißen Krausenkragen um den dünnen Hals, die braune engärmelige Jacke zeigte ihre mageren sehnigen Arme, sie ging mit kleinen Schritten über den Teppich der Geheimratsstube, der rote weite Rock bewegte sich um sie nicht. Sie setzte sich hochstirnig auf ein niedriges Podium; auf dem grauweißen Haar hatte sie einen einfachen schwarzen Filzhut mit Reiherfedern. Sie trug dem Gesandten des Kaisers vor, wie arm wehrlos und machtlos das Heilige Römische Reich sei, wie verschuldet der Hof sei bei diesen Ämtern, diesen Staats- und Privatpersonen, wieviel Regimenter noch abzudanken seien und nicht abgedankt werden könnten, so daß der Gesandte nicht faßte, woher ihr diese einzelne Kenntnis kam. Sie stellte Spaniens Macht und dauernde Einkunft daneben; schloß lächelnd stolz: sie wolle für den kommenden Krieg gegen die voraussichtliche Koalition den Katholischen sechstausend Mann, achtzehn Reiterfähnlein, sechs Geschütze stellen.
Der verwirrte prunkvoll ausstaffierte Mann verneigte sich nur, hervorstoßend, daß er davon Bericht nach Hause machen werde. Die Infantin wiederholte ihre Worte, noch freudiger; und stand, nachdem sie ihm mit den Augen zugewinkt hatte, rasch auf; man riß die Tür vor ihr auf.

An den nächsten Tagen umgingen den Österreicher hochmütig die niederländischen und spanischen Diplomaten; es war keine Rede von den schwebenden Geschäften, wie auf Verabredung; man beobachtete ihn freundlich; der Gesandte mußte sich vorsehen, nicht irgend jemand unversehens in seiner Gereiztheit zu überfallen. Er schickte seinen Kammerdiener aus, ein Hoffräulein der Infantin einzufangen, um von ihr Heimlichkeiten zu erfahren; er vermochte lange nicht den genauen Anspruch der Infantin zu ermitteln. Es schien ihm, als ob der Bayer sich über ihn lustig mache; der ging Arm in Arm mit dem Spanier; er stand allein. Eines Morgens wurde ihm durch einen Rat der Infantin die Frage gestellt, was das deutsche Habsburg den Spaniern böte, im Falle es sich am gemeinsamen Defensionswerk gegen die drohende Koalition beteilige. Ohnmächtig sah Graf Schwarzenberg wieder, wie man die Sache umkehrte, daß man um diese Hilfe ja nicht gebeten hätte, da man sich nicht angegriffen fühlte. Sofort fügte der Rat hinzu, die Infantin verlange ein Reichsverbot gegen die Holländer, mit Deutschland Handel zu treiben, Sperrung von Weser und Ems für sie; weiter einen Hafen am Belt. Soweit die Infantin von sich aus, für das spanische Niederland; er vermöchte hinzuzusetzen, daß Spanien alsdann dem Kaiser zur Seite treten werde mit dem niederburgundischen Kreis, daß es die Ächtung Hollands begehre, ferner noch etwas Besonderes. Dieses Besondere wollte der im übrigen sehr bestimmte Rat nicht äußern; er sagte, der fragliche Punkt sei nicht von Wichtigkeit im Augenblick; es ergab sich dann, daß Spanien strikte dem Bayern das Recht bestritt der Achtsvollstreckung gegen den Pfälzer; die Besetzung der Pfalz stünde Spanien zu und müsse Spanien eingeräumt werden.

Glückstrunken hörte der Österreicher dies; am nächsten Morgen wurde ihm durch die Infantin bei einer zufälligen Begegnung vor der Messe derselbe Bescheid; liebenswürdig streng, dabei eigentümlich kokett, groß die schwarzen Augen aufschlagend, erklärte sie, sie hätte es mit ihren Räten weidlich erwogen; sie werde dem Kaiser helfen wie der König Philipp; sie könne aber von ihrem Begehren nicht abstehen.

Wie auf Sturmwolken rasten die Kuriere von Brüssel an den Rhein, jagten von Mainz nach Regensburg, wo sie sich einschifften, um dem Hofe diese freudige Mitteilung zu bringen, daß Spanien vom Kurfürsten Maximilian Mannheim und Heidelberg begehre. Es werde unmöglich sein, daß sich die beiden verbündeten. Eggenberg reckte

sich, wie sich der Kaiser selbst reckte. Es war der alte Wunsch Spaniens, eine Verbindung von Süden her zu den Niederlanden zu haben. Eggenberg lachte befreit: «Wir werden die Pfalz dem Spanier versprechen.» Der kaiserliche Gesandte in Brüssel wurde nicht müde, die Wichtigkeit der spanischen und niederländischen Hilfe für den Kaiser zu betonen, er erwähnte die außerordentliche Bereitwilligkeit seines Herrn, in eine Allianz mit Spanien und Bayern zu treten, damit den Ungläubigen der Fuß auf den Nacken gesetzt werde; auch werde eine Einigung über allen und jeglichen Punkt sicherlich zustande kommen; soweit er. Bezüglich der Kurpfalz verhehlte er nicht, daß sich die spanischen Wünsche nicht sehr von den deutschen unterschieden, es sei da leider eine Auseinandersetzung Spaniens mit dem derzeitigen Okkupanten des Landes, dem Kurfürsten Maximilian, vonnöten. Bayer und Spanier hatten von dem Tage an weniger Anziehungskraft füreinander; sie gingen nicht mehr Arm in Arm, aber bald fest Degen gegen Degen.
Dröhnend, ehrfurchtheischend der Österreicher vor der Infantin in der Ratsstube. Er überbrachte die besonderen freundschaftlichen Grüße der verwandten Majestät; sie hege die Hoffnung auf glückliche Befestigung des Bündnisses. Die Infantin antwortete stark und kalt; ihre Damen, die um ihren Sessel standen, bewunderten sie, wie sicher sie dem Österreicher seine Anmaßung und Triumph wiedergab. Maximilian zog sich aus dem verlorenen Spiel zurück; sein Gesandter bellte, der Kurfürst müsse über den Vorschlag mit seinen ligistischen Freunden beraten, dann biß er nach dem Spanier: Maximilian wolle jeden Punkt erfüllen, aber Spanien müsse sich mit Waffenhilfe für den ganzen kommenden Feldzug, für alle seine Möglichkeiten bis zum gemeinsamen Frieden festlegen. Eine Forderung, mit der er brüllende Wutausbrüche bei dem fremden Gesandten auslöste. Die alte Abneigung Bayerns und Spaniens lag offen zutage.
Der Zwischenfall war erledigt. Eine herzliche Sonderbotschaft wurde von Wien nach Madrid getragen. Maximilian war allein.
In den Kammern der Burg gingen die Geheimen Räte gespannt umeinander. Der Schlag war abgewendet; wessen sollte man sich vergegenwärtigen. Der Bayer rüstete gewaltig mit seinen ligistischen Freunden und Anhängern. Es konnte das Furchtbare eintreten, daß er den Dänen allein besiegte.

ZWANZIG Karossen trabten auf den böhmischen Landstraßen, die den reichen von Wallenstein nach Wien führten. Dieser Böhme war mit nichts in den Krieg gezogen; in fünf Jahren waren ihm an vierundsechzig Dominien im Norden des Königreichs zugefallen, die an der Grenze im Norden bis Welinik, von Leipa-Neuschloß bis Wildschütz im Osten reichten. Als Wahlspruch hatte er gewählt: «Dem Neid zum Trotz.» Er besaß das Land des Rebellen Christoph von Redern, Friedland-Reichenberg; ihm gehörte Kumburg-Aulititz, Welisch, Sagan, Weißwasser, Hühnerwasser, Smil, Trotzky, Hauska. Er hatte Böhmen abgerahmt; aus dem feinen giftigen Mund seines Vetters Slawata stammte das Wort: die Schlacht am Weißen Berge hat Wallenstein gewonnen. Der Zug seiner Karossen wälzte sich gegen Wien. Man erwartete ihn mit Beklemmung; die Folgerungen aus der Situation mußten gezogen werden. Man forschte seine Begleiter unterwegs aus, was er sagte, wie er sich äußerte, wie seine Stimmung sei; schickte ihm zwei Ärzte entgegen, die für seinen Zustand bürgen sollten. Während Meggau und andere noch zögerten, waren Eggenberg, Trautmannsdorf, auch Questenberg, nach der spanisch-bayrischen Attacke entschlossen, es ginge wie es wolle, sich des tollen Böhmen zu bedienen, ihn auszuschütteln, bis kein Dukaten an ihm hinge; nur auf das Geld käme es an; man lasse ihn projektieren, störe ihn beileibe nicht; die hohen Kurfürsten und Stände würden schon für die Ernüchterung zur rechten Zeit sorgen. Die beiden Ärzte hatten Geheimauftrag, in keinem Fall den Böhmen nach Wien hereinzulassen vor oder während eines Schieferanfalls. Aber nichts wurde gemeldet als die prächtige Verfassung, in der sich der Reisende befand; man erwog für ihn Festlichkeiten Schauspiele Judenverbrennungen, unerhörte Ehrungen für einen Privatmann. Trautmannsdorf scherzte, er wolle sich zu einem Tanz um dieses goldene Kalb erbieten.

In dem Pomp, mit dem er sich zu umgeben liebte, zog er in die Stadt ein; die Wiener steckten verwundert die Fäuste in die Säcke, als die versilberten Partisanen der Vorreiter anrückten, Zaumzeug und Schabracken, wie ihr Kaiser sie führte, Lakaien, Pagen in feinsten französischen Stoffen, eine halbe kriegsstarke Kompagnie voraus, eine halbe hinterher als Bedeckung. Unter den Scharen der Herumstehenden lief das Wort, da komme einer von den neuen Alchimisten, die machen Gold aus böhmischem Blut. Als er an dem einstöckigen verfallenen Spukhaus von Schabdenrüssel vorbeifuhr, steckte der Oberst den mageren kurzgeschorenen Kopf ohne Hut zum Fenster

heraus, lachte erschreckend stark, wie man sagte, hier könne einer den Buckel verlieren; draußen höhnte man über den Hanswurst, der in seiner Kutsche ungeniert fast eine Viertelstunde lang vergnügt rumorte und meckerte. Verwegene Gesellen der Rauchfangkehrer saßen auf Bänken vor ihrem Bierhaus; brachten ihm ein Konzert, als sie ihn lachen hörten, indem sie mit ihren Besenstielen gegen die hölzerne Hauswand ein knallendes Lied schlugen. Nahe dem leeren weiten Stephansplatz, am Bischofsplatz neben dem Heiligturmstuhl, stand das Haus des Kaufherrn Hans Federl. Da bezog der als überreich und verschroben verschriene Böhme sein Quartier. In diesem Hause hatte noch ein anderer Mann seinen Wohnsitz seit einigen Wochen, der Prager Judenprimas Bassewi. Juden wohnten nicht mehr in der Stadt, sie waren durch kaiserliches erneutes Dekret vor die Mauern verwiesen an den unteren Werd; der Prager mit dem gelben Barett hatte einen kaiserlichen Schutzbrief, man mußte ihn dulden. Das Gesindel, das mit Wallensteins Kavalkade anschwärmte, schrie und tobte, als der abenteuerlich schöne und kostbare Troß vor Bassewis Hause sich staute, die Kutsche Wallensteins sich öffnete und ihn auf die Stiege entließ, die Begleitung in die Nachbarschaft abritt. Haufen über Haufen sammelten sich vor dem Federlhof an; wieder sprangen die Rauchfangkehrer, die berußten Gesellen, stellten ihre Leitern vor das Haus, zu sechs, zu zehn, zu zwanzig, standen da schwarz und grimassierend, meckerten, näselten, kreischten Judenspottlieder, machten sich drauf und dran, auf das Dach zu klettern. Es war eine Beleidigung ohnegleichen, die Wallenstein der Stadt erwies, er, von dem es hieß, daß er vom kaiserlichen Hof geladen war.
Und kurz nachdem die liederliche Stadtgarde, die mit dem Gesindel paktierte, das übermütigste Volk vertrieben hatte, erschien mit einer goldenen Kette um den Hals hoch zu Roß unter dem Heiligturmstuhl ein starkleibiger Stadtrat. Mit entschlossener Großartigkeit stieg er an der frei gemachten Treppe ab, ließ sich in die Empfangsstube führen; eingeladen von Bassewi selbst, in die Ritterstube zu treten, blieb er starr unter dem Deckenleuchter stehen; er bekenne, sagte er mit durchdringenden Blicken gegen den lächelnden kleinen Graukopf, daß er nicht vorhabe, mit Bassewi was auch immer zu besprechen, vielmehr habe er mit dem eben eingetroffenen Prager Oberst, der in kaiserlicher Gunst stehe, zu verhandeln. Jedoch sei dieser, verneigte sich bedauernd der Hofjude, hinten von Berechnungen, nicht astrologischen, sondern einfach geschäftlichen, okkupiert; es sei bei

dem bekannten Humor des Gastes nicht ganz beliebig, ihn zu stören, selbst wenn ein ganz illustrer Besuch vorläge. Darauf fand es der Rat für gut, zu wiederholen, daß er angemeldet zu werden wünsche.
Ehe aber Bassewi die Tür geöffnet hatte hinter einem teppichartigen Vorhang, kam mit langen Schritten, den Blick gegen den Boden, Wallenstein heraus.
Es war seine Art, breitspurig zu gehen, wenn er nachdachte, die Stühle beiseite zu rücken, dabei die Lippen aufeinander zu pressen, manchmal rüsselartig zu wölben, um die Möbel herumzuwandern. Er machte lebhafte Grimassen, stieß heftige Worte aus, zischte, lachte, blieb stehen, rüttelte an einem Schrank, schlug wiehernd auf die Tischplatte, ließ sich die Fransen des Vorhangs über den Kopf hängen; öfter setzte er sich mitten während des Wanderns, wo er sich gerade aufhielt. Er kam mit stürmischen Bewegungen aus der Tür heraus, spielte mit den Blicken um die beiden Männer, bemerkte sie offenbar nicht. Bassewi, nach einem Augenwink gegen den Wiener, wich ihm aus, und als er merkte, daß Wallensteins Weg wieder gegen ihn führte, riß er zwei Tischchen und einen kleinen Schemel zur Seite gegen die Wand, verhielt sich völlig lautlos. Der Rat, seinen Degengurt anziehend, räusperte sich bei der Öffnung der Tür. Als der Oberst um ihn herumging, räusperte er sich unter Scharren der Schuhe; er war entrüstet über die völlig ungewöhnliche Tracht des Fremden, der mit nackten, stark behaarten Armen schlenkerte, um die Brust nur eine niedrige Samtweste, unter den Achseln hervorlugend ein enges Panzerhemd. Dann tönte durch das schmale, von Scharren Fußstapfen Zischeln erfüllte Gemach die gepreßte gekränkte Stimme des fetten Rates: «Edler Herr, edler und gestrenger Herr. Unser viellieber Freund.» Der blieb nach einer kleinen Weile dicht vor ihm stehen, den Kopf über ihn hängend; knurrende knirschende Laute stieß er tierisch über ihm aus, den Mann aufs allerhöchste erschreckend, drängte ihn an die leere Wand, zerrte ihn an dem Degengurt, der einriß, einmal rechts und links, ließ ab; vier große Schritte, hinter Wallenstein wehte der Vorhang, die Tür schmetterte ins Schloß.
Als Bassewi dem krummstehenden Mann helfen wollte, holte der aus, schlug ihm gegen den Hals. Bassewi sagte nichts, nicht einmal, daß sein Haus unter dem Schutz des Kaisers stünde. Der Rat fluchte sich zurechtmachend, spie gegen den Hebräer.
Zwei andere Stadträte, die kurz vor dem Nachtessen kamen, benahmen sich höflich; Bassewis Einladung zum Mahl lehnten sie ab,

erhielten aber den beruhigenden Bescheid, daß der Graf seit einer knappen halben Stunde das Haus verlassen habe. Denn draußen standen und rotteten sich die Menschen zusammen, man kannte das sich steigernde Gejohl aus dem vergangenen Jahre, die Eisenhaube der Rumorwache, die Piken der Stadtgarde. Dieses Krakeels wegen ließ sich Wallenstein, der allen Ernstes vorhatte, hier zu übernachten und das von der Stadt angebotene Quartier abzusagen, herübertragen, nachdem seine Soldaten in Kürze die Straße von Volk gesäubert, mit Hieben zurückgedrängt, die verwahrlosten Männlein der Stadtgarde über den Haufen geworfen hatten unter kurzem gräßlichem Gebrüll. Die Erbitterung dieser Stadtwache, die mit dem Pöbel fraternisierte, war so groß, daß der Herr Daniel Moser, der Bürgermeister, den Hauptmann der böhmischen Eskorte aufsuchte, von ihm beruhigende Versprechungen erhielt. Und was den Zorn der auf ihre Piken und Federn stolzen Rotte von Säufern Hehlern Kupplern Gelegenheitshandwerkern am meisten besänftigte, war die Großmut des Fremden.

Als er von der Notlage einiger kleiner Brüderschaften in der Stadt hörte, von ihren verfallenen Baulichkeiten, wies er ihnen hohe Beträge an. Es hieß, er habe zweihunderttausend Reichstaler mitgebracht.

Die Stadt wurde in den nächsten Tagen von Geld überschüttet. Die Räte, hohen Würdenträger, Offiziere, Geistlichen saßen zusammen, sprachen von dem kuriosen Böhmen, der sich mit dem Volk gemein machte und den großen Herrn spielte. Seine Schriftstücke liefen durch die Kanzleien; den Weg hatte er ihnen erleichtert durch Besuche bei den maßgebenden Instanzen. Es geschah etwas, was ohne Beispiel am Wiener Hofe war. Eines Morgens lag der Schnee auf den Straßen und Plätzen hoch, auf den Basteien Brücken Erkern Giebeln Türmchen. Vom Federhof her rollte Schlitten auf Schlitten auf den Stephansplatz herüber, mächtige unförmige drachenköpfige fischschwänzige Gehäuse, mit Wimpeln und Glöckchen geschmückt. Vor jedem ritten zehn Trabanten; die Gefährte zerstreuten sich in der Stadt. Hielten beim Fürsten Eggenberg, bei Trautmannsdorf, Questenberg, Meggau, beim Abt Anton, beim alten Grafen Harrach, den Beichtvätern Weingärtner, Knorr von Rosenrot, Lamormain, dem Grafen Strahlendorf. Kaum eine Viertelstunde dauerte der Besuch der Abgesandten des Böhmen bei den hochmögenden Herren; sie überbrachten jedem eine Kostbarkeit, dazu ein Hand-

brieflein ihres Herrn. Als die aber die Fäden der Brieflein lösten, wurden sie vom Feuer überfahren; der Friedländer schrieb ihnen nach einem Gruße und einer Erinnerung, sein Bankhalter de Witte in Prag sei angewiesen, ihnen die und die Summe, einen ungeheuren Betrag, zu überweisen. Mit einer Unverfrorenheit, für die es keinen Namen gab, bot ihnen Wallenstein riesige Gelder an, fragte sie nicht, sagte nicht wozu warum. Die Schlitten fuhren klingelnd, hellbestaunt in den fröhlichen weißen Straßen herum; die Edlen saßen in ihren Kammern, hielten die Papiere in den Händen, zitterten.
Draußen wälzte sich greifbar, für die Augen kenntlich, grell maskiert der böhmische Schrecken durch die Straßen. Die unten staunten ihn an, aber er hatte Beine, ging in die Stuben ein, war da, widerwärtig, krallte sich an sie fest. Zuletzt fuhr ein Schlitten beim spanischen Botschafter Ognate vor. Er empfing den böhmischen Abgesandten in seinem kleinen Fechtsaal: den dünnen schmalen Degen zwischen die Zähne sperrend, nahm er das Brieflein an, nachdem er mit einer hochmütigen Handbewegung die Überreichung einer goldgefaßten Schale aus dem Horn des Rhinozeros, ein breites unförmiges Gerät, verhindert hatte. Die Lippen fletschte er, wie ein Tiger grell wild blickte er den Böhmen und den Trabanten an aus gelblichem erblaßten Gesicht, machte, ohne sprechen zu können, schüttelnde schleudernde Handbewegungen gegen sie, nach dem Brieflein zu, gegen seine Brust, sein Herz, übersprudelte sie dann, den Degen abziehend, mit losgelassener spanischer Heftigkeit. Darauf plötzlich: sie sollten sich einige Minuten gedulden. Er übergab dem Trabanten dann zu dem Brieflein des Wallenstein einen eigenen, mit geschriebenen Drohungen und Verwarnungen. Ohne sie weiter zu beachten, begann er von neuem sein Fechten und Springen, wies nur, als sie die Tür vor sich öffneten, wild auf die Hornschale, die am Boden stand; er hieb flach über sie weg.
Einigen der übrigen Herren half der greise Harrach rasch über die peinvolle Situation. Er lud sie zu sich hin, sprach vom Reichtum seines Verwandten, erwähnte, welche kostbaren Gaben an den Kaiser und die Kaiserin gegangen seien, sagte, wie er ihn bedacht hatte. Man lachte, lachte zaghaft, es war die erschreckende Höhe der Dotationen, die sie erschüttert hatte. Ein Barbar dieser Böhme, gewiß, gewiß. Aber sie waren nicht befreit.

IN DIESER Nacht erwachte der Kammerdiener des Kaisers Ferdinand. Er hörte den Kaiser in seiner Schlafkammer kichern, lachen, schallend lachen. Dann hörte er seinen Namen rufen. Er ging eilig durch das Halbdunkel des weiten Vorsaals, in dem zwei dünne Kerzen brannten, zündete an der Wand, wie er sich einem ungeheuren figurenbelebten Rahmen näherte, der die ganze Breite des Saals einnahm, eine dritte Kerze an. Bis zur Decke reichte der Rahmen heran hinter der schweren Kristallkrone; ein dicker Vorhang fiel von der Höhe des Rahmens herunter, füllte mit dichten Falten seine Mitte aus. Dahinter die Schlafkammer Ferdinands. Eine kleine Glastür zur Linken öffnete, das Licht anhebend, der Diener. Eine bemalte bekränzte Mariensäule, blinkend, wieder in den dicken Schatten huschend. Auf dem hohen Polster Ferdinand, aufrecht sitzend, schluckend, Lachtränen in den zugekniffenen geblendeten Augen, die weiße Nachtkappe gegen die rechte Backe vor den Mund gepreßt; er bat, sich verschluckend, um ein Sacktuch. Er zischelte, indem er sich zurücklegte: «Könnte nicht der – ja wie heißt er doch? – ja könnte nicht der Trautmannsdorf oder der Eggenberg oder einer der Herren gerufen werden? Oder, bleib noch. Schick lieber zu Baroneß Khevenhüller; geh hin, ich ließe sie bitten, sie möchte ihre Herrin wecken, ich wollte ihr etwas sagen.» Hinterher aus der Kammer: «Nimm die Kerze mit, sag ihr, ich ließe die Kaiserin bitten, es sei nichts, ich sei nicht krank.»
Bis an die Tür des Vorsaals geleitete sie ein Fräulein, dann führte sie unter die Kronleuchter an die kleine Glastür der Kammerdiener.
Auf dem Hofe war unter den Bewegungen in den Gemächern die Wache angetreten, man rumorte über den Plätzen, es liefen Schritte über Holzbrettern. Als sie eintrat, war Ferdinands Schlafkammer verdunkelt; er schrie erschrocken: «Wer ist da?», hatte geträumt. Sie zog einen Schemel von der Wand, setzte sich, die Kerze flammte rot hinter ihr unter der Mariensäule. Er war völlig munter und aufgeräumt, achtete nicht, daß der Diener sich gebückt an der Wand zu schaffen machte; sie hatte ängstlich unterwegs den Mann gebeten, in der Kammer zu verbleiben; schwer konnte sie sich an den deutschen Mann gewöhnen, seine Frömmigkeit war ihr Glück.
«Lore, mir fiel etwas ein. Wie war der Hirsch, den du geschossen hast vorige Woche in Gattersburg; wieviel Enden hatte der noch?»
Sie hatte beide Arme über ihre Knie gelegt, saß leicht gebückt da; ein braunes Seidentuch durchscheinend über ihrem Haar, unter dem Kinn geknotet, verwirrte Locken über der Nasenwurzel; traurig

senkte sie den Blick auf ihre gefalteten Hände, weil er sich nicht entschuldigte und weil sie sich nicht darüber wunderte.
«Es war bei Begelhof, Ferdinand.»
«Bei Begelhof, freilich. Wieviel Enden hatte das Tier? Zwanzig, nicht wahr?»
«Ich weiß nicht genau.»
«Zwanzig, freilich. Ich zeigte dir doch noch. Ich prägte noch dem Mansfeld ein, nicht zu vergessen, an Kursachsen zu schreiben, wieviel Enden es waren, von dir erlegt. Ein kapitales Tier. Denk mal nach. Hast du dich nicht gefreut? Und was hast du dann gesagt, Lore?»
Listig schaute er, auf dem rechten Arm halbseitlings aufgerichtet. «Denk mal nach, Lorchen. Es war etwas Schönes, Feines, was ich dir versprochen habe für den Schuß.»
Die junge Kaiserin, immer stärker befremdet, tief traurig: «Ach. Mein Mantuaner Betpult.»
Er legte sich zurück, zeigte herausplatzend mit dem Finger: «Das war es, dein altes Betpult, nur nicht aus Holz. Aus Gold und Alabaster. Das Bild unter einem Muschelbaldachin. Und ich versprach dir noch die doppelte Summe, daß du es bekommst.»
Sie bewegte leise sprechend die Hände vor das Gesicht: «Wenn ich das Pult nicht bekommen sollte: verzeih mir. Es war nur ein Scherz. Ich will es gar nicht.» Ferdinand ausgestreckt, eifrig mit den Armen auf die grüne Decke schlagend: «Sollst es haben, sollst es haben; aber durchaus nicht. Aber einer wollte es dir nicht geben. Und das ist ihm nicht geglückt. Lore, ich habe hier so gelacht für dich, ich bin nicht herausgekommen aus dem Lachen.»
«Weißt du», er richtete sich rasch hoch, geheimnisvoll, «mein Schwager Maximilian ist ein kluger Mann; seine Regierung ist streng und seine Politik, oh, das ist das Klügste, was es gibt. Ich bewundere ihn, ich will es nicht leugnen. Aber er hat nicht immer Glück. Sie sind ihm jetzt scharf auf den Fersen. Mir freilich auch. Aber er, er ruft mich! Er ruft mich! Nun, ich will dir sagen, Lore, seit die Welt erschaffen ist, wurde solch Witz nicht gemacht. Ich dachte schon eben daran, Eggenberg und die andern zu wecken. Die Herren sollen auch ihre Freude haben, aber ihnen setzen die Altersgebrechen zu, ich will sie schlafen lassen.»
Er sprang im Schlafanzug heraus, griff nach seinem Nachtmantel, warf ihn sich über: «Wollen wir ihm die Armada schicken, die er be-

gehrt? Wenn er sie will, wollen wir sie ihm schicken? Sag du, sag du, Lore!»
Sie bewegte sich nicht, knüpfte sich nur den Schleier unter dem Kinn auf; er fragte sie nun auch nach Politik.
«Sag. Sag ja. Wenn er ruft, wollen wir sie ihm nicht versagen. Wollen ihm ein gnädiger Kaiser sein. Ein gnädiger Kaiser. Oh, oh.»
Er schaukelte, auf der Bettkante sitzend, unter Gelächter den Rumpf. Sie wich ihm mit ihren Blicken aus. Er fuhr fort: «Ich werde es mir mit Gewalt abstreiten lassen. Ich werde ein saures grünes Gesicht machen. Hoho. Homer, der schläft.»
Sie war entsetzt; der Kaiser war so erregt und glühend. Sie bat ihn, sich wieder zu legen; hilfesuchend sah sie sich nach dem Diener um, er war fort, ein Weinen war sie. Er umarmte sie, indem er mit den Armen zu der gebeugt Sitzenden herüberlangte: «Du bist meine herzliebe Lore. Du bist ein Weib, wie es in ganz Europa nicht besser ist. Nicht bei meinem jungen Vetter Philipp, nicht in Mantua.»
Bei Eleonore die Gräfin Kollonitsch, ihre Freundin.
Der einfache stille erwärmte Raum. Auf dem braunen glatten Holzboden der würflige weiße Kachelofen in einer Ecke, auf plumpen kantigen Füßen. Zwischen Ofen und Wand ein kleiner gepolsterter Sitz; da eingeschlossen saß in blauem Samt die mädchenhafte Kaiserin, hörte sanftblickend die schwarze junge Gräfin an, die unruhig auf der hochleistigen Polsterbank eng an der getünchten Wand lehnte. Still endete die Gräfin: «Ich teile seine Liebe mit den Hunden, zwei Falken, Majolikavasen.»
«Du weißt das lange, Angelika. Grollst du ihm?» «Er liebt ja auch Maria, die Mutter Gottes.» «Angelika!»
«Beneide ich Maria? Ich weiß nicht; ich muß soviel weinen.»
«Meine Arme.»
Ruhiger saß die Gräfin: «Wir leben, allergnädigste Herrin, wißt Ihr, in einer Zeit, die wohl die glückseligste von allen ist; die Kirchen sind prächtig, die Menschen in Masse bekehrt, die ehrwürdigen Väter von der Gesellschaft Jesu sind so eifrig und ihre Mühe ist belohnt, wie sie es verdienen. Nur», sie sah mit Tränen zu den rosettengeschmückten Deckbalken auf, «wir Frauen sind nicht gut daran. Wir haben das Nachsehen. Manchmal denke ich – ich schäme mich, es zu sagen –, wir sind bestohlen und betrogen. Doch, doch, oh, ich weiß, ich bin böse.»
«Angelika, wie kannst du so sprechen.»

«Warum dem Glauben alles und den Frauen nichts? Man heiratet uns, der Priester weiht uns zusammen zu einem Paar; und was bin ich dann?»
«Dein Gatte ist nicht gut zu dir. Wir wollen mit ihm sprechen.»
«Ich liebe ihn, allergnädigste Kaiserin, ich bete für ihn. Ich bete für meine Kinder.»
«Du gönnst ihm nicht die Pferde, die Hunde, die Bilder, Angela, nicht einmal den himmlischen Gott und die Heiligen.»
«Ich bin böse, ich bin böse, ich weiß.» Sie blitzte die feine Dame auf dem Ofensitz an, wild den Kopf zuckend: «Ich möchte meinen Gatten irremachen. Er soll alles vergessen. Das Hirn soll ihm wirbeln. Wie ein Bäumchen möchte ich ihn entwurzeln und in meiner Hand haben und ihn schütteln. So, so.»
«Du bist zornig auf ihn.»
Die Gräfin bedeckte ihr Gesicht vor der zarten Kaiserin, die wie ein Kind die Füße schaukeln ließ: «Ich gehe um wie ein krankes Tier und lasse meine Zunge heraushängen. Ich lebe und will zu ihm.»
Die Kaiserin bückte sich trübe herüber zu ihr: «Wie seid Ihr sonderbar.»

Als die Römische Majestät hatte verlauten lassen, sie wolle den böhmischen Herrn, den Albrecht Eusebius, Regierer des Hauses Wallenstein, empfangen, war die Scham der geheimen Berater außerordentlich. Sie konnten sagen, daß sie trotz seiner Geschenke ihn nicht begünstigt hatten. Wie sollten sie ihm und der eleganten dezenten Mantuanerin diesen Braten vorsetzen, diesen Edlen von Bassewis Gnaden. Wenn Bassewi ein Jude war, so Wallenstein Judenfürst. Man hielt es nicht für ausgeschlossen nach seinem Verhalten in der Stadt, daß er den Juden zum Empfang mitbrachte.
Es hieß, der Kaiser wollte in seiner Milde seinen Schwager im Kampf gegen Dänen und Niedersachsen nicht allein lassen; die Wut am Hofe auf Maximilian, als das Unvermeidliche sich näherte. Sie mußten folgen, sich in Wallensteins schmutzige Hände geben. Als der bucklige Graf hörte, daß der Prager Wucherer in die Burg einziehen würde, sagte er ganz still beiseite zu seinem Freund, dem Abt Anton, nunmehr könne auch er nicht mehr das Beben in sich unterdrücken; nun müsse er sich fragen, ob das Habsburger Haus sich unter solchen

Umständen werde halten können, ob der jetzige Kaiser nicht zwar kaiserlich und konsequent sei, aber den Ruin des Hauses herbeiführe.

Die sechzehnspännigen rotjuchtenbezogenen Karossen fuhren an der Burg vor, den Purpurmantel legte der hastige von Wallenstein im Vorzimmer ab; als er bartstreichend wartete, stand nur der naserümpfende Obersthofmeister bei ihm; keiner der hohen Räte hatte sich ihm in diesen Tagen genähert.

Und als er wieder im Vorzimmer stand, hielt sich Ferdinand, die silbernen Schnallenschuhe übereinandergelegt, allein in dem Saal auf einem Schemel sitzend, sich seitwärts auf die Armlehnen stützend, die Hand vor die Augen. Er erinnerte sich, ihm war nicht gut: dieses Gesicht, diesen Kopf hatte er schon gesehen. Er war diesen eigentümlich lautlos hellen kleinen Augen schon öfter begegnet; aber jäh fiel ihm jetzt etwas ein, zog durch seine Brust, strich über seinen Magen, über seine Zunge, etwas Brennendes, Schweres. Ein Traumgesicht, wie kam das nur hierher.

Er ritt und ritt. Er flog durch die schwarze Luft. Er hatte das Gefühl, daß das edle Tier unter ihm gleichmäßig trabe, aber so weich war der Boden und doch nicht lehmig, daß kein Schall an seine Ohren heraufkam. Ein moosiger Waldboden. Hier hat ein alter Wald gestanden. Nur ab und zu tauchten Stämme auf, fuhren um ihn herum, wichen aus. Der Wind blies sanft. Und er erinnerte sich, daß Eleonore auf dem Schiff auf der Donau langsam fuhr, auf dem Schiff, das keine Furchen machte; der Weg, der Fluß lief mit ihr mit. Und der Gedanke, daß dies noch einmal ein Ende nehmen müsse. Er könne doch nicht ewig reiten. Sein Zerren am Zügel, seine Sporen, Aufreißen hatten keine Macht. Es schien, als ob er seine Beine nicht bewegte, als ob er sie nur bewegen wollte und mit keiner Anstrengung einen Muskel spannen konnte. Es hieß, o Jesus, o Jungfrau, sich beruhigen. Es hieß, o Jesus, o Jungfrau, nicht verzagen. Wie ließ sich nur ein Gebet sagen; wie sind die Worte vom Wind verweht. Bäume, Stangen, Dünste, Rinnsale. Und immer das Heben und Senken, Gleiten, Rudern. Das Spritzen des Moors. Es wird heller; es ist die Helligkeit, die der Mund junger Kätzlein hat, bleiches Rosa. Er bemerkte, daß er ein Gießen, Rinnen überhört hatte bis eben. Und dann lag es am Himmel, über der Erde, etwas Schwarzes, Breites, langsam Bewegliches. Das Pferd lief noch weiter. Er konnte den Rumpf nicht wenden, den Kopf nicht abdrehen, um dem Atem zu entgehen, der von oben gegen ihn an-

wehte. Eleonore fährt auf dem Prunkschiff drüben von ihm ab mit dem Fluß, mit dem Weg nach Wien hin, hinten nach Wien hin, in das Rosa hin.
Menschliche behaarte Brust, die sich über ihn schob, Haare, die wie Wolken, Spinnweben über ihn flockten, menschliche Arme, denen er entgegenritt. Aber ein Wulst, fleischige glatte schlüpfrige Säulen und kalt wie die Haut eines Salamanders. Federnde Bewegungen machte es, mit Ruck, her und hin kam es dichter über ihn. Und unter immer neue Arme glitt er, er schnappte nach Luft, keuchte auf. Ein Tausendfuß, unter dessen Bauch er ritt. Tiefer mußte er sich krümmen auf dem wogenden rastlosen Pferderücken. Ein weiches Wallen des Bauches benahm ihm den Atem, es waren geblähte luftgefüllte schwappende Säcke; sein Bewußtsein schwand auf Sekunden. Seine Kehle suchte ein «Äh, äh» auszusprechen, seine Ohren rangen nach Klang. Und der Schwanz des Unwesens schlug von oben herunter, herum von unten wie eine Peitsche, erst unter die Fußsohlen, daß es mit elektrischem Zucken ans Herz drang und stach, dann mit feinen Stacheln gegen die Nasenlöcher, tief tief ins Gehirn herauf tötend. Dann fuhr es gegen den Nabel von vorne her, wirbelte wie ein Drehbohrer, in den Magen, den Leib, den Rücken. Und jetzt dröhnte es auf einmal, ein volles Orgelwerk, sinnlos ungeheuer von der Tiefe in die Höhe tosend, bei einem gellen pfeifenden Ton verharrend, knirschend an- und aussetzend, wie ein Hund, den man an einen Pflock mit den Pfoten angebunden hat, der sich krampft, streckt, krampft, streckt, beißt, beißt. – Er war mit heiserem Gekreisch aufgewacht.
Er nahm die Hand langsam von den Augen, besah sich seinen Handteller, als wenn etwas von dem Traum daran klebe, rieb ihn am Knie.

FERDINAND befahl, die Verhandlungen mit dem Böhmen zu einem günstigen Abschluß zu führen. Nur nebenbei sagte er, dies sei ja der Tapfere, der ihm bei Gradiska gegen Venedig herausgeholfen habe. Und dabei sah er forschend seinen geheimen Rat Eggenberg an, der an sich hielt. Man hatte dem Kaiser nichts gesagt von den Plänen des Böhmen über die Erhaltung der Armee, es war ausgeschlossen, daß er ein solches Projekt in Erwägung zog; nun riet Eggenberg und mit ihm der fromme Herr von Strahlendorf in ihrem Widerwillen und Verzweiflung, dem Herrscher reinen Wein einzuschenken. Drei gedankenschwere Herren legten ihr Veto ein, sie drückten die beiden nieder, Anton, Trautmannsdorf, Harrach: «Stellt Habsburg keine Armee auf, ist es voraussichtlich verloren, samt der ohnmächtigen Liga. Gewinnt die Liga, die Liga allein, ist der Kaiser in einigen Jahren erdrückt von dem Bayern.» «Ruhe», sagte Abt Anton sanft, als der alte Eggenberg schwieg, die Hände ringend vor das krampfende Gesicht legte. «Ich bin ruhig», stöhnte der.

Von Wallenstein arrangierte in Wien mit Bassewi und dem herbeizitierten de Witte umfangreiche Geldgeschäfte; nach Prag zurückgekehrt, gewährte er dem Kaiser ein Darlehen von neunhunderttausend rheinischen Gulden zu sechs Prozent. Und während noch der greise Fürst Liechtenstein ihm Glück wünschte im Friedländerhaus zu Prag zu dem guten Fortgang seines Wiener Vorhabens, kehrte zum dritten Male Graf Meggau bei ihm ein, diesmal begleitet von einem hohen schmerbäuchigen Edlen, der unter buschigen Augenbrauen herblickte, ein listiges Kinnbärtlein strich, feuerrote Backen und Nase, der weindurstige Graf Kollalto, des kaiserlichen Hofkriegsrats Präsident. Der schloß formell ab.

Nach einer Anweisung Ferdinands wurde der Durchlaucht, dem Fürsten von Wallenstein, ein Dekret ausgestellt, wodurch er zum Kapo über alles Volk, das man aus dem Reich und den Niederlanden schicken werde, ernannt wurde.

Mit einer verzweifelten Tollheit waren die Karten hingeworfen; niemand am Hofe hatte den Schritt verhindern können; keiner hatte ihn gehen wollen, bewußt schloß man die Augen und tat ihn.

Es war ein sonderbares Geschehnis, daß nach der Bestellung des Friedländers, ohne daß einer wußte warum, ein Sturm von Erregtheit, von wilder Freude und Entschlossenheit den Wiener Hof befiel. Wie ein Ruck ging es durch Räte Offiziere. Die Werbetrommel schlug noch nicht in den Landen für den Kaiser. Etwas Erschreckendes Aufreizendes lag vor ihnen. Die Ernennung des halb unbekannten Mannes war der erste Schritt. Das Leben bot ein neues Entzücken, ein noch herzlicheres als vor der Prager Schlacht. Damals lief man neben dem Bayern, jetzt sollte der Kaiser, der Kaiser, Alt-Habsburg prangen mit Zehntausenden. Sachte warfen selbst von den Räten manche ihre Betrübnis ab; die Augen gingen ihnen über.

Der Kaiser selbst, nach Nikolsburg auf das Gut des Kardinals Dietrichstein reisend, begehrte noch einmal nach dem Fürsten. Bei aller Ergebenheit stahlhart trat der leidenschaftliche Wallenstein auf; er sagte nichts Neues; der Kaiser hatte auf einmal den Eindruck absoluten Entschlusses und der Macht, jeden Entschluß durchzuführen. In Ferdinand wogte es nicht mehr. Er freute sich. Er entschied sich für Wallenstein. Nach Prag ging Wallenstein als Herzog von Friedland; er solle, sagte sein Diplom, der Ehren und Würden wie andere Herzöge in dem Heiligen Römischen Reich, Erbkönigreich und Landen teilhaftig sein. Seine Instruktion folgte; sie setzte die Zahl der anzuwerbenden Truppen auf vierundzwanzigtausend an; lobte den Herzog wegen seiner zahlreichen, von Jugend auf erzeigten ersprießlichen Kriegsdienste, seine Kriegswissenschaft und Erfahrung, wies auf das besondere große Vertrauen hin, das die Römische Majestät in seiner Liebden Person zu stellen verursacht war. «Unsere Waffen», erklärte der Kaiser, «sollen allein zur Wiederbringung des allgemeinen hochnotwendigen Friedens, zur Erhaltung Unserer kaiserlichen Hoheit, Schutz und Verteidigung des Heiligen Reiches, der Kurfürsten, Fürsten und Stände, Land und Leute geführt und geleitet werden.» Sie hätten auf Freunde und Verbündete, vornehmlich den bayrischen Kurfürsten, Bedacht zu nehmen; mit seinen Truppen möge sich der Herzog ins Einvernehmen setzen, unabbrechlich kaiserlichen Vorrangs und Respekts; von Wallenstein möge sich mit der Durchlaucht aus Bayern vereinigen, soweit sich tun ließe, doch in allem der Römischen Majestät Autorität und Nutzen in acht nehmen.

Der Kaiser konnte viele Tage zur Freude des Kardinals sich nicht entschließen, von Nikolsburg abzureisen; ein heftiges Erstaunen hatte ihn bei der zweiten Begegnung mit dem Böhmen befallen und verließ ihn nicht. Bisweilen dachte er nicht mehr an Maximilian, dem er die geballte Faust hinstrecken wollte; er hatte urplötzlich den Eindruck, den Faden seines Handelns zu verlieren; fühlte mit einer unklaren Freude, daß er dem Böhmen in einer Weise und mit rätselhaftem Drang vertraue, wie bisher keinem Menschen, wie vielleicht eine Frau ihrem Mann vertraute.

Es war dieser Gewinn, für den er mit dem Herzogstitel wider den Rat seiner Begleiter dankte. Ferdinand mußte den Augenblick zeichnen, in dem solch geheimnisvolles Licht in ihn fiel.

Maximilian erhielt ein Schreiben aus der kaiserlichen Kanzlei. Es redete von der stets noch emporschwebenden starken Kriegsbereitschaft, die gelenkt werde gegen den Kaiser und des Heiligen Römischen Reichs anverwandte Stände und Glieder, von der Neigung, sonderlich die beiden löblichen Häuser Habsburg und Wittelsbach anzufallen. «Aus Unseres kaiserlichen Amtes Sorge, zumal auf Euer Liebden geschehene Erinnerungen, sind wir, ungeachtet unsere Erbkönigreiche und Länder auf den äußersten Grad abgemattet, ausgeschöpft und verderbt sind, Vorhabens und entschlossen, noch neue Kriegsvorbereitungen vor und an die Hand zu nehmen, unter dem Kommando Unseres Hochgeborenen Oheims, des Reichs Fürsten und lieben getreuen Albrecht Wenzel Eusebius, Regierers des Hauses Wallenstein und Fürsten zu Friedland, unseres Kriegsrates, Kämmerers und Obersten: fünfzehntausend Mann zu Fuß und sechstausend zu Roß, sowohl Unsere Erbkönigreiche wider den Türken und Bethlen zu sichern und mit und neben Euer Liebden und der getreuen, gehorsamen Kurfürsten, Fürsten und Stände zum Widerstand zu konkurrieren, wenn Dänemark Feindliches vorhat.»
Maximilian wog die siegelbeschwerte Aktenrolle in der Hand. Sein Vater, der Herzog Wilhelm, klein, gebückt, saß ihm gegenüber am Tannentisch in dem engen überheizten Stüblein der alten Residenz.
«Ruhig, ruhig, mein Sohn», flüsterte das lebhafte, arglistige Männlein; es steckte in einem groben schwarzen Wollrock; mit seinen langen hängenden Ärmeln wirtschaftete es auf der Tischplatte, das Umschlagkräglein hatte es frostig an die Ohren heraufgeschlagen.
Maximilian war feist und kurz; gegen die Schemellehne gedrückt, ließ er den bärtigen Kopf vor die Brust sinken, über die silbernen spanischen Verschnürungen; straff hielt sich der feine Rumpf in dem prächtigen breitschößigen Rock, den Degen, bodenlagernd, halbabgegürtet; er sagte leise: «Ich kann es nicht zurückhalten. Er widert mich an. Ich hasse ihn. Niemand auf der ganzen Erde ist so mein Feind als dieser Ferdinand. Ich habe ihm meinen Sieg am Weißen Berge mißgönnt. Ich hätte ihn lieber verderben sollen. Er ist nicht anderes wert. Jetzt, seht, ist er soweit: jetzt hat sich das edle Haus Habsburg den fatalen Lumpen verschrieben, den Wallenstein. Den setzt er neben mich. Das ist mein Lohn für die Prager Schlacht.»
«Mein Sohn, du wirst Rat wissen.»
Maximilian richtete seine kalten Augen auf den gegenüber: «Er mag mit sich umgehen, wie er will. Vielleicht paßt der böhmische Herr zu

ihm. Ich werde mich wehren und meinem Schwager dies nicht nachsehen; dies bleibt gewiß. Aber daß ich ihn nie bewältige, ihn nie auslösche, verändere, zu einem menschlichen Verhalten erziehe, daß er sich immer wieder regt, das widert mich an.»
«Klag nicht, mein Kind, du willst mich unruhig machen.»
«Ich kann mit ihm nicht in Frieden leben, und wenn er mir den Bruderkuß anböte, müßte ich mit ihm Krieg führen. Ich will ihn nicht, ich will ihn nicht, ich kann ihn nicht dulden. Wie es mich quält, daß mein Land zum Reich gehört, wo in Wien er auf dem Thron sitzt und das Reichsszepter in der Hand hält, der Ferdinand von Habsburg heißt. Ein Schlemmer, ein Nichtstuer. Zur Not, daß er fromm ist. Ich würde gut zu ihm stehen, wenn ich in Frankreich oder Dänemark geboren wäre; dann müßte ich gegen ihn offen kämpfen.»
Der kahle Mann lächelte freundlich: «So klagst du mich an, daß ich kein Wasa bin oder kein Welscher. Ich bitte dich um Verzeihung.»
Der Kurfürst sah sehr alt aus, als er das Kinn in die Hand stützte: «Scherzt nicht, Vater. Was soll das hier. Es ist keine Freude für mich. Seht das hier. Albrecht Wallenstein, Fürst von Friedland. Und nicht nur das: Albrecht Wallenstein, Kommando der kaiserlichen Truppen. Dies Ende nimmt durch ihn Habsburg. Kein Regiment haben die Habsburger jemals führen können über ihre Länder, ihr Haus haben sie bereichert, den Wanst sich gefüllt, wüste Spielereien haben sie getrieben wie Rudolf. Das war ihr Glück: ihre Wohnung, ihre Freunde, Musik, Turnier, die Weiber. Böhmen geht unter, in Saus und Braus; was liegt Habsburg daran.»
«Du kannst nichts tun, als den Kaiser weidlich placken, sei auf der Acht wie ein Jude: spring bei und nimm ihm weg, was er nicht hütet. Und wenn er betrunken ist und daliegt, wirst du auch wissen, was du zu tun hast.»
Mit seiner weichen Weiberstimme Maximilian: «Arm wie eine Kirchenmaus waren sie; nach Prag haben sie Beamte hineingeschickt, zum Einkauf beim Schlächter Bäcker – sie konnten das Brot, die Semmeln, den Braten nicht für den Tisch zahlen. Vor acht Jahren. Die Edelknaben waren da; in Lumpen gingen sie, schrieben an ihre Eltern um Geld für Kleider. Aber das wirft diese Verschwender nicht um.»
Maximilian rutschte mit der Schläfe seitlich von der stützenden Handfläche ab, ließ den Kopf in die Armbeuge gleiten, stierte gegen das Holz vor ihm, die Aktenrolle fiel ihm zwischen den Knien auf den Boden. Nach einer langen Pause, während der vermummte Herzog

sich vergnügt am Ofen rieb, kam aus dem Munde des fast schlafenden Mannes am Tisch: «Geschenke, Abzahlungen, Botenlohn. Noch ein Dutzend, noch ein Dutzend. Und so hat sich der hochedle Schwager bei mir freigekauft. Er regiert im deutschen Reich und weiß es kaum. Er hat neu gefreit, Eleonore von Mantua, ein junges Kätzchen, das ist seine Lust. Sie und der Friedländer, das gehört zusammen. Pfui, pfui.»

«Melancholisch bist du wieder, Max, du wirst zur Ader lassen müssen.»

«Er kam von Frankfurt an wie ein Betrunkener; er hat mich geküßt, sein rundes, glühes Gesicht; er roch nach Wein; mich hat geschaudert. Er hat mir den Kurhut versprechen müssen; als Pfand hat er mir fast seinen halben Besitz abtreten müssen. Ich hab' ihn hart bei den Ohren genommen und tribuliert, also daß ihm hätte der Verstand wachsen müssen. Und wahrhaftig: er bekommt es fertig, mich zu beschimpfen.»

Er richtete sich auf; wie er sein langwallendes Haar am Nacken hochhob, kamen seine großen verborgenen Ohren zum Vorschein.

«Ich werde ihn nie wieder schütteln.»

So gespannt man in Wien auf die Antwort Maximilians wartete, es kam kein Bescheid. Sie dachten, er fürchtet sich durch jede Redewendung bloßzustellen; dann: er grollt, er hat den Schlag gefühlt. Sie dachten nicht an das, was sie schon beinahe wieder vergessen hatten: an den Ursprung, die Herkunft dieser neuen Stärke. Mit Zorn verbot der Kurfürst seinem Vater, jemandem davon zu erzählen, wie er von Wallenstein dächte. So tief schämte er sich des aufgetauchten, in kaiserlichen Glanz eingehüllten Abenteurers, daß er sich mit Qual gegen Richel und den von Hohenzollern, seinen Obersthofmeister, anerkennende Worte über ihn abrang, damit niemand auf den Einfall käme, ihn eines verächtlichen Umganges zu zeihen. So wie auch nie ein Wort der Abneigung gegen den Kaiser nach außen gelangte über seinen Vater hinaus. Und der Vater wußte wohl, daß sein Sohn nur unter dem Stolz litt, sein Leben lang von nichts beherrscht wurde, als daß ein Haus im deutschen Reich sich anmaßen konnte, über dem Wittelsbacher zu stehen. Von Kind an, von jenem Kirchgang an, wo Ferdinand in Ingolstadt den jungen Bayern aus der ersten Bank fortgewiesen hatte, und seit da ohne Ruhe weiter.

Zwischen Wallensteins Bevollmächtigten de Witte und den Bankhäusern Walter von Hartoge zu Hamburg, dann Georg Ammann und Julius Cäsar Pestaluz in Augsburg kamen die Geschäfte zum Abschluß, in denen die ungeheuren Summen flüssig gemacht waren für das Darlehen an den Kaiser; unmittelbar daran schlossen sich die Verhandlungen um die Beträge für die Aufstellung der Armada. Wallenstein wollte von sich aus wie bisher Regimenter aufstellen, alsdann brauchte er Summen als Vorschüsse für Obersten, die nicht flüssig waren, dann richtete er auf seinen Gütern, in seinen Städten riesige Werkstätten ein für Tuche Stiefel, ferner Saliterhütten Pulvermühlen Waffenschmieden.
Michna konnte sich nicht bezähmen, als das ungeheure Leben anging, und sich beiseite stellen. Er sah einen beispiellosen Schlag Wallensteins voraus; dies übertraf alles, was jemals projektiert war. Es war Wallenstein nicht darum zu tun, vom Kaiser die ausgelegten Summen wieder zurückzuerhalten; der Schlaue wußte, daß der Kaiser und das ganze Heilige Reich ihm von nun an mit Haut und Haar verkauft war. Wenn Michna in seinem Häuschen für sich in diesen Tagen das Projekt Wallensteins überdachte, fand er sich nicht zurecht vor Entzücken über seine Großartigkeit. Nichts riskierte Wallenstein, und der unerhörte nicht auszudenkende Gewinn. Und in solche Hitze versetzte Michna das Nachgrübeln über die geschäftliche Situation, daß er sich aufmachte und Wallenstein in seinem Palast aufsuchte. «Seid kein Schlafzipfel», nickte Wallenstein aufgeräumt, indem er ihm auf die Schulter klopfte, «der Herr versteht vortrefflich, Geschäfte zu betreiben; jetzt soll er für den Kaiser Geschäfte betreiben; er wird auf besseren Boden gestellt, als sonst auf der ganzen Erde zu finden ist; zeige er nun, was er kann.» Die Sache hatte ein ganz anderes Gesicht als alles, was er kannte; hier ging es ins Leere hinaus, hier war das Ungewiß von Sieg und Niederlage in Rechnung einzustellen, stand da, alle wußten es, Wallenstein wußte es, und doch steckten sie ihre Vermögen hinein. Und dies, die fiebernde Erregtheit, das schwankende Ungewiß, die Grenzenlosigkeit des Ausblicks, durchzuckte mit einem Blitz Michna, daß er die Hände krampfte. Es ging in ein freieres stolzeres frecheres Leben hinein. Er tadelte sich, als er zugesagt hatte, wie er mit grauen Haaren Manieren annehmen konnte, die einem Grafen Fürsten Grünspecht gut anstanden. Kam er zu Wallenstein, verschwand jedes Bedenken. Hier herrschte Bestimmtheit wie im Lauf der Sonne. Wie zwischen den blitzenden Stangen eines Räder-

werks ging man. Hier war plötzlich keine Rede mehr vom Gewinn, und dies beängstigte ihn nur, wenn er dem Palast den Rücken kehrte; er merkte, daß ihn die wenigen Wochen des Hin und Her zwischen seinem Häuschen und dem Friedländerpalast gebrochen hatten; seine Frau sah, daß er froher war und verliebter gegen sie; er hatte den Drang, aus sich, aus ihr und seinem Leben etwas zu machen. Plötzlich nach vielen Jahren hielt er es für gut, seine Eltern aus Nisch kommen zu lassen; sie sollten ihn sehen; er schämte sich plötzlich ihrer nicht, fuhr mit ihnen als mächtiger Mann und böhmischer Kammerrat aus und hatte Freude, wie sie sich freuten über das starke Treiben in der Alt- und Neustadt. Zum Kommissar für Getreidebeschaffung war er bestellt worden. Wie sehr er sich verändert hatte, merkte er an dem Tage, an dem er den Titel eines Freiherrn von Waizenhofen empfing; er hätte sonst widerspenstig hinter der Titelverleihung etwas vermutet, sich ihr in Zorn widersetzt. Jetzt stiftete er zehntausend Gulden den Armen Prags.

Lange bevor die Stadt etwas ahnte, zog in das Judenviertel das Gerede von Wallenstein, der dem Kaiser ein Heer aufstellen wollte. Als Bassewi von Wien kommend von dem Abschluß der Verhandlungen, von der Rangerhöhung des Friedländers in der Synagoge erzählte, brach ein Jubel aus, dessen Schall Sicherheitsmannschaften der Besatzungstruppen alarmierte, welche herbeiritten, nichts als ein toll gewordenes Hebräervolk vorfanden, dem sie aufsässigen Lärm verboten. Die abseits standen, die Arme über der Brust skeptisch verschränkten, auf den Gassen und in der Synagoge, blieben in der Minderzahl.

Im Ghetto dunkel, festlos hausten sie. Das Brandmal trugen sie an sich in den gelben Zeichen; gelbe Barette, gelbe Hauben, gelbe Ringe am Ärmel. Man spie auf sie, wo sie sich draußen sehen ließen. Die Henker des Erlösers, die frechen Mörder, die sich am hellen Tag aus ihren Höhlen wagten und denen es nicht graute, sich von der Sonne Gott des Vaters beleuchten zu lassen. Die der siegreiche Kaiser über die Märkte und Flecken jagte, um das Volk zu kränken und seine Wunden zum Schwären zu bringen. Vor ihnen erschien, in ihren verschmutzten Häusern Höhlen Gewölben, alles Verbrechervolk. Die Schiffbrüchigen schlichen sich ein, verschleuderten den Rest ihrer Habe. Die Hebräer kannten alle Blicke, kein Beichtiger hörte so gut, so scharf wie sie. Wo die Not sich draußen regte, spürten sie es, an den Dienern der Vornehmen, der Grafen Fürsten, die in Nacht und Nebel mit Edelsteinen Gold Gewändern seltenen Möbelstücken bei ihnen anklopften, bettelnd, drückend. Im Schmutz begraben lagen sie abseits von den Häusern in Unratgruben, schlürften den Reichtum der halben Welt ein, und wenn sie davon abgaben, nur um mehr einzuziehen. Lagerten stumpf auf der Habe, wußten nicht, wie sie nutzen. Gold gab es, um Lust damit zu kaufen; sie wußten nichts mehr von dieser warmen beseligenden Lust, wie der Maulwurf nichts von der Sonne. Gold gab ihnen nur die böse Freude, die Menschen draußen aufzuziehen und sich an dem schmerzvollen zappelnden Narrenvolk zu weiden. Herren, Richter mit Hohn und Gelächter auf ihre Bändiger, deren schwache Stunden sie belauschten seit Jahrhunderten. Würde man sie sich überlassen haben nur ein einziges Jahrhundert, würde keine Spur selbständigen Lebens um sie existiert haben, die Welt hätte alle Glut an sie abgegeben. So mußte man alle paar Jahrzehnte mit Messern Feuer Knütteln Spießen auf sie eindringen; mußte sie ausrauben totschlagen, brachte die Welt wieder ins Gleichgewicht.

Das große Königsvolk, seit Jahrtausenden von seinem Stuhl geworfen, hatte in einem Bann nichts gelernt; auf dem Gesicht liegend, die Knie gebrochen, den Mund voll Sand; es duldete das Dasein; sinnlos, abgründig tot, was geschah: Jerusalem der letzte Schein des Lebens.

Nichts geträumt seit hundert und aberhundert Generationen als dies: Jerusalem, bei der Einsegnung der Knaben, der Brautpaare, der Leichen.

In den abseits gestoßenen, menschenungewohnten Tieren waren wüste Begierden gewachsen, Haß Hohn und Verachtung in wilder tropischer Breite ausgewuchert, Lust am Verderben. Schakal Hund Schwein war, was in ihnen wuchs. Gelb die Farbe auf ihren Kleidern, heiß-gelb das Leben, das aus ihrer Schwärze schwelte. Zogen Besessene auf Menschenmord aus, lockten wie Spinnen Sanftes, Süßes an sich vom Christenvolk, um es schmerzgeweidet zu vernichten; da lachten die Irren nicht vor Freude. Vor ihren stummen Opfern in den Gewölben brachen sie in Weinen aus; das war das einzige, was ihnen vergönnt war. Diese opferten Blut, rauchendes Leben; man mußte sie binden, in Kellern angeschmiedet halten.

Auf den Straßen, in den Kirchen, an den Häuserwänden der Städte, neben denen sie wohnten, häuften sich die Abbilder der Heiligen, die süßen Marienbilder, die fromm verzückten Theresien Magdalenen; in Prozessionen unter Singsang, mit Fahnen wallten die Götter und

Gottähnlichen zwischen den Häuserreihen, über Wiesen, verehrt, bejubelt. In den Hütten Nestern an den Städten, den Ghettos hörten es die Hebräer, den Finger anhebend, die starren Gesichter zu einem grausamen Lächeln verziehend: da sangen die, denen sie dienten, da zogen Götter vor ihnen, den ganz Entgötterten. Da gingen die Scharen derer, von denen sie Qual erlitten, und aus denen ein Drang sie immer wieder wies, Menschen zu antwortender Qual herauszureißen.

Sie torkelten hoch, wandten sich um, trauer- und kotstarrend. Gewaltige des Reichs näherten sich ihnen. Draußen Luft, die rein wehte, draußen Glanz und Wechsel; die weite Erde. Der von Wallenstein, ihr Wallenstein, in den Kaiserhof eindringend, Heerführer des Kaisers.

Schamloses Jubeljauchzen im Prager Ghetto. Frohlocken der Rachsucht. Ungläubigkeit Tränenvergießen und wieder gelles Frohlocken. Es sollte dem neuen Herzog an nichts fehlen.

Sie wanderten durch die gereinigten fackelerleuchteten Gassen zur Synagoge. Die Truhen mit den Prachtstücken, den hingegebenen Beutestücken ihrer Feinde hatten sie entleert. Die Weiber in dunkelroten Kleidern und Seide, mit Gold- und Silberborten, darüber rote Jäckchen, brokatverbrämt; blitzender Schmuck der vollen Arme, der Stirn, Korallen, Steine; die Männer gegürtet, auf hohen Schuhen, in veilchenfarbigen, dunkelblauen Gewändern, Pelzbarette auf den Köpfen. Und drinnen zwischen den brennenden siebenarmigen silbernen Armleuchtern stieg ein rotwangiger Greis unter einem Silberkäppchen die zehn Stufen zur Bundeslade hinauf; an seinem Obergewand von Hyazinthfarbe hingen goldene Glöckchen und Granatäpfel. Fünf Gürtel hatte er sich umgetan, aus Gold Purpur Scharlach Hyazinth Byssus; auf seinen Schultern schildförmiger Schmuck aus Gold mit Steinen. Er sang, hob die Hände. Sie sangen kopfwiegend, sich verneigend, trunken mit.

Böhmen empfing mit dumpfem staunendem Murren die Nachricht von dem Ereignis; der unersättliche verabscheute Mann stand in dem blendenden Licht des Kaiserhofes. Man wußte, er hatte schon die Baupläne zu einer Prager Zitadelle in seinem Palast; sein Name war unter den Münzkonsorten genannt, sein Regiment hatte am Weißen Berge die Unglücksschlacht mit entscheiden helfen; nun segnete den Todbringer die deutsche siegreiche Majestät. Der Böhme! Der Erzverräter! Die hoffärtige Bestie, die an Wien die Ehre verloren hatte.

Wie Judas hatte er sich einnisten wollen in das Herz seines Volkes, hatte er in der Stunde der Erhebung mit teuflischer Tücke starke Truppen an sich gezogen, täuschend, um sie gegen das eigne Land zu werfen. «Da kam Judas, einer von den Zwölfen, und mit ihm eine große Schar mit Schwertern und Knütteln; und der Verräter hatte ein Zeichen mit ihnen verabredet und ihnen gesagt: der ist's, den ich küsse, den greift und führt ihn ohne Zögern ab.» Es sollte nicht soweit kommen; die Truppen verließen ihn. Mit Schimpf und Schande stand er in Wien, armselig, trug einen gestohlenen Säckel in der Hand, die Regimentskasse. Der Kaiser selbst schickte den Beutel zurück. Der Mann aber war nicht verdorben, war wie Hederich gewuchert, hatte Schandtat auf Schandtat gehäuft, erkannte nichts an als Gewalt.
In kleinen Klubs saßen die Edlen und ihr Anhang zusammen; die Verwandten, Neffen, Söhne, Frauen derer, die von Ligisten niedergemetzelt waren oder hatten fliehen müssen. Katholisch geworden mit dem heißesten Grimm, bis in den Kern ihres Lebens vom Sieger getroffen. In hohe Ämter hatten sie sich geschoben; niemand wußte, daß zu ihnen gehörten Wratislaw von Mitrowitz, der Hauptmann der Prager Kleinseite, die Appellationsräte Wenzel von Fließenbach, Kobach, ja ein Sohn des öffentlichen Anklägers Pribik Jenissek von Oujezd. In ihrer Mitte heranwachsende Jünglinge, blühendschöne Weiber, Alte, die schon daran gewesen waren, ihr Dasein abzuschließen. Sie sangen in ihren Zusammenkünften ihre Lieder; vom Peter Chelcicky sprachen sie, vom Netz des Glaubens, und daß der Staat ein Übel für den Christen sei – aber dachten nur an den Staat der Habsburger. Sie redeten den Satz nach: «Gott hat nicht widerrufen das Wort: du sollst nicht töten», damit erhoben sie sich stolz und drohend über die grausamen Verfolgungen, die ihre Angehörigen erlitten, trösteten sich. In dieser ausgestoßenen Aristokratie blühte, angstvoll behütet, das Wunderkraut der sanften menschenbewältigenden Lehren, die im Volk umgegangen waren einstmals, von ihm selbst kaum beachtet. Wie flüsterten sie, sich an den Händen fassend, daß es den guten Christen nicht anstehe, Teil an der Macht zu haben – fühlten sich ruhiger, halfen sich über Schlimmes hinweg. Durch die Gedanken ihrer Kinder ließen sie rasseln die Märchen vom fellbewachsenen Böhmenherzog Krok und seiner geliebten Tochter Libussa; wie in ein Kinderland fanden sie – alternd, heimatlos – in die uralten Fabeln; der starke Premyzl stand auf, Wenzel tat seine Wunder. Ehrerbietig taten sie gegen die neuen Machthaber, geduldig

waren sie, unbezwungen, stolz. Sie waren die Adligen, in diesem Land konnte niemand sonst von Adel sprechen.
Über die Niedrigen suchten sie ihre Lockungen auszubreiten, die blieben stumpf und gefährlich. Ließen sich nicht Böhmen nennen, wollten nur Bauern sein, stalpten auf ihre Felder, in die Ställe, wandten sich grimmig von allem, was ihnen mit Bekenntnis und Vaterland kam; in vielen Dörfern brachen nach dem Auszug der Sachsengänger Treibjagden aus wider die aufdringlichen Hußfreunde, Totschläge an heimlichen Friedensstörern und ihren verkappten Sendboten.
Die Edlen versammelten sich in geheimen Häusern, mit brachten sie Listen alles jüngst gegen sie geschehenen Unrechts, aller Schikanen, Bedrückungen. Dann war plötzlich eine Liturgie da: ein furchtbarer Klagegesang, ein chronikartiges Verzeichnis alles Leids in Böhmen seit den Tagen Rudolfs und Matthias'. Keine Versammlung begann, ohne daß wie ein Gebet dieses Verzeichnis verlesen wurde, die Morde Vernichtungen Verbrennungen, der Zug der Verbannten über das Erzgebirge. Und sie, deren Angehörigen es geschehen war, da saßen sie, standen an den Wänden – nannten sich draußen kaiserlich, hatten ihrem Huß abgeschworen. Diese die Gesichter tief gerötet, jene erblichen, verzerrt, streng gerissen. Wilde Worte wurden ausgestoßen, Tränen standen in den Augen, Stöhnen Schreien zog sich in die Unterhaltung hinein. Es würde einmal sterben die spanische Geißel, der Jesuit Ximenes; Marias Säule würde von der Theinkirche gestürzt werden; in den Boden gestampft Caraffa, der päpstliche Nuntius, der Seelenmörder. Es gab welche, die diesen Teil der Zusammenkünfte mieden, zu spät kamen, das Verlesen für eine Albernheit dekorativen Charakters nahmen; die Welt ging voran, sie wollten mit. Aber sie beirrten nicht die rache- und haßatmende Gesellschaft.
Langsam hatte sich ihnen Slawata genähert. Er, dem edelsten Hause entstammend, dem Kaiser anhängend, den Konventikeln nachschleichend wie ein Tier seiner Beute. Sie hatten sich seiner nicht erwehren können, ratlos, wessen sich versehen von ihm. Ihn hatte Wallenstein irregemacht. Er ging einsam, seit er selbständig geworden war, neben den großen Akteuren, war ihr Stolz, ihre Standarte. Einsam wandte er sich. Es trieb ihn, er wußte nicht wie, zu seinen Vettern und Sippengenossen, in die geheimen Zirkel. Auf ihre Wege trieb es den Stillen Blauäugigen Umwölkten; wie er sich dunkel den großen Akteuren beigesellt hatte, wandte er sich den Böhmen zu. Spöttisch und traurig stand er unter ihnen, die mit ihren Gesängen und Reden

verlegen schwiegen, wenn er, den vollen Kopf halblinks auf die Schulter senkend, sehr langsam sie begrüßte mit Zwinkern der Augen und tonloser Öffnung des üppigen Mundes. Es war nur eine Erkundung, was er bei ihnen vornahm; «wer seid Ihr?» war seine ungesprochene Frage. Und sie merkten, daß er mit ihnen Fühlung nehmen wollte, wußten nicht, ob sie sich offenbaren oder verleugnen sollten. Schon waren sie willens, mit Banalitäten die Zusammenkünfte auszufüllen, bei denen er anwesend war. Da näherte er sich ihnen mehr; fragte sie eines Abends, als sie sich unter Selbstpersiflage von Dingen der holden Kaiserin Eleonore unterhielten, warum sie zusammenkämen und was sie gemeinsam betrieben. Sie sagten, sie seien Freunde der kaiserlichen Regierung und wünschten die Böhmen dem Kaiser näher zu führen. Slawata blickte lange in seinen Schoß, seine ringblitzende Hand vor die Augen hebend: «Ihr wünscht, daß ich Euch allein lasse?» Darauf ratloses Gerede der Herren und Damen; er verneigte sich trübe nach einiger Zeit, ging. Sie beschlossen kühn, es darauf ankommen zu lassen; und als Slawata nach längerer Weile lautlos in eine Versammlung der Herrschaften trat, von jungen Männern geleitet, nahm keiner Notiz von ihm; man tat sich Zwang an, wagte. Die Liste der Klage wurde verlesen, das Aufschluchzen und Stöhnen begann, die Namen der Toten und Verschollenen klangen tonlos; der Vorleser bedurfte keines Winkes seines Nachbars, eines uralten Mannes, um auf den Namen Slawatas, des Bösewichts und Verderbers, zu achten; der jugendliche Vorleser sah den Namen in seiner Liste kommen, las ihn, samt der Anklage, Drohung, Hoffnung. Als beträfe es nicht ihn, stand Slawata in der nur bankbestellten kerzenhellen Stube nahe der Tür. Auch sie sprachen an sich haltend mit ihm, als wäre er nicht der Slawata, dem sie fluchten. Sie wollten ihn locken, sich zu offenbaren; er schwieg, war höflich gegen sie, kehrte wieder. Nichts geschah einem von ihnen. Sie fühlten, daß sich eine Wandlung mit ihm vollzog, fanden keine Handhabe, ihn zu sich zu ziehen. In offener Gesellschaft der Herren der Kammer ließ Slawata sogar unbekümmert das Wort fallen, daß er den und den Herrn in einem böhmischen Konventikel kennengelernt und gesprochen habe, so daß man raten konnte, ob er sich den bedenklichen Verbindungen seiner Sippengenossen zugewandt habe – er, der Slawata, den sie zum Fenster hinausgestürzt hatten – oder ob sich die Sippengenossen dem Kaiser näherten. Aber ein Blick auf ihn schien zu zeigen, daß er sich nicht geändert hatte, er nicht.

Vom Judenviertel schlug Geschrei herüber, durch Prag liefen die unerhörten Zahlen; der Friedländer wolle hunderttausend Mann auf den Fuß bringen, er werbe Kosaken an, der Tilly werde ihm unterstellt. In den Kammern der Adligen ging man nicht auseinander. «Wir haben die Nachricht von erster Stelle. Der römische Kaiser sucht sein Heil in Böhmen.» «Er fängt ihn, Wallenstein fängt ihn», kreischte eine breithüftige Dame; sie raste so, daß alle mitgerissen wurden. «Wenn der Teufel seine Wege geht», flüsterte einer, «geht er sie heimlich.» «Nein», lachte einer, «er geht sie ja offen, am lichten Tage. Sieht man es nicht. Der Friedländer übernimmt die kaiserliche Armee.» «Man macht dem Verräter, dem Mörder die Tür auf, bittet ihn ins Haus, man drückt ihm den Dolch in die Hand.» «Man bittet ihn darum, er möchte eintreten.» «Küsse mich, Judas, damit keine Lücke im Text entsteht!» «Oh, wie man ihn bittet! Sie erzählen, Wochen um Wochen laufen schon die Kuriere von Wien mit kaiserlichen Brieflein. Aber der Friedländer will nicht.» Und alles lachte schallend: «Ei, er will nicht, er will es sich noch überlegen; er hat noch Zahnschmerzen.» «Sein Rachen ist weit. Ein paar hundert Quadratmeilen Land hat er bald heruntergeschluckt, er ist verstopft, der Hof gibt ihm Wein zu schlucken.»
«Er ist katholisch.» «Katholisch wie der Teufel. Sinnt Tag und Nacht, wie er den geistlichen Herrn ihr Hab und Gut entreißen kann. Geflucht hat er neulich, die Gläser unter Tosen auf den Estrich geworfen und geschworen, wäre er Protestant, würde er dem Leckerle, dem Kardinal Dietrichstein, kein Haar auf dem Fell lassen.» «Lang lebe unser Landsmann Wallenstein, der Herr, der Fürst.» «Weiter! Gottes Allmacht.»
In Dresden arbeitete der alte Graf Matthias Thurn. Als Wallensteins Ernennung vor der Tür stand, hofierte der Dresdener Hof den Grafen plötzlich auffällig; er begriff, was das hieß. Sich Wallensteins bemächtigen! Verräter sei der Friedländer, sagte achselzuckend Thurn dem zähen Kaspar Schönberg. Um so besser, meinte der, Verräter seien auch Verräter nach der andern Seite. Thurn, der Feuerkopf, mit den sächsischen Emigrantenorganisationen nachsinnend, gab die Losung aus nach Prag: «In keinem Fall Aufsässigkeit zeigen, geheim für nahe Erhebung rüsten, sich jeder absprechenden Äußerung über den Friedländer enthalten.» Eine besondere Botschaft betraf den Vetter Wallensteins, den Maximilian, der, wie man wußte, Spionage für den Fürsten trieb: man solle ihn einladen zu den Versammlungen, in den

Unterhaltungen lobend den Fürsten erwähnen, und daß man sich ausgesöhnt habe mit ihm, seine alten Taten nicht nachtrage.
Das Elend der Emigration ließ die Hoffnung auf Wallenstein in Sachsen auflodern, die Botschaften, erst belächelt, wühlten hier wie ein Sturm.
Eingestanden oder nicht schillerte in allen Gemütern ein sonderbar tiefes Vergnügen, daß das Heilige Römische Reich von einem Böhmen gerettet werden müsse. Alle Trümpfe hatte man im Spiel; die Sinne zusammen; es galt, klug und kühn zu werfen. Und wie auch immer, er, der Friedländer, er würde dem Habsburger das Messer auf die Brust setzen; würde sie rächen an Ferdinand.
Die üppigen schwarzäugigen Frauen, deren Männer gefallen und verjagt waren, sprangen an den geölten Wänden herum: er werde sich rächen an Böhmen, indem er es verschlinge, er hat einen großen Rachen, zweitausend Meilen haben noch Platz. Verschlingen. Und das fiel wie Feuer in alle. Wallenstein würde sie an sich reißen, vielleicht um sie zu unterwerfen, über ihnen zu stehen; würde seinen Haß an ihnen kühlen, indem er über sie herrschte. Er sollte es nur. Das übermütige übermäßige Glück.
Slawata wanderte zwischen ihnen. Die Lichter der Kammer brannten auf erhitzten Gesichtern, verzückten Augen. Er hatte sie jubeln hören, als sie ihn auf dem Prager Rathaus anfaßten, als ihr eitler Herr aus Heidelberg herzog. Jetzt jubelten sie Wallenstein zu. Die Kanaille, Adlige, seine Sippengenossen. In dem Tuscheln Schwatzen wurde man seiner ansichtig, aufmerksam verneigten sich von allen Seiten hertretend vor ihm die rachegeschwollenen Vettern, den Kaiser lobend ob seines Scharfblicks und wie der Friedländer das Reich in seiner Herrlichkeit werde herstellen. Er stand an der glatten Wand.
«Was habt Ihr mich zum besten, liebe Vettern.» Rechtzeitig gewann er es über sich, gegen die Verblüfften zu lächeln, indem er ihnen zwinkernd die Hände und Wangen streichelte. Zu diesem aufgeregten Abend war in Prag die alte Magdalene aus dem Geschlecht der Trzka von Lipa erschienen, ein robustes tatkräftiges Weib, die über Millionen verfügte, mit dem Friedländer verwandt, der sich von ihr fernhielt. Am Stock kam sie auf Slawata zu, burgunderrotes Gesicht vor weißem losen Haar, das auf einen glatten viereckigen Kragen fiel, die linke Gesichtshälfte schlaff, das Augenlid hängend und zuckend, freudig ihm zuschreiend: «Hier ist jetzt nicht Euer Platz, Graf Slawata. Prag ist meinem Neffen Wallenstein zu klein, und

Ihr? Ich freue mich, Euch zu sehen.» Er half ihr neben sich auf eine Bank; lächelte starr: «Also nach Wien.» «Nach Wien. Gewiß und sicher. Gedenkt Ihr hier zu versauern? Prag hat aufgehört, für die nächsten Jahre Hauptstadt von Böhmen zu sein.» «Nach Wien.» Sie lachte in ihrer gesunden wanderschütternden Art, sah ihn durchdringend an: «Der Kaiser braucht Euch. Ihr seid doch geschickt, Ihr werdet wissen, was Ihr zu tun habt.» Sie redete noch manches; er hielt still.

Als er in seiner Sänfte saß, war er erschüttert von Schmerz, machte sich mühsam kalt. Er hatte nicht vor, seine Politik nach Wallenstein einzurichten; er war es im Begriff gewesen. Er suchte sich auf ein kaltes sachliches Ziel zu besinnen; vermochte es nicht. Mit einem Fluch machte er sich frei: «Nach Wien.» Er gab sich keine Rechenschaft, warum. In einer Wutwelle war er vor den Entscheid getragen.

DRITTES BUCH

DER KRIEG

Noch einige Wochen blieb der Friedländer in Prag, dann brach er nach Eger auf, wo er sein Hauptquartier aufschlug. Im Reiche, in den Erblanden standen kaiserliche Truppen, deren Haupt er war, geschwächt, in alle Windrichtungen zerstreut; in Wien die Stadtguardia, acht Infanterie-, sieben Kavallerieregimenter. Sechs marschierten unter Spinelli zu der Infantin Isabella nach den Niederlanden. In Ungarn Musketiere, in Böhmen das Regiment Breuner, in Mähren die Truppen des Max Liechtenstein, Wallensteins, des Grafen Schlick, des Freiherrn von Tiefenbach; ganz entfernt in Freiburg im Breisgau Hannibal von Schauenburg; dazu die Reiterregimenter Marradas, Wittenhorst, Konti, Kaspar von Neuhaus. Fünf Regimenter zog der Herzog an sich, vierzehn neue stellte er auf; das Regiment dreitausend Mann. In Prag vergab er die Bestellungsbriefe an die neuen Obersten; sie hatten zu übernehmen und vorzustrecken Antritts- und Laufgeld, einen Monatssold und Ausrüstung ihrer Söldner; vielen schoß er selbst den Betrag vor, ihr Gläubiger der Kaiser.

Wallenstein entfernte sich nicht weit von Prag, um mit de Witte, Michna und Bassewi in Zusammenhang zu bleiben. Die neuen Köpfe tauchten in Eger neben ihm auf, die Obersten Merode, Scharffenberg, die Gonzaga, Desfours, Isolani, der Thomas Carboni, die bald so gefürchteten Namen. Nach dem Elsaß herunter liefen die Ordonnanzen, die Schauenburg und Wittenhorst mobil zu machen und ihren Anmarsch in das Reich zu befehlen. Wallenstein war zugeteilt als sein Oberstmeister, Zahl- und Quartierungskommissar Johann Aldringen, ein feiner gewandter Hofmann, dessen geheime Aufgabe war, wohl aufzumerken in Wallensteins Quartier und Lager und von allem den Räten in Wien gute Kenntnis zu geben. Er sah bald selbst, daß ihm nichts weiter blieb als dies: die Korrespondenz nach Wien und der Titel; denn der Herzog wies an; er hatte bald kein Verlangen mehr mitzusprechen.

Man schlug Sammelplätze auf in den kaiserlichen Erblanden, im Reich, im fränkischen schwäbischen Kreis. Abgeordnete der fränkischen Ritterschaft erschienen vor dem Herzog in Eger, Direktoren Hauptleute und Räte aller sechs Orte in Franken, zu klagen über den Schaden durch vagierende disziplinlose Truppenkörper; sie wurden höflich empfangen, versichert, daß der Oberst Graf Schlick eine Erinnerung erhalten werde. Im übrigen bemerkte der Herzog mit großer Bestimmtheit beim Abschied, sie möchten mit Proviant und sonstigem Unterhalt nicht zurückhalten, damit die Völker nicht herumstreiften und nicht zu lange an einem Fleck liegenblieben; mürrisch und erstaunt wandten sich die Herren, dabei ein Hektor von Streitberg und ein Redwitz zu Wildenrod, zum Gehen. Aus Hessen, von Frankfurt Nürnberg fuhren rechtskundige stolze Männer nach Eger an, ließen sich nicht abspeisen mit des Herzogs Sekretär, auch nicht mit dem neugierigen und sehr interessierten Aldringen, stellten sich ehrerbietig, fest vor der Durchlaucht selber auf, berichteten von den vorgenommenen Werbungen, errichteten Musterplätzen und den Unterhaltsansprüchen der Völker, zitierten die Goldene Bulle, Reichstagsabschiede. Der Fürst nahm sie freundlich an, schrieb lachend ein Brieflein an Trautmannsdorf nach Wien, der Geheimrat Recke solle bald, bald, bald kommen; cito, presto, die Leute aus dem Reich überzögen ihn mit hochgelehrten Sprüchen, er wisse nicht, wo er drin stecke. Er schickte Unterhändler nach Ulm Halberstadt Nördlingen Nürnberg; die Städte mußten sich freikaufen von Quartierlasten; Nürnberg zahlte hunderttausend Gulden; Eger gab siebentausend her; empört hatte die Stadt die doppelte Summe abgelehnt. Die böhmischen Landesoffiziere wurden trotz Sperrens durch sanften Druck vermocht, hunderttausend Schock Groschen an die Kriegskasse abzuführen. Herr Aldringen hatte in der ersten Woche seines Aufenthaltes im Egerer Hauptquartier zaghaft auf die kaiserliche Resolution betreffend Schatzungen hingewiesen, in der es hieß, es sollten leidentliche Kontributionen in den eroberten Örtern und Landschaften zur Erhaltung der Soldateska zugelassen werden, mit dem Maß, daß solche Kontribution der Soldateska von ihrem Lohn abgezogen werde, damit der Kaiser leichter an den Kriegskosten trage. Wo aber seien Ulm Nürnberg Nördlingen eroberte Örter, die freien Reichsstädte, noch dazu mit reichen kaiserlichen Schutzbriefen versehen? Der Herzog hieß ihn, freundlich ihm auf die Schulter klopfend, sich nicht zum Anwalt der Städte machen; sie setzten ihm schon genug zu; er sollte nur fein berichten und hören, was man sage. Da wurde Aldringen aus Wien durch den Abt Anton die schwer verklausulierte Auskunft, er möge sich um Jesu willen mit dem Herzog ins Einvernehmen setzen, sie vermöchten von Wien aus die Verhältnisse nicht zu überschauen, man dürfe gewiß nicht Splitterrichter in so gefährlichen Zeitläuften sein, wobei immerhin sein Rechtsstandpunkt offensichtlich unantastbar sei und er ihn dem Herzog gegenüber vertreten möge, jedoch nicht zu heftig.

Proviant, Artillerie, die Brückenequipage fehlte Die hatte der Kaiser

versprochen. Es war an einem gewissen Punkt der Unterhandlungen in Nikolsburg eine pathetische Gebärde der Räte gewesen, dies zu übernehmen; da waren kaiserliche Stückgießereien Zeughäuser Kornlager. Die Gießereien arbeiteten zu langsam, das Material der Zeughäuser war bedeutungslos, unbrauchbar, die Kornlager knapp, für zehn Regimenter reichend. Eger drängte, klagte stürmisch an, sie ließen es im Stich, sollten die Truppen verhungern, sollten sie mit Stecken kämpfen. Man mußte demütig erklären, Eger möge sich gedulden, möge sich behelfen; man konnte nicht hinzusetzen, daß die Hofkammer bisweilen nicht zehn Gulden in der Kasse hatte zur Bezahlung des Kuriers.
Während der Herzog in immer größerem Umfange sein Geld an die Sache setzte, geschah es zur Verwunderung des Wiener Hofes, daß er immer mehr eine ehrerbietige Haltung gegen den Kaiser und seine Beamten annahm, sich, wie es schien, mit Gewalt bezwang und in die Rolle eines kaiserlichen Funktionärs einfügte. Er schien es dem Hof leicht machen zu wollen, sich mit ihm abzufinden, denn, wie Trautmannsdorf bei Berichten aus Eger einmal sagte; lange wachsen lassen kann man solch Ungetüm an Land Leuten und Geld nicht; entweder es pariert bald und kriecht unter, oder es muß erschlagen werden.
Die sechs niederländischen Regimenter wurden zurückbeordert; in Sachsen warb für den Herzog ein Mansfeld als Generalleutnant zwei Regimenter. Dann stand das Heer komplett; fast ohne Artillerie, ohne gesicherte Proviantzufuhr. Unter den peitschenden Worten Wallensteins ging der Rest der Werbung, Musterung, des Drills Hals über Kopf; die Parole war: «Nehmt, was ihr kriegt!» Wie Verzweifelte arbeiteten die Offiziere. Gefährliches beutelüsternes Volk lief ihnen zu, sie hatten für die Kriegsstärke dem Herzog zu stehen. Von oben kam der Befehl: «Wenn man keinen Falken hat, muß man mit Raben beizen.» Bevor er in Eger die Hauptmusterung seiner Truppen vornahm, entschloß man sich in Wien zu dem letzten Schritt: ernannte ihn zum General dieses kaiserlichen, nach dem Reich abgeordneten Hilfsheeres. Man mußte ihm zum Opfer bringen die alten verdienten Generale, den Spanier Hieronymus, das Kriegsorakel aus Madrid, den Rudolf von Tiefenbach und andere; man besänftigte sie durch Titel, sprach ihnen zu: es ginge alles vorüber, auch der von Wallenstein.
Die Truppen, wie sie standen und lagen, mit und ohne Artillerie, mit ungeklärter Furagezufuhr, der zehnte Kavallerist ein Pferd, erhielten dann eines Tages, wie aus dem Himmel fallend, den Befehl zum Ab-

marsch. Sie schwirrten, noch halbnackt, ein buntes halb verbrecherisches Gesindel, gegen die Grenze auf Bayreuth Bamberg zu.
Einen Brief hatte Wallenstein erhalten vom Bundesobersten der Liga, Maximilian aus Bayern, worin der ihn bat um Abordnung des Marradasschen und halben Lauenburgschen Regiments an Tilly, seinen Generalleutnant. Als der Herzog zugesagt hatte, stellte der Bayer dem niedersächsischen Kreis ein Ultimatum, die Rüstungen einzustellen und sich vom Dänenkönig loszusagen. Den Kaiser und seinen Hofkriegsrat fragte Maximilian nicht; nach einer knappen Woche, Wallenstein überschritt eben die böhmische Grenze, erteilte die Durchlaucht in München ihren Feldkommandierenden den Befehl, im Namen Gottes und seiner heiligen Mutter in Niedersachsen einzumarschieren. Worauf der Tilly über die Weser setzte bei Höxter, wie ein Wetter das Braunschweiger Land überraschend, über zwölf Meilen Wegs alles verwüstend. Von Ferdinand war eben ein Handbrieflein an die stolze Münchener Durchlaucht gekommen, er hielte mit seinen Beratern einen Beschluß über Niedersachsen zur Zeit nicht für ratsam, ja gefährlich. Das Praevenire war gespielt, der Wiener Hof erklärte mit verhaltenem Atem, es bei dem Geschehenen bewenden zu lassen. In Maximilian brach aber einen Augenblick die Spannung aus, als die Wallensteinschen Scharen in ungeheuren regellosen Zügen nach Überschreiten der Reichsgrenze an der Oberpfalz vorüberstreiften, massenhaft Leichen von räubernden Söldnern an den Bäumen zurücklassend. In heftigen, kaum mehr diplomatischen Wendungen verwahrte er sich gegen das Treiben dieser Horden, die man besser gegen Ungarn auf Bethlen Gabor gewandt hätte; er werde Truppen bei Weiden aufstellen, die Polizei spielen sollten. Unverhüllt darauf Habsburg, er solle nicht schelten; er solle sich seiner sonderbaren Unterhandlungen mit Frankreich erinnern. Das täte er, knirschte Wittelsbach; der Kaiser möge es nicht dahin kommen lassen, daß er die französischen Anerbietungen annähme.
Auf dem Marsche nach der Weser verstärkte sich Wallenstein weiter; die niederländischen Regimenter stießen zu ihm. Er setzte sich in Schweinfurt, in Wacha an der Werre. Ihn erwartete, mit lauten Rufen begehrte nach ihm der flinke alte Brabanter, der Freiherr von Marbiß und Tilly, Johann Tserklas. Der, Schüler des Alexander Farnese, Belagerer von Antwerpen, bei der spanischen Hilfe gegen die aufsässischen Guisen gestanden, mußte mit Jubel, zum Grimm seines bayrischen Herrn, aus schwerer Bedrängnis auf die toll anrasselnde

böhmisch-kaiserliche Kavalkade fliegen. Im deckensenkenden Quartier des Bürgermeisters von Hennendorf, bei Lauenstein gelegen, stiefelte Tilly, gebrechlich, in spanischer Kapitänstracht, am kleinen Hütlein hohe schwankende rote Straußenfedern, an den langen hageren Böhmen heran, der heftig lachte und sich mit ihm freute, daß es noch nicht zu spät sei, dem Feinde die Zähne zu zeigen.
Der Brabanter, steif, gespenstig, mit einer weißen Schärpe, zwei Pistolen und einen Dolch im Gurt, kurze weiße Haare; an den Haarspitzen schwankten ihm wie Ähren die Tausende erschlagenen Menschen. Sein bleiches spitzes Gesicht, buschige Brauen, starrer borstiger Schnurrbart, überrieselt von den verstümmelten Regimentern eines Menschenalters; sie hielten sich rutschend an den Knöpfen seines grünen Wamses, an seinem Gurt. Seine knotigen Finger bezeichneten ein jeder die Vernichtung von Städten; mit jedem Gelenk war ein Dutzend ausgerotteter Dörfer bezeichnet. Über seine Schultern schoben sich her, zappelten die Körper der gemetzelten Türken, der Franzosen, der Pfälzer, und doch sollte er damit erscheinen vor Gericht einmal, samt ihren Pferden und Hunden, die über ihm hingen kreuz und quer, einer vor dem andern, über dem andern, eine ungeheure Last, so daß sein Kopf samt dem Hütlein darunter verschwand. Die aufgerissenen roten und borkigen Hälse, Bäuche mit weißen regsamen Farben, geädert, triefend über die geschlitzten zurückdrängenden Arme und die einknickenden Beine. Darmschlingen am langen Gekröse, in die er sich verwickelte, wampend und schwabbelnd über die sich stemmenden lederverwahrten Knie, eine riesenlange weiche wurmartige rieselnde Schleppe, an der er ruckte riß keuchte, wenn er ging. Ein Mammut belastete er den Boden; aber eisig hielt er sich, hörte nicht das Gebrüll der Menschen, das markerschütternde der Schweine, Schrillen Pfeifen der Pferde, die sich alle an ihn hielten, ihr Leben aus ihm saugen wollten, aus den feinsten Röhrchen seiner Haare; herumlangende Pferdehälse, nüsternzitternd, scheckig, schwarz; zerknallte Hunde, die nach seinem Mund, seiner Nase schnupperten, gierig seinen Atem schlürften. Er mußte längst ausgeleert sein, sie sogen an einem dürren Holz, er klapperte drin und sie brachten ihn nicht zum Sinken.
Hinter ihm vierzehn Regimenter zu Fuß und sechs zu Pferd.
Der Friedländer ihm gegenüber, ein gelber Drache aus dem böhmischen blasenwerfenden Morast aufgestiegen, bis an die Hüften mit schwarzem Schlamm bedeckt, sich zurückbiegend auf den kleinen

knolligen Hinterpfoten, den Schweif geringelt auf den Boden gepreßt, mit dem prallen, breiten Rumpf in der Luft sich wiegend, die langen Kinnladen aufgesperrt und wonnig schlangenwütig den heißen Atem stoßweise entlassend, mit Schnauben und Grunzen, das zum Erzittern brachte.
Hinter ihm vierundzwanzigtausend Männer.
Der Tilly sollte unter dem Schein, den Mansfelder zu stellen, ins Herz des Reichs vorstoßen, sich der beiden sächsischen Kreise bemächtigen, zwei Erzstifter, dreizehn Bistümer und Abteien. Des Böhmen Befehl lautete, durch sanfte Mittel und Traktationen die Gemüter gewinnen, den protestantischen Fürsten den Vorwand der Religion benehmen, welchen die Feinde des Kaisers zur Bedeckung ihrer rebellischen Anschläge meisterlich gebrauchen.
Als sie zusammenstanden bei Hennendorf, wich der Däne von ihnen ab. Das Jahr war vorgerückt. Links dehnte sich das Ligaheer in die Quartiere von der Weser bis nach Goslar in die Berge; Wallenstein wollte sie ihnen nicht strittig machen, hatte Platz in das flache Land hinein nach rechts, zwei Erzstifter, dreizehn Bistümer und Abteien.
Ehe der Brabanter Kriegsmann Zeit hatte zum Disput und die Stifter zum Protest, zog der Böhme vorn den Riegel weg von seiner Avantgarde, das Volk schwemmte schwabbte nach rechts, nach Norden, in das flache Land. In Halberstadt wühlte sich der Friedländer ein; dort schlug er sein Quartier auf; alle Städte und Dörfer besetzte er weit herum; an die Saale herüber langte er nach Halle. Tilly, die kleine Dogge, grollte, aber der andere wies, daß er ihm im Herbst geholfen habe, versprach noch mehr. Nach Wien trompetete der Böhme, er säße mit allem Volk in warmen Quartieren, man staffiere sich weidlich aus; der Kaiser möge wissen, wie schön dies Land sei, wie wohl diese Stifter dem zweiten Sohn des Herrn anstehen würden. Zurück hallte Graf Strahlendorf: Magdeburg sei nicht weit von Halberstadt; möge der General hören, wie schwer die Römische Majestät daran trage, dort die Gebeine des Heiligen Norbert in schlechter Verwahrung zu wissen.
Die kaiserlichen Räte schoben den Grafen Kollalto, der mit ihm in Prag verhandelt hatte, zu ihm ins Lager, den ehemaligen Hofkriegsratspräsidenten. Kollalto war ein untersetzter gewalttätiger starrer Mann, nicht jünger als der Böhme, dem Kaiser von Gradiska her befreundet, ein starker Trinker. Er sollte Polizei und Disziplin unter den kaiserlichen Truppen aufrecht erhalten; man hatte neben den Böhmen

mit Plan den schwer zu behandelnden Friauler gesetzt, mit unscharf begrenzten Funktionen, einen ehrgeizigen eifersüchtigen unbefriedigten Mann. Die Wiener verkannten den Böhmen; dieser blickte mit flinkernden Augen rechts und links, ihm kam es auf einen Gegner mehr nicht an. Er nahm die Entlastung an, der Friauler hielt das Spiel für gewonnen als Nebenregent.
Da wandte sich eine Herzogin von Braunschweig, eine verschüchterte freundliche Person, an den Herzog nach Halberstadt mit der Bitte, ihr durch das besetzte Gebiet die Durchfuhr einiger Wagen mit Kleidungsstücken zu gestatten. Der Herzog gab galant die Salvaguarda, bedauernd, durch die Kriegsgeschäfte ihr Schwierigkeiten zu schaffen. Die Dame mißbrauchte ihren Geleitschein, belud einige Wagen für ihren Keller mit Tonnen Wein. Ein Oberstleutnant mit Patrouille, des Zuges ansichtig, hielt den Passierschein für gefälscht, ließ die Dame in strömendem Regen aus ihrer Karosse auf ein Pferd setzen, sie ritten in sein Standquartier; fünf Stück Wein wurden von den Wagen gerollt, mitgeschleppt; die Wagen blieben unter Bedeckung liegen, die Fuhrleute davongejagt. Bevor die Herzogin nach zwei Tagen sich an den General wandte, wußte er schon davon, erklärte ihr seinen Unwillen, ließ den Vorfall untersuchen. Der Oberstleutnant, verhaftet, erhielt Befehl, die geraubten Stücke herauszugeben; es war ein Oberstleutnant vom Regiment Kollaltos, des jetzigen Feldmarschalls. Kollalto, sonderbar verbissen und erglühend, verlangte Auslieferung des Oberstleutnants an ihn, den Regimentsinhaber. Der General lehnte den Einspruch ab. In Wien freute man sich schon lebhaft über den Vorfall. Da gab Kollalto nach, bevor eine kaiserliche Instanz mit der Sache befaßt wurde. Auffallend rasch nach anfänglichem Grimm gab er nach; im Hauptquartier erzählte man sich ein Wort des Generals, der Graf Kollalto solle nicht so um die paar Faß Wein jammern; deutlicher wisperten andere, der Oberstleutnant habe für seinen Oberst das Stück unternommen. Und ohne daß sich äußerlich das Verhältnis der beiden obersten Personen des Heeres änderte, verschwand noch während der Winterquartiere der strenge rotwangige Kollalto aus Halberstadt; unvermutet gelangte an den Herzog die Nachricht, der Feldmarschall, sein Herr Bruder, sei aus seiner Stellung ausgeschieden, man habe ihn wieder als Präsidenten des Kriegsrats angenommen. Man hatte sich in Wien durch Kollalto verstärkt.
Die Losung in der Burg: ihn niederhalten. Die Unterhaltungen

Eggenbergs Questenbergs und sogar des verwachsenen feinen Trautmannsdorf waren auf diesen Ton gestimmt: niederhalten. Plötzlich erschien im unschlüssigen Wien, mitten im strengsten Winter, eine ungewohnte Person, der Graf Wilhelm Slawata, der böhmische Oberstlandkämmerer, nahm an einigen höfischen Unterhaltungen Treibjagden Konzerten teil. Er, Vetter des Friedländers, von erwiesener Kaisertreue, streute Gift um sich, daß selbst die Räte erschraken. Er zog die Affäre ihres gemeinsamen Verwandten Smirsitzky hervor, dessen Vormund der jetzige Herzog gewesen sei und dessen Habe er sich nach dem Verrat und dem Ausschluß aus der alten böhmischen Adelsgesellschaft angeeignet habe; der Kaiser sei über den Vorgang falsch informiert worden. Er rührte an den Vorfällen, die mit der Existenz eines geheimen Münzkonsortiums zusammenhingen, brachte Tatsachen von so haarsträubender Korruption vor, daß er sich fast der Lächerlichkeit aussetzte; man konnte nach seiner Darstellung schließlich den Kaiser selbst der Teilnahme an jenem peinlichen Verbrechen zeihen. Man mußte über den erstaunlich veränderten, plötzlich so sensationslüsternen stillen Grafen zur Tagesordnung übergehen. Er sah sich am Hof freudig aufgenommen, interessiert festgehalten, dann isoliert; seine Worte blieben liegen. Lautlos zog er sich plötzlich, wie er erschienen war, in seinen Prager Dienst zurück. In Wien summte man hinter ihm; man rechnete auf ihn; hastig übergab man ihm ein Geheimreferat über böhmische Angelegenheiten.

Und man konnte hoffen, baldig dieses neuen Herzogs und Generals über eine unkaiserliche Armada entledigt zu werden. Denn sein Erscheinen auf dem Kriegsschauplatz, die Drohung mit der kaiserlichen Gewalt, hatte die Niedersachsen bewogen, sich zu Verhandlungen zu bequemen, die in Braunschweig stattfanden. Man schickte die verlässigsten Unterhändler hin, gab die schärfsten Instruktionen, nachzugeben bis an die Grenze des Möglichen. Aber während der langen Debatten ergab sich zur Greifbarkeit, daß die Kreisdeputierten nichts als Verschleppung vorhatten, um ihren Bundesgenossen Zeit zur Verstärkung zu geben. Und zu ihrem Groll erkannten auch die Unterhändler, daß Wallenstein die Atmosphäre gründlich verdorben hatte mit drohendem Auftreten, skeptischer Ablehnung, selbst an den Gesprächen teilzunehmen. Er warb warb rastlos weiter. Spione über Spione warf Wien über ihn, suchten sich an ihn zu hängen. Der Kaiser hatte dem Heer die Sanktion gegeben; jetzt schwamm es draußen in der Welt, im Reich herum, von Woche zu Woche unfaßbarer. Sie hatten dies Roß gezäumt, den Reiter in den Sattel gesetzt; Roß und Reiter jagten; wer wollte sie wieder in den Stall bringen. Sie mußten hören, was man ihnen auf Hintertreppen zutrug. Von dem Herrn kamen manchmal Meldungen, und wenn sie nicht kamen, so kamen sie nicht.

Da schien es ihnen besser, von Zeit zu Zeit zu tasten, daß er sie nicht vergäße. Denn unzweifelhaft bewies er sich ergeben der Römischen Majestät; er hatte die strengsten Beweise dafür geliefert, sich der Schmach, der Volksverachtung ausgesetzt. Und langsam kam in den schwerfälligen Körper des Geheimen Rats und der Kammer ein Vibrieren, ein Mitschwingen, ein Mitklingen. Wie wenn einer an der Wand lauscht und unwillkürlich aus seinem Mund die Töne kommen, die auch drüben gesungen werden.

Der matte Winterkönig, Friedrich der Wittelsbacher, lungerte in Sedan bei seinem Oheim, dann raffte er sich auf nach dem Haag. Er ging nicht gern; den Schlag des vergangenen Jahres, verlorene Schlachten, gnadenlose Überwältigung durch den Kaiser, hatte er nicht verwunden; bis ins Mark fühlte er sich geschwächt; leise Bitterkeit und Widerwillen war in den fröhlichen Mann eingezogen. Vom Haag her rief man ihn; seine üppige leichtsinnige Elisabeth lachte ihn aus, als er zögernd nachsann. Die Fremden, Mansfeld, der Halberstädter Analphabet hatten für ihn gerüstet, der starke Dänenkönig schrieb ihm huldigende trostreiche Briefe. Auf, auf!

Im Haag, im Asyl der Generalstaaten, winterliches Leben. Hin und her zwischen Vlissingen und Southampton und London schossen die Eilboote. Das Jahr war schlimm für England gewesen, man war nicht aufgekommen gegen die spanische Seemacht, zerbrochen waren die Schiffe mit schweren Verlusten in ihre Heimathäfen eingelaufen. Des selbstherrlichen Königs Karl hatte sich die Sorge bemächtigt; er mußte siegreich sein, die aufrührerische Gesinnung des Parlaments kannte er. Sein Kanzler, der geleckte Wüstling Buckingham, schwärmte um die feinen brünstigen Damen des französischen Hofes seiner Königin. Von hier kam dem König die Einflüsterung, sich Richelieu anzuschließen in der Bewältigung der Hugenotten, um Frankreich stark zu machen gegen das verhaßte nebenbuhlerische Spanien. Und das Abenteuerliche geschah, zur zitternden Freude Buckinghams, dem seine Hündinnen Glück wünschten, daß das strenge papsthassende Britenland Gelder und Schiffe herübersandte

nach der Bretagne zur Ausrottung des freien Bekenntnisses. Und der König Karl bog die Knie vor dem kichernden vollbusigen Weibchen, der Henriette, die an ihren braunen Stirnlöckchen schnappte und bekümmert ihr rosarotes Seidenkleid vor dem Mann zurückhielt, und lachte schallend, während sie einknickte und sich an seiner Halskrause hielt, wie das Parlament schäumen würde, welche schlauen untastbaren Wege er ginge dank dieses Meisters der Teufel Buckingham, und wie es dennoch geschehen würde, dennoch. Und zugleich zur Ehre Frankreichs! Sie kicherte und fühlte ihr Strumpfband platzen.
Die Pfälzer Räte schickten nach London: Geld, Geld. Sie fragten ihren Kurfürsten nicht, schrieben aus eigner Machtvollkommenheit in Gram um ihre Heimat, der Schwager des Königs von England sei in Not, seine Schwester ruiniert, sein Neffe zum Gespött; das alte, bald fünf Jahre alte Lied. Widerwilliger von Monat zu Monat flossen die Gelder nach dem Haag, davon der Bastard Mansfeld und der tolle Halberstädter rüsteten. Die beiden, von den Summen erquickt wie Blumen vom Tau, ritten ihrem Kurfürsten auf der Landstraße zum Haag entgegen; sein Herz schlug kräftiger, als er die starken Pferde und die gepanzerten unbändigen Männer antraben sah. Erzählten ihm vom König Christian und den prächtigen Niedersachsen, wie gern der Kaiser auch Magdeburg schlucken wolle und von dem neuesten Ankerseil des löblichen Hauses Habsburg, dem gewissen Wallenstein. Und sie freuten sich zu dritt über den gewissen. Der schlaffe Friedrich fühlte sich wieder erwachen, hineingerissen in das alte Leben zwischen den davontosenden schweren Kürissern.
Es gab für die zweitausend Reiter des Grafen Mansfeld keine Entfernung. Dem kleinen kraftüberladenen Gesellen behagte nicht eine herkömmliche Schlacht, bei der er mit seiner Bande eine Zahl stellte; ihn gelüstete von Jahr zu Jahr stärker nach Wien. Nach Wien! Mit dem eisernen Halberstädter machte er sich auf Hamburg, als das Frühjahr kam; es sollte die Elbe entlang auf Böhmen gehen, während der Fuchs aus dem Bau war und sich die Pfoten in Halberstadt wärmte.
Das Frühjahr war noch nicht zu den Kirschbäumen gekommen, da schlichen die Mansfelder durch das Tal der Elbe. Die Hufe ihrer Pferde hatten sie mit Stroh umwickelt, in kleinen Trupps jagten sie, viele mit kaiserlichen roten Feldbinden; bei Tag schliefen sie meist, bei Mondaufgang wirbelte ihre gedämpfte Trommel. So zahm wie jetzt waren Mansfelder Reiter noch nie zu Landbewohnern; einige

Kompagnien kamen als verkappte Mönche und hatten ihre Pferde in Wäldern abseits stehen, schrien von Übeltaten, die ihnen geschehen seien und erhielten Quartiere; andere ahmten riesige Warenzüge und Pferdetransporte nach. Sie gaben sich als Dänen, Märker aus. Haufen wanderten als beklagenswerte Flüchtlinge aus dem Holsteinischen, wußten Schmachtaten der Dänen und des Bastards Mansfeld zu erzählen. Das ungeheure sonderbare Treiben zog sich in das Magdeburgische hin; bei Dessau hatten die Wallensteiner die Elbbrücke verwehrt, mit großer Macht lagen sie hinter Schanzen da, warteten auf den Dänenkönig.

Urplötzlich eines sonnigen Apriltages warfen sich unkenntliche Streifkorps gegen den Brückenkopf, schwammen auf Kähnen elbaufwärts. Als wäre es ein Spuk, tauchten aus den Wäldern und Dikkichten berittene Mönche und Bauern auf; man wußte nicht, wer es war, aber sie griffen an. Griffen an, daß die Wallensteiner zusammenschmolzen, Schrecken über sie fiel. Die Nacht kam; in der Flanke erschienen die abenteuerlichen Feinde rechts, links, die Front der Schanzen hatten sie eingedrückt. Der Friedländer, im Augenblick bewußt, einem Mansfeldschen Durchbruch gegenüberzustehen, rasselte ritt flog die Nacht, den Morgen durch. Er gab stückweise Kraft von sich; die erste stärkte den Widerstand und war blitzschnell da; die zweite wühlte sich Laufgräben bei den Schanzen, lief gedeckt vor; die dritte faßte die siegesheiß vordringenden Reiter in der ungeschützten Flanke, jagte sie zur Seite, ließ sie in dic Laufgräben vorrennen. Die Hauptkraft des Böhmen wellte über die Umzingelten Verjagten her, schmetterte sie mit einem langhintreffenden Schlage zu Boden. Die letzten waren die schlachtenden Arkebusiere Gonzagas und Koronius', Lauenburgs beilwerfende Kürisser, Kroaten Isolanis mit der Spitzhacke, dem Schlaghammer und türkischen Jagetan. Mittags wußte Wallensteins ganzes Heer, daß diese einmal säbelschwingenden Mönche, diese einmal schießenden Kaufleute, einmal schwimmenden Fuhrmänner Flüchtlinge Bauern die Mansfelder waren, die in Rauch aufgegangen waren.

Der Mansfelder entwich in die Mark. Es fiel noch einmal Schnee. In einer Nacht trug man den kurzen asthmatischen Mann von einem zweirädrigen Bauernkarren herunter in ein mondbeschienenes Gehöft, dessen Bewohner ihm und den zehn Begleitern ihre Stuben einräumten, vor dem Hause sich ansammelten, wo der herzkranke Graf mit dem Tode rang. Man wollte ihm zum Aderschlagen einen

Barbier holen oder einen Arzt aus Tangermünde. Er, in Stahlkappe und Brustharnisch, mit vorquellenden blauen Augen, keuchendem Atem winkte ab, am Tisch hinter einer Kerze stehend, sich festhaltend. Die ganze Nacht setzte er sich nicht. Wenn man ihm einen Sessel zuschob, stieß er ihn rückwärts mit dem Fuß zurück. Kleine Schlucke Weißweins ließ er sich in den Mund eingießen. Blickte immer steif auf das kleine viereckige Fenster, wo das Mondlicht weiß hereinquoll. Als draußen die Hähne krähten, sank sein Rücken zusammen, er seufzte zum erstenmal, legte sich quer auf das Bett des Bauern. Nach einem gekeuchten Fluch trank er, die Arme zitternd, einen halben Krug Wein aus, blickte in seinem Stahlpanzer schauernd den herumstehenden Offizieren unter die Augen: was sie nun dächten. Er röchelte, ohne ihre Antwort abzuwarten: «Einmal ist keinmal. Wir fangen dasselbe Ding, dasselbige Ding noch einmal an.» Sie hoben ihn nach einer Stunde wieder auf den Karren; der Pfaffenkaiser solle nicht glauben, er sei zahm und lieb wie der Pfälzer Herr; er werde dem Friedländer bald am Kragen sitzen, dem Pfuscher, der sich die halbe Welt kaufe und vermeine, damit sei es geschehen. Lauschende Reiter voran, Laternen ausgelöscht.

Zu ihm stießen die Reste des geschlagenen Heeres; von den Dänen kamen viele herüber, schottische Fähnlein, die seit Hamburg auf seinen Spuren zu spät die Dessauer Brücke erreichten. Ohne Lärm schlossen sie sich in der Mark zusammen; Bauern und Adlige gaben ihnen Geld und Proviant, Pferde Zaumzeug und Wagen, als sie hörten, die Katholischen hätten gesiegt. Bitter lärmte das Volk, daß der Markgraf von Brandenburg sich nicht kümmere um die Dinge, den Mansfelder, der das Land verteidige, verkommen lasse. Aus Städten und Dörfern strömten sie dem tapferen ingrimmigen Kleinen zu, dessen zweites Wort war: «Kaiser? Was! Pfaff und Jesuit!» Erschauernd vernahm das Volk die Gerüchte von der ungeheuren Heeresmacht, die der kaiserliche Feldherr langsam herantrieb gegen die Mark, um sich des geächteten Mamsfeld zu bemächtigen. «Der Friedländer», flüsterte es fingerhebend in den Gassen, der grausige Mann des Kaisers, der Jesuiten, der riesenreiche Mann, böhmische Verräter, der sein eigenes Volk geopfert habe, dem alle zuliefen, weil er alle bezahlen könnte, das Glück der vagierenden Räuber und Soldaten, der katholische Teufel, schlimmer als der Tilly. Der Bastard ließ trommeln in der Mark, man lief ihm zu. Westlich der Mark fühlten die kaiserlichen Horden vor, um ihm den Weg nach der Elbe ab-

zuschneiden; täglich verstärkte sich der Friedländer, seiner Sache so gewiß, daß er ruhig anhielt.
Die Schlesier hatten alle Angst abgelegt vor dem Mansfeld seit der Dessauer Brücke. Es war erwiesen, daß mit dem Generalissimus des Kaisers keine Späße zu machen waren. Hatten die Söldner, die sie aus ihren knappen Mitteln angeworben hatten, schon entlassen. Da schlug es ein, der Mansfelder lebe, hätte seine bösen Pläne nicht aufgegeben, auf sie hätte er es abgesehen; urplötzlich wurde im Lande Generalaufgebot befohlen, verkündeten kaiserliche Schreiben, schonend, warnend, sich überstürzend: «Der Ächter Mansfeld ist mit seinem räuberischen Anhang in das Fürstentum Krossen eingebrochen und soll vorhaben, ganz in Schlesien einzufallen.»
Von Havelberg hatte sich das schütternde brusthallende Gelächter aufgemacht; zwanzigtausend Mann stark. Durch Frankfurt marschierte es, es war blühender Sommer geworden. Der Jubel der Studenten. Gedröhn, der Markgraf solle sich erheben und mit gegen die Papisten ziehen. An der Flanke des lagernden Drachens, des Wallenstein, keck vorbei, über Krossen her, auf Liegnitz zu, auf Breslau zu. Wüstend brennend raubend voran durch die kaiserlichen Erblande.
Sich auf den Fußspitzen, auf den Hufen der Pferde in den Sattel erhebend, trompetend, wiehernd, hohnlachend nach allen Seiten: «Der Kaiser! Der Papistenkaiser!»
Klingendes Regimentsspiel, gefüllter Troß, frische Pferde, Hafer, Heu, Schmuck und Ketten aus den Häusern. Nach drüben zu, auf Mähren zu. Vierzigtausend Ungarn, Türken, Tataren warteten.

TOSENDES Gelächter in München. Der krummbeinige Zigeuner, der struppige gezeichnete Mansfeld wie ein Affe sprang dem Friedland über den Kopf weg, nahm sich ein Herz, entwischte, der Herzog ließ ihn durch, in die Erblande, zu einer Verbindung mit den Ungarn, Türken, Tataren. Das Gelächter in München scholl nach Wien herüber. Dies angetan der kaiserlichen Armada von einem Habenichts, einem Hühnerdieb, Pferdejungen des Königs von England. In der kaiserlichen Antikamera spotteten die Italiener: man gebe dem Friedländer noch fünfzigtausend Mann und er wird sich gegen zweitausend – verteidigen. Tapfer wird er es tun, die Zähne verbeißen, man wage es gegen ihn, den tapferen Schwaben, Nachfolger des mazedonischen

Alexander. Sähe man nur: ein Wucherer, ein Güteraufkäufer, ein leidlicher Oberst als Heerführer; ein Narr, den die Großmannssucht gepackt hat. Die Räte waren nur schwach bereit, ihn zu verteidigen. Als aber die schmerzlichsten Klagen aus Schlesien einliefen, Mansfeld weiter sprang, ergriff alle Angst und Wut. An den Kopf eines Verbohrten waren sie nicht gebunden. Er saß bei Halberstadt und erpreßte Geld. Es war eingetreten, was man befürchtet hatte. Man hatte noch Kollalto; Caraffa war noch da. Ruin, Ruin! Gelächter für Europa. Der wildgewordene Spekulant als Feldherr. Mit Lärm traten sie am Hofe auf.

Wallenstein, auf einem Bauerngut bei Halberstadt, auf die Wiener Nachrichten in tobsüchtiger Erregung, fuhr in die Stadt zurück; der Mund ging ihm über von Schmähungen gegen die Räte, die er treulos und Schelmen nannte. Mit dem feinen Aldringen verfuhr er auf das wildeste; dieser war zum erstenmal Zeuge eines solchen Zustandes; er hielt den Herzog für wahnsinnig, fürchtete, von ihm ermordet zu werden. Der Herzog warf ihm vor, daß er seine Sachen bei Hof nicht vertrete, ihn anschwärze. Das Heer sei verloren, alles sei verloren, er selbst verloren durch die Narrheit, Bosheit der Wiener Räte. Es sei alles verloren, denn er werde genötigt sein – dabei geriet der Herzog in solche Erregung, daß er auf Minuten die Sprache verlor – das Heer jenem Strauchdieb nachzuschicken und damit hätte der Bayer erreicht, was er wollte – nach Ungarn die Kaiserlichen! Nach Ungarn, wo man zugrunde gehen müsse. «Ich geh nach Ungarn», schrie er besinnungslos Aldringen an, «die Herren setzen es durch; die treulosen an ihrem Kaiser. Aber sie sind nicht meine Herren, sie sollen es fühlen; sie sollen mich suchen später, wenn sie mich brauchen, und werden mich suchen wie eine fromme Seele im Höllenfeuer.»

In der Tat, trotz des lauten Jammerns des ligistischen Führers, der allein gelassen wurde gegen Dänen und Niedersachsen, brach wie ein toller Stier der Friedländer auf. So gräßlich war sein Schelten und Toben auf den Wiener Hof, der ihn zu der Fahrt hinter dem Mansfelder zwang, daß Aldringen Briefe an den erschrockenen gänzlich kopfscheuen Präsidenten Kremsmünster schrieb: Der Friedländer sei unterwegs aus Niedersachsen mit seiner ganzen wilden Armada; er schwärme auf Schlesien zu; «begütigt ihn, laßt den Kaiser freundlich schreiben; es kann geschehen, daß er in seinem blinden Wahnsinn auf Wien losstürzt und Euch zertritt.»

In dem Städtchen Ellrich bei Nordhausen erlebte der alte Graf Tilly eine letzte Begegnung mit dem Herzog vor dem Abmarsch, die in ihm die Hoffnung auslöschte, jemals mit dem Böhmen kameradschaftlich auszukommen. Wider alle Wahrheit und Wahrscheinlichkeit erklärte der Böhme, ohne ihn zu Wort kommen zu lassen, auf den Tisch hin, der Däne, die Niedersachsen, Mansfeld, dazu auch schwedische Völker seien eins darin, konzentrisch auf Schlesien vorzugehen, die kaiserlichen Erbländer zu überfallen, nachdem sie dem Siebenbürger, Türken und Tataren die Hände gereicht hätten. Er könne nicht säumen, auch nicht das Quentchen eines viertel Tages, und müsse mit ganzer Macht auf. Er, der Jüngere, überhörte in einer Roheit, die den Grafen zittern ließ, jeden Einwand, der von eben anlangenden Kundschaftern vorgebracht und von dem sesselversunkenen kopfsenkenden Ligisten bekräftigt wurde. Es war wie das Amen in der Kirche, daß er, der kaiserliche General, keinen Troßbuben an der Elbe stehenlassen könne, es würde davon nicht abgegangen werden und wenn das ligistische Heer mit dem letzten Mann zugrunde ginge. Mit einer Bosheit und Grausamkeit ohnegleichen schmetterte der lange herumwandernde Böhme das dem Tilly vor die Füße. Draußen wieherten die Pferde der Kaiserlichen. Auf einem Nachtritt waren sie hergekommen. Als Abschluß, nach Verstreichen von fünf lautlosen Minuten, gab der Herzog ohne Vorbereitung mit heiserer, unnatürlicher Stimme von sich, er werde fünfundachtzig Fahnen zu Roß und Fuß zurücklassen, mehr nicht. Mit einem verzehrenden Blick äußerte er das, während er schon die eiserne Türklinke in der Hand hatte. Und Tilly konnte drin überlegen, was dies Ganze sollte: fünfundachtzig Fahnen, mehr, viel mehr, als er gefordert hatte.
Wie von einem Unwetter wurde die friedländische Front abgebaut. Von der ruhmreichen Dessauer Brücke riß sich Oberst Pechmann los, hinüber auf das rechte Elbufer, fünftausend Mann mit ihm, Kürassiere und Arkebusiere des Marradas, Gonzaga, Scharffenberg, Areyzago d'Avandago, Coronini, Dragoner des Hebron. Mit wenig Tagen Abstand Infanterie und Artillerie, dann Wallenstein mit seiner Hauptmacht. Sie hatten ihn von Wien ängstlich gebeten, nicht nach Schlesien einzudringen oder nur wenig, damit dem armen kaiserlichen Lande nicht noch mehr geschehe; schlage er doch den Mansfeld vorher. «Geschieht», brüllte der Rasende im Abmarsch zurück; «wie die Herren es aufs Papier setzen, wird der Feind auf mich warten und sich schlagen lassen. Und ich bin hin- und herspaziert mit der

Karosse von Halberstadt nach Breslau, nach Wien, nach Halberstadt. Jetzt gibt's nur ruinierte Länder oder verlorene Länder. Macht keinen Unterschied der Krieg zwischen des Kaisers oder eines anderen Land.»

Sehr blaß sagte Trautmannsdorf im Rat: «Ich weiß nicht, ob wir Siege oder Niederlagen von ihm hören werden. Er ist klug, geschickt; vielleicht wird er siegen. Aber es scheint mir, als ob uns noch anderes von ihm zu Ohren kommen wird.» Und später: «Es ist mir nicht klar, gegen wen der Herzog Krieg führt.»

Die heißen Augusttage über dem drängenden Heer. Von den reichen Futterstellen weg in fragwürdige Länder. Hinter Wallenstein die Regimenter Kollalto Tiefenbach Merode Schlick Sachsen-Lauenburg Wallenstein Nassau, zu Pferd Strozzi Wittenhorst Gürzenich Zriny Neu-Sachsen Orehorzi Isolani Kürassiere Lamottas. Sächsische Ebene, kleine Türmchen, verbrannte Äcker, Kottbus, Forst, Sorau, Sagan. Kontributionen waren nicht zu erheben, Wallenstein war nicht flüssig, rechts und links brachen Rotten und Kompagnien aus, um sich bezahlt zu machen. Die Bäume füllten sich wieder mit Leichen, die Strafen stiegen vom Strengen ins Grausame. Um den General waren der Feldmarschall Marradas und der Feldzeugmeister Graf Schlick; sie bebten vor dem Herzog; mit wüsten Flüchen und auf die Gehängten weisend, frohlockte er: «Wer hat dem Kaiser diesen Krieg eingebrockt? Sie sollen hinsehen, in was für einem Labyrinth wir stecken.» Der Feind hatte immer fünfzig Meilen Vorsprung. Wie Wallenstein Sagan erreichte, erstieg der Feind im Süden schon den Weg zum Jablunkapaß. Sie wateten durch die sandigen Heerstraßen. Der Herzog rief um Geld nach Wien; man schwieg. Ohne den Kaiser und Räte zu fragen, setzte er Proviantrotten fest, sie schwärmten mit festen Plänen von Ort zu Ort; Arkebusiere und Pikeniere waren ihnen beigegeben; wer zu steuern weigerte, verlor seine Habe und oft sein Leben. Hinter Bunzlau drang Pest in das Heer ein; Wallonen des Merode, verlassen, halb sterbend, plünderten die Stadt. Jauer Striegau Schweidnitz Neiße. Man rauschte an Städten und festen Plätzen vorbei, die der weit voran tobende Feind genommen und mit Truppen besetzt hatte; mit Peitschenhieben drang der Anblick der verschlossenen Tore auf sie ein; Gift goß er in ihr schon halb gerinnendes Blut. Drohende Patente warf Wallenstein vor sich durch Schlesien, hieß die Mansfelder meineidig, treulos, und daß ihnen keiner Quartier gebe und jeder

ohne Schonung des Lebens niedergemacht werde. Man rauschte durch Schlesien; zur Seite, hinter sich ließ man die genommenen Städte mit den ausfall- und plünderungsüchtigen Besatzungen; das Land schrie geängstigt, man durfte nichts hören, man hatte keine Zeit. Mußte in die blinde heiße Luft hinein, in das ungarische Elend. Die Pest warf neue Kompagnien hin, die Ernte des Jahres verbrannt; hinter ihnen, wie sie hinschmolzen und verdarben, jubelten die Feinde. In Wien lachte, halb gebannt, alles, was mißgünstig war, des Verblendeten, der rannte wie ein tollwütiger Hund. In Prag in der Burg nahm Slawata die Aufforderung des Herzogs, Proviant Proviant Proviant zu liefern, langsam vom Tisch, zerknüllte sie, ließ sie zu Boden gleiten.
Der Bastard sah den Friedländer in langen Sprüngen hinter sich; bis an den Jablunkapaß wollte er ihn locken, dann querfeldein, ein Gelächter ausstoßend, mit dem Schwanz des kaiserlichen Heeres durch Mähren, Böhmen fackeln nach Wien oder nach dem Elsaß. Der Friedländer gab kein Wort nach Wien; aber wie jagten die Kuriere herauf zu ihm, bei den unschlüssigen verdächtigen Bewegungen der Mansfelder Bestie. Die Stadtgarde lief mit Wallenstein; und Wien in unmittelbarer Gefahr. Die Boten wagten sich nicht vor den Herzog; der Marradas und Aldringen warnte sie, nahm ihren ihre Briefe ab; man konnte riskieren, daß der Herzog aus bloßem Groll die Hauptstadt dem Äußersten aussetzte. Er erfuhr nichts von den Briefen; wie ein Magier an seinem Feuer hing er an Mansfeld, dem irrlichtelierenden Springteufel. Eine heiße gefährliche Ruhe hatte sich über den Friedländer gelegt; er schwamm hingenommen, die Erde versunken, im Fahrwasser des Bastards. Schon war der nach Westen umgebogen, hatte vom Jablunka herunter sich auf die Straße nach Leipnik gesetzt, da zuckte der Friedländer in einer gewaltigen Bewegung zur Seite, stellte sich versperrend vor Olmütz. Kavallerie über Kavallerie warf er über die Straßen; der Mansfelder bäumte zurück, schoß nach Süden, um über die Marchbrücke nach Böhmen einzustoßen. Der Herzog legte sich selbst an die Spitze seiner Vortruppen, Eisen und Magnet prallte zusammen. Noch einmal riß sich, Hunderte von Mann verlierend, der Bastard los, heulend, Gott und die Seligkeit verfluchend; ein Donnerwetter von Hufschlägen prasselte über die Straße. Verloren der Weg nach Böhmen. Hinein, hinunter in die heiße Hölle, nach Ungarn. Von den Wagen brachen die Räder, Pferde schlug man nieder, schlang Fleisch.

Breit lagerte der Kaiserliche vor dem Waagstrom, einige Wiener Briefe ließ man zu ihm durch, die vor Bethlen Gabor und den Türken warnten. Stumm blieb der Herzog; abwesend gab er von sich: «Mir graust vor ihnen allen nicht.» Knapp achttausend Mann hatte er nach Ungarn eingeschleppt; ein ganzes Drittel des Heeres war, ohne einen Kampf bestanden zu haben, in die Erde gesunken.
Da standen sie auf den grauen dunstüberlagerten Pußten nach der atemlosen Jagd, regten sich kaum. Fühlten beide eine furchtbare Schwäche in den Gliedern. Der Mansfelder begann zuerst sich davonzuschleppen, nach rückwärts schielend. Der Waagstrom lag braun und tief zwischen ihnen; Wallenstein stumpf wand sich mit lahmem Kreuz herüber. Die Lagerstätten des andern rauchten vor ihm. Sie schlichen hintereinander; in der Hitze versiegte der Schweiß, wie er nur ausgebrochen war, in der Haut; sie schluckten Wasser und trockneten ein. Einer roch den andern. Sie warfen sich von Ort zu Ort, drückten ihre Leiber fest an den Boden, umklammerten Gehöfte Dörfer Flecken, und wie sie abzogen, ließen sie Schlamm Kot Blut zurück, Schutt, glimmende Asche, gelbe Leichen mit verbogenen Gliedern, offenen Mäulern.
Von Einzelläufern kam die Nachricht – Mansfeld und den Böhmen erreichte sie zu gleicher Zeit –, daß über die Heide her der Siebenbürger Fürst mit zwölftausend frischen Reitern von Debreczin schwebe; in Ofen klingle die Janitscharenmusik des Türken, die Türken rennen zu Hauf, die Widersacher, sie kommen, sie kommen bald. Stumpf wiesen die Mansfelder das ab; sie hörten kaum hin, ließen sich nicht stören, sie waren im Geschäft des Sterbens, der Boden war schön. Bis über die stille stille Steppe mitten am hellen Tage kleine zweirädrige Wägelchen auftauchten, unter die Mansfelder rollend Wasser Wein. Man fragte nicht, wer sie seien, zerbrach die Tonnen, verschüttete das Wasser, sank hin. Neue Wagen, Brot Vieh Wasser Wein frische Pferde Heu am hellen Tage über die platte mörderische Steppe. Die Söldner wußten nichts von Krieg, umfingen zärtlich das Wasserchen, weißes Wasserchen, süßes Wasserchen, streckten sich hin, aßen, lachten. Liebes Brot, liebes Wasser, lieber Wein. Richteten sich auf und fingen zu heulen an, küßten sich, die Eisenhauben abgeworfen, umarmten sich, blökten wie Vieh mit verzerrten, kläglichen Mienen, schlugen den Sand mit den Fäusten, pochten mit Riemen an ihre Brüste. Das Heulen verbreitete sich unter allen Soldaten, es artete in fiebriges Wüten aus; monoton schwoll und hallte das Jammern. Wie

die Führer unter sie stiegen, weigerten sie sich zu marschieren. Sie hielten sich jauchzend und einander ermunternd an den Wein, das Fleisch, das Wasser. Auf alles Bitten und Befehlen schüttelten sie den Kopf, schlürften, duselten, schliefen, weinten, kannten sich nicht. Braune Sumpfrasen, in die sie singend, lethargisch, triebartig liefen, versanken. Blaugeschecktes mannshohes Goldbartgras; die Ährchen glänzten metallisch, Federgräser, Schmetterlingsblume. Der schwarze Ibis lief vorüber.
Als der Flugsand sein Lager fast verschüttete, nahm Wallenstein mit seinem Obersten eine Zählung vor; dann hieß er die Menge der Profosse und Henker verzehnfachen und sie vier Tage lang unter den Erschöpften Widerspenstigen Aufsässigen Kranken aufräumen. Bei der Musterung, die er selbst abnahm, in einer Kutsche wegen seiner Leberschwellung fahrend, erklärte er zum Fenster heraus den Offizieren, sie seien nicht zum Spaß von ihm und dem Kaiser angenommen worden, keineswegs, es könne um das Leben gehen. Er würde Vertrauensoffiziere ernennen, denen er das Recht gebe, in den jetzt beginnenden Schlachten jeden, Offizier und Mann, niederzumachen ohne Gericht, der nicht mit voll erlaubter Grausamkeit sich gütlich tue an den Meineidigen. Dies möge von Profossen und Henkern bekanntgegeben werden. Einen Tag vor der Begegnung mit dem Feinde strömte das Blut im Heere der Kaiserlichen, dem Blutbad fielen vierhundertfünfzig Mann zum Opfer; sie wurden fast ohne Grund von Beauftragten in ihren Zelten oder auf Lagerstraßen zur Abschreckung niedergemacht. Gepeitscht, gänzlich besinnungslos raste von Neuhäusel das kaiserliche Heer los. Sie lagerten nicht zur Mittagsrast, setzten sich nur vier Stunden über Nacht, rannten – Wallenstein unter ihnen –, daß Troß und Bagage zurückblieben und ihnen nur Rettung in der Besiegung des Feindes gegeben war. Die Türken streckten die Hälse über die Mauern von Neograd; in starren, unbezwinglichen, grausigen Wellen kamen unten Massen her, ohne Artillerie, ohne Gefährt. Die Türken wichen ab von der Stadt. Die Menschenwellen schlugen über der Stadt zusammen. Sechs Tage setzte sich Wallenstein.
Wieder begann das Suchen nach dem Feind, man irrte tiefer in die Torfsümpfe, kaute rohe Rüben und Blätter, scharfe Pflanzenhalme. Die ungarische Ruhr brach unter den Reitern aus, das Heer erduldete ohne Laut alles. Fast vernichtet, des Äußersten gewärtig, schleppten sich da Bethlen und Mansfeldsche Heere an sie heran. Sie waren an-

einander, hatten sich gefunden, gingen nicht auseinander. Lagen sich Wochen auf Sandhügeln gegenüber; Regengüsse, Sturm, Hagel; Fieber schüttelten die Söldner. Meilenweit Öde. Aufglitzernde Teiche, Weidenbüsche, Röhricht, weiße Dünen. Da lagen sie, die sich lange gesucht hatten. Knirschend und schreiend in riesigen Wasserstiefeln mit Sturmhaube in Eiltrupps tasteten die Wallensteiner herüber, wo sich die Leiber der Mansfelder wanden, fanden nicht hin. Der Himmel schlug mit Keulen auf sie ein, achtete nicht auf erstarrende Herzen. Faulten in ihren Panzern, wußten auf dem Felde nicht, was sie sollten. Auf Wagen hausten sie Tag und Nacht; Wasserratten schwammen durch die lehmigen Tümpel Lachen, zogen sich an Zeltplanen hoch, fraßen Holz Leder Leichen an, stürzten wimmelnd in die Lagerstätten.
Wie der Regen nachließ, gab die Steppe die letzten Menschen von Mansfelds Heer frei; weg liefen sie, verschüchtert vergraust, zu Menschen, in die Städte nach Norden, nach Westen, in die Dörfer Gehöfte, verkrochen sich in Häuser, hingen sich an Kinder, an Tiere, versuchten zu denken mit gerunzelten Stirnen.
Den Bastard fand man eines Morgens brüllend und schäumend am Boden seines Wagens liegen; keiner ging zu ihm herein, man wußte, was das war. Zwölf Mann seiner Leibgarde waren bei ihm; die letzten zwei Kompagnien hatte er für tausend Dukaten an Bethlen verkauft. Sie glaubten, er würde im Anfall verrecken.
Mittags stiegen zwei zu ihm auf den überdachten Troßwagen; er saß im Panzer auf den Decken, der kleine geschwollene glotzäugige Mann, wog Geld in der Rechten und Linken, schrie mit versagender Stimme: «Weiter! Weiter!» Warf ihnen eine Handvoll Dukaten zu; die letzten Pferde wurden vorgespannt, man machte sich auf die Flucht. «Ich muß nach Venedig, ich muß nach England. Vorwärts. Wir sollen den Betrüger schlagen, den gelben Böhmen. Der falsche Soldat, Kipper und Wipper.» «Weiber! Weiber!» Man brachte ihm aus Dörfern, aus den Wäldern, vom Ziehbrunnen Frauen, denen man auflauerte, Mädchen. Ärmelhemden aus feiner weißer Leinewand, zartblau, karmesinrot, am Hals gefältet, manche mit Korallenkettchen, tiefgeschnittene Leibchen; sie liefen mit nackten Füßen, schaukelten kirschrote kurze Röcke; wie Kälber vor dem Abstechen schrien sie, als man sie auf die Pferde hob. Mansfeld schlug eine Lache an, als man sie ihm in den Wagen setzte und sie weinten, bettelten: «Weg mit den geputzten Affen! Die blödsinnigen Gesichter. Sucht Euch Kornetts,

junge Hündinnen.» Überhäufte sie mit Schmähungen; nicht einmal Spaß machte es ihm, als seine Begleiter den Mädchen die Gewänder auszogen auf offenem Feld und hinter die Nackten Piken schleuderten. Sie schleppten ihm ganze Karren alter Weiber an, schwarzhaarige grausträhnige, mit Läusen bedeckt, in morastigen übelduftenden Lumpen. Er befiel mit Inbrunst das welke schmierige Gesindel, die tollen Vetteln vergewaltigte er, das Krähenvolk raschelte verzückt mit den Flügeln und struppigem Gefieder. Vom Küssen und Saugen an ihnen wurde seine Hasenscharte entzündet, schwoll unter der kleinen Stülpnase wulstig an; die Narben, die sein auseinandergezogenes Gesicht kreuz und quer durchzogen, lagen reihenweise in Tälern, über die die blaugedunsene Haut hochquoll. Das gräuliche Gelichter hätschelte er, nannte sie Mütterchen, sich den Säugling; Hellebarden und Dolche lagen neben ihm.

Durch Ungarn nach Süden vorrückend, Bosnien genähert, pries er, täglich stärker von Luftknappheit gequält, den König von England, den reichsten edelsten Mann, den einzigen wahrhaften König, dazu den verlassenen betrogenen Pfalzgrafen Friedrich. In den wilden bosnischen Bergen mußten seine Leute einen katholischen Priester auftreiben; er erklärte ihm, daß er noch zuletzt zu seinem alten Glauben wiederkehren wolle, beichtete und empfing in feierlicher Handlung die Absolution; schlug den Priester dann mit einem Stuhl nieder, seine Leute, die im Versteck zugehört hatten, herbeirufend: «Er hat sie mir gegeben, die Absolution, ich hab' sie, er kriegt sie nicht wieder. Hähä, ich hab' sie mir rechtlich erworben.» Des Nachts zwischen Saratro und Spalatro in einem Dörfchen Utrakowitz in ein Haus verbracht, verjagte er alles um sich, was nicht zu seinem Zug gehörte, ließ sich sterbend den schweren Kürassierpanzer anlegen. In höchster Atemnot stand er die ganze Nacht, wie einmal in der Mark, von abwechselnd drei Mann gestützt mitten in der Stube, ließ sich die Knie halten, den Rumpf. Er rasselte röchelte in den grauen Morgen hinein; bei jedem Versuch, ihn hinzusetzen, schnappte er, schlug rückwärts mit einer Panzerschiene. Mit beiden Fäusten klammerte er sich an sein langes Schwert, das er zwischen den Füßen vor sich in einen Spalt des Holzbodens gestoßen hatte. Als es ihm morgens aus den Händen polterte, packten sie ihn, legten den Zuckenden auf das Bett. Zwischen dem letzten Keuchen nahmen sie ihm die Panzerhaube ab, er umklammerte sie fest, quetschte noch aus der Kehle: «Venedig, nach Venedig», ehe die Augen glasig wurden.

An der Spitze seiner Musketierregimenter rückte der Herzog von Friedland sehr langsam aus seinem Lager von Modern gegen die mährische Grenze. Die Proviantkommandos jagten ihm voraus. Er setzte sich in Preßburg; zum erstenmal von da schrieb er an den Wiener Hof einen Brief, daß Bethlen Gabor einen Waffenstillstand geschlossen hätte, die Türken geflohen seien, der Bastard Mansfeld seines Heeres verlustig gegangen, in Rakovitza seinen unseligen Geist ausgehaucht habe; er selbst gehe über Kremsier auf Skalitz, um vor Ende des Jahres in seiner Stadt Gitschin zu sein. Kein Wort darin, was er vorhabe. Ungarn verlassend, fluchte er auf das Schelmenland, das nicht wert sei, daß so viele ehrliche Leute aus Not und Krankheit hier hatten sterben müssen. Wie er in größter Stille in Preßburg saß, arbeiteten mit eiserner Strenge die Requisitions- und Kontributionstruppen; keinem von denen, die so lange gehungert hatten und unbesoldet gewesen waren, ging ein Heller verloren; Geldbelohnungen, Ehrenringe, goldene Ketten verlieh er in großer Zahl, die das Land bezahlen mußte.

In Preßburg erschienen vor ihm zwei Obersten der Tillyschen Armee; sie hatten schon seit Wochen Zugang zu ihm gesucht. Der eine war sein Oberst Niklas Desfours. Sie berichteten: es hätte eine Schlacht zwischen der ligistischen Armada und den Dänen stattgefunden, im Norden, am Barenberge bei Hahausen. Der Wallensteinische Sukkurs hätte daran teilgenommen, sechs Regimenter, außer den Kroaten Peter Galls die Kürassiere Desfours', Sachsen-Lauenburgs und Hußmanns, die Musketiere Kolloredos und Carbonis. Ein Morast hätte beide Heere voneinander getrennt. Die ligistischen Regimenter Reinach und Schönberg wurden von den Dänen im Beginn der Schlacht zersprengt, darauf folgte ein Angriff des gesamten feindlichen Heeres, das über den Morast ging; währenddessen sei er, Desfours, mit seiner Kavallerie von Hahausen aufgebrochen, habe sich an Nauen vorbei in den Rücken der Dänen gemacht, und es sei zu einer völligen Niederlage des Dänenkönigs gekommen. Der feindliche General Fuchs sei gefallen, Hofmarschall von Rantzau, der Generalkriegskommissar Lohausen, viele Obersten, darunter Frank und Kourvilla, gefangengenommen; die Reiterregimenter Hessen und Solms in den Sumpf gejagt. Schließlich seien von den Dänen an achttausend auf dem Felde liegengeblieben. Das hörte der aufrecht stehende Herzog mit völliger Ruhe an, um dann, nachdem er den zweiten Oberst hinausgeschickt hatte, den Desfours zu fragen, wieviel Tote er selbst gehabt habe. Der

nannte eine hohe Zahl. Verächtlich zuckte der Herzog mit dem Kopf; nachdem er ein paarmal im Saal hin und her gewandert war, nahm er ein Kelchglas von der Kredenz, schmetterte es mit einer grimmigen Verzerrung des Gesichts sich selbst vor die Füße. Den Desfours schickte er weg, ohne ein Wort der Anerkennung.
Während der Herzog, ohne Wien zu berühren, sein Heer durch Mähren führte, in loser Ordnung, den Söldnern alles gönnend, was das Land bieten konnte, drängten sich in der kaiserlichen Antikamera Abgesandte der mährischen Stände; baten bei Gottes Barmherzigkeit mit gebogenen Knien und heißfließenden Zähren, der Kaiser möge ihr Schreien und Flehen erhören, den Brandschatzungen, Plünderungen, Straßenräubereien, Vergewaltigung der Weiber Einhalt tun. Vertreter der österreichischen Stände rangen die Hände: man möge Frieden, um Jesu willen jeglichen Frieden machen; sie müßten durch lauter Siege zugrunde gehen. Ein einzelner Mann, für seine Person sprechend, bot das am stärksten erschütternde Bild der Kriegswirkungen, der Kardinal Dietrichstein, des Kaisers Günstling, gelähmt auf den Schreck der Überschwemmung seiner stillen Güter durch Kroaten, in einer Sänfte vor den Kaiser getragen, immer vier einzelne Silben mit Beben des Gesichts ausstoßend. Von den Briefen des böhmischen Gouverneurs Liechtenstein, dem sein ehemaliger Kumpan, der Friedländer, einen bösen Streich mit der Besetzung sämtlicher Güter gespielt hatte, von den beleidigten Äußerungen des Thronfolgers Ferdinand konnte man nichts vor den Kaiser bringen; dem Sohn des Herrschers waren trotz Einspruchs Troppau und Jägerndorf besetzt worden; der Herzog hatte ihm sagen lassen: es käme auf die Monarchie in Deutschland an; auf nichts sonst.
Eine Versammlung der Jesuiten, eine Provinzialkongregation, fand statt in dem alten Profoßhaus. Sie saßen, die flachrandigen Krempenhüte vor sich auf den Knien, in einem verrauchten langen Saal, sahen ein holzgeschnittenes braunes Bild der Maria an, das hinter dem Katheder auf einem Wandpodest stand. Zehn hohe rote Kerzen unter dem Bild warfen Licht in den Saal. Sie begrüßten Wallensteins Vorhaben, seine Erfolge, seine Methode. Sie nannten ihn stark und gewalttätig. Ein Bersten wird durch den Bau der Feinde gehen. Er wird ein offenes Feuer anfachen, das Gebälk zerfressen. Sechs Rektoren, die längst das vierte Gelübde getan hatten, erschienen in Audienz bei Ferdinand, ihm zu danken für die Wahl des Herzogs von Friedland und zu beglückwünschen. Die Türken hat er durch das Grauen seines

Heeres, wie durch das Anheben eines gorgonischen Hauptes, verscheucht, Bethlen hat verzagen müssen, von Mansfeld ist nichts übriggeblieben. Der Herzog kümmert sich nicht um das irdische Jammern; die Menschheit hat ein übernatürliches Ziel, das Reich der Kirche muß ausgedehnt werden über Heiden und Ketzer; wohl dem, der den Arm und das Schwert dazu leihen kann.

Der Kaiser hörte die Väter ehrerbietig an. Befremdet sprach er zu den Räten: «Wofür danken Sie mir?»

In seiner Antikamera versammelte der Kaiser die Herren um sich, seit Monaten zum erstenmal einer Besprechung beiwohnend. Bequem in seinem Armsessel neben dem Ofen sitzend, sagte er: «Nun sehen die Herren. Und sage man nicht, daß nur von bayrischer Seite uns Schwierigkeiten gemacht werden. Ich habe meine Pflicht getan. Wir werden sehen, ob es nicht an der Zeit ist, die Armada heimzuschicken.» Eggenberg setzte die Vorteile auseinander, die die Armada gebracht habe. Harrach, aber auch Trautmannsdorf hielten nicht mit der Äußerung zurück, daß sie etwas anderes zu hören erwartet hatten nach Wallensteins Sieg, nach der Befreiung der Südostfront der Erblande. «Und dennoch hab' ich den Wunsch», fuhr der Kaiser sehr ernst, ohne eine Miene zu verziehen, fort, «meinen lieben Oheim Wallenstein kommen zu lassen und selber über die Stücke zu vernehmen, die man ihm nachträgt. Die Feldherren sind verschieden. Ich möchte hören, was er sagt.»

Eggenberg erklärte, man werde ihn, sobald er das Heer in die Winterquartiere geführt habe, rufen. Das sei nicht nötig, fand Ferdinand; das Heer brauche nicht erst in die Quartiere geführt werden. «Ich will Euch selbst, mein lieber Eggenberg, schicken, damit Ihr mit ihm beratet und vernehmt, wes Sinnes er ist. Ich trage ihm kein kriegerisches Mißgeschick nach; die Fortuna des Schlachtfeldes ist nicht besser als die Fortuna des Friedens. Auch habe er, ließe ich ihm sagen, am Mansfelder alles wieder ins Gleiche gebracht. Darum handelt es sich nicht. Sondern darum, daß seine von ihm geführte Armada den Namen einer kaiserlichen führt, also nach mir sich benennt. Wie es denn kommt, unter meinen Flaggen, daß Reichsstände zum Jammern vor mich laufen und wie lange das noch geschehen soll.»

«Krieg», lächelte Trautmannsdorf. «Ist das Euer Ernst, Graf Trautmannsdorf?» Bekümmert blickte der kleine in weiße Seide gekleidete Mann auf das Parkett; nach einer Pause richtete er die Augen auf die gespannt vorgebeugte Majestät: «Vielleicht ist es gut, die Sachen nicht zu ernst zu nehmen und nicht zu streng anzusehen. Wenn man durch den Regen laufen muß, wird man naß werden.» «Ach, lieber Trautmannsdorf, ich preise Euch, preise Euch, daß Ihr so denken könnt. Lobet den Heiland dafür, daß Euch das verliehen war. Mir wurde das nicht in die Wiege gegeben. Und wenn es mir in die Wiege gegeben war, so ist es in dem Augenblick wieder von mir genommen, wo mir die römische Krone zu Frankfurt aufgesetzt wurde. Meine Länder sollen nicht zu mir kommen, ohne bei mir gnädiges Gehör zu finden.»

Eggenberg flehte: «Die frommen Patres der Jesugesellschaft haben Kenntnis von allem erhalten, was sich in Ungarn ereignet hat. Die Stände sind zu ihnen gekommen aus Mähren, Schlesien. Sie haben sie freundlich empfangen und verabschiedet. Der Kaiserlichen Majestät dankten sie darauf für die Wahl des Herzogs von Friedland.»

«Die Patres, mein Eggenberg, haben nicht viel gehört, und als die Stände zu ihnen sprachen, haben die Väter nicht an Ungarn Schlesien und Mähren gedacht, sondern an Gott und die Jungfrau. Ich habe unter den Worten der Stände gezittert, als wenn meine Kinder es wären, die geplagt wurden; ich konnte nicht an Gott denken wie die frommen Männer, mein Leib ist nicht so stark, Jesus wird sich meiner erbarmen, ich bin nicht geweiht. Ich muß meiner niedrigeren Natur Opfer bringen.»

«Was soll ich der friedländischen Durchlaucht nahelegen im Namen der Majestät?»

«Eggenberg, lieber Freund, Ihr kennt meine Ansicht. Ich bin ihm gnädig zugetan. Er ist im kaiserlichen Dienst, und wir müssen ihn zur Verantwortung ziehen.»

«Ja, ihn fragen», wollte Eggenberg am nächsten Morgen zum Abt Anton und Trautmannsdorf sagen. Da kam ein friedländischer Kurier mit einem Handbrief des Generals aus Mähren; er erklärte und bat die Kaiserliche Majestät davon zu informieren, daß er resigniere; er werde die Truppen in die Quartiere verbringen, damit seine Ämter niederlegen.

Man kam überein, dem Kaiser, der vielleicht zugriffe, nichts von der unbegreiflichen Meldung zu sagen; im kalten Schrecken saßen sie beim Abt Anton hin, fanden kein Wort.

«Er hat uns in der Zange», höhnte der kleine Graf; «nun geht, Eggenberg, zieht ihn zur Verantwortung.»

Kollalto, der weintrinkende Friauler, Präsident des Hofkriegsrats, wurde aufgesucht, nach seiner Bereitschaft das Feldherrnamt zu übernehmen, sondiert; von ihm kam der Bescheid, daß er zu arm für den Posten sei; er bat den Fürsten Eggenberg, mit zum Herzog gehen zu dürfen; der Herzog werde sich versöhnen lassen; den Kaiser werde man versöhnen können.

Nach Bruck an der Leitha gebeten, erwiderte der Herzog erst nach zwei langen Wochen, er werde sich aufmachen, die freundwilligen Herren zu begrüßen.

Mit Grauen näherte sich der Fürst Eggenberg dem verschneiten Landhäuschen, in dem sie den Friedländer treffen sollten; schweißbedeckt saß er unter den Pelzen in dem Schlitten; wenn der Herzog starr bliebe, was war zu tun; wenn er nachgebe, was würde er fordern? Plötzlich hatte er das Gefühl, dies war die Rache, die Wallenstein für die Feindseligkeit bei seiner Erhebung zum General nahm. Jetzt hatte er den Hof zum zweitenmal beim Kopf; was war dies für ein Mensch.

Rot vor Scham stand der Fürst an der Stiege; der Sekretär des Generals kam ihm entgegen, führte ihn in ein Vorzimmer. Er saß lange da, dann kam der Sekretär wieder; er müsse klopfen, der Herzog sitze drin. Wie Eggenberg gegen die Tür schlug, öffnete Wallenstein selber.

Sie saßen in dem kleinen warmen teppichbelegten Raum auf Lederbänken sich gegenüber. Der Herzog sagte, ein Wunsch, ihn zurückzuhalten, sei vergeblich. Er resigniere. Der Fürst begriff dies nicht; die Erfolge des Feldzugs seien augenfällig. Nein, meinte der Herzog, Blicke schießend, er müsse heraus aus dem Labyrinth. Er ertränke in Schwierigkeiten und Armut, wenn es so weiterginge. Tief drückte der Fürst den Kopf gegen seine Zobeljacke; was es mit der Armut sei, man habe ihm keine Schwierigkeiten bei den notwendigen Kontributionen gemacht. Keuchend stand der lange Herzog vor ihm, die beiden Augen bis zur Weiße aufgerissen, das Kinn vorgeschoben, die Fäuste hoch vor die Brust schüttelnd; es brauchte einige Zeit, bis er, zum Entsetzen des Rats, der an Flucht dachte, Worte ausstieß: «Nach Ungarn», heulte er mehr als er sprach, «haben die Herren mich gejagt, mein Heer haben sie mir ruiniert. Was nicht verreckt ist, ist mir verhungert; in ein meineidiges treuloses Land haben sie mich gejagt. Ihr werdet's bezahlen. Ihr werdet es mir nicht wieder bieten.» Sich erhebend, bat Eggenberg ihn, sich zu beruhigen; er klopfte ihm sanft auf die gekrampften Hände. Der Unterkiefer Wallensteins schob sich

noch nicht zurück; der General zitterte am ganzen Leib; er stierte gegen die Schilde und Waffen an der Wand, keuchte. Er hätte sich doch Lorbeeren in diesem Land geholt, begütigte der Fürst, ihn umfassend, gegen die Bank nach rückwärts ziehend. Unbeweglich stöhnte der Herzog: «Nach Ungarn. Nach Ungarn.» Wieder sagte der mitleidige Eggenberg, er werde dies Land einmal als Wiege seines Ruhmes betrachten. Der Herzog rieb sich die Arme, bald den rechten, bald den linken, rückte von dem Fürsten ab, sich auf die Bank niederlassend; finster murmelnd, sie hätten gesiegt, sie in Wien, die Friedhöfe in Ungarn bezeugten es. Plötzlich freier werdend, das strenge Gesicht gegen ihn gewandt, herrschte der Friedländer: nun würden sie, wie sie sich auch stellten, bezahlen müssen. Wie Eggenberg bekümmert die Hände hob, schwoll die Wut in Wallenstein wieder an; er brüllte, was sie also dann wagten, ihn und seine ehrlichen Soldaten zu verderben, um nichts, sie alle zu Bettlern zu machen. Man brach ab.
Mittags besuchte der Herzog den kaiserlichen Rat auf seiner Kammer. Er verharrte bei seiner Resignation: er hätte erfahren, daß der Graf Rambolt Kollalto im Hause eingetroffen sei und hier logiere; was das zu bedeuten habe. Eggenberg, im Bett liegend, gab den Bescheid, Kollalto sei nach ihm im Augenblick der einzige Kriegssachverständige, der dem kaiserlichen Hause nahestünde; wenn seine Liebden der Herzog beharrlich ablehne, sollte sich Kollalto mit seiner Liebden unterhalten, was zu geschehen habe und ob sie beide das erzherzogliche und kaiserliche Haus im Stiche lassen wollten, beide, nachdem Kollalto gleichfalls den Gedanken der Kommandoübernahme abgelehnt hatte. Der General formulierte darauf mit harter Stimme, am Fenster mit dem Rücken gegen das Bett stehend, seine Bedingungen. Er sei in der Notwehr und müsse sich schützen. Wiederholte seine Ideen zur Kriegführung, ausgeführt, mit dem Verlangen der ausdrücklichen Bestätigung durch den Kaiser. Eine endgültige Antwort lehnte der Fürst für seine Person ab, versprach, die Bedingungen in Wien zu empfehlen. Der Herzog verlangte Kriegführung im Reiche, Steuern in Böhmen für Kriegszeit fortlaufend. Mit siebzigtausend Mann und siebzig Geschützen wolle er ins Feld ziehen; das Reich besoldet die Armee so lange, bis es sich zu einem gerechten Frieden versteht.
Man schickte nach Kollalto, der Herzog wünschte es selber. Als der beleibte Mann am Bett Eggenbergs ihm gegenüberstand, fragte er,

bevor er die Hand gab: «Sind wir Freunde oder Feinde?» Kollalto ernst, er hoffe Freunde. Der Soldat hatte einen andern Blick für Wallensteins Vorschläge; er äußerte gegen Eggenberg schon nach wenigen Sätzen, daß dieser Weg zur Zeit der einzig gangbare sei.
Es war Gewalt mit List, was der Friedländer vorschlug, ein scheußlicher grauenerregender Plan: entschlossen und ohne Rücksicht sich des Herzens von Deutschland bemächtigen, mit einer maßlosen Heeresmacht dort ruhen, die Vorgänge im Reich bewachen und nicht davongehen, bis aller Widerstand erstickt und das Heer bezahlt ist.
Mit eisiger Ruhe, aber wie Eggenberg schien, jeden Augenblick im Begriff in Wut auszubrechen, erklärte Wallenstein, sich vom Bett entfernend, seine Arme lang über einen Tisch pressend und die Zeigefinger ausstreckend und krümmend, daß er seinen Posten niedergelegt habe und ihn nicht wieder übernehme vor Anerkennung seiner Bedingungen. Das seien seine Lebensmöglichkeiten. Eggenberg wollte die Debatte auf das Verfängliche der Situation in politischer Hinsicht bringen, der General hielt das Militärische fest. Mit zwei Worten beleuchtete er nachher noch einmal die Sachlage: er sei Privatmann und könne sich aus jedem Strick ziehen, er brauche sich nicht freiwillig in ein Labyrinth zu begeben.
Darauf hatten Kollalto und Eggenberg abends eine Unterhaltung. Daß der Ton Wallensteins unerträglich war, bemerkten sie kaum, der Plan stand im Vordergrund; auch war Kollalto gedrückt, weil er dem General früher Unrecht getan habe. Er wolle Präsident des Kriegsrats bleiben, um dem General desto besser Dienste zu leisten; so hatte er eingebissen. Gegen Eggenbergs kopfschüttelnden Einwand, sie lüden sich mit dem Plan das halbe oder ganze Kurfürstenkolleg auf den Hals, denn die durchlauchtigen Herren würden die Grundfesten ihrer Fürstenlibertät bedroht sehen, ihre Landeshoheit geschmälert oder verneint durch die Einlagerung eines solchen Heeres, setzte er: das Heer muß sehr groß sein. Eggenberg sah, der Militär war von der Idee eines solchen Heeresmammuts berauscht. Seine Bemerkung, Kurfürsten, Fürsten und Stände würden in solcher Einlagerung eine gesetzwidrige Besteuerung durch den Kaiser sehen, welche Besteuerung durch Kollegial- und Reichstagung zuvor bewilligt werden müsse, provozierte nur Kollaltos freudige Wiederholung: das Heer muß sehr groß sein. Und als Eggenberg, der im Schlafrock an Stöcken hin und her durch seine Kammer ging im Kerzenlicht, fragte, vor dem

glücklich sinnierenden andern haltmachend, ob sie sich denn getrauten, ein solches Heer auf Posto zu bringen, hob er die Arme wiegend hoch: das sei es ja gerade, das vermöchten sie, der Herzog hätte für jeden Kenner ja bewiesen, was augenblicklich zu leisten sei; es sei eine Glückslage jetzt, wie sie bald nicht wiederkehre. Drauf und dran; sie ausnützen, beginnen, nicht zaudern. Eggenberg hielt ihn mit seinen klaren Augen fest: wer dem Kaiser so rät, müsse auch wissen, daß er das Haus Habsburg aufs äußerste gefährden könne. So sollte, lachte Kollalto, der Fürst noch Caraffa, Liechtenstein, wen er wolle, befragen.

Eggenberg hielt es für gut, am nächsten Morgen vor der Abreise dem General seine Zustimmung zu versichern; den genauen Bescheid der Majestät würde ihm nach Prag ein eigener Bote überbringen. Kollalto schied in voller Versöhnung vom Herzog.

Als Eggenberg in der goldblitzenden Antikamera des Kaisers stand, erinnerte er sich erst, daß er nach Bruck gefahren war in den Schnee, um den Friedländer zu warnen vor weiterer harter Kriegführung; kein Wort davon war gefallen. Der Kaiser fragte streng, was der Herzog geantwortet habe. «Nichts, als daß ich Eurer Majestät berichten sollte, daß die Kriegführung mit Härten verbunden sei, auch mit Klagen uneinsichtiger Menschen.»

«Der grausame Mensch. Der Barbar.» Der Kaiser nahm von seinem Tisch eine Rolle, las die Eingabe der mährischen Stände vor. «Also das ist nicht zufällig und als Exzeß begegnet, das war nicht unvermeidbar, das hat mein Oheim, der Herzog, mit Plan getan und geleistet. Eggenberg, lieber», er schüttelte den Fürsten an der Schulter, «ich habe gehört, daß Ihr nichts mit dem verrufenen Mann zu tun haben wollt. Ihr selbst habt mir nicht zuraten können. Das ist ein Christ, ein Katholik, er hat zu seinem Heiligen gebetet, während ihm dies geschehen ist, nein, während er dies getan hat.» Seine Lippen bebten. «Majestät sind Römischer Kaiser, viele Untaten geschehen im Reiche; man kann nicht alles hindern.» «Das ist nicht mein Geschäft, Eggenberg. Nie und nimmer. Ich weigere mich, ich wehre mich dagegen. Es ist roh, es ist unnatürlich, es ist die planmäßige Vernichtung ganzer Leben, ganzer Landschaften, die Gott geschaffen hat.» Nach einigem Atmen fuhr er fort: «Und wozu? Um den Bastard Mansfeld zu beseitigen. Oder – mein Haus zu erhalten.» Leise der Fürst: «Gewiß möchte jetzt wohl jeder Euch anbeten, Kaiserliche Majestät. Eure Frömmigkeit ist kein bloßes Lippenspiel; es werden nicht viele deutsche Fürsten wie Ihr sein. Nur: wie werdet Ihr den Thron behaupten können? Wie wollt Ihr das?» «Ihr seid der Meinung, Eggenberg, solche Untaten sollen noch öfter in meinem Namen geschehen?» Eggenberg ballte hinter seinem Rücken die Hände, zwang sich zu sprechen: «Ich meine, es wird Ähnliches öfter geschehen müssen.» Ferdinand, von seinem Ton getroffen, musterte ihn scharf; rauh forderte er ihn auf zu sprechen. Leise meinte der Fürst: der General hätte sich dahin geäußert, solche menschlich beklagenswerten Mängel der Kriegführung seien in höchstem Maße erwünscht; der Herzog habe mehr oder weniger deutlich abgelehnt, hier von Schattenseiten oder Mängeln der Kriegführung zu sprechen; vielleicht für die früheren treffe das zu. Er setze aber dies Unglück in seine Rechnung. Er hielte es sogar im Augenblick für nötig, ein großes Heer in die blühenden reichsten Gegenden des Reiches zu werfen; das Heer solle erstickend auf dem Lande liegen; die feindlichen Bewegungen im Reich beobachten, bis sich nichts mehr rege und man nur den Wunsch habe, das Heer zu entfernen.

Starr blickte der Kaiser den Rat an, dann lachte er krampfhaft; so hätte man also eine leichte Handhabe, diesen verrückten General wegzuschicken. Darum, verneigte sich der Fürst, habe der General gebeten. «Gut», schrie Ferdinand, «gut», und knirschte in Empörung mit den Zähnen, «so ist ja allen geholfen.» Als Eggenberg sich das Kinn rieb, sah ihn Ferdinand an: «Das Dekret der Entlassung wird fertiggestellt werden, wenn die Majestät es befiehlt.» «Ich bitte darum.» «Wir werden nicht wissen, woher wir den General und die Truppen entlohnen sollen. Wir brauchen ein Heer. Majestät, es kann nicht daran gezweifelt werden, daß wir ein Heer brauchen.» «Euer Liebden ist sonst nicht unklar. Wollt Euch nur deutlich ausdrücken: ich soll mich diesem Verbrecher unterwerfen?» «Es ist ein furchtbarer Mensch. Graf Kollalto setzt sich für ihn ein.» «Sprecht noch einmal.» Vor den drohenden fassungslosen Kaiser wurde Graf Kollalto befohlen.

In dieser Unterhaltung stöhnte der Kaiser mehrmals: «Um des Heilands willen schafft den Böhmen weg.» Rotwangig, mit kurzem weißem Knebelbart, kurzstämmig stand der Friauler vor ihm, in hohen Beinstrümpfen, strenger spanischer Tracht; man solle dem Böhmen vertrauen, er verstünde den Geist des Augenblicks. Er wurde, als er die Erregung des Kaisers und die unsichere, verdächtige Haltung Eggenbergs bemerkte, dringender, Wallensteins Ideen seien eine entschlossene Tat. Und dann schmetterten Ferdinand um die Ohren die Worte: «Der Römische Kaiser, das Heer, der Kaiser, das Heer.» Es fiel kein Wort von den Mähren, Schlesiern. Halbbetäubt hörte Ferdinand den Mann an, der seit Gradiska sein Vertrauen besaß.

Der Saal war klein, die Wand schulterhoch mit brauner Verschalung bekleidet, an der blauen Decke rangen riesenleibige Dämonen mit Armen, Balken, Bergen gegeneinander, spien einen stählernen Kronleuchter gegen den Boden, stießen hölzerne Säulenblöcke auf das Parkett. So herrisch trat Kollalto mit seinen Worten auf, so ernst stand Eggenberg, einen Daumen am silbernen Gürtel, neben ihm, daß Ferdinand plötzlich eine Unsicherheit, ja Scham befiel, daß er gegen ein sonniges spitzbogiges Fenster zurücktreten mußte. «Wir können siegen», klang das rastlose Triumphgeschrei Kollaltos. «Habsburg wird die Feinde im Reich unterwerfen.» Ferdinand beendete die Audienz; er war in Furcht untergetaucht.

Die Kerzen brannten an dem Kronleuchter, auf einem Podium spielte die Hofmusik, die Tür zu einer Nachbarkammer war weit geöffnet, drin saß im prächtigen, eng verschnürten Rock vor einem rostbraunen Gobelin auf der langen Polsterbank der Kaiser, bückte sich über sein Knie. In tiefer Erschütterung fragte er den Fürsten Eggenberg, ließ sich wiederholen. Der ungeheure Gedanke warf ihn um, wie er Kollalto umgeworfen hatte. Die habsburgischen Königreiche und Länder sind zu schützen, indem man den Krieg von ihnen fernhält, das Reich ist zu einem gerechten und vernünftigen Frieden zu zwingen, das Reich muß wissen, daß es die Heere des Kaisers so lange zu besolden hat, bis die Waffen niedergelegt sind. Öfter wollte Ferdinand in einer aufsteigenden Trostlosigkeit, einer ihn durchirrenden dumpfen Verzweiflung bitten, man möchte von diesen Reden lassen, er sei der Schützer, der Mehrer des Reichs, dann trompetete es: «Der Römische Kaiser, die Herrschaft über das Reich, der gerechte Friede», er legte den Degengriff an seinen Mund, fühlte die Kühle.

Und dann, gerade wie der Fürst eine Pause machte und drin heimlich und sanft die ersten Stimmen eines Kanons von Geigen vorgesungen wurden, stürzte, sauste urplötzlich der Gedanke Bayern über ihn, als wenn ihn die Riesen geworfen hätten, die an der Decke nicht gehalten wurden, beinbewegend ihn mit den platten Fußsohlen betrampelnd.

Ein leises Quietschen steckte in seinem Kehlkopf und kam nicht höher. Bayern: er japste ringend unten weg. Sie hielten ihn. Der Fürst Eggenberg, purpurne Schärpe, blaue Strümpfe, purpurne Kniebänder. Oben jubelte es, knallte: «Sieg, Sieg, der Kaiser, das Heilige Reich.» Er duckte sich aus seiner Höhle, verschämt, beschmutzt, platt hingedrückt, mißgestaltig, blinzelte. Oben jubelte es, aus der kühlen, weinseligen Stimme Eggenbergs, zu den zierlichen, schreitenden Takten des Kanons: Habsburg, Sieg, Wallenstein. «Herr, führe mich nicht in Versuchung!»
Und wie die verzückte Angst, der wüste Taumel sich mit einem langen Ruck durch ihn gestreckt hatte, war im Moment, wo er einen rotgeschwollenen Kopf an den Gobelin legte, alles verschwunden, verrauscht, hatte ihn sitzenlassen wirr in Fieber, Pein; eine nicht scharf erkenntliche, halbschattenhafte wilde Jagd raste durch seinen Körper, er litt es, es schwang hin und her, schwang, seine Muskeln bebten mit. Er setzte sich, während der Rat von der Kriegslage nach der Schlacht am Barenberge sprach, halb seitlich abgewandt, hatte das Gesicht mit der brillantgeschmückten Hand beschattet. Dann zwang ihn etwas, aufstehend nach der Mantuanerin zu schicken.
Als sie kam, verlangte er nichts. Er ließ sie nur neben sich setzen, blickte zu der Tür hin, wo die beiden schwarzen Figuren, zwei Damen, zur Musik lange Fächer am Handgelenk schaukelten. Er war von einer tiefen Scham erfüllt, er mochte nicht denken, sein Inneres war ein heißes zittriges Rührmichnichtan.
Er fragte plötzlich, wie des Herzogs von Friedland Liebden, sein Oheim, aussähe. – Er sei der lange hagere Mann mit kurzgeschorenem Haar. – Der Kaiser zuckte mit der linken Hand; genug. – Eggenberg verneigte sich: ob Wallenstein zur Audienz befohlen werde. – Nein. –
Als die Tür hinter dem Fürsten fiel, drin alles still geworden war, die Mantuanerin sanft und scheu ihm Konfekt bot, fragte er: «Ist er hinaus?» Sie wollte, die Silberschale auf das Wandbord stellend, wissen, ob es schlimm sei, was der Geheimrat gemeldet habe. Er biß sich den Schnurrbart, stieß ein Lachen aus, das ihm gelang, elastisch aufstehend ging er herum über den blauen weichen Teppich zu dem silbernen Delphin an einem Pfeiler der Fensterwand, der Wasser in ein Kupferbecken sprudelte: «Es ist nicht schlimm. Es ist schwer für mich. Es hat etwas – Unertragbares für mich. Zu viel, Eleonore.» Die Damen, halb abseits an der Tür, hielten die Fächer geöffnet, geduckt, die Gesichter

verborgen. Er setzte sich am Becken neben sie: «Mein Heiland, wie gut, daß ich dich habe. Ich bin ein alter Mann.» Seine Schultern zitterten. Und jetzt drang es durch die Kehle, er schluchzte tonvoll, weinte gegen den Delphin gedreht, hörte sich klagen. Seine Brust schnürte sich im Krämpfen zusammen, leidend, mit einer verschwimmenden Lust folgte er den schlagenden Bewegungen seines Körpers; wie konnte er sich ergehen. Diese Fülle, diese Öffnung. Er dachte von fern an die vergangenen Jahre und was jetzt auf ihn gelegt war. Was hatte er verbrochen. Dicht hinter der Stirn, bandartig um die Augen, rings um den Kopf war ihm sanft schwindlig. Eleonore brach in Tränen aus. Ihren nackten rechten Arm legte sie über den Rand des Beckens, das Wasser unten verzerrte ihr hergebeugtes zusammengezogenes Gesicht; sie fürchtete, die Damen möchten sie sehen, denen sie versprochen hatte, nicht mehr zu weinen.
Er bat abwinkend, nicht zu fragen. Und blieb dabei, sie zu küssen und fiebernd zu drücken.
Wie sonderbar aber, daß, als er in der Nacht einschlief, immer wieder in ihm der Gedanke wiederkehrte, daß er sich an Wallenstein rächen würde. Immer wieder zog an seinen Augen vorbei, daß er sich Genugtuung von ihm holen würde. Der Gedanke beruhigte, sättigte ihn. Mit Zähneknirschen wiederholte er ihn, ohne ihn zu verstehen. Der Gedanke gab seiner schnaufenden Atmung Ruhe, ließ ihn in den traumlosen Schlaf fallen.

EGGENBERG gab auf die Frage des stierblickenden geknechteten Ferdinand zurück: man müsse den General halten. Das waren die, die ihm einmal einen Dolch auf die Brust gesetzt hatten. Er war matt, wollte nicht mit ihnen kämpfen.
Er sah voraus, daß er werde viel Wein trinken müssen. Entsetzt dachte er: nicht wieder im Keller, nicht wieder mit dem Zwerge.
Er fragte: was Lamormain meine.
– Die heilige Kirche und das Haus Habsburg hätten gemeinsame Interessen. – Erwischt den Herrn Lamormain, jauchzte es einen Augenblick in ihm; pfui, pfui der Menschen. Aber er wurde zurückgescheucht von den ernsten stummen vergewaltigenden Mienen der andern. Er duckte sich, die Unsicherheit in ihm verwirrte verschlang alles. Der Kaiser schloß den Mund.

Den Abgesandten der mährischen und schlesischen Stände, die sich in Wien aufhielten, wurde die Teilnahme des Kaisers für ihre Leiden ausgesprochen; der Kaiser lehnte ab, sie noch einmal zu empfangen; er wies bedauernd auf die Schattenseiten der Kriegführung im allgemeinen, daß sein General gehalten sei, strenge Zucht zu üben; sie möchten nicht die Staatsraison aus den Augen lassen.
In seinem Palast auf dem Hradschin empfing Wallenstein den Erlaß, der ihm den Dank des Kaisers für seine erwiesene Vorsicht und Tatkraft aussprach, dem Vertrauen Ausdruck gab, daß seine Liebden im kommenden Jahr eine starke, wohlausgestattete Armada aus den Winterquartieren gegen die furchtbar rüstenden Übeltäter und Friedensbrecher führen werde.

AUF DIE Niederlage des Mansfelders antwortete England, seinen König zwingend, mit einem Vertrage mit den Generalstaaten; es erklärte, unter keinen Umständen die Sache des Kurfürsten von der Pfalz und des Schutzes seines Rechts aufgeben zu wollen, ferner nicht tatenlos der vom deutschen Kaiserhaus und Spanien mit ungeheurer Macht geplanten Ausrottung der Gewissensfreiheit zuzusehen. Es schloß mit den Niederlanden ein Bündnis gegen Spanien. Wie der Winter vorrückte und ungeheure Gerüchte von habsburgischen Rüstungen herüberdrangen, wurde auch der stolze englische König tief unruhig; es bedurfte nicht des Zudrängens des Parlaments, um ihn zu bewegen. Die Lords Buckingham Kensington Dudley Koxleton wurden bestimmt, nach dem Haag zu gehen. Kamerarius, der Resident des Pfälzers, empfing sie melancholisch; der Mansfelder sei tot, Bethlen Gabor verschwunden; was solle er von Deutschland sagen – es sei dahin, dahin. Die Engländer aber, begleitet von dem tapferen kleinen Johann Joachim von Rußdorf, hielten die Nacken steif; sie führten in Kisten mit sich dreihunderttausend Pfund Sterling in Goldplatten und Edelsteinen. Von Frankreich erschienen Gesandte; auf den Straßen von Haag ritten neben den mageren Engländern mit den strengen braunen Gewändern, den hohen steifen Filzhüten die lockenwallenden Franzosen, die freien feinen Gesichter, in losen fliegenden Kleidern, farbenstrahlend, von Hunden umtanzt. Ihre Berichterstatter und Sendboten saßen in Straßburg Ulm Nürnberg. Konnetabel Lesdighières und Marquis Vieuvillier erklärten sich bereit, Subsidien an den Dänen und die Generalstaaten zu zahlen; sechshunderttausend Louis an Christian, eine Million französische Pfund an Holland. Freudig schwuren die Holländer, keinen Frieden mit Spanien schließen zu wollen ohne Frankreich. Brandenburgische Heere trafen ein; und plötzlich tauchten in schwarzer Attila ungarische Magnaten auf, runde Pelzmützen mit Agraffen auf dem Kopf, heftige schwarzäugige Herren, reich, mit lauter Stimme, die ihre protestantische Freiheit gegen das verschlingende Habsburg verteidigen wollten; riefen aus, wie bitter es Wallenstein ergangen sei und wie sie sich geweigert hätten, ihm Zuzug zu leisten. Die englische Delegation erhielt Briefe vom edlen Herrn Mark Antonio Padavin, dem Vertreter der venezianischen Signoria am Kaiserhof; er habe Auftrag, Vorschläge zu vermitteln nach Venedig über die von seiner Republik zu leistende Unterstützung; der tapfere geliebte Mansfelder sei tot, die dänische Majestät habe eine Schlappe erlitten; sie wollten mit Hilfe nicht zurückstehen. Aus diesen Briefen erfuhr man, daß der Bassa von Ofen und der Großtürke selber aufs stärkste gegen Habsburg zu rüsten begonnen hätten; man vertraue auf Bethlen Gabor.

Und wie vor Weihnachten die frohen Nachrichten sich häuften, fand ein feierlicher Kirchgang statt: hinter samtgekleideten Pagen und feinen Marschällen ging zu Fuß durch die strenge Luft der besiegte Pfälzer Friedrich, barhäuptig, die hellblonden gesalbten Locken neben den vollen bläßlichen Wangen über den offenen Hals spielend, in blauem bauschigen Wams, über dem goldenen breiten Wehrgehenk leicht zusammengesunken; seine blauen Augen blickten träumerisch leer. Elisabeth lächelte aus ihrem naiven Gesicht sonnig nach allen Seiten; die Gesandten ihres Bruders gingen hinter ihr, sie machte heftige ungeduldige Schritte in ihren goldenen Schuhen; ihr weiß gepudertes Haar erhob sich steif in Etagen über dem roten strotzenden Gesicht; in einem weiten grünen Kleid quoll ihr froher Leib; sie drückte die weißbekleideten Hände geballt vor die Brust.

Die Generalstaaten, England, Ungarn, Frankreich, Brandenburg, saßen mit ihnen auf den Bänken vor dem masthohen Kreuz mit dem hängenden leinenbekleideten Heiland, hörten in dem hellen ungeheizten Raum die Predigt an über das Wort: «Und du, Kapernaum, bist du nicht in den Himmel erhoben? Du wirst in die Hölle hinuntergestoßen werden.» Nicht von der Stelle zu rücken, gelobten sie, bis Habsburg, der deutsche Kaiser und Spanien, geschlagen und ver-

nichtet sei; sie hätten unermeßliche Zeit und würden Gottes Mühlen gut mahlen lassen. «Dahin ist es gekommen mit Deutschland», erklärten sie, «daß fremde Herrscher zur Überwachung und Anordnung seiner inneren Angelegenheiten berufen sind. Der Bund ist gegen Habsburg geschlossen wegen Bruchs des Rechtsfriedens, Verletzung der Reichsverfassung, der beschworenen Wahlkapitulation des Kaisers. Es ist dahin gekommen, daß ein hochgeborener deutscher Fürst, geächtet, vogelfrei erklärt ohne Gericht, bei fremden Nationen hat Schutz suchen müssen. Da den benachbarten Staaten an Erhaltung des Friedens, der Verfassung und beschworenen Wahlkapitulation gelegen ist, sehen sie sich gezwungen, den rasenden unerträglichen Lauf dieser bösen Absichten und Unterdrückungen durch Aufrechterhaltung der Reichsfreiheit zu hemmen, dem unverkennbaren Ruin entgegenzutreten.»
Der Dänenkönig trieb seine Werbungen auf dreißigtausend Mann zu Fuß und achttausend Reiter; zu Hamburg erlegte England monatlich dreihunderttausend Gulden; achtzigtausend zahlten die Generalstaaten. Aus Venedig trat Graf Heinrich Matthias Thurn, der Böhme, der Hauptrebell, capo di guerra, in dänische Dienste. Fünf englisch-schottische Regimenter setzten unter Karl Morgan über den schäumenden Kanal, drei Regimenter Schotten ließen sich von Christian anwerben. Graf Ludwig von Montgomery trieb viertausend Franzosen im Marsch nach Norden. Ein schwedischer Gesandter erschien, der König Gustav Adolf versicherte den Bund seiner Sympathie; er stünde noch in Polen in Kämpfen; man möge ihm Zeit lassen, er würde rechtzeitig kommen.

Auf die Werbungen der Obersten waren von Wallenstein vorzustrecken zwischen sechshunderttausend und eine Million Gulden. Während der Unglückstage in Ungarn waren von eigenen meuternden Truppen der Feldzeugmeister Graf Schlick und del Maestro gefangen an Bethlen Gabor abgegeben worden; ihre Auslösung erforderte hunderttausend Reichstaler. Die Ausarbeitung eines Verpflegungssatzes für die einzulagernden Truppen übernahm der Serbe Michna, der hündisch am Herzog hing; jeder einquartierten Kompagnie waren zunächst seitens der Bevölkerung siebenhundert Gulden zum Unterhalt zu reichen. De Witte spannte seine Einbildungskraft und Energie an, nützte seine Beziehungen zu Bassewi aus, an die reichen Geldquellen der portugiesischen Juden in Hamburg heranzukommen; die Herren Fernando Cardosi und Henriko Rodrigez wurden gewonnen; sie beherrschten den Handel mit ostindischem Kattun Gewürzen Rohrzucker, hatten die Hamburger Bank begründet; auch der junge Diego Taxaira wurde sondiert. Indem sie Geld auf den Namen de Wittes Bassewis und des reichen Friedländers hergaben, drangen sie darauf, daß das Unternehmen auf die größte und sicherste Basis gestellt werde; de Witte wies darauf hin, daß er, Michna und der Herzog persönlich mit ganzem Hab und Gut beteiligt wären.

Von Prag wurde das Gerücht ausgesprengt, es ginge auf das Reich zu, man werde plündern wie nie. Um die Galgen herum schlichen die Werber, in die Wunderhöfe der Bettler; ließen Regimentsspiel erklingen, stellten sich vor die Zunftstuben, Gesellenhäuser. Es gab niemand, der zu schwach war, und niemand, der verworfen war. Über die verschneiten Felder fegten sie, hoben Lebensmüde hinter Gartenhecken auf, spähten an Flußläufen entlang. Sie mieteten sich Gauklertruppen, um Menschen anzulocken, Quacksalber Feldscherer Handleser liefen neben ihnen. Sie erzählten von Wunderdingen, die sich begeben sollten im kommenden Frühling und Sommer, der deutsche Kaiser ziehe aus Wien mit erstickender Macht gegen die Niedersachsen, Dänen; Wallenstein sei sein Feldherr, der halb Böhmen besitze und geschworen hätte, sie sollten ihm nicht entgehen oder er wolle in die Hölle fahren. Die Kranken, dienstlosen Söldner, Bettler rafften sich aus den Gassen, von den Kirchhöfen auf, ließen ihre Krücken und Schnappsäcke liegen, der finsteren Verstumpfung, dem Gram entrissen. Wilder sprangen sie vor der Trommel, sie waren die Herren, Totschlag und Diebstahl haschten vergeblich nach ihnen, es gab Ehren; entwischt waren sie, es gab Fahnen und wilde Federn, Pferde, Fräulein, Würfel, Wein, Fraß, Musik. Bürger und Bauern mußten erbleichen; konnten ihre Güter taxieren; die Söldner taxierten noch einmal. Mit Grauen sahen die Dörfer die Scharen von den Musterplätzen kommen, fahnenschwingend klimpernd singend säbelgegürtet buntfedrig, herrliches Geld in dem Säckel. Der römische Kaiser rief auf. Wie sie tosten, als gute Brüder taten. Daß den Bauernburschen die Herzen gegen die Rippen hämmerten, Vikar und Diakon sich erbarmten; hinaus: auf ein Jahr, nur ein Jahr. Viele Nester leer, Sensen ohne Hände, alte Männer an den Pflügen, Krieg. Wie ein heftiger Wind, der die Bäume schüttelt, reife Früchte abnimmt,

hinwirft vor die Füße zum Mitnehmen. Trübe Ehen wurden zerschlagen, die Männer nahmen die Pike und Muskete, fühlten sich frei vor dem Tod. Die Türen der Frauenhäuser wurden erbrochen, die Weiber strömten den Sammelplätzen zu, wo die Mannheit auf die große Wanderschaft ging, heute alles, morgen nichts, übermorgen verfault. Mit Erschütterung drang der Trommelschlag an die Herzen der Studenten, in den Bursen, Stiftern; über die Folianten blickten sie weg an die Fenster, ihre Lauten und Flöten ließen sie liegen, schlichen nicht aus den Winkeln, waren nicht lustig, nicht traurig, wagten sich nicht hervor an die eisigkühle klangdurchtobte farbenschwingende Luft; bis sie die Hände an die Ohren schlugen, wild an den Häusern der Lehrer und der Liebsten vorbeirannten, davon; tonlos vor dem Werbekorporal, blaß: «Da bin ich.» Die Mönche in den Klöstern auf dem flachen Lande horchten auf, senkten betend ihre Köpfe tiefer; draußen vor den Gittern standen die älteren Brüder und Oberen sorgenvoll, die Züge schwärmten trotzig und lachend, windgetragen, vorbei; durch die vollen Speicher Scheunen Ställe gingen die Mönche, sahen stumm im Refektorium die kostbaren Kelche Bilder, verriegelten die Gitter, beteten um den Segen Gottes.
Wallensteins Werber ritten nach Polen, Kosaken aufzubieten; in Wallonien brachen sie ein, in Lothringen, sein Geld floß nach Ungarn Kroatien Dalmatien, riß die Menschen zum Würfelspiel nach Deutschland gewaltsam, massenhaft. Er lockte die Zusammenbrechenden aus Böhmens Not her; die Werber stachelten: «Was jammert Ihr. Ihr werdet's nicht ändern! Seid Herren, rasch, rasch, Herren, mit der Pike und Muskete!» Stöhnend folgte ihnen, was den Jammer satt hatte, verfluchte sein Schicksal, seine Heimat; mit hineingerissen in ein finster freudiges niederbrechendes Ungewitter; ihre Füße schwangen. Wollten abrechnen; Deutschland war da; abrechnen, daß kein Tröpfchen Fett auf der Milch schwamm.
In den Kirchen fingen die Priester für Wallenstein zu werben an. Auf die protestierenden Zyklopen und Pelagier ging es, auf die Epikureer, Beschützer der Säue, die Calvinisten, Blutsäufer, Herrgottsfresser. «Was wollen sie mit dem Evangelium des Markus Lukas Matthäus Johannes? Den Heiland und sein Werk in Grund und Boden kritisieren, spintisieren, destillieren, die Quacksalber am Leib unserer heiligen Kirche. Das Evangelium ist zäh, frisch, ledern, für überscharfe spitze Zähne; die Kirche läßt es euch gut abhängen, daß es mürbe wird, gibt's in den Rauchfang, stellt sich als gute Metzgerin dazu, hackt

euch heraus, was gut schmeckt und nährt; immer kochen wir euch ein Süppchen, schmoren, braten, daß euch der Magen sich wälzt. Seht hin auf die Lutheraner und Calvinisten; sie gehen herum mit herben sauren Mienen; der Darm ist ihnen überlastet, sie können's nicht verdauen und lassen doch nicht davon. Ich will euch purgieren, liebe Seelen, daß ihr alle keine schmähliche Not leidet. Wer auf Erden hat das beste Himmelreich, der Lutheraner und Ketzer oder der Katholik? Nun ist es ja schon unglaublich, daß Ketzer ein besseres Himmelreich haben sollen als fromme Katholiken. Wer sagt überhaupt, daß Ketzer in den Himmel kommen, wo doch die Hölle ihnen besser ansteht? Aber nehmen wir an, gesetzt wir täten's, sie seien Christenmenschen, die unwissentlich sündigen. Sie haben noch nicht geschleckt an unsern Zuckerwaren, ihnen ist das Manna noch nicht ins Maul geloffen, das uns täglich so herzlich befriedigt, bei jeglicher Jahreszeit und Witterung; sobald wir nur die Augen aufreißen, fängt das Manna an zu fließen, ein unbeschreiblicher, erschreckender Überfluß – nur jenen Elenden nicht, die zu faul sind, sich in ihren Betten wälzen und unser gottgefälliges Frühläuten gar als Störung ihrer lästerlichen Ruhe betrachten. So also, sage ich, ist diesen unwissentlichen Sündern entweder das Fegefeuer oder bestenfalls ein Vorraum zum Paradies bereitet. Geduldet werden sie, vielleicht nicht sehr geplagt, Behaglichkeit, etwas flauer Spaß ist alles, was ihnen gelegentlich, sonntäglich blüht. Das also wäre so der Fall, wenn es so wäre, wie es sollte und sie unwissentlich sündigten. Aber es ist gesorgt dafür, daß der Andrang im Vorraum nicht gar zu groß ist. Aus allen Ständen hat der Heiland und Herr Menschen berufen, um Raum zu schaffen. Sie haben sich nicht gescheut, die frommen Männer und echten Papisten, die Fahnenschwinger und Kreuzesträger, die Sünder und ihr schmutziges, struppiges Fell anzupacken. Sie sind es, die die Sünde wissentlich machen. Jetzt geht ein Jubel durch die Welt; es ist zu Ende mit dem lauen Zupacken, ja einen Stoß kriegen sie von rückwärts ins Kreuz, der sagt: aufgepaßt! Aus Gnade und Mildtätigkeit tun sie so, die wahren Papisten, damit das Zittern und Zähneschnarren über die verdammlichen Lutherbuben komme, daß die Reue sie zusammenpreßt und wie erbärmliche lächerliche Klümpchen in den Richtstuhl und Beichtstuhl treibt, flehend, man möchte sie aufheben, ihnen das Paradies öffnen. Und wahrlich, genug Überwindung gehört dazu, sie aufzuheben. Jetzt ist nicht mehr Zeit, vom protestantischen Himmelreich zu sprechen. Der Satan ist informiert;

er hat Auftrag, grimmig für Vorrat zu sorgen an Knechten Messern Kübeln Bottichen Holz Blasebälgen, auch lose Backen nicht zu vergessen, kräftige Fäuste, die Sünder anzupacken und hin und her zu schleudern, Eisen und Haken, das Feuer zu schüren.
«Die Böcke laufen herum, nicht jene, auf denen Satanas und die Hexen reiten, sondern andere, heilsame, die die Sünder auf die Hörner packen, spießen, sich durch die Luft zuwerfen und so sich die Zeit vertreiben mit Ballspiel. Für die Stolzen und Übermütigen springen dürre Affen herum, die sich anklammern an ihre Röcke und Wämser von hinten, mit beiden Händen ihnen unter die Achseln greifen, mit den Beinen vorn über den Bauch, und nun kitzeln, kitzeln, daß sie lachen. Ja, jetzt können sie lachen, brüllen, sich winden, daß sie blau werden und bersten. Und vor ihnen steht ein Teufel, schlägt ihnen ins Maul, schreit: Ruhe! hält dem Affen einen Krug hin, damit er nicht verdürstet. Was ist das für ein Gelächter in der Hölle! Fürwahr ein anderes als das sanfte melodische in unserm Himmelreich. Ein Tier ist da und kriecht herum, dessen Bauch an hundert Quadratmeilen mißt. Seine Schnauze ist die eines Hundes, sein Leib weiß und fett wie eines Schweines, seine Füße grün mit knotigen kolbigen Zehen wie ein Frosch. Es sitzt da, das Untier, in einer Ecke und immer, wenn die Hölle vor ihm recht dick voll ist, bückt es sich mit einem knallenden Schnalzer, schluckt hundert Verdammte, läßt sie in Schlund und Magen herumwirbeln, da wühlen sie in Sudel, Wust, Lauge, dann würgt es sie wieder aus, holt die hundert wieder und noch zehn-, zwanzigmal, bis es satt ist, und speit sie dann auf einen Patzen hin. So spült sich das Tier den Rachen, schnappt zum Rest mit den warzigen lappigen Lippen die hundert an den Füßen, schleudert sie im Kreis, bis sie trocken sind, dann läßt es sie los.
«Soll ich euch von den Teufelsschlossern erzählen, die die Menschen schmieden, als wenn sie Schmiedeeisen wären, von den Tischlern, die die leibhaftigen Menschen zersägen und sich Stühle und Schemel aus ihnen machen, um sich darauf zu setzen bei ihren Untaten. Da müßte ja der Christ ein Narr sein, der derartiges erdulden wollte aus purer Halsstarrigkeit. Aber dumm sind meine Lutheraner nicht, sie sind mit vielen Wassern gewaschen und mit den meisten die unter ihnen, die sich Gelehrte, Prädikanten schelten und fromme Seelen verlocken. Für sie ist eine besondere Strafe erfunden, damit sie, die im irdischen Leben etwas Besonderes waren, sich auch dort dessen rühmen können. Da hängen so zierliche Seilchen von der Decke der Hölle herunter,

versteht Ihr recht, Seilchen, nicht viele, denn gar so viele sind nicht so schlimm. Nicht gut kann man die Seilchen sehen, denn ein Dunst, ein Nebel, ein Wrasen wie aus einem Kochtopf steigt immer von unten auf. Und wenn die Teufel nun so einen erwischt haben, so eine abgelebte alte Prädikantenmißgeburt, die vermeinte, flugs und unversehens in den paradiesischen Vorraum zu schlüpfen, so heben sie ihn sacht auf ein bequemes Schemelchen, binden ihn an zwei Seilchen, ziehen ihn hoch und lassen nun den Wrasen gehen, verkleben ihm auch schön die Ohren mit Pech. Und täglich kommt zu einer Stunde ein Teufel, nimmt ihm das Pech aus den Ohren heraus und tut mit ihm disputieren, damit sein hoher Witz sich nicht abstumpft. Das scheint euch nichts? Oh, oh! Das lebt, das sieht nichts, das hört nichts. Vom Dampf verschrumpfeln sie wie Äpfel, sie sitzen den ganzen Tag in der warmen Nässe wie Waschfrauen, tropfen, ziehen keinen Zug gute Luft und werden nicht trocken. Mögen sie sich umgucken, mögen sie in den Rauch hineinschnappen, ob's nicht wo was zu sehen gebe: ist nichts zu sehen. Sie tropfen, verschrumpfeln, verfaulen in langer Weile. Nur eine Nadel steckt in der Rücklehne des Schemels, die bohrt sich in ihre Rücken, wenn sie einschlafen wollen. Möchten nur recht viel von ihnen kommen, wären die geplagten Teufel froh genug und hätten ihre Ergötzlichkeit. Wie sie sich drehen auf ihren Schemeln, möchtet Ihr sehen, wie sie rasen, nicht trocken werden, den Dampf wegblasen wollen und unten kochen sie immer weiter, wie sie schäumen gleich den wütenden Ebern, wie sie sich anfallen in der Einsamkeit da oben an den beiden Seilchen schwebend an der Decke der Hölle, sich die Knöchel zerbeißen, sich gern umbrächten, wenn sie nur könnten. Da ist nichts in ihnen als Schäumen und Rache, Geschrei, Gewein, bis sie müde werden, und wenn sie wieder frisch sind, dann sehen sie wieder nur sich und es ist nichts.»

In den neugläubigen Landkreisen ließen die Werber die Parole ‚Deutscher Kaiser' gehen, mit Macht suchten sie Protestanten zu gewinnen, Wallenstein hatte mit den stärksten Ausdrücken darauf gedrungen; er hatte befohlen, Anlauf- und Antrittsgeld zu verdoppeln, wenn es Lutheraner und Calvinisten gälte. Heftig sprudelten und schäumten die frommen Kreise der Erblande dagegen, schwer konnten sich die jesuitischen Gesellschaften beruhigen. Der Herzog gab kein Wort der Erklärung; er wollte auch Lutheraner im Heer, hieß es in Prag. Von der Wiener Hofkammer und dem Geheimen Ratskolleg wurde auf des Friedländers schlaue Taktik hierin hingewiesen; er verfahre nach der allgemeinen Direktive, den Oppositionsmächten den Vorwand der Religion zu benehmen; man dürfe nicht länger sagen, die garantierte Religionsfreiheit werde vom Kaiser bedroht. Der Herzog zog lutherische Offiziere in sehr großer Zahl an sich; kaiserliche Oberstpatente gab er ihnen. Die zu Bruck seinen Erklärungen beigewohnt hatten, begriffen scheu, daß sich seine finsteren furchtbaren Ideen vom Kaisertum dahinter regten: der Kaiser über Deutschland, und sonst nichts. Nichts von Kirche.

An seinen Wagen spannte er die ungeheuerlichen Wildgestalten der Herzöge von Lauenburg. Die verschuldeten Reichsfürsten, lahm daliegend, buckelten sich hoch und schüttelten sich, sie ließen sich die langen starken Leinen Wallensteins überwerfen. Der Mansfelder, abenteuerlich, bezaubernd vorübertosend, hatte ihnen ins Herz gestochen, die Zungen klebten ihnen am Gaumen vor Gier. Rudolf Maximilian, der Sachsen-Lauenburger, ein haarschaukelnder Kentaur, langschenklig, stieß seine Fahnen im Erzstift Mainz in den Boden, ließ die rotblutigen Glotzaugen rollen, donnerte, schrie, kehlte Spießgesellen heran, Grauen verbreitend. Er war eine Röhre, ein Rinnsal, ein Kanal, Wein und Biere flossen von Morgen bis Abend über ihn; er war wie ein Schwimmer, ertrank nicht drin, schlug um sich, wie ein Fisch. Der Fürstbischof suchte ihn zu besänftigen, ließ ihm Proviant, Furage zufahren; er stopfte, was man ihm gab, ohne zu danken, behielt den Hunger. Seine Backen blaurot geädert; die Söldner sahen es mit Freude. Reich war das goldene Mainz. Kleine Detachements erbrachen Kirchen; wie Rudolf Max sagte, aus Verzweiflung. Und eines Sonntags machte sich der Herzog selbst auf, ging auf Lüttich zu. Da hatten seine Leute trefflich geworben, und als sein Quartiermeister kein Handgeld weiter hatte und die Reiter ins Saufen kamen, schenkte Max ihnen den Markt von Lüttich und die sechs einstrahlenden Hauptstraßen. Die Pferde standen parat. Die Bürger waren auf der Hut. Als man einige Pikeniere totgeschlagen hatte, andere aus Schenken Weinfässer fortrollten auf geraubte Karren und Wagen, wurden die widerstrebenden Bürger, die sich zu Hilfe kamen, umringt. Mordiogeschrei und Getümmel in die Finsternis hinein. Alarm die Glocken. Bei Morgengrauen saß das Untier, der barhäuptige Herzog, flüchtig in der Sakristei des Sankt Lambrechtklosters auf den Stufen; die mitleidigen Mönche wichen angstvoll vor ihm aus, dem schnaubenden schweißflutenden, der sich entstellt den Brustharnisch schlug. Der Bürgermeister von Lüttich nahm sich drohend und höhnisch seiner an, heimlich in der Frühe zu ihm gelassen. Knirschend mußte der Lauenburger sich gefangen geben. Pferde Wagen Leute Soldateska im Stich gelassen. Knirschend mußte er sich vom Bürgermeister und Stadtsekretär die Knie binden lassen. Dann wie ein Kalb in den Sack gesteckt, auf einen Packwagen des Klosters geworfen, von Mönchen gefahren aus der tumultuierenden Stadt über die Grenze. Fünfhundert Gulden hatte er dem Bürgermeister aus seinem Säckel geben müssen. In Mainz wurde er nicht stiller, warb sechstausend Mann zu Fuß, eintausendfünfhundert zu Pferd.

Sein Freund war der Herr von Gürzenich, Adam Wilhelm Schelhard Dorenwert; er hatte das Patent, in der Wetterau und den Nachbarquartieren ein Regiment zu Fuß aufzurichten, ferner zu seinen auf den Fuß gebrachten vier Kornetten Kürassiere sechs Kompagnien Arkebusierreiter. Eine Kartätschenkugel steckte ihm aus einem Gefecht in Ungarn mit dem Grafen Zriny in der Leber; sein Blut floß gelb. Nichts hatte er; auf sein ausgeschlagenes Auge und die Kugel im Bauch schoß ihm der Herzog von Friedland Anritt und Laufgeld vor; davon warf der Gürzenich vor die Soldaten keinen Heller, die Ausrüstung beschaffte er; Lohn hieß er sie sich selber holen. Auf einem stämmigen Rumpf mit krummen starken Beinen saß der kurze Hals mit dem gelben Kleinkindergesicht und den riesigen Kiefern. Seine Kompagnien stürzten sich über die Wetterau. An den Weibern hatte ihr Oberst solchen Spaß, daß er schwur, kein Weib im Umkreis zwischen vierzehn und vierzig Jahren sollte passieren, ohne sich seinen Leuten ergeben zu haben oder über die Klinge zu springen. Und wenn seine Leute auch die Ernte wegfräßen und die Menschen verdürben, krächzte er voll Wonne, so wollte er doch verbürgen, daß ihre Aussaat unvergleichlich sei, prächtig, gescheckt braun und purpurn mit der Franzosenkrankheit, geschwürige Embleme auf der Haut, wie sich für Adlige ziemt, schöne Kielkröpfe, pralle Wasserbäuche; man würde nicht wissen, wenn sie auf den Beinen stünden, ob sie besser watscheln, schwimmen oder fliegen könnten; aber rauben, saufen und stehlen würden sie, sowie sie das Tageslicht erblickten, so gewiß ihre Väter es täten.

Vor Limburg an der Lahn erschien der Herzog Adolf von Holstein-Gottorp, ein Bruder des regierenden Herzogs Friedrich. Ihm hatten ein Jahr zuvor seine Quartiere nicht behagt; darauf machte er sich mit einigen Fähnlein Knechten auf, fiel ins Gebiet des Trierer Erzbischofs ein, wüstete dort. Jetzt trat er ganz zaghaft zu Limburg auf, sein

Trompeter verkündete dem Torschreiber, sie wollten friedlichen freundlichen Durchzug durch die Stadt. Der Herzog Adolf liebte Zorn und Blut für sein Leben. Drin würfelten sangen spazierten die Spanier, lagen als Besatzung in den Häusern Schenken Gärten Bädern; und als der Herzog die schönen Quartiere besah, erschien ihm doppelt gut, hier haltzumachen. Die Spanier lachten: sie säßen da; der Herzog: er käme an. Wachtmeister Kornett Korporal Musketier sahen nur ihren weißblonden Oberst auf seinem Gaul an, schlank stählern im silbernen Küraß, unter der buntfedrigen Eisenhaube das lange viereckige Gesicht, frisch rosa, mit den vorstehenden Oberzähnen; sie sahen, wie seine Unterlippe sich füllte, hochstieg wie eine Pflanze nach dem Regen und umkippte. Er gab vom Pferde springend, den Spitzhammer abhalfternd, das Zeichen; von fünfhundert schäumenden Spaniern entkamen nur sechs. Die Bürger hatten gedroht, sie fürchteten sich nicht, hätten sich vor dem Grafen Mansfeld nicht gefürchtet. Sie mußten das Wort bald bereuen. Nach vier Tagen ritt der weißblonde Herzog mit seinen Knechten und vielen Beutewagen wieder aus, die Lippe schlaff, der Blick leer.
Der Oberst von Merode, Schrecken Schlesiens, schlug im Fränkischen seine Werbeplätze auf: zehntausend Mann war sein Ziel.
Bei Nürnberg tauchten auf zwei Großoheime des regierenden Märker Kurfürsten, die Markgrafen Johann und Johann Georg von Brandenburg-Kulmbach; zwei Regimenter zu Fuß, zwei Regimenter zu Pferd.
Hans Georg von Arnim aus der Uckermark stand in Diensten Gustav Adolfs von Schweden, dann bei Sigismund von Polen, beim Mansfelder. Vom Friedländer wurde er mit einem Regiment beliehen.
Torquato Conti, Graf von Quadragnola, am Weißen Berge bewährt, Generaloberstleutnant in päpstlichen Diensten, zum Wallenstein einschwenkend. Wolmar von Fehrensbach, Graf von Karkus zubenannt, aus schwedischem Dienst verräterisch zum Polen übergehend, vom Friedländer zum Obersten über ein Infanterieregiment mit dreitausend Mann bestellt, in Schlesien eingelagert.
Herr Sparr von Hohen-Finow, zehn Kompagnien Arkebusierreiter, nach Jüterbog gewiesen.
Die Pfalz Birkenfeld, die Grafschaften an der Eifel besetzten die Brüder Cratz von Scharffenstein, Alwig Graf Sulz. In der Grafschaft Stollberg nahm Quartier Hans Ernst Vitztum von Eckstädt, Oberstleutnant über fünfhundert Dragoner.

Johann Franz Barwitz, Oberst über fünf Kompagnien Dragoner.
Verdugo, des Ordens Sankt Jakobi a Spada Ritter, des Königs in Hispanien Kriegsrat, dreitausend Mann zu Fuß, fünfhundert Kürassiere.
Baron Bettino Riccasoli della Trappola, fünfhundert Arkebusierreiter.
Johann Philipp Hußmann de Namedy, tausend Kürassiere.
Graf Ferdinand Nagaroll, elf Kompagnien.
Oberst Hebron, ein Arkebusierregiment, ein Dragonerregiment.
Herrmann Frank, der Däne, ehemaliger Mansfelder, ein Infanterieregiment.
Hans Friedrich von Stößel, sechs Kompagnien Arkebusierreiter.
Marquis de Boissy, sechs Kompagnien Arkebusiere.
Scharen über Scharen, unermeßliche, strömten dem Friedländer zu.
In der Nähe von Pirnitz erschien der Kroatenführer Milli-Dragsi mit fünfhundert leichten Reitern.
Freiwillige Franzosen, vierhundert Mann, eine begeisterte kampfgierige Schar, setzten bei Lauenburg über den Rhein; in Rotten folgten andere.
Als die Ordnung unter dem Übermaß des Zudrangs zu springen drohte, wurde zum Generalwachtmeister ernannt: Lorenzo del Maestro, Hannibal von Schauenburg. Don Balthasar Marradas wurde Stellvertreter des Herzogs, sein Generaloberstleutnant und Feldmarschall.

Wie der Fürstbischof von Mainz, des alten sanften in das Grab gesunkenen Schweikhard Nachfolger, Friedrich von Greiffenklau, die Untaten des wütigen Lauenburgers auf seinem Stiftsboden sah, hatte er keine Freude mehr an Messelesen Falkenbeizen Würfeln. Finster kaute er an seinem Zorn. In seinen Jagdgründen erlegte er mit eigener Hand wildernde Pikeniere, das schaffte ihm eine kleine Ruhe. Sein Grimm labte sich an den brennenden kleinen Bauernhäusern, die den Wallensteinern über den Köpfen angezündet waren. Er ritt an der Spitze seiner geharnischten Leibgarde, segnete vor den drohend andringenden Knechten die Bauernhaufen. An der Tafel saß er abends mit seinen Äbten und Domherren, man löste ihm den Brustpanzer. Schmetternd sprach er, ließ seine schwarze Inbrunst rollen vor den samtenen händefaltenden sich sättigenden Frommen. Auf seinen Gütern! Auf dem Stiftsbesitz der heiligen Kirche! Freches Raubgesindel, vom Kaiser legitimiert! Den anderen weichen troffen die Lippen, sie lobten den Bischof; das Unrecht, das sie erlitten, blähte sie auf; das Rebenblut, das sie schluckten, feuerte ihr Herz. Draußen zogen die Bauern trübe in die Wälder, Kinder auf den Schultern, Gänse, Hühner auf Karren. Das Schreiben, das der Herr, des Heiligen Reiches Kanzler, an seinen benachbarten Freund, den Kölner Kurfürsten, richtete, besagte im Stolz des Rechtes, wenn nicht baldigst Abhilfe erfolge, so werde er auf Mittel bedacht sein, sich der unerträglichen Last mit der Tat zu erwehren. Als darauf die Kölner ihn sondierten, ob er nicht an den Kaiser schreiben wollte, schob er sie erregt beiseite; er wollte sich seine Wut, die ihn erfrischte, nicht durch einen Brief entreißen lassen. Der Kölner Ferdinand selbst, ein Bruder des bayrischen Maximilian, vexierte die Wallensteiner auf seine Weise; er hatte von Bestellungen gehört, die Wallensteinische Obersten in seinem Gebiet auf Rüstungsstücke gemacht; als Oberst Hebron nach seinen Kürassen forschte, stellte sich heraus, daß der Kölner Kurfürst sie hatte beschlagnahmen lassen. Da zappelten sie und schrien vor dem Wiener Kriegsrat.

Wie im Frühling die Meldungen einen abenteuerlichen, nie gesehenen Umfang der Rüstungen erkennen ließen, fanden sich Vertreter der ligistischen Herren zusammen; Maximilian gab das Stichwort; unruhige fragende Klageschreiben gingen an den Kaiserhof ab, von Mainz und Köln, dann gemeinsam von den vier altgläubigen Kurfürsten. Der Druck der Einlagerungen wuchs; der Umfang des Heeres nahm zu, von Tag zu Tag; Werbungen Durchzüge Einlagerungen Kontributionen, in immer neuen Reichsbezirken. Bayrische Zwischenträger streuten die Ansicht aus: Wallenstein suche durch die große Menge des Volkes die deutschen Länder zu beschweren und durch unerhörte Drangsale zu entnerven; alsdann gedenke er alles nach Belieben zu disponieren. Man geriet in wachsende Spannung und Furcht. Der starke Greiffenklau von Mainz war schon nicht mehr so eigenbrötlerisch; er ließ an seiner Tafel hören, es möchten seines unvorgreiflichen Ermessens noch Mittel zu finden sein, wie sich die Liga, wenn es gegen die Freiheit der Fürsten ginge, mit dem König von Dänemark so weit verständige, daß die Bundesarmee mit andern Reichsständen das Reich verteidigen könnte, die kaiserliche Armada aber sattsam zur Erhaltung der Erbkönigreiche gebraucht werde.

Das Frühjahr rückte gnadenlos vor, jeden Tag konnte der Losbruch der Heeressintflut auf das Reich erfolgen.

Da wußten sich die Fürsten, in Würzburg zusammengekommen, keinen Rat. Sie bewilligten ohne Debatte eine Million Taler für Heereszwecke. Es würde erfolgen – blickten sie sich lahm an –, was man sich erzählte, daß der Däne geschlagen würde, das Heer aus Deutschland nicht wiche, sondern wachse, ohne Schranken, wie es in den wenigen Monaten gewachsen war. Und niemand konnte wissen, was ihnen drohte. Was aus ihnen würde. Wie weit es Friedland mit seinen Kontributionen triebe. Sie faßten Beschlüsse; im letzten Augenblick sollte vorgebeugt werden. Zwei Kuriere jagten sie nach Wien zum Kaiser. Sie baten ihn erstmals, ihnen einen baldigen Kurfürstentag zu veranstalten zur Besprechung urwichtiger Dinge und einzuschlagender Maßnahmen, dann flehten sie an, des unbeschreiblichen Unwesens gedenk zu sein, das mit der Überflutung Deutschlands durch die riesigen Truppenmassen erfolge; der Fluch der Nation würde sich gegen die Fürsten richten, die dies nicht haben verhindern können. Sie böten ihm starke, ausreichende Truppen gegen den Dänenkönig an; dem friedländischen Heere würde die Säuberung und Verteidigung der Erblande in Schlesien nach Ungarn gegen die Türken zufallen. Hinter die beiden Abgesandten lief ein Kurier, der ihnen als letzten Trumpf eine Verschärfung ihrer Instruktion ans Herz zu legen hatte: man sei bei Ausbleiben einer Remedur des Heereswesens entschlossen, die Bundesarmee vom Feind abzuziehen und in Notwehr zur Verteidigung der deutschen bedrängten Stände zu gebrauchen.

Friedland gelüstete nach Wien. Kein besonderes Vorkommnis drängte ihn; er wollte noch einmal den Kaiser, die Räte sehen. Er wollte wissen, woran er war, bevor er aufbrach.

Er lag im Harrachschen Haus in Wien auf der Freyung; wieder lähmte ihn das Podagra. Obersten meldeten sich bei ihm, berichteten, Ordonnanzen von den Gütern; sonst lag er allein. Es besuchte ihn niemand. Im Auftrag des Kaisers bewillkommnete ihn an den ersten Tagen der liebenswürdige Fürst Eggenberg, der ihm zwei Ärzte zuführte. Kurze formale Audienz bei Hofe. Der Hof schwieg, die Räte schwiegen, der Kaiser schwieg. Wallenstein wunderte sich nicht. Er war gewohnt, daß man ihn fürchtete oder verabscheute. Er wies seinen Wirt und Verwandten, den Grafen Harrach, ab; ihn trösten, beruhigen? Was die Herren bei ihm sollten. Als er acht Tage gelegen hatte und leidlich hergestellt war, machte er einen kurzen Abschiedsbesuch bei Eggenberg, reiste gekräftigt, geleitet von einer Kompagnie des

Regiments von Löbl, ab. Er war zufrieden; ihn hatte am letzten Tage seiner Anwesenheit noch sehr die Hilflosigkeit der Wiener Stadtgarde beim Löschen eines Brandes in seiner Nähe gelabt, wo im Anschluß an eine Verbrennung beschlagnahmter protestantischer Bücher im Bischofshof eine Feuersbrunst sich erhob, die den Bischofshof selber, zwei Klöster, hundertsechsundzwanzig Häuser einäscherte. Am Fenster zusehend, lachte er stundenlang; dort unten ritten auch die hohen aufgeregten Würdenträger und Beamten, sie schlugen die Hände zusammen, schrien sich Unverständliches zu, zeigten in den Qualm, stoben davon; es sei ein vortrefflicher Abschluß, meinte der Herzog gegen seinen Wirt, so hätte er die Herren doch alle kennengelernt.

Dicht bei Wien stellte ihn Doktor Leuker, hinter den sich die beiden Kuriere gesteckt hatten, die nach einigen unverbindlichen Worten vom Grafen Kollalto an den Friedländer selbst gewandt waren, ihm aber ständig aus Furcht auswichen. In einem Dorfgasthaus traf Leuker den Friedländer; der Herzog gab ihm freundlich die Hand. Leuker, sehr blaß, stammelnd, wollte ihn zu einer Unterredung im Garten bitten, der Herzog lehnte lächelnd ab: «Was gibt es zwischen uns zu sprechen, das nicht jeder hören könnte?» Militärische Wünsche trug der kaum seiner Sinne mächtige Resident vor, steif zu Boden blickend, sich an sein Schwert haltend; Tilly wünschte eiligst die Wallensteinische Hilfe mit einigen Regimentern; er brachte nicht klar heraus, was ihm aufgetragen war, daß Tilly Kommando und Disposition dieser Hilfstruppen haben sollte. Der Herzog, halbseitlich am Fenster einem Ochsengespann zusehend, gestand es bereitwillig zu. Dann gab sich der dicke Leuker einen Ruck, preßte hervor, erst den gelbsüchtigen Herzog mit dem Blick streifend, dann über dessen Kopf sich mit den Augen am obern Fensterrahmen festnagelnd, was von Truppenübergriffen verlautet sei, von Erpressungen, Verwüstungen. Gutmütig stimmte der andere bei: «Wird wohl bei den Herren Ligisten nicht anders zugegangen sein.» Als der Bayer glaubte, aus den Geschehnissen den Schluß ziehen zu müssen, daß die Werbungen vermindert würden, meinte der Herzog nur, ihm zutraulich die Schulter berührend, er sei unlogisch, eine einzige schlimme Kompagnie richte mehr an als zehn gute Regimenter, er werde die schlimmen Truppen entlassen und weiter gute Regimenter anwerben. Was den Bayern, der den Boden unter den Füßen verlor, zu der fast unwillkürlichen Entladung veranlaßte: aber die Kurfürsten und Fürsten wünschten, be-

ständen auf einer Einschränkung der Rüstungen. In voller Heiterkeit der Herzog: «Ja, warum lassen das die erlauchten Herren, mir, gerade mir sagen? Sie haben ja den Grafen Tilly: so mag man es ihm doch befehlen; auf die Minute wird es geschehen. Wie sind die Herren hilflos!» Zähnebeißend, halbtoll wiederholte, quetschte der andere an seinen Sätzen; der General blieb im schallenden Lachen, bat den Residenten um Verzeihung für seine Heiterkeit; wenn man wolle, werde er es dem Tilly auftragen. Bis der Bayer sich, komme was wolle, zu dem Geständnis hinreißen ließ, auf eben die kaiserlichen Rüstungen sei es abgesehen, weil man sie für überflüssig hielte. «Nicht überflüssig. Sagt nur deutlich, lieber Herr Doktor, gefährlich. Gefährlich für Euch, Ihr werdet nie finden, daß ich ein zugebundenes Maul habe; und Ihr seid ja auch reichlich offenherzig. Euer Herr, der Kurfürst in Bayern, wünscht den Kaiser nicht im Reich. Ich kann es der bayrischen Durchlaucht nachfühlen, aber die bayrische Durchlaucht kann den Kaiser nicht hindern, andere Wünsche zu haben.»
«Die Kurfürsten haben dem Kaiser geschworen. Aber der Kaiser hat auch dem Reich geschworen.»
«Woraus sich nicht der Schluß ziehen läßt, lieber Herr Doktor, daß der Kaiser eine Holzpuppe ist. Ich kenn' Euch gut, Herr Leuker, hörte, daß Ihr sonst ein kluger Mann seid. Ich rechne es Euch darum nicht an, daß Ihr heute kein Glück mit Argumenten habt. Fahrt nur wieder heim. Berichtet so: ich hätte selbst gesagt, Ihr hättet Euch tapfer geführt.»
Mit einer Handbewegung lud er den kauenden Mann an den ärmlichen Kieferntisch im Zimmer, auf dem Messingbecher um einen Weinkrug standen. Als der noch nicht gefaßte Doktor, ohne sich zu drehen, stumm Bewegungen mit den blassen Lippen machte, lachte Wallenstein, der schon auf dem Schemel saß, so daß ihm die Tränen die Backen herunterliefen: «Was wollt Ihr nur, Herr Leuker? Ihr habt ja alles gut gemacht! Ihr habt das Examen bestanden. Merkt Euch zum Bericht nach Hause das Wort Bildsäule, statua auf lateinisch. In solchem Zustand kommen Kaiser nur nach ihrem Tode vor.»

VIERZEHN Regimenter zogen mit Wallenstein aus Böhmen. Es ging auf den Hauptsammelplatz Neiße. Die Beruhigung der katholischen Kurfürsten hatte er dem Wiener Hofe überlassen. Seine Leibgarde,

zweihundert ausgewählt starke und geschickte Knechte aus allen Nationen, eisenknarrend vom Kopf zu den Füßen, auf gepanzerten Pferden, Musketen Lanzen Spieße Beile führend, umschloß seine Sänfte, ritt ihm voraus, folgte auf den wärmebrütenden menschenleeren Chausseen. Meilenweit wich das Volk aus. Er stieß durch ein wüstes Böhmen auf Schlesien zu. An der Spitze der Regimenter fuhr der Herzog in einem puschelwedelnden sechsspännigen Wagen; achtzehn Rüstwagen mit roten Juchten ihm voraus, zwölf zweispännige Kaleschen mit dem Stab; hinter ihm seine prunkende Sänfte, auf Pferden bunte unbewaffnete Pagen und Trabanten, Leibpferde; am Ende offene Feldgeschütze mit Artilleristen und Munitionswagen.
Gitschin Nachod Glatz wurden passiert. Durch Deutschland, das schwang, sich unruhig bewegte und zuckte, donnerten neue Regimenter herüber aus Schwaben Franken Mähren, vom Rhein Dragoner mit Piken, fliegende Musketiere, leichte polnische Reiter, die Freitag und Samstag keine Eier und Butter aßen; Kroaten mit Arkebusen, Husaren, die Panzerstecher trugen, die eingemauerten Eisenmenschen, die Kürisser, ungesehene Massen zu unbekannten Zwekken. In hellen Haufen eine graue Gesellschaft hinter schweren unförmigen Wagen, Schanzbauer Büchsenmeister Schnaller Fuhrknechte Konstabler Schlangenschützen Pulverhüter; unter ihren leinenbezogenen Gefährten Sturmtöpfe Pechkränze Sturmfässer Mordschläge Brandkugeln, Fuder von Salpeter Schwefel Kohle, hundertpfündige Mörser, offen durch die sonnigen blumigen erschreckenden Landschaften gefahren, mäulersperrend wie Leichen urzeitlicher Untiere Kartaunen Hagelgeschütze Totenorgeln Haubitzen. Inzwischen saßen die Kinder vor den Kellertüren, spielten, kreischten, lachten, drehten ihr Rosenkränzchen, ritten auf Stecken; die Frauen wiegten ihre Säuglinge, sangen, tändelten mit Ohrringen und Ketten; die Bauern vergrößerten ihre Scheunen, dengelten Sensen, prüften Dreschflegel, die Bürger schrieben sich Briefe, kauften, lasen Kalender, malten die Tafeln ihrer Vorfahren auf, dachten an Adelsdiplome, die Kranken betrauerten ihr elendes Schicksal, grollten, daß sie bald sterben mußten; aus den Fenstern hingen Teppiche vom letzten Festtag.
Gleichmäßig schön das Wetter, Tag um Tag, helle luftdurchwehte Nächte, die Tage wuchsen, langsam verschoben sich oben unhörbar die Gestirne.
Am neunten Tage des Aufbruchs erreichte der Generalissimus seine Hauptmacht bei Neiße, der schlesischen Stadt.

Er machte sich den Rücken frei. Von dem teuflischen Zug Mansfelds nach Ungarn steckten schlesische Städte voll feindlicher Besatzungen; die Dänen hatten sie planmäßig aufgefüllt; furchtbar auf das Land ausfallend, eroberten sie Zuckmantel, Starnberg, überrumpelten Sohrau, Beuthen; Kosel wurde ausgeplündert; herausfordernd schwärmten leichte Trupps, Brände um sich werfend, kleine Detachements abfangend, bis vor den Sammelplatz der Kaiserlichen.
Wallenstein schritt mit vierzigtausend Mann am Gebirge entlang. Die Städte Löbschütz Jägerndorf geworfen. Er bog gegen die Oder um, umfaßte Kosel, wo siebentausend Dänen saßen unter Joachim von Mitzlaff, einem bissigen Kavalier, der die Pest und die ungarische Krankheit überstanden hatte, in Polenschlachten zerfleischt war. Er nahm die Belagerung an hinter seiner sumpfumzogenen Schanze; am fünften Tag von drei Seiten bestürmt, floh er mit der Reiterei. Raste nach Süden, den Weg Mansfelds, Bethlen Gabor zu. Vom Lande, aus den Nachbarorten schwirrten ihm zersprengte Fähnlein zu, viertausend Pferde staubten Tag und Nacht gegen den Jablonkapaß. Sie prallten auf Kaiserliche. Umwerfend zurück; Mitzlaffs Tobsucht riß seine meuternden Reiter mit; er mußte durch Schlesien Polen auf Brandenburg gehen. Hinter ihnen Pechmann und Merode mit der ganzen friedländischen Reiterei.
«Sie sind verloren wie Judas' Seele», hob Wallenstein die Arme.
Er fiel, vom abtrünnigen Dänen verstärkt, Troppau an, das ein Rantzau halten wollte. Nach vierzehn Tagen war drin das Pulver verschossen. Die Stadt war sein. Keine dänische Maus lief mehr in Schlesien. Auf Neiße schwenkte er um.
Harrach auf der Wiener Freyung empfing einen Brief: «Ich übersende Ihrer Majestät fünfundsechzig Fähnlein und Kornette, die dem Feinde abgenommen sind. Übermorgen marschiere ich ins Reich.»
Die Schweidnitzer Stände sandten zu ihm nach Neiße Vertreter, feierlich voll Rühmens glückwünschend zu den unerhörten, blitzschnell herniederfahrenden Siegen, dankend für die Befreiung von den Kriegslasten und den Truppen. Er empfing die barhäuptigen berittenen Herren noch vor dem blumengeschmückten Tore im geöffneten Reisewagen, sah sie, gebückt sitzend, kalt an; es war nicht sicher, ob er ihnen zuhörte.
Ohne weiteres verließ er das Land, ließ hinter sich in dem dumpf staunenden Schlesien und Mähren fünfzehntausend Mann, die sich zu verstärken hatten.

UND WÄHREND er sich in drei Heeressäulen nach Norden und Nordwesten schob, erwartete ihn der Dänenkönig Christian.
Fiebernd und sich selbst grollend erwartete ihn der Däne; voll Ruhmbegier, ohne Not, in der Hoffnung auf den sicheren Sieg hatte er den Krieg begonnen, dann hatte sich, wie vom Satanas geschickt, in Böhmen dieses Wesen emporgewälzt, nicht vorauszusehen, noch jetzt nicht zu fassen, ausgestattet mit Reichtum, Härte, Unabhängigkeit, neben einem zusammenbrechenden Kaisertum, und tatzte nach ihm, nach seiner jungen lebensdurstigen Herrlichkeit. Mit diesem gab es keine Versöhnung, der kannte kein Paktieren, der niedriggeborene Mensch, das widrige feuergeglühte Geschöpf. Er jagte jetzt den edlen teuern Mitzlaff her durch halb Europa, wollte ihn fassen. Wenn er doch käme, der Mitzlaff, der tapfere, nicht zu zerbrechende. Und um sich sah der Däne alles anders wie vor einem halben Jahr im winterlichen Haag, wo man sich zugetrunken hatte. Er mußte danken und sich freuen, wenn zwei drei neue Fähnlein Schotten zu ihm stießen und eine Handvoll Franzosen. Wie strahlten die Augen des Grafen Montgomery, der auf seine Franzosen zeigte, die schon gegen die Spanier Siege errungen hatten; was würden sie machen gegen diese zermalmende Masse, von deren Schwere und Sicherheit sie keinen Begriff hatten. Zarte süße dänische Frauen nahmen sich ihres Königs zu Stade im Lager an; er sagte ihnen, ihrem Gesange würden viele dänische Soldaten die Ehre zu verdanken haben. Und dann übergoß ihn mit dem tiefsten Entzücken und stellte ihn wieder ruhig hin die Ankunft eines alten Mannes, des Markgrafen von Durlach, den einmal Tilly besiegt hatte. Das kleine Land, um dessen Erbschaft Durlach gekämpft hatte, war ihm nicht zugefallen; sein eigenes war verloren; er kämpfte jetzt, wie er sagte, für etwas Besseres, wie die andern gegen den neuen Antichristen, der ehedem Papst, jetzt Kaiser und Friedland hieße und wie der Papst sinken werde. Der alte Markgraf hatte als wandernder Kaufmann den schlesischen Besatzungen Mut zugesprochen, dann warb er in Frankreich für Christian, ein holländisches Kriegsschiff trug ihn nach Dänemark. Dünn waren Christians Scharen, die sich von Bremen bis in die Mark streckten, aber tapfere unbekümmerte Männer; oft mußten die Frauen den König trösten, der immer wieder weinte, wenn er seine jungen lachenden Offiziere sah. Er ließ verbreiten, daß auch Mitzlaff zu ihnen stoßen würde, was hellen Jubel auslöste; er sagte nicht, wie Mitzlaff zu ihm komme.

Still lag zwischen Niederelbe und Weser im hildesheimischen Städtchen Peine Tilly. Hinter dem Rücken des Friedländers hatte er dem Feinde einen schweren Schlag versetzt, von dem sich der Feind noch nicht erholt hatte. Jetzt drängte der Böhme von Süden herauf, er mußte ihn noch rufen, sich mit ihm verständigen, denn es sah aus, als ob der Däne sich über die Weserarmeen werfen würde. Schrecklich antwortete der kaiserliche General, er könne keine Truppen entbehren; Tilly hätte genug Regimenter, um den Feind in Schach zu halten. Der Ligist, fast erstarrend, meldete den Bescheid dem Bundesobersten, dem bayrischen Kurfürsten. In der Gefahr, überrannt zu werden von den Feinden, die der Friedländer offensichtlich gerade gegen ihn jagte, sprang er auf und drang an die Elbe, nordostwärts durch Lüneburg. Er wollte selbst den Feind stellen und schlagen. Der Däne sollte nach Süden abgeriegelt werden, um im Norden von einer einstoßenden Armee wie in einer Falle gefaßt zu werden. Der Ligist setzte seine Hauptmacht aufs Spiel; der entscheidende Schlag, der Elbübergang unweit Lauenburg gelang. So glückverwirrt war der edle Graf, so völlig aus seinen Angeln gehoben, daß er selbst an den Kaiser, den Herrn der nahenden friedländischen Macht, schrieb, die Entscheidung in dem Feldzug sei gefallen, sei schon gefallen, es sei nicht nötig, daß Truppen herbeieilten, um den Dänen den Garaus zu geben, fast getraue er sich mit einiger Hilfe, ihn zu übermannen. Er triumphierte wild gedankenlos hinaus, nur noch einer kleinen Nachhilfe bedürfe es, um dem Krieg das gewünschte Ende zu geben, bettelte zum Schluß um die Belohnungen und Gaben, die, wie er sich ausdrückte, wohlverdienten Kriegsobersten von kaiserlich mildesten Gnaden aus den verwirkten und konfiszierten Feindeslanden zufielen. «Ich hätte nicht leben können», schrie er, auf seinem weißen Gaul hängend, gespenstige kleine Figur, unter wallenden Federn, schwarzen Mänteln sich verbergend, gegen den Marschall Anhalt, der ihn am breiten Elbstrom auf einer Pappelallee zur Beratung aufsuchte; «ich hätte nicht länger leben können», schrie er nach allen Seiten gegen seinen Stab, seine Zeltgäste, «dies ist mir geglückt, Maria sei gelobt.» Und morgens und abends heiser herausfordernd: «Ich hätte nicht leben können; jetzt soll er kommen, der Wallenstein.»

Aus böhmen kam er heraus, ohne Zeit für Worte und Blicke, ein nackter Leib der Gewalt, schamlos wie ein Säugling.
Er drängte eine Heeressäule unter seinem Oberst Arnim von Boitzenburg, dem schwärmerischen Protestanten, von Neiße über Krossen auf Frankfurt in die Mark hinein. Dem Kurfürst Georg Wilhelm wurde durch ein Schreiben bedeutet: der Herzog habe vernommen, daß er, der Kurfürst, die Pässe in der Mark und an der Oder gegen des Dänen Einfall nicht versehen könne mit eigenem Volk; der Kaiser habe ihm den Schutz der getreuen Reichsstände wider den Feind gnädigst empfohlen; so werde der Oberst Arnim abgefertigt, Städte und Pässe in der Mark und an der Oder mit der notwendigen Besatzung zu versehen. Ein offenes Patent verkündete den brandenburgischen Landen, man solle sich hüten, Schwierigkeiten zu machen; der kaiserlichen Majestät sei ein dankbares Gemüt zu erzeigen. Durch die Mark schob sich, nach rechts und links mit Kompagnien ausschlagend, Arnim die Havel und Spree entlang, stieß gegen den weichenden Dänen über Oranienburg, Bernau, legte sich über seine heimische Uckermark, tastete bei Lychen über die mecklenburgische Grenze.
Eine zweite Heeressäule trieb Friedland mit dem Marschall Schlick, die gesamte Kavallerie führend, über Breslau, Liegnitz auf Krossen gegen Havelberg.
Die dritte geleitete er selbst mit dem Fußvolk durch Schlesien über Kottbus, Jüterbog, den ausgesogenen nördlichen Landstrich vermeidend, gegen den festen mecklenburgischen Ort Dönitz an der Elbe.
Und in das Getriebe der sich fortbewegenden Heereskörper geriet, von Süden gescheucht, hin und her taumelnd, der pockennarbige Mitzlaff; bei ihm die Obersten Buben, Holk, Baudissin und zweitausend Pferde und sechs Dragonerkompagnien. Merode und Pechmann hinter ihnen her; wie die Hirsche flogen sie am Jäger vorbei. Schon waren sie bei Küstrin, da zwang sie Pechmann ostwärts herüber. Von seinem Überfluß schickte der vorbeimarschierende kaiserliche General Regimenter um sie herum, todeswütig brachen die Gehetzten über eine Warthebrücke noch einmal nach Westen vor, es war nicht mehr weit nach Dönitz.
Da standen in einer Augustnacht die Wallensteinischen Regimenter auf allen Seiten um sie. Bei Bernstein wurden die Dänen in der wolkenlosen mondhellen Nacht zusammengehauen, nachdem sie noch vergeblich die geängstigten brandenburgischen Befehlshaber,

Lutherische wie sie, ihnen herzlich zugetan, um Durchzug gebeten hatten. Buben, Holk wurden gefangen. Pechmann, der Wallenstein geschworen hatte, er würde die Dänen nicht an ihren König lassen, in der Mondhelligkeit von Mitzlaff erkannt, durch zwei dänische fliehende Leutnants von seinem Stabe abgelockt, wurde er, der Sieger, von einer besonders beorderten Rotte niedergemacht, zermalmt, im Tode enthauptet, geplündert, zerhackt; man fand später nur seine Rüstungsstücke.
Mitzlaff und Baudissin schwammen, während man im Morgengrauen nach ihnen suchte, schon über die rollende Warthe. Christian gelobte ihnen, als er sie umarmt, den Krampf seines Herzens beruhigt hatte, er werde Widerstand leisten dem Böhmen, aber er wolle fort, er wolle fort aus Deutschland.
Der Uckermärker Arnim, mit Ungestüm gegen die Dänen unter dem unbeugsamen Markgrafen von Durlach in Mecklenburg vordrängend, nahm von der überschwappenden Fülle der beiden Hauptmächte sieben Regimenter zu Pferde und zu Fuß an sich, hieb aus Ort um Ort, Stadt um Stadt, Schloß um Schloß den Durlach heraus. Die Proteste der beiden regierenden Mecklenburger Herzöge, dem niedersächsischen Kriegsverband angeschlossen, nahm er nicht an. Keinen Ort, der eine Mauer hatte, verschonte er. Vor Wismar, auf die Insel Poel verkroch sich der Feind; da hielt Arnim an.
Der Kommandant von Dönitz übergab kampflos den Ort nach zwei Tagen. Elbabwärts fuhr der Herzog zu Schiffe nach Lauenburg in Tillys Lager; mit Pomp, kostbarer Bewirtung wurde er empfangen, selber mit königlicher Pracht, wahrhaft asiatischem Gepränge auftretend, umgeben von seiner Leibgarde und gefangenen feindlichen Offizieren.
Eine Verabredung wurde getroffen. Graf Schlick, achtundsechzig Reiterkompagnien herumwerfend, gegen die geballten Massen des alten Matthias Thurn, überritt die holsteinische Grenze, brauste über Trittau, Altrahlstadt, an Hamburg vorbei. So groß war die Verwirrung Angst Ratlosigkeit in der Hansastadt, als unabsehbar die Armeen herantobten, daß sie drin die Waffen gegeneinander erhoben und erst die Sorge um die schwere Lebensmittelkontribution sie zur Besinnung zwang. Die schweren Völker des Herzogs, des Brabanters rollten nach, getrennt Lager und Hauptquartiere. Tilly, von Tag zu Tag gepeitscht durch Briefe des Bayern, sich in seiner Selbständigkeit nichts zu vergeben, im Erfolg die Vorderhand zu erlangen, hitzig,

vergrämt, kaum dem Kommando gewachsen, Offiziere dauernd an den Herzog verlierend, flackernd zwischen Groll auf sich, Verbitterung gegen seinen Kurfürsten, wurde, der wachsblasse Eisenzwerg, erlöst durch eine Musketenkugel, die ihm nächst den Wällen Pinnebergs das linke Knie aufriß, herunterwarf vom Pferd. In der Prunksänfte Wallensteins, der Herzog drängte sie ihm auf, wurde er aus Pinneberg rückwärts getragen. Und dann, wie er lag, weiter rückwärts. Seine Truppen zog er mit sich, an die Weserstellungen; im Augenblick löste er sich von Friedland, ächzte, blickte steif und drehte sich nicht um. Hinter Wallenstein marschierten nur drei ligistische Regimenter, Fürstenberg, Reinach, Herberstorff, dazu die Artillerie.

Die Kroaten, leichten Reiter, wehten dicht schwärmend wie Staub vor der Stirn des bewegenden Heereskörpers. Ihr Windzug, der Dunst ihrer Pferde warf Beklemmung über den Feind. Der Graf Thurn schäumend, seine Rüstung zertretend, zwang seine Kavallerie, neben sich den Rheingrafen Otto Ludwig, noch einmal ins Feld zwischen Elmshorn und Horst; wie Wasser über dem Feuer verdampfte verbrodelte die Masse beim Anrücken des Friedländers. Zum König von Dänemark nach Glückstadt wich Thurn. Der Rheingraf rettete sich nordwärts nach Rendsburg. In Glückstadt äscherte der König Häuser und Scheunen um sich ein, das Land längs des Elbeufers setzte er unter Wasser. Die Heere marschierten rechts vorbei. Über Itzehoe, vier Kompagnien Schotten zermalmend, traten und tauchten sie. Die Schlicksche Kavallerie breitete sich ostwärts aus in Holstein, nach Oldenburg im Lande Wagrien. Der Durlacher setzte rettungsuchend, von der Insel Poel abgesperrt, auf Schiffen mit dem Überbleibsel seiner Söldner nach Holstein über, flüchtend und bereit, heimlich am Meer entlang zu schleichen. Von der Höhe des Dorfes Großenbrode stieg im Morgengrauen Schlick überwältigend gegen ihn herunter. Das Heer, nur die graue See hinter sich, in die Knie brechend, streckte die Waffen. Siebenundzwanzig Kompagnien Infanterie, fünfzehn zu Pferd, die des dänischen Königs Krone und Herz gewesen waren, hoben ihre Fahnen, ließen das Regimentsspiel erklingen, dienten dem Sieger. Der Durlach hieb sich, sein Herz versteinernd, durch seine eigene, Wege und Strand finster überlagernde Armee. Zweitausend Reiter riß er mit sich nach Flensburg, nach Fünen. Schlick flutete wild herauf nach Jütland.

Links von ihm Wallenstein faßte Rendsburg mit den Zähnen,

schüttelte die Besatzung wie aus einem Sack heraus. Sie liefen zu ihrem König.
Christian in Glückstadt an der Elbe verlassen schwamm mit seinen sanften Frauen auf drei kleinen Barken, um seiner zerschlagenen zertrümmerten Dänen ansichtig zu werden und sich gemeinsam mit ihnen fortwehen zu lassen. Jetzt weinten die Frauen um ihn; aber er, ohne Waffen, weichäugig, im goldgelben Rock, jünglingshaft schlank an einem Mast unter dem bunten Himmel stehend, winkte den Dänen ruhig mit seinem leichten Federhut; es sei eine Wiederholung, was hier geschehe. Der Pfälzer Friedrich, sein lieber edler Freund, sei wie er gegen den römischen Kaiser gezogen; es sei ein Glück, daß Dänemark nicht in Deutschland läge, man könne nicht heran an ihn. Er müsse siegen, stöhnten die Damen, in dünnen Seidentüchern das Gesicht verhüllend, er würde siegen; spitzfüßig liefen sie auf weißen Schuhchen zu drei und vier auf ihn zu, die losen bunten Röcke raffend beim Sprung über die Balken und Seile, die Reseden aus dem Haar verlierend. Nicht, tätschelte er sie, oder doch, er werde siegen, er werde den deutschen Kaiser besiegen, durch Ruhe und Klugheit; er werde Frieden mit ihm schließen. «Ich muß bezahlen, meine lieben Kinder, oder mich in dies weite schöne Meer stürzen.» Seine Armee suchte er bei Rendsburg und fand sie nicht; in Flensburg nahm ihn die Woge der Durlachschen Kavallerie auf; sie legten Hadersleben hinter sich in Asche, Kolding machten sie dem Erdboden gleich; sie mußten Schiffe nehmen, die brachten sie nach Fünen.
Hinter ihnen nahm das Drängen kein Ende. Die Schlickschen Massen faßten nach Westen herüber, packten bei Viborg versprengtes feindliches Kriegsvolk an, das entwich nordwärts, stach verzweifelt Dämme und Gräben hinter sich durch, warf Brandfackeln um sich, hinter sich in Gehöfte Dörfer: sechsundzwanzig Kompagnien der Regimenter Kalenberg, Nell, Holk; Baudissinsche Reiter, schleswigsche Landsmannschaften. Am Limfjord machten sie halt, wollten sich in die Sümpfe, Moräste von Vendsyssel werfen. Da stellte sich ihnen das gereizte Landvolk entgegen, Kompagnien verweigerten den Gehorsam, voll Unsicherheit lief man durch Aalborg zurück ans Meer. Bei Hobro wurden sie zusammengehauen, im Getümmel wälzten sie sich zum drittenmal auf Aalborg; da saß, Piken und Musketen vorstreckend, Graf Schlick. Sie wurden nur schwer durch die Kaiserlichen abgehalten, unter sich selbst in der Wut ein Blutbad anzurichten; man nahm ihnen die Waffen ab; keiner entkam. Die dänischen

Generäle, verwundet, von ihren eigenen Soldaten ihrer Pferde beraubt, Konrad Nell, Heinrich Kalenberg, gaben sich schamzuckenden Gesichts in den Schutz ihrer Feinde.
Durch das herbstliche Fünen fuhr langsam in einem Sechsspänner, den Stern auf der linken Brust, eine breite goldene Schärpe auf dem gelben zerdrückten Rock, Christian, sprach freundlich mit jeder Bäuerin, die sich seinem Wagen näherte, ihm weinend ihre Kinder zeigend, drückte in Odense auf dem Rathaus den Reichsräten mit Stolz und Ruhe die Hand. Die, um ihren König klagend, Christian Friessen, Magnus Uhlfeld, Olof Rosenspars, Breide Rantzau, Ewald Kruse, Kanzler, Reichsadmiral, Statthalter, erhoben, wie er den Rücken kehrte und donnernd ungesättigt das grausame Kriegsungeheuer die Krokodilskiefer über ihre Grenze streckte, ein markerschütterndes Wehegeschrei: nicht die Krone Dänemark, nur der niedersächsische Kreis habe mit diesem Krieg etwas zu schaffen, man möge dessen gedenken, menschlich sein, der nachbarlichen Freundschaft sich erinnern. Möge ein Ziel setzen diesem grausigen, durch fast ganz Europa gezogenen Brand bei eines fremden Reiches Wassern und Seen, nicht noch mehr, endlos mehr Königreiche Fürstentümer und Lande dem Unwesen, Raub, Verwüstung, grenzenlosem Blutvergießen übergeben und aufopfern.
In Seeland erhob sich das Volk gegen den König, die Begleiter schützten ihn, in Fischertracht flüchteten sie weiter. Im nördlichen Deutschland verbreitete sich das Gerücht, die dänischen Bauern und Bürger hielten in Odense ihren Reichsrat gefangen. Wollten in Entsetzen den Römischen Kaiser oder Wallenstein zu ihrem König wählen, um sich zu retten.

Der Kaiser entschloß sich, nach den Siegen nach Böhmen zur Krönung zu reisen. In einer unbezwinglichen Bewegung nahm ihn der Entschluß gefangen. Er ordnete die Maßnahme in finsterer Freude, Gehobenheit an, gab der Mantuanerin, die ihn fragte, warum man im Winterbeginn reisen wolle, den Bescheid, daß keine Wahl bliebe. Er wollte sich gekrönt seinem großen Widerpart über alle Länder weg gegenüberstellen, während der noch in Holstein Mecklenburg war. Man brach mit ungeheurer Pracht auf; die Gelder, aus dem Felde geschickt, strömten aus Kontributionen.

Auf dem Laurenzer Berge krachten Geschütze; die Hälfte schoß Salut, die andere schwieg, scharf geladen, zum Schutz des Kaisers. Aus der Wenzelkapelle wurde die Krone geholt, die sich zuletzt der geächtete Friedrich aufgesetzt hatte; ein Kardinal führte den Kaiser zum Hochaltar. Gesalbt am rechten Arm, Schultern, Brust, mit dem Wenzelschwert umgürtet, Szepter und Apfel tragend, die Krone aufgedrückt.

Die Böhmen ließen es geschehen; sie hatten geträumt, Wallenstein würde in Prag erscheinen; er ihr Trost, ihre unsinnige, immer wieder sich erneuernde Hoffnung. Der Landtag wurde eröffnet, seit vielen Jahren der erste, man las ihnen die königlichen Propositionen vor; keine Rettung, es gab keine Wunder. Sie schmeichelten sich an den neuen König, brachten Geschenke, bewilligten Steuern, boten eine Jagd bei Prag an; wurden bedankt, aber wie zum Hohn ließ der Kaiser auch seinen Sohn vor ihnen krönen; man rief sie nicht, nicht einmal zur Dekoration; die Prunkherren und -damen waren aus Wien gefahren, füllten den heiligen Dom, schlossen die Wenzelkapelle auf. Kein Wort klang von den alten Freiheiten und Privilegien, eine erneuerte Landesordnung des Erbkönigreiches Böhmen machte allem ein Ende. Aber der geistliche Stand nahm am böhmischen Landtag teil, Bischöfe, Priester, Jesuiten, an dem Landtag, den die Adligen die habsburgische Krönungsmaskerade nannten. Rasend vor Haß zogen sie sich zurück; weinende und verbissene Gesichter bei ihren Zusammenkünften. Zum Grafen Thurn wollten sie schicken, flehend, sie nicht zu lange leiden zu lassen, aber lebte Thurn noch? Sie schickten Leute, ihn zu suchen; wieder wanderten Adlige aus. Wallenstein gewinnen! Wallenstein gewinnen! Oder ermorden.

Und wie er ankam aus den Winterquartieren durch die gebändigten Gebiete, durch Mecklenburg, die Mark, über Wittenberg Bernau Sommerfeld Sagan auf Gitschin, langsam, auf den glatten und verschneiten Wegen, wußte er nicht, daß er von böhmischen Exulanten, mordsüchtigen Fanatikern, seinen Landsleuten umzingelt war, aber begriff, daß man ihm zu jeder Zeit ans Leben wollte. Er hatte seine Leibgarde auf sechshundert Mann erhöht; mit vierhundert bis auf das Blut geprüften Wallonen und Italienern, die hochmütig auf die deutschen Völker sahen, durch Stärke Gewandtheit Prunk alle überragend, ließ er sich in den böhmischen Kessel herunter.

Da durchwellten schreckenverbreitend zwei Ströme das Land, der römische Kaiserhof und Wallenstein. Wie Fremde standen die Böh-

men in ihrem Land, ihre Rücken beugten sie. Der Kaiser zog zu Huldigungen durch die Städte; in Brandeis, auf dem kaiserlichen Schloß, erreichte ihn der General der Armada. Er hatte nicht den Wunsch, den Kaiser zu sprechen; Ferdinand hatte ihn zu sich gefordert. Dann begegneten sie sich in dem Empfangssaal zu Brandeis. Ferdinand, der heitere Banketteur, Wildschweinjäger, demütiger Christ, aufgerissen zu blendender betäubender mystischer Größe unter einem Purpurbaldachin, die Krönungsinsignien, Mantel mit furchtbar springenden schwanzpeitschenden Löwen, goldene Krone, Szepterstab, kreuztragenden Reichsapfel wie eigene Organe bewegend, drohend, lodernd, gar nicht versunken. Und vor ihm durch das Spalier der Trabanten, Fahnenträger, starr stehenden Räte, Priester herschleichend, verwundert und widerwillig, das lange ledergehüllte gelbäugige Geschöpf, mißtrauisch, fremdartig. Mit schwanzpeitschenden giraffenwürgenden Löwen aus Gold, mit bügelüberzogener buntgesteinter Goldkrone, dem uralten Reichsschwert brannte der oben zu ihm her, heischend, stumm sprechend aus einem Gehäuse von Purpur. Er verstand ihn nicht; wollte man ihn morden nach den Siegen; hatte er zuviel gesiegt; er hatte seine unwiderstehlichen stählernen Wallonen nicht zum Schutz. Man ließ ihn fort, nach feierlichen Gastmählern. Er schüttelte sich draußen, trug nichts davon. Seine Garde führte ihn nach Prag.
Er rechnete mit dem Kaiser ab. Seine Verwaltung machte eine sehr genaue und spezialisierte Aufstellung an den Abt von Kremsmünster, der sie lächelnd dem Kaiser übergab. Ferdinand überflammt, tief beglückt: «So brauch' ich doch nicht verzagen. So gibt mir der Herzog von Friedland eine Gelegenheit, einen Vorwand, ihn zu ehren. Daß seine Verdienste um mich nicht abzuschätzen sind, weiß ich. Ich bin ja geradezu wehrlos, gesteht selbst, Abt Anton, gegen ihn. Wie soll ich mich rächen an ihm für diesen Feldzug?» Er tat, als ob er lächelte, dann berührte er den Abt ernst an der Hand: «Ich muß mich doch behaupten gegen ihn.»
Elf Herren bildeten den Geheimen Rat des Kaisers; zu besonderen Aufgaben wurden noch zugezogen: Zdenko Fürst Lobkowitz, Otto von Nostitz. Auf allen lastete nach den beispiellosen Siegen des Sommers der Druck, sich mit dem Böhmen abzufinden. Slawata, der schöne, Wallensteins Vetter, in den Geheimen Rat aufgenommen, äußerte in Abwesenheit des Kaisers: «Der Herzog hat sein Korn schon in den Scheuern. Bemühen sich die Herren nicht. Die edlen Herren

sind nicht meiner Auffassung. Die Aufstellung, die der Herzog von Friedland eingeschickt hat, ist schamlos. Es ist richtig, wie er schreibt, daß er den Obersten den genannten Betrag vorgestreckt hat; doch hat er vergessen, von den Obersten, den Offizieren, von sich selbst eine Aufstellung zu verlangen über die Kontributionsbeträge, die von den Städten, Kreisen, Ständen, Privatpersonen erpreßt sind. Diese Gegenrechnung wird uns selber von dem Lande und den Fürsten gemacht werden.»
Kollalto, der Präsident des Hofkriegsrats, der Weintrinker, gab von sich, daß man sich mit solchen Vermutungen auf unsicheres Gebiet begebe. Das Kriegshandwerk bringe Schwierigkeiten und Härten mit sich; insinuiere man dem Herzog keine Gewalttätigkeiten und die Betreibung so ungeheurer Summen.
Trautmannsdorf hielt es für gleichgültig, ob der Herzog zu viel verlange, zu wenig verlange; die Hauptsache bliebe, daß der Kaiser nicht ‚nein' sagen könne.
Eggenberg gab ein schlechtweg friedländisches Votum ab; Wallensteins Unkosten und Auslagen seien vom Kaiser zu begleichen, darüber hinaus sei der Herzog zu belohnen. Er habe Ihrer Majestät Königreiche, Lande, Erzhaus und Nachfolge, die jedermann für verloren gehalten habe, von des Feindes Gewalt befreit, ganz Deutschland zum Gehorsam gebracht, Ihre Majestät zum Herrn vom adriatischen bis zum deutschen Meer gemacht.
Sie zerrten aneinander, dachten auf ihre Weise sich Wallensteins zu entledigen. Er knirschte und krachte ihnen, wie sie noch saßen, sein Begehren über Nacken und Schultern. Er vermöge, ließ er sich schallend aus Prag vernehmen, keinen Unterschied zu sehen zwischen seinen Leistungen und denen des Kurfürsten Maximilian nach der Prager Schlacht; danach ergebe sich das Weitere für die Schulden des Hofes. Was den Landbesitz anlange, auf den er bei der zeitigen Geldknappheit des Kaisers Anspruch erhebe, so hätten die beiden Mecklenburger Herzöge durch ihren Anschluß an den Niedersächsischen Bund ihr Land verwirkt wie der Pfälzer. Nur Trautmannsdorf ging spöttelnd in dem lautlosen Kreise: «Jetzt wollt Ihr ihm alle an den Leib. Warum die Dinge so überstürzen! Jetzt möchtet Ihr ihn aus purer Voreiligkeit lieber heute als morgen absetzen, ja köpfen. Ihr Herren! Habt Geduld! Laßt uns noch eine Zeitlang siegen. Warum so kurzatmig? Mir, dem sehr beliebigen Trautmannsdorf, sogar Euch, dem verdienten Fürsten Eggenberg, kann zwischen heute und mor-

gen Schlimmes vom Herzog begegnen. Und zwar Endgültiges. Derart, daß wir mit Homer lieber lebendige Mäuse wären als begrabene, beiseite geschaffte, allerhöchste Würdenträger und Bemäkler Wallensteins, des Feldherrnwunders und so fort. Vorläufig hat er es aber gar nicht mit uns zu tun. Ich betone: vorläufig; ich lege Gewicht auf den Zeitpunkt. Und Habsburg, oh, das nimmt es mit sehr vielen Attentätern Bösewichten Hochverrätern auf. Das lebt sehr ungerührt und kaltherzig über solche momentanen geistreichen Einfälle hinweg. Das meint Ihr doch auch. Einem Herrscherhaus wie den Habsburgern kann im Grunde gar nichts passieren. Und damit, Euer Liebden, möchte ich rechnen. Es ist nicht so kurios, wie es scheint. Ich lasse dem Herzog seine Indolenzen und Maßlosigkeiten durch. Als Vorspann macht er sich gut. Ein wildes Pferd schlägt auch mal gegen den Wagen. Warum nicht? Es zeigt damit, daß es töricht ist und eventuell nicht in den Stall geführt wird, vielleicht sein hoffnungsvolles Leben in einer Roßschlächterei endet.»

In Prag hatten unter den Feiern andere Boten vergeblich Zutritt zu den krönungstrunkenen Majestäten gesucht, stille, sehr wenig eilige Männer, Greise, bettlerhaft gekleidete Menschen in großer Zahl, müde und verloren herumwandernd, sich umblickend. Sie drängten traurig zum Römischen Kaiser, Bürgermeister des niedersächsischen Kreises, Ausschüsse von Stadt- und Dorfgemeinden, die nicht wußten, ob ihre Heimat noch aus mehr bestand als Schutthaufen, leeren Häusern und Ställen; ihre friedliche Menschenherde zerstäubt, Kinder, Bauern, Frauen, Tiere. Sie hatten sich eine grausige Audienz ausgedacht, da sie nicht redekundig waren, auch nicht viel von Worten erhofften. Sie schleppten zwischen lose gebundenen Brettern Leichen ihrer Stadthäupter und Vorsteher mit weiter nach Wien; auf die Deckel hatten sie genagelt beschriebene Rollen, Urkunden, enthaltend die kaiserliche Zusicherung von Privilegien und Freiheiten; mit Siegeln hingen beschwert aus den triefenden schimmligen Spalten der Gehäuse Schutzbriefe des kaiserlichen Generals oder seiner Obersten; kleine aufgeklebte Zettelchen nannten den Preis der Salvaguardien. Etwa sechs dieser Leute starben zwischen ihrer Heimat und Prag, mißhandelt wie sie waren, auf die beschwerliche Fahrt mitgeschleppt, um ihre Wunden, Brüche, Geschwüre, Hinfälligkeiten sprechen zu lassen; sie vermehrten die Zahl der Särge. Man wich der stinkenden Gesellschaft aus, Torwächter Stadtgarden ließen sie unbehelligt, weil sie Beerdigungen annahmen; sie mußten, wochenlang hingehalten, mit Bettelei sich durchschlagen, hingen zäh und still an der Burg des deutschen Kaisers. Bis der Kaiser von ihnen gehört hatte und begehrte sie zu sehen und zu sprechen. Er ließ ihnen, bevor er sie annahm, am Burgeingang ihre Särge abnehmen, die Särge in Wagen stürzen, durch die Totenbrüderschaft begraben. Sie selbst, in einen Vorsaal gelassen, hörten schon vor dem Empfang sein Schmähen, Aufstampfen gegen eine Person, die sie nicht kannten. Es war der hohe weißbärtige Obersthofmeister Wolf Mansfeld, der die ungewöhnliche Audienz zu verhindern suchte. Wie er bleich, heftig atmend, mit erregten Blicken die Tür öffnete und die Schar an sich vorbeiließ, wo sie in einem Haufen an der Tür sich sammelte, zuckte sein feinhäutiges Gesicht vor Widerwillen und Ekel. Der Kaiser, ohne sich ihnen zu nähern, Schweißperlen auf der Stirn, schrie sie wild an, sie möchten herein, sie sollten die Tür schließen. Er hieb auf und ab gehend in eine Masse von Rollen, die auf seinem Schreibpult hinter einer Eichenbarriere lagen. Maßlosigkeit, Gedankenlosigkeit warf er ihnen vor. Glaubten sie, er wüßte nicht? Was heiße das: Leichen mit sich herumschleppen? Ja, was das heiße? Als sie ohne Antwort sich umeinanderschoben und sich fast hintereinander versteckten, prasselte sein Schelten hitziger gegen sie her. Vergessen der Untertanenpflicht sei es, Rebellion, malefizischer Aufruhr. Dazu Beleidigung, ja vornehmlich dies, Beleidigung seiner Person und Stellung. Und dann zu wagen, vor ihn zu kommen, in sein Haus, ihm den Spott in seinen eigenen Mauern antun. Da machte sich einer Mut und auf Tod und Leben lossprechend sagte er etwas von ihren unertragbar gewordenen Leiden, bat um die kaiserliche Gnade Hilfe und Fürsorge. Wie ein eingesperrtes, grenzenlos gereiztes Tier klammerte sich der fette kleine Herr unter dem weißen Federhut an den Schranken an, rüttelte sie, brüllend, prustend, speiend, blauroten Gesichts; er brauche sie nicht, Anmaßung, Anmaßung, er wisse, was seine Pflicht sei, er brauche keine Belehrung. Was sie sich anmaßten über ihn, diese Schmach, sie, die Untertanen, vor seinem Gesicht, gegen ihn, den Kaiser; was schleppten sie sich durch die Länder, versäumten ihre Zeit, nicht auszudenken.

Die Tür brach fast hinter ihnen auf, sie schwollen hinaus. Am äußeren Burgtor wurden sie festgehalten, von dem Oberst der Leibgarde in sechs Verliese der Burgmauer geworfen. Der Kaiser hatte den bösen Verdacht geäußert, die Leute seien bestochen, gehetzt von fremder Seite in seine Länder in diesem Aufzug geschickt. Nach zwei

Wochen vergeblicher Nachforschung wurden die fünf jüngsten von ihnen gepeitscht, sie selbst zwangsweise bei einem Proviantransport unter militärischer Bedeckung in ihren Kreis abgeschoben. Der Kaiser gab die Vermutung der fremden Aufhetzung nicht auf; triumphierend sagte er zur Mantuanerin, wie entlarvt seien die Männer gewichen, als er ihnen vorhielt, sie seien von Fremden hergeschickt; sie seien ins Eisen gesteckt und gepeitscht worden; man würde sich in Zukunft scheuen und schämen, klägliches schwaches Gesindel so für sich arbeiten und das Fell zu Markte tragen zu lassen.
Der Kaiser, drängend auf Vorschläge über die Belohnung des Herzogs von Friedland, sog verzückt die Gehässigkeiten des Grafen Wilhelm Slawata in seiner Kammer ein: daß dem Herzog nicht zu trauen sei bei seinen weitausschauenden Plänen, daß die Herzöge von Mecklenburg seit achthundert Jahren das Land besäßen, ihre Entthronung Dänemark, Schweden, ja das ganze Kurfürstenkolleg auf den Plan rufen würde. Daß er mit armer deutscher Leute Schweiß und Blut die Kriegsvölker der ganzen Welt sättige und bald so viel Länder werde an sich gerissen haben, daß keine Möglichkeit mehr sei, ihn abzufinden. Ja, man werde ihn so erhöhen, daß man alle Freiheit gegen ihn verliere und auch die Macht verliere, ihn zu erniedrigen.
Dies, fühlte Ferdinand, war gut. Wallenstein führte es aus. Und so stellte er sich ihm selbst gegenüber, das ganze Kurfürstenkolleg tragend, auf den Schultern noch Dänen und Schweden, und wich nicht.
Der riesige Luxemburger, Lamormain, sein Beichtvater, trat an den heftig atmenden Kaiser, bat ihn im Namen der heiligen Kirche, das fromme Werk nicht zu versäumen, den ungläubigen Fürsten das Land Mecklenburg zu entreißen; er werde gottgefällig wirken wie einstmals, als er den Pfälzer aus seinen Ländern wies. Ferdinand, an seinem Gürtel nestelnd, hörte ihn verwirrt an, sah ihn verwirrt sprechen, seine Hand nehmen. Er glühte auf, beugte sich tief vor der ernsten schwarzen Gestalt, beschämt, und wagte nicht, seine Stimme anklingen zu lassen, um sich nicht, er wußte nicht worin, zu verraten.
Eine Urkunde bestimmte: die Herzöge von Mecklenburg haben es mitverschuldet, daß Krieg in den niedersächsischen Kreis getragen wurde. Der Kaiser hat das von ihm und dem Heiligen Römischen Reich zu Lehen rührende Herzogtum mit Heeresmacht überziehen und sich des Landes mit fast unerschwinglichen Kriegskosten bemächtigen müssen. Deshalb wird das Land der Genannten, das Her-

zogtum Mecklenburg, Fürstentum Wenden, Grafschaft Schwerin, die Herrschaft der Lande Rostock und Stargard dem Herzog von Friedland überlassen. Und zwar zu einem rechten wahren und beständigen Kauf für die geleisteten ansehnlichen und treuen Dienste in Dämpfung und Bezwingung der Rebellen, für die Erhaltung des schuldigen Gehorsams im niedersächsischen Kreise und die Zerschmetterung zweier Armaden, für die Eroberung und Besetzung großer Fürstentümer neben einem Teil des Königreichs Dänemark, er, der General Feldhauptmann, ritterlich daransetzend Gut und Blut.
Die Bestimmung des Kaufschillings wurde für später festgesetzt; vom Schätzungswert wurden in Abzug gebracht die Schulden des Landes, die Forderungen des Herzogs, eine Gnadengabe des Kaisers in Höhe von siebenhunderttausend Gulden rheinisch. Verpfändet wurden dem General das Bistum Schwerin und die im Mecklenburgischen liegenden geistlichen Stifter gegen vorgeschossene siebenhundertfünfzigtausend Gulden.
In Prag traf der Kaiser ein zum Empfang des Marschalls Schlick, der aus der Affäre von Aalborg und Hobro achtundzwanzig dänische Kornette und zwei Fähnlein samt dem Generalmajor Konrad Nell und dem Obersten Heinrich von Kalenberg hereinführte. An diesem Tage begrüßte Ferdinand den Herzog von Friedland auf der Burg als einen reichsunmittelbaren Fürsten; er forderte ihn in seiner Kammer bei geheimer Audienz auf, sein Haupt zu bedecken, was Wallenstein nach kurzem Zögern tat. Als am nächsten Morgen die Majestäten sich vor Tisch wuschen, reichte ihnen der Herzog das Handtuch. Der Kaiser hieß ihn an offener Tafel sich bedecken. Das Fürstentum Sagan erhob an diesem Tag Ferdinand zu einem Herzogtum, gab es dem General als ewiges Erblehen.
Zu jener Zeit tauchte der Plan Wallensteins auf, konfisziertes Land mit tapferen Offizieren zu besetzen. Zu Wallenstein wurden der Abt Anton und Kollalto in Prag geschickt mit der Frage, wie er sich die Belohnung und Abfindung solcher Offiziere denke. Der Herzog meinte, daß dazu kein neues Prinzip nötig sei und daß der Umstand der zeitigen Geldknappheit des Kaisers von Wichtigkeit wie von Vorteil sei. «Konfisziertes, also rebellenuntertäniges Land wird am sichersten in Gehorsam gegen die Römische Majestät durch Männer erhalten, die ihr Leben für die Majestät eingesetzt haben. Zugleich wächst dadurch die Macht des Kaisers im Reich. Besetzungen und Inthronisierungen sind furchtbare Drohungen für abfallslustige Für-

sten. Man erwäge keine andere Methode.» Sachlich und ohne Scheu erklärte sich Friedland für Schaffung einer Militäraristokratie. Im Innersten erschüttert war Ferdinand, als ihm der friedländische Vorschlag hinterbracht wurde. Er hatte selbst mit dem Gedanken gespielt im Verfolg des friedländischen Ideenkreises; jetzt sah er den Gedanken draußen nach Realisierung drängen in der schauerlichen Konsequenz des Handelns seines Generals. Er nickte kaum ‚ja', floh, bestürzt, von oben nach unten durchwogt, nach Wien, wo er sich in die Gebete und Jagden warf.

Er war von jugendlicher Frische und fast überlebendiger Raschheit, aber zugleich von einer schäumenden Gereiztheit und Aufgerissenheit; ruhelos zwischen Empfindungen. Es war ihm eine Freude, als er bei den Jagden in Sumpfgebieten vom Sumpffieber ergriffen wurde und schwer krank wochenlang lag; der Beichtvater suchte nach der Sünde, deren Strafe der Kaiser erfuhr, der Kaiser träumte, schlief matt; er sagte zu der Mantuanerin, er raste, er sei ihr herzlich ergeben. Er klammerte sich im Fieber, wie ein Jüngling blühend, an ihren strengen demütigen Leib an. Sie fühlte sich über ein Wattenmeer, einen sinkenden Sumpf zu ihm geführt; mit Leiden und Gebeten für ihn fing es an, mit Gram um ihre Kühle; manchmal tobte in ihr das Gefühl, von einer Wut verschlungen zu werden, aber diese Wut war keine fremde, war die des Kaisers, und es verlangte sie, leise zähnebeißend an den Orkan heranzugehen. Sich ruhegebietend hineinzuwerfen als Beute; sie war sein Weib, seine demütige Helferin.

FAUCHEND setzte sich in Dresden Johann Georg, der behäbige Kurfürst, auf die Nachricht von Maßnahmen des kaiserlichen Generals vor einen Bogen, malte einen Brief an den Mainzer als den Erzkanzler mit dem Verlangen, ungesäumt einen Kurfürstentag anzuberaumen, zur Beschlußfassung über seine Beschwerden. In Mühlhausen tagten die Vertrauensmänner der Kurfürsten; Johann Georg war selbst gekommen; Bayern, nicht entschlußfähig, hatte einen Vertreter ohne Instruktion geschickt. Aus Kanzleien Kammern Spielstuben Ballhäusern ihrer Fürsten gestiegen, saß die feine weiche Gesellschaft beieinander auf Polsterbänken, zwischen Blumen, Springbrunnen, unter prunkvoll geschuhten Füßen die blanke schaukelnde Diele, im Rücken um sich weiße Bildsäulen des Theseus, des zitherspielenden

Apollo, pfeilschießende kleine Götter, enthüllte, nach sinkenden Tüchern greifende Frauen, saßen einander zugewandt in geheizter Luft unter gepuderten hohen Haaraufsätzen, dünne Degen zwischen den Knien, wie farbenglitzernde Fasane in einem Lustgarten, hörten sich an. Sie sprachen, während sie aus Silberbechern tranken und neben sich auf Tischchen stellten, voll Abscheu über den Herzog von Friedland und seine Praktiken. Sie lachten viel, durchgingen häusliche und nachbarliche Veränderungen, flammten bei Jagdkuriosa auf. Mehr ächzend zwischendurch, gestört, gepeinigt, tropften sie Worte vor sich über die Ereignisse im Reich. Johann Georg, wegen seiner geschwollenen Beine in einem Polsterstuhl halb liegend, nacktschädlig, brustfließenden Bartes, eine stämmige dickbäuchige Masse, lappige Backen, blickte aus verquollenen munteren braunen Augen um sich; es sei schon fast zuviel getan, sich mit dem sogenannten Herzog von Friedland zu beschäftigen. Denn das sei zuerst zu bedenken: wer ist dieser Mann eigentlich? Haben Edle, gefürstete und gekrönte Häupter wie sie es wirklich nötig, sich mit einem Böhmen aus dem Hause Wallenstein zu befassen, Häuser, die es zu vielen Dutzenden in Böhmen, zu Hunderten im Reich gäbe, noch bessere als Wallensteins? Wenn er auch jetzt Herzog von Friedland sei oder von Sagan. Der Kurfürst lachte kräftig kopfschüttelnd, die andern wie er; da könnte er sogleich ein halb Dutzend seines Hofgesindes adeln freiherrn und grafen lassen und seien doch eben Küchenjungen Boten Pürschmeister gewesen und nun nicht einen Heller und böhmischen Groschen besser. Nein, nicht einen Groschen besser seien sie dadurch. Und damit legte er sich, die Hände über dem Bauch, zurück, fast gesättigt; noch gelegentlich knurrend: «Kurios, spaßhaft.» In schwarzem Atlaskleid, silbern ornamentiert, mit bauschig hervortretenden Hemdspitzen beider Ärmel, ernst und hoch unter einem bunten Reiterbild der durchlauchtige hochgeborene Fürst und Graf zu Hohenzollern, Herr Johannes, hielt die Arme verschränkt über seiner langen Perlenkette; wie bitter es zu denken sei, monierte er leise gegen den Dresdener Koloß, daß sie ernsthaft in großer Versammlung über Personen derartiger Natur zu verhandeln hätten; es gäbe niemanden in dieser Gesellschaft, der der fraglichen Person nicht überlegen sei sowohl in Art wie Geist Charakter Frömmigkeit; vom Stand zu schweigen. Und doch hätten es die Dinge, der Verlauf im Reich gefügt, daß sie über die Person handelten, nicht allein ernsthaft, sondern sogar mit größtem Gewicht. Ein Kölner, schwer wie ein Stier, in

blauem Tuch dasitzend, legte nahe, dem Römischen Kaiser zu bedeuten, wie man über diese lärmmachende fatale Person denke. Die Fürsten und Regenten seien angestammt ihren Ländern und Untertanen, sie hätten wohl Recht, gehört zu werden, wenn in dieser Weise deutsche Art beseitigt und über den Haufen geworfen werden solle. Da käme ein Taugenichts, ein Brausewicht daher, wild wie ein Sturmwind, reiße an Bäumen und Gewächsen – nun, er werde sich verrauschen und verbrausen, aber genug Schaden richte er an und sollte nicht geduldet werden um seines Tosens willen.
Sie tranken, freuten sich ihrer Einigkeit, erzählten von niederländischen Bildern, kamen auf das Reich zurück. Das Neuste, das Neuste im Heiligen Reich, Herr Wallenstein und Böhmen. Wer wird ihm noch Länder verkaufen zu billigem Preis, damit er dem Kaiser bessere Vorschüsse leisten kann? Die Jüdlein haben ihn im Sack. Wie lange klopft Herr Bassewi, das Hofjüdlein aus Prag, in der Burg an: «Kaiserliche Majestät, alles vertan; wollen die Majestät noch leben, müssen sie ein Jüdlein werden, einen gelben Fleck auf den Purpurmantel nehmen. O heiliges jüdisches Reich deutscher Nation.»
«Seid nicht so kräftig», warnte der zufriedene Kurfürst; sie aßen Lebkuchen von Tellern, die sächsische Pagen herumtrugen. «Es ist schon gut, wenn wir uns hier zusammenfinden. Nicht verzagen, nicht übermütig sein. Mag der Römische Kaiser wissen, daß wir hier zusammensitzen und unliebsam die Dinge im Reich empfinden. Er wird uns gnädig anhören.»
Der feine Kurz von Senftenau, vom Bayern geschickt, neben dem Hohenzollern sitzend, rosig wie ein Kind, klein, die Stirnhaut ständig gerunzelt, pfiff: «Der Böhme wird sich lustig machen über uns. Wir wissen ja, daß er die Liga verachtet und unsern Grafen Tilly erbärmlich und veraltet findet. Er ist sehr sicher, der Böhme, er verachtet das Alter. Er wird seine Macht erfahren. Wir haben still mit unseren Völkern am Boden liegend die Jahrhunderte für uns. Der Böhme soll versuchen, diesen Urwald zu roden. Ein einziger Baum kann ihn umwerfen. Er ist ein Knecht Habsburgs, einer von den zahllosen; eines Tages wird Habsburg ihn abschütteln.»
Grollend zustimmend richtete sich der schmerbäuchige Kurfürst im Stuhl auf: «Auf einem unterwühlten Boden lebt der Kaiser. Seine Räte sind gekauft, es bleibt ihm nichts übrig, als sich ihnen zu fügen.»
Auf dem riesigen Treppenflur und im Prunkvestibül wurden die Schritte vieler Menschen laut. Während einzelne feierlich gekleidete

Männer von pikenbewehrten Trabanten und Saalwächtern hereingeführt wurden, sprach man drin von dem Auftreten der niedersächsischen Landvertreter in Wien. Behaglich erzählte man sich Einzelheiten, stritt über die Zahl der Leichen, die sie mitgeführt hatten, wie viele Leichen hinzugekommen wären, wie sie verpackt waren, über den Heroismus der Leute. Es erschienen die ehrsamen Vertreter der Reichsstädte mehrerer Kreise in der Mitte des Halbrunds, in dem die Herren saßen; mit freundlicher Grußerwiderung, mit gnädigem Schnurren und Behagen ließen sie an sich die Klage vorüberziehen. Die Reichsstädte erhoben entrüsteten Protest gegen die endlosen Einlagerungen Durchzüge und Kriegspressionen, denen sie ausgesetzt seien, trotz teuer erkaufter Assekuranzen und Salvaguardien. Der fränkische Kreis drohte, er sei nicht mehr geneigt, beim Herzog von Friedland zu petitionieren. Das Stift Magdeburg enthielt sich bitter jeder Klage; legte seine Kontributionsrechnungen für die letzte Zeit vor, an siebenhunderttausend Taler. Die Stadt Halle kam, Schwarzburg-Rudolstadt, Sondershausen mit Hunderttausenden Gulden an erzwungenen Kriegsabgaben. Dem schwäbischen Kreis waren unerschwingliche Summen abgenötigt worden. Eine lange Klageschrift lasen die märkischen Herren vor, klagten über die Regimenter des Fahrensbach und Montekukuli, deren Übermut darin bestünde, daß sie ganze Kontributionen für halbe Regimenter erhöben.

Man genoß die Klagen, schwelgte in den Schandtaten. Auf den Vorschlag Johann Georgs, dem Hauptübeltäter doch einmal auf die Schultern zu klopfen, ganz leise leise, kam man überein, dem kaiserlichen General einen Brief zu schreiben über die Vorgänge, zu deren Kenntnis man gelangt sei. Man schmunzelte, das werde wirken. Es wurden drei lange Zusammenkünfte damit verbracht, die Anrede an den Herzog zusammenzubringen. Es sollte dem Herzog einen Vorgeschmack geben. Würde man ihn als Reichsfürst anerkennen, müßte man ihm die Titulatur ‚Herr und Freund' geben; man wollte ihn nicht anerkennen, andererseits auch nicht abschrecken. Man einigte sich unter gespannter Mitwirkung des schließlich tief saturierten Kollegs auf die Anrede: «Besonders lieber Freund, auch gnädiger Fürst und Herr.» Und dann schrieben sie, was sie wußten. Und gingen kichernd auseinander.

Das Heer, lagernd im Reich und den Erblanden, wuchs den Winter durch. Der Herzog Franz von Lothringen erhielt eine Kapitulation

auf ein Regiment zu Fuß, sechstausend Mann stark. Francesco Magni, der Bruder des langen Kapuziners Valeriano Magni, nahm eine Oberstenbestellung über fünfhundert Arkebusierpferde. Oberhauptmann Friedrich von Damnitz warb tausend Knechte, Hebron sechshundert Kürassiere, tausend Arkebusiere, dreitausend Musketiere. Johann Wengler brachte ein Regiment Hochdeutscher auf den Fuß. Johann Virmont wurde angewiesen, fünfhundert Arkebusiere aufzustellen. Zwölf Infanterieregimenter führte Torquato Conti heran. Augustin von Morando verpflichtete sich auf sechs Fußkompagnien, Johann Ludwig Isolani auf neunhundert Berittene. Neue Regimenter stellten auf Graf Wratislaw, der dem Uckermärker Arnim hatte Platz machen müssen, Kolloredo, Carboni, Aldringen.
Die Bewehrungen der Regimenter Wratislaws Kolloredos Aldringens streckte der Herzog mit sechsunddreißigtausend Gulden vor. Für die übrigen Truppen, Werbe- und Anrittgeld, Anfangssold, stiegen die Vorschüsse des Herzogs über den Betrag von einer halben Million, zu der sich der Kaiser erkannte. Wallenstein verstärkte seine eigene noch in Pommern liegende Leibgarde auf zwei Kompagnien Arkebusiere, zwei Kompagnien Dragoner, nur Welsche Wallonen und Italiener, dazu katholische Iren; die ihnen zustehende Kontribution zahlte er aus eigener Tasche.
Die Armee, zum Wintersende seiner Ankunft und seines Befehls wartend, strotzend stolz ungeduldig, wurde von ihm gereinigt, sie sollte biegsam wie eine Rute in seiner Hand sein. Im Magdeburgischen sahen die eingelagerten Ligisten mit Schrecken von weitem angezogene friedländische Regimenter halbe unter Prozeß stehende Kompagnien umzingeln, fesseln, entwaffnen, aus größter Nähe mit Rottenfeuer über den Haufen schießen. Die Proviantstäbe einzelner Regimenter wurden samt und sonders rasch beseitigt. Eine Anzahl Obersten wurden nach Prag gerufen, andere ritten selbst herbei, um Befehle für den Feldzug entgegenzunehmen. Sie saßen als Gäste im Palast des Herzogs, um tags darauf dem Generalprofoß zugeführt zu werden. Dem wurde vom Herzog bedeutet, der Herren, die in den letzten Jahren gut waren, Schrecken in Deutschland zu verbreiten, bedürfe er nicht mehr. Der krummbeinige gelbgesichtige Herr von Gürzenich, Schelhard Dorenwert, der Einäugige, war gefangen, er, der die Kurtrierer Nonnenklöster verwüstet hatte; später hatte ihn rachsüchtig der Kölner Erzbischof gefaßt, eingekerkert, erst auf Wallensteins Andringen freigelassen; vom Rhein zur Elbe los-

brechend, übte der wilde Schelhard Schandtaten über Schandtaten, Plünderungen, Erpressungen; mit triefenden Schnauzen stießen seine Arkebusierreiter und vier Kornette Kürassiere zu der Wallensteinischen Hauptmacht, sie schluckten die Wonnen des Feldzugs herunter. Das Gericht verurteilte den fade blickenden gefesselten Mann zum Tode durch das Rad. Er spuckte dem Generalprofoß, keifend und ihn wie einen Wahnsinnigen verlachend, gegen den Stiefelschaft; es half ihm nicht, daß er sich als friedländischer Lehensmann gab, er wurde eines warmen Märzmorgens auf dem Felde vor der Prager Altstadt ohne Aufsehen mit dem Schwert exekutiert.
Der ältere Kratz, Graf Hans Philipp von Scharffenstein, wurde in Prag auf dem Kirchgang überrumpelt und aufgehoben. Ihm hatte der Friedländer stolz und mit vielsagenden Blicken versprochen, er hätte ein Herz für seine Soldaten, Kratz solle herrliche Quartiere mit seinen Regimentern beziehen. Darauf ging Kratz, verständnisvoll lächelnd, mit sich zu Rate, führte seine Reiter nach Franken und Schwaben, den Markgraf von Baden herausfordernd. Das Urteil des Wilden, der vom Leben zum Tode befördert werden sollte, war schon gesprochen, als ihm, der riesenstark war, gelang, sein Zellgitter zu zerbrechen, bei Nacht in den Graben zu springen. Dem Wachposten, der ihn jenseits erwartete, drückte er, ihn hin und her werfend, mit den Ellbogen den Brustkasten ein, entkam in den Kleidern des Ausgeraubten, in den Graben Geschleuderten. In Baden zeigte er sich an der Spitze der von ihm geworbenen Regimenter, schickte einen Hohnbrief an seinen General; nach drei frech im Lande durchbrausten Wochen führte er seine Regimenter über den Rhein zum Herzog von Lothringen.
Oberstleutnant Gottfried Eichzel, des Regimentes Fahrensbach, ein dickleibiger flinker blutrünstiger Mann, stationierte im Gefolge der Armee Arnims in der Grafschaft Ruppin. Er, der den Krieg nicht als Martyrium für sich und seine Offiziere erachtete, bemächtigte sich in Ruppin der Häuser von Adligen, schließlich des kurfürstlichen Schlosses selbst, von da mächtig und in Ruhe das Land überfallend, ausplündernd. Vom Herzog von Friedland verlautete, er hätte wegwerfend vom Brandenburger Kurfürsten gesprochen, der mit dem Schweden und Bethlen versippt war, und man hätte keinen Grund, sein Land sonderlich zu schonen und in acht zu nehmen. Der runde wippende Eichzel verließ Prag nach dem Besuch für lange Zeit nicht; nach Formierung seines Prozesses wurde er in Eisen geschlagen, in einem Kellerloch verwahrt.

Den Obersten Marquis Brissy und Hußmann wurden die Regimenter abgesprochen. Des Daniel Hebron, eines strengen ihm mißliebigen Mannes, konnte er sich nicht bemächtigen. Aus dem Heer gestoßen wurden nach kurzem Prozeß die Kroatenobersten Orahoczi, Hrastowacki. Hinweise auf frühere Verdienste drangen beim Herzog nicht durch. Die Namen einiger Entflohener wurden vom Henker an den Galgen geschlagen.

WIE EIN Eber den weichen Waldesboden aufreißt, daß die Erde und Moos beiseite spritzen, so stießen Wallensteins Armeen im Reiche vor, warfen die Menschen auseinander, zerschmetterten und durchwirbelten sie, zerstreuten sie in die Winde. In dem Schritte des Heeres war kein Gleichmaß, aber gebändigt war die steife tragende Kraft, die die Dächer abhob, mit Sicherheit Korn Heu Stroh in Tausenden Maltern aus den Dörfern trug, unduldsam bei Gefahr völlig vernichtete.
Wie der süßeste Wein schlich dem Kaiser der Brief der Fürsten ins Herz, der ihm die drohsam vergewaltigende Übermacht des Generals schilderte. Sein Gesicht blühte auf, seine Augen weiteten sich feuchtverklärt. Und dann erlosch er, sank mit schlaffen Knien, schlotterndem Kopf auf den Sessel, ließ den Speichel vor sich auf den roten Teppich träufeln, blickte stier. Nach langen Minuten fand er sich zusammen. Ging freudig weich durch die Kammern, sein Herz voll Seligkeit. Der zarte Doktor Frey fragte ihn, was er zu antworten gedenke. Ferdinand sah in die wasserblaue Frühlingsluft: «Ich danke ihnen.» Der wiederholte seine Frage. Ferdinand: «Ich danke ihnen, ich ließe ihnen vielen Dank sagen.» Befremdet der Sekretär: «Den durchlauchtigen Kurfürsten und Fürsten?» Ferdinand, die Arme verschränkt, in einer sonnigen Gewißheit: «Schreib ihnen recht schön. Frage Eggenberg, was du schreiben sollst. Ich ließe ihnen doch danken, vielen Dank sagen.»
Der Böhme schrieb an den Rand des Briefes: «Es deucht mich ein Gutes, daß die Mißgünstigen sich regen. Sie werden bald offen abtrünnig werden. Es gibt keine andere Möglichkeit sich auszubreiten als durch Reizung der Übelwoller.» Er selbst empfahl als Antwort für den Brief: wie man, Fürsten und Stände, dem Kaiser seine Kriegskosten zu ersetzen gedenke, wenn man Schatzungen und Kontributio-

nen nicht wolle; und wenn er Frieden schließen solle sofort und bei beliebiger Kriegslage, wie man sich die Abdankung des Heeres denke, von der Rachsucht des Dänen zu schweigen.
Der Kaiser las den Brief der Fürsten noch einmal. Er ging am Arm Freys in den sprießenden Garten herunter, straff, den Degen wie einen Stock aufstoßend. Durchdringend und mitleidig blickte er Frey an, als der wieder Bedenken vortrug. Er ließ seinen Arm.
Unter dem Schall der Abendglocken diktierte er an den Fürsten Eggenberg und den Präsidenten des Hofkriegsrats. Es müsse zur Durchführung der kriegerischen Notwendigkeiten, zur Sicherung der kaiserlichen Vormacht dem von Wallenstein freie Hand gelassen werden. Er wiederholte: «Freie Hand.» Und daß Friedland zum Generalobersten Feldhauptmann über die gesamte Kriegsmacht ernannt werde, mit Vollmacht, Regimenter nach Gutdünken zu reduzieren und aufzustellen, Obersten selbständig zu ernennen; keine Verhandlungen mit dem Feinde gegen seinen Willen.

VOM WIENER Hof fuhren auf Wagen und wanderten mit nackten Füßen in die verwüstete Heimat die bettlerhaften Abgesandten, die ihr Unglück hatten bejammern wollen und vom Kaiser ausgepeitscht waren. Sie wanderten durch unruhige, seltsam aufgeregte Städte. Von den Häusern Gassen Scheunen, aus den Gewölben Fenstern blinkte der Wohlstand. Die Felder wurden zum Frühjahr bestellt. Prozessionen begegneten ihnen, Söldnertrupps zogen vorbei mit Wagen und Geschütz, fochten die Bettler nicht an, die gedrängt still gingen. Die Bettler hatten leere ausgeweitete Blicke, mit denen sie die trottenden Menschen überzogen. Stumpf beobachteten sie die staunenden, ausweichenden Bürger und Weiber, denen sie ängstliche Kriegserlebnisse waren; wild zuckte und stach plötzlich den Städtern das Herz. Sie schleppten sich träge aus den Mauern, keine Liebe, kein Traum blieb hinter ihnen zurück. Die Häuser schützten nicht, die Mauern schützten nicht, Kanonenkugeln konnten die Tore umlegen, Soldaten über die Mauern springen, Pferde durch die Wassergräben schwimmen, geworfene Brandpfeile, Granaten konnten Flammen über die Köpfe tragen. Die Torwächter konnten blasen, Kroaten bliesen auch. Die Kinder konnten spielen, Pferdehufe und Kavallerieregimenter unterschieden nicht zwischen Steinen und Knochen.

Blumen vor den Fenstern, Altarstationen an den Gassenkreuzungen; für den Augenblick gemacht; Täuschung, daran sein Herz zu hängen. Kirchen voll herrlicher Bildsäulen, prangender Glasfenster, bunter schmerzlicher Gemälde: was war dies alles! Kein Amulett gegen den Oberst Fahrensbach, Quartiermeister mit peitschenschwingendem Gefolge, gegen Isolani, den stinkenden mit dem Affenkopf, und seine schnatternden Ungarn. Seidenkleider über weibliche Glieder, fließendes glattes gebundenes Haar: kein Sinn, Fastnacht und Spiel, man mag nicht einmal darüber lachen. Einer wird sein Pferd an einen Torweg binden, wird euch knebeln und tun, was ihm lieb ist. Da ist nichts drüber zu sagen. Es ist die Welt und das Leben.
Nach Norden. Nach Brandenburg, Mecklenburg, Bremen, Schleswig. Nicht in diesem Lande bleiben. Sie wissen nicht, daß Krieg ist. Es ist nicht die richtige Welt, es ist die falsche, die sich eigensüchtig pflegt hinter den Mauern, sich auf Polsterbänken wiegt, wärmt, die Kammern voller Vorräte hat. Sie genießen sich, spielen miteinander, essen voneinander, bereiten sich einer für den andern. Das Getuschel, Gelutsche, die sanften Backen, frommen Äuglein, sauberen Hände, gestriegelten Haare, bunt geschuhten Füße, der dufthauchende Kleiderwust um die Leiber: sie servieren sich wohl, schmecken und schmatzen. Wenn dampfende Panzerreiter dazwischen traben, Schwadron hinter Schwadron, verweht der Duft, ist alles verblasen, die Welt ist weiter als die Mauern; es geht nur die Rede von Heu, Stroh und Hafer für die Gäule, die Soldatenweiber und Wäscherinnen tragen Körbe, ziehen Karren hinter sich, darauf haben sie die Zelte, Stiefel Kleider Wämser. Es wird geschrien, zerbrochen, vergossen, verwundet, erschlagen, betrogen. Die bemalten Häuser verbrennen eines Nachts eine Gasse lang, denkt keiner zu löschen, dreht sich keiner um danach. Und so ist alles verbrannt, die Kinder mit, die Frauen erschlagen, verschleppt, verlaufen, der Hausrat zertrümmert; die lieben Eltern, Frauen, lieben Kinder, der behütete Hausrat von Ahn und Urahn her. Die Herzen schwollen ihnen, sie weinten auf den langen Landstraßen, schutzlos, nackt einer vor dem andern, weinten, die Stöcke schleppend, über das blanke Gesicht, der Wind blies ihnen hinein, sie flennten weiter, zeigten ohne Gedanken den Entgegenkommenden ihre zitternden, mürrisch zusammengezogenen und wieder aufgelösten Mienen; das rieselnde Wasser lief von oben her aus den Nasen vor ihnen her auf den Weg in den Staub, Tröpfchen hinter Tröpfchen, einer ging auf denen des andern. Bis sie nur noch

verzagt stöhnten, die Köpfe auf die Schultern, vor die Brust hängen ließen und weiter trieben. Nach Norden. Zum Oberst Fahrensbach, zum Isolani, und wer ihnen beschert war. An ihrem Erdflecken, zwischen den und den Hügeln, hinter dem und dem Weiher, zwischen den und den Wäldern.

Einmal fielen sie einem wandernden böhmischen Emigranten in die Hände, einem plötzlich aus einer Strohmiete auftauchenden Vagabunden, der einen zerfetzten schwarzen Prädikantenrock trug mit weiten Ärmeln, in die er Brotstücke und Speck eingebunden hatte. Ein Kranz von grauen Stoppelhaaren stand um seine beschmierte Glatze; er schmatzte viel, schien irr zu sein. In einem Bauernhof, wo man sie eingelassen hatte, hielt er ihnen mit Gelächter über seinem verschrumpften Gesicht, Äpfel und Brot schmatzend, an einem Heuwagen eine Rede. Sie sollten nicht mit Christus kommen, sollten nicht von Gott reden. Was das alles für Kindergewäsch wäre. «Gott ist so groß, so – so – groß! Niemand weiß etwas von ihm, als was geschrieben steht. Es steht nicht einmal fest, ob er lebt. Jawohl, er kann schon verschwunden sein aus Ärger und Abscheu und hat die ganze Gesellschaft wie ein hohles Gehäus liegen lassen. Und da können wir heulen, beten und schöne Sonntagskleider machen, singen von morgens bis abends, und Gott ist schon über alle Berge, daß es zum Lachen ist.»

Wie sie mit starren Seelen, leicht heiß, ganz innen sonderbar durchglüht, sich ihren Dörfern näherten, fanden sie wenige, denen sie zuflüstern konnten, daß der Römische Kaiser ihre Toten hatte auf Wagen kippen und verscharren, sie selbst aber auspeitschen lassen; er wolle sie gar nicht schützen. Vielleicht würden die starken Hansastädte, die Fürsten sie schützen. Vielleicht. Es waren zu viele geflohen und gestorben inzwischen. Und wenn sich plötzlich die Dörfer von den Soldaten leerten, das Trompetenblasen kein Ende nahm, gingen sie zwischen den leeren Häusern herum; es wurde leichenstill, sie faßten gedankenlos die Säcke Sensen in den Scheuern an, blickten zu den Baumwipfeln hoch, gruben die Fäuste in die Taschen. An einem Ende des Dorfes fing es an, das leise Flüstern, Vor-sich-her-Schimpfen, Fluchen auf den Kaiser, und lief durch die Gäßchen, Gehöfte, wo sich Menschen schwer aus Lehm und Schutt wühlten hinter den Truppen, die sich unter dem Herzog nach dem Meer zu schoben. Schreie, Drohungen; wie wenn Mäuse in einem Schrank beißen, so knisterten, knackten, knatterten um Ferdinand die leisen scharfen

Verwünschungen, rissen mit blitzschnellen Krällchen an seinen Schuhen, Strümpfen, ließen sich durch kurze Stöße nicht verjagen in ihrer Wut, knatterten, liefen an, kratzten, krallten, bissen. Bei Strelitz grub sich ein Einsiedler eine Höhle in einem Hügel. Er betete nicht, saß feueräugig, wildbärtig, fellbehangen an einer Kiefer auf dem nadelbestreuten Boden, sang Soldatenlieder, schaufelte um sich einen Wall, auf den er Moos trug. Dörflern, die zu ihm jammernd nach Rat, Papieren und Amuletten schlichen, gab er Auskunft: Die Welt hat einen Hauch von Verwesung. Es ist ein zarter Geruch, der bei mancher Witterung stärker wird.

«Der Regen fällt herunter, der Wind wirft die Blätter und Stacheln von den Ästen, sie vermantschen; es sitzt eine schreckvolle Unruhe in der Welt. Jeder Tag, der aufgeht, die Nacht, die über uns fällt, drängt und jagt. Es läßt uns keine Geduld; so ist es doch. Es frißt von uns. Ihr denkt nicht daran. Ihr habt euch damit abgefunden. Der Mond ist euch blaß und schön, nicht wahr. Blaß, schön, golden und silbern. Die Sonne ist der schamloseste Heuchler, der frechste Schelm, Betrüger, ihr kennt sie nicht. Sie wärmt euch, wärmt, wärmt, bis ihr nicht wißt, wie euch wird, wie sie euch das Fett abschwitzt, Muskeln und Sehnen vertrocknet. Es soll nichts dauern. Auf eine Schaubühne von Betrug zwischen Äsern ist der Mensch hingestellt samt dem Getier und den Blumen. Sie sollen den Mist mehren, der auf der Erde lagert. Vorüber! Vorüber! In Verwesung ist unser Leben eingehüllt. Wer hat dies angestellt? Von wem ist dies also gerichtet? Häuser sind nicht nötig, Hütten sind nicht nötig. Es schadet nichts, wenn man euch totschlägt; wenn ihr tote Ratten und Kröten fressen müßt und dran sterbt.»

Mit unsicheren Schritten, wochenlang anhaltend, heftig vorstürzend, torkelte nach rechts und links über das zerschlagene, ausgesogene Land die Pest, wie der weiß und grünliche Schimmel über dem faulen Fleisch. Man fing an, die Äcker zu bestellen, richtete neue Schmieden ein. Das Frühjahr rückte vor. Wieder schwärmten, rasch verschwindend, Söldnertrupps vorüber; Gerüchte liefen um von Schießen bei Magdeburg, vom Krieg der Hansa mit dem Kaiser, über Stralsund solle es gehen. Es sickerte durch das Land, die Zeit des Satanas sei wieder gekommen, er habe das Szepter der Erde an sich gerissen. Er führe auf glühenden Karossen durch das Reich mit gelben und kleinen Pferden. Er schwirre und sause durch die Finsternis her, lecke das Menschen- und Tierblut, den jungen Getreidesaft. Auf den Laternen

der feurigen Karossen sitzen tropische Schimpansen aus dem Urwald, schreien greulich: «Mach Platz, mach Platz.» Der Satan hat lange behaarte Arme, die er hinter sich schleifen läßt aus den Wagentüren, er belfert, peitscht, triumphiert. Ihm hängt ein Schlüssel an dem Hals, damit will er die Schleusen der Sintflut wieder öffnen. Von Tag zu Tag tobt und drängt er schrecklicher. Er hat den Bart und das Gesicht des Römischen Kaisers Ferdinand, seinen Harn träufelt er in die deutsche Reichskrone und spritzt die Jauche um sich in den Wind. Er hat den Römischen Kaiser gestürzt, seine Maske genommen, will das Heilige Reich von Grund aus verderben und versenken.
Es schwelte in Oberösterreich im Hunsrückviertel, dem Pfandbesitz des Bayern, in Mähren kroch die Flamme am Boden, Dunst hing über den okkupierten Ländern, einzelne Schreie stiegen aus dem schwäbischen fränkischen Kreise auf. Die Städte am Rhein wanden sich stumm unter dem Soldatendruck. Soldaten des Regiments Verdugo wurden im Eichsfeld in ihren Quartieren zersprengt, von Ort zu Ort gejagt. Am Harz verbarrikadierten sie sich in den Gehöften. Vor Wallensteins eigenen Türen erhoben sich die Bauern auf den Trzkaschen Gütern. Er konnte nicht zum Heere ausrücken, ohne die Hurensöhne geschlagen zu haben. Ein großes Bauernheer wurde von ihm bei Smiritz durch die Regimenter Marradas und Liechtenstein eingeschlossen, nach drei Tagen zersprengt, fünfhundert Bauern in Stücke gehauen.
Die Tage wurden wärmer, aus den abgegrasten norddeutschen Gebieten ritten fünftausend Arkebusiere und Kürassiere des Kaisers nach Süden, gegen Ulm zu. Da gab es Futter Quartier Geld und Vieh. In gefährlicher Nähe der ligistischen Herren zogen sich immer dichtere Schwärme her von Norden; sie standen, grasten da untätig, erzwangen Kontributionen, dehnten sich aus.
Er selbst, der Herzog, rückte im Hochsommer zwischen den wandernden klirrenden Mauern seiner Leibgarde aus, über Sagan Berlin Prenzlau Greifswald, um die Hansastadt Stralsund zur Aufnahme einer Besatzung zu zwingen und den Rest der Dänen zu vernichten, die von der Ostsee andrangen. Über Pommern und der Mark lagerte sein Heer, taub für den Widerspruch der Landesfürsten. Torquato Conti hielt die Mittelmark, ein anderer die Priegnitz, fünf Kompagnien Dohna erpreßten den Kreis Starnberg, mit Wallensteinischen Leibgardisten besetzte Arnim Frankfurt. In Gardelegen Pappenheim; nach Norden reckten sich Montekukuli Hebron Marradas Franz

Albrecht von Lauenburg. Friedlands Marschall, den zähen strengen braunbärtigen Arnim von Boitzenburg, hungerten die Stadtbürger Stralsunds auf der Insel Dänholm aus. Auf der Reise schmähte der General: sie seien Reichsfeinde und Verräter, ihrem Bekenntnis wolle niemand zu Leibe, Arnim sei ihr Nachbar, Märker, dazu Lutheraner.
Bürgerschaft und Rat schworen zur Fahne der Stadt einen heiligen Eid in sieben Artikeln, daß sie Rat, Bestellte der Stadt, Oberste, Kapitäne und Befehlshaber, Alder- und Hundertmänner, Werkmeister und Gemeine keine Besetzung und Einquartierung innerhalb ihrer Ringmauern Schlagbäume und Zingeln dulden wollten; sie wollten sie, wenn nötig, mit Blutvergießen abwehren; schworen unter sich alle Parteiung Rotten Zank und Schmähung ab. Achtzigtausend Taler wollten sie, meldeten sie heraus, dem Kaiser zahlen, ihre Garnison dem Kaiser mit Eiden und Pflichten zu verbinden; der Herzog, mit fünfzehn Regimentern in Heinholz unter ihren Wällen lagernd, gab ihrem Protonotar Wahl zurück, es sei ihm nicht um das Geld zu tun, er müsse sein Volk drin haben, so wäre es verwahrt. Er brauchte die Küste, die Häfen; der Däne versteckte sich hinter dem Wasser.
Sie mußten nach einem grausigen Bombardement klein beigeben. Dann aber kam zu den tausend Dänen, die sie bei sich hatten, ein schwedisches Hilfskorps auf Schiffen an. Vom Frankentor fielen die Schweden gegen Arnim aus. Der Pommerherzog legte sich ins Mittel, wie die Raserei drin und draußen stieg, er sah das Schicksal der ihm untertänigen Stadt voraus, wenn man den Böhmen zum Äußersten reize; stand für die Erfüllung der Bedingungen ein, die festgesetzt wurden in Schleifung der Außenwerke jeglicher Besatzung aus der Stadt, Abbitte, Geldzahlung.
In Wien, München kicherte man über den Akkord; der Herzog ruhig abrückend bedeutete dem Notar Wahl, der ihm das stralsundische Gelöbnis der Devotion gegen Kaiser und Reich überbrachte, wenn die Stadt sich zum Sprungbrett des Dänen oder Schweden machen wolle, werde sie bald aufgehört haben, deutsch zu sein, sie werde das ganze Römische Reich gefährden, er habe Zeit und warne die Stadt.
Den Dänen fing er bei Wolgast ab. Die Verzweiflung des dänischen Volkes über die Beraubung fast ihres ganzen Festlandes war besiegt worden von dem Gram und der Empörung über die erlittene Nieder-

lage. Ihr König Christian, vom Pöbel angefaßt im Unglück, flammte wieder vor ihnen.
Die dänische Flotte, hundert Schiffe, kreuzte vor Warnemünde, Barth, Usedom. Bei Wolgast landeten sie. Zwischen Sümpfen, Morästen, hinter Wällen stürzte sich der Kaiserliche auf sie, griff sie bei Hals und Schultern an, schlug sie, Fußvolk und Reiter, nieder, warf den flüchtigen Christian aus der Stadt, dem festen Schloß. Die Masse der Fremden aufgerieben, der Rest mit dem König in die Schiffe gejagt. Rostock fiel, Krempe; der Däne war hoffnungslos vom Festland verdrängt.
In alle erreichbaren Häfen der Ostsee schob der Herzog Besatzungen, Wismar nahm er ein, da baute er eine Werft. Das Meer von zwei Seiten einspannend, drängte er herüber. Er brauchte Schiffe. Wasser war dem Herzog neu, nach den Chausseen, marschierenden Truppen, Kanonen in Fahrt, rollenden Wagen und Zelten. Jetzt fehlte das Einfachste, der Weg, eine flüssige, schwere Masse schwamm vor seinen Füßen; die Herren, kraftstrotzend, standen mit einem Strick am Bein am Küstenrand. Gegen sein neues Herzogtum Mecklenburg schwankte das zerquellende widerstandslose Element an, er beobachtete es widerwillig. In Wismar setzte er neben sich einen Generalleutnant, Fiskel, Sekretär. Die befreundete spanische Monarchie, die Herrscherin zur See, ging er um Rat an gegen dies wäßrige grüne Gespenst. Dem aus Brüssel anfahrenden spanischen Beauftragten, Gabriel de Roy, einem kühn auftretenden Offizier, erklärte er, man müsse noch das Meer überwinden; Spanien solle Hilfe leisten, die verbündete Monarchie könne Vorteil aus der Sache ziehen. Er werde die Elbe- und Wesermündungen halten, die Ligisten die Grafschaft Oldenburg und die Ströme der Grafschaft Emden; man müsse die Ostsee gemeinsam beherrschen, den niederländischen Handel mattsetzen. Der Stadtoberst von Lübeck wurde um Schiffe angegangen, versprach, achtzehn gute Orlogs auszustaffieren. Der polnische König, vom Schweden bedrängt, hilfeahnend, erklärte sich zu vierundzwanzig Schiffen bereit. Dann heischte er generell von den Hansastädten, sie sollten eine Flotte bilden gegen die schwedisch-dänische Übermacht; es sei ein gemeinsames deutsches Interesse. Der Böhme glaubte der Hansastädte sicher zu sein, die schwersten Drangsalierungen Vergewaltigungen Beraubungen ihrer Privilegien auf Malmö, Schonen, Ystert durch Christian ausgesetzt waren. Mit hartem Druck umlagerte seine Truppenmacht sie, die die Brücken und Wege innehatten

über das nachgiebige Element, Lübeck, Hamburg, Rostock, Bremen, Wismar, Stralsund; er drohte herüber nach Lüneburg, Magdeburg, Köln. Zweihunderttausend Kronen wies Spanien an.
In Güstrow ließ er sich huldigen von seinen neuen Untertanen. Vor seine Füße rollte ein kaiserliches Handschreiben. Der Böhme erinnerte sich in manchen Augenblicken kaum des Kaisers. Der schrieb, daß er ihn zum Kapitängeneral dieses erreichten ozeanischen und baltischen Meeres ernenne, nachdem die feindliche Macht zu Land gedämpft und man dazu übergegangen sei, eine Armada zu Meere herzurichten und zu unterhalten. Der Kaiser huldigte: er vertraue, daß, mit einem solchen Haupt versehen, in Tüchtigkeit, Qualität, Erfahrung, Genie reichlich im Krieg und Frieden erprobt, Heer und Flotte in sicherster Hut seien, machtvoll blühen werden zum Ruhm des Hauses Habsburg, des Römischen Reiches und des Geschlechtes Wallenstein. Der Herzog schniefte gestört, fast gereizt, zuckte die Achseln.

HINTER DEN schützenden Wasserbergen vergraben der blonde König Christian, der dem niedersächsischen Kreis Bundesoberst gewesen war. Klagend über den menschlichen Größenwahn, der ihn auf Eroberungen nach Deutschland trieb; er forderte seine Reichsstände heraus, sie möchten es wagen und sich an ihm vergreifen.
Gelähmt hinter dem anderen Wasser England. Die verzogene kapriziöse Königin, von ihrer Schönheit besessen; ihre duftende französische Umgebung brüskierte noch die puritanischen Lords, die sehr zeremoniell am königlichen Hofe erschienen. Mit katholischem Pomp, Weihrauch, Bildern und Fahnen, die sich auf die Straße wagten, forderte sie die Londoner heraus. Nach einer Revolte mußte Karl die Franzosen heimschicken. So wuchs die Erregung des Volkes an, daß Karl in seiner Bestürzung daran dachte, die Königin selber zurückzuschicken. Er brach mit den französischen Machthabern, nur besänftigen wollte er das Volk, das Parlament, ging betteln bei der Opposition, lockte ratlos mit Baronetstiteln. Unter dem Beben des Bodens, dem drängenden Grollen von Parlament und Hauptstadt rang der blasse König täglich mit der übermütigen kreischenden Tochter der Mediceerin, die ihr Spielzeug, ihren Hof, prunkvolle Andachten wieder verlangte.

Als Buckingham, nicht mehr Herr seines Spottes und kecken Dialektik, flehte, um sich selbst in Angst, dem Parlament nachzugeben, um das Schlimmste zu verhüten. Grausam drohten die Lords, die Bürgerschaften. Buckingham, zitternd, machte sich selbst auf, den Parlamentswillen zu vollstrecken, Hilfe den Hugenotten gegen Richelieu zu bringen, der sie in der französischen Seefeste La Rochelle eingeschlossen hatte. Aber auf der Reede des Hafens sah er die furchtbare Übermacht der Katholischen, hochmastige Schiffe, zu Lande zielende Kanonen, Männer, verwirrt gab er, noch auf der Reede, Befehl umzukehren. Brüllte weinend in seiner Kajüte gegen die Kapitäne, es sei unmöglich, unmöglich, er könne dies nicht verantworten, die englische Flotte sei mehr als ein fettes Futter für die Welschen.
Ans Land gestiegen kam er nicht weit. Sein Haus in Portsmouth hielt eine tobende Menschenmenge eingeschlossen; er wollte zum König nach London. In der Vorhalle seines Hauses wurde er nach vier Tagen, gewaltsam versuchend auszubrechen, von der Volksmenge erstickt, zerquetscht, seine weißgepuderte Perücke zerfasert, seine tanzlustigen Knochen zerbrochen, seine lasziven Lippen mit Kot bedeckt. Der König in London schloß sich zwei Tage ein, verfluchte sich, die Königin, das Parlament, machte sich mit innigstem Grimm zum Zweikampf mit dem Volk bereit. In wilden Zuckungen warf sich England, griff keinen Feind mehr an.
Preisgegeben der stolze Friedrich von der Pfalz. Die englische Königstochter preisgegeben. Die Welt konnte sich erbarmen ihrer Ansprüche. Rusdorf, der leidenschaftliche kleine Johann Joachim, hatte lange England verlassen, seinen kranken Freund Pavel auf niederländischen Boden verbracht, wich nicht aus Haag, aus der Nähe seines Kurfürsten Friedrich; die Erde mochte untergehen, der Kurfürst sich aller Ansprüche entschlagen; er wollte von dem Recht nicht lassen, durchfiebert von der Rachsucht auf das grausame übermächtige Habsburg, angewidert von der englischen und dänischen Schwäche.

MAXIMILIAN fuhr um die Höhe des Sommers vom Berge Andechs, wo er gebetet hatte, mit Fyans, dem stummen niederländischen Arzt, nach München. Er hielt sich in seiner Residenz vier Tage eingeschlossen; Fremde suchten seine Audienz nach, Bildersammler Gemmen-

händler wollten ihm ihre Auslagen bringen, Briefe von Tilly liefen ein, seine Tür war nur Vervaux, dem Beichtvater, und dem Leibarzt offen. Man sah ihn durch den Hofgarten, die Grottenhöfe in der warmen Herbstluft gehen. Es geschah, daß er seinen Kriegsratspräsidenten zu sich berief und zum ersten Male im Rat über die Kriegslage sprach. «Mein Heiland, daß du mich versuchst», kam aus seinem Mund vor dem Präsidenten gegen Schluß des Vortrags.
Er ließ seine Räte und die Vertrauten des Hofes eines dunklen Morgens in eine kleine Ritterstube rufen. Maximilian, barhäuptig, ungegürtet, stand, nachdem er sich von einem Sessel erhoben hatte, streng und wie abwesend vor einer hohen Prunkkredenz. Er dankte ihnen mit leiser Stimme, die sich bald kräftigte, daß sie erschienen seien. Er denke gewiß groß von ihnen, die ihm soviel geleistet hätten. Ihre Gesinnung hätte sich gegen ihn zu jeder Stunde bewährt. Er stockte viel. Es sei ihm klargeworden, nach vielem Nachdenken, daß er sich kaum werde behaupten können. Als darauf Bewegung unter den ernsten alten Herren entstand, richtete er sich aus seinem Hinstarren auf. Ja, er hielt es nicht für unwahrscheinlich, daß er der Letzte des Hauses Wittelsbach sei. Daß er nicht spielte, erkannte man an den glühroten Striemen über seiner Stirn, an der Art, wie seine Finger über dem weißen Wams zuckten. Sie seien in Gefahr wie noch nie. Es sei ihm unmöglich, jetzt schon deutlicher zu sein. Wer sehen könnte, sähe schon; es werde bald erhellen. Er wisse nicht, wie er aus diesem Kreis feindlicher Mächte Bayern herausgeleiten könne. Zum Schluß flüsterte er, er brauche Mitwisser, Mithelfer. Sie möchten seiner gedenk sein. Es war fast ängstlich, ihn anzusehen, wie sich der Stolze abrang so zu sprechen und wie die Audienz fast mitten in der Rede abgebrochen wurde. Aber die finstere Katastrophenstimmung, unter der er stand, nahmen sie mit. Sie nahmen das Entsetzen mit, das der Einsame, der sonst nichts von sich gab, mit seinen halblauten Worten von sich strömte. Als stünde der Feind vor der Tür.
Er saß in seinem verschlossenen Palast, mit Fasten, nächtelangem Beten, Selbstfolterungen an sich rüttelnd. Die Liga war verdrängt vom Kriegsschauplatz, Graf Tilly, er konnte nicht an ihn denken, ohne geätzt zu werden von der blinden verzweifelnden Wut, seine Kiefer rieben sich aneinander. In den sehr stillen, glühheißen Wochen ritten häufiger und häufiger fremdländische sanfte Männer durch die Straßen Münchens. Sie waren fromm; standen vor der diamantenüberschütteten Reiterstatue des heiligen Georg in der Hofkapelle, beteten

vor ihr; keine Frühmesse versäumten sie. Feine freie lockenumspielte Gesichter hatten sie, kleine Spitzbärte, mit Lächeln blickten sie die Männer und Mädchen an; keiner konnte ohne Freude sie zierlich und fest hinschreiten sehen. Bologneserhündchen mit glatten weißen Haaren, schwarzer Nase trugen Diener hinter manchen her; auf den Brunnenrändern spielten und gurrten die Herren mit ihnen. Wie eine magische Tröstung drängten sie sich dem lethargischen Maximilian auf, der seinen Vater zurückwies, seine Räte beschied, ihn nicht zu stören mit ungefragten Naseweisheiten. Marquis Marcheville, ein langer Herr mit schwarzen vollen Locken, geschwungener starker Nase, feuchten großen Augen, flüsterte vor der deutschen Kurfürstlichen Durchlaucht, verschwiegen erinnernd an ihre alten Besprechungen, die französische Majestät hätte mit Freuden Kenntnis genommen von dem siegreichen Vorgehen der katholischen Mächte gegen den Dänen, sie vermeine, es sei vielleicht jetzt an der Zeit, den Frieden anzubahnen. Und als der Kurfürst hart zurückgab, nicht an ihn möge sich der edle Herr deswegen wenden, sondern an den Römischen Kaiser, schmeichelte der feingeschuhte Mann, so könne er doch nicht glauben, daß ein bayrischer Fürst, Kurfürst und Wittelsbacher, einflußlos im Heiligen Reiche sei und nicht Rechte und Pflichten in der Sicherung des Reiches vertrete. Dann bemerkte er, daß das ligistische Heer an den Erfolgen beteiligt sei. Danach dankte der Kurfürst.

Als zweiter trat in das weite ebenholzgetäferte Empfangszimmer nach einigen Tagen im Kardinalspurpur eine niedrige fahlgesichtige Figur; ihre Stimme streng, sicher, Bagni, der päpstliche Nuntius in Paris, segnete den Bayern, besah flüchtig einige Gobelins, schalt, in dem Kriegstreiben dürfe man die heilige Kirche nicht vergessen, als bedeute sie nichts; an Frieden müsse man denken, noch weiter friedliche Christenmenschen dem Unwesen auszusetzen, sei Todsünde, beflecke wie Mord. Mit Entzücken habe der Papst von dem Wunsche seines treuen Sohnes, des gallischen Königs gehört, Vermittlung den Parteien anzubieten; möge Maximilian, dessen Frömmigkeit so hoch stünde, dies annehmen. Der Papst wünsche Frieden, wünsche ihn innigst. Der Kurfürst, sich im Sessel vorbeugend, küßte das Kreuz aus Elfenbein, das der Kardinal ihm mit herber Miene bot.

Den habichtsköpfigen Marcheville ersuchte Maximilian, nachdem er plötzlich seinen Räten Besprechungen mit den Franzosen befohlen hatte, selbst zu sich. «Ich will Frieden», stieß er zwischen den Zähnen mit aufbebendem Gesicht vor, «es ist meine Pflicht, diesen Streit zu beenden. Welche Vorschläge macht mir Euer König?» Der Franzose: Die Vermittlung solle den Pfälzer Ausgangspunkt vernichten in irgendeiner Weise. «Ich will wissen, Marquis, was Ihr wollt, und was Ihr mir gebt; ich will baldige Vorschläge. Ich muß mich entscheiden.» Der Marquis riet, Bayern und die Liga solle sich neutral erklären, solle einen Sonderfrieden mit Dänemark schließen, Frankreich werde diesen Frieden garantieren; man müsse ohne Wien und Madrid handeln. «Ja, das muß man», stöhnte der Kurfürst; «Ihr braucht es mir nicht sagen. Ihr wollt freie Hand im Elsaß und im Artois, ich weiß. Ja, ich weiß.»

VON DEN eroberten und besetzten Gebieten pulsierte Gold nach Österreich in wilden Takten; Wallenstein, der General, hatte das Heer als Stab in der Hand, mit dem er Quellen entdeckte. Man brauchte nicht, wie Hispanien, das neue Indien unter Gefahren aufsuchen; es war, wie der Böhme prophezeit hatte, übergenug im Reich vorhanden.

Nur ab und zu erinnerte Abt Anton den Herzog, der bisweilen versunken schien, an die Bedürfnisse des Hofes und das Glück der Stunde.

Der Hof verfolgte von Wien aus den Kampf, das grausame Niederringen des Dänen an der Meeresküste wie von einer bekränzten hohen Tribüne herab, unter schallenden Flöten Zinken Posaunen Pauken; der Herzog von Friedland war als Ritter Georg hinausgeschickt worden, den Drachen zu bezwingen. Und er machte es vorzüglich, man mochte ihm den Beifall nicht vorenthalten. Er war treu und bieder; was er konfiszierte, schickte er dem Kaiser, konnte auch selbst seinen Teil daran haben, sollte ihm nicht verdacht werden. Sein Lob sangen sie mit vielen Stimmen: die früheren Kaiser und Päpste haben treffliche Diener gehabt, die ihnen in der Not beigestanden hätten; aber könnte sich keiner vergleichen mit dem hageren heftigen Böhmen, der sich von Schlachten in Schlachten stürzt, sein Vermögen blind und unaufgefordert hinwirft, das Reich rettet, den kaiserlichen Hof mit Gold überschüttet. Der Papst hat seine Jesuiten, der Kaiser den Herzog von Friedland. Entzückt schwebte der Hof, keine abenteuerlichen Wünsche versagten sie sich, die Pracht der

Feste Gastereien Schloßausstattungen Jagdaufzüge überstieg alles Frühere. Abt Anton schrieb, der Herzog zahlte. Sie winkten kaum: «Wir danken, wir danken.»
Es gab welche, die lächelten sich bei Tisch an, wetzten ihre Zungen an dem Böhmen draußen, der sich in den Morästen und öden Ländereien herumschlug: «Der Unhold von Altdorf hat seinen guten Platz gefunden. Er hatte die Wahl zwischen einem gefährlichen Raufbold und kaiserlichen Offizier, kann dem Kaiser danken, daß er ihn annahm und nicht Spitzbube werden brauchte.»
«Wir haben zwei Chorherren in Kompagnie, werden bestätigen, was ich meine. Dem Herzog ist ein Glück geschehen. Der Kaiser hat ihn aus dem Kot gezogen, in dem seine rebellischen Vettern und Freunde verreckt sind; so hat er Grund, dankbar zu sein. Ist ein weidlich starker, dicker Büffel, zieht den Pflug, das ist sein Handwerk. Das Recht hat er zu siegen, wenn er kann; noch andere können siegen; die Römische Majestät hat ihm wohlgewollt. Danke er, nichts weiter.»
«Den Segen des Heiligen Johannes wollen wir trinken. Der Narr Wallenstein soll leben. Der Büffel, ja, der dicke Büffel, der in Holstein Sumpfwasser sauft. Gottes Tierreich ist groß. Trinken wir Alicante, lassen wir ihn Elbe saufen.»
Sie schütteten ihr Gelächter vor sich hin.
«Wird das Vögelchen zu lustig werden, werden wir ihm die Federn rupfen. Ist dann genugsam geflogen, sagen wir: ‚Danke schön, danke fein, Herr Vögelchen. Kettchen am Bein, Ringchen am Hals, Näpfchen vor dem Schnabel. Traurig Leben, traurig Leben.'»
«Was glauben die Herren Brüder? Pro clausula finali geschluckt! Er ist gut, er ist hold, er ist fromm. Die Renegaten sind die frömmsten. Wenn die Römische Majestät genug hat von ihm und seine Knochen hohl sind, entläßt sie ihn in Gnaden, gibt ihm einen Klaps, einen schönen Namen – nicht Kälbchen, nicht Äffchen, nicht Schäfchen –, vielleicht ein neues Wappenschild, und so muß er die Tür nehmen.»
Zu dem jubelnden Abt Anton, der jeden seiner Freunde küßte, die ihn besuchten in seiner blumen- und weinduftenden Bibliothek, meinte Trautmannsdorf, indem er einen Tanz vor dem Händeklatschenden versuchte: «Ich begreife alles. Es ist nicht nötig, daß Ihr klatscht, Ehrwürden. Die Musik macht der Herzog von Friedland, von Sagan, von Mecklenburg. Ich gehe in Ferien. Wir brauchen nicht mehr regieren. Wir erhalten unsere Gehälter, und er tut die Arbeit. Ich stelle mich Euch zur Verfügung; wie wollt Ihr mich beschäftigen?»

Anton streckte feierlich, aus glücklichen Äuglein blickend, die talarversteckten Arme aus: «Seid in Euren Ferien bei mir willkommen. Feiert Eure Ferien mit mir! Setzt Euch zwischen Folianten, Kerzen, Büchern dort auf Eure Truhe. Ich will Euch bedienen.»
Und während sich der feine Graf schlaff auf die Truhe niederließ, eine Papierrolle beiseite schiebend, bot ihm der vollwangige Abt strahlend einen französischen gepfefferten Likör, erbeutet in Holstein von einem Wallensteinischen Streifkorps: «Seht, Lieber, Bücher sind vorhanden, der Likör hat sein Dasein. Aber wißt Ihr, wißt Ihr, wir sind beinah nicht mehr da. Ihr könnt raten: was ist das Wichtigste für einen Menschen?»
«Aber Ehrwürden, die unsterbliche Seele.»
«Gewiß, unbestritten. Im übrigen aber. Denkt nach. Der Stellvertreter; das ist das Wichtigste für einen Menschen. Wenn es einen gibt, der einem Recht zum Leben gibt, daß man aufatmen kann, weil er die Arbeit abnimmt. Vernehmt: kein Schatten. Sondern –»
«Einfach Wallenstein.» Trautmannsdorf lächelte, goß sein Glas in eine Blumenvase: «Die Reseden sind so schön, sie mögen auch von Eurem Likör schmecken.»
«Er ist der Stellvertreter, wie wir ihn seit Jahrzehnten gebraucht haben. Das Haus Habsburg seufzte nach ihm. Nun ist er da.»
«Er erfüllt in der Tat diese Aufgabe außerordentlich. Ihr seid bald nicht mehr da. Er hat dem Kaiser die Last abgenommen, Kaiser zu sein. Er siegt für ihn, ernennt für ihn, politisiert für ihn.»
«Also. Ihr seht: außerordentlich. Wir haben dies gebraucht. Es ist eine Lust, Kaiser zu sein. Es gibt keinen Diener, der neben dem Böhmen zu nennen wäre.»
Trautmannsdorf tauchte und drehte die Reseden in der tönernen, bemalten Vase neben sich: «Sie werden bald betrunken sein, die Reseden. Paßt auf, wie sie die Köpfe senken werden. Sie vertragen so kräftige Nahrung nicht. Und was meint Ihr, was wird nachher aus Friedland, wenn er trefflich Kaiser spielt, und aus dem Kaiser, wenn er sich so trefflich vertreten lassen kann?»
«Sie ergänzen sich; sie ehren sich. Es wird keiner im Reich nach dem Kaiser mächtiger sein als Friedland; Augustus, sein Feldherr Cäsar.»
Nur Fürst Eggenberg sah sich am Hofe um, erkannte die schrankenlose Freude, gegen die es kein Ankämpfen gab. Er war allein. Die geifernde, grollende Clique der Bayern, der Spanier wollte sich an ihn werfen, Strahlendorf sprach ihm zu; trauriger zog er sich zurück,

als er erschreckt bemerkte, daß die Feinde Ferdinands sich ihm gesellten.
Dann setzte er sich gegen den Kaiser. Er hegte nicht mehr das geringste Mißtrauen gegen Wallenstein, ihn widerten die Bayern an, die Haß am Hofe säten; er hatte still in sich das unverrückbare Gefühl: diese furchtbare Macht darf nicht auf einen einzelnen gehäuft werden. Mit Liebe suchte er die Bewegungen in der Seele des Kaisers nachzufühlen, seine Glückseligkeit über das Geschick, das Wallenstein vollstreckte. Er trauerte; er wußte, wie wohl dem Kaiser war, wie er beglückt war nach der schweren bayrischen Affäre. Wochenlang hielt sich Eggenberg in seiner Wohnung. Dann war ihm klar: dem Herzog mußte die Macht abgenommen werden; es durfte nicht zum letzten Bruch mit den Kurfürsten kommen. Und mit wachsender Angst hörte er um sich jubeln, sah das Schrecknis des böhmischen Herzogs. Spähte um sich, verschloß entsetzt die Fenster und Tore seines Hauses.
Machttriefend, ungeheuer, unmäßig schluchzend nach Herrschaft, Sieg hörte ihn der Kaiser an; wie schon einmal stellte sich ihm sein vertrautester Ratgeber mit schlotternden Gliedern gegenüber. Jetzt lachte der Kaiser Tränen über ihn; ob er nicht wie jener Eulenspiegel sei, der ächze, wenn er ins Tal herabstiege, juble beim Klettern – ein Spaßmacher. Bei Abt Anton kreuzte der Fürst die Wege des verwachsenen Grafen. Der, von einer großen Helle, neigte sich ihm halb zu, vom allgemeinen Rausch mitgenommen; man müsse sehen, wieviel Wallenstein durchzusetzen vermöge im Reich, dürfe ihn nicht stören; Gefahren müsse man an sich herankommen lassen. Eggenberg versteckte sich.
Ferdinand der Andere, der Römischen Reiches Mehrer, rauschte als glöckchenklingelnde bänderwerfende Riesenstandarte in Purpur über ihnen, in den Boden gerammt, häuserhoch am Mast, an der sein Ungetüm zerrte, als wollte er sie hochtragen. Er war nach dem monatelang an ihm wütenden Wechselfieber zum Skelett abgemagert, auf Jagden stürzte er oft ohnmächtig vom Pferde, nach kleinen Ritten hing er schweißgebadet im Sattel; seine Nase war schmal und überaus hoch geworden; ein dünnes, beängstigend zartes Gesicht mit verschatteten, sehr weiten Augen. Die Freude zu trinken, zu bankettieren hatte ihn verlassen; er saß wie sonst den feierlichen und intimen Gastereien vor, liebte die Üppigkeit der Küche vor sich zu sehen; das Knuspern Knacken Schmatzen Schlucken lösten in ihm Wonne aus,

als ob er selbst schmauste; der Dunst der Braten Soßen Suppen badete seine Nase, seinen Mund. Ins Gestühl vergraben schnalzte er zur herunterwogenden Musik. Seine Hände mit den knotigen Fingern waren hellgelb und durchsichtig geworden; wenn er sie vor das dünne Gesicht hob gegen das Kerzenlicht, entzückte ihn in einer unverständlichen Weise das durchscheinende helle feine pulsierende Rot; es schien ihm beglückend zu sein wie das, was ihn erwartete. An Ringen Goldgehenken Schnallen Prunkschärpen, bemalten durchwirkten Gewändern schleppte er auf seinem matten Körper mit sich herum in Karossen, auf Tummelpferden, als ob er in Konstantinopel wäre. Seine Leibwagen mit ungeheuren Hinterrädern, deren Speichen wechselnd silbern und kupfern blinkten; die Vorderräder zwerghaft kriechend, demütig, fußfällig am Boden; auf ihrer Rundung Kränze und Kronen silbern auf rot. Zwischen den Räderpaaren auf biegsamen Achsen gelagert das schwere zitternde Wagengehäuse, die Wände schräg gewaltsam nach oben auseinanderstrebend, kleiner Boden, breitausladendes Dach, von elfenbeinern gedrehten Säulchen gestützt; seitlich durchbrochen von kristallenen Fenstern in Ebenholzrahmen. Auf dem Dach offen ruhend vor dem Licht einer Krone aus heißem Gold mit hohem Kreuz und breiten Steinen; von den vier Wagenwänden stiegen Riesen mit Bronzeleibern und silbernen Bärten auf, hielten Keulen und Schwerter um die Krone. Drei faustdicke Goldpuscheln herab hinter den Sitzen der Kutschierenden, drei Puscheln gebückt vor den rückwärts deckenden Hellebardieren. Drin halb liegend unter Decken er, träumend aufgeschreckt, die Lippen bewegend.
Durch seine Finger lief das Gold, um sich in Almosen Altarbilder, in Teppichbeete Laubengänge Lusthäuser Springbrunnen Pfauengärten Vogelvolieren Fischweiher aufzulösen. Der Pfennigmeister Gurland, der Schatzmeister suchten den Strom in ihre Räume zu lenken; der Kaiser freute sich ihrer Gier. Dankbar für die Errettung aus der Krankheit schickte er dem Papst Urban hunderttausend Taler als Peterspfennig. Nur durch Gebete und Verehrung konnte man den Himmel versöhnen für die Sünden, die man ohne Unterlaß beging, Verzeihung erreichen, sich würdig neuer Gnaden erweisen, neuen Segen anlocken. Er ließ Lamormain, den Beichtvater, täglich zu sich kommen, als wenn er seinen Schutz brauchte; zu ihm sagte er, er sei sein bestes Amulett; mit einer krampfhaften Erregung hing er sich an ihn; so maßlos beschenkte er die Stiftungen Schulen Konvente der

Väter von der Jesugesellschaft, daß Lamormain besorgt ablehnte; Ferdinand bettelte, man möchte ihn nicht zurückweisen: «Was wollt Ihr, Ehrwürden, es werden nicht viele Kaiser nach mir Euch wohltun, wie Ihr verdient.»
Hochgerissen neben ihm die Kaiserin, die junge verwirrte sich entfremdete Mantuanerin. Sie litt das Glück wie er, gräßlich heimgesucht, in ihrer Entwurzelung schwankend, hilflos. Sie ritten ohne Dienerschaft spazieren durch die Wälder von Schönbrunn, beide auf hohen weißen Pferden, lange Reitstöcke wippten in ihren Händen. Farblos ihre beiden Gesichter. Eleonore fragte, ob er sich besinne, wie er sie einmal nachts habe rufen lassen; es sei vor der Ernennung des Friedländers zum General gewesen. Sein häutiges Gesicht vibrierte, seine Augen strahlten, er blickte fasziniert vor sich: «Ich habe gelacht. Ich habe lachen müssen über unseren Schwager, den Maximilian. Er hatte mich dazu gedrängt.» «Du hast dich in Wallenstein nicht getäuscht; wie ich mich freue mit dir.» «Ich habe gelacht. Ich habe recht behalten. Er hat mich sehr beglückt.» «Er hatte dir Schlimmes angetan, dein Schwager; warum hast du ihn zum Kurfürsten gemacht. Jetzt hast du Macht, beseitige ihn.» So weggenommen von Träumen war er, daß er nicht auf die heißen Augen achtete, den zudringenden Ton in der Kehle der Frau. Er hieb, Lachen ausstoßend, auf Äste neben sich: «Ist nicht nötig, Eleonore. Nicht mehr nötig. Was Gott übernommen hat, liegt in guten Händen. Wir werden – wir werden unsere Feinde im Zaume halten, wie keiner vor uns. Es ist uns um nichts mehr bange. Wir werden an der Ostsee gebieten wie am Adriatischen Meer. Die Ketzer werden sich hinter das Wasser verkriechen.» Er war in Zittern aufgelöst. Sie schrie, während ihr der Stock entfiel und sie sich an der Pferdemähne festhielt. Glitt vom Pferde, die Tränen liefen über ihre beiden weißen Backen; wild weinte sie, sich am Zügel seines Schimmels haltend, während er in das Grün hineinsprach und zu ihr herabnickte. Sie streichelte mit beiden Händen sein Pferd, seine Füße, Gamaschen; er solle nicht sprechen, er solle still sein. Ja, sie wolle wieder auf das Pferd steigen, aber nur wenn er nicht mehr so zu ihr spräche und gut zu ihr wäre.
In der Burg stand er an einem Herbstmorgen am Fenster seiner Schlafkammer. Wie er hinunterblickte auf den Hof und der Narr Jonas unten trollte, fühlte er sich jäh hingezogen. Mit hellem Gelächter begrüßte er am Schuppen den Zwerg, der Kobolz schoß und gierig auf seine Hand blickte. Ferdinand sah hoch, ob ihn einer vom

Fenster beobachte. Als wenn seine mageren Glieder zuckten, sprang er spielend über den Kleinen, der im Sand rollte neben Brot und umgekippten Eßnäpfen, reizte ihn mit der Fußspitze, griff von oben nach ihm, schlug seine Hände zurück. Menschenfresserisch knirschend zog er ihn auf, schaukelte ihn mit zauberischem Schlangenblick flüsternd vor der Brust. Mit brünstigem Vergnügen riß Ferdinand, der Degen und Wehrgehenk in der linken Hand trug, das Türchen zum Keller auf; in den Dunst ließen sie sich herunter, schlugen ein Faß an, zechten. Ferdinand erbrach im Augenblick. Sie schrien triumphierend, bellten die Decke in der Dunkelheit an, drohten, kicherten, reizten die Fässer zum Kampfe. Bis sie frech auf dem Rücken über die Steine kollerten, mit den Armen schaukelten und immer einzelne Worte trillerten schnoben herausbrüllten, wobei der andere das Echo machte: «Papst!» «Papst.» «Urban!» «Urban.» «Papst!» «Papst.» «Jonas.»

Sie platzten vor wonnigem Lachen. Und als Ferdinand wieder würgte und nicht mehr trinken konnte, bat er den Narren, einen Eimer zu nehmen und Wein ihm auf den Kopf zu gießen, auf die Brust, immer mehr.

«Ich bin ein Heide, Herr Papst. Taufe er mich, Herr Papst.»

Und der betrunkene Zwerg zelebrierte über dem Kaiser die Taufe.

VIERTES BUCH
KOLLEGIALTAG ZU REGENSBURG

Durch die beiden Kristallfenster der schönen und reichen Kapelle zu München in der Residenz schien die rote Wintersonne. Das schmale Gewölbe, weißer polierter Gips, nahm purpurne Flecken und Linien an, als würde es angehaucht. Über dem Pflaster von Jaspis und Achat auf Kniestühlen der bayrische Hof, spanische Kostüme, gesenkte Schultern, niedergedrückte Köpfe, grauhaarig, weiße Perücken, dunkle gezügelte Locken. Auf der Kanzel zur Linken des großen Silberaltars mit den Reliquien und dem reitenden Ritter Georg – golden, drei Federbüsche am Helm mit Diamanten, Rubinen, Smaragden – sprach in schwarzem geschlossenen Jesuitenrock ein langer glutäugiger Priester; seine Arme fuhren, ohne daß sie es sahen, über sie weg in der drohenden Erregung:

«Es ist eher erlaubt, Gott zu hassen als zu lieben. Denn Gott steht uns zu fern, zu hoch; es ist eine Sünde, sich ihm zu nahen, selbst in Gedanken. Zu wagen, ihn zu lieben, wie dieses und jenes aus dem Alltag, ihn behängen mit Putz Juwelen und Gold, ihm zarte Gefühle darzubringen: das heißt ihn erniedrigen. Es ist das Vergehen einer Beleidigung der Göttlichkeit. Kriechen vor ihm, ihm ausweichen, ja ihm grollen: das mag einem Menschen gut anstehen. Ihr habt schon Gott verleugnet in dem Augenblick, wo ihr ihn nicht fürchtet. Er hat euch keine Freundlichkeit gegen sich erlaubt, ist nicht euer Vater, eure Mutter, euer Buhle, euer Herzensbruder. Er ist nicht einmal euer König und Fürst, er lehnt es ab, euer Richter zu sein; sein Gericht ist euch nicht zugänglich; er vollzieht es, wann er will und gegen wen er will. Es läßt sich nicht fassen und erforschen, wer er ist, und darum heißt es nur, Grauen vor ihm empfinden – und so habt ihr getan, was Menschenpflicht ist.

«Wehe denen, die glauben, Gott sei unser Vater; es ist fast kein weiterer Schritt nötig, um Ketzerei zu üben. Es heißt: ihr sollt den Sonntag heiligen, um Gottes willen; und Gott selber wollt ihr nicht heiligen? Vergeßt nicht, wer ihr seid, von wo ihr stammt. Wißt ihr, wie die Erbsünde euer Leben eingeleitet hat? Kennt ihr alle Laster, mit denen ihr euch seit jenem Tage schleppt – Glückstag oder Unglückstag? Seht die Niedrigkeit der Menschen, die Erbärmlichkeit ihrer Begierden – und ihr Gotteskinder! Seht euren Tag an, gefüllt mit Arbeit, Sättigen des Leibes, mit hundertfachem Verdruß, hundertfachem Vergnügen, hingeweht das Ganze, von nicht mehr Gewicht als ein Farbenblitz. Prozesse im Land, Mißgunst, Drang nach Reichtum, Vorrang, Aufsässigkeit der Untertanen, das ist euer Leben, wenn ihr erwachsen und alt seid. Bald mehr, bald weniger Spaß, Spiel, Männer, Weiber, Weine, Biere, Turniere, Hirsche, Eber, Musik, Bilder, Schlaf, Stumpfheit, Behaglichkeit, Bitterkeit – um nichts und ein bißchen. Trübsinn und Greinen, wenn ihr gichtisch werdet und krumm, mit leeren Kiefern hinter dem Ofen hockt und nur Brei schlucken könnt, Hüftweh, Stuhlbeschwerden, Harndrang, Magenkrämpfe, dann Schlaf und Schlaflosigkeit. Das ist das Leben von Kindern Gottes. Ihr schämt euch, ich fühl' es mit euch allen; man braucht dies alles nur fassen, sich erinnern, vor Augen halten. Ja, Besinnung, Erinnerung! Ruhe der Seele, Erlöschen der Begierden! Nur ihn wissen, den Gott, das Recht haben, seinen Namen zu kennen, von seinem Dasein zu hören: das ist genug und genug für uns. Das Recht haben, Gott fürchten zu dürfen: seht, ich sprech' es aus.

«Und ihr fühlt, daß ich die Wahrheit sage. Die Wahrheit ist mit mir. Wir wiegen uns nicht in Gefühlen und Träumereien einer Magd. Uns ist das Leben zu ernst; es ist uns gegenwärtig, wir kennen es, haben es erlitten, wissen, was uns erwartet, heute, morgen. Es wird uns kein Engel begegnen, keine Verheißung wird uns ausgesprochen. Lassen wir die Spiele den Kindern, den lieben, und den Toren, den lieben.

«Morgen wird die Glocke läuten, dann wird die Frühmesse sein, die Knechte werden in die Höfe stampfen, die Vögte werden hoch auf den Pferden sitzen mit Federhüten und Peitschen. Morgen früh wird die Glocke läuten: wir werden uns im Halbschlaf auf den Rücken legen, dann auffahren, unser Gebet verrichten; und das Geschrei der Kinder nach Milch und Pflege gellt in unsere Ohren. Wir schlucken unsre Frühsuppe, sie kann dünn und kalt sein, wir müssen die Gewölbe durchsehen, wo unsre Schätze und Waren stehen, die Kisten zuschlagen, bald werden die Fuhrwerke über die Brücken knarren; es muß alles verfrachtet und versiegelt sein; wir werden schimpfen mit den Knechten, man wird uns am Fuhrlohn betrügen, wir werden uns wehren; die Bauern schlurren herein.

«Wenn morgen die Glocke läutet, hat eine Mutter ihr Kind geboren und freut sich, ihr Mann freut sich und die Geschwister sehen sich das armselige Wurm an. Und an vielen Orten hat sich in dieser Nacht etwas verändert, eines ist verhungert und erfroren am Brunnen, vor einer Stalltür, eines erschlagen von Räubern, eines vom Fieber weggerafft, eines alt, siech, todesbedürftig in der Kammer ausgelöscht. Unser Leben, unser Leben! Wie könnte man stolz sein! Wie wagt es

einer, stolz zu sein und den Namen Mensch mit Prahlerei im Mund zu führen – es sei denn, er bilde sich etwas ein, auf die Kraft seiner Muskeln, die List seiner Gedanken, die Wildheit seiner Begierden! Und welches Tier wäre ihm nicht noch da überlegen.
«Unser Leben, unser Leben! Gestorben sind wir tausendmal, wenn wir erkannt haben, wer wir sind, aus Stolz; und erhoben hat uns nicht der Kaiserhut, der Kurfürstenhut, der auf unserem Haupt liegt, nicht die Bischofsmütze, die Tonnen Gold, sondern das Grausen, das Entsetzen. Nicht sich besinnen können: nur das tröstet uns. Die Vergessenheit, der Rausch trägt uns betrügerisch über die Abgründe. Wofern wir sehen, rettet uns von Tod und Vernichtung nur die Furcht.
«Brecht, meine Knie! Mein Herz, laß deine Säulen zerfallen! Dach über mir, zerschmettere mich! Kommt angefahren, hundert Rohre, hundert Kartaunen, auf mich gerichtet, hier mein Herz, meine Augen. Ich bin gefroren. Ich kann doch noch immer lachen über euch. In die Luft verpafft ihr euer Eisen und Marmelstein. Ich kann beten, kann zittern!»
Der kranke alte Herzog Wilhelm war über seinen Stuhl nach vorn gefallen, sein weißes Gesicht baumelte, sein Stuhl schwankte seitlich. Der Kurfürst griff mit harter Miene nach links gegen ihn.

WIE DER Pater die neue Feste herunterkam und unweit der Kunstkammer an den weiten Stallungen vorüberging, berührte ein unbewaffneter Mann in der Dämmerung seinen Ärmel und sprach ihn, als er sich umwandte und stehenblieb, an, indem er ihn bat, scheublikkend, er möchte nicht mit ihm hier stehen bleiben vor den Augen der Passanten und fürstlichen Wächter. Rasch bogen sie in eine Seitengasse. «Ihr seid der Pater, der in der Frauenkirche gepredigt hat; ich habe Euch zugehört. Ich bin Tillyscher Soldat, möchte Euch sprechen.» «Was wollt Ihr», fragte der sehr rührige Jesuit. Heiser, während er ihn aus samtenen Augen verzehrend ansah, bat der untersetzte bärtige Mann, der von der rechten Stirn herunter bis an den Mundwinkel eine bluttrünstige Narbe trug, er möchte den Pater in einem geschlossenen Raum, wo er wolle, sprechen über Dinge, die ihm am Herzen liegen; er schwöre, keine Waffen zu haben, nichts Feindliches im Sinn zu haben; er brauche Hilfe. Sie gingen auf Umwegen am Jesuitenkolleg vorbei, stiegen von der Rückwand die

Treppe des weiten Konventhauses hinauf. In der dunklen Zelle steckte der Geistliche eine Kerze am Türpfosten an; es war ein schmaler hoher Raum, völlig kahl; über einer Bücherreihe an einer Längswand hing das Bild des heiligen Franziskus in der Wildnis. Der Fremde setzte sich unter die Kerze, gab nach langem Zudringen des Paters Auskunft. Er sei von protestantischen Eltern im Österreichischen geboren, vor Jahren von einer Kommission bekehrt; seine Eltern seien verschollen oder getötet bei den Aufständen; und dann kam er nicht weiter, irrte mit den Blicken immer wieder zu dem großen Gemälde. Was dies Bild bedeute, wollte er dann wissen. Der Pater gab ihm Antwort. Dann stieß der Fremde rasch und hintereinander hervor: er käme – ihm sei prophezeit worden, er werde in diesem Jahr im Krieg umkommen in der Lombardei; er wolle ein Amulett, hätte kein Zutrauen zu einem andern, sei verzweifelt, verzweifelt. Und dabei knirschte der bärtige Mann mit den Zähnen, die Tränen standen ihm in den Augen, er schluckte, schluchzte, blickte den Priester erbärmlich an. Vorsichtig ein Lächeln unterdrückend, fragte der Priester, ob jener ihm wirklich zugehört habe. «Ihr habt ein Amulett», bettelte dumpf der andere, immer den Franziskus anblickend, «Ihr wißt alles, ich habe Euch zugehört, gebt mir eins. Denkt an einen anderen.»
«Mein Lieber, wenn Euch bestimmt ist, wie Ihr sagt, zu sterben, so wird Euch mein Amulett nichts helfen.»
«Ich will nicht sterben, Ehrwürden. Mein Vater und Mutter sind schon tot um nichts. Ich hab' nichts verbrochen. Nur Kummer und Plag' hab' ich gehabt, und jetzt soll ich sterben.»
«Lieber, Ihr müßt Euch das mit dem Zaubermittel aus dem Kopf schlagen. Das ist verruchtes Soldatenwerk. Seid fromm, betet.»
Erwartungsvoll blickte ihn der gehetzte Mann unter der Kerze an: «Wird mir Gott helfen?»
«Betet.»
«Aber wird er mir helfen?»
«Ihr habt nichts zu fordern.»
«Wozu soll ich beten, wenn es nicht hilft. Gebt mir ein Amulett.»
«Mann, geht Eurer Wege. Ich habe mit Euch nichts zu schaffen.»
Der Pater stand ruhig auf. Der Mann, die Fäuste ballend: «Ich bin doch kein Narr und Lump, daß Ihr mich so wegschickt und mit Worten abspeist.»
«Ihr seid ein Narr. Und das ist noch wenig gesagt.»

Der Soldat zitterte an der Tür, hinter seinem Stuhle stehend: «Weil ich nicht beten will? Es wollen andere auch nicht beten. Und mit ihnen springt man nicht so um wie mit mir; sie brauchen nicht sterben.»
«Wer will aus deiner verruchten Gesellschaft nicht beten?»
«Wer? Das fragt Ihr noch? Eure eigenen Schüler, die habt Ihr so weit gebracht. Gewiß. Mein Herzensbruder war Novize bei Euch, hat mir geraten, in Eure Andacht zu gehen. Ich hab's nicht bereut, hab' wohl gemerkt, daß Ihr alles recht wißt, und hab' Euch in allem recht gegeben. Und so speist Ihr mich ab.»
Der Pater trat an den weinenden Mann, der sich den lumpigen Filzhut vor die Augen hielt: «Wer hat Euch in meine Andacht geschickt?»
«Wer? Wer?» äffte der andere widerspenstig und grimmig nach; stülpte sich nach kurzem Anstieren des Priesters den Hut auf, sprang mit zwei Sätzen auf das Bild des Franziskus, riß es am Rahmen herunter, raste, den starr stehenden Priester mit dem Bild wider die Brust stoßend, durch die aufgerissene Tür davon; die Kerze schlug er im Vorüberfahren mit dem Holz herunter, so daß er Finsternis hinterließ.
Nach einer Woche wurde dem Pater beim Betreten des Hauses vom Bruder Pförtner gemeldet, daß ein junger Mann ihn vor seiner Zelle erwarte. Der Pater konnte den zum Schutz begleitenden Pförtner gleich zurückschicken; den jungen Menschen, der da stand, erkannte er sofort. Erst als sie in die Zelle traten, bemerkte er, daß der gebräunte feingesichtige Mensch ein Bild am Boden herzog. Der Pater blickte ihn starr an: «Du warst das?» «Ich habe ihn nicht geschickt, Pater; er lief immer mit mir, er ist ein hilfloses Geschöpf. Das Bild hab' ich ihm mit List abringen müssen. Hier habt Ihr's wieder.»
«Ich danke dir. Hast du ein Anliegen? Stell es nur an die Wand.»
«Ich muß nicht sterben wie mein ängstlicher Freund, aber Ihr seht: ich bin hier.»
«Hast du ein Anliegen?»
«Ich will Euch nicht um ein Amulett bitten; kann ich Euch sprechen?»
Der Priester setzte sich ans Fenster, wo für Vögel Krumen gestreut waren: «Eure Eltern haben sehr gejammert um Euch.»
Der andere vor dem Bücherpult lächelte streng: «Ich habe mir einen wahrhaft geistlichen Beruf erwählt, sagt das, bitte, ihnen; ich bin

Soldat geworden, jetzt unter der dritten Fahne. Ich muß wie die Engel und Teufel um meine Seele kämpfen; wer nicht stark ist, geht dabei unter.»
«Du dienst unter Tilly?»
«Fragt nicht nach mir, Pater. Was tut mir not, Pater?»
«Sprich dich aus, mein Sohn.»
«Ich hab' ein Dutzend schwere Bataillen mitgefochten, gefangen war ich, bin entwischt. Ich hab' jahrelang mein Leben geführt, seit ich Euch durchbrannte, wie's mir guttat. Als mein Regiment Pikeniere aufgelöst wurde, hab' ich gebettelt, gearbeitet, kein Gut getan; und wie ich unversehens hierherkam und Euch hörte, seht, Pater: da ist keiner gewesen unter allen, die da saßen, der so gelechzt hätte nach Euren Worten wie ich. Ihr müßt mir mehr sagen. Ich – brauch' es.»
Bitter sagte der Priester: «Ihr hättet nicht nötig gehabt zu lechzen. Aber du bist ein junges Blut und bist gewiß, daß man dir verzeiht.»
«Sprecht mir von Gott.»
«Schlage du Menschen tot, Dänen, Schweden, und frage nicht nach Gott.»
«Wie steht es mit Gott? Als ich bei Euch lernte, aus Thomas und Aristoteles las, habe ich ganz vergessen zu beachten, was sie sagten; ich nahm es ohne Gedanken an. Jetzt brauch' ich es; wie steht es mit ihm?»
«Du hast doch Angst, mein Lieber.»
«Wie muß ich von ihm denken, wenn ich lebe, und meinetwegen, wenn ich sterbe.»
Der Priester kauerte sich am Fenster, vor dem die Vögel sprangen, über seinem Schoß zusammen: «Das einzige, was not tut, ist, den Hochmut brechen. Du kannst nicht mehr tun, als Gott aus deinem Herzen reißen. Merk dir dies! Nimm dies auf den Weg. Ja, Gott aus deinem Herzen reißen. Vor dem ungeheuren ewigen Wesen hat jeder dumpfe freche Gedanke in dir zu verstummen; jedes Auge erblindet. Es ist noch zu wenig, wenn geschrieben steht: ihr sollt seinen Namen nicht mißbrauchen. Laß ihn mit deinem Sterben zufrieden. Sein Name, dir sage ich es, soll aus dir ausgerottet werden. Er soll nichts sein als der Warnungspfeiler vor einem grauenvollen Abgrund: ‚Bis hierher!' Der gähnende Abgrund! Die Menschen haben weder lebend noch tot teil an ihm. Nichts ist uns von ihm gegeben. Wehe denen, die seiner nur gedenken. Du tust ja recht, mein Lieber, hast nicht nötig, mich zu fragen: tu, was dir beliebt, morde, geh in die Kirche,

schenke Almosen, liebe, verheirate dich – es ist ihm, ihm nicht dran gelegen. Wen schert das etwas! Die Menschlein! Ich bin nicht sein Anwalt. Aber sei gewiß: Gott lebt. Nur nicht unser.»
Der andre stemmte gebückt die Ellbogen auf die Knie, stützte das Kinn in die Hände: «Nicht seiner gedenken! Wer aber hat uns dies denn in das Herz gelegt? Wer dies getan hat, war ein Verbrecher am Menschen. Wenn – Ihr recht habt, Pater.»
Still stand der Priester auf: «Ich habe gesprochen, Vinzenz.»
«Das hilft mir nicht, Pater, was Ihr mir sagt. Als ich bei Euch lernte, hätte es mir vielleicht genügt. Jetzt brauch' ich etwas anderes.»
«Nimm den heiligen Franziskus, wie dein Herzbruder.»
«Ihr schiebt mich nicht so leicht ab; ich denke doch, Ihr spottet nicht über mich. Wozu braucht Ihr Heilige und den Heiland?»
«Der Heiland sagt uns, wie wir leben sollen.»
«Herr, wie kam der Heiland zu Gottes Wort?»
Der Priester, abgewandt, schwieg lange: «Wir sind Christen. Wir beten zu Christus.»
«Ich weiß nicht, wovon Ihr redet.»
Das starre strenge Gesicht drehte der Priester ihm zu: «Da ist nichts unklar. – Der Hochmut ist zu brechen in den Menschen. Der Gott, den du in dir hast, ist der letzte Rest des Heidentums. ‚Gott' sagt der Heide; es ist gleichgültig, ob ein Gott oder mehrere Götter. Man hat euch so lange Ruhe damit gelassen. Es ist Zeit.»
Er beobachtete finster den Soldaten: «Nicht wahr, du willst Heide werden?»
Unruhig, gequält, drohend gab der zurück: «Ich weiß nicht.»
«Was weißt du nicht?»
«Ob Ihr Christ seid.»
Mit kaltem Ausdruck lächelte der Jesuit, indem er den Kopf langsam zurückbog. Der Soldat hob den Arm: «Ihr lacht!»
«Es ist niemand so Christ als ich.»
Dem an der Tür flammten die Augen: «Ihr wollt die Menschen der Verzweiflung ausliefern. Ich habe gebetet, mich gefreut, mich fähig gefühlt zu allen schweren Dingen – durch Gott. Das soll mir alles genommen werden.»
Der Pater setzte sich ans Fenster, schwieg.
«Das soll mir alles genommen werden.»
«Ja.»
Mit schüttelnden Armen: «Und wozu? Wem zugut?»

«Lieber, nun werde ich wirklich bald lachen. Ich bin Priester der Kirche; was gehen mich Menschen an.»
«So geht doch hin, Pater, und sagt Eure Weisheit dem Papst, den Bischöfen und Mönchen. Sie sind für uns Menschen da.»
«Es ist nicht nötig, sie wissen es schon.»
«Und was sagen sie?»
«Ja, sie kümmern sich nicht um Gott. Denn sie sind fromm. Sie helfen den Menschen, indem sie sie beschäftigen mit Andachten, Gebetübungen. Für das Christentum sind erst die wenigsten reif.»
Der junge Soldat: «Ich nicht.»
«Nein.»
«Ich wollte Gott wieder in mir errichten. Zu ihm wollte ich beten, mich zu ihm führen lassen. Zu ihm.»
«Nein.»

WALLENSTEIN im Gespräch mit dem Venezianer Pietro Vico, der bei ihm Kreuzzugsideen, gegen den Großtürken, propagierte.
«Will der Herr mir Neuigkeiten erzählen! Ich hab' in Gradiska für Ferdinand gekämpft. Wittelsbach ist größenwahnsinnig, den Kaiser Ludwig, den Ketzer, hat es nicht vergessen. Man hätte den Wittelsbacher zerschlagen sollen; nun sitzt er an der Isar, der dunkle Mann, prunkt und protzt sich auf, geizt und darbt. Ein Fürst!»
«Er wird dem Kaiser nicht übel zusetzen.»
«Ferdinand ist der beste Mann, ein Edelmann, ein Ritter. Er ist ein Kind. Wenn Ihr daran zweifelt, so seht den Ausgang dieses Kriegsübels an. Den guten Böhmen, meinen Vettern, sollte er den Schädel einschlagen. Er hätte nur nötig gehabt, sein Kaiseramt auszuüben. Aber er war ein Kind. Ich kann mir vorstellen, wie er damals glühte als Kaiser, mit dem Böhmersieg in der Tasche. Und so vor den Bayern zu treten!»
«Ja, er war nicht gut beraten.»
«In der Löwenhöhle ein Kalb verzehren wollen! Warum ging er gerade damals zu Maximilian? Weil München so am Weg lag. Versteht Ihr gut die Wiener Herren Räte? Er mußte dem Münchener Dank sagen, sich ihm vorstellen. Sie konnten es nicht verhindern; die Herren hatten gerade etwas anderes zu denken.»
«Und da hatte ihn der Max!»

«Die Maus kam ihm spaßhaft vor die Schnauze gelaufen.»
«Haha.»
«Sie fraß ihn. Einmal gepackt, herumgeworfen, dann in die Gurgel geschnappt.»
Wallenstein sagte: «Herr, er hatte schon lange auf den Kaiser gewartet. Der konnte ihm nicht entgehen. Er hatte geholfen ihm den Kaisermantel umlegen, aber nur um die Lust zu haben, ihn ihm herunterzureißen. ‚Zeig mal, was du anhast!' sagte der Max. Und als Ferdinand München verließ, hatte er schon fast aufgehört, Kaiser zu sein.»
«Euer Liebden: es sind Zeiten, die erfreulicherweise längst vorbei sind. Ihr werdet bald freie Hand für allerhand haben.»
Wallenstein lachte wieder grell: «Ich hätte in Wien sein mögen, als sie den Ferdinand aus dem Wagen holten von dieser Reise. Begossen, lahm, stumm. Und keiner wußte, was mit ihm war, und er hatte doch in Frankfurt gesiegt, war Römischer Kaiser, und den böhmischen Sieg hatte er damit schon in der Tasche. Was mögen sie sich gedacht haben in der Burg, die weisen Herren! ‚Der Kaiser ist krank, er ist schwermütig', haben sie geschrien, morgens und abends, haben nach den Doktoren im ganzen Reich geschickt.»
«Es ist so.»
Maßlos lachte der Herzog: «Sie werden ihn weidlich zum Purgieren gebracht haben. Gebüßt hat er es, daß er sich hat beglückwünschen lassen von seinem Schwager Max.»

IN DAS Dorf Bubna bei Prag, wo der Herzog eine Meierei besaß, kam eine Truppe Schauspieler Zauberkünstler und Quacksalber gefahren. Erst riefen sie ihre Künste bis nach Prag hin aus; dann schlugen sie einen Bretterzaun auf, bauten eine tiefe Bühne. Vom Herzog auf sein kleines Sommerschloß geladen, veranstalteten einige von ihnen unter großem Geheimnis eines Nachmittags eine besondere Belustigung.
Ein großer Saal stand ihnen zur Verfügung; vornehme Herren und Damen besetzten die Balkons und Galerien; Dienerschaft drängte sich an der offenen Tür. Von den Balkons und Galerien führten Wendeltreppen in den Saal; zu Beginn der Unterhaltung rief von der Tür ein maskierter Schauspieler – er hatte kothurnartige hohe Stiefel,

ein griechisches weißes Faltenkleid, trug einen mit Blitzen versehenen Keil in der geschlossenen Rechten; der hoheitsvoll düstere Ausdruck des Zeus –, man hätte davon abgesehen seitens der Truppe, sich am Spiel zu beteiligen. Man möge heruntertreten in den Saal, wer Lust habe. Es werde absonderliche Freude geben.
Im Saal herrschte eine ungeheure Hitze; blickte man von oben herunter, so brodelte und wogte die Luft über dem gefügten Holzboden wie in einem Ofen oder über einem Brand. Die aber unten gingen, merkten von Hitze nichts, auch hatten sie keine Beklemmung der Brust. Aufrecht und übergroß spazierten über die Diele zwei braune Schimpansen, die sich von Zeit zu Zeit auf die Hände fallen ließen und dann rasch liefen; die kletterten an Säulen hoch, blickten spuckend mit weisen Gesichtern nach der Galerie herüber, ließen sich wieder herab, zeigten vierfüßig jagend ihren hohen Steiß. Woher sie gekommen waren, wußte man nicht. Unten tauchten immer neue Wesen auf; es war nicht zu erkennen, woher sie kamen. Ein junges Fräulein riß sich auf der Galerie von ihrer Begleiterin los, sie wollte sich die kuriosen Affen in der Nähe ansehen. Wie sie die unterste Stufe der Treppe betrat, der heiße Brodem des Saals gegen sie schlug, rannte stürmte sie vorwärts: da lief ein nacktes Geschöpf, das auf der Stelle vor Übermut sprang, sich um sich drehte und jauchzte. Sie ging mit ihren runden rosigen Gliedern, prallem Leib langsam und ungeniert gegen den einen braunfelligen Schimpansen an, der gerade wie auf einer Eisbahn über den Boden rutschte. Ihr wuchs hinten aus dem Rückgrat ein armlanger peitschendicker schwarzer Schweif heraus, mit dem schlug sie ihm vor die Nase; sie trug noch ihre Silberschuh und bunten hängenden Strumpfbänder, ihre übervollen Brüste schaukelten, ihr blondes lockengedrehtes Haar wogte wie eine Kapuze über ihr stumpfnasiges vergnügtes Gesicht. Die beiden Affen balgten sich hinter ihr, dann schlangen sie die Arme umeinander, begannen so, einer den andern festhaltend, ihr zu folgen.
Dicht an der Treppe legte sich ein ernster kleiner Mann, nachdem er sich unglücklich hin und her gewandt hatte, ruhig auf die Diele, zog sich mit den Händen und Knien auf dem Bauch hin. Man trat ihn, schimpfte über ihn. Er bat um Entschuldigung, kroch weiter zwischen den Füßen, unter den Füßen. Bisweilen richtete er sich auf, verschnaufte ernst, sah wehmütig den andern ins Gesicht, ging wieder an seine Arbeit. Niemand unter ihnen wunderte sich über den andern. Sie waren alle mit sich beschäftigt.

Eine ältere Dame mischte sich ein. Sie trug einen kostbaren Zobelpelz, den sie auch in der Hitze nicht ablegte, aber ihre Hände rührten von Zeit zu Zeit unruhig, während sie gespannt alle beobachtete, die Schnalle vorn an ihrem Hals, die den Pelz zusammenhielt. Plötzlich schrie sie gräßlich, dabei riß sie sich wie erstickend den Umhang auf. Und nun mit offenem Hals stellte sie sich breitbeinig hin an dem Fleck, wo sie war, bog den Kopf zurück, blähte den Hals auf, stieß hochroten Gesichts, während ihre hohe graue Perücke wackelte, einen eselsartigen Trompetenruf aus, mit Blauwerden der Lippen, Zittern der hochgehobenen Arme, die den Fächer fallen ließen. Darauf ging sie rasch, den Fächer aufhebend, die seidenen Röcke wedelnd, weiter, heftig atmend, gewissermaßen erleichtert. Um nach einigen Rundgängen, langsamer und zögernd werdend, nach Zausen an ihrem Pelz, wie unter einer Eingebung das helle Geschrei von sich zu geben. Wobei ihr bald von rechts und links, auch von den Zuschauern, heftiges Gelächter antwortete, das sie mit Erblassen, entrüsteter Miene aufnahm.
Einem Offizier geschah, wie er sich in den Saal herunterbegab, ein großes Unglück. Er hatte vor, mit seinem Degen und seiner Muskelkraft der Galerie ein besonderes Schauspiel zu geben. Heimlich warf er sich die Treppe herunter, die letzten Stufen glitt er ab, prallte auf den federnden Boden. Und nun kam er nicht zur Ruhe. Er war wie ein kleiner holzgeschnittener Mann mit zusammengeschlossenen Beinen anzusehen, zusammengeschlossenen Händen, dickem Hals, dickem Kopf; er stürzte bald auf die Hände, da prallte er hoch; stürzte auf den Rücken, da wippte er um; kam auf den Bauch, schoß hoch, stand auf den Füßen, machte einen Schritt. Aber sein tretender Fuß warf ihn hoch; er mußte sich Mühe geben, auf den andern Fuß zu kommen, und so schnellte er rechts und links meterhoch durch den Saal, immer bemüht, unten ein freundliches Lächeln gegen die andern, nach der Galerie herauf zu machen, ihnen seinen Degen zu zeigen, seine gewaltigen Armmuskeln. Sofort hatte der Saal sich gegen ihn gewandt, warf ihn auf die Knie, schnellte ihn weiter.
Es kamen viel neue, überall aber war ersichtlich, daß die Situation Keime zu Erregung und Zwistigkeiten barg und daß man einem bösen Wesen gegenüberstand. Es wurde klar, als ein Geistlicher von oben sich entschlossen unter Mitnahme eines Gebetbuches in das Treiben hineinwagte. Auf der Treppe drückte er das Buch gegen seine Brust mit der Linken, mit der Rechten hob er sein silbernes

Brustkreuz vor sich. So dachte er bannend in den Saal zu schreiten. In der Tat, sobald er erschien, geriet alles in furchtbares Toben, das Geschrei nahm überhand, die Figuren fuhren toll umeinander. Zugleich aber zog sich der heiße Brodem um ihn in sonderbar spiralig schwebenden Wellen, rauchartig zusammen; wie er mit seinem Kreuz schlug, hingen Flammen an den Spitzen; sein Gebetbuch öffnete er in herausfordernder Ruhe, die Blätter kräuselten sich, wurden gelblich, an den Rändern tief braun. Und jäh brannte das Buch; der Erschreckte öffnete die Hand, das Buch loderte am Boden. Wie er das zusammenrinnende bläulich überlaufene Kreuz losließ und gegen die verbrannte Hand blies, seufzte er aus tiefem Herzen auf; er streckte, die Augen schließend, schwarzhaarig, langgewandig wie er war, die Arme sehnsüchtig aus: schon vergingen in den scharfen Luftwellen um ihn seine Talarröcke, die weiten Ärmel. Er konnte tanzartig gehen wie keiner im Saal, einen schmächtigen Jünglingsleib trug er auf langen Beinen, die in Leinenhosen steckten. Aus unverschleierten großen blauen Augen blickte er, er sang hymnisch. Hell trillernd, alle siegreich übertönend, klang seine Stimme; so schön und freudig schmetterte er, daß die auf den Galerien sich mit kleinen Augen scheu ansahen, von gleichgültigen Dingen sprachen und das Beben in sich unterdrücken mußten. Er hatte ein leicht albernes Jungengesicht mit Stulpnase. Einer der beiden Schimpansen zog ihn bald an den Ohren hinter sich her, ängstlich folgte man ihnen, von leisen Angstrufen wurde der Gesang unterbrochen.

Es wirkte verführerisch auf die Massen, die sich an den offenen Türen drängten. Die Türmeister hielten die Stäbe vor, aber die Lockung war zu groß. Man lief, während der Dunst des Saals schwoll, in kleinen Rudeln hinein, hatte sich noch eben die Hände gereicht, war im Saal wie auf dem babylonischen Turm, mit verrenkten Gliedern, hängenden Zungen, sonderbaren Gebärden, fremd gegeneinander, von einer ungekannten Rastlosigkeit und Befriedigung erfüllt. Man lief wie im Traum gegeneinander, prallte voneinander ab, lief wieder gegeneinander, konnte sich darin nicht sättigen. Sie sprangen, schoben sich mit irgendwelchen Begierden in den Saal und dann waren sie jäh entgeistert, absonderlich verloren und verwirrt. Ein paar edle Herren gingen streng durch die Menge, hoben die Arme hoch, schrien, den Hut schwenkend: «Hier ist der berühmte edle Soundso, lobt ihn, ehrt ihn»; mit feierlicher Grimasse spazierten sie weiter. Fragte sie einer: «Was kann der Herr?». antworteten sie: «Alles, was man will; nichts

ist uns verborgen. Lobt uns, ehrt uns!» Sie breiteten die Arme aus, nickten würdevoll.
Pferde tummelten sich unter den Menschen, auf denen Männer saßen. Hunde sprangen lüstern umeinander, es war kein Hund in den Saal gekommen. Eine Anzahl Herren blickten nach lauten Ausrufen ihre Umgebung an, dann verunreinigten sie den Boden unter Gestank, wiesen darauf hin, schienen hochentzückt, wieherten vor Lachen. Eine furchtbare Erscheinung zeigte ein Mann, dem die Tränen aus den Augen troffen; ihm war der Kiefer bis auf das Knie gesunken; ungeheuer schnappend mit klaffenden Lippen hing das Maul mit armlangen Zähnen; der Schädel und das obere Gesicht stand trübselig klein dahinter, die blicklosen Glotzaugen und das vertrocknete Bäuchlein mit den Beinchen, die wie Stiele unten tripptrapp liefen. Er hielt sich bejammernswert an einer Säule auf; von Zeit zu Zeit trippelte er, schlürfte schnaubte schnarchte grausig. Schnüffelnd sich einem Menschen nähernd, faßte er den erstarrenden schreienden eisern bei den Händen, schlug den Oberkiefer wie eine Zange über ihn, rang sich dem gebückten strampelnden in den Rachen, saugend, blauwerdend. Unter dem entsetzlichen Gekeif der Zuschauer würgte er das Geschöpf in seinen anschwellenden Leib. Man schlug, spie auf ihn, er heulte, schluchzte; Tränen und Speichel liefen ekelerregend von ihm. Nach kurzen Minuten war das Treiben um den Stummen wieder wie vorher. Nur bläuliche durchsichtige Schatten von Menschen setzten sich neben ihn; das waren, die er verschlungen hatte: sie suchten von Zeit zu Zeit in seinen Mund einzudringen, um ihre Leiber zu holen, aber er sperrte krampfhaft die Kiefer, schnatterte grimmig gegen sie mit den Zähnen.
Atemlos schweißbedeckt drängten manche in einer unsicheren Verzweiflung zurück an die Treppe, an die Saaltür, hatten sogleich ihre alte Gestalt wieder, lächelten lispelten ängstlich. Sie fragten, hatten ein Zittern an sich, brachen in Gelächter aus, als man ihnen erzählte, was unten vorging, drängten stürmisch fort. Manche waren, kaum bei sich, von einer Traurigkeit befallen, saßen fassungslos da, bedeckten das Gesicht.
Unter der Hitze im Saale, dem wachsenden Andrang stieg der Lärm. Die Menschen fielen sich gegenseitig an. Sie bemerkten sich allmählich. Wer nicht fortgeschlichen war, fand sich in seiner neuen Heimat zurecht. Plötzlich schwang sich der Hoppser, der unglückliche Offizier, mit einer, dann einer andern Dame in die Luft; sie schrie, er

juchzte, improvisierte, wenngleich nicht Herr seiner Sprünge, einen ungeheuerlichen klatschenden Tanz über den Köpfen des Gedränges. Er riß dem Riesenmaul einmal einen Halberstickten aus den Zähnen; das Brüllen des Enttäuschten, das Keuchen des Befreiten, der schlapp auf dem Arm des Springers durch den Raum segelte. Die Hunde lagen verbissen im Kampf mit den Affen bald hier bald da auf dem Boden. In einem rasenden Entschluß fiel der singende Jüngling, plötzlich verstummend, die vorübertänzelnde Junge mit dem Pferdeschwanz an; sie schlug ihm den Schweif um den Hals, er warf sie um; sie schrie kläglich.

Eine Stimme rief, während grausig Massen von Tieren durch den Saal wogten, Pferde, Kühe, Eber, während blitzartig manche Erscheinungen wechselten, sich überkugelten, rief: «Der Herzog, der Herzog.» Immer durchdringender rief sie. Eine Feuersäule ging durch den Saal, sie sauste wie ein Wasserstrahl, streckte sich langsam gegen die Decke auf; im Wandern äscherte sie Menschen und Tiere ein, die nicht auswichen. Der beizende Qualm wallte durch den Saal.

Da schlug man auf den Galerien und von außen am Saal die Fenster ein. Erschütternd rasselte das Geschrei aus dem Saal und von oben. Die Feuersäule bewegte sich nicht. Wie an den Füßen abgeschnitten, brach sie plötzlich zusammen. Der Rauch schwelte über die Diele, legte sich dick über die Geschöpfe, die hilflos im Tumult kreischten und sangen. In Stößen drang frische Tagesluft ein.

Nach diesem alarmierenden Vorfall erlebte die Bevölkerung um Prag und in anderen Teilen Böhmens eine ganze Reihe Teufeleien. Zwei Teufel hatten sich in der Hölle von ihren Ketten losgemacht und schweiften über den böhmischen Boden. Sie suchten besonders die Gegend bei Aussig, an den Felsenwänden des Ziegenberges, am Waltheimer Tal heim, ließen sich in der Abenddämmerung blicken, scheuten bald frech das Tageslicht nicht. In den Monaten April Mai sah man sie über die dreizipfligen Gipfel des Sperlingsteins mit den Spießen im Rücken herumlaufen, langen wippenden mit Widerhaken versehenen Stangen, die oberhalb der Hüften in ihrem Fleisch saßen, mit denen man aus dem Höllenabgrund geworfen haben mußte, als sie entwichen. Sie taten in diesen Monaten, als trügen sie wie müde Knechte der Artillerie ihr Schanzzeug da hinten in einer

Lederröhre am Leib und als möchten sie es nicht von sich tun. Man entlarvte sie aber mehrfach, als sie leicht berauscht am Schloß Tetschen die Mäntel von sich taten und unversehens die Bedienten der Losamente nach dem lustig schaukelnden Gestänge zugriffen, um es davonzutragen. Ein mordsmäßiges Geschrei, schrilles Keifen und Jaulen erhob sich, die beiden Gevatter warfen die Arme hoch, ihre Augen hingen ihnen wie Äpfel vor der Stirn, ihre Leiber bogen sich nach vorn unter den schönen Westen zusammen, die Stangen zitterten, klirrten metallisch auf den Dielen, jach sausten die Gesellen, Rauch um sich schüttelnd, heulend in den Schornstein, von den Spießen lief grüner Saft herunter, noch vom Dach klapperten und pfiffen sie. Gegen Ende Mai war es aber in der ganzen Gegend, in der sie sich herumtrieben, schon zu bekannt, daß sie entlaufene Teufel wären. Sie hatten einmal selbst davon geplaudert, daß man sie bei einem Aufruhr in der Hölle nicht hätte bändigen können, die Aufruhrsucht in der Hölle wüchse von Tag zu Tag, es werde alles keck und ließe es auf Gewalt ankommen; sie seien nur die Vorläufer von ganzen Scharen. Die beiden konnten sich darauf nirgends mehr sehen lassen, und eines Abends bemerkten Viehtreiber an der Berghalde bei Bodenstedt ein stumm ringendes Paar im Klee, das anscheinend mit Spießen sich zu Leibe ging. Aber es waren Teufel, die geschworen hatten, sich umzubringen oder sich von den Stangen zu befreien. Sie warfen sich in heißem Kampf rechts und links; wie Schwänze, die hochgehoben waren, zappelten an ihnen die Stangen; plötzlich hob der eine den andern, ein Knall, ein rasender Schrei, Wimmern; der eine lag bleich bewegungslos auf dem Rücken, die Lanze dreißig Schritt zersplittert von ihnen, der Sieger kroch nach ihr, beschnüffelte ihr Ende, von dem das grüne Satansblut troff. Er richtete den Bewußtlosen auf, fuhr ihm mit dem Arm in den Rachen, holte die Zunge zurück, spritzte ihm seinen brennenden Harn ein, wobei der andre würgte, sich wand und wieder zu sich kam. Mit Baumrinde verpflasterten sie das sickernde Loch am Rücken. Dann bellten sie wieder gegeneinander. Der Sieger lief heulend vor Neid um den geraden schlanken andern; der nahm die abgebrochene Eisenlanze, band seinen Gefährten an einen Baumstamm und fing an, lustig auf dessen Stange zu klopfen, darauf ihn zu bespeien und, des Jammerns nicht achtend, zu ziehen, bis er rückwärts stürzte, vom grünen Saft begossen, und jener bald verreckt wäre. Entschlossen stemmte sich der andre an ihn, preßte, Rücken gegen Rücken, die Wunde zu, verstopfte sie

mit Pech, das ihm zwischen den Zähnen hervorquoll, und mit dem Körper eines toten Kätzleins, das gerade vor seinen Füßen lag.
So erschienen sie einmal unversehens zu zweit mittags vor der Wegkreuzung bei Bodenstedt, als nackende buschige Teufel, mit trappsigen Pferdefüßen, roten Fellen, stieren Glotzaugen, das schwarze Haar in Strähnen nach rückwärts gestrichen, kaum größer als ein zehnjähriger Junge, rauh miteinander schnatternd. Die Vögel auf den Feldern schwirrten vor ihnen auf. Plötzlich schwirrten die Teufel selber als Raben hinter einer Magd her, über deren Schultern sie fielen, hackend mit ihren spitzen Schnäbeln in das blanke Fleisch. Das gräßliche Gebrüll der Weiber und Knechte; das Geifern der scheugewordenen Ochsen, Flattern der Hühner und Quieken der Schweine war grausig. Die Bauern verbarrikadierten sich in ihren Häusern, läuteten Sturm. Nach einer reichlichen Stunde kamen zwei modisch gekleidete edle Herren des Wegs, hatten Lehm an den seidenen bebänderten Schuhen, schienen ermüdet. Sie sahen erstaunt auf der toten Dorfgasse um sich, riefen sanft nach Menschen, nach einem Trunk Wein, spielten mit ihren Degen. Zaghaft öffnete man die Läden; man fragte aus den Fenstern heraus, ob sie nichts gesehen hätten. Aber die hatten nichts bemerkt; nur einen abscheulichen Gestank hätten sie, wie sie verwundert erzählten, gespürt, aber der könnte von verwesendem Vieh herrühren. Die Bauern hätten sich für geäfft gehalten, wenn nicht die stumpfsinnigen Stalltiere auch jetzt noch heftig um sich geschlagen hätten; das Loch in der Schulter der Magd bearbeitete noch eben der Bader. Sie kamen heraus aus ihren Türen, erwiesen sich beglückt, daß gerade jetzt zwei edle Herren des Weges kämen, denen sie vertrauen könnten. Der eine der Herren betrachtete durch sein Brennglas mit Grimm und Freude, die seine Lippen umwulstete, das Loch in der Haut der Magd; die fuhr jammernd zurück, lief über die Gasse, es sei nicht richtig mit denen, der eine sei der Teufel, der sie gehackt hätte. Allgemein verspotteten die Bauern, die über die Gasse strömten, die Verletzte, dienerten vor dem Besuch. Gerade auf die rabiate Magd hatte es aber der eine Herr abgesehen; er ließ sich noch einmal die besalbte Wunde zeigen, er wolle sie auf italienische Art kurieren. Das Mädchen weigerte sich, der Herr wütete, lachte gell und drohend. Die beschämten und empörten Bauern schoben ihm in einem Häuschen die Widerstrebende zu, er wies stolz das andere Gesindel hinaus. Da drin saß er mit der Magd allein, saß vor ihr, blickte sie an, weidete sich an ihrer Angst. Und während

er grinste und die Arme hinter dem Rücken verschränkte, sich seine Nase lang herunterzog, hatte er plötzlich einen dicken starken Schnabel, weitete hob sich sein loser Mantel mit plusternden Federn, saß ein Rabe auf der Bank, stieß mit dem Schnabel in die Wunde, pickte, hackte, riß. Er flatterte um sie, die aufgesprungen war und unter entsetzlichem Geblök um sich schlug, drängte sie ab von der Wand, aus einer Ecke heraus, fuhr ihr gegen die Stirn, vor den kreischenden Mund, kratzte. Er krächzte und freute sich. Mit einem Bein krallte er sich an ihrem Schürzenband über der Schulter fest, dann patschte er in die spritzende Wunde hinein, hier verkniffen tastete er mit dem aufgebogenen Bein ihren Mund ab, riß ihr von der Nase herunter Schramme auf Schramme. Sein dicker fedriger Rumpf drängte sich an ihre erblichene Backe, der Schnabel hackte; auf ihre Nase springend verteilte er nach rechts und links auf die hochstoßenden Hände Hiebe zwischen die Haarwülste, die er auseinanderzerrte, zerzupfte; die starken Flügel schlugen blendend vor ihre Augen. So vertieft war er in den Kampf, daß er das Klopfen nicht wahrnahm. Erst als die Türe gesprengt platzte, ließ er wild von ihr. Die draußen sahen noch den mächtigen Raben, seine Federn flogen. Aber schon gleichzeitig saß da und kam ihnen entgegen der degenklingende Herr, zornsprühend, blitzenden Auges, fest gegen sie geworfen: was sie sich erfrechten, er sei eben dabei, den bösen Geist, der in sie gefahren, aus ihr zu vertreiben; da lägen die Federn, nun sei er verschwunden; wüste ungebärdige Tröpfe und Tölpel, die sie seien. Die Hände hatte er auf dem Rücken; als er sie vorholte, waren sie bis an die Knöchel blutrünstig. In ihrem Schrecken sagten sie nichts, ließen ihn durch, die Magd schlug bewußtlos und schäumend um sich am Boden. Beim Wein in der Kammer des Pfarrers beruhigten sich die beiden Herren; sie feierten lärmend den Nachmittag über, bis gegen Abend der verwirrte Geistliche sich ermannte nach der Spätmesse; er wolle sie examinieren, was ihm und dem Dorf die Ehre brächte, von wannen des Weges sie kämen, dann –
Und während er in der Küsterei nachdachte, war ihm schon, als wenn er wuchs, als wenn etwas Geweihtes aus ihm sprach; fast zornmütig war er und kaum zu halten, sich auf den Weg zu machen. Denn auch die andern Bauern hatte ein Verdacht ergriffen, sie standen vor dem Kirchlein, munkelten miteinander, fürchteten sich. Steckten die Köpfe in das Fenster des Pfarrhauses, die Gäste waren ausgeflogen. Der eine von den beiden, der sich im Hintergrund gehalten hatte, ging

pfeifend in der Nachbarschaft herum, hatte Interesse an den Kornhäusern Backöfen Vorratskammern Viehställen, fragte rechts und links seine katzbuckelnden Begleiter, wovon sie meist lebten, was sie am meisten quäle und betrübe. Es war Mißwachs im Jahr gewesen, lange hatte der Regen gedauert, eine kurze Spanne, kaum eine Woche schien die warme Sonne, und man mußte mähen und einbringen, das schwarze Mutterkorn fiel über die Ähren. Der Edelmann, gänzlich unorientiert, sog die Neuigkeiten ein. Seine eindringlichen Fragen waren kurios; wenn aber welche aus dem Haufen über den Herrn lachen wollten und schon daherpolterten, so sah er blitzrasch mit einem gräßlichen ins Herz schneidenden Blick an ihnen herunter; sie faßten sich an die Brust; es schien, als ob kein Mensch so schnell die Augen bewegen könnte. Zischend, leise, zum Boden schauend fragte er nach seinem Freund, verschwand im Augenblick um eine Ecke. Schon schoß er wieder gegen sie, scheltend, wo also sein Freund wäre, ob sie ihm ein Leids angetan hätten, er wolle sich beschweren bei der Landeshauptmannschaft, bei der Prager Statthalterei, haderte, schrie, er wolle doch einmal wissen, wo sein lieber Geselle sei. Eine schwarze Henne gluckerte vor ihnen auf einem Dach; er krähte, gackerte sie höhnisch an, schlüpfte, über die Schulter weg den anwandernden Pfarrer erkennend, ihm den Hut entreißend, in die offene Kirche, gackerte noch grinsend an der Tür, er wolle seinen Freund suchen. Und schon schallte der Raum innen wider vom Toben, Lachen, Klatschen. Gegen den Pfarrer höhnte er hinter dem Altar: «Bring mir mein Brüderlein», jauchzte, lockte, der Pfarrer suchte ihm den Hut zu entwenden, ein kalter Schleim sprühte ihn an, er wich voll Ekels zurück, stürzte im Entsetzen die Turmstiege herauf, riß das Glockenseil. Alarm läutete er über das Tal und die Nachbartäler. Die Nachbardörfer antworteten, er gab nicht nach, unablässig unter dem höllischen Krachen und Getobe unter sich riß er die Glocke und ließ sie sausen. Vom Altar zu den Beichtstühlen hüpften sie, kauzten schmutzverbreitend auf den Heiligensäulen Kruzifixen. Mit Wagen Äxten Feuerspritzen Löscheimern knarrten und trabten die Nachbarn an, staubend auf den Alleen. Der Pfarrer, angsterstarrt, sah und hörte im Recken und Anspannen seiner Arme nichts mehr. Auf dem Turm stand er noch, als die Glocke plötzlich hochanschwingend aus dem Stuhl flog, auf die Straße wuchtete und berstend ein Schwein erschlug. Der gleiche Schwung riß ihn zur Seite, er wehte der Glocke nach, zerknickte kopfaufgestellt. Der Raum selbst der Kirche begann zu beben, sich zu dehnen, zu weiten, ein Dunst von Kalk rann an ihren Wänden herunter, im Kirchturm klaffte plötzlich ein Loch, daraus zwischen fallenden Steinen zwei kupferrote geschwänzte Gestalten vorstießen im Zickzack. Aus der Luft meckerte es. In dem Tumult unten fielen sich die Dörfler an; die Nachbarn glaubten sich gefoppt von den Einheimischen, in rätselhafter Weise flammte bei den Leuten eine dunkle Wut auf, sich zu zerfleischen und zerkratzen wie unter einem wilden Juckreiz. Die Glocken der Nachbardörfer dröhnten; von Bergen herunter, die Bäche entlang wälzten sich schreiende Menschen, gräßlich tieffaltige Gesichter, dicke pralle Lippen, stöhnende Brüste, von der Arbeit, vom Essen, vom Schlaf aufbrechend, wo sie standen und lagen. Unten an dem geborstenen Kirchlein schlugen sich, zerrissen sich die verwirrten, sich selbst nicht kennenden Männer und Frauen. In den Kessel mußten sie. Wie sie stockten im Gedränge, schaute einer betrübt und leidend dem andern an den Hals, griff ihm um die Kehle; es war die Not einer gräßlichen zähneknirschenden umdampfenden Lust.

DIE BAUERN warfen ihre Pflüge hin, schickten die Weiber zum Vieh, saßen, sich die Mäuler schleckend, finster vor ihren Häusern und Ställen. In manchen Landschaften drängten sie zusammen, trollten über die Fluren, fanden ein Behagen darin, sich wechselseitig zu sehen und zu befühlen. Ziellos liefen sie in die Wälder ab, rotteten sich um die Herrschaftshäuser, zerstoben wieder auf die Felder. Sie standen haufenweise in einer stummen Gebanntheit, ratlos, mißtrauisch, mit stockenden Säften vor den kleinen Holzstandbildern an den Wegen, den Kruzifixen. Hier jagte sie keiner fort. Grimmig beschnüffelten sie das Holz. Verächtlich schrie einer: «Wir haben keinen Grund, hier stehen zu bleiben. Wir ziehen unserer Wege.»
«Wir bleiben schon hier.»
Sie sahen sich prüfend an, schoben sich zusammen, fühlten wieder die Kraft der Nachbarmuskeln, schoben sich dichter. Enger kreisten sie das Kruzifix ein. Die hinten standen, fühlten sich ferngehalten, drängten heftiger, von ihnen lief der Ruf nach vorn: «Das hat nicht auf unserm Acker zu stehen.» Und dazu tönte grelles Lachen.
«Christus, Christus!» dumpften die vordern, schon fast die Säule berührend.

«Die Pfaffen haben ihn hingestellt.»
«Sie wissen, warum sie's tun.»
«Zieht die Mützen ab! Daß ihr's wißt und nicht vergeßt, was man vor dem zu tun hat. Der Herr Pfaff hat ihn hingestellt.»
«Das hat nicht auf unserm Feld zu stehen.»
In ihnen allen krampfte der Drang, etwas zu tun; von Muskel sprang es auf Muskel.
«Werft es um.»
«Die Schandsäule um!»
«Schandsäule.»
Jeder Schrei hatte die Kraft, fünfzig neue nach sich zu ziehen. Wehrlos, schaudernd wurden die Vordersten, fast Anbetenden gegen die Säule geworfen; mit ihren Gliedern brach die Menge den Holzstock entzwei, zerknisterte ihn. Dann wußte man, was man wollte; man wogte weiter auf die nächsten Kruzifixe; es war eine Jagd auf die Säulen des Gekreuzigten.
Aus den zurückliegenden Häuschen auf den gepflügten Berghängen sah man ihnen vergrollt, verdattert zu, schloß sich in die Stuben ein: «Auch damit ist es nichts! Sie schaffen's nicht.» Der graue Vikar der Gemeinde, plötzlich angesteckt, zerknüllte seinen Talar, hatzte zu seiner Herde herunter, hielt mit stürmischer Brust eine tobende Predigt: es sei geistliches Werk, was sie täten, er nähme sich ihrer an, man hätte ihnen Christus gestohlen, einen falschen untergeschoben. Die Menge verschlang ihn; sie war nur Sturmbock, Stoßbock gegen die Holzsäulen. Aber immer wieder machte er sich frei, von allen Seiten wuchs das Geschrei, man war glücklich nachzustammeln: «Man hat uns Christus gestohlen. Das ist nicht unser Christus. Das ist der Christus der Herren, der Fürsten, der Ritter. Glaubt mir! Der falsche Christus. Zur Fron steht er hier. Sie haben Burgen gebaut mit Kartaunen, Wällen, Gräben, Mauern, um uns zu unterjochen. Die Kirchen sind Burgen. Der Heiland wollte uns befreien davon; sie haben ihn in die Kirchen geführt, gefesselt, eingeschlossen. Auf den Äckern steht er, damit wir wissen, daß wir dienen, daß wir Knechte zu bleiben haben. Kommt, ihr Mühseligen – hoho, kniet, ihr Mühseligen. In Rom steht er in der Petersburg ganz aus Gold. Der Satan hat sich des Heilands bemächtigt. Er hat ihn gestohlen!»
«Wir müssen ihn befreien!»
«Der Papst ist im Bunde!»
«In die Kirchen.»

«Rettet Jesum!»
Von Aussig und Tetschen kamen Männer und Frauen gelaufen, die Scharen vergrößerten sich; die Masse gereizt, tatdurstig; dabei in der Tiefe gepeinigt von dem Gefühl, falsch zu laufen, immer wieder stockend, sich beruhigend. «Wir fordern das Evangelium Jesu, das die Herren uns geraubt haben.»
«Betrüger! Schelme!»
Und doch lief man nicht wider die Herrschaftshäuser, auf die Edelgüter, sondern durch die Dörfer gegen die Kirchen. Und unter dem Gefühl des Irrlaufs wuchs die Wut. Sie schrien, gegen die Haustüren schlagend: «Macht auf! Gebt Christus heraus! Sein Bild her aus den Häusern. Es ist der falsche.» Sie rissen Mistwagen aus den Ställen, spannten Ochsen davor, stapelten Kruzifixe, Bilder, Gebetbücher darauf. An den Fenstern weinten die Frauen, die Kinder erschraken vor ihren Vätern, die sie nicht ansahen. Ein junger einäugiger Bauer aus Aussig, ein ehemaliger Mansfelder, weinte brünstig, die Arme windend vor dem Stapel: «Besudelt hat man unsern Herrn Jesum Christ. Du warst nicht unser Schild, denn wir haben dich nicht gekannt. Es war nicht unsere Schuld, wir haben es nicht gewußt. Es war nicht unsere Schuld, daß wir deiner so spät gedenk sind. Verzeih uns Sündern!»
Viele brachen in der Nähe in die Knie nieder. Angstvolles Rufen: «Jesus, Jesus!» «Verzeih uns!» «Erbarmen!» Die Starken, Grollenden ließen sich nicht bewältigen: «Wir wollen ihn retten!» Einer drängte sich durch, mit Schwimmerstößen gelangte er an den umzingelten Ziehbrunnen; als er am Schwengel zu reißen begann, wich man rechts und links ab. Wie ein Tiger schleppte er den vollen Eimer an den Wagen. Sie verfolgten aufmerksam seine Bewegungen. Er goß im Schwung Wasser über die Kruzifixe, schreiend mit wilder, überschlagender Stimme: «Die zweite Taufe. Es ist geschehen!» Freudig, mit aufgehobenen Armen betrachtete er das triefende Gehäuf, auch um ihn hob man dumpf sich hingebend die Arme. «In die Erde!» brüllte der Täufer, fanatisch sich schüttelnd und erbleichend. Sie schoben, automatisch gehorchend, den Wagen aus der Gasse; auf dem ersten Wiesenanger hieben sie mit Piken ein Loch, versenkten die Kruzifixe, auch die schönsten mit den milden Gesichtern und den weinenden Frauen am Fuß. «Sein Leib in die Erde. Er selber, auferstanden von den Toten, wohnt im Himmel über uns.» In das Gewimmel, das sich weiterschob: «Nachdem uns alles so gut gelungen ist, wollen wir zu

Prag dem Statthalter sagen, was wir getan haben und was wir denken?» Mit grimmig fletschenden Zähnen der berserkerhafte Täufer: «Wollen wir nach Wien zum Kaiser und ihm sagen, daß wir die Herren nicht mehr wollen und keine Gewalt wollen und nur Jesum Christum und den Römischen Kaiser über uns anerkennen. Wir verlangen Verantwortung für die Schändung unsers lieben Heilands, man soll uns Jesum wieder ausliefern. Und Buße zahlen.» «Buße!» «Buße!»
Leute, die hinzuliefen, fragten: «Wo wollen wir hin?»
Von hinten, aus der Mitte: «Wo ziehen wir hin?»

KAISER FERDINAND erlebte mit tiefem Glück, wie das deutsche Reich unterjocht wurde. Es war sein Entschluß gewesen, der diese grausige Maschinerie Wallenstein in Bewegung gesetzt hatte, er allein hatte verhindert, daß man die Maschinerie hemmte, sie arbeitete weiter. Rechts und links standen sie an seinem Hoflager auf, um seine Wonne zu schmälern, er sah mit ungestörter Ruhe zu, zwinkerte mitleidig, hoheitsvoll. Fürst Eggenberg war zu nüchtern auf Sicherheit bedacht, konnte nicht spielen, nicht gewinnen; gut, daß er so war, man konnte sich seiner bedienen. Trautmannsdorf hatte Mut, aber er trug an seinem Buckel, liebte es, an der Sonne zu liegen und behaglich aus dem Winkel zu kläffen. Freudig grunzte der große Lamormain, roch den großen Braten, der der Kirche im Norden bereitet wurde; damit war es genug, sonst hieß es mäkeln, ihm war niemals recht geschehen. Herrn Meggau flossen die Gelder nicht rasch genug her, Graf Strahlendorf ächzte über die fatale Armee, die nur halb katholisch war, als ob eine Unterwerfung durch protestantische Hand weniger nachdrücklich wäre als durch katholische. Und was machte in München der entthronte Max, jetzt nicht mehr Kaiser im Reiche, sondern Fürst unter vielen, ein zähneknirschender. Das Abenteuer hatte er in schon grauer Zeit heraufbeschworen, ohne ihn wäre der Herzog von Friedland nicht in die Höhe gekommen und angenommen als kaiserlicher General; der Kaiser war ihm Dank schuldig, aber der Bayer war nicht froh über den Lauf der Dinge, es schien so, es schien ganz so, ihm behagte nichts mehr im Reich, Opfer sein machte keinen Spaß. Und Sieger sein dem Friedländer nicht. Den trieb es als sein Verhängnis um, er hatte ein böses giftiges Blut in sich; wenn er

Niedersachsen erobert hatte, drängte es ihn nach Dänemark; wenn Dänemark dalag, war Bethlen nicht ruhig; war Bethlen besänftigt, reizte der Türke; der Friedländer war das heiße Schwert, das zu schneiden verlangte, man mußte ihn halten, regieren. Ihm aber, dem Kaiser Ferdinand, war alles durchsichtig; für seine Frömmigkeit hatte ihm die Mutter Gottes diese Menschen und das unterjochte Deutschland verliehen. Der Kaiser, der in diesen Monaten nach der Zerschmetterung der Dänen und Niedersachsen, noch gelb vom Sumpffieber, in der Burg, in Wolkersdorf und Schönbrunn herumwankte, blickte den Dingen scheu und mit einer kichernden Verliebtheit unter die Augen, er empfing sie geheim und stumm wie ein Einsiedler, der Hirsche Rehe in seine Hütte einläßt. Der Zermalmung der Feinde in Schlesien schaute er mit einer schmerzlichen Gespanntheit zu, dann war plötzlich ein Faden in ihm gerissen. Er war plötzlich hellsichtig geworden. Die ungeheuren Märsche kamen, die Siege, er wußte sie vorher; ihm kam vor, er wußte noch viel mehr; manchmal schien ihm, als ob Wallenstein sein Vertrauter war, aber die kalten Meldungen zeigten ihm, daß der Herzog nicht wußte, was vorging. Und so wälzte sich geheimnisvoll leise der Krieg ab vor seinen Füßen; am Hofe tobten ekstatisch die Menschen über die Erfolge, die lauten Glocken dröhnten über Holstein, Pommern. Ferdinand erfüllte sich mit wachsender Ruhe und Scheu. Er wurde behutsam, stille; sein Schicksal sah er draußen sich abspielen. Eine ungeheure Hand wurde sichtbar in diesen von Kriegern Pferden Kanonen getriebenen Ereignissen, die Krieger wußten nicht, was sie taten, warum sie fielen, die Pferde liefen und glaubten den Lederzügeln und dem Kutscher zu gehorchen, die Kanonen waren aus Bronze, und keiner glaubte, daß mehr als die Geschicklichkeit der Bedienung die Stein- Blei- und Kettenkugeln lenkte. Eine Hand schrieb für den Sehenden in den niedersächsischen und holsteinischen Boden, Zug um Zug wurde die Schrift deutlicher.

Die Kaiserin sollte daran teilnehmen. Ferdinand dachte wenig an sie, so innig er auch mit ihr zusammen war, mit ihr spazierte, ausfuhr, ihr Geschenke brachte. Er ging mit einer Schöpfung von sich um, einer sanften aufsaugenden Frau, die nur Gewalt in der Inbrunst besaß; eine Gnade des Himmels hatte sie ihm zugeschoben, sie war der schwingende widertönende Raum in seiner Seele. Jetzt zeigte er ihr, in der verschlossenen Sänfte mit ihr über Maienhügel fahrend, mit kleinen Sätzen, wie sich draußen alles fügte. Ferdinands Gesicht hatte sich von der Krankheit noch nicht hergestellt; einen fast kahlen kleinen Schädel, von faltiger Haut überzogen, bewegte er auf einem schlottrigen Hals, sein frierender eingefallener Leib verkroch sich, eingeschnürt wie ein Igel, in die braunen und gesprenkelten Pelzmassen, Hände und Füße tremolierten viel. Die weißblauen Augen ließen es sich genügen, geradeaus zu blicken. Er flüsterte demütig: «Wir sind ein Werkzeug des Allmächtigen. Die Gebete und Fürsprachen sind nicht umsonst gewesen.»

Die Mantuanerin, aus allen ihren Zusammenhängen gelöst, ließ sich schon fast willenlos treiben, das Gefühl einer tiefen Sündhaftigkeit wurde sie nicht los. Knirschend beugte bog bäumte sie sich neben ihm zu der Rolle, die er ihr zuschrieb; immer wieder vergewaltigte sie sich mit Graus und Wonne, bog sich für ihn zurecht. Das lombardische Geträllere, süß, frei, mit der Lust einer reinen, hellen Landschaft um sich, die Erinnerung an ländliche Tänze, bunte Kleider, Feste mit sich tragend, vermochte sie nicht mehr zu hören, oder mit einem Hohn, der ihr selbst schmerzlich war. Was die Kirche war, daß es eine Kirche, eine seligmachende heilige Kirche geben mußte, wurde ihr verständlich in ihrer Sündhaftigkeit, rettungslosen Selbstentfremdung; in Gebeten schmiegte sie sich neben den Kaiser, es gab eine reine und selige Gemeinschaft zwischen ihnen, die alles entsühnte; da konnte sie ohne Zittern mit ihm wandern, wenn sie so bleiben konnte mit ihm. Sie wurde Stifterin von neuen Orden; alte zerfallene lockte sie an sich; der Gnadenschatz, den sie sich erwarb, mußte ihr das Leben erleichtern, Dunkel über den Weg gießen, den sie ging. Sie entdeckte mit selbstmörderischer Freude, daß ihr die härtere kühle Luft des Landes zunehmend mehr behagte, daß sie in Straßen fuhr, als wenn sie hier zu Hause wäre. Nur die Fremden, die aus Savoyen und Mantua sie besuchten und sahen, fanden, daß sie mit ihren unnatürlich aufgerissenen Augen nicht mehr zu erkennen war, daß sie wie vom Gram zerschnitten war, bezogen es auf ihre Kinderlosigkeit.

Und wie der Kaiser des Heiligen Römischen Reiches versunken in die Höhe geschoben wurde von den Siegen, die ihm eine himmlische Macht zuwies, drängten sich im Reiche seine Parteihalter zusammen, sich des Raubs der Siegesbeute zu bemächtigen, wo er sich greifen ließ. Ihre heißen Augen lagen auf den beiden Erzbistümern, zwölf Bistümern in Niedersachsen mit dem berühmten Magdeburg Bremen Halberstadt Merseburg Lübeck. Man konnte sie jetzt an-

packen, nach denen man so lange lüstern war; die Hochstifter waren die Zeugen des Niederganges der katholischen Macht. Langsam, kaum merklich waren sie in protestantische Hände abgeglitten. Die trüben Zeiten waren vorbei. Unter den ligistischen Mitläufern des Kaisers hörte das Geraune nicht auf, als das Gesicht des Krieges sich unverhüllt zeigte, lächelnd gegen die Wallensteiner, finster gegen den Dänen. Man zog den Kaiser nicht ins Geheimnis, plante mit Ansprüchen an ihn heranzutreten als zu einer Kompensationsforderung bei seinem Machtzuwachs. Die feinhörigen Herren in Wien fingen ihnen das Wasser ab, besänftigten die Wut und das Widerstreben gegen das Vorgehen des Friedländers, indem sie die Rückgabe jener Stifter als mögliches Zugeständnis des Kaisers in Aussicht stellten, nach dem Siege, nach dem Siege. Sie wurden kirr; inzwischen konnte ungehindert der Kriegswagen des eisernen Böhmen über Niederdeutschland fahren. Wenn erst der Böhme und mit ihm der Kaiser in Glorie und Furchtbarkeit flammen werde, werde die Verhandlung über jene Ansprüche ein anderes Ansehen bekommen, wie man wünschte: dachten die Räte.
Die geistlichen Herren traten einzeln und in Gruppen in Wien auf; vor dem Reichskammergericht erschienen ihre Abgesandten, vor dem Reichshofrat. Klein war ihr Rechtsgepäck, um so schwerer; es war sicher nach den Friedenssatzungen des vergangenen Jahrhunderts, daß zahllose Güter Erz- und Holzstifter sich in falschen Händen befanden, – wenngleich inzwischen Land und Herrschaft protestantisch geworden war. Aber der Kirche war ihr Besitz entrungen, ihr war nach dem Buchstaben Unrecht geschehen, wie einem Kranken Unrecht geschieht, der nicht essen kann und dessen Speisen unterdessen die Gesunden schlucken. Erregter wurden die Forderungen der Prälaten, je mehr der Hof an sich hielt; Prämonstratenser verlangten ihre Klöster im Erzstift Magdeburg wieder, kaum wäre noch der kleinste Teil der Menschen dort katholisch; Benediktiner regten sich. Unverzüglich, schrien sie in Wien vor den Kammern – und um so hitziger, als die Pracht um sie zeigte, welche Summen aus den eroberten Ländern herflossen –, sogleich sollten jene unbefugten Inhaber die Güter ausräumen und abtreten, samt allen noch vorhandenen Fahrnissen; durch Nachlässigkeit der Geistlichen, durch List und Gewalt der Ketzer sei ihnen ihre Habe entzogen, tausend Seelen um ewiges Heil gekommen. Wie Gläubiger schwirrten sie um die Wiener Burg, schnarrten vor dem ernsten träumenden Kaiser. Er verlangte sie nicht

vor sich, als ihm Fürst Eggenberg von dieser Bewegung unter den Altgläubigen erzählte: «Ich bin nicht Kaiser für die Benediktiner und Prämonstratenser.» Ein zähes Äbtlein, Kaspar geheißen, von dem Prager Kloster Strahow, verstand es, sich einzuschmuggeln, prahlend von seinem verlorenen Kloster Sankta Maria zu Magdeburg zu schwadronieren, auch von den Klöstern Gottesgnad und Jericho im selben Erzstift, bis Ferdinand ihm seufzend ein Zettelchen bot, das eine Anweisung auf den Geldbetrag dieser Klöster darstellte. Damit war Kaspar nicht zufrieden; Prälaten, die davon erfuhren, sahen darin nur ein Zeichen des kaiserlichen Widerstandes. Abt Anton von Kremsmünster war Benediktiner, wußte von säkularisierten Gütern seines Ordens; er wandte sich an Eggenberg um Hilfe. Die beiden alten Freunde lächelten sich an: «Ich will Euch nur wiederholen, was die Majestät zum schlauen Kaspar sagte –, daß sie nicht bloß Kaiser der Mönchsorden sei.» Antonius meinte, es könne doch niemand durch Ausführung von Rechtsbeschlüssen gequält werden, die Leidtragenden seien Ketzer, Rebellen. Eggenberg hob die Hand: «Er will nicht.» «Er wird wollen, Eggenberg. Man kann es verschieden ansehen, man kann aber auch sagen: es ist nicht schön, am vollen Tisch tafeln und andere hungern lassen.» «Es ist nicht so, Ihr verkennt ihn.» «Ich weiß, es ist nicht so. Aber wir wollen tafeln.»

Und die andern schrien nicht mehr Hunger, sondern schon Rache an den Protestanten für die Ablösung jener Stifter und Güter. Der hitzige Abt von Strahow sprach offen aus: Die Kirche habe in der Agonie gelegen vor Jahrzehnten, da sei das Luthertum über sie hergefallen und habe sie ausgeplündert; Leichenraub sei geschehen; das Unrecht muß beseitigt werden, Strafe muß folgen. Mit Strahow sprach ein Profoß der Jesugesellschaft in Wien, sie gingen vor einem wachsenden Klosterneubau hin und her; der Jesuit lobte den Eifer des Abtes, lobte seine Argumente, fand sie nur unvollständig. Und den sehr erstaunten Abt beglückte und stärkte er mit dem Hinweis, zum Leichenraub gehörten zwei, einer, der stirbt, und einer, der lebt. Ist es ein Verbrechen des Luthertums gewesen, daß es damals lebte; ist es ein Ruhm der heiligen Kirche gewesen, daß sie fast hin war? Wenn Unkraut auf dem Acker überwuchert, kann das Korn nicht gedeihen; wenn das Unkraut ausgerissen ist, findet das Getreide Platz: da ist Recht und Unrecht. Nicht beim Unkraut und Korn, wohl aber beim Gärtner und Bauer. Die Kirche hat Gärtner gehabt, die ihre Äcker nicht gepflegt haben. Jetzt werde man alles nachholen und sich nicht

hindern lassen. Heraus mit dem Unkraut; Raum für das blühende Getreide.
Die Kirchenherren erreichten, daß der Abt von Meggau sich an den Herzog von Friedland mit einem Schreiben wandte, was er der Majestät rate und welche vermutlichen militärischen Folgen sich aus einem Zugeständnis ergeben würden. Der Herzog saß in Wismar, organisierte eine deutsche Kriegsarmee gegen Dänemark und arbeitete der drohenden schwedischen Invasion entgegen. Er gab schriftlich von sich, daß man ihn nicht mit Politik befassen möge. Herr von Strahlendorf, Fürsprecher der Rückgabe im Geheimen Rat, drang in das Wismarer Rathaus ein. Was, fragte Friedland verärgert den edlen Herrn, an dieser Angelegenheit denn so wichtig wäre, daß man einen besonderen Befrager an ihn entsende. Als Strahlendorf mit Wärme dargelegt hatte, welches Unrecht der Kirche geschehen sei, schloß der hagere General kurz und den Herrn an die Tür drängend, die Kriegstage erlaubten ihm keine langen Debatten; gehörten die fraglichen Güter der heiligen Kirche, so würde das Reichskammergericht das Urteil fällen; er käme nur für die Exekution in Frage. Erst bei den stockenden Bemerkungen des langen Grafen, daß der Kaiser nicht recht für die Sache zu haben sei, wurde der General aufmerksam, warf seinen schlauen stechenden Blick. Er ließ seinen Freund, den jovialen Arnim von Boitzenburg, in das Zimmer rufen und fragte ihn, den Protestanten, in Gegenwart des kopfsenkenden Grafen, ob er Lust hätte, Magdeburg für die Katholiken zu erobern. Und auf das Erbleichen des Mannes und sein unsicheres finsteres Hin- und Herblicken gab er ihm die Hand: dies sei ihm nicht zugedacht von ihm, dem Herzog, sondern – irgendwoher, wo man anscheinend Hunger hätte nach dem Rind, aber keine Leine, es zu fangen. Er möge nicht beunruhigt sein, für dies Rind hätte er auch keine Leine. Dies sei, schmähte er nach der Entlassung Arnims gegen Strahlendorf, seine Antwort an ihn: der Krieg habe nichts mit Religion zu tun, man möge nicht Schwierigkeiten machen. – Aber er sei doch Katholik, hob nach langer Pause der Graf den Kopf; ob er es nicht für billig ansehe, Vorteile, die sich aus der Krieglage für die Religion ergäben, zu benutzen. – «Man denkt vielleicht wieder», sagte der General, «mir einen Knüppel zwischen die Beine zu werfen. Wenn ich katholisch bin, ist es meine Sache; mag den Herrn nicht scheren. Ich lause Rebellen in derselben Weise, ob sie katholisch oder lutherisch sind.» Darauf wiegelte sehr ruhig Strahlendorf ab, es sei nur eine Anfrage gewesen,

die er nicht verübeln wolle; es gäbe in einem Reich vielfache Interessen, regten sich viele Wünsche. Mißtrauisch betrachtete ihn Wallenstein in der Nähe: «Der Kaiser ist wohl dem und jenem zu stark geworden. Möchten ihn etwas zwicken. Möchte wohl auch der und jener im trüben fischen. Lass' er sich nicht zum Werkzeug verkappter Schelmereien machen.» Strahlendorfs Abschied war nicht gnädiger als sein Empfang.

«Man will ihm an den Kragen», streckte Friedland die Arme über sich am Fenster, als Arnim nach Strahlendorfs Abschied wieder eingetreten war. «Sie wollen ihn unter den päpstlichen Hut drücken. Er ist ihnen zu groß, schon jetzt viel, viel zu groß.»

«Fühle sich Herzogliche Gnaden nicht durch mich gebunden oder beengt in ihren Entschlüssen. Arnim kann in Boitzenburg seinen Kohl bauen, oder bei den Polen fechten.»

«Es liegt nicht an Euch, Herr Bruder. Hab' er vielen Dank. Man will ihm an den Kragen, dem Kaiser. Das ist es.»

Er stieg durchs Zimmer: «Sieh da, sieh da, die Liga lebt noch. Man wird den Herren den Kopf vor die Füße legen müssen.»

In Rom residierte im goldenen Vatikan ein Panther, Maffeo Barberini, der achte Urban. Man konnte nicht sagen, er verstünde seine Zeit nicht. Zur Macht war er gekommen, indem er beim Konklave beiden Parteien schwor, er sei der Todfeind der andern. Über den Eingang seines Theaters schrieb er, er denke nur an die Sicherheit der Kirche. Vierzigtausend Mann konnte er aus dem Rüstzeug des päpstlichen Arsenals bewaffnen. Das Castell Franco baute er an der Grenze des Bolognesischen, armierte in Rom Sankt Angelo. In Tivoli arbeitete seine Waffenfabrik. Er wollte statt marmorner Denkmäler eiserne. Als jenseits der Alpen der Krieg auf die Höhe stieg, erneuerte er die Nachtmahlsbulle In coena domini, verfluchend Ketzer, Hussiten, Wiklifiten, Lutheraner, Zwinglianer, Calvinisten, Hugenotten, Trinitarier, Wiedertäufer und die Meerpiraten. Zerschmettert sollten die deutschen Ketzer werden, die gestohlene Habe ihnen wieder entrissen werden und der Kirche zufallen.

Schon während der militärischen Aktion erklärten seine Gesandten am Wiener Hofe, die Kirche verlange, wo die Macht des Kaisers, des Kirchenvogtes, dazu ausreiche, daß Anstalten getroffen werden, ihr zu ihrem rechtlichen Besitz wieder zu verhelfen. Witzige Gesellen am Hofe lachten: Wallenstein solle marschieren, um dem Papst Magdeburg Halberstadt und die andern deutschen Stifter wieder zu erobern.

Es bedurfte nicht des Lamentos der Ligisten, der entrüsteten Hinweise des bigotten Grafen Strahlendorf, um einen Sonderlegaten nach Wien zu rufen, als die Glocken den Sieg in den Straßen läuteten. Schon bereiste eine geheime päpstliche Kommission die besetzten Gebiete und das übrige Deutschland, um für Urban die kommenden Einkünfte abzuschätzen; er hatte vor, mit diesem Gelde die Grenzen des Kirchenstaates vorzurücken, die Liga gegen den gefährlich übermächtigen Kaiser zu unterstützen, Frankreich gegen Spanien zu helfen. Dem abreisenden Nuntius blies Urban bei verschlossener Kammer in die Ohren: «Die Kirche hat nie frömmere Fürsten gesehen als die deutschen und den Kaiser Ferdinand. Das weiß ich. Aber es wäre schrecklich, wenn sie nicht die Frömmigkeit besäßen. Schließlich rechtfertigt nur der Glaube ihre Entsetzlichkeiten und schamlosen Räubereien. Der Kaiser mag uns bitten, die Stifter anzunehmen und auf Ersatz der verlorenen Jahre zu verzichten; wir werden erwägen, ihm einen Anteil am Ertrag, ihm und der Liga, zuzugestehen. Vergeßt nicht, einmal die Bemerkung hinzuwerfen: Ihr hättet von mir das Wort gehört, die Welt verlöre ihr Gleichgewicht ohne Frankreich, und damit verbeugt Euch vor Habsburg; man wird Euch verstehen. Im übrigen liebe ich Frankreich nicht mehr als Deutschland; der Tisch ist groß genug für viele Kinder.»
Und zu seinem Unwillen wurde Ferdinand aus Wolkersdorf durch Boten Eggenbergs nach Wien berufen; es sei eine feierliche päpstliche Nuntiatur eingetroffen, die in besonderer Sache empfangen zu werden begehre. Im spanischen Saal, matt in den Armlehnen hängend, wie ein Wundervogel ohne Begierde durch die Käfigstangen den Schnabel steckend, hörte Ferdinand milde und still neugierig den vor großem Gefolge im Kardinalspurpur gestikulierenden Italiener an. Noch einmal ließ ihm der Heilige Vater und nun mündlich Glück zu dem Siege wünschen, dessen Gerüchte den Weltball erschütterten. Es sei durch die Frömmigkeit und Tugend Habsburgs vornehmlich geschehen, daß sich die trauernde Kirche aus ihrem Jammer erhoben habe und nun majestätisch um sich blicke, die Braut Christi, die ein süßes und dankbares Lächeln denen spende, die ihre Schwertträger gewesen waren. Dies aller Welt zu verkünden in feierlich offener Audienz sei dem Papst Urban Herzensbedürfnis. Mögen auch die noch nicht Unterworfenen und unter das Schwert Gefallenen wissen, wessen sie sich zu vergewärtigen haben, wofern sie in Starrsinn verharren. Die Heilige Kirche aber stehe nicht an, ihre Freude zu

äußern, wo sie ihre Kinder wieder um sich sammeln wolle, die heimtückisch von ihrer Hnd gerissenen Hochstifter und Klöster, die sie mit Jubel an ihr Herz drücke, alles Vergangene vergessend. Sie nehme sie entgegen aus der Hand des kaiserlichen Hauses, dem sie im Glück ihrer Brust keinen Vorwurf über den erlittenen Verlust mache.

Zugegen waren bei dieser Audienz fast alle Herren des Geheimen Rats, die Gesandten Bayerns, Kursachsens, die Vertreter der geistlichen Fürsten. Sie hatten maskenhafte Gesichter, mit keiner Bewegung ihre Anteilnahme verratend. In Ferdinand zog sich, während er zuhörte, ein gräßliches Gefühl zusammen, das ihm den Mund verpappte, sich mit Hitze und Beengung auf ihn legte. Er sollte überfallen werden. Man überfiel ihn: man wollte ihn vor die vollendete Tatsache stellen, daß das Reich geplündert wurde. Ihn, den Kaiser; sie wußten, daß er es nicht zulassen würde. Man wollte ihn zum Erwachen bringen. Er war überflutet, nicht imstande, seitlich zu ihnen hinzublicken. Bestürzt reichte er dem stolzen tönenden Kardinal die Hand.

«Was war das? Was war das?» flüsterte er, in sich verwirrt, auf den Korridoren. Er saß kaum eine halbe Stunde, als Eggenberg und Trautmannsdorf angemeldet wurden, während er selbst auf die Mantuanerin wartete. Der Habsburger, noch im großen Ornat des Empfangs, in die Ecke eines Armstuhls geschoben, über dessen Lehne Purpurmantel und Schärpen bauschig herabfielen, als gehörten sie nicht zu diesem Manne. Seine Kammer halb dunkel.

Als sie eintraten, machte er, ohne die Arme zu bewegen und sich aufzurichten, ohne sie anzusehen, waagerechte Striche mit den bedeckten Händen, hauchend: «Nicht sprechen. Nicht nötig. Der Besuch ist geschenkt.» Die beiden, erschüttert, wie er im Audienzornat, wollten unter Verneigungen auf dem Teppich nähertreten; er winkte gleichmütig weiter: «Ihr stört mich. Nehmt an, ich hätte euch schon angehört. Ich billige eure Argumente. Es ist gut.» Eggenberg: «Wir haben keine Argumente. Wir wollten eine Erklärung abgeben.» «Empfangen. Danke. Die Herren sind entlassen.» Der schmerzbewegte Fürst: «Was haben wir verschuldet?» «Ich erwarte die Kaiserin. Ich danke.» Er strich immer weiter vor sich in die Luft. Trautmannsdorf grub sich die Nägel in den Handteller: «Auf die Gefahr, den Zorn der Majestät herauszufordern: wir sind nicht schuld. Den Satz muß ich gesagt haben.» Fast mitleidig drehte sich ihm der Kopf Ferdinands zu, die linke Hand fuhr leicht in die Höhe: «Welchen Satz?» «Daß wir

nicht schuld sind. Der Kardinal hat uns bloßgestellt.» «Wie sonderbar.» «Eine feierliche Danksagung an Eure Majestät, die Überbringung des päpstlichen Segens war verabredet.» Wortlos, ohne seine Lage zu verändern, ließ der Kaiser minutenlang von einem zum andern seine weißen Augen gehen: «Was wollt ihr mir erzählen.» Eggenberg, mit tiefer, wutzitternder Stimme: «Es ist nötig, beim vatikanischen Stuhl zu protestieren in aller Form, wie der Kardinal hier verfahren ist. Gegen den Anstand, gegen Treu und Glauben.» «Das wollt ihr mir erzählen.» Eggenberg standen die Tränen in den Augen; voll Bitterkeit sah er auf den Boden. Der Ausdruck des Kaisers veränderte sich, seine Stimme klang entspannter: «Graf Trautmannsdorf, es ist wahr, man hat euch übertölpelt?» «Es ist ein schwacher Ausdruck für das, was vorgefallen ist.» «Und ihr beide und andre?» «Vor uns hat der Kardinal geredet, ohne daß wir uns dessen versehen konnten.» «Er wollte, er hat erreicht –» «Gut, Graf Trautmannsdorf.»
Der Kaiser bog den Kopf zur Zimmerdecke, gerade auf das goldene hohe Kruzifix, sein Gesicht wurde wieder gleichmütig; wie er den Kopf gegen die Schulter ablegte, atmete er erleichtert. «Mich freut, daß ich nicht allein überrascht bin und daß ihr meine Freunde seid. Daß ihr nichts gegen mich gewollt habt. Wahrhaftig, Eggenberg, hättet ihr wieder mit mir so getan wie vor einiger Zeit, so hätte ich» – der Kaiser sprach sehr leise, versunken, monologisch – «kaum noch Lust gehabt zu irgend etwas. Es hätte mich genug gedeucht hier. Ich dachte vorhin: dieser Tag, mich auf meinen Heiland zu besinnen, sei heute gekommen. Gegrollt hätte ich euch nicht –, qualvoll war es nur für einen Augenblick. Geht. Ich danke euch.»
Die Herren traten zögernd nach Verneigungen ein paar Schritt zurück. Dann bat, hingewandt, Eggenberg um Vergebung; was man tun solle, sachlich; wie sich die Majestät zum Heiligen Vater und zur Stifterfrage stellen werde. Es sei genug, äußerte der Kaiser erst, den Kopf in die linke Hand gestützt. Dann mit verhauchender Stimme: den Heiligen Vater respektiere er immer; er habe ja Vollmacht, zu lösen und zu verdammen; worum handle es sich? Um die Stifter, – er werde darüber nachdenken.
Dann kam sie hinter den Damen und ihrem Obersthofmeister, die sich ehrfürchtig zurückzogen. Sie half ihm aus den schweren Prunkmänteln und Schärpen heraus. Schwer ließ sie die Stoffe auf den Teppich rauschen. Er saß noch erschöpft, die linke Hand den Kopf stützend,

sprach wenig. «Ich denke», sagte er, als sie ihn bedrängte, «unser Leben ist nicht lang. Ich wäre heute bald aller Schwierigkeiten Herr geworden.» – «Ich wäre», flüsterte er später, «bald so gegangen wie mein spanischer Vorfahr, der fünfte Karl. – So durchschauert hat es mich.» Bleich, langgezogen das tieflinige Gesicht, aufgerissen Mund und Augen, suchte sie mit ihrer linken Hand seine rechte, die zwischen seinen Knien hing, zu fassen: «Du wolltest ins Kloster.» Sie krümmte sich auf ihrem Stuhl, sie schlug ringend die Arme zusammen: «Oh, du hattest recht, Ferdinand. Oh, hattest du recht.» Sie schlang ihren linken Arm um seine Schulter, er ließ sich zu ihr herüberziehen, still sie anschauend, deren Augen fast delirierten: «Es gibt nichts als den Himmel und Maria, Jesus, die Heiligen, Ferdinand. Wir können nichts weiter tun als uns zurechtmachen für die Seligkeit. Oh, wie freue ich mich, daß du sie finden willst. Ich bin glücklich bei dir, mein Leben.» Er ließ sie sprechen und stammeln. Seine innere, wie wartende Ruhe wurde in diesen Tagen selten unterbrochen. «Oh, gib nicht nach, Ferdinand», flüsterte sie, sich über ihre Knie werfend, «sei da, wenn es dich ruft. Ich will bei dir sein.»

Ferdinand zog das linke Augenlid höher. Er betrachtete sie von der Seite her, rief sie an. Er rief sie nochmal an. Verloren schob sich die Mantuanerin auf. «Eleonore, willst du mich anhören? Dies ist ja vorbei. Es ist an mir vorübergegangen für jetzt. Man ist an mich herangetreten mit Vorschlägen. – Laß mich das überlegen mit dir.»

«Ich kann nicht. Verzeih mir.»

«Was hat man von mir gewollt? Schlechtes und Niedriges sollte ich dulden. Es könnte ihnen passen. Ja, ich gefalle ihnen nicht.»

«Willst du mir verzeihen, Ferdinand, daß ich dir nicht folgen kann. Rufe den Beichtvater, oder, es soll ein päpstlicher Legat am Hof eingetroffen sein: er wird dir helfen.»

«Er wird mir helfen! Warum ist er gekommen und hat diese Szene gemacht? Ich will daran nicht denken. Er wollte Länder. Sie sind habsüchtig, wagen sich an mich heran.»

«Der Papst hat von dir Länder verlangt? So gib sie ihm doch. Freue dich, daß er sie verlangt.»

«Ich habe den Krieg gewonnen durch die Gnade des Himmels, durch Tausende Gebete und Fürsprachen. Jetzt soll ich zeigen, ob ich's verdient habe. Ist er nicht wie der Versucher, der Papst? Ich habe meine Macht begründet durch die göttliche Gnade, jetzt will er mich locken, ungerecht und ruchlos zu sein.»

«Ferdinand, von wem sprichst du! So freu dich! Gib! Gib mir, daß ich schenken kann! Ferdinand!»
«Ich hab' ja nichts zu schenken, Eleonore. Ich besitze selbst nichts. Je mehr ich Kaiser wurde, um so mehr wurde von mir genommen, liegt nun da. Ich hab' es alles zu verwalten, gut zu versehen, recht abzugeben. Ja, ich verfüge über nichts. Ich bin ganz arm, Eleonore.»
«Schenk mir. Sprich nicht so. Ich brauch' es, ich bedarf es. Willst du nicht meiner gedenken, bin ich nicht deine Eleonore, die du aus Mantua geholt hast? Und ich will es ihm schenken, dem Heiligen Vater.»
«Bist du nicht die zweite Versucherin, Eleonore? Und dir würde ich noch eher nachgeben.»
Sie saß plötzlich steif, spannte ihr Gesicht; klar und ernst: «Ich weiß, es gibt einen Versucher, dem du nachgeben wirst, weil er dich zwingt. Das bist du. Wenn es auf mich fiele, könnte ich nicht widerstehen. Wo es dich getroffen hat, kannst du nicht anders. Ich weiß es.»
«Du weißt das?»
Abweisend artikulierte sie: «Ich weiß. Du kannst dich nicht entziehen. Du hast so wenig eine Wahl wie ich.»
«Wir sind fromm. Wir haben nichts verbrochen. Warum sollte ich nicht wählen können?»
«Versuche.»
Er fixierte sie, wie gestochen: «Ich – regiere.»
«Versuche.»
«Wer kommt, um zu stehlen, findet mich und meinen Schwertträger.»
«Versuche.»
«Das heißt: ich sei noch nicht Kaiser?»
Sie drehte sich zu ihm, warf sich über seine Knie: «Es heißt, daß es damit nicht genug ist. Sei Kaiser, sei nicht Kaiser: ich will dich so nicht. Komm mit mir. Sei mein Begleiter – zu Maria.»
Ferdinand hatte seine stille erwartende Miene wieder: «Du darfst mich nicht verwirren, Eleonore. Wir dürfen uns nicht erregen. Man hat versucht, mir Länder mit Gewalt zu entreißen. Daraus spricht ein schlechtes Gewissen. Ich vergesse darum nicht, was ich der Heiligen Kirche schuldig bin und wieviel ich ihr gerade zu danken habe.»
Sie hängte sich an ihn, als er mühsam aufstand und die Arme, als wenn sie steif wären, schaukelte, zweifelnd ängstlich: «Gib mir nach. Bald.»

«Nein», schrie sie bald darauf verzückt, «tu, wie du willst. Ich will dir nicht raten. Nichts will ich geraten haben. Tu. Tu, wie du willst.»

WÄHREND die Geheimen Räte warteten, was Ferdinand beschließen würde, wurden sie überrascht von der Nachricht, daß Befehl zur Abreise von Wien gegeben sei. Der Oberstallmeister bestätigte, von der Kaiserin selbst den Befehl erhalten zu haben. Und so hatte sich Ferdinand in der Tat in einem Zustand unbezwinglichen Grolls, zwangsartig sich steigernden Abscheus, dazu auch einer Furcht entschlossen: wegzugehen von Wien, in Wolkersdorf sich einzuschließen und nicht zuzugeben, wie er von dem Wege der Kaiserlichkeit, auf dem er ging, abgedrängt würde. Er kniff die Augen zu, spie: er wollte sie alle nicht. Er suchte instinktiv die Verdunklung wieder, in der er sich befunden hatte; in dieser Dunkelheit ging sein Weg. Er sträubte sich gleichermaßen gegen den Nuntius, wie gegen seine Räte, wie gegen dieses Wien überhaupt, diese Dichtigkeit der Häuser um ihn, dieses Zudringen und Bedrängen, diese Stimmen an allen Seiten der Burg.
Da wagte es der päpstliche Nuntius, ein Mann, der die Person des Kaisers nur von der Audienz kannte, sich gegen die Warnungen in seine Kammer zu begeben, nur gedenk seines Auftrages, und es gelang ihm, den Kaiser, der im Reisemantel ihm befremdet entgegenblickte, zu bewegen, ihn anzuhören. Widerwillig, stumm setzte sich der Kaiser auf den Sessel, von dem er eben widerwillig aufgestanden war, gedrängt, fast mit Pein, ließ er seinen Körper auf das Holz nieder, von dem er sich eben frei gemacht hatte, drückte den hutbeschatteten Kopf auf die Brust, schob die Arme auf dem Schoß gegeneinander, schwieg. Mit einer stummen Bereitwilligkeit harrte er, horchte, was da gebraut wurde, blickte gelegentlich scheu den dozierenden roten Menschen an, den Arm, der ihn hier zurückgedrückt hatte.
Er ließ ihn später wissen, er werde bald über den kaiserlichen Entscheid informiert werden. Er war herausgefordert, er wollte sich entschließen. Man sollte es fühlen, sie wollten ihn in ihren kleinlichen Zwist einmengen. In die Schreibstube seines Sekretärs ließ er sich fahren, Schrecken verbreitend, diktierte augenblicklich, kaum eine Stunde nach der Verabschiedung des Italieners, er begehre Gutachten vom Geheimen Rat und Hofrat noch einmal über die Angelegenheit der Stifter. Sie sollten zeigen, wer sie sind.

Dann in die Gemächer der Mantuanerin. Ihre Damen sahen sie neben dem Habsburger, ihn belauschend, sich an ihn heftend wie eine Spinne an eine graue Mauer. Er blieb in Wien.
Nach zehn Tagen wurden die klaren harten Worte des Herzogs durch den Oberst Neumann vor ihn gebracht. Der Plan wurde darin als albern bezeichnet, man solle ihn abweisen. Der stille Kaiser hielt das Blatt geknüllt stundenlang vor sich, ohne es zu lesen. Der Nuntius des Papstes! Der Papst Urban! Die Mönche! Die Kurfürsten! Was wollten die, was wußten sie! Gegen diesen, gegen den Herzog! Da lag der Friedländer mit seiner Armee über dem Reich, erdrückend ja, aussaugend ja, keine Gewalt sollte ihn daran hindern, so zu tun wie er wollte: das Reich platt hinzulegen. Sie sollten alle verschwinden, die gegen ihn meuterten. Wie ging der finstere Mensch, der Friedländer, gnadenlos durch das Reich. Wie der Kaiser sich über seinen Leib bückte, zerriß ihm die Lust der Eingeweide; es wogte über die Haut seiner Hände, seines Rückens, ein kühler Schauer lief ihm über Wangen und Mund; er zitterte, preßte sich zusammen und genoß es, was ihn schmerzhaft wild überfiel. Er lachte heiß und gequetscht aus sich heraus. Er versteckte das Papier Wallensteins an seiner Brust, ehe er aufstand und sich den irrenden fragenden Augen der eingetretenen Mantuanerin darbot. Sie war selbst so erregt über sein freudiges Gebaren, als er davonging, daß sie auf dem roten Teppich hinkniend, allein in der Kammer, leise kreischte und kicherte.
Es erfolgte damals der erste Versuch des Fürsten Eggenberg, die Macht des Kaisers auf andere Schultern zu stützen als auf die Wallensteins; nach der Überrumpelung durch den Nuntius begriff er rasch: man konnte mit dem Geschenk der Stifter sich eine Zahl ligistischer Herren gewinnen und sie an den Gefahren der Situation beteiligen. Eggenberg saß neben Ferdinand in den anberaumten Besprechungen, den weißen kleinen Spitzbart an den steifen Mühlsteinkragen andrückend, klein, die hohe Stirn steil runzelnd, das weinrote Gesicht gestrafft, nicht gewillt, nachzugeben. Er fühlte, daß man dem Kaiser wehe tun mußte, aber es war ihm von Tag zu Tag seit den Siegen mehr, als wenn nicht dieser gelbliche Herr unter dem blauweißen Baldachin, sondern er verantwortlich wäre für die Dinge. Dieser Kaiser konnte sich sträuben, das Haus Habsburg stand in Gefahr; ein liebes Kind war Ferdinand, der Heiland möge geben, daß diesem Herrscher Schlimmes erspart bliebe. Er war Ferdinand innig verbunden, sein Brautwerber und Vater war er gewesen; er begriff die

Faszination Ferdinands durch den monströsen Herzog. Das Haus aber durfte durch den Kaiser nicht erschüttert werden. Die Räte, die herumsaßen, stumm, lippenbeißend, hatte er für die Stiftersache gewonnen; sie waren im Machtrausch, die Abgabe von Geschenken an den Papst und wen sonst schien ihnen belanglos. Die Unterhaltung zog sich stockend hin, der Kaiser ließ sich hinausführen.
«Welchen Rat gibst du mir?» fragte an der Tür ihrer Kammer Ferdinand die Mantuanerin, die er umarmte, an der er sich versteckte. Glücklich bog sie sich, erschauernd, an ihm; sie suchte ihm ins Gesicht zu blicken, aber er drückte die Stirn noch tiefer vor ihr. «Du wirst es ja wissen, ich habe für dich gebetet», jubelte sie.
Scheuer betrachtete und betastete Ferdinand das zerknüllte Schreiben des Friedländers, das er in seinem Gürtel trug. Er hatte seiner Gläubigkeit und Frömmigkeit, der Fürsprache der Heiligen Kirche seine Macht zu verdanken. Die Länder, die sie verlangten, unterlagen seiner Obhut, sie durfte er nicht als Beutestücke weggeben, er sträubte sich dagegen, wütend, zäh, von seiner Kaiserlichkeit einen Titel abzugeben. Aber sie gewannen ihm Boden ab, indem sie sich mit den Generalen gleichstellten, die er auch beschenkt hatte. Die Heilige Kirche verlangte ihren Sold. Wie ihn die Gesandten der Liga und des Papstes bedrängten, fiel es immer schwarz in ihn: «Man will mich schwächen, man will mich schwächen, ich seh' es.»
Und einmal fand er sich vor dem Papier, das die Worte ‚albern' und ‚frech' enthielt, in einem zuckenden Schmerz; ein Flüstern in ihm: «Ich muß dir weh tun, verzeih es mir, es muß geschehen, denke nicht schlimm von mir. Unser Seelenheil verlangt es. Du weißt es nicht. Sei gut, sei gut.»
Dann legte er es vor Eleonore: «Sie sollen die Länder haben.»
Eleonore starrte ihn aus ihren inbrünstigen Augen an: «Wie ich dich beneide, Ferdinand, daß dir diese Wahl gegeben ist.» Er lachte sie finster an. «Ich danke dir herzlich.» Die Frau drängte sich unheimlich in seine Seele, in seine Entschlüsse.
Der Kaiser aber, welk und tief gereizt, wie er dieses knisternde, aus allen Balken brennende Leben neben sich fühlte, hatte das wilde Begehren, ihr etwas anzutun, sie auflodern zu sehen, leiden zu machen. Der Wunsch, Böses zu tun, war in ihm erwacht, der Zwang hatte in ihm das Gefühl der Rache hinterlassen. Tosend gab er nach. Zwischen den Zähnen knirschte er; während ihm der Schweiß auf die Stirn trat und die Augen in graue Höhlen zurückfielen und er ihre linke dünne

Hand rieb: «Ich will dem Heiland zuliebe nichts versäumen; was ihm zu Ehren ist, wird mich leiten.» Sie krallte sich an ihm fest und stöhnte. «Ja», seufzte er, hingeworfen mit ihr betete er, dann umschlangen sie sich.
In der Nacht ließ er einmal die Kaiserin rufen. Grimmig empfing er sie: «Bin ich wieder so weit, daß ich nicht weiß, wen ich rufen soll? Meine Narren, den blöden Grafen Paar? Blick mich nicht an.»
«Was ist?» weinte sie über seinem Bett.
«Daß du zu früh triumphierst. Es ist die Spekulation, daß ich es nicht wage, den Friedländer zu rufen. Und ich rufe ihn, ich rufe ihn doch.»
«So tu es doch.» Sie war hilflos.
«Er soll kommen, sag' ich euch. Die Augen werden euch übergehen. Er soll euch in Eisen schlagen, weil ihr euch vergreift an mir.»
«Was hab' ich dir getan?»
Widerwillig legte er sich zurück: «Nichts, nichts, beim Heiland, nichts. Ich bin verloren, verkauft. Weiter nichts.»
Das war wieder der Fremde. Sie stand auf. «Wohin willst du?» fragte er höhnend.
Sie kniete vor seinem Kruzifix.
Tage gingen hin; täglich marterte sich lange Stunden der Kaiser im Gebet neben der Mantuanerin. Lamormain, der große Beichtvater, trat an ihn heran. Ferdinand erhob sich mühsam, verstört aus den Andachten. Lamormain pries den Kaiser, daß er im Glanz des Siegerruhms den demütigen Glauben, den kindlichen Gehorsam bewahrt habe. Die schmächtige Kaiserin lief, nachdem sie rasch vor dem lächelnden hinkenden Jesuiten ein Knie gebogen hatte, aus der Kammer mit stürmischer Atmung. Mit lahmen Füßen schleppte sich Ferdinand an seinen Sessel, seine Hände zitterten. Dumpf, leise sagte er: «Ich danke.» Hing an den Lippen des Jesuiten, bückte sich in sich, fiel zusammen. Beichtete ihm.
Dem Beichtvater gab er am nächsten Tage den Entscheid über die Stifter: Er sei mit sich zu Rat gegangen, habe Maria und die Heiligen fleißig und innig angerufen. Durch die Gnade dieser Himmlischen sei ihm zuteil geworden, daß ein furchtbar schwerer Feldzug beendet und einen glücklichen Ausgang bis zur Stunde genommen habe. Sein Thron sei gefestigt worden, der erst so unsicher war wie sonst etwas Irdisches. Nun habe man ihn angegangen um Wiederherstellung kirchlichen Eigentums, das im Laufe der Jahrzehnte verlorengegangen sei. Er hätte sich schon früher dem nicht verschlossen, daß

den geistlichen Gewalten ein Recht auf diese Güter zustand. Aber trotzdem hätte er sich gesträubt, um nicht neue Unruhen im Reich entstehen zu lassen. Ihm sei gewiß, daß er nicht wohl daran tat, sich zu sträuben. Die Kirche müsse belohnt werden für die unsagbare Hilfe der Gebete. Die armen Seelen, die in jenen Stiftern den Ketzern anheimgefallen seien, wiederzugewinnen, müsse er sich bemühen als gottergebener Mensch, geschweige als Kaiser. Ihm, seinem Beichtvater, müsse er gestehen, wie er geschwankt habe, sündig und zage. Er wolle von der Sünde befreit werden. Der Pater lächelte: «Glücklich der Mensch, dem es verliehen wurde, seine Macht zugunsten der Heiligen Kirche zu verwenden.»
Papst Urban der Achte, an seinem goldenen waffenklirrenden Hofe umgeben von Artilleristen Ingenieuren Landmessern Intriganten, von Legaten Vizelegaten Notaren, nahm in Gegenwart des französischen Botschafters die Meldung seines Nuntius mit Freude auf. Er bezeichnete es im übrigen als Selbstverständlichkeit, daß diese Maßnahme des Restitutionsedikts getroffen wurde, und schließlich als eine kaum verzeihliche Lässigkeit, daß sie erst jetzt getroffen wurde. Die Franzosen beglückwünschten ihn im Auftrag des dreizehnten Ludwig, dessen Gevatter der Papst war. In Urbans Namen erklärte dem deutschen Gesandten Paolo Savelli der Kardinalstaatssekretär Francesco Barberini, der Papst fühle sich durchaus nicht bemüßigt, eine Dankprozession angesichts der Verkündung der Restitution zu veranstalten, auch lehne er strikte ab, dem Kaiser die erste Besetzung der verlangten Bistümer zu konzedieren. Was dem Heiligen Stuhl zustehe, hielte er fest.
Eggenberg hatte mehr für den kaiserlichen Hof erhofft. Aber eisig kam aus Rom die Nachricht, der Papst gedenke die Hälfte der Renten aus den neu erlangten Stiftern der frommen Liga des bayrischen Maximilian zuzuweisen. Fein lächelte darauf Trautmannsdorf den Fürsten an, auch der Abt von Meggau sah auf den Boden; aber jetzt hielt Eggenberg alle Blicke aus. Sehr fest äußerte er, ihn freue, ja freue die Nachricht; den Kaiserthron auf breiten Fuß zu stellen, sei sein Bemühen; man werde mit Bayern zusammenarbeiten müssen, auf Bayern sich stützen können. «Zu welchem Zwecke» – Meggau blickte vor sich – «haben wir den Herzog von Friedland gerufen?» Eggenberg: «Ihr werdet es einmal lobpreisen, was ich sage; der Kaiser ist nicht vom Teufel befreit, um dem Beelzebub anheimzufallen.»
Die schmähenden Worte, die unverhüllten Drohungen, die aus den

mecklenburgischen Quartieren an den Hof drangen, gelangten nicht an den Kaiser. In unbestimmten Wendungen überbrachte ihm Graf Strahlendorf die friedländische Ansicht; verschleiert, ernst, mit stiller trächtig schwerer Zärtlichkeit hörte Ferdinand den Bericht. Plötzlich fuhr er auf, warf erregte Blicke, ging auf und ab: «Wer ist dieser Friedland? Wie kommt er dazu, mich mit der Heiligen Kirche in Widerspruch zu bringen? Wie kommt irgend etwas dazu, mir mein Seelenheil zu nehmen?» Er stand klein, mit gequältem Blick vor dem sehr stolzen Grafen, schwitzte. Und wie als Buße für Vergehen gab er doppelten und strengen Befehl, der Kirche nichts vorzuenthalten, weder an Gut noch an Seelen.

In diesen Tagen gab er das Edikt heraus, daß in allen neu eingezogenen und von kaiserlichen Truppen eroberten Gebieten der alte Grundsatz der Glaubensfreiheit aufgehoben und beseitigt werde, als nicht vereinbar mit kaiserlichen Pflichten gegen die Kirche; mögen die, die andern Glaubens seien, die eingezogenen Länder verlassen, dies sollte ihnen freistehen. Die herrscherliche Fürsorge und Verantwortung erfordere Anwendung des Satzes: Wessen Land, dessen Bekenntnis; die Auswanderer hätten den zehnten Teil ihres Besitzes zu hinterlassen.

Wie zur Sühne war das Edikt hingeworfen, und der Kaiser, von der fast irren Freude der Mantuanerin umfaßt und gestachelt, sättigte betäubte sich in der Übertreibung seiner Durchführung. Es dünkte ihm ein Glück, Vogt und Schwert der Kirche zu sein. Und einen Triumph empfand er über Wallenstein: er hatte sich über ihn erhoben, hatte ihn besiegt. Wallenstein war das Blinde, Mechanische, das Schwert; der Herzog verstand nicht, daß es noch etwas anderes gab als die Unterwerfung von Ländern. Er war Meister über ihn. Herzlicher als vorher liebte er Wallenstein, der Gedanke an Wallenstein machte seine Augen verschleiert, ein trunkenes Glücksgefühl schlug durch seinen Leib; die Knie zitterten ihm manchmal, wenn er an Wallenstein dachte. Er fühlte den Herzog sonderbarerweise noch fester an sich gebunden, weil er ihn abgewiesen, gestoßen und verwundet hatte. Wie ein warmer Dunst schwelte in ihm das angenehme Gefühl: der Herzog rast jetzt meinetwegen, er ist bestial, er ist ja ein Untier, er flucht mir, er möchte mich zerreißen. Zum Lachen schön war die Vorstellung.

Er ließ sich melden, welche Maßnahmen getroffen seien, welcher Stifter man sich bemächtigt habe. Wieder zogen vor ihn jammernde

Abordnungen einzelner Städte und Hochstifter von protestantischer Religion, er nahm sie an, nur um über ihren Schmerz zu triumphieren und demütig die Anerkennung aus den Augen und Mündern der Jesuiten entgegenzunehmen. Die Mantuanerin war zugegen bei dem kläglichen Schauspiel, sie genossen es gemeinsam als ihr Werk.
Er hatte Maximilian von Bayern ganz vergessen. Er war der Kaiser, der es sich gestatten konnte, im Reich das Vogtamt des Papstes zu vollziehen. Er stand über Wallenstein, seinem Diener und Untertan.
In diesen Wochen stieg das Geschrei vertriebener Familien zu tausenden Malen aus südlichen und nördlichen Teilen des Reiches zum Himmel auf. In Ruhe dehnten sich die Heere des Wallenstein über die vielen Kreise; untätig lagerten sie, zehrten die Habe der Landbevölkerung, das Vermögen der Städter auf.

«FEIGLINGE, Lumpe, stinkige Jesuitenteufel» waren die Schimpfworte, die in Güstrow und Wismar von der friedländischen Tafel an die Wiener Adresse gerichtet wurden. Der Herzog fluchte und haderte aber nach dem Edikt auffallend wenig mit seiner Umgebung, die er sonst bei Verstimmungen stark anfaßte. Der Vorfall arbeitete in der Tiefe in ihm. Er sah sich gereizt von einer Clique, gegen die er nichts vermochte. Sie konnten ihm nichts anhaben, er hielt den Kaiser in der Hand, aber sie waren da, sie wagten sich sogar jetzt herauf, sie errangen etwas wie Erfolge. Ein schlimmes Wesen, dieser Kaiser; schlapp bis zur Verächtlichkeit. Sie zogen und zerrten an ihm. Man mußte auf der Hut sein vor dem Volk; und er grimmte, daß er ihnen etwas abgeben sollte, was er nicht wollte.
Friedländische Truppen hielten die Seekante besetzt, Kurbrandenburg war mit Einquartierung niedergezwungen, von der Wetterau her hielten die Regimenter Kurmainz in Schach, aus der Eifel wurde Trier eingeschüchtert, Köln war ganz ohne Schutz, Sachsen fühlte den friedländischen Stachel in der Lausitz. Seinen Freund, den Marschall Arnim, beruhigte der Herzog über den Wisch, das Edikt; man solle den Maulwürfen und Schnapphähnen am Hofe den billigen Triumph gönnen. «Der Kaiser ist schwach, er ist in der Hand der Memmen und Schelme, die sich gegen mich nicht herauswagen. Es wird ihnen nichts fruchten.» Und zu einer fast komödienhaft schwachen Aktion stattete er die gewünschte Aktion gegen Magdeburg aus,

das er in Besitz nehmen sollte, er gedachte an dem Feuer nur sein eigenes Süppchen zu kochen. Er fragte noch einmal Arnim, ob er die protestantisch stolze Gemeinde für die Katholiken erobern wolle; und in der Tat stellte er dann Regimenter in das Expeditionskorps ein, die zum großen Teil lutheranische Offiziere führten. «Sie fuchteln», höhnte der Herzog, «mit ihrem Edikt in der Luft herum, haben einen hölzernen Stiel und eine Klinge aus Pappe. Wir werden damit spaßhafte Kriege führen.» Er verlangte von der Stadt die Einlagerung einer Garnison; die Stadt lehnte es ab aus Furcht vor dem Edikt. Dann, nach Verübung von vielerlei Unbill, Scharmützeln zwischen Kroaten, Fischern und Roßknechten, Aufbringung von zweitausend Schafen und allen Stadtschweinen, Drohung mit Blockade, verhängte er eine Kontribution von zweihunderttausend Talern, von denen ihm hundertfünfzigtausend sofort hinterlegt wurden; für den Rest bürgte die Hansa. Die überraschten Syndici wurden bei einer Unterredung versichert, das Edikt habe keinen Bestand, sie sollten sich nicht fürchten, Wallenstein auch in Zukunft nicht die Besetzung des Elbpasses verwehren; die Zeit der Religionskriege sei im Reiche endgültig vorbei.

Dann zog er sich nach Mecklenburg zurück; das Geld war sein.

Der Herzog lag lang mit seinen Armeen an der nördlichen Seekante; er mußte sich des baltischen Meeres bemächtigen. Sein eigner Besitz, Mecklenburg, forderte es.

Die ungeheuren Güter, die Tag um Tag der graue Wasserrücken trug. Von Livland Hanf bundweise, Flachs in Fässern, Getreide. Aus Riga Wachs in Schiffspfunden für den Klerus, Wachs von der Wolga, Düna, über Smolensk und Polozk. Aus den Steinbrüchen der finnländischen Küste Leichensteine. Aus Rußland Pelzwerk von Zobel Wolf Marder Vielfraß Wiesel Hermelin Iltis Biber. Garn aus Stettin, geknotetes Gut, hamburgische, brüggesche, wittstocksche, ratzenburgische Laken. Auf diesem meilenweiten, scheinbar leeren Wasser, das niemandes Land war, fuhren stündlich die kostbarsten Waren der Welt, der Reichtum der Menschen: das riesig bezahlte Salz nach Abo Wiborg Narwa; Travesalz, Salz aus Lüneburg, Oldesloe, grobes, ungesottenes Bayernsalz, schottisches, französisches Salz; Fleisch Speck Malz Tabak Messer Kartenspiele Leder Leinen; die Kriegsware: Waffen Munition Pulver Blei, eiserne Kugeln Schwefel Salpeter Harnische Panzer Röhren Rapiere Dolche Schlachtschwerter. Ähnlich Sklavenschiffen mit orientalischen Weibern brachten sie, erwartet

von jung und alt, in Tonnen eingeschlossen, die Bodengeister, das Aroma fremden fernen, glutvollen Bodens: berauschende Weine, Alicante, kreischenden Korsiker, Malvasier, betäubenden Portugieser, von Bordeaux, Porto, aus der Pikardie, von Ungarn, von der Mosel, vom würzreichen Rhein. Aus den Kolonien vorüber in Holzlatten geschlagen, gebändigt Anis, kandierter Ingwer, Kaffee, Kubatee, Kakao, Muskatblume, Paradieskörner, Manna, zwanzig dreißig Zuckersorten, Datteln. Duftende ölige Hölzer für die Apotheken: Terpentin Kampescheholz Pernambukholz. Metalle, Indigo, Weihrauch, Glas aus Rouen, Glas aus Flandern, englische Scheiben, hessisches Glas in Kisten, Spiegel, Kacheln, Klinken.
Zum Herzog kamen der vielvermögende Herr von Michna und de Witte aus Prag, über die Aufbringung der Geldsummen zu beraten, die unter Ausschluß Spaniens zu den Meeresplänen nötig wurden. Wie Fische schwammen sie auf den Köder, der sich ihnen an der fernen Seekante zeigte. Sie ritten durch Sachsen und die Mark, im offenen Wagen fuhren sie unter Bedeckung durch eine Rotte von Friedlands Leibgarde; mit Lust sahen sie überall kaiserliche Besatzungen in den Städten, die Einquartierungen. Den Zügen bettelnder Bauern, verbrannten Dörfern begegneten sie; es milderte ihre Lust nicht. Michna kniff die Augen, Verzückung über Brust und Magen; was war Wuchern Münzbetrug Kippen Wippen gegen dies: Krieg. De Witte erzählte von der Dankbarkeit, die der Judenprimas Bassewi gegen den Herzog fühlte und die er ihm in Güstrow äußern sollte mit der Versicherung grenzenloser Ergebenheit der Prager Judenschaft.
Wallenstein stand ihnen im Jagdschloß zu Güstrow, zwischen den riesigen Eichen- und Buchenwaldungen, im roten Mantel gegenüber, hager, hoch. Den vorsichtig vorgetragenen Schrecken der Herren über das Stifteredikt beruhigte er; auf die Wismarer Werft geführt, besahen die ausländischen Herren das graue rollende Meer, ließen sich bewimpelte Ausleger und Kaperschiffe zeigen, riefen den lübischen Bürgermeister Heinrich Brockes, ein verschimmeltes schlitzäugiges Männlein, herüber, das ihnen gelassen jede Auskunft erteilte – auch nebenbei, daß die Schonenfahrerkompagnie eine Defensionskasse der Stadt Lübeck eingerichtet habe gegen jegliche Überwältigung durch welchen Feind auch immer, durch Besteuerung aller Güter, die auf der Achse ein- oder ausgeführt wurden; kein Laken käme unbesteuert heraus.

Der graue träge Wasserrücken. Auf ihn geladen wie auf eine Tischplatte mit wallender Decke der fuderhohe ganze blinkende Reichtum der Menschen. Hier rann es wie in einem Engpaß vorüber, versucherisch; sie hingen am Fels darüber. Die Ausdehnung der Länder war verschwunden; Livland die Wolga Smolensk Stettin Wiborg Saragossa Ofen Venedig stießen aneinander. Und so nah, so schutzlos wie kichernde Weiber, die baden gehen und spritzen.
Das lag vor den Füßen der drei Böhmen, die unter breiten federlosen Filzhüten, in langen weißen Mänteln am Strand neben dem gestikulierenden mißtrauischen Lübecker über den Sand schurrten. De Witte und Michna stampften erregt und fast betäubt von dieser Unterredung in das friedländische Quartier; der Herzog blies bedenklich vor der Weinkredenz die Backen, fächelte sich die Stirn mit einem Sacktuch. Ihr Schluß war, daß man sich der Hansa zu versichern habe. Ihre Augen funkelten, als sie schweigend hinter ihren Weingläsern phantasierten.
Neben Schwarzenberg, einem schmerbauchigen Grafen vom Kaiserhofe, der auf eigene Faust spanisch-deutsche Meerespläne trieb, die Lübecker Kaufherren und Krämer mißtrauisch machte, tauchten in Lübeck die beiden Prager Herren, Friedlands Vertrauensmänner, auf, der kühle Kaufmann und der menschenkundige harte Serbe; sie nahmen Fühlung mit den einflußreichen Familien, den von Höveln, Bröntsee, Kirchring. Sie wurden auffallend oft von den höflichen Herren auf die Wälle geführt, die eben erst ein Italiener vom Holstentor bis zum Burgtor gezogen hatte. Mächtig war alles bestückt. Bei Travemünde stand ein steinernes Blockhaus für die Hafeneinfahrt; überall warnende Bastionen. Versteckte Gräben.
Auf die kaiserlichen Anträge an die Hansa, eine Flotte zu bilden und dem Admiral zu unterstellen zur Verteidigung gegen die dänische und schwedische Gefahr, wurde ein Lübecker Tag einberufen, beschickt von Hamburg, Köln, Bremen, Magdeburg, Braunschweig, Lüneburg, Rostock, Wismar, Stralsund. Hitzig rangen Wallensteins beste Sendboten mit den Weinherren, den Ältesten der Kompagnien, Frachtherren, Kaufleuten, Brüderschaften der Fahrwasser. Kein Lärm war in der dunklen Hörkammer im Niedersten Rathaus, aber ein unsichtbares, unnachgiebiges Schieben und Drängen, Überreden, Beschwören. So wichtig schien dem Friedländer diese Sache, daß er alle paar Tage Boten mit persönlichen Winken an die Deputierten herüberschickte. Der überreizte großspurige Schwarzenberg aber mit

den spanischen Plänen und dem mörderischen Ungeschick, dazu das Edikt hatten die Luft in allen Trink- und Ratsstuben verdorben. Es wurde deutlich, daß die Lübecker und eben jener kleine Brockes sich schon längst mit den Generalstaaten verbunden hatten, in Furcht vor dem seegewaltigen Spanien; man glaubte in Lübeck nicht mehr an einen Krieg des Kaisers gegen das schon niedergeworfene Dänemark; man fürchtete die friedländische Faust und fürchtete die Jesuiten.
Die ehrenfesten hochgelehrten hoch- und wohlweisen Räte der freien Reichsstadt verneigten zuletzt sich vor den betroffenen Vertretern Wiens und des Admirals, ihrer großgünstigen Herren, bestimmt erklärend: man könne sich nicht in einen Krieg einlassen mit den Potentaten, die Gewalt über die Meere und Pässe besäßen, welche ihre Schiffe täglich befahren müßten. Dem gräflichen Reichsboten verehrte der stolze Tag viertausend Taler und beglich seine Kosten, ehe er, von Wallenstein mit Groll beworfen, zum kaiserlichen Hoflager aufbrach.
Sie waren alle drei, die Böhmen, schon nicht mehr geldgierig. Sie waren an ihrem Reichtum hochgewachsen und hatten ihn gemeistert. Friedland kannte von je nur das Spiel, dessen Drang wuchs mit der Größe der Einsätze; er kannte nur umsetzen, umwälzen, kannte keinen Besitz. Er war nur die Gewalt, die das Feste flüssig macht. Er schauderte und zerbiß sich, wie sich ihm etwas Festes entgegenstellte.

In den ausgesogenen sumpfigen Meeresgebieten, dem dürftigen Kurbrandenburg, ließen sich die großen Truppenkörper nicht lange massieren. Zwar war genau bestimmt, wieviel Bauer Bürger täglich zu entrichten hatte, es war Vorsorge getroffen, daß ihnen nur so viel genommen wurde, daß sie dabei bestehen konnten; aber trotz grausam strenger Feldpolizei und Feldgerichts häuften sich die Beuteritte der Soldaten, kecke Erpressungen der Offiziere, Unterschleif des Proviantkommandos. Der Widerwillen der Kontribuenten wuchs; es half nicht viel, daß man halbe Dörfer einäscherte und Dutzende der böswilligen Ackerer an ihren eigenen Obstbäumen aufknüpfte; die Landschaften waren dürftig, ihre Pflege gering. Schon entliefen zahlreiche Söldner, führten als Vaganten weiter südlich Krieg auf eigene Faust. Man hatte in Wien und Prag an gewissen Stellen mit heimlicher

Genugtuung von der stolzen Feindseligkeit der Hansa vernommen; man hatte ein zwiespältiges Gefühl.
Verbiestert, reglos lag der große Herzog von Friedland, der überreiche Böhme, ausgestreckt am Meer. Er kaute an dem Bissen, den ihm die Hansa zu essen gegeben hatte; langsam dämmerte ihm, was ihm geschehen war. Das Meer, das Verhängnis. Nicht die Reichtümer; es war der Weg: das Land war nicht zu halten ohne das graue, weißzottelige, schäumende Untier. Es rannte gegen seine Feste an, brachte sie zum Schaukeln. Rasch hatte er Mecklenburg an sich gerissen, konnte nicht hin und her. Wie zum Hohn verbrannten dänische Orlogs ihm fünf Schiffe im Greifswalder Hafen.
Plötzlich lief das Stichwort: Ungarn! Ungarn! aus dem Hinterlande über die Erblande. Täglich sah man klarer, was man zuerst nicht erkannt hatte – die Bayern sahen es, die Böswilligen in Wien, Strahlendorf und sein Anhang, das entzückte Paris, der mächtige Papst Urban –, daß sich Wallenstein seine Grube gewühlt hatte am Meer und daß es nicht ein endloser Siegeszug gewesen war von Schlesien bis nach Jütland; die Spitze war schon der Sturz. Die Hansa das Verhängnis. Er spannte sie nicht ein; nun konnte er am Meere liegenbleiben und sein Heer verfaulen lassen oder vom Meer sich zurückziehen, und der Däne stand wieder da! Christian, der Besiegte, der wieder ein neues Heer sammelte. Es war, wie man hörte, vom Grafen Pappenheim ein Kriegsplan ausgearbeitet worden auf Ersuchen des kaiserlichen Hofkriegsrates; darin wurde die Verteidigung der zweihundertfünfzig Meilen langen deutschen Küste als unmöglich bezeichnet; man könne es machen, wie man wolle – ziehe man die Truppen zusammen, lege man sie dünn auseinander –, in jedem Fall war das Land geöffnet für einen dänischen oder schwedischen Einfall.
Die Jesuiten hatte Friedlands Widerstand in der Stifterfrage gereizt. Sie hielten sich genötigt, ihn zu stacheln – nicht zu stark, aber deutlich.
Fanatische Mönche, jetzt von den Jesuiten nicht gehindert, hielten in Wien Predigten: es zeige sich wieder, wohin der Unglaube führe – frech ein Heer zu mischen aus Altgläubigen und Ketzern – und damit gedenken mehr als Eintagserfolge und Plündersiege zu erzielen. Ungarn! Aus diesem Sumpf werde er sich diesmal nicht ziehen.
Michnas Agenten arbeiteten in Mähren und Niederösterreich mit zäher Wut, um Getreide für das Heer heranzuschaffen; sie trieben, von ihrem Herrn gejagt, die Preise in die Höhe. Michna erlebte es, wie

eine zwei Wochen ihm Geldsummen aus der Hand nahmen, die er in Jahren gerafft hatte, aber er zögerte keinen Augenblick, alles hinzugeben. Schurken und Dummköpfe, dazu Neidbolde waren diese alle, ihre Stunde würde schlagen, sie sollten gerupft werden, wie sie sich nicht träumen ließen.

An der Spitze der böhmischen Landschaft stand im höchsten Vertrauen noch der schöne eisige Slawata. Der Herzog hatte ausgemacht, daß dem Heere ausreichende Getreidemengen aus Böhmen geliefert würden.

Die bösen, noch einflußlosen Kreise hielten den Augenblick, ihn zu schwächen, für sehr günstig; als Wallenstein von Güstrow scharf monierte, man hätte sich festgelegt auf zwanzigtausend Strich böhmischen Getreides und geliefert seien zehn Fingerhüte, log die Landschaftskammer. Und wenn auch der Herzog von Betrug offen redete, man hatte Zeit gewonnen, die Zeit, die Friedlands Heer zerschmelzen mußte durch Hunger Unordnung, wie einst Seuchen Durst im schrecklichen ungarischen Alföld.

Lange erfuhr niemand, was der Herzog unternahm, um sich zu retten. Wie würde er sich wehren. Es sprach sich herum, daß, wie immer, wenn Friedland in Gefahr war und einen neuen Schlag vorbereitete, der Jude Bassewi neben Michna und de Witte mit ihm konferierte und nach der Residenz Güstrow gereist war unter herzoglicher Eskorte.

Dann wurde offenbar, was geschehen war.

Während sich der Anblick der kriegerischen Maßnahmen im Reiche in nichts änderte, die Musterungen von Monat zu Monat beschleunigt wurden, Neueinstellungen in wachsendem Umfang erfolgten, besonders in dem fränkischen Kreise, waren aus dem Güstrower Hauptquartier Unterhandlungen mit dem Dänen angeknüpft.

Der Fuchs zog den Kopf aus der Schlinge.

Zug um Zug brachte den Herzog in Fühlung mit dem Dänen. Ein ruheloser Kurier lief zwischen Wien und dem Hauptquartier. Der Kaiser und der Hof wurden auf eine Probe gestellt. Sie hatten es in der Hand, jetzt jeden Weg zu gehen, den sie wollten. Der Feldhauptmann erklärte: man hätte gesiegt, man hätte den niedersächsischen Kreis zur Ruhe gebracht, den Dänen zu Boden geschlagen; darüber hinaus sei nichts möglich. Als man scheinbar entsetzt gegenfragte, kam der Bescheid, ob man auf die Armeen für die Zukunft verzichten wolle.

Der kurfürst verbrachte seine Tage mit Rechnen und Drechseln. Er saß in der Neuen Feste viel an der Drehbank zusammen mit dem Pater Adam Kontzen, einem jugendlich heftigen kleinen Manne, den ihm sein alter Beichtvater, der Lothringer Vervaux, zugeführt hatte. Kontzen, den das Raspeln des Kurfürsten nicht störte, trug ihm eindringlich und fordernd politische Grundsätze vor, die nach Ansicht des Paters das Mindestmaß darstellten, das man von einem katholischen Politiker verlangen könnte. Der Kurfürst, dick, blaß, leicht schwitzend, teilte seine Aufmerksamkeit zwischen den hastigen Reden des Dialektikers und seinem Elfenbein. Zornig fuhr der Pater über die Ketzerei her, die, wie er immer wieder drohte, in der Lasterhaftigkeit und dem Atheismus wurzelte; Prälaten und Fürsten seien von ihr angesteckt. Wenn der Fürst müde zu ihm aufsah, schleuderte er vor ihn ein Muß: alle Welt sei einig darin, daß Laster und Gottlosigkeit auszurotten seien; ihm, dem Pater Adam Kontzen, wurde zuteil, den Zusammenhang der Ketzerei mit Laster und Anarchie und Atheismus zu erkennen; sie müsse, die Ketzerei, sie müsse mit Gewalt beseitigt werden. In Sodom und Gomorrha hätten auch Menschen gelebt. Gott hätte kein Erbarmen gekannt, er, der Herr selber, habe Feuer und Schwefel über die Sündenstädte gegossen. Dieses Beispiel der Heiligen Schrift müsse man verstehen; stehe es dem Menschen an zu verzeihen, wo Gott straft. Bekehrung oder Vernichtung: es bleibe nichts Drittes. Und gerötet, gereizt, ingrimmig blickte der Priester auf den Fürsten, leidend unter seiner Ohnmacht, hier bitten und argumentieren zu müssen, wo er fordern konnte im Namen der Heiligkeit. «Was soll geschehen», fragte wie abwesend, mit dem kleinen Finger an dem Elfenbeinstäbchen rührend, Maximilian, «wenn wir nicht die Macht haben, zu zerstören oder zu bekehren.» «Sünde ist es», zischte gequält der Priester, «ja, es ist Sünde, nicht die Macht zu haben. Solange wir leben, haben wir Macht in uns. Jedes Pünktchen davon gehört Gott, nichts einer Aufgabe, sie sei welche auch immer. Die Pest ist nicht so schlimm als der Gedanke, wir können nicht Gott dienen.» «Was soll man mit Leuten tun, die Gott und der Kirche nicht dienen?»
Fassungslos der Priester: «Töten oder bekehren. Wir haben ja keine Wahl.» «Würdet Ihr selbst, Pater, so handeln? Wenn Ihr einen Einzelfall vor Euch hättet?» «Ich würde», glücklich hob der Pater beide schwarzbehängten Arme, «wie ich steh' und sitze mich aufmachen und meine Pflicht erfüllen. Es gibt nichts Größeres, als Fürsten zum Glauben zu bringen oder sie zu töten.»

Im Feilen lispelte der Kurfürst: «Kontzen, ich danke Euch ja. Wenn nur alle oder nur viele so beseelt wären wie Ihr. Es ist schlimm, daß wir arbeiten, arbeiten müssen und nur so wenig erreichen. Allmacht ist nur Gott gegeben. Würde uns verliehen sein von Gott, Feuer und Schwefel zu regnen, so wäre das Heilige Römische Reich längst wieder rein vom Übel.»
Maximilians Leibkammerdiener führte die kleine zögernde Gestalt des grauen Tilly heran über den langen Läufer. Maximilians Unterhaltung mit ihm war kurz. Der Pater Kontzen wollte sich entfernen, der Kurfürst aber schüttelte den Kopf; es sei ihm angenehm, wenn der Pater da wäre; wieviel besser, wenn immer. Er befragte den steif stehenden Grafen, der aus Wiesbaden zurückgekehrt war, mit keinem Wort nach seiner Gesundheit. Orientierte ihn, wie die Sachen nach den letzten Meldungen an der Weser, Elbe, Ems stünden. Ob ihrer Liebden bekannt wäre, wie sich die Dinge bei der Armada der friedländischen Durchlaucht entwickelt hätten. Kurz so – ohne die Antwort abzuwarten, aber der Pater möge nur dableiben, sich nicht gekränkt fühlen, wenn sie militärische Sachen besprächen –, daß es ganz zweckmäßig, zweckentsprechend, wünschenswert wäre, wenn sich die ligistische Armee in irgendeiner Weise als vorhanden erwiese. Vielleicht könne sie die friedländische bald ablösen. Man stehe jedenfalls nach aller Trübsal und offenbarem Unglück wieder vor Möglichkeiten. Er warf Werbungspläne hin, verwies auf die vorhandenen Geldhilfen aus Umlagen.
Plötzlich fixierte er den Grafen; ob er sich nun gesund fühle: «Ihr wißt, es wird mit dem Dänen Friede geplant. Habt Ihr Verhandlungen aus Wiesbaden mit ihm angeknüpft?» Verwirrt drehte der eisgraue General den Kopf zu dem Pater, zum Fürsten zurück. «Ich weiß, Ihr habt es nicht getan. Es ist ja nicht Eure Sache. Der Herzog von Friedland hat es getan und ist Euch zuvorgekommen. Oder uns; denn wir waren doch bis Pinneberg mit im Krieg, und unsere Artillerie hat noch in Jütland geschossen. Jedenfalls, Ihr sollt für mich als Kommissarius an den Unterhandlungen teilnehmen, bei standhaltender Gesundheit.» Der Graf, bis in die Ohren errötend, erklärte, daß er sich feldfähig fühle und sich glücklich schätze, dieser Ehre für würdig erachtet zu werden.
Der Kurfürst ließ, die Bohrinstrumente auf die Drehbank legend, vom Kammerdiener die Fenster öffnen. Als sich nach einer Pause die Herren zum Gehen anschickten auf ein Nicken des Fürsten, endete

sehr laut Maximilian, der Graf werde noch genaue Instruktionen erhalten. «Aber – der Herr Graf hat nicht den Frieden zu befördern. Versteh' er recht. Lass' er sich das von dem Pater hier erklären. Es hat keine Eile und keine Not, mit Ketzern Frieden zu schließen. Es ist nur ein Notbehelf. Seh' er zu, unsere Armee stark zu machen. Mir – merke sich der Herr Graf das, mir liegt nichts am Frieden.»
In Boitzenburg, auf dem Gute seines Freundes Arnim, begegneten sich der Herzog und der ligistische General und wurden im Beisein kaiserlicher Legaten furchtbare Friedenspropositionen für den geschlagenen Dänen festgesetzt.
Der Wiener Hof im Überschwang seiner Stärke hatte von sich aus verlangt, daß dem Besiegten die schwersten Bedingungen auferlegt würden. Er sollte in Zukunft auf jede Einmischung in deutsche Angelegenheiten verzichten, sollte die Ansprüche auf niedersächsische Stifter verleugnen, alle Kriegsschäden vergüten, Kriegskosten an den Kaiser erstatten, und dann ganz Holstein, Schleswig, Dithmarschen an das Reich abtreten, den Sund den Feinden des Kaisers sperren, ihm und seinen Freunden öffnen.
Bei Pinneberg waren sich der ligistische ausgehöhlte Wicht und der gallige verbogene Böhme unter dem Donner der Belagerungsgeschütze begegnet. Von Wut zerfressen war der klappernde Tilly weggetragen worden; jetzt saßen sie sich am Tisch gegenüber, Friedland erwartete die Trümpfe des Kleinen.
Der dänische Generalwachtmeister Schauenburg empfing in Güstrow aus des Herzogs eigener Hand die Punktation; Friedland betonte, daß er den kaiserlichen Forderungen seinerseits noch einiges hinzuzufügen für nötig befunden habe. Es betraf die Entwaffnung der dänischen Armee, die unerhörte Forderung der Auslieferung der Hälfte der dänischen Kriegsflotte. Wallenstein trieb es zum Äußersten, er wollte Christian zur Verzweiflung reizen, die Liga an die Seekante zwingen und ihr Heer massakrieren lassen.
Während der Generalwachtmeister erschreckt abzog, lobte in hohnverschleierten Briefen nach Wien der Herzog die Proposition über alle Maßen, bat den triumphierenden Grafen Tilly zu sich, um mit ihm gemeinsam den Kriegsplan und die Heranziehung der Liga zu erörtern. Er war, wie er lippenzitternd, ein Lachen verhaltend, erklärte, bereit, mit dem bayrischen Kurfürsten und seinem General den Oberbefehl zu teilen und ihm auch die Kräfteverteilung zu überlassen.

Aus Dänemark vernahm man durch die ernannten Kommissare von der tiefen Bestürzung des geschlagenen Christian und der von Tag zu Tag wachsenden Leidenschaft und Begeisterung des Volkes; die grausamen Friedenspunkte des Friedländers waren das Signal zu einer ungeheuren nationalen Erhebung.
Die Prager Helfer des Herzogs hielten sich in dem Güstrower Schlößchen auf. In dem verräucherten schmalen Speisesaal vor Arnim und schweigenden Offizieren scholl der Lärm des Friedländers: «Der Krieg hat sich gewendet. Wir haben gesiegt, aber zum Schluß muß ich mich mit dem giftigen Dänen verbinden und über den Kaiser herfallen. Meine Freude, ihr Herren!»
«Setze Euer Liebden den Wiener Hof her», schmähte Arnim, die Fäuste ballend und sich auf die Knie pressend, «soll er die Butter an der Sonne hart erhalten.»
«Ich schmeiße den Säbel nicht hin zum Gefallen anderer. Aber meine Freude, Ihr Herren! Täte der Spanier mit und wollte er uns nicht das Reich verderben, so könnte ich das Meer halten. Indianisches Gold und Silber: in dreißig Jahren regt sich nicht der Engländer noch Schwede noch Holländer. Nichts. Basta. Sie werden's bezahlen. Ich kämpfe mit dem Dänen gegen den Römischen Kaiser. Es wird nötig, daß ich Offiziere nach Fünen schicke, um das dänische Heer zu organisieren. Mein Herr Bassewi hat schon verraten, er wisse, wohin er das nächste erhobene Geld schicken werde. Nach Kopenhagen. So ist's.» Seufzte der fette de Witte: «Wofür, mit Verlaub, führt der Herr denn Krieg? Um die Sache des Römischen Reiches? Wenn der Römische Kaiser glaubt, seines Rates nicht mehr zu bedürfen und er Euch für überflüssig hält.»
«Hat er beinah' recht, Herr Vetter», blinzelte auf seinem Faulbett der General, dessen rechter Fuß in einem gepolsterten Eisenkasten steckte, der von heißen Ziegeln getragen wurde, «Ulmer Zuckerbrot schmeckt besser als ein Brieflein aus Wien.»
Wieder seufzte der fette de Witte, besah seine ringgeschmückten Finger: «Wüßt' ich mir nachgerade etwas Besseres an Eurer Statt. Trüge nicht meine Haut zu Markt. Ich vermeine, so wie die Sachen jetzt zwischen dem Kaiser und Euch liegen.» – Da brüllte, keifte, röchelte der Herzog, der Schaum wehte über seinen Kinnbart: «Was wißt Ihr von meinem Verhalten mit dem Kaiser. Hab' ich Euch was davon aufgebunden. Wollen die Herren nicht die Nase in meinen Topf stecken. Der Kaiser ist der Kaiser und mein freundgnädiger

Herr. Diene ihm und dem Reich treu. Lass' nichts wühlen zwischen ihm und mir.»
In Lübeck erschienen im Winter für den dänischen König des Reiches Kanzler Christian Fries und Jakob Ulfeld, der Reichsrat Albert Skaal, der Kanzler Levin Marschalk, Detlev und Heinrich Rantzau. Aus Wien war herübergefahren der rechtskundige Rat Walmerode mit den Offizieren, auch der vielgewandte Aldringen und Balthasar Dietrichstein. Tilly hatte abgeordnet den Rat Ruepp, gelehrt wie sein Begleiter, der Graf Gronsfeld. Die Schlacht war für Friedland gewonnen, als der weißbärtige straffe Walmerode die Wallensteinischen Quartiere durchfuhr und bis in die sumpfigen Dithmarschen geleitet war.
Die dänischen Kommissare, flanierend mit den lübischen Weinherren, zu Gast bei der Gesellschaft der schwarzen Häupter in Riga, im Hause der Schiffergesellschaft, hochangesehen als Vertreter des mächtigen Seestaates, setzten Gerüchte in die Welt: nächst der zunehmenden Neuformation des dänischen Heeres das des wachsenden Interesses und der Teilnahme des jungen Schwedenkönigs Gustav Adolf für das unglückliche Brudervolk. Drohend vor aller Welt spielte sich dazu im Pfarrhaus zu Ulfsbäck eine Zusammenkunft der beiden Könige ab, die sich sonst nicht über den Weg trauten. Man erfuhr nicht, daß der junge ehrsüchtige dicke Schwede vorhatte, den Dänen vor seinen Wagen zu spannen, daß zum Schluß beim Trinken halbgefrorenen Weins, der in den Gläsern klirrte, der gedemütigte Däne in die Worte ausbrach: «Was haben Euer Liebden in Deutschland zu tun?», in Eifersucht giftend, daß jener unternehmen und ausführen konnte, was ihm mißglückt war. Für die Unterhändler in Lübeck war es klingende Münze: der Schwede beriet geheim mit dem Dänen. Das Wort des todeswilden Christian kam herüber: seine Kommissare mögen die Sachen rasch in Bausch abmachen; kämen sie zu einem günstigen Frieden: recht; sonst möchten die Herren die Dinge liegen lassen, wie sie liegen.
Der Kaiser mußte aus seinen Träumen gestürzt werden. Walmerode reiste nach Wien. Schwer drang er zu Audienzen bei Eggenberg und Meggau. Er stellte den widerwillig Zuhörenden das ganz Unbegreifliche der Friedensbedingungen vor; das Heer war das kaiserliche; es würde nutzlos aufgerieben. Meggau, zugänglicher als der Fürst, erklärte offen eines Nachmittags auf einer Schlittenfahrt: niemand in Wien, der den Herzog kenne, glaube recht an die Jeremiade von der

zerfließenden Armee; man fürchte ein politisches Manöver des Friedländers gegen die Liga. Und dies – nun: der Wind hätte sich am Hof gewandt; bei aller Ehrfurcht vor des Herzogs Genie, in solche wilden revolutionären Experimente hätte doch niemand Lust sich einzulassen. Ob es wahr wäre, fragte sehr ernst Meggau, als sie unter Schneegestöber zwischen den Stämmen des Praters klingelten, daß der Herzog an offener Tafel in Güstrow erzählt hätte, man müsse nach französischem Muster verfahren: ein Land, ein König?
«Wie entsetzlich, Euer Liebden, Herr Walmerode. Wir sind in Scham fast in den Boden gesunken vor dem sächsischen Gesandten, der danach anfragte. Solche Bemerkung kann uns teurer zu stehen kommen als eine verlorene Schlacht. Ich fasse es nicht.»
«Wir stehen gut mit allen Ständen des Reiches», glaubte auch Herr Eggenberg Walmerode warnen zu müssen. «Wie lange, meint Ihr, soll der dänische Krieg noch dauern?» «Sagt und meldet Seiner Herzoglichen Gnaden: so lange, wie Kaiserliche Majestät ohne Einbuße an Macht und Reputation bestehen bleiben kann.»
Walmerode reiste ab. Er sah nach Gesprächen mit der Umgebung des Kaisers in Wolkersdorf: es bestand keine Möglichkeit, ihm mit den Wünschen des Herzogs zu kommen. Seinem fast unirdischen Machtgefühl hatte er das Zugeständnis des Stifteredikts abringen lassen; daß er gesiegt hatte über die Rebellen, in Böhmen, Süddeutschland, Niedersachsen, Dänemark, war der Pfeiler seines Fühlens, seiner kaiserlichen Erhabenheit. Keiner seiner Umgebung hätte gewagt, ihm zu sagen: der Krieg müsse Hals über Kopf beendet werden, ein böses Ende drohe; keiner hätte es geglaubt.
Da, während Hungermeutereien in Holstein und Pommern unter den Söldnern stattfanden, als die Verhandlungen mit Tilly sich zerschlugen, baute Wallenstein selbst ab. Etwas Unerwartetes Kaltblütiges Feindseliges geschah.
Von Jütland her in langen Zügen marschierten die Truppen landeinwärts; in Pommern ballten sie sich bis auf kleine zurückbleibende Garnisonen zusammen. Es waren noch Tausende über Tausende, hinter denen das verlassene Land rauchte und verwüstet lag. Halbverhungert und von dem untätigen monatelangen Lungern verwahrlost strömten sie im niedersächsischen Kreis zusammen, fielen über Kurbrandenburg, standen da, bereit, das Reich zu überziehen. Der Herzog, des Kaisers generalobrister Feldhauptmann, schien die Gewalt über sie verloren zu haben. Die kaiserlichen Legaten vernahmen angst-

voll in Lübeck das Gerücht, Friedland ziehe die Truppen zu einem neuen Offensivstoß zusammen. Sie liefen umeinander, die Kuriere jagten nach Güstrow.
Der Herzog reise, nach Berlin, Frankfurt, hieß es da; man traf ihn nicht. Sein Schwager Harrach hatte ein Handschreiben von ihm, das im Geheimen Rat verlesen und besprochen wurde; es sprach von beliebigen privaten Dingen, dann zum Schluß: er gehe jetzt auf Berlin; der Soldat sei eine Bestie, wenn er hungere friere und nichts zahlen könne. Er bürde denen die Verantwortung für das Geschehene und Kommende auf, die auf ihn nicht gehört hätten.
In der Bestürzung fand man sich. Der Friede mußte geschlossen werden. Es war nicht klar, ob das Heer wirklich zusammenschmolz, oder was der Herzog vorhatte. Der Kaiser war zu verständigen. Man wandte sich an den Obersthofmeister, an den der Kaiserin, man verzagte.
Bis der Beichtvater der Kaiserin die hohe Frau informierte und sie den Kaiser aufklärte. Sie nahm es als ein unvermutetes Glück hin, daß man ihr mit dieser Aufgabe kam; sie hörte, der Entschluß müßte gefaßt werden trotz aller Bitterkeit. Sie dachte an die Entzückungen und Zerknirschungen, die der Stifterhandel mit sich gebracht hatte; der Kaiser mußte wieder opfern.
Aber kaum sie zaghaft die Situation erläutert hatte, lächelte sie Ferdinand an. Es geschah etwas Unglaubliches. Der Kaiser hatte ein Übermaß von Lasten über den unglücklichen Dänen gehäuft, es war sicher, daß er sich mit der Mantuanerin weidete an den Leiden der befallenen Landstriche. Fast überhörte er alles, was ihm an Demütigendem gesagt wurde. Er hörte nichts; er hörte nur, es sollte der Friede gemacht werden. Er nickte; unberührt schenkte er alles weg, wie er zuletzt die Stifter weggegeben hatte, aus der Fülle seiner kaiserlichen Macht. Er war versteift in seine Majestät. Er ließ sich nicht noch einmal, wie durch den Zwischenfall der Stifter, aus seiner Starre bewegen. Jetzt rüttelte man vergeblich an ihm, alles veränderte sich vor seinem Blick. Die Mantuanerin war leicht enttäuscht.
Sie klagte, um ihm einen Schmerz zu entlocken, sich eine Hemmung zu bereiten: der dänische Übeltäter solle einen guten Frieden bekommen nach solchen Untaten und nach solchen Niederlagen? Das sei es ja, fand Ferdinand, mit dunklen weichen Blicken nach langem Besinnen, man könne ihm Frieden geben: man hätte es in der Hand. Er stockte wieder, nun völlig genesen, in einer dunklen genießerischen

Trunkenheit. Man solle den Herzog tun lassen, gab er von sich; er hätte die Schlachten durchgefochten. Von weitem erinnerte er sich der Stifteraffäre; ein feiner kurzer Schmerz wirbelte durch ihn; in einer traumhaften Abwehrbewegung sagte er: nein, man solle den Herzog tun lassen; wenn er könnte, würde er ihm noch größere Ehren zuteil werden lassen. Und schließlich müsse man auch dankbar sein gegen den König Christian von Dänemark, an dem man sich so habe erheben können.

Er war mit leichter Schlaffheit und viel Fett aus dem letzten Anfall seiner Krankheit herausgekommen, langsam hatten sich die Prunkmähler und Bankette in Bewegung gesetzt, im üppigen Verschleudern fand er sich wieder, eine fast dankbarkeitgesättigte innere Freude an Menschen und allen Dingen hatte er. Er schenkte, schenkte.

Sie sah sich, die ekstatische Kaiserin Eleonore, wieder einem ganz andern, aber ebenso wunderbaren, quellenden, blutenden, sprießenden, blütenrauschenden Wesen gegenüber. Er betete wie ein Kind mit hellen neugierigen Augen, freundlich, mit jedem vertraut, Priester, Abt, Chorknabe; zur Kirche ließ er sich sanft wie das Tier zu einer Krippe führen. Sie staunte, bog errötend den durchstürmten Kopf, hing sich an ihn.

König Christian hatte mit seinen gefräßigen Orlogs Kopenhagen verlassen, war in die Wismarische Bucht gedrungen, zum Hohn auf die deutschen Admiralsgelüste. Er erschien auf der Reede von Travemünde, in der Nähe des Verhandlungsortes Lübeck; seine Unterhändler, Jakob Ulfeld und Levin Marschalk, segelten zu ihm heraus, geschwollen gingen sie nachher in der Hörkammer des Niedersten Rathauses einher, die Kaufherren buckelten vor ihnen, die Kaiserlichen kniffen den Schweif ein, der Wind hatte umgeschlagen. Der Böhme fragte mit grausamer Ruhe an, welche Friedensbedingungen er nunmehr stellen solle. Die Küste war bis auf den Mecklenburger und einen kleinen pommerschen Streifen schon gänzlich entblößt, ohne Schwertstreich konnte alles dem Dänen wieder zufallen, was ihm nur die stärkste Heeresmacht wieder entreißen konnte. Niemand wußte, wo Friedland sich aufhielt und was er vorhatte.

Man gebärdete sich in der Hofburg verzweifelt. Es kamen Tage, wo man in Scham den Kaiser ohne Nachricht der Vorkommnisse ließ.

Christian aber war gar nicht mehr begierig, Krieg in Deutschland zu führen. Wenn er an Mitzlaff dachte, hatte er Tränen; er wünschte

das Kapitel Deutscher Krieg zu beenden. Er saß mit seinen Trinkgenossen und lieben Frauen auf den Schiffen, schweifte um die Küsten und Häfen des Heiligen Römischen Reiches, jeden Tag von neuem die Segel hissend, wie ein Ausgestoßener, der bereut, einen Winkel zum Schlafen sucht. Der böse Ehrgeiz des jungen Schwedenkönigs, die schlimmen Absichten Gustavs auf das Festland machten ihm das alte Heilige Reich noch lieber. Ungläubig las er die neuen Friedenspropositionen, die ihm der Herzog von Friedland durch Schauenburg übersandte. Angewidert vernahm er, daß drei schwedische Gesandte in Lübeck aufgetaucht waren und versucht hätten, sich in die Verhandlungen einzudrängen, vielleicht nichts weiter vorhatten, als einen Kriegsvorwand für ihren Herrn zu suchen. Sein Nachfolger war sichtbar, sichtbar auf der deutschen Bühne erschienen.
Er wollte Frieden, er wollte Frieden.
Man gab ihm alle seine Provinzen wieder, verlangte keinen Schadenersatz. Die Bayern rebellierten in Wien, aber nur schwach. Auch sie waren in nicht geringer Furcht vor Friedland. Christian war von seinen Schiffen heruntergestiegen. In vieler Berauschtheit und halber Sinnlosigkeit irrte er in Schleswig herum mit einer kleinen Mannschaft, die den Resten der Wallensteiner unter seinem Befehl Treffen lieferte, je nach Laune auch die Bevölkerung überfiel, strafend für ihren angeblichen Abfall, oder mit ihnen ein glückliches Wiedersehen feierte. Die üppige Christine Munk begleitete ihn auf einem Maulesel; sie war schwanger. Als er auf dem Gute Kjärstrub auf Taasinge jubelnd und tränenströmend die Urkunde in Händen hielt, die Dänemark seine Krone ungeteilt beließ, als er aus dem verwirrten Stammeln: «Mein Dänemark! Mein Dänemark!» nicht herauskam, Siwert Grubbe ihn zum erstenmal unter den Tisch trank, konnte sich die dralle schwarze Wibeke Kruse, ein Fräulein der schwangeren Christine, nicht enthalten; sie bat die eigene Mutter Christinens, sie möchte sie dem König zuführen; täte sie es nicht, würde sie die schwangere Frau umbringen. Mit dem unbändigen Grubbe, der schwangeren Christine und der Wibeke taumelte der König in das neue Frühjahr hinein.

Allein gelassen der Pfälzer Kurfürst, der schöne Friedrich. Saß wieder im Haag, im Asyl der Hochmögenden. Der grausame Krieg

in Deutschland vorbei. Die Not in seinem Quartier. Verschuldet war er.
Der Hochmut verließ ihn und die leidenschaftliche Elisabeth nicht. Man beugte sich zu jeder Stunde vor ihnen als den böhmischen Majestäten. Wenn sie zusammenfallen wollten, umkreiste sie zornwütig die kleine Bremse Rusdorf.
Langsam gewöhnte sich Friedrich, wie ein geheiligter Stein über Europa zu ragen: die Welt veränderte sich rasend um ihn; die Säule schrie «Recht, Recht»; zum Stein war er geworden, konnte nicht mehr kämpfen.
Er wartete, daß ihn einer nahm, auf einen Wagen lud, siegte.

WIE EIN Schiff, das den Anker lichten kann nach langer beschwerlicher Hafenruhe, nahm der Böhme sein Heer zusammen und fing an, es über das Reich zu werfen.
In diesem Augenblick des Lübecker Friedensschlusses geriet das ganze Reich in einen Zustand atemloser Erwartung. Der Böhme war von seiner Kette losgebunden, das Reich lag vor ihm.
Seine Pläne waren gänzlich unbekannt; man wußte nur, daß er vorhatte, das Reich, wie er sich ausdrückte, auf einen sicheren Boden zu stellen.
Der Rest der Regimenter marschierte aus Schleswig hervor; die Hauptpässe der Küste und des angelagerten Inlandes wurden mit Garnisonen versehen. Alsdann zogen an fünfzehntausend Mann unter Arnim nach Polen; sollten dort schwedische Kräfte binden; der gefährliche Gustav Adolf kämpfte gegen Polen. Arnim rückte mit seinen vier Regimentern zu Fuß und dreitausend Pferden bei Neustettin über die polnisch-preußische Grenze, grollend, daß ihm diese Aufgabe in dem feindlichen Lande gegeben war.
Der Infantin in Brüssel wurden siebzehntausend Mann zur Verfügung gestellt gegen die Generalstaaten.
In das Magdeburgische wanderten sechstausend ab.
Zwölftausend Mann deckten die Seekante.
Unverändert im Reich die Regimenter.
Aus Niedersachsen her neue Regimenter nach Franken und Schwaben.
Der Herzog selber in Mecklenburg lagernd mit vier Kompagnien,

die Merode unterstellt waren. Sie mußten aus Schwaben unterhalten werden.
In wenigen Wochen wurden acht neue Regimenter errichtet; bei Erfurt stellten sich drei zu Fuß auf.
Der Winter war vorbei, das Frühjahr da. Konfiskationen begannen an liegenden und fahrenden Gütern der Rebellen des letzten Krieges durch kaiserliche Kommissarien, unter Zuteilung des gesamten Erlöses an die Kriegsarmada. Die Hand der in Güstrow tagenden Finanzkommission wurde sichtbar.
Tillys Heer wurde bei der vulkanartig erfolgenden Ausdehnung der kaiserlichen Armada in einen Winkel Ostfrieslands gestoßen. Der ungeheure Reichtum, der in Friedlands Regimentern zutage trat, lockte ligistische Offiziere und Söldner in Scharen an, dazu das Konfiskationsdekret, der stolze Ton im Heer.
Lorenzo de Maestro, der Oberst, verließ Tilly. Dem ligistischen Obersten Gallas versprach Wallenstein das Patent als Generalwachtmeister; Tilly wollte ihn in Arrest werfen, aber Gallas ließ sich nicht einschüchtern. Graf Jakob von Anhalt, der vorher in Jever und Oldenburg mit seiner Frau silberne Becher und goldene Ketten geplündert hatte, brauchte keinen schweren Entschluß zu fassen. Unverhüllt erging an Tilly und Pappenheim selbst die goldene Reizung; vierhunderttausend Taler waren Tilly zugesprochen für den entscheidenden Vorstoß über die Elbe; er sollte mit dem welfischen Fürstentum Kalenberg, Pappenheim mit Wolfenbüttel abgelöst werden.
Dann geschah nichts.
Im Sommer nichts, im folgenden Winter nichts.
Wallenstein und das kaiserliche Heer war da. Das Heer wechselte seine Standorte, schob sich aus unruhigen in ruhige Gegenden, aus abgegrasten in frische. Fatamorganahaft geschahen Wunder: ein Regiment, zwei Regimenter wurden aufgelöst, die Reiter tauchten an anderen Orten, bei fremden Regimentern auf, die auf das Doppelte anwuchsen.
Wallenstein reiste nach Prag, Gitschin, vergrößerte sein Herzogtum Friedland durch den Ankauf der böhmischen Herrschaften Wildschütz, Semtschitz, halb Turnau, Forst, Chotetsch, Petzka. Durch kaiserliches Privileg war dem Herzogtum ein besonderes Recht und Tribunal verliehen, das es staatsrechtlich unabhängig vom Königreich Böhmen machte, befreite von der schweren ferdinandischen erneuerten Landesordnung im Erbkönigreich; Wallenstein traf An-

stalten, eine eigene Landesordnung abzufassen. Die Pläne für Gitschin, das seine Hauptstadt werden sollte, wurden ausgearbeitet, Scharen von Handwerkern herangezogen. Der Ausbau der Klöster, gestifteten Schulen und Seminare wurde angegriffen.

Nach Polen war der biedere Arnim mit friedländischen Regimentern marschiert; er sollte den Schweden festbinden. Die Polen aber haßten die Deutschen; widerwillig war er in die barbarische Landschaft gegangen; nach rechts und links sich schlagend nahm Hans Georg seinen Abschied; der Herzog konnte ihn nicht bändigen, der Marschall vergrub sich grollend in Boitzenburg. Die friedländischen Regimenter rückten in das Reich ein. Die Armada war um fünfzehntausend Mann gewachsen. Einschnurrten die ligistischen Truppen.

Den Kreis Schwaben überflutete der Herzog plötzlich so, daß die ligistischen Regimenter Kronberg und Schönberg abgeführt werden mußten.

Stumm wartend das Reich; hielt an wie ein Stier, dem ein Schlag bevorsteht. Sichtbar war eine Diktatur über dem Heiligen Römischen Reich errichtet, deren Gesicht und Ziele unkenntlich waren.

Leise begann ein Schaukeln in den Ländern: die verarmenden Bezirke, Städte wurden unruhig, die Erregung erforderte stärkere Truppenmassen, der Druck stieg, die sich herausfordernden Mächte klatschten leise aneinander. Geschützgießereien, Gewehrfabriken stiegen aus der Erde; mit Schrecken sahen die Bezirke langsam das Bild ihres Landes sich verändern.

Mehr und mehr wagten sich die Offiziere, Beamten des Heeres in die Städte, in die Stuben der Bürgermeistereien, auf die Rentämter, fragten mit ihren Kontributionszetteln nach Einkünften der Bezirke, rechneten, schickten Kontrollen in die Häuser, waren nicht zu vertreiben. Sie nahmen, ohne zu fragen, Einblick in die landesfürstlichen Bezüge, in Brandenburg, in Schwaben. Erst wurden große zusammenhängende Erhebungen in das friedländische Hauptquartier geschickt, von da nach Prag, Hamburg, an die Fachmänner weitergeleitet, dann stellte auf Wallensteins Befehl Michna eine Zahl geschulter, meist böhmischer Vertrauenmänner auf, die aus ihren Wohnorten verreisten, in die fremden Verwaltungen eindrangen, nicht davongingen, von einem festen Standort die Gegend überblickten. Die reichen fränkischen Bistümer Bamberg Würzburg wurden kontrolliert, das Gebiet der freien Reichsstadt Nürnberg, Bayreuth, das Fürstentum Ansbach, der württembergische Herzog,

der Mainzer Erzbischof. Da der Breisgau dem österreichischen Kreis angehörte, auch das Gebiet von Rottweil, so lag die Hand des Herzogs von Friedland über dem ganzen südlichen Deutschland außerhalb Bayerns. Das Gebiet des Kurbrandenburgers war von Besatzungen nicht verlassen worden, Pommern Mecklenburg Braunschweig-Lüneburg Kalenberg Grubenhagen Wolfenbüttel durchsetzt.
Und während die Truppenmassen abwanderten, ergänzt, verstärkt wurden, neue zufluteten, bildete sich nach den Leitsätzen des Generalissimus von Woche zu Woche schärfer die Konstitution des Heeres heraus, Hand in Hand mit einem System der Schutzmaßregeln für das Volk. Edikte verkündeten an Landstraßen Märkten Dörfern den Grundsatz gegenseitiger Achtung des kaiserlichen Heeres und des Volkes deutscher Nation; beiden Parteien war Sicherheit zugesagt, Lebensberechtigung; man hätte im Hinblick auf die Wohlfahrt des bedrohten Heiligen Römischen Reiches sich zu stützen. Das Maß der Leistungen war für die Bevölkerung auf das ausreichende Minimum beschränkt; Obersten und Intendanten hatten im Einvernehmen mit den Zivilbehörden die Sätze zu bestimmen. Eine Befragung der Landesbehörden war nicht vorgeschrieben. Die Zeit der wilden Plünderer und Exzedenten sollte vorbei sein; Prag spie mit der Unzahl der Erlasse, die das Kontributionssystem regelten, Feldgerichte Oberstschultheißen Regimentsschultheißen Weibel Schreiber Profoße über alle Musterplätze Quartiere. Lorenzo de Maestro als Generalquartiermeister inspizierte die Plätze; die wildesten Auswüchse wurden beseitigt. Aber weiter vegetierten die Ausbeutereien: Obersten, die ihren Stab auf drei Orte verteilten, Kontribution für drei volle Stäbe erhoben, Offiziere, die Wohnung an zwei Orten nahmen; immer wieder Salvaguardien, Schutzbriefe, die unnötig waren und den Inhabern gegen hohes Entgelt aufgedrängt wurden für jedes Tor, jeden Wagen, jede weidende Gänseherde. In zollreichen Gegenden begünstigten Gemeine und Offiziere den Schmuggel, übten ihn selber, indem sie ganze Schiffsladungen an Korn als Proviant durchbrachten. Die Stände hatten sich nicht dazu verstehen können, dem Kaiser und dem Reich Steuern zu zahlen; mußten jetzt neben sich, über sich Offiziere Generalkommissare der friedländischen Armada dulden.
Unmerklich schlang sich eine kräftige Pflanze um ihren Stamm. Dies waren nicht mehr die verachteten verächtlichen Geschöpfe, der Abschaum Flanderns Böhmens Ungarns. Ein neuartiges herrisches hartes Wesen trugen alle diese Männer zur Schau, die als Offiziere der

Armada durch die Städte und Landschaften ritten; gaben an Stolz den eingesessenen Patriziern nicht nach, hatten eine deutliche Nichtachtung gegen die Bürger, ehrten Besitz nicht. Setzten in Zweikämpfen Gefechten ihr Leben aufs Spiel; bewegten sich im Lande als Soldaten des Herzogs von Friedland, der als böhmischer Edelmann begonnen hatte, als reichsunmittelbarer Fürst vor der Römischen Majestät bedeckt bleiben konnte. Stärker strömten ihnen zu Söhne aus Patrizierhäusern, adligen Geschlechtern.

Im Lande wucherten Gerüchte über die Pläne des Herzogs; tolle Worte aus dem Munde von beliebigen Offizieren wurden kolportiert von Zunftstube zu Zunftstube, in die Ratshäuser, die Antikameren der Fürsten.

Von Zeit zu Zeit ließ der Herzog selbst über die hilflos fragenden Köpfe Gerüchte aufklingen von nahen Türkenkriegen. Plötzlich grellte durch die duldenden schlaffen Landschaften das Geschrei von Fortschritten, grausigen Siegen des Ofener Pascha; ängstlich, aufmerksamer sah man die sich sättigenden Söldner und Offiziere an, fürchtete für Kinder und Weiber, vielleicht mästete man die Armada dafür. Dann verhallte alles wieder; die Maschine zog straffer an.

In das Staunen Murren der Leute kamen andere Töne. Langsam übernahmen die Fiedler Schnurrer Bänkelsänger die ruhmredigen Lieder der Söldner. Sangen von der gebissenen, halbaufgefressenen Ratte, dem Dänen, von Wallenstein, den der Kaiser schickte, der im Sieg zum Herzog aufstieg. Die Bürger gingen wie Mäuse an den Speck. Es gab geheime Dinge zu sprechen, gegen die löbliche Ehrbarkeit, Richter und Ratsmannen, Geschlechter zu konspirieren, Korporäle, Kornetts in den Trinkstuben zu empfangen. Es war eine dunkelgärende Rebellion, die wie eine Wolke über die Bezirke flog. Was bei Helmschmieden Pfeilschnitzern Plattnern Schwertfegern Ringlern Nadlern gepflogen wurde, blieb kein Geheimnis den Hafnern Mehlmessern Wildpretlern Wollschlägern Lebküchlern, den Fellfärbern Mäntlern Joppern, in Reichsstädten, Bischofssitzen, Grafenresidenzen. Eben war es nur eine Belebung ihrer zünftlerischen Zusammenkünfte, bald eine unsicher tastende Bewegung, deren Stichwort noch nicht gesagt war.

Die stummen apathischen Massen der Edlen, die Patrizier, Gelehrten, katholische, protestantische. Sie bewegten sich. Was vorging, floß in sie wie ein elektrischer Schlag, der sie erzittern ließ. Der alte Barbarossatraum von dem freien großen deutschen Reiche lebte hier.

Leidenschaftlich wollten einige wissen: die Zeit sei erfüllt. Die Fiedler sangen so lieblich. Die Dinge aber enthüllten sich. Wallenstein zeigte sein grausiges Gesicht: Ein einiges deutsches Reich, eine einige Knechtung. Söldner breitbeinig durch die Gassen, über die Märkte, Trommeln und Pauken hinterher. Die Sprache des neuen Herrschers Armut Entrechtung Versklavung. In Tierställe verwandelten sie das Heilige Reich. Aus ohnmächtiger Pein stiegen Bittschriften an den Kaiser. Die bezwungenen Landesherren schickten ihre Vertrauensmänner unkenntlich auf die Dörfer und Flecken, in die besetzten Städte, die Stimmung zu erforschen, Mut zu machen, aufzureizen. Da fanden sie wenig Liebe. Auf dem Lande wirtschafteten die Bauern, die Nachkommen jener stolzen, die vor hundert Jahren zu Tausenden eingekesselt und niedergemetzelt waren von den Vorfahren der Edlen, die sie jetzt angingen. Sie fanden Grimm und Furcht nach beiden Seiten gegen Kaiserliche und Fürsten. Mißtrauisch, leidend sahen die Bauern auf die Musketiere und Reiter, mißtrauisch auf die flötenden bettelnden Abgesandten ihrer Herrschaften.
Nur ein Volk kicherte beim Anblick der finsteren Leiden Deutschlands: die Böhmen. Sie sahen die Rache sich vorbereiten, hörten das Knacken in dem Bogen des Kaisers, die Stücke der zerbrechenden Waffe würden ihm in Brust und Kopf eindringen. Sie jubelten, der Sieg konnte allein ihnen nicht entgehen. Wie ein Symbol über der Verderbnis der Herzog von Friedland, die Pest, in ihrem Lande geboren.

Zdenko von Lobkowitz war tot; seine Stelle als Oberstkanzler von Böhmen hatte ein leiser Mann eingenommen, Graf Wilhelm von Slawata. Man kannte seine Feindschaft zum Herzog; er hatte leidend das Amt angenommen, das man ihm anbot als einem Verwandten und Feind des großen Herzogs. Slawata stopfte sich gequält die Ohren, als man ihm erzählte von den Karlsbader unerhört glanzvollen Reisen des Herzogs; «was haben ihm die Juden dazu gezahlt, wieviel hat er erpreßt, was hat er gewuchert.» Wallenstein zwang ihn zur Feindseligkeit immer wieder aus seiner menschenfremden Ruhe heraus. Er war sehr fein, mit Trautmannsdorf tauschte er skeptisch überlegene Worte aus, aber vermochte nicht wie der bucklige Graf dem schreckensvollen Experiment Wallenstein mit Neugier zuzuschauen und dem Herzog aus Interesse zuzustimmen. Die Maske zog er nicht vom Gesicht. Verschwiegen studierte er den Herzog, in dessen neuem Palast auf dem Hradschin er bisweilen erschien.

Eines Tages empfing der bayrische Geheimrat Richel den Besuch eines Kapuziners, der sich als Böhme legitimierte und einen schriftlichen Geheimauftrag vorwies: wonach er die Kurfürstliche Durchlaucht in einer Angelegenheit von höchster Wichtigkeit um die Entsendung eines Agenten nach Prag ersuchen sollte. Der achselzuckende Kapuziner wollte weder den Schreiber des Briefes nennen noch die Angelegenheit umschreiben; seine Legitimation stammte von dem sehr namhaften Abt des Klosters. Ein bayrischer Geheimagent, Alexander von Hales, Italiener, selbst Kapuziner, reiste mit dem Ordensbruder nach Prag ab. Ihm wurde von dem Abt der Eid abgenommen, daß er die Person, der er vorgestellt werde, nicht nach ihrem Namen fragen werde, wenn sie sich selbst nicht nenne, daß er ferner nicht niederschreiben werde, was er erfahre, jedenfalls nicht vor seiner Ankunft in München.

Dann saß der Italiener in der gewölbten Zelle des Abtes auf der Ofenbank gegenüber einem ehrerbietig begrüßten rot maskierten Herrn, der Ringe und Armbänder trug, sich, während er sprach und nachdachte, auf dem übergeschlagenen Knie aufstützte. Slawata sprach italienisch. Der Abgesandte möchte nach München von der Natur, dem Vorgehen, den Plänen des jetzt florierenden Friedländers einige Informationen bringen. Als der Agent erklärt hatte, er werde erst dann unterbrechen, wenn er glaube, sein Gedächtnis werde versagen, setzte Slawata hinter der Maske seine Worte hin, als wenn er mit sich spräche, langsam, sich wiederholend, einschränkend.

Er verglich den Charakter Wallensteins, mit dessen Zeichen er sich viel beschäftigte, mit dem Attilas, Theoderichs, Berengars, Desiderius', welche von Haus aus Herzöge waren, durch Verleihung auch Königreiche erwarben und Kaiserreiche erstrebten. Er ist von einer ungemeinen Arglist und Verschlagenheit, nur Gott durchdringt seine Gedanken, er verbirgt hinter seiner Barschheit weitausschauende Pläne. Schon sein böhmisches Einkommen ist höher als das der Majestät. Er ist von Natur zur absoluten Alleinherrschaft geneigt; nur den Bayernfürsten haßt er, denn dieser erscheint ihm als der einzige, der ihn in seinen Plänen hindern kann. Er beabsichtigt, die katholische Liga zugrunde zu richten, um alsdann als einziger Bewaffneter im Reich dazustehen. Das Spiel ist ihm schon zu zwei Dritteln geglückt.

Sein Verfahren ist einfach: Bestechung des kaiserlichen Beichtvaters und der Geheimen Räte, Verlegung der Truppen in die kaiserlichen Erbländer, um dem Hause Österreich, das im Kriege völlig verarmt, einen Zügel anzulegen. Er kennt keine Achtung; vor dem spanischen Botschafter hat er den katholischen König einen Tropf genannt, ebenso den König von Polen; man darf nicht wiederholen, was er am Papst gefunden hat; es seien in Rom auch fünfundzwanzig Kardinäle, die man nach seinem Wunsche auf die Galeeren schmieden sollte.

Nach diesen Mitteilungen saß die rote Maske schweigend, drehte sich um, ob noch jemand im Raume sei, ging mit einer Verbeugung hinaus, dem Kapuziner winkend, dazubleiben.

Einen Monat später sprach die hohe Persönlichkeit den Kapuziner im selben Zimmer zum zweiten Male; der Agent durfte an sie einige Fragen stellen; zwei Entwürfe zog der Redner aus dem hohen weißen Stiefelschafte: einen Diskurs über Friedlands Absicht mit dem kaiserlichen Heere, eine Untersuchung über die Möglichkeiten, dem geplanten Umsturz im Reich entgegenzutreten. Nach diesen Entwürfen, über die die Persönlichkeit weichstimmig berichtete, plante der Herzog sich in Niederdeutschland festzusetzen; er hatte vor, im Reich die aristokratische Verfassung zu verändern zugunsten einer absoluten Monarchie. Er wollte zeigen, welche große Kraft Deutschland innewohne, wenn es ein einziges Haupt habe. Der Umwandlung Deutschlands konnte man nach der Untersuchung nur entgegenwirken durch ein mächtiges ligistisches Heer, das unter Führung eines Gewalt nicht scheuenden Fürsten stehe. Wallenstein rechnet mit der friedlichen Gesinnung des Bayernfürsten und Tillys, offener: er spekuliert auf ihre Ahnungslosigkeit.

Gefragt, wie der Kaiser sich verhalte, antwortete die Persönlichkeit: Ferdinand lasse nichts an sich herankommen, und was herankomme, schüttele er ab, um nicht aus seiner Ruhe geschreckt zu werden; es sei vom Kaiser nichts zu erwarten, er werde in seiner Unschlüssigkeit verharren.

Als Alexander von Hales Prag verlassen wollte, wurde er vom spanischen Botschafter am kaiserlichen Hof, der zufällig den Herzog aufgesucht hatte, angehalten. Der sehr stolze Mann wollte Empfehlungen und Briefe an seine Bekannten in München mitgeben; zwischendurch gab er eitelkeitstrotzend von sich: die Dinge im Heiligen Reich nähmen ein rasendes Tempo an; es freue ihn, daß man sich der alten Beziehung mit Spanien besinne, Friedland verstünde die Zeit; er hätte davon gesprochen, wie ihm Graf Slawata vertraulich unterbreitete, bei einem Widerstand gegen seine Pläne und bei einem vorkommenden Thronwechsel zuerst an Spanien zu denken; man werde wieder in die alte gesegnete Verbindung kommen.

DREI STUNDEN Ritt bei München, in Schleißheim, hauste der Bayer in seiner Sommerresidenz auf der Schwaig; die kleine Mosach rieselte durch einen Hof, trieb ein Mühlrad, durch einen andern Hof das geschwätzige Wässerchen der Würm. Breite, geblökerfüllte Stallungen, Wiesen an sanften Abhängen, Ährenfelder, Müller, Viehmeister, Schweizer, Allgäuer.

Sankt Urbanstag; im grauen Regenwetter schlugen im Dorf die Kinder ein Holzbildchen des Papstes. Im innern Hof der Schwaig klopfte der Maienregen auf das Bretterdach einer kleinen Spielhalle; drin drängten sich auf ihren Sesseln hinter dem frierenden Kurfürsten – blauer Samtmantel bis auf die gelben Handschuhe, blauer aufgeschlagener Samthut mit Perlenschnur, altes gefälteltes schlaffes Gesicht – der übergroße glotzäugige schwere Fürst zu Hohenzollern, Obersthofmeister und Geheimer Rat, der gestrenge und hochgelehrte Herr Bartholomäus Richel, der greise spitzbärtige Oberstkämmerer Kurz von Senftenau, Knecht der Jesuiten, Kämmerer Maximilians, der Marchese Pallavicino, der Signor Cavalchino, der elastische hohe Graf Maximilian Fugger, Johann Verduckh, sein Guardaroba, die Geheimsekretäre Rampeckh und Schlegel, Kriegskommissare, Bildhauer. Sie saßen stumm vor der niedrigen schmalen engen Holzbühne, auf deren teppichbelegten Brettern sich zwei Menschen, nackt bis zum Gürtel, boxten, im trüben Nachmittagslicht hin und her sprangen. Leibwache mit Kopfhaube Hellebarde Schwert breitbeinig in Doppelreihe an beiden Längsseiten der Halle.

Der eine der Ringer, schwarzhaarig, breit, den Unterkiefer vorstreckend, ging im Hintergrund der Bühne wild, mit ängstlich verzerrtem Lächeln einher, zog meckernd hinter dem unbeweglichen Braunen nach vorn, spazierte an der Rampe entlang, nach rückwärts schielend, nach vorwärts schielend, gegen den Saal sich unter Öffnen der Arme verbeugend. Er wartete vorn im Winkel, die Arme höhnisch übereinanderschlagend, den Braunen Unbeweglichen imitierend. Grinste keck, schlenderte drei Schritt gegen den andern. Mit seinem rechten Knie berührte er das vorgebogene Knie des andern, schob, drückte gegen das Knie. Er stieß, der andere stieß. Sie holten ihr freies Bein heran. Der Braune schlank, kopfhöher als der Schwarzhaarige, aus einem Traum geweckt, drängte plötzlich heftig mit dem spitz vorgekeilten Knie, rot überflammt, daß sie aneinander vorbeirutschten, auseinander taumelten, der Kleine mit den Händen den Boden berührte. Wie er sich aufrichtete, umdrehte, funkte ein höllischer Schlag ihm in der Schläfe, daß er, wie verwundert, sich hinsetzte, den Kopf senkte. Er wollte wieder höhnisch, vertraulich dem Saal zulächelnd, hochklettern, als der Braune eine Fußsohle ihm auf die nackte Schulter legte von hinten und ihn leicht wippte. Mit verändertem Gesicht riß er seinen Rumpf beiseite, stand atemlos blaß auf den Füßen, stieß einen Arm krümmend hervor: «Mach nur, Herrchen, immer mach nur. Ich zahl' wieder.» Der Braune hob reizend wieder den Fuß. «Komm nur heraus. Ich zahl' jeden Schlag. An dich.» Stammelnd näherte er sich dem Braunen, sabbernd, mit weiten Augen; der legte ihm, ehe er, wie geplant, in sein Bein hatte beißen können, zwei schwere Hiebe über die Schultern, daß der Schwarze umknickte, wie mit Säcken über den Achseln nach rechts schlich, nach links schlich, sich gegen die Rampe wandte, sich duckte, um die Beine vom Podium herunterzulassen. Vier Leibwächter liefen klirrend an mit gefällten Hellebarden; der Kleine brach in lautes Lachen aus, stellte sich schwankend vorn hin: «Ich fordere dich heraus, Herrchen. Glaubst mich zu besiegen mit deinen plumpen Schlägen. Da steh' ich. Schlag. Ich wehr' mich nicht. Ich krieg' dich schon.» Der Braune mit dicken, knöchernen Fäusten gegen ihn. «Ich krieg' dich. Du bezahlst mir jeden Hieb, entgehst mir nicht.» Sie wechselten mit leichten Berührungen Stöße. Über den Schwarzen war plötzlich ein farbenstreuendes Summen, Dröhnen gefallen; halb besinnungslos lehnte er an der Seitenwand, murmelte: «Überleg dir, was du tust. Du richtest dich zugrunde.» Versuchte zu lachen nach einem grausamen Hieb gegen seine Oberlippe: «Ich weiß nicht, wie du das wirst aushalten können. Das – haha – das ist entsetzlich. Das ist ja tödlich. Bist ja ein Mordsverbrecher.» Hin und her wankend wälzte er sinnlos seine Arme wie Schlägel um seinen Kopf, dem ausweichenden Braunen nachschleifend. «Mein Gott», greinte er an der Hinterwand, ohne zu wissen, daß er nur mit einem Auge sah, «ich wußte nicht, mit wem ich mich einließ. Pfui, das bist du. Es war nötig, dich aufzudecken vor der Welt. Da sitzen die Zeugen, die hohen Herren. An dir soll keine Gnade geübt werden.» Der schlanke Braune raste: «Was verleumdest du mich. Willst du schlagen, willst du nicht schlagen, Hundsfott?» «Du spuckst mich nicht an. Ich warte, bis du dich ganz ruiniert hast an mir. Wir werden alle sehen, wie weit du gehen kannst.»

Tierartig hing der Lange über ihm, rammelte an dem schwankenden kopfverbergenden Körper; in den Pausen schluckte und schluchzte der unten: «Mann. Mann. Ja. Schlag weiter. Zwanzig. Wenn du fertig bist, ist die Abrechnung fertig. Ich zähl' jeden Schlag. Unterhalten wir uns nicht; schlag nur weiter. Möchtest der Rache entgehen.» Der Braune faßte den über den Boden Gekrümmten von oben um die Hüften, hob ihn, schwenkte ihn. Einmal, zweimal sauste gerissen der Schwarzhaarige kopfabwärts, strampelnd herum. Am Boden, hingepoltert, spuckte er Blut, rollte, wackelte blind, blöde auf: «Hähä. Weiter, Zwanzig.» Ruderte fünfmal durch die Luft; knapp an der Rampe krachte er, losgelassen, hin. Als er den Kopf drehte nach einer Weile, lispelte sein verquollener Mund: «He du. Eitler Hahn. Gearbeitet. Zwanzig. Ist noch nicht fertig. Wollen sehen, wann er fertig ist.» Der Braune kreischte wie gebissen, kniete vor dem liegenden Schwarzen und nun, die Augen zukneifend, alle Gesichtsmuskeln zusammenreißend, schmetterte er, würgte, wühlte, klopfte, rollte, malmte an dem weichen Körper vor sich. Der richtete sich einmal blau japsend auf, wollte die Augen aufreißen, brach einen Strom Blut, legte sich seitlich um. Der Braune, noch hingekniet, packte den Schwarzen mit beiden Fäusten beim Hals, zog den Rumpf lang am schlaffen Hals hoch, ließ ihn auf das Gesicht hinklappen. Wütend spie er sich in die blutbeschmierten Handteller. Unten lachte man schallend über sein böses Gesicht.

Der schmerbauchige Fürst zu Hohenzollern wechselte mit dem aufgestandenen Kurfürsten einige Worte. Die Wache formte sich zum Spalier. Maximilian sprach erregt auf Richel ein. Sie verließen die Halle. Leuchter wurden von Pagen in das Haus getragen.

Im kleinen Singvogelsaal bemerkte Maximilian, ohne den Jesuiten Kontzen oder Richel anzusehen: «Jedenfalls soll der Musketier belohnt werden und die ganze Patrouille, die den Boten abgefangen hat. Es war mir eine Genugtuung, diese Aufklärung zu erhalten.»

Richel auf dem Schemel: «Leider geht aus dem Handschreiben Meggaus nicht hervor, wie lange der Hof schon Geld für den Kaiser aus

Kontributionen bezieht. Oder ob es nur eine einmalige Zahlung war.»
«Das Tüpfelchen auf dem i? Mir genügt es.»
Richel, den geschwollenen Zeigefinger an der Nase: dieser Brief wiege soviel wie eine gewonnene Schlacht. Maximilian wechselte häufig die Farbe, er hatte die Knöpfe seiner Lederweste geöffnet, hauchte stark, von Hitze überströmt. Es dürfe nicht davon gesprochen werden, er werde selbst und allein mit dem Kaiser darüber verhandeln. Es kam zu keinen weiteren Debatten. Die Herren merkten, dies war eine Angelegenheit der Fürsten. Richel wurde entlassen.
Der Jesuit wurde mit funkelnden Augen gefragt, welche Treue ein Kurfürst seinem Kaiser schuldig sei. Kontzen sprang an: «Dem Kaiser alle Treue, dem Nichtkaiser keine.» Des näheren ergab sich: Ferdinand der Andere ist nur, und besonders nach dem eben aufgedeckten Vorgang, nur dem Namen nach Kaiser. Er hat die Machtfunktion an seinen General abgetreten. Man hat also keinen Kaiser, den man verraten könnte, und an dem Herzog von Friedland kann man keinen Verrat begehen. Es gibt zwei Möglichkeiten: entweder der Kaiser billigt willensfrei den Friedland oder er wird genötigt von ihm; im ersten Fall hat er sich seiner Herrscherattribute begeben; oder er steht in friedländischer Sklaverei. Man muß den letzten Fall bei seiner christlichen Frömmigkeit annehmen. Verrat an diesem Verratenen heißt ihm, als dem Kaiser, beistehen. Er konkludierte: wie die Dinge liegen nach der Kapuzinerrelation und dem aufgefangenen Schreiben Meggaus, ist es Pflicht jedes Deutschen, besonders jedes Fürsten, den Kaiser von seinem Vergewaltiger zu befreien.
Maximilian fragte leise: «Auch wenn die Befreiung des Kaisers mit Unterstützung fremder, ausländischer Mächte geschähe?» Kontzen solle nicht gleich antworten, er möchte sich gut besinnen.
Wozu man, erhielt Maximilian zur Antwort, das Beispiel der Heiligen Kirche habe; ob sie Unterschiede zwischen den Nationen mache, ob es ihr nicht einzig auf die Sache ankäme.
Max ihn aus seinen kalten, traurigen Augen lange betrachtend: «Wenn meinen Untertanen meine Regierung nicht gefällt und sie zu meiner Beseitigung die Türken oder Schweden ins Land rufen, tun sie dann recht?»
«Nur insofern tun sie unrecht, als sie sich wahrscheinlich mit dem türkischen Einfall selber ins Fleisch schneiden; im übrigen –»
Der Kurfürst unverwandt den Jesuiten betrachtend: «Ich darf die Türken ins Land rufen oder ins Reich, wenn ich das Reich damit auf-

richte?» «Das ist nicht fraglich.» Lächelnd schloß Kontzen, aufstehend, es seien doch wohl nicht die Türken.
Wie ein Jäger seinem Hund pfeift, so hatte der sanfte Kardinal Richelieu seinem Volke das Signal gegeben, es hieß Habsburg. Deutsches und spanisches Blut lockte, duftete herüber; sich einwälzen, sich überkugeln, die Uneinigkeit vergessen!
«Wir müssen uns in Metz befestigen», sang er ihnen vor, «wir müssen nach Straßburg vordringen, um ein Eingangstor nach Deutschland zu erlangen. Geduld, Geduld! Ich will euch nicht aufspießen lassen. Gebt mir noch Zeit, seid zart; ich werde mit süßer, offener Miene voranschreiten.»
Die Zähne seines Rades griffen in die Vertiefungen von Wallensteins Rad. Zu den Hanseaten, zum Dänen, Schweden, zu den Generalstaaten waren die verführenden Reden und Goldstücke gerollt, klirrten lauter in das Reich von Westen und Süden her ein.
Die Gesandten erhielten die Instruktion vom Kardinal: «Die Kraft Habsburgs ist der Herzog von Friedland; die Gegenkraft die Kurfürsten. Sie streiten sich um das Heilige Reich. Wir müssen sie streiten lassen, bis sie uns das Reich öffnen. Jetzt ist Habsburg stärker; reizt, stärkt die Kurfürsten.»
Wie eine sanfte Eingebung glitten die breiträdrigen Reisewagen mit dem großäugigen vornehmen Herrn Marcheville, dem entschlossenen Soldaten Charnacé, Säbel über die Knie, über die hüglige Reichsgrenze, über den Rhein in das Heilige Reich. Kaum beachtet in dem Lärmen der Durchzüge, schweigend, höflich wandten sie sich nach Süden und Osten, näherte sich Marcheville der Stadt Mainz, die Anselm Kasimir beherrschte, dem Gebiet Philipp Christophs von Trier, Köln unter dem Kurfürsten Ferdinand, in Dresden trat er vor Johann Georg.
Marquis von Charnacé war unterwegs von Fontainebleau, als Maximilian den Wunsch äußerte, einen Geheimvertreter des Königs Louis zu sprechen. Man hatte in Fontainebleau nichts versäumt; Charnacé trug Instruktionen mit sich.
Der Bayer saß unter einem Baldachin in der Ritterstube der Neuen Feste, saß vor einer langen ungedeckten Holztafel, an der der hochgelehrte Herr Bartholomäus Richel neben Kontzen schrieb und in Faszikeln blätterte, als Charnacé, ein unansehnlicher häßlicher Mensch mit rotem Gesicht und schielenden Augen, von dem hohen Fürsten zu Hohenzollern hereingeführt wurde. Die Unterhaltung,

bei der Charnacé es immer wieder ablehnte, sich vor der Kurfürstlichen Durchlaucht zu setzen, wurde fast allein zwischen dem Kurbayern und dem Marquis geführt; später holten die Räte Dokumente zu Hilfe, ein Sekretär des Franzosen im Vorraum durfte eintreten, das Akkreditiv des Gesandten diesem zur Vorlage überreichen, ferner eine große Blankourkunde mit der Unterschrift des katholischen Königs. Charnacé wurde vom Kurfürsten nach seinem kurzen Arm befragt; er erzählte in bescheidenem Ton von seinen Gefechten in Polen, dann: er käme auch von La Rochelle. Näheres von dem Fall dieser Stadt, worauf Maximilian drängte, wollte er nicht hergeben; er erklärte streng, die hugenottische Angelegenheit sei ein Bruderzwist in Frankreich gewesen, sie sei erledigt. Es würde insbesondere der neuerstarkten gallischen Nation eine Freude und Genugtuung sein, Gelegenheit zu erhalten, ihre Macht und Einheit nun nach außen zu zeigen unter Führung des glorreichen dreizehnten Ludwig. Er sprach die Freude seines Souveräns aus, daß die Verhandlungen mit Bayern, die auf eine Beendigung des deutschen blutigen schreckvollen Krieges zielten, nun in rascheren Fluß kommen sollten.
«Ich habe», flüsterte Maximilian, der während der Unterhaltung müde an seinem Hut rückte, «seinerzeit den Herrn von Marcheville gefragt, was Frankreich in Deutschland für Ziele verfolge. Wollt Ihr mir darauf antworten.» Charnacé, den Degen fest in der Linken, die Augen auf dem Teppich: sein Souverän hätte zum Ziel, und dies müsse er festhalten, die Zustände im Reiche, wie sie durch Reichsgrundgesetze, Goldene Bulle, Wahlkapitulation festgelegt seien, erhalten zu sehen; er möchte keinen gefährlichen revolutionären Nachbarn; er erblicke in der weiteren Ausbreitung der augenblicklichen inneren Gewaltvorgänge in Deutschland eine Bedrohung der französischen Grenze. Maximilian flüsterte nach einigen Worten: «Weiter.»
«Wir haben ein Interesse daran, im Reich eine Macht wie die Liga und einen Fürsten wie die bayrische Durchlaucht zu wissen, die den Stand des Reiches gewährleistet. Wir sind daher bereit, die Kraft der Liga auf jede erdenkliche Weise zum Schutz gegen den gewalttätigen ungesetzlichen Umsturz zu stützen – soweit man es von uns begehrt. Wenn ich genauer sagen soll, führen wir durch solch Vorgehen einen Präventivkrieg gegen das Reich. Unbedingt erkennt der katholische König daher die Kurfürstenwürde der gegenwärtigen bayrischen Durchlaucht an.» Plötzlich endete der Franzose und fühlte sich auch

durch den forschenden Blick des Fürsten nicht bewogen, weiter zu sprechen.
Richel rückte seinen Stuhl, überreichte herantretend dem Kurfürsten eine Note, auf eine Stelle mit dem Zeigefinger weisend. Ohne hinzusehen, nahm Maximilian das Blatt mit der Linken, mit der Rechten Mund und Kinn zudeckend, immer den Gesandten fixierend, der ruhig wartete. Dann Maximilian sehr bestimmt, keinen Ton lauter: «Der Herr kennt die Verhältnisse im Reich. Der Bericht des Kapuziners Alexander aus Prag soll, wie mir berichtet wurde, ihm vertraut sein. Ich habe wegen dieser uns überwältigenden Zustände den katholischen König ins Vertrauen gezogen, meinem Pariser Gesandten fleißige Korrespondenz mit den königlichen Funktionären befohlen. Die Liga, deren Oberster ich bin, hat kein Interesse, bei treuster kaiserlicher Gesinnung, diese Zustände hinzunehmen oder gar zu befördern. Sie wünscht Abschaffung der drückenden Fronden. Dies ist dem Herrn bekannt.» Der verneigte sich. «Ich will nur angeben», präzisierte Maximilian, «welche Wege gemeinsamer Art denkbar sind. Es genügt die Erklärung der Liga, in kommenden Angriffskriegen des Kaisers sich neutral beiseite zu stellen, bei der Bewahrung der Neutralität aber im schlimmsten, ernstesten Fall der Hilfe Frankreichs gewiß zu sein.» Hierzu seine Zustimmung zu geben, erklärte der Botschafter wieder gesprächig, hätte er Vollmacht und ausdrückliche Instruktion. Es läge dem katholischen König daran, ihre Friedensziele, die so segensreich für die Menschheit und die katholische Christenheit wären, auf eine möglichst sichere Basis zu stellen. Man werde glücklich sein in Frankreich, am glücklichsten am Hofe des Königs, eine katholische Phalanx mit der deutschen Liga geschaffen zu haben, die der Welt Friedensgedanken aufzwänge und die Rechtgläubigkeit unangreifbar machte. «Ich will», wiederholte nach einigem Abwarten Maximilian, «dann die Neutralität der Liga bei einem weiteren Angriffskrieg des Kaisers durchsetzen. Die bayrische Absicht ist weiter: Verteidigung gegen die Umsturzbewegungen im Reich, Verteidigung der Reichskonstitution, Verteidigung der Heiligen Kirche; die französische Absicht darf dem in keinem Punkt widersprechen.» Als Charnacé das Wort Bündnis hinwarf, hob Maximilian ablehnend beide Hände. Man möge nicht wie ein Holzfäller bei ihm eindringen. Die Not im Reich sei groß; dies vor dem kundigen Gesandten zu verhüllen, hätte er keinen Anlaß. Jedoch sei er deutscher Kurfürst und werde durch keine Vergewaltigung sich von

der geschworenen Treue gegen die Römische Majestät abbringen lassen. Bei allen Einzelheiten sei festzuhalten: kein Präjudiz gegen Reich Kaiser und Kurfürstenkolleg. Die Räte sahen auf; Maximilian war erglüht, hatte die Zähne wie in Scham zusammengebissen; Charnacé blätterte gleichmütig in seinen Papieren: Durchlaucht werde freie Hand gegeben, sich der Hilfe des katholischen Königs nach Belieben zu bedienen; bei der Herzlichkeit der Gefühle Louis' und Richelieus für das aus tausend Wunden blutende Deutschland sei ein Mißbrauch des Bündnisfalles unmöglich. Friede, Friede die gemeinsame Parole; geboren aus Erwägungen der Menschlichkeit Christlichkeit und Selbsterhaltung.

Weich schlich Maximilian in die wilhelmische Residenz herüber in das enge Stübchen zu seinem Vater, dem Herzog.

Der Alte, im schwarzen Wollröckchen am Ofen, rieb seinem großen Sohn die Hand. Sie hockten über die Mittagsstunde zusammen. Den Kaiser Ferdinand bewarf Maximilian mit Bitterkeit. Dem Kaiser hat ein Satan diesen Wallenstein geschickt. Und nun floriert das Haus Habsburg und wirft seine Ketten und Schergen aus; es wiehert brünstig vor Glück, und er, der Wittelsbacher, muß es hinnehmen. Schande, Schande: er, ein Deutscher, müsse sich mit dem französischen König verbünden. Er sei gezwungen, mit Zähnen und Klauen und brüllender Offenheit den Stier, den Teufel anzufallen. Das Reich, das Heilige Reich, das er liebe, müsse er zerstören, weil es der Habsburger, der tolle, der Schalk, denn wolle. Nun käme es auf nichts an als auf Habsburg und Wittelsbach! Die Masken, die lange festgeklammerten, endlich, endlich herunter! Zertrampelt das Römische Reich. Es gibt nicht mehr Kaiser, es gibt nicht mehr Kurfürsten; in den Abgrund alles.

Das graue Männlein ging neben ihm am Ofen hin und her, streichelte dem schmerzvoll Zerrissenen demütig die Hand, dankte innerlich Gott für seinen Sohn. Möge das Heilige Römische Reich sich selbst anschuldigen, schäumte der leichenblasse, die Tischplatte knetende Kurfürst, wenn es breit gewalkt werde, wenn die Sintflut der Ketzerei anwüchse, wenn die Grenzen durchbrochen würden. Es muß geschehen. Der Hüter des Reichs, der Vogt der Heiligen Kirche, der Mehrer des Reichs: Schande, Schande.

Den schieläugigen wartenden Charnacé behandelte er in seiner eigenen Kammer, das Degengehenk zu Boden werfend, sehr heftig. Ein Ende mit dem Gerede von dem mächtigen einigen siegreichen

Frankreich. Er sei deutscher Kurfürst, Bayern und die Liga seien stark, er solle nach dem Haag gehen, sich vom Pfälzer darüber ein Lied singen lassen. Was habe Frankreich im Elsaß vor, was wühle es in Straßburg; der Bischof von Straßburg sei Mitglied der Liga; er werde keinen Angriff und Überfall da dulden. Er war erbittert und höhnisch. Man glaube nicht, sich die Not Deutschlands zunutze machen zu können und im trüben zu fischen. Was habe Frankreich in Holland vor und plane mit den Generalstaaten. Nein, nein, Frankreich und der katholische König mißverständen ihn, den Bayern, gänzlich; er sei nicht der alberne Knecht, der in der Nacht die Tür zum Haus offenläßt, damit die Räuber einfallen können. Man wage es nicht, ihm so zu kommen. Da sei ihm der böhmische Schelm noch lieber.

Charnacé focht sicher. Er fühlte, der Kurfürst wünschte von ihm über Schwierigkeiten geleitet zu werden. Dunkle Punkte wurden im Dunklen gelassen, helle beleuchtet. Maximilian wurde gegen den Schluß still.

Man kam so weit, über die Zahl der beiderseits aufzustellenden Söldner zu verhandeln. In dem Vertragsdokument war nach Maximilians Willen nichts zu vermerken von der Neutralität Bayerns und der Liga; das sollte brieflich abseits fixiert werden. Schweigend, ohne besondere Huld, wurde Charnacé abgedankt.

Maximilian fuhr in sechsspänniger Karosse auf den Berg Andechs. Der Heiland trug die bunte Wunderkrone der Heiligen Mechthilde. Wallfahrten zogen mit ihm, Prozessionen von Kindern mit farbigen Kreuzen, mit Geißeln, Speeren. Ungeheure armdicke Kerzen wurden voraufgetragen; an seidenen, grell bemalten Fahnen kleine Glöckchen. Umschlungen von Kranken Gebrestigen der Pfahl mit dem Marienbilde vor der Kirche; sie lagen, von Priestern umgangen, in Krämpfen davor. Mütter hoben ihre Kinder hoch gegen das Bild, tasteten die Schmerzstellen der Kinder ab. Dabei sangen sie. Wie Balken stürzten einige hin, eben den freien Platz erreichend, schnellten übereinander; Kuttenträger beschworen die bösen Geister.

Selig Maximilian: Habsburg, nicht er hat das Römische Reich zerrissen.

Die Macht der Heiligen Kirche zu vermehren, war ihm, ihm und seinem Geschlecht zugedacht von den Himmlischen. Es sollte an ihm nicht fehlen.

Von der grauen windgefegten Meeresplatte bis auf Postenstellungen zurückgezogen, schob sich das Gros der Armee mit wachsender Stärke in das Zentrum Deutschlands und nach Süden. Es legte einen dichten Schleier über die kaiserlichen Erblande, stieg die Grenzberge hinauf.
Als die Fühlungnahme der Fürsten und Stände begann, die Proteste gegen die Anwesenheit und das grenzenlose Wuchern dieses Armeekolosses in allen Gauen schrillten, glomm im Süden plötzlich ein Funke auf, der sich im Augenblick zur Lohe entwickelte.
Ein Reichslehen jenseits der Alpen, Mantua, war durch den Tod seines Inhabers erledigt, die Nachfolge umstritten. Der Großneffe des Verstorbenen, ein junger Herzog von Nevers, glaubte nicht der Belehnung durch den Kaiser und Entscheidung des Rechtsstreites zu bedürfen. Da nahm der Römische Kaiser, Ferdinand der Andere, Mantua und das zugehörige Montferrat in Sequester, und der Oberst eines Infanterieregiments, Graf Johann von Nassau, wurde als sein Sequestrationskommissar nach Mantua geschickt. Der junge Herzog leistete dem kaiserlichen Kommissar nicht Folge, gehetzt von Richelieu, der hinter ihm stand und einen Sprung in die Lombarbei tun wollte. Der Römische Kaiser fragte in diesem Augenblick den Generalfeldhauptmann, ob er zu einem Zug nach Oberitalien bereit wäre, zur Exekution gegen Mantua.
Die Armee wurde formiert. Geschwollen fuhr es aus dem Prager Hauptquartier über das Reich, das Klagen dunstete wie eine Wiese in der Morgendämmerung: man habe Krieg, möge jeder still sein, Kaiser und Reich sei beleidigt. Die alte Armee wuchs wieder; der Herzog brauchte zwei Armeen, eine zum Kampf, eine zu Kontributionen. Regimenter aus Schwaben marschierten südwärts, besetzten die Pässe der Graubündener Alpen, hingen wie eine Wetterwolke über Italien. Über das Meer war man nicht herübergekommen; die Alpen konnten nicht aufhalten. Und wie der junge Nevers noch schwankte, erschien der französische König Ludwig selbst mit einem starken Heer, rückte gegen die Stadt Susa und besetzte sie. Sie überschritten, eine neue Kriegsmacht, die Brücke der Doria; Richelieu, der schmächtige kinnbärtige Mönch, von allen Waffengattungen bejubelt, ließ im grellen Märzsonnenschein am Brückenkopf sein geharnischtes Roß voltigieren, zwei Pistolen trug er am Sattelbug, das lange Schlachtschwert an der Seite, den wallenden blauen Federhut. Pinerolo fiel, die Alpenpässe wurden geöffnet, das Heer stürzte an,

zehntausend Mann, gejagt von ihren Marschällen Créqui, Schomberg, La Force.
Losgelassen die Kaiserlichen hinterher, unter dem Grafen Kollalto. «Der Herr Bruder ziehe Menschen an sich», schrieb der Böhme, «das Reich hat genug, ich vermag nicht zu bewältigen, was zu mir kommt. Je mehr ich aufnehme an kräftigen Männern, um so sicherer wird der Widerstand im Lande hinschmelzen; vor dem Knurren und Keifen alter Weiber und Kanaillen fürchte ich mich nicht.»
Kompagnienweise wurden die Söldner bei den ersten Scharmützeln verschlungen. Aus Wallensteins Quartier flogen der Kriegskommissar Metzger und der Rittmeister Neumann her; ein neues Lied hatte angefangen. Sie drängten gewaltig den schlachtengierigen strategielüsternen Kollalto zu Attacken; hielten verschlagen mit Artillerie und Harnischen zurück. Sie reizten durch verräterische Meldungen den Franzosen zu Angriffen; worauf die deutschen Verluste wuchsen.
Und Ludwig, wie er triumphierte über die albernen vielgerühmten Wallensteiner. Er machte sich anheischig, sie in fünf Monaten mit Stumpf und Stiel in Italien auszurotten. Und so gewiß war er seiner Sache, daß der noch ängstliche junge Herzog von Nevers, der Prätendent, die kaiserliche Fahne in Casale einzog. Die friedländischen Regimenter, deren Verluste furchtbar waren, meuterten nicht; die Landschaft blieb üppig, Ortschaft um Ortschaft wurde ihnen zur schonungslosen Plünderung mit Gütern und Menschen preisgegeben, zur Reizung und Betäubung.
In Prag wiegte sich Wallenstein; Patente für neue Truppenkörper flogen aus seiner Kanzlei; er hieß sie, für einige Monate die Zügel im Reich etwas schlaffer halten, der Kaiser brauche ein Heer, der italienische Krieg verschlinge Massen, man müsse locken, locken. Mit rasenden Pfeifen, Heerpauken durchzogen die Werber die Landschaften, fuhren Wagen voll des besten Geldes, jagten in die Wälder zu den neuen Siedelungen der Vertriebenen; schlugen eine gute Musik, bunte Schärpen, wilde Hüte, Macht über Männer und Weiber. Möchte wer von den Verkommenden arm und Knecht sein. Der Krieg in der italienischen Ebene war ein Schlund, er schluckte und spie in die Gräber.
Bassewi ging den harten Herzog an. Der gab zurück: «Jammere er nicht, Bassewi. Er hat keinen Grund, über diesen Tod zu klagen, wo kein Deutscher einen Finger aufheben würde, wenn sein ganzer Stamm an einem Tage weggerafft würde. Wir kommen von der

Stelle. Oder zweifelt er?» Der weißhaarige Jude schüttelte mit weiten starren Augen den Kopf: «Ich werde nicht zweifeln, daß dem Herzog von Friedland irgendein Erfolg ausbleiben wird. Ich werde nicht daran zweifeln. Ich würde glauben, wenn der Herzog von Friedland ein Jude wäre, würde die arme Judenschaft morgen nach Palästina wandern können und das Reich Salomos neu begründen.» Wallenstein lachte kräftig: «Hinbringen könnte ich euch schon; aber der Großherr in Konstantinopel würde euch verspeisen. Es wäre kein so schlechter Gedanke eines Christen, euch hinzubringen.» Der Jude runzelte die Stirn: «Bewahre mich Gott. Ich bin zufrieden, daß Ihr uns wohlgesinnt seid.»
Zwischen seinen grellgeputzten Vogelhäusern und Fischteichen spazierte Friedland mit seiner schönen Frau, im Vergnügen über das milde Winterwetter.
Sein Vetter, der klobige Oberst Graf Max Wallenstein, führte neben der Herzogin ein Bologneserhündchen an der Leine. Friedland stand auf dem Kies, seinen Stock vor sich im Boden einstampfend: «Hätt' ich geglaubt, daß die Dinge bei Mantua solchen Verlauf nehmen. Der Mund wird denen im Reich gestopft. Schaff mir Leute heran, Max; die Deutschen gehören nach Italien. Hast du bemerkt, was der Franzose macht. Er will ein Feind Deutschlands sein. Der! Richelieu, der überfeine, glaubt uns in der Tasche zu haben. Sein Pater Joseph, der Kapuziner, er und der Tölpel Ludwig haben uns schon. Eine Freude! Er bringt unsere Feinde um, jeden Tag hundert mehr; wie gut sich die Menschen eignen zu unserer Bedienung. Und wir – wir haben jeden Tag ein Stückchen Sorge weniger.» Gepeinigt pfiff die Herzogin ihrem tanzenden Hündchen; sogar Graf Max sah betroffen an seinem Zobelpelz herunter. Wallenstein prahlte, mit seiner knöchernen Linken heftig gestikulierend: «Wir werden stärker; aber er kriegt den Kaiser nicht herunter. Er kann es anstellen, der besessene Seidenspinner, wie er will, er tut uns einen Dienst. Die Franzosen, Max – die haben mir gefehlt.» Er zotete vor der erblassenden Herzogin von der vortrefflichen Franzosenkrankheit, die sein Heer befallen hätte. Sprudelnd zog er die Arme der zu Boden blickenden Frau an sich.
In dem kleinen astronomischen Kabinett, in einem Flügel seines Palastes, mußte bei Fackelschein der paduanische Astronom Argoli mit seinem sanftmütigen schmeichelnden Schüler, dem Johann Baptist Zeno, die Aussichten des Feldzugs berechnen. Pläne auf Pläne legte er ihm vor, sie hatten die glückbringenden Tage anzu-

geben. Die unermeßliche Nacht blickte zu ihnen herein. Erregt, vor sich murmelnd, ging Friedland unter der Bronzetafel, in die sein eigenes Horoskop eingegraben war: «Tiefsinnige, melancholische Gedanken macht Saturn, die menschlichen Gebote werden verachtet. Jupiter folgt. Der Mond steht im Zeichen der Verworfenheit.» Friedland stellte sich unter Knurren und Lachstößen neben Argolis Fernrohr: «Ich bin ein frommer Christ, Argoli. Du weißt, was ich gestiftet habe. Man wird mich nicht für teuflisch halten, weil du mir die Geheimnisse Gottes deuten sollst.»

Die unaufhaltsam über die Lombardei niederströmende Menge breitete sich aus. Von der Schweizer Grenze blühend Gebiet neben Gebiet, das Herzogtum Savoyen, Piemont, das spanische Mailand, die große Republik Venedig von Bergamo bis Belluno, Gradiska. Was geneigt war, sich aufzubäumen, bäumte sich auf. Im Süden der Staat des gewaltigen, von Civitavecchia bis zum Castelfranco herrschenden Papstes Urban.

Er hatte mit Ruhe den deutschen Krieg toben sehen; jetzt brüllte er über das Vordringen der Männer aus dem fluchwürdigen Lande, das die Ketzerei geboren und großgezogen hatte. Der brutale spanische Botschafter Gasparo Borgia fuhr stolzgebläht zur Audienz beim Heiligen Vater, der ihn nicht zuließ; aber feierlich holte der Kardinalstaatssekretär Francesco Barberini, der Nepot, die bayrische Kreatur Krivelli aus seinem Quartier ab zum Papst.

Der Papst schnob gegen ihn: das Haus Österreich ist der Kirche abtrünnig geworden, daß es keinen Fürsten mehr achtet; maßlos übermütig, mischt es sich in die Verhältnisse Italiens ein, mit gräßlichen Massen des Abschaums aller Nationen bewirft es den blühenden Boden der Lombardei; die Züchtigung Gottes wird nicht ausbleiben; von solchem Treiben des Hochmuts wendet sich der Gerechte ab.

Mit donnernder Stimme warnte er vor Eingriffen in seinen Machtbereich; der Papst sei vom Heiligen Geist selbst auf den Stuhl gehoben, er habe die Pflicht, die Gerechtsame Gottes wahrzunehmen. Die Verbrecher würden es so lange treiben, bis das Breve der Verdammung an den Kirchentüren angeschlagen werde und er alle Kreatur gegen sie aufrufe.

Der Gesandte des Wiener Hofes wagte sich zum Protest in den Vatikan. Der achte Urban, auf seinem Stuhl sitzend, ein ungeschlachter graubärtiger bäurischer Mann in weißseidener Soutane, einen roten breitkrämpigen Filzhut auf dem glühenden Kopf, übergoß ihn mit ätzen-

den Worten: «Die höchste Richtergewalt liegt beim Kaiser. Wie aber kann ich richten, kommt nicht mein Amt und Richterspruch von Gott? Wie kann ich mich vergreifen, wie darf ich es an Gottes Geschöpfen? Denn diese Menschen sind vielleicht kaiserliche Untertanen oder kaiserliche Unterworfene, aber sie sind auch Gottes Geschöpfe. Und wir wissen doch, daß wir im letzten Augenblick gleich sind vor dem himmlischen Herrn, gleich die Richter und Gerichteten. Sie werden beide nicht leicht zu schleppen haben. Fürchten sich die Herren dieser Welt, daß sie sich nicht gar zu viel aufbürden! Der Triumph des Rechtes wird nicht ausbleiben.»
An das umstehende Kolleg wandte er sich, sich schüttelnd vor Abscheu, den Gesandten keines Blickes mehr würdigend: «Es gibt Menschen, die ihre Machtgelüste auf das schamloseste, auf das tiefste beleidigend maskieren. Sie wagen es, mit dem Schein der Frömmigkeit sich zu schmücken. Es ist schwer zu verstehen, wodurch sich diese Menschen, wenn sie richten, von Mördern unterscheiden und von Dieben, von Räubern. Die lombardische Erde wird davon zeugen. Ich will nicht mehr davon sprechen, es ist uns ein grausiges Geschick, daß dies in die Zeit unseres Wirkens hineinschlägt.»
Wie er sich wand, seine Flüche auswürgte, die Befestigungen an seiner nördlichen Grenze beschleunigte, Söldner anwarb, klangen die herrischen Wünsche aus dem Reich herüber: der Kaiser Ferdinand der Andere, der geliebte Sohn der Kirche, begehre sich krönen zu lassen vom Heiligen Vater; Urban möge ihm entgegenziehen bis Bologna oder Ferrara. Auch sollten die Lehensrechte des Kaisers über Montefeltro und Urbino untersucht werden. Das Schrecklichste an Drohung, was man im Vatikan vorausgesehen hatte, kam aus dem Hauptquartier des übermächtigen Böhmen: man möge sich nicht sperren in Italien; Rom sei vor hundert Jahren schon einmal geplündert worden, inzwischen wäre es noch viel reicher geworden.
Und während alles an der Nord- und Ostgrenze des Reiches ruhig blieb, die Armada bändigend mit eisernen Netzen über Deutschland lag, Italien aufschäumte, wurde im Triumph in die Wiener Hofburg der uralte Karmeliterpater Dominikus a Santa Clara eingeholt, der in der Entscheidungsschlacht am Weißen Berge den Siegeswillen der Ligisten hochgehalten hatte. Er wollte daran erinnern, daß alle Macht und Übermacht des Kaisers nur errungen sei durch die Kirche, die Fürsprache ihrer Gebete. Der Kaiser sollte ehrerbietig sein und ablassen von dem Mordversuch auf die heilige Mutter. Nach wenigen

Tagen erkrankte der schwache Mönch, von der langen Reise angegriffen, starb unter Ferdinands Augen. Abends fand das Leichenbegängnis von der Hofburg nach dem Karmeliterkloster statt unter den Klängen aller Glocken; Ferdinand und seine Familie warteten in der Karmeliterkapelle.
An diesem Abend suchte durch den langen unterirdischen Gang der Kaiser seit langem wieder den Fürsten Eggenberg in seinem Hause auf. Er erklärte, es sei bei der überwältigenden Wendung der Dinge, bei dieser sichtbaren Erhebung des Hauses Habsburg durch Gott und die allerseligste Jungfrau notwendig, an die Sicherung des Erreichten zu denken. Er sei ein Mensch, hinfällig. Er wolle seinen Sohn neben sich sehen. Eggenberg möge die Nachfolgerfrage, die Wahl zum Römischen König, in Angriff nehmen.

Es GAB in den europäischen Ländern unzählige Orden von Männern und Frauen, die das Wunder des Jesus von Nazareth vereinte. Die erneuerten alten Orden der Dominikaner, Franziskaner, Benediktiner, die Kapuziner, Theatiner, die Kampforganisation der Jesukompagnie. Die Feuillantinen, Frauen, die maßlosen Bußübungen oblagen, so daß sie zu Massen hinstarben und der Papst einschreiten mußte, Nonnen und Mönche, die Tag- und Nachtwache sich auferlegten, Stillschweigen, unaufhörliches Anbeten des Mysteriums der Eucharistie. Die Nonnen von der Schädelstätte, die die Regel des Benediktus beobachteten: durch unausgesetztes Beten am Fuße des Kreuzes Buße zu tun für die Beleidigungen, die dem Heiland angetan waren, sie auszulöschen, wenn sie je auszulöschen waren. Der Orden von der Heimsuchung des Franz von Sales und Chantal, der vor Entzückungen warnte; man müsse durch Arbeit beten. Die Ursulinerinnen, die Männerkongregation von Sankt Maur. Über allen schwebte ein Hall des Schreis, der am Tiber von den fürstlichen Anhängern des Barberini und dem römischen Pöbel ausgestoßen wurde beim Gerücht, daß der deutsche Kaiser sich nach Rom durchkämpfen wolle, um sich vom Papst salben zu lassen, und daß ein neuer Ferdinand Römischer König werden solle: «Ghibellinen! Ghibellinen!» An der Moles Hadriani, den neronischen Wiesen, an der neuen Mauer Urbans am Kapitol, Lateran, an den Thermen des Diokletian und des Caracalla, vor der Scala santa, am Palazzo Caffarelli, Massini, Farnese.

Wühlen in allen Gliedern der Kirche: man wolle dem Papst zu Leibe, es ginge wider den Vatikan. Wutausbrüche des gestachelten Urban, umgedeutet in ängstliche Klagen um den Bestand der Kirche.
Ein Fanal war der vom Papst genehmigte Raub der Asche der großen Gräfin Mathilde aus Mantua, die eine Freundin Gregors im Kampf gegen den sächsischen Kaiser Heinrich war: man werde sich wehren, sich nicht totquetschen lassen.
Und aus tausend Rinnsalen quoll nach Deutschland der Haß. Wallenstein schickte Truppen durch Graubünden, schwere Belagerungsartillerie ließ er mit Mauleseln herüberschleppen. Eines Tages riefen in Rom Mönche und Laien aus, was in Prag und Wien allen bekannt war: daß der Herzog von Friedland sich selbst an die Spitze der italienischen Armee zur Aufrechterhaltung der Kaiserlichen Hoheit in Italien stellen werde. Sie kreischten frenetisch im Rom: «Die Barbaren kommen! Die Goten!» Man stellte sich dem tollwütigen verfinsterten Papst für Schanzwerk Geschützguß Kugelguß zur Verfügung. Er reiste mit dem Kardinalstaatssekretär und dem venezianischen Botschafter an die nördliche Grenze seines Gebiets. Hundert römische Edle, gewappnet in leichten Eisenpanzern, die Pferde unter klirrenden Plättchenpanzern, ritten seiner Karosse vorauf; eine starke Rotte Schweizer Gardisten, blaue Wämser, Piken, Birnenhelm mit aufgebogener Krempe aus blauem Eisen, prächtige Offiziere in rotem Samt umringten ihn. Außerhalb Roms sprengte der Papst, auf seinem schwarzen riesigen Gaul ragend unter einer goldgestachelten Stahlkappe, in einem schwarzen Panzerhemd mit Samtkragen und Ringpanzerbeinkleid, Bronzeplatten vor dem gewölbten Leib, vor den Knien Platten mit Stacheln, seine Stimme tobte, er drängte vorwärts. Französische Offiziere trafen aus Grenoble ein.

Sie krochen aus Erdhöhlen herauf, lehmbraune Männer, verkniffene ängstliche Mienen, schmierige Bauernkittel, suchten mit den blinzelnden Augen die flach unter ihnen abfallende Ebene ab, die grünen windgeschüttelten Gebüsche winkten, pfiffen rückwärts. Kinder arbeiteten sich hoch, lichtscheu, verschüchtert, Weiber langzopfig mit sandigen Hauben, schüttelnd die braunen Röcke in der grauweißen Morgenluft. Der hohe Waldrand belebte sich, das Dickicht zwischen Kiefern und Buchen wurde durchbrochen; leise Pfiffe.

Kleine weiße Zelte in Doppelreihen hinten in der Ebene, dünne hohe Lanzen die Dorfhäuschen überragend; das Steinkreuz am Fuße der Berglehne umgestürzt; Pferdewiehern, einzelne Schüsse; Qualm in trüber Schicht unbeweglich über einigen Schindeldächern, weit am andern Ende des Dorfes Wägelchen die Allee aufwärts gezogen. Links am Horizont der Kirchturm von Zittau. Oben schleppten die Männer Spaten und Beilpiken aus dem Wald, wühlten einen angebrochenen Graben auf, tiefer, breiter, zogen ihn, immer still sich bückend, halblaut sich anrufend im Zickzack über den Hang durch lange Stunden. Vieh blökte im Wald; Weiber Kinder waschend kochend am Feuer, dessen Rauch durch breite hochüberspannte Rinderfelle verteilt zwischen den Baumwipfeln in losen Zügen sich verlor. Kleine Männertrupps, in der Mittagsstunde verstreut sich abwärts lassend, das Dorf umschleichend, umfaßten von zwei Seiten einzelfahrende Wagen, schlugen die Söldner nieder, schleiften die Säcke in die nahen Verstecke, stahlen sich abends wieder hoch.
Bäume gefällt, Palisaden gezogen. Höhlenquartiere, Waldquartiere in der Lausitz. Gemeinden von rachsüchtigen Kompagnien angegriffen, zerschlagen, auf der Flucht bei andern unterkriechend. Aus der Lausitz, in Böhmen sammelten sich wandernde zigeunerartige Scharen, stiegen suchend die Felsgewände der Elbe entlang, zwischen den Rebenpflanzungen, den blühenden Feldern mit Hopfen, Raps, Rüben. Machten offene Städte unsicher, plünderten die Obstwälder bei Leitmeritz; auf den weidenbepflanzten Auen bei Melnik lagen Leichen von Verhungerten; viele Weiber, Kinder blieben in Dörfern zurück. Durch das finstere Moldautal drängten die Massen, ziellos, in einem leidenden Trieb. Dreitausend umschwärmten die Tore Prags. Man wußte nicht, was sie dort wollten. Die Bürgermeister der Alt- und Neustadt schickten Brot in Körben heraus, Wegweiser durch Böhmen. Das Gedränge gab sich nicht; sie wollten herein nach Prag; sie redeten sich ein, der Kaiser wäre da. Als der Verkehr an den Toren erheblich gestört wurde, eine Anzahl Boote auch an der Hatzinsel anlegten, bis vor die große Brücke vordrangen, befahl der Oberst der Garnison, sie zu verjagen. Die Flüchtlinge hatten sich durch ihre Weiber und Kinder verstärkt, wurden durch Peitschenhiebe Hellebarden Salven scharfer Schüsse auseinandergesprengt. Die großen Massen, bestürzt, ohne Fassung, ratlos, verloren sich; nach zwei Tagen fand man im Umkreis Prags keine Rotte mehr. Im Judenviertel der Stadt jubelten manche bei den Schüssen, man stand in starker Hut; die

meisten aber schlossen sich in ihren Häusern ein, viele bedeckten weinend die Gesichter.
Eine Welle verlief sich, andere kamen. Sie drängten zum Kaiser um Rettung. Rotten tasteten sich hungernd im Land herum vom Harz her bis nach Schwaben; während manche sich stumpf forttrieben, verfielen andere einem Götzendienst, flüchteten verwildert zu Wald- und Flurgeistern, Kobolden, Marzabilla, Wildschützen, Moosweibchen, schlichen gedrückt um Kreuzessäulen. Wo das Gesindel in die Städte hereinverschlagen wurde, wurde es wieder herausgepeitscht. Gerüchte von Kreuzschändung, Ausübung todbringender Malefize schleppten sie mit sich; man hing es ihnen an, aber vor manchen Städten wurden viele belauert, umstellt, nach kurzem Verhör aufgeknüpft, auch gerädert.
Wie anklagende Chöre erschienen Menschenscharen immer häufiger vor den Toren der größeren Städte; hinter ihnen her ritten Abgesandte ihrer Bischöfe Herren Fürsten, drohend, sie sollten an ihr Werk gehen, auf die Äcker, an die Mühlen, in die Bergwerke, warnend vor der Abwanderung. Sie wollten immer zum Kaiser, wußten nicht wozu. Der Kaiser war mächtig, seine Armada mächtig, er solle Frieden machen. Unterwegs sagten sie sich vor, was sie bedrückte: Kriegslasten auf ihren Schultern, Getreideabgaben, Abgaben für Fallholz, Schweinehafer, Kapaun, Kleinvieh, der dritte Pfennig vom Gemeindeholz, der kleine Zehnt, Salzsteuer, Brennöfen, Mühlen, Wegzoll, Jagdgeld, Marktgeld, Siegelgeld, Heiratsabgaben. Lachten, der Kaiser ist mächtig, er wird noch mehr können als dies. Im Brandenburgischen erschienen sie mit Fahnen, bald tausend stark, demütig in Ehrbarkeit, Schöffen, Ratsmannen und Richter um Speisen bittend, man möchte ihnen nichts antun, sie wollten zum Römischen Kaiser mit Bittschriften. Man gab ihnen, schob sie ängstlich ab. Viele verdarben am Wege. Als sie sich der bayrischen Grenze näherten, ließ sie der Kurfürst durch seinen Kriegskommissar fragen, ob sie dem Bauernaufgebot, den Landfahnen, eingereiht werden wollten. Antworteten, sie kämen gerade des Krieges wegen, dessen Beseitigung ihnen am Herzen liege, sie hätten so viel Kontributionen zahlen müssen an Freund und Feind, dazu den großen Zehnt, den kleinen Zehnt, den Schweinehafer, Salzsteuer, Brennöfen, Wegzoll, Kleinvieh, Kapaun. Darauf wurden sie von einer kleinen Söldnerrotte und fünfzig Pferden mühelos versprengt, gefangen, in die Büsche gejagt. In Klöstern fanden manche Zuflucht. Da erfuhren sie, daß der Kaiser

alles bewältigen und niederschmettern wolle, Kaiser und Friedland sei ein und dasselbe, auch den Papst wollten sie beseitigen, man müsse beten zur himmlischen Jungfrau, daß der Papst die Oberhand behalte und dazu die ergebenen Fürsten des Reiches.

Die kaiserin war mit dem rebellischen Herzog von Nevers verwandt. Sie war an Ferdinand, als die Stifter der Kirche zurückgegeben werden sollten, herangegangen wie Flamme an Holz, hatte um ihn unbändig gewallt. Jetzt erschrak sie. Ein geheimer Stich; von Tag zu Tag stach es tiefer. Sie mußte sich zurückziehen. Was hatte sie getan, wie hatte sie gelebt. In welche Verderbnis trieb sie der Mann neben ihr, in brütender Besessenheit rührte er an Italien. Sie war ihm nichts. Von Mantua fühlte er nichts. Sie keuchte aus dem Schlaf auf, ekelte sich vor schwarzen Männern, die in großen Mänteln nach ihr liefen, hinter ihrem Bett mit Messern und Federhüten vortauchten. Die ekstatische Frau war plötzlich aus ihren Fiebern gerissen. Erkühlt unter dem unfaßbaren Schrecken, die Horden Friedlands, des Schlächters, könnten über ihre süße Heimat kommen. Sie besann sich mit hereinbrechendem Wohlgefühl auf ihre sonnenklare Jugend; es war ein Blick durch den Spalt eines finsteren Zimmers.
Widerstrebend strich sie um Ferdinand, näherte sich ihm. Sie zwang sich ab, zu betteln für ihren Vetter Nevers und ihre Stadt. Lauschend kniete sie vor Ferdinand, dem dunklen Mann, horchte gepeinigt in ihn hinein. Es war keine Frage um Mantua, sondern um ihn.
Ferdinand in sakraler Ruhe verstand nichts. In eherner Überlegenheit hing er über den Parteiungen in seiner Umgebung, sah grau auf das Gezänk herunter, mißtrauisch, gefühllos. Er schenkte, schenkte. Was für Jesuiten geschah, betäubte die Patres selbst. Cäsarisch duldete er nicht, daß man ihm danke. Er sagte aus seiner Starre heraus der Mantuanerin, der junge Herzog werde zu seinem Recht kommen, nach erfolgtem Spruch und nicht früher werde die Belehnung erfolgen. Sie flehte, seine braune schlaffe Hand küssend: «Du hast den Patres so viel gegeben, deine Räte sind reicher als ich.» «Haben meine Räte und die Väter von mir Geschenke erhalten? Ich weiß nichts davon. Sie mögen sich nichts anmaßen.» Sie betrachtete ihn, das Goldene Vlies über der Brust, von unten herauf, der graue zitternde Bart, hörte das rauhe Murmeln. Das war der unverständliche Barbar, der sie durch

den galanten Eggenberg aus der Lombardei geholt hatte. Durch ihren Kopf irrte, sie wußte nicht wie, plötzlich und hartnäckig die Erinnerung an ein fremdes Gespräch rechts von ihrem Fenster: «Hast du mich gern, tanze morgen nacht mit mir.» Es waren lustige Kavaliere mit ihren Damen gewesen, die so zueinander sprachen; warum ihr das zarte Geflüster einfiel. Aufgewühlt verließ sie den schnalzenden Kaiser, der ihr wie eine Pagode nachblickte.

VOR EINEM lärmenden Vogelhaus, nahe der Brunnenstube ihres Schlosses Schönbrunn, saß Eleonore in einer Rosenlaube; in Mantel und schwarzen Schleiern gingen zwei italienische Damen draußen auf und ab, Paula Maria a Jesu und Maria Theresia von Onufrio. Sie sagte zum alten Eggenberg: sie habe Zutrauen zu ihm, sie bitte ihn bei der Liebe Gottes, den edlen Frieden zu befördern, soweit er vermöchte. Er fragte sie, vor ihr stehend, bei aller Ehrfurcht mitleidig ihr zuhörend, was sie befehle. Warum man ihn so selten sehe, beim Quintanrennen nicht, bei keinem Reiterkarussell, bei keiner Hetzjagd; er scheine eine Abneigung zu haben gegen sie oder den Kaiser. – Ach, er sei krank. – Nicht so sprechen, ob sie noch Zutrauen zu ihm haben könne; sie bange um ihre Heimatstadt; der Krieg sei ungerecht vom Zaun gebrochen, der junge Nevers sei von Frankreich verführt worden; mein Heiland, und es könne doch nicht so gehen, daß man Italien verwüste, wie man Niedersachsen oder Böhmen verwüstet habe; man könne doch nicht mit aller Welt Krieg führen, mit dem Heiligen Vater; warum denn, warum denn nur.
Da stand im Schatten am Pfosten der Laube Hans Ulrich Eggenberg; auf den Stock stützte er die linke Hand mit dem blausamtenen Hut; auf dem hohen steifen Mühlsteinkragen bewegte sich sein weißbärtiger Kopf wie auf einem platten Teller; das spanische Goldene Vlies über der Brust blitzte unter dem Spiel des Sonnenlichts; er lächelte für sich, seinen Stock entlang blickend; er hätte sich niemals unterfangen, gefährliche kriegerische Praktiken anzuspinnen; die Dinge hätten den schweren Lauf selbst genommen; wie schwer sei es, ihnen zu gebieten.
Sie saß gerade auf ihrem Stuhl, die Augen zwinkernd; die schwarzen Haare gescheitelt, zu einem Knoten in den Nacken herabfallend, aus dem senkrecht nach oben eine mächtige vornübersinkende Reiher-

feder stieg. Sie ballte die Hände in den weißen Reithandschuhen über den zusammengedrückten Knien; ihr gelbes Kleid lag in vielen Falten lose weit um sie: er hätte sie geholt aus Mantua, ihm sei sie in Vertretung des Kaisers angetraut; an ihn hänge sie sich. Habe man Glauben, um an der Gerechtigkeit und dem Glück zu zweifeln; es müsse verhindert werden, daß aus ihrer Geburtsstadt eine Trümmerstätte werde; sie könne es nicht zugeben, und wenn sie –. Dabei bückte sie sich, hob eine Hand vor das Gesicht, richtete sich rasch hoch, sah starr seitlich in einen Winkel. Als wenn sie ein Kind wäre, studierte Hans Ulrich ihr Gesicht, die trotzig aufsteigende Feder über den hilflosen zerrissenen zitternden Mienen; rasch, geschäftsmäßig erklärte er: es sei nicht Schuld des Kaisers, wenn es zu diesem Krieg gekommen wäre, lose Stücke hätte noch kein Habsburger unternommen. Schlimm sei es, daß der junge Nevers sich habe von Frankreich zu respektloser Haltung erregen lassen; vielleicht sei es möglich, ihn von Frankreich zu trennen. – Sie wolle, äußerte sie, nicht von Schuld und Unschuld reden; man möchte ihr nicht ihre Geburtsstätte nehmen; sie habe, brach sie aus, so viel opfern müssen, als sie Italien verließ, man möge doch an sie denken. Stand auf, reichte ihm, der seinen Hut fallen ließ, die eisige Hand, blieb vor ihm stehen. Er lächelte herzlich, erwiderte ihren Händedruck; es sei schwer, rasche bindende Versprechungen zu geben, es sei allen im Lande schmerzlich, den Heiligen Vater gegen sich zu sehen; er nehme Gott zum Zeugen, daß er den edlen Frieden nach Kräften fördern werde; Friede müsse werden, schrecklich wüte die Christenheit gegeneinander, vielleicht arbeite man für niemand anders als den Großtürken in Stambul. Sie freute sich, heftiger seine Hand umklammernd. «Mir ist ja nicht mehr gegeben», flüsterte sie, schon den Rock raffend, «als Euch meine Wünsche zu sagen.»

Die durch den kaiserlichen Wunsch auf Wahl seines Sohnes zum Römischen König entstandene Sachlage wurde im Hohen Rat erörtert.

Da saßen die, die verzaubert waren vom Herzog zu Friedland, und lachten. Man solle den Herzog lassen, sagten sie, und den Papst und Frankreich; es sei das Beste, was der Geheime Rat jetzt tun könne; das Spiel sei vorzüglich im Gange; sie hätten den Vorteil, gänzlich außerhalb der Partie zu stehen, einzugreifen, wenn es ihnen gut dünke. Welche Entwicklung aber die deutschen Dinge durch ihn nehmen würden, das sei geradezu phantastisch abzusehen, ja phantastisch. Sie spiegelten sich in diesen Gedanken. Friedlich saß der verwachsene Graf, gelbweiß von Gesichtsfarbe, mit den Fingern spielend im Lehnstuhl, lächelte überlegen, gähnte viel. Die Wahl zum Römischen König würde ihnen wie eine Frucht zufallen.

Der lange Strahlendorf brauchte mit Hinweis auf Trautmannsdorf die Wendung vom friedländischen Anhang am Hofe; schreiend, der Wagen sei verfahren, er hätte genug dagegen rebelliert; wälze die Verantwortung dafür ab. «Wofür? Wofür?» spöttelte der Bucklige, «für den Sieg Habsburgs?» Brüsk warf sich der steife glattrasierte Mann im Stuhl zurück.

Im violetten Seidenmantel, das schwermütige olivfarbige Gesicht mit den starken Brauen auf die beringte weiße Hand gestützt, blickte Slawata gegen den Ofenwinkel, der mit einem blaugrünen Gobelin verhängt war. Seine blauen Augen schweiften zu Trautmannsdorf, der sich in seinen Stuhl verkroch, gingen oft hin; er sprach anders: es bestände keine Aussicht, den kaiserlichen Wunsch auf legale Regelung der Nachfolge durchzuführen, denn die Kurfürsten seien über die Gewalttätigkeiten im Reich, die Verarmung, den drohenden Umsturz erbittert. Dennoch müsse die Nachfolge des Kaisers gesichert werden. Man müsse also die Kurfürsten eventuell zwingen.

Strahlendorf lachte höhnisch: «Wie denn, Herr Graf?»

«Durch dieselbe Gewalt, die sie zur Erbitterung gebracht hat.» Dazu klatschte leise der Bucklige, dem Böhmen zuwinkend, Beifall.

Es sei wohl auch das beste, so zu verfahren, höhnte Strahlendorf weiter, in anderer Hinsicht. Man käme dann zur Klarheit überhaupt über die Herrschaftsverhältnisse im Reich; zum Beispiel in Pommern, in Brandenburg, in den meisten Kreisen mit kleinen Landesfürsten. Da würde sich herausstellen, wer herrsche. Trautmannsdorf jubelte fast: natürlich, so sei es, es würde fesselnd bis zum äußersten werden; Konsequenzen über Konsequenzen könnten gezogen werden: wie notwendig – er wandte sich armeausstreckend an alle Herren –, nicht einzugreifen, um nichts zu verderben oder zu komplizieren; das beste, diese Frage der Nachfolge nur in die öffentliche Diskussion zu werfen, an diesem Punkt könnte sich der Streit auf das bequemste entzünden: nun hätte man den Zankapfel in der konzentriertesten Form, alle Kräfte würden aufgerufen, um – nun, man würde sehen.

Ihm fehle, klammerte stolz Strahlendorf seinen Degen zwischen die Knie, die Munterkeit und der leichte Sinn, um Angelegenheiten des Kaiserhauses in solcher Weise zu behandeln. Slawata hob sein dunkelblondes Haar mit der Linken von den Schultern ab, als wenn er seinen Nacken kühlen wolle; er betrachtete sinnend einen Sprecher nach dem andern, lief gebunden dem Gespräch nach: man hege doch gleichmäßig die schuldige Treue und Liebe gegen den Kaiser; nun möge man sich auch nicht trennen in den Mitteln, die Treue zu erweisen. «Ich schlage vor», sagte er gedämpft, «einen Kurfürstentag einzuberufen zur Königswahl. Im übrigen dem Herzog freie Hand zu lassen, wie man es bisher getan hat. Weigern sich die Kurfürsten, den jungen Ferdinand zu wählen, so nimmt der Kaiser dies zur Kenntnis, wie er anderes zur Kenntnis genommen hat. Aber ignoriert es.»
«Liebster», legte sich Trautmannsdorf vor, «wie kommt Ihr zum Ziele. Der junge König von Ungarn wird nicht Römischer Kaiser vom Ignorieren.»
Still legte Slawata beide Hände in den Schoß, senkte den Kopf, seine braune Haut wurde blasser, seine Augen funkelten einen Moment, bevor sie sich auf die Finger richteten: er schob Silbe um Silbe zwischen den Zähnen durch und stellte die Gegenfrage an alle Herren, was wohl dann geschehe, wenn der Kaiser dem Herzog von Friedland freie Hand wie bisher lasse und die Kurfürsten die Königswahl ablehnten; die löblichen Kurfürsten können belfern und keifen, die Zähne sind ihnen ausgebrochen!
Rasch wandte sich Slawata mit einem eigenartigen Lächeln an Trautmannsdorf, das sei der Streit auf der Höhe und – er flüsterte – noch mehr: der Sieg Habsburgs auf der Höhe. Vielleicht ernenne dann der Kaiser den neuen König.
Strahlendorf donnerte mit der Faust auf den Tisch, zitterte am ganzen Leib, blickte mit verzerrten Mienen gräßlich auf den böhmischen Grafen; der Bucklige warf sich bewundernd, den Mund offen, den Kopf schüttelnd, hin und her im Sessel; der dicke Questenberg blies mit menschenfresserischen Grimassen glücklich unter seinen struppigen Schnurrbart, saß geschwollen, glotzäugig, als hätte ihn einer gestreichelt, am kurzen Quertisch. Strahlendorf japste: «Das nennt Ihr das Y und X im friedländischen Abc. Wir sind erst in der Mitte. Kurfürsten ohne Kur ist noch lange nicht das letzte, den römischen König schüttelt er so aus dem Ärmel, wie er die Mecklenburger Herzöge verjagt hat; dann kommt – der Kaiser selber. Wer soll den

wählen, als derselbe einzige Kurfürst – Wallenstein. Herr Slawata, Ihr dachtet auch einmal anders über Euren Vetter. Dann kommen die Schwerter gegen den Geheimen Rat, dann ist das Abc zu Ende.»
Questenberg knurrte bissig gegen ihn her: «Will man uns den Braten versauern, soll es doch nicht gelingen. Kommt sein Schwert gegen uns, so wird es sich nur bestimmte Hälse suchen.» «Es wird sie suchen, Herr Questenberg, Euren und meinen, wie die liebe Sonne, die über Gerechte und Ungerechte scheint.»
Ganz unhörbar hatte Eggenberg seinen Stuhl zurückgeschoben; lautlos klemmte er seine ungehefteten Faszikel unter den Arm, stieg hinter der Stuhlreihe auf Zehen vorbei. Wie ihn Trautmannsdorf, sich umwendend, anstarrte, bei der Hand faßte, wehrte er ab; es gelang ihm weiterzugehen, bis der Querbaum der Questenbergschen dicken kurzen Arme sich vor ihn legte. Hans Ulrich schien seinen Gram beiseite tragen zu wollen. Leidend bat er Questenberg: «Lieber, laßt mich.» Sie standen um ihn; er blieb einsilbig dabei, er wolle gehen. An dem kleinen Treppengeländer bedrängten sie den freundlich behäbigen Fürsten, der den Kopf schüttelte: «Wir werden uns alle besinnen müssen. Wir werden unsere Gutachten schriftlich vorlegen. Die Zeit drängt. Der Kaiser wird eine höhere Instanz um Einsicht bitten müssen. Das ist alles.» Was der Verwachsene, der seine Einfälle nicht zügeln konnte, nicht gefährlich fand; es sei schließlich allemal das beste und das letzte, den lieben Gott um Einsicht zu bitten; sie seien, lächelte er fast frivol, ja nicht verpflichtet, als Geheimer Rat den Himmel überflüssig zu machen. «Wie denkt Ihr, Slawata?» Eggenberg wollte sich mit kurzem Nicken verabschieden, da drückte ihn Questenberg auf einen Stuhl, setzte sich neben ihn. «Weh unserm kaiserlichen Herrn», stöhnte matt zusammenfassend Eggenberg, «er wird sich verlassen sehen von uns allen, mag der Schutzgeist Habsburgs ihn nicht vergessen.» Und bezwungen von seinem Gefühl kniete er, Hut und Faszikel vor sich auf die Diele legend, neben seinen Stuhl hin, betete, während auch die andern die Köpfe senkten, das Rosenkranzgebet. Sie bekreuzigten sich, standen nebeneinander. Auf der kleinen Treppe Eggenberg: «Habsburg hat eine schwere Stunde vor sich. Was war es für ein Geist, der unserem gnädigen Herrn dies eingegeben hat, an sein Ende zu denken und die Nachfolge zu bestimmen. Ich weiß es nicht. Ich kann nicht bei euch bleiben, liebe gestrenge Herren.»
Slawata, mit Trautmannsdorf und Questenberg allein, sanft höhnend:

«Der Kaiser schütze sich vor seinen Freunden. Man will ihn um den Sieg, um das lauterste gerechteste Symbol des Siegs bringen.»
Sie gingen. Trautmannsdorf schlang ihm einen Arm um die zuckende Hüfte: «So ist mein Herr Slawata von seinem alten lästerlichen Haß ins friedländische Lager abgeschwenkt. Ich hör': mit Pfeifen und Flöten.»
«Mit Pfeifen und Flöten. Noch vergnügter, noch üppiger. Warum sollt' ich's leugnen. Ob ich ihn liebe, weiß ich nicht. Aber es kränkt mich, wenn ich sehe, wie man ihn kränken und hindern will.»
Und heftig atmend, gequält den Arm Trautmannsdorfs duldend, ging er mit den schwatzenden zweien. Zum Äußersten herausfordern hatte er Friedland wollen. Er wollte ihn locken, er wollte sein Teil daran haben, an der Entwicklung dieses Geschicks. Dunkel wie Wunder, halb Glück, halb Entsetzen, bewegten sich Gefühle in ihm, hoben sich, senkten sich, verrauschten. Er wies sie ab, verbarg sie sich. Sie drangen ihm manchmal über die Lippen und trieben ihn zu Handlungen. Er fühlte, daß er sich einem Strudel näherte, aber er konnte dem Geheimnis nur folgen, dieser Sehnsucht zu Wallenstein.
Der Weg, den Fürst Eggenberg in der Stifterfrage beschritten hatte, mußte weitergegangen sein. Vergänglich Ferdinand, vergänglich Friedland. Habsburg bestand. In seiner Bibliothek hielt Eggenberg eine bunte Chronik in den Händen, ein Buch, das er liebte; las von den Staufenkaisern, wie ihre Welt riesenhaft aufgebaut und mit ihnen zusammengesunken war. Die vergeblichen Kriege mit dem Papst. Ecclesia triumphans. Unmerklich sicher hatte sich Habsburg ausgedehnt. Reichtümer fielen ihm wie einem spielenden Kinde zu.
Der Kaiser machtgeschwollen. Er konnte das Haus in den Abgrund reißen. Eggenberg wiegte das alte Buch zwischen den Knien. Zurückdrücken den Kaiser.
Die Gutachten durchlas der Kaiser, forderte dann den Fürsten Eggenberg vor sich.
Er faßte es als ein himmlisches Zeichen auf, daß der Kaiser ihn trotz der Einhelligkeit der anderen Gutachten rufen ließ. Zum Nachgeben den Kaiser zu bewegen, war keine Möglichkeit. Eggenberg sah, daß diesem Mann gegenüber kein Argument verfing. Und mit seherischer Klarheit gab Eggenberg selber plötzlich nach.
Der Regensburger Tag sollte stattfinden.
Aber als Ferdinand den Alten, der ihn starr ansah, umarmte und freundlich an sich drückte, ihn vielfach lobte und über die vermeint-

liche Niederlage wegtäuschte, mußte sich der Fürst seufzend entziehen. Scham füllte ihn ganz aus. Ein Verräter, ein giftiger Judas war er. Denn der Kaiser sollte zur Schlachtbank. Er würde keinen Triumph erleben. Er würde alles selbst entscheiden müssen – den ungeheuren Entscheid im Streit der Kurfürsten gegen Friedland, und er wird – nachgeben. Wie er in München vor Jahren dem Bayern nachgegeben hat. Das war dem alten Eggenberg, während er den lächelnden Kaiser, seinen Freund, starr anblickte, klar.
Die Kurfürsten werden kommen, das alte Reich muß zerstört werden: er wird es nicht befehlen können.
Friedland wird sich über die Kurfürsten werfen, der Kaiser wird sich neben die Fürsten stellen.
Rasch mußte sich Eggenberg von dem herzlich bewegten Kaiser, der ihn mit Konfekt beschenkte, verabschieden.
Jubel im Geheimen Hofrat.
Ein kurzer grimmiger Ligatag fand in Mergentheim statt. Die Herren und ihre Gesandten sahen sich nach eintägiger wütender Klage über das Zugrundegehen des Reichs einem kaiserlichen Vertreter gegenüber, der von ihnen Einberufung und Beschickung eines Kollegialtages zwecks Wahl eines Römischen Königs verlangte.
Sie gellten ihm ihr Nein und ihre Verzweiflung entgegen. Sie gellten von dem eigenmächtig begonnenen italienischen Krieg, von seinen grenzenlosen Menschenopfern, Kosten. Frankreich würde sich gereizt im Westen Deutschlands erheben.
Bis sie auf einen Schlag plötzlich verstummten; es war die Parole aufgetaucht: zustimmen der kaiserlichen Einladung und nicht zustimmen dem Wunsch, einen Habsburger zu wählen.
«Den Kaiser fassen, gegenschlagen.»
Wie sie sich voneinander verabschiedeten, wußten sie: entweder sehen wir uns auf dem nächsten Tag als Sieger wieder, oder dies war unsere letzte Tagung.
Die Finsternis dieser Beratungen verbreitete sich nicht nach München. Der Bayer hatte eine gute Stunde. «Der Kaiser will seinen Gegnern im Reich das Siegel seiner Macht aufdrücken; noch eine Stunde, und er bedarf der erlauchten Kurfürsten nicht mehr.» Maximilian hing vor Richel in seinem Sessel, bedeckte seine Augen mit den Händen: «Ich danke der himmlischen Jungfrau für die Gnade jetzt und immer; sie will uns wieder Freiheit geben und uns den Entschluß erleichtern.» Dann: «Jetzt, du mußt verstehen, Richel, jetzt

hat sich der Kaiser in unsere Hände gegeben. Er drängt sich selbst an den Ort des Gerichts hin. Denn wir werden seinen Sohn nicht wählen. Bis wir sicher sind, daß er klein beigibt.» Als Richel nach einigem Stillschweigen den Namen Wallenstein aussprechen wollte, stand Maximilian auf. Und Richel erkannte diesen Mann. Er sah in dem marmorfeinen Gesicht denselben höllischen Ausdruck, den es getragen hatte, als Kaiser Ferdinand, von der Frankfurter Krönung in München eingekehrt, neben Maximilian die schöne und reiche Kapelle verließ; im fast schweigenden Hin und Her wurde dann dem Kaiser die Führung im kommenden Krieg abgerungen. Und als der Kaiser unterschrieben hatte, war es an einem Montag, dem herzoglichen Gerichtstag, gewesen, daß der Kaiser eine volle Stunde in der Sommerstube eingeschlossen mit Max verweilte. Die flüsternde, beschwörende Stimme des Habsburgers; die knappen, befehlerischen Sätze Maximilians, Hinfallen eines Degens. Jähe Abreise des gebrochenen Kaisers.
Ordonnanzen gingen an die französische Gesandtschaft. Charnacé traf ein. In größtem Geheim wurden unter ständiger Korrespondenz mit Fontainebleau Verabredungen getroffen.

EINE SCHWERE Erregung bemächtigte sich in diesen Tagen, in denen die Einberufung eines Kollegialtages zu Regensburg beraten wurde, des ganzen Volkes. Die Professoren der Tübinger Universität beobachteten nächtliche Schlachtordnungen am Himmel, beschrieben das Kriegsgetümmel, hörten das Rasseln der ansprengenden Kürassiere. Bauern verbreiteten Gerüchte, sie hätten Kämpfe einzelner deutscher Stämme und Fürsten gegeneinander gesehen am Himmel, Wagen mit Stangen seien gefahren, Sturmleitern wurden geworfen. In Dillingen trug ein Rechtsbakkalaureus sein Traumgesicht vor: der Kaiser ermordet von Wallensteinischen Kroaten.
Vom Reichserzkanzler, dem Mainzer Erzbischof Anselm Kasimir, wurde auf das Drängen des Kaisers das Ausschreiben zu einem Kollegialtag nach Regensburg erlassen. Da fuhr der Bayer wieder auf den heiligen Berg Andechs in einer unbezwinglichen Spannung. Auf die nackten Altarstufen hingepreßt, betete er in einer krampfhaften Aufwühlung; er dachte an die Schweißtropfen Christi auf dem Ölberg, die Dornen, die sein heiliges Haupt umgaben, die Schläge, die er in

der Geißelung litt, die heißen Zähren, die er vergoß, die Seufzer, die er tat, die süßen Rosen seiner fünftausend Wunden. Er flehte, geknechtet verwirrt auf den Bahnen des Gebets laufend, Herr Jesus möchte durch die flüsternden, perlenden, quirlenden Brunnen, die aus all seinen heiligen Wunden sprudelten, so reichlich seine arme durstige Seele zu erquicken geruhen.

Schwarz stand im Schatten auf einem Seitenaltar das mannshohe Kreuz mit dem sinkenden Heiland: anblicken sein verwundetes Herz, ringen um die Erlösung; anblicken die rechte Hand, die Sünden zu erkennen gab; anblicken die linke, den rechten Fuß, den linken Fuß, Barmherzigkeit, Buße, Gerechtigkeit. «Gnade, Herr Jesus!» Maximilians Pferde jagten wieder herunter nach München. Stöhnend saß der Kurfürst vor dem Jesuiten Kontzen, wischte sich den Schweiß von der Stirn, beruhigte sich nicht. Und während Kontzen den Entschluß des Bayern, die Franzosen an sich zu ziehen, maßlos lobte, durchzuckte den Kurfürsten der Gedanke: mit Wallenstein selbst in Verbindung treten! Wallenstein im letzten entscheidenden Augenblick vom Kaiser abziehen, ihm Mecklenburg und was er sonst hatte anerkennen. Ihm Reichsfürstenwürde zugestehen!

Sich Wallensteins bemächtigen!

Woher diese Verwirrung! Woher diese Befehle, dieser Zwang!

Maximilian erblaßte unter der Raserei dieser Gedanken. Sie waren wahnwitzig; seine Augen wurden matt. Halb ohnmächtig sank er seitlich über die Lehne seines Sessels. Und dann, als der ängstliche Jesuit ihn aufrichtete, drückte der verwirrte Fürst seinen Arm. Er ließ sich von Kontzen hochziehen, und wie er auf den unsicheren weichen Füßen stand, fiel er umarmend gegen die Brust Kontzens, mit den Zähnen klappernd, wimmernd, an allen Gliedern zuckend. Schritt um Schritt führte Kontzen den verzerrt blickenden Kurfürsten in die Nachbarkammer vor den kleinen Marienaltar. Da beruhigte sich der Fürst; der Leibkammerdiener konnte gerufen werden, Kontzen wurde mit einem unverständlichen Lächeln entlassen. Der Fürst wankte in die Schlafkammer.

In derselben Nacht besprach Maximilian mit dem Pater im tiefsten Vertrauen das Notwendige. Staunend, ergriffen hörte der Pater die Pläne des Bayern. «Rede Ehrwürden sanft mit dem Böhmen. Er ist jähzornig. Warte er einen guten gleichmäßigen Tag ab. Melde er der herzoglichen Durchlaucht meine Zuneigung und Wohlmeinung. Wenn sich Irrungen und Zwietracht gelegentlich zwischen unseren

Heeren gehalten haben, so werde das in Zukunft sich beheben lassen. Wage er sich offen damit heraus, daß der Franzose sich an mich herangemacht hat. Die friedländische Partei ist in Kürze verloren. Wir haben beide Macht, ich und der Böhme. Es wird sein Schade nicht sein, wenn wir uns gut im Reich miteinander verhalten.» Erst frühmorgens, als es im Hof der Burg von den Wagen des abreisenden Jesuiten rasselte, legte Maximilian sich auf dem Bett zurück. Fast augenblicklich verfiel er in einen betäubten Schlaf. Nicht einmal die Zeit fand er, den Rosenkranz aus der Hand zu legen; der klapperte neben dem Bett auf die Diele.

Die Freudigkeit, Glückseligkeit des Fürsten, die langen folgenden Tage; eine Bräutigamsunruhe und zwangsartige Rastlosigkeit. Seine Drechslereien ließ er liegen, er gedachte seiner verflossenen Italienfahrt, ihn trieb es aus München fort. Die feierliche Donnerstagsprozession machte er noch mit, selbst barhäuptig im Zuge mit einer brennenden Kerze vor dem ganzen Hofstaat; dann wurde Alexander Abondius, der Florentiner Bildhauer, in die Residenz befohlen; der Kurfürst reiste mit ihm ins Land, Verduckh, der Kunstkämmerer und Guardaroba, folgte, eine Handvoll Hatschiere. In Nürnberg stand das neue Pellerhaus, reiche Front, prächtig die vier Stockwerke, Fenster bei Fenster hoch die Giebelfassade; Galerien des Hofes, Säulengänge. Sie ritten in der heißen Augustsonne, von Ratsmännern geleitet, durch die langen Gassen, über Märkte und Plätze. Teppiche von den farbig bemalten Balkons, Stockwerk vor Stockwerk sich herausschiebend, überschattend die tieferen Fenster, Dächer von Zinnen umgeben, vorgekragte Ecktürmchen. Das Nassauerhaus. Der junge Abondius lobte den Herkulesbrunnen zu Augsburg, die Nymphen, Wasserspeier. Der Wittelsbacher fragte nach Kurieren, drängte von Süßigkeit und Schrecken erfüllt zurück.

Wie sie vor München am Isartor erschienen, meldete der starke Torwächter, es seien gestern nacht fünf kaiserliche Obersten angekommen, die der wohledle gestrenge und hochgelehrte Herr Bartholomäus Richel empfangen und in ihr Quartier zum Goldenen Kreuz geleitet habe. Mit Staunen sah sich Maximilian am nächsten Morgen in seiner Audienzkammer sitzen, Ehrengeschenke des Herzogs von Friedland in den Händen drehen, die metallenen Schalen und Krüglein befühlend, hinstellend, ihnen an die Kehle fassend. Er hielt, während die Offiziere Abschied nahmen, einen Arm über die Metallwölbung, zwei Finger in die Höhlung hinein; es schien ihm, zwischen

Entsetzen und Gelächter schwebend, als ob er mit Wallenstein spräche. Und sonderbar war ihm dabei, als ob er in einer Unwirklichkeit lebe, hier säße; ihn mußte etwas verzaubert haben, eine leise Angst schwelte über ihm: wenn das Spiel erst zu Ende wäre. Und während die Türen geöffnet wurden, Kammerdiener, Oberstkämmerer erschienen, ihn zur Messe einzukleiden und abzuholen, passierte ihm, daß er gedankenlos dastand, nicht wußte, was er dachte, nicht einmal, was mit ihm geschah. Saß gebannt in seiner Residenz; wie in Scham vermochte er nicht hinüber zu seinem Vater; ließ viele Stunden am Tag unbesetzt, man wußte nicht, zu welchem Zweck. Die Depeschen kamen. Kontzen meldete übergroße Freundlichkeit des Generals, dabei die gänzlich fehlende Geneigtheit, das Geringste von Maximilians Plan zu verstehen; er, Kontzen, müsse natürlich aufs äußerste vorsichtig sein und sich vor direkter Deutlichkeit bewahren; der Herzog sei ergötzt von dem Zugeständnis in Sachen Mecklenburgs, aber bisher hätte sich nicht einmal eine Andeutung des bayrischen Plans ermöglichen lassen; nun wolle er noch nicht verzagen vor diesem absonderlich treuen Diener des Kaisers. Gleich hinterher ritten aus dem friedländischen Hauptquartiere zwei Offiziere ein: sie sollten vertraulich verhandeln über das Verhalten der Armeen zueinander; wie weit die Liga abzurücken gedenke; die beiden Herren waren sehr aufgeräumt, schienen die Auffassung aus Gitschin mitzubringen, die Kurfürsten täten den ersten Schritt zur Unterwerfung. Richel bearbeitete sie kühner, wagte gleichnisweise von einer Abschwenkung Friedlands von Habsburg zu reden, da Wallenstein selbständiger Reichsfürst sei, auf der Fürstenbank mit den andern säße und sich wie sie seiner Haut zu wehren hätte. Taube Ohren, Unwillen über das ärgerliche Beispiel. Richel verblüfft vor dem Kurfürsten: er stände vor einem Rätsel; man könne es Treue nennen, es sei auch Borniertheit. Oder Friedland sei auf noch Höheres aus, etwa gegen den Kaiser.

Weich glitt es von Maximilian ab, trübe Augen, ein stumpfes mattes Gefühl behielt er zurück. Schläfrig dankte er Richel; er möge in dieser Sache nichts weiter unternehmen. Er saß eine, zwei Stunden dämmernd auf demselben Stuhl, allein in seiner Kammer; eine Hilflosigkeit hielt ihn befangen; er räkelte sich, seufzte. Ja, nun werde er wieder zu Hause sein, zurück von der Reise. Da lag auf dem Tisch die Rolle Torquato Tassos, die der Dichter ihm in Italien gewidmet hatte. Neue Briefe seiner Bundesverwandten, vom Kölner, vom Bischof

von Bamberg. Sie wollten Hilfe; die alte Last, die alten Ketten. Ein glühendes Weh überflutete mitleidlos seine Brust, Gram, tiefer Widerwillen. Wie er an den Kaiser und Friedland dachte, ballte er die Fäuste vor Schmerz, spannte sich auf seinem Sitz hoch, rang sich zur Ruhe.
Maximilian ließ den Wallensteinischen Offizieren erklären, er müsse über die angeregten Punkte mit seinen Bundesverwandten korrespondieren; eisig, wie sonst, gab er Richel den Auftrag, die Herren mit Geschenken zu verabschieden. Sie ritten schmähend ab, die Bayern hätten sie nur aushorchen wollen.
Vervaux, Maximilians Beichtvater, war über Land; Eilboten mußten ihn zurückholen. Der alte Herzog Wilhelm, Maximilian, Vervaux saßen zusammen beim Essen; die stille, gespannte Runde; sie gingen mit dem Kurfürsten auf sein Kapellenzimmer. Der Kurfürst sprach mit einer lieblichen Stimme, die grauenhaft aus seinem leblos sitzenden Körper klang; er bitte sie beide, ihn zu fragen. Er antwortete dann anders als sonst; während er sonst die Worte in seinem Munde sich ansammeln ließ, bis sie vereist und gefroren waren, stürzte er sich auf jede Frage und gab blindlings, lechzend Bescheid, gesangreich. Er wußte zuerst nicht, was er vom Friedländer gewollt hatte, er schien von der Erinnerung gepeinigt zu sein, dann äußerte er, er hätte sich mit einem verächtlichen Menschen eingelassen, mit einem Knecht, einem toten Leibeigenen des Kaisers; ein satanischer Trieb habe ihn plötzlich bewegt, dem er nicht hätte widerstehen können. Er schien eine Bestätigung dafür von ihnen zu verlangen. Ein Ekel vor sich selbst erfüllte sichtlich den Kurfürsten, als hätte er etwas Tiefgemeines berührt. Er bat um Strafe. Vervaux sprach zu ihm. Während der Pater und der alte Herzog sich voreinander verneigten, der Herzog in Glückstränen über seinen Sohn, stand der schnaubend in seinem Schlafzimmer, ließ Läden und Vorhänge schließen. Eine einzige Wandkerze brannte neben der Tür. Der Oberstkämmerer nahm dem stummen Fürsten Seitengewehr Gurt Barett Überkleid Mantel ab; zwei Kämmerer nestelten an dem Wams, zogen es ab; Schuh Hosen Leinenhosen streiften sie herunter, als er auf der gepolsterten Truhe saß; sie schleiften hinaus mit den Sachen. Flüsternd mühte sich der Leibkammerdiener um ihn, zog ihm das Schlafhemd über die zwinkernden Augen. In seidenen Pantoffeln; er schüttelte den Kopf, als der Leibbarbier eintrat, ihn mit Tüchern zu frottieren. Unbeweglich, allein stand der bärtige Mann eine Zeitlang im leeren Zimmer im

Hemd, vom Bett auf den Boden blickend, vom Boden auf das Bett. Ließ das Hemd auf die Hüften herab, band es mit den Ärmeln zusammen. Auf dem kleinen polierten Tisch neben seinem Bett stand ein schwarzes viereckiges Kästchen. Mit ruhigen kalten Fingern, während er tönend, fast schluchzend zu atmen anfing, zog er das Schlüsselchen hervor, das in einem Seidenbeutel an seinem Hals hing. Einen ledernen Stachelgürtel griff er bei den Enden, schlang ihn um die Weichen, zog, zog, sich gegen die Türe schleppend, die brennenden Augen auf das Mariengesicht unter der Kerze gerichtet. Geriet in Atem, stöhnte, sein Mund blieb weit offen stehen. Er konnte sich nicht genug tun. Seine Blicke blind, erloschen; schnürte den Gürtel fest. Nach der kleinen Peitsche mit den Stahlkügelchen tastete er zitternd mit der Linken, die Zähne verbissen, schwarz hüllte sich alles um ihn ein. Klatschend schlug er links herum auf den Rücken. Und während er schlug, flossen ihm die Tränenwasser aus den Augenhöhlen über den Mund auf den Teppich. Von den Flanken rieselte Blut. Es wurde ihm, als ob ein anderer ihn schlug, diese Arme eines Fremden gewalttätige unbarmherzige unerbittliche Werkzeuge, unter denen sich sein Körper leidend bog; ächzte, wühlte, bäumte sich, wich aus, fuhr zurück; die Arme ließen nicht nach, ohne Gefühl. Und da war die Hand in der Luft erstarrt, der Hand in der Luft die Peitsche plötzlich entfallen, die Peitsche lag da, er zuckte zurück, zuckte, zitterte; und bevor er erkaltete, wühlte er um sich auf dem schlüpfrigen Teppich, bis seine Finger das lange, feine, vergiftete Stilett in der Scheide berührten, das er immer suchte in der Verzweiflung des Geißelns, auf der Höhe, um das Verderben von sich abzuwenden, um sich zu beruhigen, zur Besinnung zu bringen. Er drehte es, die Scheide löste sich, fiel herunter, er drehte, suchte es durch die Tränen zu erblicken; drehte es. Er hielt es liebevoll an der Brust, drückte es an seinen bloßen Hals, an die gekräuselten Barthaare; lag stöhnend, schnaubend, sich wälzend auf dem Boden; der Stachelgürtel löste sich, krampfartig erbitterte Stöße fuhren durch seinen Leib. Dann schob er sich schnaubend, verwüstet, besudelt, ein Winseln unterdrückend, unmenschlich auf die Knie, in die Höhe, wackelte blutäugig auf dem Schemel. Klingelte später nach Wein.

Der dicke Rambold von Kollalto, Herr von Pirnitz, Deutsch-Rudoletz, Tscherna hielt Mantua blockiert. Er selbst lag schlemmend, trotz seiner Kehlkopfschwindsucht, zu Marignano am Lago Maggiore; seine Untergenerale Gallas und Aldringen regierten die Armee. Der spanische Feldherr Ambrosius Spinola, ein alter Mann, stieß gegen Montferrat, vertrieb die Franzosen, jagte sie in Casale zusammen.
Der Krieg blühte. Neue Truppen führten französische Marschälle heran.
Da wurde dem Herzog zu Friedland, der in Karlsbad zur Kur war, die Nachricht von Wien überbracht, daß zu Regensburg ein Kollegialtag stattfinden werde, da des Kaisers Majestät die Wahl seines Sohnes zum deutschen König fordern werde. Der Friedländer riß in seiner Ritterstube sich den Hut ab, trampelte darauf herum: den Kopf müsse man den Kurfürsten vor die Füße legen. Sie zusammenrufen zu einem Tag! Auseinanderpeitschen die Verschwörer. Er wütete. Man mußte ihm von Wien Kuriere schicken; die Botschaft sollte aufgeschoben werden. Niemand hatte Neigung, die Sache zu betreiben. An Ferdinand selbst schrieb er, zweimal mit stärkster Dringlichkeit, erreichte nichts, als daß der Kaiser lächelnd sagte: «Der Krieger! Er will nichts als Soldaten und Schlachten. Und schon ist ihm nicht wohl, wenn wir andern uns friedlich und verwandtschaftlich zusammentun.»
Die Kur in Karlsbad brach der Friedländer ab, tobend über die kaiserlichen Räte: «Sind nicht genugsam mit Dukaten gestopft, die Herren. Sind sie nicht schlechte Lumpe, so sind sie trunkene Bärenführer. Der deutsche König! Sie erbetteln ihn bei den Pfennigfuchsern. Aber ich will ihnen allen die Suppe versalzen.»
Er verschwur sich, trotz Kaisers und Wiener Räte sollte den Schelmen das Spiel verdorben werden, daß sie seufzen und Tränen vergießen würden. Er bestimmte augenblicklich die Stadt Memmingen, südlich der Donau, nicht weit von Ulm und nicht gar zu weit von Regensburg gelegen, zu seinem Hauptquartier und Truppensammelplatz. Mit größter Beschleunigung, hieß es, sollten alle Regimenter, die aus dem schwäbischen und fränkischen Kreis abkömmlich waren, aufbrechen hierhin. Transporte nach der Lombardei wurden umgewendet; verbreiten ließ er, sie sollten dort in einem Zentralpunkt rasch verfügbar stehen gegen französische Aspirationen auf das Elsaß und als Reserve des italienischen Heeres Kollaltos.

Er selbst machte sich, um alles selbst in die Hand zu nehmen, ungesäumt von Karlsbad auf den Weg. Der italienische Krieg hatte plötzlich für ihn kein Interesse mehr. Er war tief erregt.
Siebzehn Sechsspänner trieb er mit sich, siebenundzwanzig Kaleschen zu zwei und vier Pferden, sechzig Gepäckwagen, hundertundfünfzig Berittene; allen voraus sein Kanzler Elz mit hundertundzwanzig Leibrossen, sechsundzwanzig Sechsspännern und Gepäckwagen. Die Gelder für die Reise wurden in Mecklenburg durch Kontribution erhoben. Der Herzog rastete in Nürnberg, wo er die Bitte des Magistrats um Ermäßigung der monatlichen Abgabe von zwanzigtausend Gulden abschlug; in Ulm wurde ihm als Ehrengabe gereicht ein Silberpokal, ein Samtbeutel voll Goldstücke, eine silberne Handkanne und Handbecken, ferner ein Wagen Wein und achtundvierzig Hafersäcke. Sein Quartiermeister bestimmte als täglichen Verbrauch für den Hofstaat schwere Abgaben: neben zahllosen Laib Brot, Schock Eiern, Weizenmehl, Roggenmehl zwei gute Ochsen, zwanzig Hammel, zehn Lämmer, vier Kälber, ein Schwein, zwei Speckseiten, eine Tonne Butter, fünfzehn alte und vierzig junge Hühner, dazu Rheinwein, Franzwein, Kümmel, Koriander, Anis, Zimt, Ingwer. Nach Memmingen streiften Arkebusiere vorauf; sie trieben alles brüllende und blökende Vieh aus der Stadt, schossen Hähne und Singvögel ab, legten Leimruten für Spatzen aus; die Glocken auf den Kirchtürmen banden sie fest. Der Herzog mit seinem Hofstaat, Leibgardisten, Kanonen, astrologischem Gerät rückte an.
Die Kuriere liefen; der Herzog stellte fest, welche Gesinnung der Wiener Hof, der Kaiser selbst hätten; große Summen wurden durch de Witte angewiesen an den Kaiser selbst, den Abt von Kremsmünster und andere. In aller Stille versammelte sich im Gelände um Memmingen ein großes Heer.
Der Kaiser Ferdinand befahl gegen die Mitte des Jahres, Anstalten zum Aufbruch nach Regensburg zu treffen. Vom Herzog zu Friedland, von den niederösterreichischen Ständen, vom Erzbischof zu Salzburg, aus Böhmen wurden Darlehen erhoben; der Antrieb an Ochsen, Kälbern, Lämmern, Schweinen aus Ungarn begann. Ferdinand nahm die Mantuanerin und seinen Sohn mit, den blassen, ehrgeizigen König von Ungarn, der eifersüchtig auf Wallenstein war.
Wie ein Schnitter, der die Ernte einbringen will, ging der Kaiser, Eleonore sollte mit, weil ein Kaiser mit einer Kaiserin fährt – und sie war maßlos finster und prächtig, sollte jeden der Fürsten beschämen;

er wollte sie an seiner Seite mitbringen, die Tochter des Landes, um das er Krieg führte.
Sie fuhr, bezwungen, mit ihm in dem Prunkschiff, verschlossenen Gesichts, aber auf freudig straffen Gliedern, gedachte, dem schweigenden Menschen neben sich in Regensburg eine schwere Niederlage zu bereiten. Sie hoffte auf Eggenberg. Von dem Groll der Fürsten auf den Friedländer hatte sie gehört. Ihr Beichtvater hatte sie ganz aufgerichtet. Reitend, in Karossen, auf Schiffen gezogen hinter ihnen zwischen dem lustigen, erregten Hofstaat Geheimräte, kummervoll seufzend, in aller Munterkeit und dem Glanz bedrückt, zueinander fliehend, heimlich miteinander murmelnd, mit jeder Stunde beklommener.
Der Kaiser hatte nicht abgelassen, auf den Regensburger Tag zu dringen, sein Sohn sollte gewählt werden, es hatte nicht verhindert werden können, obwohl das Drängen und Drohen der Kurfürsten anzeigte, warum sie kommen wollten: nicht seinen Sohn wählen, aber ihn selbst zur Verantwortung ziehen, den Herzog zu Friedland beseitigen; sie drängten auf Abrechnung. Und was hatte man von Wallenstein zu gewärtigen; wie würde der rasende Böhme sich benehmen; man hatte schon schwer Beunruhigendes von seinem Vorhaben in Memmingen gehört. Der weinrote kleine Eggenberg selbst, Triumph der Slawata und Trautmannsdorf, hatte den Stein zur Konferenz aus dem Weg geräumt. Er war umgefallen. Sie wußten nicht, was er tat, Slawata und Trautmannsdorf so wenig wie Ferdinand selber. Als die Kurfürsten und Stände so bereitwillig der Tagung in Regensburg zustimmten, begriff er, daß er klar gesehen hatte. Und er wich nicht; er führte den Kaiser auf die Schlachtbank.
Wie Eggenberg dies geleistet hatte, den Kaiser auf das Schiff nach Regensburg zu bringen, brach er zusammen. Auf der Fahrt schon befielen ihn körperliche schwere Beklemmungen und Ohnmachten. Die Tat war größer als er.
Er verabschiedete sich unterwegs von Ferdinand. In einem Grauen reiste er nach Wien. Die leere Stadt besserte ihn nicht. Nach Luft ächzend fuhr er weiter. Nach Krumau auf sein Gut Worlik. Die Angst vor dem Kommenden wuchs. Er fuhr, um sich zu verstecken, nach Duino in Istrien. Es war weit. Kuriere würden ihn nicht finden. Durften ihn nicht finden.
Inmitten ungeheurer Viehherden, Wagen voll Bier- und Weinfässer, marschierender Söldnerfähnlein näherte man sich Regensburg, dem

Höllenkessel. Noch zuletzt protestierte die Stadt selber; sie hatte angstvoll von den Memminger Gerüchten und sonderbaren Vorkehrungen vernommen; sie schützte ihren beschwerlichen Zustand, ihre Armut vor, eine derart prächtige und riesige Versammlung könne ihr Rahmen nicht fassen. Der Kaiser gab nicht nach; die Kurfürsten gaben nicht nach.

Der Kaiser und sein riesiges Gefolge tauchten in den gefährlichen Bannkreis Regensburgs ein. Die Kurfürsten kamen lange nicht. Sie erschienen auf dem Tag wie unschuldig Verurteilte, die vor aller Welt Schande über ihre Richter bringen wollten. Und wenn er sie auch erwürgte und aufs Rad flöchte, sie wollten es ihm nicht schenken. Mit Entsetzen und dann mit ingrimmigem Vergnügen hatten sie gehört, wie sich Wallenstein auf den Tag rüstete; sie verbreiteten es nach allen Seiten; die Notlage des Reiches lag vor allen Augen. Mit geringer Begleitung stießen sie nacheinander an in den blühenden Junitagen, gehässig und verzweifelt wie magere Wölfe, wollten schlingen oder erschlagen werden.

Der Kurfürst Ferdinand von Köln, der jüngere Bruder des Bayern, fuhr ein, klein, dünn, listig blickend, mit den Lippen und hängenden bebenden Wangen des Schlemmers. In einem bedeckten Reisewagen, achtspännig, der Reichserzkanzler Anselm Kasimir der Kurmainzer, gebücktes graugesichtiges Männlein, den breiten dünnen Mund spannend, das harte Kinn, mühsam gehobene Augenlider. Das violette Käppchen weit rückwärts auf dem nackten erbärmlichen Schädel. Neben ihm gewaltig im Wagensitz unter dem Bischofshut, golddurchwirkte Schnüre an der Krämpe schaukelnd, der phlegmatische Kurtrierer, Philipp Christoph, glotzäugig, mächtige Halswampen, der breite Gürtel über einem gequollenen Leib; die Beine steif vor sich ausgestreckt, ein unerschütterlich schwerer Körper. Der Bayer fuhr an. Er hatte sich gesträubt zu gehen; Herzog Wilhelm hatte ihm weinend abgeraten. Um ihn ging eine starke Leibwache; bayrische Regimenter waren seit Wochen bei Kehlheim Fürth Cham Rain auf Kriegsfuß gebracht, marschfertig; es war besiegelt, daß ihm auf seinen Ruf fünfzigtausend Franzosen zur Seite stehen würden. Mit Maximilian zog Tilly in Regensburg ein, sein Feldmarschalleutnant, dessen Offiziere die Gegend rekognoszierten, der weißbärtige Zwerg, der nicht erlosch.

Ins Quartier des Erzkanzlers, der die Bundesverwandten bei sich hatte, wurden auch die acht Beauftragten des Kurfürsten von Brandenburg und des Sachsen geleitet. Ruhig erklärten die Herren, daß ihre Fürsten nicht kommen würden; die Kriegsnot ließe sie nicht aus ihren Ländern; sie selbst hätten Instruktion, sich an den Beratungen zu beteiligen.

Auf die Frage Maximilians stellte sich heraus, daß sie nicht ermächtigt waren, einer Absetzung Wallensteins zuzustimmen; auch über Bedrängnis protestantischer Stände durch das ligistische Heer klagten sie; Protest sollten sie über die Einziehung evangelischer Güter erheben. Scharf wandte sich der Bayer an die geistlichen Herren: «Man sieht, wir sollen den Herren die Kastanien aus dem Feuer holen. – Und wenn man euren Fürsten den Kurhut vor die Füße wirft?» «Der evangelische Glaube wird nicht untergehen. Wir werden Hilfe finden.» Max höhnte, als sie gegangen waren, die Hände gegen die Herren erhebend: «Sie erhoffen Hilfe von dem Schweden. Der Satan hole die Ketzer.»

STRENG ÜBERGAB Ferdinand in Gegenwart der zitierten Kurfürsten und Gesandten dem Reichserzkanzler die versiegelten Propositionen in der Ritterstube der bischöflichen Burg. Er vermißte den sächsischen Kurfürsten, mit dem er sich über Jagden unterhalten wollte; er hätte sich so lange vom Waidwerk fernhalten müssen. Mit jedem sprach er einzeln, auf dem roten weichen Teppich neben dem Eichentisch gingen sie bedeckt hin und her. Man lachte über den Schweden, von dessen munteren Angriffsgelüsten man gehört hatte. Mitten in den Unterhaltungen tönte von draußen vor der Stiege Blasmusik; der Habsburger freute sich über die Verwunderung der Herren, er hatte seinen Johann Valentin mitgebracht; man setzte sich wieder, trat an die Fenster, hörte schweigend zu. Die Herren flüsterten verwundert; neben dem Bayern stand Ferdinand am Fenster, legte seinen weißgekleideten Arm freundschaftlich auf die Schulter des erbebenden Wittelsbachers. Der Geheimsekretär Doktor Frey erhielt vom Kaiser einen Blick, öffnete die Tür zur Antikamera. Ferdinand begleitete die Kurfürsten, denen sich ihre Kanzler anschlossen, durch das lange blinkende Spalier der Hatschiere an die Stiege, wo man eine Weile die Kapelle anhörte und die warmen Windstöße fühlte.

MAN HATTE sich noch nicht zurechtgefunden von der Begegnung, als der Mainzer in seinem Quartier aus den Propositionen vorlas. Der Kaiser erwähnte die Königswahl nicht, fragte, was mit dem landesflüchtigen Ächter Friedrich von der Pfalz endgültig geschehen solle, dann wie man Holland Schweden Frankreich im Einmischungsfalle abweisen solle, zuletzt an fünfter Stelle die Mängel des Kriegswesens anlangend: man möge angeben, wie und welchergestalt eine bessere Ordnung geschaffen werden solle.
Hitzig warf am Schluß sogleich der rotäugige Kölner auf, sein Käppchen auf dem Knie wippend: «Sauber disponiert! Der zu Friedland hat sich recht tapfer versteckt.»
Der fettwanstige Christoph Philipp von Trier ächzte: «Wir haben dem Kaiser nichts entgegenzusetzen, wir haben keine Armee.» «Nein», lachte grell Maximilian. Der Erzkanzler milde: «Wir werden ihm unsere Klagen vortragen, wir werden nicht nachlassen zu drängen, er ist ein Mensch, ein frommer katholischer Christ, es wird seine Wirkung auf ihn nicht verfehlen.» «Die Lutherischen singen: Ein' feste Burg ist unser Gott», spottete Maximilian. Ruhig der Mainzer: «Unsere Gebete werden erhört werden, Durchlaucht.»
Trotz Zagens und Remonstrierens des Mainzers, der versöhnlich bleiben wollte, ging der Beschluß durch, daß in zwei Schritten der ganze Weg durchschritten werden sollte. Man sah sich auf einem Vulkan, Friedlands Armee bei Memmingen wuchs. Sie erklärten: «Die übermäßigen Werbungen im Reich, Abdankungen Abmarsch Rückmarsch Kontribution Einquartierung haben die Wohlfahrt des Reiches untergraben; das Vermögen des Heiligen Reiches, seine Kraft und Stärke, wodurch es sich bei seinem hohen Stand und christlichen Glaubensbekenntnis gegen Türken und Heiden bisher vor allen andern Königreichen der Welt erhalten hat, ist ganz verzehrt, verwüstet, seine Habe in fremdes Land geführt, vornehme Länder und Provinzen, die eine Zier und Vormauer des Reichs gewesen sind, sind verheert. Die Kurfürsten und Fürsten, gänzlich allen Ansehens beraubt, haben sich den kaiserlichen Kommandanten, die sich mit ihnen im Stande nicht vergleichen können, zu unterwerfen und müssen unzählige Drangsale stillschweigend über sich ergehen lassen. Das kurfürstliche Kollegium, kraft getroffenen einstimmigen Kollegialbeschlusses, will deshalb nicht allein aus treuem Herzen Ihrer Kaiserlichen Majestät geraten haben, sondern auch untertänigst und ernstlich darum bitten, hier Verbesserung zu schaffen, der kaiserlichen

Armada ein solches Haupt vorzusetzen, das im Reich sitzt, ein ansehnliches Mitglied des Reiches ist, dafür auch von andern Ständen geachtet und erkannt wird, zu dem Kurfürsten und Stände ein gutes zuversichtliches Vertrauen haben. Dieser Feldherr möge in allen vorfallenden wichtigen Sachen ermahnt sein, gemäß den Reichskonstitutionen getreulich zu disponieren und sich mit den Kurfürsten zu verhalten, möge sich nicht anmaßen, im Reiche zu dominieren, weil solches nicht Herkommen noch zulässig ist.» Wenn aber Ihre Kaiserliche Majestät in ihren Erbkönigreichen und Landen ein besonderes Heer halten wollte, daran wollte man sie nicht hindern noch ihr Maß geben, solange es ohne Gefahr, Schaden und irgendwelche Beeinträchtigung von Kurfürsten und Ständen geschehen kann. Kontributionen sollten niemals mehr direkt, sondern nur durch Anrufung und Vermittlung der Reichs- und Kreisversammlungen erhoben werden, Durchzüge und Musterplätze nur mit deren Zutun Genehmigung und Mithilfe.

Während die deutschen Kavaliere die Reitbahn im Tummelgarten bei den Barfüßern frequentierten, Räte Dompröpste Dechanten Kanzler verschwiegen beim Postmeister einkehrten, Geld in ein Lotto einlegten – an der Wand war mit Kreide gemalt auf italienisch: Wer das Kleid nicht schätzt, dessen Leben dauert länger als das Kleid –, Stände sich im Bischofshof versammelten, in die Antikamera geführt wurden, tauchten schon die fremden auffälligen reichen Gestalten in den Gassen auf. Die Herren trugen einen ungeheuren Putz mit sich herum, sie ertranken in den Gewändern, die sie mit sich schleppten; so viel des Zobels, der Bordüren Aufschläge Spitzen Besätze, der überfallenden Stulpen Wehrgehenke Schärpen. Das raschelte und knisterte an ihnen; ihre gebrannten Haare verkrochen sich unter den Umhängen oder blähten sich duftend im Wind auf. Damen begleiteten sie, in bequemen Wagen fahrend, mit Regenschleiern über Kopf und Schultern, mit flachen Stirnmützchen, von denen der Staubmantel nach rückwärts wallte. Bei warmem klaren Wetter gingen sie über die Wiesen bei der Grube kaum verschleiert, mit tief entblößten Schultern, so einfach, als stiegen sie eben aus dem Wasser mit ihrem glatten, am Hals sich lockernden Haar; weißes und rosa Leuchten der Übergewänder; über den Knien wichen die Oberstoffe rückwärts; golddurchwirkte Untergewänder mit hingehauchtem Blau wurden von den Bewegungen angestrafft, in weißen Schuhen bewegten sie sich leicht und völlig graziös. Es waren die Welschen, die von Grenoble vor drei Wochen aufgebrochen waren, über Solothurn, Konstanz Ulm erreicht hatten, zu Schiff anlangten. Sie fanden Quartier bei der Grube. Herr von Brulart führte sie, der braune kuttige Kapuziner; der ihn begleitete, schmalschultrig, kurzsichtig, blaß, mit einer starken Nase, war der Pater Joseph, François du Tremblay, die Seele des Kardinals Richelieu. Sie mischten sich unter die andern. Kavaliere und Damen küßten sich, wenn sie sich begegneten, auf den Mund. Sie hatten viel Berührung mit dem bayrischen Hofstaat, aber auch mit den vier sächsischen Herren und ihrem Anhang.

Trautmannsdorf forschte Brulart aus über den Grad der Einheit in der französischen Nation, welchen Stämmen die mitgebrachten Kavaliere angehörten. Der Welsche fand die Frage erstaunlich: «Eine Nation hat in unserem Königreiche keinen Platz. Franzosen sind die Leute, die dem Sehr Katholischen König Ludwig untertan sind. Bisher hat keine Regierungsakte Kenntnis von dem Wort Nation oder Volk genommen. Und ich wüßte nicht, wovon ich reden sollte, wenn ich französische Völker oder Stämme sagte; mit König Ludwig ist alles gesagt.»

«Man würde hierüber im Reich klagen, der Deutsche würde gleich den Verlust seiner Freiheit argwöhnen.»

«Es ist ja nichts ehrenvoller», zog der Welsche die Augenbrauen hoch, «als dem König leibeigen zu sein. Wenn am Himmel die Sonne scheint, so nimmt alles freudenvoll die Helligkeit und die Farben der Sonne an; die Franzosen werden königlich; jedem ist, als ob das Auge des Königs auf ihm liegt, er bemüht sich, ihm zu gefallen. Er sieht seine Kleider, die Tracht des Hofes, hört den Ton des Gesprächs. Hat es ihm geschadet? Es scheint, als ob uns fremde Völker nachahmen.»

«Oh, man achtet auf eure Kavaliere und Damen; ich fürchte, man wird noch schärfer auf sie achten müssen.»

Stolz der Franzose ablenkend: «Man achtet überall auf die Art Ludwigs. Man wird seine Sendboten überall mit Freude aufnehmen.»

Brulart und Pater Joseph wurden in der mantuanischen Sache vom Kaiser empfangen, ihre Legitimation war nicht vollständig, der Kaiser wollte dennoch sehr gnädig verhandeln. Pater Joseph durfte in Gegenwart des großen Lamormain lange zu ihm von geistlichen Dingen sprechen. Man redete über das Mysterium des göttlichen Erdenwallens; Père Joseph, hinreißend sich ergehend, war in seinem Fach. Er drang auf Vereinigung der Seele mit Gott, ihr Eintauchen

und Plätschern in Gott; alle irdischen Leidenschaften, die sich zwischen Gott und uns stellen, müßten abgelegt werden, die Liebe müßte den Verstand lehren, ihn im Gehorsam und der Demut des Glaubens gefangen halten, die Liebe müßte den Verstand zwingen, zu glauben, was er nicht sieht, zu bewundern, was er nicht versteht. «Immer muß man an die Taten des Heilands denken, seine Göttlichkeit durchleuchten sehen, ihn umarmen in seinem Wesen. Man muß den Mund nicht gemein öffnen, als wenn man essen will, muß nicht demjenigen gleichen, der lange hastig gelaufen ist nach einem Ziel, das er zu erreichen strebt und der ganz außer Atem ist. Nicht öffnen den Mund, wie um zu essen, innere Süßigkeiten zu empfangen, nicht sich erholen wollen von innerer Erstickung. Das ist Notdurft, Zwang, das ist nicht vollkommene Gottesliebe. Man muß herausstoßen aus sich das Leben der Eigenseele. Aufeinander der Mund Gottes und unser Mund, um die Seele fließen zu lassen über die königliche Tür seiner Lippen.» Oft wiederholte er auf Fragen Lamormains: «Einschlummern im Dunkel des Geistes und der Natur.»
Ferdinand hielt Lamormain bei sich fest; was er von dem Kapuziner hielte; er selbst müsse als Tölpel gestehen, er besitze so geringen Verstand, daß er keines Zwanges mehr bedürfe, um zu glauben; wie groß müsse der Verstand des Père Joseph sein, daß er solcher Gewalttätigkeiten bedürfe, und vielleicht auch wie ungläubig sei der Père. «Welch ein Glaube», staunte er dann wieder, «dieser Mund Gottes, dieses Begeisterte, Absonderliche.»
Eleonore wurde gerufen; sie setzte sich erst kalt in der feierlich strengen Tracht an das Tischchen, die sie in Regensburg immer trug. Dann hörte sie zu, fragte abwesend, von wem die Rede sei, begehrte erregter und mit einem dunklen Blick den Franzosen kennenzulernen. Ferdinand lächelte schwer: «Du wirst sehen, er redet dir die Gedanken aus dem Hirn; man hört ihn besser nicht oft.»

DIE BESPRECHUNG der kurfürstlichen Forderungen in der Wohnung des erkrankten Grafen Strahlendorf – zugegen war neben anderen auch der junge König Ferdinand – erhielt durch das unangemeldete Erscheinen und das Eingreifen der Majestät einen sehr ernsten Charakter. Die pointierte sächsische Schrift mit ihrem Jammer. Das unter lautloser Stille von Doktor Frey vorgelesene gräßliche Register des

Herzogs Bogislaw von Pommern, vierundfünfzig schauerliche Punkte dem Mehrer des Reichs vortragen, von Eltern, die das Fleisch ihrer Kinder verzehren, von Leichen im Lande, die ungekochtes Gras im Munde hatten. Der Kurbrandenburger: zwanzig Millionen Gulden seien seinem Land erpreßt. Die ligistische Schrift endend: «Nachdem die Reichsfeinde, der Pfalzgraf, Mansfelder, Halberstädter, Baden-Durlach geschlagen, die dänische Armada zerstreut, fast kein Feind mehr vorhanden ist, hat man einen Feldhauptmann ohne Vorwissen und Einwilligung der Stände, ohne Geldmittel mit einer so ungemessenen absoluten Gewalt ins Reich verordnet, daß er nun alles nach eigenem Gutdünken regelt.»
Der junge König: «Wenn es richtig ist, was eine Schrift besagt, es seien von Friedland zweihundertvierzig Millionen Reichstaler an Kontributionen erhoben, so wird man den Herzog um Verrechnung ersuchen müssen. Wohin sind diese Summen gekommen? Sind sie wirklich nur zur nötigen Abfindung des Heeres und der Obersten benutzt und wer hat von ihnen profitiert?»
Peinliches Stillschweigen. Strahlendorf: «Das Gefährliche der Vorgänge liegt in der Verbindung der katholischen mit den protestantischen Kurfürsten.»
Der Kaiser: «Sie kommen mir mit Dingen, an denen jeder Erwählte Römische Kaiser zu beißen hat. Das Reich führt Krieg, man gewährt ihm keine Mittel. Der Ächter Friedrich hat das Reich angegriffen, man hat mir keine Mittel zur Gegenwehr gestellt. Der Herzog nimmt, was mir zusteht. Sind Vergehen vorgefallen, werde ich Strafe vollziehen lassen.»
Trautmannsdorf: «Das Reich bequemt sich zur Ordnung. Es ist ein Unverstand, mit Sätzen zu kommen wie: Kontributionen nur durch diese Kreise. Daran scheitert der Krieg.»
Der Kaiser griff seitlich nach den beschriebenen Bogen, warf sie auf den Boden: «Sie wollen kaum ein Reich. Jammern zum Schein. Sie wollen das Reich nicht.»
Der junge Ferdinand: «Wozu aber wählen sie einen Kaiser?»
Der Kaiser: «Sie tun es noch heute und morgen. Eines Tages werden sie versuchen, es nicht zu tun.»
Leise Trautmannsdorf: «Der Herzog zu Friedland war vielleicht zu stark. Man empfehle ihm größere Behutsamkeit.»
Graf Strahlendorf begründete angesichts der Erbitterung Ferdinands vorsichtiger als sonst die Fürstenlibertät, warnte davor, den ganzen

Reichskörper gegen das Oberhaupt sich einen zu lassen; es sei schon nicht mehr die Frage nach der Wahl des jungen Ferdinand, sondern nach dem Abfall aller Kurfürsten vom Reich; er glaubte, historisch kommen zu müssen, sprach vom Beispiel Karls des Dicken, Heinrichs des Vierten, Wenzeslaus'.
Am Tisch sitzend mit bald gelangweiltem, bald drohendem Gesicht Ferdinand: «Ich habe nicht vor, den Herzog fortzuschicken. Man wird mich durch alle Treibereien nicht irremachen.»
Trautmannsdorf: «Danach ist ein Riß wahrscheinlich.»
Der Kaiser ließ die Augen aufleuchten, lächelte den Grafen warm an.
Der Geheimsekretär: «Welche Antwort soll formuliert werden auf die Replik der Kurfürsten?»
Die Herren durften sprechen.
Strahlendorf: «Hinhalten. Wenn der kaiserliche Standpunkt so bleibt, versuchen, die Kurfürsten zu drücken, sie auf die Unmöglichkeit ihrer Forderungen hinweisen, die Erfüllung des Möglichen zusagen.»
Trautmannsdorf: «Die Majestät wird sich den Eingriff in ihre Autorität und Präeminenz verbitten. Die Schuld für einen Riß muß von vornherein der kurfürstlichen Maßlosigkeit zugeschoben werden.»
Der Kaiser dankte. Nach langer scheinbarer Besinnung dankte er nochmals; es sei besser, auf diese Replik nicht zu antworten. Er antworte nicht. Er gäbe den Kurfürstlichen Durchlauchten, die in einem Jähzorn gehandelt hätten, Zeit, sich zu besinnen.

In das Refektorium der Kartause wurde eines regnerischen Abends Pater Joseph gerufen; es wolle ihn eine hohe Person sprechen. Zwei Damen in Schleiern, auf deutsche Art gekleidet, saßen da; die eine sprach ihn italienisch an, es war die Kaiserin. Er möchte ihr von seinem Orden erzählen.
Und als er gesprochen hatte, glühten hinter ihrem Schleier ihre Augen, Gräfin Khevenhüller trat an das Fenster hinter eine Säule.
Sie freue sich, solche Stimme der Gottesinbrunst zu hören, man vernehme es so selten in diesem Lande.
Ob er Italien kenne. Und dann plötzlich, kaum das Schluchzen unterdrückend: so weit sei es gekommen, daß man nicht Anstand nehme, ihre Heimatstadt zu belagern. Er meinte tröstend, so sei die Politik der

Deutschen. «Helft Ihr mir», bat sie, «ich habe Briefe von meinen Freundinnen, Geschwistern; was ich Euch tun kann, sollt Ihr haben.»
«Wenn unsere Heere siegen werden.»
«Sprecht mit dem Kaiser, mit Lamormain. Ich bin eine Frau; kann man keine Rücksicht auf ein Frauenherz nehmen; bin ich hier nichts.»
Kopfschüttelnd Joseph: «Es ist nicht der Kaiser oder Lamormain. Es ist der Herzog von Friedland.»
Sie keifte leise: «Schickt ihn fort; ich hasse ihn, sein Name ist mir zuwider, der falsche Böhme.»
«Man kann ihn nicht fortschicken. Es ist leichter für ihn, uns alle fortzuschicken.»
Sie wütete mit ihren Fäusten gegen ihren Schleier: «Ihr habt es gehört. Es ist unsagbar, wir sind seine Gefangenen. Man soll ihn entlassen.»
«Wer ist Kollalto bei Mantua? Seine Puppe. Der Herzog ist das oberste Gericht im Reich. Wir spielen hier in seinem Schatten. Der Kaiser fühlt es nicht.»
Sie sah ihn erstarrt, weitäugig an: «Und dies ist wahr, der Herzog macht mit uns, was er will?»
Joseph lächelte traurig: «Es ist schon keine Neuigkeit mehr, Majestät. Fragt Euren Schwager, die bayrische Durchlaucht.»
Die Kaiserin stand von der Bank auf: «Ich will den Kaiser befragen, er soll hören, wie man spricht.»
«Fahrt lieber zum Herzog; er residiert in Memmingen, nicht weit von Ulm. Er wird Euch helfen, wenn Ihr dringlich bittet um Mantua. Aber sprecht nicht von mir zum Kaiser. Die Deutschen lieben nichts Fremdes.»
«Oh, sprecht Ihr wahr, Ehrwürden; ich danke Euch.»
«Dankt nicht, Majestät. Auch mein Land leidet. Der Herzog von Nevers ist ein Franzose.»
Solche Auseinandersetzung hatte Ferdinand noch nicht mit der Mantuanerin gehabt. Die Frau war unnachgiebig, bitter, verächtlich gegen ihn. Sie hätte geglaubt, Kaiserin zu sein. Sie sei Italienerin. Dulde man in Deutschland solches, so sei das deutsche Art. Sie nehme es nicht an, sei nicht herübergekommen als Vasallin des emporgekommenen Friedländers. «Zu essen von seinem Geld, zu leben hinter seinem Rücken, das nehme ich nicht an; ich bleibe die Tochter des Herzogs von Mantua.» Er war nur erstaunt, welcher Narr ihr das

beigebracht habe. Etwas Haßartiges war in ihr aufgestiegen. «Narr? So wahr ich selbst Narr bin, sind dies Narren, die mir das beigebracht haben. Du bist versunken, du träumst. Mir sind die Augen aufgegangen. Der von Wallenstein muß weg.» «Ich träume, ich bin versunken. Er dient mir, wie es beinah nicht mehr menschlich ist. Sie beneiden mich um ihn und beneiden ihn selber, den ich hochgehoben habe.» «Der Giftspritzer, der Unband, der Teufel. Das gesegnete Geschenk, der von Wallenstein.» «Sie beneiden ihn, wie sie mich beneiden.» «Keiner wird an unsern Tisch sich setzen wollen, nur der Teufel. Der Heilige Vater wird seinen Fluch über uns aussprechen.» «Dir bangt um Mantua.»
Sie schrie und überschrie sich: «Ja, mir bangt um Mantua. Und ich will zu befehlen haben, daß mir nicht darum bangt. Ich bin Kaiserin, es ist meine Heimat. Ein Hund soll nicht hingehen können und sie zerreißen.»
Sie warf sich in einen Stuhl: «Ich lebe nicht mehr, wenn dies geschieht.»
Diese hatte er einmal geliebt.

EIN UNSCHEINBARES Brieflein wurde bei dem Meßgang dem Kaiser übergeben, in dem Wallenstein auf die Truppenmassen aufmerksam machte, die dem Kaiser zwischen Memmingen und Regensburg zur augenblicklichen Verfügung ständen.
Und plötzlich sah Ferdinand, daß die Entscheidung ganz bei ihm lag. Er konnte träge noch einen Tag nach dem andern hinziehen, die Wirklichkeit war nicht wegzuschlafen. Kein Kollegium eines Hohen Rates bedrängte ihn. Sie hatten sich in den Hintergrund gezogen, wagten sich nicht an den Wurf; der tapfere gute Eggenberg lag krank irgendwo in Istrien.
Er fühlte, in der Nacht sich aufrichtend, daß er satt war, daß er Sieger war, Kaiser durch Wallenstein, und daß er sich wenden könne, nach welcher Seite auch immer, es war die rechte Seite. Es stand in seiner Gewalt, zu wählen, es konnte auf keine Weise fehlgehen. Und darauf legte er sich zurück und schlief wieder ein.
Finstere Gestalten umgaben ihn bei Tag. Die Mantuanerin sah er nicht; er freute sich, sie wollte ihr Spielzeug.
Der Mainzer und Maximilian saßen stumm und äußerlich voll Ehr-

furcht an seiner Tafel. Mit großem Auge betrachtete sie der Herrscher, vertiefte sich in ihre Gedanken.
Brulart saß da, er dachte an nichts, als die Spanier aus Italien zu vertreiben.
Der Herzog von Doria, Gesandter Philipps, saß da; er dachte an nichts, als die Welschen aus Italien zu jagen.
Über Memmingen, glanzvoll von Wallenstein empfangen, langte als päpstlicher Legat der Kardinal Rocci an.
Da hielt es Ferdinand in einem tief aufsiedenden Gefühl der Verachtung für angezeigt, die Verbrennung zweier Juden, die verurteilt waren, zu befehlen und sich an ihrem Anblick zu weiden.

EIN JUDE, ein getaufter, war mit drei andern beim Diebstahl erwischt, darauf von ihnen beschuldigt worden, nur zum Schein übergetreten zu sein, mehrmals die Hostie geschändet zu haben, indem er sie in einen stinkenden Ort versenkte. Das Geweihte, der Leib Christi, wurde von dem Büttel, in ein Sacktuch gewickelt, aus einem Unratkübel seines Wohnhauses gefischt, der Malefiziant wurde zum Tode verurteilt. Als der Jude aus dem Stock eines Tages mit den drei andern, die der Strang erwartete, abgeholt werden sollte, stellte sich dann heraus, daß nicht er, sondern sein Weib sich hier befand und sich zur Strafe erbot. Aus Kreuzverhör Folter ergab sich der Aufenthalt des Verurteilten; er wurde aus seinem Verstecke in der Stadt, in Böttchertracht, herangeschleppt.
Der Scharfrichter schleifte auf einer Stierhaut hinter zwei Mähren einen schwächlichen Mann auf den Rathausplatz, Wams und Hose in Lumpen, die Hände über den Kopf zusammengebunden, samt dem Ochsenschwanz am Zaumzeug der Mähren mit Riemen befestigt; er wälzte sich auf Gesicht, Rücken unter den Stößen der Steine. Sechs Henkersknechte, scharlachrot wie ihr Herr, ritten vorauf, bliesen Schalmeien, schlugen das Kalbsfell. Abgeschnallt, auf die Beine gestellt von den Schergen, den abgefallenen Hutkegel aufgestülpt, wurde der fahle, ins Licht zwinkernde Wicht vor die Schrannenstiege gestoßen.
Auf dem Esel rückwärts reitend, hinter ihm, herabsinkend, wer prangte so herrlich! Die Frau in den gebändigten Reizen des Südens, die Farbe der Wangen bronzebraun, die eisenschwarzen Haare in

Strähnen über kleinen Ohrmuscheln, folgte mit schmachtenden Blicken dem wankenden Schächer; neben dem Grautier, an seinem Hals schauerte ihr zierlicher Leib, die Zähne schlugen schnarrend im Mund zusammen.

Mit rotem Tuch waren die Schrannen ausgeschlagen, das Stadtgericht saß oben mit bloßem Schwert; der Schächer kniete zwischen den Spießen der Schergen an der Stiege. Eine monotone Stimme machte sich laut durch die Unruhe des Marktes, ließ sich verschlingen von dem Lärm der Zuströmenden, der holzschleppenden Schinderknechte, dem Scharren Wiehern Hufschlagen der kaiserlichen Pferde neben der Stiege. Das Verbrechen verlesen, das Urteil verlesen, ein schwarzer Stab über den Juden gebrochen, geworfen. Der Unterrichter bestieg sein Pferd.

Sie hielt sich am Nacken des Eselchens, wandte sich still rückwärts mit hochgezogenen Augenbrauen, schmerzvertieften Linien um den gepreßten Mund, gegen die Menschenmenge, die tausendäugig um sie wimmelte, Mönche Priester Jesuiten Soldaten Kinder Studenten Edelfrauen Handwerker Bettler Franzosen; ließ ihre Arme fallen, blickte auf ihre gelben Schuhe. Sie trug, wie ihr gestattet war, ein schwarzes, loses, hochgeschnürtes Seidenkleid, mit Perlen bezogen, die Ärmel bis zum Ellenbogen pludernd. Ein durchsichtiges schwarzes Seidentuch war rückwärts über den Scheitel gesunken, unter dem Kinn geknotet. Und über den glühenden erstarrenden Augen die Stirnspange mit grünen blauen Steinen. Trug es, man wußte nicht warum; es war, weil sie so ihrem Mann am lieblichsten erschien. Einen Gürtel aus den gleichen grünen blauen Steinen hatte sie an, daran hingen Kettchen mit Kinderzähnen. Alles bewegte sie an sich, wies es ihm, ließ es lebendig sein.

Er stieg auf die weite Holzbühne; man band ihn an einen Pfahl; an einen Pfahl am andern Ende der Bühne band man sie.

Der Scharfrichter riß ihm Wams und Hemd herunter, die Hose band er mit einem Strick fest. Drei Knechte schleppten den rauchenden Kohlentiegel herauf; der Scharfrichter griff an den Enden die glühweiße Zange. Ihre beiden geöffneten Kiefer ließ er an den Oberarm des wimmernden Gesellen hauchen, biß zu; steil aufsteigend scharf der Geruch, schwarzrot das Loch im Fleisch. Biß, ließ nicht los. Den Mund riß der Gefolterte auf, weiter, stürzte gegen den Arm hin, bog den Kopf zurück, grölte, während seine gebundenen Füße rückwärts am Stamm hochzuklettern versuchten. Die Zange ließ los, der Hen-

ker griff eine neue, wischte sich die Nase; ließ spielerisch den Glut-
hauch des Eisens über den ganzen Arm laufen, bis er einschlug.
Schweißverklebten Haars der Schächer in seinen Stricken, die Spinne
biß, sog, sog, sog, sog – es lief aus dem Kopf, aus den Augen her, aus
dem Mund, hin zu ihr, hin zu ihr. Weg aus den Knien, weg aus den
Ohren, die Wolken, der blaugraue Himmel. Murren des Marktes.
Klebrig löste sich die Zunge ab, brauste in den Tiegel.
Die Hälse unten reckten sich, die Nasen schnüffelten aufmerksam.
Dritte Zange. Mit einem Griff gehoben, geschwungen, angesetzt.
Wuchtig geschmettert gegen den anderen Arm, gepreßt in das auf-
zischende, schmierig sich blähende Fleisch. Und wie mit einem Satz
die Zange ansprang, sprang der Malefiziant ihr entgegen, wühlte,
krampfte, zuckte um sie herum, mit blassen Blicken, weißen, speichel-
triefenden Lippen, verzehrend, in einem Strudel dünn, blind, taub,
überschäumend herumgewirbelt. Bis ein kleiner schwarzer Punkt
größer am Himmel wurde, Kreise sich bildeten, größere herein-
schwangen, weißer wurden.
Die letzte Zange: ein inniges, Zahn in Zahn vergrabendes, tobsüch-
tiges Wiedersehen, Zotteln, Schleudern rechts, links, atemloses
Schaudern und Verkeuchen, Backenaufblasen, helles Pfeifen aus den
tiefsten Luftröhren.
Der Kopf baumelnd vor der Brust. Der Scharfrichter triumphierend
beiseite. Ein Knecht bespritzte den Stöhnenden aus einem Bottich.
Der Kopf hob sich unsicher, sank auf eine Schulter, hob sich unter
neuen Wassersalven.
Aus seinem Ledergurt zog der Scharfrichter ein kurzes Messer, wetzte
es an der Schuhsohle. Gleichgültig schwankte, wie eine welke Blüte,
der Kopf des Schächers, da schnitt ihm blitzschnell der Henker zwei
lange, breite Bänder aus der Brusthaut, ritsch, ritsch, riß sie heraus, ein
queres Band über den Leib, hinten zwei lange breite Bänder aus dem
Rücken. Schwang sie, blutfließende weiße Riemen, in der Linken
hoch vor dem kaum atmenden Volk, gab sie dem Gehilfen, der das
Bündel dreimal grinsend schwenkte, bevor er es in den Bottich
klatschte.
Sie kreischte angstvoll.
Das Volk mäuschenstill. Er ließ den Mann stehen, nahte ihr.
Mit weiten Pupillen, irren Augen, die neugierig erschienen, begleitete
sie ihn; dann glitten ihre Augen zu dem blutenden traumverlorenen
Schächer; sie schrie, den Kopf an den Pfahl legend, von neuem. Der

Scharfrichter wusch sich, breit gebückt über dem Bottich, die Hände vor ihr. Plötzlich, weit ausholend, knallte er seinen nassen Handrücken um ihr Gesicht. Sie behielt den Mund offen, ein feiner Blutstreifen rieselte über das Kinn; von unten schmetterte er ihr die Zähne zusammen. Sie blickte ihn wirr an, begann mit den Knien heftig zu zittern, am Platz zu treten.
Er beäugte einen Moment ihre Stirnspange, hob sie vorsichtig ab; das seidene Kopftuch blieb daran hängen. Lippenspitzend, nachdem er die Spange dem Knecht in die Hand gedrückt hatte, öffnete er den feinen Gürtel, zog ihn ab, wog ihn in der Hand.
An der Tuchlaube standen fünfzig schwarzgewandige Zöglinge des Jesuitenkonvents hinter ihrem Profoß; Rosenkränze spielten in den Händen; mit wissenschaftlicher Kälte folgten Scholaren und Patres dem Gebaren des Scharfrichters, prüfend, nachdenkend, erwägend.
Ein Pater kniete neben einem Scholaren, der in den Schlamm gefallen war; sie blickten sich schweigend an; der blasse junge Theolog senkte beschämt sein Gesicht. Nach einer Pause sagte der andere: «Du mußt an Gott, Jesus und Maria denken. Du hast an die Menschen gedacht, nicht wahr?» «Ja», flüsterte der, «mir wurde schlecht, ich habe an die Menschen gedacht.» «Der Heiland war Gott, und jene haben ihn an das Kreuz genagelt in ihrer Bosheit. Seinen heiligen Leib, seine wonnige Mutter, den Quell unseres Lebens, haben sie beschimpft; dafür haben sie zahlen müssen und werden noch mehr zahlen. Was ist ein Leib, was sind tausend Menschenleiber! Wie können die Juden danken, daß man sie nicht samt und sonders erwürgt. Wer weiß, ob wir gut daran tun, daß wir sie dulden; wie wir uns versündigen am Heiland.»
Bürger, Zünftler, Gewerker, in Scharen um den Brunnen nahe dem Heringshaus, viele auf den Knien. Aus ihren Haufen fuhren Drohungen gegen die beiden Judenmenschen über den Markt, immer von den Rufen und Spießen der Schergen niedergehalten. Weiber rotteten sich beim finsteren Linnengäßchen vor dem Haus zum ‹Silbernen Häslein›, mit Abscheu, mit Widerwillen die Verbrecher betrachtend, ihre Kinder zwischen sich versteckend, bei jedem Zangenbiß und Schnitt heulten sie auf, die Tränen liefen ihnen über die Backen, manche erbrachen, manche blieben bei einem stummen Zittern, konnten sich nicht von der Stelle bewegen.
Nonnen, braune Minoriten, weißkuttige Dominikaner über das Pflaster geworfen, stundenlang unbeweglich, die Lippen auf den

kleinen Kruzifixen, durchschauert von dem unausdenkbaren Verbrechen am Leib Jesu; Gnade, Verzeihung erbettelnd, ringende Zerknirschung ohne Ende.

Der Hof auf fliegenumwehten Rossen, edle Herren unter der Balustrade der Stadtschrannen, ernste, müde, feierliche, seidebehängte Männer, verächtliche Blicke auf die Delinquenten, manche freudig die Masse musternd, sich anhebend unter bewundernden Mienen.

Ferdinand auf dem Balkon des Stadtrichters; erhöhter Sitz; der Beichtvater im schwarzen Jesuitenkleid neben ihm, kalt saßen sie, halb abgewandt von der Bühne. Zerstreut hörte der Kaiser auf die Belehrung des alten Mannes. Wie kam es: Dighby fiel ihm ein, die Saujagd bei Begelhof, der Graf Paar. Wo war Dighby? Übermüdet gähnte der Kaiser, verkniff den Mund unter dem faden Geschmack aus dem Magen.

Ein lateinisches Lied hoben die Scholaren zu singen an.

Der Scharfrichter tastete den biegsamen Leib des Weibes ab, zog sich zusammen, flüsterte etwas; er beugte sein Ohr gegen ihren Mund; sie flehte wie ein Kind: «Ist jetzt gut? Ist jetzt gut?»

Inzwischen war der blutrieselnde, gebrannte Schächer aus seiner Ohnmacht erwacht; den Kopf mit Gewalt hochstemmend, krähte er, wühlte mit den Gliedern in den Stricken. Wildes Gelächter erhob sich bei den Zünftlern, pflanzte sich zum Hof fort; exaltiert schüttelten sich die Weiber, schrien sich mit übertriebener Freude zu, küßten ihre Kinder, rafften die Röcke. Gekräh erscholl aus dem Hahnengäßlein, am Brunnen. Leicht wogte der Markt. Die Schergen gaben nach, man wallte hinunter, herüber zwischen Arkebusen und Stangen. Die süße Angst der Weiber hatte zugenommen, sie konnten sie mit allem Lärm nicht bewältigen, drängten zu den Männern. In grausiger Ruhe, wie Grabsteine, lagen Mönche und Nonnen am Boden.

Im weiten Halbkreis schichteten Henker und Gehilfen unter dem Pfahl des Mannes Holz; seine Stricke waren ihm gelöst worden, Säckchen von Salz und Pfeffer wurden von weitem gegen seine Wunden gestäubt; er ging an einer Eisenkette um den Pfahl, drehte die Kette kürzer und kürzer, rollte sie wieder ab; rieb seine Wunden an dem Pfahl, bedeckte seine Arme, spie, bespeichelte seine Brust. Die Frau zog ihre Kette lang, sie rannte zu ihm, bis die Kette sie hielt, blieb armstreckend stehen, klirrte mit den Kinderzähnchen, rief zärtlich, unverständlich, kam unvermerkt, vorschreitend, abirrend, in einem zärtlichen Schritt, sich selbst mit ihrem Gurren und Zwitschern be-

gleitend. Die Arme wiegte sie, das Atlaskleid schleifte sie keusch, die Augen, zwischen Husten und ersticktem Luftringen, erstarrt auf ihn dort, jenseits, in den Flammen, die Backen tränenüberströmt, auf Sekunden lächelnd hinschmelzend, wieder versteinert.
Die Menschen, die andrängten, schob man zurück; ein Qualm erhob sich aus dem Holzhaufen. Als sich nach Minuten der Rauch verzog, stand der Schächer fest am Pfahl, das blaurot gedunsene Gesicht mit den gepreßten Augenlidern nach dem Platz, sperrangelweit den Rachen, gebläht und schwingend die Nüstern, als wenn er niesen sollte, die Knie übereinander, den Bauch hohl eingezogen. Plötzlich blies er die Luft von sich, zog die Arme voneinander, atmete, schnappte gierig. Langsam begann um ihn die Luft einen Wellenschlag anzunehmen, er wurde sichtbar in kleinen zitternden Bewegungen, wirbelte flüchtig nach oben, schief und verzogen wurden die Erscheinungen hinter ihr. Er tanzte, sprang rückwärts, seitlich. Die Arme hatte er frei, er trug sie wie Fühler vor sich, raffte sie wieder an sich. Kleine Quellchen sprudelten aus seinen Wunden, spritzten aus der Brust im Strahl ins Feuer. Wer es unten sah, schrie: Schelm! Schelm! Er will löschen.» Da langte ein kaum sichtbarer, blau in weiß verschwebender Flammenarm von hinten nach ihm. Er wirbelte herum, torkelte zur Erde, kletterte in die Höhe, seine Lumpen flammten, er nahm den Kampf auf; war fast nackt. Die letzten Lumpen wollte er sich vom Bauch, von den Lenden reißen, sie saßen fest, schwarz verbacken, verklebt mit der Haut; er schauerte mit den Ellenbogen dagegen. Auf seinem Kopf standen keine Haare mehr, runde Kohleballen, die abrollten, die er sich über das Gesicht schmierte, über die großen platzenden Blasen. Er blies über die Handteller, die Brust, die Asche stäubte, die Lumpenfetzen bröckelten. Auf die Zehen stellte er sich, den Körper hochgezogen; schluckte die Luft mit vollen Blasebalgbacken, in leidenschaftlichen Zügen von oben ab. Schwarzrot, durchlöchert, aufgebläht raste er suchend um den Pfahl, hingeschleudert von der Kette tauchte er zum Boden, schnappte die Luft über den heißen Brettern. Die brodelnde blaßblaue Luft ging dicht an ihn.
Sie sah es, bedeckte mit den Händen das Gesicht. Plötzlich schrie er auf; eine glühende Zange lag da, die dem Scharfrichter aus dem Tiegel gefallen war. Der, hinblickend, brüllte: «Die Zange her! Wirf die Zange herunter, Hund», tobte gegen die Knechte, warf einen Kloben Holz, brüllte: «Zange!» Der Schächer wich zur Seite. Eimer auf

Eimer goß der Scharfrichter vor sich in die Flammen, drang vorwärts, schlug mit einem Haken nach der Zange. Irr sah der oben den schwarzen Haken sich nähern, griff danach, stürzte gestoßen um, kroch zurück. Wallend der dünne Feuerschleier zwischen ihm und den Menschen. Und wenn der Schleier fiel, frohlockte das Volk, daß es ihn sah, das wilde tanzende Geschöpf, das hüpfende, das schwarz und rot immer ähnlicher dem Satan wurde. Er atmete, rannte dicht vor, soweit die Kette ließ, haarlos, stumm, nackt. Die Flammen wälzten sich in Ballen hinter ihm, jäh hob sich vor ihm der rotweiße glühe Vorhang.
Da durchdringender Schrei, drei, vier, fünf, Knäuel von Schreien, wieder! Schreie auf Schreie! Jache Stille. Schwarzer dünner Qualm. Wütendes Bersten, Prasseln.
Jetzt griffen ihn die Flammen umsonst an; wie aus Holz lag eine menschenähnliche Gestalt, den Kopf auf einen Balken gedrückt, inmitten der Glut; kleine Feuerchen spielten um seinen Schädel, strichen an seinen Leib. Rasch lief eine braunschwarze Haut über ihn, als überzöge sie ihn mit einem Lederkleid. Dampf aus der Nackengegend. Er ließ sich ruhig umfassen von der Hitze. Kippte um, die Beine angezogen schaukelte er auf dem Rücken; die Beine zogen sich fester an den Leib, in dem Knarren und Wühlen des Feuers, während in der Nähe ein leises Puffen, wie Erbsen springen, zu hören war, feines Knallen, und neben ihm sich Bächlein Rinnsale bildeten. Er kräuselte sich schwarz, wurde kleiner.
Sie blickte nicht mehr nach rechts.
Jetzt war ihr Geliebter geschwunden.
Sah eine kleine Minute in Gedanken vor sich. Das Haar auf ihrem Kopf loderte auf. Sie kreischte, duckte sich. Lief an den Pfahl, wich nicht, als wäre sie angeschmiedet. Als die Kleider um sie aufflammten, kauerte sie hin, beugte sich über ihre Knie, ein verzagtes Hündchen. Einen Augenblick erkannte man zwischen dem wütenden Ineinander der Flammen ihr dunkelrotes aufgehobenes Gesicht, den Markt mit erstorbenen Blicken anstierend. Der lodernde Pfahl stürzte über sie, die Bühne krachte mit den beiden Toten ein.
Der Kaiser war schon früher mit dem Hofe aufgebrochen.

DER PATER Mutius Vitelleschi mußte die kochende Campagna durchfahren. Urban nahm seine Entschuldigung, daß er hinfällig sei, nicht an. In Castelfranco sagte ihm in einem Soldatenzelt der schwarzbärtige Mann: «Dieser Säufer, der Kollalto, macht unerhörte Fortschritte auf Mantua; gegen die Sintflut von Menschen, die der Kaiser über die Alpen warf, ist man machtlos.» Er fing an, scheußliche Schimpfworte auf Ferdinand zu werfen, den er nur den Idioten nannte, und auf Wallenstein, auf dessen Kopf er Millionen setzte; Priester müßten ihn vergiften oder niederstoßen, wo sie ihn träfen. Der weißgesichtige General machte fragend auf die Ergebenheit des Kaisers, die Freigebigkeit Wallensteins aufmerksam. Der Papst raufte sich mit wilden Blicken den Bart: ergeben sei der Kaiser den Jesuiten, freigebig gegen die Jesuiten; ob man die Heilige alte Kirche mit der jungen Jesugesellschaft verwechsle; gegen ihn sei weder Kaiser noch Feldherr freigebig; ihn bettle man an, suche seine deutschen Einnahmen zu kürzen; nun breche man noch in Italien ein, damit die Spanier den Fuß auf ihn setzen könnten.
Mit sehr großer Strenge setzte er dem schweigenden General die Sachlage auseinander: in diesen endlos wütenden Kriegen der europäischen Menschheit sei die Heilige Kirche die einzige Gewalt, die das Spiel der Menschheit im Auge behalte. Der europäische Erdteil biete den Anblick eines Höllenpfuhls. Und dies, weil die Herrschaft Roms längst übergegangen sei an beliebige Menschen mit irgendwelchen Machtmitteln und Geburtsdaten wie Philipp, Ferdinand den Andern, Wallenstein; von den Ketzern zu schweigen. «Sofern es eine Würde der Menschheit gibt, muß sie aus dem Kothaufen aufgehoben werden, in den sie tobsüchtige Weltlichkeit, verruchte Gewalttätigkeit und Ketzerei gestoßen haben. Es kann uns in diesen Tagen begegnen, daß wir, die Christi Stellvertreter auf Erden sind, unsere letzten ärmlichen Kräfte verlieren; wir können nicht die Menschheit regieren, nicht erheben, zur Besinnung rufen, sondern müssen spurlos verschwinden und dem Wunder Gottes ihre Rettung überlassen. Wir, das heilige süße Wort Christi verwaltend, machen Platz Schakalen, Untieren; man wird die Schönheit, Reinheit, den Glanz eines Menschengesichts nur noch aus frommen Bildern kennen. Nach solchen tausendjährigen Triumphen der Kirche verzagen, wie ich.» Vitelleschi erbat die Erlaubnis, zu sprechen: er bittet um Verzeihung, daß er geglaubt hat, wegen seiner Hinfälligkeit mit der Reise zögern zu dürfen; er hat den Umfang des Unglücks nicht vorausgesehen. Nördlich der

Alpen ist ein Land, das die Kirche schon oft in die tiefste Betrübnis versetzt hat, es ist schwer, das rohe Volk dort zu einer Haltung zu bewegen, die sich ertragen läßt. Dort ist auch derjenige Luther geboren, von dem seine eigenen Zeitgenossen sagten, er ist kein Mensch, sondern der Teufel selbst unter menschlicher Gestalt.
Laut rief der Papst aus: «Wir unterwerfen uns nicht kampflos. Wir haben rechtzeitig erkannt, daß die Vorbedingung der Wirksamkeit des göttlichen Wortes unsere Unabhängigkeit von den tierischen Mächten ist. Wir haben ein Land, in dem wir residieren, mit dem wir den blinden Naturmächten zeigen, welche Gewalt den göttlichen Ideen innewohnt. Jeder Pfennig, der uns zugeht, wird zu nichts benutzt werden, als unser Land eisern zu machen, zu einem unerschütterlichen Wall. Wir sind keine Phantasten. Wir sind keine Dichter. Wir sind für die Erde eingesetzt auf unserm Stuhl, man wird uns nicht in die Luft blasen. Wollt Ihr mich verstehen?» Darauf verwies Urban, die Meldung eines Artilleristen auf später verschiebend, den Jesuitengeneral bei dem geschworenen Gehorsam auf die verfügbaren Machtquellen Deutschlands, auf die Lehrer Professoren und Scholaren aller Grade, die das Volk meistern und es im Notfall widersetzig machen sollten, vorerst auf die Beichtväter der Fürsten.
Pater Lessius, gerade anwesend in Rom, erhielt von Vitelleschi Instruktion und Auftrag, sich nach Deutschland zu begeben. Er besaß die Kühnheit, die Route über Memmingen zu nehmen und nach Durchbrechung des tobenden militärischen Gürtels um die Stadt in die totenstille Ortschaft einzudringen, die auf jedem gangbaren Weg fußhoch mit Stroh belegt war. Der Herzog nahm ihn an, inmitten eines riesigen Zulaufs von Kriegsoffizieren Kurieren. Es war dem Jesuiten wunderbar, vom General dieselben Gedankengänge zu hören, die er gegen ihn in Regensburg ausspielen sollte: der Krieg der Christen gegeneinander müsse aufhören, man müsse sich auf Konstantinopel werfen. Der General schien ihm ein listiger, gefährlicher Gegner zu sein; er behandelte seinen Gast mit ausgesuchter Liebenswürdigkeit; undurchdringlich wünschte er ihm gute Verrichtung in Regensburg, wohin er leider selbst aus Zeitmangel nicht reisen könne.
Lamormain wurde in einer Zelle des Kartäuserklosters vor der Stadt von Lessius belehrt. Ein fürstlicher Beichtvater nimmt sich ohne weiteres, indem er sich des geistigen Wohls seines Beichtkindes annimmt, des kirchlichen Wohls an. Über das kirchliche Wohl befindet

der Papst. In politische Dinge hat sich der Beichtvater nicht zu mischen. Hat aber das fürstliche Beichtkind Interessen, die das päpstliche berühren, so ist das Beichtkind auf den maßgebenden päpstlichen Weg zu führen. Dies erhellte ohne weiteres.
Schwer schlug auf den Luxemburger die Kunde ein, daß der Papst sich auf einen Kampf auf Tod und Leben mit dem Kaiser gefaßt mache, daß die Heilige Kirche bedroht sei von dem übermächtigen Wallenstein, der die Spanier unterstütze. Wieder nahe eine Entscheidungsstunde der Kirche. Der Luxemburger fing leise an von der Grundlosigkeit der päpstlichen Sorge zu sprechen; Lessius blieb taub. Sie kamen auf das Thema: wie weit muß der Papst im Besitz weltlicher Macht sein, und hat er sich an anderer weltlicher Macht zu messen. Die Antwort lautete: der Papst ist von Haus aus Führer der Menschheit, daher höchster Erdenkönig, der Städte und Staaten zerstören kann. Die Schwertgewalt hat sich ihm zu unterwerfen oder zu dienen.
Lamormain fragte gebeugt, wie lange Lessius in Regensburg verweilen wolle. Bis Lamormain den befohlenen Auftrag ausgeführt hätte.

Am begrasten Ufer der breiten, schnellfließenden Donau ritten die Majestäten auf hochbeinigen Tummelpferden, langsam, ohne Gespräch. Das Ufer wurde steiniger, schmaler. Sanfte Berge erhoben sich rechts und links. Bald war der Weg durch kleine Steinblöcke verlegt. Felsige Wände fielen in den Fluß ab. Man bog oberhalb des Ufers auf Hügel und Waldwege ein.
Die Mantuanerin, in weiß und grünem Jagdkleid wie die Herren auf dem Schimmel hängend, streckte die Linke mit der goldenen Peitsche aus: «Wie schön ist das Land.» «Es ist schön. Wir wollen öfter hierher.» «Ich möchte nach Hause.» «Wohin, Eleonore?» «Nach Wien.» «Ich möchte mit dir.» «So komm. Tu mir ein Liebes an. Das Land ist so schön. Komm nach Laxenburg. Nach Wolkersdorf.» «Ich will nicht lange mehr bleiben, Eleonore. Die Tagung wird nicht mehr lange dauern. Mich hält hier nichts mehr.» «In Wien haben die Kapuziner unsere Gruft gegraben. Ich möchte einmal sehen, wo ich begraben werde.» «Wie sprichst du.» «Regensburg verpestet mir das Blut, Ferdinand. Die Leute sehen mich an, als wenn sie etwas von mir

wüßten.» Und obwohl er verstand, was sie sagte, bewegte sich in ihm nichts. Von Zeit zu Zeit drehte sie ihm ihr strenges zuckendes Gesicht zu; die weiße Hutkrempe warf sie sich mit einem Ruck an die Stirn; sie konnte vor Grauen vor ihm vergehen. Er hatte einen vertieften Ausdruck. Wie fremd sah er auf sie. Der Mann ist gestorben, fühlte sie. Er schlug sein Tier.

Hinterher ritt der spanische Sondergesandte, der Herzog von Doria, und Graf Trautmannsdorf. Der Herzog lachte viel, daß es zwischen den Bäumen scholl. Schön sei das Wetter und die Wege breit, bequeme Wälder zum Rasten, schattig. Welch prächtiges Terrain für Soldaten; hier könne sich Kavallerie nach Lust ergehen. «Welche Kavallerie meint Euer Liebden?» «Es wird nicht mehr lange dauern, daß wir hier spazieren reiten. Wallenstein ist schon gespannt wie eine Arkebuse. Das alte Holz birst, wenn es zu lange malträtiert wird.» «Glaubt Ihr. Ich habe schon die Hoffnung aufgegeben, den Herzog zu Friedland kriegerisch in meiner Nähe zu sehen.» «Geduld, ihr Leckermäulchen. Die Katze wird kommen, wenn die Milch schön kühl geworden. Dann wird ein Schlürfen anfangen, daß man es bis nach München und Paris hört.» «Der Kaiser besinnt sich sehr lange. Der Friedländer wartet und wartet.» Der Herzog von Doria, dickwanstig, wie er auf dem Hengst saß, brüllte vor Lachen so, daß man sich vorn umsah und sie seitwärts reiten mußten: «Leckermäulchen. Leckermäulchen. Wartet nur mit. Seid nur so gnädig. Bringt euch nicht um vor Gier. Kuriosa von Regensburg. Wallenstein ist auf dem Sprung nach Norden, Süden, Westen; springt er auf Italien, Elsaß oder Regensburg? Mantua steht vor dem Fall, Casale auch. Die Kurfürsten werden dann die Schwänze einziehen. Es wird ihnen übel ergehen. Sie werden anbeten, in Regensburg.» «Wir werden's sehen.» «Wir werden's, Leckermäulchen.»

Als auch die Kaiserin Eleonore durch ihre italienischen Begleiterinnen erfuhr, daß die Einnahme Mantuas bevorstände, tat sie im Kartäuserkloster einen Fußfall vor Pater Joseph und flehte ihn um Hilfe und Schutz an. Sie war unordentlich gekleidet; nur ihre Kämmerin ging hinter ihr und stand abgewandt an der Tür. Der leise Franzose tat die Läden zur Hälfte vor die Fenster, damit die Kaiserin sich nicht plötzlich im Hellen ihres Zustands schämte. Sie schluchzte den Boden um seine Füße naß, stammelte, winselte: «Mantua hin, Mantua hin», und weiter brachte sie nichts hervor. Und er dachte, während er sitzend ihr zuredete, nach, was sie mit diesem Mantua hätte; es könne doch

nicht Mantua sein. Wie er vom Kaiser sprach, rauschte sie mänadenhaft auf, feindselig schlug sie die Fäuste gegeneinander, ohne mehr zu rasseln als: «Er, er, er», stürzte vor seinem Blick wieder wie abgebrochen hin.
Er riet ihr, ihren Scheitel berührend, eine Weile Regensburg zu verlassen. Nach einer Weile war sie ruhiger, drehte sich noch kniend nach der Dienerin um, wies sie kurz hinaus. Sie trocknete sich das Gesicht ab, ging zu seiner Verwunderung zum Fenster, bat, die Läden zu öffnen. Da atmete sie ihre Brust ruhig. Sie war ganz die Kaiserin Eleonore, schien keine Scham über ihren Zustand zu haben, erwog sanft und ehrerbietig mit ihm die Lage. Der Welsche genoß verschwiegen und entzückt ihre hüllenlose Gelassenheit; sie bewegte sich keusch vor ihm, als wäre er das Wasser, in dem sie badete. Sie sollte Regensburg und den Kaiser verlassen, bis er von seinem sündhaften Vorhaben abgegangen wäre. Ohne Trauer, sicher, mit gesenkten Augen, verabschiedete sie sich von dem Priester, der das Zeichen über sie machte.
Vier Tage darauf wurde Ferdinand, als er nach ihr schickte, zugetragen, daß sie und ihre Kämmerin nicht zu finden seien. Er las in ihrem leeren Empfangssaal, in dem die Luft vom Qualm der ganz abgebrannten hohen Kerzen erfüllt war – über einem Stollenschränkchen im Winkel sorglich hingebreitet die Schärpe mit seinem Namenszug, die er ihr vor der Hochzeit geschenkt hatte –, daß sie den schweren Ereignissen des Augenblicks und der Zukunft an einem stillen Platz auswiche. Sie werde versuchen, für den Frieden auch seiner Seele zu beten.
Er dachte vor der Schärpe an ihre Begegnung in der Hofkirche zu Innsbruck. Vor dem Altar sahen sie sich, von Priestern einander zugeführt. Er nach den würgenden Griffen des bayrischen Maximilian gramzerrissen, hilfesuchend, unter den ungeheuren Prunkmänteln, den Agraffen Spitzen Bordüren das verquollene ältliche Wesen, versteckt in der Schale, mißtrauisch und leidend. In hochrotem Kostüm sie; die Perlenkrone auf dem braunen spröden Haar hatte nicht mehr Farbe als ihr kleines Gesicht mit den drolligen dicken Augenbrauen und dem unentwickelten Mund. Wie sich sein Herz vor ihr in Haß leise zusammenzog. Vor Eleonore. Unter der Monstranz saß Maria und die Engel sangen. Jetzt lief das Kind von ihm weg, hatte sein Spielzeug nicht bekommen. Durch irgendein Städtchen, ein Kloster lief sie klagend, gedachte ihm wehe zu tun. Ihm wehe zu tun.

Die Stirn gerunzelt, stand er vor dem Stollenschränkchen. Neulich war der Jude und sein Weib verbrannt worden. Wie ein Funken vom Dach lief die Erinnerung durch ihn und erlosch. Je mehr er die Schärpe ansah, war er lieblich von ihr befangen. Seine Finger nahmen sie zart an den Enden hoch. «Was ist es für eine schöne Purpurfarbe», dachte es in ihm. Es gibt Dinge in der Welt von großer Schönheit, und Dinge von minderer Schönheit: das erfüllte ihn. Die Schärpe legte er sich sanft, fast kokett um die Hüfte über seinen Silbergurt. Die Damen blickte der Herr unter dem weißen Reiherhut schelmisch an; ob es nicht ein prächtiges Stück sei, diese Schleife. Ein guter Einfall der Kaiserin, sie einmal herauszuhängen. Hängte sich das Band an den Gurt, lud, den Mantel zusammenziehend, sanft die Damen zu einem außerordentlichen Karussell ein.

DUMPFES WIEGEN der Parteien. Dumpfes Warten und Verharren der geistlichen Kurfürsten. Die kaiserlichen Räte, auf Regensburg mit Widerwillen gezogen, immer stärker der Verwirrung und dem Schrecken der Situation erliegend. Sie fühlten schon, daß sie sich zwischen zwei Feuer begaben, als sie das Schiff in Wien bestiegen. Sie fühlten, daß es biegen oder brechen hieß; sie sollten es entscheiden, wichen leidend, ratlos, zerrissen zurück. Ihr Entsetzen über die Krankheit Eggenbergs; es war wie eine Rache des alten Fürsten; er hatte ihnen den Teller mit der Giftsuppe zugeschoben, die sie sich bereitet hatten. Man schickte Briefe, Kuriere nach Eggenberg, er hatte in Wien vor der gräßlich sich erhebenden Machtprobe gewarnt, er war ihr Haupt, dem Kaiser lieb; jetzt schoben sich zweideutige Welsche und Jesuväter an seinen Platz. Eggenberg war nirgends zu finden; er reiste, hieß es. Sie mußten in allen Ratsstuben herumhorchen, bezahlten Spione in den fürstlichen Kanzleien. Vergessen der glanzvolle Plan der Königswahl. Die Stunde mußte kommen, wo man – unausdenkbar – kapitulierte vor den Kurfürsten, oder – niemand faßte sich das Herz – die Kroaten herrief, damit sie das Kollegium aufhoben, die Kurfürsten gefangennahmen. Sie lärmten und fluchten. Der Bayer hielt die Kurfürsten eisern gefesselt; sie mußten bleiben. Er ließ sie täglich durch den Brabanter Grafen besuchen, kontrollieren; die geistlichen Herren bemerkten, ohne es gegeneinander auszusprechen, daß sie die Wahl hatten, Gefangene des Kaisers oder des Wittelsbachers zu sein. Sie besprachen sich, um sich aus ihrer Lage zu befreien, mit dem päpstlichen Legaten Rocci, der ihnen die sicherste Gewißheit geben wollte, daß in Kürze, in nächster Kürze alles zum Guten gewendet werde. Einzeln und gemeinsam fragten sie beklommen den Franzosen nach seiner Auffassung. Er versicherte sie der innigsten Teilnahme des französischen Königs, der sich überall der Unterdrückten annehme, wie es Christenpflicht sei; sie flehten ihn in aller Heimlichkeit an: ob sie sich auf seine Hilfe verlassen könnten.

Brulart hatte inzwischen noch einen andern Gast: den Pfälzer Vertreter Rusdorf, der mit einer kleinen Begleitung eingetroffen war. Rusdorf sah sich neugierig in dieser Umgebung um, bemerkte zu seiner Verwunderung, daß die gehaßten Bayern ihm freundliche Worte gaben. Er attachierte sich an die welsche Opposition. Marquis de Brulart und Pater Joseph berichteten ihm mit Vergnügen von der Unordnung im deutschen Lager; Rusdorf tuschelte entzückt geheime Neuigkeiten von dem Schweden: «Drängt sie nicht, Exzellenz. Laßt sie zanken: warum wollt Ihr Wallenstein verjagen? Laßt Wallenstein und Tilly sich gegenseitig die Köpfe einschlagen. Inzwischen trifft der Schwede ein.» Entzückt schrieb Rusdorf nach dem Haag von der kostbaren deutschen Situation; die Geier schlügen sich um die Beute, einer wolle dem andern an den Leib. Er säße mit den Franzosen behaglich dazwischen; sie keiften rechts, wimmerten links, hetzten weidlich, daß der Satan dabei grunze.

Die Ankunft des jesuitischen Abgesandten fiel in der Stadt nicht auf. Schwallartig füllten sich zu bestimmten Stunden Gassen und Plätze zu Andachten Märkten Gerichten Komödien. In den Hallengängen der einstöckigen Häuschen lungerten Händler vor ihren Auslagen, hielten Passanten fest. Fürkäufer, die vor den Toren den Bauern die Ware abgekauft hatten, wurden vom Büttel getrieben. Unter den zu- und ablaufenden Fremden vor den Gasthäusern walteten die städtischen Gewaltboten mit Visitationen Inquisitionen. Die Leibwachen der hohen Fürsten patrouillierten mit Hellebarden nahe ihren Herbergen, verjagten Krüppel und Bettler. Morgendlich fuhren sehr langsam in Prachtkutschen sechs- und zehnspännig die Herren in die Kirchen. Die Spieße der Berittenen vorauf und hinterdrein; der Kaiser in die Pfarrkirche zu Unserer Lieben Frau, auf deren reichem Altar ein Beutestück prangte: das goldene Marienbild, auf der Brust ein Herz aus Rubin geschnitten; die Hoheiten und Durchlauchten und ihr Gefolge bei den Augustinern, Barfüßern, im Spital. Neben

den Kutschen zu Fuß die Geistlichen, durch den tiefen Kot zwischen den gackernden Hühnern, manchmal getriebenem Vieh ausweichend. Bischöfe, Domherren, Kapläne, Vikare, die schwarzseidenen Hüte quastenschwenkend rechts und links, violette Hüte. Priester schwatzend in schwarzen Soutanen, weißen Chorhemden, auf dem gesenkten Kopf das schwarze Solidarkäppchen. Schwärme von eiligen Chorknaben in weißen Umhängen, klappend mit ihren Rosenkränzen. Gelegentlich durch das Geschrei der Zuckerküchler Kesselflicker Kaminfeger in offener Sänfte ein schwarzäugiger Kardinal; den breitrandigen flachen Hut mit mächtigem Quastenbehang trugen Diener voraus er selbst blickte mit runzligem Gesicht um sich in purpurner Soutane.
Sie beschlichen ihn im Bischofshof, die Jesuiten, Dominikaner, Franzosen, Spanier.
Durch einen gewaltigen Schwung, den der Kaiser sich gab, bekam das Leben an seinem Hofe einen prächtigen geräuschvollen Zug. Als wollte er zeigen, wer er war, schüttelte er den Druck, der auf ihm und seiner Umgebung lag, ab, begann in Regensburg zu residieren, als hätte er vor, hier jahrelang zu hausen. Zu den ungeheuren Massen von Bedienten mußten noch Baumeister Tapezierer Maurer Schreiner und andere Gewerke aus Niederösterreich herüberkommen, eine Zahl Nachbarhäuser, die der Magistrat dem Hof vermietet hatte, für seine Zwecke herrichten als Gemäldegalerie, Kunstkammer, astrologisches Kabinett. Er ließ sich seine Vogelsammlung anfahren. Man baute die Fundamente für ein großes Aquarium, eine Schauspielbühne. Alchymisten aus Wien wurden eingeladen; der alte polnische Taschenspieler und Alchymist Sendiwoy von Skorski, ein Günstling Kaiser Rudolfs, schweifte an. Die Lust am Bankettieren wurde rege. Und nun erst kamen die Prunktafeln zu Ehren, die die Stadt im Bischofspalast und in der Abtei der Kartaus Prüll aufgestellt hatte. Die schmetternden Musikkapellen ritten hinaus an der Spitze des Hofes.
Die Kurfürsten wurden nacheinander eingeladen; sie erschienen herausfordernd, in ärmlichem Aufzug, Ferdinand pokulierte mit ihnen vor dem ganzen Hofe. Er ignorierte ihre steifen widerspenstigen Manieren.
Und nach langen Bemühungen, zahllosen Sonderkurieren glückte es ihm, den Herzog von Friedland herüber nach Regensburg, in seine neue Residenz, zu ziehen. Die Stadt schwang vor Erregung unter der Ankunft des Feldherrn. Zweihundert bis auf die Zähne bewaffnete

Leibwächter eskortierten ihn. Der Weg wimmelte von leichten Kroaten; eine leere kaiserliche Prunkkarosse empfing ihn am Tor. Erstorben die Stadt, die geistlichen Herren in ihren Quartieren; die Welschen lachten höhnisch. Wie Eroberer zogen die Friedländischen ein, einen halben Tag dauerte der Besuch. Ferdinand zeigte dem Herzog seine Anlagen, schmauste mit ihm. Zur Linken des Generals saß der glückberstende fette Herzog von Doria.
Die Jesuiten beschlichen den Kaiser im Bischofspalast. Zu ihrer Verwunderung wurden sie vom Kaiser mit großem Verlangen angenommen; sie glaubten, er sei weich geworden durch die Flucht der Mantuanerin; er ließ sich stundenlang von ihnen erzählen, was sie wollten, ruhte unter ihren Gesprächen aus. Sie stellten fest, daß er nicht gequält wurde durch das, was sie vorbrachten. Er schien sich unter ihren Sätzen gesättigt und dankbar zu strecken; stärker und gelassener erhob er sich von diesen Gesprächen.
Dann setzte sich langsam, fast hoffnungslos der große Lamormain in Bewegung. Es konnte nicht sein, daß er den Gehorsam verweigerte; die Welt konnte untergehen, das Befohlene war zu vollziehen. Er kannte, wie er, seinen viereckigen Hut haltend, stockgestützt vor Ferdinand stand, nicht den Kaiser Ferdinand, den Papst, den Pater Lamormain; die vier Gelübde hatte er abgelegt, seine Mission erfüllte er, der eisern konstruierte Apparat. Bitter hatte er sich bei seinen abirrenden Spaziergängen dem Dunstkreis der klingelnden jubelnden Stadt wieder genähert, die Sommerzelte der Dienerschaften passierte er, kleine Truppenbiwaks, Massen von Herden, Heuwagen. Bitter näherte er sich dem weithin abgesperrten Bischofspalast. Er atmete beim Anruf der ersten Wachen auf; als wenn eine Kapsel in ihm aufsprang und sich wieder schloß, war ihm; noch starrer zog er sich hoch, streckte sich in seinem gewaltigen Leib.
Er prüfte im Beichtstuhl den Kaiser, sein Hochmut war sicher, läßliche Sünden traten hervor; er bestrafte ihn mit nächtlichen Bußen. Ferdinand, noch schwach von seiner Krankheit, bat um Nachlaß; der Pater schlug es ab. Als nach einigen Tagen Ferdinand, weißer als sonst, aber aufrecht lächelnd gemahnt hatte, er hätte auf diesem Kongreß große Aufgaben zu lösen, er fürchte, ihnen nicht gewachsen zu sein, beschied ihn der Pater, ob er meine, die Aufgaben gegen den Himmel ließen einen Aufschub zu und die Pflichten gegen den Kongreß seien belangvoller als die gegen Gott. Auch er sah zu seiner Verwunderung, daß der Kaiser, obwohl ihm die Ausführung der Bußen

schwer fiel, sich in sie demütig, zustimmend einfand, ja sich ihrer bemächtigte und durch sie in nichts erniedrigt werden konnte. Lamormain, an dem Kaiser tastend, fand einen andern Menschen vor als den, den er nach dem Münchener Unglück unterworfen hatte. Sein Erstaunen über diesen Menschen war so groß, daß er eine Unruhe in sich fühlte, öfter den Wunsch hatte, mit dem scharfen Lessius über die schreckliche Sachlage zu sprechen, wenn er sich nicht geschämt hätte und ihm nicht klargeworden wäre, daß er nur zu gehorchen hatte.
In der Kirche der Jesuiten wie im Kloster sah man niemand um diese Zeit so lange sitzen und beten als den grauen riesigen Pater Lamormain. Wie ein Kind, das nach langer Abwesenheit reif und klug und überraschend schon zurückkehrt, oder wie ein Kirschbaum, der nach einem Mairegen plötzlich sich in einen weißen lieblichen Blütenträger verwandelt, so war dieser Habsburger geworden und gegen diese Zartheit sollten Waffen erhoben werden. Der Pater war glücklich, sich mit dem Gehorsam abzublenden. Zu Lessius ging er hinaus: er werde wohl, wenn ihm mit Gottes Hilfe dieses Werk gelungen sei, bitten, ihm sein Amt beim Kaiser abzunehmen. Der schwarze Lessius unbewegt: dies zu prüfen sei Sache des Generals Vitelleschi.
Durch den geschwätzigen Kardinal Rocci erfuhren der Kurfürst Maximilian und Pater Joseph, daß die Jesuiten sich ihnen angeschlossen hätten; sie jauchzten, die mächtigen Jesuiten werden Ferdinand völlig brechen. Brulart meldete nach Paris, der deutsche Kaiser sei wie ein Wild jetzt von den Hunden gestellt; sie hätten auch ihr Teil an dem Jagdverlauf, wie erst mündlich berichtet werden könne. Und Spione trugen die gefährliche Nachricht nach Memmingen.
Aber Pater Lamormain ging mit Ferdinand um wie der Arzt mit einem Kind, dem man keine Schmerzen bereiten will bei der notwendigen Operation, mit Sanftheit und über alles hinwegtäuschend. Er ging mit dem Kaiser in einer Weise liebreich um, daß der Kaiser in seinen eigenen Willen aufnahm, was der Pater ihm zutrug, und meinte von sich aus alles zu finden und von sich aus den Weg zu gehen, den man ihn zwang. Lamormain leise begehrend, aber nicht fähig, von sich abzuwälzen, was ihm aufgetragen war, wünschte innig, sein Beichtkind an sich ziehend, den Triumph seiner Gegner nichtig zu machen und hier nichts zu ändern. Ein Brieflein des Vitelleschi war ihm gebracht worden, darin hieß es: «Der Papst Urban ist uns nicht gnädig, denk daran, Bruder Lamormain, du frommer Christ.» Wie Irrlichter kreuzten seinen täglichen Weg zum Kaiser die buntgemän-

telten französischen Kavaliere, die bösen verschwiegenen Herren; er erschrak vor ihnen.
Er widmete sich inniger dem Kaiser. Morgens und abends aber las ihm ein junger Scholar den Brief vor: «Der Papst Urban ist uns nicht gnädig; denk daran, Bruder Lamormain, du frommer Christ.»
Mariä Himmelfahrt; mit Körben voll Obst und Kräuter gingen hinter Fähnchen und bunten Figuren die weißen Kinderscharen in die Kirchen; viele trugen Birnen- und Apfelzweige, auf denen Holzvögel saßen. Kavaliere ritten barhäuptig neben den Sänften ihrer Damen. Studenten fuhren neugierig auf Troßwagen durch Gassen, über Märkte vorüber an den breitbeinigen Trabantenwachen der Römischen Majestät und geistlichen Kurfürsten. Pfeifer und Flötenspieler zwischen ihnen, bald nach rechts, bald nach links herunterblasend. Franzosen traten mit Fächern aus ihren Quartieren, wichen zurück, wie die Studenten höhnend und drohend ihre schweren Säbel schwangen.
Weit war aller Verkehr von dem Bischofspalast abgedrängt, seit dem Kaiser von seinen Beratern eine Entscheidung nahegelegt war. Er verließ meist die saalartigen Wohn- und Empfangsräume. In einem schmalen Musikzimmer nach dem Garten zu fand man ihn bei Tag. Der Fußboden einfach gedielt, der Raum wild ornamental verschnörkelt. Flammenräder in Gelb und Rot an die Wand gemalt, eins neben dem andern. Flammenräder, deren Achsen Strahlen warfen. Die Strahlen fuhren aus immer neuen grellbunten Rädern über die Wände; inmitten der Längswand gebannt in Ruhe ein Viereck in Gold von byzantinischer Strenge; große gotische Buchstaben mahnten rot an die Stille des himmlischen Reiches. Darüber ein schwarzes Kreuz, zu seinen Füßen die Ebenholzfiguren Marias und Johannes'. Ein einziges riesiges Fenster in die Gegenwand gebrochen, breit das dicke Mauerwerk durchdringend. Im Raume unter dem Kruzifix eine breite gepolsterte Sitzbank, mit Decken belagert, eine geschnitzte Truhe neben der Tür. Gedämpft klangen die Stimmen in dem gewölbten steinversenkten Zimmer.
Mit Herzlichkeit sah sich Lamormain an dem heißen Tage empfangen, Ferdinand zog ihn ernst an sich. «Es ist nicht möglich», sagte er, «in Dingen solcher Wichtigkeit nur mit weltlicher Vernunft auszukommen. Wo so Ungeheures und Ernstes auf dem Spiel steht, muß ich den Heiland und die Jungfrau bitten, daß sie mir Hilfe bei den Entschlüssen leihen.» Sie plauderten von Ferdinands Erziehung in

Ingolstadt und von seinen Lehrern Gregor von Valencia, dem berühmten Mann, dem Historiker Gretser.
Ferdinand öffnete träumend den Mund zum Oval; er hätte es leicht gehabt, auf den rechten Weg zu gelangen, seiner Mutter hätte der Glaube am Herzen gelegen; es sei ihm in Erinnerung, daß sie oft erzählte, wie Khevenhüller, der Gesandte in Madrid, ihr einprägte, es hinge ewiges wie zeitliches Wohl der Kinder davon ab, wem ihre Erziehung anvertraut werde; Leute müßten es sein, die innerlich wie äußerlich untadelige Katholiken seien. «Ich habe es darin gut getroffen; wie haben mich Gregor und Gretser geführt; dann Pater Bekanus, mein würdiger entschlafener Beichtvater, Dominikus a Santa Maria, der nun auch in Gott ruht. Nun habe ich Euch, P[illegible] Lamormain. Ich sehe auf Schritt und Tritt, daß Gott mich segnet.»
Lamormain, sein krankes Bein ausgestreckt, saß gebeugt und verwirrt auf der Truhe. Das Trillern der Studenten, Rufen der Hatschiere klang herein. Er hätte, brachte er leise hervor, das Amt eines Beichtvaters des Kaisers zögernd angenommen; hätte in Ruhe im Cimeterium des heiligen Kalixtus Ausgrabungen gemacht von heiligen Leibern, die den Jesuitenkollegien Schutz und Segen geworden seien; am Schluß der Romreise, wo er den achten Urban gesprochen hätte, den er schon als Kardinal Barberini kannte, hätte er seine acht Exerzitien gemacht, um sich den Studien und der Lehre der Syntax und Rhetorik zu widmen: da bestimmte ihn der Pater Vitelleschi zum Beichtvater; eine große Auszeichnung und ein schweres Amt, einen Fürsten geistlich zu führen, eine Aufgabe, die man kaum bewältigen kann. Es gab einen frommen Pater Claudius, der fünfte General der Gesellschaft Jesu, der schrieb aus dem Drang seines Herzens und seiner Besorgnis einen Beichtspiegel für die Geistlichen der Fürsten, und überließ letzten Endes doch alles sich selbst. Denn wo soll man im Leben eines Herrschers zwischen Politik und geistlichem Gebiet scheiden.
Ferdinand, halb liegend, den Kopf über den verschränkten Armen, hörte aufmerksam zu. Er redete, sich oft mit Lächeln unterbrechend und eine Antwort des Paters abwartend. Vielleicht sei es nicht unzweckmäßig, was jener Beichtspiegel den geistlichen Beratern empfehle; er bedaure, daß ihm dies gewiß sehr interessante Buch nicht zugänglich sei; aber es gäbe sicherlich genug Fürsten, die grausig eigensinnig seien; sie erinnerten ihn an Narren, die ein Bein mit einer

Menschenhose bekleideten, das andere mit Vogelfedern und Krallen. Er sei nicht mehr jung genug zu solchen Scherzen oder sogenannten strengen Trennungen; ja, es freue ihn, daß Lamormain erkenne, wie schwierig, wie unmöglich die Trennung von Politik und geistlichem Gebiet sei. «Denn seht, Pater Lamormain, wozu haben wir die langen Jahre in Ingolstadt verbracht und warum hat man uns so unsäglich behütet vor der Ansteckung der Ketzerei: nur damit wir fleißig und sorgfältig zur Messe gehen, zur Vesper, beichten? Es hätte dazu der großen Mühe nicht bedurft. Ich bin kein Kaiser von der Art der grimmigen Sachsen, Ihr entsinnt Euch, die gegen die Päpste Sturm liefen. Was will man eigentlich. Die Masse des Lebens, auch des politischen, mit dem Geiste der christlichen Kirche durchdringen: eine größere Aufgabe kann ich mir nicht denken.»
«Eure Majestät haben mir meine Aufgabe nie schwer gemacht.»
Ernst flüsterte der Kaiser, einen Finger hebend, gegen Lamormain, ganz hochgestützt: «Pater, ja ich muß Euch verraten, was ich schon bisweilen geträumt habe, in jüngster Zeit. Daß wir Nebenbuhler sind, der Papst und ich. Aber anders, als man es sonst meint. Ich meine im Geistlichen. Ich bin nicht sein Vogt, sein Schwert. Ich will die Kirche nicht neben mir haben, darum habe ich die Jesuiten zu mir gerufen, so viele sollen kommen, als erzogen werden, sie sind besser als Soldaten für mich. Das Heilige Reich muß selbst eine große Kirche sein.»
«Der Heilige Vater würde sich sehr freuen, eine so fromme Gesinnung von Euch zu hören. Er weiß, welche Hilfe die Vorsehung ihm in Euch gegeben hat.»
«Und Ihr, Pater, was denkt Ihr über die schwebenden Dinge? Ihr haltet so zurück. Mißtraut Ihr mir – noch immer.» Ferdinand lächelte ihn an. Lamormain senkte den Kopf. Ferdinand leise, fast zärtlich: «Ich bin Euch ja zu so vielem Dank verpflichtet.»
«Es ist die Furcht oder die Beklemmung, sich auf einem Wege zu sehen, von dem man nicht weiß, ob man ihn mit Recht betritt.»
Erregt drehte Ferdinand gegen ihn, die Arme hebend: «Ich kenne solche Wege nicht, die ich gehe und die Ihr nicht gehen dürft. Ich habe es Euch gesagt. Ich will sie nicht kennen.»
«Warum wollt Ihr mich hören?»
«Seht, Pater Lamormain, ich will mir nicht unrecht tun. Ich brauche Euch nicht, weil ich unsicher bin oder weil ich mich fürchte. Aber ich – habe Euch hier, Eure Stimme ist mir wie eines Vaters. Wollt

Euch nicht zurückhalten, versagt Euch mir nicht. Es ist mir eine Wohltat, Eure Seele diese Dinge berühren zu sehen.»
«Ich weiß, daß es mein Amt ist, Eure Seele zu führen. Wenn ich lange schwieg, – so geschah es, um Euch nicht zu betrüben.»
Der Kaiser bat, er möchte weitersprechen. Der Pater, sich zusammenkrampfend, nahm einen Anlauf. Er öffnete den Mund und ließ es schnurren. Wie die Worte klangen. Er hörte sich wie ein Fremder zu. Er schämte sich und blickte nicht auf. Was war ihm aufgelegt. Es sei nicht viel zu sprechen. Diese grauenvolle Verwüstung in Deutschland, diese Schrecken, die sich über die Alpen wälzen, Zwist im Reich, der Kaiser einsam: man müsse betrübt sein, wenn man an christlichen Frieden denke.
«So ratet, Pater. Ich habe nicht gelacht über diese Zeit.»
«Frieden. Frieden. Der Heiland, als er noch auf Erden wandelte, hat gesagt: Gebet Gott, was Gottes ist. Man redet zu viel: Gebt dem Kaiser, was des Kaisers ist. Davon sind die Gassen und Plätze voll. Wer den Lärm in der Welt hört, denkt wohl an das Wort: Des reifen Getreides ist viel, der Arbeiter aber sind wenige, bittet den Herrn der Ernte, daß er Arbeiter auf sein Erntefeld schicke.»
Die Fältchen an Ferdinands Augenwinkel zitterten, er drückte die Handteller zusammen, in der Ecke der Bank sitzend: «Ratet, Pater.»
«Du wahnsinniger Mensch», schrie der Pater sich innerlich an, «du schlimmer Mensch. Du kannst dich nicht so schänden. Bruder Lamormain, der Heilige Vater denkt schlecht von uns.»
«Gebt mir Antwort, Majestät, wie Ihr selber hierüber denkt.»
Da wurde Ferdinand, nachdem er dem Pater einige Zeit in die blitzenden Räder gestarrt hatte, unruhig, stand auf: «Ich hab' es Euch gesagt, man soll mich nicht für einen Gewaltherrn und römischen Cäsar verschreien.»
«Wenn Ihr kein Gewaltherr sein wollt, so ist es Euch bitter ergangen, daß alle Welt Euch verkennt und Euch für nichts als dies, für nichts als dies ansieht. Und wenn Ihr das weltliche Papsttum gründen wollt, so wird es wohl auch Euch bedünken, daß im Augenblick die Welt sehr anders blickt: aus Augen voll Grauen. Wie wollt Ihr dies vereinen: so mächtig dazustehen, daß man Euch wahrhaft Kaiser nennen muß, und so wenig das zu können, was Ihr wollt. Seht, nicht einmal soviel wie die Herrscher vor Euch, die viel schwächer waren.»
Dies mußte Lamormain alles sagen und hinlegen.
«Pater, der Heiland hat dies gesagt, was Ihr nanntet. Er hat aber auch

gesagt, was Ihr selbst uns gepredigt habt, daß er nicht nur gekommen sei, Frieden auf Erden zu bringen, sondern Vater, Sohn, Mutter, Tochter und Schwieger gegeneinander zu erregen.»

«Wohl, so spricht Lukas: Zwietracht. Um das himmlische Feuer auf die Erde zu werfen.»

Ferdinand legte sich halb auf der Bank zurück; er sagte nichts. Nach einer langen Pause Lamormain: «Eure Majestät schweigt.»

Tonlos: «Ihr seht, daß ich schweige.»

Wie sich Ferdinand wieder zwischen den Teppichen zurechtgeschoben hatte, rieselte seine tonlose langsame Stimme: «Worauf sollen wir hinaus?»

«Es scheint, als ob Ihr etwas Irriges gemeint habt bis jetzt. Ihr glaubtet –»

«Ja, war ich kein Christ?»

Vor diesem weißen Blick, dieser langsamen erschütternden Stimme fand der Pater lange keine Antwort. Dann legte er viele Wärme und Herzlichkeit in seine Sprache und mußte sich sehr bezwingen, um sich nicht völlig bewältigen zu lassen: «Ihr wart die langen Jahre mein Beistand, Majestät; Ihr wart ein guter katholischer Christ. Als ich die kirchlichen Wünsche Eurer entschlafenen Gemahlin, der seligen Maria Anna, durchführte, bin ich Euch gefolgt in Eurer Gottesfurcht.»

«Seht Ihr Maria Anna an. Würde ich mit ihr so lange glückliche Jahre haben leben können ohne den rechten Glauben.»

«Ihr wart fromm.»

«Was ist?»

«Ich mache dem Menschen Ferdinand von Habsburg keine Vorwürfe. Der römische Kaiser, der deutsche König Ferdinand der Andere glaubte sich rühmen zu können, ein Nebenbuhler des Papstes zu sein. Inzwischen glaubt es niemand, sieht es niemand. Die katholischen Kurfürsten selber stehen gegen ihn.»

Er legte all das fragend hin; ein Wind hätte gegen ihn blasen können und er wäre verstummt. Aber Ferdinand drängte zart immer weiter. Nachdem der Kaiser sich fest mit dem Rücken gegen die Banklehne gedrückt hatte, schlug er mit mildem Ausdruck die Arme über der Brust zusammen, blickte mit zusammengezogenen Mienen auf die Gegenwand: «Indem mir dies Amt überkommen ist, habe ich es übernommen, die Geschäfte des Heiligen Reiches gewissenhaft zu versehen. Das ist meine Bibel, die mir an die Hand ging. Neben mir stand die Wahlkapitulation, das Reichsgrundgesetz, die Goldene Bulle. Man hat mich hergesetzt und mir vertraut. Das Weitere kommt von mir, die Macht und Verantwortung.»

Rotes Abendlicht zuckte sich ausbreitend über das sich rasch verdunkelnde Zimmer; der große Luxemburger stand vor der Truhe, den Kopf tief vor der Brust, die Hände gefaltet. So sei es, und nicht wie vorhin die Rede war. Wo sei jetzt von Christentum die Rede. Dann, als Ferdinand den bestimmten sicheren Ausdruck des schwingenden Gesichts nicht aufgab: der Kaiser möge überlegen, wie es mit ihm stünde. Als er den Kaiser verließ, saß der noch unbewegt mit der gleichen Miene vor der rotbestrahlten Wand, über der wild die grellen Flammenräder rasten.

Und mit derselben bestimmten klaren Miene empfing ihn gleich nach der Messe am nächsten Vormittag der Kaiser. Ferdinand, von gesünderer Farbe als sonst, bedauerte, gestern abgebrochen zu haben, er könne den Pater noch nicht dispensieren von diesem Thema. Darauf schüttelte er ihm die Hand, hieß ihn freundlich sich setzen. Es sei gewiß, daß er es sich überlegen müsse, wie es mit seinen Sachen stände. Gewiß müsse sich dies aber auch der Pater überlegen. Damit blickte er frei forschend den Luxemburger an: «Ich bleibe dabei, Ehrwürden, lieber Vater, mir sind nur Bulle, Reichsgesetz, Wahlkapitulation gegeben. Ihr meint, ich verfehle den christlichen Weg als Kaiser. Geht mir zur Hand.»

In großer Freude verneigte sich der Luxemburger, seine Stimme tief ehrerbietig. Diese Aufforderung und Bitte hat er erwartet; er weiß, daß der Kaiser nicht allein dies alles leisten kann; der Kaiser mußte es erst erkennen. Langsam erwog der Kaiser: «Ich habe es in der letzten Nacht selbst wieder angestaunt, Pater. Ich will es Euch nicht verheimlichen. Daß Kaiser und Kirche so aneinander vorbeiregieren. Der Kaiser hat seinen Palast, seine Burg, dazu Edle, Berater, Offiziere, Heere; der Papst hat die Geistlichkeit, den Vatikan, die Peterskirche, tausend Kapellen, Klöster und Kirchen. Der Papst gibt seine Gesetze, ich, meine Landesfürsten ebenso. Wir regieren dieselben Völker. Und – wir haben keine Berührung miteinander. Nun erst, in solchem einzelnen Augenblick, kommen wir zusammen. Um uns zu tadeln. Es ist kein gesundes Verhältnis.» Und dann legte Ferdinand, heimlich und inständig zu ihm redend, die Umstände dar, die zu diesem Kollegialtag führten, die gefährliche Situation, die heraufbeschworen sei. «Und ich habe die Entscheidung. Lehne ich sie ab: wißt Ihr, was ge-

schieht? Wie wenn ein Pfeil abgedrückt wird, schießt von Südwesten mein Feldhauptmann herauf, schlägt die Kurfürsten nieder, das Reich hat ein neues Gesicht. Ich will Euch gestehen, ich bange nicht, ich bin in keinerlei Sorgen. Wer Sorgen haben muß, sind die Kurfürsten des Reichs, die ich niederdrücken kann, wenn ich will. Ich kann sie hinlegen lassen, als wenn sie an Armen und Beinen gefesselt sind. Ich habe die Macht dazu.»
«Wie beschließt Ihr?»
«Nichts, noch nichts. Ich lasse die Herren warten. Ich kann mich ohne Zwang nach beiden Seiten entscheiden. Ich will ihnen kein Unrecht antun. Ich will mich ganz auf mich besinnen. Den Augenblick abwarten.»
«Wie große Macht hat Euch der Herr des Himmels verliehen. Wenn sich ein gemeiner Mann, ein Edler auf sich besinnen will, kann er in einen Winkel oder in die Kirche gehen; das Gespräch mit sich und Gott ist alles, was er vollbringt. Ihr habt so viel Freiheit, daß Eure Selbstbesinnung über Millionen Seelen verfügt.»
«Ich würde dies nicht wagen, wäre ich nicht Christ.»
«Majestät, mein Beichtkind, ich bin bei Euch in diesem Augenblick. Ich bin glücklich, daß Ihr mich ruft. Habt Ihr Furcht oder Beklemmung, den Herzog zu entlassen?»
«Nein. Ich bin ihm dankbar. Aber ich verfüge über ihn.»
«Ist es Euch schlimm, die Kurfürsten zu unterdrücken?»
«Ihnen soll kein Unrecht geschehen. Sie werden mich durch ihr Gebaren nicht zum Unrecht verleiten. Wenn es sein muß, werden sie beseitigt werden.»
«Sie sind fromme Männer, darunter Bischöfe der Kirche.»
«Mein Feldhauptmann hat mich wieder in den Besitz meiner Erbkönigreiche und Länder gebracht. Er hat das Heilige Römische Reich vergrößert und mächtig gemacht wie keiner dieser Kurfürsten.»
«So laßt ihn hermarschieren, die Kurfürsten verjagen oder in Eisen legen.» «Wenn es gut ist, daß dies geschieht, soll es den Kurfürsten bereitet werden.»
Der Pater schüttelte langsam und lange den Kopf, studierte seine Handteller, rieb sich die Schläfe; plötzlich legte er die Hände zusammen.
Jetzt, fühlte der Pater, war er im Begriff, den Kaiser zu schänden. Jetzt konnte er die Zertrümmerung vornehmen. Ferdinand setzte sich nicht zur Wehr. Das reine Gesicht konnte er verwüsten.

Und plötzlich war es ihm in die Seele gelegt, das Geschick zu versuchen. Er hatte gebetet, ihn vor Sünde zu bewahren. Aber er ging schon führungslos den Weg. Und während er zitterte, kam aus ihm heraus: «Ich finde keinen Gesichtspunkt.» Und fühlte dabei, seinen Kopf duckend, die Stirn von einem nassen Schauer überzogen, daß er in einer Krise stand und daß ihm weiter nichts mehr übrigblieb. Er flehte und sündigte in einem Atem. Lächelnd weitete sich das Gesicht des Kaisers, er breitete gegen ihn die Arme aus: «Nun, lieber Vater Lamormain, so werde ich wohl keine große Schuld begehen können.»

«Sprecht Ihr selbst», drängte angstgetrieben der andere, «haltet Euch nicht zurück. Kommt heraus.»

In Ferdinand wallte es, seine mageren Wangen zitterten, sein Blick wurde stier: «Ihr wollt mich versuchen. Ich habe nichts mit Wallenstein und nichts mit den Kurfürsten. Es soll sich keiner von beiden anmaßen, daß ihm Unrecht von mir geschehen soll. So ruhig wie einer einen Würfelbecher umstülpt und die Kugeln zählt, wird mein Entschluß folgen. Wißt Ihr –», er flüsterte geheimnisvoll, «warum ich dies kann? Weil ich die Macht habe. Ich kann den Augenblick abwarten. Sie wird mir nicht genommen werden.»

Wie durch ein Bad von Pein wurde der Leib des Paters gezogen, er konnte sich nicht rühren, in ihm schrie es, die Bannung möchte weichen.

«Seht, Pater, so unumschränkt verfüge ich in dieser Sache, daß ich mich versucht fühle, die Entscheidung von einer Kinderei abhängen zu lassen: ich rufe meinen Kammerdiener, und tritt er mit dem linken Fuß über die Schwelle, hat Wallenstein gesiegt, mit dem rechten die Kurfürsten.» Da preßte Lamormain hervor, dunkel hörte er sich seufzen: «Lästerung.»

Langsam wankte Ferdinand auf ihn, griff seine linke Hand, die er sich an die Brust zog und drückte: «Ihr seid mein Freund. Ihr werdet nicht verraten, was ich unternehmen will. Es wird bald ruchbar sein, ich möchte es einige Zeit bei mir behalten. Wißt Ihr, warum? Um mich daran zu weiden. Denn sobald ich es herausgesetzt habe, wird man es umgehen und erklären und wird seine Torheiten und Roheiten über meinen Entschluß häufen. Ich will ihn einige Tage bei mir behalten. Ihr werdet zugeben, daß ich Grund dazu habe. Ihr sollt Euch mit mir freuen daran, mein lieber Freund.»

Der Kaiser schien zu delirieren. Seine Brust wogte auf und ab. Er

schien sich mit den Händen des Paters beruhigen zu wollen. Seine Augen konnten sich an keinem Punkt befestigen. Sein Mund schnappte wortlos, die Lippen von Wasser überflossen; dabei knickten seine Knie häufig ein. In ihm strömte es dumpf: ich folge, ich folge, ich halte mich nicht zurück.
Der Jesuit stöhnend, in großer Furcht: «Welche Lösung Ihr auch findet, ich flehe Euch an, daß Ihr in diesem Augenblick nichts beschließet. Ich rufe Euch an, Majestät.»
Schreiend, lachend, die Last aus sich wälzend der Kaiser: «Mir sollt Ihr es nicht verwehren, in diesem Augenblick zu sprechen. Wann soll ich zu einem Entschluß kommen, wenn nicht jetzt. Wie soll das aussehen, was ich meinen Entschluß nennen soll, als was ich jetzt in mir habe.»
«Ich will es nicht hören, laßt davon ab.»
«Doch müßt Ihr es hören, Pater, doch. Ihr sollt mir sagen, was Ihr denkt. Ihr seid der einzige, der daran teilhaben soll, und könnt Euch mir nicht verschließen.»
Der riesige Mann rang mit dem Kaiser, suchte ihn an die Bank zu führen. Der wollte mit den fliegenden Augen vergeblich ihm ins Gesicht sehen: «Wie seid Ihr, Pater.»
«Setzt Euch. Besinnt Euch. Wollt Ihr Wein?»
«Hört einmal. Laßt mein Wams. Liebster Pater.»
«Ich will Euch nicht hören, Majestät.»
Ferdinand auf die Bank gedrückt blickte sprachlos an dem schwarzen Rock, dem strengen Kinn hoch; erzitterte stark. In seinem Gesicht stand ein verzerrtes, unklares, fragendes Lächeln, er hauchte: «Was ist das? Was hab' ich verbrochen?»
«Der Satan bewältigt Euch.»
«Ich weiß alles, was kommen wird.»
«Seid still. Herr, führe uns nicht in Versuchung.»
«Pater, leibhaftig steht vor mir, was kommen wird, wie Ihr.»
«Herr, führe uns nicht in Versuchung. Schließt die Augen, seht nicht um Euch. Betet mit mir.»
Als er gemurmelt hatte, haftete der starre helle Blick Ferdinands an der Stirn des Jesuiten: «Es ist noch alles wie vorher. Ich kann mich kaum bezähmen, zu Euch zu sprechen.»
Lamormain, in der furchtbaren Angst über die Dinge, die er heraufbeschwören mußte, hielt sich kniend für sich, preßte den Rosenkranz an seine Lippen. Die Strafe raste über ihn. Von rückwärts berührte ihn

der sehr stille Ferdinand: «Ich weiß: Eure Aufgabe ist schwer. Eure Qual ist groß. Ich will Euch gehorchen. Was habe ich zu tun?»
Da brachte der Pater in der Bitterkeit der Verzweiflung hervor, fast brüllend stieß er es aus sich heraus: «Ihr müßt den Herzog verabschieden, nicht behalten.»
Über die Schulter des Knienden beugte sich der Kaiser von rückwärts, ganz naiv und erstaunt, streichelte seinen Arm.
Ja, dies hätte er beschlossen: ob wohl der Papst etwas anderes beschlossen habe?
Und als sich Lamormain entsetzt herumwarf, murmelte Ferdinand, die Arme verschränkend, so hätte der Pater selbst gesagt, was ihm, dem Kaiser, nicht gestattet war.
«Ihr werdet Euch des Herzogs begeben? Der Krieg um Mantua soll aufhören?»
«Seht Ihr, wie Ihr alles wißt. Und jetzt sagt Ihr selbst alles.» «Mein Heiland, Ihr! Ihr! – Wie wird Euch der Heilige Vater loben, wie werden Euch die Fürsten loben.»
«Seht Ihr», lächelte Ferdinand völlig ruhig und freudig stolz wie ein beschenktes kleines Mädchen. «Und warum durfte ich es nicht sagen?»
Um Mittag kam der Luxemburger, noch immer fassungslos und verstört sich zerknirschend, in das bischöfliche Musikzimmer. Dem Kaiser sagte er, er käme sich zu weiden an seinem Beschlusse.
«Leise, leise», warnte der andere.
Ferdinand bog sich über den Fensterrahmen; es zirpte von unten herauf, Fasanen stürmten über den Sand. Ja, man könne froh sein; das sei nun eine Säule in ihm und die sei nicht umzustürzen. «Ich freue mich, Pater, daß Ihr mich hören wollt. Es ist geschehen in meiner grenzenlosen Liebe zu beiden, zum Herzog und zu den Fürsten. Jedem habe ich ein Liebes angetan. Jeden an seinen Platz geführt.»
Der Jesuit saß ratlos ungläubig vor den mysteriös gesprochenen Worten. «Ihr wolltet ein Unglück vermeiden», fragte er gequält. Er hatte kaum ein Ohr für das, was er hörte. Er war in seiner Verwirrtheit hierher getrieben worden, um sich zu beruhigen. Was soll mit mir geschehen, fragte er sich. Er verzerrte sein Gesicht: «Ich freu' mich ja mit Euch.» Er suchte ein freundliches Wort vom Kaiser zu erbetteln, und daß Ferdinand ihn anblickte, ihn erkannte, ihm half.
Der Kaiser blieb still. Er hatte einen milden nachdenklichen Ausdruck, hielt den Kopf leicht auf die rechte Schulter geneigt: «Sie

dachten mich mit Anwürfen zu reizen, die Kaiserin grollt mit mir, weint irgendwo. Der Herzog war auf dem Sprung, es fehlte nur mein Signal. Wozu dies alles. Kommt jedes zu seiner rechten Stunde.» Und dann wandten sich seine sehr ruhigen, ganz hellen Augen dem sitzenden Pater zu; er lächelte ihn an: «Seid froh, daß Ihr nicht die Verantwortung habt. Ihr hättet Euch nicht regen können vor der Gewalt, die man Euch antäte.» Er faßte den Pater bei den Händen, zog ihn hoch, legte, neben ihn tretend, seinen rechten Arm unter den linken Lamormains: «Aufgeregt seid Ihr, Lamormain! Ihr blickt noch ganz wirr. Laßt es fallen. Nur sinken lassen. Es geht schon. Kommt.»
Sie gingen zusammen in den Garten. Wie ein krankes Kind ließ sich Lamormain führen. Er fror, war demütig und fühlte, daß ihm verziehen werde.
Sie gingen zusammen zwischen den Beeten. Der Fürst blinzelte die Reseden und Hühner an. Er freute sich seiner Blindheit.

Als der Kaiser vier Tage hatte verstreichen lassen, während deren er mit sich und seinem Entschluß umging, ließ er noch einmal das Theater der Beschuldigungen, Bedingungen, des Grolls, der Wildheit an sich passieren. Es geschah, um sich noch einmal zu kontrollieren. Als er merkte, daß keine Feindseligkeit in ihm entstand, schien es ihm gut, seine Räte zu sich zu bescheiden. Obwohl die Einladungen in größtem Geheim erfolgten, verbreitete sich ein Wispern in der Stadt. Die Spannung im Quartier der Kurfürsten und Fremden war auf das höchste gestiegen; vor dem Hause des Grafen Tilly hielten zehn Berittene Tag und Nacht, gesattelt, mit Mundvorrat; er selbst verließ sein Haus nicht. Man hatte es verstanden, nahe der Stadt am Donauufer leichte Kanonen mit Artilleristen zu verstecken; es war vorauszusehen, daß, ehe die geringste feindliche Belästigung erfolgte, die Stadt in ligistische Hände fiel. Die Franzosen gingen hin und her, gaben ihre Ratschläge. Man schwirrte um den Pater Joseph, um die Jesuiten, den Kardinal Rocci. Der Beichtvater war unsichtbar.
In der Konferenz in der bischöflichen Ritterstube, die in Gegenwart Lamormains und des jungen Königs von Böhmen stattfand – er saß weißgekleidet, schmächtig, mit sehr mürrischem hochmütigen Ausdruck neben seinem aufgeräumten Vater –, wurde der unveränderte gefährliche Stand der Dinge vom Grafen Strahlendorf resümiert.

Dann äußerte sich der Kaiser; es sei ihm nicht fremd, daß die Fürsten geneigt wären, es auf das Äußerste ankommen zu lassen; man werde ihm auch einen Entschluß, nachzugeben, als Schwäche ausdeuten. Das sei ja schlimm. Aber ihm sei das Wichtigste, daß mit Glimpf bei der zur Beruhigung des Reiches notwendigen Abdankung des Herzogs von Friedland vorgegangen werde. Mit aller Deutlichkeit solle ihm zu erkennen gegeben werden, daß er nicht, wie es Blinden scheine, als ein Opfer der Kurfürsten falle, sondern daß die Reichsinteressen von ihm dies Opfer verlangen; er täte mit seinem Rücktritt dem Reich einen Dienst, wie wenn er eine Schlacht gewönne. Unendlich sei das Reich ihm dankbar.
Der König beschränkte sich auf ein paar Redensarten; er fand sich sichtlich mit dem kaiserlichen Entscheid nicht zurecht, obwohl er Wallensteins Abdankung verlangt hatte. Über der ganzen Versammlung der Geheimen Räte lag Verblüffung, der Entschluß war da, den man selbst nicht hatte fassen können, der so oder so hatte fallen müssen.
Einsam saß Lamormain. Man blickte von ihm weg. Dieser hatte gesiegt. Die Jesuiten herrschten.
Strahlendorf fragte, was man tun wolle, wenn der Herzog den Oberbefehl nicht niederlege. Darauf schwiegen die anderen; der Kaiser hielt die Frage für gegenstandslos.
Der kleine Abt von Kremsmünster fuhr im raschesten Tempo mit Trautmannsdorf in dessen Quartier. «Wir sind geschlagen, Graf. So hat Eggenberg auch von Istrien her gesiegt. Eggenberg hat seinen Willen. Was wird Slawata sagen. Wollen wir unsere Ämter niederlegen.» Kremsmünster von Minute zu Minute entsetzter; die ungeheuren Schulden des Hofes bei Wallenstein, es sei unausdenkbar, der Beschluß müsse rückgängig gemacht werden. Der verwachsene Graf kam nicht aus dem Staunen heraus, er gab zu, daß er den Kaiser bewundere. «Dies ist ein anderer Mann als der in München. Er fürchtet uns auch nicht.» Der Abt schrie, Wallenstein dürfe nicht nachgeben. «Herr», wiegte der Graf den Kopf, «der Kaiser weiß, was er tut. Der Herzog gibt nach.» «Er tut es nicht. Ihr werdet sehen.» Und plötzlich in Kremsmünsters Kammer war Trautmannsdorf ganz erschrocken: «Nun hat Eggenberg recht behalten; der Kaiser will sich nicht mehr auf den Herzog stützen. Was hat er aber vor?» Der kleine Abt todblaß und wild: «Wir haben diesen Kongreß auf dem Gewissen. Es war verkehrt. Wir sind ärmer als vor dem Münchener

Vertrag.» Bis Trautmannsdorf nach langem Hocken hinter einer Harfe von sich gab: «Jetzt wird es wieder Zeit, sich zu regen. Wahrhaftig, ich komme mir übertölpelt vor. Wir waren im Taumel, als wir zu dem Kongreß rieten. Der Kaiser muß bezahlen, was wir verschuldet haben. Verdammte Logik. Wir haben nicht darum den Kaiser von dem Bayern befreit. Wir werden den Herzog von Friedland versöhnlich halten müssen. Jetzt lass' ich mich nicht binden. Wir wollen ihn nicht loslassen.»
Lamormain machte sich um dieselbe Zeit schwermütig auf nach der Kartause zu Lessius. Stumm saß er eine Weile dem gegenüber; der fürchtete einen bösen Ausgang, fragte nicht, blieb sehr kalt. Sein Mißtrauen verließ ihn nicht ganz, als der Pater das Ergebnis der Unterredungen berichtet hatte. Er fragte, ob den Pater ein persönlicher Kummer bedrücke und ob er ihm etwas zu sagen hätte. Lamormain, unfähig, vor dieser gelassenen Stimme zu sprechen, brachte heraus, das Unternehmen hätte ihn sehr angestrengt. Der Gesandte lächelte mitleidig, fast geringschätzig: die Sache hätte sichtlich in Gottes Hand gelegen. Von einer Nachbarzelle wurde geklopft; Lessius stand auf; eine französische Konversation mit entzückten Ausrufen begann drin. Hemmungslos laut stöhnte Lamormain, gräßlich riß es an seiner Kehle, als er Lessius nebenan einem welschen Emissär den Ausgang der Streitigkeiten berichten hörte.
Am Nachmittag strömten in sein Quartier gegenüber dem Bischofspalast die Besucher; Kardinal Rocci umarmte ihn mit hahnenmäßigem Geschrei, zuletzt bewegte sich der kleine Pater Joseph herum. In Widerwillen schleuderte gegen ihn Lamormain heraus: er hätte seine Hände nicht dabei gehabt, der Beschluß sei fertig bei Ferdinand gewesen. Worauf sich Joseph mit Freudenschreien zurückzog, in seiner Kurzsichtigkeit gegen die Tür stoßend: das sei ja herrlich, der Kaiser sei also von sich aus den Franzosen geneigt.
Lamormain beichtete bei den Jesuiten; er war verbrannt. Er nahm sogleich Abschied vom Kaiser, um seinem Drang zu folgen, den kranken Fürsten Eggenberg in Göppingen aufzusuchen, dessen Seele er mit dem Bericht von dem Entscheid Ferdinands erquickte.
Nach Göppingen war Eggenberg gefahren, die Todesstille in Istrien war ihm unerträglich; in der letzten Woche hatte er sich unter der Qual der Ungeduld, Sorge, ja Reue zwingen müssen, nicht nach Regensburg zu reisen. Lamormain traf den grämlichen alten Mann in Reisevorbereitungen. Und so tief erquickte der Pater ihn, daß er

weinte. Er pries das Geschick des Hauses Habsburg; der gute Genius sei nicht entschwunden und habe den Kaiser berührt. Erst als er gebetet hatte, wollte er Lamormain weiter anhören, sprudelte aber selber glückselig, welche Gefahr vom Erzhause abgewendet sei. Immer wieder warf er sich auf die Knie, betete, jubelte, umarmte den stillen Pater: «Ich hab's gewagt. Gott war mit mir.» Nun werde bald der allgemeine edle Friede kommen, nach dem sich Kaiserhaus und Fürsten und nicht zuletzt das arme ausgesogene Land sehnten.
Erst an den nächsten Tagen merkte der Fürst Eggenberg, daß der alte Jesuitenpater zerstreuter und unruhiger als sonst war, von ihm Tröstliches einsog. Und als er tagelang neben ihm spaziert war zu dem Quell und durch die Felder, erfaßte der Fürst, daß der stammelnde Lamormain um sich selbst in Angst war. Stöhnend fast wie ein Tier brachte im Walde Lamormain eines Abends hervor, daß er das gütige nachgiebige und machtbewußte Gesicht des Kaisers nicht vergessen könne; er hätte ihn verführen wollen. Der Kaiser hätte ihn beschämt, verächtlich beiseite gelassen. Er schäme sich. Wie ein Begnadeter hätte er ihn, den Sünder, angeblickt.

ÜBER DIE hügeligen bewaldeten Straßen die Donau entlang brausten die Kroatenschwärme des Isolani. Von Regensburg her kam das Rufen, Fahnenschwenken, rastlose Trommeln; erst einzelne Patrouillenreiter, dann, mitgerissen, Wachen, halbe Fähnlein. Überall schrien sie sich zu, winkten mit den Händen. Aufbruch! Bagage warfen sie auf den Boden; Heuschober angezündet als Signale für die zerstreuten Furagemacher. Hinter ihnen der Schwall des Staubs und die Öde. Wie ein Igel wulstete sich der Schwarm ein, stülpte sich südwärts um. In stummem Bangen ließen sie die leeren Dörfer zurück, halb erloschene Lagerfeuer, brüllendes, angebundenes, weidendes Vieh. An Kaufwagen, Händlern, Reisenden, die nach Regensburg wollten, flogen sie vorbei; Wiehern, Peitschenknallen, Klappern der Waffen im Nu verschollen. Hinüber ins Augsburgische. In einer Herberge, in den Waldrand gedrückt, dicht vor den Augsburger Toren, Oberst Max Wallenstein. Um den Wald ballte es sich tobend zusammen, Isolani drang mit triefendem verwüstetem Gesicht zu ihm hinein, der Oberst lag, ohne Stiefel, betrunken in seiner Kammer, lallte, geiferte plötzlich ernüchtert den Kroaten an, schlug sich vor Stirn und Brust. Aufgesprungen, die Schreibtafel des Isolani nahm er an sich, band sie sich um den Hals. Zum Kroaten und seinem Leutnant: sie wollten zusammen reiten. Käme er nicht durch, sollten sie die Tafel zum Herzog tragen, ihn liegenlassen, wo er liege und wenn's in einem Wassertümpel wäre. Gestiefelt, Hut und Wehrgehenk, aufgesessen.

Max wippend auf dem Pferde rechts, links, in die Höhe wie ein Korkstück auf brodelndem Wasser; bald nur in einem Schimmer von Bewußtsein; stumpf lernten seine Lippen: «Es ist vorbei, wir sind hin.» Pferdewechsel. Die Nacht durchrast. «Es ist vorbei, wir sind hin.» Vormittags durch die weiten lärmenden Truppenansammlungen in Memmingen hinein. Gezogen vor den Herzog: «Es ist vorbei, es ist hin.»

Während Max schlafend fiel, als er die Tafel abgegeben hatte, ächzte Isolani, ob sie absatteln sollten. Dann erst sah der Herzog den schnarchenden Obersten unten an, schrie: «Raus!» Der ließ sich forttragen.

Sieben Tage lang ließ Wallenstein alle Arbeit liegen. Gelähmt vor Wut an Armen und Beinen. Er hätte alles erwarten müssen, denn Zeno hatte diesen Ausgang berechnet, aber er hatte es nicht geglaubt. Und als Zeno zu ihm kam, um wieder eine Berechnung vorzutragen, schoß der Herzog eine Pistole hinter ihm ab. Jetzt trampelte er nicht auf seinen Hut, sondern zerriß ihn. Er war völlig blind. Die Truppen auf Regensburg werfen, den Kollegialtag gefangennehmen, den Kaiser aufheben. Er traf mit Neumann und Max einige lahme Vorbereitungen. Bis er selbst alles hinwarf, die Herren davonjagte. Er war dem unheimlichen, zu plötzlichen Gedanken nicht gewachsen.

Sie hatten ihn. Zum zweiten, dritten Male. Nachdem er ihnen das Reich wiederhergestellt hatte. Zum Zerknirschen des eigenen Gebeins und Eingeweides.

Er hatte nie etwas Persönliches für den Kaiser empfunden. Der war der erwählte Regierer des Heiligen Römischen Reiches, dem er diente. Das riß jetzt an ihm; der Damm geborsten; der Kaiser war etwas, das ihn angriff. Er konnte sich dazu nicht finden. Er mußte, er mußte den Kaiser und das ganze Pack schlagen, wenn er leben wollte.

Und wie er reglos in seiner Kammer saß und sich zusammenhielt, heulte es in ihm, daß sie ihm noch Hunderttausende, Millionen schul-

deten. Und es labte, labte ihn. Noch Millionen. Sie waren ihn nicht los. Sie konnten sich ihm nicht entziehen.
Oder sie – konnten – auch das wagen. Er fletschte die Zähne. Es wäre das Richtigste. Er würde es tun in ihrer Lage. Dem Feind den Knebel in den Mund stecken. Ihn noch bezahlen lassen. Werden sie es? Werden sie es?
Und während sie nacheinander im Hauptquartier eintrafen, die Trzkys, Bassewi, Michna, de Witte, seine sanfte Frau, wurde ihm zugetragen, daß die heftigen Kämpfe in Regensburg, von denen man ihn ausgeschlossen hatte, noch anhielten; die Fürsten betrieben seine Beseitigung aus Mecklenburg, verlangten Schadenersatz, Rechnungslegung. Die Stadt Memmingen war still, aber brüllend wie eine Kirchenglocke Wallenstein. Sein Zustand lebensgefährlich, die Aderlässe gegen die schrecklichen Kongestionen blieben fruchtlos, man konnte nur auf halbe Stunden an sein Bett, neben dem die Frau Isabella demütig saß und nicht zu weinen wagte. Der Kaiser mußte angegriffen werden; er war dem ungeheuerlichen Gedanken nicht gewachsen. Der lange magere Herzog war ein sterbendes Untier zwischen seinen Laken und Kompressen, den Tod wünschte er sich herbei, zerreißen wollte er den Bayern, den Kaiser, die Jesuiten, die Franzosen. An seinen dünnen Unterschenkeln brachen Gichtgeschwüre auf, das erleichterte ihn; seine Augen verschwollen rot und liefen; sie standen wie Beulen zwischen den fleischlosen Wangen, neben der hohen Nase. «Sie haben mich am Spieß, sie werden mich wie einen Juden brennen», wälzte er sich.
Als der Bescheid eintraf, er werde mit Glimpf entlassen, eine Deputation des Wiener Hofes werde zu ihm gesandt werden, riß er sich, halbtot wie er war, auf, schleppte sich ins Freie vor sein Haus, wurde sogleich ohnmächtig die Stufen wieder zurückgetragen. Am nächsten Tag erhob er sich wieder, erst auf Stöcken wandernd, dann zwischen den Schultern zweier Trabanten hängend: «Der geile Mansfelder ist auch nicht im Bett gestorben. Und ich sterbe noch nicht.»
Vom Regensburger Hofe kamen Trautmannsdorf und Questenberg; sie hatten diese Mission übernommen, um ihn milde zu stimmen; sie brachten Ferdinands gnädiges Schreiben. Sie unterhielten sich freundlich; zwei Kutschzüge mit sechs Pferden schenkte er dem Grafen, Questenberg ein neapolitanisches Tummelpferd. Friedland sah und sollte sehen, es gab Männer seines Anhangs am Hofe. Sie waren Besiegte; der Kummer stand auf ihrem Gesicht.

Damit stieg der Herzog aus dem furchtbaren Angriff, den man gegen ihn unternommen hatte, und schüttelte sich. Sie waren zu dumm. Hatten ihn leben lassen, nicht einmal die Federn hatten sie ihm gerupft.
Er ging noch viele Wochen nicht aus Memmingen. Er ließ aus dem Reich beitreiben, was ihm noch zustand. Allerorts wurden jetzt noch schwere Kontributionen erpreßt. Täglich hatte er mit Michna und de Witte Verhandlungen, ihre Aufstellungen waren genau, Wallenstein stachelte sie an; sie sollten nichts verlieren. Er lud sie ein, bei ihm zu bleiben, sie sollten ihn nicht verlassen, ohne völlig befriedigt zu sein. Die drängten, er ließ sie nicht. Michna und de Witte kamen auf die Vermutung, der Herzog werde doch nicht klein beigeben und irgend etwas Unversehenes versuchen; Bassewi äußerte skeptisch, der Friedländer sei krank, noch ein zwei Monate, so werde er froh sein, sein Getreide eingefahren zu haben. Als Graf Trzka sich freute, daß Friedland zögerte mit dem Abschied, es sei ein heilsamer Schreck für den Kaiser, dachte Friedland einen finsteren Augenblick nach: «Für den Bayern ein heilsamer Schreck; der hat noch nicht gewagt, seine Truppen nach Hause zu schicken. Die Landfahnen kommen nicht zur Ernte; ein mageres Jahr für Bayern.» Aber er ließ keine hetzenden Reden aufkommen, hatte keinen Sinn für Kindereien. Es sei bald Zeit. Er wolle nach Prag. Das Heer solle der Bayer übernehmen oder der alte Tilly. Wallenstein stand straff, blickte böse und drohend: er hinterlasse ein vortreffliches Heer; man werde einen spaßhaften Krieg jetzt führen; vielleicht brächten die Jesuiten den Frieden vom Himmel.
Der Herbst war schon da, als er dem Hofe schrieb, daß er nunmehr die Geschäfte dem Grafen Tilly übergebe, selbst nach Prag übersiedle.
Durch ein klagendes Heer fuhr er von Memmingen aus. Straßen hinter Straßen standen die ruhmreichen Regimenter mit Fahnen und Regimentsspiel Spalier. Der Herzog saß düster in seinem roten Mantel; er hob von Zeit zu Zeit vor den Obersten, die heranritten, den Hut, winkte den und jenen heran, gab ihm die Hand. Er fuhr lange und fuhr in kaltem Behagen: diese Regimenter hatte er zusammengeführt, sie würden auseinanderfallen, wenn sie in fremde Hand kämen. Der Weg ging über Ulm, zu Lande weiter; er ging nicht nach Gitschin. Der Herzog drängte auf Prag. Und alle, die mit ihm ritten und fuhren, waren von großer Freude erfüllt: der Herzog lebte, wollte noch leben. Man fuhr keinen Toten des Wegs.

Über Nürnberg zogen sie, vierhundert Mann der Leibgarde, zahllose Wagen und Pferde. Und so groß war die Bestürzung in der Stadt bei dem Gerücht, daß er verabschiedet sei und sich nähere, daß der Große Rat der Stadt zusammenlief, in Eile Geschenke beschloß, die auf dem Ansbacher Weg entgegengeschickt wurden, eine Maßnahme, die man später nicht verstehen konnte. Als Friedland über das Bayreuther Gebiet kam, war die Nachricht von den Regensburger Vorkommnissen schon allgemein; tiefe Beklemmung und Bangigkeit hatte sich weithin verbreitet.
Nur wenige tausend Menschen sahen den prächtigen stillen Zug sich schwerfällig über die Äcker, zwischen den Wäldern winden. Aber das ganze Heilige Reich hing mit geistigen Augen an seinen Bewegungen. Man sah, wie eine grauenvolle Unverständlichkeit im Reich es dahin gebracht hatte, daß dieser Drache, dieser Herzog zu Friedland, der Wallenstein, sich offen vor aller Blicken in seine Höhle zurückzog, sich versteckte und als entsetzliches Geschick für die ruhigen Landschaften auf seinen Augenblick wartete. Aus kleinsten Flecken wurden die schutzflehenden Deputationen hervorgequetscht; sie berieselten seinen Weg; er grollte nur über die Kanaille, die ihm den Weg versperrte. Seine Garde hatte nicht nötig, auf Requisition auszugehen. Mann und Pferd wurden unter einer Flut von Beteuerungen und Heimlichkeit das Zehnfache von Furage gebracht. Bei den Begleittrupps, den Kriegsoffizieren, stellte sich eine Neigung heraus, selber das Glück zu versuchen, sie sahen die Furcht und Untertänigkeit rechts und links, wurden mit Gewalt gebändigt. Sie fanden Wallensteins Rückzug ebenso sonderbar steif wie einflußreiche andere Männer.
Aber alles veränderte sich, als man sich Eger näherte und die böhmischen Grenzen überschritt. Hier war das dunkle zerrissene Land, aus dem er gekommen war. Er kam zurück. Mit Weltruhm, dem größten Reichtum Europas, von Memmingen. Ohne Amt. Im Berge Blanik schlafen die Wenzelsritter bei Vlasim. Es heißt, daß es dort eines Tages trommeln wird, ein Getöse erhebt sich, die Baumwipfel werden dürr, aus den Quellen werden Flüsse, Blut fließt in Strömen von Strahow bis zur Prager Brücke; Wenzel tötet alle seine Feinde. Das Land sog ihn ein. In zahllosen Krümmungen floß die bräunliche Eger, über Moorwiesen kamen sie, hinter ihnen strahlten tagsüber die Schneegipfel des Riesengebirges. Das hüglige Land ließ sie von einem Rücken auf einen andern gleiten. Aus dem Egerland und Ascher Ge-

biet, von Grünberg, dem Kennerbühl fuhren und ritten die Bauern über seine Straße, begierig ihn zu sehen, wie er aussehe, wie er blicke, der den Dänenkönig zerschlagen hatte und den der mißgünstige Habsburger nach Hause schickte. Ei, mit Kaisern und Königen Kirschen essen! Zwitscherten und geiferten untereinander: «Er hat den Kaiser schön geschoren. Seht die silbernen Partisanen, die Tummelpferde. Hat's dem Kaiser nicht hinterlassen, war nicht dumm.» Sie waren nicht feindselig, wie sie auf den Wiesen und Hügeln standen, zogen klirrend die Kappen, fuhren Heu und Stroh an.
Hinein fuhr er, aufwühlend wie mit einem Schiffskiel, in die Fassungslosen, ihrer Sinne nicht Mächtigen, die in den Konventikeln, den ansässigen Adel, Utraquisten, zwangsweise Konvertierten. Die Rache, die wonnige, die ungeahnte Fürsorge des Geschicks. Abgeschüttelt der Verräter von seinem Herrn, heimatlos, sippenlos. Sollen wir ihn fasten lassen; sollen wir ihn kommen lassen. Die grunzende Inbrunst der Zusammenkünfte, Jubel, der wohlig quietschte, wirbelte: Wallenstein gezwungen, ihre Partei zu halten oder als Privatmann zu verrecken!
Mütterchen Prag am Hradschin sah schweigend, nicht fragend den menschenumschwärmten Zug nahen.
Die Moldau floß unter der grauen Brücke. In seinem orientalisch reichen Palast stieg Friedland ab. Er wohnte abgeschlossen für sich. Nach Sachsen, Brandenburg flogen die leisen Botschaften. Als italienische Maler anfragten, wann sie die Bilder in den Sälen vollenden sollten, kam aus dem Palast der Bescheid, überallhin kolportiert: «Die Herren sollen warten, bis ich davon bin. Glauben die Herren, der Palast werde mein Sarg sein?»
Hinbrütende Demut vor dem verlorenen, wiedergekehrten Sohn, Hin- und Herschlüpfen der Juden, Berater. Wie Paukenschläge einige schwelgerische Feste, dann kühle Empfänge der Sippenverwandten, Worte, als hätte sich nichts ereignet, ein Brief von Eggenberg, einer vom Kaiser, Ärzte.
Wer war das, der in dem neuen Palast hauste?

IN DER Stille des Sonnabends wurde der Kardinal Rocci vor das bayrische Quartier getragen; der Kurfürst war von einer Jagd noch nicht zurück. In der Vorkammer schwatzte der kleine Kardinal mit

jedem Ankömmling von dem großen neuen Sieg, den die Heilige Kirche errungen hätte; der Priester vergab sich etwas, indem er Bediensteten und Kämmerern auf die Schultern klopfte; wenn er allein saß, lachte er laut: «Sie ziehen ab, der Wallenstein und der Spanier. Ist bald die ganze Lombardei leer und gesäubert.»
Als der kreischende Purpurträger Maximilian mit der Neuigkeit entgegenlief, war dem Bayern einen Augenblick, als zischte vor ihm ein Blitz nieder. Er saß mit Rocci nieder, fahlblaß von der Jagd und der Erregung, mit dicken Schweißtropfen um den gespitzten Mund; lächelte gedankenlos zustimmend zu dem Geschwätz des Italieners.
Als der ihn verließ, blieb er, die geöffneten Hände auf den Knien, mit gerunzelter Stirn, Bitterkeit in der Kehle, sitzen. Richel trat ein, freudig bewegt. Kalt tönte die weiche klare Stimme Maximilians: «Habt Ihr etwas anderes erwartet?» «Ich freue mich, daß die Römische Majestät nachgegeben hat.» «Er hat immer nachgegeben, Richel, wo man etwas von ihm wollte. Es war kein Entschluß von ihm. Mein Schwager kennt keine Entschlüsse. Er schickt den Friedländer weg, weil man ihn drängt, und wird ihn wieder holen, wenn man ihn drängt.» «Der Herzog hat ja nicht gewollt zu uns stehen.» Der Kurfürst aufrecht, fest: «Der Vorfall ist lehrreich. Ich werde den Vorfall verstehen. Diesmal besser und erbarmungsloser als voriges Mal. Er hat die Situation verstanden. Wir werden sie ihn weiter fühlen lassen. Wir haben unser Äußerstes anwenden müssen, um dies herbeizuführen. Ich versteh' jetzt weiter keinen Spaß mit ihm.» Er schlenderte an Richel vorbei, setzte sich wieder, den Zeigefinger steif ausstreckend: «Die freundschaftliche Maskerei werde ich in Zukunft nicht dulden. Mir, uns allen ist der Kaiser diese Rechenschaft schuldig. Er hat geglaubt zu versuchen, die Tyrannei uns aufzulegen. Es ist jetzt nicht damit genug, wenn er erklärt, er stehe davon ab. Weil es ihm nämlich nicht geglückt ist. Ich verlange Sühne.» Der Kurfürst sprach den Rat mit feurigen seltsamen Augen an: «Verträge brechen und dann ein Dank schön verlangen, wenn man bereit ist, sie wieder zu halten.»
Maximilian ging mit raschen Schritten an die Tür, an der er rüttelte; er prüfte, ob die Fenster geschlossen waren; er schrie leise: «Wir nehmen dies nicht an. So füttert man hungriges Vieh. Wer sind wir. Ich bin deutscher Kurfürst, dem übel mitgespielt wurde von ihm.»
«Und was gedenkt Kurfürstliche Durchlaucht vom Kaiser zu verlangen?»

«Ich lege eins zum andern. Der Berg reicht bald an den Himmel.» Vor der schmerzlichen Erregung seines Herrn sah Richel, seinen Degen schaukelnd, auf den Teppich; ruhig sagte er nach einer Weile, als sich der Kurfürst im Sessel reckte: «Vielleicht wird es nötig sein, nunmehr zu Präventivmaßregeln zu schreiten und sich vor Schwierigkeiten in Zukunft zu schützen.»
«Ihr erklärt den Wiener Herren, ich könnte mich mit dem Entscheid nicht zufriedengeben. Ihr habt keine Spur von Freude zu zeigen und verbietet es auch den Kämmerern und andern. Wir haben keinen Grund zur Freude. Wir verlangen den Schutz des Reiches und der Kurfürstenlibertät vor Übergriffen, wie sie vorgefallen sind. Die Armee ist jetzt ohne Haupt. Wir verlangen nunmehr Übergang des Generalats an uns.» Richel blickte groß; scharf fuhr Maximilian fort: «Was denkt Ihr? Sie werden dazu nicht lachen. Ich glaube das. Ich habe auch nicht gelacht, als der Friedländer General wurde. Das Lachen wird ihnen vergehen. Es wird keine Ruhe im Reich sein, bis die Kurfürsten die Armee führen. Ich werde mich mit den geistlichen Herren noch verständigen. Es wird keine Ruhe, bis der Kaiser auf seine Erbländer zurückgedrängt ist.»
«Die Armee im Reich wird vom Kaiser und dem Kurfürstenkolleg dirigiert.»
«Sie wird von mir geführt. Ich bestehe darauf. Die Protestanten haben sich selbst ausgeschlossen.»
«Es wird schwer halten, hier den Gewaltstandpunkt zu verheimlichen.»
«Man hat ihn mir gegenüber nicht verheimlicht.»
Bei der Zusammenkunft der katholischen Fürsten im Mainzer Quartier war der Bayer isoliert. Die Herren waren siegestoll, von Jubel beherrscht. Sie hatten sich nicht nehmen lassen, vor Beginn ihrer eigenen Besprechungen durch eine Hinterpforte den Marquis de Brulart und den Pater Joseph zu sich einzulassen und deren Glückwünsche entgegenzunehmen. Die Franzosen taten sehr beschämt, als der Trierer, dem sie eine Pension zahlten, und der sehr geldbedürftige Ferdinand von Köln ihnen alles Verdienst zuschoben an dem fast unglaublichen Ausgang. Der Kaiser, radebrechten französisch die beiden rheinischen Herren, wisse, welche starke katholische Macht hinter der Liga stünde. Der Trierer insbesondere tat, als wäre König Ludwig sein spezieller Bundesgenosse.
Maximilian, das Gebaren seiner Freunde ignorierend, lenkte in

Gegenwart der stolzen Welschen die Unterhaltung auf das kaiserliche Heer. Die Franzosen hörten mit Staunen den bayrischen Plan; sie fühlten den Stoß, hielten es für gut, zu verschwinden. Die Fürsten zappelten gespießt an Maximilians Vorschlag, das Generalat in Zukunft ihm, dem Ligaobersten, zu übertragen. Sie bissen und drehten sich. Grämlich sahen sie, daß sie zustimmen würden. Und ehe sie's dachten, hatten sie zugestimmt. Sie wollten den Antrag unterschreiben. Verfechten mochte ihn der Kurbayer selbst.

Und dann ließen sie ihren Grimm los und ließen ihn poltern vor Maximilian, vor dem sie ihre Ohnmacht verstecken wollten. Sie wollten Rache und Schadloshaltung. Der glotzäugige schwerleibige Philipp Christoph von Trier, breitbeinig auf zwei Sesseln ausgestreckt, ließ aus der Kehle quellen, die Lider wenig hebend, zweihunderttausend Taler versudele der Böhme an Küche und Keller und sei dabei dürr wie ein Faden; Halberstadt habe ihm ein wöchentliches Tafelgeld geben müssen von siebentausend Gulden. Er keuchte: «Der Tropf!» Das harte graugesichtige Männlein unter dem violetten Käppchen, der Reichserzkanzler, kläffte mit seinem breiten gnadenlos dünnen Mund, es hätten sogar in vielen Landesteilen die Leute sich selber auffressen müssen. Auch er hätte mit Mühe gegen solche Fälle einschreiten müssen und geradezu mit Gewalt das für seine Tafel, den Unterhalt der Küche Nötige und für die Abgabe an Rom beitreiben müssen. Vorgebückt der verlebte Ferdinand von Köln rieb sich unruhig die dünne rote Nase; sein Bruder schwieg so lange; dann konnte er sich nicht zähmen, lispelte, gestikulierte: mit Glimpf zu entlassen den Herzog, das sei ein Betrug an allen Landesfürsten. Und darauf murrten knurrten sie zu dritt, bäumten sich, und ihr Groll war nur gerichtet auf den neben ihnen sitzenden feisten kurzleibigen Bayern.

Der gab von sich, daß man sich hier nicht einmischen wolle. Man möge es auf sich beruhen lassen. Denn daß Wallenstein mit Ehren entlassen wurde, versöhnte ihn leise mit dem kaiserlichen Entschluß; er begriff, daß Ferdinand diesen Mann nicht so wegschicken wollte. Wenigstens fürstlich hatte Ferdinand gehandelt, den er als Kaiser hinnehmen mußte.

Im bischöflichen Garten unter den kaiserlichen Gemächern lief der Abt mit dem verwachsenen Grafen. Sie rupften im heftigen Gespräch eine kleine Buche rundherum kahl. Der Abt knallte wieder Blätter vor dem Mund auf. Der Graf Trautmannsdorf schwang die Arme, schlug die Hände vors Gesicht: also es finge alles wieder von vorne an; alles sei umsonst gewesen. «Es ist so, es ist so», der Abt drückte fast besinnungslos Trautmannsdorfs Arm. «Wozu sind wir da?» Sie stöhnten, stampften den Boden.

Der Kaiser sah sie von oben. Er schickte seinen Leibkämmerer herunter, sie möchten ihn erwarten. Dann kam er barhäuptig, der Diener trug Reiherhut Handschuh und Wehrgehenk hinter ihm. Er freute sich, frisch blickend; die Herren, sie möchten es sich recht bequem machen in Regensburg, man sei zwar über den höchsten Berg hinweg, aber es gebe noch allerlei Schwierigkeiten; das würde viel Zeit beanspruchen. Als er die zerknüllten Blätter in den Händen des Abtes sah, meinte er, mit ihnen vorwärts schlendernd, er wisse schon, daß es sowohl vor dem Schiff als auch hinter dem Schiff Wellen gebe. Er plauderte noch allerhand, bis der hagere Graf Strahlendorf, der hinzugetreten war, von dem Besuch Richels begann. Die Herren drängten vor den Kaiser, um sein Gesicht zu sehen. Er riß die kleinen Augen auf, befragte lebhaft den frommen Grafen nach der Sache, dann auch die beiden anderen Herren. Dann schüttelte er mit freudig überraschtem Ausdruck in das Gras blickend den Kopf: «Was! Was! Wünscht er das? Wünscht mein Schwager das? Will er eine so enge Verbindung zwischen mir und ihm? Mein Schwager hätte alles Mißtrauen gegen mich aufgegeben?» Auf die starre verlegene Zustimmung Strahlendorfs – die beiden andern senkten die Köpfe – drängte Ferdinand mit größter Heftigkeit gegen den langen Grafen, ihn am Wams berührend: «Was, das hat Euch der Richel aufgebunden! Er geht hin und her, mißversteht hier und dort.» Jetzt stammelte mit rauher Stimme Strahlendorf, nein, Richel hätte von Dienst und Amts wegen ein quasi Verlangen, um nicht zu sagen Anspruch Bayerns auf die Generalatstelle angemeldet. «Ein Verlangen. Ein Anspruch. Wißt Ihr, daß dies beinah undenkbar ist! Bayern wird sich damit ruinieren. Es soll versuchen, in dies Wespennest zu stechen, Obersten mit großen Gehältern, verwöhnte Soldaten und Reiter, diese Überzahl an Menschen ernähren, kleiden, bezahlen, und – dabei keinem Unrecht tun. Nein, sagt meinem Schwager, es sei sehr lieb von ihm, aber ich könne es nicht von ihm verlangen. Es ist auch nicht richtig, sagt doch!»

Strahlendorf Trautmannsdorf Kremsmünster gingen fast träumend neben und hinter dem Herrn. Wie aus einer andern Welt kam es Trautmannsdorf selbst vor, als er sich genötigt fühlte zu sagen, daß Habsburg diesen Vorschlag ablehnen müsse, da es sonst machtlos werde. Mitleidig lächelnd zog ihn Ferdinand, ihn um die Hüfte fassend, an sich: «Ist mein treuer Trautmannsdorf, der Edelstein in meiner Krone, noch so rückständig. Sind die Zeiten vom Haß zwischen Wittelsbach und Habsburg noch immer da. Wittelsbach hat gesehen, wie gewaltig, unnahbar gewaltig ein Kaiser sein kann. Seht doch um Euch, Herr Graf; nicht so historisch gedacht. Habsburg braucht sich vor keinem Haß mehr zu fürchten. Schon lange nicht mehr.» «Ich sehe es nicht», murmelte Trautmannsdorf. «Aber ich», lachte die Majestät, «bald werde ich Euch auf den Thron erheben und mich zum Berater anbieten.» Er ließ den Grafen los; in einem Rosenrondell stand er tiefsinnig, die Arme verschränkt, da vor den Herren; ein junger Fuchs sprang spielend neben einer Buche an seiner Kette herum. «Der Papst macht Schwierigkeiten, mich zu krönen. Inzwischen hat mein lieber treuer General Wallenstein, der Herzog zu Friedland, mich zum Kaiser gekrönt. Das kann mir keiner strittig machen. Was grabt Ihr die alten Märchen aus.» «Nein», brach er ab, «vorläufig glaub' ich nicht ganz an den Ernst meines Schwagers, das Kommando meiner Armee zu übernehmen. Was sagt Ihr, Ehrwürden von Kremsmünster, zu meinen Rosen? Wenn sie Euch gefallen, will ich es dem Gärtner bestellen lassen. Euer Lob ist ihm eine Erhebung in den Adelsstand.»
Den sich bäumenden Widerstand der Herren drückten ganz nieder der Fürst Eggenberg und der Beichtvater, die aus Göppingen hereinkamen; beide noch erschüttert von dem Ereignis, das sich vollzogen hatte, und in Erwartung der bayrischen Übergriffe. Als Kremsmünster die Frage der Zuziehung des Erzherzogs Leopold aufwarf, war schon klar, daß man einer andern Situation als früher gegenüberstand. Der Beichtvater, bleich und schwer sich erhebend, erklärte seine Hände von allem, was geschehen sei, abzuziehen; er sagte offen, er vermöge gegen den Kaiser nichts anzustiften und zu unternehmen. Eggenberg las ihm vom Gesicht, daß er von dem jüngsten Erlebnis noch geblendet war. Lamormains Gesicht gab deutlich das Gefühl wieder, das sie alle unsicher hatten, daß mit dem Kaiser eine neue rätselhafte Gewalt unter ihnen aufgestanden war. Man wußte nicht, ob man sich dieser Gewalt anvertrauen konnte. Dann vor der feier-

lich traurigen Figur des Beichtvaters wurde man ruhiger. Der Kaiser, der neue Kaiser wirkte.

Langsam stellten sie ihre Gedanken auf ihn ein; langsam erinnerte sich Trautmannsdorf des Satzes Ferdinands, es seien neue Zeiten da. Und als Trautmannsdorf, der Kühnste, am meisten Elastische von ihnen zögernd fragte: «Und wenn es wirklich so wäre, wenn er die Dinge richtig sähe und einen Weg aus der deutschen Zwietracht wüßte?», da bezwangen sie sich alle. Sie fühlten sich bewegt, der Gedanke vom Staatsstreich beschämte sie. Sie hatten sich feurig und erschüttert zusammen gesetzt; nachdenklich trennten sie sich.

«Was sind das für Zeiten», flüsterte erstaunt der verwachsene Graf zum Abt, als sie an dem stumm daliegenden Bischofspalast vorübergingen, der Beichtvater sich zum Kaiser begab, «ich hielt mich noch für jung und bin schon verbraucht, verstehe kaum etwas.» «Ach», seufzte Kremsmünster, «es ist eine Zeit der Experimente. Hätten wir nur den Herzog noch.» «Denkt Euch, ach denkt Euch, der Kaiser will Frieden im Reiche machen, er steckt das Schlachtschwert ein, er will so, so Wittelsbach entwaffnen. Der Gedanke, der Gedanke!» «Gebe Gott und alle Heiligen, daß uns nichts widerfährt.» «Denkt Euch, es sah aus wie ein drohender Kampf zwischen Kaiser und Fürsten, Bayern und Friedland bis aufs Messer, und jetzt – hat der Kaiser den Sieg an sich genommen, ohne auch nur den Degen berührt zu haben. Er hat den Wittelsbach nicht einmal an sich herankommen lassen, und schon war er besiegt. Ohne Friedland! Denkt, Ehrwürden.» «Phantasien, lieber Graf. Der Kaiser denkt es und Ihr denkt es.» «Wer kennt die Wege des Schicksals. Warum sollte nicht einmal eine neue Methode versucht werden. Unsere Heilige Kirche, Ihr seid mir nicht böse, ist stark im Hintergrunde; Urban soll auch viel Artillerie im Kopf haben. Da besinnt sich der Kaiser auf sein Herz.» «Hättet Ihr doch recht.» «Nein, nicht bloß auf sein Herz, auf unser Herz. Es könnte so sein, es könnte doch wenigstens in der Phantasie so sein. Und mit einem winzig kleinen, ameisenkleinen Phantasieaufwand hat der Kaiser unsere gewaltigen Schwierigkeiten behoben. Bah, stehen die Kanonen da, bah, wissen die Generäle nicht, was mit ihnen ist.» «Phantasie, Phantasie.» «Das eine Heilige Römische Reich.» «Ach, es ist ja zum Lachen, Graf Trautmannsdorf. Ich möchte in Friedland und den Bayern gucken.»

So stolz und entschlossen war Maximilian, daß er nach wenigen Tagen sich selbst im Bischofspalast eine Audienz erbat und den Kaiser um Erledigung der schwebenden Heeresfrage anging. Ferdinand hatte noch einmal mit seinen Herren beraten; es waren sonderbarerweise alle Einwände verstummt, gegen die Bestellung des ligistischen Generals Tilly zum kaiserlichen Feldherrn wußte in halber Beschämung niemand etwas zu sagen; ja man hatte sich gewundert unter den Suggestivreden Trautmannsdorfs, wie glatt diese einfache Lösung war und wie fruchtbar sie sein konnte.

Ferdinand ging sanft dem Bayern, der trübe blickte, an die Tür entgegen: «Wie, lieber Schwager, Ihr solltet Euch wirklich zu diesem Opfer entschließen? Ihr wollt Frieden im Reich stiften? Wißt Ihr, es ist ein Einfall von Euch, der so den Kern meiner Erwägungen und innerlichen Beschlüsse trifft, daß ich noch jetzt erschrocken bin. Ja, wie kann diese Tagung besser geschlossen oder gekrönt werden, als indem Ihr oder Euer General meine Armee in die Hand nehmt. Jeder Streit entfällt. Eure militärische Tüchtigkeit ist ohne Zweifel. Und, nein –» Er strich des Bayern Ärmel und lachte ihn herzlich an. Maximilian, finstrer im Anhören geworden, fragte ihn nach dem Lachen. Ferdinand schritt mit ihm in den Saal; nun werde einmal der Bayer alle Sünden auszubaden haben, und in ein zwei Jahren werde es einen Tag zu Regensburg mit vertauschten Rollen geben. Der Bayer, unsicher die anwesenden Herren Eggenberg und Trautmannsdorf fixierend, drängte fort, um sich durch seine Unterhändler der Wirklichkeit der kaiserlichen Erklärungen zu versichern. Er fühlte sich seiner Sinne nicht mächtig, hielt sich mit Zwang von neuem zurück, um wieder zu hören, mit welcher befremdenden Leichtigkeit der Kaiser sprach. Und die seriösen Räte waren zugegen! Zu Boden geschmettert war er; das Geplauder des Kaisers regnete auf ihn.

Dann saß er in der Karosse, nahe in ein nervöses Schluchzen auszubrechen. Unklar kam er sich besiegt vor. Wie ein Mann, der einen Anlauf nimmt, um eine schwere Last fortzustoßen, blind losgerannt ist und die leere Luft zerrissen hat. Unfaßbar das Benehmen des Kaisers; was war das, was war das. Der träge freche Stolz dieses Mannes, diese hochmütige trächtige Liebe. Das Sicherste war in Maximilian gelockert; wie eine Handvoll Bohnen, zwischen Granit geworfen, quellend die Quadern hebt. Maximilian blies die Luft von sich. In dem Logement mit Richel und dem Fürsten von Hohenzollern speisend, betäubte er sich durch klangreiches Reden. Triumphgeschrei rechts und links. Boten von Brulart herüber, Boten an die geistlichen Kurfürsten. Die fuhren am nächsten Morgen vor. Übernächtig genoß Maximilian ihre Angst, die sich nicht äußern durfte, ihr verlogenes Schmeicheln und Jubeln. Maximilian fühlte, er war aus seiner Bahn geworfen; es war ein Zustand wie in den heißen Tagen, als er mit Wallenstein sich verbinden wollte. Wallenstein, dieser klägliche überschätzte Mensch, dieser Lump und Knecht, der sich von seinem Herrn wegschicken ließ und der auch ging, ohne zu murren, wahrscheinlich froh über die Tonne Gold, die er davonschleppen durfte. Heiß rollte der Triumph durch den Kurfürsten. Er hatte das fürstliche Spiel gewonnen. Die Franzosen wurden angemeldet. Maximilian fertigte sie hochmütig ab, und plötzlich haßte er sie, weil sie ihn an seine Angst erinnerten. Abstoßen! Ob sie ihn wohl knebeln zwirbeln und pressen wollten. So früh und rasch erscheinen, um wie Juden Schulden einzutreiben. Schulden, Schulden! Bei der erstaunlichen Szene war Fürst von Hohenzollern zugegen, der nicht daran zweifelte, daß der Kurfürst in einem Schwermutsanfall sprach und die beleidigten Herren zum formlosen Weggehen bewegte. Ihn aber, den Hohenzollern, überfuhr der noch unausgeleerte Kurfürst mit wilden und höhnischen lustgeschwollenen Rufen: ja, es sei nicht nötig, diese Herren sanft fortzukomplimentieren. Man sollte sie aufheben auf deutschem Gebiet oder sie in die Donau stürzen, weil er sie durchschaue, die neidischen, die streitsüchtigen. Sie sollten ihre Finger vom Reich lassen.

Bacchantische und kulinarische Exzesse überschwemmten wieder den Hof. Die Majestät gab sich nach langer Enthaltsamkeit den Ausschweifungen hin. Es wurde erzählt, der Morgen beginne mit Bordeaux, der Abend sinke mit Likören; was in der Mitte flösse, sei auch kein Wasser. Gepränge an den Tafeln mit den geistlichen Herren. Mit der wieder eingetroffenen Mantuanerin. Mit Welschen Spaniern Italienern. Schiene es doch, als sei ganz Regensburg aus dem Häuschen und der Kaiser feiere die Leiche Friedlands weg. Es wurde erzählt, Ferdinand wolle Frieden um jeden Preis; die Mantuanerin bedränge ihn; was Lamormain leiste, würde bald offenbar werden. Und da griff Maximilian zu. Er war auf bekannter Fährte: Ferdinand, der freche Säufer und Fresser! Das war ja das dicke Wildschwein, auf dessen Jagd er sein ganzes Leben über war. Und sein inniges atemloses Gelächter.

Der Kaiser hatte die Kurfürsten an sich gerissen, als wenn er nach ihnen verdurste. Zusammengerufen und einzeln konnte er von ihnen nicht genug haben. Und von den Welschen, den Spaniern, Italienern.

Und sie kamen. Der Riß in Regensburg schien beseitigt. Nach Maximilian rief er am heftigsten, und freudig, heftig gereizt, innerlich brüllend vor Gelächter machte sich Maximilian auf die Füße. Er sah darüber hinweg, daß dieser Glanz erpreßter Reichtum deutscher Kreise war; es machte ihm heißes, unter Spott wucherndes Vergnügen, daß der Kaiser ihnen allen diesen Glanz hinhielt, als wüßten sie nichts, ahnungslos leichtherzig wie einer. Ferdinand, der Kaiser blieb, weil ihm keiner ernsthaft böse wurde. Und der seinen Feldherrn geopfert hatte, wahrhaftig, aus keinem andern Grunde, als um Frieden zu haben, mit ihnen allen, und – wieder ruhig zu pokulieren.
Und dieser selbe Gedanke stieg in einem andern stillen Teilnehmer der Feste auf, Lamormain, wie Maximilian auf der Suche nach der Gebärde Ferdinands, den Kaiser betastend; den Kaiser anbetend, sich vor ihm kasteiend. Er wurde von dem allgemeinen Erstaunen über den verwandelten Herrscher mitgerissen.
Dieses Zwitschern Fragen Horchen am Hofe. Herübergeholt die Meisterköche aus Wien mit dem Stab der Pastetenbäcker, Zuckerküchler, Erbauer der Riesentorten; auftauchte die Schar der Truchsesse Vorschneider Mundschenke Kredenzer. Mit dem schwarzen Stab spazierte zur Musik herein der Oberstabmeister vor den dunstumhüllten Speiseträgern. Auf den Tafeln vor den zerreißenden Menschenzähnen das getötete Getier des Waldes, das singende fliegende tänzelnde, Auerhahn Schwan Pfau weißer Reiher Kranich roter Fasan. Zuckerbrot Marzipan Sülzen. Inmitten der überflutenden Leckereien auf der Tafel die weiße Pyramide, um die die vier Elemente saßen; Fortuna goldgelockt, purpurgekleidet auf einer Kugel, die unter ihren spitzen Zehen rollte. Gemisch der Nationen an den Tafeln, erfreute Münder, erbitterte Stirnen; der Deutsche vertrinkt den Schmerz, der Italiener verschläft den Schmerz, der Spanier beklagt den Schmerz, der Franzose besingt den Schmerz. Musik: wer weiß, was Schmerz oder Freude ist. Feuerwerk Ballett Stechen Jagden Frühstück.
Entsetzt der schwarze hinkende Lamormain hinter dem aufgeblähten glückvollen Kaiser: «Den Herzog hat er verstoßen, als wär' es nichts. Er hat ihm seine Königreiche gerettet. Jetzt weiß er nichts mehr davon. Er hat es vergessen. Er hat den Friedländer schon vergessen.» Ein gräßliches Gefühl durch den Pater. Wie ein Kind sah Fürst Eggenberg den Habsburger sich zwischen den schlemmenden Herren und Fürsten bewegen; er zuckte die Achseln: «Wohl uns, wir

sind über den Berg.» Unvermerktes Abreisen der Räte Trautmannsdorf und Kremsmünster aus Regensburg vor dem erschreckenden Anblick ihres Herrn.

Auf Wagen Pferden neben dem Kaiser die Mantuanerin. Die Sicheln der schwarzen hochgeschwungenen Augenbrauen, die brennenden Blicke, die straffen glatten Wangen. Um sie reitend auf weißen Gäulen anmutige Franzosen, die rechte Hand in die Hüfte gestützt, mächtige Goldschärpen. Beim ersten festlichen Empfang der Fürsten im Bischofspalast schritt sie neben dem Kapuziner Joseph durch die Säle spitzfüßig auf weißen Schuhchen, den gelben Rock mit beiden Händen vorn gerafft, daß das purpurne Unterkleid schimmerte; bis über die Knöchel entblößte sie ihre Füße, die weißen Strümpfe. Goldgelbes Kostüm bis zu den Achseln ausgeschnitten, Perlen um den Hals in fünffacher Reihe; feine gelenkige ebenmäßige Büste, die Arme in weißen weiten Atlas geschlagen. Das Haar schwankte in Locken seitlich über den Hals, aus dem Nackenknoten stieg schwer eine tellergroße Sonnenblume. Der siegreiche strenge Mund. Der Herr gab ihr nach, daß für Italien die Friedensverhandlungen begannen. Sie hatte nicht genug daran, Casale stand vor dem Fall. Sofort mußte der Waffenstillstand beschlossen werden. Mit Flüchen auf die Welt gehorchte der alte Spanier Spinola, nach drei Tagen war er wahnsinnig, bald tot. Die Kaiserin erschauerte vor Wonne. Ihrem Oberstkämmerer sagte sie, dem Pater Joseph schrieb sie: «Meldet Kollalto, er belagere Mantua und mit Mantua meine Seele. Ich werde ihm goldene Ketten, Land und alle Auszeichnungen verschaffen, wenn er mir und meiner Stadt wieder Freiheit verschafft. Er möchte nach Wien kommen, er soll es sich nicht überlegen, wir erwarten ihn.»

Nur noch gelegentlich wurden in der Sommerhitze Verhandlungen gepflogen, die Kurfürsten baten um Aufhebung des Kollegialtages. Man schaffte die Ernte in die Scheuern. Tilly, der eisgraue kleine fromme Mann aus Brabant, war Feldherr der beiden Heere. Das kaiserliche Heer vermindert wie das ligistische. Friede im Reich und bald Friede an allen Grenzen.

Vor den Quartieren der Kurfürsten standen die breiten Reisewagen. Die Räder hoch, tief hängende Kästen, mit Kronen an den Schlägen und über den Decken. Der Lärm der Bankette in der Stadt ging weiter. Hinein stieg seufzend der schwere Trierer, sah sich müde um, schlief ein. Hinein behaglich grunzend der pergamentene Erzkanzler; der Wagen rollte. Widerstrebend der lüsterne Kölner, den das Klirren und Juchzen der Stadt hielt. Mit starken Sprüngen Maximilian, Richel neben sich, der Wagen geschlossen, die Vorhänge zu; mit Frankreich al pari, die kaiserliche Macht in seiner Hand.

Die Franzosen hielt es lange in Regensburg, sie konnten sich von dem unglaublichen Anblick dieses deutschen Untiers nicht losreißen. Die hoheitsvolle Maske des Kaisers, des Schlemmers, neigte sich täglich über sie; sie schworen ihm, keinen Feind des Reiches zu unterstützen.

Seine Augen waren wie die eines Schielenden; man wußte nicht, ob man ihn ansah.

FÜNFTES BUCH

SCHWEDEN

Über die Wogen der graugrünen Ostsee kam die starke Flotte der Schweden windgetrieben her, Koggen Gallionen Korvetten. Bei Kalmar unter Öland, bei Västervik, Norrköping, Söderköping hatten sie die gezimmerten Brüste und Bäuche auf das kühle Wasser gelegt, schwammen daher. Die bunten langen Wimpel sirrten an den Seilen und Gestängen. Voran das Admiralsschiff Merkur mit zweiunddreißig Kanonen, dann Västervik mit sechsundzwanzig, Pelikan und Apollo mit zwanzig, Andromeda mit achtzehn; dreizehn auf Regenbogen, zwölf auf Storch und Delphin, zehn auf Papagei, acht auf dem Schwarzen Hund. Der Wind arbeitete an der Takelung, die Segel drückte er ein, die breiträumigen Schiffe bogen aus, stießen vor, glitten wie Wasser über Wasser. Dann griff der wehende Drang oben an, sie beugten sich vor, schnitten, rissen schrägwirre sprühende Schaumbahnen in die glatte fließende Fläche, stellten sich tänzelnd wieder auf. Die Tausende Mann, die Tausende Pferde auf den Planken. Das Meer lag versunken unter ihnen. Die Schiffe rannten herüber aus Elfsnabben, dem weiten Sammelplatz, nach einem anderen Land. Da stand die flache deutsche Küste. Wie Urtiere rollten torkelten watschelten die brusthebenden geschwollenen Segler, tauchten, hoben sich rahenschlagend aus dem herabrieselnden Wasser. Als die flachen Boote, die Kutter Briggen Schoner vom Ufer anschwirrten, erschien der weiße Strand. Triumphierend leuchteten die nassen bemalten Gallionen und Koggen. Auf den stillen verlassenen Strand stiegen Menschen nach Menschen, fremdländische Rufe. Drohend schlugen von den Schiffskastellen Kanonensalven über das Land.
Die Männer aus Svealand und Gotland, von Söderhamn Örebro Falun Eskilstuna, Fischer Meerfahrer Bergmänner Ackerer Schmiede, die starkbeinigen kleinen Menschen aus dem seenreichen Finnland, die noch mit den Bären und Füchsen zu kämpfen hatten, in Waffen geübt, schwärmten in Eisen und Stahl, Pferde Wagen und Kanonen führend über die wehrlose Insel. Hinter ihnen kleine schwarzhaarige scheue Männer, behende Lappen, mit Pferden Pfeil und Bogen. Sie führten Faschinen Körbe, schleppten Brot und Bier.
Sie liefen Schloß Wolgast an; überschwemmten es im Nu. Die Oder floß breit und ruhig in die Ostsee; an ihr lag die Stadt des Pommernherzogs Boguslav, Stettin. Er hatte jahrelang die Aussaugung und Bedrückung der friedländischen Truppen erduldet, war an die Kurfürsten gegangen, an den Kaiser in Regensburg. Weißhaarig mit einer kleinen Leibwache stand er auf dem Bollwerk, zitterte trotz der

Wärme in seinem silbergestickten Röckchen. Im blauen Wams mit plumpem Wehrgehenk verhandelte ein schwedischer Kapitän mit ihm in der Sonne drei Stunden. Währenddessen fuhren langsam die achtundzwanzig Kriegsschiffe näher, Merkur mit zweiunddreißig Kanonen, Västervik mit sechsundzwanzig, Apollo, Pelikan mit zwanzig, Andromeda mit achtzehn, Regenbogen mit dreizehn, Storch Delphin mit zwölf, Papagei mit zehn, Schwarzer Hund mit acht. Hinter und zwischen ihnen schwankten die riesigen Transportschiffe. Da zog sich der Herzog, den Hut lüpfend, einige Minuten in ein Zelt zurück, das man hinter ihm aufgestellt hatte, und sprach mit seinem Oberst Danitz, der Pommerns Neutralität mit den Waffen der Bürger zu verteidigen schwur. Boguslav schüttelte ihm, Tränen in den Augen, die Hand; es sei zuviel, erst die Kaiserlichen, dann die Schweden. Ging, nachdem er sich geschneuzt hatte, gebrochen zu dem stolz wartenden Parlamentär hinaus. Nach ihrer Unterhaltung zogen sich die Kriegsschiffe zurück, ließen den Transportern Platz; Hunderte auf Hunderte Schweden bestiegen das Bollwerk; der Herzog stand noch starr vor seinem Zelt, wurde nicht beachtet. Viertausend Mann nahm Stettin auf; die Bürgerfahnen zerstreuten sich ängstlich.

Nach fünf Tagen saß der Herzog im Stettiner Schloß mit dem beleibten blonden Gustaf Adolf an einem Tisch; der erklärte ihm, während er schlaff zuhörte, sie hätten gemeinsame Interessen, die sie auch schriftlich formulieren müßten; der Römische Kaiser sei ihrer beider Feind. «Es ist mein Kaiser», sagte Boguslav, «dem ich Treue als Reichsfürst schuldig bin.» So einigten sie sich nach Gustafs mitleidigem Lächeln; demütig unterschrieb der Herzog, daß er sich mit dem Schweden zu gemeinsamer Verteidigung gegen die Landesverderber verbünde; «unbeschadet Kaiserlicher Majestät», das setzte der Herzog selber zärtlich hin. Die pommerschen Stände fanden sich im Schloß ein; ihre große Not erörterte der König beredt vor ihnen; er suchte ihren Zorn auf den Kaiser zu entfachen. Nach einer Konferenz mit ihrem Herzog fanden sie sich bereit, dem schwedischen Ansinnen entsprechend zweihunderttausend Taler zu zahlen und eine dreiprozentige Hafenzollabgabe zu gewähren.

Wie die Schweden aus der traurigen Stadt, in der sie eine Besatzung zurückließen, hinaus ritten und marschierten, stießen sie in ein leeres Land. Die wenigen Bauern liefen erstaunt um die fremden starken Scharen, die Lappen mit den Bogen, hörten durch Dolmetscher, daß diese Männer alle über die Ostsee gekommen seien, um sie zu beschützen in ihrem Glauben und gegen die Bedrückungen der Kaiserlichen. Sie verbreiteten das Gerücht von der anschwemmenden Menschenwelle weiter, retteten ihre Pferde und Vorräte an feste verborgene Orte. Durch Vorpommern verbreiteten sich die Fremden, zehntausend Infanteristen, zweitausendfünfhundert Reiter, in völliger Einsamkeit, bei Damgarten wippten sie über die Mecklenburger Grenze. Wie rann es durch die erwartungsvolle Seele des Königs und seiner Umgebung, daß dies das Land des gigantischen böhmischen Mannes war, das wehrlos vor ihnen lag.

Das Wort ließ der König wieder schwellend aus seinem Munde los, Trommler trugen es über die Dörfer: er sei der schwedische König, ein Bekenner der lutherischen Lehre, der mit seinen Männern zu Schiff herübergekommen sei, weil er von der Not seiner Glaubensverwandten gehört hätte. Er hätte es kühnlich gewagt herüberzukommen und die Löwenhöhle zu betreten, wenn auch ihn das Untier anspringen sollte. Sie aber seien zu seiner Verwunderung vom alleinseligmachenden Glauben abgefallen und in des bösen Wallensteins Dienste getreten. Sie sollten achtgeben. Wenn sie seinem Rufe nicht nachkämen, Hab und Gut mehr achteten als ihre Seligkeit, so wolle er sie als Meineidige, Treulose, Abtrünnige, ja ärgere Feinde und Verächter Gottes als die Kaiserlichen mit Feuer und Schwert verfolgen und bestrafen.

Vor dem harten Geschrei der Eindringlinge grinsten die Leute. Das Stillschweigen und Lächeln verbreitete sich wie ein Luftraum um das marschierende Heer, bis sie auf Savelli stießen, den kaiserlichen Feldmarschall, vor dessen stumm wartenden Massen sie grollend und fauchend zurückwichen, zurück durch den Paß von Ribnitz nach dem ausgemergelten Pommerland. Die prunkvollen Orlogs, die breiten Transporter schaukelten auf der Oder bis nach Dievenow; die Wochen aber schlichen hin. Untätig lungerten die Fremden auf dem pommerschen Boden, ihr feister König stieg mit seinem Sekretär, dem hinkenden Lars Grubbe, durch die Lager, sprach ihnen, äußerlich sorglos, zu, lachte gezwungen, wenn sie ihm nachriefen «Dickkopf, Schmerbauch», gab, sich gemein machend, ihnen ihren Ton wieder. Sie duzten ihn: «Monsieur König, wenn du so streng bist, schaff uns auch Schuhe.» Er zog sich auf der Lagergasse seine hohen Stiefel aus, ging barfüßig weiter; sie schwenkten auf Stangen die Stiefel und warfen sie hinter ihn: «Zahl uns Sold!» Es hieß kurzen

Prozeß machen; man konnte nicht in Pommern verkommen. Aus Preußen kamen schwedische Reiter herüber, man wartete auf sie in den eisigen Winter hinein.

Dann zogen sich die Schweden aus Stettin und Pommern, von den Schiffen, aus den Inseln zusammen wie ein Geschwür, das aufgehen will, belauerten vor Damo ein paar Wochen die Kaiserlichen, die drüben in Greifenhagen in Massen verdarben unter Schaumburg, dem Nachfolger des toten Torquato Conti, der das Land verelendet hatte. Am Weihnachtsmorgen um fünf Uhr begann drin das Läuten, die Kanonenschläge aus Eisen Kartätschen und Granaten legten sich über das gräberübersäte Vorgelände, die armseligen Häuschen draußen, in die verzweifelte Söldner aus der Stadt geflüchtet waren, schoben sich blitzend über Mauern und Kirchen, sprangen mit Geroll und Gekrach auf die verriegelten Tore. Die gingen auf nach Süden, und ehe eine Bresche geschlagen war, ergossen sich die armseligen Söldner über die Brücke, ihr Leben rettend durch die Flucht, wateten durch die mörderische Kälte des Stromes, trollten klagend durch den Schnee, viele ohne sich umzublicken, bis die Kanonen hinter ihnen verhallten, auf Frankfurt zu.

Zersprengt die ruhmreichen Regimenter Sparr Wallenstein Götz Altsachsen. In der Mauer ein Loch so groß, daß zwanzig Wagen einfahren konnten. Hindurch warfen sich im Schwung die Schweden, sprengte die schnaubende Kavallerie, weg über die Toten im Mist, über die Häuser hin, über die Bewohner, an deren Leib und Gut sie sich sättigten, bis die Trompeten bliesen. Geschrei Geächz Gejubel zum Himmel auf am Tage der Geburt des heiligen Christkindes.

Das Tosen der Fremden hielt tagelang an, ganz Pommern hatten die Deutschen geräumt. Wie ein Tänzer, der auf der Zehenspitze steht und sich wie zum Hinstürzen schräg nach vorn fallen läßt, um im wilden Wirrwarr davonzurasen, so blieben die Männer von Götland eine Woche in Garz und Greifenhagen; dann riß es sie über den pommerschen Boden, die flache breite Tenne.

Und in einem Sturz herunter nach Brandenburg. Der apathische Kurfürst Georg Wilhelm flehte, an seinem Land sei nichts mehr als Sand und Kiefern. Gustaf richtete Kanonen auf Berlin. Den schwächlichen Schloßherrn ließ er zu sich in einer Kutsche ins Lager holen, dankte ihm für die endlich gefundene Entschlossenheit, und er werde ihm Gelegenheit geben, sich an dem Kampf für die evangelische Sache zu beteiligen, mit dreißigtausend Talern monatlicher Abgabe.

Der König erhob sein Herz. Sein Hauptquartier schlug er in Bärwalde auf. Sein Gesicht bekam Farbe. Er suchte Parteigänger.
Im Schlosse zu Upsala hatte er zwei Jahre zuvor zu acht Männern gesprochen: «Der Stein ist auf uns gelegt, daß wir den Kaiser entweder in Kalmar erwarten oder ihm in Stralsund begegnen. Nun muß mein letztes und höchstes Ziel sein ein neues Haupt der evangelischen Christenheit, das vorletzte eine neue Verfassung unter den evangelischen Ständen, das Mittel dazu der Krieg. Zugrunde gerichtet muß der Katholik werden, sonst kann der Evangelische nicht bestehen; ein Vergleich oder Mittelding besteht nicht.» Er hatte Männer und Kapital aus seinem Reich genommen, daß die Menschen in Ost- und Westgotland und Svealand sich von Baumrinde und Eicheln nährten; den Alleinverkauf von Getreide, ein Kupfer- und Salzmonopol hatte er an sich genommen, den Münzstand verwildert. Sein hahnenlautes Gekräh in Bärwalde: «Der König von Schweden ist hier», lockte einen schuldenverkommenen verluderten deutschen Fürsten an, einen Landgrafen von Hessen-Kassel. Der verschwur sich, breitbeinig und feige vor dem lauernden König sich bückend, ihm seien seine Prozesse verdorben und durch die Parteilichkeit des Kammergerichts verloren gegangen; kein Recht hätte mehr der Evangelische im Reich. Der König, die Verlogenheit des bramarbasierenden Schlemmers vor sich erkennend, versprach mit tränenden Augen, empört zitternder Stimme, sich des Hilfeflehenden anzunehmen zur Ehre Gottes und zur Verteidigung unschuldig bedrängter Christen. Sie gingen nicht auseinander, ohne daß der Landgraf einen Geldvorschuß vom Schweden annahm unter ehrfürchtigem Speicheln vor dem ritterlichen Amt des Eindringlings, dem er versprach, das Hessenvolk gegen den Kaiser rebellisch zu machen. Wogegen ihm der leutselige Fremde das Fürstbistum Paderborn, Höxter, das Eichsfeld, Hersfeld in baldige Aussicht stellte. Trunken zog der Hesse ab.
Eine geängstigte Sondergesandtschaft der alten Stadt Magdeburg lief ihm auf dem Wege unversehens zwischen die Beine; er führte sie im Triumph selbst in das Haus des schmerbäuchigen frommen Schweden, von dessen Lippen noch einmal Lobsprüche ableckend, ehe er sich in sein Land verkroch.
Den Magdeburgern hatte der Hesse das Herz schon mutiger gemacht mit seinem verführenden Jubelpreisen des Messias aus dem Norden; lecker rückten sie an vor ihm, der noch seinen Zorn ausschrie über das Unrecht, das der Hesse erfahren hatte. Sie standen zu fünf neben-

einander. Und nun erst, wo sie die sanfte unverständlich sprudelnde Sprache der Türhüter, des einführenden Kämmerers hörten, fuhr ihnen ein kaltes peinliches Gefühl über die Haut. Sie verloren ihre Angriffskraft und brachten es auf das Zureden des listig sie anblickenden mächtigen Mannes auf dem Sessel nur zu matt gezimmerten Wendungen. Nur einem unter ihnen, einem jungen Habenichts, gelang es, über sein Unbehagen hinwegzukommen; er floß über von Scheltreden auf die Ligisten, den weiland Friedländer und sein Pack, stimmte ein, als jener liebreich nach dem Römischen Kaiser fragte, daß der nichts sei als ein gierig weites Maul und das sündhafte Restitutionsedikt das Tranchierbesteck, mit dem er sich den Braten zurecht machen wolle.

Die Worte fand der rot werdende Gustaf verständig, schrie wieder des Hessischen Unrecht aus, und nach zehn Minuten standen da im hitzigen sich steigernden Wechselgespräch die fünf Männer mit geschwollenen Köpfen, schmähend auf den Römischen Kaiser, den blinden Hund, schändlichen volksverräterischen Papisten, gestikulierend, triefend vor Genugtuung, sich gegenseitig anrufend ermahnend, und ihnen korrespondierte das aufgewühlte schwerblütige Geschöpf aus Schweden, der überseeische König, der gierig den Kaiser schwur anzupacken gerade wie ein Hund den andern, bei der Schnauze, der Flanke, ihm die Seite aufzureißen, den Kiefer zu brechen für alle Schmach, die er der evangelischen Brüderschaft angetan habe. Ihre brühende Hingerissenheit verdampfte und sie spuckten noch; der König freute sich satt. Er dankte ihnen. Sie würden voneinander nicht lassen. Er schickte ihnen einen gewandten jungen Menschen mit, der ein unwiderstehliches Mundwerk hatte, Stallmann, der die alte Stadt Magdeburg in den Rausch der nahenden Befreiung setzen sollte. Die fünf zogen mit ihm, wie königlich belohnt, ab.

Gustaf Adolf saß noch am Abend, wie sie ihn verließen, mit dem hinkenden blassen Grubbe und einem kahlen Riesenschädel, Oxenstirn, dem Kanzler, zusammen, prustete, schäumte. Sein Werk gedieh. Die Magdeburger wollte er nicht lassen. Lachte, grölte: trefflich hätte der Kaiser sie malträtiert, das Diversionswerk Magdeburg sollte geschmiedet, die halbe kaiserliche Armee daran gebunden werden, inzwischen werde er sich auf Frankfurt werfen. Auch Oxenstirn hegte volles Vertrauen auf die evangelische Festigkeit der Magdeburger, seufzte hoffnungsfreudig über Stallmann.

Noch in diesen Tagen beschlich den König in Bärwalde der Mann, den er lange erwartet hatte, der glotzäugige rotbäckige aus Bayern flüchtige Charnacé. Der Franzose fuhr ihm mit einem Jubelschrei an die Brust; nun sei endlich die Stunde da, wo er auf dem Boden des verruchten heimtückischen gewalttätigen Deutschland neben einem anderen Fremden stehe. Ja, sie stünden hier im Deutschen Reiche; der Kaiserliche sei von seinem Boden geflohen und er sei glücklich und freue sich, freue sich. Und er wiegte sich in den Hüften, öffnete liebevoll demütig die Hände vor dem König. «Ich bin», tat Gustaf grimmig, «nicht wie eine Maus in diese Scheuer gekrochen, um drin fremdes Korn zu beknabbern, sondern Ordnung zu schaffen und zerrissenen Glaubensverwandten zu helfen.» «Unermeßlich ist die Grausamkeit Habsburgs, Mörder und Totschläger sind seine verhungerten Soldaten. Wir wollen helfen, das Reich von dieser Plage zu befreien. Rechnet auf uns.» «Ihr seid katholisch. Hä! Ich mag die Katholischen nicht.» «Wir lieben Euch, Majestät von Schweden. Ich kann nur jubeln vor Euch, seht mich an. Was kommt es jetzt darauf an, ob katholisch oder evangelisch. Ihr steht in Pommern; wir betrampeln deutschen Boden, ohne daß es uns einer verwehren kann. Wir schlucken ihre Luft. Wenn Ihr Trompeterkorps Trommler habt, laßt sie schmettern und schlagen, schwedische Weisen; ich will Franzosen heranholen, daß sie blasen, man soll hören: Fremde sind im Heiligen Römischen Reich; der Habsburger sitzt in Wien: er soll kommen, uns verjagen.» Gustaf staunte: «Habt Ihr einen abgründigen Haß, Herr.»
Dann begann das Feilschen; Soldaten hatte der Franzose nicht, aber Geld. Er leitete die Unterhandlungen ein mit dem grinsenden Hinweis auf seine Schlauheit; es sei ja im Regensburger Vertrag geschrieben, Frankreich dürfe keinen Feind des Kaisers unterstützen. Und er täte es doch. «Aber», dabei lachte er wie ein Narr, «heimlich!» Wenn er sagte «hunderttausend Reichstaler», schrie der König «nicht genug». Sagte er «zweihunderttausend», «nicht genug». Gustaf Adolf neben dem Riesenschädel Oxenstirns trieb den Franzosen höher und höher, schwur, er verkaufe seine Seligkeit nicht so billig, wenn er einen Papisten an sich hänge, müsse mehr haben dafür. Auf vierhunderttausend Reichstaler kam der Franzose. Da hatte der Schwede genug. Soviel sollte ihm der Franzose, lachte er mit Wonne, jährlich beisteuern, damit er den Götzendienern den Garaus machen könne und zuletzt vielleicht ihm selber, dem zarten Franzosen. Er wolle dreißig-

tausend Mann zu Fuß bereit halten, dazu sechstausend Reiter. In lärmender Freude, Hohn im Herzen, schied man voneinander.
Und wie der Hesse die Magdeburger geführt hatte, lockte der Welsche die Holländer hinter sich. Fast versprach sich Charnacé, als er mit der holländischen Deputation tuschelte: «Er ist ein Tölpel», wollte er sagen, «man muß ihn vorsichtig nehmen, er ist verbissen in seinen evangelischen Aberwitz, man darf ihn nicht stören.» Dann fiel ihm ein, daß er Protestanten vor sich hatte, und schaukelte sich vergnügt neben ihnen: auf ganze vierhunderttausend Reichstaler hätte ihn stolz der Schmerbauch getrieben; fünfhunderttausend, nein, eine Million hätte er bieten können. Seien sie gewarnt. Sie dankten mürrisch, mißtrauisch ließen sie ihn nicht zu den Verhandlungen zu; die Hochmögenden im Haag zahlten dem Schweden soviel sie vermochten, weil es ihr Glaubensverwandter war.

DIE SCHWEDEN hatten bei Greifenhagen am Sieg gelutscht, Stiefeln Brot Bier Geld strömte ihnen zu, man hatte nicht Lust zu verweilen, schob sich über Neu-Brandenburg, Klempenau, Treptow auf Demmin an der Mecklenburger Grenze, zwischen Morasten gelegen. Der römische Herzog Savelli, der den päpstlichen Dienst quittiert hatte, schlemmte hier. Den Bauern pflegte er die Pferde vom Pflug zu nehmen, um die Haut an den Schinder zu verkaufen. Nach drei Tagen Kapitulation. Der Schwede sagte lustig im Zelte dem Italiener, er bedaure, daß er zu Rom seinen herrlichen Posten verlassen habe. Dann, nachdem er trompetenblasende Abordnungen mehrerer Regimenter versammelt hatte, ließ er den eleganten Herzog mit goldenen Ketten, langem Zobelpelz, prächtigem ins Gesicht gezogenem Federhut vor einen Pflug spannen; ein aufgegriffener Bauer mußte ihn anzäumen. Die Soldaten trommelten, Hunde sprangen über den keuchenden Herzog, eine Pferdehaut mit Hufen und Schwanz wurde von rückwärts über seinen Prunk gebunden, er stürzte zusammen. Der König stand auf, die Knechte schwangen die Peitschen: «Mag sich das Fell seiner erbarmen. Pflüge! Pflüge!»
Auf das Gerücht von dem landfreundlichen Vorgehen des überseeischen Söldnerführers sammelten sich an der Brandenburger Grenze, aus der Gegend von Schwedt und dem Finowkanal, Bauern, zogen in dichten Rotten und Fahnen dem König nach, den sie bei Anklam

im Schneesturm mit seinem jubilierenden Heere stellten. Er wollte weiter südwärts, auf Kurbrandenburg. Die zehn alten Männer, die mit drei buntbemalten Fahnen demütig vor ihm standen, blickte von seinem ungeheuren Streitroß Gustaf freudig an, gedachte eine evangelische Gesandtschaft zu begrüßen. Er war so ungeduldig, zu hören, was sie hatten, daß er ihnen nicht nachgab, sie im Quartier anzuhören, sondern sofort auf durchwehter kahler Landstraße zwischen dem Rollen des Trains und dem Flöten und Klappern der Soldaten. Sie mußten mehrfach die Plätze wechseln, weil der König sie nicht verstand, Dolmetscher dazwischenliefen, der Schnee ihnen in den Mund stäubte. Wenn der fremde König denn sich so der Bauern annähme, wie er vor Demmin an dem Landverderber Savelli gezeigt hätte, so möchte er an sie denken. Und dann zählten sie ihre Leiden auf; das Pferd des Königs bäumte sich, Gustaf tauschte zornige Blicke mit seinen Begleitoffizieren. Mit einem Fluch warf er seinen Reitstock auf den Boden. Er zwang sich zur Ruhe, bückte sich herunter, als man ihn wieder aufhob, schrie dicht bei ihnen, ob sie evangelischen Glauben wirklich hätten, wie sie vorgäben, ob sie ihn nicht belögen, nicht wüßten, daß der Heiland für sie am Kreuz gestorben sei, aber nicht, damit sie das heilige Bekenntnis wie ein faules Stück Fleisch wegwürfen. Sie beteuerten, sie seien fromme lutherische Christen, aber sie verkämen, verhungerten mit Weib Kind und Vieh, wenn noch ein Heer in ihr Land fiele; baten mit aufgehobenen Händen ihn um ihres gemeinsamen Glaubens willen um Verschonung mit dem kriegerischen Einfall. Er wütend und speiend, sie umkreisend. Sie verstanden nicht, was er sagte, im Toben stotterte er mit gedunsenem Gesicht schwedisch; er hätte sein Volk geplündert, um den alleinseligmachenden Glauben zu bewahren, für sie an erster Stelle, und sie bettelten bei ihm. Sein Pferd sprang um sich; er ließ sie nicht von der Stelle. «Herr, wir sind fromme evangelische Christen, der Krieg verdirbt uns.» Da nahmen sich die Offiziere der Wut ihres Herrn an, der sich von ihnen nicht losreißen konnte; sie ritten auf die Bauern los, schlugen mit flachen Klingen auf ihre Köpfe. Gustaf selbst, sich befreiend, riß sein Pferd herum; und sein schweres kettenschaukelndes Tier, zu langsamem Schritt gebändigt, stampfte zwei Bauern an; andere warfen sich in den Schnee. Er ritt davon, die Herren hinterdrein. Kreischend beluden sich die Bauern mit den getretenen Männern, die Fahnen zerschlugen sie: «Das ist kein Evangelischer, das ist kein Evangelischer.» Kreischend marschierten sie Tag und

Nacht durch die Dörfer. Jubilierend das schwedische Heer hinterher.

Der kleine eisgraue Brabanter war von Regensburg wie ein Glücksbetäubter aufgebrochen. Er hatte vor der Kriegsbühne gestanden, an dem Spiel neiddurchwühlt gemäkelt; durch einen Vorgang wie im Traum war er von seinem Platz bewegt, er, der Tilly, mitten ins Spiel gestellt. Der klagende strenge uralte Tserclaes von Tilly regierte die ungeheure Szene von dem weithin sichtbaren Platze, gegen den sich eben Kurfürsten und Stände erhoben hatten. Er wollte nicht mehr Tilly sein, der dem quälenden bayrischen Maximilian unterstellt war; verwischt, versenkt der fabelhafte Feldzug in Ungarn, die Jagd hinter Mansfeld, gnadenlose Vertilgung der Rebellen, Verschlingen der Dänen. Die Taten Wallensteins liefen wie Doggen, die man tritt, neben ihm; eines Tages werden sie verrecken. Heimlich schwellte es ihn, als er nach Norden zum Heere fuhr, das ihm von Wallenstein überkommen war; die prächtigen sechzehnspännigen Karossen Wallensteins trabten durch sein Gedächtnis, rotjuchtenüberzogene Troßwagen in langer Reihe, silberne Partisanen der Leibgarde. Es labte ihn; dabei stieg hinterrücks ein unheimliches Gefühl der Ohnmacht über ihn, er suchte ihm bang auszuweichen.

Und wie er nach Norden vorstieß, wehten wilde Gerüchte um ihn; es wurde deutlicher: das schwedische Heer hatte sich spielend der Außenforts des Reichs bemächtigt, auseinandergestoben die Regimenter des Savelli. Das konnte wahr sein. Tilly rang mit sich. Seine Nächte waren durchtobt vom keuschen sorgenvollen Widerstreben gegen seinen Ehrgeiz, die Sehnsucht. Es hieß Farbe bekennen. Er war tief verstrickt in diesen Kampf. Die Gerüchte wehten an ihm vorbei. Er wollte ein frommer Christ bleiben, nicht rebellieren, wie es auch kam.

Und zittrig schwur der alte Wicht eine Stunde, sich im Zaum zu haben, schüttelte in der nächsten Stunde den Friedländer am Kragen, schwitzte vor Freude, war matt und arm.

Draußen unter den Schneestürmen begann es von Tag zu Tag lebendiger zu werden. Der Lärm war kriegerisch, Reiter, Wagen, schreiende Marketender; einmal kämpfte die Begleitung des Brabanters mit bewaffneten Wegelagerern.

Da mußten die Vorhänge des Wagens geöffnet werden. Auf der Chaussee, auf den Feldern: es hatte sich etwas begeben!

Da lag nicht nur Schnee! Zertrümmerte Fähnlein schamlos unter

ihren Führern vorbei! Bauernhöfe, vor denen Kanonen standen, riesige Rohre auf Wagen, um die sich keiner kümmerte. Diese Welt; es hatte sich etwas begeben. Der Schwede hat sich der Außenforts des Reichs bemächtigt, er steht bei Frankfurt.
Wo stehen die Wallensteiner? Wo ist Savelli?
Überall verhungerte aufgelöste Verbrecherbanden. Sie wollen ins Reich; hier ist alles kahl gefressen; der Schwede ist hinter ihnen. Den Herzog Savelli hat der Schwede bei lebendigem Leib geschunden, aus Rücken und Brust Riemen geschnitten. Bei Stettin steht kein Wallensteiner mehr, in Mecklenburg haust der Schwede, aus Brandenburg läuft alles davon.
Die Vorhänge blieben offen. Wimmelnde Felder. Rotten von versprengten Wallonen, Musketiere, die ihre Gewehre verkaufen. Sie gehorchen nicht; Weiber – wessen Frauen und Töchter –, Kühe, Ziegen treiben sie, die verruchten Wallensteiner. Schwappen, wie er sie angreifen will, ins Reich zurück, an ihm vorbei. Wie Sand durch Fugen, sind nicht zu stopfen. Als hätte der teuflische Friedländer, bevor er das Haus verließ, alle Balken eingesägt, Fundamente mit Pulver gelockert, Wände durchstoßen. Der Brabanter, mit Abscheu Entsetzen gefüllt, wurde von seiner Karosse in diese brandenburgischen Gegenden gerissen, vor das widrige Zerstörungswerk des bösen ungeheuerlichen Menschen. Die Schweden auf Usedom; Stettin eingenommen, Schauenburgs Truppen in Görz, Greifenhagen verjagt; Demmin, Bärwalde. Nichts von Savelli, Torquato Conti, Schauenburg, die er anspannen wollte vor seinen Wagen.
Die Karosse, vom Strom der Flüchtenden zur Seite getrieben bei Brandenburg, hielt. Er sah, das war das Ende, stand im Schnee, war allein, der Feldhauptmann des Kaisers und der Liga. Vor dem sich Europa beugen sollte. Zerrissen lag er einige Tage im Brandenburger Schloß. In schwerer Erschütterung trug er sich herum; inwendig ausgekühlt unter der Niedertracht des Böhmen. Er suchte sich zurück. Kaum ein einziges Regiment fand er kriegsbrauchbar; die Verwüstung der alten Armee, seiner Armee, war bis ins einzelne gegangen. Noch sangen sie rechts und links Lieder vom Friedländer.
Er begann sein altes kleines Handwerk. Um Truppen zu haben, schleppte er seine eigenen herauf; drei Regimenter aus Oldenburg und Ostfriesland, sechshundert Reiter. Stumpf erwartete er sie. Und wie sie anrückten, war keine Nahrung für sie, kein Futter für die Pferde da. Kaum seiner Sinne mächtig, schrieb er; seine sehr matten

Hände schrieben dem Bayern, dem bayrischen Maximilian Briefe wie früher; die Bundeskasse mußte um Hilfe angegangen werden; abgezählte zweihunderttausend Gulden schickte man herauf. Die Maschinerie arbeitete wieder, die Truppen waren da, da lagerten sie, sie wollten Futter Heu Brot. Aus Mecklenburg war nichts zu holen: Wallenstein, kam es zurück, hatte in sein Herzogtum Beamte seiner böhmischen Verwaltung geschickt, die an sich nahmen, was nicht niet- und nagelfest war; es konnte ihn keiner mehr beerben.
Vom Zorn angestachelt fand der Brabanter seine alte Zähigkeit und Klarheit wieder; er wollte hier im Eis nicht zum Gespött verkommen. Mit Sack und Pack rückte er gegen den König vor, reizte ihn zum Kampf. Der König wich aus, wich nach Pommern zu. Tilly gab nicht nach. Es mußte gefochten, geschlagen werden.

IN DER alten festen Stadt Magdeburg verpesteten Stallmann und der neu entsandte Falkenberg, Gustafs Hofmarschall, die Luft mit Lästerungen des Kaisers, Triumphliedern auf den Erretter Gustaf Adolf, so lange, bis alles, was evangelisch und eigensinnig in der Stadt war, zu den Schweden schwor und ihnen glaubte: der König kommt bald.
Der Raufbold Graf Pappenheim, dessen Gesicht eine einzige Narbe war, der in der Schlacht am Weißen Berg für tot unter Leichenhaufen gelegen hatte, umzingelte die Stadt, knirschte sie in seine Arme hinein. Sie weigerte sich, kaiserliche Besatzung aufzunehmen. Der Graf vermochte allein nichts gegen die Stadt; er rief nach seinem Herrn. Der Brabanter ließ den Schweden. Er schwenkte. Langsam trollte er auf Magdeburg. Man sollte nicht über ihn spotten. Warnte voraus die Stadt im guten: «Man hat fremde undeutsche Potentaten ins Reich gelockt. Sie treten auf unter einem glänzenden Vorwande, als wenn sie Glaubensgenossen Beistand leisten, die deutsche Freiheit und Libertät verteidigen wollten. Und was dergleichen Redensarten sind. Sie suchen nichts als eigene Herrschaft; werfen Fürsten, Herren und Städten das Joch der Knechtschaft über den Hals.» Drin änderte sich nichts. Rückte mit vielem Geschütz und großer Macht vor die Stadt; nach sieben Tagen waren alle Schanzen vor der Stadt im Sturm erobert, oberhalb Magdeburg eine Brücke geschlagen. Ein kaisertreuer Alter Rat drängte zu kapitulieren, in der Stadt hielten sich Innungen

und Gilden bei den Hälsen; eisern arbeiteten Stallmann und Falkenberg gegen den sinkenden Mut; auf die Kirchtürme lockten sie zweifelnde Räte, zeigten in der Ferne Feuer und Rauchwolken, die vom Schwedenlager aufsteigen sollten, lasen in den Stuben erlogene Briefe des Königs vor, mieteten zum Schein schon herrliches Quartier für ihn. Denn ihre Order lautete: die Stadt muß den kaiserlichen Feldherrn fesseln, bis der König mit Brandenburg fertig geworden ist und genugsam Truppen hat; jeder Tag ist gewonnen.
Stallmann, ein listiger langleibiger Mensch, machte sich rechtzeitig an die verwilderte Gilde der Schiffer und Fischer heran, die rebellisch in der Stadt herumlungerte, von ihm Lohn empfing. Er stachelte sie damit: die Reichen seien wankelmütig, wollten nur ihr verruchtes Regiment vom Kaiser stärken lassen, fürchteten die Gerechtigkeit des Schweden. Da fand man täglich Drohbriefe an gewissen Häusern, Überfälle, Totschläge fanden statt. Stallmann hatte die Stadt in der Hand; Falkenberg redete pathetisch im Rat: «Haltet aus! Habt Geduld!»
Prangend die alte feierliche Stadt am mächtigen Elbstrom, von einem starken begrasten Wall hinter dem Graben umgeben. Vom Sudenburger Tor quer durch die Stadt der köstlich gezierte Breite Weg, an den hohen Türmen des Kröckentors endend; zu beiden Seiten Gewimmel von Gassen und Märkten entlassend. Nahe dem Sudenburger Tor und der düsteren Pforte der riesige Neue Markt, an dem sich die Gewalt der Domkirche erhob, die königlich hinüberblickte zu den Spitzen der andern Kirchen, Sankt Sebastian, Peter Paul, Sankt Katharina, Sankt Jakob, Sankt Peter, Sankt Johannes, Sankt Ulrich, Sankt Nikolai.
Und als Stallmann und Falkenberg sahen, daß ihr König nicht herankam, weil er gebunden war in Brandenburg, faßten sie, abgesperrt von ihm, aber seinen Gram mitfühlend, den Entschluß, ihm zu helfen wie sie konnten. Magdeburg war nichts, die deutschen Bürger jämmerlich verzagtes Lumpenpack. Sie sollten nicht die Freude haben, sich und die schwedische Sache an den kampflüsternen Tilly zu verkaufen, so daß alles umsonst wäre, alle Hoffnung ihres Königs, ihrer Männer, umsonst wäre Schweden geplündert worden, umsonst Borke von Bauern verschlungen, von guten Schweden. Solche Erbärmlichkeit sollte dem kläglichen Gesindel, das sich sonntags evangelisch gebärdete, nicht gestattet werden.
Am Elbstrom, dicht vor dem Kirchhof von Sankt Johannes, lag das

Fischerbollwerk und Fischerufer mit den Häuschen der Gilde. Den gefährlichsten unbotmäßigen Gesellen von ihnen, den kahlköpfigen heiseren Hartmann Wilke, kaufte Stallmann. Sie wurden Brüder; seine eigene Magdeburger Liebste, ein ehrsames Fräulein, zwang Stallmann, sich dem rohen Wilke in die Arme zu werfen. Wilke hatte bald seinen Spaß daran, daß die Stadt sich nicht würde halten können; hereinkommen sollten nur die Kaiserlichen, verwüsten sollten sie, was die reichen Stände zusammengescharrt hatten: er würde sie nicht daran hindern; aber er und seine Gildenverwandten, dazu die wilden Brüder aus der Diebshenkergasse, würden helfen. Unmittelbar am Bollwerk beim Breittor waren die Pulvermassen im Pulverhof aufbewahrt; es vergingen nicht acht Tage, Tage der zunehmenden Verwilderung unter den Städtern, daß zahllose Tonnen Pulver verschwanden aus den Magazinen, die Vorräte verteilt an die entschlossensten gehässigsten Gesellen.
Ein blauer süßer Maientag kam heran. Der Himmel prangte in Sanftheit, alles war zum Leben hingebreitet. Da trug sich vom Neuen Werk her bei Sankt Jakob das knurrende Untier aus der unkenntlichen Finsternis der blütendurchhauchten trunkenen Nacht an den Wall heran, zerbrach mit den Klauen, Pfoten Bollwerk und Rondelle, klatschte mit Ruck und Schwung seinen bunten prallen Leib mitten auf die morgendlich leeren Straßen, in denen hie und da einer gähnend die Fensterladen aufstieß, ein Mädchen im Vorgarten seine Blumen begoß. Mitten auf die Straßen.
Minutenlang lag es wie verzaubert still, öffnete dann das Maul zu dem herzlähmenden vereisenden Gebrüll. So daß die Menschen ihre Stunde wußten.
Nach wenig Zeit sollten sie alle bis auf einen kleinen Rest, Männer Frauen Kinder Kaisertreue Wankelmütige Herzhafte Alter und Neuer Rat, als sonderbar stille Kadaver auf der Erde, in den Stuben Kellern liegen mit trüben fragenden lächelnden bittenden verzweifelten Grimassen, in tollen ungekannten Stellungen, nachdem ihnen ihre Seelen entrissen waren, wie man einem Hahn den Kopf abreißt. In die Elbe gestürzt auf Karren Betten Wagen, was nicht auf Böden und zwischen Hafentrümmern faulte.
Als der riesige Kürassier Pappenheim, Todesverächter seitdem er Mensch war, mit den Regimentern Gronsfeld, Wenglas, Savelli das Neue Werk auf Leitern erstiegen hatte, durch das Stücktor in die große Lakenmachergasse gestürzt war, blies der Küster auf Sankt Jakob

Sturm, hängte eine schwarze Fahne heraus. Mit Springstöcken liefen schon kaiserliche Pikeniere, rote Feldbinden, die Lakenmachergasse herunter, über den Weinberg, durch die Gärten. Ihr Geheul, blutdürstige Gesichter: «All gewonnen, all gewonnen!»
Die Türen sprangen auf; die ersten Menschen niedergestoßen. Der Strom der Kaiserlichen wurde von rückwärts gespeist; in kochender Lavaflut überwallte er die Straßen. Vom Alten Markt zogen ihm fünfhundert kaisertreue Bürger, die rote Feldbinde schwingend, Weiber und Kinder in der Mitte, entgegen. Waren im Augenblick von Kroaten und Wallonen bäuchlings rücklings seitlings hingestreckt und zertreten.
Sie ritten schon, schwangen von oben die Klingen. Am Neuen Markt fluchte Falkenberg unter dem Sturm von Sankt Jakob auf die schreienden Räte und Innungsmeister, die über ihrem Gezänk die Gräben hätten vertrocknen lassen. Sein Knecht schnallte ihm, während er ungeduldig stand und sich bewegte, Halsbrünne und Beinschienen um; den eisernen Topfhelm riß ihm Falkenberg aus der Hand, er entglitt ihm, klirrte auf die Steine. Der Schwede wechselte, die Faust gegen sie aufhebend, zehn leise Worte seitlich mit dem langen springfertigen waffenlosen Stallmann. Wie Falkenberg mit hundert Reitern gegen die Kaiserlichen vorstieß, hallte schwedisches Feldgeschrei unverhüllt und stolz im Breiten Weg. Viermal rannte er an, tausend Kaiserliche wurden erschlagen, nahe dem Stücktor krachte er stöhnend unter Musketenschüssen vom Pferde; das Tier bockte, schleifte ihn im Steigbügel im Kreis herum. Sein Herz im Sterben erzitterte vor Freude, weil er sah, wie an der Mauer die bettelnden Bürger gespießt wurden und ein dünner Qualm von allen Seiten wehte.
Denn zwischen schweren Reitern Pikenieren Musketenträgern flitzte vom Fischerufer und Fährgarten massenhaft lumpiges unheimliches Pack, kleine Säcke und Taschen auf Schultern Armen, erbrachen Häuser, ehe die Sieger eindrangen, stießen mit Dolchmessern beiseite, was sich in den Weg stellte, schütteten in die leeren Dachböden, in die Keller Pulver. Feuer, kleine Explosionen in allen Stadtteilen.
Flammen, Flammen, Flammen, Flammen, Flammen.
Stallmann schlug sich keuchend mit Wilke durch Bürger und Soldaten, Pulver werfend, die Kirchen sollten nicht vergessen werden. Raublüsterne Dragonerfähnlein rauschten prasselten durch die Straßen: «All gewonnen, all gewonnen!» Die splitternden aufgeschmetterten Türen.

Rauch, beizender brodelnder unendlicher Rauch. Unter dem blauen Himmel, gegen den Himmel auf eine trübe weit auseinanderquellende Last, von Feuer durchzuckt. Der Qualm zischte schwarz auseinander, fiel in die Stadt zurück.
Vor der Domkirche lagen hundert Zentner Pulver; Wilke spannte die Zündschnur: ein Rittmeister stieß ihm den Säbel von hinten durch den Hals, daß das Blut neben der Kehle aus ihm stürzte und er nach kurzem Zucken auf den Mund fiel. Stallmann, gebückt mit der brennenden Lunte, wurde von Pferdehufen getroffen; wurde umgeworfen, von Kroaten gefaßt wurde er mit Stricken gefesselt, um vor den Profoß geschafft zu werden. In ein Haus am Neuen Werk geworfen, sägte er den Strick an den Händen mit einem Glasscherben an, den er zwischen den Zähnen packte; ein glimmender Balken sengte den Rest durch, bis ins Fleisch brennend.
Am Abend plauderte Gustaf Adolf vor seinem Zelt mit Lars Grubbe. Mit wachsendem Staunen den feierlich übergluteten Himmel betrachtend. In der Nacht drang Stallmann zu ihm. Der König bei der Kienfackel aufstehend küßte ihn stumm, als er verwirrt geredet gejammert und geflucht hatte. Und wie sie vor dem Zelt standen, die Röte immer ungeheurer stieg, weinte Gustaf Adolf; in Wut schwur er: «Ich hoffe den Geier noch beim Aas zu ertappen und ihn zu packen, wenn ich gleich meinen letzten Soldaten dransetzen sollte.»
Pater Wiltheim ging mit Ordensbrüdern nach zwei Tagen durch das glimmende Sudenburger Tor in den Mauritiusdom. Wimmernde splitternackte Kinder, halbtote Frauen hingen auf den hohen geschnitzten Stühlen vor dem Chor, am Altar, im Schiff. Er wies sie, ein Dankgebet im Ornat sprechend, auf die Heiligenbilder, die allerseligste Jungfrau, den heiligen Mauritius, mahnte sie an ihren Abfall. Alle sprachen ihm den Englischen Gruß nach. Soldaten, goldene Ketten um den Hals, Becher Schinken Kleider in Säcken, halbnackte Weiber treibend, grölten zum offenen Tor herein: «Vor Jahren hat die alte Magd dem Kaiser einen Tanz versagt, jetzt tanzt sie mit dem alten Knecht, geschieht dem alten Mädchen recht.»

PLÖTZLICH saßen die evangelischen Kurfürsten und Stände in Leipzig und jubelten über ihre Stunde. Das Reich war bedroht vom Schweden, von einem fremden Einbrecher, der Kaiser in Gefahr, sie wollten ihre Rache nehmen. Mit ihren Hoftheologen zogen sie an, ihre eigenen Streitigkeiten begrabend. Der sächsische Prediger Hoe von Hohenegg eröffnete den Konvent mit den schallenden Worten des Psalmisten Assaph wider die Feinde Israels: «Gott mache sie wie einen Wirbel, wie Stoppeln vor dem Winde.» Man blies die Backen auf; mit dem Schweden sollte der Kaiser gezüchtigt werden für seinen Übermut, das Restitutionsedikt, die Pression der friedländischen Soldateska. Man hatte keinen, keinen Grund, sich dem Schweden entgegenzustellen. Das war ein Krieg zwischen dem Kaiser und Gustaf Adolf; die Stunde der Rache war da.

Von Leipzig gingen entschlossene Briefe nach Wien: sie wollten von den großen unerhörten und ganz unerträglichen Drangsalen des Krieges befreit sein, wollten in Zukunft Kontribution Einquartierung Durchzüge nicht dulden. Man kicherte in Leipzig: wie soll der Kaiser Krieg führen, wenn man ihm Quartier und Kontribution abschlägt? Gegen die katholischen Kurfürsten hoben sie die Hände auf, warnten mit Kriegsvolk sie zu beschweren, unter welchem Vorwand auch immer. Man umarmte sich in Leipzig: dies hieße reinen Wein einschenken. Der Brandenburger und Sachse waren da mit vielen Ständen, man trank in allen Quartieren so viel, daß der schwedische Gesandte aus dem Lachen nicht herauskam. Die Deutschen aber saßen auf ihren Bänken und ließen sich bewundern wegen ihrer stolzen Briefe an den Kaiser. Wiederholten unter schwedischem Applaus nach Wien: was die Liga könne, könnten sie auch; wollten keinen, keinen in ihr Land lassen, würden sich ihrer Haut wehren.

Und damit gaben sie sich mutig eine Kriegsverfassung. Kursachsen begann ein Heer auf die Beine zu stellen. Viele Lobsprüche ernteten sie von Gustaf Adolf. Am Tage Palmarum redete noch einmal Herr Hoe von Hohenegg, mit Geschmetter preisend die tapferen Entschlüsse des Konvents, zeigend auf das gräßliche Geschick Magdeburgs, der stolzen evangelischen Hochburg, die der Papist eingeäschert habe in unbezähmbarer Wut. Umsonst aber werde er die Krallen auf die sächsische und brandenburgische Brust legen. Der hochbetrübten Kirche würden glückliche Stunden nahen. Dem allgemeinen lieben Vaterlande deutscher Nation sei der ewige Friede in Aussicht.

ZWEI SÄTZE machte der Feldherr des Kaisers: einen nach Thüringen, den zweiten auf Sachsen.

Den ersten von Magdeburg auf Thüringen. Stadt und Land war kahlgefressen, brandverwüstet. Tilly suchte Entschädigung, weidete sein Heer in Thüringen. Jetzt erhob er schwere Kontribution, sah die Freude seiner Soldaten, wies die klagenden Bürger ab. Er kaiserlicher Feldherr. War schon verwittert, daß ihn der Fluchname Brandstifter nicht berührte; ja, wehrte das Wort nicht ab; es labte ihn heimlich, weil niemand zu merken schien, welch Unglück ihn in Magdeburg betroffen hatte durch schwedische Infamie. Nicht einmal der Triumph der Eroberung Magdeburgs war ihm zugefallen. Kirrte in Thüringen den Landgrafen von Hessen, der einen großartig burlesken Widerstand gegen ihn inszenierte. Geschwollen rollten die vierundzwanzigtausend Mann auf Sachsen, hielten an der Grenze.

Tilly sah die Entscheidung kommen. Das eitle trotzige Benehmen des dicken sächsischen Bierkönigs reizte ihn. Wenn der Sachse so bliebe, er würde ihn binden. Von Süden strömten ihm neue guterhaltene Truppenmassen zu. Mit vierzigtausend Mann fing er über die Grenze eine Unterhaltung mit dem Sachsen an; hatte Vollmacht, den Kurfürsten zur Vernunft zu bringen. Er fragte, wie es wäre mit den Reden, die am Tage Palmarum in Leipzig gehalten wären, wer die Stoppeln und der Wirbel wären. Der Kurfürst stammelte, man möchte gut zu ihm reden, sei des Heiligen Römischen Reiches Kurfürst.

Wer, fragte Tilly, kaiserlicher Feldherr, zurück, die Stoppeln und der Wirbel wären: wenn drüben des Reiches Kurfürst rede, ob hier nicht des Römischen Reiches Feldherr ein Wörtlein zu sagen habe.

Zu sagen, zu sagen! Er sei ein sanfter Landesvater, wolle sein Volk und Land vor den Pressuren und Qualen des Krieges bewahren; man verdenke es ihm nicht.

Sein Land ist Reichsland, wir müssen hinein. – Er möchte es nicht darauf ankommen lassen; man habe ein Heer, er wisse es vielleicht schon, aufgestellt, um sich zu schützen.

Her mit den Soldaten; es sind kaiserliche; der Kurfürst hat kein Recht auf Truppen.

Da zog sich Johann Georg Socken über die Füße, tapste nach Torgau. Klagte und plärrte unterwegs viel; sei der treueste Reichsfürst, ihm tue man dies an; was ihn die Händel des Kaisers mit dem Schweden scherten, wolle sie gewiß nicht stören. Und dieser Gedanke rührte ihn so, daß er noch einmal zurücklief an die Grenze Tilly gegenüber, ihm dies zu verkünden. Als wäre es eine Erleuchtung, bedeutete er den Feldherrn: ihre ganze Unterhaltung sei verkehrt gewesen, vorbeigeschossen; denn worum drehe es sich? Doch nicht um den Kaiser und ihn, den untertänigen Sachsen. Sondern um den Kaiser und den Schweden. Den Schweden. Hallo, große mächtige Reichshändel zwischen der Römischen Majestät und der königlichen Würde aus Schweden.

Und? Und? – Vermöchte er, der beliebige Fürst, sich anzumaßen, sich in die Händel solcher Potentaten einzumischen und ihnen in den Weg zu treten.

Gewiß nicht, grunzte es von drüben. – Warum also wolle man es ihm verargen, wenn er seiner Wege gehen wolle.

Was, was wolle er mit seinem Heere. – Man lasse das doch mit seinem armseligen, unglückseligen Heerchen, es wäre ihm lieber, er hätte es nicht.

Also gebt mir euer Heer. –

Wieder wartete der Sachse, ob er mehr hörte. Zog sachte, ängstlich plärrend auf Torgau. Gustaf Adolf hatte sich mit kleiner Kavalkade da eingefunden, er empfing schmunzelnd in seinem Quartier den alten betrübten Herrn. Der jammerte, dies sei der Dank dafür, daß er sich neutral habe halten wollen. – «Habt Ihr das wollen?» drohte mit einer sehr lauten Stimme der riesenhafte Schwede. «Nicht doch, nicht doch. Nur sozusagen, vor dem Kaiser. Wißt doch, was ich meine.» Ratlos winselte der betrübte Mann.

Gütig gab ihm der Schwede zu verstehen, es sei das beste, gerade Wege zu gehen; man könne nicht dem Kaiser dienen und der evangelischen Kirche Beschützer sein wollen. – «Er hat mich nie angegriffen.» Grob der Schwede: «Also rund: was hat der Herr vor?» Nach langem Drücken brachte der Sachse seinen Kummer heraus: ob Gustaf schon vernommen habe, daß der Kaiser ihm Meißen, Naumburg, Merseburg abnehmen wolle auf Grund des Restitutionsedikts. – Kalt bejahte der Schwede. Die Finte stammte von seinen Unterhändlern. Traurig legte Johann Georg seinen Kopf auf den Tisch, weinte. Er saß rechts und links in der Klemme.

Man brachte Bier, um ihn zu besänftigen. Er schwur Stein und Bein, daß er treu zum Kaiser gestanden habe und dies nicht verdient habe. Vom Schweden und seinen zudringenden Begleitern wurde ihm auseinandergesetzt, daß Tilly nichts weiter vorhabe im Augenblick, als ihm die Stifter wegzunehmen. Lange zögerte Johann Georg. Man gab ihm viel zu trinken, um ihm den Entschluß zu erleichtern. Plötzlich stand er auf: Zum Schaden den Spott wolle er nicht tragen; er wolle später nicht mit Schimpf in der Geschichte seines Hauses genannt werden; man solle ihm noch einmal sagen, was der Kaiser von seinem Besitz fordere. Wortlos schüttelte darauf lange Minuten der Sachse den dicken Kopf unter der Pelzkappe, während er starr vor sich glotzte: «Es soll ihm nicht gelingen!» Den begleitenden Herren seines Hofes rief er zu, ob sie gehört hätten; ihr Vaterland sei in Gefahr; die evangelische Sache werde bedroht. Lebzelter brachte ihn zu Bett.

Am nächsten Morgen schloß er, den die Unruhe um seine Treue zum Kaiser und um seine Stifter die Nacht schlecht hatte schlafen lassen, mit dem Schweden einen Vertrag. Mit resignierten Blicken erklärte er seinen Räten: es sei dahin gekommen, daß er sein Haus gegen den Römischen Kaiser verteidigen müsse. Sie bestätigten es; Gustaf Adolf hatte ihnen goldene Ketten und Geld geschenkt.

«Wie ein Mann wollen wir zusammenstehen», sagte Johann Georg zum Schweden, als sie sich die Hände reichten. Rührungstränen vergoß der weiche Sachse, segnete beim Abschied den Schweden.

Der stand mit Oxenstirn, einem kümmerlichen Menschengestell, das ein Schädelmonstrum auf dem Hals vorsichtig balancierte, und dem hinkenden Grubbe, seinem Sekretär, hinter der abfahrenden sächsischen Karosse. Schaute die beiden abwechselnd an, perplex. «Ist es wahr oder ist es nicht wahr? Der Kursachse hat sich mir verschworen? Ist es wahr?» Und dann ins Haus steigend: «Ich hätte eher geglaubt, der Bayer verbündet sich mit mir als der Sachse. Was hat er denn für einen Vorteil davon?» «Aber Meißen, Naumburg, Merseburg!» «Mein Gott, Allmächtiger. Er fragt nicht einmal nach beim Kaiser, er glaubt es mir!» Grubbe grinste: «Eure Majestät wirken sehr überzeugend.» «Oxenstirn, was sagt Ihr dazu. Er glaubt das mit Meißen. Ist die Welt verrückt?» «Wir können ruhig sagen, Eure Majestät ist von Gott gesegnet. Ihr könnt füglich noch ganz andere Sachen sagen, man wird sie glauben.» «Da fährt er hin. Erlaubt, Herren, ich muß mich erst beruhigen.» Grubbe kraute sich am Kinnbart: «Wenn man es recht ansieht: was bleibt dem Sachsen weiter übrig als Euch zu glauben. Wir hätten ihm die Insel Bornholm anbieten können; er hätte es glauben müssen.» Der Schwede staunte noch: «Um dreier Stifter willen fällt ein deutscher Kurfürst von seinem Kaiser ab und verrät ihn. Was für ein Reich.» «Längst reif, von schwedischen Händen auf seine Baufälligkeit geprüft zu werden.» «Oxenstirn, der Sachse macht mir Mut. Es ist eine Freude, im Reich zu sein. Melde nach Haus: unsere Sachen stehen gut – besser als ich ahnen konnte.» Sie stiegen in ihre Wagen, lachten Tränen zu dritt, als Oxenstirn meinte: «Es läßt sich schön arbeiten in dem Wald, wo die Bäume laufen und betteln: holz uns doch ab.»

Es waren heiße Sommertage. Dem Brabanter entgegen wälzte sich mit vollkommener Ruhe Gustaf Adolf. Über Frankfurt nahm er seinen Weg, in der Stadt verschüttete er an einem Tage sieben kaiserliche Regimenter zu Fuß, eins zu Pferde. In seine Hände fielen einundzwanzig Kanonen, sechsundzwanzig Fahnen, neunhundert Zentner Pulver, zwölfhundert Zentner Blei, siebenhundert Zentner Lunte, tausend eiserne Kugeln. Siebzehnhundert Leichen waren zu begraben.

Er war schon kein schwedischer König mehr. Seine Stimme ertönte metallisch von dem Religionskrieg, den er führte. Man möge zu ihm kommen, wie der Sachse Brandenburger und Pommer gekommen wäre. Die Stunde der Abrechnung mit dem katholischen Übermut war gekommen. Herrisch trieb seine Stimme, trieb zu Wut und Angst. Den Nahesitzenden, Geistlichen und Weltlichen jagte er Schauer von Zorn über. Sie wurden, erst fade lächelnd, dann verstört schwankend aus ihren Höhlen gescheucht, legten die Hände suchend an ihre Degen, mühten sich den Rumpf gerade zu halten und ihm entgegenzugehen. Gerächt würden werden die Menschen – dröhnte es von drüben –, die armseligen, die in Magdeburg dem Feuertod durch Tilly übergeben seien. Die Pfälzer, deren Land verwüstet sei. Die beklagenswertesten aller Geborenen, die Böhmen, die gefoltert und gepeinigt würden, ihre Habseligkeiten verloren, ihre liebe Heimat verlassen mußten, Böhmen. Man werde als evangelischer Christ dies Land nicht vergessen, solange es einen reinen Glauben gebe, werde des Scheusals nicht vergessen, das sich der Kaiser aus diesem Land gezogen habe, damit er das Reich zu einem Höllenpfuhl mache, des Friedländers, der bis nach Dänemark seine Untaten trieb.

Mehr und mehr kamen aus den Höhlen, schwankten in sein Lager.

Wie er sich auf Wittenberg schob, hatte sein Heer dreißigtausend Mann zu Fuß und fünftausend Reiter. Und zahllose davon waren Deutsche. Liefen mit dem Schweden, weil er viele Städte erobert hatte, mit gutem französischen Geld zahlte.

Er war so dick und schwer in seiner Rüstung, daß es im ganzen Heere nicht fünf Pferde gab, die ihn tragen konnten. Streng und bigott war er. Bigotterie gehörte zu seiner Geradheit, Entschlossenheit, Wucht. Er dachte nicht nach, glaubte an Luther und das Evangelium so stier wie an die Festigkeit seines Streithammers. Kannte keine Furcht vor irgendeiner Überlegenheit.

Aber auch der gespenstige kleine Brabanter, der die Saale überschritt gegen ihn her, kannte sie nicht. Er hatte einen tiefen Ekel vor dem Mann, der die Religion ohne Unterlaß im Munde führte und ohne Unterlaß den frommen katholischen Glauben schmähte, er, der Kriegsmann, den es anwiderte, daß der andere kein ehrlicher Krieger war. Er sehnte sich, ihn zu beseitigen, drängte heftig vor. Nie hatte er, in keiner früheren Schlacht, solch heftiges Verlangen gehabt, seinen Gegner zu schlagen. Wie er einfältig nach Wien berichtete: dies sei kein rechter Feind. Genoß die Freude, seinem Herzensdrang ungesäumt nachzugeben.

Die Höhen nördlich Breitenfeld bezog er unter Trommelschlag und klingendem Spiel mit seinen Massen. Sechzehn Regimenter zu Fuß, sechzehn zu Pferd zog er hinauf. Der Schwede und Sachse kamen an. Sie konnten nicht rasch genug ihr Blut mischen.

Von morgens neun bis mittags vier wurden achttausend zu Leichnamen aus Tillys Soldaten, fünftausend aus den schwedischen und sächsischen gemacht. Unter den schweren Kürissern zerriß sich vor Kriegswut Gustaf Adolf, sein ungeheurer Gaul mochte ihn tragen, wohin er wollte. Ihm war die Welt versunken. «Gott mit uns», schrie er automatisch, sein Schwert raste, hatte teil an seiner Bestimmung. Das Leben der Leichen stieg stürmisch in ihn über, machte sein Gehirn trübe und trunken, dehnte ihn zum Klagen und Platzen. Er prustete im Schlachten, wieherte wie ein Hengst. Sein Schwert kämmte, er kämmte die Kaiserlichen, war ein Barbier. «Gott mit uns», brüllte er. Die Leben blühten ihm erstickend zu, er konnte sich ihrer nicht erwehren, es war zuviel. Kanonenkugeln sausten über ihm; eine fegte ihm den weißen Hut mit der dicken grauen Feder ab; er atmete tief den Luftzug, der mit ihr kam; wenn bald wieder einer käme.

Sie schlachteten sich mit großer List ab, suchten sich den Wind abzufangen, um den andern vom Staub blenden zu lassen. Als ein einziger mächtiger Klotz auf spanische Art gefügt, stand Tillys Heer da, das Treffen zehn Glieder tief, gespalten in sehr große tiefe Vierecke. Der Feind kam an, Livländer Kurländer Finnen Schweden Sachsen, den Wind im Gesicht, den breiten Loberbach überschreitend, sein

Gestrüpp durchbrechend, bewegliche Brigaden, auf den Flügeln Reiter mit Musketieren wechselnd. Seine Kavallerie sprengte drei Reihen hoch, schoß, wie sie das Weiße im Auge sah, zwei Salven, zog den Degen.
Tillysche Regimenter gaben eine Salve ab. Die Sachsen warfen das Hasenpanier auf, Fahnen und Geschütze lassend. Tobend sprangen die Kaiserlichen in die Lücke, drehten die sächsischen Kanonen um auf die schwedischen Regimenter. Die klammerten sich an den aufgerissenen Boden, massierten sich dichter von Minute zu Minute.
Und wie ein Trompeter nach langem Ziehen aus tiefster Brust einen endlosen schmetternden Schrei von sich gibt, der sich wie eine Schwalbe in den Wolken verliert, so stießen die Schweden aus vierundfünfzig Geschützen eine Feuerwoge über die Deutschen, eine Viertelstunde, eine halbe Stunde, eine Stunde, zwei Stunden, die Luft anfüllend mit Fünfpfündern Zehnpfündern, anwachsend und nicht nachgebend mit halben Kartaunen, stampfend stampfend mit ganzen Kartaunen. Wie eine Mauer, im Fundament erschüttert, brach lange an sich haltend schwer das deutsche Heer über das Schlachtfeld hin. Stürzte die Reiterei, wurde begraben das Geschütz, das Fußvolk.
Auf die rieselnde staubende menschenstreuende Flucht nahm das Regiment Kronberg den verlorenen Brabanter mit. Das Morden in ihrem Rücken ging weiter. Sie hörten den frenetischen König im Dunkel Viktoria auf dem Felde schießen. Er schrie schweißtriefend, halb besinnungslos lachend, nach allen Seiten winkend: «Gott ist lutherisch geworden, Gott ist lutherisch geworden.» Tote wurden in der hereinfallenden Nacht weit und breit gesät, die Schweden blieben an der Arbeit.
Tilly floh, floh, tat nichts als fliehen.
Hinterher marschierten die Regimenter Starrschädel schwarzgelb, Löser rotweiß, Klitzing blauweiß, Arnim rotschwarz, Schwalbach rotgelb, Stallhanske, Wunsch, Tott, Westgotland, Smaland, Ostgotland.

ALS VON den Wiesen und vom See her weiße Nebelschwaden unter den Brücken gegen die Stadt zu schwammen, die östlichen Straßenzüge Mantuas durchwanderten, stieg fröstelnd der Kaiser weißgekleidet aus dem Wagen, um an die Häuser zu treten. An der Karmeliterkirche, bei der Brücke San Giorgio, wo sie als Mädchen die erste Kommunion empfangen hatte, wollte ihn die Kaiserin in ihrem Wagen erwarten. Die voranreitenden Hatschiere suchten unter den Ruinen; an einer abschüssigen Gasse sah man unten einen Wagenzug, Reiter voraus, sechsspännige kaiserliche Wagen, Türen geschlossen. Die Hatschiere Ferdinands gaben den kaiserlichen Trompetenruf; die Türen blieben geschlossen. Langsam wanderte Ferdinand die verödete morastige Gasse herunter; wie er den ersten Wagenschlag öffnete, schluchzte es drin. Er hatte es erwartet, setzte sich neben Eleonore.

Die Tiere zogen an; sanft sagte er, die Schulter der Schwarzverschleierten umfassend: «Bei den Karmeliterinnen habe ich dich gesucht. Aber du konntest wohl das Kloster nicht finden.» «Hast du es gefunden?» kam nach langem leisen Weinen unter dem Schleier hervor. «Die Stadt sieht schlimm aus, Eleonore. Was ist dies für ein Glück, Krieg führen. Dein Vetter hätte es besser gehabt, wenn er zugegriffen hätte bei meinem Friedensantrag. Nun liegt alles verderbt da; er muß die Franzosen bitten, seine Schulden zu bezahlen.» «Mir ist an meinem Vetter nichts gelegen. Du hast Frieden mit ihm gemacht; warum ist Mantua nicht geschont worden?» «Er kam meinen Generalen zu spät, Eleonore, mit seiner Nachgiebigkeit.» «Und ich? Und ich? Warum hast du mir das angetan?» «Weine nicht. Ich will dir alles wieder aufbauen.» «Ich will es nicht. Es ist geschehen. Du hast es getan. Es nützt nichts mehr. Es ist geschehen.» Er blieb still: «Wie sollte es anders kommen. Ich konnte es nicht mehr aufhalten.» «Du hattest es in der Hand, doch und dennoch. Du hast in Regensburg deinen Feldherrn entlassen, es lag bei dir.» «Ihm ist kein Unrecht geschehen; Nevers hat kindisch gehandelt, er wollte mit mir spielen, ich war es meinem Amt schuldig, Eleonore, nicht nachzugeben.» «Deinem Amt? Nein dir, dir. Und mir? Mir bist du nichts schuldig. Mir wird meine Heimat zerschlagen, wie man eine Ketzerstadt zerschlägt, wie man Magdeburg zerschlagen hat.» «Auch in Magdeburg haben Frauen und Kinder geweint. Ich hab' es vorher gewußt.» Sie hatte ihren Schleier zurückgeworfen, ein weißglühendes Gesicht bot sie ihm, der Wagen hatte angezogen, sie fuhren langsam über Schutt. Dicht saß sie an ihm, beide Hände an ihren Schläfen, flüsternd: «Versteh mich doch recht, Ferdinand. Wenn in Magdeburg die Frauen weinen und du dennoch befohlen hast, die Stadt zu verwüsten – ich fasse es nicht. Und wenn die Frauen weinen, meinetwegen, sag, es sind beliebige Frauen. Aber ich, Mantua, sieh doch, Mantua, wohin du mit mir reist.» «Ich muß trauern, mein Kind, gewiß, mit dir. Um diese schöne Stadt und für dich.» Sie stierte ihm lange ohne Verständnis in die ruhigen wehmütigen Augen; sagte dann zögernd: «Weißt du, Ferdinand, böse sein von Natur ist ein Unglück, der Mensch ist wohl dann wehrlos gegen seine Mitgift. Aber wie du böse sein wollen, wissen, daß man böse ist, das ist mehr als schlecht und sündhaft.» «Wie ist es dann?» «Grausig, du fragst noch? Das willst du auch wissen? Ekelhaft. Ich hab's gesagt.»

Ihre Augen brannten gegen ihn, sie riß den Schleier wieder herunter. Sie fuhren schweigend in einem Nebelmeer. Er fing an: «So ist mein Amt, so bin ich durch mein Amt geworden. Es gab einmal eine Zeit, wo ich dich in jedem Punkt verstanden hätte; als ich diesen Wallenstein nach Ungarn hinter den Mansfeld geschickt hatte und mir Schandtaten gemeldet wurden. Damals wollte ich ihn wegschicken. Er bot es selbst an, meine Zweifel erschienen ihm komisch. Alle Räte widersprachen mir, die frommen Patres. Ich habe mich gewöhnt daran. Jetzt kenne ich nichts anderes.»

Beim Kloster der Ursulinerinnen vor der Stadt hielten sie im Nebel. Nach einer Weile stiegen sie aus. Durch ein Seitentor traten sie in die Kapelle. Der langgedehnte dunkle Raum, schwankendes Licht von brennenden Kerzen am Altar vor aufblinkenden bunten Bildern. Seitlich von oben tönte eine männliche tiefe Stimme. Die Nonnen kniend, kopfgebeugt, Reihe hinter Reihe.

«Ihr fühlt, es graut euch, ihr seid ausgestoßen, weil ihr Weiber seid. Ja, ihr ängstigt euch, der Fluch liege auf euch. Der Teufel treibt sein Spiel mit euch; gegen wen Satanas am grimmigsten seine Zähne fletscht, dem hält er ein Weib vor; so wäre es das beste, man rottete das ganze weibliche Geschlecht auf einmal aus.

Oh, verzagt nicht, christliche Schwestern, o gedenket, daß ihr Menschen seid. Gedenket dessen, der für uns alle am Kreuze hing.

Seine Mutter war Maria. Ja, Jesus hatte eine Mutter. Stündlich seht ihr Christum, den Herrn, am Kreuze hängen, seht seinen klagenden Mund, seine brechenden Augen, ihr weint über die Löcher, die in seine heiligen Glieder gerissen sind, ihr seht den strömenden Blutquell aus seiner Seite, mit dem er die Welt begleiten kann.

Ihr seht Jesum hängen.

Maria habt ihr nicht gesehen.

Es ist nicht ihr Bild, das glückselige Lächeln der Mutter, die Hinge-

strecktheit vor dem Kreuze, der Graus, die Erstarrung unter dem, was ihrem Sohn geschah.
Die goldenen Haare, die wonnigen Lippen, die Brust, mit der sie ihn einmal stillte, die Arme, mit denen sie ihn einlullte, der Schoß, in dem sie ihn trug, die Füße, auf denen sie mit ihm herumwandelte. Maria habt ihr nie gesehen.
Sie hing nicht am Kreuze wie ihr Sohn. Ehe ihr Sohn geboren war, war sie fast vernichtet worden, hatte sie schon alles durcherlebt. Allen Schmerz, den ihr Sohn grausend und zu unserm Heil durchfühlen mußte, hatte sie vorgefühlt. Denn in ihres Leibes Fleisch fraß die Liebe Gottes, die zehrende, zerreißende, schmelzende. Gottes Liebe zu Maria ist nicht wie das Blatt einer Rose, das über ein Gesicht fällt und streifend einen Duft hinterläßt, unter dem sich die Augen glückselig betäubt schließen. Es ist kein Flötenhauch, Sommerfaden vor dem Wind. Wen Gott berührt, der weiß nur, was Sterben heißt. Bitter, so bitter voller tötender Stacheln ist seine Wonne. Wen Gott berührt, der weiß nicht, daß dies die Berührung Gottes ist. Er kennt keine Beruhigung. Wer so empfangen wird, dem kann nur Tod und Ewigkeit mitgegeben sein auf seinen Weg und kann nicht lange auf dieser Erde verweilen. Als Gott Maria berührte, wurde für Jesus das Kreuz aufgerichtet. Er ist der Sohn seiner Mutter; das Entsetzen der Menschheit aus der Berührung mit Gott trug er mit sich in sein Leben und in unser Dasein. Siedendes Berühren von Feuer und Wasser; sein Leben nichts als ein Rauch, eine schmerzensreiche Flucht aufwärts.
Maria!
Maria! Mutter Christi!
Laßt sie uns lobpreisen. Von allen Frauen sie die erwählte, von allen Menschen die erwählte, unsere Fürsprecherin beim ewigen Thron, unsere Besinnung, unsere Befreiung, Befriedigung, Beseelung. Himmlisch war sie, zu unserem Glück, daß sie Gottes Blick auf sich zog, sie das Wunder der Welt. Der Wein ihres Bräutigams, seine seufzerquellende Taube. Maria! Du Schönste, du Süßeste, du Herrlichste, Gottes erschlossener Garten. Der Wohllaut der Erde.
Aus ihrem Körper quillt alle Stärke, ihre Adern dehnen sich aus und senken sich in unser Herz, in das Herz der Erde, wie Wurzeln. Das Lebende, Sonne und Gestirne zieht sie an sich. Ihr Herz drängt sich hoch, uns zu tragen, alle, Schwestern euch, Brüder uns. Ihr Leib wälzt und wühlt sich. Ihre Füße zittern und schlagen wie ein Frost unter ihren Kleidern. Sie blutet, sie gebiert unser Glück.

Laßt uns weinen, liebe Schwestern, weinen und beten zu Maria. Laßt uns auf sie hoffen und uns freuen.»
Durch das Bistum Brixen, über Lienz, Judenburg kehrte der Kaiser langsam nach Wien zurück. In der Hofburg begannen die Empfänge; Adlige und Stände wollten den zurückgekehrten Kaiser begrüßen. Man machte einen ungeheuren Saal für sie auf. Wer auf die glatte weitquadrierte Fläche hinblickte von der Tür, wurde hilflos, Schwindel erfaßte ihn. Die Decke war ein Urwald von Quadraten, Rechtecken, Achtecken, Balken um Balken, schwarze, überwuchert von Bildern, die über ihren Rahmen hinausgriffen, über die halbe Decke fluteten, plötzlich abrissen. Und dicht unter der Decke, an den Pfeilern der von zwanzig Fenstern aufgerissenen Längswandungen spießten Hirschgeweihe hervor, Pfeiler um Pfeiler gekrönt von ungeheuren Hirschköpfen, wild herausblickend aus gemaltem Rankenwerk von Blättern, Blumen, Ästen, oft noch Tierbeine auf die Wand aufgesetzt. Riesige Tafelbilder von den Wänden herunter, die Stirn nach vorn senkend, knapp über dem Boden aufgestellt. Aus dem niedrigen Prunktor der Schmalwand, das von steinerngrauen lanzentragenden Römern bewacht wurde, über dem sich bis zum Plafond ein wimmelndes Schlachtengemälde auswirkte in greller Buntheit, aus dieser dunklen engen Spannung quoll der farbige Hofstaat.
Auf der purpurbezogenen Thronbank unter dem goldenen glatten Holzbaldachin saßen hutbedeckt nebeneinander Kaiser und Kaiserin. Helles weißes Morgenlicht aus den zwanzig Bogenfenstern. Da kamen über den Parkettboden die Männer und Weiber angeschritten, die schloßentstiegene fröhliche Erdenherrlichkeit. Sie schritten wie bei einer Hochzeit zum Fackeltanz, die schmuckreichen Paare, wehende Bärte, schaukelnde Röcke. Ein Balkon über dem Tore, durch den Aufbau eines silbernen Ritters Georg, von Löwen besprungen, geteilt; abwechselnd klangen Stimmen von einer Seite, bliesen aus langen goldenen Posaunen von der anderen Seite rotgekleidete Männer herunter. Die weiträckigen seidenbeschuhten Damen, Kornähren im Haar der blonden lachenden Gestalten. Stolze nackenbiegende Köpfe, zähneentblößend, Hälse von Ketten umspielt, gedeckt die Schultern von Hermelin, die fleischstrotzenden Arme nackt, offen im breiten Ausschnitt die geschwellten Brüste wiegend. Die Knie langsam fügsam wechselnd unter den fließenden Atlasvorhängen, Schleppen hinter sich lassend, wie Hündinnen ihren Geruch. Die weißen Arme, peitschen- und zügelgewöhnt, schleppten rafften die

Masse der Kleiderpracht. Auf dem Postament der starken Schenkel trugen sich biegsam mit der Posaunenmusik die feinhäutigen gepflegten duftgebadeten Leiber, in denen sich bewegte wie in einem Zauberkessel das verwöhnte begierige Herz, die tiefatmenden Lungen, der weinsüchtige Magen, der lange weiße Darm, gesättigt und gestopft mit Pasteten, Pfirsichen, gebratenen Krammetsvögeln, die heißen kostbaren Verstecke und Wege der Zeugung. Die Augen, die offen sind für prunkende Bilder Maskeraden Schlittenfahrten, pürschende Hunde, Tänze in gedrängten Sälen, die Münder, die befehlen beten küssen, Lieder singen, Ohren, die offen sind für glückliche Worte. In Atlaskleidern, gebändigt von weißen sinkenden Armen. Das kniewiegende stolze Chaos heranschreitend, das der Sonne, der Luft, den Blumen, Gewittern trotzt.
Gebückt auf der Purpurbank sitzend, den graubärtigen Mund leicht geöffnet, empfing der Kaiser ihren Anblick, warf ihnen Hände entgegen. Sein Kopf versank zwischen den hochgedrängten Schultern, der hohe weiße Hermelinkragen schob sich über den Nacken und hinter die Ohren herauf. Seine Beine breit nebeneinander gestellt schoben seinen Körper hoch. Er wand die manschettengeschmückten Arme aus dem schweren Thronmantel. Sie rauschten sicher an ihm vorbei, ihre starken lächelnden Leiber beugten sie vor ihm; er schwang stumm, wie er ihnen entgegenstrahlte als einer glücklichen Selbstverständlichkeit, beide Arme seitlich zu der herrischen trauervollen Frau neben ihm, als wenn er sagte: Nicht mir. Sie lächelte, und als wenn sie sich an der schmetternden stoßenden Musik und der herangeführten Menschenpracht wärmten, verdunkelten sich ihre Augen und schwammen in Feuchtigkeit.
Immer erneut die festen Münder zum Essen Trinken Beten Singen, knierauschende Atlaskleider, von weißen bloßen Armen gebändigt, ohne Scham auf den wandernden Postamenten das begierige Herz, der weinsüchtige Magen. Die goldenen Posaunen bliesen, das Tageslicht verfinsterte sich unter Wolken, es wurde in dem ungeheuer durchschrittenen Saal keinen Augenblick bemerkt.
Die Kaiserin, von blauem Samt lose umflossen, an ihrem goldenen Brustkreuz spielend, saß auf einem überdeckten Balkon, die Füße auf eine niedrige Bank ausgestreckt. Die stumpfgesichtige Gräfin Kollonitsch, vollbusig milde, lehnte sich über das marmorne Balkongitter, einen Arm um das Bein einer Amourette, blickte freudig und erschöpft in das grüne Blättergewühl des Parkes, trällernd. «Wem siehst

du nach?» fragte die Kaiserin. «Ich? Wem seh ich nach? Ich seh in die Bäume.» «Wer läuft da? Ich höre doch jemand laufen.» «Im Park, Lore?» «Ja wo denn. Wer läuft da?» Die Gräfin noch in Atlas, dunkle Nelken in dem hochfrisierten Haar, gegen den Stuhl der Kaiserin, die sich auf dem linken Ellenbogen hochstemmte, sah zu ihr fragend herunter.

Wie die sich ganz aufgerichtet hatte, gespannt nach dem Park hinhorchend, klang von unten ein unsicheres Scharren, absatzweise, als riebe jemand an einem Baume, als fiele ein Ast, glitte einer vorsichtig über Sand. Im Nu war die Kaiserin auf den Füßen. Blick, Mienen, Hände rasten: «Hörst du nicht, wer ist da. Da unten geht einer.» Die junge Kollonitsch wich ängstlich gegen die Balkontür, die Kaiserin scharf herunteräugend, wo nur grüner Park und Kieswege waren, sprang zurück, suchte an der Gräfin: «Was hat du da. Hast du keinen Stein oder ein Messer.» Sie lief in das Zimmer, die Gräfin wollte zur Tür, die Wache rufen, die Kaiserin hielt sie mit wildem Ausdruck fest: «Ganz still.» Riß eine Pike, ein kleines Handbeil von der Wand; die Pike ließ sie neben sich fallen, mit dem Beil stürzte sie an das Balkongitter, nach kurzem Suchen schleuderte sie die angehobene aufblitzende Waffe zwischen die Bäume. Horchte herunter; als alles still blieb, lief sie an der sprachlos stehenden Gräfin vorbei wieder in das Zimmer, zerrte die Pike hinter sich, keuchte, suchte den riesigen Schaft auf das Gitter zu ziehen.

Und als er da oben lag, keuchte sie hochrot: «Komm, hilf.» Die kam langsam an, faßte, immer die Kaiserin anblickend, den Schaft mit an. Einen Moment streifte die Kaiserin ihr bewegungsloses fragendes Gesicht mit einem Blick, blieb dann an ihrem Gesicht hängen, Hand an Hand mit ihr den Schaft haltend. Sie sahen sich an.

Die Kollonitsch fragte bittend, leise: «Was machen wir?» Die andere schob noch an dem Schaft, suchte unten zwischen den Blättern, heftete sich ruhig an die ratlosen Mienen der Gräfin, ließ mürrisch, verlegen, noch fliegend von der Stange: «Sieh, wer da unten ist.» Die Gräfin stand steif: «Es kann doch niemand in deinem Park sein.» Lange sah die Kaiserin, leicht am ganzen Körper zitternd, vom Balkon herunter; dann sich zurückwendend: «Denk, wenn das ein Mensch gewesen wäre, wäre er tot.» Die Kollonitsch schleifte die Stange ins Zimmer; wie sie bei der anderen stand, sich die Handteller rieb, hauchte sie: «Es ist ja keiner unten gewesen.» «Laß mich, laß mich», wehrte die Kaiserin ab, die sich heftiger zitternd und sehr blaß, seuf-

zend auf ihren Sessel fallen ließ, um ihre Fußbank bat. Sie wiederholte mit grellen Blicken gegen den Balkon: «Denk, ich hätte ihn umgebracht, wenn es ein Mensch gewesen wäre.»
Nach kurzem Besinnen setzte sich die schwarze Kollonitsch, die Schleppe heraufwerfend, neben sie: «Aber ich habe ganz vergessen, dich nach dem Empfang zu fragen. Es waren so viele, weil wir dich trösten wollten. Und nun sag, hat es dich erfreut.» «Ihr seid freundlich und lieb. – Was war das eben nur? Verstehst du es. Ich hab' mich erschreckt, nicht wahr?» «Ich hab' mich selbst erschreckt, Leonore. Es war nichts. Also: es hat dich erfreut.» «Eins aber sag' ich dir, Angelika», damit beugte sich die Kaiserin vor, drehte den Kopf, runzelte drohend die Stirn, «ich habe nichts dazu getan, wenn es einen getroffen hätte. Ich habe mich erschreckt, und – wie sonderbar, ich bin eine Frau und kam auf den Einfall, ihn totzuschlagen.» Sie zitterte wieder heftiger, ihr Kleid raschelte.
«Es war herrlich, wie der Chor sang.» Die Kaiserin schüttelte den Kopf, träumte mit wandernden Augen: «Ja, Angelika.» Später: «Ich bin besessen, Angelika, ich fürchte mich. Sag es nicht weiter. Wenn es der Bamberger Bischof erfährt, der Philipp Adolf, macht er einen Hexenbrand aus mir. Lache nicht. Wie ist es möglich?»
Sie nahm, als die Kollonitsch gegangen war, gedankenlos den kleinen Spiegel vom Tisch. In einem sechseckigen Elfenbeinrahmen stand er; ihn umgaben Menschen, Männer und Frauen, nacktleibig sich um seine geschliffene Randung hebend, schwimmend gegen die Höhe, auf der der Weltenrichter Christus thronte mit dem Schwerte, angebetet kniefällig von zwei Gestalten. Ohne sich zu sehen, hielt sie ihn vor ihr Gesicht; dann erblickte sie sich, bedeckte den Spiegel mit der Hand: «Wie kann ich ihn verwünschen, wenn ich selber so bin. Ich bin vom Teufel besessen. Ich bin's. Er ist in mich gefahren und hat mich.»

Aus halberstadt am vierten Tag nach der Schlacht machte sich der blasse deutsche Leutnant Regenspurger mit einem Brief des verwundeten frommen Generals auf. Wurde in Wien sogleich vor den Fürsten Eggenberg geführt. Die Girlanden wanden sich am Plafond des langen rechteckigen Raumes in dem Kerzenlicht; dem jungen Reiter, der zu erzählen anfing, träufelten die Tränen aus den Augen.

Der alte Fürst behielt ihn bei sich. In vollster Bestürzung bat er seine Freunde Trautmannsdorf und den Abt Anton zu sich. Sie fanden ihn, als sie nach Stunden eintrafen, noch auf demselben Stuhl sitzen, auf dem er den Leutnant angehört hatte, grau im Gesicht, vergrämt das Kinn aufstützend. Er sei, gab er kopfschüttelnd von sich, keines Gedankens mächtig, sie möchten selber lesen, was des Feldmarschalls Tilly Liebden geschrieben habe von der Schlacht mit dem König aus Schweden.

Und während sie lasen, jammerte er, er könne nicht denken, er werde gehen, er müsse sich zurückziehen vom Hofe. Im seidenen blauen Schlafrock schlurrte er über den Teppich; sie sprachen unter sich; er saß da, spielte mit seinen kalten blauen Händen, hörte nicht zu, und plötzlich blickte er sie kläglich nacheinander an, horchte, was sie redeten, als wenn er sein Urteil erwarte.

Der bucklige Graf sezierte mitleidlos, die Augen klein kneifend: jetzt könne jedenfalls das Reich auseinanderfallen, auch mit den Kurfürsten; man hätte sich ja vorher gefürchtet, ohne sie zu bestehen. Der Fürst wandte sich fast verzweifelnd an den Abt, der ihn traurig ansah: aber er hätte ja gerade die Kurfürsten gewählt, weil sie ihm sicher schienen für das Reich, sicherer als der Friedländer. Trautmannsdorf schob frostig die Arme aneinander, beschnüffelte den Brief: man habe sich eben getäuscht, getäuscht, getäuscht. «Was nun?» flehte der Fürst. Abt Anton strich ihm die Hände, Trautmannsdorf blieb dabei, die Hauptsache sei, zunächst zu sehen, daß man sich getäuscht habe. Eggenberg winselte: «Was wollt Ihr von mir. Ihr wißt, wie ich mich dem Erzhause und Kaiserhause gewidmet habe, wie ich es gemeint habe mit dem Kaiser von seiner Jugend auf. Ich habe mich getäuscht, Ihr hättet es verhindern können. Rettung, seid gnädig, Trautmannsdorf.» Anton stellte sich hinter den Fürsten, sanft sprechend neben seinem Ohr: «Ihr tut ihm ja unrecht, Fürst. Er will Euch nicht quälen, er will nur Klarheit. Ihr kennt ihn doch.» Trautmannsdorf: «Schlüsse zu ziehen aus der Situation ist ganz überflüssig. Man braucht nur die Ausgangsdaten nebeneinander zu stellen, so ergeben sich die Schlüsse von selbst.» Angstvoll hing Eggenberg an seinem ruhigen Gesicht, drängend: «Wie also?» Der Graf trommelte nervös, er wolle seine Weisheiten schon dem Fürsten nicht aufdrängen, geschweige denn die Trivialitäten. «Was denn, was denn?» bettelte der Fürst. Auf den vorwurfsvollen Blick Antons wurde der Graf herzlicher, sprach leise, las mit ihnen den Brief noch einmal durch und erklärte: Einrenken sei

die richtige Behandlung. Wenn man ein Glied, mit dem man bisher gut gegangen sei, ausgerenkt habe, in der Hoffnung, noch besser zu gehen, nun, so renke man es wieder ein, wenn man den Schaden bemerke. Der Fürst war aber viel zu verwirrt. Er verfiel in ein verzweifeltes Selbstanklagen, man mußte ihn beruhigen, dann beteuerte er wieder seine Unschuld.
Tags drauf empfing ihn der Kaiser; der Leutnant Regenspurger war zur Audienz geladen, erstattete zaghaft seinen Bericht. Milde erkundigte sich Ferdinand nach seinen Eltern und wo er in der Schlacht gefochten habe, sprach seine Freude aus, daß er entronnen sei. Er ließ seinen Obersthofmeister rufen: man möchte den Leutnant bei Hof gut unterhalten, ihm hundert Taler zum Dank für seine Meldung verabfolgen, und der Leutnant möchte sich vor seiner Abreise noch melden.
Dann, allein mit dem Fürsten, der noch kaum gesprochen hatte, betrachtete der Kaiser lange seinen unglücklichen alten Freund. Was in ihn gefahren sei, wie er aussehe, ob er sich wieder krank fühle; er hätte sich dann hinlegen mögen, warum habe er sich in diesem Zustand bemüht. Eggenberg nach langem Schlucken gab nach, stürzte dem Kaiser, der vor seiner Schreibkommode stand, zu Füßen, weinte schluckte und schnarchte hilflos. Verwundert trat Ferdinand zurück: was er denn wolle. Dann stammelte Eggenberg, der jede Haltung verloren hatte, um Verzeihung. Ja, wofür, ob er die Schlacht bei Breitenfeld gegen den schrecklichen Ketzer verloren hätte; ob sich sein lieber alter Eggenberg einbilde, der liebe Gott zu sein, der alles füge; und schließlich: «Wir müssen uns fügen und nachdenken, wie alles zusammenhängt.» Der kleine Fürst stand mit blutrotem Gesicht auf; Ferdinand lächtelte, wie er an seinen Spitzenmanschetten zupfte, näher tretend: aber krank sehe Eggenberg aus, und er sei doch damals beim Regensburger Tag nicht folgsam genug in Istrien geblieben. Eggenberg hauchte aufblickend: er hätte nicht ruhen können aus Sorge um das kaiserliche Haus.
Der Kaiser, dem Geläut von Sankt Stephan lauschend, setzte sich auf seinen breiten Stuhl, einen Abtstuhl, dunkles Buchsholz, über Armlehnen, Rückenlehnen braune stille Figuren, die sich gegen Hand und Nacken des Sitzenden bewegten, faltenwerfende Männer, betende Frauen, singende haarflechtende Mädchen, Frauen mit Säuglingen an der Brust, segnende stabgestützte Bischöfe. Er hätte es sich gedacht, gab er von sich, sie drängten ihn, drängten ihn, wollten die

Gewalt in ihren Händen haben, und nachher könnten sie sie nicht meistern. Nun stünden sie da wie arme Sünder und es sei ihnen kläglich ums Herz.
Ferdinand hatte die Knie übereinandergelegt, seine Hand befühlte einen Säugling, der am Bein der Mutter herunterrutschte. Am meisten jammere ihn sein Vetter Maximilian, der stolze Mann; ein unerbittlicher Feind stünde nicht weit vor seinen Grenzen. Daß man sich nicht niederdrücken lasse von dem Zufall, daß man dem Bayern gleich ausreichende Hilfe gewähre. «Wir sind ungerüstet, Kaiserliche Majestät; wir wissen jetzt nicht, wie uns unserer Haut wehren.»
«Schreibt ihm, er solle unbesorgt sein. Wenn er sich fürchtet um seinen Vater, solle er ihn herschicken zu mir. Sie sollen bei mir als Gäste wohnen.»
«Majestät, wir wissen nicht, wie wir uns unserer eigenen Haut wehren. Der König aus Schweden rückt mit einer so furchtbaren Macht heran; die Kurfürstliche Gnaden von Sachsen hat sich ihm angeschlossen. Tillys und unsere eigenen Truppen sind auf der Flucht.»
«Bewahre Gott, lieber Eggenberg, Ihr wäret jetzt auf meinem Platz. So wäre das Erzhaus verloren. Seid doch wieder munter, listenreicher Odysseus. Wie seid Ihr gedrückt, Eggenberg. Warum?»
Der bewegte seine zittrigen Arme nach vorne, ließ sie fallen; freundlich winkte der Kaiser ab, sich die Augen bedeckend: «Laßt, lieber Freund. Was ist die Lage leicht für uns. Friedland ist als Freund von uns geschieden. Die Fürsten werden ihren Widerspruch gegen ihn aufgeben. Wir können uns alle auf ihn verlassen, er war schon schwereren Lagen als jetzt gewachsen.»
Und so leicht und beruhigend sprach der Kaiser, der sich wohlig schwer zurücklegte, daß Eggenberg den Eindruck hatte, die Sache ginge ihm nicht nah, ginge ihn nichts an. Mit weißlichhellen Augen blickte Ferdinand leicht zerstreut auf den kleinen Geheimrat, in den Raum hinein, seitlich auf die bernsteinbesetzten Fächer seines Schreibkabinetts.
Ferdinand brachte seine irrenden Blicke einen Augenblick zur Ruhe, heftete sie weich auf das ängstliche fragende Geschöpf, das ihn liebte: «Eggenberg, treuer Eggenberg, was seid Ihr verstört. Hat Euch der Regenspurger solche Furcht gemacht. Geht hin zum Friedländer. Er ist unser Schwert. Nehmt es nur wieder.» Vergnügt fuhr er fort: «Ich weiß zwar nicht, ob er jetzt zarter zugreift als die vergangenen Jahre. Auch wird er sich einen guten Lohn im Reich holen. Dafür ist er

unser alter werter Friedländer. Holt ihn nur. Er soll wiederkommen. Er wird sich freuen, daß es ohne ihn nicht gegangen ist.»
Und als der alte Mann sich verneigte, verabschiedete er ihn zwischen Summen und Pfeifen, sich tiefer zwischen die faltenwerfenden Männer, die betenden Frauen, singenden Mädchen drängend.
Ohne Mantel Hut Wehrgehenk kam abends Ferdinand der Mantuanerin an der Tür seiner Antikamera entgegen; man schloß die Türen. Eleonore raffte ihr goldfarbenes Kleid vorn, drückte ihn, auf ihn rauschend, auf die Fensterbank, drückte auf seine Schultern mit den Fäusten, das Gesicht an seine stopplige Wange reibend: «Tu mir das nicht an. Nimm ihn nicht. Ich will es nicht haben.» Dann: «Willst du mich ermorden, nimm ihn. Was hast du es auf mich abgesehen?» Dann: «Ich lass' es nicht zu. Niemals, niemals. Und wenn ich dich wieder und ganz verlassen sollte.» Das Gesicht von ihm entfernend, ihn anstierend: «Mann, du, wer bist du, daß du das alles anhörst. Daß du hier so sitzst. Vor mir. Nein, ich lass' es nicht zu. Ich siedle mich auf den Trümmern von Mantua an. Bei den Ursulinerinnen, und zeige der Welt: so geht es einem Weib, einer Ehefrau, der angetrauten Frau des deutschen Kaisers.» Er ließ sie gewähren, zog sie an der Hüfte neben sich, an ihrer langen Perlenkette spielten seine Finger, leise begütigte er: «Du warst schon in Regensburg so wild. Ich muß überall herumgehen und trösten. Ich hatte noch nie soviel gutzumachen und zu besänftigen wie jetzt. Eben erst unsern guten Eggenberg.» Und er ging zum Nachtmahl. Sie begleitete ihn nicht.
Hinterher schmauste und pokulierte er im langen spanischen Saal, wo die ganze Wand quadratisch gefeldert war und aus jedem Holzquadrat ein Fürstenbildnis des Pietro Rosa aus Brescia herblickte. Sechzig Fürsten blickten in der Runde, wie Ferdinand, zwischen seinen lustigen Kämmerern, Offizieren, Gästen Bären Tannenzapfen Windmühlen Lastwagen Schiffe als Trinkgeschirre vor sich anfahren ließ und sie im Kreise fuhren; wie man Hund und Katze zusammen ans Bein eines fetten Schweins band, das der Kaiser mit seinem goldenen Degen durch den Raum jagte. Ein brauner kurzschwänziger Affe saß in der Mitte der Tafel, trank in Kannen, stieß sie im Sprung um. Der Kaiser war alle Abende von gleichmäßiger unbeweglicher Heiterkeit.

An maximilians Hofe hielt man ein kleines mißwachsenes menschliches Geschöpf als Narren, ein Wesen von einer unglaublichen Gefräßigkeit. Meist lungerte er um die Küchen Keller Tafeln Bankette – wie er sagte, den Mist prüfen, auf dem sein Spargel wuchs. Er verabscheute ehrlich die Fresser und Saufer, sie hatten mit ihm nichts zu tun. Bäuche von Schweinen, Kälberknorpel, der schön gedämpfte und gepfefferte Rindermagen bedeuteten ihm mehr als Leibesfüllung. Wie ein Pferd beim Klingen der Musik ins Tänzeln gerät, so bewegte sich sein schlaffaltiges blaurotes altes Gesicht, sein Herz belebte sich, seine Hände griffen zum Gabelrapier, wenn die würzigen Gerüche in sein Näslein zogen.
Er ging den Speisen wie ein Kämpfer entgegen. Mit seiner Beute hockte er sich beiseite hin, hielt sie wie einen noch nicht bezwungenen Widersacher unter sich. Er liebte es, daß man ihn allein ließ, ihm nicht zusah. Knurrte wie ein Hund beim Essen. Lang ließ er die dicke wulstige Zunge über die Zähne hängen, die Hände hoben die Speise, der Mund schnappte ihr entgegen. Wenn die Vertilgung der Speisen vor sich ging, die Soßen wie Blut aus den Mundwinkeln rannen, fing das Schnalzen Schmatzen Knacken Knuspern Reißen Schlürfen Knirschen an. Hier wurde nicht gefressen und geschlungen, sondern völlig vernichtet und restlos einverleibt. Und dies war der Vorgang, der ihn berauschte. Er konnte es nicht unterlassen, wüste Bemerkungen dabei auszustoßen, obwohl er bisweilen halbtot dafür geschlagen wurde; er lästerte von dem neuen besseren Meßopfer, das er vollzog, jetzt werde er Kalb mit dem Kalb, Schwein mit dem Schwein, Fisch, Kapaun. Er vollziehe das Meßopfer nicht zum Himmel herauf, sondern nach unten herunter. Rachedurstige Äußerungen stieß er aus, ihnen die frommen Gedanken zu besudeln, widerstandslos von der Inbrunst des Wütens und Wühlens geschleudert. Und so empfing er bisweilen, wenn er böse gelaunt war, irgendwelchen Edlen vor der Kirche oder der Neuen Kapelle, würdevoll gespreizt einen Rinderknochen mit einem Fähnlein auf seinem Spieß vor ihnen tragend, wie ein Chorknabe Räucherbecken oder Kruzifix, keifend, näselnd: «Auf zum Gebet vor dem Rehbraten. Auf zum Speikübel und Nachttopf. Auf, meine lieben Herren, lasset nicht nach, nicht nach im Eifer. Gehet in euch!»
An diesen Tagen waren die Herren und Damen an der Tafel sehr empfindlich gegen Lärm, man mochte ihn nicht hören. Der Zwerg wurde unter dem Tisch aus seinem Winkel hervorgezogen; wie schlaftrun-

ken hing er, kauend speichelnd stöhnend knurrend, in den Händen der Pagen, die ihn schüttelten. Er schlug um sich, wußte, daß er nicht wie ein Hund knacken und knirschen sollte. Gestäupt und wieder eingelassen schleppte sich das gebückte klingelnde Mißgeschöpf an den Tafeln entlang in seine Ecke, bald schweigend in Wut, bald die Tische mit einem Wust von Giftigkeiten überquasend, ruckweise anhaltend, unter seinem Asthma keuchend, beschämend mit Zoten und Unflat die jungen Hansen und Pagen, die wartenden Kämmerer.
«Er tut es gern, das Knirschen, er tut es gern», schrie triumphierend der jesuitische Beichtvater, nach hinten blickend auf ihn, wie er vorbeigetrieben wurde. Mit Abscheu sah der Zwerg, wie die Herren vor den vollen Schüsseln speisten, sanft gedankenlos die erlesenen Gerichte in die Münder steckten, sich leise unterhielten, der Musik lauschten. Der Verrat an den Speisen; die Lumpen vor diesem Braten. Er taumelte vor die Tür. Der seidenbehängte Oberstkämmerer wandte sich angewidert über seinen Teller.
In den Grottenhof der Residenz wurde am Nachmittag der Zwerg geführt. Da ging eben hinaus der alte langbärtige Angermeyer, Elfenbeinschreiner, traurigen Gesichts; einen ganzen Tisch mit Elfenbeinmustern trugen ihm zwei Gehilfen nach. Zwischen ausgebreiteten Kartons und Wandteppichen stand inmitten des blumigen Hofes der üppige schwarzlockige Hans von der Biest, Maler; Maximilian hörte ihm nicht zu. Neben dem Kurfürsten, der im knappen spanischen Kostüm am Springbrunnbecken saß, stützte sich der junge Kuttner, der Rat, auf den silbernen Kavalierdegen, sein Gesicht zuckte. «Ich will mich ekeln», spielte Maximilian mit dem Messer; der Maler zog sich auf Kuttners Handbewegungen unter stolzen Verbeugungen zurück.
«Kuttner, der Arzt hat mir befohlen, ich soll mich ekeln. Das helfe mir am raschesten.» «Ich weiß, Kurfürstliche Gnaden. Das ist der Narr.» «Fang an», stieß Maximilian hervor. «Was soll ich?» schrie der angetriebene Narr bleich. «Fang an, Bärenhäuter.» «Was soll ich anfangen?» «Willst du anfangen, Schelm!» «Was schimpft Ihr mich Schelm, Schuft, Bärenhäuter. Reißt doch Euer Maul selbst auf und sagt was Ihr wollt.» Müd drehte Maximilian den Kopf zur Seite, leise: «Sprecht Ihr mit ihm, Kuttner. Macht es kurz.» Kuttner, der feine junge Mensch, stolz, französisch, elegant, ging, den Degen in der Hand, auf den Narren mit den weiten Nasenlöchern los, wispernd: «Mach deine Späße, Hund; du weißt, wozu du da bist.» «Der Hund,

wozu der da ist? Zum Fressen, du geleckter Welscher.» «Du, du bist Narr, weißt nicht, was du zu tun hast.» Kuttner schwenkte zornig die Klinge; er kam aus Paris, lebte wenig am Hof, wußte nicht, was die Künste des Geschöpfes waren. Der Kurfürst blickte beiden stier und erbittert zu; so apathisch war er, daß er nicht imstande war zu sprechen: «Fang an, fängst du an!»
Von der Terrasse stieg ein zahmer Storch mit seinen hohen roten Stelzen feierlich näher, von Zeit zu Zeit wuchtig in den sumpfigen Boden hackend; er ging dem Wasserlauf nach, der zu dem Springbrunnen führte. Kuttner begann in seiner Ohnmacht den Zwerg mit der flachen Klinge zu prügeln. Maximilian, die Fäuste ballend, verfolgte die Szene. Der Zwerg sprang erbost unter dem Hageln der Hiebe herum. «Friß. Er soll fressen», schrie Maximilian. Der Zwerg machte sich heulend los: «Was soll ich fressen? Was soll ich fressen? Bringt mich nicht um.» Unter den steifen Blicken Maximilians, den in den Sand spritzenden Schlägen Kuttners stürzte er sich kreischend, verzweifelt die Arme aufwerfend in den Sand vor dem Becken.
Und da kam mit gravitätischem Schritt der langbeinige Schnabelträger her. Wie der Zwerg das Geräusch hörte, zuckte er zusammen. In Todesangst kroch er hoch und nun warf er sich auf den Storch. Er war nicht höher als die Beine des Vogels waren. Mit den Armen packte er nach der Brust des Tiers, das krächzend flügelschlagend zurückwich, sich schüttelte, sogleich gegen das kleine Wesen losging. Es hieb wie ein Drescher mit dem Schnabel auf den Zwerg herunter, der ungeschützt einen Hieb dicht unter dem Hals empfing. Seine Kappe zerriß, er knickte auf die Knie; schien aber sonst nichts zu bemerken. Nur auf die federbesetzte Brust des großen Vogels starrte er, schon hing er mit beiden umschlingenden Armen an seinem Hals, der sich wand, drehte, sich zu entziehen versuchte. Seine Beine zappelten unten, das starke Tier stand krächzend einen Augenblick, bis es vornübersank. Der Narr wälzte sich mit dem Storch im Sand. Sein Gesicht war nicht zu sehen, es war in die Brust des schreienden, fast menschlich kreischenden Tieres vergraben. Er spie Federn, kaute und biß an der zähen Haut, dem krampfhaft zuckenden Fleisch; sein eigenes Blut lief unter ihn; das Tierblut leckte und schlürfte er. Und nun, noch eben in der Angst der Degenhiebe, vergaß er, wer hinter ihm stand, wer auf dem Stuhl sitzend vornübergebeugt mit langgezogenem Gesicht ihm zusah; er fing an seine Kiefer zu bewegen und erst mit Widerwillen, dann mit wilder Besessenheit zu fressen, zu

vernichten, das zuckende schreiende Tier zu vernichten. Der Storch, auf der Seite liegend, suchte, wie ein gefallenes Pferd den Hals reckend, mit den Beinen ausschlagend, hochzukommen. Das schwere Gewicht des malmenden Zwerges zerrte ihn herunter. Wie der Vogel einen hellen durchdringenden Trompetenschrei ausstieß, verlangte der Kurfürst, daß Kuttner, der seitwärts schielend dastand, mit seinem Degen spielte, den Zwerg abrisse. Kuttner bückte sich herangehend, packte den Zwerg am Rücken. Der, verbissen, ließ das Tier nicht los. Als Kuttner ruckartig an dem Geschöpf zog, ließ der Zwerg die Arme vom Hals des Tieres los, aber in gräßlicher Weise hing er mit dem Gesicht wie verwachsen im roten klebrigen Sudel an der Brust des Vogels; rechts und links lief und spritzte hellrotes Blut den Boden. Mit einem Fluch klemmte der Kavalier seinen Degen zwischen die Beine, laut hörbar wurde das brünstige Mahlen, Knurren, Schlürfen, Schlucken des Zwerges, der mit den Armen wieder versuchte, nach dem Hals des Vogels zu hangeln; der Storch hielt den Hals senkrecht über ihn, entsetzliche Hiebe mit dem Schnabel fuhren blitzschnell auf die Waden und den Rücken des Mörders, dazwischen die schrecklichen hohen Schreie. Kuttner griff zu, die Beine des Menschen packte er, ein Zug, er schwang den Zwerg um sich, ließ ihn ins Beet absausen. Der Vogel schwankte mitgerissen, krächzte, stand im Augenblick auf den Beinen, von oben troff das Blut, flügelschlagend machte er kehrt, taumelte davon. Aus dem Blut kam der grauenvoll beschmierte Zwergenkopf hervor; Wutgeheul, Tränen. Der Kurfürst ging rasch an ihm vorbei; er nahm Kuttners Degen, stieg ausspeiend auf das Beet zurück, spießte, senkrecht von oben stechend, den anstrebenden Zwerg mit dem rechten Oberschenkel am Boden an.
In der Kunstkammer vor einer kostbaren Truhe, Stuckrelief mit keulenschwingenden Kentauren, die vergeblich andrangen gegen die sanfte Menschengruppe der Gerechtigkeit Weisheit Stärke Mäßigkeit, standen sich Maximilian und Kuttner im Halbdunkel eines Pfeilers gegenüber. Maximilian hieß ihn sich seinen Degen holen; der Zwerg zeterte noch. Als Kuttner mit der blutigen Klinge wiederkehrte, saß der Kurfürst nahe einem Fenster. Sie hörten dem sich entfernenden Gejammer zu. In der Stille schüttelte sich der auf der Truhe, Maximilian: «So sollte mein Arzt schreien.» Stieß ein hitziges Lachen aus, seine Augen blitzten erregt. «Wißt Ihr, Kuttner, was heute für ein Tag ist?» «Michaelstag, Durchlaucht.» «Sankt Michael. Das ist der Schirmherr der Deutschen. Wir haben eben gut

gekämpft; er wird uns loben.» Maximilian lachte sanfter und erschöpft. Kuttner bog seinen frauenhaft weichen Leib vor, hob die langfingrigen Hände vor die spitzenbesetzte Brust: «Der Narr war ein Vieh, Euer Durchlaucht. Wo gibt es so etwas in der Welt.» «Wir haben beide tapfer gefochten. Sankt Michael hat im Lande Moab dem Satan die Leiche Moses abgerungen. So habt Ihr gerungen. Ich bin matt, Kuttner, und fühle mich besser.» Der lächelte verbindlich, schwieg. «Ihr seid mir der liebste Mensch am Hofe, Kuttner; Euch vertraue ich wie fast keinem.» Plötzlich hob, nach einigem Suchen, Maximilian leidenschaftlich die Arme, hauchte aufflammend: «Kuttner, was soll geschehen!» Er zog den anderen an der Hand zu sich herunter: «Ich bin verloren. Ich –» Er stammelte. «Vor dem wüstesten Menschen der Erde liege ich, vor diesem Goten. Er wird sich eine Freude daraus machen, mich zu beschimpfen. Heiland, mein Heiland, wohin sind wir geraten.» Der Fürst schien vor einem Tränenausbruch, jammernd und zähnekrachend sah er zu Kuttner auf. Verlegen wich der mit den Augen aus; es gäbe himmlischen Schutz für Deutschland. «Sagt mir das noch einmal, Kuttner. Ihr seid soviel jünger als ich. Wenn es keinen himmlischen Schutz für uns gibt: ich sehe keine Rettung. Ich hab' mich übernommen. Es war zuviel für mich. Setzt Euch neben mich. Habt keine Scheu. Laßt mich an Euch anlehnen. Ich habe keine Frau, keinen Freund. Mein Vater ist krank. Ich will mich aussprechen, Ihr werdet mich nicht verraten. Regensburg ist mir nicht geschenkt worden. Ich bin wie ein Lump, der alles verwettet hat. Ich kann nur greinen.» Nun weinte er wirklich, Kuttners Schulter umfassend.

Der hatte seine Scheu rasch überwunden; er kannte die Krankhaftigkeit des Kurfürsten, gab nach: «Was soll dies für ein Michaelstag in Deutschland sein, wo Eure Durchlaucht zerknirscht ist. Wir geben nicht nach, der Satan wird unser nicht Herr werden, und wenn er sich mit den ledernen Kanonen der Finnen und allen schwedischen Neuigkeiten bewaffnet.» «Mir wär' wohl, Kuttner, ich hätte diesen Tag nicht erlebt. Wie hab' ich mich hoch über meinem Vater gefühlt, der mir das Land hat abgeben müssen, weil es fast ruiniert war. Aber ich! Aber ich! Seht hin, nein, seht nicht hin. Sehe keiner hin. Es ist ein Grauen. Wir haben den Krieg über die Pfalz und Böhmen getragen; es hat uns nichts ausgemacht, die brennenden Dörfer, die Leichen auf den Straßen haben uns eine Freude gemacht, wir sind als Sieger durchgezogen. Was haben wir gesehen. Wir waren Sieger. Kuttner,

jetzt soll Bayern, mein Land, für das wir gesorgt und gegeizt haben, alles dulden. Ich hab' mich lästern lassen als Geizkragen und schlechten Filz; seht hin, wie alles gediehen ist, wie alles prangt und wohl ist. Für dies Land hab' ich alles eingesetzt, mich selbst mit, mein Haus, die Ehre meines Namens, den Ruhm der vergangenen Geschlechter. Wißt Ihr, was nun kommen wird, wer das ist. Ein dicker roher plumper Mann, der die lutherischen Schimpfworte vom Morgen bis Abend wie einen Wohlgeschmack im Mund führt. In unseren reinen reichen Kirchen wird er sich wälzen wie ein Schwein. Meine gehegten geliebten Städte, o Ihr kennt sie ja, er wird drin herumschnüffeln, Feuer wird er auf sie werfen, arm wird er sie erpressen. Ich werde nicht da sein, ich werde irgendwo mit dem Hof sitzen. Oh, ich will nicht. Ihr Menschen, was ist über mich verhängt. Wie hab' ich das versündigt.» Den jungen Gesandten hatte er losgelassen, sein Kopf hing seitlich über der Brust, er schluchzte, stammelte.
Kuttner kniete vor ihm, streichelte sein Knie: «Sprecht nicht so laut, gnädiger Herr; man könnte Euch hören. Seht doch mich an, hebt Euren Kopf, wo ich bin. Ich bin Euer Gesandter in Paris. Erinnert Euch des Königs Ludwig. Laßt Eure Seele nicht so im Sumpf. König Ludwig will Euch wohl, er braucht Euch. Graf Tilly ist bei Leipzig nicht vernichtet. Der Schwede wird aufgehalten werden.» «Das glaubst du, Kuttner? Freue dich. Ich bin schon halb auf der Flucht. Ich jammere schon und beklage meine armen Münchener, die frommen Klöster, die ganze Herrlichkeit. Es gibt keine Rettung.» «Man rechnet in Paris auf Eure Durchlaucht. Man hofft, Ihr werdet den Augenblick verstehen.» «Was ist, Kuttner.» «Ihr seid kein Freund Habsburgs, glaubt man zu wissen, und sicher kein Freund Spaniens, weil es Euch die Pfalz mißgönnt. Man meint in Paris, Ihr werdet nach dem Leipziger Schlage begreifen, worum es sich dreht. Ihr werdet irgendwie mit dem Schweden paktieren. Frankreich hat es schon getan.» Der Kurfürst wischte sich das Gesicht; abgewandt bat er: «Setz dich neben mich, Kuttner. Knie nicht da. Erzähle.» «Ich hab' Euch nur zu melden: der Pater Joseph sagte mir, als die Nachricht von Breitenfeld einlief: ich sollte verhindern, daß mein kurfürstlicher Herr sich von diesem Unglück getroffen fühlt. Das kaiserliche Heer sei geschlagen. Es sei eine Warnung, über den Regensburger Weg hinauszugehen – nach Wien; ein Wink für Eure Kurfürstliche Durchlaucht, nicht mit der falschen Partei zu halten.» «Ich bin nicht geschlagen, ich bin nicht geschlagen.» «Vielmehr meinte der so gelehrte und welt-

kundige Pater: Ihr hättet sozusagen einen Vorteil errungen. Ihr hättet es in der Hand, den Kaiser wissen zu lassen, wie es steht und wie Ihr es auffaßt. Schließlich habt Ihr nicht Pommern und Niedersachsen zu verteidigen. Die Liga ist nicht gegründet, um Pommern zu befreien.» Mit gezwungenem Lächeln betrachtete Maximilian ihn von der Seite: «Du, lieber Kuttner, meinst, ich bin nicht besiegt. Es wird alles wieder gut.» «Kurfürstliche Gnaden, Eure Stunde kommt. Ich spreche, was mir der Kardinal und der Pater oft eindringlich nahegelegt haben: Ihr solltet Mut haben. Der Kaiser ist gerichtet. Alle deutschen Stände wenden sich nach den friedländischen Untaten, die er begünstigt hat, von ihm ab. Greift zu. Jetzt seid Ihr in Notwehr. Es geht um Euer Land und Euer edles Haus.» «Was hat Richelieu gesagt?» «Stellt Euch dem Schweden nicht in den Weg. Haltet es wie der allerchristlichste König: begünstigt ihn und sucht Euren Vorteil. Frankreich rät Euch das. Es rät Euch das, weil Ihr sein Bundesgenosse, sein natürlicher Bundesgenosse im Kampf gegen Habsburg seid. Frankreich hat einen Vorteil von Euch; es wird Euch nicht Schlechtes raten.»

Maximilian, den Arm auf der Schulter des schlanken Jünglings, blieb still, sein Gesicht wurde länger, seine Nase rümpfte sich, leise: «Glaubst du, daß er den Storch umgebracht hat?» Leicht verwirrt Kuttner: «Sehr tief war die Wunde nicht.» «Ein ekler Mensch. Laß dich doch ansehen. Das ist also ein Mensch, der mich nicht aufgibt. Ich muß mich wohl an dich halten. Und wie hat Richelieu gemeint, Kuttner, besänftige ich den Schweden am besten?» «Besänftigen, Durchlaucht – ich rede mit aller Offenheit, die Ihr erlaubt –, es ist ja nicht nötig. Wer, glaubt Ihr, sei der Schwede. Ich habe mir viel von ihm erzählen lassen. Er rechnet wie Ihr und ich. Er hat seinen Haß wie ein dummer Lutheraner, aber das verwirrt seine Rechnung nicht. Zuerst Eure Liga aus dem Spiel: seid gewiß, Ihr braucht ihn nicht mehr mit Worten zu besänftigen.» «Daß ich so wie von einem Fall gelähmt bin. Mit liegt – ich habe ein dumpfes Gefühl – eine ziehende Angst in den Knochen. Bin ich nicht in einem wilden gräßlichen Traum, der mich nicht losläßt.» «Also hätte Eure Durchlaucht nur darüber anzuordnen: wie sich Graf Tilly verhalten soll. Befehlt ihm, Waffenruhe anzubieten.» «Ich wäre nicht besiegt, ich wäre nicht geschlagen, meint Richelieu.» «Ein Entschluß hilft Eurer Durchlaucht.» «Es ist nicht denkbar. Mein Arm, meine Knochen.» «Die Lage hat sich zu Euren Gunsten gewandt; Ihr könnt eine entscheidende Rolle spielen.» «Nun will ich aufstehen. Du hilfst mir, Kuttner, und begleitest mich auf meine Kammer. Ich freue mich. Es geht mir besser.» Maximilian schwankte am Arm des schlanken sanften Kuttner durch die lange Kunstkammer. Sie gingen über den Hof. Den Fürsten schauerte es in der Herbstluft. Er sah lächelnd seinen Begleiter an. Der Oberstkämmerer erwartete ihn auf der großen Freitreppe. Der Kurfürst hatte das Gefühl, bald froh zu schlafen wie lange nicht. Nur als er in der finstern Nacht erwachte, fühlte er, auf dem Rükken liegend, die fremdartige Geschlagenheit, Zerbrochenheit, Zermalmung in seinen Gliedern. Er flüchtete, mit ihr ringend, in den Schlaf.

Der französische Gesandte Charnacé, der rothäutige Soldat, und Kuttner, am nächsten Tage vom Kurfürsten und seinen Geheimen Räten gemeinsam empfangen, reisten zu Gustaf Adolf ab. Sie brauchten nicht weit zu reisen. Jenseits des Thüringer Waldes stand er in Erfurt, nachdem er Leipzig Halle und Erfurt überzogen hatte. Vierzehntausend Schweden bevölkerten die Stadt. Der König wohnte im Gasthof zur Hohen Lilie. Er nahm die Gesandten auf einen Umritt mit; auf dem Petersberg, wo das Jesuitenkloster stand, fingen sie ihre Gespräche an. Der dicke König war von deutschen Fürsten umringt, er war lärmend freundlich zu ihnen, sie kamen zu keinem Ende. Er lud sie bei seinem Aufbruch, als sie mißmutig ihre Lage bedachten, ein, ihm noch einige Tage zu folgen.

Über Gotha und Schmalkalden in einem Haufen, über Arnstadt und Schleusingen im andern schob sich das Schwedenheer durch den Thüringer Wald. Während dieses Marsches ließ der König und keiner seiner Umgebung sich sprechen; die Gesandten wurden herrlich verpflegt; mit Jammern und Schmerz sah der weiche Kuttner, mit welcher Schnelligkeit man südlich kam, Charnacé erklärte fluchend, er werde nach zwei drei Tagen das Lager verlassen. Ihm graute auch; er sagte: zwei drei Tage, konnte sich aber von dem betäubenden Vormarsch nicht trennen; er mußte sehen, wohin das ging, ob es gar gegen Westen auf den Rhein zu ging. Vor ihnen ergab sich die Würzburgische Festung Königshofen auf das Anblasen der Trompeter. Mit stiller Trommel wich die kleine kaiserliche Besatzung aus Schweinfurt. Der panische Schrecken lief dem Schwedenheer voraus. Würzburg näherte man sich, der reichen Stadt des Fürstbischofs Franz von Hatzfeld. Die Stadt kapitulierte auf den Trompetenruf. Am linken Mainufer auf steilabfallendem Felsen das feste Schloß Marienberg:

der Kommandant übergab es nicht. In der Nacht wurde es gestürmt innerhalb einer einzigen Stunde, keiner von der Besatzung entkam.
Man besichtigte die Beute: Reliquien, silberne vergoldete Brustbilder Ornate Kelche Kirchenschätze. Alles ritt in die Stadt ein; aus der fürstlichen Silberkammer wählte Gustaf, dem Franzosen mit seiner plumpen Hand einzelnes weisend, für sich Edelsteine Perlen Gold und Silbergerät aus; die Hauptmasse stellte er seinen Offizieren zur Verfügung. Da war noch die berühmte fürstbischöfliche Bibliothek, für die der hochgelehrte Echter von Mespelbrunn jahrzehntelang gesammelt hatte; an ihr ritt man vorbei; der König gab Befehl, sie und die Bibliotheken der Universität und des Jesuitenkollegs in Ruhe einzupacken für den Transport nach Upsala.
Endlich ließ im Zeughaus der Schwede sich zu einer Unterhaltung mit den beiden fremden Herren herbei; Charnacé sprach erst für sich mit dem König. Der setzte sich auf den Rand einer Pauke, schlug vergnügt mit dem Seitengewehr auf das brummende Fell, umarmte Charnacé, brüllend: «Zu saufen, Marquis, zu saufen, zu saufen. Was hat uns unsere Freundschaft so weit geholfen. Laßt sie uns begießen.» Man trug auf das Rufen des Königs Wein in Kannen und Becher her; flau trank Charnacé; er hoffe noch größeren Gewinn des Feldzugs und worauf der König hinauswolle. Das wollten sie alle, schluckte Gustaf, von ihm wissen; wisse es selbst nicht so genau; die Fortuna des Kriegs sei die Meisterin. Er tat dann, als verstünde er den Welschen nicht, wie weit er gegen den Rhein wolle; zeigte ein übermütig joviales Verhalten; nur nebenbei konnte der andere anbringen, daß sein König auf Metz gezogen sei, das ja seit Jahrzehnten unter französischem Schutz stünde, und daß er die Bevölkerung dort, die ihn gerufen habe, beruhigen wolle. Schmetternd lachte der Schwede und freute sich; ja er wüßte, daß sie ihn fürchten, sei wohl der Gottseibeiuns für sie, fräße und verschlucke sie, es sei ein Spaß. Er war nicht zu fassen.
Beim Hinzutritt des Bayern wurde der Schwede, der sich in übertriebenen Komplimenten erging, noch lärmender. Nun mußten Stühle und Bänke herangeschleppt werden; Grubbe und Oxenstirn sollten mit ihnen festieren hier im Zeughaus, wo alles sich so freue. Kuttner mußte vorbringen, daß er um besonderes Gehör mit seinem französischen Freund bäte. Das fand Gustaf kostbar und auch sehr schön. So würden sie denn zu dritt hier sitzen, miteinander schwatzen; er, der Kuttner, von dem er schon gehört habe, sei ja ein

prächtiger junger Herr; wie spaßhaft: man könnte glauben, der Herr sei ein Edelfräulein, so schön und vornehm sei er; darum sollte er auch doppelt festlich aufgenommen werden von ihm und seinem Hofquartier, nach echt schwedischer Art. Nun fing Kuttner, der blaß und traurig war, da der fremde König nicht auf sein Geleis biegen wollte, mitten im prahlenden Gewäsch und Gekicher sein leises Vorbringen an; Gustaf veränderte sein Gehaben nicht, sie sollten nur nicht vergessen, diesen hier, diesen außerordentlichen Wein nicht verschmähen; aber Kuttner solle sich nicht stören lassen, er sei ein prächtiger junger Herr, er höre ihm mit wirklichem Behagen zu. Und so mußte Kuttner, vorsichtig von Charnacé, der neben ihm saß, sekundiert, erzählen, was sein Herr ihm aufgetragen hatte: von dem bayrischen Wunsch, den gewaltigen Siegeslauf des Schweden nicht aufzuhalten und in Neutralität zu treten. Gustaf schrie, sich von der Pauke erhebend und seinen Becher absetzend, das sei ja ein Glückstag, ein unerhörter Glückstag; was sei ihm denn lieber als mit anderen Menschen in Frieden zu leben. Er streckte, gewaltig im Lederwams mit der Riesenschärpe stehend, zu beiden Seiten seine Arme in die Höhe: so möchten zerschmettert werden, die Feindschaft und Tod durch ihr gehässiges tyrannisches Gebaren in die Welt trügen; er freue sich über alles Maß, daß alles so käme, wie er sich gedacht habe. Er umarmte den errötenden Kuttner; Charnacé lächelte melancholisch. So umarme er mit ihm den bayrischen Kurfürsten. Und darauf rülpste er stark. Sie sollten bald Bescheid erhalten. Er verabschiedete sich herzlich und immer wieder menschenfresserisch lachend und schnatternd von ihnen, die er seinem Kanzler empfahl.

An der Würzburger Domkirche vor den Gittern unterhielten die schwedischen Soldaten vier offene Spieltische; Säcke mit Talern und Dukaten standen neben ihnen; auf dem großen Platz brüllte zusammengetriebenes Vieh; für einen Reichstaler wurde die Kuh losgeschlagen, ein Schaf für einige Batzen. Wie in dem allgemeinen Lärm der Regimentsmusiken Spieler Tiere die Gesandten nach einigen Tagen über den Domplatz ritten, kam der königliche Kurier hinter ihnen her mit einem Brief. In ihrem Quartier lasen sie dann den schrecklichen schwedischen Bescheid. Neutralität des Bayern nähme der König herzlich gern an, jedoch müsse die Liga ihre herzliche Gesinnung ihrerseits auch beweisen, so, indem sie ihre Truppen auf zehntausend Mann vermindere, natürlich auch alles zurückgebe, was sie Evangelischen genommen habe, den König in allem Besitz lasse, den

er okkupiere und okkupieren werde. Dafür werde der König Bayern nicht überziehen; er gewähre einen vierzehntägigen Stillstand zur Überlegung.
Nur dies war Kuttner sicher, daß er sogleich aus Würzburg aufbrechen wollte; wohin, wußte er nicht. Er klagte: «Ich kann nicht zu meinem Herrn mit diesem Bescheid.» Ihm stand vor Augen der ernste Abschied von Maximilian. «Kommt!» lockte Charnacé; den reizte die Begegnung mit dem Bayern, der sich so lange gegen das Bündnis mit Frankreich gesträubt hatte: «Ihr müßt hin.» «Helft mir, Marquis, ach, unterstützt mich vor ihm.» «Habt Ihr Furcht vor Eurem Herrn? Ihr habt Eure Sache so gut gemacht.»
Maximilian nahm den Franzosen nicht an; vor Kuttner hingesunken, stöhnte er: «Es ist eine Rettung; vierzehn Tage Zeit; ich kann es noch abwenden. Oder es ist eine Folter: ich muß es vierzehn Tage hinziehen und es muß doch geschehen, ich muß mein Land und mich vernichten lassen, wenn ich in Ehren bestehen soll. Verratet mich bei meinem Vater nicht, Kuttner; bleibt bei mir die Wochen. Es könnte doch sein, daß sich alles ändert. Glaubst du nicht, daß sich noch alles wenden kann. Es kann doch nicht wirklich sein, was mir jetzt passiert.»
Kuttner weinte, wie er allein war.

UNTER DER Annäherung der fremden Eroberer entstanden Revolten bei den bayrischen Landfahnen; viele flüchteten, suchten ihre Habe zu verstecken, sich und die Angehörigen in Sicherheit zu bringen. In dem straff regierten Lande ereignete es sich zum erstenmal, daß die Landstände gegen die neu auferlegten Kriegssteuern protestierten, auf der einberufenen Versammlung in München fehlten viele: Aufrührer gingen durchs Land. Vor Preising stellte sich ein kurzer Kerl hin, das Gesicht wie ein Waldmensch umwachsen, die Leute liefen ihm zu, predigte vom Schindeldach eines Häusleins:
Da käme der Schwede und juch, sie hätten den Krieg im Land. Würde ihnen das behagen! Der Krieg ist Sache der großen Herren. Bevor man ihnen nicht die Köpfe abschnitte, verharrten sie dabei, den Krieg auf die kleinen Leute zu jagen. «Der Kurfürst in München hat es in der Hand, Frieden zu machen; es wird ihm nicht passen; er hat Pferde und ist bald davon. Legt die Fürsten lahm, alle zu Hauf. Es geht um

eure Haut, ihr habt nichts weiter zu verlieren. Wollt ihr Lumpen und Hundsfötter werden, bis der gnädige Herr euch beim Schopf hat? Bis er euch gepreßt hat mit Weibeln, Profossen, Korporalen und seiner ganzen Teufelsgarde, daß ihr ihm dient im Krieg als seine Söldner und totgeschlagen und geschunden werdet, während der Schwede euer Vieh frißt, eure Scheunen ansteckt, euer Weibsvolk verschändet, die Kinder ins Feuer wirft. Des Kurfürsten Korporale werden mit euch ihr Spiel treiben, seht euch vor. Träges faules Volk ihr. Was ist denn ein Fürst, ein Herr, ein Kurfürst und großgewaltiger Kaiser. Macht einen krummen Buckel vor ihm und er ist euer Kaiser. Zeigt ihm den Steiß alle zusammen und ihr werdet sehen, wie lange er noch Kaiser ist. Er ist ja nur mächtig, weil ihr Furcht habt und Angsthasen seid. Er hat keine Macht. Aber seht eure Hosenböden an, da findet ihr sie. Betrug und Einbildung ist die Regiererei, auf dem niedrigsten und höchsten Thron. Ihr seid schuld daran, ihr alle, daß es uns so geht, man müßte euch mit Knüppeln totschlagen, daß ihr so dasteht und die Mäuler aufreißt. Der Krieg täte euch gut, damit ihr seht und fühlt und schmeckt, was ihr für gottvergessene Schurken und Hundsfötter seid. Was ihr versündigt habt durch Dummheit und Narrheit, wird kein Heiland gutmachen; er könnte zu euch kommen und ihr würdet ihn noch nicht ansehen, wenn er euch helfen will. Durch eure Dummheit und Furcht regieren die Fürsten, in eurem Kopf steht ihr Thron, für ihre Schandtaten und ihren Übermut bürgt ihr. Eure Jämmerlichkeit ist so groß, daß ich ein Maul wie der babylonische Turm haben müßte, um sie zu beschreiben. Es ist ja an der ganzen gefürchteten Macht der Fürsten und Tyrannen nicht viel mehr als an einem Traumschrecken, einem eingebildeten Alb. Feige Schufte haben die Fürsten groß werden lassen. O ihr jammerbaren Schächer und Klötze. Die Fürsten sind eine Schande, sie sind eure Schande. Sind die leibhaftigen Teufel und ihr seid des Teufels Mutter und Großmutter. Bald wird der Schwede da sein und ihr werdet sehen, wie sich der Teufel seine Gehilfen ausgesucht hat zum Dank, daß ihr ihn so dick gemästet habt. Lauft nach München. Da sitzt einer auf dem Thron, den ihr ihm gebaut habt, damit er in Ruhe Riemen aus eurer Haut schneiden kann. Sagt, es wird Krieg, Herr Kurfürst! Kommt der Schwede herein oder kommt er nicht herein? Helft uns. Er wird euch totschlagen lassen für sich. Tut euch zusammen zu einem Gewalthaufen. Nehmt eure Messer. Und wenn er nicht sagt, was euch gefällt, so könnt ihr eine Freude haben: die Fürsten haben einen Hals zwischen dem Kopf und den Schultern; macht euch einen Spaß. So ein Mann spritzt nicht mehr Blut als ein Kalb.»

Über den Thüringer Wald herüber auf Königshofen, Würzburg. Westwärts mainabwärts durch den winterlichen fränkischen Kreis. «Die Goten kommen, die Vandalen kommen!»
In Würzburg inthronisierte sich der Schwede als Herzog von Franken; die Stiftsangehörigen, geladen auf den Markt von Statthalter Kanzler und Räten, schwuren betäubt mit handgebender Treue einen Eid zu Gott und auf das aufgeschlagene Evangelium, niemanden anders als die Königliche Majestät von Schweden, deren Nachkommen und Regierung als alleinige Landes- und Erbherrschaft anzuerkennen. In dem Tosen des Marktes feierte ein schwedischer General, von einer Freitreppe radebrechend, die Würzburger, die die Köpfe senkten, als seine neuen Landsleute und gute Schweden. Ausschwärmend nahm der Schwede von dem Land Besitz. Abteien und Klöster Frankens fielen seinen Generalsoffizieren zu. Es gab nur herrenloses Land, Menschen und Gut. Dem ehemals schwedischen General Herzog Georg von Lüneburg wurde die Stadt Minden, das mainzische Eichsfeld zuteil. Die freie Reichsritterschaft schickte huldigend ihren Direktor, den großmäuligen Adam von Rotenhan, samt zwei Grafen von Erbach; sie erhielten hingeworfen die Benediktinerabtei Amorbach. «Der evangelische Glaube siegt!» brüllten die beladenen Finnen, die Schweden auf ihren keuchenden Beutepferden; es durfte niemand ihnen etwas verwehren, sich und seine Habe verschließen. Sie übten Gerechtigkeit mit Feuer Schwert und Torturen, in schmachvoller Knechtschaft hatte das Reich bis da gelegen, den Papisten durfte es nicht gut ergehen, den Lutherischen nicht besser: so stachelten sich die Fremden.
Immer mehr Deutsche schlichen um den leckeren Tisch. Dem Grafen Löwenstein-Wertheim stopfte man den Rachen. Der Rat der Reichsstadt Schweinfurt verbeugte sich vor den Knechten Offizieren Generalen und der königlichen Würde selber; vierzehn würzburgische Dörfer, dazu Güter des Hauses Echter und Klöster waren für die Stadt zu haben. Nürnberg lag im Rücken, man ließ es nicht vorbei, es sollte sich entschließen; die Korona der städtischen Hochgelehrten und Genannten beriet sich, der schreckliche Herzog von Franken

fragte sie dringend durch seinen Unterhändler nach ihrer Gesinnung; sie unterwarfen sich, versprachen zu liefern, was er wollte. Der ganze Kreis, mit Peitschenhieben und Sporenstößen angefahren, gelobte zweiundsiebzig Römermonate für das gemeine evangelische Wesen zu bewilligen. Zu Regensburg hatten die drei geistlichen Kurfürsten das große Heilige Reich mitordnen helfen, sie hatten das gewaltige Tier Wallenstein von seiner Armee gejagt, die Armada zerblasen. Ihre Macht waren jetzt Buchstaben, geschrieben auf brennbarem Papier; Reichsgrundgesetze, kaiserliche Wahlkapitulation: der König der Schweden Goten und Vandalen wollte nicht lesen. Er fragte nach der Zahl ihrer Knechte. Dann fragte er, ob sie seine Freunde wären, und sie sollten ihm für diesen Fall monatlich vierzigtausend Reichstaler zahlen, Proviant liefern, ihre Festungen überlassen. Sonst werde er ihre Städte verwüsten, und wenn sie rebellierten, das Kind im Mutterleibe nicht schonen. Die geistlichen Herren spien.

Er zog mit zwölftausend Mann auf Frankfurt am Main, zum Bokkenheimer Tor hinaus auf Höchst. Kastel, Bingen und Mäuseturm in seiner Gewalt. Eisiger Winter. Er bedurfte schon keiner Truppen mehr zum Sieg. Acht schwedische Reiter überfielen die Stadt Eberbach am Neckar, nahmen sie ein; Beute machten sie, die Behörden ließen sie einsperren. Mit sechstausend Mann zu Fuß, dreitausend Reitern, dabei vielen Engländern, richtete sich das Heer auf Mainz. Das steckte nach zwei Tagen die weißen Fahnen heraus; von Wittenhorst saß drin, mit Sack und Pack, Ober- und Seitengewehr, zwei Feldstücken zog er aus nach Luxemburg.

Dann saß die schwedische Majestät, die aus Upsala über die Ostsee mit Schiffen gefahren war, Pommern und Brandenburg unterworfen, bei Breitenfeld Tilly den kaiserlichen Feldherrn beiseite geschleudert hatte, in der Sankt Martinsburg und überwinterte. In Ruhe, barbarischer Lust breiteten die Schweden sich in der Stadt aus. Furchtbare Summen wurden der Geistlichkeit und Bürgerschaft auferlegt. Die Brandschatzung konnte nicht gezahlt werden, da liefen die Fremden in die Kirchen Klöster Kollegien, versteigerten zum Fenster hinaus die Ausstattung an Bürger aus Frankfurt und Hanau. Die Schatzung der Bürger wurde auf sie häuserweise verteilt, die Häuser der Schuldner niedergerissen straßenweise, das Holzwerk verkauft. Rasch ging man ans Schanzen, riß Klöster und Kapellen nieder, die Kirchen verwandelten sich in Ruinen für Festungswerke. Beim Abbruch sang

man den Katholischen zum Hohn: «Ein feste Burg ist unser Gott», die Sankt Albanskirche streckte man hin als Schanze Gustafsburg an der Einmündung des Mains; so half sie, sagte der schwedische General, Gott loben.
Der Schwedenkönig ruhte monatelang in Mainz. Er lag in dem grellen Licht des Schreckens. Die Deutschen liefen um ihn. Von drüben, von Schweden, hörte er nicht viel. Einsilbig waren die Nachrichten, klagend über den schweren Druck, der auf dem Lande liege, grollend über das verzehrende deutsche Wesen: daniederliegt der Handel, kein Silber im Land, die Kupfermünzung betrügerisch; unerhörte Teuerung, verödet ganze Bezirke, Kirchspiele ohne einen kräftigen Arm. Der König fragte vorsichtig an um sechs Regimenter zu Fuß, der Reichsrat bewilligte knapp drei. Es kam in der Antwort heraus: so wild eroberisch sei der deutsche Krieg nicht gedacht gewesen. Seinen Ärger blies Gustaf von sich; so war die Sache nicht gedacht, aber er hatte Deutschland, sie würden sich ändern. Er wollte die evangelische Vormacht in Europa an sich nehmen und sich dem Kaiser, dem Haupt der Papisten, starr gegenübersetzen als Haupt des evangelischen Wesens.
Und in der Tat: wenn er schon gläubig gewesen war, nach seinen Siegen ließ er Taten sprechen. Gnadenlos fielen in diesem Winter alle fremden Gotteshäuser und Kapellen; er sagte: es solle, soweit er gebieten könne, kein Spott mit dem Namen Gottes getrieben werden. So gewalttätig fest er war, hier fürchtete er, etwas zu versehen. Oxenstirn selbst wunderte sich, wie wahnsinnig die Augen des Königs flackerten, wenn Flüche um ihn laut wurden, wie er mit eigener Hand gottlästernde Knechte den Profossen übergab und sich nicht eher beruhigte, bis er sie am Galgen sah. In der Martinsburg sprach er zu Weihnachten die Herren aus Nürnberg an, wies ihnen eine Schrift, das Buch eines Archidiakonus zu Rochlitz, vom dreifachen schwedischen Lorbeerkranz und der triumphierenden Siegeskrone; darin nannte man ihn Josua, Gideon, Matathias; man berief sich auf die Apokalypse, sprach davon, er solle nach Rom gehen und die Stadt zerstören. Um die nürnbergischen Herren wogte der Schrecken, sie hörten demütig zu. Der schmerbäuchige Riese stand vor ihnen mit einem mächtigen schmucklosen Hut, unwiderstehlich sicher wie Lämmern blickte er ihnen ins Gesicht: was Bayern und die katholischen Erblande früher vermocht hätten! Wenn sich alles zusammentäte: Pommern, Mecklenburg, Ober- und Niedersachsen, die Pfalz,

Franken, Schwaben, Reichs- und Hansastädte. Sie waren froh, entlassen zu werden.

Und wie vor den ausruhenden Löwen immer neue Gesandte der deutschen verängstigten Stände zogen, bündnisbeladen, kontributionspflichtig abrückten, der Herzog von Celle, Bischof von Minden, Graf von der Wetterau und vom Westerwald, Räte der Stadt Braunschweig, Ulm, Lübeck, Lüneburg, Bremen, der vertriebene Herzog von Mecklenburg, da nahm auch der schöne feine Friedrich von der Pfalz Abschied von den Hochmögenden im Haag. Der Stein sollte wieder auf einen Wagen gehoben werden. Die ganze Versammlung stand auf von den Bänken, als er an der Tür erschien, den buntfedrigen Hut zog, sein schlaffes leicht gedunsenes sehr ernstes Gesicht bot und den linken Arm schwenkend über sie mit strengen blauen Augen blickte, die wie Glocken läuteten. Nun gehe er glücklichen Zeiten entgegen, nickte schwer der greise Vorsitzende, der, den Hut auf dem Kopfe, sitzen blieb; sie freuten sich, seine Wirte, ihren Gast und Freund so nahe an der Erfüllung seiner Wünsche zu sehen; wer ausharre, werde gekrönt. Friedrich bewegte stumm die Lippen. Er war mit den Gedanken nicht anwesend, nickte nur; hörte, daß man ihm eine Ehrengabe von fünfzehntausend Talern zudachte. Niederländische Reiter nahmen ihn, die englische jubeljauchzende Elisabeth und den Hof in ihre Mitte; bis in das wintervergrabene Hessen gaben sie das Geleit. Das war Hessen, das war Frankfurt, das war Mainz. Die Karossen fuhren hinter den Trompetern in die Stadt. Vor der fahnenschwingenden teppichbehängten Martinsburg, zwischen den Ruinen der Häuser, wimmelnden Schweden und Finnen auf einem gepanzerten Pferd der ungeheure Gelächter abprotzende Gustaf Adolf. Schnee fiel über ihre Schultern. Am Arm der schwedischen königlichen Würde kletterte die aufblühende üppige Engländerin in den weiten Speisesaal, auf dessen Kredenzen der Raub deutscher Landschaften prunkte. Hinterher schleifte verschwiegen und wehrlosen Blicks der schlanke Winterkönig, die gehobenen Finger einer mageren langen Frau berührend, hektische Wangen, purpurnes schweres Brokat, die von Minute zu Minute vor Hysterie schrie, das Weib des Fremden.

Ein leichter Schwindel befiel den Pfälzer bei Tisch, als der Fremde ihn ‚Majestät' nannte. Woran wurde er erinnert; man reichte Waschbecken und Handtuch, der Fremde wollte sich erst nach ihm waschen, der König aus Schweden: warum tat er das? Man wollte ihn mit Kunst lebendig machen. Maskenball. Pechfackeln auf vier Ecksäulen in allen Sälen; Halbdunkel in der Flucht der geöffneten Säle. Geigenmusik von bischöflichen Kapellen, Trompetenbläser, Hatschiere. Der König tanzte im russischen Kleid plumpe Nationaltänze; sein Kaftan aus Goldstoff, sein Kopf unter der weißen eiförmigen Mütze versank im hohen Zobelkragen, die Füße traten und stampften in stumpfen roten Schuhen, vorn mit Perlen besetzt; die Arme warf er nach rechts und links, sie steckten in röhrenförmigen weiten Ärmeln. Die pfälzische Dame sprang als türkischer Krieger daneben, wies ihre dicken Beine in schwarzsamtenen Strümpfen, geschlitzten Schuhen; bis auf die Knie fiel ihr weitfaltiger violettgeblümter Rock; der grüne Turban schlang sich um die Ohren; man sah die blonden Haare nicht, nur das sprühende glührote volle Gesicht. Unkostümiert mattäugig der Pfälzer, trinkend in einem dunklen Erker, allein einen Tisch rundum umfassend. Der kleine spitze Rusdorf trat grüßend an. «Rusdorf! Was willst du, Rusdorf? Tanz mit, Rusdorf!» «Ich bin nicht geladen, Kurfürstliche Gnaden.» «Ksss–s, tanz! Der König ist auch nicht geladen, er tanzt auch.» «Der König? Der König ist Wirt.» «Laß mich in Ruhe. Er ist nicht geladen.» Rusdorf hielt seinen Herrn für betrunken, suchte ihm über den Tisch ins Gesicht zu sehen. «Ihr hetzt mich, Ihr hetzt mich, Ihr laßt mir keine Ruhe.» «Der Herr Kurfürst ist so allein, ich rufe die durchlauchtige Frau.» «Ich sag's dir laut: ich lebe und sterbe als der ich bin. Das hättest du hier mir nicht zeigen sollen, dazu hättest du mich nicht holen sollen, daran hab' ich kein Teil.» Leise Rusdorf: «Dann blieb Euch nichts als Euch dem Kaiser zu unterwerfen.» «Hätt' es sollen. Ihr habt es mir nicht geraten.» «Der König!» flüsterte Rusdorf; die Schwedenmajestäten näherten sich. Friedrich trank, trank, stöhnte; seine Augen begannen zu glitzern.

Nicht einmal, als die erschütternden Nachrichten aus dem Westen kamen, konnten sich die Wiener Räte zu der Wiederberufung des Friedländers verstehen. Man nahm zu der Schreckensnachricht von Mainz die Botschaft hin, daß sich der Trierer Philipp Sötern unter den Schutz des Franzosenkönigs gestellt, die Festungen Koblenz und Ehrenbreitstein aus Entsetzen vor den Schweden den Franzosen übergeben hatte. Eine tief beschämende Kunde lief ein aus Köln;

dorthin hatten sich die Fürstbischöfe von Mainz Würzburg Osnabrück Worms geflüchtet; sie versicherten durch den Mund des Kölners Ferdinand, in kaiserlicher Devotion zu verharren. Aber der Kaiser sei weit, ihre Lande, die Kirche, ihr eigenes Leben in furchtbarster Gefahr; sie hätten, ohne die kaiserliche Zustimmung abwarten zu können, sich entschlossen, den Allerchristlichsten König Ludwig um Hilfe anzugehen. Ihre Vertreter seien nach Paris unterwegs.
«Was kann uns noch geschehen?» fragte Trautmannsdorf, «wir sind in Deutschland ein wurmstichiger Apfel; Habsburg ist faul, der Schwede ist der Wurm und der Franzose ist der Wurm. Hilft nur schneiden.» «Was bleibt von dem Apfel übrig.» «Es wird uns bald nichts übrigbleiben, mein lieber Freund Eggenberg, als der Schwedentrunk oder ein schmerzloser Schwertschlag durchs Genick von unserem alten Gönner Wallenstein.» «Ich weiß, daß Ihr den Friedländer wollt und der Kaiser ist nicht abgeneigt. Und wie lange dauert es, bittet der bayrische Maximilian ihn wieder zu bestallen. Wir werden ihn holen müssen. Es ist kein Gut daran, Trautmannsdorf.» «Nun dacht' ich, mein liebwerter Freund sei von seiner Abneigung durch das Breitenfelder Treffen befreit.» «Der Friedländer ist stark wie der Teufel; ich hab' es von Anbeginn gewußt. Wir hätten gewiß den Schweden nicht gehabt, wir hätten aber ein anderes Unheil gehabt. Wer weiß, ob der Kaiser noch in Wien säße, ob Ihr und ich uns über Reichsangelegenheiten unterhalten könnten.» Der Graf lachte: «Wär' es ein Schade? Ihr meint, der Friedländer säße dann hier. Ihr wißt, ich konnte mich auch nicht dafür begeistern. Aber ich meine: ist es angenehm, den Schwedentrunk hier zu schlucken? Angenehmer als sich vom Friedland den Kopf schmerzlos abschlagen zu lassen?»
Es blieb Rettung bei Spanien und dem Papst zu suchen. Spanien war zu jeder Leistung bereit. Zum Papst Urban reiste aus Preßburg Pazmany, der Erzbischof von Gran, die Leuchte des Glaubens. Liebevoll hatte Ferdinand seinen alten Ratgeber Eggenberg empfangen, hatte angehört, was er unternehmen wollte, den Brief gelesen, den er für den Heiligen Vater entworfen hatte. «Wir werden verlassen von denen, deren Sache mit der unsrigen gleich sein sollte. Und nicht bloß das: der König, der den Namen ‚der Allerchristlichste' führt, gibt dem Schweden Geld und andere Mittel, uns zu bekriegen. Es betrifft nicht nur uns, sondern den Bestand der Kirche und damit Eurer Heiligkeit. Zu Eurer Heiligkeit strecken die Angehörigen der Kirche in Deutschland um Hilfe flehend die Hände empor. Wir bitten, daß

Eure Heiligkeit den Allerchristlichsten König abmahne von dem schwedischen Bündnis, das er geschlossen hat wider den Regensburger Vertrag, und ihn auffordere, gegen den Zerstörer der Kirche an unsere Seite zu treten.»
«Wie könnt Ihr schöne Briefe schreiben, Eggenberg. Schön stilisieren! Schlau setzen. Welcher Advokat ist an Euch verlorengegangen.»
«Unsere Not ist groß, gnädigster Herr, sie ist ungeheuerlich, kaum aussprechbar. Das Reich war noch nie in solcher Gefahr.» «Und ist es nicht recht beschämend für uns, dem Heiligen Vater solchen Brief zu schreiben.» «Nur eins bitte ich Eure Kaiserliche Majestät, mir diesmal willfahren zu wollen.» «Warum so ernst, Eggenberg; will Euch ja gern willfahren.» Und als Eggenberg ihm nur stumm die Feder hinhielt: «Sieh da, wie Ihr zittert!» Steif hielt Eggenberg die Feder, wortlos schrieb Ferdinand nach einer Weile.
Und lautlos, als er unterschrieben hatte, stand Ferdinand, wie von einer Eingebung berührt, von seinem Stuhle auf; das rieselnde Gewimmel der geschnitzten Männer und Frauen an den Lehnen sank hinter ihm herunter, sein Gesicht gesenkt, von einem Lächeln der Spannung verzogen, seine Stimme hoch, leise fragend: «Es ist gut, daß ich dies unterschrieb. Der Weg ist gut, Eggenberg. Ich billige ihn. Ich bin dabei. Ihr wollt den Heiligen Vater befragen. Es soll mir eine Freude sein, ihn zu hören. Ich möchte eine Stimme von ihm hören.» Und dann, als Eggenberg dankbar antwortete: «Eggenberg, dies hat dir die Jungfrau eingegeben. Woher hast du das? Du willst den Heiligen Vater befragen. Siehe da, wir werden den Heiligen Vater sprechen hören. Wir werden ihn hören.» «Er wird uns nicht im Stich lassen.»
Ferdinand hob den linken Arm, streckte den Zeigefinger in die Höhe: «Die Frage wird an ihn herantreten. Er wird ihr nicht aus dem Weg gehen können; sein Geist wird antworten müssen. Ein Versuch. Eine Versuchung.» Mit den Händen rückwärts den Stuhl abtastend, ließ er sich nieder; er lachte wieder gutmütig und zerstreut, den Kopf auf dem Tisch über dem Schriftstück aufstützend: «Ich weiß, wie er antworten wird, Urban der Achte in Rom.»
Der große Pazmany hatte sich auf den Weg gemacht, den Heiligen Vater zum Schutz des alleinseligmachenden Glaubens im Römischen Reiche zu bewegen. Einen Monat reiste er aus Ungarn, während der schreckliche Schwede seine Verwüstungen weiter trug. Ehre erweisend kamen ihm römische Edle und Kardinäle vor Rom ent-

gegen. Den Kardinalshut verlieh ihm der Papst, ehe er sprechen durfte. Dann suchte ihn der Papst zurückzuschrecken, indem er ihn warnte, sich zum Gesandten herzugeben, ein Kardinal, der im Rang eines Königs stände. Die Nachgiebigkeit Pazmanys ebnete alles; der Papst konnte nicht ausweichen.

Wohin der Heilige Vater es kommen lassen wolle in seiner Furcht vor Habsburg; ob die vielen Millionen frommer rechtgläubiger deutscher Seelen es bezahlen sollten mit ihrer Seligkeit, wenn der Ketzer über sie käme. Da verbat sich der Italiener, nervös die Zähne fletschend, die vulgäre Rhetorik. Pazmany gab nicht nach, obwohl ihn schauerte; er dachte an das, was ihm Lamormain vom Kaiser gesagt hatte; mühte sich für den Kaiser. Der Papst, starkknochig herumwandernd um den stehenden Ungarn, grollte heftiger, je mehr er fühlte, daß der Fremde ihn bloßlegen wollte; er schrie drohte höhnte wurde giftig. Bei der zweiten Begegnung kam es, wie erwartet, zu keiner Unterhaltung; Urban, seinen Schnauz- und Backenbart reibend, gab schmatzend und wohlgelaunt von sich, was er den Bescheid nannte; ein Zettelchen, auf dem er die Punkte notiert hatte. Den Franzosenkönig abziehen vom schwedischen Bündnis? Er hätte König Ludwig immer für einen frommen Katholiken gehalten, versehe sich von ihm nur Gutes für den Glauben, werde ihn ermahnen. Ein Bündnis mit Spanien und Habsburg? Nein; er kämpfe so wenig gegen Habsburg wie gegen Frankreich. Geldunterstützung? Er hätte kein Geld. «Genug; weiter kein Wort. Ihr seid als Kardinal hierher gekommen, ich habe genug von Euch als Gesandten gehört; entwürdigt Euch nicht, raubt Euch nicht selbst kostbare Zeit.» Sitzungen, Feiern, Messen.

Und dann in seinem Rücken der ausbrechende Jubel des Adels auf dem Kapitol: «Der Kaiserliche zieht ab! Gottes Rache! Gottes Rache! Gottes Barmherzigkeit hat sie ihr Ziel nicht erreichen lassen. Jetzt werden sie Rom nicht plündern.»

In Scham fuhr der große Lehrer Pazmany ab; der päpstliche Pomp begleitete ihn eine Strecke. Scham und Erschütterung; es war erwiesen, daß die Kirche nicht einte. Die Fahrt ging ihm zu schnell, er wollte zwei Monate, drei Monate reisen. Und nach drei Monaten war nichts gebessert; er wollte schneller hin, alles ablegen, sich in die Bücher verstecken. Die Schmach vor den Ketzern.

Wie ein feuersprühender Drache stand der unscheinbare kleine so freundliche Eggenberg vor ihm: «Ihr braucht Euch nicht zu ent-

schuldigen. Ich weiß, Ihr habt getan, was ein Mensch tun kann. Dieser da in Rom hat nicht getan wie ein Mensch. Das ist der Ruin. Das ist der Verrat am päpstlichen Stuhle. Wir in Not, unser Land mit Millionen Katholiken, und an Politik gedacht! Wir am treusten ihm anhängig, am reichsten der Kirche spendend, und er kann uns nicht unterstützen, hat keine Waffen und kein Geld.» Trauervoll besänftigte ihn Pazmany; Eggenberg wurde bitterer, stand vernichtet. «Dies heißt, der Papst legt uns Wallenstein auf. Befiehlt uns, selber Hand an uns zu legen. Ein niederer, o so niederer falscher Zug. Das hat ihm Richelieu zugeflüstert; es ist so unmenschlich schlau, ich weiß nichts dagegen. Sie haben wohl schon alles beredet mit dem Friedländer, es läßt sich mit ihm leicht regieren. Sie werden sich täuschen. Wie er über das Reich und über Habsburg fallen wird, so über den Papst und Frankreich. Sie werden bereuen, was sie uns angetan haben. Daß sich die Waffe nicht gegen sie wende, daß sich das Verbrechen nicht gegen sie selber richte.» Stundenlang sprach Pazmany auf seinen verstörten kleinen Freund ein, dann Abschied mit verwirrten Worten, Hals über Kopf aus Wien; nach Ungarn.
Eggenberg zog sich mit Riemen am nächsten Tag vor Ferdinand, jeden Schritt bezahlte er mit einem Entschluß. Wie Ferdinand ihn kommen sah, richtete er sich mit demselben sonderbar gespannten Ausdruck aus dem Stuhl auf ihn, hauchend: «Seht, seht, da kommt Ihr. Nun, was werdet Ihr mir berichten.» Eggenberg berichtete, Pazmany sei erzürnt zurückgekehrt aus Rom, wo er den Papst gesprochen habe. Der Kaiser immer stehend: «Seht, er hat den Papst gesprochen. Und der Papst, ja, was hat er gesagt?» «Er hat nichts Schriftliches mitgegeben. Hat auf einem Zettelchen sich drei Punkte notiert und das hat er dem Kardinal vorgelesen.» «So ist es. Dies hat er vorgelesen.» «Es soll nicht möglich sein, mehr Geld zu steuern an uns wie jetzt; es ginge nicht an, den französischen König scharf zu verwarnen oder an unsere Seite zu verweisen, und uns anschließen könnte sich der Papst gar nicht.» «Es ist nicht möglich, Geld zu steuern und sich mit mir zu verbünden. Er kann den König Ludwig nicht scharf verwarnen. Seht Ihr! Seht Ihr!»
Fassungslos heulte der alte Eggenberg an seinem Kaiser, die Tränen liefen ihm in die breitgezogenen Mundwinkel; er weinte, ohne das Gesicht abzuwenden, wiegte in Schauder und Schmerz den Kopf hin und her. Gleichgültig spielte Ferdinand mit seiner Schärpe, schlenkerte das Goldene Vlies. Als wenn es nichts wäre, meinte er, Eggen-

berg möchte doch nicht weinen. «Weinen. Wer wird weinen. Was im Leben alles geschieht. Sind wir denn verlassen? Was einem begegnet.»
Und er gähnte, während sein Blick plötzlich schielend abwich. Aufstehend und blaß tiefsinnig an seinen Gamaschen heruntersehend rekelte er sich: «Das war also diese Geschichte. Vom Papst. Man muß nicht alles tragisch nehmen.» Legte heruntersteigend, munter schwatzend seinen Arm von rückwärts um Eggenbergs Leib, zog ihn: «Ich weiß etwas. Wißt Ihr, wie spät es jetzt ist? Bald vier. Es ist Schneewetter, daher diese Trübe. Kommt mit, mein Freund, Schlittenfahren.» Und er pfiff und sang: «Wer läßt sich Lasten auf die Schultern legen, die er nicht mag.» «Ich bin noch glücklich», lächelte abwesend verlegen, plötzlich dunkel bestürzt der Rat, «daß Majestät es leicht nehmen.» «Ach, wenn Ihr wüßtet, was einem für Dinge über den Weg laufen.»
Ferdinand gähnte laut an der Tür, rollte seinen Rumpf plötzlich welk zusammen. Er seufzte aus sich klagevoll und irre heraus, sagte sanft etwas zu sich selbst.
Verabschiedete sich schwärmerisch zärtlich, heiter gespannt, stolzierend wie ein Schauspieler von seinem Besucher, dem er die Hände drückte und vor die Brust klopfte.

Auf dem baumbestandenen Hradschin über der breitfließenden Moldau kauerte der Böhme. Michna, der fette kurzatmige Riese, wie er ihn so sitzen sah, wollte sich vor ihm retten; die friedländische Herrlichkeit war erloschen, er wollte sich losreißen und fuhr nach Wien. Mit Wonne empfingen ihn die Herren; Abt Anton schnurrte wie eine Katze um ihn; der würde sie vom Friedländer loskaufen. Wie sich Michna zurechtmachte, einen Teil seiner Güter zu verkaufen, um sich am Kaiserhofe mit Darlehen festzusetzen, traf ihn Wallensteins Schlag. Er hatte den Böhmen für tot und abgetan gehalten, sein Platz schien ihm frei zu sein; da sauste die Hand des andern gegen ihn. Die Güter waren verkauft, der größte Teil seines Vermögens; ehe aber die neuen Besitzer zahlten und das Land übernahmen, rückten Gewalt brauchend Wallensteiner, Musketiere und Kürisser, die in Prag auf Kosten des Herzogs hausten, über den Boden, besetzten ihn, ließen, einen unerhörten Rechtsbruch begehend, nicht davon,

obwohl aus der Kanzlei des böhmischen Gouverneurs Schreiben über Schreiben bei ihnen und dem Herzog einliefen.
Michna, am Wiener Hofe tobend, glaubte leichtes Spiel gegen den abgedankten General zu haben. Aber die Kriegsräte wollten unerwarteterweise mit Maßnahmen nicht heran. Michna forderte Truppen, die Schweden zogen alle auf sich. Die Räte legten sich darauf, den Herzog zu bitten, die Söldner zurückzuziehen. Vom Hradschin herunter kam erst kein Bescheid und dann: Wallenstein vermöge nichts über ausschreitende Kompagnien. Man mußte biegen oder brechen; die Räte baten den Serben, die betrübliche Sache nicht weiter zu verfolgen, er kenne die Notlage des Reiches, den Zerfall des Heeres; schließlich: sie könnten nichts gegen den Herzog von Friedland unternehmen, man könne es nicht wagen; ob sich denn versöhnlich nichts in der Sache machen ließe. So sah sich Michna, im Begriff, ins Nest des Friedländers zu fliegen, genötigt, mit ihm zu verhandeln.
Mußte zurück von Wien, mußte nach Prag, mußte, als Briefe und Kuriere nicht angenommen wurden, auf den Hradschin und wurde auch nicht angenommen. Jeder Tag verminderte seinen Reichtum, die Soldaten verpraßten seine Habe, verschleuderten seine Geräte, trieben die Verwalter heraus. Eine halbe Woche lang lief Michna im Hut durch die Gassen, stand besinnungslos in seiner Stube, wartete an der Tür. Als er auf dem Hradschin empfangen wurde, zählte Wallenstein, der leise sprach, die Silben, gab ihm einen Teil der Güter wieder heraus, aber nur einen Teil. Auf einem Zettel hatte der Herzog vor sich ein Verzeichnis der freigegebenen Güter; Michna, seufzend und ohne Gedanken, tastete nach der Feder, um das Verzeichnis durch seine Unterschrift anzuerkennen. Er blieb in Prag.
Der Vorfall lockte den gewaltigen de Witte in die Stube des niedergeschlagenen Mannes. Mit stummer Neugier und Kopfschütteln hörte er die Einzelheiten; man müsse vorsichtig sein, warnte er, aus dem Ereignis ginge hervor, daß der Herzog das Spiel nicht verloren gebe und daß man sich in Wien vor ihm fürchte. Auf der Hut müsse man sein, es werde von allen Seiten gesagt, der Herzog plane etwas. Michna möge sich aufrichten; es sei im Reich noch immer der Friedländer, durch den man zu Besitz komme; er lächelte: «Der Schlüssel zu allen Schränken.» Mit breitem grämlichen Mund Michna: «Ich mag nicht mehr.»
Der Herzog wartete auf dem Hradschin. Spielerische höfliche huld-

volle Briefe des Habsburgers kamen an; die Kuriere wurden verschwenderisch belohnt, die Briefe mit immer größerem Behagen gelesen. Auf dem Schloß stellte sich häufiger der Schwager aus dem Hause der Trzka von Lipa ein, der Graf Adam Erdmann, ein fröhlicher blondbärtiger Mensch, der einen kollernden Baß sprach, im Tanz seine süße Maximiliane herumführte, mit ihrer Schwester, der Frau des Herzogs, ein sanftes Getue Kosen und Lärmen trieb. Der Herzog sah es gern, er liebte seinen Schwager. Die böhmischen Vettern, die den Herzog aufhetzen wollten, die Rebellion in Böhmen zu organisieren, half der Trzka lustig verjagen. Nicht aus dem Hause nach Dimokur, seinem Sitz, wollte ihn der leidende Friedländer lassen; auch die Herzogin bat ihn zu bleiben.
In eine sonderbare Verfassung war Wallenstein geraten. Er alterte furchtbar. Sein hartes Gesicht war mit Runzeln übersät. Die Haare über den Ohren wurden weiß, standen in Büscheln ab, die Augenhöhlen waren zu weit für die kleinen Augäpfel, ganz im Grunde lagen sie da hinter ihren Häuten, im Begriff, völlig in den Kopf zu schlüpfen. Die Breitenfelder Affäre war in dem kritischen Augenblick über ihn gestürzt, als er mit de Witte plante, nach Hamburg zu gehen, seine gesamten böhmischen Liegenschaften zu verkaufen, von dieser Ecke des Reiches zusammen mit den Hansastädten, vielleicht dem sehr still gewordenen Dänen Christian etwas zu unternehmen. Der Kurier, der die Breitenfelder Nachricht brachte, sah – er glaubte wie alle, dem Herzog etwas Freudiges zu melden – bestürzt den verabschiedeten Generalissimus, der im herbstlichen Gartenhaus neben Trzka auf einer Bank saß und mit Muscheln vor sich warf, tief erblassen, die dünnen Lippen sich öffnen. Die scharfen Äuglein irrten zitternd von Lidwinkel zu Lidwinkel, wichen schielend auseinander; sachte rutschte der lange Oberkörper die Lehne herunter über die Bank, hing mit baumelnden Armen zum Parkett herunter.
Nach einer Stunde stand Friedland, torkelte am Arm des Trzka vor den Bogenfenstern seines Pfeilersaales auf und ab, schob den Kiefer vor, kaute gräßlich: «Er ist mir zuvorgekommen, der dicke Schwede. Ich habe es mir gedacht. Hat den Tilly zerschlagen. Er kommt über den Kaiser. Sie sind wehrlos. Für den Schweden hab' ich gearbeitet, für das Großmaul aus Upsala.» Er spie, fuchtelte höhnend, mordsüchtig mit der Faust: «Aber der Tilly. Der gute Alte. Gute Alte. Der Spaniole. Gedachte mich zu beerben. Beim heiligen Blut Jesu, ich hätte ihn gern verenden sehen. Der Schwede wird glauben, er könne

kommen, das Reich liege da, es warte nur auf ihn. Wo steht der Schwede. Du mußt hin zu ihm, zu Arnim. Ich bin noch nicht tot.» Krächzend, laut brüllend, jammernd: «Zottle nicht herum. Setz mich ab. Wo der Schwede steht. Mich schlägt er selber tot. Wie lange sind wir noch in Böhmen. Wir sind ja wehrlos. An jedem Tag rückt das Vieh vorwärts; und ich kann mich nicht regen.» Wimmernd, von Wut betäubt ließ er sich auf seiner Fensterbank gegen die Rückenlehne schieben: «Mit mir ist es aus für alle Welt. Der lutherische Lump, nun hat er sich den Augenblick ausgesucht, schluckt den Braten. Du wirst sehen, er schluckt ihn. Mich mit.» Er suchte mit seiner schüttelnden schlagenden Hand in den Taschen seines grünseidenen Schlafrocks, ein Papier knisterte: «Der Ferdinand. Mich hat er beschwichtigen wollen, damit ich ihm nichts tue. Nun kommt der andere. Dem schreibt er keine Briefe. Ich – ich – ich kann nicht denken.» Er wollte verzerrt lachen, wieder wurden seine Lippen weiß. Trzka hielt ihn fest, schrie nach Wein. Sie trugen ihn auf seine Schlafkammer.

Nach Zuziehung des Rittmeisters Neumann besprachen sie sich in die Nacht hinein. Da kam heraus, daß der Friedländer durch verschwiegene Leute längst mit dem Schweden angebunden hatte; der Herzog hatte um eine Zahl Regimenter nach Böhmen gebeten, wollte mit dem Schweden gemeinsam über den Kaiser fallen; der Schwede hatte heimtückisch die Sache hingezogen; wie sich gar Johann Georg mit seinen sächsischen Regimentern anschloß, schwieg sich der Satan ganz aus. Der Herzog ballte die Fäuste auf der Decke: «Er hat mich betölpeln wollen und hat's getan. Glaubt jetzt sein Spiel gewonnen. Der Tilly hat mit der Schlacht seinen Ruhm und Ehre verloren. Ich nicht minder, wenn ich mich nicht rühre.»

Frühmorgens war der verschüchterte Kurier in Trzkas Kammer geschlichen, bat um Urlaub; seine Schlafkammer lag über der des Herzogs, er hatte die ganze Nacht gehört, wie der Friedländer ihn schmähte, ihm die Pestilenz anwünschte. Das Gebrüll war erst vor einer Stunde verstummt.

Hinter dem Kurier war schon der Reisewagen Trzkas angefahren. An den Toren trennten sie sich; der Graf galoppierte mit seinen vier Pferden auf Tod und Leben nach Norden. Im Wagen neben ihm saß ein armseliger glutäugiger Schächer in einen Winkel gedrückt, eine federlose Pelzkappe auf dem struppigen Tschechenhaar, Jaroslav Raschin, Exulant, einer der Geheimboten Wallensteins an den

Schweden, der unter Lebensgefahr aus Sachsen verkleidet zum Herzog drang. Hinter Teplitz nahmen sie Pferde, ritten über das Gebirge durch die nebligen Tage. Allein schlug sich Raschin weiter, rief den Arnim, jetzt sächsischen Feldmarschall, nach Chemnitz.

Ob, fragte Graf Trzka, Arnim den Herzog zu Friedland hasse oder bereit wäre, mit ihm über Dinge des Gemeinwohls zu verhandeln. Dann: ob der Feldmarschall bereit wäre, augenblicklich und gänzlich ohne Zögern zum Besuch des Herzogs zu Friedland auf Schloß Raudnitz, zwischen Pardubitz und Prag, aufzubrechen. Die leidenschaftliche Dringlichkeit der beiden Männer bestimmte den Arnim, Wagen und Pferde mit ihnen gemeinsam zu bestellen. So überfallen war er von der Plötzlichkeit ihres Verlangens, daß er erst hinter Chemnitz den Befehl an seinen Leutnant abgab und in einem unsicheren Vorgefühl schriftlich anordnete, mit jeder erdenklichen Deutlichkeit, nichts und gar nichts von den Anordnungen des schwedischen Hauptquartiers durchzuführen, das ihm nicht zu Gesicht gekommen wäre. Dann saß der Uckermärker unter den Massen der Schafpelze zwischen den beiden, ließ sich gebirgwärts rasen, dachte mit zunehmender Bedrücktheit an seine Lage. In ihm schwang frisch angestoßen ein heftiges Gefühl der Anhänglichkeit an den einsamen Herzog. Sein Herzog rief ihn, sie hatten sich seit den glückshohen Augenblicken nicht gesehen, wo Friedland ihn nach Polen schickte. Der große Friedland brauchte ihn; beschämt und fast gequält machte er den Weg über das Gebirge. Wallenstein war noch nicht auf Raudnitz, als sie ankamen. Der Marschall nahm einen Gaul; mit Raschin traf er den Herzog in der langsamen Sänfte auf der Landstraße. Ein wehes Stechen in der Kehle und hinter dem Brustbein fühlte der Marschall beim Anblick seines alten Herrn; der winkte aus der Sänfte, lachte ihn verrunzelt an, den Kopf hervorstreckend, wünschte ihm gurgelnd Glück zu den neuen Ereignissen: «Ich wollte doch teil daran haben, darum ließ ich Euch bitten.» Und er kollerte in seiner alten verschmitzten Weise.

In seiner schon geheizten teppichbeladenen Schlafkammer stieg Wallenstein am spanischen Rohr rastlos herum. Vor Arnim stand ein Tischchen mit Wein. Der lange Herzog: «Es weiß niemand, daß ich von Prag abgereist bin. Mein Arzt sitzt in meiner Stube. Sie glauben, ich bin krank, ich liege im Bett. Ich habe lange genug im Bett gelegen. Findet Ihr nicht auch, Arnim? Ist eine herrliche Zeit jetzt. Ein prächtiger Mann, Euer Schwede. Bringt Wind in die Welt.»

Flüsternd: «Und er hat ihn am Schopf. Der Tilly ist gelaufen. Ihr seid tapfere Kerle. Hat mich gefreut. Ihr wollt mich gar rächen an ihnen. Muß mich bedanken.» Arnim, um seine Erregung zu verbergen, berichtete Lobendes von Gustaf Adolf. Ein stechender Blick Wallensteins.
Als er schweigend rasch das Zimmer durchstiegen war: «Er hat Euch auch im Sack, Arnim? – Wir wollen Ruhe schaffen in Deutschland. Macht der Metzelei ein Ende. Der Augenblick ist günstig, ich wollte Euch das sagen. Ihr dürft nichts versäumen. Und Ihr dürft Euch nicht vom Schweden mißbrauchen lassen. Mich freut, daß Ihr beim Kursachsen in Gunst steht. Denkt daran, daß Ihr auch mir ein Teilchen davon verdankt. Es heißt jetzt kurz und gründlich handeln. Nach rechts und links entschlossen sein. Das wollt' ich Euch sagen.» Nachdem er Arnim über seine Pläne ausgeforscht hatte, brachte er hervor: der Kaiser und die Liga seien in größter Schnelle vor ein Ultimatum zu stellen; Friede oder völlige Niederlage mit gnadenlosen Bedingungen. Er verlangte zum Erschrecken Arnims von ihm den Einmarsch in Böhmen. Gab sehr genaue Zahlen über die Truppen des sehr wenig aufmerksamen Marradas, der jetzt in Böhmen kommandierte; der sächsische Einmarsch werde das Signal des böhmischen Aufstandes sein, der Kaiser umklammert. Er stand vor Arnim, der sich auch erhoben hatte. Redete stoßweise dicht am Gesicht des andern, die Augen niedergeschlagen, mit dem Knöchel des Zeigefingers auf den Tisch klopfend. Nur beim Abschied blickte er lange scharf seinen ehemaligen Untergebenen an. Der hatte leidend zugehört; unverhüllter schmerzvoller Rachedurst schien sich vor ihm zu entblößen. Die Angaben Wallensteins über Böhmen, er kannte die Zahlen ungefähr, waren wahr; der Herzog setzte bei dem geforderten Einmarsch seine eigenen riesigen Güter aufs Spiel. In einer Mischung von Besorgnis Erregung Freude Verwirrung reiste er ab mit Raschin, der ihn leidenschaftlich auszuforschen suchte: «Ist es soweit?» Es war die Frage, die täglich von den böhmischen Vertriebenen im Hauptquartier gestellt wurde.
Friedland und Trzka rasselten trompetenblasend in den Hof des verschneiten Palastes auf dem Hradschin. Seine liebe anlaufende Herzensfreundin begrüßte mit Küssen der glückliche leicht gedämpfte Trzka. Den Herzog selber faßte die weiche Elisabeth bei den Händen, führte ihn umfassend und vorsichtig in den Flur. Wie sie alle schauerten unter seiner wilden kalten Stimme. Sie hatten sie viele

Monate nicht gehört. Mit wem gingen sie da, wer führte die weiche Herzogin an den Händen. Wer hinkte da und erzählte lachend von der erfreulichen Begegnung mit seinem alten Arnim. Die Herzogin ließ die Hände los, aber nur für einen Augenblick, dann zog sich ihr Herz in einer beseligenden Erinnerung zusammen: wie sie, das höfische Fräulein, vor langen Jahren zum erstenmal unter dieser Stimme gebebt hatte und dann diesem als Unmensch verschrienen Böhmen verfallen war, der durch sie, wie man warnte, nur Hofbeziehungen suchte. Zaghaft nahm sie die Hände wieder, die sie küßte. Sie hörte wonnevoll und demütig die schnarrende metallische Stimme an. Und schon an der Tür zu seinem Empfangszimmer drehte sich der Herzog, seinen Pelz abwerfend, zu Trzka und seinen Begleitern um, beugte sich schief herunter, listig ihnen zuflüsternd: das Schäkern hätte nun bald ein Ende in diesem schönen Schloß; sie müßten mit allen Siebensachen wandern, eher heute als morgen; trara, bläst der Postillon, und wer sagt, wohin es geht. Und zu der rasch erblaßten Elisabeth: aber sie führe diesmal mit, er stürbe ihr auch nicht so leicht weg, wie sie fürchte; sie müßten ja fliehen, ob sie's nicht wüßten; vor wem doch?

Zu aller Schrecken befahl er in der Tat noch am Abend, und der ernste straffe Rittmeister Neumann verbreitete sehr geheim den Befehl, zu packen, was man Wertes und Wichtiges besäße. Die weitere Dienerschaft wurde nicht benachrichtigt. Von Tag zu Tag fuhren nun unauffällig ein zwei Wagen stark bedeckt aus dem Palasthofe. Nach Mähren, hieß es. Nach einigen Wochen war eines späten dunklen Winterabends der Herzog mit seinem Anhang abgereist. Dies war, während der Schwede in Kurmainz thronte, zwei Tage vor dem Einfall Arnims mit den sächsischen Truppen in Böhmen.

Denn unter dem maßlosen Wehegeschrei der Landbevölkerung trieben schon die Sachsen Arnims heran. Marradas stand als Oberkommandierender in Prag; Wallenstein hatte ihm noch, als die Gefahr sichtbar geworden war, achselzuckend geraten, Widerstand zu leisten. Aber bei dem rasenden Tempo des Anmarsches war kein Widerstand möglich. Plötzlich, als wenn sie einen Traum erlebten, sahen die Böhmen die Kaiserlichen aus der Hauptstadt flüchten; tags drauf scholl der Gesang der Sachsen auf dem Altstädter Ring, vor der Theinkirche.

Auf den Zinnen des Altstädter Brückentors ragten an Stangen und Spießen verdorrte Menschenköpfe, denen die Rümpfe abgeschlagen

waren. Sie hießen, als sie noch lebten, Kaplir, Budovak, Dovorecky, Bila, Otto von Loos, Valentin Kochan, Tobias Steffek, Michalovik, Kober, Heimschild, Jessenius. An diesem Freudentag der Sachsen war den Finken kein Spaß bereitet; ihre Nester in den Mündern und auf den Köpfen der Rebellen wurden zerstört. Prächtige Särge wurden gefertigt. Hinein wurden gelegt die Köpfe samt den Stangen, auf denen sie gesteckt waren und die ihnen in der langen Zeit zum zweiten Leib geworden waren. Aus der blendenden Helle gingen die müden Gesichter in die stillen Kammern unter der Erde.
Plötzlich war die Schlacht am Weißen Berge – nicht geschlagen.
Plötzlich war das Land – frei.
Der Gouverneur flüchtig.
Friedland, der Hauptverbrecher, flüchtig.
Die Bürger liefen aus den Häusern, besahen sich den Ring, liefen auf die Brücke. Sie stand, wie sie stand, die Köpfe waren weg. Sollte man sich freuen? Und vor der königlichen Burg stand eine unwahrscheinliche Gestalt, von der man sich erzählte, an die man nicht mehr glaubte: der weißbärtige Graf Thurn stand da im Getümmel johlender frenetischer Böhmen auf dem wasserflutenden Hradschinplatz unter den verhängten Fenstern der Burg, die Libussa und Wladislaus gebaut hatten. Die Schutztürme Daliborka und Mihulka; Matthias, der Kaiser, Rudolf, der Kaiser, wohnten nicht mehr hier; wohnte der blinde Hund Ferdinand, der Idiot, noch in Wien? In den kaiserlichen Zimmern hauste der Böhme Thurn und der schützende sächsische Feldmarschall Arnim von Boitzenburg. In dem erstickenden Jubel dieser Wintertage wurden die Türen der Geheimkonventikel gesprengt, die Träger der alten gefeierten Namen rannten auf die Gassen und Plätze; ungeheure Umzüge spontan wachsend in allen Stadtteilen. Sie stiegen in glorreichen Gedanken vor die Stadtkanzlei, wehten unter Gebrüll und Gesang die alten Fahnen, vor sich die Fenster der Landtagsstube, aus denen von den Männern der Befreiung die Verräter Martinitz Slawata Fabricius in die Wallgrube geworfen waren. Im Wladislaussaal, im alten Huldigungssaal der Burg, standen sie vor Thurn und faßten es nicht. Einmal stürzte ein tumultuarischer Zug in den Veitsdom, marschierte hüte- und waffenschwenkend in die reiche Wenzelkapelle; ein Priester aus ihrem Haufen griff nach dem Bronzering an der Kapellentür. Sich biegend vor Hingerissenheit jubelte er weitäugig; an diesem Ring hatte sich ihr Wenzel sterbend und unverzagt in Altbunzlau gehalten. Schon wollten die lüster-

nen und rachedurstigen Massen in der Stadt und auf den Ländereien plündern. Da besetzte Arnim eine Anzahl der verlassenen Häuser und Schlösser; die friedländischen zuerst; seine Söldner patrouillierten mit Pike und Muskete die Straßen ab. Erschießungen von Plünderern fanden statt.
Ein Schreck fuhr in die Menge. Graf Thurn suchte besänftigend einzugreifen. Die Adligen, ihr wirres Gefolge bezichtigten ihn des Verrats, weil er nicht den Sturm auf die Häuser der Kaiserlichen befahl. Man hatte recht, Rache zu üben. Er wies auf die Sachsen hin, die es nicht dulden wollten. Nicht die Böhmen hatten das Land erobert. Sie verlangten sofortige Berufung und Bewaffnung der Emigranten und Verjagten aus Sachsen, Herstellung ihrer Habe, Entschädigung. «Gerechtigkeit, Rache!» tobte es vor der Burg. Thurn warf vor Wut und in Zerrissenheit seinen Hut aus dem Fenster, verfluchte die Stunde, die ihn nach Prag zu ihnen geführt hatte. Man ließ ihn nicht weitersprechen, Steine und Waffen krachten durch die Luft. Draußen führten der prahlende Sohn des Berka, der sich aus der Gefangenschaft nach der Prager Schlacht befreit hatte, und Saul von Hodojewski. Sie waren als Jünglinge aus ihrer Heimat geflohen, keine Freude hatten sie gehabt in Sachsen, die ihnen nicht durch Sehnsucht nach dem Mütterchen an der Moldau getrübt war; sie klirrten als ungezügelte entschlossene Männer gepanzert vor den Haufen einher, die sich so wenig wie sie einschüchtern lassen wollten. Die Waffen wurden ihnen abgenommen, sie selbst in der Burg in Eisen geworfen.
In den Häusern schwoll die Enttäuschung, rachsüchtig schlugen die Konventikel die Türen hinter sich zu. Es mußte zu einem Ausbruch kommen. Die Sachsen waren froh, als das randalierende Volk die ersten Angriffe auf die Judenstadt machte.

In Znaim nahm der Herzog Privatlogis; die Bewohner von fünf Häusern mietete er aus. Doktor Ströpenius sah mit Verwunderung, wie die Gichtknoten an Wallensteins Händen, den Ohrläppchen Zehen aufbrachen, der Herzog hellere Farben bekam, rastlos durch die Zimmer ging, in denen Raum neben Raum rasch für besondere Zwecke eingerichtet waren, wie der Herzog nur abends keifte, auf den Kammerdiener losschlug, in der alten gehässigen Weise ihn selbst

mit dem Tode bedrohte, weil er ihn verderben ließe. Briefe und Kuriere liefen wieder täglich aus.
Der Herzog bat vertraulich die Obersten der in der Nähe stehenden Regimenter zu sich, dann weiter entfernte. Er stellte fest, wie es sich mit der Auffüllung ihrer Truppen verhielt, mit Armierung Verproviantierung Kriegslust; wies sie an, allen Mut auf Werbung und Ausbildung zu legen, seiner Kasse gemäß nichts zu versäumen. Das Reich liege in Nöten; wenn der Kaiser sie nicht rufen würde oder nicht für sie aufkommen könne, er würde nicht verschlossenen Mundes zusehen, wie der Schwede sein Höllenspiel auf deutschen Gassen zu Ende führen würde. Möchten sich im schlimmsten Fall um ihn, den Reichsfürsten und Herzog zu Mecklenburg, stellen.
Aus den Äußerungen der Herren, die einzeln, dann in kleinen Rotten sich in den dürftigen Znaimer Häusern versammelten, klang, gelockt von diesem Anruf, hervor, wie sie die Niederlage unter dem Schweden empfanden und den Kaiser anklagten, das Heer in die Jauche gedrückt zu haben. «Es ist kein Gut am Grafen Tilly», schrien sie an der klirrenden Weintafel, an der sie mit dem langen Herzog saßen, «er hat den evangelischen Obristen die Patente abgenommen. Die Ligisten sind Mucker. Wir sind keine kaiserliche Armee mehr. Wer regiert? Seine Knausrigkeit die Durchlaucht von Bayern.» «Wir beten zu Jesus und Maria. Aber unsere protestantischen Kameraden sind tapfer und brav. Man hätte sie nicht davonjagen müssen, als wären sie Heiden.» «Man hat getan, als führten wir einen Krieg für die Mönche. Wir sind Soldaten. Wer uns Ehre gibt und wacker zahlt, ist unser Mann. Tilly ist geschlagen, wir sitzen im Mauseloch und knabbern an Strohhalmen. Das walt' die Sucht.» «Haben bei der Durchlaucht zu Friedland getreulich gestanden; hat uns die Schnödigkeit seines Loses genugsam gejammert. Sitzen als seine Gäste, um ihm nicht bloß zu versaufen, was er uns vorsetzt; wollen auch bekennen, daß wir seiner mit Verlangen denken.» «Haben ihn nicht davongehen heißen, die Durchlaucht zu Friedland. Haben Tränen nach ihm vergossen, als wäre uns Mutter und Vater an einem Tage gestorben und wir selbst an den Bettelsack geraten. Da wir ihm einmal mit Handschlag und Mund die Treue gelobt als Feldhauptmann des Römischen Kaisers, wollen wir ihn, wenn uns keiner mag, in seinem Gram nicht verlassen. Sei er unser gewiß.» «Sei er auch unser gewiß.»
Im Geschrei und erhitzten Stampfen und Tischschlagen – der lange

Friedland im braunen Lederkoller ließ still hockend und Blicke werfend die Reden um sich gehen, als säße er wie ein Rabe auf dem Ast, der Wind schaukelt ihn spielerisch und bläst ihm unter die Federn – stieg ein schärpenschleppender breiter hoher Mann mit glattgeschorenem kleinen Kopf auf seinen Schemel, hatte ein glühendes geschwollenes Gesicht, hielt seinen Becher im Stehen noch dicht vor seinen bärtigen Mund, schwieg, als ihn schon alle anriefen. Dann keifte, krähte er unter Gesten der linken Hand: «Der Schwedenkönig steht im Reich. Bis Mainz steht er jetzt. Der Sachse steht in Böhmen. Mit wieviel Mann? Mit sechstausend. Wo sind unsere Armeen? Sie sind weggelaufen. Wo steht Conti, Savelli? Weggelaufen. Marradas? Weggelaufen. Wir sind Hunde. Wir sind zum Krepieren reif. Ich lasse die Herren wissen, wir sind für den Schinder reif. Das bitte ich nicht zu vergessen, wenn man von uns spricht.» Stieg vom Stuhl, kaute mit leerem Mund, trank stierend an seinem Becher.
Zuerst bezogen die Obersten der in Mähren gelegenen Regimenter vom Herzog zu Friedland Geld, Darlehen, Winke für die Werbung, den Proviant. Dann zog er rasch, sich ihrer bedienend, die entfernten Regimenter in seinen Bereich. In seinen Zimmern zu Znaim arbeiteten die aufgetriebenen Beamten seiner früheren Verwaltung. Er erklärte, mit dem Kaiser in dauernder Korrespondenz zu stehen; sei ermächtigt, mit Umgehung der Wiener Herren den Obersten mit Rat und Tat beizustehen, wie er als Privatperson von Sachkenntnis und Vermögen fähig wäre. Was niemanden quälte.
Die Gräfin Trzka, spätabends mit dem Grafen und der Schwester antanzend, erhielt einen raschen Schlag auf die Hand, als sie den Herzog vom krachenden Schreibkabinett wegziehen wollte. Seufzend zog er sich am Arm des Rittmeisters Neumann hoch: «Trzka, du stehst nicht auf, wenn du Würfel spielst und im Begriff bist zu verlieren. Du wirst es nicht tun, wenn du anfängst zu gewinnen.»
Er gluckste zwischen den beiden Frauen hinaus, den Kopf zwischen den Schultern einziehend: «Weißt du, weißt du, herzliebes Weib, wer ich bin?» «Aber ich weiß, mein herzlieber Gemahl, wer du bist.» «Willst du mir Botschaft geben?» «Mein herzlieber Gemahl.» «Ich bin ein Mensch, der einen Kopf auf dem Rumpf trägt und auf den zwei Beinen steht, die ihm seine Mutter in der Geburt mitgegeben hat. Hä. Sie werden es merken. Die jesuitischen Stinkböcke, die verzagten schulfuchsigen Herzen. Und der dicke Schelm. Äußert Euch

unbeschwert, sagt unverhohlen, daß Ihr mir kein Vertrauen schenkt, Ihr.» Er fuchtelte gegen Abwesende: «Jetzt springt links, jetzt dreht Euch. Es heißt bezahlen. Müßt heran, ob Ihr wollt oder nicht. Bezahlen heißt es. Siehst du, herzliebe Elisabeth. Hä. Sie werden bezahlen. Sachte, sachte will ich ihnen das Pfötchen bieten und an das Hälschen gehen.»
Seine Tafeleien und Verhandlungen mit den Obersten ließ er in die Welt schreien. An den Wiener Hofkriegsrat schickte er, Briefe des Kaisers lässig beantwortend, einen Kurier mit der Frage, ob die Kammer wüßte, daß sein Mecklenburger Herzogtum, dazu sein böhmischer Besitz, Friedland Sagan Großglogau, alles hin und verloren seien, und was man ihm, dem Reichsfürsten, an die Hand gebe, sich vor unverschuldeter Armut zu schützen. Dann drohte zwei Wochen darauf ein zweiter Kurier: man schweige sich aus, der Erwählte Kaiser des Heiligen Reiches ließe ihn im Stich; er sitze in Znaim auf der Flucht, nur mit dem Notdürftigsten versehen. Sei das Reich zerbrochen? Müsse er sich selbst schützen? Man möge es sagen. Er warte, träfe Anstalten, sich seiner Haut zu wehren, wie es ihm geblieben sei.
Graf Trzka bekam den Auftrag: ihm gebe er, sagte Friedland, mit auf die Reise seine beiden blauen Augen und die treue Miene. Damit solle er sich vor den Schweden oder Oxenstirn stellen, sie fangen und sagen, er, der Friedländer, sei im Begriff, ein meuterndes kaiserliches Heer an sich zu ziehen und damit nach Belieben zu verfahren. Ob ihm das Königreich Böhmen garantiert werde? Ferner, wieviel schwedische und sächsische Truppen rasch zu ihm stoßen könnten im Augenblick des Losbruchs. Den Bescheid möchte er sich schriftlich von Oxenstirn oder dem Schweden selbst geben lassen. Möchte sich beeilen.
Trzka war einen Augenblick erschreckt und unsicher. Friedland schrie: «Lacht nicht. Behaltet Euer Gesicht im Zaum.» Stieß ihn drohend mit den hageren Armen zur Tür hinaus.

Unter dem niederdrückenden Bescheid des Kardinals Pazmany, den Nachrichten, die die Gefahr einer Umklammerung greifbar nahelegten, getrieben von stöhnenden Briefen des Kurfürsten Maximilian, trat Fürst Eggenberg mit dem Hohen Rat in der Burg zusammen.

Maximilians Lage war ihnen allen klar. Er hatte in der furchtbaren Not nach der alten Verbindung mit den Franzosen gegriffen, diesmal aber nicht, um Habsburg Paroli zu bieten, ja er hatte sich durchzuschlagen versucht, indem er den Schweden selbst erweichte: nicht anders konnte ja sein neulicher Waffenstillstand gedeutet werden. Und dann sah der Bayer ein, daß er kein Erbarmen von dem Vandalen aus Skandinavien zu vergewärtigen hätte, daß es doch nur ein kleiner Aufschub war. In einer Verzweiflungstollheit war Tilly, ehe noch der Stillstand ganz beendet war, losgebrochen und hatte in dem Entscheidungskampf dieses neuen Jahres als erster auf den menschenmordenden Schweden losgeschlagen, auf den Mann, der ohne Erbarmen trompetete: er werde keinen Pakt zwischen Evangelischen und Katholiken zulassen, es müsse einer von beiden in das grüne Gras beißen.
Der kleine Fürst Eggenberg, gebückt und übermüdet hinter seinem Schemel stehend, verkündete mit schmerzlichem Kopfnicken den andren Herren, daß jetzt, zum ersten Male vielleicht, kein Zweifel an der Gutwilligkeit des Bayern möglich sei, und der Bayer selbst ließe die qualvollsten Briefe, die heftigsten Bitten durch seinen Gesandten an den kaiserlichen Hof ergehen: zu helfen, nicht zuzusehen, wie man, Kaiser und Liga, vor das Äußerste, die glatte Kapitulation, gestellt würde. Es sei das Schreckliche, kaum Wiedererzählbare Wirklichkeit geworden, daß der Mann, der jetzt auf dem Thron des Stellvertreters Christi säße, den Fischerring trüge, daß eben der Mann, Barberini, sich in einer Kälte, die an Hohn grenze, apathisch für das Interesse des katholischen Glaubens gezeigt habe. Er habe es in seiner Gewalt gehabt, was katholisch in der Welt sei, zu einigen gegen den unheimlichen, alles verheerenden Ansturm des Ketzerkönigs aus dem Norden. Man habe ihm den vertrauenswürdigsten Menschen zur Unterhandlung geschickt, den Erzbischof von Gran, den Primas von Ungarn; beschämt, zerschmettert sei der von Wien nach dem Bericht abgereist, habe nichts seinem Bericht zugesetzt, als: er wünsche sich in Zukunft nur seinen Arbeiten zu widmen. Und nun sei es zu allem Unglück auch noch geschehen, daß die letzte Säule des Hauses Habsburg, der gewesene Feldhauptmann zu Friedland, zu wanken beginne. Unter dem überraschenden Einmarsch der Sachsen habe er fliehen müssen; wieviel an seinen Gütern, die seinen Reichtum ausmachen, noch unversehrt ist, könne er nicht feststellen. Der Herzog sitze mit seiner Familie und Anhang in Znaim. Das Wetter zieht auch über ihn herauf. «Woran sollen wir uns halten?»

Aus der gespannt beieinander sitzenden Gesellschaft fand Questenberg, der kurzbeinige schnauzbärtige, ein Wort; das Unglück habe dann wenigstens das mit sich gebracht, daß bis da zweideutige Freunde sichere Freunde geworden seien, ob sie wollten oder nicht; man könne sich auf den Bayern und den Friedländer verlassen; ja der Friedländer müsse sich glücklich preisen, wenn Habsburg mit ihm zur Erlangung seines Besitzes gemeinsame Sache machen wolle.
Stillschweigen.
Um die Unterhaltung weiterzuführen, beugte sich der verwachsene Graf gegen Questenberg hin; freilich habe dieser Friedländer, wie auch seine Briefe zeigten, nun auch nichts, und warum solle also dann Habsburg mit ihm gemeinsame Sache machen. Und indem er forschend den welk in seinem Armsessel ruhenden Fürsten Eggenberg anblickte: man habe vielleicht Interesse daran, dem Herzog nicht zu helfen; Friedland spreche auch jetzt sonderbar drohend. Er sondierte: bekanntlich ist es gut und zweckmäßig, Schlangen, die man fürchtet, die Giftzähne auszubrechen, um des Heilands willen ihm keine neuen einsetzen.
Eggenberg hielt die Augen des anderen fest; leise, pointiert tropfend; das sei der entscheidende Punkt: wie denke man sich ohne Wallenstein die Situation? Die Faust setzte Questenberg auf den Tisch: «Wir brauchen Wallenstein zum zweiten Male und dauernd, bis Ruhe ist.»
Am Tisch im weißen Mühlsteinkragen der schlanke Fechter, der Spanier Ognate; er hob den Zeigefinger: «Wir bieten eine Million Gulden, wenn Wallenstein das Heer organisiert.»
«Seht Ihr», breitete Eggenberg gegen Trautmannsdorf den Arm aus.
«Nichts sehe ich, als daß wir vermutlich auch noch das Fell des Löwen verteilen, bevor wir ihn haben; zunächst steht es ja nicht fest, daß der Herzog zurück will.»
Ognate: «Er will. Er will.»
«Ja, wie er will.»
Ognate einfach: «Als Generalfeldhauptmann wie vorher, zugleich als Haupt der spanischen Armee im Reich.»
«Mein Gott, wißt Ihr denn, Graf Ognate, von wem Ihr redet? Seine Briefe sind sonderbar. Es könnte sein, daß er in der Situation, in der er sich jetzt befindet, nach Schwund seines Vermögens, bereit ist zum Kommando. Vielleicht. Vielleicht hat er auch etwas anderes vor. Der Wallenstein! Er wird schnappen! So groß wird kein Rachen

eines Wolfes sein wie seiner, wenn er schnappen wird. Er freut sich unserer Lage; sie verspricht ihm viel. Was meint Ihr, Eggenberg und Ihr, Graf: wird es nötig sein, daß Ihr Euch noch retten laßt von ihm? Er wird Euch retten, soweit es ihm Spaß machen wird, und von dem Braten speisen, mit Fettsoße, Zwiebeln, Gemüse und Pastete, soviel er mag. Das Reich wird anders aussehen nach dieser Rettung als vorher. Ich wünsche Euch guten Geschmack – für ihn.»
Eggenberg: «Was ratet Ihr?»
«Mit Schweden paktieren. Rasch.»
Eggenberg: «Nein, sagt, Graf Trautmannsdorf, laßt dies einen Augenblick: ist der Herzog nach Eurer Meinung so gefährlich?»
«Euer Feind. Weiter nichts. Gewiß nicht meiner. Er kann Euch jetzt vielleicht nicht viel schaden; Ihr müßt damit zufrieden sein. – Ihr wißt übrigens, daß ich ihn liebe und hochschätze. Die Dinge haben es leider dahin gebracht, daß er mit dem Erzhause verfeindet wurde.»
Trautmannsdorf war traurig und stützte den Kopf. Wieder Stillschweigen. Am Tisch saß neben Questenberg der Beichtvater, der große Lamormain. Man müsse sich der Menschen bedienen, wie sie sind. Man hätte Machtmittel in der Hand gegen den Herzog. Friedland scheine sich schon jetzt zu irgendeinem Schlag zu heben. Er sei offenbar noch kräftig. Man müsse sich seiner in beliebiger Weise bemächtigen.
Questenberg bitter gegen Trautmannsdorf: ob der Herr Graf wisse, daß der Friedländer fast alle Obersten Mährens und Niederösterreichs an sich gezogen habe, die kaiserlichen Obersten? Zerschmettert die Armeen, verzweifelt, schlecht entlohnt, in ihrem Ehrgefühl gekränkt die Offiziere. «Es kann geschehen, daß unsere Regimenter zu Wallenstein übergehen, ohne daß wir etwas dagegen ausrichten können; wir sind ja nichts. Wir sind Geschlagene, schlechte Politiker, da wir ihnen diesen Wallenstein weggenommen haben. Und er: er ist imstande, nimmt die Regimenter, die Juden zahlen, was er braucht; er erobert sich seine Güter, verträgt sich mit dem Schweden. Es ist alles möglich. Läßt man ihn, ist man vor nichts sicher.»
«Und wer ist schuld daran?» Trautmannsdorf zog brüsk die Arme vom Tisch, schrie: «Ihr. Er war nicht unser Feind. Ihr habt ihn dazu gemacht. – Aber ich will davon nicht sprechen.» Er preßte sich erglühend in seinen Stuhl: «Wenn es wahr ist, daß der Papst diesen Bescheid dem ungarischen Primas gegeben hat, so wird man diesen Bescheid den geheimsten Geheimbüchern des Erzhauses einverleiben

müssen. Man wird es nicht nur in die kaiserlichen Erinnerungsbücher für die Richtung der kommenden Politiker schreiben, sondern für jeden im Reich und außerhalb des Reichs, der Interesse am katholischen Glauben hat. Es ist unmöglich und zum Himmel schreiend, daß die grausige Not, vor der sich Bayern und Österreich, alle Königreiche und Erblande krümmen, blinde Augen beim Heiligen Vater findet. Er hat es abgelehnt, das in höchster Not schwebende und fast zu gänzlichem Untergang neigende Römische Reich aufzurichten. Er wird seine Schuld vor dem zu verantworten haben, dessen Stellvertreter er ist. Und nicht ist. Die Schuld liegt auch bei Euch, Fürst Eggenberg. Es war alles unnötig. Wir waren in Macht, wir saßen im Sattel, dann kam der böse Anzetteler, der treulose baumstarke Verderber des Reiches, der Bayer. Er hat die Kurfürsten gegen Habsburg aufgewiegelt; wir hätten stark bleiben können und sollen. Statt dessen hattet Ihr Furcht. Von Anbeginn. Ich sage Euch: Friedland war treu bis zu dem Augenblick in Memmingen, wo wir ihn fallen ließen und wo er sah: dem Kaiser liegt nichts an ihm. Er wurde nach solchen Diensten für uns wie ein räudiges Tier zur Tür hinausgestoßen. Kaum daß die Kaiserliche Majestät selber in ihrer persönlichen Liebe für den General ihn vor dem Äußersten bewahrte: vor der offenen Infamie, der Degradierung, Absprechung der Titel und Besitztümer. Warum? Die Herren wissen alle: um nichts. Wegen des alten Hasses des Bayern, der hinter Habsburg wie die Bremse ist und in den Wahnsinn stachelt. Was wäre geschehen? Fast wäre Deutschland ein Kaiserreich geworden. Nun sitzen wir da, winseln vor dem Papst, werden vor dem Herzog winseln. Jetzt hat er Rebellisches vor, ich zweifle nicht daran. Er macht sich unsere Not zunutze. Wär' er doch ein Seraph, wenn er's nicht täte. Er haßt uns alle, wie wir hier sitzen. Ich kann meine Liebe zu ihm nicht verbergen und ihm nur recht geben. Ich muß es tun. Ihr seid schuld, Fürst Eggenberg. Ihr habt einen Keil in uns getrieben und uns schwach gemacht. Ihr habt uns und dem Kaiser den Mut genommen, daß wir in Regensburg nicht sprechen konnten. Das Reich wird es Euch nie vergessen dürfen. In hundert und tausend Jahren nicht.»

Verzweifelt lächelnd blickte der kleine Fürst auf seine zitternden kalten Finger: «Wollt mir doch wenigstens das auch nicht vergessen, daß ich das Beste gewollt habe, daß wir alle doch schon so schwer gebüßt haben.» «Noch nicht genug. Der Schwede wird noch andere Register ziehen. Es ist so weit gekommen, Fürst Eggenberg, daß ich ein offenes Wort hier sprechen muß. Ihr hättet Euren Kopf dem Kaiser nach der Breitenfelder Schlacht anbieten müssen. Sie war das Resultat Eurer Politik. Ihr habt die Versöhnungstaktik dem Kaiser geraten. Habt Ihr das getan?»

Gedankenlos blöde lächelte ohne Aufblick der Fürst: «Liegt Euch soviel an meinem Kopf?»

«Habt Ihr ihn dem Kaiser angeboten?»

Der Fürst fahl, eingefallen, einen Moment die Augen beschattend: «Nun will ich Euch sagen, Trautmannsdorf, daß das, was Ihr mit mir tut, anfängt, unertragbar zu werden. Was habt Ihr mit mir vor?»

«Sollen wir nicht das Recht haben, über Euch zu Gericht zu sitzen und seid Ihr hier nicht Rechenschaft schuldig?»

«Was ich getan habe, verantworte ich. Ihr seid in Eurer Liebe zu Wallenstein ohne Verstand.»

«Meine Liebe zu Wallenstein. Ich will nicht nur Rache nehmen dafür, daß ich gezwungen wurde, gegen ihn aufzutreten. Ich muß Protest erheben gegen die Verwüstung der stärksten Position in der Welt, die das Reich hatte. Friedland hätte das habsburgische Reich halten können. Nun ist er zunichte geworden, verschandelt, in einen gräßlichen Dämon verwandelt, vor dem wir zittern müssen. Aber eins gegen das andere: ist Wallenstein nichts und ist Habsburg nichts: ist es da recht, daß Ihr etwas seid, der beide zu nichts gemacht hat. Das sag' ich hier am Tisch: ich liebe Habsburg und hänge unserer Kaiserlichen Majestät an – aber Ihr, Fürst Eggenberg, tätet gut, Euch jetzt und für alle Zukunft zu verstecken, weil Ihr und kein anderer schuld seid an diesem vermaledeiten Regensburger Tag.»

«Die Herren werden alle einsehen, daß diese Debatte nicht so fortgehen kann. Ich habe stets alles frei aufgenommen, was hier beraten wurde, und dem Kaiser berichtet. Er kennt alle Standpunkte und Gesichtspunkte. Man hat es hier mehr auf meinen Kopf als auf etwas anderes abgesehen. Ich will Euch einladen, Graf Trautmannsdorf: kommt mit vor den Kaiser.»

«Wozu soll das? Der Kaiser ist jetzt machtlos.»

«Er ist Richter.»

«Was soll das?»

«Kommt mit. Ich bin Euch Genugtuung schuldig für Euren Wallenstein. Ich begehre es von Euch.»

«Was soll das?»

«Ich bin Euch wohlgesinnt. Ich versteh', was Ihr fühlt.»

DER KAISER in dem menschenfließenden Abtstuhl: «Das ist wohl eine Art Gericht. Ihr seid der Ankläger und Fürst Eggenberg der Malefizer. Oder umgekehrt.»
Eggenberg: «Ich möchte wissen, was die Kaiserliche Majestät urteilt.»
«Was, Urteil, Eggenberg?»
«Ich habe viel gelitten unter den letzten Ereignissen. Majestät weiß davon. Aber die Dinge sind in der Tat so ungeheuerlich in ihren Folgen, Nebenumständen, können verhängnisvoll werden, daß ich mich nicht mit einer bloßen Besänftigung und Hinnahme begnügen kann, sondern rund um ein Urteil bitte. Ich habe alles verschuldet. Es muß mir abgenommen werden. Oder der Kopf, der die Erinnerung an das alles aufbewahrt, muß herunter.»
Der Kaiser: «Und dies scheint auch die Meinung unseres Trautmannsdorf zu sein?»
Trautmannsdorf: «Ich habe den Fürsten, meinen alten Freund, nicht hierher gezogen.»
Der Kaiser: «Jedenfalls – steht es wahrhaft um uns so?»
Beide Herren sahen zu Boden.
«Und an dieser Lawine begehrt mein guter Eggenberg schon wiederum schuld zu sein? Regensburg, Abdankung des Generals. Schweden, Breitenfeld und so weiter?»
«Ich nehme die Abdankung des Generals auf meine Kappe.»
Der Kaiser sich hochstemmend schleifte herum um die grüne Marmorsäule: «Schon gut. Ich dachte es eigentlich anders.» Er legte die leichten Hände auf Eggenbergs Schulter, mit dunklen Blicken leise redend: «Sprecht nicht von Regensburg. Laßt das. Ihr seid nicht daran schuld. Ich hab' mit Euch ja gar nicht darüber gesprochen. Da ist nichts von Schuld. Wollt das nicht bemäkeln.»
Eggenberg öffnete den Mund, der Kaiser fuhr fort: «Sprecht nicht. Es ist wie ich sage. Man soll an den Dingen nicht deuteln und sich nicht versündigen.» Er ließ seine Arme sinken. Sah sein Spiegelbild über die Säule fließen. Ging gegen die hohe Tür; die beiden Herren betrachtete er; seine Miene nahm etwas Überdrüssiges, Feindseliges an. Das verließ ihn erst langsam, wie er wieder im Stuhl saß. Da lachte er in kleinen leisen Stößen, streckte die Arme von sich breit nach beiden Seiten: «Frieden, ihr Herren. Wir sind nur Werkzeuge, wer weiß in wessen Händen. Ich hoffe, in Gottes, Marias und der Heiligen.»

Die beiden Herren blickten aneinander vorbei.
Der Kaiser, träumerisch herumwandernd, an den Puscheln seines Schlafrocks spielend: «Es nimmt alles so guten Verlauf. Wenn ich nur wüßte, wovon ihr redet.»
Eggenberg: «Der Schwede –»
Der Kaiser: «Ah, der Schwede. Ihr werdet ihm, ich sagte es schon, den Wallenstein entgegensetzen müssen. Ich – möchte diesen Wallenstein gern wieder sehen. Seht, wie gut, daß ich den Wallenstein nicht von mir reißen ließ. Das hab' ich gut gemacht, nicht wahr?»
Er dachte vor ihnen angestrengt nach: «Also, bringt ihn vor mich. Ich möchte ihn sehen.»
Als sich der Fürst und der höchst betretene Graf voneinander trennten, waren sie übereingekommen, sich umarmend, sich drückend und einander alles abbittend, angesichts der erschreckenden unfaßbaren Apathie des Kaisers sich nicht voneinander zu trennen und alle Entschlüsse gemeinsam zu fassen; für den Augenblick den, das Generalat Wallensteins zu erneuern, als Gegengewicht aber sich des Bayern und Spaniens zu versichern.

DIE ANKÜNDIGUNG des Besuches Eggenbergs wirkte auf den Herzog, der in ruhelosem Konspirieren begriffen war, so erschreckend, daß er im Zimmer des Rittmeisters Neumann einen Nervenanfall erlitt. Er schluchzte eine halbe Stunde, auf dem Stuhl am geöffneten Fenster sitzend, nach dem öden Garten zu sitzend, hatte eine wachsfarbene schmale Nase, griff oft nach seiner Brust, war nach seinen leeren Blicken nicht ganz bei Besinnung. Nachher schmähte er noch schluchzend auf den Rittmeister, auf seine Ärzte. In seiner Schlafkammer saß er weitäugig, verstört, schlaffrückig neben Elisabeth, flüsterte: «Ich bin nicht mehr der alte, Elisabeth. Irgendwie bin ich wurmstichig. Irgendwie haben sie mich wurmstichig gemacht.» Und, wütend aufstehend, brüllte er, fäusteschüttelnd, tierisch herumtrampelnd: «Sie haben mich wurmstichig gemacht. Sie haben mir die Federn ausgerissen. Das haben sie erreicht. Sie sollen es bezahlen. Wenn es im Himmel einen Gott gibt, wenn Maria die Mutter Gottes ist, wenn mich die Heiligen beschützen, bei meiner Seligkeit und Ehre, ich will ein Erztropf und Schindhund sein, wenn sie es mir nicht bezahlen mit allem, was sie haben. Daß sie die Hand Gottes rühre.»

Vor dem Bildnis des Christophorus, der die Fluten überschreitet, stehend, schäumte er gierig unter Anschwellen der Venen an dem dürren glühen Hals, mit beiden Unterarmen gegen die Tapete trommelnd: «Galgenschelme, Galgenschelme.» Kreischte heiser. Elisabeth ließ ihn, weinend das Kinn auf die Brust legend, stehen.
Am späten Abend saß er nach Verabschiedung der Herren in seiner kleinen Gaststube, mit ihr allein vor der unabgedeckten Tafel, lächelte plötzlich, sich zusammenziehend, grimmig haßvoll, mit glücktrunken funkelnden Augen: «Gott hat sie mir in die Hand gegeben. Ich werde sie wie einen Floh zwischen den Nägeln zerknacken.»
Sie drückte sich an ihn; sie konnte sich nicht erwehren, sie liebte ihn in seinem Unglück von Tag zu Tag mehr, schämte sich unklar ihrer Liebe.
Der Herzog ging an seinem spanischen Rohr dem Fürsten Eggenberg auf der gefrorenen Znaimer Landstraße einige hundert Schritt entgegen. Sie sprachen über ihr gemeinsames Podagra. Drin wurde der Herzog der Freude des Kaisers über seine alte unveränderte Anhänglichkeit versichert, Wallenstein bot, ohne sich zu binden, die Aufstellung einer Armee von vierzigtausend Mann an, die er allmählich auf hunderttausend bringen wolle. Aber er lehnte jede Abmachung über seinen Eintritt in das Generalat ab, klagte über seine Hinfälligkeit.
Und Eggenberg, der gefaßt die Verhandlung führte, mußte zugeben, wie er den langen gelben Mann hohläugig vor sich im überweiten Lederkoller fuchteln und stöhnen sah, daß es gut sei, mit solchem Mann nicht gar zu lange Verträge zu machen. Und in Eggenbergs Seele kam ein leichtes unsicheres Staunen und wehe Müdigkeit, wie sonderbar unerwartet sich die Dinge gestalteten. «Wir müssen alle sterben», seufzte Eggenberg, über sich sinkend. Der Herzog zog, den Kopf zurückbiegend, spöttisch die Mundwinkel herunter, ließ von oben einen lauernden freudigen Blick über den andern spielen.
Man wollte am Hof wissen, welche Forderungen der Herzog gestellt habe. Der alte Fürst gab schwermütig von sich, sie sollten sich erst den Herzog ansehen, er werde bald kommen.
Und nach Wien eingeladen, kam der Herzog. Nicht wie beim Antritt des ersten Generalats, mit zwanzig Karossen; versilberte Partisanen der Vorreiter, Zaumzeug und Schabracken, wie der Kaiser sie führte, Lakaien und Pagen in feinsten französischen Stoffen, eine halbe kriegsstarke Kompagnie voraus, eine halbe hinterher.

Sondern geräuschlos mit zwanzig Mann Bedeckung und drei Leibwagen. Er führte auf der eisigen Stiege seines Znaimer Häuschens noch ein murmelndes Gespräch mit dem heißblütigen jungen Sesima Raschin und seinem Trzka. Keinen Augenblick sollten sie sich durch die Änderung in seiner Stellung zum Kaiser in ihren Aufgaben stören lassen, jede erreichbare Bindung an den Schweden und den Sachsen für ihn erstreben. Es solle alles so weitergeführt werden, als geschehe nichts. Gab keine schriftlichen Vollmachten von sich; er mache sich nicht, räusperte er sich aus dem Fenster des Wagens heraus, bevor er die Decke vorzog, zum Sklaven des Kursachsen oder Gustafs. Sie begriffen, der Herzog, der langsam auf der Landstraße fuhr, hatte etwas Besonderes mit dem Kaiser vor.

In dem schneidendklaren Januarlicht stellte sich der Böhme, am Stock herangeschleift, hoch und mager vor dem Kaiser auf, der ihm selbst einen Sessel heranrückte.

Beide fanden in der gräßlichen Deutlichkeit des Tages, daß der Tod den andern an Auge, Nase, Mund, ja an den Händen gezeichnet habe. Beide wußten es nur von dem andern.

Ferdinand las in seiner Verwirrung dem Herzog einen Brief der Mantuanerin vor, den er eben erhalten hatte aus Schönbrunn, worin sie ihre baldige Rückkehr nach Wien anzeigte. Währenddessen und nach den ersten heiseren Worten des Herzogs veränderte sich dessen Bild vor ihm, und in ihm tauchte wieder auf der unersättliche reg-same Lindwurm, der kriechende langschweifige tausendfüßige Leib. Den hatte er einmal gefürchtet. Nun war es klar. Es sollte wieder etwas wie Krieg geben; er mußte sich einen Augenblick wirklich besinnen, gegen wen; dachte im ersten Moment an den Bayern. Also jetzt ist der Schwede an der Reihe. Dieser Herzog hat es auf den abgesehen. Er wird ihn wahrscheinlich besiegen. Vielleicht wird ihn auch gelegentlich der Schwede besiegen; diese Dinge sind unübersehbar. Eine sonderbare Sache.

Der Herzog sprach von den schon getroffenen Maßnahmen zur Aufstellung eines Heeres, und daß in der Tat der Schwede und Kursachse alle Vorteile habe. Heiser schrie er; wie seine böhmischen Augen dabei feucht schillerten.

Man braucht solche Menschen hier. Sache des Kaisers ist es, sie zu belohnen. Sie hungern zu lassen und zu füttern, je nach den Umständen, um sie desto willfähriger zu haben. Das ist das Geschäft des Kaisers. Die Aufgabe der Krone. Es ist in allen Ländern so. Man verliert die

Krone ohne dies Spiel. Man sollte vielleicht diese Menschen auf den Thron lassen, das wäre wohl das Richtigste, das Glatteste.
Als sie ihr Gegenüber beendet hatten, ließ der Kaiser, ohne den Platz zu wechseln, stumm den Fürsten Eggenberg kommen, fragte ihn, was er nun zu tun hätte. Plötzlich war es dem Kaiser geworden, als ob er die Balance verlor, schwindlig wurde und in einer kichernden bewußtlosen Freude nicht wußte, was heute war, was morgen sein wird, in welchen Zimmern er ging, in wessen Zimmern er ging. Ja, das große Geheimnis, das ihn tief beglückte, wollte er dem Fürsten Eggenberg nicht verraten, vielleicht aber der Mantuanerin, die bald kommen mußte: daß er manchmal nicht wußte, in wessen Kleidern er hier herumging, er auf zwei hebenden fühlenden Beinen, mit einem beweglichen Kopf; daß ihn die Unterschriften tief fesselten, die seine eigenen Hände zogen; manu propria, hieß es, mit eigener Hand. Sieh da, sieh da, der Ferdinand.
Und Eggenberg wurde von ihm umarmt, Ferdinand scherzte mit ihm, daß er sich von Trautmannsdorf nicht habe in den Tod jagen lassen. Nun werde er wohl auch wissen, was mit dem Herzog zu geschehen habe, wie man ihn belohnen und abfinden müsse; nun sei doch der Geheime Rat ganz beruhigt. Friedland sei bei ihnen, der Schwede werde bald nicht mehr auf der Landkarte zu finden sein.
Der Fürst kniff schwermütig die Augen zu; ob man den Herzog werde abfinden können, wisse keiner, er schwiege sich aus. Man wisse nicht, womit nach der Aufstellung der Armeen der Herzog kommen werde; nicht viel geben, nicht viel geben sei der gemeinsame Wunsch aller Herren. Auf seiner Schreibtafel stand, als er sich verabschiedete, die Bestätigung des Herzogs als Reichsfürsten zu Mecklenburg, ein Geschenk des Kaisers von vierhunderttausend Reichstalern, soviel der Friedländer noch für gekaufte Güter der böhmischen Kammer schuldete; man gedachte ihm schließlich pfandweise für die Auslagen das schlesische Herzogtum Großglogau zu überlassen.
Als am folgenden Nachmittag die Mantuanerin den Kaiser nicht aufgesucht hatte, obwohl ihre Ankunft am letzten Abend gemeldet war, ließ sich der Kaiser zu ihr hinüberfahren. Sie war nicht in ihren Zimmern, nicht auf den Höfen, nicht in den Gärten. Mit ihrem Fräulein Kollonitsch war sie vor kurzem, hieß es bei der Wache, zu Fuß, tief verschleiert, zur Burg hinausgegangen. Daß ihn solche Sehnsucht nach ihr erfaßte. In einer herzlichen Trauer lag er allein eine halbe Stunde

in seiner Kammer, ließ sich dann umziehen mit brauner Kniehose, glatter Jacke, weiter loser Hose, wie ein gewöhnlicher Mann, ein Handwerker, ein Bieranstecher; farbige Strümpfe und fliegende Bänder trug er, eine braune niedrige Kappe stülpte er sich gedankenlos auf; der Leibkammerdiener folgte ihm nach wenigen Minuten, hinterher in zwanzig Schritt Entfernung wie eine Magistratsperson wandernd mit kleinem Degen, in einem hohen braunen Filzhut; der einfache Anzug gelb, die mageren Waden in roten Strümpfen.
Der Handwerker, eine Weide in der Hand, irrte erst vor der Burg hin und her, schritt am Zeughaus vorbei, an der niederösterreichischen Kanzlei, kehrte wieder um. Es war ein regnerisches Wetter, der Kot lag hoch, es war neblig, bald mußte es dunkel werden.
Wie Ferdinand das schwerfällige Gebäude der Minoriten passierte, sah er jemand laufen. Und eine unerklärliche Bewegung zwang ihn zu folgen. Sie bog in Gäßchen auf Gäßchen ein, blieb in Torwegen stehen, nestelte an sich. Durch den Kohlenmarkt zum Graben. Zurück; man ging, durch Sänften und Karren getrennt, über eine lange schmale Holzbrücke. Eine Scheu bedrückte ihn, sie könnte eine Dirne sein; er zögerte. Die Kirchtürme von Sankt Niklas. Da ging sie in das kleine Schwesternhäuschen neben der Kirche. Die Tür fiel zu. Er stand draußen. «Wie sonderbar, daß ich hier stehe. Und daß ich nicht weggehe.» Er hob den Klöppel der Glocke, fragte, wer eben gekommen sei; ein Mädchen hatte geöffnet; man schrie entfernt: «Man hat geschickt.»
Über den dunklen Gang lief etwas an, sah ihm ins Gesicht, stand zitternd da. «Was ich will? Eleonore, ich weiß selbst nicht, was ich will. Ich weiß nur, ich möchte mit dir gehen.»
«Siehst du. Jetzt holst du mich. Jetzt bereust du deinen Starrsinn.» Er hing an ihrem Arm, sie wickelte den Schleier um den Hals. «Ich weiß nicht, wovon du sprichst, Eleonore. Wir wollen davon nicht reden. Es ist weiter nichts, als daß ich gern mit dir gehe.»
Über die Brücke. «Versprich mir. Ich will nichts von Mantua reden und nichts von dir. Versprich mir, du wirst den Teufel von Herzog nicht wieder holen.» «Sprich weiter.» «Wenn du ihn brauchst, wirst du ihn zwingen, Ferdinand. Du mußt ihn wie einen Knecht, einen schlechten Demütigen, in der Hand haben, dem man nicht traut.» «Sprich nur weiter.» «Machst du dich lustig über mich?» «Nein, ich gehe gern mit dir.»
Stumm kamen sie vor die Burg. Im Regen gingen sie durch eine

Seitentür, die ihnen der Diener aufschloß. «Komm zu mir, Eleonore.»
«Weiter nichts?» Sie weinte.
Er leise: «Eleonore. Ich weiß selbst nicht, was ist. An mich kommt nichts heran. Alles beglückt mich. Deine Stimme beglückt mich, dein Weinen beglückt mich, dein Klagen beglückt mich. Als wenn ich um mich eine Schale zugemacht hätte.»
Sie weinte weiter. Er: «Könnte ich dich nicht auch erfreuen?»

VOM MAIN her südwärts schwoll verendend die Armee des unglücklichen Grafen Tilly.
Mit dem Rest seiner Truppen, zwölftausend Mann, dazu achttausend gepreßten Bauern, griff er in der Schärfe des Winters den schwedischen General Horn an, trieb ihn in die Stadt Bamberg hinein. Drin ließ er die Schweden bis auf den flüchtigen Rest massakrieren.
Da hatte sich der mordgewaffnete König aus seinem Mainzer Lager erhoben, ließ den Rhein los. Hinter ihm blieben ein junger Herzog Bernhard von Weimar und ein Pfalzgraf von Birkenfeld.
Und wie der Schwede anschnob, wich Tilly erzitternd aus Bamberg, wich die geschwollene Regnitz entlang, durch das Ansbachische, an Nördlingen vorbei auf Donauwörth. Wollte sich hinter die Donau verstecken.
Der Tritt des Schwedenkönigs taprig schwer hinter ihm, langsam. Rechts schlürfte er, links fraß er; er kaute, spie, schnüffelte. Er legte sich über Nürnberg; der Hohe Rat wischte eingezogenen Schweifs zu ihm heraus vor das Tor, goldene Trinkgefäße auf den kalten Händen tragend. Sie kreischten und pfiffen: «Der Makkabäer!» «Gideon!» «Josua.» Er rollte die Augen und ließ es sich, da es ihn kitzelte, wohlgefallen.
«Es war ein schöner Winter dies Jahr», gönnte er den Ratsherren, «gebe Gott, daß auch der Sommer gut wird. Ich predige euch das Evangelium auf eine Weise, wie ihr nicht wieder hören werdet.» Er setzte die Beine vorwärts, Staub und Dampf von sich gebend: «Seid fromm, daß Gott weiter hilft.» Hinter sich ließ er die Besatzung. Hunderttausend Taler stopften sie ihm bei, wie er wanderte.
In Donauwörth konnte Tilly nicht bleiben; der Kurfürst warf Boten nach Boten gegen ihn: wie weit er denn fliehen wolle, wie weit noch München entfernt sei. «Ich will schon nicht mehr fliehen, als ich muß»,

knirschte die Augen verdrehend der kleine General, das Papier in den Händen zerreibend, «ich will mich schon stellen. Nur Ruhe, Ruhe.» Aber der Schwede plumpte, murrte, knurrte, trampste näher. «Ich will stehenbleiben.» Und zitternd in einem unsäglichen Hinschmelzen gab er schon wieder den Befehl nach rückwärts. Hinter die Donau, über die Lechbrücken. Schwindlig, den Mund weit offen, stand er da auf den Stoppelfeldern, Bayern lag in seinem Rücken. Schwindlig mit verwehenden Gedanken sagte er, lächelte er, die Zähne kaum entblößend, zu seinen Offizieren: «Wir werden hier nicht weggehen. Der Schwede kommt heran. Wir werden Bayern schützen.»
Es wurde befohlen, auf Ingolstadt Truppen zur Verteidigung zu werfen, die Zugangsstraßen von Augsburg und Ingolstadt mit vierzehn Kompagnien zu sperren. Dann lagerte das Heer sich hinter dem Lech in einem dichten Wald. Und wie Tilly das rückwärtige Terrain besichtigte, stoben Alarmreiter an, Alarmreiter, Alarmreiter. Flüchtende Bauern. Flüchtende Bauern. Auf Wagenreihen Dörfer, Dörfer, ganze Dörfer. Als hätte der Schwede sie entwurzelt, warf sie ein Orkan mit Sack und Pack vor sich. Tag und Nacht, Tag und Nacht. Es regnete Städte.
Der geborstene Tilly hielt sich steif. Lief, ein schallendes Knochengestell, flach mit Muskeln Sehnen Nerven gepolstert; der Bauch, die Brust, der Schädel breit geöffnet. Hervorquoll seine blutbegossene Seele selbst. Geschrei, Kreischen, Brüllen, Knirschen, Knurren, dünnes Piepsen umging ihn. Seine Gedanken schlugen wie überlange nasse Haare über sein Gesicht, über Stirn und Augen, blendeten ihn. Er lächelte süß, in bewußtloser Hingerissenheit, hin und her dunkel flutender, sich hebender Verzweiflung. Er betete und erreichte sich nicht. Er war ein Mensch, den man mit Pech bestreicht und in Federn wälzt; ganz hinter seinen Taten verschwunden. Keinen Gedanken an Wallenstein hatte er mehr. Er suchte zu umdenken sein Leben, seine Oberkommandantin Maria, mit der er jeden Tag seines Lebens angefangen hatte; knickte zusammen. «Ich bin ein frommer Katholik gewesen all meine Zeit», winselte er vor seinem Feldkaplan, der verwundert vor ihm stand, ihm tönend zusprach.
Als die ersten Kanonenschüsse fielen, sauste er auf den Feldern herum, suchte von irgendwoher zu hören, ob er sich nicht noch auf Ingolstadt zurückziehen sollte. Fürchtete sich, fürchtete sich: begriff mit einmal, daß er sich fürchtete. «Ich bin ein alter Mann, habe keine Messe versäumt», zuckte es staunend in ihm.

Zweiundsiebzig Geschütze ließ Gustaf auffahren gegen den Wald, in dem die Kaiserlichen lagen. Unter grausamem Krachen und Prasseln barsten die Stämme. Als die Feinde eine Insel bei Oberndorf fanden, die schrecklichen Finnen, schwammen sie Trupp auf Trupp wie Wasserratten an. Man schlug einige tot, es kamen neue. Schwedische Kanonen fuhren über einer Brücke auf, die niemand über Nacht hatte entstehen sehen. Ein heulender zähnefletschender lehmwühlender Kampf halb im Wasser, halb auf der Erde fing an. Die Schweden Finnen, es waren keine Menschen. Kaum gab es Tiere, die ihnen glichen, wie sie schlammbedeckt, graubraune Hautfarbe, tangtriefend, armschwenkend sich aus dem Wasser erhoben, krumm anwateten, schluckten, kauten, spritzten, pfiffen. Sie waren so schlecht, so ekel, so totschlagwürdig, daß erst zaghaft die Kaiserlichen, die Bauern auf sie eindrangen, geführt, gelockt, dann von dem Grimm und der Scham, dem Entsetzen gerufen geworfen: «Um des Heilands willen.»
Sie schrien zu Hunderten und Tausenden, die Kaiserlichen, auf dem überhöhten Ufer des Lech, als sie das beispiellose kotige regsame Grauen aus dem Wasser auf sich zukommen sahen. Es gab wenige unter ihnen, die nicht in diesen Augenblicken die blinde Entschlossenheit angewandelt hätte, zu sterben oder diese Unwesen sich aus dem Gedächtnis zu wischen. Sie drangen herab auf die Fratzen.
Mörderisch tobten die Kanonen in ihrem Rücken; Sprengen Klatschen Reißen von stöhnender unterirdischer Gewalt. Aber Tilly auf seinem hochbeinig tanzenden Schimmel irrte zwischen den Fremden und den Kanonen hin und her; träumte, ohne zu wissen was, lachte, wimmerte. Die Fragen seiner Offiziere beantwortete er nicht. Seine bis zur Weiße aufgerissenen Augen wurden immer wieder von den silbernen brandenburgischen Aufschlägen angezogen an seinem eigenen linken Ärmel. Um diese Aufschläge war ein Geheimnis. Bei jedem Kanonenschuß zuckte er zusammen, duckte sich, sah um sich. Das Wort ‚Maria' mahlte er zwischen den Zähnen, während seine Augen suchten auf dieser Holzbrücke, in dem plantschenden Wasser. Wie an einem vom Himmel herabhängenden Faden zog sich seine Sehnsucht und Ratlosigkeit in die dünne Höhe. Ein Dreipfünder, dessen Abschuß er nicht einmal gehört hatte, warf seinen Schimmel um, zerschmetterte ihm selbst den rechten Schenkel über dem Knie. Er dachte und träumte lange nichts.
Aus der bodenlosen Schwärze tauchte er auf; es schneite. Abend, ein

Troßwagen, wühlender Schmerz im Bein. Wagenknarren, Getümmel um ihn. Im Stroh neben ihm hockend der Feldscher. Tonlos auf durchbluteten Wolldecken der General: was sei, wo man sei. Bei Ingolstadt; der Widersacher habe versucht, sie von Bayern abzuschneiden, es sei mißlungen, der König selber hätte beinah sein Leben dabei gelassen.
«Was, was!» Tilly, der Totenkopf, furchtbar erregt, «abschneiden, was ist!» Und dann ächzte er, ließ seine Offiziere kommen, die in der Nähe ritten. Sie krochen einzeln herein, wiederholten ihm, der halb taub schien, dutzend Male die Ereignisse. Er rieb sich die Nase, die Stirn, fragte ängstlich von neuem, stöhnte: «Regensburg! Regensburg!», faßte sie bei den Händen, bittend. Dann erst bemerkte er die lähmungsartige Schwere, diese sonderbare dumpfe, in allen Gelenken, tief in den Knochen, in die Därme, Lunge, die Schultern aufsteigend; die Dürre in seinem Mund.
Der Kaplan kauerte neben dem Feldscher. Der Wagen ratterte über die Chausseelöcher, oft legte er sich schief auf die Seite. Aus der bodenlosen Schwärze wieder auftauchend, langsam, nicht ganz entlassen: «Der Kaplan! Ah, Regensburg, das Heer auf Regensburg führen.» Der Kaplan. Dies waren die Sterbesakramente. Jetzt daran festhalten, fest einbeißen. Maria, der Himmel, die Heiligen; das waren nur leere Worte, man konnte sie sprechen, sie ließen sich nicht denken. Das Bohren, Sägen, Drehen im Bein, das wogende Unbehagen den Leib hinauf, die alles überflutende zurückebbende wieder anschwemmende Lähmung, diese verdunkelnde knochenfüllende knochenzerknackende wirbelverschiebende tödliche Lähmung. Jetzt hieß es sich entscheiden. Aus dem Wege alles. Maria, Jesus. Er spie, rollte die Augen; hier ist nicht die Rede vom Schweden. Der Kaplan hielt seine Hände; Tilly bat, ihm Maria zuzurufen, wenn ihm das Bewußtsein schwinden wolle. Scharf blies der Schneestaub in den Wagen. Er weinte in sich: «Ich habe mein ganzes Leben Maria gedient, ich will sie jetzt halten, ich darf sie nicht verlieren. Der Kaplan hat mir Absolution erteilt, es wird alles gut.»
Die Wellen der Lähmung und Verdunklung rollten stürmischer an, mit kaltem Schmerz gemischt. Alle Glieder fielen von ihm ab. Und er fing an zu ringen. Zwischen jeder Welle schrie er: «Maria!» Der Kaplan im Wechselruf: «Maria!»
Schlagartig rollte es heran. Aus gelben grasgrünen braunen Wolken fuhren die Stöße gegen Bein und Leib. Sie knatterten zwischen die

Schulterblätter in den Hals. Die Wolken waren widrig, schwammig feucht, wühlten ineinander. Es waren die Finnen, die anwateten, die aus Blutschande gezeugten. Er spie, schrie heftiger, kreischte, röchelte vor Entsetzen.
Der Kaplan rief: «Maria!» Tilly sah entsetzt, wie er die Lippen bewegte.
Furchtbare Hammerhiebe aus den Wolken. Mit jedem Hieb zuckte er zusammen. Den Atem benehmend; er war der Amboß. Was sagte der Kaplan. Er mußte wissen, was der Kaplan sagte.
Dumpf wetternd, zermalmend, niederklafternd.
Niederklafternd.
Zusammengezogen lag er, auf die Seite gestoßen.
Verröchelte, die Arme schützend vor der Brust.
Da löste sich das Gespensterheer von dem warmen blutsickernden kleinen Körper. Zappelnde Rümpfe der gemetztelten Türken Franzosen Pfälzer, die jaulenden hängenden zertretenen Hunde, kletternden Pferde, die mit den Hufen sich an ihn hielten. Zwischen ihnen gezogen matt, noch naß, seine eigene erstickte Seele.
Verknäult flogen sie, unaufhörlich rufend, durch die verschneite Luft, ihrem dunklen Ort zu.

HINTER DEM toten Tilly zog der Schwedenkönig, Torstenson auf dem linken Lechufer mit schwerem Geschütz deckend. Er stieß auf Nürnberg. In sein Lager zu Fürth schleppte man täglich sechsunddreißigtausend Pfund Brot und hundert Eimer Bier. Er klatschte sich den Leib vor Freude, als er durch das Laufertor ritt. Die Ratsherren boten ihm eine silberne Erd- und Himmelskugel, zwei Fuder Wein und zwei Fuder Hafer: «Ich hätte mich eher des Jüngsten Gerichts versehen, als nach Nürnberg zu kommen.» Nichts hielt mehr vor ihm. Aus seiner herrlichen Residenz scheuchte er den Bayernfürsten, der hinter sich ließ, woran er sein Leben über gebaut hatte. Der Schwede wußte, daß bei diesem Gedanken an München sich das Herz des Bayern in Todesschmerz zusammenziehen würde. Nach Freising waren ihm entgegengeritten der Münchener Bürgermeister Friedrich von Ligsalz, die Patrizier Barth und Parstorffer, ihm die Schlüssel ihrer Stadt zu bieten. Er hob auf der musikschallenden Landstraße den Degen: den Schlüssel habe er schon; was machten sie für Scherze; er werde sie mit einer halben Million Talern beschweren. Und so ritt er, eskortiert von drei Infanterie- und Kavallerieregimentern, an der Spitze von Dutzenden deutscher Fürsten in die Stadt ein, deren Kirchen er durch seinen Besuch schändete.

Es war warmes sprießendes Frühjahr geworden; die Jesuiten berief der König in den Garten ihrer Kirche zusammen, verächtlich grob sprach er zu ihnen: «Es ist Frühjahr geworden, die Macht der katholischen Kirche neigt ihrem Ende zu. Wie Strohhalme sind ihre Säulen geknickt, der Kaiser und der bayrische Kurfürst. Seid friedlich und besinnt euch. Ihr seht selbst, Gott ist nicht wider mich.» Erst dachte das schwedische Heer an Plündern, und der Kriegsrat kam stundenlang nicht zur Entscheidung; denn von hier war unermeßlicher Haß gegen den evangelischen Glauben in das Reich ausgegangen. Satt erklärte der König, man solle sich mit dem Betrag von dreihunderttausend Gulden begnügen. Einen kleinen Teil der Summe verehrte er den ihn begleitenden Fürsten, besonders dem Pfälzer Friedrich.

Der blonde Friedrich überwand seine Melancholie nicht. Er spazierte in der Stadt des anderen Wittelsbachers herum, dem er sein Unglück verdankte. Nicht einmal nach Prag zu gehen, in das ihm entrissene Königreich, hatte der Schwede den Pfälzer vermocht. Am Schönen Schrannenplatz residierte Gustaf. In einer verschwiegenen Resignation folgte der noch immer schöne, stark gedunsene Mann dem König, folgte ihm wie seinem Schicksal, gesenkten Kopfes und ohne Widerstreben. Die unzerstörte Üppigkeit seiner Frau ging, erschrekkend unberührbar, menschenunähnlich neben ihm, riß ihn manchmal zu Orgien fort. Rusdorf, der kleine, lockte ihn, sich zu freuen. Zu freuen! zu freuen! Wo gab es auf dem Festland soviel Siege wie bei dem Schweden! Gingen sie nicht hinter dem König wie hinter einer Feuersäule.

Sporenklirrend wanderte, die Hände auf dem Rücken, der Pfälzer mit seinem Rat den langen runden Gang in der Neuen Feste entlang, dessen Wände mit den Bildnissen der Wittelsbacher tief behängt waren. Er sah das Gemälde Esthers, die verzweifelt Ahasver um Gnade für ihr Volk bat. Schweigend hörte er den Rat schwatzen. «Ihr habt recht, Rusdorf», brachte er heraus, sein schlaffes Gesicht mit den Händen bedeckend, «und ich bin verloren. Ich bin verloren. Ich muß mich gewiß freuen, wie Ihr sagt.» Später: «Ich tadle Euch gewiß nicht. Ich will Euch in Eurem Eifer nicht lähmen, Rusdorf. Wahrscheinlich werden meine Nachfahren Euch wie einem Helden danken. Ich? Wir verkommen alle samt und sonders. Ich wie der Kurfürst von Brandenburg und Sachsen. Wie der Maximilian von Bayern, der meinen Kurhut trägt. Wir werden zu nichts. Die schwedische Zeit bricht an für das Deutsche Reich. Ich – ertrag' es nicht. Wie ich Euch sagte: ich bin verloren.» Dann hielt er an einer Fensternische den kleinen Rat fest: «Eins sage ich, Rusdorf», dabei blitzten seine blauen großen Augen heiß, «wer mir das widerraten hat, den Kaiser in Regensburg um Verzeihung zu bitten, den Kniefall vor ihm zu tun, der hat nicht gut an mir getan. Wißt Ihr! Ich hätte gebüßt, es wäre mir manches verlorengegangen. Jetzt sitz' ich in der Falle. Ich bin zum Bettler und zum Fremdenknecht, zu einem Verräter geworden: ja, so steh' ich vor mir. Glaubt Ihr, ich könnte vor diesen Wittelsbachern meines Hauses gehen, ohne mich zu schämen bis in meine Nächte?» Die Beruhigungen des Rates nutzten nichts; Friedrich legte den Arm um die Schultern des kleinen tiefbedrückten Mannes, leise sprechend: «Die Welt ist noch nicht zu Ende. Glaubt Ihr nicht, daß der Schwede noch eines Tages geschlagen wird? Gott läßt die Bäume nicht in den Himmel wachsen. Ich warte, ich weiß, was ich tue.» «Was?» «Der Kaiser ist ein gütiger Herr. Er wird mein Unglück mitfühlen. Meine Reue ist tief. Ich bin jung und kenntnislos gewesen. Er wird mir verzeihen.» Und er wanderte leise weiter mit Rusdorf. Zwischen den hängenden Bildern der Wittelsbacher auf und ab.

Und Rusdorf erfuhr nicht und konnte nicht verhindern, daß Friedrich im größten Geheim einen eigenhändigen Brief an den flüchtigen Maximilian schickte, in dem er um Verzeihung bat, daß er sich ohne seine Einladung zum Besuch in München aufhielte. Nicht er hasse Maximilian; sie seien Wittelsbacher, von einem Blut; Max möge gewiß sein, daß nichts an seinen Bildern und Gebäuden zerstört würde. Nicht er hätte den Schweden in das Deutsche Reich geführt. Nein, er sei es nicht gewesen. Und fast demütig bat er ihn, bei Kaiserlicher Majestät zu versichern, daß er sich unverändert als des Heiligen Römischen Reiches Deutscher Nation treu anhänglicher Sohn fühle.

Dies war ein Brief, nach dem er sich wohler als in vielen Jahren fand; es klang in seinen Ohren gut: «Als des Heiligen Römischen Reiches Deutscher Nation treu anhänglicher Sohn.» Rusdorf hatte es nicht leicht in diesen Wochen, ihn beim schwedischen Herrn zurückzuhalten. Seine Fluchtneigung gelangte sogar an den König, der gutmütig bei Tisch meinte: «Laßt ihn. Deutschland ist ein Kranker, der nur durch starke Mittel gesund wird. Ich bin erst im Beginn der Kur.»

Nach Warschau verkündete Gustaf dem Reichstag durch Boten: er gedenke die Krone Polens, die ihm zustehe, in nicht zu ferner Zeit mit der Böhmens und Ungarns zu vereinigen. Venezianer, die mit Briefen und Geschenken vor ihn traten, führte er an dem stumm grüßenden Pfälzer vorbei durch die Residenz. Im Vierschimmelsaal setzte er sich zum Verschnaufen. Er dankte ihnen; die Signoria solle gewiß sein, daß das Haus Österreich auch in Italien noch heute lache und morgen nicht mehr.

So mächtig war, bis über die Donau, bis nach Straßburg vorgedrungen das schwedische Heer, daß die Herren in Paris ins Zittern gerieten. Ein unerträglicher Anblick war dieser Gotenkönig, wie er über das gefürchtete Riesenreich ähnlich einem mittelalterlichen Belagerungsturm hinschwankte, Pechströme und Bomben werfend; der alberne schlaue Klotz aus Upsala. Sie fingen beim Kurfürsten von Sachsen zu stechen an, ob es sein deutsches Selbstgefühl ertrage, dem Schweden Bütteldienste zu leisten, und ob man in ihm oder Gustaf Adolf das evangelische Oberhaupt des Reiches zu sehen habe. Sie irrten unruhig von protestantischem Hof zu Hofe. Die katholischen fast verzweifelten Herren beschworen sie, fest zu bleiben.

Der gereizte König Ludwig konnte seine Nervosität nicht zähmen, weder der Kardinal noch der Pater Joseph konnten ihn mehr zurückhalten. Seine Furcht, der Schwede würde ihm im Elsaß und am Rhein zuvorkommen. Man ließ ihn.

Das Heer in der Hand stieg er auf Metz, nahm Moyenvic, Pont-à-Mousson. Es befriedigte ihn noch nicht. Da war Nancy. Er mußte rasch, rasch an den Rhein, ehe Gustaf in Bayern fertig war. Er mußte auf Trier. Es war alles reif für ihn.

INDESSEN mit aller Ruhe der Friedländer sein ungeheures Heer in Mähren auf den Fuß stellte. Die Klagen des Bischofs von Bamberg, der Reichsstadt Regensburg, des flüchtigen Bayern, die Rufe aus dem Elsaß, den westfälischen Stiftern fanden ihn taub. Er sammelte, ließ im Reich geschehen, gab nicht eine Kompagnie ab.

Seine Güter besetzt. Die Geschäftsfreunde zögerten keinen Augenblick mit ihrem Vertrauen. Die Börse in Hamburg, Bankhäuser in Augsburg gewährten ihm und dem Herrn de Witte und Bassewi alle geforderten ungeheuren Kredite. Auf Schleichwegen wurden aus

Prag von der verzweifelten Judenschaft mächtige Barren Gold und Silbergefäße in gewöhnlichen Heuwagen in sein Quartier gefahren.
Das Reich barst. Er schob sein Heer in die Winterquartiere. Sie sollten ihn nicht bedrängen, sagte er nach Wien; drei Monate brauche er zum Sammeln des Heeres.
Der alte Apparat war wieder in Funktion. Seine Werbepatente galten für das Reich, Spanien und die Staaten Italiens. Obrigkeiten wurden im Augenblick für die Zweige des Heeres geschaffen, Generalkommissare bestimmt für Böhmen, darunter der Graf Michna von Weizenhofen, der wie vom Blitz getroffen war, als ihm die Ernennung zuging; für Schlesien Stradeli von Montain, für Mähren Oberst Miniati, für Niederösterreich Questenberg. Holk wurde Kapo der Reiterjustiz, Obristschultheiß Ludwig von Sestoch. Das Generalvikariat füllte aus der Pater Florius von Cremona. Des Herzogs Generalleutnant nach Kollalto, der bei Mantua hingerafft war, wurde Gallas, der Welschtiroler, mit Aldringen in spanischen Diensten aufgewachsen.
Die Trümmer, die Tilly hinterlassen hatte, zehntausend Mann, übernahm er, ein mißmutiges geschlagenes fast waffenloses Heer. Etwas Rasendes, Zerbrechendes war jetzt in der Art des Böhmen, sich über die Dinge zu werfen. Er hatte in dem Augenblick, wo er sich den Arbeiten näherte, etwas von einer Flamme an sich, die aus einem langen Schornstein gequalmt hat und nun heulend den Schornstein am Boden umbricht, wütend in die entsetzte Luft hineintobt. Die Vertreter der Banken, die sich in seinen Kammern bewegten, staunten über die Verwendung des Geldes, das sie heranbrachten. Es lief scheffelweise von ihm, verdampfte an ihm; er schien es nicht rasch genug unter die Menschen werfen zu können. Seine Glut, sagten die einen, stamme daher, daß er sich bei seinem eingetretenen Verfall das letzte Leben auspresse; die andern spotteten, er sei zu gierig nach seinem verlorenen Besitz.
Seine nahe Umgebung aber fühlte längst, daß er sich veränderte, wilder und brutaler als je, daß er etwas Unklares leidenschaftlich betrieb. Er hatte kein Wort des Interesses oder Trauer über seine Güter verloren. Sie wußten auch, daß etwas Besonderes mit diesem Verlust an den Hans von Arnim war, der diese Güter und Schlösser wie seine eigenen schonte. Die Fremden in Wallensteins Hauptquartier schwankten zwischen Schrecken und Widerwillen; so arbeitete ein Größenwahnsinniger. Daß Wallenstein in den dänischen Feldzug mit

zahllosen Karossen und Juchtenwagen gezogen war, war weltbekannt. Jetzt standen die Karossen und der Marstall verwahrlost in Prag, er kümmerte sich nicht um sie und um keinen anderen Prunk. Die Sturmtruppen waren mit Piken und Bruststücken auszurüsten; in Pardubitz wurden ganze Straßen von Holzschuppen gebaut für die Unzahl der angeforderten Waffen. Es wurde bekannt, daß Wallenstein jede kalkulierte Zahl eines Bedürfnisses mit zwei und drei multiplizierte und dann noch unbefriedigt war und hinzuforderte. Abenteuerliche Mengen Pulver lagerten entlang der böhmischen Grenze; bei Pardubitz waren alle Brotfrüchte Böhmens aufgespeichert, die mit Steuerabschlag verrechnet wurden. Wallenstein hatte erklärt, das Heer auf eine begrenzte Zahl bringen zu wollen; er schien aber keine Grenze zu finden. Oberst auf Oberst wurde ernannt; auf die Frage des erschöpften Hauptquartiers, wieviel Patente annähernd noch ausgegeben würden, bekam man den Bescheid, soviel sich bis März vergeben ließen. Die Träger der Namen Fugger Kolloredo Holk Merode Chiesa erschienen wieder im Hauptquartier des Herzogs zu Friedland, der zuletzt in Memmingen furchtdrohend nach Italien und dem Elsaß residiert hatte und von ihnen gegangen war wie das Licht, das die Erde verläßt. Sie ritten selig zu ihm, der sie zu Merode, Chiesa, Kolloredo gemacht hatte, zu ihrem wahren Vater. Sie standen betroffen in seiner Nähe wie die anderen vor dem Prasseln und geradezu höllischen Verderb und Wachsen. Einige Vertreter der Börsen reisten Hals über Kopf ab, unfähig, diesen Weltuntergang, der sich um den Herzog vollzog, mit anzusehen. Michna konnte sie nicht beruhigen, sie verstanden das Lachen dieses klugen Mannes und gar Bassewis nicht, welche beteuerten, so sei es immer um den Friedländer. Die Obersten schwammen flossenschlagend in ihrem Element, schluckten, atmeten die besondere lichtbrechende Luft, die um den Herzog schwebte, erlebten die blitzartige Versengung und Verkohlung aller Besorgnis, die Verzauberung. Sie zogen nach sich Montard von Noyal, Pychowicz, Korpasz, Wiltberg, Lambry, Gissenberg, Filippi Corrasco.

Im frühen März, als Monate um waren, seit die ligistischen Scharen mit dem toten Tilly anrollten, hielt Friedland, mürrisch gegen den Wind die Augen kneifend, seine schärpenprunkenden Herren ignorierend, mit Ordonnanzen scheltend, bald in der Sänfte, bald zu Fuß, bald auf dem Pferd Heerschau zu Rackonitz auf dem Hügel ab. Zweihundertvierzehn Reitergeschwader, hundertzwanzig Fuß-

kompagnien, vierundvierzig Feldstücke, zweitausend Wagen mußten vorbei. Er hielt nur einige Stunden aus; nach fünf Tagen war man fertig.
Dann wollte er sich verabschieden. Und als die kaiserlichen Herren, Ognate und Eggenberg, ihm den Brief Ferdinands gaben, er möchte bleiben und den Oberbefehl im Kriege führen, nörgelte er erst, erhob dann das alte heisere Geschrei: ob sie ihm noch nicht genug getan hätten, von Ungarn ab bis Regensburg, ob sie ihn für einen Verurteilten oder Verrückten hielten; er wolle seiner Wege gehen, vor ihnen sicher sein. Er machte, wie er hinkte, am Stock durch das Zimmer in Rackonitz schlich, einen verbrauchten Eindruck.
Die Herren hatten nichts anderes erwartet; sie saßen, warteten. Fürst Eggenberg wußte, daß er als Geschlagener vor dem häßlichen Sieger saß und im Begriff war, die schrecklichen Bedingungen entgegenzunehmen. Es tat ihm wohl, an die früheren guten Zeiten erinnert zu werden; er wurde hart dabei, konnte sich wappnen. Es wurde klar, daß der Herzog vorhatte, an ihnen eine unerhörte Grausamkeit zu verüben; Eggenberg und Ognate wollten sich nicht wehren, der Herzog würde an ihnen erlahmen. Das Keifen zu Ende, fragte Wallenstein, gehässig und listig auf sie blickend, was sie ihm brächten; es klang: wie sie sich denn freikaufen wollten. Dies war der Augenblick, wo sich die beiden zum Abschied erheben konnten, um zu sagen, sie sähen in ihrem Quartier seinen schriftlichen Vorschlägen entgegen; er möge in aller Muße den Kreis seiner Wünsche aufzeichnen.
Sie nahmen dann ohne weiteres an, was Wallenstein in dem überbrachten Schreiben forderte, das Ungeheuerlichste, was ein Mensch von einem Kaiser des Heiligen Reiches verlangen konnte, ohne ihn zu töten: absolutes Generalat, Bestallung als Generalissimus des Hauses Österreich und Spanien, Konfiskationsrecht im Reich ohne Einspruch des Hofrats, der Hofkammer und des Kammergerichts, Versicherung auf die Erblande als Rekompensation, Lieferung aller begehrten Unkosten; die Erblande stehen ihm zum Rückzug beliebig offen, er muß in die Friedensverhandlungen eingeschlossen werden. Dies unterschrieben schaudernd die beiden Unterhändler, nachdem sie es gelesen hatten, im Namen des Kaisers, von dem sie Blankovollmacht hatten. Waren dabei von einer wütenden Lust erfüllt: sie hatten ihn entlarvt, nun sah man, woran man war. Hier verhandelte kein Feldherr wegen seiner Anstellung, sondern ein Tyrann, der seine Rachsucht befriedigen wollte.

Auf der Rückfahrt erwogen sie: der Schwede wird in seinem Vormarsch aufgehalten werden, Böhmen befreit, Bayern befreit werden; dann kann sich die Liga erholen, ein spanisches Heer kann vom Elsaß erscheinen. «Wenn er sich nicht mit den Widersachern verbindet, mit Schweden und Sachsen», murmelte der Spanier. «Er wagt das nicht», dachte Eggenberg nach, «zunächst folgt ihm die Armada dazu nicht. Für den nächsten Augenblick haben wir das nicht zu fürchten.» «Wer weiß», murmelte Ognate. «Und dennoch! Und dennoch!» jubelte Trautmannsdorf, als sie in Wien vor Wallensteins Kapitulation saßen und nichts sprachen. Er streichelte liebevoll tröstend dem alten Fürsten die Hände unter dem Tisch und drückte ihn an sich.

Sofort brach der Herzog die Verhandlungen mit Gustaf und dem Sachsen ab. Ohne Zeitversäumnis alarmierte er seine Armada, bat durch Eilboten Arnim zu sich, den Führer des sächsischen Heeres in Böhmen. Der Herzog war gegen seinen Freund in Znaim kalt und entschlossen: «Arnim, Ihr müßt aus Böhmen heraus mit Euren Sachsen. Ihr werdet das einsehen; es bleibt zu fragen, was soll dann geschehen.» «Ich werde mich in Sachsen verteidigen.» Darauf war der Herzog erregt; das sei eine trotzige verkehrte und verbohrte Denkweise. Was wollte er denn in Sachsen verteidigen? Wen? Ob sie Erzlappen seien, daß sie sich die Köpfe zerschmissen für nichts. Auf Arnims Frage, was denn weiter geschehen solle und ob Arnim etwa vor dem Herzog auf schimpfliche Weise samt seiner Armee das Gewehr ins Korn werfen sollte, schnitt Wallenstein die Unterhaltung ab: Arnim möchte sich überlegen, was er, der Herzog, eben gesagt habe; es sei ihm lieb, drüben bei den Widersachern ihn zu haben. Er werde begreifen, daß dieser Krieg nicht so weitergehen könne, diese Schmach, diese Gaukelei für Affen. Verteidigung in Sachsen! Nach weiteren Schimpfworten auf den Schweden und auf die Wiener Politik verabschiedete der Herzog den andern, der fluchte, sich einen Tölpel nannte, über das Gespräch nicht ins klare kam.

Wallenstein gab ihm einige Wochen Zeit. Dann warf er das Heer, das sich an Ort und Stelle nicht mehr ernähren konnte, nach Böhmen, die Sachsen liefen auseinander. Friedland stürzte vom Weißen Berg über Prag her. Die Stadt war wieder kaiserlich.

Arnim, noch zweifelnd, ob der Herzog wirklich etwas Ernstes vorhatte, suchte sich in Leitmeritz zu halten. Zu seinem Schrecken, der sich mit Widerwillen mischte, umzingelte ihn Friedland und schien ihn vom Heer abschneiden zu wollen. Da raffte er, was er an Truppen hatte, zusammen, bereitete den Friedländern Schaden rechts und links, schlug sich von Ort zu Ort. Böhmen mußte er ganz aufgeben. Die Juden lachten. Die unterdrückten Böhmen höhnten, warteten. Thurn, der alte Graf, Arnim nachkriechend, flüchtete vergrämt nach Dresden. Und ein Angstschauer lief über Sachsen, als Friedland in Böhmen nicht haltmachte, sich dem Erzgebirge mit weit ausgebreiteten Armen näherte, an die Überwältigung des Erzgebirges ging. Plötzlich wandte er sich auf Bayern. Keiner wußte, ob er etwas gegen den Kurfürsten oder den Schweden vorhatte.

Der Schwedenkönig, sich mästend am südlichen und westlichen Deutschland, hatte nur zwanzigtausend Mann bei sich; am Rhein, Main, nördlich und südlich standen vier Armeen unter Banér, Tott, dem Weimarer Herzog, dem hessischen Landgrafen, verwüsteten das Land, trieben ihr Spiel mit der Bevölkerung.

Erst war der feiste König nur verblüfft, wie Wallenstein als Generalhauptmann des Kaisers auftrat, wartete ab, wessen er sich von dem verschlagenen Mann zu versehen haben würde, machte sich Vorwürfe, daß er ihm bei den Unterhandlungen nicht mehr entgegengekommen war. Er hoffte noch. Dann erfolgte der Angriff auf den Hradschin, die unglaubliche treulose Umzingelung Arnims. Ein Sturm von Unruhe ging durch Gustaf. Ehe er noch mit dem Herzog Fühlung nehmen konnte, hatte der sich erklärt. Wallenstein hatte kehrtgemacht. Front gegen ihn selbst. Das Spiel war klar. Wallenstein wollte Gewalt mit ihm reden.

Der König stieß nach Osten, um den Friedländer nicht mit dem Bayern zusammenströmen zu lassen. Zu spät. Bei Eger nahm Friedland die Trümmer des ligistischen Heeres auf. Von Weiden und Eger stieg die feindliche Heeresmacht herunter, schob sich auf Tirschenreuth. Der Friedländer wollte mit ungeheurer Überlegenheit ihm seinen Willen aufzwingen. Tief erschrocken, an Haß erkrankend, über Friedland erstaunend, gab der König nach, und Flüche auf Deutschland werfend, setzte er sich in Nürnberg fest. Der Herzog hatte ihn bei den Ohren; wenn er wollte, konnte er ihn zerschmettern, so schwach war er. Von Pegnitz zu Pegnitz zog der Schwede in gewaltigem Bogen Schanzen. Die Stadt wurde angerufen, den evangelischen Glauben zu verteidigen; mit leichter Unsicherheit, nur seinen Nächsten auffallend, hielt der König eine seiner schmetternden Ansprachen an den Rat. Es glückte; der Rat schwur, wie Magdeburg zur evangelischen Fahne zu stehen bis zum Verderben.

Mit viertausendachthundert Söldnern, dreihundert Reitern stellte sich Nürnberg in seinen Dienst, dreitausend Bürgersoldaten kamen hinzu, alle Waffenfähigen vom fünfzehnten bis vierundzwanzigsten Jahr. Sie wollten Gott und dem wahren Glauben dienen. Vierundzwanzig Abc-Fähnlein ließen sie fliegen; der König musterte sie trübe. Auf den Fähnlein stand: «Dies Fähnlein fliegt zu Gottes Ehr, fürs Gewissen frei und reine Lehr.» «Saul, Saul, was verfolgst du mich? Laß ab, laß ab und beßre dich!» Der König hatte kein Gefühl von Dankbarkeit für sie; mit einer sonderbaren ihm fremden Rachsucht griff er in diesen Wochen Deutsche an, erging sich unaufhörlich bei festlichen Tänzen in der Stadt in Schmähungen über die deutschen Fürsten; sie müßten hart kuriert werden. Auch der Pfälzer war zugegen, als er sich so ausließ bei einem großen Bankett in Ayrmanns Saal beim Laufertor. Friedrich verließ offen den Saal mit dem Markgrafen Christian, der das Bankett veranstaltet hatte. Der flehte draußen auf der dunklen Stiege den Pfälzer mit Tränen in den Augen um Verzeihung. Sie umarmten sich; «keine Rettung», schluckte der Markgraf. Friedrich: «Manchmal denke ich, der Friedländer könnte uns helfen.»

Schanzen, Redouten, Palisaden, Gräben, Batterien wurden um die Stadt in den warmen Junitagen aufgeworfen, die Vorstädte Wöhrd und Gostenhof mit einbezogen. Das Lager ließ sich der König errichten vor Wöhrd bis auf den Gleishammer, das Weicherhaus und den Lichtenhof; bei Lichtenhof stellte er das stärkste Werk hin. Er rückte ein mit vierundneunzig Kornettreitern, hundert Fahnen Fußvolk, achtunddreißig Geschützen, zweitausend Wagen.

Von Tirschenreuth nahte über Sulzbach der Kaiserliche. In das wandernde Volk geriet Oberst Taupadel mit Dragonern und vier Kompagnien des schwedischen Regiments Sperreuter hinein und wurde zermalmt. Sie umgingen wandernd Nürnberg, schoben sich zu beiden Seiten des blanken glatten Flüßchens Bibart an Zirndorf heran. Da in der lieblichen, von grauen Schafherden begangenen Landschaft fanden sie eine niedrige Hochfläche, von Wiesen eingenommen, die rückwärts in einen kühlen dichten Wald führte. Nur wenige Kilometer von dem Schweden entfernt machten sie halt, setzten sich hin und verschanzten sich.

Der bayrische Maximilian, von Kuttner begleitet, ritt täglich durch das Lagergewühl zum Herzog herüber, nicht vom Hals seines Schimmels aufsehend. Er war ein Gefangener und ging seine Gefangenschaft

beenden. Friedland wohnte mitten im Lager in einem erbeuteten rosaroten Türkenzelt, das weiß und blau orientalisch bestickt war. Einen riesigen viereckigen Raum bedeckte es; darüber erhob sich eine wimpelgeschmückte Leinwandkuppel. Am Eingang hielten Reihen von Bambusrohren einen goldbefransten Baldachin. In dem teppichbeladenen Empfangsraum nahm ihn der Herzog inmitten der Obersten und Generalspersonen an, selten sprachen sie sich allein.
Der Herzog sollte angreifen, war der Tenor der bayrischen Reden; er zeigte auf die ungeheure Überlegenheit, die man im Augenblick besaß und in zwei drei Wochen verliere. Erst kam der Herzog, zwischen tausend Geschäften, trinkend, ihn mißachtend, mit allgemeinen Einwänden; man müsse die Stärke des Schweden noch besser erkunden; eine Schlacht sei leicht begonnen und schwer beendet. Der Kurfürst hörte nicht das Gespött des Friedländers hinter ihm: «Nun habe ich den Maximilian so weit gebracht, daß er mir nicht allein gehorsamen, sondern mit der Pike auf der Schulter aufwarten muß.» Wie der Bayer zäh drängte – mit jedem Tag wurde sein Land verwüstet, er durfte nicht sagen, daß eine kaiserliche Niederlage ihn Land und Leben kosten würde –, traten die Obersten des Herzogs mit den Resultaten ihrer Beratungen hervor. Der Refrain lautete: wir sind zahlenmäßig überlegen, aber man kann nicht auf den Mut der Söldner bauen; sie müssen sich erst an Gefechte gewöhnen; es genügt, den Schweden zu stören, ihn zu zwacken und beuteln. Dabei blieb es. Sie zogen es hin; sein Land verdarb. Aus dem Kreise dieser Herren, die in alter friedländischer Üppigkeit lebten und fürstlich satt stolzierten, kam einmal die hochmütige Frage, ob man im bayrischen Lager vermeine, besser Krieg zu führen als der Herzog; man habe bei Breitenfeld Gelegenheit gehabt, sich zu beweisen. Hindurch durch die fünffachen Spaliere der Leibwache des Herzogs, starre Reihe der aufgestellten niederländischen Helmbarten, riesig ausgezogene Spießklingen mit Quasten und Kugeln am Klingenansatz, gräßliche Totenköpfe und hackende Schnäbel eingeätzt. Durch das Getümmel der ausschwirrenden ungarischen und polnischen Reiter, auf den Pferden am Sattel die kupfernen Kesselpauken; sie ritten über den aufgerissenen Wiesengrund, schneller, schneller, die Münder gespitzt, grell wirbelnd das Schlagfell aus Menschenhaut.
«Was hat der Herzog vor?» fragte der Kurfürst seine Räte, die er aus Regensburg kommen ließ. «Er säumt.» «Er säumt nicht», der Kurfürst mit leeren Augen.

Die Widersacher lagen sich Wochen um Wochen gegenüber. Der Juli zog herauf, August; brünstige Hitze fiel hernieder. Sumpfig war der Wiesengrund von Friedlands Lager, das Wasser der Pegnitz nur mit Kampf erreichbar. Sie fochten täglich um das Wasser, schickten ihre Kranken und Verbrecher immer zuerst voraus, ließen sie abschießen, später erst stürmten sie vor unter dem Schutz der abgefeuerten Musketen. Fünfzehntausend Weiber strömten in das Lager, zu den Menschen kamen dreißigtausend Pferde. Mensch und Getier hatte nur die Aufgabe: zu liegen, zu liegen, dem Schweden die Furage abzujagen, ihn zu ermatten. In des Schweden Lager stürzten die Scharen der Flüchtlinge ein. Nürnberg lief voll von ihnen. Wie eine Geißel umlauerten die Kroaten und Ungarn des Böhmen die Stadt, rissen das Lebendige nieder.
Heimlich betrieb Friedland seine Sachen. Gab Arnim keine Ruhe. Aus Böhmen sei er mit seinen Sachsen verjagt; die Kurfürstliche Durchlaucht von Sachsen möge gewarnt sein; sie sollten sich verständigen. Aus Sachsen kam Bescheid: der Kurfürst gedenke in Treue, sich nicht von seinem schwedischen Bundesgenossen zu trennen. Da lösten sich Kavalleriemassen aus dem Zirndorfer Lager, erst Hunderte, dann Tausende. Holk mit seinen Kroaten setzte sich in Bewegung auf das offene Vogtland. Sie machten unterwegs Vaganten Versprengte Gesindel beritten; sollten um sich ein solches noch nicht gesehenes Verderben anrichten, daß man ihre Kraft erkenne. Unter dem von Plauen und Zwickau her einsetzenden Lodern der Städte und Dörfer, den Abschlachtungen und Schändungen der Menschen flüchteten selbst Arnim und der Kurfürst. Die bodenzerstörenden Unholde verkündeten hinter ihnen, sie seien nicht lange allein; Graf Gallas käme mit einer Schar doppelt so groß wie sie.
Bei Nürnberg lagen sich die Widersacher gegenüber.
Im Schwedenlager mußten die Pferde trockenes Gras rupfen. Eine Pest schlich unter den Menschen. Der Schwede, auf Verstärkung wartend, predigte Mut Manneszucht. Blaß und zornig ritt er täglich die Palisaden entlang, blickte herüber. Dies war kein Feldherr, kein Krieger, der zehnfach überlegen sich nicht zur Schlacht zu stellen wagte. Der hatte etwas Unmenschliches vor: Ermattung. Wenn erst Banér da wäre, sollte es ihm bezahlt werden. Und täglich fraß der dicke Gustaf an seinem Widerwillen. Die deutschen Fürsten wichen von ihm, der Pfälzer betrieb offen seine Abreise.

Da hatte der Schwede an sich gezogen, was er suchte. Regimenter des Oxenstirn vom Rhein, Banér und Herzog Bernhard mit Truppen aus Oberschwaben, viertausend Hessen, der Herzog Wilhelm mit sechstausend Mann. Sie trafen bei Windheim zusammen. Der vergrauste Sachse, seine ganze Hoffnung auf den Schweden setzend, warf sieben Regimenter zu Fuß, zwei zu Pferd herüber. Sie drangen gemeinsam in die Stadt Nürnberg ein, die von Leichen stank, in der man sie mit Weinen und Schreckensgeschrei empfing, daß man nun vor Hunger ganz zugrunde gehen müsse. Und so bitter war die Not, so grausig schmolzen unter der Pest die Menschen zusammen, so wutgespannt war der König, daß auch nicht einen Tag mit der Entscheidung gewartet wurde.
Sein Heer hob sich gegen die Nordseite des kaiserlichen Lagers. Die Sachsen überschwemmten die Schanzen. Eine so furchtbare Artillerie arbeitete gegen sie mit brüllenden Salven, daß die Baumwipfel des Waldes im Dampf verschwanden, die Hochfläche des Lagers in Feuer und Rauch begraben wurde. Zwölf Stunden rannten die Schweden an. Als sie den östlichen starken Ausläufer des Höhenzugs, den Burgstall, hatten, regnete es; sie konnten die Geschütze nicht hinaufziehen. Bis in die Nacht wühlten die Massen ineinander, zweitausend Schweden blieben liegen. Finsternis und strömender Regen. Der Schwede ließ los.
Lag wieder in Nürnberg.
Tastete nach Verhandlungen, dachte, der andere habe auch genug. Keine Antwort. Ließ nach drüben gelangen: man solle ihm Mecklenburg lassen; der andere möge sich Franken nehmen. Verbissen und finster gab Gustaf das Signal zum Aufbruch. Von sechzehntausend Mann war die schwedische Kavallerie auf viertausend gesunken; die Fußkompagnie hatte statt hundertfünfzig Mann nicht sechzig. Die meisten deutschen Fürsten, auch der Pfälzer, hatten ihn in den letzten Tagen verlassen. An der Nordseite des Lagers marschierte er vorbei; noch einmal forderte er durch Kanonenschüsse den Feind zur Schlacht heraus. Drin rührte sich nichts. Eine Handvoll Weiber lief vergnügt an das unverteidigte Wasser. Johlten durch die hohlen Hände: «Wir haben dem Kaiser eine Schanze gebaut und haben dem Schweden den Paß verbaut.» Sogar das Gepäck ließ der Friedländer unbehelligt passieren. Eine kleine Besatzung war in der Stadt geblieben; der Friedländer nahm von ihr keine Kenntnis. Wie der Schwede westwärts zog, langsam, unter großer Sicherung, dachte er, der Herzog werde fol-

gen. Der blieb bei Zirndorf liegen. Brach erst nach fünf Tagen sein Lager ab; seine Vorhut fühlte nordwärts auf Forchheim vor.
Noch einmal wurde der träg hinziehende geschlagene Schwedenkönig von einem wilden Angriffsdrang befallen, als er sah, daß Friedland sich nicht um ihn kümmerte. Er verteilte seine Streitkräfte, machte plötzlich mit elftausend Mann kehrt, wandte sich auf dem alten sieggezeichneten Weg südwärts nach Donauwörth, über die Donau. Nur den Bayern zog er vom Herzog ab, der sein Land schützen wollte, eine armselige Schar mit sich führte. Der Herzog blieb starr. Maximilian hatte es nicht erreichen können, daß Friedland sich Bayerns annahm. In den bayrischen Regimentern wußte man, daß der Kurfürst bei seiner letzten Bitte an den Herzog um Truppen von ihm angeschrien wurde. Maximilian suchte seine Räte über die Situation mit schmerzlichem Lächeln wegzutäuschen: «Nun sind wir alle froh, daß er uns entlassen hat. Er hätte uns noch alle umgebracht.»
Sie brauchten dem Schweden nicht lange folgen. Es war nichts als eine qualgeborene Selbsttäuschung Gustafs gewesen, daß er noch Entschlußfreiheit habe. Inzwischen meldeten alle Kundschafter, daß der ungeheure Wallenstein weiter nach Norden marschiere. Es war klar, er ging nach Sachsen, wollte nach den Untaten Holks den Kurfürsten knebeln, wollte ans Meer, die Schweden von ihrer Basis abschneiden.
Bei Donauwörth stand Gustaf, krampfhaft erregt auf eine Tat aus, die ihn aus der Verstrickung löse, als ihn diese erschütternde Nachricht traf. Zwei warme sanfte Tage ruhte sein Heer in der bergigen Sommerlandschaft. Hier war Friede, kein Feind in der Nähe. In ein Wäldchen zog sich der König zurück, lag wie ein Kranker vor seinem geöffneten Zelt. Lautlos gingen in weitem Bogen um sein Zelt die Wachen; sie trugen die einheimischen braunen langen Röcke; sicher saßen auf ihren runden blonden Köpfen die hohen blauen rotgeränderten Mützen. Von Zeit zu Zeit schlichen Weiber flüsternd über das weiche Gras an sie heran; die schönen blonden Haare, Zöpfe bis zur Brust, märchenrote grelle Mützen aufgesetzt; kaum bewegten sie ihre faltigen blauen Röcke. Das war Schweden.
Der König wollte mit jemand sprechen. Der blanke kolossale Schädel Oxenstirns; Grubbe, sein Sekretär, mit stiller diskreter Miene. Gustaf hatte sich aufgesetzt. Es sei kein Grund zu verzagen; was sie meinten. Als sie sich geäußert hatten, schwieg der große schwere

Mann, dessen Gesicht bleigrau und schweißbedeckt war; er sagte in Scham, während der Kopf zwischen die Schultern einsank: «Die Sachsen sind ja nicht mehr mein. Was werden unsere Frauen sagen?» Auf ihre Berechnungen: «Ich bin zu groß daher gefahren. Es hat dem Herrn nicht gefallen. Ich war eitel. Ich habe seine Sache nicht rein erhalten. Wenn das Licht im Innern Finsternis ist – welch eine Finsternis! Niemand kann zwei Herren dienen. Schweden war mir alles. Jetzt kommen die Deutschen daher. Darum wollen sie mich vertreiben. Darum wird der Sachse und Pommer und Brandenburger nicht mehr bei mir halten. Hätt' ich nicht dem Götzen gedient, wären sie bei mir geblieben. Wäre der Herr über mir geblieben. Mein Auge taugt nichts mehr. Darum ist der Pfälzer davongegangen.»
Sie blieben, während er grübelnd den Tag und die Nacht über mit sich rang, in seiner Nähe. Am nächsten Morgen war er heller, zog sich sein Kettenhemd an, gab Befehl zum Aufbruch, predigte selbst seinem Leibregiment über das Matthäuswort: «Häuft auch keine Schätze an auf Erden, wo Motten und Rost zerstören, wo Diebe einbrechen und stehlen; sammelt euch aber Schätze im Himmel.»
Die Herren erfuhren von ihm, der straff zwischen ihnen ritt: «Hochmut taugt nicht. Man muß sich nicht vermessen, alle Dinge meistern zu wollen. Wir werden eine klare Linie ziehen müssen zwischen dem, was erforderlich, und dem, was überflüssig und schädlich ist. Der Friedländer wird in Kürze von uns eine Bataille zu bestehen haben, die ihm zeigen wird, auf welcher Seite Gott steht. Noch müssen wir Gott erringen und auf unsere Seite zwingen. Gedenkt auch ihr daran, wie ich daran denke. Wenn wir Gott zu uns gezogen haben, sind wir unbesiegbar.»
Auf diesem Rückmarsch nach Norden, den die Truppen mit Drohen und Murren antraten, gab es kein Ausreiten, wildes Furagieren, Plündern. Der König war selbst Tag und Nacht unterwegs.

Nach Wolkersdorf war der Kaiser aufgebrochen zur Jagd, die Mantuanerin hatte er in der Burg zurückgelassen.
Das Sausen und Schütteln des mächtigen Herbstwindes gegen seine schmale holzgebaute Schlafkammer. Er stand, während die Kerze von dem einströmenden Luftzug flackerte und erlöschen wollte, mit nackten Füßen auf dem Teppich, an dem losen Schlafmantel

zerrte er, die Mütze lag am Boden. Arbeitete mit den Armen: «Gebt Raum!»
Schnaufend, schnaufend. Glänzend vor Lachen sein Gesicht, inbrünstig stampfend seine Beine, vorwärts drängend. Mit den Ellbogen seitwärts ausschlagend, als arbeite er durch Gestrüpp. «Gebt Raum!» Lange Zeit. Erschöpft in den Sessel sinkend, lachend.
Bei Tag kamen Eggenberg und Trautmannsdorf herüber. Sie lobten den Herzog Friedland und daß alles ein besseres Aussehen gewinne. Bei Nürnberg habe sich der Schwedenkönig gewaltig die Hörner eingerannt, laufe jetzt hinter dem Friedland her, der ihm bald den Rest geben werde.
Der Kaiser dachte: der Schwede und der Friedland, diese werfen sich jetzt übereinander; sie zerfleischen sich, dann werden sie voneinander lassen. Ruhig und freudig besprachen die beiden vor ihm, daß man hoffe, auch den Friedland in der Gewalt zu behalten.
Was war das? Bald den besiegen, bald den besiegen. Jetzt wieder den Friedland. Jeder will die Macht haben.
Der Kaiser fragte nach dem Friedland und was sie da Sonderbares besorgten.
Er hätte zuviel Gewalt an sich genommen; man müsse bei seiner Leidenschaft auf der Hut vor ihm sein.
Auch das. Auf der Hut vor dem Friedland. Wie sich die Welt rasch verändert, wenn man sie nicht dauernd im Auge behält.
Die Herren fragten sonderbar, ob die Majestät lange in Wolkersdorf zu bleiben gedenke, und ob die Majestät ihnen für dringliche Fälle Vollmacht gebe.
Sie sahen ihm etwas an? Wollten die Hunde den Erzherzog Leopold wieder hervorziehen? Wie in den wonnesamen Tagen. «Ich weiß noch nicht», brachte Ferdinand heraus, seine Augen bedeckend. Er grollte; es war nicht entschieden in ihm. Er zitterte, wie er sich den beiden, die ihn beobachteten, gegenübersah; sie kamen ihm wie Inquisitoren vor. Er entließ sie leise drohend und abweisend. Sah, wie sie gegangen waren, den Saal noch im Nebel. Entwich auf die Jagd.
Sie fanden auf der Rückfahrt, man müsse Lamormain gegen den Kaiser vorschicken. Der Kaiser versinke in unheimlicher Weise in sich; beide dachten, ohne es auszusprechen, an den geisteskranken Kaiser Matthias.
Wie es Abend wurde und der Mond aus dem Birkengehölz trat, stand der Kaiser mit nackten Füßen auf seinem Teppich, schnaufend,

arbeitend: «Gebt Raum, gebt Raum!» Inbrünstig lachend, stampfend; ein lakenweißes mondgetauchtes kleines Menschenwesen. Alles war wieder klar vor ihm. Er erschöpfte sich nicht. Pelzschuhe zog er sich an, einen wattierten grünen Mantel warf er um die Schultern. Träumend, gierig, fast lüstern legte er sich in das offene schmale Fenster, sah in die scharf gezackte raschelnde Blättermasse.
An ihm sauste es vorbei. Aus dem Zimmer heraus. In das Zimmer hinein. Über den Schultern, neben den Ohren. Ungeniert ging es hin und her. Sauste mit Schwung, klirrend in den strahlenden Kiesboden. Schlich warm dicht neben seinem Hals, neben seinen Armen hinaus, eine große Katze, ein langes behaartes geschwänztes Tier. Wesen, die ihn kannten. Vielerlei Wesen, die hier ihren Aufenthalt hatten, keine Notiz von seiner Anwesenheit nahmen. Er war grade zwischen sie geraten. Schwindlig und müde machte es ihn in der ziehenden Aufgeregtheit, daß er den Kopf fallen ließ und die Augen schloß.
Die Kammer war zu ebener Erde. Er fühlte sich gedrängt, einen Sessel zu nehmen und über das Fensterbrett ins Freie zu steigen. Sie halfen ihm rechts und links steigen. Faßten ihn bei den Händen, wie er herunterstieg. Er ging ein paarmal zwischen den schwarzen Bäumen. Lief plötzlich, um es zu machen wie sie, rasch laufen, weich andrängen, sich anheben, fliegen. Sie schwirrten in Äste und Gipfel, stürzten ab, blieben klatschend liegen. Man konnte sie zertreten, sie zerflossen wie Schatten in die Erde. Dieses Anrufen, Lärmen, plötzliches Verstummen.
Ein Teufel, dessen Größe er im Dunkel nicht erkennen konnte, legte ihm die Hand auf die Schultern, fragte ihn, wo er entlang gehen wolle, sagte mit sonderbar schluchzender Stimme immer wieder: «Lieber Ferdinand, lieber Ferdinand.» Der führte ihn riesengroß, wie er war, an sein Fenster zurück, hob ihn auf das Fensterbrett, so daß er herunterglitt. So groß war der Rücken des Teufels, daß das ganze Fenster schwarz war.
«Gebt Raum», lispelte Ferdinand angezogen auf dem Bett, schlief.
«Ich muß zu einem Priester gehen», sagte er sich, als die Hähne krähten. Und wunderte sich, daß er gar keine Angst vor Lamormain hatte. «Wenn ich einen Priester sprechen könnte. Ich muß wissen, wie es bei Gott ist.» Tiefsinnig dachte er es, ohne sich über seine Gedanken Rechenschaft abzulegen.
Man ließ ihn an den jagdfreien Tagen ungestört sich in den Waldungen ergehen. Er ging im weißen und grünen Rock hinaus. Langsam

spazierte er, versuchte an Wallenstein zu denken. Daß man die Macht über so ungeheure Tiere hatte; er wollte sie gar nicht. Er wollte nur tiefer in den Wald gehen.

Während er tiefsinnig dachte, führte man ihn rechts und links. Nicht schneller gingen sie als er, breite behagliche Tiere, eins an der rechten Hand, eins an der linken. Er ging mit.

Als er wieder zu Hause war, meldete ihm ein Bericht Questenbergs den näheren Verlauf des Nürnberger Treffens und wie der Herzog zu Friedland jetzt vorhabe, dem König den Weg zum Meere abzuschneiden, nachdem er ihm schon den Weg nach Süden abgeschnitten hatte.

«Kostbar», sagte in sich der Kaiser.

Und plötzlich schüttelte er sich; erinnerte sich des dicken Tausendfußes, des Drachens Wallenstein; umpackten sich diese zwei da, an den weißen Hälsen, an den Knien, den glatten widrigen Bäuchen. Ihn ekelte so, daß das Wasser ihm im Schwall aus dem Mund hervorquoll.

Zaghaft schlich er vor das hohe silberne stehende Kruzifix, legte sich still und sehr langsam davor hin. Wartete, hob den Kopf, sah es an. Seufzte.

Der Kurfürst Maximilian war ohne Lärmen in das leere München eingezogen. Über die Höhe der gezahlten Kontributionen wurde ihm Bericht erstattet. Gebeugt saß er in seiner Neuen Feste. Die reichen Bauten Münchens waren ihm ein zu weites Kleid; der Herzog zu Friedland ging das Reich erobern. Ihn hatte er kujoniert. Keine Hilfe bei den geistlichen Kurfürsten; die lagen in französischen Armen. Vom Kaiser hieß es, er werde abdanken, hätte keinen Sinn mehr für das Reich. Doktor Leuker meldete vertraulich aus Wien, der König in Spanien habe ein starkes Heer für Deutschland ausgerüstet, es werde für spanisch-niederländische Zwecke dienen, aber eine Reserve bilden, die das Kaiserhaus gegen jede, jegliche Gefahr, auch vor Friedland, schützen sollte. Man könnte mit Spanien zusammen gehen, von Richelieu war nichts zu erwarten. Es tröstete den hilflosen Kurfürsten, daß er sich an Richelieu rächen könnte, indem er die spanische Partei nahm.

Aber alles lag noch in weitem Felde. Man hörte, der Herzog rücke weiter nach Norden; noch ein Schlag für den Schweden wie Nürnberg, und niemand konnte an Friedland heran. Er würde die Despotie über Deutschland errichten. Maximilian fühlte, er konnte sich nicht rühren. So verlassen wie jetzt war er noch nie. Eine so schaurige Gefahr drohte ihm.

HINTER HOLK kam Gallas, über Wunsiedel Hof, hinter Gallas der Herzog. Durch Forchheim, Bamberg, die Grafschaft Reuß ins Land Meißen, das gebrandschatzt wurde. Auf die Saale zu. Die Flußübergänge sollten gesperrt werden.

Dem Heere liefen voraus die Boten auf dampfenden Pferden an Arnim, der in Schlesien stand, durch Sesima Raschin an den Grafen Thurn: der Kursachse solle, solle sich von dem Schweden trennen. Es solle, müsse und werde Friede gemacht werden, ob er sich sperre oder nicht. Und Johann Georg, schwer verzagt über den Landesverwüster Holk, beim Aufbruch des entsetzlichen Schwarms von Nürnberg, schlug sich die Brust, er werde Frieden machen, sonst werde es ihm gehen wie dem Pfälzer, er werde wandern müssen mit leerem Säckel hinter dem Schweden her, der Deutsche, das Haupt der Evangelischen. Und schon hatte sein Rat ein Angebot an den Friedländer und den Römischen Kaiser ausgefertigt, als eigene Kuriere Gustafs den Kurfürsten hießen, Ruhe zu bewahren. Gustaf renne hinter dem Herzog her, er werde helfen, es geschehe nichts, er werde ihn nicht weit kommen lassen. Arnim selbst meldete Eilmärsche aus Schlesien.

Wütend, alles Widerspruchs überdrüssig, erklärte Johann Georg im Kabinett: «Friede muß sein. Irgendwie. Befehlen soll mir keiner etwas. Bringt der Schwede keinen, bringt ihn der Kaiser. Wir sind alle Christenmenschen, kein Vieh, das so unsäglich leiden muß. Diesmal noch. Ich hab's satt.»

Quer über Sachsen warf sich krachend der Herzog, in Leipzig nahm er Quartier, auf Torgau stieß er. Bald war der Schwede da. Die Pässe bei Hildburghausen und Schleusingen hatte ihm in rasenden Kavallerievorstößen der Herzog Bernhard von Weimar offengehalten, den Thüringer Wald durchbrauste der König; er mußte zurück in die Nähe seines ersten entscheidenden Sieges über den toten, von der Erde weggewälzten Tilly. Durch Arnstadt Kösen Naumburg. Verzweifeltes hilfeflehendes Volk lag geworfen auf den Straßen, an den

Wegen. «Was wollen sie von mir», zuckte zähneknirschend der König die Achseln, «ich tue meine Pflicht, Gott muß sie erretten.» Er gedachte wie bei Nürnberg sich erst zu verstärken, bis er angriff.
Als aber Friedland seinen General Pappenheim ausschickte, um Hans von Arnim, der sich ausgeschwiegen hatte, schon auf dem Marsche zurückzuschlagen, hielt der Schwede, von feierlicher Sicherheit durchströmt, seinen Augenblick für gekommen. Er wollte nicht warten, bis der Winter hereinbrach, er hatte keine Zeit bis zum Frühling: «Der Friedländer ist in meine Hand gegeben», fühlte er, als er von dem Abritt Pappenheims auf Halle hörte.
Um ihn wimmelte es von Menschen, den Männern aus Smaland, Ost- und Westgotland, den Leuten Horns, Banérs, Totts, Stallhanskes, Klitzings, Lösers, Bernhards; sie werden zermalmt sein wie ein Ameisenhaufen von einem Fußtritt, sah er, wenn sie nicht siegen. Sie haben den rechten Glauben; Schweden, ganz Schweden hat seine Habe hierher gegeben, sie werden nicht unterliegen. Während er besessen die Augen schloß, dachte ihm dies.
«Wir werden siegen», beschloß er. Er ritt befehlend in den nebligen Herbstabend. «Sie werden keinen besseren Markt haben als der Tilly bei Breitenfeld.» Inbrünstig ging er das Werk schmieden.
Widerwillig kam der Friedländer. In seinem Hauptquartier war, wie sie den rachedurstigen Schweden nahen sahen, die Parole ausgegeben: nicht siegen, den Widersacher schwächen, schrecken, gedeckter Abmarsch, sobald die eigenen Verluste stark werden. Nach Pappenheim rief man: der Herr solle alles stehen und liegen lassen und herwärts jagen. Um die Steigbügel des Pferdes Wallensteins, der reiten wollte, wurden Seidenbäusche gewickelt.
Regimenter der Schweden: Karberg, Herzog Bernhard, Wrangel, Dieshausen, Kourville, Stechnitz, Stenbach, Brandenstein, Anhalt, Löwenstein, Hofkirch. Dann Ußlar, der hessische Landgraf, Burlacher, Goldstein, Wolf von Weimar, das gelbe Leibregiment, das blaue Regiment unter Wrangel, Generalmajor Graf Brahe.
Regimenter der Deutschen: Kolloredo, Chiesa, Savelli, Gallas, Holk, achtundzwanzig Schwadronen Ungarn und Kroaten mit Isolani, vierundzwanzig Schwadronen Kürassiere mit Oktavio Pikkolomini, Strozzi, Gonzaga, Koronino.
Vom nebligen Herbstmorgen bis zum Abend acht Stunden zerhieben sich die Heere zwischen dem dünnen Mühlgraben und Floßgraben bei Markranstädt und Lützen; der Galgenberg buckelte dazwischen

mit vierzehn Riesenhaubitzen Wallensteins. Am Abend und in der Nacht standen die beiden Heere noch auf dem Feld und rissen aneinander.
Tot war Gustaf Adolf und Tausende aus allen Regimentern der Schweden und der Kaiserlichen.
Den Grafen Pappenheim donnerte eine Drahtkugel in den Tod.
Unbekümmert um die Nachrede schnurrte der Herzog davon, nach Leipzig zurück, aus Sachsen heraus.

DIE SCHWEDEN tasteten ihm auf dem Schlachtfeld nur wenig nach. Vor Schwäche konnten sie sich nicht rühren. Tage vergingen. Sie lagen in Angst. Kroaten, die Kanonen rauben wollten, verscheuchten sie. Was um Gustaf gewesen war, schwur, sich nicht zerreißen zu lassen. Oxenstirn nahm die Zügel in die Hand. Die Armee sollte Bernhard von Weimar führen. Der Winter sollte sie nicht verderben, sie wollten sich keine Furcht anmerken lassen.
In das winterliche Prag zog Wallenstein ein, hielt Gericht. Geschenke bis fünfundachtzigtausend Gulden fielen über den Grafen Merode, den Marquis de Grana, das Komargische Regiment, Brenners.
Vor dem Rathaus in Prag, auf der mit schwarzem Tuch behangenen Bühne, wurden hingerichtet elf Offiziere aus den vornehmsten Familien, die meisten vom Regiment Sparr. Eine Anzahl wurde an einen neuen Galgen gehängt, einigen der Degen unter dem Galgen zerbrochen, sie selbst für Schelme erklärt, die Namen von vierzig flüchtigen Offizieren an den Galgen geschlagen.
Die Finnen, das braune Rattengewimmel Tillys, Reiter des Stallhanske, fanden den schwerleibigen Gustaf Adolf, das abgelebte breitgequetschte Gesicht an die Erde angedrückt. Vierhundert smaländische Reiter, den Pallasch gezogen, der Rest des Regiments, an dessen Spitze er gefallen war, eskortierten ihn über Weißenfels nach Wittenberg, nach Wolgast, wo die Totenfeierlichkeiten erfolgten an dem Meere, über das er gefahren war mit Koggen Gallionen Korvetten, das Admiralsschiff Merkur mit zweiunddreißig Kanonen, dahinter Västervik, Pelikan, Apollo, Andromeda, Regenbogen, Storch, Delphin, Papagei, Schwarzer Hund.
Hier am salzigen ruhelosen Meer, unter dem Tosen der Winterstürme, hatte sich eine stumme Gesellschaft aus Metall Holz Tuchen

versammelt, um den verwesenden ausgeweideten Leib zu erwarten: hohe silberne Gueridons, florumwickelte Wachskerzen, ein Trauergerüst in der Kirche, der Katafalk, das Schmerzenspult. Lebende Menschen und Tiere wogten um die bewußtlosen Gegenstände, den bei Lützen vor Monaten zuletzt fühlenden Leib, der jetzt nicht mehr war als die Gegenstände, die für ihn geschnitzt, genäht, geschmiedet wurden. In einen Zypressensarg war die verhüllte triefende Zentnermasse von Fleisch und Knochen geschoben, auf einen samtbeschlagenen Leichenwagen gestellt. Den bloßen Degen unter dem Arm gingen die Leibgardisten voran, das Bataillenpferd folgte, die Blutfahne, Hoffuriere, Marschälle, Trabanten mit verkehrten Gewehren, Herolde, Pauker, das Wappen. Die Zipfel der Sargdecke trugen Offiziere Kavaliere in stumpfen Tüchern, ohne Handschuh neben dem schleppenden Wagen, Trabanten mit umgekehrten umflorten Partisanen. Hinter dem Wagen Marschälle mit Stäben, Minister, Hofkavaliere, Beamte, geführte schleierübergossene Frauen, deren Schleppen man trug. Die Königin, grau und weiß gekleidet.
Ihr war noch kein Sarg gezimmert wie dem toten Gemahl. Mit Entsetzen ging sie in dem Zug. In einem Zypressensarg vorn unter einer schwarzen Samtdecke, an der Offiziere zerrten, lag eine gedunsene dicke Masse, zerfließend, die ein blauschwarzes Gesicht hatte, an der Arme und Beine hingen, etwas, das an Fleisch erinnerte und das Gustaf Adolf, der starke singende jähzornige Mann, der Vater ihrer springenden kleinen Tochter, sein sollte. Es ekelte, graute sie; sie konnte nicht entrinnen, man führte sie; eine Brechneigung stieg in ihr auf; sie wurde hier vergewaltigt; blind taumelte sie am Arme ihrer Hofdamen, Zittern in den Beinmuskeln.
In das dunkle hochgeweitete Kirchenschiff hinein. Trompeter bliesen vorn: «Mit Fried' und Freud' ich fahr' dahin.»
Hinter dem kostbaren Trauergerüst riesengroß in sich bäumender Bewegung ein metallener Schmerzensmann am Kreuz; angenagelte Hände und Füße, Stöhnen aus dem offenen Mund, Blutrinnsale vor den Ohren, keuchend zusammengepreßte Rippen, muldenhaft eingezogener Leib.
Gebrüll der Kanonen.

SECHSTES BUCH

FERDINAND

WALLENSTEIN ging nicht aus Böhmen. Die Bitten, die der Wiener Geheime Rat aussprach, schon als er auf dem Marsch über Leipzig war, nicht nach Böhmen zu kommen, die Lande des Kaisers zu schonen, waren erfolglos geblieben. Es erfolgte keine Antwort, bis das ganze Heer sich über Böhmen ausgebreitet hatte, und dann eine ungenügende: es sei hier am sichersten, man könne am besten den Feind beobachten, sich selbst am raschesten wiederherstellen. Das Reich bot bessere Kreise zu Quartieren als das Erbland Böhmen; aber der Herzog lehnte Verhandlungen ab. Er dehnte sogar die Quartiere über Mähren aus. Niemand in Wien hatte etwas anderes erwartet; man erschrak doch, als es eintrat. Der Herzog war so logisch wie ein Verhängnis geworden. Er wollte auf die rascheste Weise den Kaiser unter die Sohlen nehmen. Die Einnahmen des Kaisers, seine einzigen, aus den Erblanden, wollte er zum Schrumpfen bringen, aus der schweren Verschuldung eine förmliche Armut machen. Der grausame Wucherer und Geldeintreiber stand über ihnen.
Bittreisen nach Prag und Gitschin traten der Abt von Kremsmünster, Breuner und dann persönlich Trautmannsdorf im Winter an. Trautmannsdorf war der Gast des Feldhauptmanns in der heiligen Zeit der zwölf Nächte; sie hatten gemeinsam Spaß an den ländlichen Gewohnheiten. Die Kinder liefen mit geschwärzten Gesichtern vor die Häuser, holten sich Gebratenes. Ernsthaft stiegen Männer von Baum zu Baum auf den Chausseen, umwickelten sie mit Stroh, um sie vor dem Bösen zu bewahren. Trautmannsdorf horchte an dem Herzog wie an einem interessanten Naturgegenstand herum, unternahm es dann, ihn zu verlocken, ihm gütlich zuzusprechen, damit doch diese sonderbare große Erscheinung Wien nicht verloren ginge. Es sei unendlich schade, sagte er offen, daß sie nicht Freunde sein könnten; es seien Fehler vorgekommen, Mißverständnisse; man könnte erwägen, die Dinge zurückzubiegen und auf ein vernünftiges Geleis zu kommen. Er redete sich, klug phantastisch, wie er war, in eine Wärme hinein, die beinah herzlich war, aber leicht in eine respektvoll beobachtende Entfernung zurückging. Er sah darauf nichts am Herzog; es schien ihm nur, als ob er den Friedland reize; sie sahen sich tagelang nicht; bei neuen Begegnungen war der Herzog, wie er immer war – höflich, falsch, zu Drohungen geneigt, undurchdringlich. An der Maßnahme der Belegung Böhmens und Mährens wurde nichts geändert. Der Böhme hielt fest, es sei nach den Abmachungen sein Recht, sich in die Erblande zurückzuziehen. Trautmannsdorf er-

kannte, daß also Wallenstein schon früher diesen Plan gehabt hatte, staunte den Böhmen an.

Da er angeblich für neue Rüstungen nicht flüssig sei, verlangte der Friedländer die rasche Eintreibung bestimmter Beträge durch den Reichshofrat. Bevor sich Abt Anton zu dieser schlimmen Maßregel entschloß, wandte er sich an den spanischen Botschafter, was man antworten solle nach Prag. Der erklärte sehr geheim, man sei in Madrid gewiß geneigt und habe es den drängenden Herren Eggenberg und Trautmannsdorf versprochen, den Kaiser gegen etwaige friedländische Übergriffe zu schützen, aber bisher sei doch die Lage nicht dringend; unbotmäßig sei der Herzog nicht; man wolle einmal sehen, wie er sich gegen das spanische Heer für die Niederlande verhalten werde, das bald aus Mailand heranrücken werde.

Seufzend sah der kleine Abt, daß Spanien wieder nur seine Interessen vertrat; die Beträge mußten eingetrieben werden. Schatz- und Säkkelmeister bekamen Befehl, die Auflagen an den Friedländer zu zahlen. Nieder- und Oberösterreich mußten steuern in einer nicht gekannten Weise: Karossen- und Kutschensteuern wurden eingeführt, Schlittensteuern; jeder Eimer Ungarwein schlug für den Kaiser mit fünfzehn Kreuzern auf, Bankiers und Juden entrichteten eine zweiprozentige Vermögensabgabe, fünf Gulden hatten in allen Erblanden zu zahlen Baumeister, Organisten, Schulmeister, Musikanten, Spielleute, Mesner, Rauchfangkehrer; zweiundfünfzigtausend Gulden monatliche Kontribution die Bauernschaft in Oberösterreich. Und wie man nicht wußte, woher noch mehr nehmen, als die Beträge für den kaiserlichen Hofstaat und die herzoglichen Ansprüche nicht reichten, kam aus Gitschin die höhnische Anregung: Vermögenskonfiskationen aus religiösen Gründen vorzunehmen. Anton und andere Herren rebellierten; nur die Jesuiten bissen, wie sie es hörten, scharf an. «Wie hat sich der Herzog geändert», lachten sie heftig, «wie hat er sich gesträubt bei der Restitution der kirchlichen Güter.» Die Kalamität in einigen Hofämtern wurde unmittelbar dringend; man ließ sich stoßen.

Ein kaiserliches Patent im Beginn des neuen Jahres bestimmte für das Herzogtum Österreich unter der Enns, daß jede adlige Person, die nicht der heiligen römisch-katholischen alleinseligmachenden Religion zugetan sei, binnen vierzehn Tagen bei Verlust ihrer adligen Freiheiten, bei Vermeidung kaiserlicher höchster Ungnade, Leib- und Geldstrafe sich in Person durch den Hofkammer-Türhüter anmelden lassen solle. Wer sich nicht bequemte, wurde verwiesen oder hatte einen

Revers zu unterschreiben, in Kürze das Land zu verlassen; von seinem Vermögen fiel ein Teil an den Kaiser. Nichtkatholische fremde Kaufleute wurden ohne weiteres Landes verwiesen unter Konfiskation ihrer Handelsware und eines beliebigen Teils ihres Geldbesitzes.
Den meisten Räten wurde flau bei der Maßnahme; vor den Berechnungen der Finanzleute wichen sie zurück. Nur einige am Hofe wußten, daß man schon in Verhandlungen stand mit reichen Männern, getrieben von Wallenstein, um Städte zu verkaufen, in Ungarn und anderswo, die sich unter kaiserlichen Schutz gestellt hatten, kaiserliche Schutzstädte – ein tief beschämendes Vorhaben, vor dem man immer wieder zurückzuckte.

AUS NÜRNBERG war von dem Schweden der Mann abgewichen, den er «Majestät», «Königliche Würde von Böhmen» nannte, der Pfälzer Friedrich. War gegangen, weil es ihn nicht reizte, noch mehr von der schwedischen Herrschaft zu sehen. Mit der englischen Elisabeth reiste er gemächlich auf Frankfurt.
Seltener wurden die schwedischen Streifkorps; er wurde ruhiger, gewann es manchmal über sich, seine Frau anzublicken. Die klagte viel, daß man den Schweden verlassen habe und welche Irrwege Friedrich jetzt gehen wolle, wo er nicht mehr jung war. Sie fuhren durch die traurige Herbstlandschaft in den offenen Karossen; Friedrich lag nach rückwärts bis über die Ohren in Pelze gehüllt; sie blickte aufrecht sitzend rechts und links, machte ein schnippisches enttäuschtes Gesicht, gähnte viel, klopfte mit den Füßen. «In Frankfurt wird es besser sein», lächelte Friedrich.
Und sie war auch beruhigt, als in dem schönen Quartier, das die reiche freie Stadt ihnen zur Verfügung stellte, ihr alter Freund, der galante graubärtige Ludwig Kamerarius, der lange in Hamburg und Stockholm gewohnt hatte, vorsprach. Er hatte wohl einen dringenden Auftrag schwedischerseits, sich des Pfälzers zu versichern und dafür Sorge zu tragen, daß er der schwedischen Sache nicht abtrünnig werde. Ein lächelnder spöttischer Herr, klug und überall interessiert, liebevoll, bewegte er sich um seine pfälzische Herrschaft, zeigte ihnen frankfurtische Kuriosa, kaufte Pferde für die Dame, trieb von unbekannter Seite für sie Gelder auf, sorgte für Pracht im Quartier, arrangierte Unterhaltungen für die Damen des Gefolges. Inzwischen bewachte er

mit dem kleinen entschlossenen Rusdorf die Korrespondenz des Pfälzer Kurfürsten, besonders als es schien, daß Friedrich, ohne ein Wort davon zu verlautbaren, an mehrere Verwandte schrieb, denen er lange nicht geschrieben hatte, Männer, die mit dem Kaiserhof in einiger Verbindung standen.
Rusdorf war außer sich: «Die schwedische Majestät ist daran schuld. Der Kurfürst war dem König in allen Dingen freundwillig. Da hat der König den Bogen überspannt. Der Kurfürst verdenkt dem Schweden nicht, daß er sich einige Genugtuung für seine Auslagen und Opfer im Reiche verschafft, aber es scheint um mehr als bloße Genugtuung und Kostenersatz zu gehen». «Wie könnt Ihr das sagen», Kamerarius lächelte zurückhaltend. «Zunächst wird ja gefochten und der Friedenskongreß ist noch in weitem Felde.» «Und er wird uns niemals beschert sein, wenn der Eigennutz und die Selbstsucht in so gräßlicher Weise triumphiert. Die sächsische Durchlaucht hat längst gerochen, worauf der Schwede hinaus will: uns deutsche Protestanten unter seinen Hut zu bringen. Und das will unser gnädiger Herr nicht. Und sagt selbst, Kamerarius, hat er nicht recht.» «Der Krieg ist noch lange nicht zu Ende. Es kommt alles in ein Gleichgewicht. Man soll nicht das Gute aufgeben, um das Bessere zu suchen».
Rusdorf trat dicht an Kamerarius, der an seinem Stuhl stand und sich den grauen Bart strich, flüsterte erregt: «Ich habe nicht weniger Geld von Schweden bekommen als Ihr. Gewiß. Ihr braucht nicht staunen. Ich weiß, daß er Euch zahlt. Mich zahlt er längst. Viel behalte ich nicht. Ich wäre ein reicher Mann, wenn ich alles hätte, was unser gnädiger Herr mir schuldig ist. Ich nehme es für nichts weiter an. Ich weiß ja auch, daß Ihr daran denkt, wenn Ihr schwedisches Geld empfangt; es ist unser Herr und wir sind nicht so unglücklich wie er. Aber Ihr übertreibt: Ihr habt darum nicht nötig, so dem Schweden zu dienen. Was wir nicht verhindern können, können wir nicht verhindern. Sucht der Kurfürst Anschluß an den Kaiser und ist der Kaiser gnädig: mit Gott! Wir haben genug geduldet; Ihr seid grau wie ich geworden.» Kopfschüttelnd schritt der andere durch das Zimmer, untersuchte, ob die Türe fest geschlossen war: «Schon gut. Wir sind einer Meinung. Er wird den Anschluß nicht finden.» Die Fäuste ballend Rusdorf: «Und ist dies richtig, was der Schwede in Nürnberg erklärte als sein erstes und letztes Wort?» «Was ist das?» «Wieviel er vom kurpfälzischen Besitz am Rhein behalten wird?» «Nun?» Er bedrängte den andern, bis der den Mund auftat: «Wir werden nicht mehr hergeben, als wir müs-

sen. – Vielleicht ist es nicht so töricht, wenn wir unserem Herrn eine kleine Korrespondenz mit dem Kaiser gestatten. Und davon etwas verlauten lassen.» Sprühend Rusdorf: «Wir sind in Wucherhänden beim Schweden.» «Seid nicht so laut.» «Es ist Zeit, laut zu werden. Er ist nicht besser als die britischen Herren, die uns kujoniert haben, mich und Pavel.» Kamerarius drückte ihm die Hand: «Einigkeit, Rusdorf.»

Aber kaum schrieb der Kurfürst, kaum öffnete er einen Brief. Er freute sich der Stadt, trank viel, war herzlich mit seiner Frau Elisabeth. Dann erlag das pfälzische Quartier der Nachricht vom Tode Gustafs in Sachsen. Im Augenblick fiel alles in Zuckungen: ratlos schweifte man umeinander. Die Kurfürstin drängte, weiterzureisen, nach dem Haag, verlangte fort nach England, schmähte das Reich.

Da begann Friedrich lebhafter die Wiener Korrespondenz aufzunehmen. Ungestört festierte er in seinem Quartier, die Engländerin betäubte ihre Erregtheit in heftigen Vergnügungen, pompösen Reitereien, Schlittenfahrten und Späßen, die sie zum Getuschel der Stadt machten.

Gegen Weihnachten wollte eines Abends Friedrich seinen Trinkkumpanen in einem sonderbar heftigen Drange seine Ansicht über den toten Gustaf, über die Kriegsdinge und allerlei sonst sagen. Es kam aber niemand, sie waren zu Festlichkeiten in der Stadt verstreut. Er saß allein mit seinem Narren, der auf dem Stühlchen bald einschlief. «Ich habe so heftig und herzlich ihnen allerlei zu sagen», dachte Friedrich; er wußte nicht was; alles nahm solchen guten Verlauf, er kam zum Reich zurück, er hatte ein großes Ungestüm in sich.

Wie dann der nächste Morgen graute, setzte er sich in den ungeheuren Saal, in dem Becher Hüte Degen herumlagen, zog eine Kanne an sich, fing zu trinken an. Die anderen würden schon kommen, er würde auf sie warten. Er trank. Auf einem Thronsessel saß er, den er sich in einen Winkel geschoben hatte. In die Ecke geduckt saß er.

Die Sonne schien hell, als Elisabeth hinten die Tür öffnete. Die kurze Nase vor Kälte gerötet, die schwarze hohe Pelzmütze über die Ohren gezogen, blonde Stirnlöckchen zwischen die Augen fliegend. Sie stolperte über einen schlafenden Lakaien; drei Taburette standen auf dem Kopf; die Matten auf dem Parkett waren zu Türmen verschoben. Das perlenbezogene silbergraue Seidenkleid mit beiden Händen anhebend, strich sie zu dem Thronsessel herüber, an dessen Außenseite eine Hand baumelte. Sein Gesicht – sie hatte ihn seit Tagen nicht gesehen – blickte sie ernst und klar an, so daß ihr Herz freudenvoll erbebte. Sie zog ihre weißen Handschuhe aus, wischte ihm das weinbespritzte Haar ab, wischte ihm den fetten schweißbestandenen Hals unter der zerknickten spanischen Krause und faßte ihn, wie er sie nur stumm ernst anblickte, am Kinn, um ihn auf den Mund zu küssen. Sein Nacken war weich und schwer, der Kopf wich an der Rückwand des Sessels leicht links ab. Vornübergebeugt zu ihm, die pelzbezogene Wange an seinem Gesicht, rief sie nach rückwärts: «Tischwart, Schenk, Wein.» Da wehrte es ab «Nicht, nicht» aus dem Munde vor ihr, aus dem Körper vor ihr. Der Körper hob sich wenig, sie abdrängend, auf die Füße. Er strahlte sie innig, armhebend an, blieb starr mit dem Blick auf sie. Sein Mund ging auf, er schien lachen zu wollen oder zu weinen oder trübselig zu klagen. Die Nase, die Oberlippe hob sich in einem Weh. Er plumpte schwer zurück. Sein Hals, sein Kopf lief rotblau an, schwoll unter leisen, dann heftigen Zuckungen der Wangenmuskeln, rollte, während sich die blauen Augen trübten, von der rechten Schulter auf die Brust. Die Beine standen eingeknickt unter dem Sessel, der Körper schien herabrutschen zu wollen. Lautes Schnarchen, der linke Arm griff abwärts in die Luft neben einem Sesselbein. Die Fürstin schrie angstvoll mit zusammengebissenen Zähnen auf. Dann torkelte der Kopf mit einem brüsken Stoß wieder auf die Schulter, die Wange zuckte noch, die weißlichen Augen stellten sich blicklos in eine Ecke, der ganze Körper wiegte sich leicht in einigen Wellen.

Sie stand da, ging nicht weg, biß sich auf die Finger, watete langsam durch den Saal zurück, immer mit gedankenlos bebenden Bewegungen der Arme, erst an der Türe sich umdrehend, als es hinten dröhnte und polterte und der Mann in der Ecke kopfaufschlagend auf das Parkett rutschte. Sie ging, ohne zu sehen, über den Hof, indem sie sich den Nasenrücken rieb, den Schnee von ihrer Schleppe schüttelte. Bei jedem vierten fünften Schritt blickte sie rückwärts, an sich herunter, schüttelte die Schleppe.

Ein Roßbube sah sie vom Stall aus gehen, pfiff zwei aus dem Fenster schauenden Damen, wies stirnrunzelnd auf die langsam wandernde Frau. Die zitternden weißen Damen legten die Hände an ihre fortzuckenden Arme. Sie schrie auf, knirschte mit den Zähnen, stürzte, wälzte sich nach einigem Stöhnen in sie hinein.

In wien wuchs nach dem Tode Gustafs und des Pfälzers die kriegerische Stimmung. Nicht einmal die Wissenden an der Spitze taten ihr Einhalt. Die Waffenerfolge der kaiserlichen Armada schollen durch Europa.
Der Heilige Vater in Rom, der eben Wien kalt abgewiesen hatte, hatte es fast zu einem Bruch auch mit Spanien kommen lassen, als ihn der brutale spanische Gesandte Borgia, der Kardinal, unverblümt im Konsistorium der Herzlosigkeit und Saumseligkeit gegen katholische Interessen zieh. Urban, der große buschbärtige Kriegsmann, wußte, daß das Schlachtenglück wechseln könne. Hielt, den Kardinal aus Rom verjagend, mit einem letzten Entschluß an. Nun kirrte den Goten dieser andere Barbar, der Friedländer, der Mantua hatte verwüsten lassen; es schien fast, als ob er der Lage in Deutschland Herr werden würde. Ein Breve Urbans traf in Wien ein, der Nuntius las in der Burg dem Kaiser Ferdinand und seinem stolzen, feierlichen Hofe vor, was der Papst unter dem Fischerringe im zehnten Jahre seines Pontifikats verkündete: welche Wohltat allen verliehen sei durch den Tod Gustafs. Dem Sitz Seiner Heiligkeit hätten sich die Klagen und der Jammer seiner Söhne genähert und wären seinem Gemüt zu beständiger Trauer vorgeschwebt. Der ganze christliche Erdkreis empfände Genugtuung, der mit Schrecken vernommen habe, daß ein König als Feind des katholischen Namens, trotzend auf seine Waffenmacht und seine Siege, von den Ufern des baltischen Meeres bis zum Fuß der Alpen alles mit Feuer und Schwert verwüstend, sich rühmen durfte, den ganzen Landstrich mit höchster Schnelligkeit unterworfen zu haben. «Darum haben wir in der Kirche der allerseligsten Jungfrau Maria dell'Anima der deutschen Nation mit hoher Freude das heilige Meßopfer dargebracht und zugleich mit unseren geliebten Söhnen, den Kardinälen der heiligen Kirche, und dem stark zugeströmten römischen Volke für die große Wohltat Gott unseren Dank dargebracht.»
Ferdinand, freundlich still auf seiner pupurbezogenen Bank dem klobigen Redner zuhörend, küßte ihm aufstehend die behaarte Hand. Schweigend, als wenn er sich besinne, sanft stand er eine kleine Weile vor dem verbindlich wartenden Mann, um langsam von sich zu geben: «Lasset uns in Demut voranschreiten und in Ergebung Gott die Sachen befehlen.»
Hinter ihm Siegeslärm. Mit Unruhe bemerkte der Nuntius, der eine klägliche Rolle spielte, welche Wellen die Erregung schlug; er sah sich

genötigt, abzureisen. Die Väter vom Orden Jesu verlangten, wo sie sich am Hofe sehen ließen, Krieg bis zur Vernichtung des schwedischen Heeres. Die traurigen Meldungen aus Bayern hatten sie in äußersten Zorn gebracht; sie ließen an allen Stellen, die ihnen zugänglich waren, beim Beichtvater des Kaisers, der Kaiserin, des ungarischen Königspaares, bei den anwesenden Herren des Zivilstaates, besonders beim Grafen Schlick, dem Präsidenten des Hofkriegsrates, erklären, daß in allen eroberten Gebieten als Schadenersatz die höchsten erträglichen Kontributionen eingetrieben werden müßten; jeder protestantische Besitz dort müsse der Konfiskation verfallen. Des Herzogs von Friedland, der die religiösen Vermögenskonfiskationen angeraten hatte, fühlten sie sich gar nicht sicher. Sie gedachten jetzt ihn mit Gewalt zu sich zu zwingen und ihre Position auszunützen. Bei Regensburg hatte er ihre Macht gefühlt; er sollte nicht glauben, jetzt seiner unberechenbaren Laune und bloß militärischen Politik folgen zu dürfen. Die Herren am Kolleg formierten eine Spezialdeputation aus sich, bestehend aus dem Provinzial, einigen Rektoren und Präfekten, die in einer Schrift niederlegten, wie der Krieg zum Ruhme der katholischen heiligen Kirche zu einer Entscheidung geführt werden müsse, wobei weder Gut noch Blut eine Rolle spielen dürfe. Wie ihre Beteiligung und Eingreifen nicht in solchem Augenblick als anmaßlich gelten könne, besonders wenn man mit Azorius, Kornelius a Lapide, Santarelli der Auffassung sei, daß die Menschheit ein übernatürliches Ziel habe und die Geistlichen Vertreter des höchsten Erdenkönigs, des Papstes, seien. Sie sprächen aus dem Sinne ihres Generals. Und wenn dies, was sie erwähnt hätten über die Beendigung des Krieges, schon sicher sei, so noch mehr, was die sächsischen Punkte anlange. Und nun folgte ein zornsprühender Erguß über des Herzogs von Friedland Liebden Verhandlungen mit dem Kursachsen, einem Häuptling und der Stütze der Ketzer im Reich neben dem von Gott und der Jungfrau weggerafften und in das Höllenpech verstoßenen schwedischen König.

Aus Residenzhäusern Bursen Kollegien quollen die gelehrten Streiter, scharfe Gesichter, breite langsame Menschen, heiße Augen, strenger Blick, entschlossene Münder. Lange schwarze Kleider, offenes Obergewand, sehr weite Ärmel, Unterkleider talarartig mit offenen Überröcken, flachrandige Krempenhüte, Krempen mit Schnüren rechts und links hochgebogen, schwarze viereckige Mützen. In die große Aula des Profoßhauses flossen sie ein; von weißem Stuck war sie

ausgekleidet, phantastische Heiligensonnen waren in üppigen Farben auf den meterbreiten Wandbildern gemalt, Maria stand überlebensgroß mit goldenem Gesicht, weißen Seidenkleidern, schmucküberladen unter einer rubinbesetzten Krone auf einer getigerten Marmorsäule hinter dem Katheder an der Wand. Sie sangen ein Lied zum Preis Marias, als sie sich nebeneinander barhäuptig auf die knarrenden Bänke gesetzt hatten.
Der schwammige Beichtvater der Königin von Ungarn sprach: Wohin Jesuiten kämen im Reich, sollten sie auf die Gefahren hinweisen, vor Fürsten und Untertanen, in denen das Reich schwebe. Die höchste Gewalt, hätte der große Mariane erklärt, liege beim Volk, das einen rechten Gebrauch von seiner Einsicht machen müsse. Führer und Herrscher könnten so irren wie jeder Mensch und ebenso in Sünde verfallen. Die Armeen sind nicht zum Dienst der Herrscher und Heerführer, sondern des ganzen Volkes. Nur dann darf sich der Heerführer ihrer ungestört bedienen, wenn er des Vertrauens des Volkes sicher sein kann. Wenn er aber gegen den Willen und das Glück des Volkes handelt, muß sich das Volk und ebenso das Heer von ihm abwenden und ein Fluch über ihn ausgesprochen werden. Ein doppeltes Gesicht, wie der heidnische Götze Janus, habe der kaiserliche Oberste Generalfeldhauptmann von Wallenstein, der Herzog zu Friedland; eins blicke liebreich der Heiligen Kirche und ihren geweihten Söhnen in die Augen, die Hände verschwenden Gaben an sie wie wenige Fürsten. Das andere Gesicht aber ließe Hauer aus dem Maul herabstoßen, blicke und grinse gierig und gehässig; die Hände dieser Seite ringen mit denen der anderen, und wem hier ein Scheffel Korn geschenkt sei, rauben diese wütigen eisernen Arme zwei drei. Dieser liebreiche Mund spricht das Ave und den Rosenkranz, dieser Kopf senkt sich fromm bei der beseligenden Darbringung des Opfers – jenes grimmige Maul hat nur Freude an dem Trübsinn der Ketzer, lobt ihre bösen Begierden und Ansprüche, und der Kopf ist von Anschlägen auf die Freiheit und Macht der süßen katholischen Kirche voll. Solch Mensch sei er, entstanden auf böhmischem Boden, mit Sorgen hätte man ihn dem falschen Glauben entrissen, aber nicht entschlossen genug das widrige Unkraut mit der Hacke gejätet. Der zum Schmerz aller Frommen mit dem sächsischen Kurhut bedeckte trunkene Ketzer, Johann Georg benannt, glaubt Anspruch auf Güter und Gebiete zu haben, die er und seine Vorfahren der katholischen Kirche in ihrer einstigen Schwäche gestohlen haben. «Oh, grenzenlos war der Schmerz, als uns diese Stif-

ter, Klöster und Güter geraubt wurden, viele verzagten an dem Glück unseres Schiffleins. Grenzenlos ist unser Frohlocken, wo uns unsere Habe wieder zufallen soll auf den Spruch eines weisen gerechten frommen herrlichen Kaisers. Aber der doppelgesichtige Mann hat unser Verderben vor. Er will sich mit dem Ketzer in Dresden über den Raub verständigen und sich mit seinem eigenen Gewinn rechtzeitig aus dem Krieg schleichen. Ihm liegt nicht an Sieg und Niederlage. Wir hören es von allen Seiten. Ja, er will Frieden, und wenn der Friede auch die Ohnmacht und Schmach unserer heiligen Kirche besiegeln soll.»

Darauf sangen sie ein lateinisches Lied, indem sie aufstanden. Sie sprachen in Gruppen. Der große hinkende Luxemburger, Beichtvater der Römischen Majestät, trat während der Rede in den Saal, blieb an der Tür stehen, mischte sich horchend in die Gruppen. Er hatte ein unentschlossenes müdes Gesicht und sprach kein Wort.

Als sie sich niedergesetzt hatten, sank ihr Tuscheln vor der scharfen aufreizenden Stimme eines Rektors. Wie Fanfaren fing er an: «Ecclesia militans! Ecclesia militans! Das sind die Diener der Jesusgesellschaft. Wir, wir! Ein Fähnlein hat uns unser geheiligter Stifter genannt, die Sturmkompagnie des Papstes sollen wir bilden zum Kampf gegen die Heiden im Ausland und in der Christenheit. Kein Frieden! Kampf unser Ruf, bis zum Sieg des Papstes. Wir stehen dem ungeheuersten Geschick gegenüber: der gewaltige Krieger des Kaisers will uns zum Frieden zwingen. Wir sollen aufhören zu sein. Die Kirche soll verkrüppeln. Wir werden nicht aufhören zu leben, sein Reichtum soll uns nicht töten, Armut wird das Bollwerk unserer Kompagnie sein. Es sind Boten aus Sachsen zu uns gekommen, Boten aus Böhmen, die erkennen lassen, daß der Kampf auf Bestehen und Vergehen jetzt entbrennen soll; der Krieger des Kaisers hat ihn uns angesagt. Er will das Reich einigen. Wir sind katholisch und bleiben katholisch. Daran scheitert alle Einigkeit. Die Lauheit seines Religionsfriedens entlarven wir: sie deckt die Niederlage des alleinseligmachenden Glaubens. Ecclesia militans! Provinzial, Professoren, Magister, Adjutoren: die Armeen des böhmischen Wallenstein marschieren gegen uns. Ich rufe auf: wollt ihr weniger sein als seine Feldzeugmeister, Wachtmeister, Obersten, Hauptleute, Leutnants und Kornetts. Der Geist gegen Waffen! Die Seligkeit gegen Politik! Im Zeichen des heiligen Ignaz: wir werden des Friedländers Herr werden.»

Sie murmelten freudig, bildeten gestikulierend Gruppen, von den

Bänken aufstehend. Der bayrische Doktor Leuker war in Wien, von dem jungen Kuttner begleitet. Maximilian hatte seinen jungen Gehilfen ungern gehen lassen. Der vermochte das hilflose Herumsitzen in den kaiserlichen Räumen des Münchener Palastes nicht zu ertragen, konnte die schreckliche Vereinsamung, in der sich sein Herr befand, nicht ansehen, und ohne zu bedenken, daß er seinem Herrn die einzige Fröhlichkeit der langen langen Wochen war, riß er sich los, reiste nach Wien, zu Leuker, um auf eigene Faust etwas zu unternehmen. Der Jesuitenspektakel gefiel ihm, die Väter begriffen den Augenblick, waren nicht mächtig genug. Er suchte aufzustöbern, wer Bayern helfen wollte. Wie Doktor Leuker, ratlos wie er, herumwanderte bei den Herren des engeren Konferenzrates, des Hofkriegsrates und der Kammer, fand der scharf beobachtende Resident, daß man ihn zu Klagen über den Generalissimus förmlich anregte. Als wenn man eine Genugtuung darin fände, solche Klagen zu hören. Man wollte etwas auch von ihm, als geheimem Verbündeten gegen irgend jemand. Er sah rechts und links: es ging etwas am Hof gegen den Herzog vor. Man wurde nicht deutlich.

In diesen Tagen begegneten sich in den Burgkorridoren der bayrische Resident und der böhmische Oberstlandmeister Wilhelm Slawata. Langsam schritten sie durch die Höfe in die Stadt. Der Graf zog den Bayern mit sich. Er sprach Gleichgültiges, suchte die Gesinnung des anderen zu erforschen. Sie trieben im Gedränge der inneren Stadt hin und her, umgingen mehrmals die Pestsäule am Graben, in schwere Pelze gemummt; wichen vor den Gesellen des Rumormeisters, die auf sie aufmerksam wurden, nach dem Hohen Markt, zwischen dessen Krämergeschrei sie verschwanden.

Wie die Kurfürstliche Durchlaucht zu Bayern ihre schweren Verluste verwunden habe, fragte der schöne Slawata, und was sie weiter zu tun vorhabe. Der Bayer klagte heimlich: das sei ja das Unglück; Bayern sei verbündet mit Habsburg und so sei alles glatt; aber wer könne denn verschweigen, daß dieses Bündnis zum Lachen wäre. Im Ernst: niemals sei es dem Kurfürsten Maximilian so schlimm gegangen wie in dem Feldzug des verflossenen Jahres; alle die ihn vor Nürnberg begleitet hätten, hätten darüber lamentiert. Er begann die Zahl der Kränkungen weitläufig aufzuzählen, die der Friedländer dem Kurbayern bei Zirndorf und schon vorher, von Eger her, angeboten hätte; halbtot, hätte Maximilian seinem Vater gesagt, sei er von dem rachsüchtigen Mann gequält worden. Ja, es sei ein Unglück, meinte verstohlen

lächelnd der andere, in die Hände seines Feindes zu fallen, denn man könne es ja dem Friedländer nicht verdenken, wenn er den Regensburger Konvent nicht so leicht vergesse.
Indem sie über den Lobkowitzer Markt zwischen den Hühnerkörben streiften, begegnete ihnen der lustig durch den Schnee schlurfende Kuttner, der in einfacher federloser Kappe und ohne Degen ging und lachend gestand, er sei auf Diebeswegen und wolle in die Rotenturmstraße, wo es den schönsten Honigtrank in einem Metkeller gebe. Der dunkel blickende Slawata wurde zum ersten Male des rotwangigen Menschen ansichtig. Sie reichten sich die Fingerspitzen. Nach kurzem Plaudern wollte Kuttner weiter. Da schlug Slawata einen gemeinsamen Weg nach der Rotenturmstraße vor; Leuker nahm nach einigem Wandern Urlaub, da der böhmische Herr wesentlich mit dem jungen unbedeutenden Fant sprach. Der Böhme hatte sich an Kuttner verhakt. Etwas lockte ihn an dem Knaben.
Vor der Wirtshaustonne mit Met gab der gesprächige Kuttner Schnurren von sich; wie er zuerst von dem sonderbaren Zwergenprofessor, dem Genueser Licetius, hierher geführt sei, der ihm allerlei Taschenkunststücke vorgemacht habe und so weiter. Nach Maximilian gefragt, wurde er stiller, äußerte sich dann in heftigem Schmerz, wie er den Kurfürsten verlassen habe, daß solch Unglück über den frommen klugen tiefen Mann habe hereinbrechen können. Nun säße er wieder in München; wie lange, und die Schweden seien von irgendeiner Seite wieder da; wer könne dies mit ansehen, er sei fast davongelaufen. Das nahm, im dunklen Winkel sitzend, den Pelz über den Knien, Slawata mit niedergeschlagenen Augen entgegen; mit seinen stumpfen samtnen Blicken betrachtete er gelegentlich rasch den erhitzten Jüngling. Er drängte den andern auf den Weg, den er wollte, und als der nicht weiterfand, meinte er zweideutig vor sich lächelnd, an einem Lebküchel spielend, man sei ebenso weit wie vor Jahren in Regensburg; Karthago müsse zerstört werden. Kuttner fand das fast naiv, von der Art der Jesuitenväter; unwillig fragte er, ob man nichts Konkretes zur Abhilfe wisse. – Noch einmal, Karthago müsse zerstört werden. – Gutmütig gab der Bayer zu, es könne auch das Haus Habsburg abgesetzt werden; was solle zunächst geschehen. – Soll also Karthago zerstört werden oder nicht? – Nun ja; der Bayer lachte und trank; aber zur Sache. Darauf wollte aber der zähe sehr langsame Vornehme nicht eingehen; sie müßten sich erst über das Prinzip einig sein. Und da erst, auf diese unbeirrbare Dringlichkeit und Gewißheit, wurde Kuttner un-

sicher, hörte auf, an seinem Becher zu ziehen, betrachtete den feinen kopfsenkenden Mann vor sich genau. Was also.
Slawata merkte den Umschwung in dem andern, blickte ihn von unten fest an; wie es nunmehr mit Karthago stünde. – Man kann es vielleicht zerstören; es scheint, als ob auch der bayrische Herr das wünscht. – «Man kann» und «vielleicht» und «es scheint», die bayrische Durchlaucht hat nichts Sehnlicheres als dies; man kann nicht, man wird, und wird müssen. Oder? – «Ihr denkt, Ihr kluger junger Herr, sogar ein Oder. Dieses Oder, das etwas von einer Sintflut an sich hat. Wißt, ich denke nicht im Schlaf an dies Oder. Mir ist es nicht von Gott verliehen, so weit zu denken.» «So, meint Ihr, steht es.» «Es wird ja schon von vielen begriffen; sie warten aber so lange und freuen sich so lange am Begreifen, bis es nichts mehr zum Begreifen gibt.»
Kuttner, über die Tonne gebückt, tippte mit dem Zeigefinger der linken Hand eine Weile rhythmisch auf das Holz. «Weiter», brachte er heraus. Slawata erhob sich, warf ein Silberstück auf den Schanktisch; sie trabten durch die schnell sich verdichtende Dunkelheit.
Als der Böhme allein auf sein Quartier zog, wunderte er sich über dieses plötzliche Winterabenteuer, das Sitzen in einer Metstube, den kekken eigentümlich herzlichen und kindlichen Kuttner. Wie war er plötzlich in dieses Gespräch mit dem Knaben hineingezogen worden. Er hatte etwas Schönes Süßes Lyrisches an sich; es zwang ihn hinein, und jetzt schwang noch das Freudige rätselhaft Belebende davon in ihm. Als wenn er selbst junge glückliche Wege schwebte. So dachte er, im dunklen Erker sitzend. Es hat beinah nichts mit dem Friedländer zu tun, dachte er in sich, sich zärtlich betrachtend; es ist für sich genug. Während sein Gesicht im Dunkeln ein Lächeln war, dachte und träumte er: ich werde den Friedländer mit dem jungen Knaben umwinden; er ist meine Waffe. Was habe ich denn für Waffen gegen den Friedländer. Ich bin auch nur eine Nachtigall, die um den Löwen fliegt. Was wird das für ein sonderbarer Tod des Löwen werden, wenn ich ihn töte. Und er freute sich an dem schönen weichen Vorgang. Und was will ich auch von dem gelben starken Löwen; was tut er mir. Wieviel fehlt dazu, daß ich ihn anbete. Aber ich bin dabei und bin im Begriff, ihn zu töten. Es ist sonderbar, die Dinge sind in dem Laufe, gerade in diesem Laufe.

ZUR FASTNACHT wurde im friedländischen Palast eine Maskerade abgehalten. Türken Ungarn wilde Männer Kobolde drängten sich, der Satan schlich in rotem Kostüm mit entsetzlich schlagendem Schwanz dazwischen. Bei dem Narrengericht auf einer Bühne im geheizten Treppenflur wurde gegen einen grünhaarigen Wassermann verhandelt, der sich weigerte, die Ehe unter Menschen anzuerkennen und schließlich unter Toben und Gewieher verurteilt wurde, sich mit einem schmierigen dicken Wiesel zu verheiraten. Darauf führte der ungarisch verkleidete Graf Trzka den schweren Grafen Schlick, den Präsidenten des Hofkriegsrates, der aus Wien sich eingestellt hatte, Friedland zu. Der Herzog, schrecklich anzusehen, ein Produkt seiner furchtbaren Leiden und der Rastlosigkeit, bewegte sich hinter einer Palmengruppe, ausgemergelt lang und gebeugt, auf zwei Stöcken, die kurzen Haarstoppeln schneeweiß, der spitze Kinnbart grau und weiß gemischt, über blauroten Augensäcken die kleinen spielenden Augen mit peitschenden Blicken, die Nase herabgezogen auf die dicken Lippen. Die Herzogin und einige Vornehme saßen auf Polsterstühlen um einen Tisch. Der Herzog zog den Fremden neben sich.

Während sie lebhaft sprachen, trat ein wüster Mensch aus dem Saal an ihre Gruppe heran, mit langem blonden Bart, den wilden Haarwuchs bis über die Schultern. In steifen braungelben Schäften bis an die Hüften stieg er, die Muskete trug er in der Rechten, stellte sie aufstoßend vor sich wie einen Totschläger. Er hatte sich mit dem mächtigsten weißen Kragen geputzt und einen ungeheuren Federhelm aufgesetzt, eine braune Dogge zog er mit der linken Hand beim Nacken. Er griff nach einem Becher, trank ihn aus. Dann legte er unmittelbar vor dem Tisch seine Muskete in die Gabel und schickte sich trunken lachend an, einen Schuß auf den Herzog oder den Grafen zu lösen. Mit einem Fußtritt warf im Augenblick Trzka die Gabel um.

Mit dem Menschen, der grunzte lachte gluckste, tschechisch stammelte, balgte er sich eine Minute, dann krachte ausrutschend der Strolch zwischen die Palmen hin, die sich auf dem Parkett in ihren Riesenbehältern rückwärts auseinanderschoben und raschelten. Die Herzogin in ihrem weiten roten Rock, dem weißen Mühlradkragen war aufgesprungen, hatte geschrien. Masken schwankten an. In ungestümen Sprüngen riß sich, mit den Partisanen schlagend, die Saalwache Raum, brach durch, räumte, sich immer verstärkend, einen Kreis um die herzogliche Gruppe. Zwei Pikeniere schleppten den

juchzenden Betrunkenen, der nach seinem Köter greifen wollte und rückwärts die Masken anlachte.
Der Herzog stand mit den Stöcken da, brüllend mit glitzernden Augen: «Vorbeigeraten! Graf Schlick, ha! Seht Ihr, vorbeigeraten.» Der murmelte etwas. «Seht. Wer steckt dahinter. Man wollte kommen. Sie haben es nicht gekonnt. Haha.» Friedlands wildes verzerrtes Gesicht; er schnaubte schwer, tastete sich zu einem Sitz, blickte alle an. Der halbe Saal war vor ihnen gesperrt.
Schlick, der ungeheuer schwere Mann, der Kopf war ihm abwärts zwischen die Schultern gerutscht, saß da, betrübt, mit langem weißen Bart, buschigen schwarzen Augenbrauen, die sich hochsträubten; die Arme lagen ergeben auf dem Schoß; stumpf verwittert grau saß er wie aus porösem Stein. Er brummte beruhigend, wie stark die herzogliche Leibgarde sei. Wallenstein, beide Hände auf den stehenden schweren Stöcken, noch atemknapp, bissig: man müsse sich gründlich vorsehen, im Haus nicht weniger wie im Feld; man könne nicht wissen, von welcher Seite man angegriffen würde. Ob übrigens Graf Schlick glaube, daß der schwedische König, was man sich erzähle, von seinen eigenen bestochenen Leuten erschossen sei. Der Gast nickte; vielleicht haben die Schweden oder ein Deutscher ihn beseitigt; es sei keine schlechte Kriegsmethode, den Führer zu erschlagen; das spart Kanonen. Er, knurrte Wallenstein, möge die Methode nicht; es sei doch etwas Verruchtes darin. Er schickte Trzka fort, beim Obersten der Leibgarde nachzuforschen, was man von dem Betrunkenen ermittelt habe. Noch höher hob Schlick die Schultern: ruchlos oder nicht, wer will die Mittel wählen; überall entstehe die weltliche Gewalt niedrig, durch Mord und Waffen; man wisse ja, daß die Fürsten erst mittelbar von Gottes Gnaden seien. – Was? der Herr billige solchen Mord am eigenen Herrn und Fürsten. – «Nicht doch; ich sage, solch Mord ist unvermeidlich. Bisweilen. Wenn der heilige Glaube es verlangt.» – Wallenstein kniff aufmerksam die Augen, fixierte den versunkenen Fleischblock lange: so, so; der Herr Bruder sei Anhänger der frommen Jesuväter; das freue ihn zu hören, denn er hielte zu ihrer heilsamen Lehre. – Ja, kam aus dem schweren Block, die Gewalt entstehe überall niedrig; man müsse sich an das Bessere anlehnen überall, um sich zu rechtfertigen. – Abbrechend begann der trinkende Herzog, der sich ganz beruhigt hatte, auch die verlegene Isabella zum Tanzen hinausschickte, von Bernhard von Weimar zu sprechen, der nach dem dänischen Krieg beim Kaiser wieder anklopfte, ein tapferer

junger Fürst, und jetzt hinge er am Oxenstirn. Es sei leicht, von Verrat zu sprechen. Schlick möchte am Hof dafür sorgen, daß man Leute nicht zur Verzweiflung treibe durch starrsinniges Behaupten von Gehässigkeiten. – Was der Herr Bruder meine. – Das Aufflackern der religiösen Politik. Man müsse die Protestierenden anerkennen im Reich. Er hätte davon gehört. Man müsse nicht alte Dinge aufrühren. – Verbrechen verjähren nicht. – Damit komme man nicht vorwärts. Sie hätten einen kaiserlichen und keinen katholischen Krieg zu führen. Sollen die Jesuiten den Sack selber tragen, statt einen Esel treiben zu wollen. Und als Schlick nicht antwortete, rückte Wallenstein lippenbeißend von ihm ab: die Lügen der Federfuchser; ob Schweden nicht mehr vorhanden sei, Frankreich nicht abseits warte. – Schlick lächelte zum erstenmal: der Herr Bruder möge die Jesuiten wohl nicht recht. – Friedland kaute an seinem Schnurrbart. – Stumpf blickte der graue Mensch vor sich: jedenfalls werde, den Bernhard anlangend, ein Reichsfürst wissen, was Verrat sei.
Friedland schob, die Stöcke gegen die Tischkante fallen lassend, die Arme an seinem Säbel nach vorn: nun, auch er sei Reichsfürst. Er habe ehrlich und legitim die Gewalt vom Kaiser erhalten, vertrete, wie man ihm ja nachschreie, die Monarchie und habe in Regensburg verspürt, was die Reichsfürsten könnten. Am eigenen Leibe habe er ihre, ihre Kraft verspürt. Und so singe er mit aller Ehrerbietung auch dieses Lied: es möchte ihm keiner zu nahe treten und seine Reichsfürstenschaft für nichts achten; es sei begründet: das Reich ist nichts ohne den Kaiser, aber auch nichts ohne den Fürsten. – Als Wallenstein nach langer Pause nichts zufügte, sagte Schlick, der Herzog habe in der Tat früher anders gesprochen; er wünsche ihm, daß er sein Herzogtum Mecklenburg bald von dem Schweden erobere. – Dies oder ein anderes werde ihm durch kaiserliche Gnade zufallen; er dränge auf den Frieden, nichts, nichts sei wichtiger. Sie wollten gemeinsam daran denken, dem lieben Frieden näher zu kommen.
Die Herzogin und ihre Schwester schlüpften, von Trzka geführt, heran, hatten noch Gesichtsmasken vor, kicherten von den Späßen im Saal. Der Herzog griff nach einem Stock, schrie im ersten Augenblick: «Fort mit euch!»
Finster saß er nach Schlicks Abgang neben Isabella: «Sie zahlen es mir heim. Feinde, Feinde, immer mehr Feinde. Und so soll ich zum Ende kommen.» Im Gefühl der Schwäche senkte er den Kopf, blinzelte: «Du hältst mich für böse, Isabella. Ich sehe es dir an. Ich habe Schlim-

mes in meinem Leben getan. Gott wird viel Gnade an mir üben müssen. Ich will meine Bosheit jetzt eine gute Zeit fahren lassen und den Frieden für die gequälte Welt befördern.»
Er ließ das Frühjahr anbrechen, den April vergehen, ohne sich aus Böhmen zu rühren. Es hieß, daß er seine Geldgeber und sich selbst bis zum Letzten erschöpfe. Man wußte, daß die Börsen erzählten, so könnten die Rüstungen nicht lange fortgehen; alles dränge auf den Ruin des Reiches; der Herzog werde versuchen, einen entscheidenden Schlag zu tun und dem Krieg eine entscheidende Wendung zu geben, weil er die Verhältnisse überblicke und weil besonders das Haus Habsburg vor dem nahen Bankrott stehe; er werde sich dann mit seiner gebietenden Macht als Reichsfürst und finanzielles Oberhaupt des Kontinents zurückziehen, so oder so. Dies war bekannt von ihm wie von seinen Freunden Michna und de Witte und den hinter ihnen stehenden mächtigen Geldhäusern, die gedachten, dem Krieg den Faden abzuschneiden durch Verweigerung der Kredite. Der Druck, den diese Finanzleute mit den befreundeten Börsen ausübten, sollte die Friedensneigung zum Durchbruch bringen; in ungeheurer Spannung sahen die Informierten den Dingen des Jahres entgegen; es hieß allgemein, die Würfel würden fallen. Und die Spannung wuchs um so mehr, als die Jesuitenpartei am Hofe ihren Einfluß täglich vermehrte, mit ihrem Drang, dem alleinseligmachenden Glauben zum Sieg zu verhelfen, und der Abneigung gegen Kompromisse. In Hamburg und London sagte man sich: es wird dem Herzog zu Friedland nichts nutzen, zu siegen, er wird sich mit dem kaiserlichen Hofe auseinandersetzen müssen – oder der Hof wird es mit ihm tun; das Jahr wird die Absetzung des Herzogs oder den Frieden bringen.
Einflußreiche Männer und Bürgerschaften großer Städte suchten sich der verhängnisvollen Entwicklung entgegenzuwerfen. Fromme katholische Männer Mitteldeutschlands, Bischöfe traten miteinander in Korrespondenz, faßten den verwegenen Plan, dem Jesuitentreiben am Hofe das Wasser abzugraben. Massenhaft Broschüren und Bilderbogen warfen sie unter das Volk, ließen sie an die Söldner verteilen, schickten sie den Regenten und herrschenden Körperschaften, Schriften, die Versöhnlichkeit atmeten, die Kriegsnot beklagten, mit glühenden Worten die Verantwortlichen beschworen, das Reich nicht das Letzte, den Satz des Kelches trinken zu lassen; das Verderben stünde vor der Tür; es sei die Stunde, wo Beelzebub sich zum Triumph anschicke. Die Bischöfe, die es wagten, nach Wien zu reisen und die

Väter aufzusuchen, wurden von ihnen herzlich aufgenommen, darauf mit andeutenden Worten der Tölpelei, des Micheltums geziehen. Vor der überlegenen Dialektik der Väter wichen sie; ihre Wärme kam nicht auf neben dem sengenden Feuer der Fanatiker; manche der Reisenden wurden in ihrer eigenen Auffassung wankend. Die Jesuväter kannten nur dies Ziel: reiner Glauben; sie waren schrecklich in ihrer Folgerichtigkeit, man konnte sie nicht von der Erde wegleugnen, sie zogen betörend auf allen Wegen Menschen an sich, Christentum ihre Parole: wie konnte man sich vor ihnen retten. An vielen Orten vergruben sich die Kundigen: jammernd über Deutschland, auf dessen Boden diese furchtbare Entscheidung gesucht werden sollte, und heimlich das Land segnend, dessen Menschen in sich den Drang fühlten, diesen großen Kampf auszutragen.
Träge erhob sich im Mai der Herzog aus Prag, prunkhaft wie früher: vierzehn sechsspännige Galawagen, für ihn vierzig Hofkavaliere, hundertzwanzig neulivrierte Diener; Packwagen; zehn Trompeter vorauf mit silbervergoldeten Trompeten. Bei Königgrätz musterte er die Armada: sechzig Regimenter mit vierhundertfünfundachtzig Kompagnien. Dann schob sich alles unversehens ostwärts, nordostwärts; eine kleine Armee deckte das nordwestliche Böhmen.
Nach Schlesien schob sich die Armee, auf Glatz zu. Dort hielten Kaiserliche unter Matthias Gallas gegen eine feindliche Armee: der Kern Kursachsen, von Hans Arnim von Boitzenburg kommandiert, bei ihm der weißköpfige Böhmenführer Thurn, Oberst Düwall.
Stumm ruhte Friedland ihnen gegenüber. Laues Scharmützeln, Geplänkel.
Nach zehn Tagen unterschrieben Parlamentäre in Heidersdorf einen Waffenstillstand.
Die ungeheure Maschine stand still.

GELLENDES Gekreisch, vielstimmig, in Wien.
Sie bogen sich wie Weiden zusammen, schnellten pfeifend hoch. Da stand er, stand, in Schlesien, ein Gigant an Kraft, zahllose Kompagnien, Massen von Artillerie Munition, bezahlt aus den Steuern der gepreßten Stände, rückte sich nicht, zuckte nicht, nicht einmal vor Schande über das, was geschah. Es war bewiesen: er wollte nicht, ging eigene Wege. Ein Hundsfott Verräter an allen Erbländern, an jedem Ein-

zelnen, am Habsburger Hause, am Reich, am katholischen Glauben. Man mußte ihn strafen, zwingen. Mußte ihm die Armee wegnehmen. Es mußte ein neues Haupt über die Armee gesetzt werden. Der Friedländer, der Erzschelm, mußte weg.
Mit grenzenlosem Tosen erfüllten die Jesuväter die Ämter, liefen grade und ungrade Wege, die Ruhe war aus ihren Konventen entfernt. Niemand unter ihnen, der nicht blitzartig begriffen hätte, daß in Heidersdorf auch für ihn die Würfel geworfen wurden: der Friedland mußte ihnen jetzt oder später an den Leib. Es gab keinen Ausgleich zwischen ihm und ihnen. Wie er dastand, der Koloß, entlarvt, war er ihnen scheusäliger und bedrohlicher als Schweden und Sachsen und alle Protestierenden. Sprünge der Jesuiten in ihrer Aufregung: sie suchten sich des Mannes zu versichern, der dem Friedland die Beichte abnahm, aber es kam heraus, daß er keinen ständigen Beichtvater hatte. Boten durch ihre Freunde im schlesischen Lager dem Doktor Ströpenius, Wallensteins Arzt, Geld, große geistliche Versprechungen, wenn er ihm die Sorgen der Kirche vorhielte und wie die heilige Kirche in Gefahr schwebe. Erreichten nichts, als daß sie den kleinen schon ängstlichen Arzt noch unsicherer vor dem Herzog machten und daß er beim Beginn mit dem geistlichen Sermon ein heftiges Gelächter seines Patienten auslöste.
Sie brandeten vor den Mann, den sie für den kompetentesten hielten, den Präsidenten des Kriegsrates, Kollaltos Nachfolger, den plumpen Schlick. Der wie ein Stier gläubig fragend sie anblickte. Er stimmte ihnen bei, es kam kein Leben in ihn. Was er tun sollte; der Herzog werde Gründe angeben. – Er muß herbeigezogen werden, es muß jemand ins Lager. – Schmerzlich runzelte sich die Stirn des Mannes in breite Querfalten: ihn herbeiziehen; es könnte sein, daß er käme – mit der gesamten Armee; sie durchschauten die Verhältnisse nicht. – Sie drangen tiefer in ihn; er wies sie reglos an den Abt von Kremsmünster und Breuner, die Finanzkammer. Die sagten ihnen vieles. Und mit dieser Beute zogen sie knirschend raschelnd ab, planend, sich betäubend, aufstachelnd, begierig nicht nachzugeben, von neuem ausschwärmend; fielen über die Herren des zivilen Hofstaates. Die wollten sich nicht einreden lassen, daß sich der Herzog gegen Wien selbst wende, wichen von den Vätern, die ihnen folgten. An die Herren des Geheimen Rates wagten sich die Jesuiten nicht. Eisiges Schweigen um die Herren. Ein paar böse Worte warf Fürst Eggenberg hin: er werde sich von den Vätern nicht das Heft aus der Hand winden lassen.

Ein Schauern ging durch die kontinentalen Hauptstädte, als der Herzog unbeweglich der sächsischen Armee gegenüberlag. Der Herzog hatte den Kampf aufgenommen. Der letzte Akt des Stückes hatte begonnen.

IN GANZ loser Fühlung mit dem kaiserlichen Hofe hatte der Friedländer den Feinden einen förmlichen Friedensvorschlag zugehen lassen. Er werde verhandeln, hatte er nach Wien melden lassen, nicht was wie warum. Auf diese erschütternde Selbständigkeit war niemand vorbereitet. Im Kirchlein zu Heidersdorf, Arnim begegnend, enthüllte Wallenstein: die Feindseligkeiten zwischen kursächsischem und kaiserlichem Heer sollen aufhören; beide werden vereint die Waffen gegen den richten, der sich unterfange, das Reich weiter zu stören und die Religionsfreiheit zu hemmen. Sie saßen mit Trzka auf der vordersten Kirchenbank nebeneinander; Arnim machte Notizen auf seiner Schreibtafel. «Der Herr Bruder sieht das Heer, das ich aus Prag mitgebracht habe, und das des Feldmarschalls Gallas. Er weiß, wie es Sachsen im vorigen Jahre ergangen ist. Ich kann ihn heute und morgen zerschlagen. Er kennt, da er mein Freund ist, meine Meinung; daß ich zum Frieden kommen will. Der Kaiser läßt sich von Pfaffen anführen.» Noch einmal: sich zusammenwerfen, rasch und ohne Lärm; jeden fesseln, der Friedensverhandlungen widerstrebe. Im Gespräch rührte Arnim mit keinem Wort an Friedlands Stellung zum Kaiser. «Ich habe keine Lust», sagte der Herzog, mit steifem Kreuz am veilchenbestellten Marienaltar entlangschleichend, «nur einen Heller und einen Soldaten noch für fremde Interessen zu opfern. Sagt der Kurfürstlichen Durchlaucht in Sachsen und in Brandenburg: meine Vollmacht ist ausreichend groß, ich tue kein Unrecht; ich habe gewußt, was ich festsetzte, als ich mein Kommando übernahm.» Später wagte der Herzog einen Vergleich mit dem Bernhard von Weimar: «Seit ich Reichsfürst bin und vor dem Römischen Kaiser mich bedecke, bin ich selbstherrlich. Ich stehe dem Reich bei, nicht mehr und nicht weniger, als meinen Absichten entspricht. Zwischen mir, Bernhard und dem Bayern, der dem König in Schweden Neutralität angeboten hat, ist kein Unterschied; Hundsfott, wer mir das bestreitet.» Auf diesen Punkt, erklärte Arnim, wolle er nicht eingehen.

Bei der Tafel an diesem Tage, zu der Arnim und der Oberst Düwall zugezogen waren, verfolgte Wallenstein noch zäh diesen Gedanken. Sowohl der schwedische Oberst wie Arnim hatten, soweit sie bei der schallenden Trompetenmusik verstehen konnten, den Eindruck, daß sich der Herzog festbiß in seiner Wut auf den kaiserlichen Hof. Während die anderen den Luxus des herzoglichen Tisches speisten, saß der Herzog selbst hinter gerösteten Semmeln, bröckelte daran, schluckte mit angewiderter Miene einen Brunnen, den man ihm eingoß. Er bohrte an dem schwachen Punkt der kaiserlichen Politik, den habsburgischen Hausmachtinteressen; das Reich sei verfehlt konstruiert, werde darum verfehlt regiert. Man solle offen sagen, ob man ihn mit dem Titel eines Reichsfürsten zum besten habe. Er werde wie ein Löwe um seine Rechte kämpfen. Wenn es sein sollte, schlüge er sich auf schwedische Seite. Der Oberst Düwall wurde beauftragt, den Herzog dem Bernhard von Weimar zu empfehlen: «Ein forscher Herr; ich bedaure, daß er nicht bei mir ist.» Die Obersten, die am Tische saßen, akklamierten dem Herzog lebhaft.
Arnim reiste nach Sachsen. Darauf lagen sich die Heere ruhig gegenüber, aber es war ein Beißen, Ringen, Niederdrücken. Sie verstärkten sich, bogen sich, warfen sich herum, verschoben sich. Eine unruhige Bewegung machte das sächsische Heer, schon riß sich Holk drohend los, mit seinen Reitern hinfahrend auf Sachsen. Als gäbe es keine Verhandlungen, begann er das Plündern und Morden. Diesmal brach die Pestilenz unter seinen Regimentern aus. Vor Adorf verendete Holk selber mit Tausenden seiner Leute. Der Herzog stöhnte eine Woche, der Tote war sein Liebling, er fluchte auf den Krieg. Heftiger drückte er auf das sächsische Heer.
Breslau war nicht weit; da sollten gute Astrologen hausen. Zeno wurde aus Gitschin berufen; welche Chancen man für bestimmte Eventualitäten im Augenblick oder bald danach hätte; er sollte sich mit den Breslauern in Verbindung setzen. Eine Woche war Zeit für Berechnungen.
Zeno kam ins Lager zurück mit einem der Sterndeuter, der unter dem Merkur geboren schien: ziegenäugig, schwärzlich, schlank. Mit dünner Stimme berichtete der: der unheildrohende Saturn sei eben im Eintritt in das Haus der Zwillinge begriffen; die Situation war für Maßnahmen nicht schlecht, da der Stern zum Horoskop in keinem wirksamen Aspekt stand; sie sei auch nicht einladend.
Im letzten Augenblick schlug der Herzog, durch das wochenlange

Warten auf Arnim aufs höchste gereizt, eine Verbindung zu Oxenstirn, den er um einen Unterhändler bat. Es traf ein Generalwachtmeister ein, mit dem er allerhand vor dem offenen Feldlager besprach; er wollte die Sachsen in die Zange nehmen. Um die Vertraulichkeit der Verhandlungen zu erhöhen, fuhr der Herzog mit dem Unterhändler, der von Haus ein böhmischer Emigrant war, nach Gitschin. Keine Ruhe werde im Reich herrschen, solange Habsburg regiere, erklärte der schwedische Sendling. Der Herzog warnte vor dem Wankelmut Sachsens; er werde Sachsen Geld schwitzen lassen, wenn es sich nicht dem friedlichen Ansinnen füge. Zurück mit dem Unterhändler nach Nimptsch kehrend, ließ er sich von ihm um den Mund gehen mit Versprechungen der Krone Böhmens.
Der Sommer ging schon um. Da schleppte sich müde und langsam Arnim mit seinem Trompeter an. Der Herzog saß im Nimptscher Schlosse. Arnim bat ihn viel um Entschuldigung, klagte über den lauen Mut der beiden Höfe. Friedland gab grollend und böse lachend zurück, also man traue ihm nicht, er solle erst Beweise bringen. Er dem Sachsen. Ob er das nötig hätte. Wer ihn gezwungen hätte, hier in Schlesien Monat um Monat stillzuhalten. Sei ihnen das nicht als Beweis erschienen. Er forschte Arnim stärker aus. Er bekam es fertig, den Sachsen den Tod seines Holk in die Schuhe zu schieben. Während der Unterhaltung kam der Herzog erst allmählich dazu, die Tragweite der Antwort zu überblicken. Die Evangelischen hofften noch auf einen Sieg Schwedens. Die Evangelischen waren wie die Jesuiten; sie hatten es mit ihrem Glauben zu tun. Blödsinnige Kinder; die Eselsköpfe. Die Evangelischen waren noch nicht reif, sie waren zu stolz. Plötzlich faßte er den Feldmarschall am Wehrgehenk, stierte ihn an: so wollten sie zusammen ihr Geschäft abmachen. Es sollte nicht gegen den Kaiser gehen, dem wolle man Zeit geben, sich zu besinnen; aber gegen die Schweden. Gleichviel gegen wen von ihnen: Düwall, Thurn oder wen. Arnim konnte sich knapp aus dem Schloß retten. Friedland verlangte tollwütig Antwort in vierundzwanzig Stunden. Und hinterher ein friedländisches Ultimatum durch einen Oberst: «Die Schweden werden in drei Tagen angegriffen oder vom Heer des Herrn Bruders bleibt nicht ein Mann neben dem andern.» Dicht bei Strehlen auf dem Wege zu seinem Lager war Arnim in Gefahr, von Kroaten gefangengenommen zu werden; der Herzog hatte sie hinter ihm hergeschickt. Der Küster in Strehlen, auf seinem Dache mit dem Ausnehmen von Taubennestern beschäftigt, sah den Schwarm, gab

durch Steinwürfe vom Turm herab dem Feldmarschall und seinem Trompeter Winke; sie entkamen.
Das friedländische Heer war im Augenblick losgebrochen. Graf Gallas auf Sachsen, Arnim hinterdrein. Wallenstein schob sich nach, bei Goldenberg warf er die Kroaten unter Isolani nach Sachsen, schwenkte nach Osten, packte, auf die Oder zugehend, das Schwedenlager des Grafen Thurn an, siebzig Kanonen auf das Lager richtend; sechstausend Mann ergaben sich, traten in seinen Dienst, Thurn und Düwall hatte er in Händen. Thurn gab er frei, Düwall ließ er entkommen. Glogau Krossen fielen. Zurück von der Oder auf die Lausitz hin; Görlitz geplündert, Bautzen. Nach Brandenburg das Heer; Frankfurt ohne Schwertstreich besetzt, Landsberg, bis Pommern Kroaten. Wallenstein stand vor Dresden.
Bernhard von Weimar mit dem Schweden lag in seiner Flanke. Vorbei, in Friedlands Rücken brauste er.
Und dann die Schweden wie von einer abschüssigen Ebene gegen die Donau vorrollend, Regensburg angegriffen, erobert, Bayern bedroht, die Erblande in Gefahr.
Verblüfftes Stocken, Schnüffeln des Herzogs. Er ließ Sachsen los. In zehn Sturmtagen marschierte er von Leitmeritz über Rackonitz Pilsen auf Fürth. Zuletzt war er langsamer geworden, in Fürth stand er, mürrisch, sich besinnend. Er griff den Schweden nicht an.
Wortlos machte er kehrt. Das Jahr war vorgerückt. Nach Böhmen ging er in Winterquartiere.

Keiner wusste, was das war.
Sechseinhalb Regimenter zu Fuß, dreizehn zu Pferde hatte der Bayer, dazu im letzten Augenblick Truppen des Aldringen, die aber auf Befehl des Generalissimus nichts riskieren durften. Die Schweden hingen, wieder und wieder die Schweden, wie Schmeißfliegen an faulem Fleisch, an seinem unglücklichen Land. Maximilian schrie nach Wallenstein. Es entspannen sich beispiellose Szenen in Braunau, wohin er wieder floh, der Kurfürst beschuldigte seine Räte, Geschäftsträger des Verrats, der Faulheit. Er hätte durch sie jeden Einfluß auf die Wiener Hofkreise verloren. Wie hätte er dagestanden vor einigen Jahren, Wien hätte gezittert vor München, die Mißlaune des bayrischen Gesandten wäre ein politisches Ereignis gewesen, Verträge hätte er mit

dem Kaiser gemacht, die ihm, ihm die Oberhand gewährten. Als Böhmen abfiel, die Dänen sich zeigten, immer hieß es: die Liga, Bayern. Jetzt Flennen Kriechen Speichellecken.
Gerüchte über Revolten bei den bayrischen Landfahnen traten auf, die sich bestätigten; Hinrichtungen in der Zahl von sechshundert setzte der Kurfürst an. Eines Freitagmittags meldete ihm der verzagte schneeweiße Marchese Pallavicino, sein Kämmerer, die dringliche Audienzbitte einiger Herren vom Landschaftshaus. Es erschienen vom großen Ausschuß Valentin von Selbitz, Hugo Beer, Rieter von Kornburg, Hans Hundt. Sie könnten nicht durchhalten, furchtbares Unglück breche über sie her, sie müßten allesamt verderben. Er ließ sie nicht weiterreden, fragte, wer sie seien. Und rief dann, sich vom Sessel erhebend, gegen die Tür: man solle den Abt von Tegernsee, von Metten, den Probst von Vilshofen, die Dekane hereinlassen. Die Herren erst stumm, dann wispernd einige, während sich in Maximilians Gesicht nichts verzog: es sei niemand mehr da. Aufstampfend der Kurfürst in Ungeduld und Erregung: man möchte nachsehen, auf den Gängen, auf dem Hof. Ging, während sie zurücktraten, rasch hinaus; höflich zu den Verwunderten: sie möchten sich gedulden, er würde gleich wiederkommen. Nach knapp einer Viertelstunde stand er vor dem Sessel, blickte unter die Herren, zischte sehr leise: «Nein, nein.» Seine Augen halb geschlossen, der Mund verzerrt. Wer sie seien. – Vertreter der Vierundsechzig. «Ihr seid der Landschaftsausschuß und Ihr da und Ihr da? Wer ist die Landschaft von Euch? Wer hat Euch zusammenberufen?» Er hielt ihr Audienzgesuch in den zitternden nassen Händen: «Ihr seid nicht die Landschaft. Ihr seid der Herr Hundt und der Herr Kornburg, Selbitz. Ihr habt die Form zu wahren. Ihr habt nicht meine Verordnungen mit Füßen zu treten. Ich bin es, der die Landschaft beruft. Meine Berufung, wo habt Ihr sie, Herr Hundt, Herr Selbitz, Ihr.» Er rief sie in steigender Wut, wie sie wachsbleich vor ihm zurückwichen, bei Namen. «Es ist nichts da», schrie er, «Kämmerer, Signor Pallavicino, die Herren haben Euch belogen. Das soll die Landschaft sein, es sind Lügner. Jagt sie fort, sperrt sie ein.» Pallavicino öffnete mit kläglichem Lächeln die Tür, Leibwachen mit Musketen rissen die Herren, die keinen Ton von sich gaben, auf den Flur.
Er drohte offen nach Wien, jetzt nicht mit den Franzosen, sondern daß ihm die Verzweiflung gebiete, alles auf eine Karte zu setzen. Entscheide man sich dort nicht rasch, setze er seine ganze Armee in Bewegung – gegen Wien. Mit den Schweden.

Dazwischen gellten seine Briefe mit dem trostlosen Geheul: er sei im Stich gelassen von dem Kaiser, werde verraten.
Da nahm Kuttner, zitternd im Gedanken an das Gesicht Maximilians, unfähig, der Aufforderung nach Braunau zu folgen, dem hilflosen Leuker die Führung aus der Hand. Neben Kuttner ging der schöne aufgeblühte vergnügte Slawata, die Augen wenig aufgeschlagen, den Arm des Jünglings umschlingend. Die blonden Haare schaukelten dem Bayern in den Nacken; sie standen im Wintergarten von Slawatas Quartier. Kuttner, mit dem Degen im Kies spielend, dachte an den Zwerg Maximilians und seinen Zweikampf mit dem Storch: «Ich soll mich ekeln», sagte Maximilian. Slawata setzte sich auf eine Bank:
«Ihr werdet nichts schaffen mit Euren Petitionen Querellen und Deputationen beim Römischen Kaiser und seinen Räten. Bin ich doch selber ein Rat, will Euer besonderer Bayrischer, Kuttnerscher sein. Der Kaiser ist weit. Ich weiß nicht wie weit. Wir hatten uns geeint, daß Karthago zerstört werden muß. Unsere Ratssitzung kann beginnen, oder seid Ihr zerstreut?» Von der Seite her über die lange weiße Nase kamen große leicht sentimentale Blicke zu ihm: «Die Sitzung kann beginnen. Ich dachte an meinen gnädigen Herrn, wie schuldlos er dieses Unglück trägt.» «Da, seht Ihr, Karthago nicht im Augenblick zerstört werden kann, ist es gut, Karthago zu schwächen und uns zu stärken. Laßt nur Euren Degen; denkt nicht an München und doch mehr an München; gehen wir. Habt Ihr Durst? Uns kommen die spanischen Wünsche genehm. Wir haben seit lange geplant, uns der Spanier zu bedienen, wenn sie einmal von Mailand heraufkommen wollen. Ihr werdet mitmachen müssen.» «Was könnten wir tun?» «Mitmachen; ich sagte schon. Denkt an München. Träumt nicht davon, Kuttner. Habt Ihr mir wirklich zugehört? Ich sagte: Spanier kommen von Mailand herauf, oder sie wollen, sie möchten gern. Sie wollen nach den Niederlanden. Sie haben nichts Böses gegen Bayern. Der Herzog zu Friedland will sie aber nicht dulden, er will sie nicht auf dem Kriegsschauplatz, auch nicht für den Durchzug; sie sollen sich eben ihm unterstellen. Ihr seht, Kuttner, Kompetenzschwierigkeiten, Eifersucht, Ehrgeiz: das alte Lied.» Kuttner lächelte: «Vielleicht fürchtet Friedland die Spanier für sein Spiel, von diesem Rivalitätsstreit wird mein Kurfürst nicht satt.» «Nun also, setzt Euch dahinter, daß ihm der Braten mundet. Er muß erst angerichtet werden. Wenn man Karthago zerstören will, braucht man nichts als Feuer und Holz-

scheite. Diese Speise erfordert Geschicklichkeit, Talente. Nicht zu große. Sagt etwa: Ihr schert Euch nicht um Habsburg. Ihr hättet vor eigenen Schmerzen keine Neigung zur Rücksichtnahme auf Wien. Ich hab' doch übrigens gehört, die Briefe Eures Herrn seien auf diesen Ton gestimmt. Auf einen schlimmen Ton; Fürst Eggenberg klagte; er sagte, der Bayer ginge schon fast zu weit. Nun wollen wir auf keinen Fall den Spanier hier haben, wir dürfen ihn nicht wollen; es ist uns gleich, es muß uns als kaiserlichen Räten pflichtgemäß gleich sein, ob ein Infant oder der Mailänder Gouverneur kommandiert. Wir sind nun einmal an unsern Herzog zu Friedland gebunden. Wir dürfen ihm nicht die Laune verderben.» «Es ist ein Elend. Warum greift Ihr nicht durch.» «Seht Ihr. Ich bin so schlau: ich bin kaiserlicher Rat; das sollt Ihr für mich tun, das Durchgreifen. Mir sind die Hände gebunden.» «Ihr habt ihn doch angestellt. Ich bitte Euch, Graf Slawata.» «Wir haben ihn angestellt, er hat uns angestellt; wir kommen damit nicht weiter. Ihr paßt jetzt übrigens lobenswert auf, mein zerstreuter Kavalier.»
Kuttner stellte sich dem Grafen Slawata gegenüber auf, stützte sich mit beiden Händen auf den Degen, seine rotseidenen Ärmel fielen über den Degenknauf, er lachte offen dem Böhmen ins Gesicht: «Meinen Segen zu Eurem Plan. Wir sollen die Spanier rufen. Ihr werdet dazu schweigen. Die werden kommen, und wir werden Krieg führen nach hinten mit den Schweden, nach vorn mit Wallenstein, nach links mit den Sachsen. Habt Ihr guten Weizen auf Eurer Mühle.» «Einem jungen Menschen steht Lachen immer gut. Wer Euch lachen hört, wird nie Euer Feind sein.»
Er führte den feingesichtigen Mann vor eine junge Zypresse, die hinter einer Marmorbank aus einem riesigen Kübel im schwarzen Erdboden wuchs: «Kennt Ihr meine junge Zypresse. Ich habe sie so lieb wie ein Hündchen. Was glaubt Ihr, wie sie gepflegt werden muß. Wir setzen uns hier. Wenn man einen jungen Samen pflanzt, wird man ihn nicht bald verlassen. Wenn man einen jungen Gedanken pflegt, wird man ihn nicht bald hinfallen lassen. Der Weizen auf meiner Mühle ist nicht schlecht, wollt ihn mir herzhaft kosten.» «Graf Slawata, Ihr meint es gut mit mir. Ihr seid uns Bayern hold, der Kurfürst sprach gut von Euch, Leuker lobt Euch, sooft ich ihn sehe. Darauf können wir aber nicht beißen. Der Herzog ist uns jetzt wenigstens der Form nach Freund. So bekommen wir ihn zum Feind und sind dann wirklich verloren. Ihr, Ihr und Ihr seid unsere Hilfe. Er ist Euer

General. Wir sind Eure Verbündeten.» «So kostet doch erst meinen Weizen. Ihr sollt den Spanier verlangen. Ihr sollt es tun, wenn es sein muß, über unseren Kopf weg. Was denkt Ihr denn, junger Kavalier, was wir tun? Ihr meintet, schweigen. Das ist schon möglich. Der Herzog zu Friedland hielt das immer für besser, den Menschen auf die Faust statt auf das Maul zu sehen.» «Ihr würdet also –» «Den Mund halten. Zum wenigsten. Gewiß.»
Sie blickten sich lange still an; ihre Blicke wogen sich. «Denkt an meine Zypresse», fing der Graf an. «Wenn man einen Gedanken pflanzt, läßt man ihn nicht bald vergehen. Ihr seid in Not. Wie Ihr in Not seid, wißt Ihr selbst. Ihr könnt tun, was Euch einfällt. Ich weiß, Eggenberg und Trautmannsdorf denken nicht anders. Keiner darf das Euch jetzt verwehren. Der Spanier wartet auf eine deutsche Einladung.» «Wißt Ihr das sicher?» Slawata lächelte fein: «Ich habe mich orientiert. Ihr könnt jeden Gebrauch von Eurer Entschlußfreiheit machen. Wir werden Euch jedenfalls nicht hindern.»
Ein breitkrämpiger brauner Samthut saß auf Kuttners langsträhnigem Blondhaar weit in der Stirn. Vom linken Krämpenrand hing ein goldener Stern mit einer Kugel, gegen die die angehobene linke Hand rhythmisch mit den Fingerkuppen schlug. Er träumte wieder; mit schmerzlicher Weite des seitwärts gedrehten Blicks traf er den dunklen Böhmen: «Die Spanier sind fromme Katholiken; sie werden meinen gnädigen Herrn verstehen, wenn er sie um Hilfe bittet.» «Denkt, in welcher Lage Ihr seid. Wißt», er näherte sich flüsternd dem Kopf des andern, «wir warten auf Euch.» «Wieder? Wieder auf Bayern?» Das Gesicht des Jungen leuchtete auf. «Seht Ihr», flüsterte Slawata.
In seinem roten Wams mit den losen Purpurhosen, die weiße Spitzen trugen, beugte der schlanke Bayer vor ihm ein Knie: «Wenn Ihr meinem gnädigen Herrn beistehen wollt.» «Wir werden Euch nicht verlassen.»

Der Bericht des Herzogs Feria, Mailänder Gouverneurs der Spanier, gelangte gleichzeitig an den Hofkriegsratspräsidenten, den Grafen Schlick, den Fürsten Eggenberg und den Botschafter Ognate. Der Mailänder meldete: ihm seien durch besondere Bevollmächtigte des Bundesobersten der Liga Nachrichten zugekommen, die erken-

nen ließen, daß dieser um die gemeinsame Sache so hochverdiente Fürst in die äußerste Kriegsnot geraten sei. Angewiesen auf eine Truppe von nur wenig Regimentern, unterstützt von nicht kampfbereiten kaiserlichen Regimentern unter der Führung seiner Liebden des Generalwachtmeisters Aldringen, sehe sich die Liga der gesamten Heeresmacht der Schweden gegenüber. Und dies zu einer Zeit, wo es im bayrischen Lande gäre, wo die rheinischen Hilfsquellen der Liga durch feindliche Besetzung verstopft seien und der kaiserliche Generalfeldhauptmann Friedland sich mit seiner gesamten Armee in Böhmen eingeschlossen habe. Bei Erwägung dieser Sachlage und seiner eigenen zugekommenen Nachrichten, die ihm vom deutschen Kriegsschauplatz geworden seien, käme er zu dem Schluß, daß es in naher Zeit sowohl um die kaiserliche wie die gemeinsame Sache bänglich bestellt sei. Weswegen mit der Herrüstung des geeigneten Widerstandes nicht gar so lange gefackelt werden dürfe. Er, der Herzog Feria, sei nun, wie dort bewußt, gemäß erteiltem Befehl der Spanischen Majestät längst im Begriff und im Zuge, in das Römische Reich aufzubrechen, um Truppenkörper nach den Niederlanden zu überführen, wo der Infantin Isabella Hoheit auf den Tod daniederliege und tägliches Ableben zu gewärtigen sei. Begehre er selbst und schlage vor, der dortigen Not Abhilfe zu tun mit seinen spanischen und italienischen Regimentern. Er beschrieb dann noch den Weg, den er nunmehr sogleich einzuschlagen gedachte, endete nicht, ohne vorher auf die eingetretenen und voraussichtlichen Schwierigkeiten der Befehlsgewalt hinzuweisen, die seiner Tätigkeit Eintrag tun könnten und die behoben werden müßten.
«Ich habe es meinem gnädigen Herrn geraten», jubelte Kuttner, die beiden Hände Slawatas pressend, «Doktor Leuker war nur zaghaft dabei. Ihr laßt mich nicht im Stich.» «Ihr werdet alles von mir erfahren, was Ihr braucht, meine junge Zypresse.»
In den dunklen Korridoren der Burg drängte sich der Graf Slawata mit den Vätern der Jesugesellschaft, die den Grafen Schlick täglich heimsuchten, ihren Affilierten: er solle entschlossen den Friedländer anfassen. Den Grafen Slawata widerten die Jesuiten an; es war ihm zuwider, daß sie sich an Wallenstein, seinem Wallenstein, vergriffen; er ließ sich mit ihnen in keine Gespräche ein. Sie sahen ihn süß vertraut an; er ekelte sich, dachte oft die Angelegenheit fallen zu lassen, aber immer wieder wurde er von einer schwebenden Bewegung in sich veranlaßt, nachzugeben. Er hatte das Gefühl, diese Sache zu Ende

bringen zu müssen, dazu vorbestimmt zu sein; er suchte sich ihr zu entziehen, sie fiel ihn wieder an, es war ein Spiel zwischen ihm und der Sache, er war daran verloren. Lächelnd ging er zum Grafen Schlick, dachte, wie sonderbar einfach es sei, ein Werkzeug der Fügung zu sein und daß er eigentlich nichts mit Wallenstein zu tun habe. Schlick, der Papist, schwer und träge in seinem Stuhl, erklärte, er könne das Vorgehen Spaniens nicht verhindern. Der graue Mann schien es dann für einen wertvollen eigenen Einfall zu halten, daß man die Situation gegen den Herzog ausnützen könne.
Die einsetzende geheime Ratsdebatte legte die Schwierigkeit der Situation und die Zerrissenheit der Auffassungen bloß. Questenberg wollte empört über Bayern fallen. «Da Bayern offenbar hinterrücks den Spanier gerufen hat, soll man gegen Bayern verfahren. Es ist ein unerhörtes Vorgehen, beleidigend gegen das Kaiserhaus im äußersten. Es grenzt an Verrat. Freilich ist man es von Bayern gewohnt.» Was er also gegen Bayern tun wolle. «Wir haben einen Generalfeldhauptmann; der Spanier hat sich ihm sogleich zu unterstellen und seine Befehle entgegenzunehmen. Dies müssen wir anordnen.» «Ja, wir können es anordnen», lächelte Trautmannsdorf. Schlick: «Möglicherweise müssen wir es sogar anordnen, denn es steht in seinem Vertrag, im Vertrag des Herzogs.» Eggenberg: «So wäre ja alles in bester Ordnung. Wir sind uns einig, daß angeordnet werden muß, der Mailänder Gouverneur mit seiner Armee unterstellt sich dem Befehl Friedlands.» Questenberg unterstrich das Verlangen durch Wiederholung.
Schlick nickte gleichmütig. Slawata und Trautmannsdorf, die beiden, die gern miteinander plauderten, tauschten Blicke, lächelten. Plötzlich, wie auf Signal, sahen sie voneinander weg. Gähnend meinte Schlick, er werde das Schreiben, welches ihren Standpunkt charakterisiere, gleich verfassen; bliebe nur die Frage, wer sich zur Überbringung des Briefes und mündlichen Diskussion mit Friedland bereit erkläre. Alle fixierten Questenberg.
Plötzlich war der durch die Einhelligkeit unsicher geworden; er blickte zur Erde, suchte nach Worten; er wolle natürlich gern den Auftrag übernehmen; wozu aber übrigens – das schloß er nach überlegender Pause an – wozu eine mündliche Diskussion da noch benötigt werde, der Brief werde doch wohl rund und nett den hier vorgetragenen Standpunkt wiedergeben; ein Kurier könne dasselbe tun. Trautmannsdorf vorsichtig sanft vor Questenberg: nicht doch, ein

Kurier, das sei nicht besser als ein Bote, ein Mensch, der nichts weiß, nichts hört, nichts spricht; und der Herzog wird fragen; er zweifle nicht, daß Friedland wird fragen wollen. – Was denn. – Etwa, wie sich der Hof dazu stelle. – Nun, das sei doch einfach; der Brief ist darin doch von genügender Deutlichkeit; der Hof verlangt völlige Unterstellung des Mailänders unter Friedland. – Eifrig bestätigte das Trautmannsdorf; plötzlich fing er wieder einen Blick Slawatas auf, er fragte: «Warum lächelt Ihr mich an, Slawata?» «Weil Ihr so eifrig seid. Ich sehe, Ihr seid selbst noch immer so bequem wie früher.» Eggenberg und Schlick hörten schweigend die Debatte an.
Da fühlte sich der etwas verwirrte, sogar bestürzte Questenberg genötigt, sich an jeden einzelnen zu wenden und ihn zu fragen, ob es denn nun so wäre, wie man besprochen habe, und wo denn da eine Schwierigkeit zu erwarten sei.
Wie dieses Wort fiel, ‚Schwierigkeit', und wie Questenberg so fragte, wurde es ernst und streng in der Kammer. Fest erklärte Schlick: «In dieser Hinsicht habt Ihr den Friedländer darüber aufzuklären, daß er unsere einzige Stütze sei und daß wir keine Machtmittel besitzen, den Mailänder zu zwingen, falls der etwa, wie es scheint, seiner Wege gehen will.» «Es versteht sich auch von selbst», fuhr Eggenberg feindselig fort, «daß wir ohnmächtig den Bestrebungen Bayerns gegenüberstehen, sich ausländische Hilfe zu verschaffen. Es liegt bei Bayern ebenso wie bei den rheinischen Städten: wir können ihnen nicht helfen, wir dürfen ihnen darum auch nicht einmal böse sein, wenn sie sich selbst nach Hilfe umsehen. Immerhin könnt Ihr in diesem Zusammenhang dem Friedland bemerken, daß die Schuld an dem Auftreten Bayerns auf ihn selbst falle. Denn er war auch gedacht als Schutz für Bayern; er ist der Befehlshaber eines Reichsheeres.» Fade lächelte Questenberg: «Ich glaube, ich werde das nicht so sagen.» «So sagt es anders. Aber irgendwann wird einmal unser Standpunkt hervortreten müssen, Ihr werdet da nicht herumkommen. Was tut denn jetzt Friedland, was hat er im Sommer getan, wofür sind unsere eigenen Steuerquellen in Anspruch genommen worden? Die Herren wissen alle, daß ich kein Fürsprecher bayrischer Politik bin. Nicht von mir hat Maximilian den Kurhut erhalten; aber jetzt haben wir mehr als zurückgezahlt an ihn. Wir fangen alle an, uns des Kurfürsten Maximilian zu erbarmen.» «Ihr werdet mir noch einen mitgeben müssen; es wird sich leichter verhandeln lassen.» Eggenberg, herumspazierend, überhörte ihn; er redete laut und scharf: «Wir reden ge-

wiß davon, was uns eigentlich selbst mit alldem von Friedland geschehen ist. Wie uns dies ins Herz schneiden muß, daß ungefragt, ungebeten eine spanische Truppenmacht sich in Bewegung setzt und ins Reich eindringt. So gräßlich liegt das Reich und Habsburg danieder. Wir sind machtlos gegen Friedland, wir wissen es selbst. Er soll es aber nicht bis zum äußersten treiben. So machtlos sind wir hier nicht, daß wir uns widerstandslos ergeben.» Dröhnend fiel Schlick ein: «Ich billige ganz, was Ihr sagt, Fürst Eggenberg. Ich werde den Herrn von Questenberg in das Lager Friedlands begleiten. Wir sind nicht so machtlos, daß wir schweigen müssen.»
Trautmannsdorf bat, die Augen leuchtend, um die Erlaubnis, reden zu dürfen: was man mit alledem denn vorhabe, worauf es hinausginge. Schlick übernahm die Antwort: «Wir haben es über zu schweigen. Wir haben es nicht nötig zu schweigen.» «Ihr habt es nicht nötig?» «Nein, Euer Liebden. Wenn es sein muß, haben wir Bayern und Spanien mit uns. Wir werden uns auch des Friedlands erwehren können, nachdem wir mit Böhmen und anderen fertig geworden sind.»
Zurückweichend pfiff der verwachsene Graf: «Also Kampf.» «Nein, Entscheidung. Kampf haben wir seit zwei Jahren.» Betroffen Trautmannsdorf, sich einen Sitzplatz suchend: «Verzeiht, wenn ich Euch in Anspruch nehme. Ihr redet von einem Mann, den ich verehren gelernt habe. So rasch lerne ich nicht um. So rasch hab' ich mir das alles nicht gedacht. Ihr zeigt mir gütigst die Notwendigkeit, diese sogenannte Entscheidung zu suchen.» Schwer über sich hängend Schlick, aus großen schlaffen Augensäcken um sich blickend, den Stuhl erdrückend: «Ich sag' Euch gern meine Meinung. Ich halte Friedland für einen Verräter. Er ist nicht besser als Bernhard von Weimar, aber schlauer.» Trautmannsdorf lachte, er saß, ihm war schwindlig: «Das sagen die Jesuväter auch. Sie predigen es schon lange. Was ist damit gesagt.» Eggenberg leise, unterbrechend: «Ich halte ihn nicht für einen Verräter. Er ist uns aber gefährlich. Er muß sich entscheiden.» «Tut das nicht», bat Trautmannsdorf. «Was?» fragte fast zärtlich Eggenberg neben ihm. «Schickt jedenfalls nur Questenberg allein. Graf Schlick bleibt besser hier. Was soll bei alledem herauskommen.» Schlick: «Wir werden Klarheit finden.» «Und», bettelte Trautmannsdorf, «Ihr werdet durch Euer Auftreten Klarheit in ganz falscher Richtung schaffen. Klarheit, die ohne Euch gar nicht so geworden wäre.»

Sie kamen dann, da Schlick nicht nachgab, überein, Schlick dem Questenberg beizugeben und sie beide zu verpflichten, nicht über eine Aufklärung hinauszugehen. Zuletzt entschied man sich noch, an den Herzog schriftlich mitzugeben, was etwa erforderlich sei, und mit der Reise in das Pilsener Lager noch etwas, jedoch nicht gar so lange zu zögern. Man wollte erst warten, ob es Ernst war mit dem Anmarsch der Spanier.

Schwebend ging Slawata hinaus, an Trautmannsdorf hängend. «Was meint Ihr», fragte der Böhme, «Ihr weint ja fast. Der Herzog lebt noch. Er ist noch nicht tot.» «Sie werden ihn umbringen. Sie wollen ihn beseitigen. Graf Schlick ist kein Mensch. Er ist ein Untier. Es wäre besser, Friedland regierte hier, ganz, schrankenlos, und nichts bewegte sich gegen ihn.» «Meint Ihr», seufzte Slawata und hing dem Gedanken träumerisch nach, «warum wollen wir so Unmögliches bedenken. Es schickt sich in der Tat alles gegen Friedland. Es hat etwas Elementares an sich.» «Slawata, Ihr seid mein Freund», Trautmannsdorf wandte sich plötzlich an den andern, «wollen wir uns zusammentun. Wir wollen dem Herzog helfen. Ich kann es nicht mit ansehen. Seit Monaten geht es so gegen ihn, Schlick hat alles in der Hand, Eggenberg sagt nicht nein, der Weg ist fast schon vorgezeichnet.» Ein glückliches Gefühl ging durch Slawata; es war so schön, was der andere vorschlug; kurios war es, daß grade ihm dieser Antrag wurde, aber warum sollte er nicht einmal dem Herzog helfen, helfen ihn retten. In ihm winselte, zwitscherte es: ich will mit dem Grafen dem Herzog helfen, wir spielen zusammen mit ihm, ich muß ihn doch beseitigen.

Und erst in diesem Augenblick war ihm flammend klar und durchrieselte ihn mit Wonne und Seligkeit, daß er wahrhaft vorhatte, den Herzog zu töten. Riesenhoch lohte es durch ihn: ich will ihn töten, er labte sich an dem Feuer, wuchs stolz daran hoch.

Voll Dank drückte er dem kleinen Grafen den Arm; ihm sei nichts Lieberes begegnet den Tag als dieses Wort des Grafen Trautmannsdorf, man solle den Herzog nicht dem Grafen Schlick überlassen; nein, sie wollten sich selbst an ihn heranmachen. Trautmannsdorf starrte ihn an; Slawata in seiner halben Berauschtheit merkte es erst spät: «Was stiert Ihr so.» «Wir wollen uns selbst an ihn heranmachen.» Slawata sah ihn an; das hatte sein Mund gesagt, er erinnerte sich nicht; was tat sein Mund. Launisch, gefaßt lachte er: «So will ich meinen Mund schlagen, der sich auf eigene Füße stellen will. Was sagte er. Er

ist ein Kalb. Ich möchte mich an den Herzog heranmachen, ihm die Gefahren schildern, ihn führen.» «Das will ich doch so gern. Wollen wir ihm helfen.»
Und Slawata sog den aufrichtigen Schmerz und die Sorge des andern wie einen starken leidenschaftlichen Geruch ein.
Wie er vor seinem Schreibkabinett saß, schrieb er. Er teilte dem Friedland die Machenschaften am Hofe mit, daß Schlick mit den Jesuiten den Ton angebe, Eggenberg aus Angst mitmache; daß viele gegen ihn seien; bald werde Schlick und Questenberg ihn zur Rede stellen; wichtige Personen am Hofe hätten ihn im Verdacht des Verrats, wichtige entscheidende Personen. Er überlegte sich nicht einmal, als er dies schrieb, wie er seine Teilnahme für den Herzog begründen sollte und was der Herzog dazu sagen würde.

DER KAISER hielt sich in der Burg auf. Er beobachtete mit argwöhnischen Mienen, was um ihn vorging. Ein sonderbares Vibrieren hatte noch in Wolkersdorf in ihm begonnen. Es trieb ihn, seine Umgebung zu beschnüffeln. Man hatte ihm von den Befürchtungen um Friedland berichtet: das waren dieselben Worte, die sie zu ihm gesprochen hatten, ehe man ihm das Generalat übertrug. Der Schwede war hin, jetzt mußte man auf der Hut vor dem General sein. Sie sagten es. Er gab die Jagden auf. Eine Beängstigung Befremdung wuchs in ihm. Er verschwieg sich, daß er vor den Heiligenbildern und Kruzifixen nicht stillstehen konnte, daß er gepeinigt davon fortgetrieben wurde. Er wollte fort aus Wolkersdorf. Er war eines Morgens fast nach Wien geflohen. Er verlangte bald den, bald den Herrn zu sich zum Vortrag. Sein Geheimsekretär wurde von ihm herumgeschickt, dann befragte er ihn ruhelos. Etwas Ängstliches hielt ihn neuerlich in der Burg fest. Mit Widerwillen Widerstreben verharrte er. Die Kaiserin, die fast ein Witwendasein in tiefer Religiosität abgeschlossen in ihrem Flügel führte, kam näher an ihn. Sie tauschten Worte über einige Ordensdinge. Sie war beglückt, daß er nun selbst Schmerz über diesen Wallenstein empfand und damit rang; auch zu ihr waren diese Dinge gekommen durch ihren Beichtvater; auf den Kaiser zu wirken hatte sie aber abgelehnt. In ihr zuckte es wieder, sich ganz neben ihn zu stellen; die Trauer um Mantua lichtete sich etwas; der Mann neben ihr sah gequält aus.

Plötzlich bemerkte sie, daß, je mehr sie sich änderte, er von ihr abwich. Er erstaunte über sie; er fühlte: sie bemerkte, daß er den Halt verlor; sie wollte ihm helfen, er wollte es nicht, fand es schamlos, fand sich bloßgestellt, seine Unruhe vertieft; wich, hörte sie trübe an. Sie warb weiter um ihn, es geschah ab und zu, daß er sie wieder ansah.
Eleonore von Mantua, die in Regensburg vor ihm geflohen war. Sie hatten einmal nebeneinander gestanden vor der golden blinkenden Monstranz, die den Baum des Lebens darstellte. Ihr hochrotes Kostüm, die Perlenkrone auf ihrem spröden braunen Haar, dunkle dicke Augenbrauen, die Schleife an ihrer Hüfte mit seinem Namen. Dann hatte er sich hineingestürzt in sie; sie waren, wie sonderbar, auseinandergekrochen wie zwei grüne Kröten, plätscherten nebeneinander. Verwirrt hielt er sich jetzt in manchen Augenblicken an ihr fest, sie umschlangen sich, er war glücklich und besinnungslos, in ihr blieb die Freude und die Sehnsucht. Sie hatte nicht mehr in Erinnerung das verquollene leidende Wesen, das ihr in der Innsbrucker Kirche begegnet war, mißtrauisch aus seiner Schale blickend, das stumme machtgeschwollene Ungeheuer von Regensburg. Er verwandelte sich wieder; er blickte sie an. Sie wußte jetzt nur, aus ihrem Witwenzimmer schleifend, daß er ihr Vaterland war. Mantua war verloren: da ging, da schlich – Mantua! Wie sie aus ihrem Witwenzimmer zu ihm gefunden hatte, hatte sie nur dies Gefühl; es lebte zwangsartig in ihr, sog sich in ihr fest.
Nachdem der Kaiser sich bei vielen über die schwebenden Dinge orientiert hatte, lockte es ihn einmal in Gegenwart der Kaiserin, den großen Luxemburger, den hinkenden Jesuiten, zu sprechen. Ein undeutliches Gefühl hatte ihn bewogen, in Gegenwart der Kaiserin und Lamormains die Dinge auf sich wirken zu lassen, mit ihnen gemeinsam die Dinge zu übernehmen. Hilflos fühlte er sich, von Woche zu Woche mehr. Man sah am Hofe: seine große Hoheit war einer Müdigkeit gewichen; er wußte sich keinen Platz, fühlte sich beirrt, gehindert, gereizt, in einer unnatürlichen Lage. Das wehte launenhaft über ihn und breitete sich mehr aus, zerriß seine Einheit. Triebartig hatte er in manchen Stunden das Verlangen, die ganze Last und den Wust von sich abzuschütteln, um wieder zu seiner Macht zu finden. Seine alte Neigung, Schwierigkeiten durch die Flucht zu entgehen, erwachte gelegentlich.
Es drängte ihn jetzt leise zu Menschen, zu Eleonore. Sie sollte alles mit

ihm dulden. Was würde sie sagen. Oh, er wollte sich fesseln lassen. Er fürchtete sich, fürchtete sich vor dem, was ihm bevorstand.
Wie Lamormain anschlich, erinnerte ihn Ferdinand, sich in seinen Abtstuhl senkend, an die Ruhe der Tage in Regensburg und wie die Ereignisse gräßlich geworden wären, gräßlich durch das Wanken aller menschlichen Beziehungen; was hätten sie aus seinem Wallenstein gemacht, dies sei kein Verräter, oft hätte er Lust, den Herzog zu rufen und mit ihm alles zu klären; Mißtrauen, Übelwollen, daraus sei das jetzige Ungemach geboren, es mußte auf ihrer Seite viel verschuldet sein. Lamormain, mit seinem Stock auf den Boden zeichnend – sie saßen in einer glasgeschlossenen geräumigen Galerie, die den Blick auf einen Hof gestattete, Gemälde Skulpturen an der seidenbespannten Längswand, bunte Ampeln hingen herunter, der Hof versammelte sich hier oft – auch Lamormain dachte an Regensburg; Mariä Himmelfahrt, die gelbroten Flammenräder fuhren über die Wände des Musikzimmers im stillen Bischofspalast; wie ein Begnadeter legte dieser Kaiser alle Macht von sich, legte ihre Schwäche und Kleinheit bloß. Jetzt saßen die Hunde, die er losgelassen hatte, an ihm, fielen den Jäger an. Matt der Pater: Eggenberg hätte sich viel bemüht, Schwierigkeiten und Konflikte zu vermeiden, die Dinge nähmen aber einen Verlauf, der fast vorauszusehen war. Gereizt Ferdinand, an seinem grauen Kinnbart rupfend: der Priester möchte das nicht sagen, man möchte nicht Wallenstein schlimme Neigungen zuschreiben, er glaube das nicht, der Verlauf werde ihm vorgezeichnet. – Sein Beichtkind, das flattrig leidend im Stuhl sich bewegte, umfaßte Lamormain mit einem langen herzlichen Blick; er sah auch auf die Kaiserin, die das Kinn auf der Hand, den Arm auf der Sessellehne aufgestützt hatte, leicht vorgebeugt, beide beobachtend: so hätte die Römische Majestät es vielleicht richtig genannt; wenigstens zu einem Teil werde dem Herzog ein gefährlicher Weg von außen vorgezeichnet; seit Regensburg könne man das mit Recht sagen. Und als die Kaiserin den aufmerksamen Kopf hob, ihn fragend anblitzte, den Arm sinken ließ: ja, seit Regensburg, seit seiner Entlassung; seit da sei dem Friedland nicht mehr zu trauen; er verirre sich immer mehr. «Seit seiner Entlassung», hauchte die Mantuanerin errötend, legte sich im Sessel zurück; «man durfte ihn doch wohl entlassen.» Ernst Lamormain: gewiß, er sei vom Kaiser angestellt und nicht auf Lebenszeit, aber die Menschen seien nun einmal im Grunde ihres Herzens eigentümlich, ein Gefühl für die Rechtsverhältnisse sei nicht

da; da kümmere sich einer nicht darum, ob jener Kaiser sei und er Kämmerer; er will seine Begehrlichkeit befriedigen, er läßt sich nicht fortschicken.
«Was ist das?» Ferdinand fest angelehnt, die linke Hand vor dem Mund: «Fortgeschickt. In Regensburg. Der Herzog zu Friedland ist mein Freund gewesen. Sein Grimm, wenn er da ist, hat mit Regensburg nichts zu tun.» – Lamormain: man erzähle sich, er datiere seit Regensburg. – Ferdinand: in Regensburg sei das Reich geordnet worden; der Streit der Kurfürsten sei beendet worden; das Reich habe sich gefestigt wie niemals. Friedland hat auf Festigung und Sicherung des Reichs gedrungen; was komme man mit Regensburg; wie solle Regensburg ihn, gerade ihn schlimm beeinflußt haben. Mit demselben tiefen herzlichen Blick nahm Lamormain, gebückt über sich sitzend, seine Worte an, traurig die Stirn runzelnd; leise vorsichtig: «Er ist in Regensburg entlassen worden.» «Von wem redet Ihr, Ehrwürden.» «Vom Herzog zu Friedland.» «Eben. Es ist doch kein Lakai oder Barbier entlassen worden. Es ist der Herzog zu Friedland.» «Was macht es.» «Nun sprecht doch, Ehrwürden, um Jesu willen.» «Er ist von der Römischen Majestät mit Glimpf entlassen worden. Er war Generalfeldhauptmann der kaiserlichen Armada, hatte den dänischen König geschlagen, den niedersächsischen Kreis beruhigt.» «Ich habe ihn mit mehr als Glimpf entlassen. Ich habe ihm Geschenke geschickt, es ist keine Woche vergangen, daß ich ihm nicht ein freundliches Wort gab, er war mir immer mein Oberster Feldhauptmann, ich war ihm stündlich gnädig und huldvoll.» «Ihr wohl, Kaiserliche Majestät. Ihr wart ihm huldvoll und gnädig. Aber er nicht der Kaiserlichen Majestät. Denn er war der Friedländer, der Herzog zu Friedland, Wallenstein; oh, wer das ist, Wallenstein. Und er ist beleidigt worden, er hat gehen müssen, hat der Kurfürstlichen Durchlaucht in Bayern weichen müssen.» «Wir reden im Kreis. Das Reich hat es erfordert. Der Herzog weiß es. Ich habe ihm nicht übel gewollt.» Immer still der Priester: er hätte, sagt man, dem Kurfürsten in Bayern weichen müssen.
Flammend blickte, beide Arme schräg über die Lehne legend, Eleonore den Kaiser an, dessen Gesicht klein in seiner Gequältheit erschien, etwas Drohendes in ihrer Stimme: man erzähle sich überall, es sei nicht der Kaiser, sondern der Bayer gewesen, der den Herzog abgesetzt habe. Durchbohrend Ferdinand vorgebeugt: «Denkst du das auch?» Sie legte sich angstvoll zurück: «Ich fragte doch.» Heiser Ferdi-

nand: «Frage nicht, Eleonore. Du denkst zuviel an Mantua.» Sein Ausdruck wechselte, wie er sie fixierte; dann sanfter: «Du weißt nicht, wie es zugegangen ist. Ich habe Italien nie übel gewollt. Friedland auch nicht. Ich hätte dir gern Freude gemacht, Eleonore.» Sie hauchte, fast zärtlich, sich über ihren Schoß errötend breitend: «Ich weiß, Ferdinand. Verzeih mir.»
Sie schwiegen. Die Schloßwache marschierte mit langsamem Gesang über den Hof, das helle Winterlicht erfüllte bis in die Winkel den warmen weiten Raum. Eleonore, anscheinend zuhörend: «Welche schönen weltlichen Lieder es gibt.» Der Kaiser, der gebrütet hatte, auffahrend, als wenn er etwas abwürfe: «Also es sieht aus, als wenn ich schuld an der Lage bin. An den Verwicklungen. Vielleicht, nein, ich bin schuld an dem sogenannten Verrat Wallensteins. Das alles leuchtet mir nicht ein. Ich sage es zehnmal. Und wenn man mir zehnmal und zwanzigmal widerspricht.» Nach einer Pause hitzig mit Gesten gegen Lamormain, der sich hochgesetzt hatte: «Und wenn ich Schuld habe. Wir reden jetzt nicht davon. Wie lange ist Regensburg her. Ich kann es schon gar nicht mehr denken. Regensburg ist schon fast nur eine Einbildung. Was kommt man mit Regensburg. Wenn ich den Herzog entlassen habe, dann ist alles wieder gutgemacht. Wenn er beleidigt war: er ist Feldhauptmann geworden; er hat, was er will. Was will er?» Die Mantuanerin drückte ihren langen Fächer auf seinen fuchtelnden Arm; er solle sich nicht erregen, die Dinge würden bald wieder ausgeglichen sein. – «Ausgeglichen. Ich weiß es nicht. Ich weiß nicht, was das Ganze soll. Was dahinter steckt.» Eleonore behutsam: «Wohinter.» «Nun versteh doch, Eleonore. Ihr versteht mich gewiß, Ehrwürden. Höre doch einmal. Es ist ja gar kein Grund für den Herzog vorhanden, gegen mich zu sein. Ich habe ihm keinen Anlaß geboten. Er ist Haupt des Heeres mit der ungeheuersten Vollmacht. Wir bestreiten sie ihm nicht.» Seufzend Eleonore: «Er will nicht.» Bittend Ferdinand mit gespanntem Gesicht: «Was ist, Pater. Was wißt Ihr.» Nichts, als daß dem Herzog nicht genug sei an den Vollmachten und an dem Heer; daß er nicht zufriedenzustellen sei. – Was er denn wolle. – Er vergißt nicht, daß man ihn bei Regensburg weggeschickt hat. Er läßt das nicht liegen, es ist ihm wichtig für sein Handeln wie irgend etwas. Und nun gibt er keine Ruhe. – «Wir haben ihn nicht besänftigt mit dem neuen Kommando?» «Den Herzog?» «Nun?» Lamormain lachte freundlich, tauschte Blicke mit der Kaiserin, die lächelte: «Kaiserliche Majestät. Ich will kein Beispiel

geben. Es sollte mir auch schwer sein, für den Herzog ein Beispiel zu finden. Im Grunde braucht man nur zu sehen – wenn ein Stein auf einen Marmorboden geworfen wird –, eine Kante von dem Stein bricht ab: diese Kante ist nun in alle Ewigkeit ab, sie kann nur durch einen Entschluß Gottes wieder am Stein befestigt werden.» – «Nun?» «Der Herzog weiß, wer er ist. Er hat es in Regensburg gemerkt. Es paßt ihm nicht, er verzeiht es nicht, daß er so ist, unser, der Kaiserlichen Majestät Feldhauptmann, und weiter nichts.» Ferdinand biß mit gerunzelter Stirn an seinem Handknöchel, er arbeitete mit dem Zeigefinger an seiner Unterlippe, brachte hervor: «Seht einmal, Lamormain. Ist es Euer Eindruck – hat man dem Herzog irgend etwas in den Weg gelegt.» «Nicht doch», lachte behaglich Lamormain. «Oh, warum lacht Ihr denn», Ferdinand seufzend, flehend, «sagt mir doch, was ist.» Mit großer Weiche der Jesuit: «Majestät wollen wissen, was man dem Herzog in den Weg gelegt hat. Nichts. Es hätte keiner wagen können. Er hat ja die ganze Macht allein.» Erleichtert Ferdinand: «Nun also.» Lamormain mußte ein anspielendes Lächeln unterdrücken: «Es genügt ihm nicht.» Unsicher Ferdinand, an seinem Gesicht, an seinen Händen hängend, die ganze schwarze starke Gestalt des Jesuiten mit den Augen verschlingend: «Es ist ihm nicht genug.»

Und im Hintergrund fühlte er sich etwas regen, ganz unerwartet sich aus dem Grauen Tiefen schieben, etwas mit tausend Füßen, das lief, lief, das ihm entgegenlief, dem er entgegendrängte, gegen das er sich stemmte. «Puh, puh», spie er. Das wieder. Dahin, dahin wieder.

Er stand aus dem Sessel auf, das Kleid Eleonores rauschte neben ihm, es duftete stark neben ihm; sie war, wie der Ekel sein Gesicht entstellte, zu ihm gedrängt. Sie gingen nebeneinander Arm in Arm über die Teppiche der Galerie. Lamormain stellte sich an die Brüstung der Galerie. «Es ist ihm nicht genug», flüsterte Ferdinand, als sie an Lamormain vorbeizogen, hielt etwas an. Sein ausgerenktes Gesicht. Er hielt Eleonore an beiden Armen vor sich fest. Die Mantuanerin halb weinend: «Er ist ein Teufel.» Von der Seite Lamormain schwer traurig: «Kein Teufel. Ein armer Mensch.»

Er hielt noch die Mantuanerin umfaßt, stierte ihre Augen an wie Fremdkörper, ihre verkräuselten Haare, ihren auseinandergezogenen Mund, ihre abwärts gesenkten Mundwinkel, einen Finger hob er: «Dies ist es. So sind die Menschen. Der Pater hat es gesagt.»

Und wieder wimmelten über ihn die tausend kleinen krebsartigen

Füßchen, der schuppentragende langgestreckte Leib; der Leib war so dicht über ihm, er hatte Neigung, sich zu bücken.
«Was sagst du dazu?» Sie mit tränenerfüllten Augen, gebrochener Stimme, ihn im Gehen fortziehend; sie suchte ihrer Stimme einen leichten Ton zu geben: «Es wird nicht schwer sein, etwas gegen ihn zu tun. Wir brauchen darum nicht zu sorgen. Wir werden morgen den Fürsten Eggenberg und unseren lieben Schlick bitten. Sie werden uns erzählen, was zu tun ist.»
Der Kaiser ließ sich, ihren Arm ablösend, in seinen breiten Armstuhl nieder; die geschnitzten Menschen empfingen ihn, über die Lehne fließend, Männer Kinder Frauen, abgleitend, sich hebend, er fragte Lamormain: «Ehrwürden?» Der trat seitlich, mit dem Stock stampfend, plump hervor, pflanzte sich hinter seinem Stuhl auf, die Lehne angeklammert: «Dies alles ist uns nichts Neues. Die Kirche kennt seit lange die Menschen. Wir rechnen mit diesen Menschen. Wir müssen sie brechen auf irgendeine Weise.» Ein Zittern hatte den Kaiser befallen: «So sind die Menschen. Ihr habt recht. So bin ich wohl auch. Wir können es nur ändern, wenn wir uns der heiligen Kirche unterwerfen.» Der Priester redete leise: «Die Menschen sind böse. Sie haben teil an der Erbsünde.» An Eleonore wandte sich, zu ihr aus der Tiefe des Sessels die Arme ausstreckend, der Kaiser hauchend: «Siehst du. Wir sind davon befallen.» «Ich weiß es, Ferdinand.»
Das schuppentragende lange Reptil schurrte rauschte klapperte über ihn; Entsetzen lag auf Ferdinands Gesicht.
«Der Friedländer zahlt mir's heim. Was bin ich anders. Wir werden morgen den Fürsten Eggenberg zu uns bitten.» Lamormain lächelnd, die schwere Faust hebend: «Wir brauchen keine Sorge haben. Er wird bewältigt werden, der verräterische Mann.» «Seht Ihr, seht Ihr, wie gut», hauchte zitternd, zaghaft zu ihm aufsehend der Kaiser, der ihn und Eleonore mit weißlichen Blicken übergoß. Dabei kaute er an seinem Schnurrbart. Durch ihn fuhr, er erlitt es, es machte seine Schultern schwach, füllte seinen Mund mit lauem Speichel: daß er die Worte eines andern sprach, daß ihn dies alles gar nichts anging. Er war durchkreuzt; der Friedländer war ein starker Feldherr; was tun solche Feldherrn: er konnte seine Gedanken nicht daran annageln. Halbe Minuten dachte er: die Kurfürsten werden sich zufrieden geben, ich werde den Friedland entlassen. Er war ja in Wien, in Wien. Er kaute wieder an seinem Schnurrbart.
Vor seinem Bett stand er nachts in seinem Schlafmantel, hob die

Arme vor die Stirn, stieß mit den Ellbogen beiseite, schnob, daß der Leibkammerdiener aufhorchte: «Gebt Raum, gebt Raum.» Er durchmaß den fast finsteren Raum, rieb das Gesicht am metallenen Leib Christi, keuchte, drohte. Er schlug mit beiden Fäusten gegen die nackte Brust, als wenn er seine Besinnung herrufen wollte.

Wie er am nächsten Tage in Wolkersdorf war, zog er seine schmutzige Handwerkertracht an, gab seinem Kämmerer Bescheid; sie spazierten ziellos durch den Wald. Aber es war ersichtlich, daß der Kaiser einen Weg suchte. Sie kamen zu einer Kohlenbrennerei, und als sie ein Stück weiter gegangen waren, begegneten ihnen drei Männer, zwei dicke Bauern, die Ferkel im Sack auf dem Buckel trugen, und ein lustiger Dominikaner. Die beiden Männer schlossen sich ihnen an. Der Mönch erzählte lange muntere Geschichten, bis bei einer Gelegenheit herauskam, daß seine beiden bäurischen Begleiter Neugläubige waren. Da wand er sich, bekreuzigte sich, schlug die Hände zusammen. Sie gaben trotzig lustige Antwort, setzten ihm auf jede Schulter ein weißes quiekendes Ferkelchen, daß die Tierchen sein Lamento überschrien. Der Kämmerer redete ihnen gütlich zu; der Dominikaner, ihm dankend, wandte sich eifrig, hochrot an die Bauern, ob sie denn nicht geneigt wären, in dieser schönen freien Gottesnatur wenigstens ihn anzuhören, ihn sprechen zu lassen. Es gab eine Debatte über das Recht der Ferkelchen, sich auch vernehmen zu lassen. Sie versenkten dann die Tierchen wieder in den Sack. Der Dominikaner sprach auf sie ein. Er sprudelte.

Was sie denn nur wollten. Warum passe ihnen der alte Glaube nicht. Hätten sie sich ihn ausgewachsen, das alte Wams. Ei, und es paßte doch so gut. Warum denn nur die albernen neuen Moden. Wüßten denn auch die Bauern, wie die frommen Bürger und Edlen in der Stadt französisch aufgeputzt dahermarschierten. Welche Äfferei. Sie, wackere Bauern, Ferkelchen im Sack, und Neugläubige! Wenn sie es nicht sagten, würde man es nicht glauben. Sie möchten doch einmal die Ferkelchen fragen, ob sie einen anderen Glauben hätten als ihre Eltern und Ureltern und weitere Voreltern und Ahnen bis in die Arche Noahs hin. Bei Jesus, solch Tierchen ist den weisen, weisen Menschen über. Man wirft nicht Dinge holterdiepolter in die Asche. Immer sachte, immer vorsichtig, taugt noch alles was. Wer wird so lumpen, einen neuen Glauben, wenn der alte noch ganz gut ist. Hä, und ist er nicht gut?

Da gaben die beiden nur zum Bescheid, er rede so flink und glatt

daher. Solle er nur weiterreden, sie hörten gern zu. Der Kammerdiener nickte.
Ja, es gäbe nichts, was nachsichtiger wäre als der wohltemperierte, allen angemessene alte katholische Glaube. Sie könnten schon immerhin, wenn sie sonst etwas glaubten, es glauben. Störe sie niemand darin; wer wird gleich schimpfen, wer wird einem Menschen nicht erlauben, ein bißchen zu glauben, was ihm beliebe. Der katholische Glaube sei wie ein Lämmlein oder wie ein Geblendeter, den man am Bändchen führt; er folge völlig den Menschen. Seht hin, ich zeig' euch, wie das Lämmlein lagert und fromm spielt. Das katholische Christentum wolle nichts vom Menschen, keinen Zwang, kein bißchen Gewalt. Aber die lutherischen Prädikanten schwatzen großwichtig daher von ‚Überzeugung' und dem ‚inneren Glauben' und was noch, das das Christentum verlange. Verlangen könne man schon, aber wer soll das leisten. Wer hätte denn Zeit für all das Zeug? Wieviel Menschen hätten denn Lust, sich soweit mit diesen hohen und gar schweren Sachen abzugeben; müßten sich ja fürchten, sich daran zu vergreifen in ihrer Einfalt. Da wolle das gute fromme katholische Christentum von seinen Gläubigen nichts als ein bißchen Händefalten, einen sonntäglichen Spaziergang, Geflüster, einen Kniefall.
«Und ist das schwer. Es ist führwahr nicht so schwer, wie diese Säcke zu tragen und daheim sich mit seinem Hauskreuz herumzuplacken. Ein kleiner Spaziergang, o je, wieviel mehr verlangen die Herren Richter, die Lehrer in der Schule von einem Kind; solch Kind wird gequält. Ja freilich, man muß manchmal fasten. Das lass' ich gelten, es ist nicht jedermanns Sache; aber zehn Heller, zwanzig Heller: ein anderer fastet für dich, oder der Priester erläßt es dir. Das katholische Christentum erlaubt jedem, der ihm anhängt, sich in der erhabensten Gesellschaft der Märtyrer und Heiligen einheimisch zu fühlen. Kein Betrüger kann ein einfacheres und wirksameres Mittel erfinden, um hoch und höher zu kommen; und keiner kann sich ein Ziel stecken, das höher ist. Welche großmächtige Gewalt besitzt die katholische Heilige Kirche. Und gibt es eine Gewalt, die ihre Macht sanfter gebraucht; sie kann im Diesseits und Jenseits die meisten Menschen spießen, sieden, brennen, schmoren lassen. Statt dessen stellt sie ihnen schöne Bilder hin in hohen Gotteshäusern und man braucht sie nur anzugucken. Sie tut Orgeln und die geübtesten feinsten Sänger auf die Chöre, und man braucht sich nur hinsetzen und zuhören; währenddessen hat man nichts nötig, als sich das Fluchen

und Gotteslästern zu verkneifen, das auch sonst nicht schön klingt. Alles liefert die Kirche den Menschen, sie setzt ihnen reine, ja königliche Häuser hin. Wenn man es recht betrachtet, was ist denn die Kirche anders als ein Fürstenhof, an den alle, Bauern Bettler Edle Ritter und Grafen Barone bis zum Römischen Kaiser hinauf gleichmäßig geladen sind, um sich zu ergötzen. Jeder kann an ihren Vergnügen teilnehmen, jeder kann sich als Fürst vorkommen, er ist in seinem Haus. Ihr Törichten, was wollt ihr. Ihr braucht nicht beten, braucht euch nicht bemühen. Alles wird euch abgenommen. Wir sind die Schlosser und die Haustür: Ihr braucht uns nur bitten, wir machen auf. Das Himmelreich kann euch nicht entgehen. Wir haben so viel Gnade geerbt, die Märtyrer haben uns davon hinterlassen, daß wir und unsere Gläubigen bequem Jahrtausende davon in dulci jubilo leben können. Und haben dabei gar nicht nötig, arg hauszuhalten. Wo sollen wir nur hin mit den ganzen Scheuern der Gnade. Wir werden ja manchmal Lust bekommen, so einem armseligen Protestantlein, das unter dem Tisch hockt, ein Knöchelchen hinzuwerfen. Und Ihr – Ihr könnt nur immer tun, was Ihr wollt. Wer katholisch ist, kann ruhig inzwischen auf Erden seines Weges ziehen. Für ihn ist gesorgt. Es ist alles vorbereitet; er braucht sich nicht drum zu bemühen. Geht hin, wohin Ihr wollt, es nimmt Euch keiner was weg. Ihr habt zu pflügen, zu düngen, das Vieh zu füttern, die Pferde zu striegeln, von den Kindern ist eins bockig, Euer Nachbar zankt mit Euch. Es gibt für Euch soviel schöne und wichtige Sachen, Wein Musik Tanz kleine gelustige Fräulein Kartenspiele Hahnenschlagen Kirmes. Und die Raufereien und dem Nachbarn die Zähne zeigen. Wir werden Euch nicht stören dabei. Wir hüten schon Euren himmlischen Besitz.»
Der Dominikaner wackelte vergnügt mit dem Finger: «Gell, eine feine Religion? Was sagt Ihr zu meiner Religion?» «Läßt sich hören», sagten die beiden Bauern. Sie setzten sich zu fünf in eine Mulde des Waldbodens; die Bauern zogen Schinken und Brot hervor. Während die Bauern schmatzend den Dominikaner hießen, noch mehr Späße oder Frommes zu erzählen, schlichen die beiden Männer davon.
Sie kamen in eine öde Gegend.
Einen singenden Bettler fragte der Kaiser, während der andere zurückblieb, nach allerhand. Der Bettler führte den Kaiser, nahm, als sie einen kleinen Bergpfad erreicht hatten, Abschied, trabte singend weiter. Den Kopf gesenkt, zog Ferdinand des Wegs. Bäume traten

auf, ratlos sah der Kaiser zwischen die Stämme. Er erwartete den anderen; wo die Höhle des Einsiedlers, des frommen Jeremias, sei, wußte er nicht. Sie setzten sich auf den Boden. Ein kleines Mädchen mit einem Körbchen kam an. Sie gingen ihr nach, eine Waldschneise hinauf. Sie lief über einen Steinhaufen. Als sie zurückkam, gab ihr der Kaiser eine Handvoll Heller; sie möchte dem frommen Jeremias sagen, ein armer Mann begehre zu ihm. Sie lief, und als sie wiederkam, meinte sie, der fromme Einsiedler hätte gesagt, er sei selbst ein armer Mann und brauche kein Geld. Ihren kleinen Kopf streichelte Ferdinand; sie möchte die Heller behalten; möchte sie doch noch einmal zu dem Einsiedler gehen; er begehre nach seinem Wort.
Darauf erschien drüben hinter dem Steinhaufen barhäuptig ein schlanker jüngerer braunbärtiger Mann, der lange schweigend ihnen gegenüberstand. Er blinzelte eine geraume Zeit gegen das Licht, hatte eine schrecklich tiefe Blässe des mageren Gesichts. Die Steine rollten; leise fragte er, als sie herangekommen waren, unsicher zwischen beiden hin und her blickend, was sie wollten. Ferdinand stammelte etwas. Der Kammerdiener ging zurück.
Und wie Ferdinand seinen versunkenen Blick zu dem Mann hob, war dessen rechtes Ohr und halbe Wange abgefressen; Stumpfe und Löcher, Geschwüre und Hautfetzen, tiefdunkelrot mit schmierigen Belägen; die Nase des Mannes fein, an einer Nüster angefressen. «Laßt nur», winkte Ferdinand, als ihn der Einsiedler vor die stallartige Höhle geführt hatte, «ich will hier sitzen und Euch zusehen.» Der Einsiedler, nach einigen unschlüssigen Bewegungen, gab ihm einen Rosenkranz in die schlaffe Hand; Ferdinand setzte sich auf die bloße Erde, während ihm die Perlen entrollten. Mit trüben Augen, müdem Ausdruck stand der junge Einsiedler vor ihm, verschwand wortlos in dem Dunkel, aus dem bald ein leises, heftiger werdendes, wieder abschwellendes Gemurmel und Ächzen kam.
Nach zwei Stunden trat der Diener an Ferdinand heran. Der Mönch schoß aus der Höhle hervor. Sie verabschiedeten sich. Voll Wehs suchte der Mönch die Augen des anderen, dessen Mienen sich nicht entspannt hatten. Er gab ihm den Rosenkranz mit, bekreuzigte sich hinter ihm, kniete betend an die Stelle hin, wo jener gesessen hatte.
Der Kaiser kehrte langsam durch die Schneise zurück in den Wald.
Plötzlich war mitten auf breitem Waldpfad ein starkes Flügelschlagen hinter ihm. Er schloß die Augen, blieb stehen, hielt den Kopf steif nach vorn.

Flügelschläge, mächtige Flügel, Flügelpaare, die den Sand peitschten, wehenden Wind vor sich warfen. Er wurde fast nach vorn gehoben. Er erduldete es einige Sekunden. Zögernd schritt er weiter. Noch einmal gab es ein Wehen, Flügelschlagen von riesigen niedersausenden, sich steil aufstellenden Adlern hinter ihm. Ihm stand das Herz still. Wie er zehn Schritt weitergegangen war, sah sich sein völlig versteintes Gesicht nach dem Diener um. Der pendelte ruhig einige Meter über den Weg. Arm in Arm ging er mit dem bestürzten Mann. «Das ist mehr, als ein Mensch ertragen kann.»

DIE SCHWEDISCHEN Heere über das Reich verstreut. Oxenstirn hielt sie im Zaum. In Thüringen Wilhelm von Weimar, in Bremen Verden Lesley, in Magdeburg Lohausen, in Schlesien Oberst Düwall. Oberrheinischer kurrheinischer Kreis Georg von Lüneburg, Feldmarschall Horn Elsaß und schwäbischer Kreis. Geschleudert war in die Flanke Wallensteins, als er sich regte, der junge Fürst, der einmal Oberst von Gustafs Leibregiment zu Pferde war, Bernhard von Weimar, als Friedland ihnen den Rücken kehrte und glaubte, sie seien in Vergessenheit versunken. Wie die Kaiserlichen hinter den böhmischen Gebirgsmauern verschwanden, fingen die schwedischen Obersten, Offiziere und Gemeine an, deutsches Land zu schlucken. Von Bayern, der herrenlosen Kur, Würzburg, Bamberg wurden Stücke abgetrennt, ihnen als Rekompens zugeteilt; Schweden behielt sich die Oberherrlichkeit vor. Dem hochfahrenden Bernhard fiel aus Bamberg und Würzburg ein Herzogtum Franken zu als rechtes Mannlehen der Krone Schweden; er schwur eine ewige und unwiderrufliche Konföderation mit Schweden.
Friedland lag stumm in Böhmen. Da zwang sich, ungewandelt, Oxenstirn die vier oberländischen Kreise unter. Der Sachse, bitter der fremden Herrschaft im protestantischen Direktorium widerstrebend, suchte die oberdeutschen Reichskreise zu sich herüberzureißen, aber Oxenstirn behielt die Oberhand. Zu Heilbronn mußten die Deutschen geloben, die notwendigen Armeen für den Schweden zu unterhalten; Oxenstirn, ein Schwede, setzte sich hin als Direktor des Bundes und oberste Entscheidung in allen Kriegssachen.
Geführt von dem französischen Gesandten, von englischen Herren begleitet erschien auf diesem winterlichen Kongreß zu Heilbronn

eine schwarz verschleierte Frau, glühende Augen, lässige Fülle; sie setzte sich mit Feuquières auf eine besondere Bank, hörte den Beratungen zu. Dann sprach in langer entschlossener Rede ein kleiner Mensch für sie, Rusdorf. Er schilderte das Schicksal des Pfälzer Kurfürsten, erwählten Böhmenkönigs Friedrich, der wie das Gewissen dieses Krieges gelebt habe. Sein Unglück habe mit dem Prager Treffen begonnen, sei geendet bald nach dem Tod des gottseligen Schwedenkönigs. Er habe gelebt und sei gestorben als guter Deutscher und protestantischer Kurfürst. Seine Sache dürfe und werde nicht mit ihm welken. Dieser Konvent werde nicht umhin können, eine Entscheidung über seine Sache herbeizuführen. Es dürfe nicht scheinen, als hätte man sich des Kurfürsten Friedrich bedient zu eigenen Zwecken, wie die Widersacher verleumderisch in die Welt setzen. In allen, die protestantisch im Römischen Reiche seien, lebe auch fort die hoheitsvolle Gestalt seines Herrn, der am ersten die Schlange beim Kopf gepackt hätte und von ihrem Biß nicht gesundet wäre.
Er blickte, als er sich setzte, die Dame neben sich an. Sie stand kopfsenkend auf, schob den Schleier beiseite. Die evangelische Elisabeth lächelte freundlich und schelmisch verlegen; sie hatte rote runde Wangen wie immer. Sie sagte, ein Kichern kaum unterdrückend, der gelehrte Herr Rusdorf habe wohl und genugsam gesprochen; sie freue sich, die Herren wiederzusehen, die ihrem seligen Gemahl nahegestanden hätten und oft ihre Gäste gewesen wären. Darauf, schweigend und von unten blickend, stärker in den Saal lächelnd, weil sie einzelne Edle erkannte, drückte sie, plötzlich seitlich gewandt, die Rechte ausstreckend, dem Feuquières die Hand, der verständnisinnig nickte, nach ihr sich erhob und eine feine prahlende sentimentale Rede losließ, die den tapferen Friedrich feierte und als ein Hauptziel des Krieges bezeichnete, sein Haus wieder einzusetzen und sein Schicksal zu rächen.
Trotz schwedischen Widerstrebens kam nach tagelangem Diskutieren ein Beschluß zustande, besonders auf Drängen des Franzosen, der den Schweden nicht das Zuviel an Macht gönnte. Die deutschen Stände verlangten, von Rusdorf gejagt, diesen Beschluß; sie wollten auch irgend etwas erreichen. Dem Gefolge Oxenstirns war bekannt, daß hinter diesem ganzen Überfall mit dem Erscheinen der Kurfürstin und dem Eingreifen des Franzosen nur Rusdorf steckte; Rusdorf wußte, daß sein Leben bedroht war, aber tapfer agitierte das ergraute Männchen hinter den Deutschen, trug den vornehmen Fran-

zosen jeden neuen Winkelzug zu. Es wurde den Schweden abgerungen die eroberte Rheinpfalz; sie war sofort dem Hause Friedrichs zu übergeben. Nicht entringen ließen sich die Schweden die Kontrolle über die Festungen und über das Kirchenwesen. Laut sagte Rusdorf bei der Verkündung des Beschlusses, daß er ihn als Vertreter des pfälzischen Hauses annähme. Für den Augenblick gebe man sich damit zufrieden. Er werde aber nicht ruhen, bis auch die letzten Einschränkungen gefallen seien. Als er im Begriff war zu erklären, daß der Beschluß bei dem Widersacher ein hämisches Lachen über die Uneigennützigkeit der Fremden auslösen werde, drückte ihn begütigend Feuquières auf die Bank; die Schweden hatten ihn schon verstanden.
Trauerreich und glückvoll war die Einreise der Kurfürstin und des Bruders Friedrichs, eines phlegmatischen Philipp Ludwig von Simmern, in die schöne sanfte Pfalz. Und als sie zum erstenmal den Neckar mit seinem blanken flachen Spiegel wiedersah, an die prunkvolle Fahrt mit Friedrich in dem Brautschiff dachte und an das jäh sich erhebende niederknatternde Unglück, Prag, Dänen, Schweden, Krieg, endloser Krieg, sie alle gepreßt, jahrelang gewalzt, verblichen der feine von ihr fast übersehene Friedrich, da weinte sie hysterisch, wollte stundenlang nicht weiterfahren, verlangte nach England, zu ihrem Bruder, dem König Karl. Sie wollte nichts wissen von diesem Deutschland. Auch Rusdorfs Herz war erbebt beim Anblick der dunklen Platte des sich hinschlängelnden stillen Neckars. Er besänftigte sie; erzählte, sich bezwingend, von den schönen Gemächern, die sie erwarteten. Mit Mühe konnte er sie später abbringen vom Jammern um die zerschossenen eingeäscherten Flügel des Schlosses. Er selbst, in Freude erweichend, lief über die Dörfer, setzte die Amtsleute ein, knüpfte alle Fäden. Schrieb an seinen alten leidenden Freund Pavel, der in den Niederlanden saß, lud ihn zu kommen, des Grams ein Ende zu machen; bald werde die Kurpfalz von allen Fremden befreit sein. Er lobte neckisch seine eigene Zähigkeit, die er mit der Art einer Bremse verglich.
Genau einen Monat nach seiner Rückkehr auf Heidelberg wurde er an der Tür seines Quartiers angenagelt gefunden. Er lebte noch, als man ihm unter furchtbaren Schmerzen die Nägel aus den Handtellern gezogen hatte; die aus den Füßen konnte man nicht herausreißen, sie waren durch die Knochen getrieben. Es war schwedische Arbeit, wie er sterbend angab; er bat, die Sache nicht zu verfolgen, sie sei aussichtslos. Pavel fand ihn nicht mehr lebend vor. Die Beisetzung

seines Freundes übernahm er. Viele hohe Herren der rheinischen Kreise, auch fremde, waren zugegen; sie lobten den kleinen entschlossenen Mann, beklagten seinen überraschenden Tod. Die Gerüchte über die Todesart wurden unterdrückt.
Pavel bat sich die Tür aus, an der sein Freund gehangen hatte. Er überlegte lange, ob er der Kurfürstin und dem Administrator nachgeben sollte und Nachfolger Rusdorfs werden. In den Papieren Rusdorfs fand er dann Aufzeichnungen, aus denen hervorging, daß Rusdorf selbst es war, der ihn damals in Wien fast ermordet hatte, aus Scham und in Sorge um ihre Aufgabe. Aus Briefen mit einem Prädikanten, den der Tote eingeweiht hatte, ging hervor, daß er lange verfolgt war von dem wahnhaften Gedanken, Pavel wirklich ermordet zu haben, und dagegen Hilfe suchte.
Den Kopf senkend, erklärte sich Pavel bereit, an die Stelle des Toten zu treten.

DIE GERÜCHTE, daß der Herzog zu Friedland an der Spitze einer großen Armada plane, vom Kaiser abzufallen, überall verbreitet, erregten die böhmischen landflüchtigen Exulanten und die Unruhigen in Prag und auf dem Lande. Niemand verstand diesen Mann, der offenbar die Sachsen ins Land gelockt hatte, sie dann heraustrieb, mit Graf Thurn konspirierte, ihn gefangennahm, freiließ. Von dem Dresdener Komitee wurde Sesima Raschin, der schwarzhaarige Fanatiker, zum Herzog beordert. Er traf in Prag die wohlbekannte Situation an: das Heer ringsherum in Winterquartieren, im Hauptquartier scharfe Tätigkeit für neue Werbungen, Finanzpläne. Eine Anzahl neuer Gesichter in der Umgebung Friedlands; Schweden Franzosen Sachsen im Palast aus- und einkehrend.
Raschin wurde vorgelassen; mißtrauisch horchte ihn der Herzog aus. Er hatte geglaubt, der Kundschafter käme vom sächsischen Hofe; als er von Böhmen hörte, schimpfte er; ob wohl der alte Narr Thurn, das Großmaul, dahinter stecke. Wieder und wieder versicherte Sesima, daß im Lande alles vorbereitet sei, gespannt auf ihn warte, daß die Schweden ihm behilflich sein würden; man hätte gute Kunde von Bernhard von Weimar, daß er dem Herzog zu Friedland wohl vergönne, sich in den Besitz Böhmens zu setzen. «Ihr Schelme allesamt», keifte Wallenstein, der nur aus einem Auge blickte; das andere, gich-

tisch entzündet, war mit schwarzem Tuch dick verbunden, «ihr haltet mich für eine Leiche, daß ich euch für alle Gaunereien gut genug dünke. Macht eure üblen gefährlichen Geschäfte allein; seid wohl schon tief im Morast, daß ich euch herausziehen soll.»

Sesimas Audienz war kurz; als er sogleich, schwer gekränkt und enttäuscht, abziehen wollte, wurde er vom Grafen Trzka und einem Grafen Kinsky am Arm gefaßt und im Schloß festgehalten. Sie erwiesen sich als orientiert über das Vorhaben Raschins, schienen auch genaue Kenntnis über die friedländischen Pläne zu haben, baten ihn, zu verweilen, es sei alles im Fluß, dränge dem Frieden zu, er möchte nicht Mißstimmung unter die Böhmen und nach Sachsen tragen. Graf Kinsky erzählte heimlich dem jungen aufhorchenden Böhmen, er möchte nicht darüber sprechen, auch von französischer Seite habe man dem Herzog das Königreich Böhmen angetragen, Sesima möchte sich im Hintergrund halten, der Herzog schwanke, man wisse nicht genau, womit er umgehe. Daß er dem Kaiser böse wolle wegen seiner Absetzung, sei sicher; es drehe sich nur darum, ihn, den Herzog, in die Zange zu bekommen, daß er sich nicht rühren könne, ihn aus seinen Zweifeln zu lösen. Die Stunde der Schilderhebung rücke näher. Sesima war über diese Neuigkeiten sehr beglückt, fragte, wie man denn den Herzog in die Zange kriegen werde. Das sei nicht einfach, meinte Kinsky, der ein schlauer eitler älterer Kavalier mit blassem bartlosen faltigen Gesicht war, es gehe darum – nun, dem Herzog zu helfen; Friedland schwanke, das müsse man ausnutzen, man muß es dahin bringen, daß die kaiserliche Sache für ihn ganz unannehmbar werde, dann gäbe es kein Besinnen mehr. Raschin merkte auf; staunend äußerte er, das sei aber ein hohes Spiel. Selbstgefällig Kinsky kichernd: was hohes Spiel; er sei in Paris zu Hause, in Fontainebleau ginge er aus und ein; beim Pater Joseph und dem großen Kardinal würde ganz anders gespielt, schlau, mutig und – gottlos. Darüber freute er sich sehr: gottlos, ja so seien die französischen Diplomaten, aber das sei die wahre, rechte, die einzige Schule. Und er gab dem Böhmen den Rat, sich nicht zu oft vor Wallenstein blicken zu lassen, am Hof zu bleiben, in Böhmen und Sachsen ruhig alles weiter zu betreiben, als werde der Herzog ihnen zufallen. Beim Abschied flüsterte Kinsky, die Augen aufreißend und drehend, er könne ihm noch nicht alles verraten, aber der Herzog sei ihnen sicher; «sucht Euch schon jetzt ein Stück aus Niederösterreich oder Steiermark aus; was haltet Ihr von Graz? Appetitlich, appetitlich, gelt?»

Kinsky, der ein Schloß in Teplitz besaß, verbannt war, zwischen Pirna und Paris vagierte, die französischen Verhandlungen Wallensteins führte, machte es sich zum Ehrgeiz, vor den Herren in Fontainebleau seine Sache zu einem glänzenden Abschluß zu bringen. Reich wie er war, steckte er sich die französischen Dukaten ohne Dank in die Tasche; seine Arbeit war mit nichts zu hoch bezahlt. Den Herzog vom Kaiser abbringen: eine famose Aufgabe, und dabei gar nicht schwer; er war nur ein Glückspilz, daß ihm das zugefallen war. In den Konventikeln der konspirierenden Edlen ließ er sich feiern; hin und her geschleudert war man von den Ereignissen; man rüstete, opferte für Waffen und heimliche Anwerbung große Summen; der Augenblick des großen Schlages rückte näher, der Bezwinger der Dänen und Schweden, Friedland, hatte ihre Sache zu seiner gemacht.
Als der Herzog Kinsky den sonderbaren Brief Slawatas gab, wonach dem Herzog von Wien Gefahr drohte – Wallenstein nickte finster: «vielleicht hat mein Vetter selbst etwas gegen mich vor» –, erwog Kinsky für sich: es wird schon etwas dran sein an dem, was sein alter Freund Slawata schrieb. Er kam, liebäugelnd mit seinen Gedanken, auf den genialen Einfall, mit dem Grafen Slawata, kaiserlichem Geheimen Rat, eine private Korrespondenz zu beginnen, ihre alte Bekanntschaft zu erneuern. «Ich treibe meine eigene Politik», sagte er entzückt zu sich, als er den ersten schwadronierenden Brief nach Wien losließ, erklärte sich für einen besonderen Intimus des Generalissimus. Er gedachte Tropfen um Tropfen Gift in Slawatas Ohr zu träufeln, bis er den Herzog unmerklich so weit hatte, wie er wollte, und der Herzog gebunden wäre. «Wir werden sie kriegen», seufzte er glückstrahlend, sich in seinem Klingenbeschlag spiegelnd, «wir werden sie kriegen. Die Herren an der Seine werfen sich zu sehr in die Brust. Es ist nicht nötig. Es ist überflüssig, meine Herren; habt nur etwas Geduld.» Laut sprechend erhob er sich von seinem Schreibkabinett, schneidender Ton in der Stimme: «Der Kardinal von Richelieu, Armand de Plessis, der Pater Joseph! Sieh da, wohlan, sieh da.»
In dem Augenblick, wo der Herzog seine Neigung offenbart hatte, mit den Widersachern in eine nicht genauer bestimmte Verbindung zu kommen, hatte es in seiner Umgebung zu wallen begonnen. Aus bloßen Dienern und Schleppenträgern wurden Akteure, die sich mit Röllchen und Röllchen nicht begnügten, Lust bekamen, sich zu emanzipieren und um sich Zirkel zu bilden. Man trat von außen an sie heran, lockte sie, das Geld lockte, die Eitelkeit lockte, der Wunsch,

einander den Rang abzulaufen. Immer stieß der Friedländer mit gewaltiger Faust dazwischen; rasch wie nach einem Platzregen ebnete sich wieder die Erde, der Schwarm schloß sich, wogte um ihn. Er brauchte sie, keine geschriebene Zeile gab er von sich, die Menschen schwatzten.

Der blonde naive Graf Trzka hatte sich erhoben; er riß in diesem schweren schwingenden Winter an Arnim, dem sächsischen Feldmarschall. Erst saß er in Arnims Quartier, suchte ihn zu verlocken, zum Herzog überzugehen, ohne den Kursachsen zu befragen, da Wallenstein vorhatte, vom Kaiser abzuziehen. Davon wollte Arnim gar nichts wissen; er ruhe im Vertrauen seines kurfürstlichen Herrn und werde es nicht täuschen; und dann fand er, daß Friedlands Verhalten im vergangenen Sommer und Herbst nah an Betrug gegrenzt habe; es sei alles schon leidlich im Wege gewesen, als Friedland Zwang üben wollte. Sachsen habe er verwüstet; die kursächsische Durchlaucht habe einen Eid von einigen tausend Sakramenten geschworen nach den geschehenen Untaten, sie wolle nichts mehr von solchen betrügerischen Traktaten wissen. Als Trzka überlegen lächelte, den Kopf schüttelte, geschickt die letzten Daten zusammenstellte, wonach Wallenstein fast nichts übrigbliebe, als vom Kaiser abzufallen, nichts übrig, ja, daß Wallenstein entschlossen, vielleicht gezwungen sei, in Kürze mit offenen Karten zu spielen, erklärte sich Arnim, immer dem Herzog im Innern anhängend und ihn verehrend, bereit, Trzka weiter zuzuhören, und faßte ihn fast ängstlich bei der Hand.

Er möchte, bat der Böhme, doch dem Herzog als erster nachgeben. Man stehe sich zweifelnd gegenüber, könne nicht von der Stelle; peinvoll sei die Situation des Herzogs, wenn er den ersten Schritt tun solle, der doch für ihn der einzige wäre: zum Sachsen gehen, die Heere zusammenwerfen. Hinter Walleinstein stünde nichts, kein ererbtes anhängendes Land; er sei im Moment vogelfrei; man müsse sich in ihn versetzen, und wer kenne nicht seine Wut auf Wien.

Leidenden Herzens folgte Arnim dem geschickten Unterhändler, suchte seinen Kurfürsten auf. Vor dem jovialen dicken Herrn und seinem spitznäsigen Kammerdiener keine Andeutung von den friedländischen Machenschaften. Arnim hätte alles riskiert; ein Untergebener, der mit seinem Gehorsam spielte, war Johann Georg ein abscheuliches verächtliches aberwitziges Vieh. Unaufrichtig brachte Arnim vor, was er wollte: er fühlte sich gezwungen und verstrickt in das friedländische Netz. Nach Ringen und Würgen gewährte mißlaunig Johann Georg ein neues Verhandlungsrecht; aber daß Arnim das Heer nicht in mißliche Position brächte. Ihn hatte das brutale Vorgehen der Schweden in Heilbronn, die Übervorteilung der wehrlosen Pfälzerfamilie heftig gekränkt; er wollte ab von Schweden. Wieder hoffte er, mit seinem gnädigen Herrn, der erwählten Römischen Majestät, in fürstlich treue Verbindung zu kommen.

«Her, her!» schrie Wallenstein, der völlig blind auf einer Bank inmitten der Ritterstube saß, die verdunkelt war; beide Augen lagen unter heißen Tüchern, die der stille Doktor Ströpenius sehr oft am Ofen wechselte; «seid Ihr allein, Arnim, wer ist mit Euch?» Da war noch der rotbäckige muntere Oberst Burgsdorff, ein Brandenburger. Das erfreute den Herzog; er nannte sich ein geblendetes Huhn, das auf einmal zwei Körner gefunden habe. «Aber will Eure fürstliche Gnaden uns picken?» – Nein, er vermöchte zurzeit nicht gut den Schnabel zu führen, die Schelmereien säßen ihm in den Augen und Füßen; ob sie nicht wüßten, daß der Kaiser vorhabe, ihm einen Strick um das Bein zu legen, damit er nicht zu ihnen schwenke. – Sie kamen auf die Friedensbedingungen, die Wallenstein entworfen hatte. Rittmeister Neumann las vor: die böhmischen Aufständischen sollten amnestiert und entschädigt werden, die Jesuiten heraus aus dem Reich, Religionsfreiheit, Rekompens an die schwedische Krone.

Burgsdorff, Arnim anstoßend: das sei recht schmackhaft, aber man sei nicht sicher, daß so aufgetafelt werde. – Warum nicht. – Wegen des katholischen Satzes: dem Ketzer sei keine Treue zu halten. «Gottes Schand'. Wie bin ich den Hundsfotten, den Jesuiten, gram, die das Wort aufgebracht haben. Ich wollte, der Teufel hätte sie geholt, wollte sie ihm nicht aus dem Rachen ziehen. Gott soll kein Teil an meiner Seele haben, Ihr Herren, wenn ich anders meine. Und will der Kaiser nicht Frieden, so will ich ihn dazu zwingen. Und der Bayerfürst hat das Spiel angefangen. Ihm soll das Land ruiniert werden, daß weder Hahn noch Henne noch Mensch drin zu finden ist. Denn ich will einen ehrlichen beständigen aufrichtigen Frieden im Reich stiften.»

Das befriedigte sie beide sehr. Sie fixierten gemeinsam mit Neumann, rittlings auf ihren Schemeln sitzend, die Punkte auf ihren Schreibtafeln.

Friedland bot indessen, den Ströpenius am Hals umschlingend, mit ihm durch den Saal tappend, ein sonderbares Bild. Er schien, den grauen unordentlichen Kopf vorgebeugt, durch die Tücher gierig sehen zu wollen. Es machte auf die beiden fremden Herren einen

schrecklichen angsterregenden Eindruck, wie er, an den Wänden entlanggeführt, den Unterkiefer herabgefallen, sich nach dem Schall orientierte, den vorgestreckten Kopf hindrehte. Man sah ihm in den roten Mund, fast in den Rachen; die geschwollene Zunge lag und wälzte sich im nassen Speichel. Er sprach mit schwerer schnarchender Stimme; sein Gesicht lang, Mulden an den Schläfen Wangen. An den Tisch geführt, stehend an der Kante sich haltend, fragte er stolz und hämisch knurrend, was die Herren von seinen Vorschlägen hielten. Sie gaben schreibend zurück, es sei gutes Fahrwasser. – Das solle es wohl sein. «Machen wir uns keine Sorge, was die andern denken. Wer viel fragt, kriegt viel Antwort.» So blieb er stehen, horchte, wie sie schrieben. «Was haltet ihr von den Türken», fing er plötzlich an; «man soll sie nicht aus den Augen lassen. Wir zanken uns hier alle auf dem Ätna. Dem Schweden ist der Türke nicht grün gewesen, wie er einen Gesandten hingeschickt hat. Die Römische Majestät fand ihren Gesandten auch nicht besser empfangen. Der Großherr ist uns allesamt nicht grün. Der hat seine Lust an unseren Kriegen.» Und dann marschierte er wieder herum mit Ströpenius, schwadronierte von der gemeinsamen Christenfront gegen den Sultan; das würde ein Spaß werden; die Kreuzzüge seien der europäischen Christenheit noch immer im Leibe; er warf mit Angriffsplänen um sich. Wie sie sich verabschiedeten, forderte er Trzka vor sich.
«Bist du da, Trzka?» tastete er sein Gesicht. «Die Bürschchen, die Bürschchen. Dem Ketzer ist keine Treue zu halten. Dazu ist es not, Ketzer zu sein. Es geht sogar gänzlich ohne Taufe, hoho. Das sind Helden. Wir führen Krieg, ich stell' ihm ein Bein, und das ehrbare Fräulein seufzt: Das schickt sich nicht; ich hab's nicht so gelernt; bei der Muhme Ulrike ging's anders zu.» Trzka wollte Neumann entfernen; Wallenstein, der es merkte, donnerte: «Das ist mein Blut, laß ihn, befiehl ihm nichts. Setz mich, Ströpenius. Was willst du sagen, Trzka.» Er donnerte in falscher Richtung.

DAS LAGER bei Pilsen. Um die Mauern Holzhütten Zelte Höhlen Gehöfte, in die Nachbardörfer übergehend, meilenweit ausgedehnt, Stoppelfelder Gehölze zwischen sich fassend. Nahe der Stadt, von Sümpfen umgeben, durch Gräben Wolfsfallen abgegrenzt, nur auf Brücken zugänglich die Artillerie, lärmende qualmende Schmieden,

wandernde Posten, Kanonenrohre auf Wagen, auf Heu, von Segeln überspannt, einsame schwarze Kugelhaufen. Vor den Hütten kriechende schleppende reitende Söldner, über die Ziehbrunnen schwärmend, schimpfend, Ochsen und Schweine treibend. Übende Fähnlein von Musketieren; Weiber vor Hütten und Erdlöchern an Feuern, kochend, lachend, im Geschrei mit Kindern. Hohe breite Reisewagen, leinenüberzogen, von Reitern eskortiert, über die Äcker in der Anfahrt auf Pilsen, mit Offizieren.
In der kalten Morgensonne trugen schläfrige Stückknechte auf den Schultern Bandhaken, langstielige Ladeschaufeln, Hebebäume nach dem Artilleriepark herüber. In kleinen Verschlägen klöppelten Tischler an Spannbänken für die Sehnen der Armbrüste. Von Zeit zu Zeit wütendes Gekläff, gelle Menschenrufe.
Musik; Kompagniefeldspiel im langsamen Schritt vor der Stadtmauer herüber; baßtiefe Soldatenstimmen: «Wir zogen in das Feld, wir zogen in das Feld, da hatten wir weder Säckel noch Geld. Wir kamen vor Siebentor, wir kamen vor Siebentor, da hatten wir weder Wein noch Brot. Wir kamen vor Friaul, wir kamen vor Friaul, da hatten wir allesamt leeres Maul. Strampe de mi, strampe de mi, alla mi presente, al vostro signori.» Der Fähnrich spazierte neben dem federwallenden Hauptmann, die Rennfahnen am Gürtel vor dem Bauch aufgestemmt, lange Stange mit steifem Blatt, darauf das bunte Wappen des Hauptmanns, junge Vögelchen, aus einem Neste die Hälse reckend. Der Hauptmann ging in ein kleines Haus am Weg, die Kompagnie löste sich.
Drei Musikanten spielten vor dem Häuschen weiter, Schellenspieler Trommler Pfeifer, zierlich die Beine lüpfend, bekleidet mit bauschigen Hosen bis zu den Knien, mit langen seitlich fallenden Schleifen bebändert; an den Füßen spitze Schuhe mit Band und Schnalle. Sie trugen auf den Köpfen große breitrandige Hüte mit Puscheln. Kinder und Hunde liefen um sie.
Dem Trommler hing über der rechten Schulter der knopfbeschlagene Ledergurt, daran die Trommel vor dem linken Bein. Während die eine Hand lässig auf dem blitzenden Trommelrand lag und fein, wie unwillkürlich, Wirbel rollte, lauter leiser wie eine gurrende Nachtigall, hob sich die andere rechte elastisch mit wippenden Bewegungen, warf knappe Schläge hin. Unentwegt die linke; die rechte schloß ihren langziehenden Wirbel manchmal an, wie mitgerissen, dann prasselte rasselte sie über das Fell, daß der Trommelsarg über dem

angehobenen folgsamen Knie schütterte und ihm bis in die Zehen der Wirbel drang. Er lächelte, seine Augen zuckten. Der Schellenspieler war ein blitzjunger Mensch. Er hielt die linke Hand sanft in die Hüfte gestemmt. Die fliegende Seidenschärpe wehte nach rückwärts um ihn. In der rechten Hand trug er den meterhohen Stock, an der Spitze ein blinkender Stern mit Glöckchenbehang. Er sah, als wenn er vor niemandem spielte, schweifend über die Kinder, schien von nichts gefesselt zu werden. In einer Pose, in die er sofort mit Anmut versank, stand er fest, nichts bewegte sich an ihm, nicht Kopf, Fuß, Rumpf, nur zwei Augen, ihre Lider und der rechte Arm. Und auch der war meist an den Rumpf gedrückt, der Unterarm angehoben; spielendes Handgelenk. Mit den kleinsten Rucken Drehungen wußte er den Schellenbehang zum Zwitschern Klingen Klappern, stolzen lockenden Schmettern wie aus Tausenden Vogelschnäbeln zu bringen; und wenn er seinen Stock wie eine Fahnenstange hochschwang, die Beine wechselte, senkte er den Kopf, blickte trotzig auf seine Schuhspitzen. Der Pfeifer führte sie. Am Bandelier zur Rechten hing ihm die Gabel herab. Er ruhte nicht, folgte selbst seiner Melodie. Sein Mund, seine laufenden Finger ergingen sich, spreizten sich, drückten sich an das runde Rohr. Sie erregten, besänftigten es liebevoll wie ein Tier. Schmachtend blickte er aus schwarzen Augen.

Unter trübem Regen- und Schneewetter kamen nach Pilsen gefahren Graf Schlick und Questenberg. Sie hatten am ersten Tage einen Besuch des liebenswürdigen Grafen Trzka und Rittmeisters Neumann zu überstehen, die sich im Auftrage des Generalhauptmanns nach Quartier und Befinden, ersichtlich auch nach ihrem Vorhaben, erkundigen sollten. Vor den Generalhauptmann von Trzka geführt hatten Schlick und Questenberg die gleiche schreckliche Empfindung wie einmal Kaiser Ferdinand: daß dieser Mann gegen den Tod rang, der ihm schwere Gewalt antat. Jede Bewegung stieß eine Hemmung nieder; wund die Gelenke, trocken der Körper; Wein und Wasser schüttete der Herzog in sich hinein; es verdampfte wie auf einer heißen Pfanne. Aber keine Spur von Hilflosigkeit, Verbitterung; nur häufiger als sonst Wut und knirschende Ausfälle. Questenberg sah erschüttert, wie er seinem alten Gönner die knochige schwache Hand drückte und streichelte, daß Wallenstein blind war für das, was ihm geschah.

Der trübe bigotte Schlick gesackt in lauernder Stumpfheit auf dem eigentümlich hohen Schemel, den man ihm zugeschoben hatte. Ein holländisch gebautes Gemach in dem Pilsener Wohnhaus; mattes Tageslicht aus vielen niedrigen Fenstern, weiß-rote Steinfliesen am Boden, Schiffsbilder über der dunkelbraunen Wandtäfelung, auf dem viereckigen grünverdeckten Tisch Äpfel und Weintrauben in Glasschalen. Im Hintergrund in die Wand verschoben niedrig riesig ein Bett, darüber ein grünseidener flacher Himmel. Vor dem Bett der Herzog, verwittert, zittrig, Wein im Becher neben sich, allein auf der Bank. Er vor dem Bett erkundigte sich, seine Lippen auffallend schlaff und lang, die Augen rot und vorgetrieben, mit alter geräuschvoller Heftigkeit nach dem Befinden der Herren, ihrer Reise, der Römischen Majestät, der er bald wieder eine Aufwartung zu machen gedächte. Und ob es wahr sei, daß die Majestät sich von den politischen Geschäften zurückzuziehen gedächte. Schlick sprach von einfältigen Geschichtenträgern. – Der Herzog sich anlehnend: so, der Kaiser betriebe also die Geschäfte wie zuvor, bekümmere sich, nähme an den Beratungen teil. – Schlick sehr ruhig: wie sonst. – Das sei herrlich. Denn er hätte sich Gedanken gemacht, wie sie einem kommen könnten, der weit vom Schuß sei. Es sei auch Art der Römischen Majestät gewesen, an ihn persönlich ein Brieflein mitzugeben, wenigstens sonst – oder trügen sie es vielleicht noch bei sich und hätten es vergessen. – Nein, sie hätten vom Kaiser keinen Brief; es sei alles mündlich beredet. – Darauf langes Schweigen, Graf Trzka trat neben die Bank des Herzogs. Der blitzte den Grafen Schlick an. Nach Austausch eines Blickes mit Schlick erörterte Questenberg die schwierige finanzielle Lage des Erzhauses; fast demütig schließlich die Frage: ob sich das Heer nicht besser etwa in Thüringen finden würde, damit die Erblande sich etwas erholen könnten. – Ob dies vom Kaiser stamme. – Es sei in mehreren Beratungen des Hofkriegsrats und des Geheimen Rates besprochen worden. – Der Herzog, ohne die Augen zu erheben: also welche Quartiere sie für ihn vorhätten. – Wie gemeldet, Thüringen. – Sie wüßten, es stünde ihm frei nach seinem Vertrage, sich die Erblande zum Rückzug zu nehmen. – Es sei ein Wunsch, sie wüßten es. – Man habe nicht vor, an dem Vertrag zu rütteln? Er fixierte beide scharf. – Keineswegs; ein Wunsch. – «Man wird mich nicht mit einem Vertrag aufs Glatteis locken und im entscheidenden Augenblick mir ein Bein stellen.» Dann: er werde es sich überlegen. – Schlick immer gleichtönig: es käme nicht auf vierundzwanzig Stunden an; sie könnten einige Tage in dem artigen Städtchen ver-

weilen. – Wallenstein: er werde ihnen im Lager Unterhaltungen verschaffen, italienische Sänger, Schlittenfahrten, wenn das Wetter es gäbe. – Schlick kalt: er sei ein alter Mann; führe nur Befehle aus. Und es sei ihnen schließlich nicht unangenehm, einige Tage im Lager zu verweilen. Sie hätten Lust, die neuen Offiziere kennenzulernen, welcher Geist in den jüngeren Generationen stecke; man belebe sich gern an ihnen. – Questenberg spie plötzlich, aufstehend: er hasse den Schreibbetrieb aufs Blut; wolle nicht gar so tief in das Lager blicken; bekäme vielleicht Lust, wieder die Pike auf die Schulter zu nehmen. – Der Herzog knurrte ihn freundlich, leicht höhnisch an: wem ginge es nicht so; aber schließlich seien schon bald dreizehn Jahre um, daß man sich herumbalge. Werde nun sehen und sich angelegen sein lassen, den Krieg zu beenden. – Questenberg freudig: dazu möchte Gott seinen Segen geben.
Runzelte Schlick seine niedrige Stirn, schob den Kopf in die Höhe, den Hals reckend, wie ein Laternenträger, der das Licht an der Stange anhebt: so reiche sein Verstand nicht so weit, er sähe noch kein Ende des Krieges; würden alle Schlachten geschlagen sein, damit am Schluß die Feinde triumphierten und sich freuten, so gut davongekommen zu sein. – Oh, oh, lächelte der Herzog, der Herr Graf sei schon lange nicht an der Spitze einer Armee gestanden. – Er denke schon, saß Schlick da, daß seine Erfahrungen ausreichten. Der Krieg gestern sei nicht anders als der vorgestern. – Nein – der Herzog –, nur die Bleiplatten an den Sohlen, mit denen man zur Schlacht gehe, seien schwerer geworden. – Mit Bleiplatten, Schlick stärker grollend, könne man auch am Fleck stehen bleiben. Mit Bleiplatten könne man ein Heer zu Hause behalten. Mit Bleiplatten brauche man kein Heer. – Immer abgekühlter freundlich der Herzog: es sei auch unter Umständen das Beste. – Dann brauche man eben kein Heer. – Eben. – Dann, dann – Schlick mit sich ringend, zum Wutausfall bereit – sei ja alles überflüssig, alles. – Ihr meint, ich auch. – Wartend der andere, dumpf erregt, ihn anglotzend. – Wallenstein stieß ein Lachen heraus: «Wovon wir da reden. Was meint ihr, Questenberg, Trzka. Wir sind Schuhmacher; wir reden von Bleiplatten an den Sohlen.»
Der mit Silber und Samt ausstaffierte sporenrasselnde Trzka warf, an den kleinen Fenstern wandernd, erregt seine Locken; lachte mit unnatürlich starrem Gesicht und feuchten Augen, den Herzog willkürlos nachahmend: die Bleiplatten; er kenne ein Märchen, ob er es erzählen dürfe.

Mit fast gehässigem Blick auf ihn sank Schlick in sich. Wallenstein schluckte Wein, krächzte: nur reden sollte er; die Herren würden es gern verstatten. Müßte aber spaßig sein.
«Es gibt einen Schwarzspecht, man findet schwer den Baum, wo er nistet. Hat man den Ort gefunden, so muß man ihn sich merken und warten, bis das Vöglein brütet. Und wenn die Brutzeit vorbei ist, soll man hinauf, wenn der Vogel aus ist, die Öffnung verspunden. Der Specht kommt wieder, und sobald er merkt, die Öffnung ist verspundet, fliegt er fort, halbe Tage lang, und sucht und findet einen Ort, da wächst ein Kraut, das heißt Springwurzel, und bringt es. Rasch soll man auf eine Leiter vor das Nest, ein rotes Tuch vors Gesicht gebunden, einen kleinen grünen Wedel in die Faust, und immer nicken, nicken damit und mit dem Fuß klappen, als täte er's selbst am Baum. Dann erschrickt der Specht, weil er glaubt, es seien seine Jungen ein so närrisches entartetes Volk, oder es gehe ein Zauber um, schreit, läßt die Springwurzel fallen, schreit nochmal, flattert davon. Das Kraut aber soll man mit dem roten Tüchel vom Boden aufheben und sorgsam bewahren und einwickeln, man kann damit verschlossene Türen öffnen, Geleimtes Gelötetes lösen, Ketten sprengen.»
Trzka lachte heiser, erregt nach vorn gebeugt zum Grafen Schlick herüber: «Ich bin schon fertig.» Wallenstein: «Habt Ihr solch Kraut, Trzka?» «Nein, Eure Durchlaucht. Ich nicht. Vermute aber, des Grafen Schlick Liebden sei in solchem Besitz und Vermögen. Hat er doch etwas mit den Bleiplatten vor, die Eure Durchlaucht an den Füßen tragen.» Schallender Lachausbruch Trzkas, zusammentönend mit Friedland und Questenberg. Trzka stammelnd: «Und da ich so viel von solchem Wunderkraut gehört habe, hätte ich gern gesehen, wie es sich besieht und befühlt. Muß gar artig und klein sein, da es schon solch winzig Tier im Schnabel führen kann. Möcht' gar sehr darum bitten, es mir zu zeigen, wenn Ihr's im Sack tragt.» Stöhnend hielt Wallenstein im Lachen sich die Rippen; dann mit den Armen abwinkend: «So laßt den Herrn Bruder zu Wort, so redet nicht. Ich bin gar begierig.»
Das phlegmatisch schwere Wesen schien von der Unterhaltung wenig berührt. Er wüßte nicht, worauf des Herzogs Durchlaucht so begierig wäre; hätte er und Questenberg schon alles berührt, was sich sagen ließe; vermißten sie doch nur das Wort Wallensteins. Trzka fast triumphierend: «Ihr habt es berührt, daß die Armee sich nicht genug schlage.» «Berührt, gesagt, als Auftrag und als eigene Meinung.»

«Das ist es ja. Und so müßt Ihr doch die Wurzel bei Euch haben, mit der Ihr den Herzog, meinen Schwager, springen machen wollt.» Schlick stand drohend auf: «So muß ich Herzogliche Durchlaucht fragen, mit wem ich verhandle, ob mit dem Generaldfeldhauptmann oder mit dem Herrn Grafen, des Herrn Schwager.» Da hatte Wallenstein einen langen scharfen Blick auf Trzka und den Grafen Schlick gerichtet. Leise bat er seinen Schwager, die Possen zu lassen. «Die Auffassung in Wien ist», Schlick, «daß die Kaiserliche Majestät ein großes Unrecht tat, als sie den bayrischen Kurfürsten hilflos im Stiche ließ gegen den Schweden. Es hat sich das Gewissen bei uns geregt, stärker und stärker, in Anbetracht der großen uns von Wittelsbach zuteil gewordenen Wohltaten, die im ganzen Reich bekannt sind, daß wir nicht zusehen können, wie er die Beute des Feindes wird. Er hat dem Erzhause in Böhmen und bei tausendfältiger Gelegenheit anderer Art geholfen aus dringender Lebensgefahr. Das soll von einem edlen Kaiser unvergessen bleiben. Auch der Geheime Rat hat sich diesen Bedenken nicht entziehen können. Und so ist nach vieler Überlegung beschlossen worden, unverzüglich Eurer Herzoglichen Durchlaucht Entscheid auf Beschleunigung der Kriegshandlungen herbeizuführen.» Leise Wallenstein: «Genug, Herr Bruder. Was wollt Ihr.» «Die Winterquartiere müssen abgebrochen werden; Euer Heer ist kaum geschwächt; der Abbruch des Angriffs auf Regensburg hat die ganze Welt verblüfft, man lacht über die Maßnahmen der Armee unserer Kaiserlichen Majestät.» «Wer wird das wohl sein, der lacht; wer war verblüfft.» «Die Italiener spotten, die Spanier. Herr Bruder, lassen wir das, was hat er vor, sprech' er sich aus, sollen wir den Bayern vergehen und verderben lassen.» «Die Italiener und Spanier. Was haben die Väter der Jesugesellschaft gesagt. Sie haben doch nicht geschwiegen.» «Lassen wir das, Herr Bruder. Sprech' er sich aus.» «Die Herren von der Jesukompagnie haben sich dahinter gesteckt und nachdem sie die Heilige Kirche regieren, glauben sie auch ein Heer und die Politik regieren zu können. Wir werden aber selbst wissen, wie wir zu marschieren haben.»

Questenberg wollte sprechen; Friedland wischte an seinen roten Augen, aus denen es troff, senkte seine Stimme, schob ihnen Wort für Wort hin: «Es ist genug gekriegt im Reich. Verludert und vernichtet ist genug. Es kann sich jeder damit zufriedengeben, Soldat und Geistlicher. Sei den Herren gewiß: mir liegt nicht an der ewig fortwährenden Verwüstung. Wär' ja ein Instrument des Satans, wenn ich's täte.

Es bleibt dabei: wir steuern auf den Frieden zu. Wenn man auch und wer auch zetert.»
Questenberg: «Soll uns doch nichts willkommener sein.»
«Herr Questenberg. Sind andere kriegerischer als wir Soldaten. Ich werde einen Krieg um den Frieden zu führen haben.»
Questenberg milde: «Graf Schlick hat gezeigt, woran uns liegt und was uns herführt. Wir wollen erfahren, was Euer Durchlaucht im Sinn haben, verkennen gewiß nicht die Schwierigkeit der Lage.»
«Das weiß ich. Fragt aber einmal den Herrn Bruder hier, was die Väter der Jesugesellschaft begehren.» Schlick hochgestemmt, brüllend: «Ich bin im Auftrag der Kaiserlichen Majestät da. Wir haben kaiserliche Aufträge abzulegen.»
«Und ich sitze hier, Herr Bruder, im Auftrag derselben Kaiserlichen Majestät. Habe schon lange ein kaiserliches Heer geführt und Siege errungen. Zeige mir der Herr Bruder seine Vollmacht.» «Was soll das heißen.» «Daß ich weiß, daß nicht Ferdinand der Andere sie unterzeichnet hat, sondern – vielleicht der Herr Bruder selber, oder mein alter Freund Eggenberg oder Trautmannsdorf.» «Meine Vollmacht wird der Herr Bruder sehen. Die Kaiserliche Majestät hat sie gezeichnet.» «Werde mir mein Urteil über Euren Auftrag zu bilden wissen. Setze sich der Herr Bruder. Es tut mir leid, ihn zu kränken.»
Als sie eine geraume Zeit geschwiegen hatten, brachte wieder stumpf und ruhig der graue Schlick, der die Augen nicht von den Steinfliesen hob, hervor, daß sie sich bereit halten würden die nächsten Tage, die Antwort des Herzogs auf das noch schriftlich anzubringende Ersuchen entgegenzunehmen. Die Herren verabschiedeten sich feierlich.
Wo Friedland gesessen hatte, fanden Trzka und Neumann, die die beiden Herren auf die Diele begleitet hatten, als sie zögernd zur Türe hereintraten, einen bekleideten Körper auf der Bank vor dem Bett, rückwärts gelehnt, den Kopf, das ausgehöhlte Gesicht zurückgebogen. Er brüllte vor Gelächter. In grenzenlosem Schwall. Der Raum tönte, der Herzog erfüllte ihn wie ein Tier mit seinem Geräusch und saß mitten in dem Lärm, den er erzeugte. Fremdartig, monologisch war das Gelächter, daß sie erschreckt und in peinlicher Beschämtheit zur Türe zurückgriffen. Der Kammerdiener brachte den Herzog zu Bett.
Sie setzten sich, wieder eingelassen, um den grünverdeckten Tisch. Aus dem Bett rollte es: «Habt Ihr verstanden, was vorgeht. Sie greifen

an die Wiederkehr von Regensburg. Und weil es nicht so leicht geht mit dem Absetzen, ein anderes Plänchen: die Armee ruinieren. Was ist er, der Friedland, wenn er keine Armee hat.» Trzka, sich quer auf die Bank vor dem Bett setzend: «Der Plan soll ihnen vergehen. Es ist der Bayer, der dahinter steckt.» «Recht, Trzka, die Jesuiten und der Bayer, der Hundsfott. Er will wieder hochkommen. Beißen will er mich, weil ich ihm nicht pariert habe. In Zirndorf. Soll ihm der Schwede das Land verwüsten. Nicht Hahn noch Henne soll er drin lassen.» Neumann flehentlich: «Wird Euer Durchlaucht wieder nachgeben?» Er hatte Tränen in den Augen; der Anblick seines Herrn griff ihn an. «Was wieder?» «Vermeine wie zu Regensburg.» Der Herzog böse lachend: «War nicht nachgegeben zu Regensburg. War aufgeschoben bis zum nächsten Male. Bis ich sie haben würde. Der Bayer hatte den Kaiser untergekriegt. Und jetzt ist er eben dabei. Ich – – gebe nicht nach, und wenn mich darüber der Satan mit Zangen in die Hölle holt.» Neumann leise: «Die Armee bleibt, wo sie ist»; sein Gesicht leuchtete. «Ja, eher schmeiße ich sie mit dem Schweden zusammen und wir überziehen gemeinsam den Uranfänger des Krieges, den schlimmen Bayern; es wäre meine Lust.»
Da hatte Trzka einen gesiegelten Bogen an der Tür aufgehoben, der ihm vorher in der Eile aus dem Arm gerutscht war, brachte ihn pfeifend an: «Ah, sieh da. Lest vor, Neumann. Questenberg gab es mir vorhin, er hätte es versäumt bei der Unterhaltung.» Es war die schriftliche Fixierung des kaiserlichen Ansuchens an den Herzog. Klagen über den schlimmen Verlauf des Sommerfeldzuges, über das traurige Schicksal Bayerns, dann Hoffnungen auf baldige Befreiung Regensburgs, die Verlegung der Winterquartiere. Schließlich ein Nachtrag betreffend den Mailänder Gouverneur Feria und die spanischen Truppen: der Herzog zu Feria rücke nach den Niederlanden, wo der Infantin Isabella Hoheit auf den Tod darniederliege und tägliches Ableben zu erwarten sei. Des Herzogs zu Friedland Durchlaucht wurde ersucht, dem heraufziehenden Mailänder und seinen spanischen Truppen nichts in den Weg zu legen und ihn in jeder Weise zu befördern, wenn er auf dem Kriegsschauplatze erscheine. Der Spanier würde einem Wunsch des Königs Philipp zufolge sich dem bedrohten Kurfürsten von Bayern attachieren; man wünsche, Aldringen mit den kaiserlichen Truppen möge nunmehr völlig dem Bayern unterstellt werden.
Wallenstein aufgesetzt, den Kopf eingezogen, der Ausdruck wech-

selnd zwischen Hohn und Freude. «Wir haben sie bei den Ohren, die tapferen Kriegshelden. Sie haben nicht gewagt, es abzugeben. Es hätte mich zu arg gebissen, meinen sie. Bei den Ohren. Mein alter Questenberg, sieh da.»
Trzka: «Ein trauriges außerordentliches Schelmenstück.»
«Ich will mit den Bestien einmal reden. Witzig genug will ich sein; sie wissen bald nicht, wohin sie den Kopf stecken sollen.»
Der blonde Trzka schmetterte seinen Degen über den Tisch: «Der Spanier dem verruchten Bayern beigesellt. Aldringen dazu.»
«Die Jesuiten wissen, was sie vornehmen. Wenn's übel ausgeht, finden sie ein anderes Kollegium, der Kaiser aber kein anderes Land. Trzka, du wirst dein kleines Weibchen eine Weile nach Kaunitz schicken müssen. Wir werden einige heiße Wochen bekommen. Sieh an, sie zwingen mich. Sie setzen uns den krummen Feria auf die Nase. Es ist mir keine Freude, ich hatte es anders vor. Ein Wunsch des Königs Philipp, den giftigen Bayern zu unterstützen: haha, das setzen sie mir vor. Der Feria soll sich nicht mißbrauchen lassen, er ist mir unterstellt, er mag es mit mir aufnehmen.» Der Herzog diktierte im Bett den Befehl an den Mailänder, sich seiner Wege zu scheren und nicht unaufgefordert sich in deutsche Kriegshändel zu mischen. Es werde ein deutsches Fähnlein ihm entgegengesandt werden, um ihn den richtigen Weg durch Deutschland und aus Deutschland heraus zu führen. Friedland legte sich zurück: «Die Jesuitenkanaille riecht den Braten.» Neumann die Schreibtafel ablegend: «Ilow trifft heute ein aus den Quartieren; wir werden ihn orientieren müssen.» «Heiße Wochen, Neumann. Ilow soll das Lager kommandieren.» «Ilow wird sich freuen.»
Der Herzog stellte den beiden Fremden Schlitten zu Fahrten zur Verfügung. Sie machten davon keinen Gebrauch; sie fürchteten, daß sie von den Fahrten nicht lebend heimkommen würden. Theaterspiele lehnten sie ab, suchten, unmerklich von Spionen des Herzogs umgeben, Berührung mit den hohen Offizieren des Lagers. Es erregte die Freude Trzkas und auch des Herzogs, als es schien, die Herren näherten sich besonders dem Grafen Gallas, dem strengen würdigen Mann, der von dem Herzog hochgeehrt war; an ihn ließen sie sie gern heran. Gallas konnte dem spionierenden Trzka dann aber nichts Rechtes von den Unterhaltungen berichten; die beiden Fremden hätten ihn nur über Lagerzucht und wie fest die Kriegsoffiziere und Obersten zu ihrem Feldhauptmann stünden ausgeholt.

Graf Gallas vermeldete nicht, was die beiden kaiserlichen Gesandten ihm auf Zetteln, da sie nicht zu reden wagten vor Lauschern, zugetragen hatten: daß man den zu Friedland einer zweifelhaften Gesinnung zeihe angesichts gewisser zugekommener Nachrichten. Daß man befürchte, er werde sich des Heeres in kaiserfeindlichem Sinne bedienen. Ob man vertrauen könne, daß sich Graf Gallas seines Eides besänne. Diese Zettel waren ein Werk Schlicks, das er zum knirschenden Widerstand Questenbergs unternommen hatte. Wie ein Kind wurde von dem harten engstirnigen Schlick der dicke Questenberg durch das Lager gezerrt; jeder Besuch enthüllte Questenberg mit Schrecken, daß ein feindlicher Geist im Lager und in Pilsen wehte; die sonderbar fremde beobachtende Haltung Trzkas Neumanns Kinskys, besonders dieses Kinsky, der herausfordernd offen in Pilsen sich bewegte, obwohl er verbannt war und der Herzog ihn in Eisen schlagen mußte. «Wir haben einen Unsinn angerichtet, der Herzog wird kopfscheu von uns gemacht», stöhnte Questenberg, als der Boden ihm unter den Füßen versank; er sann jemanden zu Hilfe zu rufen, Trautmannsdorf oder Eggenberg. Aber Schlick ging rasch und gnadenlos vor. Dem war alles klar, der kannte nicht Wallenstein, trieb wie ein losgerissenes Floß im Strom, riß Brückenpfeiler ab, schrammte das Ufer, kippte Boote.

In seiner Not um Friedland brachte es Questenberg über sich, den harmlosen freundlichen Grafen Trzka zur Rede zu stellen und insgeheim vieles mit ihm zu durchsprechen. Er gab seiner innigen Liebe zu Friedland Ausdruck; es läge ihm daran, alles ins gleiche zu bringen, man möchte ihm helfen dabei; Trzka sähe doch selbst, daß sich ein Abgrund zwischen dem Herzog und dem Kaiserhause auftun müsse, wenn jedes auf seinem Schein bestehen bliebe. Der andere war auch wirklich gerührt von dem herzlichen Ton des Gesandten, bat nichts zu unternehmen, was den Konflikt verschärfen könnte, er werde sich an den General wenden. Dann aber, wie Trzka schleppend auf dem Weg zu Friedland war, schämte er sich; die Aufgabe war sehr peinlich, er fühlte sich schwach. Dem Questenberg gegenüber schämte er sich seiner Untätigkeit, faselte von Friedlands Geneigtheit nachzugeben; der Kaiserliche freute sich, dankte überströmend; Trzka log sich die Aufgabe vom Leibe.

Und so ließ Questenberg, im Vertrauen auf die vorgehende Versöhnungsaktion, dem bösen wilden Schlick freie Hand, auch gegen Gallas. Er bekam es fertig, hoheitsvoll über diese Aktionen zu

lächeln und sich in Vertrauen auf seine Gegenaktion zu wiegen. So von ihm befreit wütete der stiernackige Schlick im Lager des Friedländers.
Die kühne nacktgesichtige lange Panthergestalt des Feldmarschalls von Ilow ritt aus den böhmischen Landquartieren in Pilsen ein. Die beiden Fremden wichen dem unerhört groben Gesellen aus. Er hatte am gleichen Tag heraus, was im Lager vorging; wollte die beiden beim Kragen nehmen. Das Reiterrecht, protzte er gegen Trzka ab, solle über sie entscheiden.
Der Generalissimus befahl nach seiner Ankunft, die Obersten und anwesenden Generalspersonen zusammenzurufen, unter dem Vorsitz Ilows über das kaiserliche Ersuchen betreffend Verlegung der Winterquartiere und sofortigen Angriffskrieg zu beraten. Der Befehl machte sogar den frechen Ilow blaß. Sein verschnürter Oberleib hing über dem Bett Friedlands; Ilow stammelte, die Obersten werden sich nicht trauen. Friedland: «Die Herren wissen, daß niemand ihnen an den Leib kann als ich und mein Reiterrecht.» «Der Beschluß wird dem Grafen Schlick gemeldet?» «Mir, Herr Bruder. Ihr sollt aber dabei sein, wenn ich den Präsidenten damit abfinde.»
Lange Sprünge Ilows zu Trzka. Zweistimmiger herrischer Jubel, Händedrücken, tanzende Umarmung.
Gallas war mehr Zuschauer bei der abendlichen Beratung und der erfolgenden Ablehnung des kaiserlichen Plans.
In der Abschiedsaudienz ließ Schlick kein Wort von der unerhörten Beleidigung des Kaisers über die Lippen. Einsilbig höflich, scheinheilig freundlich verabschiedeten sich die Gesandten von Wallenstein, der lag, und seinen steifen herausfordernden Herren. Über den Spanier werde Friedland den Hofkriegsrat schriftlich bescheiden.
Sie hörten nicht, aber sie fühlten, Schlick mit Freude, Questenberg gebrochen, daß der Herzog hinter ihnen den Kopf vom Kissen hob: «Die Herren von der Federprofession werden nicht noch einmal von Wien herüberkommen.» Und wie die Herren meckerten und die Degen bewegten.

Der spanische Botschafter Ognate ließ nicht die Hand vom Würfelbecher. Er spielte mit den edelsten Herren des Hofes, dem Grafen Wratislaw von Fürstenberg, dem Kammerherrn und Verwalter der kaiserlichen Finanzen Baron Breuner, der niemals Rechnung legen brauchte. Der Hofkanzler Werda von Werdenberg, Graf Johann Baptist, der italienische Emporkömmling, fanden sich gelegentlich im spanischen Quartier ein. Der geschmeidige Ognate verlor große Summen. Er hatte auf das ihm zugekommene Schreiben des Gouverneurs von Mailand keinerlei Schritte getan, legte, zu stark von seiner Leidenschaft okkupiert, der ganzen Sache kein Gewicht bei. Feria hatte seinen Befehl aus Madrid, das übrige war militärischer Kleinkram.

Doktor Jesaias Leuker auf die Kunde, daß sich spanisch-italienische Regimenter von Mailand in Bewegung gesetzt hatten, bedrängte den Marquis, daß er dem noch unsicheren Mailänder Mut mache und beschleunigten Anmarsch befehle. Leukers plumpe Methode, dem scharfen hochmütigen Spanier Abneigung gegen den Friedländer durch Zuträgereien einzuflößen, verfing nicht; der große Herr ließ sich von ihm Vortrag im Bad und beim Messeweg halten, durchschaute ihn, hielt ihn schweigend hin. Nur einmal wurde er wild, als Leuker zutraulich von einem spanisch-bayrischen Bündnis anfing; da konnte sich der sehr zeremonielle Mann nicht beherrschen: ob der Rat Leuker ihn für gedächtnisschwach hielte, möchte er doch unter seine Pasteten nicht solche Mucken wirken, er litte genug Strafe, daß er ihn anhören müßte. Der Feria sei ein Narr, daß er sich hier einmische; er werde es ihm bedeuten. Die Durchlaucht in München bedürfe wohl gerade des Mitleidens und Erbarmens, und dazu sei die Krone Spanien gut genug, ihn aus lächerlichem Flennen zu ziehen. Hinge doch sonst so herzlich am König Ludwig, liebte doch früher in Brüssel solch Bündnis nicht. Pfui des Prahlens und der Aufschneiderei. Ein Dutzend Kinder könnten sich an solcher Säugamme vergiften.

Worauf der Bayer klein abzog. Nach Leuker wollte sich der junge Kuttner an die Sache begeben. Er war ganz in der Hand Wilhelms von Slawata, der ihn nur für Tage und halbe Wochen aus Wien fortließ zur Berichterstattung bei Maximilian. Der elegante junge Mensch wollte es von sich aus übernehmen, diese kühne Aufgabe zu lösen: Ognate zu beherrschen und den Schlag gegen Wallenstein zu forcieren. Slawata schwankte lange, ob er ihn an den Spanier heranlassen sollte; es war möglich, daß die eigentümliche Süßigkeit Kuttners Ognate verführte, ihn anzuhören; aber der Spanier war vom Spiel in diesen verhängnisschweren Tagen ganz hingerissen. Es waren keine Versuche mehr zu machen; der schöne vornehme Slawata setzte sich selbst am Würfeltisch dem Spanier gegenüber.

Sie spielten, ohne die Mienen zu verändern, um steigend hohe Summen. Sofort setzte Slawata mit großen Beträgen ein, er sah, daß sein Partner lethargisch in das Spiel versunken war, daß er spielte, spielte und nur durch Ungeheuerliches aufzureißen war. Die eigentümliche Genußstimmung, in der er diese Wintermonate über war – Kuttner war ihm begegnet, den Hof wollte er nicht verlassen, sein Herz war gefesselt – verstärkte sich jäh vor diesem hageren Gesicht mit den winklig hoch aufgestellten schwarzen Augenbrauen; «erwecken, erwecken!» flutete drängte es in ihm, «wir spielen.»

Als die Würfel immer schlecht für den Böhmen fielen, rang sich der Spanier das Wort ab: «Warum strengt sich Euer Liebden so an? Ihr seid im Nachteil.» «Ich kann in Vorteil kommen.» Ernst der Marquis: «Wie der Herr will.» Wie die Einsätze Slawatas in die Tausende gingen, begann der Spanier zu zögern; er war in Brand, unsicher fragte er den andern: «Was ist mit Euch? Spielen wir oder nicht?» Slawata hörte kaum, was er für Zahlen sagte; er beobachtete nur die Wirkung auf das Gesicht seines Gegners; entzückt lächelte er: «Ich hab' noch mehr.» Die Lippen sich leckend, zum Sprung gerüstet der Spanier: «Eure Sache, Herr Slawata. Ich bin nicht Euer Vormund.» «Was denkt Ihr von Spanien?» fing Slawata an. «Was ist mit Spanien?» «Es muß schön bei Euch sein. Ich möchte spanischer Botschafter sein.» «Slawata, Herr, was tätet Ihr da anderes als ich?» «Was?» «Spielen.» «Das weiß ich nicht so genau. Also dreitausend.» «Also dreitausend, Herr Slawata. Ihr verspielt Euren Kopf. Da, fünfzehn, Ihr habt verloren.» «Was macht das. Ich verrate meinen Heiland darum nicht. Aber ich wüßte, was ich täte, wenn ich spanischer Botschafter wäre.» «Wieviel?» «Setzt Ihr.» «Dreitausend.» «Dreitausend. Marquis, seid überzeugt, ich säße nicht hier. Keine Minute litte es mich hier.» «Die Böhmen sind allesamt sonderbare Käuze.» «Ich achtete hier auf den Hof.» «Ich achte auf Euch schon gut.» «Was ist auf mich zu achten. Ich verliere so tapfer an Euch. Nein seht, diesmal Ihr.» «So hab' ich doch recht.» «Eine Ausnahme, Marquis. Also fünftausend.» «Das nehm' ich nicht an.» «Spielt, Herr Ognate. Gerüttelt, geschüttelt.» «Fünftausend!» «Keinen Heller mehr. Ihr müßt auf den Hof achten, da werdet Ihr noch öfter staunen. Ihr werdet hier nicht mehr lange sitzen.» «Graf Slawata wird sich nicht darum sorgen, wo der spanische Botschafter sitzt, an den er selbst sein Geld verliert.» «Fünftausend.»

«Ich spiele nicht fünftausend.» «Also sechstausend, Marquis.» «Ich spiele, Herr Graf, ich versichere, ich spiele.» «Was seid Ihr erregt um meine Habe. Ich bin doch ein Bettler.» «Was ist das?» «Was, Herr Ognate?» «Daß Ihr ein Bettler seid.» Slawata lachte freundlich: «Ach, Ihr meint, ich hätte schlechtes Gold, oder langes. Nein. Es kommt mir nicht drauf an, ob ich etwas noch habe.» «Es bleibt bei sechstausend? Sechstausend Gulden?» «Taler, Marquis.» Ognate ließ den Würfelbecher aus der schlaffen linken Hand unter den Tisch fallen: «Nein.» Ernst, melancholisch der Böhme: «Ich hab' Euch zu verraten, daß ich spiele. Ich liebe meine Habe nicht wie ein Jüngling, der eine verschleierte Geiß für eine Jungfrau anspricht. Ich bin schon ein Bock zu meiner Geiß.» Mit tiefer Stimme, sich vorbeugend, der Spanier: «Ich bitte um Verzeihung, daß ich Euch so weit verlockt habe.»
Und wie Slawata ruhig ablehnte und weiterzuspielen begehrte, saß der Spanier sehr nachdenklich da, nahm zögernd den Becher wieder auf und fragte ganz heimlich, wieviel also der Herr setzen würde und worauf. Und würfelte dann, ohne den andern es sehen zu lassen, auf einer Tischkante, rasch die Hohlhand über die Würfel deckend; stand momentan auf, mit einer traurigen Miene: «Wir wollen abbrechen.»
Ein sonderbares Geschick fügte es, daß am nächsten Tag Slawata am selben Ebenholztisch im selben Maße Zug für Zug verlor, derart, daß er erschrak, wild und tief erschrak und zur Beschaffung von Geld aufbrach und vom Hofe Urlaub nehmen mußte; er konnte nicht am Hofe erraten lassen, was er trieb. Auf der Fahrt erst kam dem Böhmen die Ungeheuerlichkeit seines Verlustes zu Bewußtsein und betäubte ihn; er mußte in Kürze seinen Stand verlieren. In trüben Gedanken ging er nach Prag und verschaffte sich Gelder; ziellos hing er einige Tage hier, grollte matt sich, dem Friedländer. Er lahmte einmal zu einem Konvent des Adels; wie er die Türklinke berührte, empfand er aber in sich einen Schlag, dunkel stand er vor der Schwelle, sein Kopf hing vor der Brust; er fühlte sich fortgetrieben, gestoßen von der Klinke. Hier war nicht seine Sache, er trieb sein eignes Spiel. Er ging, mußte seinen Wagen nehmen, reiste schon ab; es kam ihm vor, als ob er wieder zu sich käme; mußte seinen Körper nach Wien fahren. Und unterwegs erwachte er. Es erhob sich in ihm wieder, er fühlte sich gefüllt, ein Leben flutete über seine Brust und Arme. Es gab Kuttner, Ognate, den riesigen Herzog Friedland. Er langte in Wien beim Spieltisch des Marquis an. Er war glücklich, dazusitzen und sich ganz zu finden. Als gleich die ersten Züge das Unglück des

Grafen anzeigten, suchte der Marquis, zum erstenmal während eines Spiels aufstehend, den ruhigen anderen zu einem Spaziergang oder einer Fechtübung einzuladen.
Ognate setzte sich dann nicht wieder mit Slawata an den Ebenholztisch. Sie wechselten die Tische, die Plätze, er suchte ihn ganz vom Spiel abzubringen. Slawata duldete alles in einer eigentümlichen bittersüßen Beklommenheit. Er fühlte: er fuhr.
Er hatte es bald sehr leicht bei dem Spanier. Slawata sah sich wie ein Kranker behandelt und beschenkt. Er hatte sein halbes Vermögen an den Spanier verspielt, ein dunkles Geschick hatte das vollzogen. Lockenschüttelnd entzückt sah der Böhme den Spanier mit dem olivenfarbenen Gesicht vor sich stehen und über den Tisch aus seinem grünen Beutel klingelndes Gold schütteln, das er ihm aufdrängen wollte. Er konnte es sanft vom Tisch wischen mit dem Unterarm, hatte es nicht darauf abgesehen, der Spanier war schon im Begriff zurückzuzahlen.
Sie sprachen vom Friedländer; er entblößte sich, es war rasch geschehen. «Ihr haßt den Friedländer auch», fragte mit aufleuchtenden Augen zähnefletschend der Spanier; und Ognate begann von dem schamlosen Bestechungsversuch vor Jahren zu reden, ihn auszuforschen. Er gestand lächelnd, an einer Auffassung der Situation durch die Beteiligung Bayerns gehindert zu sein. Aber man müsse sich wohl auf die Sprünge machen, wenn es so stehe, und dabei pfiff er schon durch die Zähne. Er hatte mit dem ihm wohlgefallenden vornehmen Böhmen noch öfter Unterredungen; es freute ihn, mit dem Böhmen übereinzustimmen, daß Friedland ein böses gefährliches Tier sei, dessen man sich vielleicht von Zeit zu Zeit mit Umsicht bedienen dürfe. Er war sehr begierig, Slawata zu Diensten zu sein.
Nun wurde er mit Leichtigkeit von den Jesuiten belauert, vom Grafen Schlick angegriffen. Der Mailänder Gouverneur erhielt mit einmal, wie er schon zögernd durch die Lombardei marschierte, die leidenschaftlich erregte Anweisung vom spanischen Geschäftsträger in Wien, seinen Weg so zu nehmen, wie ihm vom Grafen Schlick, als dem kaiserlichen Kriegsratspräsidenten, vorgeschrieben werde, insbesondere gute Verbindung mit dem stark gefährdeten bayrischen Kurfürsten zu suchen, auch jeglichen anderen Befehl abzuweisen. Große Beschleunigung der Reise wurde ihm ans Herz gelegt.
Die spanische Armee erklomm in wenigen Tagen das Vorgelände der Alpen, sie durchzog die Pässe bei strengem Frost; die angeworbenen

Neapolitaner litten sehr. Nach drei Wochen hatten sie die Paßhöhen überwunden, stiegen nach Deutschland herunter.

DIE SCHWARZROCKIGEN Herren, die in den Kammern der kaiserlichen Burg herumgingen und in deren Mündern die Namen Azorius Vitelleschi Bellarmin die entscheidenden waren, berieten viel über die äußerlichen Zeichen der Ketzerei. Ein Theologe namens Eymerikus hatte angegeben, bleiche Gesichtsfarbe kennzeichne den Ketzer, wilde Blicke den Zauberer. Man erwog die vorbildliche General- und Spezialinstruktion des bayrischen Kurfürsten für den Hexenprozeß: es dürfe keiner, der einmal bekannt hatte unter der Folter, zum Widerruf zugelassen werden; man fand nicht genug Worte für diese weise Verfügung. Denn wie sinnlos sei es, nachdem mit der Gewalt der Folter der Widerstand des Fleisches endlich überwunden sei, das besessene Fleisch mit dem Nachlaß des Drucks noch einmal reden und natürlich widerreden zu lassen. Wie würde der Teufel über solche Albernheit wiehern: das seien Kämpen, die ihm gegenüberstünden!
In ihrer Gesellschaft fanden sich jetzt mehr hohe Herren des Hofes; auch Eggenberg tastete um sie. Der alte Mann kam zu keinem Entschluß. Was der Graf Schlick berichtete aus Pilsen und Questenberg gezwungen bestätigte, stellte Habsburg vor eine gräßliche Aufgabe. Man hatte den Herzog zu Friedland großgezüchtet, hatte sich fast an ihm vergangen, als man ihm die übermenschlichen Vollmachten und Gewalten gab. Nun war die Krise da: die Ehrfurcht vor der Majestät hatte der Friedländer abgestreift, der Chronos sollte von seinen eigenen Kindern verschluckt werden. Müde war Eggenberg, viel grübelte er, dachte hoffnungslos an die Schreckenstage in Regensburg bei Wallensteins Absetzung. Damals war man mit Bangen und Zagen, er selbst fast verschlungen von Entsetzen, um das Schlimmste herumgekommen; Friedland hatte sich nicht gesträubt. Jetzt mußte man auch an dies heran. Müde war er; das bodenlos schwere Schicksal des Reiches, das immer erneute Heranrollen an den Abgrund ermattete ihn. Wie lange würde man sich hinschleppen. Hinter den Jesuvätern schlich er. Hier war Optimismus und Tatkraft; er wollte sich ein wenig von ihnen tragen lassen. Trautmannsdorf suchte er in seiner Unsicherheit mit sich zu ziehen. Sie verhandelten lange zusammen. Der

verwachsene Graf erklärte: seitdem der Friedländer den neuen fürchterlichen Vertrag aufgestellt habe, wüßte man, woran man mit ihm sei; jetzt käme unerbittlich die Krise. Eggenberg gestand: er hätte manchmal seit der Musterung des Heeres bei Rakonitz mit Wallenstein daran gedacht, aber er hätte auch gedacht, es käme vielleicht alles ganz anders; vielleicht stürbe Wallenstein, vielleicht stürbe er, Eggenberg, selber, und nun gibt das Geschick erbarmenlos nicht nach.
Wie sie auf den Grafen Schlick zu sprechen kamen, wurde Trautmannsdorf heftiger, man ließe dem Herrn zuviel freie Hand, er beneide den Herzog. Alles Reden brachte sie nicht darüber weg, daß man in einer Sackgasse war: der Herzog führte keinen Krieg, er kämpfte nicht, hatte Dinge vor, die man nicht übersah; unerträglich zog er den Krieg hin, statt den Feind zu schlagen, man konnte ihn nicht halten. Fast weinend gestand Trautmannsdorf, daß man ja selbst keine freie Hand mehr habe, seitdem der Bayer so gnadenlos im Stich gelassen worden sei, seitdem auch Spanien sich gegen Wallenstein ausgelassen habe. Und so suchten sie beide die Fußstapfen der Jesuiten und Schlicks, Eggenberg widerstrebend, der Bucklige mit heftigem Abscheu. Ihnen schauerte und sie konnten nicht los.
Sie bildeten mit dem kleinen Abt Anton eine Kommission, die in höchster Verschwiegenheit die Sache des Friedländers behandeln sollte. Sie fühlten sich so zerrissen, daß sie auch den Spanier Ognate hinzuzogen, gelegentlich auch Lamormain. Schlick schlossen sie aus. Es sollte und durfte nichts geschehen, setzten sie von vornherein dringend und mit aller Entschiedenheit und Angst fest, was sie nicht bestimmt und gebilligt hatten. Sie erklärten auch, daß Graf Schlick nicht autorisiert war bei seiner Reise nach Pilsen, Generalspersonen und Kriegsoffiziere wegen ihrer Anhänglichkeit an Friedland zu sondieren; der peinliche Beschluß Friedlands, die Obersten über kaiserliche Weisungen beraten zu lassen, könne dadurch provoziert sein. So schwankend sei die Lage, daß nichts Unvorsichtiges und Heftiges geschehen dürfe. Sie veranlaßten die Kriegskanzlei, freundliche ehrerbietige Briefe nach Pilsen zu schicken; sogar der Kaiser, dem man damit noch eine Freude zu machen gedachte, wurde bewogen, als läge nichts vor, an seinen großen General zu schreiben. Ognate drang mit seiner Wildheit nicht durch; man horchte ihn nur aus, band ihn entsetzt fest an die Konferenzen.
Mit dem Baron Breuner pflog der kleine Abt Anton stille und leidenschaftliche Unterhaltungen, von denen er nichts in die Kommission

zu tragen wagte. Die Schuldenlast des Erzhauses war unerhört gestiegen; mit gräßlicher Beredtheit wies Breuner, der nicht zur Schlickpartei gehörte, ein ruhiger edler Kavalier, darauf hin, daß ja die Einnahmequellen des Hauses von Wallenstein planmäßig verstopft würden; er brächte nichts mehr an Kontributionen wie früher ins Land hinein, aber lagere sich in Böhmen, Mähren; man müsse Österreich schröpfen – für ihn, für ihn; und dafür müsse man ihn angehen um der notwendigsten kaiserlichen Bedürfnisse willen. «Er hat uns beim Schopf», winkte Breuner, «er ist kein Esel. Zu guter Letzt kann er uns wegwerfen wie nichts, so faul leer und leicht sind wir.» Anton, der keine Blumen bei sich hatte und dessen Finger die weichen Blüten vermißten, ging jammernd herum, zupfte an den Vorhängen des kleinen Zimmers. Was bliebe, höhnte Breuner, dann übrig, als daß man die Kronjuwelen eines Tages verpfände an ihn, die Erblande sind schon seine Sicherheit. «Ich wette, eines Tages zieht er an mit zehn zwölf Regimentern, verlangt Bezahlung, wenn wir ihm zu stark zusetzen.» «Ja, das ist es, man darf ihm nicht stark zusetzen. Wir wissen nicht, wohin wir ihn treiben können.» «Mehr als auf den Thron setzen kann er sich ja nicht.» «Mein Gott», stöhnte Anton. «Mein Gott, Herr Abt; unser Herrgott verlangt Zugreifen. Wir müssen wissen, was unseres Amtes ist. Schrecklich, schrecklich sind wir im Sumpf, kaum ahnt es einer. Fürst Eggenberg will es nicht glauben. Ihr wißt es ja selbst. Bassewi war einmal unser Gehilfe. Jetzt hat ihn der Friedländer im Sack. Die Judenschaft läßt uns im Stich. Sie wollen dem Kaiser nichts geben. Wir können nicht weiter.» Anton stöhnte: «Wir haben nichts.»
«Was», brüllte Breuner, «wir haben nichts? Der Herzog hat uns ausgeraubt. Wir sind betrogen und geplündert worden.» Anton rieb unglücklich die Handteller aneinander. «Jetzt – in diesem Augenblick – ist Habsburg wirklich besiegt.» «Er hat uns im Sack. Er läuft uns nicht so davon»; Breuner knirschte und tippte den Abt auf die Brust, «er ist der ruchloseste schamloseste Mensch.» «Was wollt Ihr. Er ist in allem ein Unhold.»
Was sie tun sollten. – Was sie tun sollten? Mit ihm? Niederschlagen. – Geduldig, bettelte Abt Anton, der Herr Baron solle sich doch zusammennehmen, was käme bei solchem Schmähen heraus. – «Ihr kennt mich als ruhigen Menschen. Ich hab' es mir lang überlegt. Wir sind in der Notwehr. Wir können uns nicht behaupten. Wir sind die Herren, er der Diener; das Wasser steht uns schon am Kinn. Sind wir

darum das Haus Habsburg, daß wir uns von ihm wie von einem Strolch hinwerfen lassen und zum Schluß noch den Hals hinhalten.» «Habsburg hat Jahrhunderte durch geblüht. Es hat das Christentum verbreitet. Es ist undenkbar, daß es untergeht.» «Es wird nicht untergehen, Ehrwürden. Uns ist nicht mehr viel geblieben; wir sind aber nicht ganz waffenlos. Wir werden uns mit den Zähnen verteidigen.»
Anton: ob der so erregte Baron es nicht für möglich halte, daß der Herzog auf erstickende Machtmittel verzichte; daß er vielleicht herausgebe, was ihm nicht zukomme. – Dieser Dialekt ist dem Friedländer unbekannt. – Aber er müsse es herausgeben; er müsse sehen, daß Habsburg und das Haus Friedland sich nicht darum zanken könnten, wie die Dinge einmal liegen; es sei ja Wahnsinn. – Möge der Herr Abt hoffen; er, der Breuner, sage voraus: dieser böhmische Adlige pfiffe auf den Rang und die Jahrhunderte des Hauses Habsburg; und er hätte, im Vertrauen gesagt, recht damit: denn man könne auf einen pfeifen, der einen leeren Säckel habe und den man über den Haufen schießen könne. «Euch fehlt der Mut im Hohen Rat, Herren; Ihr könnt auch schlecht sehen. Pappelt weiter, beratet, der Friedländer wird Euch gut bedienen. Verwehrt es andern nicht, daß sie das Haus Habsburg und die Heilige Kirche für mehr als eine Diskussionsangelegenheit halten. Es mag gegen ihn vorgegangen werden, wie er mit uns vorhat.»
Seufzend wankte der Abt ab. Tappelte später wieder zu Breuner, zaghaft und ängstlich-begierig wie Fürst Eggenberg zu den Jesuiten. Und immer kam Breuner darauf zurück, es bliebe nichts übrig; sie seien rettungslos verloren, und selbst wenn Wallenstein nichts verbräche, sie müßten seiner Herr werden und ihn hernehmen. «Wir können seiner nicht schonen; Ihr mögt ihn lieben wie Euer eigenes Kind; er muß, ob heute oder morgen, mit Hab und Gut daran glauben. Ihr müßt Euch entscheiden, Ihr seht doch alles klarer als der Fürst Eggenberg oder Trautmannsdorf oder der Pater Lamormain. Er tut uns den Gefallen, daß er selber die Frage aufwirft: Habsburg oder Friedland. Er wirft die Frage auf; doch. Aber, Ehrwürden, täte er es nicht, es hülfe uns nichts: wir müssen ihn fangen auf irgendeine Weise. Wir müssen ihm eine Falle stellen.» Entsetzt Anton: «Aber wenn der verdienstvolle Mann nichts verbricht?» «Wir müssen ihn reizen dazu; er muß ins Garn.»
Ein Jesuit orientierte den Baron Breuner: es sei unsinnig, Gleichheit

vor dem Gesetz. Wenigstens vor dem moralischen Gesetz seien die Menschen keineswegs gleich. Es käme auf den Stand, die Person an. Unter Umständen könne ein Edelmann töten, vielleicht hätte ein Bürger dazu kein Recht. Eine edle Gesellschaft, die in Gefahr schwebe, kompromittiert zu werden, könne der Bloßstellung oder Beschimpfung durch Ermordung des Bösen zuvorkommen. Wer werde Hinterlist tadeln. Einen sehr Starken von vorn anfallen ist Tapferkeit; wenn aber ein Nichtstarker töten müsse, solle er darauf verzichten, weil er nicht von vorn angreifen kann? Etwa weil er dem Volke später nicht als tapfer, als Held erscheine? Welches Hängen und Kleben an Silben. Wer werde so billigen Urteilen nacheilen.

Schlick und die Jesuväter wurden durch Spione auf dem laufenden erhalten über das eigentümliche Konspirieren im Pilsener Lager, zuletzt über verstärkten Botenverkehr mit Sachsen. Der dicke breitnasige Italiener Pikkolomini, Wallensteins ehemaliger Leibgardenkapitän, zuletzt General der Kavallerie, ein schweißduftendes hitziges Tier, hielt sich in diesen Wintertagen in Wien auf, um mit Schlick über seine Beförderung Fühlung zu nehmen. Er bot sich bei einem Spazierritt um die Basteien, als Schlick auf die gespannten eigenartigen Verhältnisse hinwies, selbst zu Diensten an; dem Wallenstein trug er nach, daß er ihn dem dänischen Günstling, dem Holk, unterstellt hatte; Stimmen sprachen davon, daß Holk in Sachsen nicht ohne Mitwirkung dieses haarumwallten Herzogs von Amalfi umgekommen sei, und zwar durch ein bequemes Gift. Das trübäugige Untier, der schwere bigotte Schlick, gab ihm im Morast des Unteren Wöhrd den Auftrag, die sächsische Korrespondenz des Friedländers zu überwachen und zu stören; es mußte auf alle erdenkliche Weise verhindert werden, daß Wallenstein Machtzuwachs erhielt; isoliert sollte er niedergedrückt werden. Schlick verbot dem General, bevor sie sich der Stadt näherten, mit irgend jemand am Hofe in Verbindung zu treten; es herrsche hier ein lauer unentschiedener Geist; durch die Lauheit sei das Übel erst gewachsen.

Der Italiener erhielt, bevor er abreiste, von dem einsilbigen Präsidenten des Hofkriegsrats das Dekret mit seiner Ernennung zum kaiserlichen Marschall in die fleischigen Hände gedrückt, dazu den Geheimbefehl, bis zum verabredeten Augenblick Verschwiegenheit über die Ernennung zu bewahren. Schon nach fünf Tagen konnte der Italiener nach Wien melden, daß er durch eine kleine zuverlässige Schar seiner

Landsleute zwei der sächsischen Kuriere habe meucheln lassen; es hätten sich bei ihnen Chiffrebriefe für den Grafen Trzka gefunden, die er mitschickte.
Mit Gewalt mußte Graf Schlick den Ansturm des spanischen Ognate und einiger jesuitischer Herren abweisen, die ihn zu sofortiger Niederwerfung Wallensteins drängten; er deutete ihnen die Schwierigkeit der Situation an. Man könnte nur Schritt für Schritt vorgehen, man riskiere, den Herzog vor der Welt als Märtyrer hinzustellen. Man müsse ihn bequem ganz herauskommen lassen, im Augenblick die Zeit zur Unterminierung seines Bodens ausnutzen.
Um diese Zeit verließ Graf Slawata, der noch immer schöne blühende Mann, Wien, den Hof und Kuttner, um nach Prag zurückzukehren. Kuttner begleitete ihn einen halben Tag Wegs. «Vergesse der Herr nicht unsere Geschäfte», lächelte Slawata, als der Jüngling ruhig weiter neben seinem Wagen reiten wollte; «in Prag gibt es keine Lorbeeren zu gewinnen, aber Wien hat ein üppiges Klima dafür.» «Ich will beten, daß, wenn der Herzog zu Friedland fällt, Ihr die Krone von Böhmen bekommt. Ihr seid der beste Mann des Landes.» «Nach Hause! Kuttner! Rasch! Sorgt, daß man mich nicht am Kragen kriegt. Es wird heftig zugehen. Weg, lieber Kuttner, der bayrischen Durchlaucht bester elegantester schönster Diener. Es ist keine Zeit für verträumte Kinder auf der Straße.» Kuttner ließ noch lange seine Hutbänder auf der geschwenkten Degenspitze wehen.
Slawatas Wagen aber machte plötzlich eine Wendung. Rasselnd schlug er die Richtung auf Pilsen ein.

IN DER grünen heißen Kammer der Kaiserin hob sich rauschend die blutrot gekleidete Vortänzerin und tanzte langsam vor der Mantuanerin im Zimmer herum. Sie forderte mit den winkenden Händen, den lockenden ringreichen Fingern die zweite zitronengelbe auf, die neben der Mantuanerin hockte. Sie faßten sich an den Händen, um die Hüften, sich schlingend schleiften sie über den Teppich. Am Ofen sang eine feine helle Stimme: die dralle Gräfin Kollonitsch, den sinnenden schwarzen Kopf an der Tapete, beide Hände vor den Augen.
Und als sie zu Ende getanzt hatten, sang sie einsam am Ofen weiter: «Vionetus von Engelland, ein König mächtig sehr, seine Tochter

Ursula genannt, der Jungfrauschaft ein' Ehr. Weil sie mit Christi Blut erkauft und durch des Höchsten Will' getauft, hat sie Christus erwählt allein, in Keuschheit stets zu dienen sein.»
Vom Boden, wo die Mantuanerin lag, stieg wie dünner Rauch immer das Seufzen auf: «Wie schön! Singt es noch einmal.» «Wie schön, noch einmal.» «Ich will nicht soviel singen», bat die Gräfin, «des Kaisers Majestät sitzt in der Kammer und wartet.» «Was du drängst.» «Kommt mit», lockte die Mantuanerin, die den Arm ihrer Dame nahm, die beiden Damen.
Ferdinand lächelte ihnen staunend entgegen: «Ich habe gehört, wie gesungen wurde. Aber ich habe teil an der höllischen Passauer Kunst.» Die zitternde Frau ließ sich in einen Sessel führen. «Ich bin ganz und gar gefroren. Es kommt nichts an mich heran. Hab' ich es nicht schon einmal gesagt, Eleonore. Danke, meine Damen, rot wie die brennende Liebe, gelb wie Neid. Wo ist Grün vor Minne?» Und wie die Damen hinaus waren, faßte er sie bei der Hand an: «Ich habe Trautmannsdorf zu mir gebeten; er wollte mich unterhalten.» «Kommt herein», er zog den verwachsenen Grafen aus der Vorkammer zu sich, «ja, lacht. Ich predige Euer Lob. Ihr seid mein Gesellschafter.»
Die Kaiserin suchte Trautmannsdorfs Blick zu erhaschen, um ihn in ihre Gewalt zu bekommen; sie lächelte in halber Verzweiflung: «Wie kann denn die Welt so schlecht sein. Wir sind ja alle Christen. Die Welt ist ja zweierlei jetzt, die alte sündige Welt und Jesus, der Heiland. Man mag nicht so viel von dem Bösen reden.» Ferdinand näherte sich ihr, strich ihr freudig die Schulter: «Wie gut du das sagst, Eleonore.»
Sie brach fast zusammen unter ihrem Schmuck. Die Augen angezündete Kerzen, schaukelnde Windlichter, in hypnotisierender Weiße.
Da fing Trautmannsdorf an: man solle nicht von dem Bösen reden und man könne nicht von ihm schweigen, wenn man es überwältigen wolle. Das Böse selbst redet nicht, es ist da, handelt, verändert, verwirrt. Der Heiland ist an dem Bösen nicht vorübergegangen; das Böse hat ihn in die Welt gelockt. Ferdinand: «Es ist so. Sprecht, Trautmannsdorf. Setzt Euch.» «Warum muß ich hier zuhören, Ferdinand?» «Willst du nicht, Eleonore?» Nach langer Pause sagte sie: «Ich will» und suchte wieder ihren flehenden Blick an Trautmannsdorfs kühle Augen zu drängen.
Der kleine Graf sprach von den politischen Dingen. Ferdinand hin-

horchend, hineindrängend wurde von dem Wagen der Ereignisse fortgeschleift, hing nach rückwärts, Hände und Kopf aufschlagend.
Der Graf Ognate, endete Trautmannsdorf, sei von den Vorgängen – der Kaiser hob abwehrend die Hände – orientiert, die katholische Majestät wünsche im habsburgischen Interesse das rascheste und entschlossenste Ende der gefährlichen Wirren. Das rascheste und sicherste Ende, wiederholte mit den Fingern am Gurt spielend der kühle Graf; der Kaiser und die Mantuanerin hielten die Gesichter einander zugewandt, suchten, klopften, rissen aneinander.
Die Mantuanerin fragte rauh den Grafen, warum er ihr die Antwort schuldig bleibe: die Welt sei zweierlei, Jesus Christus sei für die Welt geboren, zur Unterwerfung des Bösen; ohne den Heiland seien sie ja nicht Christen. «So sprecht», winkte Ferdinand. Da seufzte Trautmannsdorf, sie seien schon genötigt, sich auch dann für Christen zu halten, wenn sie Verrat oder drohenden Verrat abwehrten, mit Gewalt, da es so erfordert werde. Ich muß hören, dachte es in Ferdinand, was hier alles auf der Welt vorgeht. «Ihr müßt denken», Eleonore streng aufgestellte Augenbrauen, «keinen Verrat aufkommen zu lassen, der Euch zu entsetzlichen Dingen nötigt. Jesus braucht nicht gelebt zu haben, wenn Ihr nichts weiter könnt, als auf eine Untat so zu antworten.» «Ich weiß, ich weiß. Oh, wie gut empfinden Majestät das. Ist doch die Aufgabe des Staatsmannes und Politikers nicht besser als eines Scharfrichters oder Schindknechtes. Ich habe nur den Trost, daß das Evangelium nicht ganz den Stab über uns bricht; es hat auch den Satz: ‚Gebet Gott, was Gottes ist, und dem Kaiser, was des Kaisers ist.'» «Ihr seid schlau, Graf Trautmannsdorf. Ein schlimmes Gewerbe habt Ihr.» «Wir haben nicht den Wunsch, gegen den Herzog zu Friedland schlimm zu verfahren. Er wird sich biegen lassen. Wie schlimm stand es auf dem Kollegialtag zu Regensburg. Wir beten, daß Gott uns nicht verläßt.» «Ich aber», hob Ferdinand langsam beide Hände gegen ihn, «will Euch fragen, Trautmannsdorf, warum wir denn schlimme Gewalt anwenden müssen, wenn uns der Herzog verrät.» Da schwieg der Graf. «Könnt Ihr es beantworten, Trautmannsdorf.» Der stammelte, versuchte zu lächeln, blickte auf die fahle Mantuanerin: «Ja, nein, ich kann schlecht verstehen.» «Besinnt Euch, Trautmannsdorf.» «Ich weiß schwer, was ich antworten soll.» «Wenn uns der Herzog verrät, müssen wir ihm gehorchen?» Eleonore saß aufrecht; Ferdinand sah sie und den Grafen triumphierend an. Stammelnd errötend Trautmannsdorf: «Ich bedaure, daß unser alter

Fürst Eggenberg nicht zugegen ist; er weiß vielleicht rascher als ich Antwort.» «Ich weiß; ich habe Euch gebeten, ohne ihn; ich will Euch hören.» «Eure Majestät wird den Thron verlieren, wenn sie nicht dem Herzog gehorcht.» «Trautmannsdorf, achtet auf, du auch, Eleonore, achte auf. Diese Antwort hat eben Fürst Eggenberg, mein lieber Freund, gegeben. Jetzt wird Trautmannsdorf sich äußern: wem ist der Kaiser untertan?» «Nur Gott.» «Dem Herzog zu Friedland nicht?» Der Graf schwieg. «Und ferner: bin ich dem Throne untertan? Denn ich soll den Thron verlieren.» Auch Eleonore hing gespannt an ihm. «Wenn ich aber Kaiser bin, bin und nicht Lust habe zu gehorchen?»
Mitleidig senkte der kleine Graf den grauen Kopf; leise und langsam: «Versuche Eure Majestät es einmal, so – ungehorsam zu sein. Ich sagte schon, der Erfolg wird uns nicht behagen. Der Herzog wird über Wien fallen, wir werden in Wien sitzen, vielleicht im Kerker; vielleicht liegen wir unter der Erde.» Ferdinand hob die Hände: «Ich werde nicht unter der Erde liegen.» Eleonore bitter: «Wie spricht der Herr Graf. Es soll nicht erlaubt sein, solche Gespenster an die Wand zu malen.» Fast höhnisch Trautmannsdorf: «Gespenster werden wir sein.»
Hauchend Ferdinand: «Sieh an – das hat schon Lamormain gesagt. Und so hat es ein Witz gefügt, daß ich jetzt Krieg gegen den Mann führe, dem ich mein Leben, die Krone und noch manches verdanke. Denn ich wäre doch schon längst Gespenst nach Eurer Theorie, wenn er uns nicht geschützt hätte.» «Wir wollen», der Graf mit leichter Verbeugung, «nur dem Kaiser geben, was des Kaisers ist.» «Mir?» zuckte Ferdinand; seine Stimme schwoll an; er schrie: «Soll das meinetwegen geschehen? Meinetwegen? Eleonore, meinetwegen! Der Herzog hat uns befreit von – ich sage nicht welchen Ketten, er hat uns getragen und hochgehoben. Ich werde nicht unter der Erde liegen. Dahin ist es gekommen! Wodurch, wodurch!»
Der Graf war zurückgetreten, Ferdinand leichenfarben, zitternde Knie, brüllte vor ihm: «Ich – will – nicht.» Trautmannsdorf sehr leise: «Majestät befehlen.» Die Arme hochhebend über seinen Kopf Ferdinand: «Ihr werdet nicht auf mich hören. Ich gehorche nicht. Man wage nicht, mich ins Spiel zu ziehen. Ich werde es nicht zugeben. Ich werde mich auf seine Seite stellen, wenn Ihr etwas wagt. Ich – bin – der Kaiser.» Die Mantuanerin umschlang ihn weinend: «Geht, Herr Graf!»

Ferdinand ließ die Arme nicht herab: «Nicht – mei–net–wegen!» Sie stellte sich vor ihn; Ferdinand über sie weg: «Wodurch werde ich zu solchem Wahnsinn getrieben. Nichts soll meinetwegen geschehen. Jetzt vergewaltigen sie mich zu Schande und Erbärmlichkeit.» Die Kaiserin flehte nach rückwärts: «Geht, Herr Graf.» Sie führte ihn rasch an die Tür.
«Ernüchtert ist er», höhnte der Kaiser, mit anklagendem Ausdruck am Fleck stehenbleibend, «hinaus. Hinaus. Was haben sie im Kopf, das ich alles muß. Von mir bleibt nichts übrig. Was habe ich früher mich gewunden, daß ich vor dem bayrischen Maximilian betteln mußte. Aber das!»
Er brüllte: «Dienen! Dienen! Ich – will – nicht!» Dröhnend.
An den Wagen mit den Füßen gebunden, über Steine und Äste schleifend, Hände und Kopf aufruckend, niederklappend.
Nach Wolkersdorf. In den Wald. Wie auf Wellen, gleitend, sinkend, gehoben. Die Füße rasselnd gegen Steine. An der Kohlenbrennerei vorbei; zwischen den kahlen Stämmen irrend durch Stunden.
Laues tauiges Wetter. Die Waldschneise. Der braunbärtige Einsiedler, dessen rechte Gesichtshälfte aus tiefen Geschwüren eiterte, fragte vor der Höhle, was er wolle. «Euch zusehen.» Aber diesmal waren die Augen des fremden Handwerkers so begehrend, daß der Fromme vor der Höhle blieb und unter dem Vordach murmelnd betete.
Nach langer Zeit fragte er: «Was ist Euch geschehen? Sprecht, sprecht, guter Mann. Erleichtert Euch.» «Es ist nicht nötig, daß ich spreche. Ich komme zu Euch. Will Euch hören. Euer Gesicht ist zerfressen; seid Ihr deswegen aus der Welt gegangen?» «Nein.» Der Einsiedler hockte vor ihm, faßte ihn am Kinn, vertiefte sich in sein Gesicht, das er mit den Augen fast aufwühlte und umpflügte. Ferdinand griff inbrünstig nach seinen Händen. Der Einsiedler zog ihn in die Höhle.
Drin ließ ihn Ferdinand kaum auf das hohe Strohlager sich setzen, so stammelte, ächzte er: «Was, was ist es, sagt mir, was ist es mit dem Satan?» «Du hältst mich für einen Teufelsbanner?» «Nein, nein.» «Du glaubst, daß ich mich ihm verschworen habe, weil ich gezeichnet bin.» «Nein.» «Warum fragst du. Ich gehöre zu seiner Synagoge, glaubst du, ich habe mich vor euch versteckt, habe eine Salbe, laufe als Wolf herum. Darum kommst du hierher. Du bist Soldat, ich soll dir helfen.» «Nein.» «Wo ist der Schatz, den ich für dich heben soll.» Sein Knie berührte Ferdinand. Während sich die Augen anfunkelten,

verzerrte sich das Gesicht Jeremias', ein hoher Ton wie das Piepsen eines kleinen Vogels kam aus seiner Kehle: «Du bist ihm begegnet. Ich sehe es ja; du bist besessen. Du kennst ihn.» «Ich weiß nicht.» Flüsternd Ferdinand: «Bruder. Was ist mit ihm.» Der lachte verzerrt, redete hastig: «Kein Gott kann so grausam sein, wie das ist, was die Welt gemacht hat. Weißt du das?» «Ja.» «Siehst du, siehst du, du sagst ja, du wagst nicht nein zu sagen.» «Ich werde dich nicht verraten.» «Bruder, du wirst mich nicht verraten. Es ist alles Teufelswerk. Du brauchst keine Angst vor dir zu haben. Es gibt nur einen Teufel. Gott gibt es nicht. Den Teufel gibt es. Er ist so sichtbar, für alle Augen erkenntlich wie etwas. Alle Zeichen, die für den Bösen gelten, sind erfüllt. Die Verblendung ist unermeßlich.» Ferdinand warf sich auf den nackten Boden, zitterte: «Das weißt du. Und die heilige Kirche.» «Sei stark, wenn du suchst, Bruder. Wir müssen es ertragen. Ermatte nicht zu rasch.» «Ich höre.» «Jesus Christus hat es gewußt, Bruder. Ihn hat nicht Maria zur Welt gelockt und die Liebe Gottes: er hat das Böse vorausgefühlt und den Menschen dazu und wollte uns die Last tragen helfen. Sieh, Jesus ist dagewesen; er hat sich erbarmt, niemand kann die Fülle seines Erbarmens fassen. Er hat die Menschen gesehen, die Sünde gesehen, der Satan selbst ist an ihn herangetreten; man muß darüber mit Raschheit hinweggehen, was Jesus mit dem Satan besprochen hat. Niemand weiß es, es hat es uns niemand gesagt. Sein Leben unter den Aposteln blieb in Dunkel gehüllt. Er ist schnurstracks seines Wegs gegangen und keiner hat sein wahres Gesicht sehen können. Niemand weiß es. Ich – Bruder –» «Was ist dir?»
«Komm neben mich. Ich kann zu dir sprechen. Ja, du bist auch besessen. Du wirst mich nicht verraten. Willst du mir etwas glauben, willst du mich nicht für einen Schelm oder Trottel halten.» «Ich bin zu dir gekommen.» «Ich will dir erzählen. Wie meine Wange hier einsank, war es eine Angst, die ich hatte, plötzlich, eine Stunde, einen halben Tag, einen gräßlichen höllensiedenden langen Tag. Ich – habe – sein – Gesicht gesehen, Jesus, des Gesalbten Gesicht –.» Er zeigte flüsternd, die Augen aufreißend, an der halbfinsteren Hinterwand der braunen Höhle einen lose herausragenden Wurzelstock: «Hier ist eine Wurzel; faß sie an, hier. Du kannst sie sehen, wenn deine Augen sich gewöhnt haben. Es ist dunkel hier. Ich bin Einsiedler und brauche die bunten Farben nicht. Hier ist es gewesen, eines hellen Tages, als die Sonne auf den Getreidefeldern lag, als ich ahnungslos hier eintrat. Das heitere Zirpen der Meisen. Da war er da.» Er faßte

wild ächzend die Wurzel an, um sie hingen Stricke und Kettchen, und ohne sich um den Gast zu kümmern, wie gezwungen, entblößte er Brust und Arm; kraterförmig tiefe Geschwürsflächen unter dem Hals, über der halben Brust; er fing an, sich zu schlagen, die Arme vor der Brust verschränkend, rechts herüber, links herüber peitschend, saß bald in der völligen Finsternis der Höhle, schob sich stürmisch gegen sich arbeitend immer weiter zurück.

Nach einer Weile hörten die Schläge auf, er rutschte mit geschlossenen Augen neben Ferdinand. Blut quoll an den Schultern aus dem groben Hemd, er saß still und keuchend neben ihm. Dann: «Hörst du mich?» «Ja.» «Ich will dir erzählen, Bruder. In einem Sonnenfleck da über der Wurzel. Bleib hier, du brauchst dich nicht fürchten.» «Ich fürchte mich doch», flüsterte Ferdinand. «Nein, du brauchst dich nicht fürchten. Ich erzähle dir ja nur. Gib mir deine Hand. Er ist ja jetzt nicht da. Er war hier in der Höhle. Es war so hell; meine Augen waren noch geblendet von dem Sonnenschein draußen, wie ich mich bückte, um hereinzukommen. Da bemerkte ich ein Loch in dem kleinen Lichtfleck, eine Höhlung, eine Vertiefung, als wäre Erde aus der Wand herausgefallen oder hätte ein Tier von innen gewühlt. Ich sehe drauf hin, das Licht geht nicht weg, warum rollt der Sand von der Wand, um das Loch herum, da bewegt sich etwas. Ich halte es für ein Tier, ein langfüßiges schwarzes, vielleicht eine Riesenspinne; es läuft so über das Licht. Das Rieseln und Zittern ließ nicht nach, der ganze Kreis, es kommt mir vor, weißt du, Bruder, als ob er sich hebt, als ob es eine Metallscheibe ist, die sich beult. Ich traute mich nicht, den Kopf zu bewegen. Mit einmal, als wenn mir die Augen herausgerissen würden, erkannte ich – sein Gesicht.» «Wessen.» «Seins, Bruder. Nicht doch. Du verstehst nicht. Es war so dunkel mit Haaren, Ohren, Augen, Kinn in der Helligkeit; die dünnen schwarzen Wangen zitterten ihm, als wenn er fröre oder verhindert würde, den Mund zu öffnen oder die Lider hochzuziehen.» «Bruder, wessen Gesicht hast du gesehen.» «Und dann lief etwas Schreckliches um seinen Mund. Ich kann es nicht mehr sehen; ich kann seitdem diese Stelle nicht verlassen. Es ist kein Schwur, den ich getan habe, es ist – daß ich an diesen Ort genagelt bin. Ich möchte mich hängen an die Wurzel, nur um zu leiden, zu leiden.»

Seine Haare hatten sich gesträubt, ihm strömten die Tränen aus Augen und Nase: «Bruder, du bist mir nicht gram, du wirst mich nicht verachten, weil ich gottlos bin. Ich leide, ich stranguliere mich, ich

lege mich zum Rösten in die Sonne, um zu vergessen. Um ihn zu vergessen. Den da.» Entgeistert wackelte der Braunbärtige auf seinem Platz, er bibberte, stotterte: «Oder mich vor ihn werfen; wenn mich nur einer zerreißen wollte.»
Ferdinand zitterte wie er: «Es war Christus.» «Er hat Satan gesehen, ich ahne ihn nur; ich sehe die Welt, rieche ihre Verwesung – aber er kannte auch die Menschen, die Seelen. Der hat sich für uns geopfert. Er wußte, daß uns nichts überzeugen könnte als sein schmerzensreicher gräßlicher Tod. Christus Jesus hat sich verstellt für uns. Für dich und mich. Die größte Seele, er hat sich in die Waagschale werfen müssen.» «Gegen den Satan.» «Es hat ihn an den Satan herangetrieben, alle Freiheit, alle Selbständigkeit, die Lust des Lebens hat er von sich hingeworfen. Ihn wollte er von uns verscheuchen, von Mensch und Getier. Und –.» «Was ist.» «Du weißt ja allein weiter, Bruder, was ist.» Er durchbohrte mit den Blicken den Kaiser, schrie: «Es hat nichts genutzt. Der Satan wiegt schwerer. Nicht einmal sein Andenken ist aufbewahrt, man weiß nichts mehr von ihm. Man weiß nichts mehr von ihm. Die Kirche hat ihn verschlungen.» Ferdinand hielt sich die Hände vor die Augen: «O Bruder, was du sprichst.» «Ihr braucht nicht ratlos sein. Ihr seid gut dran. Ich weiß. Man mißbraucht seinen Namen. Aber du weißt es ja auch anders. Du wirst mich nicht verraten.» «Was tust du hier?» Der Einsiedler warf sich dicht an ihn heran: «Du brauchst nicht glauben, was ich sage. Ich hab' dir doch nichts Neues gesagt. Bleibe draußen. Sei fromm. Bist du mein Bruder?» Ferdinand zog die Hände vom Gesicht.
Wie Ferdinand im Wald an einer niedergebrochenen Buche stand und von dem schweren Gefühl heimgesucht wurde: zwei Adler standen auf hohen Füßen hinter ihm, schlugen ungeheuer mit den Flügeln, Wind vor sich treibend, krachte sehr nahe ein Schuß. Die Stimme des Dieners: «Schützt Euch, Herr, schützt Euch.»
Es raschelte um sie im Wald, von den Stämmen lösten sich Menschen; in Sprüngen kam ein älterer säbelschwingender Geselle näher, stolperte über seine eigene Säbelscheide, griff Ferdinand an die Brust, riß ihn herum, sah ihm ins Gesicht. Einer mit einem Feuerrohr lief dicht hinter ihm; von allen Seiten sprangen sonderbare Kerle mit Pistolen und Knütteln an. Der Ältere, der Anführer, ein Mann mit einem kühnen Gesicht, fragte den Kaiser, wo die anderen wären. Ferdinand war sehr ruhig. Die Bande suchte in der Umgebung alles ab. Die Debatte zeigte, daß man sich vergriffen hatte; wer ergriffen werden

sollte, erfuhr der Kaiser und sein mit Stricken gebundener Diener nicht. Man durchsuchte sie, wollte sie wieder laufen lassen.
Da fühlte Ferdinand plötzlich die tiefe Ruhe, die sich seiner während des Überfalls bemächtigt hatte.
Die Höhle des Einsiedlers.
Die Spinne. Was war das. Es kam ihm meilenweit vor, jahrelang fern.
Er konnte sich nicht trennen. Dem Anführer, der sich in einen Hinterhalt zu einigen gesattelten Pferden begab, folgte er trotz der Anrufe der anderen. Er fühlte, daß ihm befohlen war, mit dem gewalttätigen Kerl zu sprechen, der seine Wut an einigen Bauern ausließ, die bei den Pferden standen und offenbar mitgeschleppt wurden. Bei Wolkersdorf wüßte er einen Grafen, der morgen oder übermorgen zu einer großen Reise die Ausfahrt mache, er nannte einen beliebigen Namen, war glücklich, als der andere anbiß. Der Diener wurde von der Bande nicht losgelassen, Ferdinand nahm tuschelnd von ihm Abschied, der an ein Pferd gebunden war.
Als Ferdinand allein in der Höhle der Kohlenbrennerei war – wußte er nicht, was er vorhatte. Dachte kaum. Fühlte nur, daß ihm ein Glück zuteil geworden war. Ein sonderbares Glück.
Als wenn er eine glatte eingeseifte Bahn herunterrutschte. «Ich gebe nicht nach», seufzte er noch im Scherz, und rutschte schon weiter den bekannten Weg, den er oft irgendwo gefallen war. Es war eine Freiheit, die ihn mit wachsender Stärke entzückte. Als wenn er das Ende einer Stange ergriffen hätte, an der er sich ruhig, mit geschlossenen Augen, entlang bewegen konnte.

Die armeen, die der zu Friedland angesammelt hatte, standen massiert in Böhmen, starke Detachements hielten unter dem von Aldringen bei den Bayern; gegen Schlesien und die Mark waren Regimenter vorgetrieben unter Schaffgottsch, nach Süden gegen Budweis und Tabor beobachteten Abteilungen unter Marradas. Eine tiefe Lethargie hatte sich der Truppen bemächtigt. Ein eigentümliches Mißtrauen ging unter den Offizieren um. Man hatte seit dem heißen Leipziger Treffen, bei dem die Königliche Würde von Schweden ihr Leben lassen mußte, nichts getan, was Ruhm und Freude brachte. Märchenhaft weit lagen die Tage von Nürnberg zurück; die Söldner

kamen und sangen von dem Burgstall bei Zirndorf, den der Bernhard von Weimar gestürmt hatte, wieder abgeben mußte und Hunderte seiner Knechte verlor. Von Wallenstein, der den König von Dänemark über Jütland weg in die Ostsee gejagt hatte und den Mansfeld, den Bastard, den Durlacher und den Halberstädter ergriff, daß sie zerbrachen und sich nicht retten konnten. Italienische Fähnlein zogen herauf, einstmal von dem weinseligen toten Kollalto vor Mantua angeworben zur friedländischen Fahne; sie hatten Mantua geplündert, der Herzog von Nevers hatte nicht standhalten können. Nun lungerten sie seit Monaten herum auf schlesischem Boden, vor den sächsischen und schwedischen Heeren, verlagen.
Die Meister der Artillerie häuften die Kugeln an zu Bergen, verkauften sie heimlich an fremde Unterhändler. Die Stückknechte und Büchsenmeister wüteten widerwillig gegen Rost und Staub. Der Arkebusier trug ein Schußgewehr und zwei Pistolen; die Offiziere schrien, wenn sie den Degen umlegten: warum sollte man sich mit dem schweren Gewehr und Pistolen schleppen. Konstabler Schneller Schanzbauern Granatiere Minatoren Bergknappen Pontoniere Petardierer schleiften ihre Füße durch den Lehm des Artillerielagers, ließen untätig die Mäuler hängen, verfluchten Granaten Petarden Lunten Ladungskapseln. Schlichen davon zum Schweden, Sachsen. Fragten, wo Krieg sei. Immer noch liefen Neugeworbene an, wurden zu besonderen Fähnlein zusammengeschlossen; nach einundzwanzig Kommandos wurde die Pike exerziert, neunundneunzig Tempi brauchte das Feuern und Wiederladen, hundertdreiundvierzig Kommandos die Musketen; die Alten standen dabei, grinsten und zogen mürrisch weiter. Auch in die Jungen wurde Mißtrauen gelegt, die Strafen stiegen, Wippgalgen, hölzerne Esel wurden überall vermehrt. Die alten Söldner freuten sich mit Grimm: es war das einzige, das sie an die früheren Jahre erinnerte. Heiß wurde draußen geworben, die Agenten ließen trommeln: hundert Gulden Werbegeld, für den Tag zwölf Kreuzer. Während die Rotten zuströmten, schmolzen innen die Heere aus, zogen die neuen in den Schwund hinein; das leckende Rinnsal war nicht zu stopfen.
Heftigkeiten kamen vor. Gegen Artilleristen, die an sächsische und schwedische Händler Munition und Stückkugeln verkauften, verbanden sich Freifähnlein von Kürissern, legten sich in Hinterhalt, nahmen den Betrügern das fremde Geld ab; stießen einige nieder; sie selbst erzwangen sich Aufsicht über größere Waffenlager; ihre

heimliche Verpfändung und Verschleuderung betrieb man dann im Verein. Offiziere wurden in solche Affären mit hineingerissen, gegen die Generalspersonen wurden die Vorfälle geheimgehalten, Mannschaften und Offiziere riskierten Posten und Leben. An der bayrischen Front und nach Schlesien hin brachen Fähnlein und Rotten aus, führten auf eigene Faust Krieg. Durch die schärfsten Mandate war Aldringen wie Graf Schaffgottsch bedeutet, jeden Kampf zu verhindern, Plänkeleien und Provokationen zu bestrafen. Die Truppen waren nicht zu halten, die Obersten mußten froh sein, wenn die Abteilungen von ihren wilden Exkursionen zurückkamen und sich den vorsichtig sanften Strafen beugten und nicht einfach beim Feind blieben. Die Offiziere gewöhnten sich, Spione und Vertrauensleute bei den einzelnen Regimentern zu halten, um jedem Ausbruch von vornherein zuvorzukommen; es war ein gefährliches Mittel, das sich oft gegen die Offiziere selbst richtete. Denn bisweilen verrieten sich die Spitzel, wurden erkannt, gegen die Offiziere wurden Anfälle unternommen, die Truppe wankte, die Führer mußten gewechselt werden.

In Böhmen gärte es am wildesten; hier waren keine Feinde, gegen die man sich wenden konnte; das Gros der Offiziere lagerte in Städten und Dörfern unter den Truppen, die Aufsicht war schärfer als an den Außenfronten. Um seine Soldaten fest in der Hand zu halten, hatte der Herzog zu Friedland den eisernen erbarmungslosen Christian von Ilow zum obersten Inspekteur ernannt. Ilow war aufgeklärt worden vom Kanzler Elz, dem Rittmeister Neumann, zuletzt aufs intensivste vom Grafen Trzka: mit aller Macht müsse das Heer bei der Disziplin erhalten werden; der Herzog brauche es parat und schlagfertig, dürfe keine eigene Regung in den Truppen aufkommen, sei jeder widerspenstige Offizier zu entfernen, revoltierende Regimenter aufzulösen und unter zuverlässige zu stoßen. In Ilows Händen lag das Amt des Inspekteurs gut, er hatte keine Ohren für die Klagen vieler Obersten: Truppen seien kein toter Körper, kein Stock oder keine Muskete, die man nach Belieben an die Wand stellt oder vorzieht; die Truppen brauchten Bewegung, Aufgaben. Man durfte nicht ohne Gefahr so zu dem langen Feldmarschall sprechen, er war rasch mit Roheiten da, drohte mit Profoß und Reiterrecht. Lethargisch bissen die Offiziere in den Eisenzaum, den man ihnen hinhielt; inzwischen zuckten die Tumulte weiter durch die Truppen. Böhmen wurde das Opfer Hunderter kleiner Banden, die sich aus dem Heeresverbande loslösten, bisweilen eingefangen und zusammengeschossen wurden. Einzelner wurde man nicht habhaft; sie tauchten immer wieder bei den Regimentern unter, wie es hieß, gedeckt von den Offizieren selbst.

Um die furchtbare Neujahrszeit schien das ganze Land wie auf Signal von einem tobenden revoltierenden Truppenschwarm bedeckt zu sein. Zu Plünderung und Vergewaltigung ganzer Ortschaften kam es. Eine Reise Ilows mit Wallensteins Leibgarde mußte das Heer noch einmal in ein brütendes schreckvolles Schweigen zurückdrücken. Kurz darauf stießen aber Rotten aus Marradas' Regimentern bei Budweis gegen abgerirrte spanische Truppenkörper vor, sie kämpften mit ihnen aus keinem anderen Grunde, als damit, wie sie sagten, keiner mehr zu ihnen käme; sie seien schon genug; die Spanier wurden empfindlich geschwächt. Die Entwaffnung der Meuternden bereitete wegen der Mißlaune der Truppen große Schwierigkeiten; es kam hinzu, daß Marradas nur bestimmten Kontingenten Waffen anvertraute, daß er aber, heimlich vor dem Pilsener Hauptquartier, nach Wien sich begab und flehentlich um Remedur der Verhältnisse bat. Es müsse eine Änderung in der Kriegführung eintreten, das Heer brauche kriegerische Ablenkung.

Er war nicht der einzige, der in diesen Wochen verschwiegen die Truppe verließ und nach Wien fuhr. Generalspersonen Obersten Kriegsoffiziere fühlten, daß der Boden unter ihnen schwankte. Ihrer selbst hatte sich zu einem großen Teil eine schlecht verhehlte Verdrossenheit bemächtigt. Um den Herzog scharte sich eine Elite von hohen Personen, seine Vertrauten, ein Geheimzirkel.

Ein Kern alter Offiziere war da, die unter dem Herzog alle deutschen Schlachtfelder abgegangen waren. Es kamen zahlreiche, besonders italienische Herren, auch spanische dänische schottische, die der europäische Ruf Wallensteins angelockt hatte, die den Krieg kennenlernen, den entscheidenden Schlag Habsburgs gegen die schwedische Koalition miterleben wollten, für sich auf Abenteuer und Karriere ausgingen.

Sie wurden vom Herzog mit Geld gefüttert, und dabei blieb es. Von Wallenstein selbst sahen sie nichts. Es hieß nur, er sei krank. Gerüchte liefen, daß er seine Widersacher diplomatisch am Kragen halte und im Begriff sei, sie abzumurksen. Man erlebte keine ruhmreichen Schlachten, nicht die ergiebigen Kontributionszüge, von denen sich ganz Europa erzählte, aber ein verworrenes Herumlungern in

Schlesien, einen erschöpfenden Lauf nach Fürth herunter gegen den Weimarer Herzog, dann Verstecken und Versinken in Böhmen, Winterquartiere Winterquartiere wie vorher Sommerquartiere Sommerquartiere.
Da verfluchten viele Offiziere wie die Knechte den kaiserlichen Krieg und schlugen sich zu Bernhard. Die meisten aber blieben an der Futterkrippe hängen, und wie sie blieben, bildeten sie ruinöse Herde der Mißstimmung, der heftigen und ruhelosen Skepsis.
Hier schweiften herum und randalierten die Obersten Montard von Noyal, Sebastian Kossatzky, Petrus von Lossy; Männer, die der Herzog mit Vorschüssen für ein Regiment, andere, die er sogar mit Lehen versehen hatte, kritisierten Politik Taktik Strategie des Generalissimus. Er galt für überlebt, von seiner Krankheit gelähmt, für halb verrückt und verbohrt. Wallenstein war nur eine Ruine; Narren waren sie, daß sie ihm zuliefen, der nur den Namen des ‚Wallenstein' trug. Es gab bei den böhmischen Truppen eine Anzahl Offiziere, die einen tiefen Haß auf den Herzog warfen, weil sie ihm angehangen hatten und er sie jetzt, in Politik und Diplomatie versunken, wilden aufgeblasenen Gesellen, wie dem von Ilow, aussetzte, die irgendwie seine Gunst ergattert hatten.
Trzka und Ilow erfuhren die steigenden Widerstände im Heer. Den Herzog suchten sie nach Möglichkeit darüber hinwegzutäuschen, und wo er etwas merkte, trieb er sie zu blutiger Entschlossenheit an; er haßte nichts so als Disziplinlosigkeit, sie war ihm zum Ekel. Aber unter dem Druck wuchs der Gegendruck, die Offiziere wechselten ihre Standorte, anderswo flackerte das Feuer auf, oder sie verschwanden und hetzten heimlich tückisch und rachsüchtig.
Schon früher waren der Friedländer und die hohen Generalspersonen Attentaten von heißblütigen Mannschaften oder Offizieren ausgesetzt. Jetzt, seit dem Einmarsch in die böhmischen Winterquartiere, flogen Pfeile in ihre Fenster und Zelte. Warnende Briefe fanden Ilows und Wallensteins Trabanten häufig in den Vorzimmern oder Gaststuben, wo sie nur von Offizieren hingelegt sein konnten. An klaren kalten Tagen ließ sich Friedland durch das Pilsener Lager in seiner Sänfte tragen, besichtigte Fähnlein, hielt bei exerzierenden Rotten, rief Knechte an, befragte unbekannte Offiziere. Es herrschte kein Mangel im Lager, Friedland trieb die Intendanten an, noch mehr von allem herbeizuschaffen: der Soldat, der ruht, müsse gemästet werden, sonst rebelliere er. Und dutzendmal fragte er Ilow und Trzka, als ob

er mehr wüßte als sie, ob nicht die Offiziere, die jungen, älteren, über ihn herzögen. Er sah seinen Herren unter die Augen; nun, sie könnten über ihn herziehen, neben Profoß und Reiterrecht gäbe es noch eine wirksame Macht: das Geld, das Spiel, den Wein, die Weiber; daß man die Herren nicht verkommen lasse, das Heer verdiene sich das Prassen reichlich. Er erhöhte Sold und Gehälter, seine Sätze waren fast doppelt so hoch als bei einem anderen Heere. Ohne daß die Gärung nachließ und die Neigung, von ihm abzufallen.

Man wußte, er betreibe leidenschaftlich den Friedensschluß, er brauche das Heer so wie es hier war; und seine Umgebung erfuhr auch, wie das Heer, besonders die ausländischen Truppen, darüber dachten: eines Morgens wehte vor Friedlands Quartier in der Sachsengasse in Pilsen eine Fahne mit den Kirchenfarben, darauf war gemalt: «Wallenstein, der Friedenspapst.» Einmal hing quer über dem Tor seines Hauses an einem Tau eine abgehäutete blutige Katze; darunter ein Fetzen Zeltleinwand mit der Schrift: «Wir haben kein Fell mehr, wir können nicht kratzen, wir hängen hier gut.»

Nur Neumann, Friedlands Sekretär, erfuhr von dem gräßlichen Getümmel, das in Wolfegg bei Pilsen entstand, als eine von Ilow herbeigerufene Kompagnie hier eingerückt war. Die unruhigen Truppen lockten eine Anzahl der herkommandierten Neulinge in eine mächtige Scheune, angeblich zu einem solennen Begrüßungstrunk. Dann war aber in dem Saal nirgends gedeckt und aufgetafelt, dicht stand Mann bei Mann; die neuen verschwanden völlig unter den andern. Sie erhoben, indem an mehreren Stellen zwei drei übereinanderkletterten, auf den Schultern ritten, von diesem Podium in der Scheune ihre Stimme, schmähten, verlangten Aufklärung. Ihnen gegenüber schwangen sich die Meuterischen hoch. Die sonderbaren Menschengestelle rückten und wanderten in dem durch Strömungen zerrissenen Gedränge gegeneinander, kamen voneinander ab, schwangen die Arme, Degen gegeneinander. Man hatte sich jäh aneinander entzündet. Das Gebrüll auf die herkommandierten «Verräter!» wurde allgemein. Wie sie oben fochten, schrie man, sie sollten entwaffnet werden. Man stürzte die wandernden fechtenden schlagenden Menschensäulen, im Gedränge stieß man sie nieder. Schweden seien die Leute Ilows, wurde gerufen, sie seien Lumpen und Hundsfotte, wollten auf Kosten der andern sich fett machen, man brauche keine Mörder und Profosse mehr. In der sinnlosen Erregung brachen die Meuterer den größten Teil der Scheune ab, zündeten die

Balken an und warfen die Waffen, Musketen, Piken, Partisanen, der überwältigten fremden Kompagnie hinein, machten sich daran, geradewegs in die Stadt zu stürmen, um zum Herzog zu dringen.
Neumann, von der Lagerwache alarmiert, ließ die Stadttore stark besetzen, Feldgeschütz dahinter auffahren. Er selbst mit kleiner Begleitung fing die tumultuösen Truppen mitten im Lager auf; er war ins Lager hineingeritten, um der drohenden Gefahr einer Ausbreitung des Lärms bis zum Herzog zu begegnen. Ein dunkles Gefühl sagte ihm, daß im Lager jede signalgebende Erregung momentan niedergehalten werden müßte. Er tat, während ihn die Meuterer mit Fackeln auf freiem Stoppelfeld umstellten, als überhöre er ihren Ton und sähe nicht die durchstochenen Hüte und herausfordernd auf Stangen getragenen Wehrgehänge entwaffneter Ilowscher; er wandte sich scheltend an die fünf gefangen mitgeführten Leutnants und Fahnenjunker jener Kompagnie: was sie sich ankommen ließen, in Wolfegg zu erscheinen. Ihre Antwort, es sei ihnen befohlen, überdonnerte er. Sie sollten sich fortmachen, ihre Eigenmächtigkeit würde sie teuer zu stehen kommen. Seine eigene Begleitung nahm die gefangenen Offiziere in die Mitte und führte sie in die Stadt ab. Eine Handvoll Mannschaften der Torbesatzung hatte den sofortigen Abmarsch der neuangerückten Kompagnie zu überwachen. Unter triumphierendem Geschrei zogen die Rebellen zurück. Neumann ritt finster in die Stadt, weihte nur Ilow ein.
Der Vorfall hatte sich kurz nach Schlicks und Questenbergs Besuch in Pilsen abgespielt. Die Vertrauten des Herzogs wußten, daß von kaiserlicher Seite das schwelende Feuer geschürt wurde, ohne daß sie Bestimmtes feststellen konnten. Unter ihnen war man einer Meinung, daß lange der Zustand nicht in der Schwebe bleiben könne; es könnte dahin kommen, daß Meutereien auf das ganze Heer übergriffen. Ilow verlangte einen großen Aderlaß für die Armee, und auch Trzka war dieser Meinung, nur müsse es auf dem Wege eines Feldzuges geschehen. Als Ilow achselzuckend und ärgerlich sagte, der Herzog wolle doch nun einmal keinen Krieg, lächelte Trzka bedeutsam; auch Neumann lächelte: es käme eben nur darauf an, gegen wen. Nämlich, um es kurz zu sagen, gegen den Sachsen zu kämpfen, vielleicht auch gegen den Schweden hätte der Friedländer, wenigstens zur Zeit, gar keine Lust. Aber da bliebe noch allerhand Feindliches, ein Feind, von dem man nicht viel rede, dem es der Herzog aber so gern antun möchte wie einem Schlangenwesen, daß er gegen ihn sogar auf

das Pferd steigen werde. «Und dieser geheimnisvolle Feind?» Das sei nicht schwer zu erraten. Und als Ilow noch nicht ihr Lächeln durchschaute, wies Trzka ihn auf den Grafen Schlick hin, auf Questenberg, und was sie im Lager vorgebracht hätten, und wie sie dem Herzog die Waffen stumpf machen wollten.

Da blieb auch dem langen von Ilow erst der Mund offen. Er pfiff dann, ging sehr langsam herum; also gegen Wien, das sei aber ein verteufeltes Manöver. Oha! Und er konnte sich lange nicht beruhigen. Er kreischte dann leise lachend, dicht vor Trzka, den anstoßend: «Sie sind ja wehrlos! Wir können sie ja überrennen!» «Nun ja.» «Wir brauchen ja gar nicht kämpfen! Trzka, wir brauchen ja nur marschieren, Marradas kippt auf die Nase!» «Um so besser!» «Ein Witz, eine Komödie. Wer hat sich das ausgeheckt? Oha, ist das ein Spaß.» Neumann aber, nachdenklich seinen aufgehobenen Degen betrachtend, erklärte drohend, es sei kein Spaß, man müsse von Tag zu Tag mehr auf dem Sprung sein, man scheine im Augenblick noch der Angreifer zu sein, bald werde einem nichts weiter übrigbleiben als sich verteidigen.

Im Lager und in der Umgebung Friedlands rief es keine Bestürzung hervor, als immer bestimmter die Gerüchte verlauteten, ein größeres Heer, hauptsächlich aus Italienern, von Spanien geworben, hätte die Alpen von Mailand kommend überschritten und ziehe in starken Märschen in das Reich. Auch an dem Herzog sah man keine Erschütterung; mit größter Anspannung beobachtete er die Vorgänge.

Der Mailänder Gouverneur mit einer nicht kleinen Armee hatte sich den ligistischen und Aldringischen Regimentern angeschlossen. Es war das eingetreten, was man erwartet hatte; fast lautlos, während er in Böhmen saß, hatte sich die neue Phalanx gebildet. Gegen ihn. Die Phalanx, die er erwartete.

Und bald meldeten Spione aus Wien, eine hohe Deputation sei aber mals im Begriff, den Hof in der Richtung auf Pilsen zu verlassen, um nunmehr bestimmte unausweichbare Befehle zu überbringen. Gleichzeitig wurde offenbar, daß es eine unsichtbare hohe, sehr hohe Stelle war, welche die Wühlerei unter den Lagertruppen unterhielt. So nahe an den höchsten Plätzen mußte diese Stelle sein, daß Trzka selbst Warnungsbriefe von anscheinend treuer Seite zugetragen wurden; er war ganz ängstlich und verwirrt, als er die Papiere aufknüllte und las, die höhnisch ihn selbst als Kaiserspion bezeichneten. Affären, wie die der Vertreibung einer sicheren Kompagnie, wurden aufgebauscht. Es wurde erzählt, eine Anzahl hoher Offiziere mit bestimmten Truppen unterschlügen Sold und Kontributionen und verteilten sie unter sich. Daß der Herzog vorhabe, Frieden mit Schweden und Sachsen zu machen, um sich von ihnen mit Böhmen beschenken zu lassen und sich rasch seiner Verpflichtungen gegen das Heer zu entledigen, das er an den armen Kaiser verweisen wollte. Das eigentümliche gefährliche Element von Unsicherheit wuchs und wogte im Heere.

Da trafen Trautmannsdorf und Questenberg in Pilsen ein. Niemand als Trautmannsdorf hatte sich zu dieser Mission bereit erklärt, er hatte nach dieser Aufgabe mit der Ruhe seiner besten Stunden gegriffen; Questenberg wollte er bei sich haben, um ein vertrautes Gespräch mit einem sicheren Mann führen zu können. Als Trautmannsdorf in Pilsen einfuhr, ließ von Ilow den Zutritt zum Lager auf allen Seiten sperren, jeglicher fremden Person war der Eintritt verboten; hinter Trautmannsdorf und seinen Begleiter hängte er eine Ehrenwache von zehn jungen ungarischen Kornetts. Neben die Wiener Herren stellte er sich selbst und zum Wechsel Trzka und Neumann. Den beiden Gästen sollte kein unbelauschtes Wort gelingen. Der verwachsene Graf war gegen die kriegerischen Herren von einer beleidigenden souveränen Kühle, man drängte ihn rasch vor den Herzog, als er keinen Blick für das imposante vor ihm aufgerollte Bild großer Kavalleriemanöver hatte.

Friedland ging in diesen strengen Wintertagen im Obstgarten seines Quartiers viel spazieren, erfreute sich seiner wiedergewonnenen Beweglichkeit. Der kleine Graf gedachte ihm fremd zu begegnen als Beauftragter des Kaisers, vermochte sich aber nicht zu behaupten, als der Herzog, im langen roten Mantel, auf das spanische Rohr gestützt, ihn herzlich begrüßte, nach dem Kaiser, Eggenberg fragte, bedauerte, daß man durch die Kriegsnöte persönlich auseinandergekommen sei. Und ehe Trautmannsdorf seinen Auftrag beginnen konnte, verwickelte ihn der Herzog in ein langes, von Späßen und Traueräußerungen unterbrochenes Gespräch über den alten Harrach, über die Hofärzte und anderes. Dann erst, immer dieselbe breite kahle Obstallee entlangspazierend, warf Friedland einen Blick auf den stummen dicken Questenberg und bemerkte kurz, er hoffe, der Herr habe den neulichen Besuch gut überstanden.

Das darauf eingetretene Schweigen war das Signal für Trautmannsdorf. Er knüpfte an diesen neulichen Besuch an, schilderte mit über-

triebener Zaghaftigkeit die eigentümliche Situation des Kaiserhauses gegenüber Spanien und der Herzog möchte das angekündigte und nun erfolgte Heraufziehen des Spaniers auf den Kriegsschauplatz recht verstehen als eine Maßnahme, die ohne Zutun des Kaiserhauses erfolgt sei und die man auch nicht ohne schwere Komplikationen hätte verhindern können. Er fuhr dann fort: die Armee des Mailänders sei zwar leidlich stark und wohl bewaffnet, jedoch nicht stark genug, um jeder zu erwartenden Truppenmacht Trotz bieten zu können. Man möchte deshalb von vornherein jeden feindlichen Anschlag unmöglich machen, indem man die recht kleine Aldringische Schar auf eine entsprechende Größe brächte und ihr die vom Augenblick gebotene Beweglichkeit gäbe. Es möchte also des Herzogs Durchlaucht sich bequemen und bereit finden, solange er nicht die Winterquartiere verlassen könne, eine ausreichende Zahl von Regimentern dem von Aldringen zur Verstärkung und Verwendung zu gestatten.
«Es ist mir unmöglich», erklärte freundlich der Herzog. Er wandte sich an den nachfolgenden Neumann, erbat sich ein Verzeichnis der Truppenstärke, wies, als es in Kürze kam, die Zahlen dem kleinen sehr ernsten, kaum hinblickenden Grafen: «Der Herr Graf wird sich selbst überzeugen. Zudem ist der Mailänder von mir angewiesen, rasch den Kriegsschauplatz zu verlassen oder nach Pilsen zu stoßen. Der Kurbayer muß Geduld haben; er wird nicht verlorengehen.»
Der Graf war nicht zu beruhigen; man müsse zunächst andere Dinge hintanstellen, die Notwendigkeiten des Kaiserhauses und so weiter. Trautmannsdorf, immer den Kopf vor der Brust, kaute und kam nicht heraus. Ruhig und sicher lachte der Herzog, der auf ein Trompetensignal gehorcht hatte; darum möge sich der Graf keine Sorgen machen; er erkenne sie wieder, den alten freundlichen Eggenberg und ihn, wie sie sich quälten, vielleicht wäre auch ein Finanzmann im Bunde, um sie zu vexieren; bei ihm läge der Kaiser und das Erzhaus wie in Abrahams Schoß. Er werde sich nicht verläppern. Der Friede sei näher, als sie glaubten. Auch als Trautmannsdorf, der schwer beklommen war, ganz schwieg, blieb Wallensteins Ton freundlich; er stellte sich vor die beiden Herren, zog sie an den Gurten zusammen: «Nun wollen wir zusammen beraten, mein Herr Questenberg und Euer Liebden. Ich will mich wie ein rechtschaffener Angeklagter vor Euch, kaiserliche Vertreter, aufstellen und Ihr sollt schelten, was versehen ist.» Questenberg nahm sich mit Gewalt zusammen: «Wir möchten Durchlaucht bitten, uns dies zu ersparen. Wir sind ja auch

ganz und gar nicht als Ankläger hier.» «Nun seht Ihr», unterbrach Wallenstein, der ihre Gürtel nicht losließ, «ernsthaft könnt Ihr nichts anklagen. Es soll Euch auch bei Jesu schwer fallen. So gebt doch den Bayern frei. Was setzt man Euch in die Ohren. Den Herren scheint es unbekannt zu sein, wie es der Bruder des bayrischen Kurfürsten, der Kölner, mit den Franzosen hält; Maximilian ist da nicht weit vom Schuß.» Finster gab der Graf, der peinlich Wallensteins Hand am Gürtel fühlte, zu, daß man davon gehört hätte. «Nun», tönte der Herzog, seinen Stab schwingend, zurück, «das bedeutet nichts?» Gezwungen lächelte der Graf, der ein paar Schritte machte, um den Herzog vom Fleck zu bewegen; schwerfällig folgte er auch; es schiene ja bald so, rang sich der Graf ab, daß nicht Wallenstein, sondern sie hier als Angeklagte ständen. «So nehmt doch Vernunft an, Herr Graf. Ihr seht meine Daten. Ihr antwortet nichts zur Sache. Greift mich an. Ihr gebt mir fast zu, was ich sage. Oder – seid Ihr nicht allein hier?» «Was?» warf Trautmannsdorf den Kopf herum. «Ich meine, Herr Graf, Ihr steht hier, ich kann Euch wohl sehen und sprechen hören. Aber hier sind noch einige mit Euch, die ich nicht sehen kann. Die sich vielleicht nicht – hergewagt haben.» «Eure Durchlaucht kennen mich.» «Ich weiß, es gibt schon Geister in Wien, die mich lieber am Morgen als am Mittag verspeisen möchten. Einige von ihnen tragen viereckige Hüte und schwarze Röcke. Es könnte auch sein, daß sie einen Mann wie den Trautmannsdorf zu Fall bringen.» Der Graf kühl: «Ich habe mir die Regeln meines Denkens in der guten Schule des Aristoteles geben lassen.» «Ich weiß, ich weiß, aber so antwortet doch. Ihr seid weder bestechlich noch dumm.» «Ich will Eure Durchlaucht nur bitten, zu bedenken, für wen wir in diesem Augenblick sprechen. Questenberg und ich. Wir haben die Majestät zu vertreten oder Weisungen von ihr abzugeben. So wollten wir Eure Durchlaucht bitten, und ich besonders – denn Eure Durchlaucht weiß, wie ich Euch anhänge, wie ich Euch nach Vermögen am Hof alle Wege geebnet habe, und daß mich keiner zu Bosheiten gegen Eure Durchlaucht anzustoßen vermöchte – ich wollte Euch bitten, gebt uns einen Augenblick nach. Wenn wir auch keine Krone tragen, so sind doch unsere Weisungen da – und was sind wir alle? Vor der Kaiserlichen Majestät?» Hart der Herzog: «Braucht nicht einen darüber aufzuklären, der sein Leben lang für den Kaiser gefochten hat.» «Der Kaiser weiß, was er Euch zu verdanken hat.» «Es scheint aber, andere wissen es nicht.» «Oh, wir –» «Macht mir nichts, ob Ihr es wißt.

Macht nichts.» «Wir sind allesamt –» «Kommt nicht darauf an. Meinem Herrn diene ich billig und begehr' es allezeit zu tun nach seinem Willen. Die anderen lassen die Finger von mir. Jeder Verständige kann begreifen, daß ich nicht geneigt bin, von meinem Vertrag abzugehen. Soll keiner mit mir Schindluder treiben. Mein gnädiges Erbieten an Euch, zu verhandeln, wird verachtet und für nichts angesehen.»
Die Herren schwiegen.
«Ihr sollt mir antworten, Herr, was Ihr gegen meine Gründe zu sagen habt über das spanische und bayrische Ersuchen. Ich kann die kaiserliche Armee nicht schwächen lassen.» Sie standen immer an einem Fleck; der Herzog wandte sich jetzt, winkte ihnen, ging in das Haus voran.
Und auf dem Weg tauschte der kleine Graf keinen Blick mit Questenberg, dessen Augen er trostlos an sich fühlte. Er hatte die schwere entscheidende Sache mit sich allein abzumachen; die Kiefer biß er zusammen, seine Stiefelspitzen stießen vor, blieben stehen, stießen vor, blieben stehen. Sand, eine Matte, die Schwelle kam. Es galt, nicht nachzugeben, nichts hören – sprechen, ein Horn vorstrecken; er sagte sich: «Mach' dich steif, du kleiner Trautmannsdorf, denk' an nichts, dies muß geschehen, du neigst zu Späßen, dies muß geschehen, höre nichts, dies muß geschehen.»
Die niedrige stark geheizte Ritterstube, Wallenstein ohne Hut und Mantel, mit hoher Stirn, weißbärtig, Platz anweisend, selbst auf der Bank an dem kleinen bunten Fenster. Dem Trabanten, der den Mantel hinaustrug, schrie er nach: «Türen schließen.» Trautmannsdorf, dem andern ein Schweigezeichen gebend, beruhigte sich und hielt sich mit den Blicken fest an einer nach rückabwärts ragenden Hirschgeweihspitze der Krone an der Decke. Sanft und ohne sich von den funkelnden starren Augen des Herzogs beirren zu lassen, setzte Trautmannsdorf auseinander, daß vor der Kaiserlichen Majestät, wenn man sich ihr nicht widersetzen wolle, wenigstens in einem Punkt alle Unterschiede verschwinden müßten: man sei vor ihr Untertan oder Privatperson. Er führte das bezwingend aus. Der Herzog ließ ihn reden. Er sei Reichsfürst, und dies sei das eine. Und dann sei sein geschriebener und gesiegelter Vertrag da. Man habe schon in einem Punkte seinen Vertrag ohne ausreichenden Einspruch durchlöchert: indem Feria in Deutschland erschien, ohne von ihm dahin beordert zu sein, dann indem sich derselbe Feria seiner vom

Kaiser verliehenen Befehlsgewalt entzogen und einen ganz unnützen Posten bei der bayrischen Durchlaucht einnahm. Er werde nicht nachgeben und tun, was unsachverständige Leute, ohne ihn zu fragen, beschlössen. Heimtückische Hiebe gegen seine Friedensbemühungen werde er zu parieren verstehen.

Da löste Trautmannsdorf seine Augen von der Geweihspitze. Ihm gegenüber auf der Fensterbank saß ein kalter Mensch, stützte sich auf ein spanisches Rohr, redete entschieden und unwidersprechlich. Er konnte da ohne Schwierigkeit aus seiner Gürteltasche ein geschlossenes gefaltetes Schriftstück ziehen und daraus vorlesen, daß dem Herzog zu Friedland, Seiner Majestät getreuem Feldhauptmann, ernstlich vorzuhalten sei, daß er durch seine Maßnahmen im letzten Feldzug die Sicherheit des Kaiserhauses, der Erblande und des Reiches sehr gefährdet habe und daß die Majestät sich nunmehr auf Rücksprache mit ihren erfahrenen Ratgebern veranlaßt gesehen habe, zwei ihrer vertrauten Räte, den von Trautmannsdorf und von Questenberg, dazu dem Feldhauptmann bekannt und zugetan, zu ihm zu schicken und sie zu ermahnen, mündlich mit ihm die bayrische und spanische Affäre zur Zufriedenheit des Kaisers beizulegen. Sollte aber der Humor der herzoglichen Durchlaucht einer friedlichen Beilegung auch weiter nicht geneigt sein, so müsse ihr bedeutet werden, daß die Kaiserliche Majestät ihrem Feldhauptmann diesen Befehl gebe und in Ansehung des Ernstes der Umstände über den Kopf des Generalissimus den Obersten Anweisungen geben werde.

Diese kaiserliche Instruktion gab Trautmannsdorf dem Herzog, der sie, ohne sie zu lesen, eine Weile schweigend in der Hand wog. Dann las er sie, aufstehend; legte sie, zu ihnen tretend, auf den Tisch. Als die beiden aufstanden, drückte Wallenstein dem kleinen ihn scharf fixierenden Grafen die Hand: «Ihr seid besser als der da.»

Wie sie sich, da sie den Eindruck hatten, er wolle die Sache bedenken, zu weiterer Gunst, Lieb' und Gnad' verabschieden wollten, meldete seine leise bestimmte Stimme, daß er sogleich ihnen seinen Willen vorhalten wolle. Er werde dem kaiserlichen Begehren nicht stattun, aber er werde es auch nicht verhindern. Er werde resignieren. Sie möchten einige Tage in seinem Hauptquartier verbleiben, um seine schriftliche Resignation mit auf die Reise zu nehmen.

Dem erschütterten Grafen drückte er noch einmal stark die Hand; er werde ihm den erwiesenen Dienst zu Gutem nicht vergessen.

Weder Trzka noch Kinsky wurde darauf von ihm, als sie nach einigen

Stunden ihn aufsuchten, eingeweiht. Er ging in aller Ruhe mit ihnen und dem herbeigerufenen Neumann die Liste der Generalspersonen und Offiziere durch, um sich genaue Angaben über alle machen zu lassen. Er traf ein Grundgefühl bei ihnen, als er erklärte, es sei jetzt das Wichtigste, die Schafe von den Böcken zu trennen und alles Unzuverlässige rasch abzustoßen. Über Aldringen lautete das Urteil schlecht, es war recht, daß er hinten in Passau oder sonstwo stand. Für Gallas sagte der Herzog gut; Fürst Pikkolomini, der treue ehemalige Kapitän seiner Leibwache, stand außerhalb jeden Verdachts; man ging schrittweise die Listen durch. Über einige Männer, erklärte der sehr nachdenkliche aufmerksame und zugängliche Herzog, werde er sich noch informieren müssen. Er werde auch Zeno befragen, seinen Astrologen, über den und jenen. Das sagte er zum Schluß leise. Es machte auf die anwesenden Herren einen starken Eindruck: der sonderbar suchende Ton und mitten in den geschäftsmäßigen Beratungen der Astrologe Zeno. Sie fühlten: er trug sich mit etwas Außerordentlichem; er war bewegt, er sagte nichts, vielleicht mißtraute er ihnen auch.
Gegen Abend dieses Tages erklärte er nach der Tafel gegen Trzka, er resigniere. Man sei am Hof, anscheinend mit Einschluß des Kaisers, der Meinung, daß er Habsburg und das Reich verrate, es gäbe wohl Narren Schelme und Verleumder auch in seiner Umgebung, die geflissentlich so gefärbte Nachrichten nach Wien kolportierten. Man dränge ihm nun unmögliche Befehle auf, um eine Entscheidung herbeizuführen; er danke ab. Die weitere Durchführung der Listen erübrige sich also.
So bestürzt war Trzka, daß er dem Lagerkommandanten von Ilow nach einer Viertelstunde ohne Besinnung in die Arme fiel, in Ilows Wohnung, die er gedankenlos aufgesucht hatte. Das Faktum der Mitteilung hatte ihn widerstandslos getroffen, obwohl der Ton der vorangegangenen Unterhaltung Friedlands Entschluß schon angedeutet hatte.
Der mächtige von Ilow war keinen Augenblick bewegt. Nachdem er seinen Gast mit einem starken Wein beruhigt hatte, kam ohne weiteres aus ihm heraus, während seine gefleckten Augen auseinanderirrten, wie immer, wenn er sich entschloß: der Herzog brauche sie, er sei hilflos ohne sie, die Reihe sei an ihnen, einzugreifen. Später: daß Friedland von Abdankung rede, geschehe, um sie herauszufordern; er wolle wissen, woran er mit ihnen sei.

Das half Trzka auf die Beine; er fluchte, es sei schmählich, so vor Schlick zurückzuweichen. Dann hielt Ilow fest, die Kriegsoffiziere, einschließlich Generalspersonen und Obersten, müßten alarmiert werden; Wallenstein sei der Entschluß, zu gehen, bei ihrer Listendurchsicht gekommen, sein Glaube an die Zuverlässigkeit der Truppen schwanke.
Die rücksichtslos in der Dunkelheit hereingerufenen und im Moment befragten Obersten, fünf, sechs, waren bis zur Verwirrtheit erschrocken und gaben eine Äußerung mehr oder weniger kläglich von sich: wie es mit ihren Gehältern werde und mit ihren Ausständen beim Kaiser, für die Wallenstein gebürgt habe, und mit den Vorschüssen, die sie von ihm erhalten hätten.
Von Ilow, Trzka, Neumann und Kinsky besorgten durch Briefe und Besuche am grauenden Tag die Herbeirufung und Orientierung der Generalspersonen und Obersten der in der Nähe liegenden Regimenter. Bei der dann am Abend stattfindenden Besprechung im Pilsener Stadthaus berichtete Neumann, in feinen Franzosenschuhen auf einen wackligen Tisch steigend: der Entschluß sei offensichtlich dem Herzog nach einem beleidigenden Ansinnen der kaiserlichen Delegierten gekommen; es handle sich um dieselben Punkte, über die die Herren Obristen schon einmal auf Geheiß ihrer Durchlaucht beraten hätten: Abmarsch aus den Winterquartieren, die Spanier, und wie und unter welcher Eskorte der Nachfolger der niederländischen Infantin aus Mailand nach Brüssel reisen sollte. Schon da schrien einige Offiziere: «Das kennen wir schon!» «Er soll in Mailand bleiben.» Es handle sich eben um Abgabe von Truppen, setzte nach beruhigenden zustimmenden Handbewegungen der kluge Neumann fort, sich auf seinem Tisch ausbalancierend. Diese Frage könne nicht am grünen Tisch in Wien entschieden werden. Ob etwa der Pater Lamormain neuerdings auch für Strategie kompetent sei. Unter dem Gelächter kam es einige Zeit nicht zum Fortgang der Erörterung, sämtliche dem Herzog, Ilow und Trzka verbundenen Obersten waren zugegen. Ihr Urteil war bald fertig, es handle sich um eine der üblen Hofschikanen gegen den Herzog. Die nicht kleine Zahl derjenigen, die eine Änderung der Heeresverhältnisse wünschten, war ohne Zusammenhang; ihr Widerstreben – sie wagten sich nicht hervor – war auch rasch gemildert, als von Ilow tobend ausstieß, daß die Truppenabgabe im selben Augenblick vor sich gehen solle, wo der Herzog einen großen, noch nicht anzudeutenden Schlag vorhabe. Allge-

mein ausbrechender Lärm, Fragen, Jubel, Durcheinander. Freches Lächeln Ilows.

Der Lärm verhinderte fast, daß eine Deputation unter von Ilow, bestehend aus den Obersten Bredow, Henderson, Losy und Mohr vom Wald gewählt wurde, die sich stracks zum Herzog in die Sachsengasse begaben. Sie wurden von ihm in der Schlafkammer, wo er mit Zeno konferierte, angenommen und unter Dank abgewiesen, da sein Entschluß gefaßt sei.

Am frühen Morgen aber, als sich noch Trzka selbst der erregten Deputation angeschlossen hatte und mit tränenden Augen unter den andern vor Friedlands Bett stand, gab Friedland still, einen nach dem andern prüfend und lauernd anblickend, jedem langsam die Hand – sie durften sie nur an der Spitze der Finger berühren, er konnte sie schwer anheben –, er vernähme ihr Verlangen, ihn bei sich zu behalten, gern, er denke an ihr Geld und ihre Zukunft; so werde er die Last weiter tragen und sie noch diese schlimme Zeit durch führen.

Von der Deputation wurde auf dem klirrenden Heimgang durch das schlafende Pilsen ein feierliches Freudenbankett beschlossen. Es geschah, daß auf ihm nachmittags von mehreren sonst gar nicht vertrauten Obersten im Überschwang der Erregung die Anregung kam, gemeinsam, wie man hier sei, der durch Krankheit verhinderten Durchlaucht, ihrem weltberühmten Obersten Feldhauptmann, den sie sich wiedergewonnen hätten und der sie weiter zu Sieg und Ehre führen werde, ihren Dank für seine Sinnesänderung und Gnade aussprechen und durch einen gewandten Schreiber aufzeichnen zu lassen, daß sie zu ihm stünden. Das Schriftstück wurde von dem glücklichen Neumann, dem vor Freude weinenden Trzka während des tosenden Banketts verfaßt. Sie gebrauchten die stärksten Worte: gelobten statt eines körperlichen Eids alles zu befördern, was zu des Herzogs und der Armada Erhaltung gereichte und sich für ihn bis auf den letzten aufgesparten Blutstropfen einzusetzen, sie wollten jeden unter sich, der treulos und ehrvergessen wäre, verfolgen und sich an seinem Hab und Gut, Leib und Leben rächen, als wären sie selbst verraten. Mit einem einzigen riesigen Freudengebrüll, Säbelschlagen, Zerschmettern von Trinkgeschirr wurde das Elaborat in dem Bankettsaal aufgenommen.

In seinem Erker wurden zwei Tische übereinandergestellt, auf dem untern stand mit geschwungenem Degen der mächtige von Ilow;

wer schreiben wollte, mußte zu ihm herauf. Bei der zunehmenden Wildheit mußten bald vier Trabanten mit gefällten Partisanen den Eingang zum Erker verwahren. Draußen watete und wankte mähneschüttelnd der schmerbäuchige Pikkolomini zwischen den Tischreihen, schrie italienisch, taumelte Arm in Arm mit Diodati zum Erker, brüllte: «O traditore!», ohne daß man wußte, wen er meinte; Isolani hatte sich drei fremde Pelzmäntel über den Kopf gezogen, stürmte auf den Obersten Losy, der ihn höhnisch einen savoyardischen Affenführer genannt hatte, bedrohte ihn mit einer Tischplatte. Auch Trzka hatte das Bankett zu einer tollen Mette werden lassen, er ging mit gezücktem Degen einher, wollte jeden niederstechen. Der Erker war gedeckt, es unterschrieben Julius Heinrich von Sachsen, Morzin, Suys, Gonzaga, Lambry, Florent de la Fosse, von Wiltberg, Montard von Noyal, Pychowicy, Rauchhaupt, Kossatzky – dieser, nachdem er zweimal vom Tisch gefallen war und nachdem ihm die Saalwachen mit Hellebarden den Rücken gestützt hatten –, Gordon, Markus Korpaß, Silvio Pikkolomini, Johann Ulrich Bissinger, von Teufel, Tobias von Gissenberg, Juan de Salazar – er ritt mit seinem elefantisch massiven Landsmann Filippi Corrasco –, Lukas Notario, genannt nach seinem Gebaren das Wiesel, der finstere Schotte Walter Butler, als letzter. Der schmächtige sanfte Christoph Peucker, der nackt, von allen Seiten mit Wein begossen, umherlief, um zu beweisen, daß er ein Mann sei: man vertrieb ihn mehrfach vom Erker, schließlich ließ man ihn zu: von Ilow warf ihn selbst aus dem Fenster in einen Schneehaufen, wie er sagte, um einen Schlußpunkt dem Elaborat zu geben. Die Offiziere drängten an die Fenster, bombardierten ihn mit Bechern und Schemeln im Schneehaufen.

DEM GRAFEN Trautmannsdorf und Questenberg wurde nach höflichem Empfang und freundschaftlichem Gespräch vom Herzog unter Achselzucken bedeutet, es hätten unvorhergesehene Zwischenfälle seinen bekannten Entschluß, zu resignieren, durchkreuzt. Er sehe sich tatsächlich seinem ganzen Lager, seiner ganzen Armee gegenüber und wüßte nicht, wie aus dieser Schlinge heraus. Was die Detachierung eines Truppenkommandos für die Spanier anlange, so hätten sich die Offiziere gesträubt, etwas anderes vorzunehmen, als was sich strategisch im Augenblick rechtfertigen ließe. Dabei müsse es denn

sein Bewenden haben. Man werde es in Wien einsehen. Es sei auch nicht einfach für ihn, sich von der Armee zurückzuziehen; er bürge den Obersten und Offizieren für ihre Ausstände; wie die Finanzlage der Kaiserlichen Majestät sei, wüßten die Herren.
Trautmannsdorf fragte: «Danach vertrauen die Herren Obersten mehr Eurer Durchlaucht als der Kaiserlichen Majestät.» Der Herzog unwillig: es sei nur der Unterschied einer räumlichen Entfernung, «ich bin ihnen näher.» «Und die Befehle betreffend die spanische Verstärkung?» «Der Graf Trautmannsdorf spielt mir Theater vor. Das ist ein großes Wort, ‚Befehl', und Euer Liebden gebraucht es gern, es kleidet Euch auch gut. Vergeßt darüber nicht die Tatsache, die ich Euch genannt habe. Mein Sekretär soll Euch einige schriftliche Aufstellungen mitgeben; Graf Schlick mag noch einmal darüber nachdenken.»
Hartnäckig Trautmannsdorf, in dem zum erstenmal Zorn gegen Wallenstein aufwallte: «Aber die schriftlichen unausweichbaren Befehle der Kaiserlichen Majestät?» Das überhörte der Herzog, der langsam vom Tisch, an dem sie gesessen hatten, aufgestanden war und aus der offenen Truhe von der Wand einen gerollten gesiegelten Papierbogen hervorholte. Sich wieder unter Seufzen niederlassend, besah ihn Wallenstein mit undurchdringlicher Ruhe: «Dies ist das Siegel, das größere Siegel meines Feldmarschalls Christian von Ilow. Die Herren sollten Realitäten sehen und sehen, wie es mit Worten steht. Haben die Herren schon hiervon gehört?» Trautmannsdorf, mit Questenberg Blicke wechselnd, sagte bissig ‚nein'. Dann aber, als der Herzog ruhig vorlas, die Namen las, waren sie entsetzt und ihnen ging der Atem aus. Es war klar, daß sich der Herzog durch dieses Schriftstück der Offiziere versicherte für den Fall der Enthebung vom Generalat. Trautmannsdorf stöhnte unwillkürlich vor Erregung, so daß sich der Herzog unterbrach, ob er nicht weiter lesen sollte. Sie baten sich eine Abschrift des Reverses aus, die Friedland bereitwillig zusagte. Sollte ihnen gewiß kein Name unterschlagen werden. In eisigem Triumph geleitete sie der Herzog auf die Diele. Außer sich vor Wut, von Scham gelähmt, reisten sie tags darauf ab.
An den nächsten Tagen nahm der Herzog selbst an Banketten teil, die man Ilow, ihm und Gallas zu Ehren veranstaltete. Ein trotziges prahlerisches Gerede ging bei dem Getafel um, Friedland beteiligte sich an jedem Umtrieb. Das Frühjahr sei vor der Tür, man wisse, wozu man lebe. Junge Offiziere, dem Herzog zu schmeicheln, schrien,

man werde den Wiener Intrigen Schach bieten; die Spanier würde man nach Spanien jagen, den Wiener Hof hinterdrein. Wallenstein aber fing von seinen Kreuzzugsideen an, als hörte er nichts; er wolle alle Truppen der ganzen Christenheit einmal zusammenfassen und sie gegen die Türken werfen; da sei ihm gleich recht katholisch oder lutherisch, die Welt wolle erobert sein, ein Hundsfott, wer jetzt die Fahne verlasse und die Wiedervereinigung der Christenheit störe.
In dem Erregungssturm, der das Pilsener Lager erfaßt hatte, arbeitete die Umgebung des Herzogs mit größter Entschlossenheit. Graf Kinsky, der Böhme und Franzosenfreund, in Pilsen herumgehend, brachte de la Boderie vor Friedland, einen Attaché Feuquières', der den Augenblick für einen tödlichen Stoß gegen Habsburg gekommen hielt. Festlich wie immer schleppte der eitle Kinsky sein Opfer an, einen flinken Mann, die Nase langgezogen, die Spitze gesenkt über den Mund. Beide erlebten, daß Friedland sie ganz anders empfing, als sie erwartet hatten. Beleidigend kurze schneidende Fragen wie an Bediente stellte er, Ablehnung jeder huldigenden und höflichen Phrase. Das Gespräch wurde italienisch geführt, ging von de la Boderies Erbieten aus, dem Herzog das Königreich Böhmen zuzusprechen, worüber Friedland mit eisigen Wendungen hinwegging, um selber sechs Fragen an den Unterhändler Feuquières' zu richten, vor allem: welche Sicherheit ihm Frankreich bei einem Krieg gegen Habsburg gäbe, wie man sich zu Bayern, Frankreichs Liiertem, stellen solle, worauf die Operationen gegen Habsburg hinausgehen sollten.
Der schockierte gut informierte unsichere Unterhändler übermittelte erst nach Rücksprache mit Feuquières, der in Dresden arbeitete, Antworten, daß man Wallensteins Groll Bayern und den Kurfürsten Maximilian opfern wolle, eine Million Livres jährliche Unterstützung ihm verspreche, fünfhunderttausend im Augenblick, den Waffenschutz Frankreichs; es müsse auf Wien losgestoßen werden. Einen persönlichen überfließenden längst vorbereiteten Brief des Allerchristlichsten Königs Ludwig brachte de la Boderie aus Dresden für den Herzog mit. Ein zufriedenes Knurren war die Antwort Friedlands; er warnte den Franzosen, sich einzubilden, daß er vom Kaiser abfalle. «Die Armee steht hinter mir», sagte er, «ich bin nicht gegen den Kaiser, ich will zum Frieden kommen, die Kriegspartei am Hofe wird sich fügen. Aber es sieht aus, als ob nun die bayrische und Jesuitenpartei herrscht am Hof, Spanien führt das Szepter. Bayern will seinen Spott an mir üben. Ich bezahle ihnen für jetzt

und für das Jetztemal.» De la Boderie verabschiedete sich, verständnisvoll sich verneigend, er wolle einen Vertragsentwurf aus Fontainebleau herbeischaffen.
Kinsky wurde von dem grausam ihn anfunkelnden Herzog im Saal festgehalten: ob er das dem Franzosen ins Ohr gesetzt habe, das mit Böhmen – die Franzosen wollten ihn mit dem Königreich Böhmen beschenken. Er zog den verwirrten, sich krümmenden Grafen durch den Saal am Ohr: «Ich werde Euch beseitigen lassen, wenn Ihr mich kompromittiert. Was hab' ich Euch von Böhmen gesagt? Sagt mal! Ho, ja hi. Was habe ich Euch gesagt? Hat der Herr Verlangen nach seinen Gütern? Hi, ja hi, hihi. Erobere er sie selbst.» Als Kinsky sprechen wollte, wies ihn der Herzog kreischend hinaus und schlug ihn in den Rücken.
Trzka fing den glühenden Kinsky schon an der Tür ab. Sie flüsterten zusammen; ein besonderer Bote war vom Herzog an den sächsischen Kurfürsten abgefertigt, Sesima Raschin war aufgetaucht und hatte Aufträge für den Schweden Oxenstirn mitgenommen.
Während es im Lager brodelte, klirrte es metallisch angespannt aus dem herzoglichen Quartier.

IRRTÜMLICH wurden von den Spähern Pikkolominis der Graf Trautmannsdorf und Questenberg gefangengenommen und einige Tage als vermeintliche Geheimboten Friedlands festgehalten. In Wien war mit dem Erscheinen Trautmannsdorfs und Questenbergs die gemeinsame Front hergestellt. Die geheime Kommission, die den Fall Friedland behandelte, gab in panischem Schrecken nach. Sie ging mit fliegenden Fahnen ins Jesuitenlager über. Geängstigt, mit Widerstreben zogen sie zu ihren Beratungen den brutalen Grafen Schlick hinzu; man hielt es auch für gut, den jungen schmächtigen König von Ungarn zu informieren, dessen hochmütige Abneigung gegen Friedland, den ‚anmaßenden Emporkömmling', sonst alle abstieß. Nach der Gehorsamsverweigerung, dem offenen Rebellionsakt des Pilsener Schriftstückes war aber die Enthebung vom Generalat unvermeidlich geworden. Das Generalat sollte auf Gallas fallen, der in Pilsen saß und an den man nicht herankonnte; darum sollten zunächst Aldringen in Bayern und Pikkolomini die erforderlichen Absetzungsmaßnahmen in aller Heimlichkeit, Schnelle und Entschlos-

senheit betreiben. Man schickte zum Kaiser Ferdinand, um die Unterschrift zu dem Beschluß zu erlangen.
Inzwischen wurde auf die Kunde eines drohenden Angriffs in aller Eile die Wiener Stadtgarde alarmiert. Den hohen Würdenträgern in der Kommission krampfte sich die Brust zusammen, als sie die wenigen hundert Mann anrücken sahen, ärmliche Leute, die bei Tag ihrem Beruf oblagen, rasch ausstaffiert mit alten Waffen Musketen und Partisanen, die sie kaum zu handhaben wußten. Unter ungeheurem Hallo und Zulauf fuhren sie noch fünf leichte Feldgeschütze an, die Friedland im dänischen Feldzug erbeutet hatte und die man zum Schmuck auf Brücken aufgestellt hatte. Das Volk lärmte und ritt nebenher, Kinder schwangen sich auf die Lafetten, die Stadtsoldaten ließen sich von Küfern und Lastträgern helfen. Unter großer Lust der angestauten Masse wurden die Geschütze vor den Eingängen zur Burg in Stellung gebracht, die Fähnlein zogen in die Burghöfe ein, wo sie Zelte aufschlugen, Feuer machten und sangen. Es hieß unter ihnen, Zigeuner und die herumstrolchenden Unzufriedenen aus Ungarn hätten einen Raubanschlag auf die Burg vor. Unter den Herren oben wurde es wiedererzählt. Abt Anton flüsterte: «Wie wollen diese Leute einer friedländischen Armee standhalten.» Eggenberg brach in ein widerstandsloses verzweifeltes Weinen aus, greisenhaft plärrte er; Trautmannsdorf schüttelte den Kopf, als er den hilflosen Mann in einer Kammerecke sah. Trautmannsdorf wußte nicht, daß der alte Fürst auch weinte, weil ihr Herr, der Kaiser, den er jahrzehntelang beraten hatte und dem er anhing, sich so hoffnungslos von ihnen getrennt hatte.
In Wolkersdorf Todesstille. Der Kaiser auf tagelangen Ausflügen. Von Rom, gewählt vom General der Jesukompagnie, war ein gebückter uralter Priester angekommen, wartete auf Ferdinand. Lamormain, der sich nicht mehr fähig fühlte, den Kaiser zu führen, hatte um Hilfe gebeten. Der schwarzröckige Fremde tappte unermüdlich durch die Gänge, stieg die Treppen auf und ab, nur vormittags schlief er einige Stunden. Lamormain schickte dem Greis zur Gesellschaft einen vornehmen Novizen. Der Alte freute sich, redete viel. Sie schlichen durch die Korridore, über die Treppen bis zum Dach, durch die Dachräume, die Treppen herunter.
«Weißt du, Kind, was Jesus gesagt hat. Du mußt es dir merken. ‚Weide die Schafe'; er hat es zu Petrus gesagt. Ist ein Schaf ein vernünftiges Tier? Das mußt du dich fragen. Ein großer Mann, der

unsrer gesegneten Gesellschaft angehörte, hat viel darüber nachgedacht. Jesus hat nichts von sich gegeben, was belanglos wäre. Die Schafe sind unvernünftige Tiere, sie sind vielleicht die unvernünftigsten. Sie haben Triebe und Begierden und weiter nichts. Du siehst, wie Jesus von den Menschen gedacht hat und welche Aufgabe er der Heiligen Kirche zuerteilte. Wir sollen sie führen und weiden, wir wollen wissen, wen wir vor uns haben; wir sollen also keine Leithammel sein. Petrus nahm den Hirtenstab und übte das Hirtenamt. Weißt du, mein Kind, wer wohl als Leithammel zu betrachten ist?» «Nein, Ehrwürden.» «Nun», er flüsterte, «wir sind ja nicht weit vom Schuß. Es sind die Fürsten Könige und Kaiser. Sie sind der Kirche danach untertan, ja eigentlich ihr Eigentum; denn was kann der Herde besser geschehen, als daß der sachkundige Hirt sie besitzt. Aber es ist eine Verwirrung eingetreten, die Gewalt triumphiert; kaum daß sich unser Heiliger Vater in seinem Land gegen die wildgewordenen Lämmer behaupten kann. Ach, wir haben noch viel Arbeit vor uns, mein Kind. Freu dich deiner jungen Knochen.»
Als der Alte seufzte, meinte der andre leise: «Lange bleibt der Kaiser aus.» «Wir werden warten», seufzte der Alte. Nach einer Weile: «Ein sonderbarer Schlag Mensch, ein Fürst. Sie sind etwas für sich. Das Volk spürt es. Als Priester wirst du deine besondere Meinung über sie haben, Kind. Sie sind fast die schlimmsten der Unvernünftigen. Es ist gewiß, daß die Menschen von Natur frei sind. Ist ja doch jedes Lamm und Schaf, jeder Hund frei; er kann laufen, wohin er will. Und der Hirsch, die Wanze, der Floh. Warum nicht der Mensch? Frei bleibt der Hirsch aber nur, solange es keinen – Jäger gibt. Eine Muskete überredet den Hirsch, seine Freiheit aufzugeben, eine Muskete hat große Überzeugungskraft. Was die Könige Herzöge und Grafen in ihren Ländern tun, ist von dieser Art. Du wirst das einsehen. Wenn ich einen Hirsch einsperre, so übe ich damit kein Recht, sondern eine große Geschicklichkeit.» «Warum läßt Gott dies zu?» «Du bist nicht töricht, mein Kind. Gott ist noch nicht an der Reihe. Weil die Fürsten die Gewalt haben, glauben sie die Vernunft, den göttlichen Gedanken entbehren zu können. Niemand ist so Verwirrungen ausgesetzt wie ein Fürst. Sie verlieren den Boden unter ihren Füßen und rennen ins Leere. Ihre Völker können sie mit sich ziehen. Wir müssen uns der Fürsten bemächtigen, und wenn uns das nicht gelingt, der Völker. Wir dürfen nicht nachgeben und vor nichts zurückschrecken. Nur die Heilige Kirche wird die Menschheit von dem Abgrund zurückhalten.»

Vor einem hohen Wandbild blieben sie verschnaufend stehen; auf dem Schoß der blaumanteligen Jungfrau spielte das heilige Kind mit einem goldenen Buch. Sie stockerten weiter. Der Alte wies rückwärts mit dem Daumen auf das Bild: «Das Buch. Das Buch. Damit glauben nun unsre Schäflein zu haben, was sie brauchen. Jetzt sind sie die Herren. Wer lesen kann, hat Zugang zu Gott.» «Das ist ja Ketzerei.» «Nun, hast du einmal nachgedacht darüber, wer schuld ist an der Ketzerei? Luther? Huß? Ei was. Sie sind Betrogene. Es sind alberne flache Köpfe; es reicht bei ihnen nicht zu einem Betrug. Das Buch. Es war Sünde, uns ist es längst klar, die Schrift Laien preiszugeben, sie überhaupt schreiben zu lehren. Die heiligen Worte heilig zu halten, wäre wichtiger als alles andre gewesen. Die heiligen Worte hätten von Papst zu Papst mündlich überliefert werden müssen, und niemand hätte von ihnen hören dürfen, als die der Papst heranzog. Von diesem Baum der Erkenntnis können einfache Menschen nicht essen. Nun ist das Unheil geschehen, und was ist die Folge? Die Massenketzerei. Sie fußen auf der Bibel. Hast du das einmal gehört von den Prädikanten: auf der Bibel? Diesen Tonfall? Das klingt so stolz, als wenn einer sagt: das hat Lamez gelehrt, das hat Vitelleschi gefordert. Sie können, mein Sohn, ebenso sagen, sie fußen auf der Natur, der Tierwelt, den Sternen, auf den Kristallen, den Meerfischen, dem Schindanger. Denn was ist gesagt mit: Bibel? Ein Manuskript voll von Sätzen, von Silben, Buchstaben, Schriftzeichen, hebräisch griechisch lateinisch. Meine Augen gleiten darüber hinweg, ich finde dieses Wort, jenes, zähle zusammen l-o-g-o-s, es gehört schon ein Entschluß dazu, logos zu sagen. Ich steige, kaum ich meine Augen bewege, ins Geistige und – die geschriebene Bibel verschwindet. Mein Geist herrscht.» «Ehrwürden hält nichts von der Heiligen Schrift?» «Die Heilige Schrift nichts? Freilich. Wenn du stark bist und nicht erschrickst, Kind: sie ist in gewisser Hinsicht nichts.» «In gewisser Hinsicht?»
«Eine Papiersammlung, ha, du brauchst nur einen Indianer fragen, ob ich nicht recht habe. Jeder Vogel wird es dir bestätigen. Male die Buchstaben der Bibel auf eine Sammlung Lebkuchen, gieße sie mit weißem Zucker genau nach dem Urtext; du wirst eine Kuh als natürliche Autorität hinzuziehen – sie soll dir sagen, ob das die Bibel oder Lebkuchen ist. Sie frißt das ganze Paket auf und du darfst dann kein Wunder von dem Tierdarm erwarten; was die Kuh später von sich gibt, ist ein Kuhfladen wie jeder andre. Verzeih – ja du lachst, Kind – ich will nur sagen, diese lutherische Kuh hat brav gehandelt,

aber sie ist auch trotz des lutherischen Bekenntnisses unsre gute Kuh geblieben.» «Ich verstehe.» «Und machen wir erst diesen Schritt, so machen wir alle. Dieser Buchstabenglaube, sag' ich dir, ist ein Rückfall ins Judentum. Weh dem, der glaubt, weil er zwei Füße hat, er könne auch allein aufstehen. Unser Glaube hat Freiheit, der Heilige Geist hat die Evangelien diktiert, er ist mit dem Papst. Nur mit dem Heiligen Geist ist die Freiheit. Wir werden ernstlich einmal darangehen müssen, der Kirche und dem Papst die Bibel wieder zu erobern; wir müssen die Schafe vor dem Wahnsinn und dem Tod schützen.»
Gänge, Türen, Treppen. Sie stiegen ernst über die Holzdiele. Hinter den Fenstern des Erdgeschosses saßen sie, blickten in den Wald hinaus. Sie warteten. Ein Diener brachte ein niedriges Tischchen mit Äpfeln und Zuckerwasser. Der Novize öffnete vor dem Priester ein Fenster. Erfrischende Luftströme.
Ferdinand ließ sich vom Pferde helfen. Ein schnauzbärtiger älterer Mann bei ihm, fingertiefe Narben in dem entschlossenen kleinen Gesicht, das unten ein starker vorspringender Unterkiefer abgrenzte. Mit raschen Schritten an dem Geistlichen vorbei. Der Leibdiener holte bald den grauen Pater; der Kaiser dankte ihm, plauderte mit ihm; er wollte ihn abends empfangen.
In dem breiten, von Streben durchschossenen, wie von verschlungenen Armen gestemmten Gewölbe stand Ferdinand, heftig und leise diskutierend mit dem Schnauzbärtigen. Der trug zwei Pistolen im Gürtel, der Kaiser hatte ihn nach dem Überfall bewogen, bei ihm zu bleiben. Jetzt verlangte Ferdinand, weißgrau wie der andre gekleidet, in losen Kniehosen leicht schlotternd, tiefrotes Gesicht, Böckel solle mit ihm weg. Der widerstrebte. Dann wollte Ferdinand ohne ihn weg; man hätte etwas gegen ihn vor, einen Anschlag, flüsterte er ängstlich, es sei nicht ausgeschlossen, daß man ihn einsperren werde, um seiner sicher zu sein; gegen Kaiser Matthias und Rudolf sei auch dergleichen geplant gewesen. Der wollte es nicht glauben. «Es ist so weit», verharrte Ferdinand, «sie wollten den Herzog zu Friedland beseitigen, Friedland ist mein Freund, er hat mich hochgebracht; sie werden mich fassen wollen; sie wissen, wie ich denke.» Der starke Böckel, der einen feisten runden Rücken hatte, listig um sich schauend: also Ferdinand sollte sich nichts vergeben, sie wollten mitnehmen, was sie tragen könnten. Gegen Abend sollte es sein; er wolle hinaus zur Vorbereitung; er tuschelte noch: der Kaiser solle sich keine Blöße geben bis da.

In ein Zimmer ging Ferdinand, den ein Schrecken beim Anblick des fremden Geistlichen befallen hatte, dann nicht mehr, lungerte in der Nähe der Tür herum, ritt angstvoll um das Schloß. Er mußte am späten Nachmittag noch mit dem Fürsten Eggenberg durch die Gänge promenieren; das Absetzungsmandat Wallensteins sollte unterschrieben werden. Zum erstenmal empfand Ferdinand fiebernd einen Haß auf den Mann, der ihn jetzt bedrängte und quälte. Er sah nicht die hündisch treuen Blicke des alten Menschen, er wartete, daß er ging. Was Wallenstein, pfui, pfui, sie sollten ihn zu nichts kriegen.
Als man zur Abendmesse gehen sollte, hing Ferdinand schon auf dem Pferde. Eine halbe Stunde lag Wolkersdorf hinter ihm.
Er dachte daran, wie ihn vor langer Zeit Graf Paar mit Gewalt entführen wollte. In einem Talkessel lagerten Böckels Gefährten; Ferdinand umarmte die eisenstarken Gesellen. Dann schrie er wie ausgelassen sinnlose Silben aus voller Kehle in die Luft, die anderen lachten. Er warf sich auf den bloßen Boden, zuckte mit den Armen und Beinen, knirschte, weinte, schäumte, schrie. Er ließ aufgestemmt bestäubt den Kopf zu Boden hängen. Ferdinand war schwindlig. Er glaubte, ein Schlag träfe ihn. Man wollte ihn hindern, aber er fing an, sein Pferd abzuhalftern, zu füttern; schüttete dem Tier Stroh und Heu auf, küßte es tränend zwischen die Nüstern, das ihn fortgetragen hatte.
In dieser ersten Nacht, wo er in einer leeren Scheune neben seinem Pferd zwischen den wilden Gesellen schlief, träumte er, er stünde wieder an seinem Fenster in Wolkersdorf; es klatschte etwas gegen die Scheiben, er stieg hinaus, sie nahmen ihn bei der Hand, liefen mit ihm durch den Wald. Aber er lief rascher als sie, er lachte, ließ sie los, berührte kaum den Boden mit den Füßen, nachschleppenden, flog und sank, und wieder lief er mit ihnen, lachte, rollte, flog, balsamische Luft wehte über ihn. Er sah auf, kein Tausendfuß, kein ekler Bauch war über ihm.
Er kicherte im Stroh, daß die andern aufhorchten und im Dunkeln sich seinen Namen zuflüsterten.

Jubel in Dresden über Wallensteins Abfall. An den Börsen in Hamburg Bremen Augsburg furchtbare Unruhe und Verhaltenheit; beklommenes Fragen nach dem Verhalten der Prager Judenschaft, die stark engagiert war; man hörte nur, daß weder der Primas Bassewi noch Graf Michna geflohen waren, daß sie also Friedlands Sache nicht verloren gaben. Beschreibungen des Pilsener Banketts liefen an den Höfen um; der Emissär Friedlands nannte prahlerisch in Dresden die Namen der Obersten und Generalspersonen.

Die neuen Friedensbedingungen des Herzogs langten am sächsischen Hofe an: Die spanische Herrschaft und Einmischung in Deutschland ist abzulehnen. Frankreich ist über den Rhein zu werfen, die Pfalz wird wieder hergestellt; der Herzog Bernhard von Weimar wird mit dem Elsaß oder einem Stück Bayern entschädigt. Der Weg zum Frieden wurde vorgezeichnet: Vereinigung des Herzogs mit Sachsen und Brandenburg; im Augenblick der Vereinigung kann dem Kaiser und den Schweden der Friede diktiert werden. Der dicke Johann Georg war störrisch zu nichts zu bewegen; er zwar wollte Frieden und ihm bangte um sein schrecklich verwüstetes Land, aber den abtrünnigen Herzog nahm er nicht an; das sei ein Bösewicht, ein Mann, der nichts bedeute, er wolle immer und immer nur den Frieden mit dem Erwählten Römischen Kaiser. Sein Feldmarschall Arnim rang entschlossen und hingegeben mit ihm und Kaspar von Schönberg Tag um Tag. Der geschehene Abfall des Herzogs machte seine Position schwieriger; nun war der Kaiser zwar machtlos, von Friedlands eignem Heer ohne kaiserlichen Rückhalt aber dachte der schmerbäuchige Herr niedrig; ja, in Johann Georg regte sich ein Gefühl, der schmählich verratenen Kaiserlichen Majestät gegen solche Hundsfötterei beizustehen. An die Zuverlässigkeit der friedländischen Armee glaubte er trotz des Reverses nicht; wenn die rechte und natürliche Autorität fehle, der Kaiser, werde die Ordnung im Heere verschwinden; auf Schlechtigkeit baue man keine Armee auf. Der Kurfürst und auch sein Kaspar von Schönberg hatten vor, die Situation in ihrem Sinn auszunützen; man werde dem Fuchs, der Sachsen unsicher gemacht habe, seinen Raub heimzahlen. Die Lage wäre wie vor Breitenfeld: Schweden und Sachsen sollten zusammengehen und diesmal dem Friedland einen Schlag auf das Haupt versetzen.

Neben Arnim arbeitete für den Herzog der junge Herzog von Lauenburg, ein schwärmerischer Verehrer Friedlands, in kursächsischen Diensten. Der fuhr, um jeden sächsischen Anschlag auf den Generalissimus zu verhindern, zu Bernhard; er weihte von seinem Vorhaben Arnim ein; Arnim knirschte und fluchte mit ihm in verschlossener Kammer: sie würden die schlimmen kursächsischen Pläne hinter-

treiben; sie dächten in Dresden schon den Friedländer in der Falle zu haben. Aber bei Bernhard von Weimar, dem lippenaufwerfenden überstolzen jungen General, begegnete er einer brutalen Kälte; er glaube nicht an einen vollzogenen Abfall, das Ganze sei eine friedländische Finte, um sie ins Garn zu locken, prasselte ein Spottlachen über den Lauenburger: «Es müßte mit merkwürdigen Stücken zugehen, wenn der liebe Gott vorhätte, gerade mit diesem Friedland das Deutsche Reich zu erretten.» Überdies fragte er, die Augen kneifend, was es auf sich habe, daß er und Arnim hinter dem Rücken ihres Herrn solche Pläne betrieben.
Der schweißduftende Fürst Pikkolomini bemerkte mit Wut, daß die Unterhaltung zwischen Pilsen und den beiden Feinden weiterging. Er schlug dem Federfuchser Aldringen in Passau rasche Schritte vor. Der war einverstanden. An Gallas, der im Pilsener Lager saß und vom Herzog nicht losgelassen wurde, kam man noch immer nicht heran. Aldringen ersuchte den Kurbayern, ihn mit einigen Truppen zur Exekutierung der friedländischen Absetzung zu beurlauben.
Man konnte Maximilian lange nicht zum Entschluß bringen. Er war in Passau anwesend, aber statt an den Beratungen der Herren teilzunehmen, betete er stundenlang. Der entscheidende Schlag stand bevor. Er war unsicher und zögerte die Handlung hin. Wenn man ihn bedrängte, brach Zorn und Feindseligkeit aus ihm. Sein außerordentlicher Stolz war von Friedland tief gedemütigt worden; jetzt sollte die Entscheidung kommen, die das Haus Wittelsbach vernichten konnte. Der Gedanke, das Haus Wittelsbach könnte vernichtet werden, dieser ungeheuerliche – und Schweden, Bernhard von Weimar oder Friedland könnten in Zukunft in Bayern schalten, lähmte sein Gehirn. Kuttner war bei ihm im Passauer Rathaus. Mit der Härte von Slawatas Gedanken setzte er dem schwankenden hilfesuchenden Kurbayern zu; es gelang ihm, auf Stunden in Maximilian die Furcht um Wittelsbach zu verdrängen. Er lockte den Kurfürsten auf den alten Kampfgang gegen den Herzog. Da war keine Unsicherheit, Wallenstein mußte herunter.
Und als Aldringen mit seinen Regimentern abgezogen war, saß Maximilian noch im Passauer Rathaus starr auf dem Lehnstuhl am Fenster, hörte das Klappern der Pferdehufe. Wittelsbach war in Gefahr, auf wen verließ er sich? Friedland besaß ein großes Heer. Und diese hier! Kuttner hörte ihn plötzlich ächzen; die Scham glühte über Maximilian; steif und wild blickte der Kurfürst den andern hinter

sich an, der sich umdrehte. Wie Kuttner gemartert das Zimmer verlassen hatte, knickte Maximilian auf den Knien vor dem Fenster zusammen; leidenschaftlich trieb er seine Gedanken hinter den Regimentern her, bettelte bei den Schutzheiligen, sich der Truppen anzunehmen, gelobte Geschenke Stiftungen, was es auch sein sollte. Er blieb auf den Knien, als ob er eine Antwort erwarte. Öffnete das Fenster. Die Straße war leer, Aldringen war weg.
Die Regimenter die Gebirgspässe überschreitend; über die Quellen der Moldau. In Nestersitz bei grausigem Schneegestöber holte sie Pikkolomini ein. Es konnte nicht gezaudert werden, die Obersten wurden eingeweiht; Pikkolomini wies ein mit kaiserlichem Siegel versehenes Befehlsschreiben vor, das alle Offiziere und Soldaten ihrer Pflicht gegen den bisherigen Obersten Feldhauptmann, den Herzog zu Friedland, enthob und sie an den Grafen Gallas verwies, in Gallas' Behinderung an ihn selbst, Pikkolomini, und Aldringen. Unterschrieben war das Schriftstück vom König von Ungarn und dem Fürsten Eggenberg angesichts der Erkrankung des Römischen Kaisers. Ursache der Veränderung sei eine ganz gefährliche und weitausschauende Konspiration und Verbündnis des Friedländers, seine meineidige Treulosigkeit und barbarische Tyrannei, die das kaiserliche Haus um Land und Leute, Krone und Szepter zu bringen Vorhabens sei. Gewalt war die Losung, die der hitzige Italiener ausgab; er wollte, schwur er, den Skorpion auf der Wunde erdrücken; der schlaue ängstliche Federfuchser Aldringen ließ ihm seine Regimenter, er selbst zog träge mit seinem Stab hinterdrein. Ohne Zögern stießen die Regimenter unter Pikkolominis Führung auf Prag los. «Ich kann nicht warten», hatte der Italiener gespien, «bis der Herzog in Prag ist.» Die Stadt war gänzlich ahnungslos. Die Obersten der friedländischen Truppen verstanden nicht, was der Generalwachtmeister im Sinn hatte, als er sie, während seine Truppen in kriegsmäßigen Formationen mit Artillerie die Brücken der Stadt und den Hradschin besetzten, zu sich in das Altstädter Rathaus berief, das Enthebungsmandat vorlesen ließ, das gleichzeitig unter Trommelschlag auf Gassen und Plätzen verkündet wurde, und an sie die Aufforderung richtete, sich ihm zu unterstellen als dem Vertreter des Generalissimus Gallas. Erst während seiner Rede erkannten die Herren in dem dunklen Raum, daß Gefangene schwer gefesselt an der Wand hinter dem Italiener lagen, stöhnten, Offiziere, die dem Herzog zu Friedland eng verbündet waren, seine Lehnsträger. Den Wunsch

zweier Obersten, sich über die Sachlage zu besprechen, beantwortete Pikkolomini zustimmend, aber diese Besprechung müsse bei der Gefährlichkeit der Lage in einigen Minuten zu einem für den Kaiser nützlichen Ende geführt sein. Die übrigen erklärten, dem kaiserlichen Patent ohne weiteres Folge zu leisten. Sie kletterten verstört hinaus. Ihre Regimenter waren draußen mit Fähnlein der Aldringenschen Truppen untermischt; es wurde den Herren bedeutet, daß keine Unbill gegen sie beabsichtigt würde, aber man wollte sie vor Konflikten bewahren, sie möchten sich einige Tage von den Truppen fernhalten.

Im Anmarsch von Süden Marradas' Truppen; überall lautete die Parole: «Wir wollen den Kaiser nicht verlassen, wir wollen die Schweden und Welschen aus dem Reich schlagen.» Und dann: «Der meineidige Wallenstein; er will dem Kaiser Böhmen nehmen, mit Schweden und Franzosen will er sich verbinden; wir wollen ihm den Paß verbauen.»

Im Moment schlug die Stimmung des friedländischen Heeres in den Prager Quartieren um. Nach der ersten Verblüffung wirkte die Ankunft der fremden Regimenter wie eine Befreiung. Man hatte sie mißbrauchen wollen. Die Truppenkörper mischten sich; die neuen brachten unerhörte Nachrichten von dem Betrug, den man an den böhmischen verüben wollte. Walleinstein, der Gottseibeiuns und seine teuflische hochfahrende Sippe, der Nichtsnutz, der sich mästen wollte, Böhmen stehlen wollte, während sie in mageren Quartieren verkamen. Sie waren des Römischen Kaisers treue Soldaten; sie wollten ins Reich hinaus, sich ihre Beute holen; Gallas würde sie an den reichen Rhein führen; die Franzosen, ei, die Franzosen, in das schöne Elsaß.

In das prunkvolle Friedländerhaus auf dem Hradschin zog Pikkolomini ein. Da erst befiel ein Grauen die Stadt. Die Straßen leerten sich. Jeder versteckte, verschleppte, vergrub seine Kostbarkeiten. In jedem Viertel wurden die Gewölbe geschlossen, verbarrikadiert, ein großer Teil der wertvollsten Sachen nahe der Moldau nachts in Kästen vergraben. Die Juden bewaffneten sich. Keiner von den eingedrungenen Offizieren bemerkte, was in der Stadt vorging. Der Adel beriet hinter verschlossenen Türen in allen Teilen der Stadt und auf den nahegelegenen Gütern. Alle waren sicher: man hatte hinter Wallenstein zu stehen. Heimlich wurden die jungen Bauernburschen und Bürgersöhne, die sich bereit erklärt hatten, einem Zeichen zu folgen, alarmiert; man verteilte Geld und Waffen, gab Losungsworte aus. Eine Riesensumme wurde genannt als Preis für den Kopf des Grafen Wilhelm Slawata; eine instinktive Wut bezeichnete allgemein den schönen Grafen als Hauptschuldigen an der erschreckenden Wendung; er war seit Wochen abwesend, jetzt hatte er sein Ziel erreicht. Von der uralten Gräfin Trzka erzählte man sich, sie sei auf die Kunde von dem Handstreich des Italieners nach Prag gekommen und hätte Dutzende von goldenen Ketten mitgebracht für den, der den Italiener ermorde. Überall lagen plötzlich Waffen, die auf dem Land herangeschmuggelt wurden.

Während dieser stummen Tage fuhr auch eine unscheinbare Judengesellschaft auf einigen Wagen aus Prag ab. Adlige der Landschaft machten ihnen selbst durch Pässe und Salvagarden den Weg frei. Sie mußten ihnen schwören, der friedländischen und böhmischen Sache hold zu bleiben. Da standen die trauernden Gesellen mit den gelben Zeichen am Mantel in der Kammer der Herren; ihr Herz war, seit Wallenstein lebte, mit ihm. Sie schworen, das kleine schwarze Mützlein aufgesetzt, die rechte Hand bis an den Knorren auf der Bibel beim dritten Gebot, verflucht auf ewig zu sein vor ihrem Gott Adonai, vom Feuer verzehrt zu werden, das auf Sodom und Gomorrha fiel, wenn sie Untreue und Falsche brauchten. Der wahre Gott, der Laub und Gras und alle Dinge schuf, solle ihnen nimmer zu Hilfe kommen. Sie fuhren erst nach Norden, als ob sie auf den Markt von Brandeis fahren wollten, dann wandten sie nach Südwesten. Einige jüngere aus den Juden nahmen dann bei Brandeis Pferde, hetzten auf Pilsen zu.

Die Kuriere aus Prag mit ihrer freudevollen Meldung der Einnahme der Stadt fanden einen totenstillen Hof. Der Kaiser verschwunden. Seine Leibdiener in Eisen geworfen. Kein Anhalt über seinen Verbleib. Von der Kaiserin erfuhr man nichts. Sie, die in einer schweren dunklen Erregtheit nach ihm forschte, wurde nicht aufgeklärt; man versuchte sie zu beruhigen mit der Erklärung, der Kaiser fürchte, in diesen Tagen in Wien zu bleiben; man hätte ihm empfohlen, sich ohne Aufsehen bei den Truppen des Marradas zu bewegen. Die leidenschaftlich auffahrende, brüsk sogar mit den Priestern umspringende Erscheinung der Mantuanerin war in diesen schreckensreichen Tagen dem Hohen Rat der furchtbarste Anblick. Lamormain konnte sich nicht von ihrer Seite bewegen. Sie malträtierte ihn, forschte aus, was er von Ferdinand wußte. Der Pater suchte vergeblich sie zum Beten Beich-

ten und zur Ruhe zu bringen. Das Flüstern Schreien Weinen Seufzen auf ihren Zimmern nahm kein Ende.
Eggenberg kam nicht mehr hervor aus seiner Wohnung; er fürchtete die Begegnung mit der Kaiserin; in einer dumpfen Geschlagenheit hockte er zu Hause. Kein Besuch durfte zu ihm. Über seinen Kopf stürzte alles zusammen.
Allein von den herumwandernden Vätern der Jesukompagnie wurde die freudevolle Prager Nachricht herumgetragen, und um sie herum merkte der Hofstaat auf. Die Riesenbeute würde an den Kaiser fallen, und was an den, und was an den. Die Kenner der herzoglichen Güter, des Prager Hauses, Gitschins wurden ausgeforscht: und plötzlich ging man hitzig suchend herum, belauerte sich, verteilte. Wer wollte urteilen, an wen sollte es fallen? Der Kaiser war nicht da, der König von Ungarn unerfahren, Eggenberg hatte sich von den Geschäften zurückgezogen. Nur Graf Schlick hatte noch eine feste Hand. Es würden ungeheure Besitzmassen zur Verteilung kommen, man würde nicht mit sich spielen lassen. Ansprüche wurden geltend gemacht. Verdienste behauptet, bestritten. Die Väter schürten; jedes Wasser auf ihrer Mühle war recht. Es gingen am Hofe verkappte und ehemalige sehr laute Anhänger des Friedländers um, Offiziere, die er hochgebracht hatte. In Schmähungen erging man sich schon auf Pikkolomini und Aldringen; man gedachte sie bald zu kirren.

DER MARSCH auf Prag wurde in Pilsen beschlossen. Schaffgottsch sollte aus Schlesien zur Unterstützung in jedem Fall herangezogen werden. Nach allen Richtungen lief augenblicklich der Befehl Wallensteins an Obersten und Generalspersonen zum Generalrendezvous der Truppen bei Prag. Er selbst werde sogleich dahin aufbrechen.
Wie aber der Herzog am Morgen nach der Konferenz sich in einer Sänfte ins Lager tragen lassen wollte, war die Stadt auffallend still, Straßen friedlich ohne Posten und Patrouillen, die Tore unbesetzt.
Der lange Ilow am Stadtausgang auf nassem Pferd anklappernd, herunterklirrend zur herzoglichen Sänfte, konnte nur melden, daß der Oberst Diodati nachts in aller Heimlichkeit die Einquartierung Pilsens gesammelt habe und in Richtung Prag abgezogen sei. Mit Diodati sei der schmerbäuchige spanische Agent Navarro verschwunden, der seit einigen Wochen in Pilsen herumpokulierte.

Am Abend dieses Tages, der den Befehl zum ungesäumten Abbruch des ganzen Lagers brachte, wurde in der Sachsengasse beim Friedländer, der über Diodatis Abzug die Achsel gezuckt hatte – der Schwächling gefiel ihm nie –, eine Gesellschaft Juden gemeldet, die sich schon seit Tagen in der Stadt herumtrieb und nicht abzuweisen war. Da die Juden gebeten hatten, allein mit Wallenstein zu sprechen, blieb nur Neumann in dem kerzenerhellten Zimmer. Sie warfen sich, beschmutzt vom Straßenkot, adlig gestiefelt und gespornt, sechs kräftige Männer, auf die Knie, zwei ältere weinten. Ihren Primas, den Bassewi, hätten sie nicht mitbringen können; Bassewi sei gefahren, für den Herzog in Augsburg Geschäfte zu betreiben, er wollte gerade jetzt keine Stunde versäumen. Und dann holte ein Älterer aus seiner grauen Kappe, die vor ihm auf der Matte lag, einen wunderlich bekritzelten langen Papierstreifen hervor und las, auf das düstere Nicken des Friedländers, das Absetzungspatent vor, während ihre langen Schatten sich auf dem Boden bewegten, das in den Straßen Prags ausgetrommelt wurde, als sie davonritten. Sie schlugen sich die Brust: der böse Pikkolomini sei in das herrliche Friedländerhaus eingezogen, mit List und Gewalt sei er über alle hergefallen; sie wollten dem Herzog Auskunft geben über alles und jedes, was sie gesehen hätten, er solle wiederkommen, rasch, rasch. Mit langem Schweigen hörte sie Wallenstein an. Er zitterte, getroffen, auf seinem Schemel, zischte: «Die Kanaille, die Kanaille.»
Neumann mußte die Daten aufnehmen, die die Juden zu melden hatten. Was die Juden noch wollten, drohte der Herzog. Sie lagen wieder auf den Knien: er hätte sich ihrer soviel angenommen; die böhmischen Völker warteten seiner; sie hingen ihm an, er möchte sich ihrer erbarmen. Friedland schien ihnen nicht zugehört zu haben, sein Gesicht hatte die Blässe und Verzerrung zunehmender Wut, seine Augen wurden steif und abwesend; auf Neumanns Wink flüchteten die Juden auf den Zehenspitzen aus der Stube. Sie durften ihn auch am nächsten Tage nicht sprechen; Neumann riet ihnen, sich aus der Sehweite Friedlands zu begeben. Die Nachricht von der Besetzung seines Prager Hauses durch den schelmischen Italiener war tödlich heiß in Wallenstein gefahren. Wie vor Brennesseln wich er vor den Juden zurück, als er sie nahe dem Lagertor traf, wo sie in einem bittenden Haufen standen. Er wußte nicht, was sie ihm sonst vorgetragen hatten; sein leidenschaftlicher Schmerz.
Trzka küßte am Abend dem Herzog die Hände, schwur, die Nieder-

tracht an Pikkolomini rächen zu wollen, und wenn es sein Leben koste. Der Herzog röchelte; er habe nie einen Menschen mit größerer Courtoisie traktiert als ihn; er fragte nach seiner Frau und der Schwägerin; sie saßen beide in Gitschin. Ilow sollte schleunigst ein paar Kroatenkompagnien auf Gitschin werfen; im Falle der Gefahr sollten die Frauen ihm nach. Nachdem sie lange stumm nebeneinander gesessen hatten – draußen knarrten schon die Wagen des aufbrechenden Heeres, die Lafetten; Pferde wieherten und stießen mit den Köpfen gegen die Fensterläden –, gab Wallenstein dem kopfsenkenden Trzka leise Auskunft über seinen Brief an Ferdinand. Oberst Mohr am Wald und Brenner überbrächten ihn; er habe vor, sich außerhalb der Erblande an die Peripherie des Reiches nach Hamburg oder Danzig zurückzuziehen; ihm bliebe ja nichts mehr als zu sterben; seine Herzogtümer wollte er behalten. «Ist es Euer Ernst?» flüsterte Trzka, ohne den Kopf zu heben. «Ich bin alt, Trzka, das ist wahr, und ich lebe nicht mehr lange. Meinen Brief werde ich überall veröffentlichen, sobald ich wieder Luft schöpfe. Er reißt ihnen die Maske ab. Du wirst sehen: es liegt ihnen nichts daran, ich bin ihnen auch in Hamburg im Wege. Die Jesuiten haben ein böses Gewissen, weil sie den Frieden in Deutschland nicht aufkommen lassen wollen. Darum wollen sie mich beseitigen. Der Kaiser will mein Geld, ich bin sein Gläubiger.» «Die Herrlichkeit Pikkolominis in Prag wird nicht lange dauern.» «Ich kenne sie in Wien. Sie scheuen die gröbste Ungerechtigkeit nicht, wenn sie ihnen in ihren Kram paßt. Mit dem Pfälzer wurden sie rasch fertig. Solange ich auf den Beinen stehe, werden sie ihre Not mit mir haben. Von Ungarn bis jetzt habe ich, Trzka, unter ihnen mich ducken müssen. Jetzt reden wir ein offenes Wort.» Trzka schüttelte die Fäuste, unwillkürlich knirschte er mit den Zähnen: «Die ganze Armee steht hinter Euch.» «Und wenn es nur die halbe oder ein Viertel ist – wenn ich selbst meine zwei Beine behalte. Sie sollen keine frohe Stunde von mir haben. Trzka, alle Waffen sind im Kampf erlaubt. Ich schwöre auf die Armee nicht. Diodati ist nicht allein. Nicht geredet, lehr mich Menschen kennen. Es wird nicht leicht halten. Du suchst einige Kroaten aus, sie schleichen sich nach Prag, tausend Gulden für jeden, der mitläuft, zehntausend Gulden, wer Pikkolomini vergiftet oder erdolcht. Ich verlass' mich, daß Ilow sofort nach Gitschin reiten läßt und die Frauen in Sicherheit bringt.»

Es war dann nicht nötig, daß die bestürzten Herren Maßnahmen zur

Heranziehung fremder Hilfe von sich aus trafen. Jetzt leitete Wallenstein alles selbst, mit Umsicht und größter Schärfe. In Pilsen wurden alle Pferde angespannt. Die Kriegskasse mitgenommen: zehntausend Taler, sechstausend Dukaten, siebzehn Goldketten. Den Kreishauptleuten nahm man zehntausend Taler. Der Stadt Pilsen wurde vor dem Abmarsch noch eine Kontribution von dreißigtausend Talern auferlegt. Schweden, Sachsen, Franzosen wurden noch einmal mobilisiert, nach keiner Seite legte sich Wallenstein bloß; so unerschüttert war er. Graf Trzka schrieb verzweifelt an den jungen Herzog von Sachsen-Lauenburg, der sich noch um den Weimaraner bemühte: «Eile, Eile, Eile!» Arnim wurde vom Herzog selbst aufgefordert, die entscheidenden Entschlüsse ungesäumt zu fassen; es sei, drohte er, die Krisis für Kursachsen; er selbst rücke zu einem Schlage auf Prag los. Der Kaiser werde aus Österreich geschlagen werden.

Das ganze Heer, aufgebrochen, rückte nördlich. Eine Unruhe und Unsicherheit war unter den Knechten aller Waffenarten und den unteren Chargen: Generalrendezvous der Heere war bei Prag befohlen, aber Kroaten mit leichter Artillerie flogen der Armee voraus, der Troß wurde kriegsmäßig gesichert. Man rollte auf gefrorenen Chausseen ohne Hindernis vorwärts. Plötzlich kamen Befehle von rückwärts aus dem Hauptquartier, das sich eben in Bewegung setzte: es seien Gerüchte verbreitet von Meutereien in Prag; allen wurde die strengste Zucht, widerspruchsloser Gehorsam befohlen, der Generalprofoß bereise das marschierende Heer, an das Reiterrecht wurde erinnert. Und kurz darauf: der Vormarsch sei zu beschleunigen, Prag werde bei Widerstand zur Plünderung auf sechs Stunden preisgegeben.

Man rollte durch stille Dörfer; Pfarrer, die man befragte, erklärten kleinlaut, von Prag seien sie angewiesen, auf allen Kanzeln Friedlands, des gewesenen Generalfeldhauptmanns, Absetzung auszuschreien; es laufe ein kaiserliches Mandat im Land um, er sei ein Verräter, darum sei ihm das Kommando abgenommen. Man fing schon vereinzelte vorspürende Aldringensche Reiter im Gelände, die wußten, daß sie den meineidigen Wallenstein hatten aus Prag jagen sollen; die Friedländischen hätten ihn schon verlassen. Trzkas Reiterei mit leichter Artillerie zehn Meilen südwestlich von Prag wurde von einem starken Aldringenschen Dragonerregiment gestellt. Die Dragoner fingen den Stoß auf, Trzkas Reiter wurden zurückgeworfen, sie fluteten zurück. Trugen Bestürzung in die langsam marschierenden Massen. Das ganze Heer, als wenn es gegen einen Wald von Piken liefe, wogte und rollte. Kleine schwerbewaffnete Kürassierpatrouillen mit Profossen und Henkern tauchten da bei allen Regimentern auf. Befehle kamen, den Marsch einzustellen, zur Formierung einer Kampffront.

Helles frühlingsmäßiges Wetter. Wasserlachen, schmelzender Schnee auf den Chausseen. Anplantschend von allen Seiten lauschende Weiber, bekümmerte Bauern: von Prag sei in wenigen Stunden der Anmarsch der Kaiserlichen zu erwarten. Berichte von den Verlusten bei Trzkas Reiterei. Erschütterung, Erbitterung lawinenartig flutend über die gestauten Regimenter. Geflüster unter den Augen der Polizeipatrouillen: «Wir sind in den Winterquartieren. Kaiserliche! Wir sind Kaiserliche! Was will man von uns! Wer betrügt uns.» Die Truppen auf den Feldern, zwischen den Dörfern, die nichts hergaben: «Vorwärts, vorwärts! Auf Prag. Wir warten nicht.» Es tobte hin und her zwischen den Regimentern; vorwärts wollten sie alle, auf Prag, kein Kampf, man führte keinen Krieg mit Kaiserlichen.

Beim Regiment de la Moully fing es an; die Fuhrknechte zweier Hagelgeschütze hatten laut geschworen, sie würden noch morgen zum Heiligen Sigismund in Prag am Schloßgrab beten; sie waren aufgeknüpft worden; Korporale, Furiere und einige Schlangenschützen waren über den Profoß und seine Leute hergefallen, hatten sie niedergeschlagen; die nahende Kürassierpatrouille schoß in den Haufen mit Pistolen. Darauf fiel die geschlossene Kompagnie über sie, zerriß sie. Geschrei und Getümmel dehnte sich über die nahen Regimenter aus, überall wurden die Patrouillen angefallen, entwaffnet oder niedergemacht, Gerichtsweibel, Schultheiß, Stabhalter. «Nach Prag!» tobte es, beim Regiment Altmannshausen, Rodell, Balbiano, Hamerl, Notario. Der geschlagene Vortrab ritt schon an mit weißbewimpelten Lanzen. Obersten und Offiziere folgten willenlos; das Heer schob sich vorwärts. Tumultartig überrannten sich Abteilungen, brachen seitlich aus. Schwere Artillerie blieb auf den Feldern stecken.

Da scholl Lärm, Freudengeschrei vorn, Marradassche Aldringensche Reiter, fast waffenlos, galoppierten unter den aufgelösten Verbänden! Sie hatten Befehle an die kommenden Obersten bei sich, eine Ordonnanz des neuen Generalissimus Gallas. Er drohte kraft des ihm erteilten kaiserlichen Patents, bei Vermeidung kaiserlicher Ungnade: keiner der Herren wolle mehr Ordonnanzen vom Friedländer Ilow und Trzka annehmen, sondern allein dem nachkommen, was er befehlen werde oder Aldringen und Pikkolomini.

Auf den Feldern zwischen Pappelständen und den zahlreichen geschwollenen Bächen gab es ein kurzes unordentliches Gefecht: fünf Kompagnien Trzkascher Kürassiere, erlesene deutsche Truppen, schlugen sich nach Süden durch, Wasser und Erde werfend.

AUS DEN südlich gelegenen böhmischen Sümpfen, aus ungarischen Salzfeldern waren sieben Teufel losgebrochen; häuserhoch, baumlang die Arme an den Schultern schleppend. Sie liefen geduckt im Frühlingswetter zwischen den Wäldern. Von Wolfsart war ihr Fell; knietief schlugen sie ihre Hufe nachts in die weichen nassen Äcker. Bei ihrem Trappeln, beim Trompeten ihrer Nasen stürzten viele Menschen tot um. Manche wurden bei ihrem ungeheuren horizontverdeckenden Anblick von der Lust ergriffen und davon bewältigt, mitzulaufen, nachzurennen. Sprangen an, hingen sich an die dicken Zotteln, krochen in dem Gedünst an ihnen hoch, grunzend und blasend wie sie, oft im Lauf zerquetscht an Felsen oder bei Flußübergängen ertränkt.
In Böhmen und Mähren bemächtigte sich eine rätselhafte Panik der Regimenter. Niemand wußte, woher der Schrecken kam. Immer lief ein Teufel hinter dem andern; oft rannten sie ziellos im Kreis. Es hieß, sie wollten durch das Reich an die russische See. Bei den Sachsen fingen die Fahnen an den stillstehenden Stangen zu wehen an. Das Regimentspiel klirrte bei schwedischen Regimentern.
In den Wäldern hinter den schwedischen Linien, in der Oberpfalz, im versengten Sachsen schwemmten die Massen; aus Erdlöchern Ställen Ruinen Gräbern, wo sie sich verbargen, kamen sie. Haßfletschend: «Es gibt nur Katholische und Lutherische, Kaiserliche, Schweden, Bayern; es gibt sonst nichts auf der Welt. Schlagt uns tot.» «Es kommt nicht darauf an, ob wir leben. Ein Bübchen, eine Weide, ein Wasser. Wir haben kein Recht zu leben. Müssen zu Mist und Erde werden.» Sie schwemmten plündernd in Dörfer. «Ein Hundsfott, der von Kaiser und Christus redet. Sie haben es verscherzt.» Gebrüll. «Ich schwöre den Kaiser ab.» «Ich schwör' auf Totschlag und goldene Münzen.» Sie rissen, wo sie es sahen, Wappenschilder, kaiserliche Farben, Skapuliere, Rosenkränze, geweihte Ketten und Kreuze herunter. «Schlagwasser ist besser, besprochenes Papier.» «Es ist ein Zähnchen von meinem Kind.» «Es ist kein Zähnchen, Jungfer, Ihr

habt es weihen lassen.» Sie weinte: «Ich kann es nicht geben. Nehmt es mir nicht.» «Du willst uns verraten.» «Nein, Jesus kann nichts dafür. Laßt nur meinen lieben Herrn.» Sie schlugen auf sie ein. «Ich bin kein Verräter. Ich bete für euch, Gott wird euch helfen. Glaubt mir, liebe Freunde. Oh, wär' ich schon tot.»

BLEICH, GEBÜCKT, niedergebrochen ritt vor einem heubeladenen Troßwagen neben dem starken Fuhrknecht ein Pilsener Bürger, ein etwas fetter Mann unter einem schwarzen breiten Lederhut; den hatte der Fuhrknecht auf seine Bitten mit auf den Weg nach Prag genommen. Wie die Verbände sich stauten auflösten, die Aldringenschen Reiter durch die Reihen galoppierten, steckte der Pilsener dem Knecht einen vollen Beutel in die Hand, löste das Begleitpferd vom Wagen, sprengte rückwärts. Slawata, schwindlig aufgewirbelt, hatte nur den Gedanken: wo ist der Herzog, wir verlieren ihn, er entwischt. Er hatte ihn in Pilsen belauert, jetzt: wo war er.
Einen halben Tag durch Getümmel und Schlägerei. Ihn fangen, ihn nicht entwischen lassen. Und dann der Jubel: Trzkas Kürassiere, Kompagnien, die westwärts zogen, nördlich an Pilsen vor den Wäldern vorbei, in der Richtung auf Mies.
Entlang dem Zug ritt Slawata: eine Doppelreihe langsam auf der Allee schreitender Musketiere, in der Mitte Dragoner zu Pferde, dahinter eine geschlossene Sänfte, von zwei Pferden getragen. Berauscht ritt der ärmlich gekleidete Mann auf den Feldern in großer Entfernung hintennach, löste sich nicht von der geschlossenen Sänfte, deren Anblick ihm wohltat, die der Wind umblies. «Ich habe dir ein gutes Grab bereitet», flüsterte er vor sich, streichelnde Blicke herüber, «es wäre schade um dich, du wärst irgendwo gestorben in einem Bett und es wäre niemandem ein Glück damit geschehen. Ich freu' mich für dich.» Das Pferd stieß: «Es ist lustig, es spürt mich. Komm, nicht so wild. Du sollst ihn ziehen, wenn er unser geworden ist. Wenn er so schön lang und still liegt.» Das Pferd wieherte lustig, ging ruhiger.
Ihn überfiel, wie er einsam durch den Lehm nachschleppte, die Freude, die von rückwärts über das dunkelnde Feld über seinen Rücken herzuwuchs. Wie sich alles so jäh gewandt hatte, als wenn die Vorsehung ihm in die Hand spielte: das Heer zerrissen, keine Brücke zu Pikkolomini, die saßen drüben in Prag, konnten nicht an ihn heran,

schrieben Erlasse, Proskriptionsmandate, Ächtungen, Vogelfreierklärungen: sie kamen nicht heran an den Friedland! Er, er, er hatte ihn, hier ritt er, allein, im Namen der ewigen Bestimmung. Drüben, wie schön, wie schön, trug man ihn in einer Sänfte. Die guten beiden Pferde; daß sie ihn treu behüteten; die Kürisser, daß sie ihn gut bewahrten. Er gehörte ihm. Er war ein Böhme, er war sein Vetter. Es hatte keiner Anspruch auf ihn.
Er labte sich an dem Gedanken in der rasch fallenden Dunkelheit. Von magischer Sicherheit war er geführt.
Der Herzog bog in Mies ein. Und wie Slawata verzückt auf leerem Felde und willkürlos den Lederhut abnahm, ihm nachsah, marschierten von Süden Kompagnien an, klirrende, schwer gepanzerte Dragoner. Slawata mischte sich erschreckt unter sie, da schwenkten sie in das Städtchen ein, geführt von einer Trzkaschen Patrouille. Bis in die Nacht wartete der Böhme hinter dem Hause, in dem der fremde Oberst einquartiert war. Als er vom Herzog zurückkam, drang Slawata zu dem finsteren Mann fast unter Gewalt ein.
Er rang mit ihm zwei schwere Stunden. Dieser Oberst, der auf dem befohlenen Marsch nach Prag zum Generalrendezvous gewesen war, war eben vom Herzog unsicher gemacht worden durch das Angebot von zweihunderttausend Talern, wenn er bei ihm verbliebe bis zur Ankunft von Verstärkung; nur eine kleine Anzahl Truppen hätten angeblich gemeutert. Der Oberst, der das Pilsener Papier unterschrieben hatte, hing nicht am Herzog; er wollte das Proskriptionsmandat sehen, von dem ihm in der finsteren Kammer der Geheime Rat Graf Slawata sprach. Es gelang dem Grafen, den verschlossenen Mann zu erregen und zum Fäusteballen zu bringen mit dem Hinweis auf das böse Gemüt des Friedländers, der nun offen von der frommen katholischen Sache abschwenke zu den Sachsen und Schweden. Einen Bescheid, ob er sich des Herzogs bemächtigen wolle, erhielt er von dem schwer beweglichen Iren nicht. Der äußerte nur grimmig und einsilbig, er werde beim Herzog bleiben, da die Vorsehung es einmal so gefügt habe, und böse Pläne werde er zu verhindern suchen. Slawata flüsterte weggehend, dem Obersten bittend, beinah inbrünstig die Hände küssend: sie seien allein: die Sache der Heiligen Kirche und des Hauses Habsburg hinge von ihnen beiden ab.
Marsch von Mies in kühler nebliger Luft auf Eger. Der Oberst hielt eisern seine Dragoner zusammen; fünf altsächsische Reiterkompagnien, die sich ihnen angeschlossen hatten, entwischten; zwei-

hundert zu Fuß blieben. Wippende Moorwiesen, Wassertümpel, dürftige Krüppelbäume. Da hob sich der Grünberg, oben die Spitze der Sankt Annakapelle. Die Zitadelle von Eger. Obertor, Untertor von Eger schlossen sich nachmittags hinter ihnen.
Der einsame schöne Böhme wanderte abends zur Kapelle hinauf, sah auf die ruhige Stadt, lachte sich schauernd aus, wie er zurückschlenderte in der Nacht: er war ein Opfer seiner Leidenschaft, gurgelte er, konnte nicht von ihr lassen, wollte sich von ihr die Hände und Füße fesseln lassen. Nun kam bald die geheimnisvolle Stunde, auf die er so lange gewartet hatte.
Die Dragoner lagerten auf freiem Feld, der Oberst mit den Fahnen in der Stadt. Sie hinderten die herzoglichen Kuriere nicht aus- und einzulaufen. Im Stadthaus des Bürgermeisters am Markt saß der Herzog zu Friedland. Im Hof, eine Holzgalerie umlaufend; hinten quartierten sich ein Trzka Kinsky Ilow.
Zerbrochen, unbrauchbar der blasse eitle Graf Kinsky; er zitterte, wußte nicht, wie fliehen; schlich durch die Stadt, um das Haus, freundete sich hier an, dort an. Störrisch und böse der lange Panther, der von Ilow; er schlug sich mit dem Grafen Trzka herum, in den Stuben, beim Ritt: Trzka hätte die Aldringenschen zurückwerfen sollen, hätte ausharren müssen; wie, konnte er nicht sagen; Trzka gab nach, sie waren beide in einer verbissenen Unruhe. Die Meuterei hatte sie wie mit einer Flut von jäher Betäubung weggeschwemmt, sie waren verwirrt und verzagt aus Geheul und donnerndem Lärm davongestürmt, hatten nicht einmal gedacht, sich mit dem zurückbleibenden Herzog in Verbindung zu setzen.
Den erreichte Getümmel und allgemeine Panik erst, als blutende Polizeitruppen an ihm vorbeiflüchteten. Er verließ die Sänfte, die Steigbügel seines Leibpferdes wurden mit Seide umwickelt, führte im roten allen bekannten Mantel selbst die Kompagnien um ihn zurück. Über den Weg ließ er hinter sich in aller Raschheit einen niedrigen Wall aufwerfen, den eine Handvoll Schützen deckten; aber es war nicht nötig, daß sie sich in der klumpigen triefenden Erde eingruben; es dachte niemand von den Truppen an Verfolgung, alles war nach Prag. Spät erst, nach vier Stunden Ritt, legte er sich in seine Sänfte, eine Totenlarve hing ihm vor dem Gesicht. In Eger im Pachhelbelschen Hause gingen sie mit Scheu um ihn; Scham und Pein bei seinen Vertrauten. Er brach nicht in Wut aus. Aber sie sahen, daß er grausam an sich hielt, keinen Vorwurf machte, daß er in furchtbarster Gerichts-

stimmung war, von seiner Rachsucht gegen die, die ihm das angetan hatten, ganz verschlungen war.

Untereinander maßen sie sich; sie wollten es noch abwarten, konnten sich vom Herzog nicht losreißen. Der junge Albrecht von Sachsen-Lauenburg, sächsischer Marschall unter Arnim, ritt in Eger ein, er schmähte schon am Tore auf Ilow und Trzka, deren Fahrlässigkeit das gräßliche Unglück verschuldet habe, das alle Chancen verschlechtert habe; vor dem Herzog zu Friedland lag er fast auf den Knien. Wallenstein, in schwarzem Pelzmantel gebückt mit untergeschlagenen Armen sitzend, die kleinen Augen graublau umrandet, spitze Backenknochen, trockener nackter Hals, die schlaffen Lippen zuckend, gab ihm heiser auf, dem Bernhard von Weimar zu Regensburg zu sagen, er verteidige sich hier in Eger mit den Truppen, die ihm geblieben seien; er werde die von der Panik mitgerissenen Regimenter wieder an sich ziehen. Bernhard möge gegen die böhmische Grenze vorrücken mit Berittenen, so viel er frei machen könne, auch solle er Fußvolk hinterdrein werfen, um die Artillerie zu schützen. «Sagt dem Herzog Bernhard», fausthebend Wallenstein, sein Blick hart und listig, «daß er sich ins eigene Fleisch schneidet, wenn er sich nicht beeilt. Ich werde mich hier verteidigen; man wird mich nicht zur Übergabe bringen, er wird mir glauben, daß ich gegen Gallas und Pikkolomini mich werde schlagen können. In zwei drei Wochen sieht die Armee des Kaisers anders aus und meine anders.»

Fiebernd, nur von einem Pagen begleitet, raste der Lauenburger fort, auf Regensburg, noch einmal im Streit Trzka anfallend, ihm den Mantel zerreißend.

Aus Eger erging ein Erlaß des Friedländers an alle seine Regimenter, von einer Zahl fanatischer Böhmen getragen: darin forderte der Herzog kraft seines Generalates und gemäß dem ganzen Respekt, durch den die Obersten an ihn von Kaiserlicher Majestät gewiesen seien, die Obersten auf, sich sogleich in Eger einzufinden, die Truppen in Laine. Er bediente sich zur Begründung in dem Mandat der Wendung, es geschehe im Dienst der Kaiserlichen Majestät und damit man dem Feind, wie er's verdiene und wie sich's gebühre, begegnen und sein Attentat verhindern könne. Denn wie der Herzog in Pilsen Juden vorgefunden hatte, so erwarteten ihn auf dem Wege von Mies nach Eger Haufen über Haufen adeliger bewaffneter Böhmen, die sich aus Prag und dem Egerland aufgemacht hatten, um sich mit dem Herzog zu vereinen. Er hätte keinen Reiterschutz für die Reise nötig gehabt, die Böhmen beobachteten alle Wege Wälder vor, hinter, neben ihm; sie traten nicht in die Stadt ein, die die Truppen hinter sich verschlossen. Auf das Bitten Sesima Raschins ließ Wallenstein ein Dutzend von ihnen ein. Sie boten sich an, ihn persönlich zu schützen; er war befremdet, böse, fand, daß die Herren in Prag sich nützlicher gemacht hätten, wenn sie Rebellion erregten. Er wurde dann stiller, schien gar nicht geneigt, sie anzuhören; sie hörten, wie er im seitlichen Gespräch mit Trzka, der ihn beruhigen wollte, gehässig zischte, die Herren wollten ihn für ihre Zwecke mißbrauchen, suchten sich wohl einen König von Böhmen, er hätte mit dem kindischen Pack nichts zu schaffen. Nach einer ganzen Weile erst trat er wieder an sie heran mit gefährlicher Miene; sie sollten nicht meinen, daß er ihnen Zugeständnisse in irgendwelchem Belang mache, er wolle sie für allerhand Geschäfte annehmen. Smil von Hodojewsky, jetzt ein bärtiger leiser Mann, der unzähmbare kleine Berka, der gramvergorene Daniel Lockhaus stürzten vor ihm hin, küßten nacheinander dem Herzog die widerwillig hingehaltene Hand. Auch als die drei hinausgegangen waren, sprachen sie kein Wort. In einen Schuppen seitlich vom Hause zog Smil die anderen. Sie sahen sich an, umarmten und drückten sich. Auf den Anblick der leidend hochgezogenen Augenbrauen Daniels unterdrückte Smil das Schluchzen, das aus der erfüllten Brust in ihm hochwogte; sie ließen Daniel allein weinen und trösteten ihn. Sie würden Wallenstein erobern, noch jetzt, erst jetzt. Er hatte sie angenommen. Auch er hatte erfahren, was Habsburg ist. Sie würden ihn nicht verlassen. Eine gewählte Anzahl der Böhmen durfte in die Stadt zum Verteidigungsdienst, die übrigen sollten im Land schleunigst Rebellion vorbereiten und den Anmarsch eines gegen Eger ziehenden Heeres erkunden und belästigen. Ilow und Trzka bekamen den Befehl, die Verteidigung Egers in die Hand zu nehmen. Der Kanzler Elz wurde zu den nahewohnenden protestantischen Herren und Grafen geschickt, sie aufzubieten, auch zu dem Markgrafen von Brandenburg-Kulmbach.

Der kam, ein vertrocknetes altes Herrchen, selbst mit kleiner Begleitung angefahren, um sich nach den Umständen zu erkundigen. Wallenstein drang in den listigen zähen Gesellen ein, zu ihm sofort mit seinen hundert Territorialtruppen zu stoßen und zu alarmieren, wer ihm zuverlässig erschien. «Ich bin», sagte der Herzog an diesem bleichen Morgen, «hierher gekommen nach Eger, um nunmehr den Kampf mit dem Kaiser in aller Offenheit aufzunehmen. Euer Liebden weiß, wie die Dinge im Reich stehen. Euer Liebden sind Reichsfürst und Protestant. Wir unterwerfen uns alle der Kaiserlichen Oberhoheit, aber nicht dieser. Ich habe sie gezwungen, in den letzten Wochen, die Maske abzulegen. Es handelt sich um die Niederringung der Religionsfreiheit und sie sind maßlos. Der Kaiser ist ihr Instrument; ich habe Nachricht, daß man nicht weiß, wo der Kaiser steckt, ich weiß, man hat den gütigen edlen Herrn beiseite gedrängt, als man gedachte vorzugehen.» Dann: «Euer Liebden: die Reichsfürsten müssen sich besinnen; es ist hohe Zeit. Ich weiß, Ihr werdet mir vorhalten, ich habe wenig Grund, das Euch vorzuhalten, ich hätte selbst genug an den Reichsfürsten gesündigt als Kapo einer kaiserlichen Armada. Da habe ich geglaubt, einem Kaiser zu dienen. Ich bin gewaltsam vorgegangen wie ein Soldat, aber ich habe geglaubt, dem Frieden dienen zu müssen. Ich bin auch widerstandslos gegangen, als man mich meines Generalats enthob. Jetzt hab' ich nicht mehr den Wahn, dem Kaiser zu dienen. Ich habe die Zähne zu zeigen der eigensüchtigen Kamarilla, den verbohrten Scheinkatholiken, denn das sind die Jesuiten, die euch Protestanten die Treue absprechen und nicht als Menschen, geschweige als Fürsten und Herren anerkennen.» Darauf knurrte der Kleine, er kenne diese unflätigen Lehrer, die die Grausamkeit und Unversöhnlichkeit predigen und die man totschlagen möge. «Ja totschlagen, Herr Markgraf. Da seht, wer totschlagen kann. Mich haben sie hierher getrieben wie einen Räuber und gedenken mich auch zu fangen wie einen Räuber. Wären mir die Regimenter nur gefolgt, wären sie überführt ihrer Falschheit und Bosheit und das Reich ginge der guten Beruhigung entgegen.» «Ihr seid machtlos», krächzte später erregt der Herzog, als der dürre Markgraf von einem neuen großen protestantischen Bund redete, «laßt eure Neuigkeiten, ihr kommt nicht weiter vor Hader, wir haben es gesehen an dem Bund von Bärwalde, in Heilbronn. Schickt Soldaten zu mir, daß ich den Stoß der Kaiserlichen auffangen kann. Ich verlasse mich auf den Feldmarschall Arnim, Bernhard wird die Situation erfassen. Jetzt keine Eigenbröteleien, Euer Liebden. In acht Tagen entscheidet sich das Geschick des Reiches.» Der Kleine kaute: «Mich wird man nicht ausrotten können.» Wild der Herzog: «Euer Liebden können mir vertrauen, ich habe lange genug die Fäden in meiner Hand gehabt; Ihr wißt, daß mein Name nicht ohne Klang ist. So will ich nicht Friedland und von Wallenstein heißen, wenn nach diesem Krieg von euch Reichsfürsten mehr als ein Haufen von Edlen übrigbleibt, die jeder

ausplündern kann. Das Heilige Reich verblast Ihr –» «Was soll das?»
«Gebt mir Truppen. Jetzt, im Augenblick. Die Judasse, die das Reich verderben, kennt Ihr.»
Der alte Markgraf trabte ab; verärgert schimpfte er seinen Begleiter aus: «Ich mach' seine Rebellion nicht mit. Das Mandat des Gallas paßt ihm nicht, und er denkt mich zu beschwatzen. Er wird den Reichsfürsten noch aus der Hand fressen, der Gernegroß, der böse Gewaltmensch. Sein großer Name: ha.»
In zwei Tagen hatte der Herzog, selbst ausreitend, die Kompagnien so in der Hand, daß bei stürmischem Schneewetter das Aufwerfen von Schanzen in der Stadt, die Aufstellung einer leidlich starken Knechtstruppe aus der Stadt und den Dörfern in flottem Gang war. Gegen die Offiziere erging er sich in groben Worten über die abgefallenen Regimenter, besonders über den treulosen Grafen Gallas und das usurpierte Generalat; er würde, wenn es sein müßte, gegen Wien marschieren und sie Mores lehren. Der lange Ilow und Trzka arbeiteten wieder in leidenschaftlicher Anspannung. Jetzt erst erschreckte Wallenstein, sein gräßliches marterndes Leiden mißachtend, seine Umgebung durch die alten tobsüchtigen Ausbrüche. Er bäumte sich gegen das Gefängnis dieser Stadt: der Kaiser müsse geworfen werden, das Reich in Fetzen zerrissen. Er werde einmal seine Rache für alles nehmen, von Ungarn angefangen bis Regensburg und Pilsen.
Er trug keine Schuh, in dicke weiße Verbände waren seine Füße eingeschlagen, sein Pferd mußte geführt werden. Im Lederkoller, den weiten roten Mantel unter seinem Federhut, der ihm zu weit geworden war, auf dem schaukelnden Pferderücken. Er war mit Riemen angebunden; vor Schwäche sank er oft nach vorn auf den Mund über die Mähne des Tiers und mußte hochgehoben werden.
Im Haus drückte er sein dick gedunsenes Gesicht gegen das Fenster, knirschend: «Sie haben es erreicht. Ich wollte Frieden machen. Da ist er. Hin. Da lieg' ich.» Leise zu Trzka: «Ich sage dir: das Römische Reich ist nicht zu retten. Ich konnt' es nicht. Ein anderer wird's auch nicht können. Ich nehme Gott zum Zeugen, daß ich's versucht habe.» Seine Lippen baumelten und zitterten.
Da hielt es Slawata in Gemeinschaft mit dem Oberst des abgefangenen Regiments und angesichts des Zulaufs aus dem Land nicht mehr an der Zeit zu warten. Er war durch die täglich zahlreicher andrängenden böhmischen Freiwilligen – schon waren fünf ganze Kompagnien vor den Mauern – in stündlicher Gefahr, erkannt zu wer-

den. Der gedungene Oberst Butler war des Wartens schon lange überdrüssig. Als der Einfluß des Herzogs auf sein eigenes Regiment sichtbar zu werden begann, als Trzka frohlockte, Bernhard von Weimar rücke von Süden an, Arnim von Norden, das ehemalige friedländische Heer sei noch in voller Unordnung, sie würden ein leichtes Schlachten haben, kam Butler mit Slawata überein, augenblicklich in dieser Nacht die Exekution vorzunehmen und den Herzog samt seinen Begleitern vom Leben zum verdienten Tode zu befördern. Der Kommandant Egers mußte eingeweiht werden, weil man vor Beginn der Nacht ein paar Dutzend zuverlässige Dragoner, die draußen im Freien kampierten, einlassen wollte. Man konnte diesen Mann, der entsetzt war, einen Obristleutnant Trzkas, nicht gewinnen; er war nur bereit, diese Nacht das Kommando an Butler selbst abzugeben. Aber sie konnten sich damit nicht abfinden; der Kommandant mußte seine Wohnung in der Zitadelle zu einem Bankett hergeben, mußte dem Bankett vorsitzen.

Es war des feinen Grafen Slawata letzte Bewegung in dieser Sache. Sie ließ ihn, wie sie vor der Vollendung stand, los. Eine Schlaffheit befiel ihn, er ging in Unruhe durch die Gassen; Ratlosigkeit, Mißtrauen höhlte ihn aus. Vor einem verendenden Pferde stand er neben dem Karren des Schinders; übel lief es ihm im Mund zusammen. Er bewegte sich zitternd fort. Aus der Stadt weg verlangte ihn. Vor dem Pachhelbelschen Haus strich er; ob er mit Kinsky sprechen sollte; worüber? An den Vorbereitungen zum Bankett nahm er nicht teil.

Die friedländischen Vertrauten gaben sich nach den schweren Erregungen der Tage gern zu einem Fest her, in dieser düsteren Stadt, vor der ihnen schauderte. Sie tauten auf, der gewalttätige Ilow, der blonde Graf Trzka, Kinsky mit der unglücklichen Miene, der schmächtige trotzstarke Rittmeister Neumann, unter der munter zusprechenden Gesellschaft. Sie tranken und tranken; das herrliche Bankett im Pilsener Lager erstand vor ihren Augen. Schon angetrunken, in himmlischer Stimmung gingen sie zur Durchsicht eben abgegebener Depeschen in ein Nebenzimmer, ließen sich das Konfekt nachtragen. Da folgten ihnen auf ein Zeichen irländische und italienische Hauptleute und Oberstwachtmeister, voran ein gewisser Deveroux, gegen den ein Haftbefehl wegen Erpressung und gemeiner Notzucht vom Herzog vorlag, mit Piken, gezückten Degen und Pistolen in das abseits gelegene Zimmer, stießen, sich anfeuernd,

das Gebrüll: «Es lebe Ferdinand!» «Wer ist gut kaiserlich?» «Viva la casa d'Austria!» beim Eintritt in das Zimmer aus.
Das Zimmer hatte nur eine Kerze, vor der die vier Herren lasen. Der Kommandant nahm die Kerze vom Tisch; wie Kinsky, der heulend auf die Knie sank, zwischen Hals und Kragen durchbohrt sich lang ausstreckte, stürzte dem zitternden Kommandanten die Kerze aus der Hand. In einer Zimmerecke wurden Ilow und Trzka, die rasend mit bloßen Armen schlugen, da sie im Gedränge nicht an ihre Degen herankamen, durch Schläge der Piken, zahllose Degenstöße im Finstern niedergemacht; sie wurden so zerdrückt, daß man sie kaum an Armen und Beinen aufheben konnte, als man sie zum Fenster hinaus auf den Hof werfen wollte. Der Rittmeister Neumann entwischte im Dunkeln aus dem Raum, auf dem Gang zum Bankettsaal lief er in die vorgehaltenen Partisanen der Posten.
Deveroux, rasselnd mit dem metallbeschlagenen Mantel, torkelte unter Gebrüll und Gejubel mit einigen Dragonern durch die mondhellen Gassen von der Zitadelle in die Stadt, auf den Markt. Er schlug in seiner Betrunkenheit mit seinem Degen Funken aus den Steinen vor Wallensteins Haus, schmähte laut den Herzog, lachte, bis Butler ihn tief erschrocken hereinzog. Die Wache an der fackelhellen Treppe zu Friedlands Zimmer wollte der lauten Gesellschaft den Weg versperren; sie warfen den Posten die Stufen herunter. Grölten, schoben sich gedankenlos von Stufe zu Stufe.
Da kreischte hinten einer, krachte die Treppe herunter, das Geländer schwankte. Sie sahen sich vorne um. Ein schmächtiger rasender Mann drängte sich, einen Dolch schwingend, durch sie herauf, zischte. Sie wichen verblüfft seitlich. Oben schlug er Deveroux, der die Arme in den Hüften aufgestemmt sich über das Geländer bückte, mit den Fäusten und dem Dolchknauf ins Gesicht. Lief, wie der stöhnend den Kopf beiseite wandte, vor ihm in den Gang zur Kammer des Herzogs.
Ein Kammerdiener stand da mit einer Kerze, der eben dem Herzog auf einer goldenen Platte eine Arzenei in Bier bringen wollte. An der Tür der Kammer schrie der leichenblasse Mensch mit dem Dolch – seine schmutzige Kappe fiel hinter ihn, die langen blonden Locken hingen ihm strähnig wild über die Augen – nach dem Oberst. Verzweifelt kreischte er: «Weg! Weg hier! Wo ist Butler!» Heulend, mit schnarrenden Zähnen bibbernd lag Slawata unten im engen Gang auf den Knien, streckte bettelnd den Arm nach ihnen aus. Sie hatten die

Wämser zerrissen, die Stiefelschäfte herabgetreten, die Hosen von Wein und stürzenden Speisen und Fisch besudelt; die blutbeschmierten Gesichter streckten sich vor. Sein Mund öffnete sich weit, im Schuß stürzte Erbrochenes heraus. Er stöhnte: «Holt den Oberst. Geht eurer Wege.» Als sie über die Lache traten, tastete er sich hoch. Er wimmerte, raste in Haß und Entsetzen. Seine Stimme überschlug sich, er schwang schützend vor der antrampelnden Horde rechts und links seinen Dolch. Hinter ihm wurde die Tür geöffnet. Er stürzte nach rückwärts lang vor die Kammer, von einem entsetzlichen Partisanenhieb quer über den Kopf zertrümmert.

Dem Herzog, der im weißen Schlafhemd mit ausgespannten Armen neben Slawatas zuckendem Körper stand, riß die Partisane die halbe Brust auf.

Die Worte: «Schelm, du mußt sterben!» tönten in der verwüsteten Schlafkammer noch von den Tosenden, als er schon längst ausgeblutet war. Butler trat mit Peitsche und Pistole unter sie und jagte sie aus dem Zimmer.

Von der verschneiten Zitadelle wurden Knechte befohlen, die Friedlands Kanzlei besetzten. Sie ergriffen einige höfische Begleiter in den Betten. Der Astrolog Zeno wurde aus seiner Stube geführt; er war im Begriff, den Zeitpunkt einer neuen Aktion zu bestimmen; man zog ihm viertausend Kronen aus dem Beutel, die Friedland für Berechnungen vorausgezahlt hatte.

In vorgerückter Nacht sprengte man die Tür zur Stallung eines Privatmanns. Die Kutsche wurde auf die Gasse gerollt. Soldaten spannten sich vor. Der tote Friedland war in den roten bluttriefenden Fußteppich seines Zimmers eingeschlagen. Holterpolter zerrten drei Mann ihn die Treppe herunter, zur Haustür heraus. Ließen ihn beim Mondenlicht rasseln über die Steine, den dünnen Schnee, die Frostschalen der Wassertümpel. Quer lag er im Wagen; der Teppich hing zu beiden Seiten heraus.

Sie konnten an ihm tun, was sie wollten. Das war nicht mehr Wallenstein.

Ein gurgelnder Blutstrom war aus dem klaffenden Loch an seiner Brust hervorgestoßen, wie von Dampf brodelnd. Mit ihm war er davon.

Wieder eingeschlürft von den dunklen Gewalten. War schon aufgerichtet, getrocknet, gereinigt, gewärmt. Sie hielten ihn murmelnd, die starblinden Augen zuckend, an sich.

GEGEN MORGEN wurde eine Treibjagd auf die Böhmen in der Stadt veranstaltet, mit den Kompagnien vor der Stadt an den Schanzen war ein regelrechter Kampf zu führen; zuletzt flohen sie und zerstreuten sich. Die Sieger fürchteten sich dann in der Stadt und glaubten, die Schweden oder Arnim rücke bald ein. Aber sie hatten die Freude, den Herzog von Lauenburg abzufangen, der glücklich von Regensburg kam, um dem Friedländer den baldigen Aufbruch Bernhards zu melden; des Lauenburgers Page entkam nach Regensburg. Sie hätten auch Arnim beinah abgefangen, der über Zwickau langsam und zweifelnd anmarschierte; das Mordgerücht kam zu ihm. Gelähmt von Ekel und Entsetzen blieb er liegen. Die flüchtigen Böhmen trugen die Nachricht ins Land hinein.
Sie lief zugleich mit dem Gerücht herüber: Welsche, Italiener, dazu Irländer hätten den Mord verübt in ihrer alten Abneigung gegen die Deutschen. Es kam in dem noch schäumenden Lager von Prag unter Pikkolominis Regimentern zu Revolten, Deutsche gingen gegen Welsche vor. Zwischen Offizieren begann es mit tödlichen Duellen, die Knechte lauerten sich in Fähnlein gegenseitig auf. Aldringens und bayrische Regimenter marschierten gegen die Empörer heran, warfen alles gnadenlos nieder.
Wallender Siegesrausch in Wien. Bei den Kapuzinern und im Stephansdom Dankgottesdienst für die Errettung des Hauses Habsburg und die Bewahrung der Heiligen Kirche. Glückwünsche von dem tieferschreckten Papst Urban in Rom zu der Erlegung des greulichen Untiers. «Was für Kraft in diesen Deutschen steckt», fragte er sich mit Abscheu.
Graf Schlick, die trübe kopfsenkende Masse, neben dem König von Ungarn allwaltend am Wiener Hof, nahm mit dem Baron Breuner und dem Abt Anton die Hinterlassenschaft Friedlands auf. Jeder der zwölf Dragoner, die zu Wallenstein eingedrungen waren, erhielt hundert Reichstaler, die Offiziere, die geführt und assistiert hatten, tausend und zweitausend, Deveroux auf das Drängen wegen seiner Verwundung noch vierzigtausend Gulden, dazu mehrere konfiszierte Güter. Im ganzen hatte Wallenstein an fünfzig Millionen Werte aufgespeichert. Friedland Reichenberg wurden gegeben an Gallas, Aldringen erhielt Teplitz, Pikkolomini Nachod. Ihm verlieh man auch den Titel eines Grafen von Aragon. In sein Wappen nahm er eine Schildkröte mit der Umschrift: ‚Schritt für Schritt'.
Stille Zimmer beim alten Fürsten Eggenberg. Der verwachsene Graf

saß viel bei ihm; schlaff beide. Eggenberg aus dem Bett flüsternd: «Was klagt Ihr mich an, Trautmannsdorf?» Der Graf: «Ich klage Euch nicht an, ich bin nur durch ihn hochgekommen.» Und dann erschüttert: «Ich bin nicht schuld daran. Er sollte abgesetzt werden, wenn es sein mußte, mit Gewalt. Wir haben niemanden zu der Bestialität autorisiert.»
«Wenn er lebte, Trautmannsdorf, und Euch hörte, würde er den Kopf schütteln; man kann Gewalt nicht begrenzen.» «Ich bin nicht schuld, ich weigere mich, ich bin nicht schuld. Wenn man ihm mit einer Partisane die Brust aufgerissen hat, so bin ich nicht schuld daran. Solange ich lebe, werde ich das nicht zugeben; Eggenberg, Ihr seid alt und gerecht, Ihr werdet das nicht auf mich legen.» Der eingefallene Mann im Bett matt lächelnd: «Er ist ja tot.»
Das weiße Gesicht des verwachsenen Grafen verzerrte sich, er wetzte die Zähne aneinander: «Was kommt Ihr mir damit. Er lebt vor mir noch. Ihr habt es in Regensburg zu dem Unglück kommen lassen, der Kaiser hat Euch gehört. Ich habe es nicht vergessen.» «Ich weiß, ich weiß, Trautmannsdorf, Ihr habt recht. Laßt es ruhn. Ich beuge mich. Was bin ich noch bei dem allen.» Sie schwiegen, das Zimmer war lange still, der schwere große Luxemburger hinkte herein. Da schwiegen sie zu dritt.
Man hatte das Geheimnis der Ermordung aufgedeckt: die Leiche des Grafen Slawata, von dem Oberst Butler nicht gesprochen hatte, war erkannt worden. Der sonderbare Familienhaß hatte die Hauptrolle bei dem Unglück gespielt, es erleichterte sie alle. Lamormain erzählte von seinem Freund, dem Abt Anton, der ihm aus dem Weg ginge, um bei aller Betrübnis seine Freude zu verbergen, daß man jetzt aus der Schuldenwirtschaft herauskomme. «Es ist ja ein Glück; der Herzog war ein Werkzeug des Himmels, um das Haus Habsburg aus dem Elend herauszuziehen. Wir wollen das Gute bedenken. Das Haus Habsburg, das die Heilige Kirche beschützt, verdient es schon, daß sich selbst ein ruhmreicher Feldherr für sein Gedeihen opfert.»
Trautmannsdorf abwinkend: «Laßt das, Pater. Ihr geht noch, noch zuviel zu Euren Brüdern von der frommen Gesellschaft.» Und sehr leise weiter: «Was habt Ihr vom Kaiser gehört?» Eggenberg richtete sich auf dem rechten Arm um, blickte groß zu dem Pater herüber. «Nichts.» «Und – Ihr habt auch keinen Anhaltspunkt, keinen Wink?» «Ich glaube, Graf Trautmannsdorf, wir werden lange nichts von unserem guten frommen Herrn hören.» «Und warum meint Ihr das?»

«Er wird sich in ein Kloster, in irgendeine abgelegene Einsiedelei begeben haben. Er war soweit. Er war längst soweit. Ich dachte es öfter.»

Im Bett wälzte sich Eggenberg; er zog die Decke über das Gesicht, darunter schluchzte er leise. Nach einer kleinen Weile kam er hervor, suchte trübe im Zimmer; abgerissen zu Trautmannsdorf: «Und – warum jammert Ihr jetzt nicht, Trautmannsdorf? Hier nicht?» «Um den Kaiser?» «An ihm ist Euch nichts gelegen. Ich tadle ja Euren Friedländer nicht allzu scharf. Es mag sein, daß er uns den Frieden gebracht hätte. Er hat vielleicht das Richtige gewollt. Aber – was war gegen ihn unser Kaiser. Ein gütiger Mensch. Ein frommer Christ. Unser Fürst.»

Graf Trautmannsdorf senkte den Kopf: «Das war er. Ich hoffe, wir finden ihn noch, Eggenberg.» «Ich hoffe es nicht. Nein, laßt nur. Laßt ihn auch nur. Ihr müßt nicht nach ihm suchen, Pater. Was wollt Ihr denn von ihm. Was muß auf ihn gedrückt haben. Mir ist es noch im Sterben ein tröstlicher Gedanke, meinen gnädigen Herrn im Kloster zu wissen.»

In diesen Tagen warf sich die Kaiserin Eleonore, die Mantuanerin, aus dem Fenster ihrer Schlafkammer in der Burg und zerschmetterte auf den Steinen des Hofes. Man hatte sie, nachdem sie durch einen Zufall von der Flucht Ferdinands erfahren hatte, wegen ihres tobsüchtigen Verhaltens einsperren und bewachen lassen. Ihre liebe Gräfin Kollonitsch hatte sich eine Stunde von ihr verleiten lassen, auf den Hof mit ihr hinauszuschauen; sie plauderten wie früher; scherzend band die hinterhältige Mantuanerin der freudigen Freundin einen blauen Schleier um den schwarzen Kopf, über die Augen, band ihn, als die Gräfin lachte, fest und gewaltsam im Nacken zu. Mit aller Ruhe rückte sie sich einen Sessel heran, während die Kollonitsch schreiend an dem Knoten arbeitete, stand händefaltend auf dem Fenster, ließ sich, laut Maria anrufend, vornüber auf das klagende Gesicht fallen.

Während der junge König Ferdinand mit dem Grafen Gallas das Heer reorganisierte und unter den Reichtümern, über die man verfügte, sich alles neu belebte, Truppen und Offiziere sich dem Grafen Gallas unterwarfen, Schweden und Sachsen abwartend zurück-

wichen, begann eine sehr diskrete Fühlungnahme des bayrischen Hofes mit Wien. Die Macht und der Einfluß Maximilians in Wien waren außerordentlich, die herrschenden Parteien des Hofes priesen ihn als das Rückgrat der katholischen Sache im Reich. Der Bayer hatte keine Kinder, er war Witwer. Er hielt dafür, sich noch einmal zu verheiraten; von Ferdinand war eine junge eben herangereifte Tochter da; der sehr gealterte Mann ließ sich nicht davon abbringen, die junge Maria Anna zu fordern.
Im Innwinkel saß er bei seinen Truppen, da traf ihn die Nachricht von Wallensteins Verderben. Der Kaiser Ferdinand war verschwunden, der Schlemmer, der alberne heitere Mensch, wer weiß von wem verführt. Es war zuviel für Maximilian. Er geriet unter die knechtende Raserei seiner Gefühle; er wußte nicht, ob er weinen oder lachen sollte; keinen Schlaf fand er vor der Marter des Glücks, das seine Brust Hände mit Feuer umgab, über sein Gesicht flammte, seine Gedanken verdunkelte. Auf den Rat Kontzens, vor den er sich hilflos völlig verändert und schutzsuchend warf, hungerte er einige Tage, begann eine wilde Geißelung. Seinen zwangartigen Drang, von sich wegzuschenken hinzugeben, durfte er durch Stiftungen an die Heilige Kirche entladen. Gelegentlich stand er in völliger Verfinsterung und war gelähmt.
Nun ging er eisig aus sich heraus, vorsichtig, langsam, Schritt für Schritt sein Inneres zudeckend, zurückdrückend. Er bewegte sich zu Handlungen, beschwichtigte sich. Kuttner, der schöne zarte, verstand nicht, was der Kurfürst wollte, als ihm befohlen wurde, auf Wochen den Hof zu verlassen. Aber er ging. Richel suchte dem trauervollen bitter lachenden Kavalier das Herz zu erleichtern, indem er ihm eine neue Pariser Mission konstruierte. Aber trotz aller Zucht konnte Maximilian, nach München zurückgekehrt, es nicht verhindern, daß er einmal an der Drehbank, zwischen den subtilsten Elfenbeinarbeiten, sich dem lodernden Gedanken gegenübersah, Maria Anna, die junge schöne fromme Tochter des flüchtigen Kaisers aus seiner ersten Ehe, zu seiner Frau zu begehren. Jach wie aus dem Munde stürzte ihm der Gedanke; es war ein nicht zu beseitigendes Erlebnis. Er arbeitete, ging mit den alten Methoden an sich heran. Und dann war es ihm plötzlich zuviel. Keine Ruhe, keine Freude, kein Kuttner; er ließ sich los; es durchsetzte ihn.
Maximilian hatte das Gefühl des Verbrecherischen; er hatte das zitternde Gelüst, in ein schwarzes offenes Fenster einzusteigen oben am

Dach, die Hand auszustrecken und zu rauben. Er hätte nie geglaubt, daß ein Verlangen so stark sein könnte wie dies: die junge Tochter des flüchtigen Ferdinand, Maria Anna, aus Wien zu holen. Es züngelte in ihm; es war unendlich labsam, hin und her werfend und dann wieder einschläfernd, gar keine Folter.

Er entschloß sich, als Kontzen nichts verbot, dem Gefühl nachzugeben; mit einer Wonne, die er nie gefühlt hatte, machte er sich zum Vollstrecker seines Gefühls.

Es war die letzte Tat des verfallenden Eggenberg, den Graf Trautmannsdorf im Auftrag des Königs Ferdinand besuchte, die Antwort auf die Frage zu formulieren, ob man dem Kurbayern Maria Anna zusagen sollte oder nicht. Das stolze Auftreten der bayrischen Delegierten Richel und Wolkenstein hatte am Hof trübe Erinnerungen geweckt. Eggenberg blieb dabei: «Geben, geben. Laßt sie stolz sein. Wir sind beides Opfer. Gebt sie ihm; er betrügt sich mit ihr.»

Die Prinzessin widerstrebte, Maximilian war alt und als hart verrufen, man tröstete sie mit seiner Frömmigkeit.

Sie wurden zu München in der Augustinerkirche kopuliert. Abends brannten die Teertonnen und Scheiterhaufen auf den Plätzen. Auf dem Marktplatz vor der großen Mariensäule waren geölte Gänse an Stangen gebunden; Burschen jagten auf Pferden vorbei, suchten ihnen die Hälse abzureißen. In der Residenz tanzten die Edlen den heiteren Tanz der Gaillarde, die Sarabande, Gavotte. Bankette auf dem großen Saal, Ballett, Ring- und Quintanrennen. Beim Aufzug zum Rennen wurden der goldüberladene Kurfürst und seine Braut hinter Trompeten und Heerpauken, geführt von den Maestri di Campo, auf einem Triumphwagen durch die Straßen gezogen, im blendenden Frühlingssonnenschein von blumenstreuenden Nymphen umgeben. Zwei weiße Pferde waren vor den Wagen gespannt, Maximilian lächelte starr. Sie lachte erst, als auf dem schwarzen Blachfeld beim Armbrustschießen die schlechten Schützen gepeitscht wurden und man die Hosen auf einer Stange herumtrug, die die Stadt als Preis aussetzte. Und nach den Schwerttänzen der Waffenschmiede küßte sie vor dem jubelnden Volk den strengen Menschen neben sich auf dem Thronsessel. Er trug eine dreifache Perlenschnur um den Hut; ein goldener Reiherkopf aufgelegt mit Diamanten, hoch wippend und schwankend der weiße Reiherbusch. Sein fettes Gesicht war von einem dichten graubraunen Vollbart eingerahmt. Eine Glutwelle hüllte seinen Kopf ein. Er tauschte, die Augen lauernd vom

Boden erhebend, einen verwirrten fast schamvollen Blick mit dem seitwärts stehenden jungen Kuttner.
Auf dem Schrannenplatz, an der Stelle des alten Galgens, errichtete Maximilian eine Mariensäule. Ihren Fuß umgaben mächtige geflügelte Engel mit starken Waffen, sie kämpften gegen Untiere. Kontzen predigte an ihr nach dem Psalmenwort: Du wirst über Nattern und Basilisken wandeln und Löwen und Drachen zertreten.

DIE MENSCHENMASSEN ließen sich nicht halten. Sie schwappten und rieselten von Böhmen her nach Westen, von Norden gegen Thüringen, vom Rhein herunter. Gurgelten unablässig. Aus Bayern schwollen sie an, gespeist aus allen Teilen des Landes. Die Quellen fanden die tosenden Söldner, das Brunnenrohr schlug die Einquartierung ein, Erpressung und Drangsalierung, Hungersnot und Verzweiflung trieben die Wasser zum Anschwellen. Am Chiemsee floh die Masse der männlichen Bevölkerung in die Wälder und Berge, dann sammelten sie sich unter den Entbehrungen. Zwischen Alz und Inn, Inn und Isar zuckten und zitterten die Kirchenglocken, gepeitscht von den metallenen Schwengeln. «Aufstand!» bullerte es über die Dörfer, die in die Ebenen geglitten waren, in den Bergen träumten, sich in dem Chiemsee spiegelten. Die Heere, Bayern Maximilians des Hoffärtigen, Spanier und Italiener des Gouverneurs von Mailand, Kaiserliche des speichelleckenden Aldringen, des glatten grausamen Federfuchsers, wollten sie über die Isar werfen.
Sie liefen im Winter frierend über die dunstige Erde; auf den Bergen sah man sie laufen und lief nach. Frauen und Kinder, Greise, Kranke im Zug. Sie drangen plündernd in die Häuser der Grundholde ein, rissen die Tore der Scheunen auf, hingen die Müller an den Mühlen auf, schleuderten die Mehlsäcke, Mehlsäcke über Mehlsäcke auf die hungernde Straße. In Rosenheim taten sie sich zusammen, erließen gegen den Kurfürsten Maximilian ein Famosschreiben, nannten ihn Geizkragen Bestie Paternosterknecht. Die Pfarrer warf man als seine Lakaien aus den Häusern, Jesuiten wurden gepeitscht, hie und da ermordet.
Als sich die Grundherren nach München wandten, schickte man ihnen Kapuziner, die sollten die Bauern besänftigen; die Mönche wagten sich nicht an den Herd heran. Das Regiment Kronberg stand

bei Endorf und Prien am Chiemsee, dann über Riedering und Söchtenau; die Kompagnien wurden einzeln überfallen, zerstreut, die Pferde geraubt, die Waffen gesammelt; allenthalben begann der Einbruch in die Schlösser und Depots, Waffen wurden gesucht. Eine beherzte Mönchskommission machte sich auf zu den Rebellen; sie sah in den Bauernlagern solchen Jammer, daß sie, ehe sie Maximilians Mandat verlesen hatte, abzog; die Mönche verschluckten vor diesen Männern, die sich vor Schwäche kaum auf den Beinen hielten, vor diesen hohlbäckigen, den Gräbern, an die man sie führte, die zornige Warnung, ließen sich gramvoll durch die leeren Dörfer zurückführen.

Generalwachtmeister Lindelo in Wasserburg erhielt den Auftrag, seinen Platz zu halten. Spanisches Fußvolk aus Ferias Heer kommandierte Oberst Billehn, Artillerie kam aus München, Fürstenberg führte seine Reiter heran. Bei Ebersberg machten sie zweihundert Bauern still. Als das Dröhnen der Kirchenglocken nicht aufhörte, schoß Artillerie die Dörfer in Trümmer. Die ortskundigen Söldner machten Zeichnungen der Landschaft, man konnte ohne Lärm große Massen der Bauern umzingeln, mit Feldstücken und einigen Schlangen umlegen. Versprengte von Kronbergs Reiterei suchten Rache; den Rädelsführer Michael Mauerberger faßten sie, er wurde ihnen vom Oberst Billehn entrissen, und da er gestand, am Rosenheimer Famosschreiben beteiligt zu sein, sogleich enthauptet, gevierteilt. Die zerhackten Stücke stellte man aus, auch gegen die oberösterreichische Grenze, wo das Branden eben begann.

In die wandernden Scharen der Landesflüchtigen, in die Verödung der Landschaften geriet Ferdinand hinein. Er war dem Bandenführer entwichen, der ihn zehn Tage gefesselt hatte, um ihn an den Wiener Hof gegen ein Lösegeld wieder auszuliefern. Er strudelte mit den Bettelnden Hungernden Plündernden. Ferdinand, längst schmierig wie sie, aß Fleisch von gefallenen Pferden wie sie, lief vor hetzenden Hofhunden; Kaspar Weinbuch, der vertriebene Müller aus Bamsham, mit ihm. Sie hielten sich keine zwei Tage an einem Ort auf; der Boden war lebendig, er hob sich auf, stieß sie von sich. Ferdinand dünn geworden, sein Gesicht knochenmager, überzogen von einer schlaffen faltigen schmutzüberkrusteten Haut; er ging

krummer, rascher als sonst, sein hellblauer Blick bestimmt und sehr lebhaft. Redete und fuchtelte nach rechts und links: «Kein Erbarmen! Kein Erbarmen! Gebt nicht nach. Es sind Teufel in der Welt; wenn ihr sie nicht bezwingt, kommt die Sintflut, und was Lebensodem in der Nase hat, wird ausgerottet. Es kann nicht anders geschehen. Der Herr kann sich nicht anders retten.» Seine Parole wie Kaspar Weinbuchs, eines noch jungen einarmigen Menschen, der seine Mühle angesteckt hatte, weil er für die Italiener mahlen sollte: «Gebt nicht nach. Braucht Gewalt! Kein Mitleid! Braucht eure Arme, eure Zähne. Sterbt nicht, sterbt nicht hin. Wo ist eine Rettung für die Menschen, wenn ihr vergeht. Die Mühle, die die nächsten Geschlechter, Kinder und Enkel und Enkelkinder zermahlen soll, steht schon da, unser Blut, unsere Knochen hängen am Mühlrad. Sie muß brennen. Gebt nicht nach. Sterbt nicht! Sterbt nicht!»
Sie plünderten viel, um leben zu bleiben, verteidigten sich, trugen Waffen; Pferde konnten sie nicht halten, da der Hafer ausging. Obwohl sie sich oft in leere Häuser einquartierten, litten sie furchtbar unter der Kälte.
Ferdinand legte sich den Namen Grimmer bei. Die hetzenden harten Reden flossen aus seinem Munde; er wollte nicht sehen, wie sich Verzweifelte in die Städte schlichen, sich satt zu essen und zu wärmen, ob man sie auch totschlüge, oder sich bei den verfluchten Söldnern anwerben zu lassen. Grimmer, kaum an seinem Stock laufend, tröstete und reizte sie: «Fürchtet Gott! Fürchtet ihn! Wisset, daß eine grausige Macht hinter der Welt ist, der wir Verantwortung schulden. Gebt keine Nachsicht. Mordet, mordet! Vergeßt ihn nicht!»
Was manche dieser Horden vor sich trugen, war das Schrecklichste, das die umlaufende Bevölkerung gesehen hatte: Kreuze aus starken Baumästen, mit Stricken zusammengebunden, daran hing ein wirklicher faulender Leichnam, bald ein Mann, bald ein Weib, manchmal ein Weib und an jedem Querast ein baumelndes Kind; den pestilenzialischen Geruch schienen, die das Kreuz trugen, nicht zu merken.
Sie wurden allenthalben zersprengt. Über Fürth irrte Grimmer mit Kaspar Weinbuch.
Es war Frühling geworden, als sie böhmischen Boden betraten. Fließender Regen ohne Ende. Man ängstigte sich vor den hetzenden Gesellen, trieb sie weiter. Eine alte Fischerin, die sie für Stunden aufnahm und beköstigte, warnte sie, zeigte die Kinder ihrer Tochter, drei junge Geschöpfe, die sie bei sich hatte; Vater und Mutter waren bei

einer böhmischen Revolte umgekommen: «Oh, was haben sie von den lieben Kindern. In der Erde, so jung, so jung.» Böhmen hätte gelernt, sei still geworden. Während der bärtige Müller finster lachte, streichelte Grimmer die Hände des alten Weibchens: «Was willst du? Es ist ja alles wahr, was du sagst. Ich möchte es so gern glauben. Es hilft aber nichts.»
Sie betrachtete ihn traurig: «Wie lange wirst du alter Mann noch herumlaufen; wirst ruhig sein wie ich.» «Ach, es hilft nicht, Weibchen, was du sagst. Du willst dich sterben legen. Alle wollen sich sterben legen. Bleibt doch leben, haltet euch steif.» «In der Bibel steht: meine Kraft ist in dem Schwachen mächtig.» «Ihr wollt sterben. Ihr könnt nichts als sterben.»
Der Müller riß ihn, der versunken in der Hütte saß, mit sich fort, brüllte draußen: «Das Volk, Männer und Weiber, ist eins; träge und lahm. Wollt Ihr sie gründlicher studiert haben als wir.»
Vor ihnen scholl das Gerücht: der Friedländer, des Kaisers Feldhauptmann, sei in Eger erschlagen auf kaiserlichen Befehl, seine Freunde, die hohen Offiziere mit ihm. In Mies sollte er begraben sein, auf dem Boden seines ehemaligen Feldmarschalls von Ilow. In dem Ort suchte und suchte Grimmer, er wollte zu ihm auf die bewachte Grabstätte im Franziskanerkloster. Sie hielten sich lange hier auf. Und wie Weinbuch schon unwillig weiterdrängte, knarrten eines Mittags Reisewagen in das Dörfchen von Osten; eine edle noch junge Frau stieg herunter in grauer Kleidung des Leides, um die Stirn die Kreppbinde, vom Ärmel fiel der weiße Trauerstreifen; vier Frauen hinter ihr; Isabella, das Weib des toten Friedländers. Da vermochte Weinbuch den andern nicht von der Stelle zu bringen.
Eine kleine Bande Klopffechter, Sankt Markus- und Lukasbrüder trollte am selben Tage in das Dorf ein, die Kunst des Fechtens mit allen Gewehren zu zeigen; ein jovialer wohlgenährter Zahnbrecher und Steinbrecher war dabei, die beiden herumlungernden düsteren Tröpfe wurden von ihm erblickt, angelockt, zu seinen Schauprozeduren herangeholt; er fütterte sie.
Aus dem dumpfigen Boden wurde der Körper, der ehemals sich mit dem Herzog Albrecht von Friedland, dem Böhmen von Wallenstein, bewegt hatte, geschaufelt: zwischen zwei dünne Kiefernbretter lag er geklemmt. Dorfbevölkerung hatte die Witwe aufgeboten zur Begleitung der Leiche über die Bannmeile; auf zwei Stangen trugen alte Bauern den Sarg, mit einer grauen Decke war er überhängt, damit

man nicht sähe, daß dem zu langen Toten die Unterschenkel zerschlagen und umgebrochen waren.
Armselig hinter den vier Mönchen zwischen den Bittfrauen und Groschenweibern die ganz verhängte Fürstin. Schritt, Schritt.
Von weitem folgte Ferdinand, auf zwei Stöcken, die Kappe in der Hand, weinend, das vibrierende graue Gesicht von dem warmen Wasser gefühllos überlaufen.
Weinbuch schimpfte über das Geplärr. Das Maul breitziehend, ließ ihn der Müller, schlug sich zu den andern, die auf Kosten der Fürstin den Tod im Wirtshaus versoffen mit Bier und Rosmarinwein. Auf einen Leiterwagen lud man an der Wegkreuzung den Herzog; die Witwe fuhr hinterdrein, auf Gitschin zu, in die Kartause Walditz.
Grimmer, dem ein stoppliger Backen- und Kinnbart gewachsen war, war von dem Tag an von einer sonderbaren Einsilbigkeit; sein Gesicht war unbeweglich. Er stand, als ein kläglicher kleiner Zug Flüchtlinge vor ihnen vorbeizog und der Müller die Arme ausstreckte und zu reden anfing, stumm und wartend abseits. Der Müller jauchzte die alten lockenden wilden Worte: «Nicht nachgeben! Beile genommen! Schlagt aus nach rechts, schlagt aus nach links! Gehämmert in die Mauern!» Die Flüchtlinge reckten die Arme wie er.
«Was stehst du da?» fuhr ihn der Müller an, wie sie gingen, gefährlich. Still und ohne Klage sagte der andere: «Ich kann's nicht. Ich bring' es nicht heraus.» «Was bringst du nicht heraus.» «Ich kann nicht fluchen.» «Was bist du für einer. Du bist selbst angefressen. Legst dich selbst zum Sterben.» Es war mit Grimmer nichts anzufangen.
Ferdinand hatte sich, als er unter die flutenden Menschenmassen geriet, überwältigen lassen. War dem Jammer, der ihm begegnete, unterlegen. In Graus und Reue hatte er geschrien: «Beile genommen! Beile! Nicht nachgeben!» Das schlief schmerzlich vor Wallensteins kläglichem Holzsarg ein.
Und nun kam die Dunkelheit über ihn. Er wußte nicht, was wurde, aber er wartete. Ein großes Bedürfnis nach Schlaf hatte er. Es wäre möglich gewesen, daß er ohne Widerstand hinstarb. Und dann regte sich eine Bewegung in ihm. Er seufzte, und die Erinnerung trat in ihm auf: «Gebt Raum, gebt Raum.» Sanftheit und Stille, worin er Platz nehmen wollte. Der Balken, an dem er sich entlang tastete. Oft blickte etwas in ihm auf Wallensteins Sarg. Er fühlte sich bewogen, viel hinter dem Sarg herzugehen, Hände zu drücken, die gebrochenen Beine auf Watte zu schienen.

Die Fechtbrüder und der Zahnbrecher hatten Gefallen an ihm, nahmen ihn und den Müller auf ihrem Wagen mit; er sollte für sie ausrufen. Sie gerieten in Streit mit dem Müller, als der sich daran machte, in ihrer Weise sie zu erregen. Als Weinbuch in seinem Zorn ihnen einmal zwei gute Degen mit einem Stein zerbrach, prügelten sie ihn. Der Müller entwischte; den andern, der mit ihm wollte, ließen sie nicht fort. In die Zone der Heere reiste die Bande, um besseren Gewinn zu finden. Als die ersten Kompagnien in der Gegend von Joachimstal an ihnen passierten, bettelte Grimmer, sie möchten ihm das schenken, den Anblick der Söldner, er wolle fort von hier. Jubelnd kam einmal der dicke Quacksalber an: er habe den andern mit dem braunen Bart, den Kaspar, den Müller, gesehen. Wo, wolle er nicht sagen: hoch in der Luft, an einem Soldatengalgen hänge er; hätte wohl das Maul sehr voll genommen. Grimmer flammte: «Führt mich hinein. Führt mich hin. Ich will ihnen alles sagen. Er ist einen guten Tod gestorben.» Und er schrie über Weinbuch und weinte: «Laßt mich fort! Helft mir doch.» Sie lachten: «Gewalt! Gewalt! Lauf mit deinen Krücken. Wir werden einen Hund gegen dich jagen, daß er dich umrennt.» Er hob die Hände und zitterte: «Ihr könnt nichts für eure Wildheit.»
In einem Birkenwald, der eben grünte, lag an dem Platze, wo sie ihr Lager aufschlagen wollten, ein brauner Frauenschuh, und nicht weit kam ein ganz feines Winseln zwischen den Stämmen her. Sie gingen dem Winseln nach. Da lag entblößt und zerhackt ein zusammengebogener Frauenkörper und auf der Erde hinter seinem Rücken streckte ein verpacktes kleines Kind die weißen Beinchen in die Luft, schlug mit den blauen Händchen, winselte. Mit einem markerschütternden Geheul, als hätte er die Sinne verloren, warf sich Grimmer an die Erde, kroch auf den Knien vor die Frau, deren eisiges Gesicht er bestrich. Sie rissen ihn von der Zerhackten los; er ließ den Stock liegen, tastete nach dem Kind, hielt es fest. Sie vermochten nicht, es ihm aus dem Mantel herauszuziehen; er warf sich, als sie damit begannen, auf das Gesicht und deckte das Kind. Sie bewogen ihn dann, aufzustehen; das Wesen schrie in seinem Mantel; er stand wie ein Bock; sie mußten ihm das Geschöpf lassen; grausig brüllte er, er gäbe es nicht ab.
Die Bande stahl Frauen und erpreßte mit ihnen Geld, verkaufte unerlaubte Hartmacherbriefe. Sie ließen den Grimmer mit seinem Kind nicht los, weil er schon zuviel von ihnen wußte. Er besänftigte

sich, folgte, war gut zu ihnen. Aber es war etwas Gespanntes in ihm, wovor sie Furcht hatten. Das Kindchen gab er einer Nonne ab. Er bohrte, bohrte, sie sollten ihn laufen lassen. Welches Recht sie hätten, ihn zu halten. Er drohte; sie lachten. Verzweifelt saß er stundenlang in einer Wagenecke, rang die Hände. Sie ließen ihn im Stroh gackern. In ein rasendes Gezänk ließ er sich mit ihnen ein; da er ihnen rachsüchtig schien, nahmen sie ihn nicht mehr auf die Märkte, in die Dörfer hinein mit; sie wollten ihn schon kirre kriegen. Er hatte in dieser Zeit die Aufgabe, mit einigen Roßbuben auf die Wagen zu achten. Als die Buben berichteten, daß der Grimmer, statt sich um die Wagen zu kümmern, mit vorbeiziehenden Wallonen lange heimliche Gespräche führte, daß auch einzelne Wallonen sich schon mehrfach in der Nähe des Quartiers hätten sehen lassen, beschlossen sie, sich seiner zu entledigen; sie waren der Meinung, daß Grimmer an Flucht oder Verrat dachte.

Sie kamen bei Kaaden vorbei, wo ihnen das Kind eines Ratsherrn in die Hände fiel. Die aus der Stadt aber hatten einige Reiter, die sich hinter ihnen hermachten. In ihrer Angst ließen sie das Kind auf der Landstraße zurück. Als sich die Reiter damit noch nicht zufriedengaben und nach ihnen suchten, spannten sie die Pferde von den Wagen, ritten davon mit allem, was sie schleppen konnten; den Grimmer ließen sie bei den Wagen. Er wurde von den Reitern gefaßt, nach Kaaden gebracht und in der Stadtmauer eingesperrt. Die Büttel, von den Angehörigen des Kindes noch bestochen, ließen ihre Wut an ihm aus.

Ferdinand aber schien, seit er die Quälereien von der Fechterbande erfahren hatte, ein vollkommener Narr geworden zu sein. Er war von einer flutenden, stoßweise ihn durchrollenden Erregung heimgesucht. Wie ihn die Räuber auf die Straße warfen und er gefangengenommen wurde, war er, als wäre er alle Sorgen losgeworden. Er hatte schon die Wallonen im Wald nicht, wie die Buben erzählten, aufgefordert, ihn zu befreien, sondern nur von sich erzählt. Er sei in einem hohen Amt gewesen, hätte es aufgegeben. Denn das Regieren hätte wenig Zweck. Es läuft alles von selbst. Es ist auch alles gut, hätte er erkannt; man müsse nur wissen wie. Man könne mit ihm tun, was man wolle, man täte ihm nicht weh. Er forderte die Wallonen geradezu auf, ihm doch Hiebe zu versetzen, sie täten ihm Gutes damit an. Als ihm einer dann einen Faustschlag gegen die Schulter gab, sank er in das Gras, wand sich vor Schmerz, aber lächelte verzerrt: es mache nichts, es täte ihm wohl; sie ließen ihn blaß, halb ohnmächtig sitzen. Im Stadtkerker wurde er mißhandelt, daß er meist seine Besinnung verlor. Sobald er aber frei war, erzählte er wieder, er sei der Kaiser Ferdinand, der Römische Kaiser, es ginge ihm jetzt besser. Wie gegen einen Klotz verfuhr man mit ihm; um ihm Geständnisse zu erpressen, brannte man ihn an Stirn und Arm und streute Salz in die Wunden. Er gab zu, was er von der Bande wußte, sich selbst beschuldigte er nicht. In dem Keller stand er bei jeder Vernehmung vor dem Richter und dem Henker, der gebückte graue Mann, bejammerte Richter und Henker, beschwor sie, an sich zu denken und nicht an das Gesetz und den Kaiser; er sei Kaiser gewesen, er spräche sie frei von der Verpflichtung; Mehrer des Reiches möchte er sein, und darum möchten sie davon ablassen, ihn zu quälen: es helfe ihnen nichts.

Er rief sie an: «Ihr müßt euch freuen. Es ist Mai oder Juni. Es ist eine schöne Zeit. Macht nicht so finstere Mienen. Euer Handwerk verdirbt euch, es macht euch die Brust eng. Würde doch kein Tier so finster und trübe leben wollen wie ihr. Lacht. Wenn man lacht, begrüßt man die anderen Wesen.» Sogar nach einer peinlichen Prozedur des Streckens bat er matt: «Ihr müßt nicht so strenge Mienen machen. Es ist ja alles in der Welt so schön. An mir müßt ihr keinen Anstoß nehmen. Ich bin kein Schelm; meinetwegen braucht ihr euch nicht zu erbittern. Und auch mit den andern könntet ihr fröhlicher fertig werden. Fröhlich, fröhlich. Ich bin es auch und möchte darum leben.» Er glitt an seiner Stange entlang.

Sie lachten aber nicht. Und ganz finster wurden sie erst, als der Henker eines Morgens Grimmers Zelle leer fand.

Die Klopffechterhorde hatte von seiner Einkerkerung gehört; sie bereute es nicht gerade, ihn überliefert zu haben, aber sie wollten dem Ratsherrn einen Possen spielen, nachdem sie um den Prellohn gekommen waren. Sie überwältigten, da sie starke Menschen waren, eines Nachts die Posten der Stadtwache vor dem Kerker, nachdem sie unbemerkt über die Mauer gestiegen waren. Grimmer, vom Fackellicht aufgeschreckt, blinzelte sie aus dem Stroh an; sein Gesicht tieftraurig, er erkannte sie nicht. Dann, als sie ihn anhoben und mit einem Mantel bedeckten, begrüßte und streichelte er sie flüsternd. Sie schleppten ihn mühselig über die Mauer, Ferdinand verbiß jeden Schmerz. Während sie selbst vor Übermut kicherten, mußten sie seinen Jubel dämpfen. Der dicke Steinschneider, der sein Pferd führte, fragte ihn, als sie davon durch den sausenden Wald ritten, ob er nicht einen Priester haben wollte. Ferdinand lachte: «Noch nicht. An meinen Heiland glaube ich. Aber wenn ich Sünden bekennen sollte, ich wüßte nicht, welche ich bekennen sollte.» «Du bist schlecht», warnte der andere. «Nein, verzeih mir. Es hat sich mir alles verwischt. Weißt du, wo ist Sünde und Tugend?»

Nach vierstündigem Ritt lagerten sie in einer Hütte, wo die anderen Gesellen schon warteten, blieben dort ungestört einige Tage. Ferdinand lobte sie für die Wohltat an ihm. Sie ließen ihn viel allein.

Als man zu dem tief gelbsüchtigen fiebernden Ferdinand, dessen Körper aus vielen Wunden eiterte, einen Barfüßermönch schickte, weinte er heftig, gestand: «Die Sünde, ja, das ist es.»

«Nun siehst du.»

«Ich kenne sie, ich weiß, was Sünde ist.»

«Siehst du.»

«Nur, ich kann sie nicht fühlen. Mir ist alles verwischt. Wer hat mir das angetan?»

«Du bist krank, du frierst, du schüttelst dich im Frost.»

Aber Ferdinand blickte ihn ruhiger aus seinen hellen Augen an: «Ich bin verzaubert. Ich kann nichts als mich freuen.»

Der Barfüßer sprach Gebete, segnete ihn, ging davon.

Ferdinand überwand das Fieber. Sehnsüchtig, wenn die Horde fortgerasselt war, kroch er zur Tür hinaus auf allen vieren in den grünen Wald. Es war sonnig. Er suchte sich zu heilen.

Der Wald, der Grund eines weiten Meeres, Tag und Nacht durchwogt und aufgewühlt. Die jungen und alten Bäume hielten sich mit Wurzeln an der Erde fest; Geäst und Blattwerk, hungrig hochgeworfen, wurden am Schopf gefaßt, nach unten gebogen, seitlich geschnellt, im Kreis geführt. Vielfarbige Blumen wuchsen im versteckten Gras. Ferdinand zog sich an dünnen Stämmen hoch, fühlte seine Knie; die Luft blies in seinen geöffneten Mund, der Atem ging leise aus seiner matten Brust; er rutschte wie ein weicher Wurm ab auf das Moos. Er pendelte und schwankte getrieben wie ein Ertrunkener in der Luft. Wie dunkle Zauberworte klang manchmal in ihm auf: das Reich, der Krieg, der Thron. Auf Minuten breitete er stöhnend die Arme aus: «Ich bete nicht, Maria muß mir helfen, sie wird mir verzeihen.» Unversehens, wie er lag, hatte ihn das pelzige Moos.

Kopf beugend und mit Ungeduld ging und stand er, bis sich die Horde verlaufen hatte, um sich zwischen den stummen Bäumen wieder einzufinden.

Auf einem Baum erwartete ihn ein sonderbares Wesen. Es saß zwischen starken Ästen, streckte den kleinen braunschwarzen Kopf zwischen Blätterhaufen hervor. Ein verwahrloster junger Mensch, stark am ganzen Körper behaart. Er ließ die Äste zusammenschnellen, sah wieder herunter. Über Schulter und Bauch hatte er sich einen fellartigen Lumpen gebunden; er stieß und hangelte mit den affenartigen mageren Beinen. Der Kobold, die schwarze knochige Brust nach einiger Zeit herunterbeugend, krächzte etwas Wortähnliches, lief vorsichtig, wie er Ferdinand kriechen und liegen sah, auf den Ästen um ihn herum, dann am Boden. Ferdinand winkte ihm. Er floh.
Von Tag zu Tag kam er dichter. Einmal schwang er sich zu dem Kranken, griff schnell nach seinem Brot, aß im Fortlaufen. Er beobachtete Ferdinand aus fliegenden grauen Augäpfeln, die rastlos in ihren flachen Höhlen spielten, ohne daß sich die kleinen Lider bewegten. Schließlich betastete und beschnüffelte er den sitzenden Mann, der ihm öfter die Hand hinstreckte. Er wich ihr aber zuckend aus, zuletzt nahm er sie bei den Fingern, besah sie dicht, drehte und hob sie, beschnüffelte sie, ließ sie los. Saß da, um plötzlich auf ein Geräusch einen Baum anzuspringen und zu verschwinden.
Einmal, wie Ferdinand die Tür der Hütte aufließ, schlich das Geschöpf hinein, kam rasch mit einem großen Stück Fleisch heraus, das er auf einem Baum verschlang. Wie er wieder neugierig Ferdinand beobachtete, der sich an seinem Stock hochschob und einige Schritt schleifte, stellte er sich neben ihn, stützte ihn geschickt von hinten, indem er ihm unter den Arm griff; dabei kicherte er mit demselben Krächzen, mit dem er sprach.
Ferdinand verstand rasch seine kindlichen Bezeichnungen. Einmal morgens – Ferdinand hatte ihm wegen seines stechenden Geruchs verwiesen, in die Hütte zu gehen – erwartete ihn das Geschöpf listig lauernd schon draußen. Es winkte, lachte, gab zu verstehen, daß es etwas Schönes wüßte. Und dann stützte es Ferdinand unter einem Arm, zuletzt trug das kleine Geschöpf keuchend den andern eine Strecke bergigen Bodens auf dem Rücken. Von einer nahen Anhöhe zwischen Gesträuch sahen sie herunter. Da war ein Fluß und an ihm ein weites buntes klingendes Badehaus. Schwimmende Tische; auf den Galerien gingen Damen mit geschlitzten Mänteln. Von oben warfen sie Blumen herunter, die unten spannten ihnen Laken entgegen. Die lustigen Fräulein streckten die Hände nach der Galerie um

Geschenke aus, sie tanzten im Bad, das Gewand schwamm obenauf. Flöten und Lauten spielten. Bälle mit Glöckchenbehang flogen über dem Wasser. Der Waldmensch kreischte leise, knirschte mit den Zähnen, hatte funkelnde Augen, leckte sich einen hochspritzenden Tropfen wonnig vom Mund. Er hüpfte mit Ferdinand vorsichtig zurück.
Ferdinand liebte das wilde Geschöpf außerordentlich. Er wunderte sich selbst. Überaus stark griff ihn die Neigung, dieses sonderbare Verlangen zu dem Tierwesen an. Er war in vieler schmerzhafter Spannung, gesundete mehr; sein Gesicht und Hände häuteten in der Sommerluft. Die Bande ließ sich oft tagelang nicht sehen, er mußte mit Brot und Fleisch haushalten. Da war der Waldmensch weg. Zwei Tage stellte er sich nicht ein. Es fehlte nicht viel, daß Ferdinand, leicht erschöpflich wie er war, ihm nachging. Bis er eines Mittags allein in der Hütte liegend von dünnen Rufen, dann einem knackenden Geräusch und nahem Scharren überrascht wurde.
Vor einem Gestrüpp das braunschwarze Geschöpf. Es bückte sich über etwas Weißem. Winkte krächzend lachend schnarrend Ferdinand mit Händen und Blicken zu. Das Weiße hob sich. Es war ein junges rothaariges Fräulein, nur leicht gekleidet. Er mußte sie aus dem Bad gestohlen haben. Das nicht schöne pockennarbige Mädchen streckte aus seinem tödlich blassen Schrecken, immer wieder ohnmächtig, Ferdinand die Arme entgegen. Der aber sah sie kaum an. Der Waldmensch fletschte die Zähne, schleppte sie rückwärts, knurrend fauchend und brünstig kreischend ins Gebüsch, nach Ferdinand, der herausgetreten war, sich umschauend, hob ihr die Tücher ab, verging sich glucksend und schlagend an ihr.
Ferdinand hatte mit hellen überweiten verglasten Augen in der Nähe gestanden. Das Waldtier winkte ihn hervortauchend, kochenden Leibes, zu dem Fräulein heran, fiel ihm grunzend und speichelnd um die Brust. Es hauchte ihn hitzig an. Die wand sich im Gras, wollte weglaufen. Ferdinand zitterten unten die Knie. Er konnte sich von diesem betäubenden Atem nicht losmachen. Er drückte halb willkürlos den Waldmenschen an sich. Schaurig, fast unerträglich strömte es über ihn bei der Berührung der zottigen Haut und bei dem starken schweißgemischten Dunst. Er kannte kein Erbarmen mit dem Fräulein unter der Aufpeitschung seines Innern. Er vermochte, wie es durch ihn raste, die Arme fest um den Kobold zu schließen, verzehrt von Angst und Hingenommenheit. Das Mädchen war fort.

Das heiße Geschöpf lachte ihn an, schüttelte sich losgelassen, knurrte, schnarrte, wie es das Fräulein nicht sah, schwang sich davon.
Ferdinand saß mit flimmernden Augen in der dunklen Hütte, blinzelte. Sah sich um, wußte nicht, wo er war. «Ich muß fort», war ihm bewußt. Als er zwei Stunden geschlafen hatte, war er schweißgebadet. Sein Kopf floß. Durch seinen Traum hatte sich das Schaurige Betäubende gewaltig und fessellos geschwungen.
Am nächsten Morgen kam die Bande. Den Abend zuvor hatte er noch mit Ästen nach dem Waldmenschen geworfen, wie der sich ihm grinsend nähern wollte, hatte die Tür vor ihm zugeklemmt.
Aber wie sie über Hügel und Felder fuhren, wurde er wieder eine Beute der Betäubung. Klee Heckenrosen Lupinen zogen vorbei. Und so blieb es tagelang in der Ruine, in deren Kellern sie sich versteckten und Ferdinand, der leidlich gehen konnte, als Wächter beließen für die gestohlenen Pferde Rüstungen Säcke, während sie draußen ihr Handwerk trieben. Hier entschlüpfte Ferdinand, völlig modelliert von dem Erlebnis. Etwas Geheimnisvolles lag über ihm. Im Schnappsack trug er Brot Käse und Rauchfleisch mit sich. Grau und sehnig war er, das Gesicht noch gelb. Er machte einen beunruhigenden Eindruck auf die Leute, die ihn beköstigten und schlafen ließen. Wich ihnen aus.
Ihn trieb es, wie er auch widerstrebte und sich wand, nach dem Wald und der Gegend des Koboldes. Er grollte und lobte sich in einem Gedanken, daß er ihm ausgewichen war. Wie er eine Baumrinde berührte, fühlte er, wohin er gehörte; er bekam die Hand, als friere sie fest, kaum los von dem Stamm.
Er näherte sich nach Tagen erregt dem Ort. Von Schreck durchzuckt, fand er die Hütte. Das niedrige Holzgestell, die groben braunen Latten. Es benahm ihm den Atem. Einen Augenblick stand sein Herz still. Er ließ sich nieder. War tief beglückt. Den ganzen Tag wartete er, schlief im Freien ein. Und noch einen Tag. Er ging und bewegte sich wie in einem festen Schlaf. Wie er im Morgengrauen aufwachte unter Gezwitscher, saß der braunzottige Kobold neben ihm, betrachtete ihn von der Seite, lachte ihn an. Ferdinand aufwallend blieb ernst, berührte ihn bittend. Der wies ihm den Buckel, schien ihn schleppen zu wollen. Ferdinand legte die Hände an das Wesen, genoß, im Innersten durchrieselt, die Berührung. Der quietschte, kratzte sich, gab wegkriechend Zeichen auf die Hütte, schnarrte, lallte. Die Hüttentür war offen. Der Mann ging, sich duckend, hinein. Eine Bande mußte

erst jüngst dagewesen sein; es lag Brot und Schinken unter dem Tisch, auf den Bänken; sie waren übereilt abgezogen.
Ferdinand setzte sich hin, sah atmend dem Kobold zu, der alles durcheinanderwarf, zuletzt mit einem Stück Brot davonrannte. Sommerliches Rauschen im Wald, die Sonnenlichter spielten.
Der Waldmensch öffnete gegen Abend, wie es glührot geworden war, die Tür. Ferdinand lag gestreckt auf der Bank. Das Geschöpf klopfte mit dem Finger gegen die nackten Fußsohlen des Mannes. Der richtete sich auf.
Ein breites flaches Messer lag unter dem Tisch neben der Bank. Das Geschöpf stieß mit den Zehen daran. Im Moment bückte es sich, faßte mit einem langen behaarten Arm herunter. Seine Augen glitzerten.
Rittlings schwang er sich vor den Mann auf die Bank, drückte sich fest an den erschauernden freudvoll Blickenden und senkte blitzschnell das Messer von hinten in seinen Rücken. Mehrmals. Sie hielten sich Auge in Auge. Ein leichtes Staunen kam in Ferdinands Ausdruck. Er erzitterte bis in die Fußspitzen, legte sich seitlich um.
Das Geschöpf rutschte von der Bank, blickte das Messer an, sauste damit hinaus, gab Stöße in den Grasboden, schleuderte das Messer von sich gegen die Hütte.
Nach zwei Tagen schlich es herein, aß. Faßte den Körper, der unter dem Tisch lag, an beiden Füßen, spannte sich wie ein Pferd vor, lief mit ihm hinaus, zerrte ihn über das Gras. Der Kobold war so stark, daß er den mageren Körper im Kreis um sich schwingen konnte. Er schnalzte kicherte freute sich daran.
Lief mit ihm über Gebüsch Äste. Es war Regenwetter. Die Tropfen klatschten. Ferdinand lag auf zwei sehr hohen Ästen. Das dünne kühle Wasser floß über die hellen Augen. Der Kobold hatte kleine Zweige zu sich heruntergezogen, er saß vom Laub gedeckt. Schaukelte den Körper auf den großen Ästen, knurrend stirnrunzelnd.

UNTER DIE aufmarschierenden Heere der Kaiserlichen Sachsen Schweden Bayern gerieten von allen Seiten die losgelösten verzweifelten Volksteile. Viele gingen zu den Truppen über, von Lohn und Nahrung verlockt. Was ihnen störend in den Weg kam, zerklatschten die Heere.

Die Söldnermassen selbst brachen gegeneinander los, schlugen sich nieder, verfolgten sich, metzelten sich von neuem, Kaiserliche Sachsen Schweden Bayern. Im Westen hatten sich die Welschen gesammelt. Sie warteten in frischer Kraft auf ihr Signal, um sich hineinzuwerfen.

NACHWORT
DES HERAUSGEBERS

Mitten im ersten Weltkrieg, als Militärarzt an Lazaretten in Lothringen und im Elsaß, begann Döblin dieses Epos des Dreißigjährigen Krieges zu schreiben. Es schwebte ihm dabei kein antimilitaristisches Tendenzwerk vor, wie sie damals in manchen Ländern zu entstehen begannen, er war vom christlich-pazifistischen Geist seiner späteren Trilogie ,November 1918' noch sehr weit entfernt. Wie in den ,Drei Sprüngen des Wang-lun' zog er sich innerlich in eine ferne Vergangenheit zurück, um zu den Dingen der Gegenwart Distanz zu gewinnen. So artistisch dachte und handelte er damals noch. Der Geschützdonner von Verdun regte ihn an, im dämonischen Schrecknis des Krieges das wahre Antlitz der Menschheit, der Welt zu zeichnen. Auch der Dreißigjährige Krieg interessierte ihn nur als Material für das ästhetische Experiment, das mit diesem Plan verbunden war.

Der Sinn dieses Experiments geht aus dem Aufsatz ,An Romanautoren und ihre Kritiker' hervor, den er im Frühjahr 1913, wohl unmittelbar nach Vollendung des ,Wang-lun', verfaßte und mit dem selbstbewußten Untertitel ,Berliner Programm' in Herwarth Waldens Zeitschrift ,Der Sturm', an der er von Anfang an mitarbeitete, erscheinen ließ[1]. Er zieht darin die Summe aus seiner Auseinandersetzung mit den Thesen Marinettis, in die er sich anläßlich der Berliner Futuristen-Ausstellung von 1912 eingelassen hatte, und umschreibt seinen eigenen künstlerischen Standpunkt, der ihm während der Arbeit am ,Wang-lun' klar geworden war und von dem aus der ,Wallenstein' entworfen wurde. Marinettis fanatische Forderung, daß die Kunst viel direkter als bisher zum Ausdruck des gelebten Lebens werden und sich deshalb auf die neue Realität der modernen Technik umstellen müsse, wird von Döblin bejaht. Auch er lehnt die hergebrachte Dichterei in schärfster Form ab. «Ich behaupte, jeder gute Spekulant, Bankier, Soldat ist ein besserer Dichter als die Mehrzahl heutiger Autoren.» Er wirft Marinetti aber vor, daß er das wirkliche Leben mit der Technik verwechsle, und bekennt sich zu einer Wirklichkeit, die das Leben in seiner ganzen elementaren Gewalt und auch in seinen geistigen, unsichtbaren und irrationalen Äußerungen umfaßt. Mit dieser ungeheuren, rätselhaften Wirklichkeit habe der Dichter ohne eigene Parteinahme den Leser zu konfrontieren. Der Gegenstand des Romans sei die «entseelte Realität», deren überwältigender Fülle man mit der «bäurischen Vertraulichkeit» des alten Erzählens nicht beikomme. Sie verlange einen «Kinostil», der sie in äußerster Gedrängtheit und Präzision wiedergebe, mit einem Minimum an Worten ein Maximum an Sachen, im [futuristischen] Simul-

[1] Wieder abgedruckt in Döblins ,Aufsätzen zur Literatur', S. 15f. [Walter-Verlag, 1963]. Ebenda, S. 9f., der ,Offene Brief an F. T. Marinetti'.

tanstil reich befrachteter Perioden, «die das Nebeneinander des Komplexen wie das Hintereinander rasch zusammenzufassen erlauben». «Rapide Abläufe, Durcheinander in bloßen Stichworten; wie überhaupt an allen Stellen die höchste Exaktheit in suggestiven Wendungen zu erreichen gesucht werden muß.» Das Ganze dürfe nicht geschrieben, sondern müsse «wie vorhanden» wirken. Vermeiden jedes Schmucks, alles bloß sprachlich Schönen. Der Autor müsse völlig hinter der von ihm gezeigten Wirklichkeit verschwinden, den «Fanatismus der Selbstverleugnung» zum äußersten, zum «steinernen Stil» des hohen «Naturalismus» treiben, der einer nicht sentimental oder rationalistisch vereinfachten Welt entspreche. «Los vom Menschen! Mut zur kinetischen Phantasie und zum Erkennen der unglaublichen realen Konturen! Tatsachenphantasie! Der Roman muß seine Wiedergeburt erleben als Kunstwerk und modernes Epos.»
Es entspricht dieser Definition des Naturalismus, daß sich Döblin für den Plan des ‚Wallenstein' nicht auf seine Erlebnisse im ersten Weltkrieg, sondern auf einen Moment visionärer Entrückung berief, den er anfangs 1916 im Bad Kissingen erlebte, als er sich dort zur Erholung von einer gesundheitlichen Störung aufhielt. Er schrieb darüber einige Jahre später: «Man fragt: wen kümmert der Dreißigjährige Krieg? Ganz meine Meinung. Ich habe mich bisher auch nicht um ihn gekümmert. Ich erinnere mich dunkel aus der Schulzeit, vom Dreißigjährigen Krieg gehört zu haben, es war einige Zeit nach Luther, genaueres habe ich nicht behalten; es soll mit dem Westfälischen Frieden geendigt haben; eine trostlos öde Sache mit vielen Schlachten, vielen Gegnern: ich wußte niemals, welche Gegner immer an einer Schlacht beteiligt waren. Im Jahre 1916 aber kam mir, als ich in Kissingen war, plötzlich angesichts einer Zeitungsnotiz – ich glaube der Anzeige eines Gustav-Adolf-Festspiels – das Bild: Gustav Adolf mit zahllosen Schiffen von Schweden über die Ostsee setzend. Es wogte um mich, über das große grasgrüne Wasser kamen Schiffe; durch die Bäume sah ich sie aus Glas fahren, die Luft war Wasser. Dies bezwingende, völlig zusammenhanglose Bild verließ mich nicht. Es nötigte mich, trotz meiner Abneigung gegen das Wirrsal dieser Zeit, einige historische Bücher der Periode zu lesen. Nein, wieder nicht zu lesen, und dies ist das Wesentliche, vielmehr festzustellen, was ich eigentlich von ihnen wollte und warum mich diese Vorstellung, diese blendende Vision von meerüberfahrenden Koggen und Korvetten, nicht verließ. Ich wollte dieses Wogen, das um mich ging, dieses unablässige Fahren, Sprache werden lassen; Gestalten drängten heraus.»[1] Vom Dreißigjährigen Krieg als solchem habe

[1] Aufsätze zur Literatur, S. 339f.

er keine Kenntnis genommen. Die Bücher über ihn seien nicht sein Stoff gewesen, nur die Geburtszange zur Entbindung von jener Vision.
Das Gesicht von der schwedischen Flotte schlug sich in der Eröffnung des fünften Buches – ‚Schweden' – nieder. Man sieht ihm nicht mehr an, welche Rolle es ursprünglich spielte, weil sich sein halluzinatorischer Charakter auf das ganze Werk übertrug. In innerliche Bilder versunken, ganz passiv und fatalistisch tastete sich der Militärarzt Döblin in die chaotischen Wirren des großen Krieges zurück, in dem sich Europa dreihundert Jahre zuvor zerfleischt hatte. Ohne jede Parteinahme, als unmenschlich kalter Betrachter stellte er die feindlichen Welten dar, die sich in jenem sogenannten Glaubenskrieg wie in einem vorzeitlichen Drachenkampf ineinander verbissen hatten. Der Bruch mit dem bürgerlichen Roman wurde von ihm nun so rücksichtslos vollzogen, daß der ‚Wang-lun' daneben als romantisch-seelenvolles Märchenbuch erscheint. Erst der ‚Wallenstein' ist ein streng futuristischer Roman im Sinn seines ‚Berliner Programms'. Berge historischen Materials sind vor dem Leser ausgeschüttet, zahllose historische Szenen und Figuren exakt beschrieben, diplomatische Gespräche und Intrigen, prunkvolle höfische Auftritte und gewaltige militärische Aktionen geschildert, das Alltagsleben eines farbigen Jahrhunderts in intimen Einzelheiten beleuchtet und die Hintergründe seines religiösen, philosophischen, künstlerischen Treibens aufgerissen. Mit einer ‚Tatsachenphantasie', der keine Grenzen gesetzt scheinen, läßt Döblin das Panorama dieses dämonisch aufgewühlten Zeitalters aufsteigen. Bankette, Gebete, Ketzeraufstände, Hinrichtungen, Träume, Teufelserscheinungen, Schlachten, verschwiegene Zwiegespräche und grauenhafte Massaker, Liebesgeflüster, blutige Greuel und religiöse Massenhysterien lösen sich in flimmernder, flutender Folge ab.
Der ‚Wallenstein' ist also kein historischer Roman der hergebrachten Art, noch weniger ein Epos im Sinn einer naiven Weltfrömmigkeit. Der geschichtliche Stoff ist darin derart gehäuft, daß der Eindruck der Absurdität entsteht. In Döblins Augen ist die Geschichte kein vernünftiger Prozeß, sondern ein ozeanisches Geschehen, das wie das Naturgeschehen den Horizont des Menschen übersteigt und kaum vorgestellt, geschweige denn erklärt werden kann. Der Lärm der früheren Jahrhunderte, die Verbrechen der Mächtigen, die Leiden der von ihnen Mißhandelten und Zertretenen – dieser ganze Augiasstall der Zeit, den man Geschichte nennt, wird von ihm in den Ereignissen von der Vertreibung des Winterkönigs aus Böhmen bis zur Ermordung Wallensteins und zum Tod Kaiser Ferdinands heraufbeschworen. Die Hauptakteure des schmutzigen Spiels treten plastisch heraus, verschwinden aber immer wieder

in den trüben Fluten, und was sie tun und denken, bleibt nicht nur dem Leser, sondern ihnen selbst und ihren Gegenspielern vielfach undurchsichtig. Besonders die ersten Bücher erzeugen einen chaotischen Eindruck, weil Döblin vor allem am fremdartigen Geruch des Barockjahrhunderts gelegen ist und er die Begleitumstände der Haupt- und Staatsaktionen grell ausmalt, diese selbst aber oft nur andeutet. Die politischen Ereignisse laufen nebenher und sind streckenweise erstaunlich schlecht erzählt. Oft gibt Döblin von ihnen nur einen unlustigen, banalen Auszug aus seinen Vorlagen, stellenweise bloß katalogartige Aufzählungen, etwa von Truppenkörpern, und auch dort, wo er mit Lokalfarben nachhilft, wirkt seine Darstellung häufig als Leerlauf. Diese Liederlichkeit ist zum Teil bewußte Provokation. Er stellt die Ereignisse verworren dar, weil er nicht an die Geschichte glaubt. Seine stofflichen Orgien sind ein Protest gegen den im Psychologischen und Erotischen verkümmerten spätbürgerlichen Roman, aber auch gegen den abstrakten Begriff der Geschichte, den die zünftigen Historiker kultivieren. Er will beide mit diesem kolossalen Fresko widerlegen, das die epische Schilderungslust zum futuristischen Simultanstil steigert und wie die Bilder Boccionis und Severinis Fetzen und Splitter der Wirklichkeit in Wirbeln dahintreiben läßt, aber zugleich dem futuristischen Dynamismus einen größeren geistigen Tiefgang zu geben versucht.

«Hier ließ ich mich los. Ich planschte in Fakten. Ich war verliebt, begeistert von diesen Akten und Berichten. Am liebsten wollte ich sie roh verwenden», sagt der alte Döblin im ‚Epilog' von 1948 über dieses Kriegsbuch. Im Krieg war ihm die pantheistische Vision vom ‚Tausendfuß Tausendarm Tausendkopf' Welt aufgegangen, von der die Zueignung zu ‚Berge Meere und Giganten' [1924] und die Schrift vom ‚Ich über der Natur' [1927] sprechen. Der ‚Wallenstein' gestaltet diese Vision noch als ein revolutionäres Bild der Geschichte. Sie erscheint als ein Meer von Geschehnissen, in dem die Einzelwesen und -ereignisse als ununterscheidbare Tropfen, die großen Menschen und Taten als vergängliche Schaumkronen schwimmen. Es gibt nur bewegte Massen, die als kollektive Lebewesen mit einer Kollektivseele aus rätselhaften Antrieben handeln. Die riesigen Armeen wie die aus Österreich vertriebenen Protestanten oder die von Panik ergriffenen Bevölkerungen, ja die Schlange der die kaiserliche Tafel bedienenden Pagen sind als solche aus anonymen Individuen zusammengesetzte Wesen gezeichnet. Auch die gekrönten Häupter und die über fürchterliche Kräfte herrschenden Generäle erleben die Stunden, wo ihnen ihre Ohnmacht und Nichtigkeit klar wird. Es ist eine nihilistische, biologisch gerichtete Auffassung der Geschichte, aus der dann der im Schatten Nietzsches geschrie-

bene Aufsatz ‚Der Geist des naturalistischen Zeitalters' [1] *[1924] die letzten Konsequenzen zieht.*
Der ‚Wallenstein' unterscheidet sich vom ‚Wang-lun' durch die bewußtere Mache, die Kälte und Absichtlichkeit des artistischen Experiments. Hinter ihm scheint keine religiöse Sehnsucht mehr zu stehen, kein Traum von Schönheit, keine tragische Schwermut, nur noch der Bauwille eines virtuosen Könners. Aber diese Seelenlosigkeit ist eine Maske. Hinter ihr verbirgt sich der Selbstwiderspruch eines Gläubigen, der biologischen Determinismus und idealistischen Freiheitsglauben, Verneinung und Bejahung der Individualität, Rausch der Fakten und Selbstherrlichkeit der Phantasie miteinander in Einklang zu bringen versucht. Die oft zynische Schärfe des Tons, der hier angeschlagen wird, verdeckt eine innere Unsicherheit Döblins, eine an sich selbst irre gewordene Frömmigkeit, die sich nur noch in aggressiven Verneinungen äußern kann. Schlägt man neben dem ‚Wallenstein' Theodor Lessings 1916 erschienenes Buch ‚Geschichte als Sinngebung des Sinnlosen' auf, so erkennt man, daß Döblins Bild der Geschichte nur scheinbar nihilistisch ist. Ihre Sinnlosigkeit hat bei ihm wie bei Schopenhauer eine mystische Kehrseite.
Im Mai 1915 schrieb er aus Saargemünd an Herwarth Walden, er habe jetzt de Costers ‚Tyll Ulenspiegel' gelesen: «Ein Buch, um das ich den Mann beneide, fabelhaft saftig und lebendig reich; die Mystik stört, aber er kann sich das leisten. Ich habe einen enormen Schwarm für dies fast blindwütige Fabulieren.» Vom Verfasser des ‚Wallenstein' läßt sich umgekehrt sagen: er kann sich den Nihilismus leisten. Der Roman ist als Kunstwerk offenbar vom ‚Tyll Ulenspiegel' [und von Flauberts ‚Salammbô'] beeinflußt, aber auch Döblins Hang zur Mystik kam während der Ausarbeitung, wie im ‚Wang-lun', immer mehr zur Geltung. Seine naturreligiöse Vorstellung von der Einheit des Weltgeschehens wirkte seinem rabiaten Naturalismus gewaltig entgegen und lenkte seine Feder in eine ursprünglich nicht vorausgesehene Richtung, so daß das Buch vom großen Krieg ein Doppelgesicht erhielt. In seinen Massenszenen triumphiert die futuristische Tendenz, der mystische Einschlag tritt vor allem in den kriegerischen Hauptgestalten hervor. Die großen Generäle – Mansfeld, Tilly, Wallenstein, Gustav Adolf – haben in ihrer Entsetzlichkeit einen satanischen, apokalyptischen Zug. Sie sind unheimliche Ausgeburten der Menschenströme, die sich um sie ansammeln, umkreisen einander wie mythische Ungeheuer und werden auch immer wieder als urweltliche Monstren dargestellt. Die unheimlichste dieser Bestien ist Wallenstein, ein äußerst

[1] Aufsätze zur Literatur, S. 62f.

gefährlicher Betrüger und Spieler, dazu aber ein militärisches Genie, das dank verschlagener Berechnung zum kaiserlichen Generalissimus aufsteigt, stürzt und wieder steigt und in allen Situationen Schrecken verbreitet. In diesem Emporkömmling mit seinen Anfällen von Besessenheit zeichnet Döblin den Typus des Gewaltmenschen, der damals, als er ihn porträtierte, noch nicht auf die moderne Menschheit losgelassen war. Es ist aber nicht als politische Prophetie, sondern als apokalyptische Vision der Geschichte gemeint, wenn besonders Wallenstein immer wieder bestialische Umrisse annimmt und einmal buchstäblich zum Drachen wird: «Der Friedländer ihm gegenüber, ein gelber Drache aus dem böhmischen blasenwerfenden Morast aufgestiegen, bis an die Hüften mit schwarzem Schlamm bedeckt, sich zurückbiegend auf den kleinen knolligen Hinterpfoten, den Schweif geringelt auf den Boden gepreßt, mit dem prallen breiten Rumpf in der Luft sich wiegend, die langen Kinnladen aufgesperrt und wonnig schlangenwütig den heißen Atem stoßweise entlassend, mit Schnauben und Grunzen, das zum Erzittern brachte.»
Das hat so wenig mit Futurismus zu tun wie die Kissinger Vision von der schwedischen Flotte. Ebenso deutlich ist der Zug zum Mystischen in der Gestalt Kaiser Ferdinands, den Döblin aus einem Schwächling zum überlegenen Gegenspieler Wallensteins erhöhte. Während der große Abenteurer zuletzt alles wieder verliert, was er als eiserner Unmensch erobert hat, und von der Hölle verschlungen wird, die er entfesselte, wächst der zugleich manisch-sinnliche und schwermütige Kaiser dank der Machtfülle, die jener ihm verschafft, schrittweise über das Reich dieser Welt hinaus in die taoistische Weisheit des ‚Wang-lun' hinein, daß der Handelnde die Welt verliert. Er weiß nicht mehr, was gut und böse ist, überläßt den Thron sich selbst und kehrt in die Natur zurück. «Dies ist die Grundkonzeption des Buches», heißt es in dem rückschauenden Aufsatz ‚Der Epiker, sein Stoff und die Kritik'[1] *von 1921: «ein Kaiser, ein latenter Kaiser, von anderen irdischen Gewalten, Maximilian von Bayern, niedergehalten, leidet in dieser irdischen Schicht, wird von einem andern tellurischen Gesellen, aber der Potenz aller Potenzen, Wallenstein, mit dem Ultramaximum der Kraft gefüllt und über das Tellurische hinausgeschoben... Das Gefühl, allen Reichtum in sich und also unter sich zu haben, verläßt ihn nicht mehr. So verstärkt es sich in ihm, daß er zum Schluß ohne Bewegung – alles von sich abtut. Dies will durchfühlt sein. Die Absetzung Friedlands auf der Regensburger Tagung ist ein nur so faßbares Ereignis; wer den Ferdinand dieser Tage nicht im Griff hat, braucht nicht weiter zu lesen, es gibt dann nur noch bunte Tassen.»*

[1] Aufsätze zur Literatur, S. 335f.

Der so verwandelte Kaiser ist keine realistisch gesehene Figur mehr, sondern die Verkörperung eines religiösen Ideals von irdischer Vollendung, wie Wallenstein eine Schöpfung von Döblins Phantasie. Und als Thema des Buches stellt sich immer mehr der Gegensatz zwischen diesen beiden ins Mythische gesteigerten Gestalten heraus: zwischen Handeln und Nichthandeln, Härte und Weichheit, Erobern und Schenken – in extremer Spannung noch einmal das Thema des ‚Wang-lun'. Das erklärt Döblins paradoxe Verwahrung dagegen, daß dieses scheinbar im historischen Material ertrinkende Buch «mit den Realien konfrontiert» werde. Er faßt sein Verhältnis zum Dreißigjährigen Krieg in das Bild: «Ich hatte das Zentrum in mir, hier war die Peripherie, ich hatte nur nötig, die Radien zu ziehen: das Rad war fertig zum Laufen... Das Rad lief, getrieben von dem laut pulsenden Motor, der in mir saß.»[1] Das aus sich selbst laufende Rad des Geistes ist ein mystisches Bild. Auch die Vollendung Ferdinands hat ihre Vorbilder in der Mystik und der Romantik, beispielsweise in den Paralipomena zum ‚Heinrich von Ofterdingen' des Novalis, und für die paradoxe Verbindung von Naturalismus und Irrealismus finden sich bei einem Dichter wie Achim von Arnim frappante Parallelen.

Auch stilistisch trägt der ‚Wallenstein' ein Doppelgesicht. «Zehn Schritte halte er sich Kunst vom Leibe», fordert Döblin vom Epiker in den 1917 geschriebenen ‚Bemerkungen zum Roman'[2]. «Der Stil soll über der Darstellung nicht einmal wie nasser Flor liegen. Stil ist nichts als der Hammer, mit dem das Dargestellte aufs sachlichste herausgearbeitet wird. Es ist schon ein Fehler, wenn Stil bemerkt wird.» Grammatisch äußert sich dieser Haß auf alle Schönmalerei als Auflösung der konventionellen Syntax, die absichtlich durch saloppe Umstellung der Satzteile, durch Unterdrückung des Artikels und anderer Partikeln verstümmelt oder durch primitivere Formen der Aussage, besonders Ellipsen, verdrängt wird. Auch die Interpunktion ist gewaltsam verändert, vor allem durch die Weglassung der Kommata zwischen den aufgereihten Substantiven, Adjektiven oder Verben; sie ist das graphische Mittel zur Steigerung des Bewegungs- und Massierungseffektes. Gesteigerte Dichte bezwecken auch die zahlreichen Partizipialbildungen wie fußgetreten, faustgeworfen, nackenwallend, deckensenkend, talarversteckte Arme, brustfließenden Bartes. Die steinerne Sprache des ‚Wallenstein' mit ihrem Geröllcharakter dient dem futuristischen Simultanstil mit seinen rapiden Abläufen und dem Durcheinander in bloßen Stichworten. Als ein wichtiges Kapitel in der Geschichte der expressionistischen Prosa harrt sie noch genauerer Untersuchung.

[1] Aufsätze zur Literatur, S. 341. – [2] Ebenda, S. 19f.

So neuartig und reich dieser Stil erscheint, so manieriert wirkt er aber an vielen Stellen, wenn er um jeden Preis Leben vorspiegeln will. «Der lange Halberstädter, Anbeter der pfälzischen Elisabeth, rieb seine eingeschlafenen Beine, trabte hinter seinem Freund Mansfeld her», oder: «Er müsse siegen, stöhnten die Damen, in dünnen Seidentüchern das Gesicht verhüllend, er würde siegen; spitzfüßig liefen sie auf weißen Schuhchen zu drei und vier au ihn zu, die losen bunten Röcke raffend beim Sprung über die Balken un Seile, die Reseden aus dem Haar verlierend.» Oft sind die Sätze derart mit präzisen Einzelheiten vollgestopft, daß statt plastischer Anschaulichkeit ein phantastisches Flackern entsteht: «Ferdinand, der heitere Banketteur, Wildschweinjäger, demütiger Christ, aufgerissen zu blendender betäubender mystischer Größe unter einem Purpurbaldachin, die Krönungsinsignien, Mantel mit furchtbar springenden schwanzpeitschenden Löwen, goldene Krone, Szepterstab, kreuztragenden Reichsapfel wie eigene Organe bewegend, drohend, lodernd, gar nicht versunken.» Neben solchen Bildern von barocker Überladenheit und Unruhe, die oft als geniale Funde aufleuchten, stehen unzählige andere, die den Eindruck der überwältigenden Fülle nur raffiniert vortäuschen und mit ihren hektischen Übersteigerungen rasch ermüden. Dieser Manierismus spiegelt den geistigen Prozeß, in dem der ‚Wallenstein' entstand: das blitzartige Zusammenraffen eines riesigen Materials in einer vorübergehenden Entrückung. Die mythisch erfüllte Ruhe, in die Ferdinand zuletzt eingeht, war Döblin selbst unzugänglich. Er konnte sie nur usurpiere und mit allmächtigem Wortzauber als unerhörtes Blendwerk vorgaukel nicht dauernd besitzen.

Den Ablauf einer solchen Verzauberung hat er selbst in der ‚Schicksalsreise und im ‚Epilog' von 1948 beschrieben, und seine Manuskripte erlauben noch genauere Einblicke. Er arbeitete phantastisch leicht und schnell. Wenn da Grundbild eines Werkes in ihm aufgetaucht war, verschaffte er sich aus Büchern, die er für den ‚Wallenstein' von der Straßburger Universitätsbibliothek auslieh, in fliegender Lektüre exzerpierend die konkrete Anschauung un Überfülle des realen Details, die er brauchte. Dann schrieb er das ganze Bu in Stichworten nieder. Dieser Entwurf wurde in einem ersten Manuskr ausgeführt, von diesem eine Schreibmaschinenabschrift hergestellt, die überarbeitete und unter Umständen nochmals abschreiben ließ, um sie erneu auszufeilen. Dieser Vorgang läßt sich auch beim ‚Wallenstein' verfolgen. E sind neben umfangreichen Exzerpten, Materialsammlungen und Notize aller Art Teile der Stichwortfassung und die ausgeführte erste Handschri diese fast vollständig, erhalten. Die Handschrift ist streckenweise überarbeit und weicht noch vielfach vom Erstdruck ab, erlaubt aber doch eine we gehende Nachprüfung des Textes. Döblin brachte das Manuskript 1918 aus dem Krieg nach Hause, die Buchausgabe erschien 1920 in zwei Bänden bei S. Fischer, Berlin. Die unmittelbare Druckvorlage ist nicht mehr vorhanden.

Die Erstausgabe ist so fehlerhaft gedruckt, daß er die Korrektur nicht selbst besorgt haben kann. Zum Teil handelt es sich um Flüchtigkeiten und Versehen, die ihm selbst beim Schreiben unterliefen und bei der Abschrift nicht erkannt wurden, zum Teil um bei der Abschrift entstandene Fehler, schließlich um solche des Setzers. Döblins eigene Fehler ergaben sich häufig, wie in allen seinen Manuskripten, aus in der Eile nachlässig vorgenommenen Änderungen, indem er etwa einen Artikel strich, aber vergaß, die folgenden Nomina anders zu flektieren. Alle diese nicht beabsichtigten Fehler habe ich verbessert, desgleichen falsch oder ungleich geschriebene Namen, von denen einige allerdings nicht sicher identifiziert werden konnten. Der im Manuskript vorherrschende Apostroph in Formen wie *hab'*, *geht's* wurde einheitlich durchgeführt. Stehen geblieben sind dagegen für Döblin charakteristische schwankende Schreibungen wie *Heilige/heilige Kirche*, *Krempe/breitkrämpig*, *andere/andre*, *unsere/unsre*, falsche Formen wie *das Wisent*, *zerhieben*, der regellose Wechsel seiner Groß- und Kleinschreibungen, gelegentliche Berolinismen wie *fuschen* und seine nicht konsequent angewandte deutsche Orthographie für fremdsprachige Namen. Auch die Regellosigkeit seiner Interpunktion wurde nicht angetastet. Die Weglassung der Kommata in koordinierten Wortreihen ist schon im Manuskript stellenweise zu beobachten, wurde aber erst in einem späteren Stadium der Arbeit ausgiebiger durchgeführt und blieb auch im Druck auf halbem Weg stecken. Einige textlich offenbar korrumpierte Stellen konnten nicht verbessert werden, weil für sie die handschriftliche Unterlage fehlt. In einigen Fällen, wo eigenhändige Korrekturen Döblins im Manuskript nicht in den Erstdruck übernommen wurden, mußte dieser maßgebend bleiben, weil die Handschrift nicht ganz vollständig ist.

Alfred Döblin im Walter-Verlag

Ausgewählte Werke in Einzelausgaben

Erzählungen aus fünf Jahrzehnten

Berge Meere und Giganten. Roman.

Amazonas. Roman.
Neuauflage in Vorbereitung.

Aufsätze zur Literatur.

Babylonische Wandrung oder Hochmut kommt vor dem Fall.
Roman. Mit Zeichnungen.

Berlin Alexanderplatz.
Die Geschichte vom Franz Biberkopf.

Briefe. Mit 5 Abbildungen.

Der deutsche Maskenball / Wissen und Verändern!

Die drei Sprünge des Wang-lun. Chinesischer Roman.

Hamlet oder Die lange Nacht nimmt ein Ende. Roman.

Manas. Epische Dichtung.

Pardon wird nicht gegeben.
Roman.

Reise in Polen.

Schriften zur Politik und Gesellschaft.

Unser Dasein.

Walleinstein. Roman.

Der Oberst und der Dichter / Die Pilgerin Aetheria.

Der unsterbliche Mensch / Der Kampf mit dem Engel.
Religionsgespräche.

Autobiographische Schriften und letzte Aufzeichnungen.

Jagende Rosse / Der schwarze Vorhang und andere frühe Erzählwerke

Wadzeks Kampf mit der Dampfturbine. Roman.

Außerhalb der Reihe:
Ein Kerl muß eine Meinung haben. Bericht und Kritiken.

Gespräche mit Kalypso. Über die Musik.

Das Buch

«Berge historischen Materials sind vor den Leser ausgeschüttet, zahllose historische Szenen und Figuren exakt beschrieben, diplomatische Gespräche und Intrigen, prunkvolle höfische Auftritte und gewaltige militärische Aktionen geschildert, das Alltagsleben eines farbigen Jahrhunderts in intimen Einzelheiten beleuchtet und die Hintergründe seines religiösen, philosophischen, künstlerischen Treibens aufgerissen. Mit einer ‹Tatsachenphantasie›, der keine Grenzen gesetzt scheinen, läßt Döblin das Panorama dieses dämonisch aufgewühlten Zeitalters aufsteigen. Bankette, Gebete, Ketzeraufstände, Hinrichtungen, Träume, Teufelserscheinungen, Schlachten, verschwiegene Zwiegespräche und grauenhafte Massaker, Liebesgeflüster, blutige Greuel und religiöse Massenhysterien lösen sich in flimmernder, flutender Folge ab.» (Walter Muschg) Es beginnt mit der Schlacht am Weißen Berg 1620, in der der «Winterkönig» von der katholischen Liga besiegt wurde, und endet mit der Ermordung des Protagonisten Wallenstein im Jahre 1634. Aus diesen 14 Jahren des großen Krieges hat Alfred Döblin ein Prosaepos gestaltet, das völlig außerhalb der herkömmlichen Dimensionen des historischen Romans liegt, und ein ästhetisches Experiment unternommen, das einem den Atem verschlägt.

Der Autor

Alfred Döblin, geboren am 10. August 1878 als Sohn einer jüdischen Kaufmannsfamilie, war Nervenarzt in Berlin; dort Mitbegründer der expressionistischen Zeitschrift ‹Der Sturm›. 1933 Emigration nach Paris, 1940 Flucht nach Amerika und Konversion zum Katholizismus. Nach dem Krieg Rückkehr als französischer Offizier nach Deutschland. Herausgeber der Literaturzeitschrift ‹Das goldene Tor› (1946–1951) und Mitbegründer der Mainzer Akademie (1949). Aus Enttäuschung über das Nachkriegsdeutschland 1953 Rückkehr nach Paris. Er starb am 26. Juni 1957. Wichtige Werke: ‹Die Ermordung einer Butterblume› (1913), ‹Die drei Sprünge des Wang-lun› (1915), ‹Berge, Meere und Giganten› (1924), ‹Berlin Alexanderplatz› (1929), ‹Babylonische Wandrung› (1934), ‹November 1918› (4 Bde. 1939–1950), ‹Hamlet oder Die lange Nacht nimmt ein Ende› (1956).